QIANBEI GELAOZU DANGDAI ZUOJIA ZUOPIN XUAN

◎中央财政支持地方高校发展专项资金资助◎

◎遵义师范学院仡佬族文化研究基地项目◎

黔北仡佬族当代作家作品选

小说卷（上）

孙建芳　王清敏　蒋雪鸿　主编

民族出版社

总　序

仡佬族是中华民族大家庭中的一员。新中国成立之初人口登记时仅有2万余人。20世纪80年代初经民族识别后，至第五次人口普查时有57.9万余人，分布在黔、滇、川、渝、桂等省市。其中以贵州省遵义市为最多，有道真、务川两个仡佬族苗族自治县，一个仡佬族乡——遵义县平正仡佬族乡。

所谓仡佬族文化，是指仡佬族人民千百年来在语言、文学、艺术、习俗、生活和生产方式等方面创造的物质文化和非物质文化的集合体。仡佬族在历史上虽是一个弱小的民族，但她在艰辛的自然环境和社会环境中，在自己的生产方式和生活方式中，在与他民族相处的过程中，创造了属于自己的、具有鲜明特色的、丰富的民族文化，展示了自我顽强的生命力。仡佬族文化是典型的弱势边缘民族文化，千百年来虽不断受到冲击甚至压制，但其至今仍顽强地保有自我民族性这一事实，是世界民族文化史上的一个奇迹，发人深省。研究仡佬族文化的意义有三：

第一，有利于发掘，特别是抢救仡佬族物质和非物质文化遗产。作为一个千百年来备受压迫欺凌，不得不隐族埋姓的弱小民族，作为一个千百年来备受强势文化冲击及多民族文化影响、至今却仍具顽强生命力的典型边缘民族文化，其历史上形成的应对强势文化冲击和他民族文化影响的内在机制，对当今弱小民族在全球化背景下如何应对强势文化冲击、发展自我的民族文化，不无一定的借鉴意义；作为不少文化现象目前正处于严峻的濒危状态的民族文化，从其自身文化机制中富有生命力的因素入手，探讨如何有效抢救、保护和发展的策略，有助于民族文化的发展，符合中共十七届六中全会推动社会主义文化大发展大繁荣的精神。从民族的也就是世界的意义看，在全球化的今天，深入系统地研究仡佬族文化，发掘、抢救、保护仡佬族物质和非物质文化遗产是地方民族文化建设的当务之急。

第二，有利于系统深入地把握仡佬族文化。仡佬族文化的研究一直受到有关部门和国内外专家的关注。在亚洲从事仡佬族傩文化研究的日本学者有广田律子（《日本传统戏曲与中国民俗艺能之继承关系与运用立体坐标法解释》）、森由利亚（《道真傩文化调查研究》）等。新中国成立后，国内出版了不少关于仡佬族历史、经济、文化、教育、语言、习俗等方面的专著。重要的文献有：中国科学院民族研究所贵州少数民族社会历史调查组于20世纪60年代编写的《仡佬族简史简志合编初稿》《贵州省仡佬族社会历史调查报告》，翁家烈的《仡佬族》，周国炎的《仡佬族母语生态研究》，顾朴光的《中国面具史》，等等。经文献检索，迄今涉及仡佬族研究的论文共有481篇。虽然这些研究成果大多是描述性的，但它们为进一步的研究奠定了坚实的基础。由于全球化的冲击、社会转型和经济的快速发展，仡佬族原有的生产方式和生活方式正在发生迅速的变化，许多极富特色的习俗、艺术和文化传统正处于濒临消亡的边缘，因而给进一步的研究既提供了广阔的空间，又提出了新的问题和新的要求。

第三，有利于搭建人才培养、教学科研与服务地方文化发展双赢的平台。开展仡佬族历史文化、文学艺术等方面的研究，发掘、抢救仡佬族物质和非物质文化遗产，益处有三：一是可促进地方经济社会和文化发展；二是可提升教师的教学科研水平，培育高层次科研人才；三是可为人文学科学生提供社会实践基地。作为仡佬族聚居地的地方本科高校，遵义师范学院有责任、有义务开展此项工作。

研究仡佬族文化，遵义师范学院具有得天独厚的地理优势和人文环境优势。2009 年，我组建科研团队，主持申报了“中央财政支持地方高等学校专项资金项目——仡佬族文化研究”。2010 年 9 月，该项目获准立项（黔财教【2010】149 号），遵义师范学院还成立了仡佬族文化研究基地。由民族出版社出版的这套《仡佬族文化研究》丛书就是基地近两年来取得的初步成果。

毋庸讳言，由于参与研究的成员专业学科不一、理论素养不齐、田野调查和资料收集不够等诸多方面的原因，本套丛书在不少方面尚未达到预期的目标。但作为国内第一套“仡佬族文化研究”丛书，毕竟迈出了系统研究仡佬族文化尝试和探索的一步。我相信，在国内有关专家的指正和帮助下，在遵义师范学院“仡佬族文化资源共享平台”建设的基础上，仡佬族文化的研究定会由此迈上一个新的台阶。

周 帆

2012 年 6 月

仡佬族文学述略（代序）

孙建芳

仡佬族是一个充满想象力和创造力的民族。在漫长的历史长河中，他们以自己的勤劳智慧，创造了丰富的物质财富和灿烂的文化艺术。他们将天地的开辟、世界的起源、生命的诞生、人类的创造、时序的更替、日月的运行、山川的演变、风习的开启……，用古老的神话、浪漫的传奇、动人的故事、传情的歌谣、精练的谚语、智巧的谜语，渲染得神奇瑰丽，诉说得酣畅淋漓。

都说想象是艺术的魔杖，可以点石成金，化腐朽为神奇。一个"开荒辟草"的古老民族，以超凡脱俗的想象，在自己古老的文学艺术里，向世界传递自己的人生观、价值观、道德观、审美观，民族的辉煌与苦难、历史与现实、过去与未来，就那么奇妙地融为一体，真伪莫辨，虚实难分，构成文学艺术独有的魔幻世界：现实生活被故事虚拟化，艺术虚构被想象真实化。文学，无论口头的还是书面的，民间的还是文人的，都以独有的魔力指向人们的心灵世界，丰富人们的精神生活，让每一个步入其中的人体验难能可贵的第二种人生。

一、口传文学：乡风民俗入歌来，姹紫嫣红百花开

秦汉以后，仡佬族渐与他族混居杂处，民间文化受到外来文化

的较大影响，但仍保留着古老的民族特色，并在各民族长期发展、共同创造中，留下丰富的文化遗产。文学是仡佬族表达思想感情和审美情趣的重要形式，而传统的仡佬族文学主要是口头文学，流传至今的有神话、歌谣、故事、传说、寓言、谚语、俗语、谜语、格言、歇后语和民间小戏等。这些口头文学从不同角度反映生产斗争、阶级斗争和民族历史，反映远古先民对自然现象的朴素认识以及古老先人开荒辟草、逃官避匪的苦难经历，流传面广，内容丰富，具有较高的史料价值和艺术价值。其中民间歌谣最为丰富和广泛，既是仡佬族口头文学的主要样式，又是他们娱乐生活的重要载体。

（一）神话：开天辟地创世纪，阿仰兄妹制人烟

神话是原始人类运用原始逻辑思维对自然起源、世间万象最直观的理解和阐释，并由此形成对自然界的生命态度和思维方式及行为模式，其核心观念来自初民所生存的地理空间的特殊性，并积淀成集体无意识的原始密码，显现于生活在这一区域的后代子孙，反映在他们的生产生活方式和行为习惯之中。

仡佬族神话的篇幅都比较短小，内容相对集中和单一，主要反映天地日月、万事万物的起源生成及民族迁徙历程，表现了初民对世界的朴素认识。在仡佬族神话中，世上曾出现过不同性质的“三槽”人：第一槽人系用泥巴捏制，后被大风吹化；第二槽人系用草编扎而成，结果被天火烧毁；第三槽人由天上星宿下凡变成，他们的后裔被洪水吞没，只剩下一对兄妹，奉天神之意婚配，才繁衍出今天世间的人类。这就是著名的《阿仰兄妹制人烟》的故事，体现了仡佬族祖先关于人类进化、适者生存的生命体验。而《开天辟地》《洪水朝天》等则与西南诸民族同类神话大同小异，是原始初民将其对宇宙洪荒和人类自身认识世代传袭的结果。《巨人由禄》说地上一切均为由禄死后所变，身体变成“坡头、大茅草、树木、消水坑、岩洞、刺蓬、丝茅草、山垭口、菌子、马屁包（一种深灰色菌类植物）、蒿枝”等，不同部位变成具有明显高原山地地理和

物产特征的不同自然之物，与汉族盘古化育万物的神话类似，这应该和早期民族的英雄崇拜直接相关。另外流传较广的还有《天与地》《制日月》《太阳和月亮》《公鸡叫太阳》《人皇制人》等。

仡佬族的古老神话，往往通过老年人“摆古”和祭典唱词而世代相传，如遵义一带流传的古歌《十二坛法事唱词》（民间称之为“《十二段经文》”），就是仡佬族的一部创世史诗。唱词除祈祷内容外，还通过奇特的幻想和夸张的比附，描绘了巨人开天辟地的壮举及洪水朝天、兄妹结婚、降风射猎、砍树造屋等人与自然艰苦卓绝的斗争历程，折射出远古时期仡佬族人民的生活图景。这首古歌中包含着许多天地开辟的生动描述：

布比密制的地，样样都有呀！
肉也有，就是那些遍坡遍地的泥巴；
脑壳也有，就是那些高高低低的山头；
头发汗毛也有，就是那些漫山遍野的草木；
眼睛也有，就是那些大大小小的消水坑；
嘴巴也有，就是那些大大小小的山硐；
手脚也有，就是那些分枝发岔的山坡；
肚皮也有，就是那些又宽又大的龙潭；
肠子也有，就是那些弯弯曲曲的江河；
骨头也有，就是那些又硬又重的石头……

与此相似的是仡佬族歌谣《开天辟地》：

初开天是布什客……
初开天还有布什密……
天底下，像人一样。
泥土，是地的肉，

山坡，是地的头颅，
草木，是地的毛发，
水坑，是地的眼睛，
岩洞，是地的耳鼻，
岩脚口，是地的口唇，
弯弯的山，是地的手脚，
岩石，是地的骨头。

以人体的五官四肢、五脏六腑比喻自然界的山川河流、花草树木，本体、喻体都是客观实在的生命体，形象直观而又生动传神。没有离奇怪诞的想象，没有无中生有的虚构，也没有不切实际的夸张，质朴粗犷，浑然天成。与人生活密切相关的种种自然物象成为神话表现的表层内容，反映了原始初民的原始思维，带有农耕文化的明显印记。

古歌《叙根由》是仡佬族丰富多彩的民间文学中一部古朴雄浑的神话史诗，是目前已知的仡佬族口头文学遗产中规模最大、篇幅最长的古歌，其内容是追溯仡佬先民认识自然、改造自然、自我觉醒、民族迁徙等历史，其主题是赞颂先人征服自然的斗争精神，及其崇拜力量、智慧与勇敢等优秀品格。作为仡佬族超度亡灵的祭祀歌，它在独具民族特点的宗教活动中宣扬与保留了本民族崇尚的社会风尚。《叙根由》一方面真实地再现了仡佬先民的生活场景，另一方面也展现了他们所形成的以安定生活为前提、勤劳自立为基础、平等共生为主旋律的和谐社会的初步构想。

（二）传说：“神仙坝”上“金毛狗”，夜郎山中“山满”雄

仡佬族的民间传说，包括族源传说、人物传说、风物传说等，很多都与其族称、生活习俗、山川地名有关，如《仡佬族族名的传说》《踩堂舞的由来》《仡佬族成亲的习俗》《夜郎山》《神仙坝》《华尖山与冤家沟》《将军岩》《仡佬王巧计退官兵》《围腰坟》

等。《缕金狗》《金竹》《金毛狗》《竹王的传说》《赛竹三郎》等说明仡佬族先民曾以竹、犬为图腾；《彝仡佬的来历》讲述了仡佬族与汉族、彝族交往的故事，反映了与这些相邻民族在历史上的密切关系；《山满》的传说，描绘了清咸丰、同治年间，遵义九龙山区一位叱咤风云的民族起义领袖山满的英雄形象，歌颂了仡佬族人民勤劳智慧、勇于斗争的反抗精神，揭露了统治阶级奸诈凶残、贪婪恶毒的虚伪本性，是仡佬族民间传说的代表性作品。

（三）故事：是非善恶辨分明，褒贬爱憎见人心

仡佬族流传的故事与他们的社会生活密切相连，主要有爱情故事、动物故事和惩恶扬善故事等。爱情故事大多反映青年男女对爱情的执着追求和忠贞不渝，赞美爱情的甜蜜美好，歌颂人物的善良纯洁，情节生动，爱憎分明，如《相思杉》《王二和诺依苏》《蛇与七妹》等；动物故事有《毛呼呼借窝》《水牛和大猫》等，以物喻人，以小见大，借人们熟知的各类动物说家长里短，辨是非善恶，并因具有贴切的象征意义而达到了较高的艺术水准；惩恶扬善故事有《飞亚和弓生》《渔夫的儿子》《黄义林》《栽树修桥惩恶人》等，主题极为鲜明，那就是除暴安良、匡扶正义、除强扶弱、弘扬正气。

仡佬族传说中塑造了众多的英雄人物，他们多具非凡的本领，担负着全民族的理想抱负。有率领众人历经艰辛捉阿风怪的阿利（《阿利捉风》），有为凿岩修渠与财主作斗争而壮烈牺牲的石鹅大姐（《石鹅坪》），有舍己救人的神医韩婆（《韩婆岭》），有揭竿而起抵御外族强暴、浴血奋战被困成仙的田先玉（《田先玉》），还有誓死保卫家园的奇才晟打浦（《晟打浦的传说》）等。他们不畏强暴，惩恶扬善，为集体甘愿牺牲个人利益乃至生命的道德观，正是仡佬族得以发展的核心因素。

在各类民间故事中，反映社会矛盾和斗争生活的作品很多，如《李万财和李万春》《滚豆儿》《龙女和老哥》等，在歌颂赞美劳动

人民聪明善良、勤劳勇敢的同时，揭露批判反动统治阶级的为富不仁、残暴贪婪，通过曲折的故事和感人的形象，讽刺挖苦，寓庄于谐，实现了文学作品既有娱乐性又有教育性的审美功能。

（四）童谣：稚子稚语是童趣，易学易唱真性情

童谣也叫儿歌，大概是所有谣曲中最天真烂漫、最简单纯粹，也最无世俗功利的了。和其他许多民族一样，仡佬族童谣也都以寻常之物为表现对象，虽是童子稚语，看似无逻辑无意义，却合辙押韵，朗朗上口，活泼欢快，易学易唱，孩子们在歌唱嬉戏中启迪蒙昧，在潜移默化中认知世界，寓教于乐，一举两得，如：

亮（萤）火虫

亮火虫，高—高，背上背把尖刀。
亮火虫，矮—矮，背上背个崽崽。
车幺妹（花灯里的“车车灯”）
幺妹生得乖（好看），住在半边街（音“该”）。
白天抽大烟，晚上逛花街。

逗蚂蚁

黄丝蚂蚂，来抬嘎嘎（肉）。
黄丝孃孃，来抬米汤。
大脑壳，来抬肉。细钻钻，来抬饭。
黄丝蚂蚂要搬家，搬到对门石旮旯。

过年

红萝卜，咪咪甜，看到看到要过年。
过年真好耍，又吃汤粑又吃嘎。

的确，“又吃汤粑又吃嘎”，当然“真好耍”，还有比这更天真无邪

的直白心声吗？童心无邪，童言无忌，烂漫天性，率真之情，在这奶声奶气的歌声中尽显无遗。谁没有盼过好吃好喝地“过年”呢，只可惜今天的孩子食物太过丰盛，从不曾“忍饥挨饿”，所以吃肉不香，吃糖不甜，早已遗失了那份苦苦等待的焦灼和日夜期盼的甜蜜，也就绝难体验那种大快朵颐的满足和狼吞虎咽的快感了。

和童谣类似，仡佬族的谜语也一样的单纯明了，富于生活情趣，如：

一根藤藤，结些人人。绳绳一断，娃儿摔得惊叫唤。（鞭炮）

一根树儿矮又矮，周身结些红转转。（辣椒）

人生启蒙，当始于这绝不高深却富含哲理的小小谜语。

（五）歌谣：呵嗬呵嗬又呵嗬，我的山歌牛毛多

民间歌谣历来是老百姓最习以为常，也最喜闻乐见的娱乐形式之一，不仅参与者众，娱乐性强，普及率高，而且内容丰富，表达自由，感情热烈，语言大胆，没有“阳春白雪”的雅致深奥，却有“下里巴人”的率性活泼，仡佬族歌谣就是如此：

（一）

你有山歌唱山歌，我无山歌打呵嗬。
呵嗬呵嗬又呵嗬，三个呵嗬当首歌。

（二）

你有山歌唱山歌，我无山歌就打呵嗬。
你一首山歌上了坳，我两个呵嗬翻过坡。

（三）

不唱山歌半年多，山歌打失（忘记）一半多。

捡得哪首是哪首，晓得是歌不是歌。

（四）

你歌没有我歌多，我的山歌牛毛多。

唱了三年六个月，还未唱去一只牛耳朵。

无须长文短曲、繁言复语，仅七言四句二十八音节，甚至就“打”几个“呵嗬”，嬉笑之间，意味情态尽显，比喻形象贴切，夸张入情入理，这是生活，更是艺术。著名诗人李发模以此为题，呕心沥血，埋头创作，写就长诗《呵嗬》，生动地叙写了一个民族鲜活的文化记忆，堪称一部卓绝的仡佬族民族史诗。

相对而言，仡佬族并不是一个特别能歌善舞、热情如火的民族，但在用歌谣诉说自己的喜怒哀乐、描绘生活的悲欢离合方面，一点儿也不逊色于其他民族。无论婚丧嫁娶、田间地头，无论礼仪交往、祭祀祈福，他们都能用高亢嘹亮、低回婉转的歌声，表达对生命的赞美，对生活的热爱，对理想的追求，对幸福的向往。因此，仡佬族民间文学中，歌谣最为丰富，也最为流行，成套定型的就有打闹歌、劳动号子歌、山歌、情歌、苦歌、哭嫁歌等，篇幅不等，长短不一，有的长达千言，有的仅有数字，富哲理于词，显情趣于歌，形式灵活，有浓厚的生活气息，是我国民间文学芬芳四溢的一朵奇葩。

千殊万类、精彩绝伦的仡佬族歌谣，见山唱山，见水言水，见人说人，见物咏物，传情达意信手拈来，明志论理言简意赅。歌声装饰了仡佬族生命中的各种场景：劳动号子是劳动中“喊”的，报路号子是行路中“唱”的；栽秧锄草是要伴奏“打闹”的，所以要唱打闹歌、栽秧歌、薅秧歌；哭丧歌也叫“孝歌”，是用歌谣在丧礼的各个环节礼致哀的；哭嫁歌、婚礼歌从哭嫁送亲到迎轿闹房，歌声或伤感悲戚或欢喜俏皮，浑厚古朴的旋律伴随整个婚礼；

说福事专为修房建屋而唱，从破土奠基到上梁盖瓦、安门装窗，都有专门的仪式和歌谣；礼仪歌用以祈福禳灾、迎宾送客，生活娱乐气息十分浓郁；仪式歌随民间风俗和礼仪的出现而产生，仅在特定场合演唱；情歌更是数不胜数，美不胜收，因景生情，缘情言情，相识歌、戏弄歌、热恋歌、求偶歌、苦情歌、信誓歌等，贯穿从相识到相知相恋的全过程。

这些歌谣都是在生产生活中产生的，以劳动和生活场景的实物入歌，质朴简洁，针对性强，以诙谐幽默减轻劳动的疲乏，以真实事物倾泻内心的情感，以吉言福语祈祷平安吉祥，具有很强的目的性和实用性，在仡佬族人民生活中具有特殊意义，不仅被广泛用于社交场合，抒发感情，反映现实，而且被用于传授历史和生产知识。《清明菜》《九妹和绕琬》《薅草歌》等都是具有代表性的作品。

情歌是仡佬族青年男女谈情说爱、谈婚论嫁的媒介和桥梁，不仅数量多、质量高，艺术性也很强：

（一）

太阳出来照白岩，白岩上面鲜花开，
哥想摘朵鲜花戴，花高岩陡摘不来。

（二）

郎在高山砍柴烧，妹在后园打（摘）葡萄。
假装锥个檬子刺，挨挨擦擦要妹挑。

（三）

隔河看见映山红，奴妹跟哥不怕穷。
九冬十月霜雪打，刺梨花比牡丹红。

这些情歌以比兴手法表情达意，内心情感质朴纯真，尤其是极富表现力的细节动作“挨挨擦擦”，将初恋男子的紧张羞怯、装傻卖呆和被人一眼识破的心机诡计，刻画得惟妙惟肖、入木三分，充满生活情趣和艺术美感。白岩、砍柴、打葡萄、檬子刺、映山红、刺梨花等具体意象，都是劳动中的平常物象，既是眼中景，更是心中情，串联起情感世界和劳动过程，成为情感的起兴和象征之物。

要为仡佬族多如牛毛、灿若星辰的歌谣分类，还真是相当地有难度，无论以怎样的标准划分，总有一些难以归类，因此至今也没有一个世所公认的“权威认证”，让所有歌谣得归其所，如幽默滑稽、俏皮搞笑的扯谎歌：

（一）

太阳落土又落坡，黑来（天黑）唱首扯谎歌。
早晨看见牛生蛋，夜晚看见马架窝。

（二）

太阳落土又落坡，黑来唱首扯谎歌。
两个瞎子赌认字，两个跛子赌上坡。

（三）

太阳落土又落坡，搓根索索（绳子）展劲（使劲）拖。
何时拖得太阳转，何时不唱扯谎歌。

讽刺挖苦却不带半句污言秽语的骂人歌：

（一）

叫你唱歌不要逗，把你关在夜壶头。
新来媳妇一泡尿，淋你一个光骨头。

（二）

叫你莫唱骂人歌，豺狗咬来老虎拖。

大鬼捉你高吊起，小鬼捉你下油锅。

流传久远、为百姓喜闻乐见的“三句半”，如《你我庄稼佬》：

（一）

你我庄稼佬，天天苦辛劳。

日晒又雨淋，把汗抛。

（二）

你我庄稼佬，饭都吃不饱。

衣单裤子破，啷开交（怎么办、咋办）！

还有一类歌，充满自嘲也充满辛酸，那沉重的叹息，悲惨的命运，是仡佬族人民对残酷的阶级压迫和民族压迫的血泪控诉，这可归入苦歌一类，如《一年到头忙》：

太阳西边落，月亮东边上。

仡家要活命，好比月亮赶太阳。

累得腰酸骨头痛，到头来没有一颗粮。

仡家要活命，一年到头忙。

作为一个热爱劳动、热爱生活、热爱艺术的民族，仡佬族能劳动能吃苦，也会娱乐会享受。在长期的生产实践中，他们苦中作乐，自娱自乐，用歌声、鼓声、号子声，把繁重单调、枯燥乏味的劳作变得欢快愉悦、轻松活泼，把散兵游勇式的“单打独斗”，变成数十人上百人的“集团作战”。他们动作协调，节奏明快，团结合作，气氛活跃，既劳动又娱乐，且劳动且娱乐，既调动了劳动积极性，提高了生产效益，同时又放松了自己，美化了生活，寓劳动于娱乐之中，别开生面，别有情趣，真可谓事半功倍，一举两得。

把生活升华为艺术，仡佬族的劳动歌当属此类，可细分为若干类：有叙述农事活动和总结生产经验的砍荒歌、采茶歌、织布歌，有协调劳动和鼓舞干劲的号子歌、打闹歌，有传授知识、开启智慧的盘歌等，内容丰富，唱法多变，朴实粗犷，质朴优美。至今流传在遵义、仁怀、道真、正安等地的打闹歌，通常在薅草时演唱，少则一二十人，多则上百人，一般是主人请来两名职业歌手，一人击小鼓、一人打大锣，以锣鼓声为劳动号令，鼓起则进，鼓停则止，鼓骤则疾，鼓缓则徐，节奏鲜明，动感十足。打闹歌可独唱、齐唱、轮唱、对唱等，每唱完一段，用锣鼓过门，有的还在唱段之间加上朗诵式说白，说唱相间，唱腔高昂激越，悠扬悦耳，道白即情即景，信手拈来，夸张幽默，一张一弛，别具意味。

劳动歌内容广泛，曲目众多，涉及天文地理、历史典故、风俗民情、生活常识、生产经验等各方面，“专职”艺人多能唱到千段以上。有四言、五言、七言及十字句等句式；分道白、快板、慢板、散板、平腔和高调等唱法；劳动号子有紧号、花号、慢号（短号）、快号（长号）、二慢号、上钱号、报路号、连歌夹号及其他号子等。

劳动歌中的栽秧歌、薅秧歌、收工歌等，不仅内容丰富多彩，谐趣幽默，涉及生产劳动的方方面面，而且表现手法灵活多变，善用各种修辞手段。更为重要的是，这些歌谣的“舞台”宽广无边，“背景”变换不定，就在山坡上、田土中、水塘边、谷场里；演唱者和欣赏者都是地地道道的劳动者，他们同劳动同歌唱，同欢笑同娱乐，把人的干劲鼓动得热火朝天，把枯燥辛劳的场面打点得激情似火，降低了疲劳程度，提高了工作效率。看来，歌谣魅力无穷，魔力无限，是仡佬族人人参与、不可或缺的娱乐工具，也是凝聚人心、鼓舞干劲的秘密武器。

“打闹歌”的内容大体可分为五部分：开场白；演唱薅草程序；歌颂古代英雄豪杰文人武士，讲述本民族的变迁发展；编讲神话、传说和创作的新故事；传播科学知识等。此外，演唱者还可即兴抒发自己的情感，按照劳动进度的快慢和质量的好坏，编唱新的歌词。不少曲目寓意深刻，形象生动感人，语言幽默含蓄，融思想性和艺术性于一体，在群众中流传甚广。

栽秧歌

打田栽秧丘对丘，捡个螺蛳往上丢。
螺蛳晒得大爹（张）口，哥们晒得汗直流。

薅秧歌

（一）

大田薅秧排对排，一对秧鸡下山来。
秧鸡抬头望秧子，情妹抬头望哥来。

（二）

薅秧要薅五寸深，莫在田中打水浑。
人哄地皮乱生草，地皮哄人饿死人。

收工歌

（一）

高粱叶子青又青，高粱造酒绿洇洇。
劝郎三杯就圆满，送哥一里歌回程。

（二）

锄头薅刀收庄稼，背篼箩筐装六米。
挑的挑来背的背，回到寨来大家分。

仡佬族形形色色的劳动歌中，还有一类独具韵味的盘歌世世代代流传在仡家村寨。仡佬族的文化历史、故事传说、生活知识等历来都是口耳相传，在世代相传的漫长历程中，逐渐形成了一种独特的传承方式——盘歌。在仡佬族方言里，“盘”就是“问”，“盘歌”即“盘问的歌谣”，是用歌曲演唱的形式，来完成盘问别人所要表达的内容，通过一盘一答，传授知识、讲解事由、活跃气氛、愉悦心情。盘歌内容广泛，题材多样，具有浓郁的生活气息，歌词即兴而发，简单明了，而且根据不同环境、不同对象、不同人物而不断变化，灵活巧妙，既体现了仡佬族机智聪慧、敏锐善思的应变能力，又反映了仡佬族富于情趣、富含哲理的民族文化。

盘歌林林总总，种类繁多，常见的有盘古人、盘农事、盘历史、盘动物、盘植物等。演唱方式为一问一答，在演唱中叙事传情，在对歌中自娱娱人，在盘问中明道说理；表现手法上常常使用伏笔、讽刺等；修辞上往往使用谐音、顶真、拈连、夸张、比喻等。盘歌是仡佬族长期以来的生活积累和知识结晶，深深扎根于民间，富有浓郁的地方特色和民族风情。

盘歌有固定的节奏韵律，歌词多为比喻句，内容千变万化，十分灵活。如：

盘古人——

（一）

（问）张先生来赵先生，唱首盘歌给你分。
起初何人开天地？又是何人制乾坤？
又是哪个制风雨？又是哪个定时辰？
又是何人制人伦？又是哪个制衣衿？

（答）张先生来赵先生，这首盘歌我分清。
盘古老王开天地，三皇五帝制乾坤。

东海龙王制风雨，娄景先生定时辰。
伏羲兄妹制人烟，轩辕皇帝制衣衿。

（二）

（问）张秀才来李秀才，唱首盘歌给你猜。
天上桫椤谁人栽？地上黄河谁人开？
哪个先人种五谷？哪个钻木取火来？
哪个修的洛阳桥？谁送灯台回不来？
（答）张秀才来李秀才，这道盘歌我来猜。
天上桫椤王母栽，地上黄河禹王开。
神农老祖兴五谷，燧人钻木取火来。
鲁班修的洛阳桥，赵巧送灯不回来。

盘花——

（一）

（问）什么开花红彤彤？什么开花起筒筒？
什么开花起吊吊？什么开花像毛虫？
（答）石榴开花红彤彤，松树开花起筒筒。
核桃开花起吊吊，白杨开花像毛虫。

（二）

（问）什么开花一树白？什么开花一点红？
什么开花几样色？什么开花牡丹红？
（答）栀子开花一树白，紫荆开花一点红。
芙蓉开花几样色，刺梨开花牡丹红。

盘农事——

（一）

（问）哪样出来高又高？哪样出来半山腰？
哪样出来连械打？哪样出来棒棒敲？
（答）高粱出来高又高，苞谷出来半山腰。
豆子出来连械打，芝麻出来棒棒敲。

（二）

（问）哪样出来两头齐？哪样出来大肚皮？
哪样出来戴铁帽？哪样出来两头翘？
（答）冬瓜出来两头齐，荒瓜（南瓜）出来大肚皮。
茄子出来戴铁帽，豌豆出来两头翘。

盘歌是仡佬族人民千锤百炼流传下来的集体创作的结晶，具有广泛的群众性、娱乐性、知识性、趣味性及民间传承性等特点。在长期的口头流传过程中，每一位仡家儿女都是当之无愧的优秀歌手，他们在繁重的劳动中传唱，在喜庆的日子里传唱，形成版本不一、大同小异的各类盘歌。一问一答的简单形式，单纯明了的对歌内容，却是开启智慧、传授知识的重要手段，也是缓解劳累、娱乐民众的重要方式。总之，盘歌和其他的劳动歌谣一样，是劳动的成果、智慧的结晶，是生活的艺术化，也是仡佬族民族文化的重要组成部分。

二、书面文学：百花齐放春有信，与时俱进自芳菲

云贵高原因被大山阻隔而与外界交流不畅，相对封闭的地域环境使仡佬族特有的生活习俗与文化心理都得以完好保存；多民族和

睦共生、相依共存的人文环境又使得各民族的“文化基因”相互渗透、彼此融合，构成一幅曼妙多姿、风情万种的社会风俗画卷。这种特殊的文化土壤催生了仡佬族文人文学的崛起，当作家自觉地将其诉诸文字，用诗词歌赋、曲联文章纵情渲染、描摹刻录时，一个民族独有的文学内涵也就蕴藉其中，跃然纸上，并成为当下文学理论关注、研究的焦点和热点。

（一）初露端倪：举人秀才留学生，开启文风新格局

明清以后至民国时期，随着文化教育的普及深入，仡佬族书面文学也有了骄人成绩，一大批知识分子开始了文学创作。他们是举人、秀才、贡生或者留学生，如李英才、龚煌、申云根、王廷弼、蔡世金、申晋芳、徐致和等。这些“文人”往往既是“士”也是“仕”，既为“官”也为“文”，其作品或诗或赋，或曲或联；虽然常常不足百字，但辞章通达，文采斐然。有的更是著书立说，由此掀开仡佬族书面文学的序幕。比较突出的有——

周渔璜（1665—1714 年）：清初著名学者，诗人。字渔璜，号起渭，一字桐埜，别号载公，贵阳青岩骑龙人。骑龙为白钠长官司治所，距花仡佬（今贵阳市花溪）40 里。骑龙寨为仡佬族村寨，《贵阳府志·苗蛮传》说：“仡佬有花、红二种。在府属者，居白钠正副二司，骑龙、甲斗诸寨。”贵州记载历代口传民间故事最多的仅有两人，第一个就是周渔璜。辛亥革命后，国民政府把周渔璜故乡骑龙一带，以其号“桐埜”命名为桐埜乡。

周渔璜幼时聪慧，潜心向学，《朗潜纪闻》载：“渔璜早慧，年十四五作《灯花诗》，传诵一时。”他 17 岁中举，22 岁获贵州乡试头名，30 岁金榜题名，中三甲进士，后入选翰林院，曾典试浙江，阅兵江淮，官居三品，名噪一时。《清史稿》称他是“诗才隽逸”的“翰苑诗人”，以一首名为咏钟、实为咏史的诗作《分咏京师古迹得明成祖华严经大钟》声震京华。其自选集首编为《桐野诗集》，仅清代就有四种刻本流传：初名《回青山房》，后名《稼雨

轩》，又名《燕山尘土》，终定名为《桐埜诗集》。其弟周起濂初刻于北京，称“北本”；其友、同榜进士汪千波再刻于江苏吴县（苏州），称为“南本”；三刻于贵阳，为贵筑人谢廷薰所刻，称为“谢本”；四刻于独山莫友芝，咸丰二年（1852 年）印于贵阳。今《桐埜诗集》即莫友芝咸丰本，分为四卷，总计 352 首诗，记录了周渔璜在翰林院供职期间的见闻和感想，堪为诗中精品。

周渔璜才华横溢，在清初诗坛有很高的地位。康熙曾问文渊阁大学士兼吏部尚书陈廷敬：当代诗人数谁？陈答：要数周起渭（渔璜）和史宇义（蕉饮）。可见周渔璜当时的才学与诗名。晚清西南大儒郑珍赞曰：“诗当康熙，如日正中。起问汉大，惟渔璜公。桐埜一篇，眉山放翁。经纬宫商，继盛长通。”他说周渔璜是继承盛览（长通）之后，堪与苏东坡（眉山）、陆游（放翁）媲美的诗人。当代美术大师刘海粟在《诗人周渔璜小传》中称他为“黔中诗帅”，认为“这位开一代风气的人物，论学术成就之高，阅历之广，反映民间疾苦之深，他不如郑珍（子尹）、莫友芝（郘亭）、黎庶昌（纯斋）（黎在刻画生民方面亦不如郑、莫），而才气或在三家之上”。查为仁《莲坡诗话》把周渔璜的《泛舟西湖夜半始归》置为卷首开篇，称“较东坡别是一格”。袁枚《随园诗话》将“直把西湖比明月，湖心亭是广寒宫”誉为“断句入耳”使人“终身不忘”的佳句。《清诗话》称此句可与苏东坡《饮湖上初晴后雨》“欲把西湖比西子，淡妆浓抹总相宜”之句并读。

申绍伯（？—1883 年）：清道光己酉科（1849 年）举人，著《南园纪事》，记述了务川的山川风貌和文化历史，堪称一部地方风习志，特别提到：“文风则至清季最盛，思南府所属德、印、婺，几以婺为首屈一指。”

李庆云（？—1947 年）：字泰生，光绪庚子（1900 年）、辛丑（1901 年）并科中举人，官至知县，曾自书一联，自问自答，一说抱负，二写政绩，难能可贵：

君为何来？当饮水思源，为民除害
我怎么议？宜痌瘝在抱，爱国还乡

聂树楷（1864—1942年）：字尊吾，晚号聱园居士，清光绪甲午科举人。曾官兴义府知府、毕节县知事、贵州省政府秘书，工诗、词、古文，著有《聱园诗剩》二卷，《聱园词剩》一卷，《诗钟》一卷，内容包括咏史、咏物、悯农、爱乡爱国、杂感等。他的《百字令·自题小传》于感伤超然中颇显才情：

彼何人者 是聱园居士
镜中留印 百岁光阴如转烛
白尽疏髯短鬓 耳鼓殷雷
牙车脱轂 目力凭双镜
夕阳无限 黄昏只是将近
壮岁角逐名场 浮沉宦海
精力销磨尽 问水寻山空结想
无具哪能济胜 米汁参禅
苜盘款客 聊遣闲居兴
偶留形影 渊明自答自问

《平生一首戏示内子》则反映了他的为人处世观：

平生无长物，只有书满床。平生无嗜好，只知书味长。
朝就小窗读，夜迷灯烛光。书可饱我腹，不问隔宿粮。
书可奉我身，遑计冬无裳。老妻倾我言，君病直且狂。
一生坐书穷，折磨入老墓。奈何不暂舍，尚如转丸蜣。
待君百年后，开穴二丈长。四周均叠书，卧君于中央。

玄碣署书冢，君志素可偿。我闻大笑乐，妇言至诚良！

被百姓誉为“聂青天”的诗人聂树楷，一身正气，两袖清风，读书向学，甘苦自知，颇有“世人皆醉，唯我独醒”的士子古风。

王济辉（1866—1918 年）：清光绪丁酉（1897 年）科举人，曾留学日本，官至临汪知府。他在家乡设馆教学，深谙民间工匠杂艺，曾亲手书写木工石匠工艺趣联一副，可见其才艺与志趣：

凿毛石 打边角 裁方磴 架拱桥 走南走北
砍竹子 划篾条 编圆圈 箍扁桶 装东装西

龚植三（1874—1934 年）：字培申，清末秀才，后留学日本，毕业于早稻田大学。曾任南京临时政府秘书、上海法政政法大学校长、贵州法政专门学校校长、贵州省高级中学校长。他撰写的《〈贵州省高级中学同学录〉序》，可见其忧国忧民的思想与斐然文采：

诸子毕业将归，编同学录藉撼聚散，索序于余，余不文，无所以诲美诸生。惟思高中首创于余，事诸生适以第一期入校肄业，晨夕数岁，风雨一庭，分襟在迩，能勿怅听！爰本回路赠言之义，为诸生告曰：当兹世风浇薄，人心险诈，务才不务德者，比比皆是。国家今日之内忧外患至于斯极，曷莫非此为厉之阶。诸生在校辛勤三年，一切学识足备应用，不待言也。惟学者，立身处世，当以道德品性为前提。诸生勿染浇薄之习，致贻世论之羞，此余之所以厚望于诸生者也。诸生勉乎哉！

罗翰臣（生卒年不详）：字运均，清光绪戊子（1888 年）科举人。宏才博学，擅长诗文，《婺星亭》诗七古一首尤为华贵：

涪水之南播之东，有石硗确撑青空。
相传婺星殒其地，县名因以著黔中。
神秀所钟多寿考，何任埋没在荒草。
好奇之士足未经，名迹空嗟识者少。
太守周公娴地理，云此县名所由始。
司牧若能早护持，人文何难徵蔚起。
倡议经营愿未酬，旋闻薤露歌山秋。
继者劳神惟案牍，谁将古足漫收求。
昨岁刘公莅斯邑，政成民和多暇日。
闻来瞻拜此石旁，捐廉创修无吝惜。
剜苔剔藓露峥嵘，鬼斧神工莫可名。
展以高亭环以栏，千秋名胜壮山城。
吁嗟此石湮没久，雨淋日炙谁珍守。
一日轩豁显奇姿，感此摩娑不释手。
有如良吏隐下僚，胸怀磊落干云霄。
特荐忽跻通显地，泽民霖雨慰崇朝。
又如多才伏草莽，流水高山无人赏。
一朝贡诸圣主旁，品重皤箬世共仰。
我务僻处西南陲，甲科寥落古如斯。
岂真人力有不足，亦由钟毓无所资。
迄今胜境缠度牵，漫云云气护疆编。
地之灵者人之杰，斯文从此焕南天。
我自婺星亭畔过，半碑屹屹细吟哦。
贤侯作育人才意，长与斯石垂山阿。

（二）“集团”发展：“军团”力量显神威，质高量多佳篇美

在漫长的岁月流光里，仡佬族文学呈现出民间文学一枝独秀之

势，文人文学长久以来一直喑哑无语，偶有几声微弱的低吟，也只是小打小闹，难成气候，更无长篇巨制领军扛鼎。随着时日推移，新一代仡佬族作家和他们的作品，以高密度、高质量、高数量横空出世，熠熠生辉，闪烁在中国民族文学的万里晴空。

当今文坛不断涌现出较为活跃的仡佬族作家，并呈“集团”发展态势：赵伯鸿、卢汝明、杨伯勋、王少龙、严新、骆礼俊、陈智武、冯福庆、冯其沛、刘伟奇、雷贤圣、黄明福、邹进扬、夏世信、何毓敏、廖江泉、吴明泉、张强、骆德平、申忠、杨明繁、姜代银、申国华、邹利华、邹愿松、雷崇明、朱明章、罗遵义、王富举、雷霖、冯尧、骆长木、韩克勤、彭孝礼、王前波、陈南水……这是一份还可以续写很长的名单。他们在文坛上大显身手，在诗歌、散文、小说等各方面都取得了不俗的成绩，但他们大都不是专业作家，而是活跃在各行各业的工人、农民、军人、警察、教师、医生、商人、公务员以及自由职业者。他们不靠写作养家糊口，不以写作沽名钓誉，而是以对文学的忠诚和热爱，驰骋文坛，纵横想象，挥洒才情；在喧嚣浮躁的今天，在商品大潮的冲击下，以文会友，以写作为精神寄托，不为名利患得患失，坚守寂寞甚至固守清贫：这不能不令人心生感动和敬意。

在充满历史感的文化沃土中，这群仡佬族作家中的佼佼者，因才华横溢而名声在“外”，因名篇佳作而蜚声文坛。《仡佬族作家小说选》《仡佬族诗歌散文选》等诸多选本，选介了寿生、戴绍康、赵剑平、王华、肖勤、伍小华、司马玉琴等人的作品。这些作家、诗人确实成绩骄人，成就喜人，频频问鼎国内外各类大小奖项，在显示“集团”作战优势的同时，也充分展示了仡佬族作家的创作实力和蓄势待发的创作潜力。

寿生（1909—1996 年）：本名申尚贤，务川人。1929 年入京求学，1933 年成为北京大学的“偷听生”，1937 年返回务川。寿生的文学创作主要集中于他在北大学习的 1934 年至 1936 年。短短三年的文学生涯，数目有限的十篇短篇，却因有着“清楚明白说平常话的好文字”、是“暴露了内地许多黑暗”的“方言小说”，引起新文化运动旗手胡适的重视。胡适破例在其主编的《独立评论》上发表寿生的小说，并撰写《编辑后记》给予其高度评价，还向沈从文、陈企霞推荐其作品。

寿生曾在《国闻周报》发表时论，如《试论专制问题》《我们要有信心》《新旧交替时代的游移性》《论贵州鸦片“禁吸不禁种”之谬》《文人不可“不知而作”》《文人不可“知而不作”》等，针砭时弊，展示希望，引起当时社会舆论的关注。他研究撰写的有关民族民间文学的多篇论文，为家乡民间文化艺术的发掘和发展做出了不可磨灭的贡献。

寿生在北大读书期间，整理了大量的故乡歌谣和民间故事，并在《歌谣周刊》发表，其内容以忧国忧民、反映农情为主。他笔下恬静悠然的田园风光、淳朴厚道的民风民俗，不仅是作者不媚权贵、不随浊流的真情倾注，也是他勤政爱民、为官清廉的高风亮节的自然流露。

寿生小说多用家乡方言写成，反映了20世纪二三十年代军阀统治下贵州的兵匪、烟毒之患，以及乡民在黑暗与残酷压迫下的挣扎，其中以《黑主宰》《新秀才》最为典型。《黑主宰》被评为贵州20世纪二十篇最佳文学作品之一，被视为经典之作并载入文学史册。有专家认为，寿生作品的思想价值和艺术水平，可与同时代的乡土小说家沙汀、李劫人、沈从文、黎锦明等人媲美。

寿生回到家乡后，隐居农村，忙于政务，曾任务川县副县长等职，写出长篇小说《弄口》、剧本《史夫人》，但不幸毁于“文革”，使后人发出哀哀长叹！所幸遗作已由政协务川自治县委员会辑成约20万字的《寿生文集》出版，使几近为历史烟云遮蔽的文学佳作重新面世。幸甚至哉！

戴绍康：在《人民文学》《民族文学》《山花》等刊物发表多

篇作品，主要有《在故乡的密林中》《梁子上人家》《罗寨风情》《啊，白果树》《鼓手》《钢顶针》《头鸭》《媚爪》《宝珠》《帽筒》《一枝一叶总关情》等中短篇小说。其中《滚厂》获1987年山花优秀中篇小说奖，《塬上风》获首届贵州省政府文学奖。中篇小说《在故乡的密林中》，刻画人与自然的错综关系，表现理想和现实的深刻矛盾，描绘文明与愚昧的尖锐冲突，引起了评论界的热烈争论，《作品与争鸣》杂志转载了这部小说及有关评论。

戴绍康的小说较集中地描写了仡佬族别开生面的一些生产习俗，如采朱砂和打闹歌。仡佬先民最早开始采砂炼汞，并发展成该民族的一项传统技艺。《滚厂》描写了仡佬族采矿的传统技术，讲述了矿洞的神秘传说和炼汞的古老历史，如麻阳人开的富矿麻阳洞，矿洞吉祥物背夫子老鼠，银钱洞里取朱砂的冒险经历，血盆子里抓饭吃的滚厂，葛洪发明的冶炼朱砂的地月天星炉……展现出仡佬族古老的采矿、冶炼技术和丹砂文化。而《鼓手》则通过“打闹”的壮观场面，描写了仡佬族独特的生产习俗，展示了仡佬族文化的深厚底蕴。农忙季节，仡家人采用换工方式，聚数十至上百人一起锄草，这时就要唱“打闹歌”——仡佬族在给苞谷薅草（薅打闹草）和给稻田锄草（薅打闹秧）时所唱的歌谣，也叫“打闹号子”。歌声鼓声就是号令，歌师和鼓师以歌、以鼓控制劳动进程。“鼓手和歌师一临场，俨然大将登坛，挥旗布阵，调兵遣将。”急促的鼓点敲起，高亢的歌声响起，人们“被族人的这支歌，带入一种神圣的境界”，“几百把锄头一齐伸向苞谷林，在土地上同时划动，发出一种很沉的，刮断草根草茬的噗噗声”，于是，歌师和鼓手就成了“仡佬人心目中的英雄”。他小说中的滚厂、放排、“打闹”、蒸柏香油等，对历史和现实作了凝重的思考，传达出时代转型期的繁复意象。

赵剑平：著有长篇报告文学《功勋》，长篇小说《困豹》，中篇小说集《远树孤烟》，短篇小说集《小镇无街灯》《赵剑平小说选》《乡里笔记》《女县长》，电视剧剧本《娄山好汉》《走出山门》等。短篇小说《獭祭》获贵州省《山花》文学奖，《杀跑羊》获贵州省人民政府首届文学奖，短篇小说集《小镇无街灯》获全国第四届民族文学奖，中短篇小说集《赵剑平小说选》获全国第五届民族文学奖、第五届国家民委骏马奖、贵州省人民政府民族文学奖。

赵剑平的祖母是仡佬族歌手，常为他唱仡佬族的传统歌谣，讲仡佬族的民间故事。“祖母这些关于生活与向往、土地与民族的歌谣，培养了他最初的文学敏感；这些流传于乡野的口头文学，有非常强的仡佬族的民间特质，包含了许多仡佬族的思维习惯与审美特征，包含了对世界朴素又深刻的看法，极富哲理，对他日后的文学创作大有裨益。”《祖婆的仓房》写了百岁老人祖婆神秘的身世，洞察一切的深邃，与蟒蛇、老鼠斗智的智慧，哼唱的仡佬族歌谣，经常翻晒的寿衣寿鞋，写她常“揭下头上的帕盘，稳稳地挂在僵硬的膝盖上”的生活细节，以及跪倒在她灵前的数百名“孝子贤孙”，塑造出一位慈祥睿智的仡佬族“祖婆”形象。中篇小说《白果》，写身患老年痴呆的老牛毛将“白果树”奉为神灵和自己的生命之根而决不离弃，表现了仡佬族对“树神”的崇拜，其间以粪灌人治疗“狗牙疯”（狂犬病）的野蛮偏方，带有传奇色彩的百年老树，磨盘岗特有的神秘习俗，偷吃白果的“酸枣狗子”，都有着浓郁的民族文化色彩。

中篇小说集《远树孤烟》，描写了仡佬族许多带有地域印记的生产生活习俗，如古老的榨油作坊（油榨坊），青石板街上的墨碇作坊（烟墨坊），深山老林中的挖瓢技艺（挖瓢坊），冯家沟的造纸技术，峡谷人家的祖石崇拜，韵味悠长的民歌民谣，以及磨嘎、悬棺、杀跑羊、打粉火、跳矮子舞等，形象生动地勾画出仡佬族日常生活的民俗画卷。而系列作品“巨人小说”以夸张寄托理想，有强烈的象征意味；“夜郎故事”用扭曲变形鞭挞愚昧落后，表达作者的“哀其不幸，怒其不争”；“动物小说”以动物讽喻人类，别样视角令人惊心动魄。这些作品反映了传统文化的深层底蕴，再现了民间传统的诱人魅力，表现了作者对种种现状的困惑和到民间寻找精神力量的创作倾向。

司马玉琴：原名付强，男，仡佬族，贵州务川人。贵州省作家协会会员，现任务川自治县文联主席。发表有诗歌、小说、散文等多种文学作品，著有长篇历史小说《铜剑》《黑剑》《花剑》三部曲，有诗歌入选《2002年度中国诗歌选》《2007年当代诗歌文库》等诗歌选本，出版有作品集《学会平常》《一个人的阵地》《闲言笑置》，曾获遵义市政府文艺奖、社科论文奖等省内外多种奖项。

伍小华：“官方身份”是一名传道授业的中学教师，“文化身份”是一位声名远播的民间诗人，曾先后在《诗刊》《民族文学》《飞天》《诗选刊》《西部》《诗潮》《星星》《散文诗》等刊物上发表作品，出版诗集《汉字经方》，其诗作多次获得各类大小奖项。有些作品被收入《新中国六十年文学大系·散文诗精选》《飞天60年典藏》《中国最佳诗歌》《中国年度散文诗》等多种选本，有的还被翻译介绍到国外。

至此可见，龙腾虎跃的仡佬族文学令人耳目一新，团队成员日益增多，老将新人佳作频出，显示出可喜可贺的创作实力和令人瞩目的成果实绩。

（三）女性崛起：文坛佳丽群芳艳，巾帼才女舞翩跹

直到20世纪中期，仡佬族甚至整个贵州文坛都鲜有女性作家的身影，学者王鸿儒的《贵州少数民族作家笔耕录》，共介绍了27位作家，其中竟然无一女性。此时的仡佬族文坛，几乎也是男性作家一统天下。文学的世界，怎能缺乏女性甜美柔韧的声音，怎能没有她们娇俏可人的倩影？

改变这种格局的，是近年来强势崛起的王华。她以另类姿势异军突起，用女性视角关注社会人生，用女性经验摹写世间百态，终

于打破了男性作家独霸天下的历史局限，短短几年便成就斐然，连续在《当代》《人民文学》《中国作家》等名刊发表多部长、中、短篇小说，被《小说选刊》《新华文摘》《中华文学选刊》《中篇小说选刊》《中篇小说月报》等选刊和各种年度选本转载。著有长篇小说《桥溪庄》《傩赐》《家园》，小说集《天上没有云朵》，发表小说近两百万字。中篇小说《旗》被改编成电影《等开花》；长篇小说《傩赐》被改编成电影《秋秋》；长篇小说《雪豆》（《桥溪庄》改名出版）荣获第九届全国少数民族文学骏马奖、贵州省政府文艺奖一等奖、贵州省乌江文学奖等多种文学奖项。为表彰王华为仡佬族文学事业所作的突出贡献，国家民委等有关部门为其颁奖后，贵州省仡佬学会又为她颁发了荣誉证书及奖金。

王华说："我可以说是土生土长的山地作家，对山地百姓的欢悦与哀痛有切肤之感。因此，我习惯也钟情于创作与之相关的作品。"她的长篇小说《傩赐》仿佛一道仡佬族的民族符号，是为追溯民族之根、展示民族之魂而作，是黔北作家带着自觉的民族意识创作出来的少数作品之一，因此它更像一部寓言，以自然界像奶一样浓的白雾和失去本性的白太阳，以傩赐庄的贫穷和一妻多夫的陋习，以桐花节的盛大庆典和欢快氛围，象征着仡佬族苦难深重的历史，表达着作者对民族未来的美好期望。傩赐庄的"桐花节"热闹非凡——全庄男女穿着具有民族特色的节日盛装，似乎是宗教仪式的"桐花姑姑"传说的演出，一浪高过一浪的对歌热潮，傩戏班子戴着面具演出的《山王图》，仡佬族特有的体育运动打篾球，十二张八仙桌上惊险的高台舞狮，确确实实展示出多姿多彩的仡佬族符号。而《桥溪庄》充满诡异的荒诞无稽，笼罩着浓郁的神秘色彩，表达了对病态现实的深刻反思，仿佛中国的"百年孤独"，明显带有魔幻文学非理性的艺术特质。

文脉延续，更为年轻的肖勤，以一个仡佬族女乡长的身份登上文坛，自2006年公开发表第一部作品以来，便势如破竹，生龙活虎，一气成为鲁迅文学院高研班学员、中国少数民族作家学会会员、贵州省文学院签约作家。至今已发表作品近百万字，散见于《十月》《小说选刊》《新华文摘》《民族文学》《中篇小说选刊》等杂志，《暖》《云上》《潘朵拉》《霜晨月》《棉絮堆里的心事》等中短篇小说赢来一片喝彩，几乎可以看作仡佬族女性文学的奇迹。

短篇小说《暖》无疑是肖勤颇有深度和力度的优秀之作。小说刻意营造了一种诡异神秘的氛围：奶奶神志不清、半人半鬼的疯话和梦魇，妈妈被贫穷苦难磨砺得粗糙坚硬的柔情和母性，民办教师庆生面对未醒人事的女孩拼命克制情欲的尴尬难堪，村干部周好土执行政策开罪于人百口莫辩无从解释的窝囊郁闷，乡村暗夜电闪雷鸣彷徨无助的小等关于山妖鬼魅的恐怖臆想，山路上跌跌撞撞无家可归的小等手接电线面带微笑的最后一刻……电影镜头般的画面和质感，都集中指向和暗示了亲情的极度缺失对一个小女孩的严重伤害：小孩对成人的依赖、依恋父母的本能以及由此得到的幸福和快乐。这部小说已被拍成电影《小等》。

肖勤以平民姿态和女性视角写作，把她感触到的个人痛苦、民众困惑、社会病变、理性思考等通通付诸文字，在城市的喧嚣嘈杂中隐现乡村的贫穷困苦，在书写遥远闭塞的乡村中牵扯都市的繁华诱惑，千丝万缕，环环相扣，深沉地表达着剪不断理还乱的人生长恨——既有无能为力、力不从心的个体孤独感，也有哀其不幸、恨铁不成钢的时代悲愤感。

继王华和肖勤之后，罗芝芳、余灵、何义娟、冯岚等一批女作家，以虚怀之态挥毫笔耕，以后浪之姿奋步疾追。她们步履坚定，执着无悔，不懈努力，勇敢尝试。毋庸置疑，他们和她们，共同托举着一个古老民族关于明天的光荣与梦想——迎接百花吐春、群芳竞艳的文学春天。

目　录

新秀才[①]

寿　生[②]

长万大爷今天在场上听得一个好消息，欢喜昏了。回家时，打了壶酒，称了一陀〔坨〕肉，进门就叫："二牯，那〔哪〕里去了？我的乖幺。"二牯正在茅〔毛〕厕里工作，听得叫，什么手续也来不及做，提起裤子就跑来了，一声"爹"叫出，急把东西接了过来。各屋里的人听得大爷回来了，都挤到堂屋来。因为他们听得大爷今天的声气特别来得快乐。大女儿，以为爹爹给他买了红裹脚。二女儿，以为交与爹去场上卖的私房鸡得了好价钱。大媳妇，二媳妇，以为公公买回了布匹，针线，想来分润分润。大娘又怕她

---

① 原载《独立评论》第一一六号，民国二十三年（1934 年）九月二日出版，见《寿生文集》，《务川文史资料选集》第九辑。由于此文出版年代较久，原稿中有些字或标点有误或与现在的规范用法不一致。此次出版，以"〔〕"括注正确的或缺失字或标点，以"［］"括注应删去的内容。第 6 页的小说《黑主宰》，同此。

② 寿生（1909—1996 年），原名申尚贤，男，仡佬族，贵州省务川仡佬族苗族自治县人。曾任务川县副县长等职。寿生的文学创作主要集中在 20 世纪 30 年代。他曾在胡适等主编的《独立评论》《国闻周报》《歌谣周刊》等刊物上发表评论、小说、民间文学研究等作品，受到胡适等学界名流的赏识与举荐。《试论专制问题》《我们要有信心》《论贵州鸦片"禁吸不禁种"之谬》《文人不可"知而不作"》等时论，针砭时弊，展示希望，引起了当时社会舆论界的关注。寿生小说反映的是二三十年代军阀统治下贵州家乡的兵匪、烟毒之患，乡民在"黑暗与残忍"的压迫下的命运挣扎。《黑主宰》在 20 世纪末被评为贵州 20 世纪二十篇最佳文学作品之一，已成为经典之作载入文学史册。寿生小说多用家乡方言写成，专家认为其作品的思想和艺术水平，可与同时代的乡土小说家沙汀、李劼人、周文、沈从文、黎锦明等人的作品媲美。

们姑嫂们分东西女儿们占不到便宜，跑来作主张。三毛，四毛，则满口乱叫我要杂糖、我要油炸粑。大爷一看，儿女媳妇一大群，又想到不久文星就要照烛时，更加欢喜。往常人们奉承大爷，是说“人也发，财也发”的，现在这句话，快要变成不圆满的了。“乖么些，不要闹，等爹息吓哆！都有东西的。——他们妈，你快叫金花们去把那菜弄好，今天有事，要请几个客。——牯二！同毛三快去请祥大爷，来保哥，弯三公，福二爷来；说有要紧事和他们商量。快去吧！”大娘问：“那〔哪〕样事哟？叫人捞头不打尾的！这样欢喜，是不是燕子岩那笔地方买成了？”“不是，不是，那算得什么！这是天大的喜事呢，一家人，一族人，都有光；就望在我们牯二身上出了！你同她们快去做吧，等祥老大们来了慢慢说。”

“大家请干这一杯听我说。三爷还记得去年和张家坡三先生闹架的事吗？他骂我们梆泥巴臭！他们是书香人户，五辈人出了两个秀才。想不到我们米家沟也有时来运到之日。这事情，是在场上区长亲口对我说的。说城里正义小学校，明年要办班毕业，毕业出来就是从前的秀才。他们老三想要到城里去进，想要约个同伴，只是城里花费大，难找这个合适的人，算去算来只有我们牯二合式〔适〕，问我愿不愿意，要愿意，进学校的一切交涉有他，只要我们舍得用钱。你们想，这还有什么不愿意的？好在我们牯二从前读过几年书。我今天请大家来商量吓，城里花费太大，我一个人恐难担负，得大家帮一手才行，这是大家的光彩，将来姓米的也有句硬气话好说。”弯三早笑得眼睛只有一条缝了，急说：“这还用什么商量，这是功名上的事，大家的名声。祠堂上的谷麦拿点出来；大家多多少少出点；不用说，还得你栳大锥。谁不想有张报条贴在门上，是不是？你们说。”“三公说的还有错！在场上只听人叫三先生，五先生的，姓都不提，好像先生是他张家一家的样。二天我们家也有先生了，看他们怎么叫。”祥大爷刚说完，来宝哥又说：“我就晓得牯二毛是有出息的，那回我同他们好些人检〔捡〕菌子，个个都检〔捡〕的是些杂菌，只有二牯得一背兜〔篼〕的大菇，那不是地马龙神帮助他，是什么!”

这时一屋子的眼睛都在牯二脸上打转，牯二心里自是快乐。堂屋的角落里，都占〔站〕满了听新闻的人，个个脸上都挂着惊喜的神色。与牯二平辈的人皆都在想：“明年我就是大先生了；三先生，二先生，八先生了；八先生娘子，五先生娘子了。他姓外里的人，还敢呼哥道嫂的吗!〔?〕”真是一人得道，鸡犬飞升。这消息一传开去，米家沟，个个欢欣鼓舞。别村，别乡的人，也就忙来米家沟拜保爷，认亲戚。

区长的儿子学名周家骥，牯二名米祖荣，今天都穿了从城里请来的裁缝做的竹布衫子，区长和长万大爷亲自送进城去，十几个人背了十几背送人的东西，猪腿呀，鸡呀，钱呀，鸦片烟呀，不一而足。在城里住在区长的一家亲戚处。由区长去走了门路，第三天才衣冠整整的〔地〕去上学，走到学校门口时，他们心里是何等的激动啊，那门上的对联，不是分明写着他们所期望的吗!

德育智育体育乃本校兴学大旨

附生增生懔〔廪〕生是今年毕业前程

在牯二们初来时，自然要受些气哟，像不叫他们的名字而喊“巴佬”，在大伙人玩耍时打他们的过街老鼠，就是站在他背后的在他头上一掌，他车转身去看时，又有人在背后一掌，顾得前来后又打，顾得东来西又敲的玩意。后来他们也学乖了，常请那些势力大闹得凶的吃小嘴。家里送来的鸡蛋，〔、〕果子，〔、〕粑粑之类也分点给人。虽然有时还是要挨打，但已带一点友谊的开玩笑的意味了。甚至于他们也可跟着打人呢，有时间。牯二来进这学校，真是闻所未闻，见所未见，一切新事物，无不使牯二惊奇，增长智识。

一混，已到放寒假的时候了，这几月的工夫牯二已淘〔陶〕冶得与从前不同了。从城里回家，虽不有好远，但作〔做〕了先生怎可走路？上个月还作〔做〕过一篇“以吾从大夫之后，不可徒行也”的义呢！这身份是丢不得的，兜子是得坐一个的啰。一到家，轰动了一沟人，谁不来看这为家族争光的英雄。拿的拿鸡，拿的拿蛋，一刻工夫，堂屋桌上已搁不下了。长万大爷又要招呼人，又不肯把快乐忘记，累得他转不过气来。牯二只坐在火铺上和几个族中年高德大有钱有福的人摆龙门阵！其外的人只有老远站着叫一声的福，有些懂世知礼的连叫都没得叫，因为他们觉得现在还叫牯二不大好，要叫先生又不知如何叫法才好，而且一时改口有点口硬。全靠得一个久经世面的老头来叫一声“我们的先生”！这才把牯二在族人中的尊称定下。蜂子朝王似的乱了一阵才渐渐散去了，只留下能和“我们的先生”说话那几个人。长万大爷也上火铺来了，二牯才对他们说：“在要放假的时候，校长已露出风声来了，毕业时要每人送他百吊钱，如当以前送学老夫子一样。我看，这钱是得送的，也不要紧。可恶的，是教国文的汪三先生，他对我说，要我借给他五十吊钱，考国文时他自会帮忙。这才不要脸呢，他要想敲我的钉锥〔锤〕，偏不给他，会怎样？硬不服这口气，他拿我米祖荣当那些不有进过城的乡空子打诊呢！”大爷慌说：“五十吊钱要那〔哪〕样紧！就答应他吧。你要帮老子挣这口气哟！年青〔轻〕人，不要耍脾气。”“五十吊钱值嘞哏唲吓？！有了功名怕抓不转来吗？你怕你爹出钱，算我的，连那一百吊钱一吓。吟舅子，我们米家沟银子钱米那〔哪〕样比不过人，就是功名上敌不过张家吟。二牯，莫说一百吊，两百也不希〔稀〕奇，你尽管进城去做我的。”弯三公发狠了。“真是呢，这样的功名还在钱上打算哩。去年我去彭家屋基大姐家拜年，见他们香火边挂一张裱得上好的报条，我问他们在那〔哪〕里得来的，她说那是十年前街上的一个外甥送的，还去了八十吊钱的恭喜钱，爹在的时候是舍不得拿出来挂的，这都是因为过年大哥才从箱子底里翻出来的，母亲还在骂呢！你以前所以没见过。他们这是别门外姓的人送的都这样贵重，二天你得功名了，米家沟那〔哪〕家不沾光，那阵要多少钱没有。只怕别门外〔姓〕的，你还懒得去呢。”玉林哥才说到这里一顿，保全哥抢着说道：“功名上的事都硬气得嘿！古人说的，得个知县官，地皮都跪穿；要想做秀才，口里读出白泡来；那〔哪〕里都如牯……啊！我们的先生是天上星宿，功名这样顺火呢。还怕用钱！”如此一来，祖荣先生也没得说的了。

好热闹哟，在毕业的那天。毕业生排队进衙门去拜县长，出来时个个头上都撇了两朵金花，身上都挂了红，县长送至大堂外才转去，好不风光，看热闹的人山人海。又在大街上游了一回，才回学校来解散。当下几十个人跑来把祖荣先生围着，你一段红，我一段红，把祖荣先生捆成红布捆子了。嗓嗓嚷嚷的〔地〕拉着就要走。祖荣先生曰：“还没有收拾行李。”“早搬走了，人些都在城外柏香林等先生呢。”于是半推半扶，风尘一滚就出城来了。只见百十人和一乘满是红泡花的四人大轿在那里等，一见他们来了，都叫着风〔蜂〕拥上来，为首的就是长万大爷，呜呢拉，〔、〕呜呢拉的〔地吹〕打，乒乒乓乓的火炮，震天般响起来；大爷抢上一步就给祖荣一揖，先生慌忙还一揖就要下跪，早被弯三公一把拉着说：“不忙！还没有拜祠堂呢。”这时各人脸上都无笑容，因为太严［重很］〔肃〕了。有人说：“请先生上轿，家里人等得你紧呢。”先生知书识礼看见多是些老辈在此，不肯坐上。三公说：“你坐上吧，祠堂里等你的人多着呢，今天是你的大喜日，是不能论尊卑的。”几个人不由分说，将先生扶上花轿，吹打，火炮，人声，把这为家族争光者，就拥回去了。

黑主宰①

寿　生

赵团长一开抵濡城，团部门口就贴出一张大告示来。这告示与往常的不同，仅大大的三路字：

造谣惑众者死。
偷盗邪淫者死。
强买强卖者死。

从这告示出后，不十天，团部门口就先后挂出二十来个人头了。把人们弄得话都不敢大声说。从前一般稍微不务正业的穷汉，都悄悄的〔地〕拖儿带崽的〔地〕整家整家的〔地〕搬走了。而最使人人自危的是团长精通相法，只要他“见不得”的人，就有被他亲手把脑袋斫下来的危险。有一天一个学生在街上走路，团长带着四五个背抢〔枪〕又背刀的马弁从背后赶来，一把提着他的后领，“唰”的一声在一个马弁背上扯出一把鬼头刀来，在他脸上一挡，说：“你以后小心点!”丢开手带着马弁就走了。那学生吓得“老半天”动不得步。他“犯的法”是：他走路的样子在团长的相法宝册中是“曹操步”。

① 原载《独立评论》第一七〇号，民国二十四年（1935年）九月二十九日出版，见《寿生文集》，《务川文史资料选集》第九辑。

濡城在这火星笼罩下，好容易挨过了一年。本省与广西发生了战争，赵团长得了一封鸡毛夹火炭的文书，叫赶急择道赴桂。这消息一传出来，全城都震动了。凡是都很难说，这消息也会使一些人不快。最露骨的是那些和兵大爷们有交情的妇女，一得这消息，她们就借口送还洗的衣服啰，讨帐啰，把团部前后左右各个巷道都占据来作话别的地方了。在军队开拔时，小孩些都唱起打趣这些妇女的歌来：

红旗扰扰要开差，把奴丢在十字街。
天怪地怪奴不怪，只怪大人要开差。

凉风饶饶天要晴，老鸦噪来要死人，
死人要死（那）亲丈夫，莫死营中野男人！

这正是六月天，由濡城到广西又是旱道，依军队每日行五十里路的习惯，至少要走二十几日，现在虽是有急务要连夜赶路，也要走十几天。团长有八名大班四匹马，天热时乘凉轿，太阳打阴时骑高马，倒不觉得什么，只是苦坏军士们了。军士们每日在烈日下走了一天，晚上得不到休息还要开夜差。在西南方的小路不比北方的泥路，它间常有一段一段的“小石板路”，在署〔暑〕天日中时简直同烧热的锅底一样，要是赤脚走路真可把脚板皮烧熟。军士们穿着草鞋，在烫石板上，热气从脚根直烧透心子。因为谈不上什么运输设备，军士们除了背枪弹还要背上好些自己的东西，所谓“抗不得六十斤，莫想去当兵”确是实情。一路上上山下山的时候多，上山时全身挣扎热气烹心喘气如濒死的老牛，下山时下脚重脚掌如杵针板。若遇到一点太阳雨，那难闻的烂草味随水气〔汽〕上蒸，闷气闷热把人整个裹着更不可耐！一来三天，军士们都叫起苦来了。又热又累个个都爱喝凉水，肚子都给那含矿质极多的“龙井水”充满了，吃饭时没一个爱下口，这样的情况下，铁打的金刚亦要熬熔，其叫苦是不足怪的。到第四天忽然倒海般的大雨下起来，军士们都喊“躲雨呀，躲雨呀！”然而团长在轿里说：“你几爷崽怕雨，难道老子倒不怕‘老板’！（打内行话叫省长曰“老板”）那〔哪〕个要不走斫掉他！”军士们只得拖泥带水的〔地〕往前奔。看看黑了黑了，雨势也更大了，马灯又不够用。火把与点牛油烛的“糍粑灯笼”又不能打，都只好一面不住抹脸上的水一面任脚高一步低一步的〔地〕黑摸去。只听得这里嘣嚓的一声滑倒了一个，那边晫的一声陷到泥水荡里去一个，一阵工夫，满山遍野是嗳呀嗳呀的叫声。团长的四人大轿前后十六只马灯亮汤喽！几十个马弁拥簇着！

托天之福，总算一夜拖过了。天亮时到了慈蛀场，就屯下弄早饭吃；一点名有百多名病了，一半是下痢和肚痛，一半是摔坏了；雨还未住呢，在此情形下，团长老大不愿意的〔地〕发出了休息半天的命令。

在这军营中有两个濡城人，一个是叔叔尚文达〔,〕独立连的书记，一个是侄儿尚惠民〔,〕团部编修。他俩是濡城“鸦片世家”中的肖子贤孙，又都是斯文中人，那〔哪〕里搁得住这个炉火，一落店什么也不管就找铺躺下了。文达先生喊：“惠民，你快把烟灯点上吧，我的瘾实在发登堂喽！这都是人干的！你看你看，我的脚全肿了，脚指甲踢得血浸。——噫，你怎么了，快点起去哟。”“人家人家一点也动弹不得了，昨晚摔下跤把后尾骨触倒〔到〕了，现在腰痛得要命，翻身都翻不得，哼。”“唉！”“只差腰子没抖落！”“啊——嗨嗨；嗳嚏，嗳嚏！”文达先生左一个呵欠右一个喷嚏的眼泪鼻涕起线线家流。“三叔，叫老板娘帮点吓。”“唉嗨嗨嗨，这个！——老板娘。”“那〔哪〕样？先生。”“请你把那桌上烟匣子头哩〔里〕烟灯拿来帮我们点起吓，我们烧完烟把灰送你，费心。”

“呜，呜呜，呜，”两位先生吞云吐雾起来了。

他们过了瘾还是死条条躺着。惠民见雨渐渐细了，说："要把衣服脱下来弄干吓吧?""得喽，只要雨住就好，让它在身上干吧，勤快!"书记探视惠民一眼又说："惠民，这个!?""有什么办法?"慈蛙场是黔北出名的大场，一团人驻下也不算挤。他俩落脚的这店子地位既不当冲又很小〔,〕只有他两个住，这是文达先生早算定了的，只要不得罪老板娘，说什么做什么都是可以的。"惠民，我不想去喽，实在再不能了。""谁想走，但是由得人。"这时文达先生半曨着眼〔,〕用右手作八字式叉着下颚，两个为鸦片染得黄黑黄黑的手指，配起那张又瘦又黄的脸，和那乌黑的嘴皮，倒非常调和；头发又乱又长，那样子就像服毒死了的人样。而身上到处又在气腾腾的，竹布衫子水济济的在身上贴得死紧，他呼气时肚上的衣都打了皱，一吸气又绷平了。衣裳下现出的那双白粉白粉被水泡起皱的脚板更叫人恶心。"黄瓜还未起蒂蒂呢，我们自下娘胎那〔哪〕受过这苦，就有个省长在前面叫我去拿我都懒得。""有什么办法，这时候告得准假嘢?""我想我们不告假就在这里打转身吧。不用说在路上这种走法要拖死，到前线又有好日子过嘢?""三叔是不是想开小差?"惠民先生瞪他叔叔一眼。"除走这条路还有什么!"书记把两眼闭上了说。"你忘记了昨天的事了?那勤务兵。""那么有什么法呢。我们毛山走两天就行了，况且我们是文职。""我总觉得危险。""他那〔哪〕有工夫尽屯下捉人?""团长的脾气怪，难说。""我们到不当道的人家藏两天再走〔,〕万无一失。""唔。但是我们的包袱在那边挑子上。""你去要来就是了，雨住了说我们要换衣。你就去，时候不早了。""那么三叔你把烟行碟收拾好〔,〕我去〔去〕就来。"

"嗳呀，谢天谢地，又算逃出铁围城了。吱吱这个!"现在已是下午五点钟了，队伍早开走了，他俩已经倒走转来二十多里了〔,〕在一个森林里的庄稼人家息脚，一放下包袱〔,〕书记就叹了这么一口带话的气。主人把他们接待到屋里去。书记坐在一条木凳上汗流汗滴的〔地〕向编修说："烟这个血汤子真作怪，我今早上才多吸七口〔,〕现在走了二十几里路还不觉得怎样累。""不是这些好处谁还吸它?""老八闲言少叙，快把灯点上戳它几口是正经。"书记的脸上现出一丝微笑了。

编修把灯弄好〔,〕把烟匣子捧上铺来；书记打开烟匣子里的复壁一看〔,〕吃一惊，说："噫? 烟盒子在那〔哪〕里去了?""你放在那〔哪〕里嘿就在那〔哪〕里。"书记翻来覆去的〔地〕找不到，慌了，把包袱都打开抄了又抄，没有，急得一身冷汗，连喊："有鬼有鬼！"总是落在那家了。""是了，落在那家了！想起了，我挑烟的时候顺便放在床当头上就忘了，那时太急了，这怎么办?!——你转去一趟吧，你你。""转去?……得，烟又不多，算了吧，我这里还有。""烟是小事，那象牙盒子是祖上从云南得来的，这件传家宝那〔哪〕能在我手上丢呢，你忘记了嘿〔?〕为这烟盒子不是同你父亲争吵过几次吗！这弄丢了吓人！你快去，你快快。""去，只有去送……""你们年轻人真不知事，懒。""……""在我手上还保不住这样一个传家之宝还成！"书记说了〔着,〕闭着嘴从鼻里悠长的〔地〕出了一口气，很勇敢的〔地〕说："我去！"就出门要走。编修一把拉着说："你拿命去作儿戏！还回去得?""我拿起就走，不要紧的，那盒子怎么舍得，装三代人了。""队伍到一个地方要点名不说，连长不见你还不问? 去不得！""你们年轻人真是见不得大阵仗，我会看风使舵，你不用管。"书记紧了紧套在布鞋上的草鞋就走了。编修见说他不信〔,〕只得由他去〔,〕乐得自己一个人大过一气瘾。待他吸得口干舌燥，鸦片的诱力已退，叔侄的观念就沉重了，益想益放心不下，起来收拾好了东西，托词把两人的包袱背上出了农家，赶去。那时天已快黑了。他到慈蛙场时快十点了。他始终不敢进场，走场后山上去伏在草弄弄里猫晰耗子似的尖着耳探视场上的动静。起初只有些狗在阴一声阳一声的〔地〕“吠”，一会忽然间他们住的那段街亮起来了，人声也起了。看着亮在向濡城的那头移动；四五盏马灯几十个人一窝蜂出了场口，骂吼声脚步声刀枪相撞声哭叫声一片！他知道十成有八成是糟了。待他看见这伙人走上他们昨天走的小路时〔,〕他吓得发抖，想“叔叔被拉着了，现在拉我去了，幸好呢!”他立刻缘山包了一个大弯，绕道回濡城，“顾不得叔叔了!”〔”!〕

原来书记急急忙忙的〔地〕转去取传家宝，他先脚才进那店子〔,〕后脚追兵就到了。烟盒子老板娘是交出来了，只是书记没挨着边就入排长的腰包了。一直拷问他供出了息脚的地方〔,〕才给他一口凉水喝〔,〕带着他去拉编修。去扑了一个空。“追兵”怕团长多等〔,〕马上又要往回奔。书记今天只有一碗饭落肚，刚才之有力气奔回来取盒子，一层是“装三代人了”这呼声在叫他挽他，一层是“多吃了七口烟”把人冲硬扎了，现在烟力已消，传家宝也得不到，又吃吓吃打，来回走这多路，周身软若棉条了，那〔哪〕里还走得动，〔?〕“追兵”见他实是走不动了〔,〕打逼也无用，就几个人扯着几个人推着把他脚不黏地的〔地〕就弄走了。走过慈蛙场二十几里〔,〕到了一个大山腰，山腰上亮着数十盏灯，团长怔睛鼓眼浠牙獠齿的〔地〕坐在一个石头上，一排弟兄十几个马弁随定他。大队已前面去了。书记被解到团长面前时已只能仆在地上喘气了。“狗娘养的，开小差，哼，有你的!”转过头去望着一个兵说：“黄海秋，你送他回去。——还有个呢?”“报告团长，尚编修没有拉到。”“狗东西些，胀饭！——拉过那边去干了。”这时书记才大明白他的命运，才回复了点说话的力量，“团长，我是文职呀，饶命吧!”他第二句话还没说，已有人来解他的衣了。“团长，我是前清一个拔贡哟。”“就要斫你这拔贡!”〔书记〕已被拉起了，“团长，要个全尸哟!”“全尸！我的子弹要拿去钻‘广崽’〔,〕没余胜〔剩〕的送你。——好的，用刺刀戳了吧，拉过去。”“团长，求颗子弹，写封信给我家!”团长站起身来眉头一皱，手向地下一指，军士们得了暗示，闪过一个在书记背后去，端定枪落背心给他“咔”的一刺刀，书记“嗨”一声〔,〕两脚一张就仆地了，登时七八把刺刀落在他身上，咔咔的好似戳烂棉絮！他蹦几次，长嘶几声，啃定一块地就死去了。团长看着笑了笑，骂声“狗娘养的”，就坐上轿去了。数十盏灯拉了多长一线，蜿蜒着好似一条全身发亮的长蛇往山顶上爬去。

文达先生家在濡城也算是很过得去的人户了，祖上给他留下不少的田地与街房；只是活钱方面因为自己事事没做〔,〕不大活套点。文达先生以“拔贡之身”去做一个连上的书记，是见好些“跟军队”的不几年就作〔做〕县长局长“看热了”。有句话“乱世得官如得草，只要跟着军队跑”，在那毛狗强盗遍地的时候实是一句无上的格言，——今儿是连长，明儿“拖出去”，后儿受招安，就是团长了，外天再拖出去，大外天又受招安，就有师长的希望了。连长做了师长，书记官：“师长，你老人家嘿嘿，哄，随侍你老人家几年，想回去看看嘿嘿，想你老人家赏个地方混混，回家去好看点嘿嘿，随侍你老人家几年，你老人家恩情好，说话大胆点，说话大胆点嘿嘿”，这样浠〔嬉〕皮赖脸吞吞吐吐的一下子，只要遇师长高兴，那名利均大的知事官儿就到手了。文达先生有一个太太〔、〕一个少爷〔、〕一个小姐。少爷已十九岁了。在濡城有“独儿不孝，独狗上灶”的话，这位少爷因为是个独子〔,〕自小就被父母［“］溺爱［”］着，性情非常乖张横暴，十四岁毕业小学后就不愿再上学了，成天玩刀弄枪的，一部“〔《〕小五义”〔》〕为他随身的宝册，尤佩服山西燕徐良之为人，每当人叫他，他的应声一定是“哼，咱老西来矣!”，“咱老西”自他父亲走后也不能不帮着他母亲理点儿家务了。

那天是“咱老西”父亲离家正对半个月的时候，他母亲煮了个猪头，用盒子装了两分鸦片烟，买了两双没有耳子的草鞋，叫他拿去东岳庙烧香。猪头供东岳天子；鸦片上鸡脚神与无二爷；草鞋上无常二爷，祈保佑他父亲旅途平安。“咱老西”〔从〕东岳庙回来，老远就见他妈在门枋上靠着看着他笑，他一上街檐坎〔,〕她就说：“毛宝，你爹的信来了〔,〕在房里枕头上。不识字真可怜，想看又认不得，干着急。是送信的张先生说由慈蛙场二十二团团部寄来的。”他急去拿信看。他见信壳上的字不像他爹写的〔,〕已有点奇怪了，待打开看到“当夜正法，已令该地区长收尸，天气太热，可火速前来认领，”〔”,〕大叫“完喽〔!〕爹着杀喽！狗日的老赵！非报仇不可!”他妈在傍〔旁〕看他看信，见他益看益脸色不好，本有点急，正想问，听他这一叫，登时天翻地转了，叫一声“我的天呀我的人”!〔,〕就接不上气晕过去了。

惠民先生在文达先生的凶信到后的第二天晚上才拢家，他从家人口里知道了“三叔”的被杀，家人从他〔那里〕得知了事变的原委。这原委，亲疏远近都得了一线安慰——殉“祖上的遗宝”。

个多月才把文达先生的后事办完。而毛宝家妈还是天天以眼泪洗脸，一遇有特别的感触就一急一个昏。随心乐意惯了的毛宝因此越气，报仇之心益切。但仇怎样报法呢？在关夫子是“打他不赢再看〔《〕春秋〔》〕”!”在毛宝是事有困难摊开“〔《〕小五义”〔》〕的。他细读了三天的〔《〕小五义〔》〕，他明白了，他决定了，要报仇非学徐良不可，非有徐良的本事不可：到艺成之日，身背行囊，赶到赵团长的驻扎地去。乘月色朦胧，更深人静之时，穿上夜行衣，踏上人头发的草鞋，镖囊里放上二十四枝〔支〕东门出名的铁匠谢青云打的飞镖，背一把老鹰关出的纯钢打的牛耳尖刀。八宝囊横腰系定；出得店来，周身挣一挣，紧扎妥当，咱咱咱，老赵呀！我来取你的头矣！到得团部，去那无人之处两脚一蹬，跳上墙来。使出平生的武艺，燕穿杨柳来到团长的上房，一个倒挂金钩从屋檐上去舔破窗纸看里面动静如何。呀！灯还未灭人已入睡。急将薰〔熏〕香盒子打开，取出自来火燃上，用仙鹤把烟子吹进去；

风飘叶落跳下地来。八宝囊中把行头取出，拨开窗子，他仙人入洞，衣不挨窗，窗不挨衣，落地不响，早到房中，闪身过去将灯吹息〔熄〕。飕的一声拔出刀来，几步挨近床去，摸定老赵的头颅一刀！结果了他的性命。但听得床上还有气息之声，呀，本钱已得〔,〕要个利钱，把婆娘一同斫掉！人不知鬼不晓大仇已报，还家矣。他想到“大仇已报”好不快乐。但是武艺跟谁学呢？这问题又苦倒他了。找了几天才找定南门外舞佳岩玄天观王道人。毛宝找得这个师父很高兴，徐良的师父云中鹤不也是个道长。王道人是会吸烟的，他去拜门的〔第〕一天就送了一百两鸦片。当天王道人叫他回去先预备没开口的单刀一把，沙包一个，纯线打的满耳草鞋一双，紧身〔衣〕一套。第二天就开始学艺。王道人对毛宝说：“练武，第一就要能喝一种汤”。“能能，我顿顿还离不得汤。”“这说的是每早上起来要喝一碗回龙汤。就是起床第一抛〔泡〕尿，尿头尿尾不要，用碗接中间那一段来喝。这回龙汤是提精壮力驱累，所以要喝它。”“那师父也喝过吗？”“哈，我喝的尿可以淹死你。”就把右手向毛宝一伸，真个骨节轧轧的〔地〕响，说：“你看，这尿劲！”毛宝急说，〔:〕“能喝能喝。”“那么来。”王道人带他到后面去给他一个碗〔,〕守着他叫他“如法炮制”。毛宝拿碗接尿的时候已够恶心了，到黄森森的尿要挨近嘴时〔,〕尿气一冲就打了一个“暴”，师父在〔旁〕给他鼓气〔,〕脚一跌叫“吃”！他只得堵一口气闭上眼喝一口，嗳呀，又咸又涩，他周身都凝了，张起嘴落不下来。师父还叫“吃吃”！又见徐良的大环刀在面前一闪，他就咬一咬牙〔,〕一口气就喝干，师父拍手叫：“好好好！快张口长长的〔地〕吐气。第一难关你打过了。”毛宝听说登时气壮了好些。从此天天来练武，家里常常等他等得饭冷，等得瞌睡。回家去一样是手不停脚不住的〔地〕练记他的门路。他妈一哭，他就说：“妈不要哭，仇总有天要报的。”就打一路给她看，这使得她更焦虑伤心，管他又管不下。

毛宝习武有二十几天了，师徒的感情也一天厚似一天了。王道人说：“毛宝，学武艺讲解是很要紧的，以后你每晚上来〔,〕我给你讲两个时辰。我的本事是从我的师父全然道长烟铺上得来的，我也同样教给你吧。”毛宝听说，好不高兴！第二天又送一百两烟。靠烟盘子本来就是一种很好玩人人爱的事，加以这道长“丹房”雅妙，烟行头讲究，就分外引人了。朱漆套盘里是走花的白铜盘；点着安顺出的上好的透花灯；白菜头的灯罩上戴着赤铜的火口；温玉般的梵净山花石的打烟石；四五寸高的细瓷烟缸一排；大大小小的银的象牙的包金小烟盒十几个；白铜镶红铜花的烟灰盒；银把猪鬃的烟扫帚；铲烟刀；铜烟畚；水磨黄杨木的蒙斗花盒，盛着印江夹纸作〔做〕的蒙斗花；白铜红边的灯花盒里插着很细巧的灯花剪；小瓷盘放着抹斗帕；云南钢头铜颈象牙柄的挖烟刀；五彩的烟水壶；赤铜的炒烟锅；玛瑙架放着纽丝的烟签子，挖耳头的烟签子，签的尖梢一寸高处带球的烟签子；一串小铜盘上放着张老斗子，蒙自斗子，朱砂斗子，金星斗子，思茅斗子，遵义土斗子，永香斗子，阳松斗子，晋斗子，瓮安铜沙斗子，遵义白石花斗子，婺川猪肝红石斗子，梵净山三镶石斗子，风窝斗子，另加风窝的斗子；装灯心火柴之类的本地阴沉木小柜子，与说不尽的小玩意，五光十色，各得其位的〔地〕摆了一盘。那黄杨色，樱桃色，栗子色，咖啡色，火炭色的五枝〔支〕大小不同长短不齐的怀枪睡在烟盘边更是爱人，都是云南上好的三色铜台子，银包玉的口底。还有一枝〔只〕小小的壶〔,〕壶枪婢妾似的在那儿作〔做〕摆样，借以说明这套烟具是应有尽有了。衬以古雅的大木床，印江托花垫单，四川锦缎被窝。在这样一个烟榻上〔,〕横靠着一个黑色道袍，笼标布袜，挽〔绾〕盘龙髻贯以班〔斑〕竹簪，脸清瘦，〔、〕胡须疏朗的老道，悠悠然的〔地〕打烟，悠悠然的〔地〕吸烟。〔毛宝〕自己就靠着他的对面，听他时说时辍的教诲，这已够使身心软和了。〔,〕稍觉须〔需〕要动一动〔,〕就去窗前站站；〔。〕这丹房是在舞佳岩的顶上，两面是参天的古木，满林雀巢，一面是临城的大道，一面可以俯瞰濡城的粮库蜂落坝与濡城的辅镇薪场，白天黑夜春夏秋冬无时不宜凭窗眺览放耳远听。这是多么让人神荡的一个神仙境界哟！一来几天，毛宝就觉烟榻上的讲解比房外的“运动”有味了。

起初几日是王道人自吸他的烟，毛宝自靠他的烟盘子，或看小说或吃点师父解烟喉的水果糖食，王道人也不叫〔他〕吸烟，也不说你〔他〕不可吃，也不说烟的好歹。后来浸淫日久，毛宝自动的〔地〕玩起打烟石烟签子来了，王道人也时或漏一句〔:〕“爱玩可以打口把玩，只要不吸，打玩没什么。”于是毛宝天天都爱打烟玩。起头打不拢，几天功〔工〕夫公〔居〕然打得成口数了；又学往斗子上栽，几天后栽也栽得上了。他乐得什么似的，觉得自己已学会一把手艺了。既打得成烟了，两师徒高兴的时候就徒弟打师父吸，玩得蛮上劲。而毛宝对烟盘子恋恋之情也更甚了。烟，毛宝在平时还未吸过，只有一次害病他父亲打口烟给他吸，被呛得什么似的，到底烟味没尝到。在一晚上〔,〕老道吸阵烟就闭上眼睡去了，毛宝就一个人反手打烟玩，玩阵玩起兴头了，就打口烟栽上斗去对准灯想试吸一口，烟子才一入口〔，他〕就呛起来了。老道睁眼知道他在吸烟，冷冷淡淡的〔地〕说，〔:〕“初吸烟是爱呛，”又闭上眼了。毛宝见师父醒了〔,〕还有点惶恐怕要被骂，今见他不骂〔,〕胆子就大了。第二夜〔他〕又试了一口。老道也放口说，〔:〕“一晚玩烦了，吸口把玩倒没甚关系，不要多吸就是。”这样在老道捏一把放一把之下〔,〕毛宝就吸起烟来了。练武成了第二要件，靠烟盘子成了必修科了。今天一口明天两口，一来两月毛宝有点花花瘾了。一晚上老道没有喊他吸，他竟周身不自在起来，看看他要杀〔刹〕不住了，老道才说，〔:〕“要吸吸呀。烟近来消耗多了。”毛宝得赦似的拼命抽了几口。他也懂得师父的话了，第二天又慌送一百五十两烟来，一百两作〔做〕送老道礼，五十两作〔做〕自己的份。师父也不置可否。毛宝见师父不说话〔,〕胆子越大，任情大吸起来。凡初上瘾的人最贪烟，成天只想吸。又是两月，毛宝的烟就大吸开了。武艺的事也就渐渐忘了。性情一天比一天温和了。好静不好动了。师父每日讲的也是“烟艺”了。

“师父，你们怎样烧烟不烧烟老点看着灯?”“这叫做〔作〕灯瘾呀。要戒烟的话，烟瘾易戒，灯瘾还难戒些。不吸烟的人爱靠烟盘子〔,〕最重要的原因就是这盏灯。在烟铺上爱这盏灯，就如冬天爱火样，你看冬天要没有炉火〔,〕一家就像没个捉摩了。这灯就是整个烟铺的生命，要没有它〔,〕烟行头再好〔,〕也如死了的西子了〔,〕还有甚味道。你不信把灯吹息〔熄,〕你看，——扑〔噗〕——你看整个屋子都像死了，什么斗呀枪呀全失去光彩了，我们两个白名白眼躺着还有甚味，〔?〕不是灯一息〔熄〕什么都没有个起落吗？要把灯点起，莫说两个人，一个人也闹热完了，盘子里的样样都活了，就拿着一个小烟盒也可同它谈半天的心。你说对吧？快点上。所以吸烟还在其次，玩灯是最大快乐，许多学问在这灯前操出，许多想不出的机谋在这灯前出现呢。烟灯照出的世界广大美丽得很，不然谁还吸烟〔,〕还一天守着它。东门罗玉林孝廉是个对于易经大有研究的人，他死的那天晕去回来还叫家人把烟灯擦亮点了才落气够!”“从前我总觉烟盘子好玩，不知为什么，现在知道了。”“有三更天了吧，肚子有点饿了，我们拿点板栗来灯上烤吃玩。” “烤得熟嚜?” “烤得熟哟。——好玩得很。”“板栗不爱消化裹气，夜半三更的吃了睡起要得?”“你不知道，不管三更四更，睡起躺起，不论吃什么，吃后几口烟，无事不了了。拿栗子来。”“这真有趣。”“你拿这几个去用签子穿上吧。车去车来的〔地〕烤。等我先烤给你看。”——捧〔砰〕——“好玩，炸了。”一阵功〔工〕夫〔,〕两师徒烤得黄焦焦气冲冲的二十几颗板栗。这只能作〔做〕小点吃，不能算饱，烧了一气烟，他们又拿几个冷肉包子来烤吃。老道又用锑缸装上冷茶在灯上炖热了喝。“毛宝，今晚上不再给你东西吃了，明晚请你吃新鲜玩意。就是用麻糖——要包〔苞〕谷熬的来绞在签子上在灯上熛了吃。麻糖在灯上熛它像烟样发陀，等熛得黑黄了，拿来吹一吹，用手一抓就把那层熛焦的皮子抓下来了，吃起又香又甜又焦，这福不在烟铺上享不到，别的灯有油烟呀。”

这真是有趣，烟灯可以作〔做〕出这样多把戏来。毛宝第二天下午两点钟起床，家把〔把家〕里所余的五大碗烟全数拿起就到玄天观去了。两师徒在烟铺上吃了饭，烧了一气烟〔,〕精神抖发。王道人说：“毛宝，现在同你讲打烟法。啊，打烟的样范多得很，今天只讲，以后再教你一天练一样。像我平常打的不算什么，你打的那样还是牛屎粑。打得好的一种叫‘灯盏窝’，就是烟的头头上成一个灯碗的形式；打法是把烟已打紧了〔,〕再把烟在打石边上挡得很平，然后用力匀匀均均的〔地〕打几转，这样就一转一转的〔地〕高上来成功〔为〕一个窝了。一种叫‘火炮头’，它与灯盏窝不同处是灯盏窝的边是一层一层的高成功〔为〕圆圆的窝，它是只有一层突然高上来〔,〕就如平地起一圈墙，恰似个火炮的头头；打法是把烟打紧了〔,〕把烟头在打石边上弄平后，一转打起那一层边来，这颇难打好。一种叫‘方烟’，打起就如一根方柱，四角明显的，吸的阵要离火远点用力吸，烟一层一层的〔地〕逡进斗里去〔,〕一点不破坏方的形式。一种叫‘尉迟鞭’，一口烟打成多少节。一种叫‘龙凤眼’，这难打，要先打紧一口很大的烟，再把它分成两段在签子上，上面的一段有下面的段十分之一的样子，先把上段打成球形，再把下段打成一个大屁股的宝塔形，然后把球推去挨近下面的，用力把下面的宝塔屁股打几转，就成一个灯盏窝把球包在里面了，吸的时候球还要动一动呢。一种叫‘蛤蟆跳井’，打一口大而短的烟成碗状，在此碗边上用口水黏上一小颗先烧好的烟，吃时用气力一吸，小烟颗被吸就跳入碗内滚一转而入斗了。一种叫‘二龙抢宝’，打两个半圆柱形的烟柱，一位在风门的右边，一位左边，二柱相隔一线，在二柱间松松的〔地〕放上一小颗熛好的烟丸，吸时用尽力一吸，则此丸下落而二柱合。一种叫‘观音坐莲’，打一口碗形的烟，将签子烧红〔,〕在那上面烙出莲花瓣的样子，在一花瓣上黏一烧好的烟做的观音，吸时先吃花后吃菩萨！还有节节高，花牌坊等等。啊多哟！这些都在瘾过足后弄玩的。在瘾发得登时要一气吸个痛快，只有‘连珠炮’了。那就是打好一口脱一口下烟签子来不栽上斗去，打几口放着，瘾发时就一口一口的〔地〕上上斗去不放枪的〔地〕一气吃个满。枪吸热了就不好吸，要枪多，这枝〔支〕吸阵，那枝〔支〕吸阵，烟子进口都是凉的才好；不用说，烟斗更要常挖常换。——十几年的陈烟那凉味才是呢！你还要知道，烟签向上滚的叫打上树烟，向下的叫打下树烟。”“师父教我，师父教我！”“这个自然。”“师父，什么叫‘老牛奔椿’？昨天我伯伯对我说：‘毛宝，你已带烟容了，才上瘾几个月就这样子，是[‘]老牛奔椿[’]吧！’什么叫老牛奔椿?”“啊，除了我们平常的吃法〔,〕有老牛奔椿与‘过河烟’，老牛奔椿就是用力一口气把一口烟吸完到肚，然后慢慢的〔地〕从鼻子里把烟子放出来。这老牛奔椿有些老瘾客在放出烟子〔后〕还要咳一声呢，这一咳把烟子呛进肺了，好着实。这老牛奔椿是年青〔轻〕人气足瘾发时吸的。过河烟是瘾过足后吸玩的，随吸随换气放出烟子。还有吸烟法要吸出个门道来，如吹洋号唱军歌。”“我就来吸口老牛奔椿——师父，怎么我在二伯家吸烟没有你这里好呢？他们也是陈烟呀!”“我告诉你，他们那烟那〔哪〕里成，我这是漂过的，还放得有甘草绿豆枸杞……熬好后还要叫道童打几千‘起子’（起烟用之竹片），一缸烟要埋在地下三两个月才取出来吃。他们那个那〔哪〕成。这些还没教你呢，慢慢来。”“嗳哑〔呀〕嗳哑〔呀〕，师父，说说吧，什么叫漂烟?”“好，就告诉你。先将一二百两烟煮好，用上好的夹纸几层滤过，将这滤过的烟水加进比这烟水为多的清水里，用竹片用力打激，打得白泡大起后放着〔,〕隔一夜再将泡子除去，又滤过，然后在铜锅里熬，熬得干得不可再干了，就将锅仆转〔,〕使火直接熛烟而起泡，最好整锅起一大泡，泡起即将锅翻转来，把早先熬好含水分多的清烟加入去，用竹片调和后挑而击之，直打至烟变黄色而止。这叫漂烟。告诉你呀，我吃的烟不特是漂烟还是漂酸烟呀，你想想，不是吸起酸香酸香的吗。酸烟是埋在地下成的。若有老霉的酸烟缸，只要装进烟去几天就成了。”这一气话，更说得毛宝心花怒放。大凡烟哥，瘾未过足时，你要他嘴张一张都难，烟〔瘾〕一过足〔,〕他的话头一打开就无穷无尽了。王道人喝了一口茶〔,〕躺下去看见了床架上的吊板，又说：“狠〔哰〕，吸烟哪，讲究的莫说熬烟认真，就是放烟行头也有分寸不乱放，要放在高处，因为它是很高贵的呀！它们是出在贵人之手的呀！就如永香斗子吧：从前有个大富人家，有个很美丽的丫头叫永香，她为老爷看上了〔,〕就被收作〔做〕了姨太太。那〔哪〕晓得太太不容，永香生了一个男孩后不久就被撵出〔去〕了。孩子〔被〕太太扣下了。这永香从小学得有一把烧斗子的手艺，她就以烧斗子过活，这斗子就叫永香斗子。永香斗子吸起来又脆又不烧灰，不久就出名了，人人都要买个永香斗子吸。后来永香的儿子点了状元，把永香迎去作〔做〕老夫人，永香斗子就绝庄了。状元公一天在街上听得好些人说，‘我们找永香妹玩去!’〔’,〕心头很奇怪，一打听方知道‘找永香妹玩’就是说去烧烟。状元见人们这样轻薄〔,〕就发愿要收回永香斗子。从前是卖几仙〔个〕钱一个，他出一两银子一个收回。收回了好多〔,〕人些才晓得可贵〔,〕不卖了，但是未收回的也不多了，所以现在这东西很难得。你看嘍，烟斗子是状元的老夫人造的，高贵不!”毛宝听呆了。把永香斗子玩得〔了〕又玩，问，〔:〕“现在要多少钱一个?”“好几十元。”“状元老夫人做斗子，烟行头真高贵!”

毛宝努力烟艺〔,〕一混已过他父亲的周年了。赵团长已做旅长了。他师徒两个的感情已融洽到无事不可说了。毛宝因为给他爹除周年〔,〕近三天没得到玄天观〔,〕好不难过，道场一完他就跑来了。“师父，我给我父亲那灵房扎得真好，你没看见，尤其那套烟行头做得像。你老人家这几天玩些什么?”“什么也没玩。你孝心好，老太爷〔一〕定欢喜。”两师徒说说笑笑的〔,〕你一口我一口〔,〕三天不见面更上劲。师徒烧到半夜精神焕发的时候，老道说：“毛宝，烟铺上的花样你还未玩全呢。”“什么?”“花烟你没吸过吧?”“还不知道什么叫花烟呢，你老人家又不说〔,〕还问人!”“就是找个会打烟的年轻美貌的姑娘来作〔做〕托手开托。”“那〔哪〕里找去?要有，你老人家作德叫我尝尝新。”“有钱买得鬼推磨，只要你舍得钱〔,〕就今晚叫人给你找个来，哈哈，要算你们年轻人听不得话，哈哈。”“可以可以，你老快叫人去!”毛宝正二十岁的青年〔,〕虽吸烟〔,〕又那〔哪〕里经得起勾引。姑娘叫来〔,〕起头倒是打烟，后来渐渐眉目手脚不规则起来了。到鸡叫的时候，老道说：“西门陆老爷请我给他爹诵开口经，要晨〔辰〕时才完，你们两个玩着〔,〕我上殿去了。毛宝，这经才五十块钱一次，不过是应酬朋友倒不要紧。”师父出房后，毛宝就堕入深坑了。第二夜那女人又来了，毛宝只盼鸡叫。到鸡叫了〔,〕师父又不走，还摸摸扯扯的比毛宝还上劲。毛宝慌了〔,〕问：“师父，今晚不念经?”“陆老爷就请一晚上。”毛宝周身不自在了。老道说：“你若要替老太爷念，我当然不能推辞。”“好了〔,〕今晚就请师父先诵一夜。父亲得你老诵经，我也安心了。”这样半月，毛宝背着他母亲偷当起田地来了。

书记的第二周年早过了。九月中旬濡城四面八方是打谷的吼声，每天挨黑的时候满街是送谷进城的农夫。书记太太一心一意的〔地〕忙着收谷。毛宝还是天天走玄天观。书记太太见儿子烟瘾已深，性情也大变，反觉安心了些，虽说是从前体强力壮的儿子现在已成了一架枯〔骷〕髅。唯一使她奇怪的是为什么到这时候了才收进几十挑谷呢，往年这时候三百多挑谷快收完了。天天候人来叫下乡分谷子〔,〕总不见有人来。一天她正在纳闷，走来一个邻人说："三先生娘，你怎样还不去附城陀分谷子？我才从那里过〔,〕见你们的田头已打好十几挑了。""噫！没有人来叫呀！是那〔哪〕里的话！这东西些吃迷魂汤了。"急叫女儿预备送人的饮食，自己打着洋伞去。来到田边〔，她〕果然见在打。那头的河沟坎上还有西门陆太太带着个少爷在站着，她以为她是过这里在看玩。〔，书记太太〕急喊那老佃户来骂："你吃迷魂汤了，谷子打了不去叫人！""……三先生娘，这从那〔哪〕里〔说〕起的！这叫怎么做！毛宝哥叫我去叫陆家，还说我要多嘴多舌就给我套架〔家〕伙，毛宝哥的脾胃我还敢不依，〔?〕我也不知是为什么，三先生娘〔,〕这个才是焦人呢！"啊！半天的云雾揭开了，她明白没人叫分谷了，一急一晕〔,〕一跤就摔下河沟去了！农夫抓一爪没抓着。九月间的小河沟都是干的，那全是石头的河床灰仆仆的满是石埂石刀朝天，到农人打堆下河去看时〔,〕见她倒触起躺在一个石夹夹里，后脑已被石头撞破了；他们乱脚乱手的〔地〕把她抬回家去，又压根连外科医生这话都没有在那地方，她不到两点钟就死了。当她被抬回的阵〔,〕毛宝还在睡呢。

毛宝安葬他妈去一笔钱。他妹妹的婆家见毛宝这样子〔,〕他妈又死了，就不管礼不礼〔,〕催着就把他妹接过去了，又花一笔钱。

毛宝现在是一身无牵绊的人了，虽说有叔子伯爷，但是已各立门户，谁也不能管谁〔,〕不愿管谁了，更唯〔为〕所欲为。渐渐三天五天不回家〔,〕由佣人看屋，在玄天观死困打眠。今天出卖这份田，明天出卖那份田，到书记三周年时已只胜〔剩〕几间街房了。这时的王道人常常十天半月的〔地〕出外访道友拜名山，毛宝才自己置行头在家烧烟，卖房子度日。不一年只有自己住的屋了。自己住的房子不能卖，卖了无处住，就卖家俱〔具〕，家俱〔具〕

〔卖〕完时〔,〕只有打房子的主意了，起先下不当紧要处的瓦来卖，瓦〔卖〕完了就下板壁，“没有开口的单刀”就成了下板壁的利器。板壁下完时〔,〕用〔佣〕人用不着了〔,〕打发开，“卖屋”！于是去亲戚处这家挨几天那家挨几天。起初他身上到底有卖房子的钱〔,〕且是刚落泊下来，故肯招待，到日子拖长钱用完时，亲戚处都下逐客令了。这时的毛宝只有进破庙了。又混了半年〔,〕连一顿饭也难得招待了。他这才想到“戒烟”！但才一天不吃，就周身如鬼啃不自在，“一天”就受不住了，“一天”他就不能“忍耐”〔,〕又吸了。这一吸“才尝到烟滋味！”他说，“周身舒泰，任何事都忘了。”经这一次，毛宝就宁可不吃饭要吸烟了。然而也就成［功］了个半讨口的不叫“老爷发财”的叫化〔花〕了。

毛宝一天把东岳庙鸡脚二爷的舌条偷来〔,〕躺在一个破瓦桥上刮那上面的烟来在观音龛里烧吸，他的一个老辈从那里过看见了，说：“毛宝，你怎样〔么〕在讨口了还只顾吸烟！”“二伯，要不为这口烟〔,〕那〔哪〕个来讨口哟！”

二四，九，廿日晨。

塬上风①

戴绍康②

一

戏上说，媒婆没有好女，花匠没有好絮。我父亲是花匠，从我记事起，就知道自家没有新絮，不过，我们常常可以睡瓣絮。父亲弹好了，让一家人睡一夜再压压实，第二天主人就来取走。我每次钻进这雪白、柔软的新被，就要做一场到也纳去的美梦。

也纳有我的一位少年！

我家虽然没有好絮，可挺讲究睡法：穿短衣短裤为“粗睡”；脱光，一丝不挂为“细睡”。我朦胧地意识到这也是一种什么文化，睡新被得细睡，我们以极迅速敏捷的动作褪去衣裤睡下。

总共一间大北屋，我、大嫂和妹妹睡东头，父亲他们睡西头。看得出，父亲心中有些不高兴，他可能埋怨我们吃得多，我们全都

---

① 原载《山花》1991 年第 1 期，此次出版时有改动。

② 戴绍康（1946—），男，仡佬族，中国作家协会会员。祖籍贵阳，现居务川。在《人民文学》《民族文学》《山花》等刊物上发表中短篇小说多篇。出版有小说集《在故乡的密林中》、小说《塬上风》等。代表作品有《梁子上人家》《罗寨风情》《啊，白果树》《鼓手》《钢顶针》《头鸭》《媚爪》《宝珠》《帽筒》《一枝一叶总关情》《在故乡的密林中》等。其中，《滚厂》获 1987 年《山花》文学奖优秀中篇小说奖，《塬上风》获首届贵州省人民政府民族文学奖。

是白花花粗粗的大腿和胳膊，不知要多少粮食才吃得这么饱满、匀称。我自己也感到胸脯、臀部紧绷绷的，经常在父亲、兄弟们面前走来走去，很不自然。有什么办法呢？青春使我们一个个肌肤细嫩、光彩照人。

西头，父亲、大哥、二弟在练功。父亲说："一足跟抵肾囊下，令精气无漏。"父亲入定，二弟对大哥说："大嫂又肥了，劲儿更大了，一干就是一个钟头，大哥要添儿了。"大哥不理他，专心练功。我不敢睁眼，也不敢往下听。门缝里吹来塬上的风，这风微弱而平稳，接着就变得比较坚定而悠长，这是塬上的歌声，它对我们大家都有一种意想不到的作用。我们大家都静静地听，默默地想，这歌声也就激昂起来，扩散开来。我忘情地想着我的少年，心中涌起一种销魂而广漠的哀愁。

我们甘家塬的人虽然长年粗茶淡饭，也不忌海椒、烟、酒和其他刺激性食物，但塬上出歌手，那歌就像塬上的风，能绕着梁子徐徐地行，慢慢地诉，谁听了谁周身酥麻、疲软，这就是塬上的真功夫。我们家唱歌的功夫数二弟最好了。他明天就要应聘去城市的一个舞厅演唱。

二

九妈和细菊来看我们。九妈是剧务主任，一天到晚嘴里叼着一支香烟，嘴唇牙齿手都被熏得乌黑，于是演媒婆就很出名。她一进门，父亲就从她嘴上把烟抽去踩灭。九妈四十八岁，年轻时在剧团演旦角，刚唱红便生活紧张，只可惜如花似玉的九妈为了活命，嫁给食堂会计花癞子，接着便是"文化大革命"，她作为最漂亮的人——"才子佳人"被批斗。人们批斗她不是为了别的，而是为了听她用京腔回答问题。

九妈常看着我和细菊的脸发愁，她说前世作恶，这世才变女人受苦，她说女人的命是想得到的得不到，不想的接二连三地来，叫你无法摆脱。于是，她对我们说年轻时她和断指琴师如何相好的故事，琴师送她些什么，说些什么体己话，他们又如何在白塔里幽会。她告诉我们，什么山盟海誓都不起作用，认准了，就把身子交给谁，否则你将后悔一辈子。有时候鬼怂着你办一些欠考虑的事，她嫁给花癞子就是鬼怂的。

“其实，大家都是鬼怂”，我心里想。我们甘家塬剧团像候鸟一样，每年都要到也纳去，哪怕它山高路远，哪怕它风尘仆仆，我们祖祖辈辈都走这一条路。每到这个时候，甘家塬的人和沿途的人似乎都处在一种莫名的激动之中。

龙袍补好了，汽灯修好了，明天就要出发。秉仁在我们家大北屋点燃了三盏大汽灯，使得这个原本就是白色的世界更加雪白透亮。炽热的灯泡发出白得耀眼的光，把屋里许多浮在空中的棉花纤维照亮，也照亮了男人们因冬天缺粮而略显浮肿的脸。

刚才唱歌的就是秉仁。他是跰子，可是在台子上不跰。他演武生，他眉眼英俊，动作潇洒，戏迷们称他为“半截潘安”。这几天我和他在台上玩戏，就常常演得陶醉。

三

车上的座位是排定的。潘安坐前面当风的那排，大哥大嫂、我和小菊坐两边，其余的人随便坐，但是前面不能超过潘安，两边不能超过我和大嫂。看上去便是一车的美人儿。

在旅途中，我们丰满的胸脯和长腿再也不是一种负担，它们已经是一种活的广告。

第一站是敢字驿，第二站是普字驿，就这么沿古驿道向南。为什么几十年、几百年总走这一条道，谁也说不清楚。父亲记得爷爷带着他就走这条道，爷爷的爷爷也走这条道。这条道的尽头就是也纳。

大哥说，剧团不要什么演出证，一路上都是老观众，从不住旅馆，也不要身份证之类，剧团演职员除两顿饭外，没有什么大的开支，有时候十几个人只吃三五个大南瓜，剧团沿途对任何人都构不成威胁，只会给他们带来欢乐。剧团票价低，给一撮洋芋，一盒冷饭，便可以得到入场券。

今天正好遇着敢字驿召开三干会，我听书记在大会上说，甘家塬的剧团来了，晚上都去看戏。

我们蹲在地上吃会议伙食，干部们怕我们菜不够，每桌省下一盘给我们，似乎个个都是熟悉的面孔。乡场上的人都来看我们吃饭，好在我已经习惯了在众人围观下进食。大家都饿坏了，顾不得穿着裙子蹲下去不雅观。我不知道下一顿能吃什么，为了储备能量，我们全吃光了，最后剩一盘海椒。这一盘海椒是潘安从大师傅那儿要来的。潘安用演皇帝的架势商来，极矜持、傲慢地享用，最后他用食指和中指指着盘子十分慷慨地说："谁要，全部给谁！""给我！"我们又将海椒吃了。我从不担心自己发胖，无论怎么吃，我的肚子上仍有小小的、漂亮的皱纹，这也许是我们甘家塬女孩子的神气。

虽然在未到达也纳以前的演出都叫彩排，但今晚是我的第一场红，我有些紧张。各人在准备自己的角色，围观的人差不多已散去。有几个小伙子不走，一个个站立的姿势极潇洒，有的还藏着用麻将牌磨的戒指。他们轮流换脚，点烟，用眼角看我们，眼光里充满了爱慕之情。我决心把戏演好，使戏迷们满意。

沿途的任何人都可以参加我们的演出。今晚区委书记演张三羊，衣服道具全是他自己的，据说是他父亲当年自己做的。地方上的人参加演出，使戏更加耐看。

我们在党委办公室化装。只有演员会打扮自己，我们实在也太漂亮了，看自己看三个钟头也不觉累，越看越美；潘安也是，简直美得就要从那一面破镜中跳出来。隔壁的屋子里，干部们全都在讨论我们的剧团，谈我们的父亲、母亲、爷爷、奶奶，谈我们前辈的种种风流韵事。

父亲的第一个妻子从也纳就跟着父亲，一直跟到敢字驿，父亲才答应她。那一晚演完戏，父亲抱一捆谷草便和母亲去仓库后边的白塔。现在也是这样，剧团没有为夫妻准备单间的先例，夫妻要做爱，就只有去别的地方，在敢字驿就是在白塔，塔里有楼板，有灯台，一般人又不常去。半夜，他们被人抓走了，罪名是父亲带着谷草、火柴，准备放火烧仓库和古塔。父亲被关一个月，等他出来，那女人已和区委书记的父亲结婚了。现在他们都退居二线，眼泪汪汪地看我们演戏。

父亲的第二个妻子，也就是我的生母，也是也纳人，生下大哥和我，那一年昏台，没有救过来。

我们这一家人的底细，沿途的人都清楚。我们一到哪里，哪里便又将这些陈故事拿出来，讲给下一代。我们自己也知许多本地人的底细，谁家和谁家联姻，谁家和谁家是仇敌，父亲和九妈他们也都一一传给我。

在演出前游街时，九妈便告诉我，哪一家门前去年坐着的老太婆今年不在了，换成了一个抱小孩的少妇，去年这姑娘未婚先孕，找九妈商量对策，九妈告诉她，把孩子保下来，私生子一般都聪明，更何况改革年代，未婚先孕便是体面事，说明你有本事，有男人找你。这姑娘的父亲是京戏迷，京戏研究家，只是名字有些俗，叫孔方，他最爱看戏，也最爱挑刺。

演出很顺利，只是途中汽灯大燃一回，修理过程中，在若干探照灯般的手电光柱中，听得大嫂一声京腔：“哎呀呀……”原来是大嫂的乳房被人捏了一把，奶汁渗出来湿了戏袍。于是区委书记出来道歉，说地方上不懂文明礼貌。

谢完幕，已是很晚了。第一场结束，照例区里领导要接见我们。他们在台上显得温文尔雅，谁都说一句话："明年我们派车来接你们。"

接见仪式刚完，就有一帮人到后台。他们提意见，谈看法，我得照老规矩围着提意见的人，看他们示范，尽管他们的动作让人忍俊不禁，但不敢讲半个不字，这也是祖上留下的规矩。我躲在瞎子身后，差点儿笑出声来。瞎子四十多岁，腰间常插一支洞箫。九妈说他走十几里路专程赶来，我不知道他是怎么翻山越岭来的，更无法想象他一个人又怎样走回去；总之他每年都来，每天一个人来回走三十多里山路。他是唯一可以在后台听戏的观众，我们换装也不避他，因为他看不见。

孔方来了，端了一锅猪脚。他虽是一个屠夫，晚上却穿得干干净净。只是瞎子仍能嗅出什么味道，他立马把鼻捂上，赶紧靠在一边。同是戏迷，瞎子看不起孔方，孔方也看不起瞎子。孔方恶恶地吼道："站远点，站远点，尽看好事，谁知你是真瞎假瞎！"瞎子微笑，也不回话。

孔方提出一个问题，是台步的方向及大小，他脱去皮鞋，穿我们的靴子，穿得有章法，分明是在显示他那双脚洗得如此干净。他穿好靴子，便在台上踱步，那气质就出来了。他一边走，一边唱，一边做动作。大家知道，他一年只穿一次戏靴，就任他在台上溜达，父亲说这叫过干瘾。"怎么样？"孔方最后捉襟、亮相。大家就说："好！""可惜他看不见。"孔方忘不了刺一下瞎子。脱靴子的时候，瞎子突然分开我们，两手将孔方的裤腿撩起，只见孔方膝盖以上全是黑黑的汗斑，要多脏便有多脏。这一下孔方丢丑了，瞎子很是得意，孔方满面通红："你瞎开老子这么大的玩笑，老子和你拼了！"于是两人在台上抱成一团，先是瞎子被按在地上，挨了不少拳；后来瞎子抽出腰间洞箫，大打出手。

好在戏迷骚乱，我在外面也见得多了，我们边看边吃猪脚。

乡场上的人知道我们今天吃会议伙食，送东西来的就少。九妈说去年在敢字驿，光冷饭就收了两大筐，成团的苞谷冷饭，可以冷吃，越嚼越甜。

夜宵后，我们脱下戏装，潘安提了汽灯，带我们去河边洗澡。因为都是在乡镇演出，不会有现成的澡堂子。男演员索性不洗脸，第二天化装省油墨。

潘安负责护送女演员去洗脸、洗澡。他没有手电，汽灯比手电亮，那光刺眼，野兽不敢靠近，如果万一有谁掉进水塘，也看得一清二楚，潘安会跳下去将落水的救起来。再说，这亮堂堂的一片世界里，歹人也不敢来。洗完澡，我们就上厕所，也由潘安护送；他先提灯到里边看一遍，“没有人”，我们便都进去，潘安也要进去。我们赤身裸体地洗澡，不避潘安，虽然他十分美貌。他小时候爬树，不知伤着了下身的什么地方，不光脚跛了，还失去了性功能，这在我们几个人中间叫“不得行”。九妈说，就连敢字驿场上的女人都知道潘安“不得行”。

洗澡时，我们欣赏自己挺挺的双乳，修长有力的大腿，它们再也不是一种负担，我尽量使它们无拘无束地微微颤动，旦角的身材就是性命，我害怕身材畸形发育。在途中，我们首先得到解放的，并不是思想，而是我们青春的肌体。

四

在我们剧团，除了我，他们都不知道这条驿道以外的世界。我就在县城读高中，成绩差毕不了业。我到省城去考过一次音乐学院，考官要我和他睡觉，照我们家的规矩，不唱红不嫁人，在贞操和堕落上，我选择了前者。我回到很穷的家里，熬过在家的几个月，现在便充满了欢乐，随心所欲地幻想，随心所欲地表现自己。戏台上，小姐、才女、皇帝娘娘任你扮，你想怎么演就怎么演，使千千万万人欢乐，向往。他们为你欢呼，为你痛哭，角不出名身不贵，在几百里路上，我要让家家都知道甘家塬的我。我看过小说、看过录像，我带着吉他，用它演《玉堂春》。我们一到敢字驿，这里的年轻姑娘个个紧张，一双双眼都变了样。她们不知道“相随心变”，本来很漂亮，心一狠，和我们一比，就差一大截。但她们相信，我们很快就会离开这里，只能给本地小伙子们留下一种长时间的怀念，于是她们又来亲近我们。一个叫碧琴的姑娘专门做了一次头发，硬拉我去照相。比美的结果，她的男朋友来找我，说：“还是你漂亮。”这男孩送我一把藏刀。这礼物太重了，也不好携带。九妈说，收下也好，免得他拿这东西惹祸。

虽然每天都有小伙子在我身边献殷勤，但都不及也纳少年。

我并不以为自己是剧团中最漂亮的女人，只是正当妙龄——十九岁半，身材发育相当好，脸上有一层极细的晶莹透亮的绒毛。我们本地人叫它“苦发子”，据说长苦发子的女人命苦，所以出嫁前要用线将这一层苦发子绞去——多么可惜。我不觉得我的命苦，现在我就非常幸福。

晚上的戏演得非常成功，送我藏刀的小伙子窜到后台，我下场便看见了他，我不知为了什么，竟用马鞭抽了他，他用手护住头，任我抽打，他那一副令人憎恶的嬉皮笑脸，没有一点恶意。第二天，他就在镇上散布：“我被甘家塬剧团×××抽了顿马鞭子！”

大哥大嫂下戏后去白塔。父亲、九妈和断指琴师去茶馆。唱戏人神经衰弱，失眠，本地叫“夜不收”。他们去茶馆不开钱，喝好茶。茶馆里的赌徒赢了钱，还要请他们吃甜酒汤圆。父亲可开天眼，碗中的骰子，堂子里的老牌，他都能看穿。他看着看着会突然惊叫，于是就有一家人输得倾家荡产。父亲从不赌博，天眼常闭着，他说敢字驿的人没有悟性。

深夜，茶馆里传来琴声和九妈的歌声。断指琴师由于年轻时失去九妈，发誓不再拉琴。一刀断了左手四指，可是后来越是想念九妈，越是要拉琴，虽然手指断了一节，那京胡仍拉得绝好。九妈已不再演旦角，除了教我们，就在茶馆里唱；下半夜，等大哥大嫂回来，她和琴师就去白塔。

细菊对我说，去年二弟和她悄悄去过一回白塔。那一夜他们演《断桥》，在台上假戏真做地亲热过好几回，我们内行人一看就知道，这叫演过了。

细菊搂着我说："姐，他的戏越做越真了，我真担心他，刚才游街时，好几个姑娘托他买票……"细菊的脸红得烫了，一身少女的清香，她的秀发用毛巾绾起，眼睛茫茫的，十分美丽。"我二弟不是那种人，他的女朋友虽多，但他只爱你，这个我敢打包票……"

今晚细菊睡不着，她不知道二弟在外是否有艳遇。她悄悄对我诉说去年他们去白塔的事，最后她说："我一定要为你们家生一个漂亮的男孩……"说完就哭起来，我和她一晚都没有合眼。她想二弟，我在想也纳的那位少年。

我梦见在也纳，台下上千人，我突然发现六排八号有一团紫光，射得我浑身发软。这团紫光充满着温暖，然后隐没在我身体的最深处，我接受了。我从未体会过真正的一见钟情，虽然我记不得他穿什么颜色的衣服，留什么发式，可是我记得那双眸的光，那脸上的气韵。我不禁自言自语与少年对话："你一个人吗?""我是单身。""你知道我爱你吗?""知道。""我也爱你，爱得快要发疯哩!""我宁愿不要一切，包括立刻就死去，我也要爱你。""不，我们白头到老，你是我命中注定的爱人，除了你，谁也不能使我如此动情。""这就好了，世界就一切都完美了。"

少年身上有一股很香的什么植物般的气味，他的肌肤刚健有力而又含情脉脉。我哭了，哭得非常幸福。我们周围是五颜六色的鲜花，到处是斑斓的色块。我们周身大汗淋漓，我们像两条鱼，在黏滑的爱的海洋中游弋。我呻吟、哭泣，他也叫喊、喘息，我无法抵挡这种销魂的欢愉和强大的快慰……

细菊摇醒我："你做梦了，你做梦了。请不要怪我，我不晓得你做的噩梦还是美梦，要是美梦，我就不该叫醒你。哎呀，你做的是美梦，我不该叫醒你。你怪我吗?”“怎么会呢? 我一直都在梦中。”

五

父亲说，普字驿败落了。实际上，普字驿只是一个小寨子。早先那蜿蜒几里的大墙依稀可辨，在城垣的废墟中，长出许多小花，特别多的金银花，它们在墙体的夹缝中，顽强地伸出来，发展成一大丛，从此便永远是一大丛，绽出朵朵金黄、雪白的花来。

父亲说，老祖们当年在这一带时，城墙上密密的都是军队，城墙上有戏楼，现在只剩下一个平台，他们每年来演出，都在原先戏楼的平台上。

我们一到，便有一些人拿了锄头去铲平台。父亲说，这些人都是当年驻军的后代，他们的祖坟都在这里，虽然这里已是一片不毛之地，可是他们不能搬家，他们就像庄稼和树木一样，被祖先种在这里，只能在这里开花结果。

普字驿在高高的山巅之上，峡谷里是一条奔腾的河，人们旱天下河谷挑水，雨季就喝岭上的山泉。

许多小孩围上来，他们不说话，只是笑。他们的笑容非常美丽。他们虽然没有多少和外界交流的语言，可是他们有手，他们一个个小心地摸我们的脊背，摸我们的手，摸我们的道具和服装。他们用眼死死盯住我们的眼睛，凭这些，一下子就和我们通心了。

我们虽然只为几十个人演出，但戏却是全本的。村长派人走百里山路割肉打酒，当天便可回来。第二天演出差一颗别针，村长叫奄耳去买，于是那个叫奄耳的农民拿着村长给的一毛钱，又跑一趟县城，来回近两百里，赶上演出。我知道后埋怨村长，说我们完全可用线缝了上场，不要别针，村长说不可以。

演出前，照老例是赠送野鸡尾仪式。我第一次看见如此壮观的场面。全寨几十人在台下，长长的野鸡尾装在竹筒里，闹台锣鼓后，村长端着竹筒，慢慢地走上台，突然“唰”的一声抽出几片五彩斑斓的野鸡尾，逐一插在我们的头盔上，于是，舞台上竖起一片羽毛的森林。

在普字驿，无论谁打到野鸡，那两片羽尾都得给剧团留着，尽管羽尾可以拿到县城卖钱，可他们不这么做，而是一年一度地盼望着我们。

普字驿的人顽固地认为，武打戏演的就是他们的祖先。边关、朝廷、命符这些字眼，连未进学校的孩子都知道是什么意思，至于那些催人泪下的忠臣被害的苦戏，会让他们哭得异常凄惨，我们也陪着他们落泪。

村长的老祖母，我们叫她老祖，今年一百多岁，到底一百几十岁，谁也说不上。她看戏老是哭，不管是悲是喜，一到精彩处她便撩衣襟擦眼泪，叫一声：“乖幺呢。”于是，满场人一片唏嘘。

父亲说：老祖不是一辈子都这么多愁善感，年轻时是这一带有名的双枪美人儿，左右开弓打飞鸟，坐营盘，守场子，杀人不眨眼。身边三个男人随时听她使唤，还抽鸦片烟哩！难怪老祖换了一口新牙，走路不用拐杖。

戏完了，村长站在台上说：“帮着收拾东西。”我们的东西本来就少，连漱口缸也有人替我们拿。几个青年小伙找不着活，便去下幕布。父亲说不用下，明晚还要用。他们说，不怕，明天我们现装。他们力气很大，甚至将埋好的木桩也拔起来，扛回寨子。

老祖拉着我的手，对父亲说：“小妹今晚和我睡。”父亲对我说：“好好服侍祖祖。”

老祖家住的是跑马奇。这里所谓的跑马奇，实际上是带吊脚的四立三间大瓦房。厨房在为剧团煎夜宵，散出一股股恶米酒的香味。这屋子大得使我想起营房，厨房能装下全寨百十号人。现在，全寨人都立在灶周围，他们在观看即将被我们喝下去的一大锅米酒。

祖祖的卧室极小，里面有一张老式床，周围漆黑，没有一个窗眼，我们仿佛双双进入一个寂静的棺材。村长送来油灯，挂在柱子上，那烟就顺柱子往上爬，我看见褪了色的年画，画上的人着古装，画的好像是《西厢记》。

我和老祖单独在屋里吃夜宵，是苞谷花下米酒。老祖吃苞谷花不是一颗颗地吃，而是一把一把往嘴里送。她的牙像一副磨子，碾得苞谷花轰轰地响。她一会儿喊“烟”，一会儿喊“茶”，村长就毕恭毕敬地站在她面前，为她裹好叶烟，打上火，自己把烟叭燃，用袖口将白铜水烟杆嘴擦干净，双手送进老祖嘴里。老祖一喊“茶”，村长就端来一碗水，没有一丝热气。“有开水么，我要喝一点。”村长说祖祖不喝开水，也不喝冷水，她喝的是阴阳水，就是用冷水在热锅里一涮，就是阴阳水。“阴阳水好，乖幺儿。”祖祖让我喝。那水大概三十几度，也真怪，一到喉咙，它自己就咕咚一声成一团下肚去，顺着肠子流。

村长将祖祖铺上的床单、被子抱走，换了干净的，那被子好像被柏香烟熏过，味道香极了。

“小妹，你的夫君在也纳。”祖祖一边脱衣，一边对我说。我感到惊奇，她怎么知道我心中的秘密。这种事情，连我自己也还不敢说出来，她怎么就知道呢?

“你的夫君一定很标致。”祖祖脱下上衣，她的双肩仍有光泽，乳房看不见了，满胸脯的皱纹。祖祖的腹部和臀部仍旧丰满，小腹上有几排密密的花纹，这些雪白、半圆、深深的斑纹说明她至少养育过三个孩子。

“你要好好待你的夫君。”祖祖解下她那长长的青丝帕，把它挂在床头。这一切做得有条不紊，看得出她是一个生活极有规律的人。

“乖幺儿，睡吧。”说着，祖祖过来脱我的衣服。我感觉到她那粗糙的手和冰冷的玉镯，当年握枪的手现在已经很不灵活，她解不开有机玻璃扣子，也不会拉我裤子上的拉链。

我美丽的肌体并没有引起她的忌妒，在橘红色的灯光中，她抚摸我的身躯，我感到一种从未有过的慰藉。“你真像你妈妈，她来这里，就和我一铺睡。看这奶子，几多坚实。我一辈子恨口袋奶，口袋奶守空房。孩子，你有福气。”她的手在我的两个乳峰间抚擦，听得见嚯嚯的响声。我仿佛觉得她是在给我一种力量，这力气在我胸中汇聚，汇成一朵莲花，这莲花又通过我下腹部运行到我的两腿之间。她用她的老脸听我的心跳，久久不离开。她仔细地观察我肚腹上细小的皱纹，看我大腿根部雪白的斑点。我发觉有两滴眼泪滴在我的胸脯上，冰凉凉的。“孩子，不是祖祖不让你好，我不放心呀，你应该吃素，要是你妈妈也听我的话去吃素，她不会早早地去了。你长这么漂亮，不怕得罪鬼神么……”

我感到一种莫名的恐惧，紧紧抱住祖祖，她也紧紧将我抱住：“孩子，你这种人，一百年才出一个，要小心啊……”说完，她用手遮住灯光，仔细朝门边看，生怕有谁来将我抢走。“祖祖，为什么要吃素呢?”“你不知道，当初我就该听我祖祖的去灵台山吃素，我没有，念着祖祖，她骑马来，把我带走，以后，其他寨上的男人又将我抢去。那晚六个男人睡我，我杀了五个。跑出来，到灵台山，人家连素饭也不给我。我买了枪，一年嫁一个丈夫，把他们的队伍拉来，头子们都是我的听差。他到苏杭二州、南北二京为我买绸缎，买大烟，买大马，有我在，他们的地盘就不会有闪失，杀人杀得多了，才晓得人的金贵。后来我就吃素，到现在没有沾油荤。哪怕它兵荒马乱，飞沙走石，哪怕它血流成河，我都不过问了。你父亲是我的徒弟，他不敢杀人……”我知道父亲是她的徒弟，父亲与他师父、师兄师弟之间，都很淡泊，只是心里时时地惦念着。

我在祖祖的怀里睡去，半夜醒来，摸不到祖祖的身体，她在另一头光着身子打坐。她使我在这早年的匪窝里有了安全感、幸福感，她是我的守护神，我下决心在自己这一生中，好自为之。

不知是祖祖给了我心灵上什么指点，还是整夜受到柏香味的熏陶，我一大清早起来，变得更加心满意足，浑身有说不出的轻快感，句句台词历历在目，个个场景清晰可见，我甚至看见了那个少年——我的夫君！他穿一件米色上衣，随风而来，又随风而去。我不知道那是不是凶兆，难道我真的该去吃素么？我将此事告诉大嫂，她幸福地哭了，她说她和祖祖睡过一铺，奇怪的是祖祖用拳头量她的盆骨，说她有后福，说她尖尖的奶子长得很有气派，有几个男子爱护着她，她将为每一个男子生下一个孩子。我说我都看见了，大嫂知道瞒不过我，涨红着脸，使她越发显得漂亮。

在普字驿的几天里，祖祖看戏流泪，晚上给我讲她年轻时的故事，讲她的几个男人，讲她如何爱一个白面书生，爱得发狂，这书生虽是土匪头子，可写得一手好字，画得一手好画，会做四言八句，但是对她最忠心的是他的马夫，我的大爷爷。祖祖吃素后，便在家中闭门不出，她遣散了队伍，将枪换了盐巴，和村长的父亲结婚时，她已经圆满了两次功德。

临走那天，父亲和我们去向祖祖辞行，我们在院子里站着，祖祖出门来，叫父亲过去说话，我只听得见他们在讲二弟，父亲说他在远方，祖祖说，你们要去找他回来，他现在正在伸手向血盆抓饭吃。

“去吧，孩子，你的夫君在也纳。”祖祖对我说，没有提吃素的事。我对吃素的事想得也少，我只想我的少年。

父亲在祖祖的面前，完全失去了长辈的风度，他的头被祖祖按着，是一种居高临下的抚摸，祖祖的大手在父亲的肩上爬。对于父亲来说，祖祖是一个平常的人，根本没有传奇色彩，她的一生必定要这样才交代得了的。她虽然没有受过任何教育，也不会说一句当今流行得体的话，但是她知道谁幸福，谁痛苦。在她眼里，一切人的日子都是明摆着的，不由你自己抗争。比起我们这些读过书，说过几句外语，吃过两顿西餐的年轻人来，她要清醒得多，明白得多。我和祖祖在一起，我便不会因她百岁而恐惧未来的路；我会对自己更加热爱，甚至会完全忘记世界上还有死亡，还有腐朽。祖祖是永恒的，她对我们的爱也是永恒的。

我相信，没有人比我更了解祖祖。这几天，我能准确地猜出祖祖将对我说些什么话，她将做些什么。她口口声声让我吃素，其内心，她是让我洁身自爱保住我的童身，这对我确是一个不小的震动，在此以前，我对于贞操已不那么计较，只要有那么一个胆大、美丽的小伙子——我的那个少年，我就会奉献我的青春和精气、灵肉。我总相信，我的肉体和意志为这世界上的另一个男子所共有，其他的都显得非常地次要。

祖祖对父亲的嘱咐没完没了，粗大的手在父亲肩膀上爬上去又滑下来。她把父亲衣服上的草拈下来，又用食指蘸着口水将父亲衣服上的泥星子洗去。父亲则将她的袖子放下来又重新挽上，使祖祖手腕上的那一副翡翠镯子反射出晶莹的光。据说这一副玉镯早先为祖祖的一个男子所有，当时值一百条枪。我怕触到这副镯子，我一挨上它，整个身子就变得冰凉，连同整个世界，完全感觉不到一点温暖。

似乎只有我和父亲才经得起这么长长的无声的离别，尽管现在鸦雀无声，我却听见从祖祖嘴里发出震耳欲聋的声音，这声音通过朦胧的雾，传出去，肯定还有什么人听得见。

终于，父亲觉得非上路不可了。从来没有人能阻止父亲上路，祖祖脸上出现离别的痛苦和绝望，她死死拉着父亲的衣袖，父亲一下子把祖祖抱起来，横在怀里，冲进祖祖屋里，把她放在铺上，将门反锁。

太阳正好从山口冒出来，射出一股超自然的光。

六

我们沿江逆流而上。拖拉机拉着我们翻过一个陡坡，接着就全速向下冲刺，只听见耳边的风呼呼地响，驾驶员口中念着："脚踏鬼门关，手握生死牌！"就这么冲到谷底，又缓缓地、耐心地爬坡。这种时候，除了我，车上所有的人都能在颠簸中打盹，他们已经习惯了旅途生活，对于车祸死亡，无所谓得很。

在征途上，我们的人会因车祸而受伤、死亡，也会因山高路险而摔岩，但这些意外事故并不能阻止我们这支乞丐般的队伍。昔日官家出大价在我们这支队伍中买丫鬟、太太，但是我们的前辈宁肯在台上演千遍万遍，绝不会去做丫鬟、太太，他们从小就盼着走这条路，一直到走不动了，还惦记着这一条路。

几十年前在也纳，戏界大"搬木林"，也就是东西南北中的班子集中在也纳，演两个月大戏，也纳的党政军民学分别贴告示欢迎，周围几百里的人都包盘缠来也纳看戏。压台戏是我大祖父的《刘十四娘》，戏的最高潮是打叉，戏中的刘十四娘已变成鬼，要惩罚她，制服她，则由我祖父投叉将刘十四娘叉在门板上。

商会已经出钱买了整木底盘的大棺材摆在戏台前，如若失手将刘十四娘叉死，一切安埋由地方上负责；如果没死，所有丧葬用品由剧团变卖收钱。我们剧团祖传这个戏，但有一条规矩，非亲兄弟上场不演。

镇上商会的戏楼已不能容纳几万名观众，改在杀过若干人头的校场坝，那里有司令台。保警队陈队副一早便派了四个号兵在那里吹号。那号谱，人们叫它"遭刀——砍脑壳"。这完全是杀人前吹的号谱，那号声凄厉激越，它召唤所有的戏迷。当差的忙着在坝子中摆八仙桌，太师椅，四周则是密密麻麻的百姓们的高板凳。

保警队陈队副这个职务，是他父亲花钱买的。陈队副平时是个鸦片烟鬼，因患有一种阴冷症，一年四季穿长衫，胯下夹一个竹篾编的烘笼，烤出一股股难闻的臭味来。

今天他脱去了长衫，换上崭新的制服，全身亮闪闪的，腰上的连枪据说在油里泡了三天才擦亮。他指挥所有的保警兵清晨各就各位。

大祖父、祖父兄弟俩每天沐浴，整夜打坐。这一场戏，唱、打、做全是看家功夫。这一场戏使镇上所有的旅馆客满，家家接待亲朋，整个也纳镇到处都在议论我的大祖父——刘十四娘。

我心目中的大祖父，比人们传说的还要漂亮。人们说看一眼我大祖父能多活五岁，现在也纳还有一句话，说也纳人看两样东西不顾命，一是看杀人，二是看大祖父演戏。大祖父的装束至今被人们记着。说他一年四季穿一双线耳麻鞋，鞋尖上一个粉红色绣球，反手抱一支白铜水壶烟杆，人们都说他异常地高傲。现在想起来，唯有这种高傲，才使也纳的一辈辈人喜欢大祖父，喜欢我们的剧团。什么样的传说都有，有的说大祖父并不高傲，只是脾气独特，喜欢吃冷饭，而且不用筷子，用手抓。这我理解，苞谷冷饭坚硬，有嚼头，回甜。正是我们这种非凡的吃苦精神，使得我们在也纳人心中具有一种高傲的形象。

我总觉得，我们一家总得与也纳发生一点什么联系，你情愿也好，不情愿也好，就有那么一股看不见的力量在左右你，让你做到也纳去的梦，让你有一个情人在也纳，让你不顾一切地到也纳去，一路风尘仆仆，历尽艰辛。从地图上看，甘家塬和也纳各在一方，全被些棕黄色的斑点隔开，那是大山、梁子。我们的祖先为何选择这种神秘的旅途，让我们闭着眼也知道去也纳的方向？

我曾在城里唱童安格，在震耳欲聋的电声乐中我仍会想起也纳。我曾接受过许多鲜花，不，塑料制作的鲜花，用塑料纸包着，为什么要包着它？它本来就不新鲜，也不会凋谢。我也曾受到责难，观众大呼："裁判，要求换人！""真恶心！""滚下去！"总之，我有一段时间没法赶上趟，我没法使我的观众满意。最使我不能容忍的是，当我唱最拿手的歌时，场上竟有人跳肚皮舞，他们肆无忌惮地挡住我的视线，使我看不高远，发挥不出来。我精心打扮，刻意求美，可是他们都是些疯子，拿我的连衣裙开玩笑。我知道我应该换一换场景，让他们寂寞一段，然后我再复出，让他们在最想念我的时候再见到我，那时，我会将到也纳去的灵感直接通过话筒传到每个人的心上。他们还会虐待我么？老板虽然照顾我，但当门票明显下降时，他又打电话又出差，弄来一个个沙哑型的充满性感的歌星。在一阵阵的掌声中，我被逼到台角，曾经被我接受过若干次的塑料花袋，现在被那些歌手握在胸前。老板迟迟不和我算账，经常突然变换我的出场秩序，甚至建议我穿比基尼。

那个上嘴边长很长黑胡子的女子临场跑了，我让电吉他伴我唱《玉堂春》，我又重新得到了鲜花，然而我会唱的戏太多，吉他手会弹的太少了。

二弟他们活像大陆的小虎队，听说他们的头发染的都是荧光绿，收入十分可观。他们像强盗一样，趁人们不摸底，演一场就跑，票价高得惊人，这种策略最风行。

二弟有一个女朋友是也纳人。据说，那姑娘长得漂亮，那一次在也纳演出完了，她便悄悄跟上二弟，她哥哥骑摩托追上她，将她捆在自己背上驮了回去，不想剧团到了另一地方，她哥哥骑着摩托又将她送了去。她哥哥给二弟当胸一拳，劈脸一巴掌，说："看着，老子好好一个妹子交给你了，如果你甩了她，对不住她，老子就要你的命！"他指着他妹妹说："一切都是你这骚婆娘自找的，以后不准你这骚婆娘喊我哥……"妹妹在哥哥面前跪倒："哥哥，我一辈子也忘不了你，告诉爹妈，我不会忘记他们……"姑娘的哥哥走过去对二弟说："我妹妹早就被人破过身子，真对不起你，我是不忍心你们甘家……"两个小伙子紧紧握着手。细菊将姑娘扶起来，姑娘说："我不是要他，我配不上他。我就是要唱歌，我要离开也纳！”

也纳的每一个人似乎都是我的榜样。我们都很爱二弟的女朋友，二弟带她出去，也是一片苦心。

七

已经进入也纳地界，那空气就清爽起来，车上的人谁也没有了瞌睡，眼前的每一场景都是一幅画，画上永远有一条土黄色的路，不是在溪边，便是在坡上，这条路永远没有尽头。

我们一辈子都将走在这一条路上。一时间，大家都屏住呼吸，车从大祖父的坟边开过，公路在这里围着坟弯了一个半圆。当年修公路，本来要挖掉坟，由于他是“刘十四娘”的坟，所有民工和设计师都决定保留它，宁可让路弯一点。那石坟已经有些年月了，青草长得很茂盛，我们在车上望着坟向我们扑来，又迅速地退下去，最后消失在我们的视野中。另外几个坟，是聋法官、陈队副和两个保警兵的。

父亲说，周围几个县的头面人物都来看戏，也纳的县长就常和他太太拉琴唱戏，他们的《御河桥》唱得就不错。

关于那一次演出的故事，我不只听说过，我曾反复背诵它，甚至将它的情节戏剧化、小说化，唯有如此，我才想象得出也纳的那一位少年。

暮色落到镇上的时候，四面八方的人涌向校场坝。最先到场的是早归的牧童，他们早早地将牛赶回来，来不及喂饱，也来不及喂水，牛们沿着坝四周站立，牛背上坐着牧童。随后到的是许多姑娘、小媳妇，中产以上家庭的闺秀都骑马来。当地矮种马多，也有几匹洋马，那多半是土匪家属的。这些马的眼睛在黄昏中开始有一种淡绿的光芒。它们被拴在坝子边的树干上，马背上常会有人成双成对地坐着看戏，于是又会传出些马背上的风流故事。

最后到场的，便是最远处的看客。他们差不多要赶一天的山路，但是他们不疲乏。他们轻轻吹着口哨，那口哨是山歌，一听曲调就会让人想起歌词，使人精神亢奋。

牛在静静地反刍，下巴上挂着长长的涎水。马们打着响鼻不断地换脚，或是用前蹄敲击地面，使它发出嘭嘭的声音。

所有的人都焦虑不安，他们竭力抑制这种不安的情绪。

八点钟光景，场口一排马灯走过来，陈队副指挥十六个人抬着一口黑漆大棺材，抬夫们喊着送葬的号子，迈着整齐的碎步朝戏台走去。如果我的祖父失手，将大祖父叉死，这棺材就是我大祖父最后的安息场所。

“闪开一条路!”陈队副喊。

“闪开，闪开，闪开。”众人附和。

抬夫们喊：“平洋大路。”众人和：“撒开脚步。”陈队副喊：“莫挤莫挤。”抬夫们和：“拥起，拥起!”

“莫摸老子的枪。”混乱中有人碰了陈队副的手枪。

“走个梅花桩。”抬夫们和。

“县长席上坐。”

“牛屎地上堆。”

陈队副一时高兴，见物见景随便出题，抬夫们也在兴头上，顺口作对。

“马背上一对新夫妻。”

“被窝里一副旧行头。”

众人将棺材在戏台上转一个身，稳稳地搁在台前的两条高凳子上。人们一见棺材，便潮水般涌向戏台；凳子腿断了，一片咔嚓声；人挤着人，牛角碰着牛角哗哗响；马抛下背上的人，原地打转，挣脱了缰绳。一时间，人喊马嘶，仿佛山崩地裂，这声音好比山洪奔腾，怒海狂啸，整个镇子一片骚乱。

祖祖骑着高头大马出现了，她手提双枪，穿一件紧身大红袄，如花似玉的脸上，隐隐一股杀气，在她的怀里，坐着吓得半死的大祖父。戏还没有开演，主角——刘十四娘——我的大祖父便被祖祖抢了去。

一队马拥着祖祖嘚嘚地去了，人们开始静下来，都只说得出一句话："抢人哩！"

就在这时，陈队副扬起手枪大喊：

"部队——通通都有——卧倒——匍匐前进！"号兵也吹起了进攻号，于是人们就围拢来观看保警队的兵们在烂凳子、破鞋子之间迂回前进。由于周围都是观众，部队实际上不能前进。过了几分钟，陈队副又喊："部队——通通都有——起立，朝——放！"众多人的枪只响了三响，其余都是臭弹。"退弹壳——放！"两排枪以后人们完全安静下来。保警队集合清点人数，没有伤亡，土匪逃窜。

第二天大家仍在议论昨晚发生的事，据说县长昨晚连夜派人上省搬兵，要请一个叫伍定儒的连长来，要救出大祖父。人们都说这个伍定儒杀人不眨眼！

当天的戏虽然没有演成，但那棺材已归剧团，祖父将棺材卖给商会，张罗用这钱营救大祖父。

第二天晚上，一个跑差的带来口信，说大祖父一切都好，叫祖父将他的白铜水壶烟杆交来人带去。当差的给剧团带来三百块现洋，一套戏装，说是小意思，说完，拿了白铜水壶烟杆消失在黑暗中。后来听说当差的找了陈队副，数了损坏的凳子，一共九十条，赔大洋一百块。

伍连长的兵来了，大家又都放心大胆地看戏，这里的人不看打叉便不散，伍连长的兵四门把守，陈队副的兵负责场内秩序。

为了安定民心，县长和商会头头及伍连长整天摆席喝酒，培养看戏的情绪。

这一次舞台布置比第一次更隆重，棺材上增加了由各保捐的戏装，其中有一件真丝龙袍。剧团通过这一次"搬木林"，虽增添不少设备，但是这些东西，可以说是要用我祖母的生命去换取，因为刘十四娘将由祖母代演。

祖父天天练叉，祖母早早吊嗓，她绝对相信祖父的手法，不可能出现失误。再说，台上摆的东西越多，剧团越兴旺，兴旺的剧团是不会出意外的。

上次“土匪抢人”，实际给剧团做了大广告，观看演出的人更多，谁不想看夫妻俩的真戏？那将是夫妻间真情假意的检验，只要投叉失误一厘米，人们就再也不会相信这一对夫妻的感情。在乡间，一般认为夫妻间是绝对不可以信任的，所以这一场戏，祖上规定只能由同胞兄弟合演。

是什么原因使祖母答应演这一场戏，我现在不得而知，但据我推测，要是事情落在父亲母亲身上，他们也会答应演出。我们家为了演戏，为了给也纳人演戏，有什么东西不能舍去的呢？

依旧是人山人海。八仙桌边多了一对年轻夫妻，那是县里的聋法官和太太，他们身后有一个勤务员，手里提着一个大黑包，那是聋法官的“公事”。他可以随时判案，像现在的巡回法庭。法官是法学院的高才生，可惜他两耳重听，他判案需要勤务兵在耳边大声作传递，当事人讲一句，由勤务兵大声重复一句。他办案极其认真，不拘形式，上任一年就断得“吴小娥自由婚姻”一案，名声大振。后来又断几案，并将地方豪绅所送礼品当堂和盘托出，在人们心目中，俨然就是包公在世。

他看戏也特别，由勤务员在他耳边唧个哩个地哼唱，他便不住地点头。在大庭广众之中，他给太太倒茶，擦汗，太太为他打扇驱蚊，两口子相敬如宾，让全场人看他俩人的戏。乡下人羡慕得要死，许多女人都说，有一个聋法官那样的男人，死了也闭个眼睛。

聋法官看不起县长，也看不起杀人不眨眼的伍定儒，这些人请吃请喝，聋法官从不到席。小两口喜吃清明粑，收购清明菜，一年吃到头。晚上办完公事，法官照例由太太陪着，到十字街的摊子上去吃米酒汤圆。吃完后，两口子捧着碗舔，这一举动使县里的官僚们无法忍受，瞧不起他。后来老板将夫妻俩舔过的碗另洗另放，从不给别人盛汤圆。现在想起来，聋法官能在当时没有卫生观念而疾病流行的情况下，采用此法避免传染，也是相当聪明的。地方上的官僚们排挤他，诽谤他，说他装聋作哑，无奈他是高院命官，且颇有政声，奈何他不得，以致后来县长也怕他几分。我常想，聋法官肯定是装聋作哑，只有这样，才不至于和那些官僚同流合污。

八

祖母将演刘十四娘这一消息传出去，那晚上的观众又增加了许多。

傍晚，祖父为祖母化妆，他将她的头发束起来，用线将祖母脸上的汗发绞去，他将她打扮得非常美丽。

大黑漆棺材仍然摆在台前，大红大绿的戏装、床单也摆出来了，棺材上横着几把钢叉，那叉尖锋利，投出去便会死死插在那一块门板上。要连投五叉，第一二叉叉住双脚，第三四叉叉住双手，最后一叉将准准地叉住颈子，如果稍有偏差，就会叉穿祖母的喉咙……

陈队副今天仍是那一套制服，他从早上就在场子上巡逻，不准人随意安放高板凳。他在板凳背面写上主人的名字，怕丢失后造成纠纷，他要大家让一条人行道出来。

聋法官起先不知演什么戏，在那里闭目沉思，等着开场后勤务兵给他讲解。

人们耐心地等待着，时不时地仰起头看大树上的孩子们。孩子们看得见后台，化好妆，穿戴好的角色要上场得先通过边门，到这种时候，孩子们便在大树上吼："出来了，出来了！"于是人山人海风起云涌，陈队副和保警兵们便来回呼喊："莫要动，看不到戏的，请看台上——”

这一台戏十分精彩，它使观众跟着剧情一起一立，越是要接近打叉，中途穿插的内容越多，观众们又想看打叉，又想欣赏这情意绵绵的唱腔。那花花绿绿的戏袍以及那些粉嘟的脸蛋，无不使他们欣喜若狂。

聋法官见祖母的身体呈“大”字状靠在一块大门板上，只听一阵锣鼓响，随着人们的喝彩声，祖父当当地敲响钢叉。祖父将钢叉举起，观众中就轰的一声，千万人唏嘘不已。片刻，全场鸦雀无声，只听祖父道：“妻呀，来了也！”喳的一声，第一叉叉在祖母的脚腕上，人海爆发出一阵震耳欲聋的掌声。接着祖父又拿一叉，当当地敲响，又小声地说：“娇呀，来了也——”喳的一声，祖母的另一只脚又被准准地叉住，那钢叉牢牢地插在门上，叉把还在不停地颤动。

这一次场上的喊声更大，掌声更响。很顺利，祖母的双手也被钢叉叉住。

勤务兵松了一口气，在聋法官耳边说道：“马上就要叉颈子了，有的剧团失手叉死了人，出不出人命就在这个时候了……”

聋法官一听，顿时明白过来，他似乎才知道人命案子马上就要发生，原来他以为是象征性的演法，现在他才知道这一帮乡下人想看杀人哩。他霍地站起来，又跳上桌子：“住手！”满场人都为法官这这一举动惊呆了，就在大家都看到这一叉的时候，这声音几乎使整场的空气凝固了。

“不准故意杀人！放下屠刀！”

祖父耳边听得有杂声，手已抖动，可那钢叉已经脱手飞出，正好扎在祖母喉头上，只见祖母微笑，头立马耷拉下来。祖父一个箭步上前，半跪在祖母面前，这一动作戏中已有，可祖父还是跪了几分钟……

“杀人啦！”

“死人啦！”

“抢人啦！”

恐怖的人群仿佛又听见远处有嘚嘚的马蹄声，场子边的牛、马惊散了，横冲直撞。一时间，台上汽灯爆燃，燃翻了梁子，燃着了幕布，全乱了，人们又像潮水般左冲右突。

陈队副撑着枪站在八仙桌上：

“各就各位，不许动，谁动打死谁！”疯狂的人群丝毫不理睬陈队副的呼声，于是又有“踩死人”的喊声。保警兵手挽手组成人墙，防止人们互相踩踏。这边止住了，那边又开始涌来，突然，大树被火引燃，树上的孩子们惊叫着一个个掉进人群，一会儿就不见了。

“抢娃要紧！”聋法官和陈队副奔过来，他们在人流中寻找孩子，可是他们钻进人群后，再也没见他们出来。

骚乱终于停下来，没有跑的人都静下来。这场骚乱死了四个人，他们是聋法官、勤务兵和陈队副，还有镇上的一个男人。当人们发现他们时，他们胸前都抱着一条板凳，板凳下都有一个吓得半死的孩子。他们为了孩子不被踩死，他们的背上被人们的草鞋、铁脚码踩得血肉模糊，陈队副的手枪也不知哪里去了，但从他们每个人的身下都拖出一个活着的孩子。

那一次以后，《刘十四娘》这一出戏就不演了，可是那若干年前的场景，聋法官和他太太、陈队副和他的保警兵那血糊的背时时被人提起。

奇怪的是，我好像亲身经历过那场骚乱。

九

父亲说，那一年他们到也纳去，在敢字驿碰上一个满面疮疾的叫花子，硬要跟着剧团走，他说他曾见过祖母受难的那场戏，剧团的人认出了他，他就是前几年被派到也纳剿匪的伍连长。

祖父收留了他，而且待他特好，叫他演王朝马汉。

敢字驿驻了兵，听说日本人已到了不远的沙县，很快就要打过来了，剧团里常常有人议论这件事。还说也纳的党部书记做了汉奸，认了日本人做干爹。

在善字驿，祖祖的兵更多。大祖父已在祖祖那里当了师长。但大祖父仍穿便衣，穿麻耳草鞋，抱一支白铜水壶烟杆，仍唱戏。

祖祖把剧团留下来，命令剧团和善字驿所有的人为部队赶制军装，按照八路军的样式。技术指导是一个姓崔的小姑娘，大家说她是八路，她会唱歌，也会唱戏，打得一手好鼓，人们便叫她吹鼓手。

大祖父虽然是祖祖部队上的师长，具体工作却是做马夫。大祖父的手不及祖祖的手大，也不及她有力，牵马、拴马、喂马的活儿实际上常是祖祖自己干，大祖父只是在一旁抽他的水壶烟。剧团一来，大祖父就命令兵们为我们搬行李，洗戏装，到远处去买煤油。

老百姓和剧团为部队缝衣，祖祖每人发一块大洋，这一笔钱后来祖父退还了大祖父，说是国难当头，万不敢受。

家织的土布有铜钱厚，部队只有一台缝纫机，剧团的人和士兵们整天缝衣，缝好后就高高地堆在堂屋，扣子全是布包的圆木片。尽管这样，祖祖身上的那一套灰色军装，仍然十分漂亮，十分威武。

每天都有人从远处扛来一捆捆糯谷草。糯谷草堆在场子上，然后点把火燃光，留下草灰，部队就用这草灰加水和一点什么别的东西，把白军装染成灰色，那色块极不均匀，要反复染，仍有不均匀的地方。但大部队穿上这种服装往场子上一站，那阵势肃穆极了，好看极了，再加上祖祖的口令，那一大片灰色就很整齐地转动、移动。

这一次部队集合，是验收新兵，宋连长下地方接新兵去了，新兵原是今天到。

一会儿，从山坳那边，一串黑影子过来，新兵们右手被一根长绳连着，一个个面黄肌瘦。到得场子上，就有一个新兵晕倒，于是就被前后的人挟着走。

随着祖祖的口令结束，所有的人都注视前方，不敢再看新兵。

"宋连长出列。"

宋连长风尘仆仆，跑步上前，立正，报告此次接兵经过……

"不要说了，让他说。"祖祖让一个新兵讲他们的情况。新兵说："宋连长自己办了十几挑货，让我们每顿只吃一碗苞谷稀饭，晚上不丢草，就睡光石板，我们身上虱子起索索。宋连长让我们睡澡堂，半途死了一个兄弟，宋连长他自己倒肥了……"

祖祖走过去，将这个新兵的衣服、裤子脱了，扳着他的双肩转过身，问兵们：

"兄弟们看，这身子一包骨头，怎么打日本……宋连长，向前三步——走！"

祖祖手起枪响，枪响人亡，人们还没来得及再看一眼宋连长，祖祖已经将他的尸体拖过一边。

"特务长，马上杀猪，烧水洗澡，让兄弟们换衣服，解散！"

伍连长看了，悄悄对祖父说："比老子办得还利索！"他不敢在祖祖面前暴露身份，他说他是为了追求吹鼓手而来的。在省城，他和吹鼓手曾在一个营里受训，吹鼓手的老家在东北，父亲被日本人杀了，她这次跟着剧团到也纳是去复仇。

日本人已经占了也纳，但是为了吹鼓手，为了伍连长，也为了剧团，祖父还是要到也纳去。

县党部书记当了汉奸，但他还是出城门迎接剧团，说晚上皇军看剧团演出，要上最好的角。

八仙桌周围换了日本人，一共十五个，四周仍有保警队把守。就是在这种情况下，也纳人也照样看戏。有一个翻译，他没有将台上的现词（临时编进的对白或小段）讲给日本人听，但观众知道有些时候台上在骂日本人，大家都很兴奋。

号称学过京戏、酷爱京戏的茅边大泽用手在他的指挥刀上打拍子，其他日本兵直直地坐着。演出完了，茅边大泽献上花篮，并要汉奸选几个美女去寨上碉堡。

“让她们洗干净后来侍候太君。”

“太君，我们这里有一绝景，名曰‘美女亮羞’，很难得看到。我们去看看可以吗？”

这时，有两盏汽灯在碾房边的水塘挂着，伍连长还挂一盏灯在半路的田坎上。

月光下，汽灯照着女演员们洗澡。吹鼓手她们脱得精光，白白的肉体在河边晃动。

于是，党部书记带大泽他们来到沟边田坎上，透过沟边的灌木丛，看演员们沐浴。

书记喊：“不要在水里，都站到岸上来！”

这声音似乎就是信号，沟边的两盏汽灯大燃，像两团大火，火光中，吹鼓手一转身，一串子弹射来，打死了大泽和另外一个日本兵。就在这时，沟两边，碾房里，射出一排排子弹，十几个日本兵全被打死，但书记也倒在一边。镇上也一阵枪声，留在碉堡里的日本人也被一并解决了。

吹鼓手穿好衣服，扑倒在书记身上，只喊了一声“我的老师！”

祖祖骑马跑过来，吩咐：“五十块大洋埋他们，你老师埋祠堂边，也是我们这里的女婿哩！”

伍连长也骑马跑过来，他弯腰将吹鼓手抱上马，和祖祖的部队一道去了。临走，他们把一小女孩交给祖父，说是他们的女儿，托剧团抚养，这女孩子就是细菊的母亲——九妈。伍连长和吹鼓手从此就没有了消息。

祖父事先知道这一次行动，他讲起这类事来，往往总要叹一口气："只可惜了吹鼓手和伍连长，天生的一对儿。"

十

在也纳的第一场戏，由细菊主演《秦香莲》，这戏不管演多少年，每一次都会使也纳人哭泣。人们一边看戏，一边讲起吹鼓手和伍连长，讲九妈早年演秦香莲的风姿，他们拿九妈和细菊比，都说一辈强过一辈。龙小胜的父亲演张三羊。每一次演《秦香莲》，都要在本地找两个孩子演陈世美的两个孩子冬哥和春妹。差不多的孩子都演过这两个角色。今年有四个适龄孩子，他们的家长都自己制了服装。武装部长早早地来见父亲，让他的孩子上戏，另一家也来说情，说部长的娃该演，老百姓的娃也该演，如果这种事父亲还要开后门，那就太腐败了。最后商量的结果是秦剧演两场，让每家的孩子都上。

于是，学校老师就特许这四个孩子不上学，整天跟着我们练戏。细菊和演陈世美的潘安就轮流在这几家吃饭。

今年的陈世美不是由二弟演，镇上的人都觉得可惜。他们怀疑潘安，不相信他能将陈世美演好，连张三羊也不放心，总觉得潘安要演出乱子。镇上人以为二弟在外发了大财，看不起我们这叫花子剧团，也就想把二弟忘了。

我们大家没有因为二弟不来而消沉，我们对开头的这一场戏充满信心。唯有父亲心神不宁，他对大哥说："你弟有事了。"

就在开演前几小时，张三羊带来一个好消息，说邮民所接到一个电话，甘家老二几千里从云南赶来也纳，下午到。

"甘家老二要来。"这消息一下子就在镇上传开了。

就在大家高兴的时候，一辆拖拉机拉着受伤的二弟进了镇上医院，二弟为了赶时间，坐了拖拉机，车速太快，出事了。车祸使镇上人着实寒心，他们都说近来也纳有人做了恶事，才使人家甘家老二代人受苦。

我们去医院的时候，已有许多戏迷围在二弟身边，医生说先观察观察。

二弟醒来，一见我们，眼眶里装满泪水，说了一句“晚上我演出”。

他没有呻吟，没有哭泣，他咬着牙，忍着剧痛。二弟消瘦了许多，他知道晚上演出，胡子已经刮得很干净。镇上的年轻姑娘来过两批，她们大胆地坐在床沿上，注视二弟那静静的、坚毅的美。

事后，我得知二弟被他们的穴头耍了，收入都让穴头赚了去，而上税的账都算在二弟身上。穴头还企图让二弟打针，将声带弄肿，做一个所谓艺术上的突破。二弟不同意，打了穴头。当地扫黄办要抓穴头，班子快要散了，就在二弟连伙食费路费都没有的情况下，穴头带着二弟的女朋友不知去向。

二弟终于上戏了。使全镇人吃惊的是，二弟的嗓子比去年更高。细菊和两个孩子演得也很成功，张三羊也平地冒出许多潜台词。只是二弟在堂上受审，神情有些不对劲，直到王朝马汉依令将他高高举起，行将腰斩的时候，二弟的身子仍旧挺得笔直。

但是，观众中有了轰轰声，二弟被高高横在空中，从他的靴子筒里流出一股股鲜红的血，我们不敢中途大叫，我只能眼睁睁地看着二弟流血，后台的医生也不敢冲上去，他们看着表。难道是动脉管的血么，让他流，几分钟人就完了。

断指琴师也看见了，锣鼓摊子也看见了，但他们没有加快节奏。包公也看见了，仍然一板一眼地唱。虽然我们是一个叫花子剧团，台下的观众尽管也是些凡夫俗子，他们除了看戏、喜欢戏之外，没有给我们什么，可是我们在台上从来就没有马虎过。

血仍在不断地流，它鲜红，黏稠，滴在地上嗒嗒地响。

难道我们家为了演戏还要死人么？我这时才记起来，二弟当晚连饭都没有吃，我们每一顿饭都不可能剩，以往二弟是吃剩饭的，因为他食量大，要等大家吃饱过后，把剩下的都吃掉，他才能吃饱。这种时候也不是很多的。我们对不起二弟。把二弟抬到后场时，二弟的耳朵、颈子、手已经变得苍白，但他还是笑着说："真过瘾。"医生拔出二弟的腿，整个裤脚血淋淋地粘在腿上，止了血，几十个戏迷拥着担架去医院。在担架上，二弟一口气吃了也纳人送来的五个清明粑。我们这一次到也纳，不知又将有多少故事流传下来。

十一

我不记得白天，只记得夜晚；我不记得演戏，只记得我看见少年的那一刻。他真是我想象中的少年，那一场戏，我的眼神几乎没有离开过少年，从这一天起，我鼻腔里那一股特有的香味经久不散。

"我在台上就知道今晚有人要来。"我说。

"你知道会是我吗?"

"可是我们从未见过面，我怎么来的，我自己也说不清楚了。"他说。

我们拥抱了，接吻了。他身上很香，说不清是一种什么气味，是我很爱闻的气味。他嘴唇上像缎子般柔软的胡子在我脸上、脖子上扫来扫去。他说他很激动，他忘情地讲粗话，要"放翻我"。我只能闭上眼睛，我真幸福，尽管他的动作有些生硬，甚至显得有些粗鲁，但是他给我的快感无与伦比，我担心我们会幸福得立马死去!

我在去碾房的路上才知道他叫龙小胜，他崇拜他的祖父聋法官，他说他祖父的优势已在他身上隔代显现，他自己能清醒地感觉到，虽然这种东西看不见，摸不着，但是他明确地感到这种无形的力量在左右他。他说这就是生命力。我不知道他从哪里学来那么多使人兴奋又使人沮丧的关于生和死的知识。他抚摸着我耳后的一颗红痣，断言我的母亲、妹妹身上的某一部分，在经络上说得通的某个地方也有一颗红痣，这就是生命运动的表面形式。

大哥大嫂，潘安、细菊和妹妹，他们都换了衣服，他们要穿过小镇到一个地方去，镇子上的几个年轻人和他们一道。细菊说那里有一个废弃的碾房，碾子、石磨已被人抬走，剩下一间大空屋。

领头的便是当年陈队副的孙子陈全，现在他已是区长。他长得一表人才，我奇怪他祖父的阴冷症怎么对他没有一点影响。陈全将新调来的区委书记也请了来。书记是学农的学生，穿牛仔裤，抱着吉他。他看我的时候眼神很特别，仿佛在读一本书，而且从容地一页页地翻，最后他说我们全团人都营养不良，然而我们自己有数，我们粗壮而匀称的腿他是看不见的，粗茶淡饭使我们精力无穷，健美无比。

我用一小支口红蘸唾沫星子涂嘴唇，健美裤穿在身上，如同充满气的轮胎，立即饱满。

这一群年轻人每年都这么聚会，他们父辈和剧团都有某种关系。我们之间亲密无间。我们的到来，使这帮年轻人有了一种行乐的口实。

大嫂她们来得早，占了很好的地形，那是早年磨房主人守夜的石台子，台子上放了一台双卡收录机。

在草屋顶下，在很浓的烟味和闷热的尘土味中，龙小胜弹起一曲《起解》，我的嗓子迫不及待地发出声来，这几乎是我一生中最得意地欣赏自己歌喉的时候。我随着节奏唱出了我心的颤抖，这个段子虽然大家都会唱，但由我唱出来，那嗓音所表达的深厚的情感便使所有的人折服。他们的脚和着节奏，他们的头一点点地动。小伙子们虽然都喝了不少酒，但他们没有胡言乱语，他们的眼睛都闪闪发光。一曲完了，龙小胜唱了一段《斩马谡》，他唱得那样真情，那样悲伤，完全符合他的个人情绪。

我闭上眼睛，幸福地体味着他的面孔，体味他那缎子般柔软的胡须，体味他那种独特的肌肤的香味，体味着他那种来自内心的如火如荼的热情。

人到齐了，我们便玩“认亲亲”。大家从小就玩这个游戏。男女各站成一排，都将自己的眼用手巾蒙了，各自转三圈，不准说话不准闹，由女方认自己的朋友，认对了，据说这一对朋友就会白头到老。

我一连摸了两个男生，都不是他，但我知道他的气味就在附近。我终于碰到一双温暖的大手，大手将我的手抓起，送到一张光滑、轮廓分明的脸上，有两颗尖尖的牙从我的手心划过，这就是龙小胜那两颗尖尖的虎牙。我拉着他的手摸我耳后的胎痣，我们突然间就拥抱在一起，这一次我们认对了，一定能够白头到老。

妹妹和细菊一直没有找到“亲亲”，她们两个都抱着书记不放。书记也觉得我们这种游戏有趣。大哥大嫂则分别抱住了其他女人和男人。时间一到，摘下蒙眼的帕子，细菊和大哥、大嫂都被罚跳舞，于是，合着音乐跳一种半疯狂的“旋圈舞”。有的吹着口哨，用力踏着地皮，破烂的碾房几乎要被我们震垮。大哥大嫂还跑“豆幺妹”。那舞姿非常动人。一阵摇滚乐袭来，大家都被卷进了场子，疯狂地跳迪斯科、伦巴，我们不按什么规矩地瞎跳一气，大家都陶醉了。有人一个劲地喊：“完了！完了，我的宝贝儿……”也有人大声地喊他的朋友：“厚脸皮哟，我怎么受得了……”

尘土飞扬起来，地上的石块被震松了，时不时绊倒一个跳舞的。他们用力踏步，用力挥舞双手，谁也弄不清天是哪个时候黑下来的，也不知道是谁将事先准备好的蜡烛点起来的，它使整个破碾房充满了橘黄色的温暖的光。

“为什么一年只有一天的快乐？”

“干脆不要其他的岁月，只要这一天。”

“谁也不准到我们这里来，我们要快乐！”

现在，我已经不知道把自己往哪儿摆了，我不知道怎样才能使龙小胜更加高兴，我只是双手吊在他的脖子上，跳早已被禁止了的小八步。他的脸上已经有了红印，我感激镇上所有的人，他们默认了我们剧团的年轻人和镇上年轻人的这种聚会，这种一年一度的狂欢。

我的一只鞋不见了，好在我差不多用不着双脚着地。我开始头昏目眩，内心充满了幸福。我终于累倒了。大家终于累倒了。我不得不躺在龙小胜的怀里，用双手遮住火红的脸颊，遮住燎人的羞答答的眼睛……

我对龙小胜说，我们的事要等到明年，他说："你知道一年三百多天，要等死人的。"

"那么我们明天就办吧。"

"怎么行呢？我真有些害怕。"

"害怕就等到明年。"

"我不等，又有些怕，你说怎么办？"

"笨蛋。"

天黑下来，我不知道其他人说什么，只听得见龙小胜急促的呼吸声。

妹妹悄悄告诉我，书记明年不会参加聚会，他要去党校学习，叫妹妹明年到他那里去。我为妹妹祝福，一夜之间他们便将关系发展到如此地步。

十二

我们约会的地方，光线很暗，外面有一棵大树，它的反光使我们的脸上都呈现一种半透明的绿色。空气里有一股清明菜的香味，我们幸福地呼吸着这种香味。我们互相喊着名字，哼着歌。他摔掉吉他来拥抱我，我把身子送上去，我们紧紧地拥抱……但是就在这个时候，他伤心地哭起来，他说他不能让我过好日子，他有很大的事业没有完成。他粗暴地推开我，叫我回剧团去。他拿起吉他驱赶我，于是，我一连几天都见不到他，他的店铺关门了，他的汽车现在已停在别人家门口。

直到我们离开也纳，我再也没见到龙小胜，但是我深信，他在我看不见的地方，时刻在窥视我，向我祝福，我完全能感觉到他是在我的远方还是就在我的近旁。于是，我更注意我的演出，注意我的服饰，更注意我的动作和风度。我坚信他是看得见我的。

不管我们以后能不能见面，我相信祖祖的话，我的夫君在也纳！

当我们艰难地回到普字驿的时候，在祖祖那一间黑暗的、棺材般的小屋里，我终于见到了龙小胜。从此我们的剧团又多了一个英俊的小生。

滚　厂[①]

戴绍康

茂仙和太乙是娃娃亲。太乙的父亲每年都带他来一次银钱河。茂仙牵着太乙去河边掏朱砂。满河里都是掏朱砂的女人。茂仙把她那一根焦黄的小辫子含在嘴里，教太乙怎样把河沙从水里撮到摇船上。船里河沙装得多了，吃水很深，待到船舷只剩下一指，便都俯下身子推船。他们的身体几乎贴着水面，好不容易把船推到岸边。他们一人拿一把没有眼的木筛，装上河沙，浸在水里来回荡动。茂仙嘴里“咿呀呜”地和上游、下游的大人们一唱一和，不一会儿工夫，茂仙那光滑的、呈现极美丽花纹的木筛子底上，便留下了晶莹的朱砂。他们仔细地把朱砂抹拢来，装进吊在裤带上那个湿漉漉的布袋里。

太乙很瘦，他差不多拿不动筛子，颈项、背上的那一条脊椎骨，像一串算盘珠子，手杆又细又长，肚皮紧紧地贴在背上，只有那两瓣小屁股还让人觉得是肥肥的。他用突出的髋部托着木筛，慢慢地摇，茂仙一边教他哼歌，一边帮他拿稳节奏，太乙居然很快就学会了，淘出朱砂来。

“你看他们。”茂仙指着岸上说。田坝上，茂仙的父亲和太乙的父亲在参观、游览。走到一个岔路口，茂仙的父亲便让在一边：“走前头！哥子！”太乙的父亲便停下，手一拱：“不客气，你走，

---

① 原载《山花》1988年第8期，此次出版时有改动。

兄弟！”

“走前头！哥子！”

“哥子在前，我兄弟在后！”

他们这么谦让着，拱手作揖、点头哈腰。茂仙和太乙见了，便站在河里哈哈大笑。茂仙高兴得用水淋太乙，太乙说：“别浇我。长大了我们一起去教书，比他们还好！”

“说话算数不！”

“骗你是小厮儿！”

“咱们赌个咒。”

“我说了不算被老虎咬去！”

“我说话不算数被石头打死！”

河边犁田的人往往停下来，用极敬重的眼光，目送着路上的两个老师，且摇头赞叹：“这才叫世代的交情哩！”

茂仙的祖父和太乙的祖父都是土匪，一切的计谋则出自茂仙的祖母——一个极漂亮的能打双枪的女人。后来事发，三人都在校场坝被砍头。刽子手问：“留把不留把？”茂仙的祖母说：“不留！”另外两个男子也喊“不留！”于是刽子手大叫：“脸朝河对门！二世变好人！”手起刀落，三个人都不得全尸。

到茂仙他们父亲这一辈，解放了，他们都做了民办教师，在一个学校教书。

见了一棵树，两个老师便要停下来，考察它的高度，探索它的年龄。遇见特好的风景，他们必定要作诗，而且字字推敲，一路上念念不忘，回家后一边喝酒一边将各人的诗狂草于鸭耳巴墙上。

喝了酒，一对朋友便夸自己的学生。他们哆嗦着手，从怀里摸出这里没有的东西，诸如海马、放大镜、哈密瓜种子之类。他们都有些站不住，接着抱成一团，两个都醉了，进不去厢房门，像一对摔跤运动员堵在门口：

“走……前头，你哥子！”

“莫客气，我……老弟在后！”

茂仙他们忙拖开门边的一条板凳，两人才一起挤进去，双双倒在床上，鼾声大作。

他们一年一度地这样聚会。这时候，茂仙和太乙各自为自己的父亲脱鞋，盖被子。两个老师的手还紧紧握着，掰不开。

“让他们拉着，这样可能酒醒得快些。”茂仙的母亲说着，领太乙他们到隔壁睡。太乙要睡里边，里边可以挨着他父亲那间屋的板壁。

“我要睡里边！”茂仙也想睡里边，太乙就紧靠着板壁躺下，茂仙爬上床来，硬从板壁和太乙中间睡下去，把太乙挤出来，太乙又从茂仙身上睡下去，把她挤出来，如此嘻嘻哈哈地翻来覆去。

“还没有长大呢！像什么样子！”

第二天，茂仙约太乙去银钱洞取朱砂。茂仙说，这个洞只有七岁的童子才能钻得进去，每年发一轮大水，洞中会有一洼上等朱砂，但是身子不能让石头卡住，卡的时间一长，骨头要长那么一小圈，人就出不来了。

听说茂仙要去银钱洞取朱砂，洞外早已围了一群人，大家望着黑黝黝的洞口，能钻进去的孩子不敢钻，他们不会转弯和倒退，敢钻的人又钻不进去，每年都有几个不怕死的孩子，顶破了头皮，划破了肩膀和胸脯，仍然闯不进去。

茂仙来了，她分开众人，摆直身子，一寸一寸地挤进洞去。总共几丈远的距离，茂仙足足爬了半天，当她慢慢地，哭叫着退出来的时候，上身的衣服全被岩石脱了下来，但是她的牙齿却紧紧地咬着一个口袋，里边是朱砂。

第三天，茂仙无论如何也钻不进去了，可是茂仙的名气是越来越大了。

国营汞矿在银钱河上游建了一个大型选矿场，选矿场的废渣一下子就填满了这条碧绿的小河，银钱河在短短的几天内就变成一条白色的泥沟，河里再也掏不出朱砂。那些娃娃鱼、野鸭子也都不见了，河水不能饮用，连灌庄稼都不行，牛羊喝了这水，便像发疯一样浑身哆嗦，很快就死去。

银钱河一下子变了，它不再那么漂亮、迷人，人们差不多没有什么指望，政府也打算将他们全体搬到某一地方去。就在这时，上边命令选矿场停工，而且政策开放。

茂仙已经十八岁，发育成一个身材高大、脸盘非常漂亮的大姑娘，她对着人们大喊一声：

“走！滚厂去！”

于是人们纷纷重抄祖业，钻进国营汞矿废弃的洞子采矿、炼汞。

这里人称矿石为“岩子”，管采矿人叫“岩丁”，岩丁们打岩子炼汞，吃住在山洞、窝棚，稍不注意便被埋在洞中。这活路又脏、又累，还挺危险，人们便把它叫作“滚厂”，说是在血盆里抓饭吃呢！

滚厂的人们沿着沟底，密密麻麻地盖起几百间厂子，茂仙的厂筑在半坡上。实际上每一间厂，只有一个窝棚、一间土灶。这些窝棚是用油毡、塑料布或茅草盖的，五颜六色，每一个窝棚不到三平米，里边一捆稻草，一领篾席。茂仙炼汞的灶很简单，两口铁锅互相扣着，上面一口锅开一个洞，接一根弯弯管出来，管子伸进一个用黄泥巴密封的木桶，桶里放一个盛水银的土碗，两天或三天开一回盖，取出水银。平常一间灶日产两三斤或四五斤水银，如果打开发尖子（富矿），则每天可以产三五十斤，一天就可以赚几百元。

几百间灶一起发火炼汞，山沟里一时便成了闹市。卖百货烟酒的、开饭店茶馆的、卖猪肉的、理发的都来了。他们或寻一处岩石边，或盘踞一块石头，也在沟里安营扎寨，加上收购水银朱砂的客商，政府工作人员、工商税务干部、登记暂住户口的民警，还有国营汞矿护矿队和他们的家属，排天排日竟有几千人在这一平方公里的山沟里忙碌。

茂仙他们是第一批上山滚厂的人，她知道收购水银的商人都来自什么系统，知道他们有时候串通起来压低价格，有时候又为各人的利益私下里提高水银收购价。尽管水银行情会一日三变、四变，茂仙都会在价格最高时把货卖出去。水银现在已经卖到十四元一斤，所有的巨额买卖都在这些简陋的窝棚里成交。茂仙和其他人的身上，都揣着大把的票子，他们的心思全都花在如何保管好自己的水银和现金上，还得随时注意价格的涨落。他们睡觉也得睁开半只眼睛，每个人的眼都熬得红红的。

山沟里住着几百个万元户，一些待业青年听说在这里找钱就像捋树叶子，也都纷纷赶来。这些人来自各地，他们声称各人派别不同，故口音各异，穿着打扮也不同。有一批人穿花衬衣、剃光头，清一色地穿红色女式高跟拖鞋。这批人通过国营矿工的关系，想凭借武力，抢占洞里的尖子（撑子面），然后再转卖给外省来的岩丁们。茂仙把岩丁们联合起来，把这些人打得头破血流，撵出山沟。茂仙还组织岩丁们告状。状纸送到县里，警察便把这些人追得满山跑。这一批人终于走了，那一批又来，但终因茂仙多方筹划，也因这些人不得人心、违反政策，且寡不敌众，都没有成功。不过这些人一来，山沟里总免不了一场大的骚乱。

人们都说，敢在山沟里滚厂当老板，那才是角色！

茂仙是滚厂人中唯一的女老板。她请了两个帮工，替她做饭，烧灶。她一看见替她烧灶的两个年轻人，就想到太乙。她父亲和太乙的父亲好像是相约好了，在同一年死去，两家的孩子都小，关系就冷了下来。茂仙和太乙有好多年都没有见面。太乙顶了父亲民办教师的职务，每月十六元工资，他教书虽然教得好，但三批民办教师转正都没有他。茂仙听说了，气得带了两个帮工，来到太乙的学校，向校长要人。校长不放太乙走，茂仙说：

“我的人，凭什么不让他走?”说着她就让两个帮工把太乙的被子卷了，书捆了，再到教室里去喊太乙。

在茂仙心目中，太乙还是那么个瘦小的孩子，背上一串珠背着。猛一看见太乙，她便一阵心跳：太乙长得高大，清秀，他太英俊了。“我茂仙上山滚厂，当万元户，都是为了这冤家呀!”想到这里，她差点儿大声哭出来。

校长、老师和学生们都不让太乙走，茂仙在办公室里拉着太乙的手一直不放。女教师们笑她，太乙的脸一直红着。

“你这是干些啊样?把我手都捏痛了，人家看着好看么?”太乙说。

“就是要让她们看，你怕什么。”话虽这么说，但茂仙还是松开了手，她真的怕把太乙捏痛了。

最后校长只好答应她把太乙带走。征求太乙意见时，太乙说：“随你们怎么处理。”大家都笑了，太乙心里也一直想着茂仙呀!

茂仙把太乙单独安排在一个窝棚里，叫两个帮工每日好酒好肉招待，休息时就把自己知道的故事讲给太乙听。

茂仙说：“我最喜欢教书先生，没有教书先生，我们县衙门还不知修到哪里呢?我的老祖公就是教书先生，那时候要修县衙门，先修在西面，大老爷用刑，一板响两声，不行。又修在东面，东面的大堂一板子下去就打死人，你说笑人不?又修在南面，可是怪了，犯人个个都是打死不告饶！你说怎么办?我们老祖公给县官出个主意，说那几个地方都修不得大堂，土太轻，要把四面八方的土都包一点称一称，看哪里土重，就修在哪里。老祖公就连夜回老家带了些有朱砂的土，一称，比哪里的土都重，衙门就修在我们县啦！所以，我最喜欢教书先生。”

太乙听了觉得非常新奇，一时便忘了离开学校的痛苦。

没有事，太乙便看帮工们炼汞。他盘坐在炉前，面对炉膛里射出的红白蓝三色火光，面对炉里时不时冒起的一股股青烟，低头沉思。他越想，心里便越苦，他把口中的那一股苦味，徐徐吹进炉中。小时候，太乙常背一只布口袋，和父亲一道，挨家挨户收学费——每家五斤苞谷籽。那时谁家粮食都不多，实际上他们是去讨饭。半夜，老虎就在他们的床边咆哮，父亲搂着太乙，生怕老虎一巴掌打破鸭耳巴墙，跳进来吃了他的儿子。他把太乙放在靠里的一边，心想，老虎进来，先吃自己，吃饱了，便不会吃儿子了。

一静下来，太乙就思念父亲，他决心学父亲，教一辈子书，受所有人爱戴。他想到他和茂仙的诺言。茂仙认为自己才初中毕业，不适合教书，但她会采矿，太乙不会采矿，但会教书，到底谁依着谁呢？

“太乙，吃饭后和我去推销国库券。”茂仙把满满一背矿石倒下后，对太乙说。

茂仙虽是老板，却像家中女人一样给太乙盛饭，太乙也不推辞，一扒饭，便发觉薄薄的一层饭下面，满满一碗瘦肉。

“今天，我们去麻雀家。”

“一定要去么？”

“一定要去，我是团支书呢，上面分给我推销任务，这麻雀是属我领导的。这家伙几万元存着，就是不买国库券，今天非叫他投降不可！到时候，你听我指挥。”

“嗯。”太乙点点头。

从远处看麻雀家，谁也不相信这是几万元户的家。房子小得像窝棚，门前柴草乱堆，一副大磨挡在门边，上面盖了一件烂衣，衣上落满了白色的鸡粪。

“别看麻雀家这个样子，地下埋着十五罐水银，每罐就算七十斤，你算算是多少？”

茂仙上前敲门，听见屋里有些响动，她又敲，屋里便一点声音也没有了。茂仙悄悄对太乙说：“这麻雀抠得很，他是个见人挑粪过咱也要拈点尝尝的角色。他一定在家，故意躲着我们，让我想个办法。”说着，她向太乙使个眼色，踢踢踏踏地走了，那意思是让麻雀听见。走不多远，茂仙突然拉着太乙悄悄转回来，她把太乙按在柴草旮旯里，自己藏在衣底下。

隔了好一阵，才听见屋里又有了响动，接着听见麻雀在自言自语地说：“背时的些走了，想从老子手里换钱出去的人，还没有屙出来呢！”麻雀以为刚来的是乡政府的那帮娃娃干部。

这时门开了一个缝，茂仙一个饿虎扑食，抢进去：“今天你往哪里跑！”

“吓老子一跳，背时的。”麻雀一看是茂仙，又有些不好意思。

“拿来，国库券！”

“这回又要多少？”

“又要，你这么多钱，一次也没买过，你当我不晓得，自觉点！”茂仙说着，伸出五个指头。

“老实说，要钱是没有，要肉，就这一百斤。”

“不要扯闲谈，我们一大早就出来，还没有吃饭呢！煮饭来吃，麻雀，多煮点，后边人还多呢。”按照乡间的习惯，遇着什么计划生育、推销国库券、催交公余粮等不好办的事，主家不爽快，干部们便坐在这家吃饭，少则两人，多则十多人，名曰“做工作”。茂仙学来了这一套对付麻雀。

“我今早上都断粮啦，骗你是小厮儿！”

“不吃不要紧，我们就等待你觉悟，可是饿死了我这个支书，就不是闹着玩的。”

麻雀听说要耽误他至少一天，谁知道这一天会打到多少岩子，赚多少钱。他在计算着。再说，他知道今天遇见的这个角色特殊，软硬不吃。他只好问：

“到底要多少？”

茂仙伸出五个指头，麻雀忙上前，按下三个指头，茂仙又弹回一个指头。

“三块就三块。”

“你好意思不？万元户买三块钱的国库券？”茂仙说。

“那到底是多少？”

“响鼓不用重锤！”

麻雀知道躲不过，认了三十元国库券。

“下午我们去处理一件偷窃案。”茂仙说。

茂仙要处理的这一件案子很简单，就是一个人的煤被人半夜里撮去一半。失主找到茂仙，茂仙问明情况，似乎心中已经有数。

“今天我不问案，只听听就知道。你们知道么，人的心跳是有规律的，谁做了亏心事，瞒不了我。现在你们几个都不要动，要正常呼吸，开始！”说完，她便将自己的耳朵贴在一个人的胸膛上，仔细地听。人们都怕她，说她是她祖母转生，砍脑壳不留把的角色。

一个人还没有听完，那边的麻雀沉不住气了，便说：

“听个卵！是我昨晚没煤了，要赶火，借他几撮，后来忘了给他讲一声。”

“你不承认，我也听得出来。”

“老子没偷，怕什么。”

“算了，只要认账，这事就完了。”

茂仙虽然常捉弄麻雀，但她仍旧很关照他，因为他们同是这一带的名人。人们都说，这一带惹不得的有两个人，一个是天上飞的麻雀，一个是洞里钻的茂仙。

麻雀忽地觉得，今天没有让茂仙听听自己，十分可惜。近来，他似乎喜欢上了茂仙，他最佩服茂仙的胆量和技术。他知道茂仙也找到了麻洋洞，她有知识，有钞票，有技术，他盘算，如能与她结婚，便是肥上加膘，他要修几间大九架房子，要多生孩子，有多少孩子就能占多少尖子，每年只消一两个尖子打发，一年就是十万元的收入。他看茂仙那身体，那臀部，那腿，生十四胎不成问题，不会像自己的母亲，生十四胎只活了他麻雀一个。如果他的愿望实现，他甚至可以出钱修一个三王庙。还有，他存的那些水银，到那时，怕已涨到几十块钱一斤，这比躲躲闪闪地存银行划算很多。人们都说麻雀奸猾，他却说："你们也不想想，那小小的麻雀，在这么大的一个世界里，天上有老鹰，地上有猫，有老蛇，还有农药、火枪，麻雀不机警、不勤劳、不节省，混得下去么？如今这世道，血盆里抓饭吃哩！"

想到这里，麻雀把裤子脱下来，又钻进洞去拖那一背岩子。他越是往里爬，洞里的石头越尖利，刮得他浑身上下没有一片好肉。不过，这些伤口很快就会干疤，脱壳。退到洞口时，他的身体觉得好受些，洞口的石头已经被他爬得有些光滑了。尽管这么苦，这么累，但麻雀知道这样挖下去，一定会遇到富矿，想到这儿，他浑身又充满力气，到那时，他再把洞口拓宽，大干。

麻雀今年二十一岁，还没有结婚就已经和父母分开住。他这几年钻洞，练得一身钢筋铁骨，一手好技术。他想着想着，又想到茂仙身上，从茂仙身上，又想到太乙。他太乙牵斯架文，一副懒骨头挎起，任你茂仙多少钱，他不吃了去？这种人，扛包肥料也扛不起，容易得富贵病，保不准三天两头打针吃药，这是为个啥呀？你茂仙巴结他干什么？

麻雀越是这样想，心里越是酸溜溜的。

茂仙见太乙终日愁眉苦脸，就带太乙到洞中玩耍。

第一次进洞，太乙心里很虎，忽地进得洞来，虽然手里拿着电筒，仍然什么也看不见，眼前总是一圈黄光。太乙高一脚，低一脚，总不踏实。茂仙伸过手，要扶太乙，太乙不让，茂仙瞅个机会一把抓住太乙的手，太乙挣不脱，只好闭着眼睛跟着茂仙，听天由命。

一会儿，进洞的人多了，他们背着背篼，拿着手电和煤油。沿途都有人停下来，或是拐进旁边的支洞里去。

麻雀在前边停下来，点上随身带来的煤油灯，洞里便亮起来。

“茂仙，来和我一道，这里有几个石嘴嘴好打得很。”

“是麻雀。”茂仙对太乙说。

麻雀站在路边，他手上的高级夜光表上的磷光幽幽地闪。

“他不是在家休班吗?”

“他这种人，丢了一分钱，非得立马找一块钱补上。”

“你和谁说话?”麻雀问。

“你看是谁?”

一束电筒光照过来，在太乙脸上直晃。

“你怎么把他带来了?走这么远，也不怕他掉进竖井?”

“做你的吧，我们到前面去。”茂仙的尖子还在前面拐弯的地方，她不愿和麻雀多说，她知道麻雀这种人谁也缠不过。这几天麻雀老是在半道上等她，邀她一起打岩子，而且常停下来和她说话。这对麻雀来说，是一种损失，他一进洞，就从来不停息，不与任何人交往，他常守着尖子，一干就是十几个小时。麻雀打的洞像耗子洞那样弯曲，要全身脱光，才能爬进去，得用牙咬着矿石袋，倒退着拖出来。

到了尖子上，茂仙对太乙说：

“你先进去看看吧。”

“怎么进得去呢?”

“蹲着进，蹲着出。”

茂仙的洞子也小，太乙只能蹲着进去，他用手电一照，惊呆了，手电光中显出一个头大的小洞，弯弯曲曲地向前延伸，他回过头来问茂仙：

“这小洞，恐怕就是常说的麻洋洞吧?”

“对，那就是麻洋人打的洞。打着这种洞，可就要大发了。”茂仙在外边说。

“什么麻洋人，我真有些不信。”

“你不信呀。在很早很早以前，就有一种麻洋人，他们来取朱砂，这种麻洋洞，就是他们攻砂的路子，说来恐怕你更不相信。麻洋人高一尺二寸，善于打锤，他们沿着富矿，在大山内部弯弯曲曲地打，总长度可能有好几百公里呢！”

“我当然不信。”

“不信，你看看洞中的钻子印，还崭新的呢！”

太乙仔细一看，小洞中果然有那么一道道排列整齐的白色钻子印。

“有一次，我还亲眼看见洞中有小手锤、小尖钻，就像城里幼儿园娃娃们的玩具，可能是因为什么突然事件，他们丢下这些工具就走了。告诉你，有福的人才会遇着这种麻洋洞。现在，我只要沿着这小洞打进去，肯定会有富矿，打到发尖子，那矿石就像嵌在白石中的红玉，有苞谷籽那么大，叫作‘玉米砂’，那价钱就高了。现在我也说不上来，那种到底能卖多少钱一斤……看样子，麻雀也可能打到了麻洋洞。”

“矿上的工程怎么不照麻洋洞设计坑道？”

“他们也不能解释麻洋洞，尽管这些洞子已经宣布作废，但是我们还是源源不断地抢出高品位的矿石。”

“那些麻洋人都到哪里去了？”

“他们走了。他们一走，也就没有谁再见过他们。”

“他们到哪里去了呢？”

“自古以来就这么说，不知在哪一个朝代，麻洋人就已经走了。”

“真稀奇，不会是外星人吧？”

“现在什么事情不清楚，都用外星人来解释，我看这也是迷信。”

太乙蹲在那里呆呆的，足有一支烟的工夫没有动。茂仙知道太乙的呆劲又发了，没有惊动他，只顾自己捡矿石。

“茂仙，我们的诺言……”太乙突然激动地说。

茂仙心里一惊，她一直害怕太乙这样质问她。她心里很苦，她有打算，可又不好直说，怕说出来，太乙反而不相信。

“你先出来吧，让我进来打炮眼，我还有更新鲜的事情告诉你呢，你看，那背夫子。”

太乙朝茂仙指的方向看去，更奇了，那分明是只大耗子，足有两尺长，大概有十几斤吧，一身的焦黄色，在手电光下，那一身毛又蒙上了一层白霜。

“耗子！”说着，太乙扔过去一块石头，那动物不逃，反而跑过去嗅那块石头。

“不能打它，它叫‘背夫子’，是我们攻砂人的吉祥物，只要有它陪着你，你就放心大胆地开矿。这是一只母的，公的要下一班才来。”茂仙说完，从荷包里掏出一个饼子，扔过去，那背夫子便捧着饼，津津有味地啃起来。

“茂仙，你今天喂了背夫子。我就不喂了，本来今天该我喂。”茂仙没想到麻雀在不远的地方听他们说话哩！

所有新鲜的事情，都不能使太乙忘记学校，忘记教书的事。

“茂仙，你告诉我，你说的话到底算不算数？我跟着你来，就是听你这一句话呀！”

茂仙无法回答，太乙越是追得紧，她越是不敢说出来。“我们走吧。”她背起一背矿石，叫太乙跟着她出洞。

“今天的岩子好么？”麻雀在路上拦住他们。

“不好，都是些黑麻石。”

“你骗我，黑麻石就是好矿。”说着，麻雀走过来，从茂仙的矿石中拣一块大的来看，“嗬，真是蛇蚤屎呢，只要这一背就可以烧两斤水银！”麻雀想，打到好矿还说不好，存心骗人，便把手中那块大矿石藏在身后，心里想：“老子也没白跑这一趟。”

茂仙知道麻雀爱占点小便宜，今天特地在背篼顶上放了一块矿渣，事前在这块石头上甩了些墨水，乍一看，还真像好矿石呢。茂仙出洞休息时，发现最上边的那块假矿果然被麻雀拿走了，不觉心中好笑。

麻雀拿着那块矿石，再一看，是假的，他没有生气，反觉得茂仙在聚财方面很有本事，比自己强，更下决心要娶茂仙。

茂仙还是麻雀的救命恩人呢。上个月，麻雀突然对一个废支洞极感兴趣，那儿堆着历年来废弃的矿渣，麻雀常常守在那个洞口，不让人们进去，他又不说是什么原因。后来人们就不再追问，在洞中，各人有各人的禁忌，他们都以为麻雀在支洞里供有菩萨。

那一天，有几个不知这个情况的人进了支洞，想在里边开尖子，麻雀发现有人进了他的支洞，仿佛他的身家性命都会被抢去，大声惊呼："茂仙，有强盗！快来呀！"说着，麻雀把藏在洞边的两桶煤油全都浇在那几个人身上，顿时洞里弥漫着一股煤油味。这是一种传统的防盗办法，只要一根火柴，这几个人就没命了。自从麻雀发现这个地方，他就随时提防着有人进他的支洞，谁进支洞，他就往谁身上浇煤油。现在，几个人受到突然袭击，便都抽出随身携带的匕首，一齐奔过来杀麻雀，身上的煤油甩得到处都是，匕首在麻雀的身边嗖嗖地划过。茂仙赶来了，一见情况非常危急，便喊："麻雀，不准你划火柴，人家是好人，不是强盗！"茂仙命令他丢了火柴，同时叫那几个人赶快脱掉衣服裤子。这几个人认得茂仙，听了她的话，饶了麻雀，避免了一场惨祸。从那次起，麻雀更加佩服茂仙。

麻雀见太乙整天闲着，心想："这个劳动力就完全浪费了，多可惜。"于是就找太乙商量："你反正闲着，怎么不进洞捡点矿石，卖给我，挣点外快。"

太乙听了心中一动，他准备带学生去旅游，正差一笔钱，如果捡得多，还可以把班上的黑板换一换，他太需要钱了。他把这些想法告诉了麻雀，麻雀说："只要把矿石卖给我，这些事包在我身上了！”

“太乙，你这是何必呢？我们不差钱呀！还是回去休息吧，你是老师呢！”茂仙见太乙背着背篼、拿着手电要进洞，心里不忍。

“这有什么，人家矿上的家属、职工都进洞打岩子，干部也还做生意，我比他们体面么？”

“就是因为矿上职工、家属进洞，又有些人不自觉，护矿队才抓人罚款，说他们破坏矿洞，盗窃财产，连我们也得防备着点。”

“他们凭什么在废洞里抓人罚款？你就不能和他们交涉么？这条路一断，这一带的老百姓有饭吃么？就更不用说送孩子读书了。”

“这个，我自有办法，只是你……”

“你也不要管我。”太乙说着，进洞去了。

突然，前面路上咣当一声，几块石头砸在路当中，太乙忙躲在一边，接着前面的路上也有些响动。

“不要怕，这是人们送学钱呢！今天麻雀到处宣传，说老师要下洞捡矿，卖了钱给学生换黑板，这洞中就有许多家长把好矿丢在路上，让你捡呢！他们知道你不找矿。这也是麻雀说的，你上了他的当啦！他让你把这些好矿低价卖给他，他麻雀发财！”“我不管这些，我只要黑板。”

“你要多少，我给你买。”

“我不要你买，只要你一句话。”

茂仙低下头，没有开腔。

“太乙，这几天风声很紧，城里又来了一帮待业青年，听说他们已经和矿上的人搭上线，要占几个尖子，高价出卖，这一切都意味着要打架。他们都是亡命徒，你就在外边躲一躲吧，明天你就不要再来了。”

“你能告诉我一句话么？”

“过几天告诉你吧。”茂仙好像下了决心。

“真的？”

“真的。”

为了不和待业青年发生正面冲突，茂仙叫男人们暂时休息一天，但是他们谁都没有去睡觉，而是拿着锤子、钢钎蹲在路边，一边吸烟，一边漫不经心地观看城里的小伙子们练武。这些青年似乎在向岩丁们炫耀武力。岩丁们遵照茂仙的吩咐，只要他们斗殴、盗窃、赌博，他们就可以一拥而上，以维护治安为名，将其扭送公安机关。

女人们不管这些，有男人们保护着，她们什么时候都可以进洞。

“怕什么，跟我走！”茂仙带头，妇女们便都进洞了。

“告诉你们，谁要来抓你，罚你的款，你就躺在地上喊救命，大家给你证明，告他个强奸罪，就是他们全身长着嘴巴，到时候也说不清楚。”

“别看护矿队的人抓男子很凶，可是他们从来就不敢碰我们，连他们自己都说，这年头女人们底下夹着子弹呢！”一个妇女说完，逗得大家哈哈大笑。

进洞的都是女人，大家说话也就比较大胆，甚至评论起一些男人来。本来按老规矩，洞中开不得玩笑，说不得粗话，一切活儿都只能悄悄地做，可是这些年来，规矩开始变了，变得不那么讲究了。

“茂仙，听说太乙真人吃素哩，你找这个帮工可是省钱哩！”

“我就不相信，天底下有不吃肉的和尚。”

这些话，明明还有另外一层意思，可是茂仙答应不得，她知道这些女人开起玩笑来，粗野得根本没有什么忌讳。

“那家伙像菩萨一样，乖乖的。”

“人家是读书人，规矩得很，有些男人你不教他，他还不会哩。我家那死鬼，见了女人，就像公鸡见了母鸡，隔老远就翅膀打脚杆，横儿横就来了。茂仙，把你太乙借我烧几天灶，我包他什么都会……”

“用不着你在那里告花子怜悯相公，人家茂仙说不定已经教过他了。”

好在马上就要分路了，茂仙不愿听这些闲话，该各干各的活了。这些女人，整天在洞中忙碌，就只有这么两三分钟的休息时间，她们在这点时间里，要尽情地、舒心地笑一回。其余时间，她们都得在洞中默默地、警觉地干活，顶多只能在昏暗的灯光下，看那些背夫子悄无声息地跳来跳去，听那洞中时近时远的嗡嗡声，唯有这种声音的存在，才使洞中显得更加阴森、寂静。

一寂寞，茂仙就想到太乙。她对太乙，什么都知道，知道他的心仍在学校。太乙对自己不理解，这使茂仙感到十分委屈。太乙整天愁眉苦脸，茂仙想，是不是想念学校还有其他原因？是不是自己进洞，脸上有灰尘，鼻孔里也有煤烟？可是她每天出洞都要用手巾蘸泉水擦一下脸，然后掏出小镜子照照。她自己相信，没有什么时候自己会脏得不像样子。她根本不会像有些女人那样，头不梳，脸不洗，进洞拣最破的衣服穿，裤子上的扣子也不扣，就那么敞着，看得见那白肉。有的女人一出洞，便是一个灰团子，躬身倒矿石，那大奶子就从上衣的破洞里掉了出来，逗得男人们哈哈大笑。这妇人呢，不慌不忙地码好矿石，再把奶子塞进去，还要骂一声：“男笑精，女笑怪，笑你妈的米口袋。”茂仙相信，就是将来自己拖娃带崽，绝不至于这么窝囊。

那么，到底是什么原因使太乙对自己爱理不理呢？她有时候偶尔一回头，发现太乙那探究的眼光，好像不认识她，但是当她大胆地看着太乙的时候，太乙的脸就红了，样子很美。想到这里，茂仙的疲劳没有了，昏黄的灯光中，虽然看不见什么，茂仙却能把望天锤子稳稳地击在钻子上，闪出朵朵白亮的火花。通过这一朵朵火花，茂仙看见了自己心爱的人，这火花就是自己的希望。现在，太乙就在自己身边，她茂仙还没有实现自己的诺言，她梦寐以求的幸福迟迟不能来到，她知道太乙的心里很苦，想什么办法去安慰他呢？

茂仙进洞，太乙就坐在炉前看帮工们烧火。一排排湿煤压在火苗上，那五彩的烟就在锅底缭绕，飘进烟洞。这时候，有些明亮的小火苗便开始弯弯曲曲地往上蹿，舔着暗红的锅底。

太乙查过资料，晓得这种炉子是葛洪发明的地月天星炉。这里原先古树参天，到处是幽静的沟沟、坷坎、台台，到处都有细细的清泉从山中流出。这里曾是许多道士炼丹的地方。

太乙凝视着炉火，小小的炉膛，便也是一个大千世界，密密的火苗，像这里的大森林，一圈通红的锅底，便是森林上空的太阳，整个空间布满了橘黄色的亮光，森林中偶尔发生一阵小小的爆炸，惊起一些灰色的鸟，在太阳下盘旋……

太乙的身体开始松弛，终于，肉体和心智都完全松弛下来。他只看得见森林里的一条条白色的沟，许多这样的沟，汇成大河。是这些小溪，维持了大河的永恒的运动，他想。

早晨的雾气飘来，挂在太乙的头发上眉毛上，使他的头发、眉毛往下坠。头发尖上有一滴露珠，凝着不动，太乙怕它悼下来，破坏了他心中的宁静。在这个寂静的世界里，岩石里的水很快就成蒸汽，直接升华。太乙仿佛不是通过眼睛，也不是通过耳朵，更不是通过肉体与外界的接触而感到这一惊人的现象，而是完全通过一种沉思产生了对自然的内心感应，他觉得自己的某些部分也正在参与水银的升华。虽然他这一辈子注定搞不出什么名堂，可是他的学生学到了他身上的一切，现在他感到自己不会消灭，只有升华。此刻他忘记了许多烦恼，他觉得自己像一只鸟，在自己的血管里飞翔，一下一下鼓动翅膀，那就是脉搏。他的脉搏渐渐地变得极慢，但有力，像气流托着鸟在空中翱翔，要隔好久才搏动一次翅膀，太乙这时突然想到，古人用地月天星炉炼丹，不无道理。

寂寞到了顶点的时候，橘红色的天空中便有许多忽明忽暗的星星，那星星就像嵌在石头里的闪亮的朱砂，它们是那么遥远，神幻莫测，是那么超凡脱俗。他总希望，那一颗星，就是他心目中的茂仙。

森林上空暗下来，丛林不见了，在原先还是大树的地方，现在是一片暗红的沙漠；星星不见了，它陨落在沙漠里，陨落于太空。

最后一铲湿煤盖上去后，原来的森林和满天的星星又重新出现，好像它们亿万年就这么存在着，原来，它们也有自己的轮回。

森林熄灭的时候，他想到茂仙，他们之间的欢乐太短暂了，好像过眼烟云，而留在后面的，可能是无限的忧伤。正是这种忧伤，使他长年累月地思念茂仙，思念他们早先的那种情谊。现在，茂仙没有去实践自己的诺言，他们一个在终日黑暗的洞里打锤、放炮，另一个的眼前都是炉火的光明，他担心有一天，光明和黑暗会全部消失。

麻雀沿着麻洋洞越往深处掘进，越是觉得他的红运马上就要到来。他想到，一个人在洞中，面对那堆如山似海的富矿，靠肩挑背磨，是搬不完的。他希望有一个可靠的帮手，这个帮手只能是茂仙。他决心向茂仙表明：他要娶她。

“茂仙，我们一起干吧，我这里很快就要大发。”麻雀拦住茂仙，用手电照着自己的一身新衣服。

茂仙吓了一大跳，似乎认不得麻雀了，在她的记忆中，麻雀从未穿过新衣服，更不要说是在洞中。今天麻雀看见茂仙远远地来了，便立马把放在背篼里的呢上衣、呢裤子、呢帽和一双新皮鞋穿上，黑乎乎的一根在那里立着。

“怎么穿一身新衣进洞，还是呢子货？”

“这算什么，这种衣服我那年买了三套。我还有许多布，一柜子，整打整一百个色道。茂仙，我们一起干吧，我们一定会发起来，你愿意一天换一套我也将就你，我一个人确实干不了多少。”

“不要胡思乱想，干你的活吧，干不了少干点，要会保护身体。”茂仙认真地说。

麻雀害怕地让开一条路，目送着茂仙到拐弯处，转过身，脱下那一套新衣，光着身子又钻进他那小洞。

麻雀百思不得其解，原先他以为茂仙嫌他穷，不会穿戴，他决定把新衣服带进洞来，在洞中穿给她看，在外面，麻雀仍穿那套补巴衣。麻雀甚至把自己的一个极为重要的秘密也告诉了茂仙，他有一百色布，是那年悄悄从城里买来的，至今还装在一间柜子里，上面还薄薄地放了一层粮食。他想把这些布存起来，等以后涨价再卖出去，或是结婚时打开给新媳妇瞧瞧，让她高兴高兴，但是麻雀怎么会知道，他那些布，出厂时间太长，早已变质，底层的的卡、的确良，已经老化不能用了。

要怎样才能使茂仙高兴呢？她临走的时候，叫我干不了少干点，注意身体，难道她怀疑我麻雀有病么？她不相信我的气力么？凭我这身精肉，两三百斤放在身上，在洞中也照样能走，能跑，能爬梯子，能下陡坡，二三十斤重的石头，我两指拇一拈，就拿起来了，你茂仙不信么？

“茂仙，我们一起干吧？”麻雀等茂仙路过这里时又站在她面前，这一次他几乎一丝不挂，破烂的裤衩遮不住他那雪白的下身，那一身腱子肉，在灯光下一鼓一鼓的。

“走开，你这是干什么？”

“你看，茂仙，我没病没灾，有的是力气，一辈子都有，力气是个怪，使了又还在呢！”麻雀说着，朝茂仙走过来。

茂仙不让他挨近，她急急地往前走，麻雀追上来。

“麻雀你要干什么，你敢！”

“我给你讲一个事。”麻雀极神秘地、小声对茂仙说：“我找到了银钱窝，银钱窝！你听到了没有，谁都想找到的地方，我麻雀找到了，是菩萨开了眼，让我麻雀发呢！……我什么都告诉你了，我们一起干吧！”

“银钱窝?”茂仙心里一惊,“是真的么?”

“骗你我不是人。”

“在哪里?”

“远在天边,近在眼前,明天我带你去。”

“你说的是真话么?”

“全是真话,对着这千年的灯发誓,是真话,千万对外人讲不得,宝贝丢了不说,还会出人命。”

“里边都有些什么?”

“到时候一看就晓得。”

茂仙很小的时候就听说过银钱窝的故事。相传很早的时候,曾经有人找到过银钱窝,里边有掏不完的朱砂,甚至有成洼的天然水银,但不知为什么,进洞的除了一个人外,全都死在洞中。茂仙相信有这么一个洞,但是这个洞在哪一座山,哪一条沟,哪一匹堡,谁也不知道。

“我们明天去看看吧。”茂仙这么说,心里想,就是在洞中,谅他麻雀也不敢把自己怎么样,文的、武的,茂仙都不怕他麻雀。

麻雀要找茂仙,甚至把藏在心中很久的秘密讲出来,也是因为茂仙能够对付所有的眼红的人,她能毫不费力地保护他的许多财富。

茂仙没有把这个事情告诉太乙,她怕他担心,又怕他多心。

第二天,麻雀背一只背篼,里边放一只狗,去找茂仙。

“带这狗去干什么?”

“到时候你就晓得,这狗作用大得很哩!”

传说中的银钱窝,其实就在一个不远的岔洞里,外面堆了一堆矿渣,看起来很不起眼。麻雀搬开这些矿渣,最后掀开一块石头,便露出一个洞口。

麻雀扑通一声跪在地上,口中念念有词。他说,他麻雀没有尖饭米,上有八十老母,下有三岁细娃,不得已来宝洞,惊动菩萨,望菩萨不要怪罪于他。说完，他朝洞头碰了一个响头，转过身对茂仙说：

“你去那边解个手再过来。千万要解手，里边是不能蹲下解手的。”说着，他便抱了狗，挤进去，在里边亮了手电，招呼茂仙。

“我往前边走，你在后面慢慢地来。”

麻雀一边往前走，一边转过身告诉茂仙，要特别走稳，不能摔跟斗。麻雀那缓缓的动作，虔诚的态度，使茂仙一定要进去看个究竟。

他们一前一后在洞中走，麻雀讲了一个故事：

“还是很早的时候，我家福田老祖就该发了，他们约了几个人，背了钢炭、糍粑进银钱窝。那时候的人嘛，不像我们穿的卡、戴手表打矿，他们进洞穿棕衣、戴棕帽。他们到了这里，一直往前走，走了几天几夜，找致函朱砂，就坐下来生火烤糍粑吃。那火刚生好，就熄了，人些一个个都死去，我家福田老祖命大，死过一会儿后醒来。周围一片黑，他迷了方向，在洞中摸了两个多月，糍粑吃完了，吃沙子，喝岩滴水，最后把那一套棕衣、一顶棕帽全都吃了。好不容易找到洞口，一出洞，他的眼睛就瞎了。福田老祖后来说，银钱窝宝贝有菩萨和妖怪守着，要有福气的人才能享受，你茂仙命大，众人服你，我们可以享受。”

说完，麻雀带着茂仙已经走到一个低矮的地方，就要往下走了，麻雀郑重其事地嘱咐茂仙：

“在下边不准弯腰，不准蹲下，蹲下就死人呢，你看这狗，就知道这地方厉害，所以这里的宝贝别人不得吃。”说完，麻雀直挺挺地先走下去，将肩上的那一只活蹦蹦的狗慢慢地往下放。他抬起下巴，叫茂仙看小狗。那小狗被放到齐腰的地方时，身子突然一阵抽筋，顿时昏死过去，麻雀说：“你看见没有，小狗昏死了。”说着又立马把小狗提起来，放在肩上，那小狗好一阵才有些活力。

“这宝洞有怪物保护着，谁要去捡，要去挖，就一命归阴，我一共带过五条狗，狗有三尺高就不会死。你看，那些都是我的。”麻雀的手电照过去，几只大口袋，满满的都是朱砂，在那儿码着。“我掏了这么些朱砂，我怕我享受不了，搁在这里保险。我不怕别人偷，谁只要来拿，就必定是死，只有我才晓得这当中的奥妙，怪物护宝，离地三尺五，那意思就是告诉我，不要担心。”

茂仙心里明白了，她断定地面弥漫着一层有毒的气体，所以小狗昏死过去，人站着便没有事。这气体不是瓦斯，是二氧化碳。至于朱砂，可能早已被麻雀掏尽，不过，这个天然洞通风后可以往里开，说不定能打出富矿。

“咱们快回去，太危险！”茂仙突然感到眼前的处境很可怕，特别是麻雀，他什么也不懂，稍不注意，便会弄丢了命。麻雀虽然不是团员，可他是个很好的青年呀，只是从未读过书，日子太苦，觉悟不算高，想到这里，茂仙叫麻雀赶快上来。

“答应我吧，好茂仙。”

“不，你赶快上来！”

“你不答应，我就给你跪下啦！这跪下……”

“快上来！”

“不，你不答应，我就跪着求，你知道，这跪下就没命了……可怜我吧，我一个人享受不了这些，我们一起来享受，你是福星，你是菩萨姑姑呀……”

“麻雀，你听着！”

“是，我听你的。”

“听我的，你就上来！”

麻雀还想再说什么，但一看茂仙的脸色那么严厉，那么不可动摇，于是不知怎么搞的，那脚便不由自主地迈了上来。

出洞的路上，茂仙告诉麻雀，她已决定嫁给太乙，而且要带着她的财产，去办一间学校，让寨子里的每一个人都能读到中学，他们不收学费，不要工资，只要这一次打发，一辈子的用费也就够了。茂仙还对麻雀说："你的财产是受法律保护的，谁也不敢来夺走你的，我和太乙用最大的努力保护你的财产，你要相信我的话，不要去相信那些鬼神。"

麻雀听说茂仙他们用自己的钱办学校，心里也高兴，当他听说茂仙要保护他的财产，他一切都放心了。学校也很重要，麻雀几辈人就一个字不识，有了学校，他以后的孩子就可以读书，一直读到中学。

茂仙心里也很难过，她想，像麻雀这样的人，世间什么事情也不知道，纵然有那么多钱，又有什么意思？在银钱河一带，到处都是麻雀那样的万元户，他们整天冒着生命危险在忙碌，人生一世，委实没有什么意思！这件事，她不想告诉太乙，告诉他，他会更着急。太乙前几天说，这一带没有一间学校，他们两个脸上都无光。

太乙今天进洞来，发觉有些异样，洞里除了滴水的声音外，没有一点儿动静。"今天怎么许多人没来上班？"刚这么想，那边便传来喊声：

"老师！快跑！护矿队抓人来啦！"

"站住！不要动！"几个护矿队员冲过来，捉住了老师的背篼，同时要他交五十元罚金。

太乙一个月十六元工资，哪来几十元罚款？他呆呆地站在那里，任凭人家发落。

"走，外面去说。"护矿队员没收了太乙的工具。

"谁让你们这样做的，把东西还他！"茂仙赶来，分开众人，和领队的护矿队员对峙着。

"茂仙老板，你替他交钱么？拿来吧。"

"多少？"

"五十。"

"莫说五十，就是五百，五千，五万也算不得什么，可是这道理要说得过去，中央文件明文规定，允许我开矿，我们开的废洞，你们凭什么抓人？你们若敢不按宪法办事，随便抓人，到时候闹出事来，你们就得负责！说到他，他是老师，是我男人！”

茂仙虽然不是脱产干部，可是她比有些区乡干部都更掌握情况，她有一个爱好，就是爱记数字，县区乡各级政府的各种统计数字、指标，她都留心听，喜欢记，而且记得准确。从适龄儿童多少、入学率多少、文盲多少、生育率多少，到播种面积、双抢进度，无一不在她的记忆之中。她还有一点惊人之处，就是能背诵近年来中央、省、地、县、区、乡主要文件的号码、题目和主要条款。人们夸奖茂仙懂政策，茂仙就说：

“我不懂政策还行？我们寨子几百口人，嘴巴连起来就几丈长，要吃喝、要住房、要读书，全都押在政策上哩！”

“人家太乙捡矿石是为了修学校的黑板，你们做事也不要丧尽天良！”麻雀说。

“你怎么不早说呢？茂仙，你平时在这里称王称霸。你们村那么些万元户，还没有一间像眉像眼的学校，还让老师来捡矿石，你们是抓屎糊脸呢？真丢人！怎么不跳进银钱河淹死算屎！”

“对不起，老师，我们不了解情况。”

护矿队走了，茂仙却哭起来，大家心里都很沉重。

茂仙终于打到了发尖子，找到了富矿。那弯弯曲曲的麻洋洞没有欺骗她。那些大颗大颗的朱砂，密密地嵌在白色的岩石上，手电一照便闪着星星点点的光。

当大家都来看茂仙的矿石，都夸奖她的技术好、运气好的时候，太乙不见了。

大家找遍了所有的窝棚和山洞，都没有发现太乙。

“你什么地方得罪了他？”

“我好像没有得罪他呀！”茂仙嘴里虽然这么说，心里却想：“自己一天在洞里，让太乙整天担心着，他要教好书，办一间好学校，可又没有资金，人的心，不能两头挂呀！”茂仙又想：“自己对待太乙，是多么的无情无义，仅仅为了多凑几处钱，就不去实践自己的诺言，让自己心爱的人在那里苦苦地等待，自己要什么时候才下得了决心呢！”她要去找太乙，她要把自己的一切想法告诉他。现在，茂仙已不把富矿放在心上，经过这一段时间的苦苦思考，她已经把一切都盘算好了。

还隔好远，就有一阵歌声和读书声传来，这声音就牵着茂仙，急急地赶到学校。

学校很干净，操场上太乙设计的双杠、跳马虽然很简陋，但很实用。茂仙一眼就认出来，那些门牌、标语都是太乙写的，图书室旁边的黑板上，有一条用彩色笔写的标语：“欢迎太乙老师归来”，那是少先队大队部写的。

下课钟响了，茂仙觉得那钟声十分悦耳，使她想起自己的父亲和太乙的父亲，想起她和太乙小时候的诺言。

几个民办教师从教室里走出来围着太乙，和他握手。太乙似乎变了一个人，脸上似乎没有忧愁，神采奕奕，谈笑风生，高兴得很。现在茂仙想和太乙说话，但更想听听老师们怎样夸奖太乙。

“你看，这一段时间好多学生的日记都写你，他们写怎样怎样想念你，把你平时的音容笑貌都写出来了。你看看，像不像你？”一个老师说。

太乙翻了几页，不觉苦起来，他没想到自己在学生心目中是这个形象。他内心有一种恐惧感，怕自己有朝一日失去学生。现在既然孩子们注意自己，自己就得给这些孩子一个可供效法的榜样，要振作起来，他想。

“你们都看学生的日记么？”太乙问。

“是的，所有学生的日记，每天必看。”

“最好是不要看他们的日记，要让他们在日记中没有任何负担，不说假话。只要平时掌握好他们的情况就行了，每天检查，这就逼着学生每天编造假话。”太乙谈起教学来，真是头头是道。

“回来教书吧，太乙，安下心来。我这里的公办教师都要走，他们嫌这里落后，说这里的人愚昧、无知，他们不再来了。”

“不知茂仙的想法怎样，恐怕她不愿意呢。”太乙始终忘不了茂仙。

“她有什么资格限制你，你们又不是从属关系。”

一句话说得太乙面红耳赤。他忙说：“我捡矿石卖给别人，钱已经够了，下周我们去旅游，让学生们见见世面。”

“太乙！”茂仙喊。恰好这时上课钟又响了，太乙回头看见茂仙，他想跑过来，但是没有，他还是走进教室。

“茂仙，我到处找你呢。”麻雀也赶来了，“我们回去吧，我的洞也要发了。太乙不喜欢你，就算了，世上只有藤缠树，哪有树缠藤呢！你看，衣服都湿了。”

茂仙哭得更伤心。太乙看见茂仙在哭，低下头，停了讲课。他打开门，看了茂仙一眼，最后还是把门关上了。他从来没有中途退出过课堂，他不能出来，他只能让茂仙暂时委屈这几十分钟，一下课，他就要去见茂仙，他要把一切都告诉她。

麻雀在外边急了，朝教室里喊：“太乙，你算什么东西！好歹发一句话呀！你这是存心折磨人呢！有胆子就出来，把话说明，我麻雀也不是孱头！”

“是我不好，我对不起他。他在上课。父亲说过，当教师的，就是死，也要死在课堂上。”

“是他对不起你。”

“不，你不了解他，他爱我，也爱你，他要教你识字，算算术，让你脱盲呢！”

“可他对你没有一句话呀！”

“是我没有照我们的诺言办，他伤心哩。”

太乙仍在讲课，那声音虽然有些颤抖，可意思还是非常清楚。

麻雀不时看看表，朝教室里张望。他想，在太乙没有明确表示态度以前，他是要追求茂仙的。

终于下课了，太乙从教室里冲出来，两眼闪着泪花：

“我没有办法呀！茂仙。”

“我们一起教书吧!”茂仙“哇”的一声扑进太乙怀里。太乙那一双满是粉笔灰的手抚摸着茂仙的背。

“茂仙，我爱你，星期天我来看你。”

“不，从今天起，我们就天天在一起。”

“你……”太乙好像还不明白茂仙说的是什么意思。

“你会晓得的，我这就告诉你。麻雀，你不要走，还有大事要商量呢!”

麻雀低下头，也似乎明白了什么。他为自己的鲁莽难过，也为眼前的这两个正派人感到震惊。一时间，他突然想到：“自己怎么配得上茂仙啊！太乙也真是个读书人呢！自己为什么不会想得宽些……”

三个人站在宽阔的、长满青草的操场上，商量他们的长远计划。

“我和麻雀商量过了，我们想办法搞两台风钻，请专业队来打洞，请国营矿上的工程师来做技术改造工作，正正规规地开矿。第一要安全，要护矿山，爱惜资源。麻雀做经理，我做他的法律顾问，我一定要保护好他的财产。麻雀，你放心吗?”

“谁还不放心你茂仙?这回我心里算是踏实了。”麻雀说。

“我和太乙要去修学校，乡长和书记都说，学校修好了，我做校长，太乙做老师。”说完，茂仙从口袋里拿出一张纸，慢慢地打开。她突然扑到太乙怀里，哭着说：“我对不起你呀！太乙……”

太乙一看那张纸，简直不相信自己的眼睛，那是一份遗嘱。

“我很早就发现这里的岩石不很稳固，我总是担心，怕万一出事故。不瞒你说，我把这遗嘱都写好了，财产、存款都交给你安排，由你在银钱河办一间学校……”

茂仙说得很慢，她说这些话，要是其他人听见，谁也不会感到惊奇。凡是滚厂的人，不论是男是女，都已经把后事早早地安排好了，照他们的说法，行船的人是死了没有埋，滚厂的人是埋了没有死。没人知道自己哪一天会出不了洞，洞一塌方，就像包饺子一样把人埋在里边，人往往来不及叫一声，就被埋在井底……

“现在，不需要它了，当你的面我把它……”

太乙一把抢过遗嘱，飞快地把它撕得粉碎。

麻雀的尖子也打发了，他高兴得哭起来，穿着裤衩在洞中不停地磕响头，不断地念着茂仙和菩萨的好处。他决定不睡觉，整天运矿石。他要带足干粮，带足凉水，一天放几排炮，苦干一个月。他和茂仙合股建厂，茂仙答应他做经理，一时间，他觉得他们的厂越办越大，他的钱越变越多，把城里那几个待业青年招来做工人，茂仙说麻雀就会变成全县、全省闻名的大户，还是闻名的经理！

按照这里的规矩，凡是打到了发尖子，来祝贺的人每人可以背走一背矿石，以后才会越打越发。

茂仙他们打到发尖子的消息，传遍了银钱河，也传到马路上闲逛的那些待业青年中：

“茂仙老板打发了，叫我们去捡矿呢！”

于是，这些人也趁着“山上打猎，见者有份”的老规矩，下洞捡矿石。他们也去洞里打炮眼，胡乱放炮，希望炸出个发尖子来，人们认为这些人是来凑热闹的，也就没有在意。

“你们今天就在我矿上吃饭吧。我和茂仙合伙办的厂，把你们都招下了，将来茂仙招团（吸收新团员）也要招你们呢！只是你们要好好干活，注意安全，不要惹祸！”

当下就有许多人报名参加了茂仙他们的大矿。麻雀那一颗悬着的心终于放下了，这么大的两个富矿、发尖子，一个月来居然没有发生一次哄抢和偷盗，都是因为茂仙在那儿铺排。

麻雀和两个安全员整天都在洞中巡逻，他知道新炸开的尖子容易塌方。

“要特别注意那几个青年，他们不熟悉地形，没有经验，你要负责他们的安全。”茂仙对麻雀说。

“就怕他们不听我指挥。”

“他们会听的，我已和他们谈过了，其实他们都是些好人。”

“他们当中有两个还可做教师，可以教音乐和体育。”太乙说。

正说着，一个安全员跑来报告，说是今天不见了背夫子，他已经叫人们出洞了，可是找不着那几个青年人，他们恐怕是吓昏了，走迷了路!

随着一片喊声，人们跑出洞口，一群群背夫子跟着他们，吱吱地叫着往外蹿。

茂仙问：“还有谁没有出洞?”

“都出来了，就是不见那几个城里人。”

茂仙听说洞中没有人，便一阵风似的冲向洞口，太乙和麻雀跟在她后边。

情况非常危急，背夫子们还在不断地往外逃。茂仙突然停下来，太乙和麻雀已冲在她的前面。

“停下来，你们不能进去!”茂仙知道，这种时候，洞中人越多，越不好办事，麻雀和太乙对这一带都没有她熟悉，只有她才有可能找到那几个青年，救出他们。

太乙和麻雀仍旧往前跑，麻雀此时想得最多的是自己是经理，太乙则想着那两个可以教书的、会打拳和弹吉他的青年。

“停下来!”茂仙一急，大声喊，“太乙、麻雀，你们听着，我去就行了，快回来!”

太乙和麻雀根本不听，径直往洞里跑。茂仙他们冲进洞，果然不出茂仙所料，几个年轻人被他们的喊声吓蒙了，慌乱中弄熄了灯，找不着手电，此时正朝一个相反的方向摸。他们突然看见六支手电强光，把道路照得雪亮。茂仙喊：“都朝亮处跑，不要乱，一个接一个，还有点时间，快！跟着背夫子跑！”

当麻雀背着最后一个受伤的青年走出来时，洞里传来轰隆一声巨响，洞口扑出一团团白烟，似乎整个洞子都塌了。

大家都惊呆了，好不容易打到发尖子，一般的工人这个月的工资都能拿一百五十块，城里的一个小青年急得哭起来。

茂仙和麻雀仔细地听着洞中的声音，突然，他们的脸上一齐露出了笑容。

“不要难过，听这声音，是好事呢！等洞里的雾一散，大家就去背好矿吧，这次正好垮的是地方。”

众人又都欢呼，跳跃。太乙和麻雀握着手，笑得更欢。他们的好日子，真的就要到来了！

大鱼[①]

赵剑平[②]

一

韩六奶刚刚蹲下去，迷迷糊糊听见有人敲门，心就散了。这几天眼皮老跳，她总觉得不大对劲。又迷迷糊糊听见蛮女开了门，把人让进屋里，她就再也蹲不住了，忙提了裤子，尖尖脚一跛一跛地从卫生间出来。可她来到客厅，客厅里并没有别的什么人，还是只有蛮女——儿子韩西河从村里找来伺候她的那个胖姑娘。

只是靠门边多了一只鼓鼓囊囊的编织袋。

“村里李老板，听说韩总不在，没有进屋，放下东西就走了。”

---

① 原载《民族文学》2006年第11期，此次出版时有改动。

② 赵剑平（1956—），又名赵明鸿，男，仡佬族，贵州省正安县人。1978年毕业于遵义地区师范专科学校语文专业。历任正安县格林中学、第二中学教师，正安县文化馆创作员、正安县文联主席、湄潭县副县长等职。现为《遵义文艺》主编，遵义市文联主席，遵义市作家协会主席，贵州省作家协会副主席。中华全国青年联合会第七、第八届委员，贵州省第七、第八届人大代表，贵州省第八届政协委员。1979年开始发表作品。1990年加入中国作家协会。著有长篇报告文学《功勋》，长篇小说《困豹》，中篇小说集《远树孤烟》，短篇小说集《小镇无街灯》《赵剑平小说选》《乡里笔记》《女县长》，电视剧剧本《娄山好汉》《走出山门》等。《獭祭》获贵州省《山花》文学奖，《杀跑羊》获贵州省人民政府首届文学奖，短篇小说集《小镇无街灯》获全国第四届民族文学奖，中短篇小说集《赵剑平小说选》获全国第五届民族文学奖、第五届全国少数民族文学创作奖——骏马奖、贵州省人民政府民族文学奖。

蛮女坐在沙发那儿，一边嗑着瓜子，一边木木地说。

“根支书的儿子李承志……”老人喃喃着，口吻里有一种刻骨铭心的东西。

蛮女还是用尖尖的手指拈着一颗一颗瓜子嗑着，并没有感到老人有什么异样。

“哪样东西啊？蛮女！”韩六奶说着，突然就抬起一只干枯的手来，颤颤地指着那鼓鼓囊囊的编织袋，“我眼睛花，你看是不是在动啊？”

蛮女从沙发上站起来，往那鼓鼓囊囊的编织袋走过去。“过年啦！还会有哪样东西？”她一边走一边说着，“除了吃的喝的，还会有哪样东西？”

蛮女还没有走到门边，那编织袋晃了晃，就倒在了地上。一股浊重的腥气在屋子里一搅，一条金甲大鲤鱼从袋子里滑了出来。在客厅花岗岩的地板上，大鱼尾巴只一拍，整个身子就无声地向前滑起来。一直滑到客厅中央，滑到韩六奶那双粽子脚跟前，大鱼才停了下来。

“哎呀！”蛮女从来没有看见过这么大的鱼，吃惊地叫了起来。

韩六奶却愣在那里，仿佛什么东西塌了下来。她拼着那干枯的身子在那里扛着，只要一走神、一散劲，那东西就会啪地砸下来，把她眼前的一切砸得粉碎。

明亮的灯光下，大鱼静静地躺着，一身金甲，闪着一层神秘的彩晕，朝上的一只眼睛圆圆地瞪着，嘴巴大大地张着，格外透着一种焦渴、一种死灭。

“天啦！”韩六奶在喉咙里一声呻唤，整个身子晃了晃，一下就坐在了地上。

蛮女昏头昏脑，抱了一把金甲大鲤鱼，觉得有些不对头，这才腾出手来把老人抱到了沙发上。韩六奶在沙发上躺着。蛮女一只手在她胸前来回抹着。抹了半天，老人眼睛一睁，居然醒了过来。

“快打电话……”韩六奶气喘吁吁地说，“有人要害我们……”

二

韩西河在宾馆开了一个套房，跟几个弟兄玩麻将正玩在兴头上，蛮女的电话就打来了。看看提包，十沓印着伟人头像的现金只剩一沓了，他便向下家歪过头去，凑着耳朵道：“黄哥！我家头有一点事，要先走一步。”

“大名鼎鼎的韩总咋婆婆妈妈啦！”黄哥瞥了一眼韩西河，“不想扳一扳？”

“我们这几个人，”韩西河道，“过去点过来点有哪样关系！九‘方’钱，权当跟各位拜年啦！”

“九‘方’？你是不是谎报打伤案哟！”上家看一眼韩西河，插进来道。

韩西河听着，把一沓钱拿在手上一抖，指着大钞票上红红的头像道：“他老人家亲眼所见，我要有半句假话，我就是四条腿的王八，在各位弟兄面前爬起走。”

几个人听着都笑了起来。

“行啦！你去吧，韩总！”下家黄哥笑眯眯地说，“我们也要收摊了，玩得太晚了，人受不了，明天早晨我还要开一个会呢。”

“大会还是小会？听报告，那么大的会场，多一个人少一个人无所谓嘛！”

“你说得轻巧，明天的会是本人主持召开的招投标会。”

韩西河笑着跟大家抱了抱拳，便从堂子上退了下来。他坐上一直等在那里的车，风一样往家里赶。

韩西河一脚踏进门，闻着一股浊重的腥气，看着还躺在地上的金甲大鲤鱼，内心深处也感到了一种震动。

“李长根想害我们呀！”韩六奶已经缓过劲来，跟儿子数着，

“恁大一条鱼，不是精，就是怪，新年大节的，他儿子李承志把这种鱼送上门来，安哪样心！”

韩西河没有吭。他蹲在地上，派着拇指和食指把鱼从头到尾量了量，又拍拍宽厚肥大的鱼肚皮，这才自言自语道：

“这两爷子从哪里弄来这么大的鲤鱼……我还没有见过这么大的鲤鱼……”

“听老一辈人说，村里长塘有这种鱼。”蛮女在边上不知深浅地冒了一句。

“长塘的这种鱼成精成怪呀！”韩六奶听着，又牵丝网线地数了起来，“那年，李长根他爹李定根……李承志他爷爷，差我们两挑谷子的田租，临近年关了，他在长塘弄了一条大鲤鱼，送到我们家，想抵租谷，世人都说鱼大成精成怪，你爹偏不信，心一软就应了下来……”

“母！”韩西河站起来，望一眼老人家，道，“你不要提这些陈谷子烂芝麻的事情好不好？”

“我怕你忘了。”韩六奶说着，两只凹下去的眼球转着，阴郁而又充满期待地望着韩西河。

韩西河没有吭。这个有关家族兴衰存亡的故事他怎么会忘了呢？那时候，韩西河还在娘肚子里。三十来岁的韩六爷，在郎州城上过新学，不信精不信怪，吩咐灶上把鱼切成段切成块，一天熬一锅鱼汤，要韩六奶喝下去。浓浓的鱼腥气在整个韩家大院里弥散着，韩六奶闻着就想吐，更不要说喝鱼汤。韩六奶到现在都不明白那鱼为什么会那么腥。可韩六爷说，越是腥的东西就越有营养。韩六奶闭着眼睛，一天两大碗鱼汤，常常喝下去就翻肠倒肚吐出来，但还是要喝，喝得死去活来。韩六奶喝鱼汤喝迷糊了，眼睛呆呆地看着空中，仿佛透过浊重的鱼腥气看见了层层死气。“爹呀！妈呀！要出人命呀！”她就这样叫。从腊月喝鱼汤喝到正月，那一条鱼才在韩六奶喊爹喊妈的叫声中变成了一堆骨骸。鱼汤喝完了，鱼腥气也散了，韩西河在娘的肚子里开始动了起来。贴着韩六奶的肚皮，韩六爷感觉到了胎动，感觉到了活蹦乱跳的儿子。不几天，刘邓大军挺进大西南，解放郎州，土改工作队进驻长塘村。韩六爷在一天夜里被觉醒的佃农们从床上抓到台上。斗争会开到半夜，李长根他爹李定根就从韩家大院里挖出来两条枪。第二天，区长亲自赶到长塘村主持公审。韩六爷想贴着韩六奶的肚皮，再听一听儿子的胎动。区长没有答应。太阳下山那工夫，韩六爷被推到河滩上枪毙了。韩六奶没有掉一滴眼泪，人们觉得她喝鱼汤喝寒了心。谷子灌浆，韩六奶果然生下来一个儿子。人们又觉得上过新学的韩六爷还真有一点深奥，隔着一层肚皮，他居然知道韩六奶跟他怀了一个儿子。在韩六奶的记忆中，韩家倒霉，就是从那条鱼开始的。从儿子懂事起，她就把这个大鱼的故事不断地摆给儿子听，认定正是这条成精成怪的金甲大鲤鱼导致了韩家的衰落……

死寂的空气一阵颤动，屋子里一下响起来一支《西班牙斗牛士》舞曲。韩西河一怔，便从腰间把电话掏出来，看看来电显示，这才放到耳朵上。他鼻子里嗯了半天，才跟电话那头道：

"谢谢啦！承志！也请转告你爹，这么稀奇的东西，他还记着我。"

韩西河口吻镇定，近于冷酷，话刚落音就把电话挂了。

"你还谢！"韩六奶听着，不依不饶地跟了上来，"这两爷子明明不安好心。"

"母啊！你这么大年纪了，少操一点心行不行？"韩西河说。

"你说这个李长根，他当他的支书，他儿子李承志又是村里建工队的老板，"韩六奶固执地说着，"我们都离开长塘了，他两爷子还要追进城来害我们……"

"不就是一条鲤鱼嘛！哪有那么大的能耐！"韩西河说，"你老人家气量大一点行不行！"

"土改那年……"韩六奶还在喉咙里嘟哝着。

“你不要说土改那年，那算哪样事儿！没有那条鱼，长塘就不解放哪！土改就不搞哪！”韩西河说，“那叫改朝换代，大势所趋。”

“那……”韩六奶望着地上的鱼，带着一种后怕，“你说这鱼咋办？”

“你要不喜欢，我就弄走。”韩西河望着老人道，“人家这是拿来孝敬你的，没有想到把你吓成这样……”

“还要找一个先生来做一做法事，”韩六奶说，“清洁清洁家屋。”

韩西河点头应着。

三

金河集团坐落在郎州外环路上。

李承志开着车沿着围墙转了一大圈，才找到大门。也难怪，李承志他们去年送树上来的时候，这里还没有围墙呢。两个保安扎着武装带守在门口。李承志一眼看出是村里的两个年轻人，只是一时想不起名字来。两个年轻人大约也认出他来，只一挥手，一排不锈钢的栅栏便往两边缩着。可在这节骨眼上，车却死火了。李承志打着马达，却怎么也发动不起来。两个保安很看头势，跑到车屁股上推起来。李承志额上都急出汗来，这才扶着方向盘把车开进院里。大楼前面一溜停着十几辆轿车。李承志一看，最差的都是桑塔纳。他心里一嘀咕，方向盘一打，北京吉普转了一个弯，孤零零地停到了围墙边上。下车来，李承志看两个年轻人推得脸红筋胀的，拿出烟来一人散了一支，便带着一种莫名的凄惶，往大楼那边走去。

但穿过院坝的时候，他停下来看了看那棵古树。古树有多老？三百年？五百年？还是一千年？李承志琢磨着，它应该跟长塘村的历史一样悠久。长塘村最老的韩六奶，即便八十岁，在它眼中，也不过一个黄毛丫头。甚至它是一棵什么树，长塘村人也并不确凿地知道。它叶子小，稀疏地挂在枝头，却绿得像上了油一样，终年不落。它不开花，也不结果。它一动不动地站在长塘村，仿佛被冻在了长塘村的时空里。它姿态美丽而又奇崛，从树干到树枝，能看见根根血脉根根筋。因为大地与天空的争夺，欲望与现实的冲撞，还产生一些赘根，出现不少扭曲和鼓突。李承志的印象中，整个长塘镇就只长塘村有这么一棵树，因此它成了长塘村的风水树，长塘村的一种象征。

可人们没有想到韩西河盯上了古树。

大前年，韩西河出资改造从镇上到村里的公路，垒路基、砌边沟，路面加宽、硬化，花了二十来万。前年，他又花了二十来万在河上架了一座桥，把公路延伸到了一家一户。那阵，谁也没有看出韩西河的心思，都觉得遇上了菩萨，要过快活日子了。直到去年，韩西河跟村里提出来要那棵古树，他想把它搬到郎州市他金河集团的院坝上。支书李长根和村长钱贵这时才弄明白，原来韩西河又修路又架桥的，是要把古树运到城头呀。两个当家人都像鱼咬了钩一样，不想就范，却又逃不了。而且韩西河话说得很好听，现在农村都开放了，要搞城市化了，他韩西河闯天下，也代表长塘村，应该有一个形象，金河集团做大了，吃骨头喝汤的，不但长塘村沾光，甚至整个长塘镇也沾光，人口增长这么快，长塘村现有的土地，已经很难养活现有的人口，今后长塘村要往郎州发展，争取在郎州建一个长塘新村，农村包围城市，最后要夺取城市。

韩西河这一说，大家还有一点相信。上世纪末韩西河还是长塘村建工队队长，拖着一帮泥水匠，无头苍蝇一样到处找工程，常常吃了上顿没下顿，日子过得比现在的李承志还凄惶。而突然有一天，他把公章往支书李长根和村长钱贵跟前一推，跑到郎州自己成立了一个金河建筑公司。短短几年工夫，他就发展到现在赫赫有名的金河集团。前不久，郎州一家小报搞郎州财富排行榜，韩西河居然名列第三。这简直是一个奇迹，让长塘所有的人都目瞪口呆。几个上了年纪的人甚至很幼稚地认为当年李长根他爹太粗疏，只从大院里抄出来两条枪，而漏过去了窖在床脚的一缸金子。韩西河发了，却没有忘记长塘村。每一年，李承志接手的建工队，包括后来村长钱贵搞的路桥建设工程队，都能够从金河集团拿到一两个工程。架桥修路钻山洞，哪怕转几道手，三包或者四包，长塘村两个建筑队几百号人总算饿不着。甚至对杂工，金河集团都有一个不成文的规定，同等条件下长塘村优先。而长塘村这种低级的杂工很少，就扩大到同等条件下长塘镇优先。韩西河的这一做法，在五万多人口的长塘镇还真产生了影响，很长一段时间，民间都流传一句口头禅：找活路，上金河。

“根支书！根支书！……”

李承志愣在树脚，这时候就有人站在二楼走廊上叫起来。他诧异地扭过头看了看那边的院墙大门，那里并没有人进来。整个院坝空荡荡的，只有他跟那棵树，那些车。他回过头来，愣一愣神，便明悟过来。李承志从身条到脸貌长得都像他爹，隔上丈二八尺的，时常被人看走眼。尤其是镇上的孟书记，眼神差，总把他们两爷子混淆。

这个人正是孟书记。这阵，他已经从二楼下到一楼，走到了院坝上。

“我还以为是根支书来了。”孟书记总算看清楚了，一边走一边说着，“他怎么没有来呢？我还有事情要找他呢！”

“他昨天一大早就回长塘了。”李承志说。

“韩总不是说请了你们两爷子嘛！”孟书记说，“大家在一起过一个热闹年。”

“家里猪还没有杀呢。”李承志说，“来一个代表就行了。”

“年关来了，大家都忙啊！”孟书记说着，就招呼起来，“站在这里做哪样啊？我们进屋吧！”

“我看这棵树是不是栽活哪?!”李承志说，“他们去年费力从长塘搬上来，要栽死了，那才冤枉哟！”

“活啦！树叶都没有掉一个。”孟书记说，“韩西河这几年运气好啊！我看他是要风得风要雨得雨。”

孟书记在前，李承志在后，两个人脚跟脚往楼里走着。李承志禁不住又望了一眼古树，心里有一种酸酸的滋味。

古树搬迁，韩西河没有出面，只派了两台挖掘机和一台大卡车到长塘村。大卡车是敞口的，整个厢体由液压撑杆顶着，可升，也可降。开始作业，只有几个村干站在那里，一脸散淡，很无奈的样子。不一阵，来了一些半桩桩娃儿蹲在那里，却也木头木脑的。两台挖掘机配合着，不到一个时辰，便将两三个人才抱得过来的古树连根带土举了起来。大卡车屁股一低，车厢一矮，古树就坐了上去。几个村干这工夫都爬上了车，帮韩西河的人捆索绑绳固定树干。汽车发动，长塘村几个当家人一脸凄惶，腿脚发软，都待在车上不下来了。古树掘出来后，空出来一个巨大的坑。这工夫，树坑周围婆娘儿女一下聚起来好几百人。车起步，这些人便跟在屁股后面走着。车走得慢，这些人也走得慢；车加一加油，这些人便一路小跑。还没有出村，几百人滚雪球一样越滚越大，差不多滚了千把人。一直走到村口，不知哪里叫了一声“树啊”，瞬间，婆娘儿女的便“树啊树啊”地叫起来。千把人号丧一样叫着，格外使人心头发毛。上桥过河，李承志从家里赶来，身子一跃，抓住车门爬了上去。汽车上了公路，速度加快，这才把这些人撂在河那岸。但走出去老远，还能够听见那凄切的喊叫：“树啊！树啊!”车上的人听着，都忍不住落泪。几个村干部跟李承志像嫁姑娘的送亲客一样把古树送到金河集团，看着古树细细慢慢地栽下去，一拨人这才长吁短叹地往回走。韩西河很感动，派了两台三菱吉普，一直把他们送到长塘村家中。

二楼的小餐厅里一共摆了四张桌子。每一张桌子都由两块巨大的麻将嵌成，分别为“春”、“夏”、“秋”、“冬”。四张桌子都有一块共同的麻将，那就是“发”。两块麻将深深的刻沟里，“发”都抹一层金粉，“春”、“夏”、“秋”、“冬”各抹一层银粉。一块透明的玻璃往上一罩，枝形吊灯的灯光静静地一照，一桌子都淌金流银。李承志跟着孟书记进到四季发财厅里，一看那阵势，心里就有些抖。他看孟书记在“春”那儿坐下去，便有一种自卑，拣了冷飕飕的“冬”坐了下去。这工夫，两扇弹簧门轻轻一开，又有一拨客人走了进来。一位穿旗袍的小姐走到跟前，凑着李承志的耳朵，细声细气地道：“先生！请你这边坐。”

李承志脸一红，便站了起来。但一只手却不知从哪里伸出来，轻轻地压在他肩上。李承志转过头去，原来是主人家韩西河。

“你今天也是主人，就坐在这里。”韩西河说着，就在旁边坐了下去。

“韩总！”酒瓶子还没有开，李承志就有些失态，“我可不知道你这里的规矩……我觉得天寒地冻的冬天谁都不会喜欢，我这个小包工头，只配坐在这里，没有想到这……居然是主桌……”

“这是我们金河集团特有的企业文化。”穿旗袍的小姐在一旁解释着，“哪一个季节宴请客人，主人家就坐在哪一桌。”

“那……我不能坐这一桌……”李承志说着，又一次站了起来。

这时候，韩西河一只手拉着李承志，一只手端着杯子站了起来。李承志仓促中，也只好端起杯子来。

“各位朋友！我们今天在这里过年。”韩西河大声说着，“开席前，我特地要说明，今天的年饭是我跟我们长塘村建工队的李承志队长共同请的，因为今天这道主菜是他提供的。”

话音未落，“春”、“夏”、“秋”、“冬”四张桌子都响开了热烈的掌声。

“这是一条三十多斤重的金甲大鲤鱼。”韩西河接上说，“我是从来没有看见过这样的大鲤鱼，可以说，这是一条奇鱼。”

座上又一阵热烈的掌声。掌声中，两个小伙子抬着鱼走了进来。鱼躺在一只巨大的茶盘上。从冰柜里取出来的时候，厨上特地用热水去霜，把鱼抹了一遍。橘黄色的灯光下，鱼片片鳞甲透着一种鲜亮。这么走一圈，大家看一看，摸一摸，啧啧称叹，鱼接着又被抬了出去，送到了厨房案板上。

“各位朋友！过去的一年，我们金河集团托大家的福，取得了可喜的成绩。”韩西河口吻一转，“但是，新的一年对金河集团才是一个挑战和考验。西部大开发，从郎州到重庆的高速公路即将动工，预计投资一百五十个亿，我们金河集团要力争在这个项目上拿几个标段，作出我们应有的贡献。”

李承志琢磨韩西河在郎州投标，那中标就像女人来月经，如果见不了红，那就不正常了。表面看是金河集团有这个实力，天南地北的建筑企业，不管哪一级，要挂哪一家就可以挂哪一家。而暗地里，金河集团的当家人韩西河还是有一包药。没有这包药，即便你砌过八达岭长城，修过南京长江大桥，你也是没有一点用的傻大个。比如做标书，不管按哪一年的定额，你做得再科学，而总的造价都要等到韩西河来定，常常在最后一分钟，韩西河的电话或者信息才会跟到现场，你只要把这个要命的数字往上一填，就有八九分把握入围。因为这种种神妙，韩西河在行业中有“标王”的美称……

“锅里有，那碗里才有呀！今天在座的各位，除我们长塘镇的几位领导，大多是我们金河集团的合作伙伴……”

李承志嘴角撇了一下，便一副认同的样子不断地点头。韩西河拿到项目后，通常会很快分解，一层一层往下包。三包四包到了像长塘村建工队这一层，实际上只有一点人工费。李承志心不甘，却也无奈，你不上，有工队上，从村里拔脚出来，吃啊穿啊，都是一种消费，只要有活路做，总可以混日子。所以好啊歹啊，大家还要感谢韩西河，说到底，他跟你找了工作，他跟你发了工资。

“我们长塘村建工队的李承志队长一番苦心啊！他在这时候跟我们提供了这么一条金甲大鲤鱼，就是希望我们金河集团在新的一年来一个‘鲤鱼跳龙门’，有一个大的发展。”韩西河把杯子高举起来，一字一顿道，“我也借李承志队长这个意思，请大家端起杯子来，祝大家发大财，也来一个‘鲤鱼跳龙门’。”

“为‘鲤鱼跳龙门’干杯!”

大家一片欢呼，接上一抽杯子，一仰脖子，一饮而尽。

酒过三巡。凉菜吃得差不多了，一桌一盆豆腐鱼热气腾腾地端了上来。一人一双筷子一张嘴，一边夹鱼块往嘴里塞着，一边你一句我一句说着：不错！好味道！韩西河兴致很高，筷子在空中划拉着，跟一桌客人炫耀道：

“做这种鱼啊，很讲究。做不好啊，那个腥啊，不要说吃，恐怕把大家熏都熏走啦！不瞒各位，今天在厨房掌勺的师傅，是我从郎州宾馆临时抓来的国家特级厨师，我们郎州就这一位，中央领导到我们郎州来，一般都是他主厨。”

“难怪！难怪!”

大家点头附和着，又将一双筷子往盆里戳着。

这时候，李承志才看见钱贵在“秋”那一桌坐着。前几年，钱贵心里不平衡。李长根当支书二十多年了，还将军不下马。韩西河辞职后，李承志又接了建工队。钱贵觉得这个村长当起来没有抓拿，便自己搞了一个工程队。他那个工程队，跟李承志的建工队差不多，都从韩西河手上找活路。不知怎的，李承志心上又罩了一层阴影。

韩西河仿佛看出了李承志的心思，端着一杯酒对李承志道：“这杯酒，你要替你爹喝了，他不来，我感到很遗憾。”

李承志接过酒，一仰脖子喝了下去。接上又给杯子斟满酒，双手举杯，送到韩西河跟前道：“这杯酒，我跟我爹敬韩总，祝你新的一年事业更上一层楼。同时，还希望韩总继续关照我们建工队。”

韩西河接过酒，脖子上鼓起一个包，也一口吞了下去。“你这个话啊!”韩西河放下杯子，眼睛往“秋”那一桌一瞟，晃晃悠悠道，“钱贵跟我也这么说啊!”

“你毕竟是从长塘村建工队走出来的嘛!”李承志有一点急了，“他那个工程队怎么可以跟我们比呢!”

“长塘村的建筑啊！政府还想搞产业化。”韩西河说，“也就这么两支队伍，手板手背都是肉啊!”

李承志还想说什么，韩西河却站起来，上别的桌子敬酒去了。李承志琢磨着上“春”那一桌敬镇上孟书记一杯酒，一看孟书记不在位子上，人不知上哪里了，正有些疑惑，孟书记跟钱贵却端着酒杯来到了跟前。

“今天这顿年饭吃得好啊!”孟书记说，“首先要感谢你这条鱼。”

“这都是我爹的功劳。”李承志脸上挂红，已经有一点醉意，“他老人家寻了好几天，放了一炮，得了这么一条鱼……”

“当年移山造田，他老人家就是爆破能手，真正排山倒海的角色。”钱贵说，“收拾一条鱼，不过娃儿放一个爆竹。”

“这不都是为我们建工队。”李承志说，“韩总对长塘村建工队一直很关照，过年了，我们也没有别的表示，就想到跟他弄一点长塘的鱼，河鱼嘛，也算一种稀奇，没有想到得了这么一条鱼。”

“看得出来，韩总今天很高兴。”钱贵说着，口吻里有一种莫名的酸，“你明年活路做不完，不要忘了我钱贵。我们可是一屋两头坐的弟兄伙啊!”

“钱村长！你不要拿我开涮。”李承志说着，也带了刺头，“你当初拉队伍，韩总不跟你打保本，我看你也虚火嘛!”

“多一把伞多遮一个人。”钱贵有一点沉不住气了，“我这个村长，还不是跟你爹当支书一样，为长塘村的人着想，多有一块牌，好找活路嘛!”

“大家都不要说那些多话好不好?”

孟书记这时候插进来招呼着。他一只酒杯跟钱贵碰碰，又跟李承志碰碰，接上往喉咙里一泼，嘴唇都不湿，一杯酒就咕嘟下去。

李承志跟钱贵端着酒没有动，还你望我我望你地较着劲。

韩西河转一圈转回来，看看钱贵，又看看李承志，察觉情形不对，便举着一杯酒，晃晃悠悠道：

“你们两个人啊！是不是又跟我们父母官增加麻烦哪？”

“那倒不是。”孟书记道，“扯出来都是村长支书的，应该有这个觉悟……”

“同行多嫉妒啊！”韩西河说，“我不希望看见你们两个人扯皮，大家都是长塘村的人，家和万事兴嘛！来，喝一杯‘团结酒’。”

李承志跟钱贵迟迟疑疑的，却都把杯子举起来，跟韩西河碰了碰，接上杯底朝天，一口吞了杯中酒。

“还是韩总面子大呀！”孟书记陪了一杯，感慨地说。

“今后呀，孟书记！”韩西河说着，竟板起一张脸来，“这两个包工头野得很，你要招呼不住，跟我说一声。我可把丑话说在前头，说得好，大家打伙求财；说得不好，我韩西河也有脾气，哪个的账我都不会买……”

钱贵跟李承志听着，都感到一种莫名的凄惶。

四

李承志那阵还不算醉。他记起他爹跟他交代的事情，就到金河集团的厨房，硬把那条金甲大鲤鱼的鳞甲一片一片从垃圾桶里找了出来。服务员找了一条编织袋，大约还是那送鱼的编织袋。他把那些钱币一般闪光的鳞甲收拾在编织袋里，提着就上了车。北京吉普歇了半天，仿佛缓过气来，居然一打火就发动了。他深一脚浅一脚地踩着油门，一台车像抽风一样跑着，总算回到家里。他摸索着开了门，上厕所撒一泡尿，打开龙头洗一把脸，感觉清醒一些，便来到房里，想找女人的麻烦。女人躺在床上，听见门响，便迷迷糊糊道：“喜娃子！你又下河了是不是？看不淹死你！你看你看，一身衣服都溻湿啦!”

李承志一听就知道女人又说梦话了。他脱去裤子，上到床上，一掀被头，就重在女人身上。女人懵里懵懂的，屁股一甩，就把他摔下马来。他借着一股酒劲，又一扑，却发现女人一身捂得严严实实的，皮带换了裤腰带，居然系了一个死结。他叹一口气，兴致一下就散了。女人却被搅醒过来，吧嗒一声拉亮了灯，恨恨地望一眼男人，也禁不住长长地叹了一口气。

“我取我的东西，你拴得死死的做哪样?”李承志埋怨道。

“我就是跟你当保管员，你也得跟我打一个招呼啊!”女人气呼呼地说，“你把我弄到这里来，租房子住，人生地不熟的，你又很少落屋，万一摸进来一个歹人，我也要留一手啊!”

李承志听着，有一点感动，便搂住了女人。

“我想喜娃子了。”女人说。

“喜娃子跟他爷爷他奶奶在一起，有哪样不放心啊!”李承志说，“抓紧把你肚皮里头这个娃儿生下来，我们就回去啦!”

“抓紧?”女人抬起头来看着男人，“你总不能伸手进去把他掏出来吧!”

李承志被噎住了，大半天愣在那里，只觉得有一种莫名的慌。

一胎安，二胎刮，三胎扎，这是政策啊!镇上几个头头今天集中在金河集团，说不定已经开了会。他们这两年动不动就把一些重要的会议拉到金河集团开，像人事变动啊，像计划生育突击啊，大家电话一关，神不知，鬼不觉，一经决定，回到镇上，就只管下文件，只管集合队伍采取行动，一点不拖泥带水。但李承志今天还是从孟书记的口吻中觉察出来啦。无缘无故，他找支书做哪样呢?长塘村的计划生育啊，年年拖全镇后腿。李承志跟钱贵一人一支队伍，都是硬邦邦的男人，一年三百六十五天，大多陷在工地上。漫说男男女女做了事情就会有副产品，而工地只管工程，别的都很松散，要一儿半女的，这工夫也趁亮过河，春种秋收，三年五载，只要不回家，村里没有一点办法。可新年大节，有老有小的，一家人还是要奔一个团圆。正月因此成了搞计划生育的黄金时间。而这几年，镇上根据长塘村的情况，也琢磨出一套“擒贼先擒王”的办法来。去年，村长钱贵的婆娘躲在郎州出租屋二胎生了一个儿子，不知哪一个人放水，结果她被镇上来人弄了回去，不但罚了款，连输卵管也给扎了。钱贵心生怨恨，总觉得是李承志搞名堂。两个人从前在韩西河跟前争来斗去的，现在又多了一层纠葛。镇上这一次行动，说不定就会针对他李承志。他李承志虽不是村干，但是建工队队长，建工队算一个流动的村庄，几百号人都看着他呢。何况李承志上头还有他爹——村支书李长根，这又是一层影响。平心而论，他李承志在儿女这个事情上并不贪。头胎有一个喜娃子，二胎有一个喜娃子，两个儿子并起来长，到后来哪怕有一个成气候，他也就满足了。

“你身上有一股气味……”女人在怀里耸耸圆圆的肩膀，迟迟疑疑地说着。

“有哪样气味？”男人张着嘴巴哈了一口气，“酒啊！”

“像鱼腥臭……”女人说，“我闻了想吐。”

李承志听着，笑了笑道：“你那个鼻子比狗鼻子还管用啊！”

“哪来的鱼腥臭啊？”女人紧问道。

“金河集团今天过年，搞了一个‘鲤鱼跳龙门’。”李承志道，“大家吃了鱼，我就把鳞甲拿了回来。”

“你拿鳞甲做哪样？”女人两只眼睛盯住男人道。

“我爹要。”李承志说，“谁知道他拿鳞甲做哪样？”

“他是不是脑筋有问题哪？”女人说，“喜娃子丢跟他，我就是不放心。”

“你搞清楚，”李承志瞪一眼女人，“他老人家现在还是长塘村的支书，管几千人，还管不过来一个喜娃子？”

“他管韩西河吗？”女人也不示弱，“我看韩西河不是支书，也不是村长，管的可不比他少。”

“婆娘家眼浅皮薄……早晚有一天，我也会像韩西河那样有钱……”李承志梦呓般地说着。

女人吃惊地看一眼男人，便抓住床头拉线“啪嗒”关上灯，贴上男人睡过去。

李承志两只眼睛大大睁着，那目光在黑暗中钻了两个洞，格外透着一种诱惑，叫他往里钻，钻进去，逃出去，奔向一片莫名其妙的光明。

李承志迷迷糊糊睡过去，又迷迷糊糊醒过来，已经是第二天中午。城市被一层灰蒙蒙的烟雾笼罩着。太阳在云那边仿佛浸在污水中，发出一片混浊的白光。他吸吸呼呼吃了一碗面条，跟女人吱一声，便摸着衣包里一个存折本走上街头。还是韩西河打招呼，李承志前两天才从三包老板那里把工程款结算出来。大家都忙着办过年盘子，三下五去二，几百个人一分，存折本上一百多万块钱，只剩下他李承志的一万多块钱。他在银行门前秋千一样荡来荡去，最后一咬牙走到柜台上，一根筷子挑四个鸡蛋取了一万块钱。一沓钱红红的像火。他用一张报纸一裹，把钱塞到提包里，这才踏实一些。从银行出来，走在大街上，他一下觉得天也高来地也远，昂首而阔步，竟格外有一种豪迈。

天擦黑那阵，他开着北京吉普，按照事先打听到的地址，来到金太阳花园小区，停在十六号楼楼下。他掏手机拨了一个电话。一个女人的声音在电话那头不耐烦地跟他说人还没有回来。他静静地待在车里，两只眼睛不时往十六号楼通道上瞟着。发动机完全冷了，寒气从脚底透上来，他禁不住有点哆嗦。身体冻木了，他安静下来，想到了那个种金子的故事。金子种在地里，这是人的荒唐。而事实上，金子是可以种的。只是它不像植物那样有生命，水分啊，营养啊，阳光啊，都必不可少。它甚至需要干燥，需要空虚，需要黑暗，这些生命拒绝的东西。但只要找到合适的地方种金子，金子那种物理的膨胀却比任何生命的成长都令人称奇和叫绝。不然，金河集团的成功，也就成了不可思议的事情……

李承志眼睛突然一亮，目标在十六号楼的通道上出现了。他打开车门，拖着僵硬的腿，一瘸一拐地跟了上去。两个人一前一后上一层楼，又上一层楼，又上一层楼。目标开门进到屋里的瞬间，李承志也挤了进去。

“你是……”目标用探询的目光问道。

“我是长塘村建工队队长李承志，村支书李长根是我爹。”李承志说，“我来跟黄局长拜一个年。”

“哦……长塘村！我前些年跟工作队在那里待过。”

黄局长说着，就把李承志让进屋里。

两个人在沙发上坐下来。一个女人从里屋走出来，跟李承志沏了一杯水，又悄无声息地回到里屋去。

“根支书……他还好吧？”黄局长跷着二郎腿，望着李承志道。

“身体倒还行……”李承志说，“他最近在长塘放了一炮，还下河捞了一条三十多斤重的金甲大鲤鱼……”

“三十多斤重的金甲大鲤鱼……”黄局长若有所思道，“稀奇啊！”

“我爹说，长塘还有一条金甲大鲤鱼。”李承志说，“我们哪时候跟你弄来。”

“那河里的鱼，它也是野东西啊！”黄局长玩笑道，“你说起来好轻松，像养在你家缸里一样有把握。”

“我爹有办法。”李承志说，“保准能跟你弄到手。”

“你不要跟我弄来。”黄局长两只手挡着，“那么大的鲤鱼，都成精成怪啦！”

“黄局长也信这种事情哪？”李承志将信将疑道。

“民间都这么说嘛。”黄局长说，“我常在乡下跑，这些东西还知道一点。”

“现在不这样看了。”李承志说，“金河集团昨天还拿这金甲大鲤鱼做了‘鲤鱼跳龙门’……”

“我不喜欢吃鱼。”黄局长说，“我从来就不喜欢吃鱼。”

李承志看火候差不多了，便拉开提包，把一沓钱拿出来放在茶几上。

“你这是哪样意思？”黄局长变脸变色道。

“我们建工队的一点心意……今后望黄局长能够关照关照……”李承志说着，把一沓钱往黄局长跟前推过去。

“你这样不好。”黄局长望着李承志道，“你有哪样事情你尽管说，我能帮忙的，只要是原则范围内的，我都会尽量帮忙……”

“听说郎州到重庆的高速公路要动工……”李承志说，“我们想修……”

黄局长听着笑了起来，接上摇了摇头道：

“我告诉你，小兄弟！你们村的钱村长也找过我……你们那种工程队，算哪一级资质啊！报名都报不上，又怎样投标啊！”

“他们中标的，转来转去，最后都包跟我们做……”李承志说。

“这就好啊！”黄局长说，“说明你们有实力嘛！”

“我们只有一点工资，利润都被人家截走啦！”李承志说，“不说做一包，做二包三包都行，只要能够赚一点人工费，有一点积累，遇上要垫资的工程，我们也可以揽……”

“你不懂啊！”黄局长说，“二包三包的，我们不管啊！人家承建方拿一个项目也不容易，先报名，经过严格的资质审查，然后组织力量做标书，参加投标，方方面面的人坐在台上，硬斗硬啊！入围后，专家小组打分，搞综合评定，最后招标委员会成员又无记名投票，这才确定中标单位，整个过程都是公开的，真正过五关斩六将，我们凭哪样管人家承建方啊！”

李承志听着，嘴巴张了张，却一句话也说不出来。

黄局长接上把一沓钱跟李承志推了回去。

李承志耳根子火辣辣的，巴不能地上有一个洞钻进去。

“我能够理解你，也能够原谅你。”黄局长语重心长道，“你们一年到头，找一点钱不容易。你把钱拿回去，好好孝敬你爹你妈。不要看你爹当支书，上头一年开他的钱还不敌我一个月的工资呢!”

李承志听着，心头莫名地一热，竟落下两颗泪来。

黄局长大约也受到感染，换了一种口吻道：

“我也没有别的意思，我跟工作队在长塘那阵，还到你家吃过饭呢。回去后，跟我代问根支书好。”

李承志把一沓钱放回到提包里，艰难地站了起来。

黄局长起身送李承志。走到门口，看李承志失魂落魄的样子，黄局长拍了拍他的肩膀道：

“金河集团的老总韩西河不是你们长塘村的么！我找机会跟他说说，乡里乡亲的嘛，他对你们应该关照关照……”

李承志听着，一只脚已经跨到门外，又转过身跟黄局长鞠了一躬，这才凄凄惶惶下楼来，开上车木木地往回走。

夜已经很深。大街上看不见一个行人。只偶尔有一辆的士，亮着猩红的顶灯，漫无目的地转着，找寻那不知在何处的乘车人。

五

李长根那支书是从他爹李定根手上接的班。大家那阵叫李定根“根支书”。大家这阵也叫李长根“根支书”。人是两辈人，而符号上却没有什么不同。二十多年来，他那支书当起来虽然磕磕绊绊，但还没有人真正对他形成过威胁。

这天早晨，李长根终于感觉不妙了。

还一大早，李长根跟他老伴就起来打地灶、安地锅，烧了一大锅水，准备杀过年猪。三岁的喜娃子凑热闹，跟着爷爷蹲在灶孔前，拿一截柴棍往火里戳着。杀猪匠来了。他把背篼一放，从刀夹里拿出一把杀猪刀来。他把刀在手上一晃，几个帮忙的年轻人，有的抓猪耳朵，有的揪猪尾巴，把一头猪摁在杀猪凳上。杀猪匠左手把住猪嘴巴，绷紧喉头，右手执杀猪刀一戳，猪的喉头颤动着，呼噜呼噜吞着一把刀，只剩下几寸刀把子露在外头。杀猪匠抓住刀把子一顿，缓缓抽出刀来。瞬间，一股红血喷涌而出，一下扑在血盆里。猪划着四蹄，眼睛翻白，望着一片灰蒙蒙的天空，渐渐地停止了抽动。这工夫，大家松了手，缓一口气，准备把一头死猪拖到锅边烫皮去毛。谁也没有料到，那死猪居然活了过来，一下蹦到地上，歪歪倒倒往前冲。先前在地灶口上的喜娃子，哪时候摸到了地锅边。一大锅水霍霍地扑腾着，冲起来团团白蓐蓐的雾气。那猪迷头迷脑，却不偏不倚往喜娃子冲过去。大家看着，却都傻了。就在那猪撞上喜娃子的瞬间，李长根醒了过来，只见他一伸手，抓住那猪一只蹄一推，那猪便贴着喜娃子，一下滚到了开水锅里。但漫出来的开水还是泼到了喜娃子的一只脚上，烫得他直叫唤……

杀猪匠一脸死白，腿一软，一下就跪了下去。

“天啊！”杀猪匠像猪挨刀一样叫着，“讨债来啦！”

大家脸青面黑地听着，看着杀猪匠摘下皮围，在盆里洗过手，行头也不要，便一身轻松地走了。

“干满啦！”杀猪匠一路走一路叫着，“不干啦！”

喜娃子一只脚又红又肿。李长根找了好几家，找到一个懒婆娘家，才找到还没有倒掉的夜壶。喜娃子一只脚浸在一壶冷尿里，这才不再叫唤。

李长根叫人把猪从地锅里拽出来。猪在滚到锅里的时候实际上已经死了。大家用杀猪匠留下来的行头把一头猪收拾得干干净净。吃刨锅肉喝刨锅汤的时候，李长根含着一口雄黄酒，喷遍房前屋后。喷到大门口，镇上的孟书记走了进来。

“你做哪样法事？”孟书记说，“我已经听说了，一头猪杀不死算哪样！动物么，不死就要动。你不要疑神疑鬼，自己画猫猫吓自己。"

"除一除晦气……"李长根难堪地说，"这种事情……咋叫我摊上了呢?"

"谁叫你是支书呢?"孟书记玩笑道，"支书带头嘛!"

"这种倒霉事情……"李长根说，"没有哪个人想带头。"

两个人说着话，就坐到桌前。刨锅肉香。刨锅汤鲜。孟书记两杯酒下肚，抹一抹嘴巴道：

"我们这些人啊！官不官，民不民，有些倒霉事情，还真要我们带头。"

李长根听着，端起一杯酒来，稳稳地抿一口，笑扯扯地道：

"腊月尾，正月头，孟书记到我长塘来，一定有哪样事情。"

"你儿子儿媳妇回来了吗?"孟书记说，"我前天在金河集团还跟他喝过一杯酒，都腊月二十八了，工程上也放了，还不回来跟老人家团圆!"

"郎州到长塘也就五六十里路，"李长根说，"年三十慢吞吞往回赶，也赶得上年夜饭。"

"儿媳妇回来，你带她去指导站搞一回妇检。"孟书记漫不经心道，"免得人家说闲话。"

"孟书记！你开我的玩笑。"李长根说，"哪有老人公带儿媳妇去搞妇检的！你水平高，你是不是带儿媳妇搞过妇检哪?"

"我们不要开玩笑啦!"孟书记闪闪烁烁道，"我们这一回在金河集团开了一个会，你年纪也差不多了，也应该考虑一下接班人了。李承志各方面条件都不错，不要因为生娃儿的事情影响到进步……"

"我们已经有两辈人当支书。"李长根沉郁地说，"很满足啦!"

"也是组织上信任嘛!"孟书记说。

"管哪样用呢?"李长根道，"能扛能背的人都进城了，家里剩一些老弱病残，我这个支书也只有招呼老弱病残……"

“外出打工那一块，”孟书记说，“你还要管呢！”

“不是还有村长钱贵么！”李长根说，“我一没有工程队，二也跑不动了，不像钱村长，人不但年轻，还有自己的工程队。”

“你不是还有承志嘛！”

“现在的年轻人都有自己的想法，我做不了他们的主。”

李长根说着，就转过脸来，背着孟书记，跟一边抱着喜娃子的老伴递了一个眼神。老伴愣一愣神，便一声不吭地抱着喜娃子溜了出去。

两个人吃着，喝着，也说着。一个妇人突然从门外走进来，一下跪在根支书跟前，眼泪汪汪道：

“根支书！我姑娘在家头庚书都跟人家开过了，开年就要出阁的人，男方三天两头来人问她的下落，我咋跟人家说啊！又大过年的，我一家人也要团圆啊！”

“我叫你找村长。”李长根躁烦地说，“她帮钱贵那个工程队煮饭嘛！”

“钱村长说她早就离开他那里。”妇人哭哭啼啼地说着，“一个大活人，不可能一点信都没有……”

“你们是不是跟她包办婚姻？”孟书记迷头迷脑插进来，“她躲到哪里去藏起来哪？”

李长根脸上掠过一丝不易觉察的笑，跟妇人道：“这是镇上孟书记，你有哪样情况，就跟他反映。”

妇人听着，又扑通一声跟孟书记磕了个头，抹一把眼泪道：“孟书记！你可要跟我做主。”

“这种事情，你叫我跟你做哪样主？”孟书记道，“你姑娘真正失踪了，你就只有报案。”

“我这就跟孟书记报案……”妇人说。

“我不管案子。”孟书记说，“你要跟公安派出所报案。”

这时候，李长根一只脚藏在桌子下面踢了踢孟书记。

孟书记看一眼李长根，敏悟地收住话头，闭上嘴巴。

“你的情况，孟书记已经知道了。”李长根跟妇人说，“你回去吧，我们这里还要谈公事呢！”

妇人听话地站起来，拍拍膝盖上的灰尘，走出门去。

这里，孟书记盯住李长根道：“你神神秘秘的，跟我玩哪样花样？”

“你要我说真话，还是说假话？”李长根认真地说。

“当然是真话……”孟书记说着，心头莫名地有一种虚。

“那姑娘去了哪里？”李长根多少有一点疑惑地说，“你真是一点不知道？”

“人家姑娘的事情！”孟书记说，“我为哪样一定要知道？”

“这桩事情，我也很棘手。”李长根说，“我实话告诉你吧！她被韩西河包了。”

“‘包二奶’！”孟书记吃惊地叫了起来。

“恐怕不是‘二奶’，”李长根不慌不忙道，“‘三奶’、‘四奶’都有可能啊！”

“这怎么可能呢！”孟书记仿佛不相信自己的耳朵。

“我知道你们跟韩西河的关系。”李长根说，“我也不好说啊！”

“我可是一个讲原则的人。”孟书记说。

“你可以问钱贵，他可能更清楚一点。”李长根说，“听说姑娘肚皮大了，韩老板送她一套大房子，就藏在郎州市里……”

“你说话可要负责任哟！”孟书记说。

“我可没有说哪样话。”李长根道，“我跟你介绍情况，还好心没有好报啊！你不了解情况，叫人家上公安派出所报案，你作为镇上的书记，金河集团今年给你们买车，明年给你们送电脑，你未必还下得了手！”

“这个韩西河！”孟书记说，“他都是五十多岁的人了。”

“有钱不怕胡子深嘛！”李长根说，“无钱不怕小伙青嘛！”

“说归说，”孟书记换一种口吻道，“这种事情，只要两相情愿，还真找不出哪一条来对付，上上下下拿到都没有办法，更何况韩西河这样的老板，上风上水，大家只有睁一只眼闭一只眼啦！”

李长根点了点头，便夹一块肥肉往孟书记碗里送。

孟书记吃着菜，喝着酒，却再也没有一句话。

下桌子，孟书记还是闷声闷气的。孟书记要走，李长根也不留客。两个人一起走到大门口，李长根这才对孟书记道：

“刚才的事情，你就当没有发生过……”

孟书记叹一口气，无可奈何地摇一摇头：

“你是不是要我说：我就当今天没有来过。”

李长根笑扯扯道：“孟书记不愧为我们镇一把手……”

“我也想少管一点事情。”孟书记说，“但那个女人找她姑娘的事情，你要跟我摆平，韩西河好啊歹啊，也算我长塘的骄傲，更何况上头对韩西河也很信任。撇开他金河集团董事长的身份，从政治上说，他还是我们郎州市政协常委，也算一个领导嘛！”

“请组织上放心。”李长根说，“只要我李长根在长塘村当一天支书，我就会按照上级意图，把工作做好……”

看着孟书记走远，李长根一张脸渐渐阴了下来。

“欺负到我头上。”他在心里道，“没门儿！”

李长根送孟书记回来，老伴也抱着喜娃子回到家来。

“事情已经摆平啦！”

李长根跟老伴说着，就把喜娃子接过来，搂在怀中，慢慢往河边走去。

冬天的长塘瘦了许多。河水清亮而又沉静。太阳照在河面上，冷冷地跳着一层光。李长根顺着干枯的河岸走到长塘下游，站在那里看了看，又回到长塘上游，找一个地方坐了下来。多少年了，他几乎养成了一种习惯，哪怕有一点闲空，都要在长塘边上走一走。喜娃子脚被烫了，跑不起来，坐在地上玩着枯黄的草稞。他掏出一根烟卷点着，深深地吸一口，青青的烟缕在喉咙那儿转一个弯，又被他吐出来，在冬天的阳光下软绵绵地向上爬着。

旁边不远的一块高地上，孤零零地矗着一个坟头。那是李长根他爹李定根的坟头。“找一个看得住他的地势。”这是老根支书落气那阵跟儿子说的最后一句话。他明白这个“他”指的是韩六爷。韩六爷被打在河滩，也被埋在河滩。坟头地势低，又傍长塘。三年五载，洪水泛滥，坟头就被淹在水里。李长根跟老人家找的地势隔着一条河，正对着韩六爷的坟头，居高临下，视野开阔，把对岸河滩上韩六爷的坟头看得死死的。如果两个人真要在阴曹地府较量起来，老根支书凭气势就会先赢一头。李长根明白老人家这种凄惶。那韩六爷的坟头哪怕被水淹了又淹，不但没有少一块土坷垃，反而越来越结实，越来越庞大。韩六爷是哪样变的呢？老根支书那阵就琢磨，韩六爷被打脑壳后又会变成哪样呢？这坟头在水里不见消，只见长，没有精，也有怪啊。李长根清楚老人家心里的累和苦。老根支书那阵年轻气盛，不想欠人家的账。一把篆在水里沉了三天三夜，居然逮了一条金甲大鲤鱼。他想也没有想就把这条鱼拿去抵韩六爷的两挑租谷。韩六爷想也没有想，也就把这条鱼收了下来。老根支书后来想，这或许就是一个人的死相。金甲大鲤鱼成精成怪，韩六爷倒霉啦。但真正把韩六爷送上杀场的，还是那两条枪。“把他看紧一点。”这是区长那阵给老根支书的任务。他明白这个“他”指的是韩六爷。他熬更守夜，终于从韩家大院把那两条要命的枪挖了出来。但韩六爷被打在河滩上那阵，他却感到一种从未有过的沉重。也许从那时候起，他就意识到那种你死我活的冤仇其实并不是一个结果，而是一个过程，一个又累又苦的过程。

这个过程延续到李长根跟韩西河，情况一下变得复杂起来。镇上拦河筑坝，村里移山造田，老根支书总忘不了派韩西河的工。所有被派工的人成分一般都有问题。他们既没有工钱，也没有工分，甚至一天两顿饭，也要自己从家里带去。这叫改造。韩西河很眼窍，改造到后来，居然把泥水匠那一套活路学到了家。有了手艺，东家砌砌灶，西家抹抹墙，韩西河都有求必应。跟人家户做活路不比派工，是要管饭的。韩西河不仅吃饱了肚皮，还混了人缘。等到韩六奶那顶地主婆的帽子一摘，韩西河就一身轻松，提着砖刀灰刀走出长塘去。搞包产到户，大家在地里打桩拉绳，忙得不亦乐乎，韩西河也没有回来。两年看不见韩西河，老根支书眼睛又红又肿。每一回从韩西河那地头走过，看见韩六奶一对粽子脚顽强地走来走去，在那里播种、锄草，老根支书就有一种凄惶。那个夏天，老根支书终于撑不住了，他把班交给了儿子李长根。又过了一个夏天，韩西河回来了。但韩西河并不是回来种地的，他对土地没有一点兴趣。他要搞一个施工队，自己当包工头。韩西河一家挨一家把人都组织起来了，这才找村里要名字。李长根跟钱贵没有经历过这种事情，只想到韩西河一个人不务正业不要紧，这么多人不务正业，土地撂荒了，人不人，庄稼不庄稼，这个支书这个村长还有哪样干头！但上上下下都在搞劳动力转移，他们想拦也拦不住。想一想韩西河的建筑队好歹还挂了一个长塘村，万一有哪样差错，也还可以管一管，他们便把名字给了韩西河。他们做梦都不会想到，一个烂疙疤，却像变魔术一样发了一个大桠巴，韩西河居然借助长塘村建工队这块跳板，一下做到了郎州市，红了半边天。当年，长塘村大多数的人家都是他爹的佃户。而今，大到长塘镇，那么多人又跟他打工。此一时，彼一时，情形并没有大的改观。李长根不仅感到一种困惑，甚至还有一种绝望。

但那条金甲大鲤鱼却燃起了李长根的希望。炸弹丢到水里之前，他没有看见鱼群的影子。长塘很深，深不见底。冬天的鱼沉在水底，他想看也看不见。他喜欢碰运气。炸鱼其实也要碰运气。有时候，明明看见一群鱼，炸弹扔到水里重了一点，哪怕两指长的导火绳，鱼儿受了惊，一下就逃散了，结果什么也炸不着，只炸得一河浑水。而有时候，河水清清亮亮，看不见一条鱼，但附近一块巨大的石头，石头底下被水淘空了，藏了不少鱼，有经验的人在这种地方扔炸弹，鱼比人同，在屋里待烦了，跑出来看稀奇，结果被炸翻在水面上，难看死了。李长根那阵望着绿幽幽的水，导火绳留三指长，一炮一扔。炸弹闷在水里，瓮声瓮气一震，一股浑水直往上冲。黄黄的水花翻了半天，却一条鱼也没有漂上来。他正要离开，却看见靠近对岸的河面上，浮上来一块白。他心一紧，很快意识到那是一条大鱼。衣服裤子往下一剐，他想也没有想，就跳进冰冷的河水。别看他五十多岁的人，身手还像年轻人一样矫健，只三几下，便游到那鱼跟前。他两手一合，殊不知那鱼还没有死，尾巴一弹，又滑出去，一下沉到了水底。他身体一收，跟着一头扎进水里。岸边的水很浅，那鱼躺在水底，巨大的腮壳痛苦地翕张着。他几个指头插进鱼鳃，借助水的浮力，一下把那鱼托上岸来。这工夫，他看清楚这是一条金甲大鲤鱼，一下就愣在那里了。他冻得嘴唇青紫，上下牙“可可可”地磕着，一边却感到一种从来没有过的兴奋……

“这是天意吗?”他穿上衣裳，望着那垂死的鱼，这么问自己，“老韩家是不是又有灾星哪?”

隐隐约约中，他仿佛穿越时空隧道，站在五十多年前的长塘河边。他像他爹老根支书那样，收拾起金甲大鲤鱼，叫儿子往郎州城找韩西河去。

他没有想到韩西河拿这条金甲大鲤鱼搞了一个“鲤鱼跳龙门”，杂七杂八请了那么多人去吃鱼。他心虚，不敢去。韩西河到底是糊涂，不知道大鲤鱼成精成怪？还是知道了，有意识要化解，给他一个难堪？他琢磨不透。但这条金甲大鲤鱼的出现，尤其这时候出现，他总觉得冥冥中有一种安排。河这岸是老根支书的坟头。河那岸是韩六爷的坟头。两个冤家是不是斗起来哪？是老根支书占了上风，还是韩六爷占了上风？这条金甲大鲤鱼给了他们一个重新较量的机会。而他李长根只是一件道具，一个背景，一种说明，他要给整个故事一个存在的理由。老实说，他不是角色。那种被安排在一个故事里载沉载浮的角色，他也担当不起。如果还有人说他是角色，那不过是历史的一种误会。

河上起了风。长塘掀着一层一层波澜，发出一种如泣如诉的喧响。李长根抱着喜娃子往回走。老伴那阵正满心欢喜地打开儿子从郎州带回来的包裹。李承志没有回来，包裹是托人带回来的。包裹打开了，眼前是一包金光闪烁的鱼的鳞甲。老伴一头雾水地愣在那里。李长根脸上却写满了一种激情，激情中还透着一种梦幻般的色彩。

六

没有做哪样法事，这个年其实也过得清静。只是韩六奶总梦见韩六爷，睡不香。年一过，一鸡二犬三猪四羊五牛六马七人八谷九豆十棉花，一直到正月十五上灯上亮，韩六奶接上就追着儿子找端公来家里做法事。妖啊怪啊，韩西河并没有往心里去。一条三十来斤的鱼，又能掀多大的浪呢。但这是老人家的一块心病，韩西河只好打电话跟长塘镇孟书记。孟书记坐着桑塔纳转了半天，才从一个偏僻的山村找了一个端公来。

城里人家做法事很简单。客厅设坛，没有神龛，只好象征性地把神位安在朝门的一堵墙上。找不到八仙桌，也只好把行头摆在一张圆桌或者茶几上。端公手舞宝剑，口中念念有词，眼睛时闭时睁，又烧钱纸又打卦，场合上顿然有了一种神秘气氛。那念词似咒非咒，含糊不清。那两瓣卦打在地上，阴啊阳啊，仿佛并不要紧。又烧几张纸钱，念词忽地走高，开始出现花腔。接上那卦片在手中一合，又哗啦打在地上。无论阴卦还是阳卦，好像多一点响动，不至于太寂寞。

那阵，韩西河没有想到会有一个小插曲。端公远天远地地赶来，喝城里的水，吃城里的饭，不适应，肚子闹腾起来。他一会儿焦眉愁脸，一会儿龇牙咧嘴，那唱念咿呀哇啦也没有头绪，没有铿锵。整个身子不自然地扭了扭，他就屏声敛息地愣在那儿。大家正觉得诧异，琢磨又有哪样新花样，那道法高超的老先生却突然一声长叹，又开始唱念起来——

端公是神又是人，
人不人来神不神，
法事开坛不敢停，
要停必定有原因。

那声腔还在空中逗留着，他就一卦打出去，不管阴，也不管阳，转过身来——

待吾神转回仙山，
屙一泡神屎哟！

这么迫不及待地一声唱念，便一头钻到卫生间里。韩西河一愣，便很快明悟过来，忍不住发出一阵笑声。韩六奶耳朵差一点，还认为端公到卫生间是跟她驱妖逐魔去。看韩西河笑，她老人家还瞪眼睛……

韩西河没有等到端公做完法事，就跟老人家打一个招呼，溜了出去。一直停在门前的车仿佛有一种灵性，看见主人来，一扇门就无声地开了。韩西河一屁股坐上去，头也不抬，便道："金银新村。"

汽车发动起来，却没有动。他看一眼司机，在城市模糊的夜光中，司机整个面影上了水泥一样，有一种凝固。他一愣，便明悟过来。"人都走了，我还去那里做哪样？"他自嘲地笑一笑，这才接着道，"上天安花园去吧！"

汽车开了出去。两束雪亮的灯光在前面照着。四个轱辘紧紧忙忙穿街走巷。不一会儿，韩西河来到了城市的另一头。汽车在路边停住。韩西河推开车门，一股凛冽的夜寒扑面而来。他跺跺有些僵冷的脚，往一片楼群走去，很快消失在楼群阴郁的暗影里。汽车在一方斑马带上一动不动，也一声不吭，在冷冷的路灯光照射下，有如一头被冻僵的怪兽。

不到一个时辰，韩西河走了出来。汽车有灵性般打开车门。他一屁股坐上去，头也不抬，冷冷地说道：“回。”

汽车低低地轰鸣着，驶上外环路，往金河集团大院开过去。韩西河掏出一棵烟卷叼在嘴上，红红地点着，又扔给司机一棵，他这才深深地吸一口，缓缓地往外吐着烟气。黑暗中多了几分缠绕。显然，韩西河对司机的这种默契感到很满意。事实上，自从金河集团的大楼修起来后，他就很少回家了。没有金河集团，他简直不知道“家”会是什么样子。除了孤儿寡母的光景，他实在想象不出来“家”还会是别的什么样子。金河集团给了他“家”的感觉。一个家有没有温馨、和睦，对韩西河来说，并不大要紧，要紧的是尊严。金河集团给了他这种感觉，这种至尊至上的感觉。换一句话说，只要有金河集团，他并不在乎有没有“家”。司机对他这种感觉能够理解，并且达成一种默契，这使他感到很满意。

“开春后，你把王家姑娘跟我送到北京。”韩西河说，“买一套房子，把她和娃儿安顿下来。”

“嗯。”司机在鼻子里应着。

“跟上海跟广州的一样，也跟她在银行办一张卡，存一笔钱。”韩西河说，“还找一个保姆，最好说普通话，年轻一点的，有一点文化的，既可以陪一陪大人，又可以教一教娃儿。”

“嗯。”司机应着，稍一愣，又补一句，“都送走了，你身边连闹眼睛的都不留一个……”

“我已经习惯了，无所谓的，四海为家嘛。”韩西河若有所思道，“儿娃子，留在身边不会有哪样出息。”顿了一下，又接上说，“我想我也算对得起他们……我当年吃的那种苦头，他们尝都不用尝……自己的天下，还要靠自己打拼，北京上海广州这些城市都是政治经济文化中心，就看他们各人的造化啦。”

“你太强大了。”司机喑喑地说，“这些娃儿今后要超过你太难。”

“但愿老子偷牛儿偷马，”韩西河带着几分得意道，“都比我强啊！”

金河集团的电动栅栏仿佛嗅着了主人的气息，汽车还没有抵拢，就徐徐地撕开一道口子等在那里。四只轱辘又野又疯地，跟着两道雪亮的光柱，直戳戳辗进了大院。韩西河从车上下来，站在古树脚下，深深地吸一口气，这才走上楼去。

冬天的太阳裹着厚厚的云，刚刚露一块白，韩西河就从床上翻了起来。夜雾已经消散，大院里空旷而又安静。他沿着围墙跑了几圈，出一点毛汗，便站在古树脚下，又做一遍广播体操。出了一通汗水，他才回到房间，冲了冲澡，接上清清爽爽来到餐厅。他刚喝完加钙牛奶，一碗榨菜肉丝面就端了上来。他一边吃着面条，一边捋着袖子看了看表，很从容，也很镇定。直到吃完早餐，回到房间，他才拿起手机来，亢奋而又仔细地输入一串信息，接上输入第一个电话号码，把信息发了出去。手机彩屏显示“发送成功”，他调整一下信息，又输入第二个电话号码，把调整的信息发了出去。他这样边修改边发送，一共发了十来条信息，才停下来。他反扣着手，枕着后脑勺，眼睛望着天花板，斜靠在床头，仿佛经历了长久的较量，正疲惫而焦灼地等待着最后的裁决。

韩西河没有想到会这么难熬。往常竞标，成败得失，他虽然做起来很认真，却从来没有像现在这样紧张过。而这一次竞标，他在半年前就着手，先后组织了省市十多家有资质的企业，甚至还有两家是获了“鲁班奖”的。按韩西河调侃的说法，这叫“大会战”。而实质上却是“围标”。要想“围标”，一要有高额的报名费，二要有广泛可靠的关系，这其实也是一种能力。显然，围标的成功率是相当大的，可以说十拿九稳。但到关口上了，标王韩西河还是不放心。这也难怪，一个项目二十来个标段，其中有一半是桥梁和隧道，金洞银桥啊，韩西河只要得到五分之一的标段，有一两个洞和一两座桥，就有两个多亿的工程量，产生的利润差不多是一个金河集团现有的资产啊。

时间在一分一秒地过去。韩西河半卧在床头一动不动，耳朵却警醒地竖着，搜寻着哪怕一丝空气的颤动。两只床头柜，一边放着两只手机，一边摆着一只座机，都悄无声息地躺在耳朵边上。门前的走道，窗外的天空，听不见脚步响，也听不见鸟叫，整个世界一片死寂。早晨八点钟上班，中午十二点钟下班，四个小时光景，韩西河仿佛经历了一个世纪，那样漫长而又遥远。他从困惑开始，渐渐地感到一种绝望。是不是出了什么意外？他琢磨着，整个人都差不多要崩溃了。而这工夫，手机跟座机接连响了起来——

"中啦！"

他一个打挺从床头坐了起来，反反复复地听着这个又熟悉又陌生的字眼，然后跑出房间，冲到厨房，跟几个工人大声叫道：

"鲤鱼跳龙门啦！鲤鱼跳龙门啦！好生弄几条鲤鱼来，做一道大菜，安排在四季发财厅，大家高兴高兴。"

七

长塘还有一条金甲大鲤鱼，一条公的金甲大鲤鱼。

那年，李长根他爹在长塘逮了那条金甲大鲤鱼后，没有几天，钱贵他爷爷背谷子上碾房，又在河坝上捡了一条金甲大鲤鱼。鱼已经死了，只是天寒地冻的，还没有臭。把那鱼往背篼里一装，大半个身子露在外头，一个红红的尾巴，仿佛一把带血的金叉，愤怒地刺向天空。钱贵他爷爷背着鱼回来，一进村口，上一点年纪的人都叹息，骂李定根造孽，把一对鱼鸳鸯给拆散了，逮了公鱼，气得母鱼蹦到河坝上寻了死。李定根听着，心头虚飘飘的，没有吭声气。他后来做了支书，跟很多有见识的人打交道，把这事情说跟人家听，人家也不信，只说两条鱼成双成对地长，才能长成金甲大鲤鱼，一条孤鱼是长不成金甲大鲤鱼的。而鱼，不管哪样鱼，从水里跳到岸上殉情而死的事，大家都没有听说过。

李长根对这桩发生在老一辈人身上的事情一直半信半疑。几十年过去，长塘再也没有出现过金甲大鲤鱼。这桩得不到进一步证实的事情最终只是一种猜测。到后来，当事人死了，烟缕一样散了，这桩事情终于像一个传说，虚幻而又缥缈起来。但一炮炸翻那条金甲大鲤鱼后，李长根觉得这一切又成了一种可能。它像黑洞一样紧紧地吸引着他，并把他一步一步拖了进去。

李长根那天早晨从儿子的出租屋出来，走在街上，还头昏脑涨地想着那条鱼。忽地一段花斑斑的带子一晃，一只蛇头吐着芯子戳到了跟前，他脸青面黑的，一只手本能地一挡，这才看清楚是一条玩具蛇。

“过年啦，买一条回去诓孙子。”一个女人在边上招揽着生意。

他拿过那东西来。它是用一些细小的竹节穿成的，竹节打眼穿钉，前后相连，执其一端，一串竹节就簌簌地扭动，再装上头，抹一抹，画一画，便是活灵活现的一条蛇。李长根掏着钱，正想跟喜娃子买一条玩具蛇，眼前却突然一亮，看见旁边地摊上摆着一条玩具鱼，又改了主意。玩具鱼是用塑胶材料做的，肚皮上有一个眼，灌进氢气去，飘在空中，摇摇摆摆，还真像那条不久前送出去的鱼。付过钱，卖家把系着鱼的线头一递，他绾在手上，像一个老小孩，看着那鱼在头上晃悠，莫名地有一种兴奋。他转过身去，准备到客车站赶班车回长塘。这工夫，有人在旁边颤悠悠地叫了一声“根支书”。他心里咯噔一下，却没有回头。人山人海的郎州，谁认识他这个长塘村的支书呢？犹疑间，旁边有人又老秋秋地叫了一声“根支书”。他听得真真切切，回过头去，这才看见一位老人站在跟前。老人一头银发，虽瘦小，却很精神，正冲他笑着。李长根一愣，就热乎乎地叫了一声“老区长”。两个人两只手一下抓在一起使劲地晃着。

“我还以为耳朵炸呢！我这些年进城，人家不叫我‘背篼’，就叫‘棒棒’。”李长根嘟嘟哝哝着，心头有一种酸，眼眶里一片湿，“叫‘同志哥’也行啊！没有人叫，就叫‘背篼’‘棒棒’，今天你老人家抬举我，还叫一声‘根支书’。”

“我在长塘当区长那阵你还是毛毛娃儿。”老区长说，“你爹是我一手培养起来的，你接你爹的班当支书后，我也带过工作组到长塘村蹲点，帮你把‘社教’搞得红红火火的。”

“我爹在的时候经常念你。”李长根说。

“他走在我前面哪？”老区长说着，嗓眼一下有些喑哑，“你们两爷子，一个老根支书是我们的土改根子，一个小根支书也是我们运动的骨干。”

李长根鼻子一酸，两串老泪把不住就流了出来。

“他走啦！我也该去见马克思啦！”老区长指指浮在空中的玩具鱼，沉郁地说，“我看你买这种玩意儿，就知道你也抱孙子啦！”

“我看你老人家还硬朗，”李长根说，“百岁不老。”

“我都休息好多年了。”老区长说，“没有事情做，活着有哪样意思！”

李长根听着，心头有一种怪怪的感觉，好像老区长是在诅咒他李长根。他支支吾吾的，便跟老区长分了手，带着飘来飘去的鱼，往客车站赶班车去。

李长根没有想到跟喜娃子过年买的玩具鱼，到头来自己却迷了进去。他那阵上车回家，一路上磕磕碰碰，等到下车，一条气鼓气胀的塑料鱼瘪了。走气的塑料鱼飘不起来，他又舍不得放气，觉得那也是钱，便把一条蔫巴屁臭的玩具鱼斜抱在胯上。老伴站在大门口，隔着几竿子远看见他那样子，就迷头迷脑地咋呼道：

“又把鱼抱回来哪？韩西河是不是嫌腥臭不领这个情……”

李长根听着，心头就开始嘀咕。走到老伴跟前，他又正脸正色道：“你真以为这是那条金甲大鲤鱼？”

“像死啦！”老伴一惊一乍地说。

李长根点着头，两只眼睛露出少有的光亮。进到屋里，他把塑料鱼小心翼翼地往八仙桌上一放，那鱼肚皮一压一收，一条鱼又活灵活现地鼓了起来。他接上转过身来，看一眼老伴，神秘地笑一笑，又转过身去，看一眼那浮在八仙桌上的鱼，这才喃喃道：

“是鱼的眼睛亮，还是人的眼睛亮？”

老伴张眉愣眼地听着，摇着头躲到一边去。

这时候，喜娃子从外头回来，一眼看见八仙桌上的塑料鱼，就跟爷爷吵着要玩。殊不知，李长根眼睛一鼓，冲着喜娃子恶声恶气道：

“这不能玩！”

喜娃子一撇嘴，跑到一边找奶奶去了。老伴抱着孙子走过来，伸手就要抓八仙桌上的塑料鱼，却被李长根一只手一横给挡了回来。

“你这不是跟喜娃子买回来过年玩的吗？”老伴气咻咻地说。

“我有用场。”李长根说，“玩破了，就派不上用场啦！”

“你这不是娃儿玩具吗？”老伴说，“还要派哪样用场？”

“你哪样见识啊！”李长根说，“娃儿玩具大人就不能玩一玩！”

“你看你这个当爷爷的，都快六十岁的人了，还跟孙子争玩具！”老伴说，“真是老来还小啦！”

“长塘还有一条金甲大鲤鱼。”李长根说，“我要用这玩意儿把它引出来。”

老伴听着，这才多少摸到了一点边儿。

大年初一不出门。大年初二走亲串户，老伴提着糖包包，拎着酒瓶瓶，带着喜娃子出门拜年。李长根在家里待不住，就到长塘河边上坟。他来到他爹坟前，点亮三支烛，燃上三炷香，烧过纸钱，噼里啪啦地放一团火炮。他接上跪在坟前，叫一声“拜年了”，一连跟他爹磕了三个响头。

往回走那工夫，他绕到河对岸，来到韩六爷坟前。韩西河进城后，一年半载，逢着节气，才回长塘来看一看他爹的坟头。刚过年，韩西河显然还没有来过，四下里也还干干净净的，只是冬凌的缘故，坟头上的草已经干枯。刚刚上坟还剩一些香和烛。他蹲在地上，划一根火柴，点亮一支烛。烛光晃晃悠悠，噗地被一股风吹灭了。他换一下位置，用身子挡着从河上吹来的风，又划一根火柴，点亮一支烛。可烛火还没有抬头，又噗地被一股风吹灭了。他心一紧，头皮就有些发麻。

“你被镇压那阵，我还是毛毛娃儿，我爹现在也已经死了，你儿孙辈发展得好，都搬进郎州城了。这大过年的，我看你孤孤单单，来跟你拜一个年，你不领情，还要结子孙仇是不是?”

他这么嘀咕着，又划一根火柴，点亮一支烛。也怪，烛火摇了摇，居然伸直了腰。他接上把香分成三炷，就着烛火点燃，一一插在坟前。烛光闪闪，香火悠悠，他长舒一口气，顿时感到一种从未有过的轻松。只是站起身来，一眼看见河对岸高地上他爹的坟头，他才有一种莫名的怯惧。

“爹！你不要跟我计较，我这个支书当得太累啦!”

他在心里这么说着，就有些仓皇地离开了韩六爷的坟头。

顺着河岸，李长根从上游转到下游，又从下游回到上游。可长塘还是那样又深沉又寂静，连一条小白鱼的的影子也看不见。

从长塘回来，他就把那条金甲大鲤鱼的鳞甲找了出来，从小到大，从尾到头，一片扣一片，仔细而又一刻不停地往那玩具鱼上面粘。

老伴跟喜娃子走亲串户回来，就看到那一桌子金甲银鳞。老伴直叫腥臭，骂骂咧咧地躲到一边去了，喜娃子却一下凑上去，明睛鼓眼地望着那些闪光的鳞甲，跟爷爷一片又一片地往外选，格外觉得有一种乐趣。

一直到元宵节，李长根才把那些鳞甲全部粘到玩具鱼上。吃过元宵，他又鼓着腮帮子跟玩具鱼灌一点气。堵住气眼，一条肥硕的金甲大鲤鱼就活灵活现地浮在八仙桌上。喜娃子守在边上，仿佛那真是一条鱼，馋得舌头直舔嘴皮。李长根点一棵烟卷吧嗒着，静静地看着自己的杰作。

八

往年，韩西河早早就从郎州回到长塘来上坟。开初，他轻车简从，来去阴阴悄悄。韩六爷毕竟是被人民政府打的脑壳，也没有哪样光彩。韩西河从郎州回来，插几炷香，烧几沓钱纸，也不进村，就又回郎州去。常常是他人都走了，人们看见韩六爷坟前的香灰，才知道他已经来过。后来，韩西河创建了金河集团，真正财大气粗，回来的动静也就大了起来。他通常开三四辆车，带十几个人，来到河滩上，香烛钱纸一大筐，烧得烟雾腾腾，火炮要放上一两个钟头，吓得长塘的鱼潜在深水里一动不动。上完坟，一拨人要在村里吃饭。李承志的建工队，或者村长钱贵的工程队，杀一只羊，大家吃得热乎乎的，韩西河才带着人马往回走。有时候，因为韩西河吃一家不吃一家的，亲啊，疏啊，李承志跟钱贵两个人还要怄气，牵涉两支队伍，全村人都不高兴。

可今年，元宵节都过了，韩西河却还没有回来上坟。李长根冥冥中多了几分忐忑。正月尾上，韩西河总算回来了。十几辆车，几十号人，还有镇上的书记镇长陪同，浩浩荡荡开进村来。一时间，仿佛哪里突然来了一拨洪水，整个长塘村都被淹了，而全村的人也被卷了进去。村长钱贵出门几天，这工夫也跟着韩西河跑了回来。而过年都没有回家的李承志，这工夫也跟着韩西河回到了长塘。两个人跑前跑后忙着，像韩西河的两个保镖，这叫李长根瞅着心里不是滋味。他一扭头回到家里，看着那披挂一身鳞甲的玩具鱼生一阵闷气，便叫老伴去把儿子叫回来。殊不知老伴刚转身，李承志一蹦就蹦进大门来，冲着李长根叫道：

“爹！韩总回来了，你不过去打一个照面！”

“行客拜坐客。”李长根瞥一眼儿子，拿腔拿调道，“我不能乱了规矩。他要见我，他可以来嘛！”

李承志听着，喉咙那里像卡了一根刺，一下就哑了。

这工夫，听见门前朗声朗气地叫了一声“根支书”，韩西河跟着声音一脚就迈进屋来。

李长根一愣神，忙凄凄惶惶地迎上去。

“哎呀呀！韩老板啊！你脚步金贵啊！我还正要出门去看你呀！”他两只手握住韩西河的手直摇晃道。

两个人隔着桌子坐下来。跟韩西河来的人把几瓶酒往桌子上一放，李长根瞅着，一张脸就有些僵。

“大过年的，不好空起两巴掌来看你。”韩西河说，“只好遮一遮手。”

“这怎么好意思！”李长根说，“叫你韩老板破费了。”

“跟你那条金甲大鲤鱼比起来，”韩西河说，“不成敬意啊！”

“一条鱼……”李长根不自然地笑道，“也就一条鱼，应该的，你对长塘建工队关照……我们有条件，还应该好好感谢你。”

“韩总这回给了我们一个‘二包’。”李承志在旁边插了进来，“这回到重庆的高速公路招标，韩总又弄了好多个标段。”

“我一个金河集团就是三头六臂也做不过来呀！总要包跟人家做嘛！”韩西河说，“包跟人家也是包，包跟你们也是包，我好歹也是从长塘村出去的，这点家乡观念还有。”

“我这里跟韩老板贺喜啦！”李长根双手合十跟韩西河作了一个揖，很有几分感动，“我也代表长塘村感谢韩老板啦！”

韩西河挥一挥手道："认真说起来，要说感谢，得感谢你！你那条金甲大鲤鱼年前跟我来了一个'鲤鱼跳龙门'，今年一开年，金河集团大吉大利，就来了一个'开门红'，金甲大鲤鱼跟我带来了财运，我还要感谢你呢！"

李长根听着，诚惶诚恐道："你要喜欢，我还跟你弄一条……"

"你可要说话算话。"韩西河一拍桌子，大大咧咧地道，"你要再跟我弄一条金甲大鲤鱼，我再来一个'鲤鱼跳龙门'，我说话算话，再跟长塘建工队操作一个'二包'。"

说着，大家都高兴地笑了起来。

"我这一次回来晚了，不是我不孝。"韩西河接上口吻一转，"一来是被投标的事情拖住了，二来是我母亲要迁我爹的坟，我不同意，我觉得我爹哪怕遭凶死，他那个地方还不错。我母亲跟我闹，这就把时间给耽搁了。"

李长根听着，脑子里轰地就一片空白。

"她老人家说我爹跟她投梦，说他游不动了。他在水里游了几十年，现在老了，游不动了。"

"我爹的坟也在河对面。"

李长根木木地说着，好像韩六爷的坟迁了，他爹的坟也要跟着迁。

韩西河听着，愣了半天，还是没有回过味来。

"迁吧！"李长根咬一咬牙，稳住阵脚道，"你准备迁哪里？"

"还会迁哪里？"韩西河说，"我请阴阳先生看了一块地，他一个农民，哪怕他是地主，地主也是农民，从前置那么多土地，他喜欢土地，我就把他埋在长塘这块土地上。我母也是农民，进城这么多年了，还是农民。她都是八十多岁的人了，这两年只要一生病，就怕死在郎州，就想回长塘村。迁了我爹的坟，她今后好跟我爹埋在一起。"

"韩老板！你看我能够帮你哪样忙，"李长根恳切地说，"你只管吩咐。”

“根支书啊！我哪敢打搅你哟！”韩西河说，“我听说了，你今年还到我爹的坟头烧了香、亮了烛，我从内心感谢你啊！”

“老一辈人的事情我管不了。”李长根说，“到了我这一辈人，你说当年那些跑到台湾去的反动派，今天回来了，到处受欢迎，韩六爷如果活着，当初纵然千刀万剐，这几十年过去，还不是成了好人……”

“根支书啊！我一点没有要跟我爹翻案的意思。”韩西河断过话去，“你只要迁坟那阵到场，跟我凑一个人势，我就感到荣幸得很。”

“你的事情，我怎的都会站拢去。”李长根说，“再说，你两位老人家的坟地选在长塘村，也是对我们的一种信任，我们也会照管好坟地，你就放心好啦！”

“县官不如现管啦！有你这个态度，我还有哪样不放心哟！”

韩西河说着就站了起来。李长根看韩西河要走，知道留也留不住，便跟着站起来，准备送客人。殊不知韩西河一转身，一眼瞅见八仙桌上那条披挂鳞甲的玩具鱼，先吃一惊，接上就跟主人家道：

“想不到你这里还供着一个宝贝，哪时候又逮一条金甲大鲤鱼，拿出来做一个‘鲤鱼跳龙门’，大家尝一尝鲜。”

“这是一条玩具鱼。”李长根说，“喜娃子的玩具鱼。”

韩西河听着，走过去摸了摸，这才梦游一样地喃喃道：“还真像一条金甲大鲤鱼……”

“真有一条金甲大鲤鱼，”李长根说，“我怎的都要留你下来喝两杯酒，只是这种鱼做不好就很腥……”

“这中间有窍门。”韩西河说，“我听我母亲说当年吃你爹抵我爹租谷的那条金甲大鲤鱼那才叫腥，那鱼也是没有做好，做好了，是不会腥的。”

“看来你还是一个美食家。”李长根说。

“这种大鲤鱼背上有两根筋，必须抽掉，鱼才不会腥。”韩西河道，“但这两根筋拿来泡酒，又是一味好药。”

“想不到一条鱼还有这么多名堂。”李长根说。

“我们说好了，你的鱼，我的厨师，还是在金河集团，做一道‘鲤鱼跳龙门’的大菜，你吃了就知道啦！”

韩西河丢下话来，就走出门去。

李长根这一天恍恍惚惚的。傍晚，他坐在桌子前吃饭，把一只饭碗掉在地上摔碎了。老伴看他一眼，一半玩笑一半埋怨地说他还不如喜娃子。他听着，心头阴了一下，却一句话也没有说。晚饭后，他望着那条玩具鱼，突然有一种奇怪的感觉，那些大片小片的鳞甲，简直就像一个人的指甲，大指甲，小指甲，都深深地挖进那肥厚的鱼肉里。他发一阵呆，就脚也不洗，躺到床上睡了。夜里，他梦见自己变成了一只水獭，正翻腾在水里，追着一条金甲大鲤鱼。等把这条鱼叼在嘴上时，他一看，原来是韩六爷。他被这个梦吓醒了。躺在被子里想了想，他觉得这个梦跟韩西河跟他说的韩六奶的那个梦，有一个共同的地方，那就是韩六爷是一条鱼，一条孤独而又衰老的鱼。

早晨，他被一种牵连不绝的噼啪声震醒过来。他穿上衣服，站在大门前，这才看见李承志跟钱贵一人提一串鞭炮在村里转悠。他打着手势，把李承志叫到跟前。李承志仿佛知道他要说什么，不等他开口，就说先生看的时候太早了，他跟钱贵只好用这种方式招呼一下大家。果然，鞭炮一停，长塘村就醒了过来。人们走出家门，成群结队地往河边涌去。李长根想到昨天跟韩西河的交涉，洗一把脸，也紧赶慢赶地来到河边。

一块巨大的黑布像地毯一样覆盖在长塘河边的沙滩上。黑色的河滩上站满了人。不知从哪里来的两拨锣鼓，咚锵咚锵地打得人心紧。看不见祭幛，但站拢去的人几乎头上都包了一块白布。那叫孝帕，是丧家跟送葬的亲戚上的。有一些人没有戴孝帕，只在臂上佩了黑黑的手孝。李长根一看，原来是镇上和县上的几个领导。还有几个人李长根不认识，他琢磨他们是从郎州来的，大约也是吃国家饭的人。李长根看见桥头马路边上有一辆白色的面包车，屁股冲着河滩，开一个大窟窿，有两个人正在那里发福利一样发孝帕和手孝。从村里出来的人走过那里，都要一块孝帕，不要白不要。尤其女人，她们对布头天生有一种兴趣，孝帕比手孝块大，纳双鞋垫理条裤腰什么的，用起来又实惠又方便。李长根看全村的人都戴了孝帕，不好意思，也到车屁股上要了一块包在头上。

韩六爷的坟头已经打开，一具棺木已经从坟坑里起出来摆在河滩上。坟头靠近河边，棺木水浸浸的，已经开始腐烂。一拨人扯着一匹白布，往棺木上一层一层地缠着。李长根走到跟前，绳子杠子一下站到他边上。等缠完棺木，李长根就指挥跟棺木捆绳子上杠子。在一阵鞭炮声中，八个棒劳力顶着杠头，地动山摇地叫一声“起”，沉重的棺木便悬空起来。一个道士带着他的两个徒弟舞着一把剑在前面开路。李长根觉得那年长的一个徒弟面熟，仔细一看，原来是那杀猪匠。一个月前，那杀猪匠没有把猪杀死，便丢下杀猪刀，又学起道士来。韩西河端着灵牌走在棺木前头。上年纪的韩六奶腿脚不利落，坐一乘滑竿在棺木后头跟着。整个队伍一溜白，仿佛一河泡沫缓缓向前流动。李长根在八抬棺木上路那阵，一抬头看见他爹的坟头，心头莫名地有一种凄惶。队伍转一个弯，他看不见他爹的坟头了，心头又生出来一种悲哀。

新的坟地在长塘村后面的山坡上。上坡那阵，水浸浸的棺木像一坨铁，直往抬杠下头滑，压得后面的人直叫唤，眼看八抬棺木要撂在地上。落棺，还是掉棺，那谐音一听就是丧家大忌。真有棺木掉落到地上的，那丧家要把棺木就地埋葬，才能够图一个吉利。李长根那阵一急，往高处一站，手一挥，大喊一声：“年轻人跟我顶上来!”声音还在山谷里回荡，一拨小伙子就从队伍里冲出来，挺着腰杆把抬杠换到了肩上。一口气抬到坟地，小伙子个个都变脸变色，喘吁吁而汗涔涔。坟坑已经打好。棺木往坟坑里一放，一块黑布当空一抖，遮住一片天光。打开棺盖，韩六爷躺在里头，已经是一具骷髅。韩六奶老眼昏花地看着韩六爷，瘪着一张小嘴喃喃道：

“我还记得那个腥啊，一条金甲大鲤鱼啊，要了你的命啊，两条看家的枪啊，你看不到今天啊……”

韩西河端着灵牌，看了他爹一眼，却没有一句话，木木地跪了下去。李承志跟钱贵两边搀着韩西河。韩西河一跪，两个人也跟着跪。李承志跟钱贵边上大多是建工队跟工程队的，看老板跪下去，也跟着跪下去。后面的人不知就里，看前面的人齐刷刷地往下跪，也跟着往下跪。一个长塘村，男男女女，大人细娃，跪了一面坡。李长根一下蒙了，张皇着找镇上县上的几位领导。哪里找去？人一跪在地上，看不见脸，也分不出高矮，都一个样子。“天啊！”他大叫一声，卵子被劁了一样的，踉跄两步，也跪在地上。

盖棺了。埋土了。人们陆陆续续从地上站了起来。李长根拍拍膝盖上的两块泥，那泥粘在裤管上一动不动。他又用手搓，却越搓泥色越重。原来跪在了一块死黄泥上。带着跪的痕迹，他慢慢地往坡脚走。这时候，他发现从韩六爷的坟地看出去，整个村子尽收眼底。他愣在那里，感到了一种莫名的悲怆，两行老泪禁不住簌簌地往下流。

回到家里，他把喜娃子抱起来往八仙桌上一坐，“咚”地就跪了下去。

“乖孙啊！你要好好长，不要像我，也不要像你爹……”

他喃喃着，拜菩萨一样一连跟喜娃子磕了三个响头。老伴看不过去，就骂他疯头疯脑的。他痴痴地笑了笑，也不还嘴，就倒在了床上。老伴觉得不大对头，手贴到他额头上一摸，火石一样烫，这才知道他生病了。

九

山里桐籽花开，李长根才从床上站起来。

病这些日子，他躺在床上，翻来覆去地想，总算把事情想了一个透，决定再也不干这个支书了。两脚一着地，他就跑到镇上找孟书记。殊不知刚进镇公所大门，孟书记就把他看见了。还远远的，孟书记就高声道：

“根支书！你消息还灵通啊！韩老板的钱上午到账，你下午就来了。”

李长根听着，愣了半天，这才张眉惶眼地问：“哪样钱啊？”

“金河集团拿了十万块钱跟你们长塘村修学校……”

孟书记说着，就把李长根让进屋里。

李长根傻乎乎地坐在沙发上喝了两杯白开水。说来也怪，他那辞职的念头就被两杯白开水溶化了。孟书记问他有哪样事情，他憋半天，这才说天气好了，上街来赶一赶场。结果他屁也没有放一个，就又往回走。

晌午光景，李长根又回到长塘。但他没有进村，而是顺着河岸，爬上高地，来到他爹坟头上。他站在坟前，看着青石的墓碑，不禁苦笑了笑。他接上转过身去，看着那一河长塘水，看着长塘河滩上那一蓬火棘，还有那巨大的坟坑。那坟坑在太阳光下透着一种阴郁，仿佛韩六爷的魂还在那里飘荡。没有风，那火棘被嵌在镜子里一样一动不动。经历了漫长而寒凝的冬天，长塘水仿佛被滤了一遍，格外有一种明净。

“你看着，我要把那条鱼找出来，我要把那条鱼弄到手……”

李长根像跟自己说着，又像跟他那躺在坟头里的爹说着，就走下高地，走出已经显露春意的河岸，往村子里走去。

不到一个时辰，李长根又回到长塘河边。他从家里出来那阵，一只手抱着那粘满鳞甲的玩具鱼，一只手拿着炸药雷管。喜娃子在大门口玩，看爷爷抱走了玩具鱼，也闹着跟了来。李长根牵着喜娃子，从上游转到下游，又从下游转到上游，最后在一个洄水湾里停下来。这里水不算太深，却也不算太浅，刚好能看清楚水底。李长根坐在河岸上，用一只玻璃瓶装上炸药，再把雷管安放在炸药里。他没有用火雷管，而是用了电雷管，这样更容易控制爆炸时间。他接上引出导线来，用黏糊糊的死黄泥封住瓶口，这就做成了炸弹。他看着自己亲手制造的炸弹，那原始而又陌生的冲动胀满每一根血管，一团火在胸膛里燃烧起来。当年的爆破能手复活了。他脱掉衣服，一条短裤遮羞，拿着炸弹下到水里。初春的河水寒凉侵骨。他打了一个哆嗦，一下潜到水底。他用几块石头把炸弹遮掩起来，又贴着河床把导线引到岸上。最后，他从喜娃子那里把那条作为诱饵的玩具鱼诓了过来，又潜回到水里。他把玩具鱼固定在炸弹旁边，回到岸上来。这一切，他做起来那样熟练，又那样有条不紊。透过偏西的阳光，他看见水底那条玩具鱼在水波中悠悠荡荡，一身鳞甲贼亮贼亮，格外有一种诱惑。他那冻得青紫的脸上透着生硬的笑容，他又一次为自己设的这个局感到满意。他穿好衣服，小心地把导线连接到控制手柄两极上，便搂着喜娃子坐在河岸上，静静地等待着，等待着那条神秘的金甲大鲤鱼出现……

河面恢复了往常的宁静。他看见几条赤尾子游过来，在那条玩具鱼边上游来游去。接上又来了几条白甲，远远地看了看那条玩具鱼，也游到跟前嬉玩着。而不一会儿，赤尾子跟白甲都游走了，留下那玩具鱼孤零零地晃动着。他觉得小鱼跟大鱼熟悉，才跟大鱼在一起游玩，这说明他的推测没有错，长塘的确还有大鱼。而几十斤重的鱼，像长塘这样的淡水河，只有金甲大鲤鱼。他眼睛一眨也不眨地盯着水中，仿佛那金甲大鲤鱼随时都有可能游过来。倏地，一道黑色的影子从下游划了过来。他神经绷得紧紧的，把喜娃子往地上一放，一下就把控制手柄抱在怀里。就在他抓住手柄要引爆炸弹那工夫，那黑影突然蹦到了岸上。他一惊，抬起头来，看见一只大鸟缓缓从天空飞过，这才知道受了骗。

太阳照在河岸上，也照在他身上。他浑身暖洋洋的，有一种无法抗拒的舒适。他开始打起瞌睡来。朦胧中，他看见那条金甲大鲤鱼从长塘深处游了出来。一河长塘水哗哗啦啦，翻起一片白色的浪花。大鱼腾空而起，有如一弯虹。大鱼往水里一扎，红色的尾巴刀剑一样刺向天空。大鱼摇头晃脑，长长的嘴须跟蒲扇一样的鳍来回鼓荡，掀起一片苍茫的雾。大鱼翩翩然一抡身子，那甲片在阳光中一晃，散落一河金银财宝。大鱼一鼓眼睛，目光如炬，看破漫长的黑夜。大鱼翅子一收，沉在水底一动不动，就像一个千年的梦。

不知过去多久，他醒了过来。太阳悬在西山口上，经历一天艰难的穿越，染了一脸的血。忽然间，一道黑红的光亮一闪，他看见它了。那大鱼就在他眼皮底下，跟那玩具鱼在一起，时而一张嘴戳一戳那玩具鱼的屁股，时而一丫尾扫一扫那玩具鱼的脑袋。他看傻了。那玩具鱼似有所动，贴着河床不停地晃荡。那金甲大鲤鱼来了劲头，又转到玩具鱼的侧边，摆动肥厚的躯干，身子贴身子地蹭了蹭。它感觉到了它真实的金甲银鳞，那一身它再熟悉不过的衣裳，一下高兴得在它跟前跳起它喜欢的摇摆舞。他呆呆地看着，不知不觉掉下两行泪来。喜娃子一边看着，一边用一只小手跟爷爷擦着眼泪。那玩具鱼欣赏着它的舞蹈，一颗脑袋有节奏地晃动着。不一会儿，那金甲大鲤鱼大约跳累了。但它没有停止它的爱，而是张开美丽的嘴唇轻轻地衔住了它的嘴唇。那玩具鱼仿佛被吻得喘不过气，眼睛又鼓又亮，开始剧烈地扭动身子，拍打尾巴……

忽然，他惊愕地张大了嘴巴，差一点叫了起来。他看见那玩具鱼挣断了绳子，半截绳头拖在肚脐上，像一个还拖着脐带的新生儿，跟着金甲大鲤鱼游了起来。就在那金甲大鲤鱼带着它复活的伴侣向河塘深处游去的时候，李长根一激灵醒了过来，几乎是一种本能的反应，他眼睛一闭，手一抖，一下合上了电闸。印象中，他听见轰的一声爆炸，一根水柱高高地立了起来。可他睁开眼睛，却看见一河长塘水还是那样平静，而那一对鱼鸳鸯也还是不慌不忙地往长塘深处游着。他一下蒙了。这些东西都是移山造田那阵留下来的。年深月久，是炸药失效，还是雷管受潮，或者是接触不良？他简直来不及细想。那新生的大鱼还没有完全恢复过来，游得很慢。而另一条大鱼不得不游一游，又停一停，等着那复活的大鱼赶上来，一起游向长塘深处。这一瞬间，他噌地站起来，衣裳一剐，一个猛子就扎到了水里。他想那大鱼肚脐上还拖着半截绳头，他不能让它逃跑了，只要抓住了它，另一条大鱼还会回来……

但他已经没有机会了。只听见轰的一声巨响，他整个身体被抬向了空中，接上又重重地跌到了水里。随着长塘河不断向上翻腾的水花，他像一条被炸翻的大鱼，静静地漂在水面上……

“爷爷！爷爷！”喜娃子在岸上叫着。

他再也听不见孙子的喊叫了。

傍晚，有人从镇上赶场回来，走过长塘，看见喜娃子手上拿着一个控制手柄，站在岸上哭着，这才知道根支书出了事情。

李承志从城头赶了回来。他请一个阴阳先生在村前村后转了两天。最后，他竟出人意料地把他爹葬在了长塘河滩上。韩六爷的坟迁上山后，留在河滩上的那个坟坑，成了李长根的葬身之地。

这一来，一老一小两个根支书彼此相望，总算守在了一起。

2005 年 10 月 13 日于红花岗改定

利　刃[1]

赵剑平

一

张品夫那年从“五七”师大毕业回来，学校拿他当宝贝，把他安在毕业班把关。尽管“社来社去”，张品夫还是有一种得意。“腰杆上挂电筒——射来射去”，这个很有名的歇后语，就是张品夫那阵编出来的。事实上，城里那些年轻人尚且打着红旗唱着歌的，大老远跑来上山下乡；张品夫能够走出山门，到大学晃两晃，也应该知足。只是在外人看来，他原来叫张干劲，不知在大学的年头怎的弄的，把爹妈给他的名字搞丢了，好像有些忘本。但这似乎并不要紧，要紧的是他还是原来那个人，场口铁匠铺张铁匠的那个儿。因为这一层，上头格外看重张品夫，还想设一个高中部让他来教。“我们自己的子弟，”公社书记那时候就这么和学校说着，“有哪样不放心的。”那口气，好像只要是自家土里长出来的，不管哪样东西，哪怕一把草呢，都可以吃一个饱。学校很为难，硬不起来，也软不下去，借口其他科老师配不了，才把事情拖了下来。张品夫上课，大家都是知道的，常常一篇课文半中拦腰的，他就跑了调儿，摆起山里那些精精怪怪的龙门阵来。而字是打门锤，他的板书不知

[1] 原载《人民文学》2003 年第 9 期，此次出版时有改动。

怎么弄的，始终有些歪斜，常常学生在下面叫："老师！上坡哪。"他才会醒悟。但笔头一倒，一行板书又滑下来。"老师！下坡哪。"学生又在下面叫。他于是又开始往上走。这么折腾来折腾去，就有了一黑板波浪。所以到了后来，学校可以自己做主哪，加之经费紧，就不大想要他。张品夫这工夫才明白，他那两年的大学算白上哪，由乡里财政开支的"公办"没有份不说，连"民办"的资格都要由学校来定。跟校长怄了一回气，张品夫发起奋来，参加省的统考，终于被录到县的师范学校哪。

因为光阴蹉跎，张品夫成了班级里的老大哥，大家对他格外有一种敬重。也许受了启发，张品夫后来填表，在家庭出身那一栏里堂而皇之地写上了两个字：工人。他这一招把大家都弄得有些迷糊，就有人问："你那个乡旮旯，哪里钻出来的工人阶级？""工人做工，农民种地。"他说。"做哪样工？""打造工具。"原来是打铁的，大家这才明白，觉得顶多不过是一个小手工业者，却硬要往庞大的工人阶级队伍里挤，有投机之嫌。但这不会让他涨工资，也当不了饭吃，就没有人认真。而且，这个人毕竟是在大学晃过两晃的，多少有一种神秘。事实上，学校开的那些课，张品夫吊儿郎当的，也能拿一个及格。他好像很满足这点本事，尽管他曾经很努力的，最后也只是拿一个及格。学习没有压力，做起学生来很自在。夜里，张品夫躺在床上，东想西想的，浑身阵阵燥热，就想趁亮过河，稍带着把个人问题给解决哪。学校里女同学有限，阴阳不平衡，但难不倒张品夫。为了稳实一些，他同时盯了几个女同学。有一回来了兴致，喝了二两酒，张品夫还麻乌乌地向人炫耀，这叫广种薄收。也确实有效益，居然有一个姑娘，看上去还不错的，就跟他有了那么一点意思。张品夫有了一种幸福的感觉，这种感觉让人晕乎乎的，就变得无所顾忌起来。学校大略理解这种大龄青年的难处，睁一只眼，闭一只眼，没有太计较。但张品夫不大把握分寸，快毕业那几天，慌了神，乱了性，把那姑娘约到学校附近的林子里动手动脚的，还撕破了衣裳。结果，那姑娘翻了脸，跑到班主任老师那里咚地告了他一状。班主任捂不住，报到校长那里。学校愣了几天，还是给张品夫记了大过，差一点让他没有毕业。大家都离开学校了，张品夫才阴悄悄地从校长那里拿到毕业证书。

二

回到学校，还是原来那间学校。张品夫有一个发现，自己花了两年工夫走了一个圆，所不同的是出发前的那个位置如今被人占了，而且好一点的位置也差不多都被人占了。他找校长，想回毕业班去像原来那样把关，仿佛学生分了年级，教师也分了等级。但校长有校长的想法，一摇头，说这两年学校还考了几个学生到县城高中，总不能无缘无故把人家换了下来。话里有话，张品夫明白，他那两年没有送一个学生上高一级的学校，水平有问题。但张品夫显然不吃这一套。“我读了这两年的书，”他说，“总不会读倒转去吧。”校长找不着话应对，就那么看着张品夫：“这倒不一定，”无可奈何的，“比如，原先你在我们学校教书，哪个敢处分你？你是上面的红人。”这句话分量不轻。张品夫愣在那里，知道学校看了他的档案，大半天说不出一句话来。校长看他那情形，心里动了恻隐。“你的问题，主要是上头的问题。本来嘛，大学读了，又读中专，就怪古稀奇的。”校长这么安慰着，“但是呢，事情要向前看，你现在毕竟是‘公办’哪。”张品夫那么看一眼校长，仍然一句话也没有说，就灰头灰脑地走了。

但张品夫显然不会就这么算哪。

一天早晨，第一节课，上课铃响了老半天哪，校长发现初一年级张品夫那个班的娃儿还在操场上闹着，便推开窗子：“还不回教室上课?”站在屋里就吼了起来，“都放敞马哪!”“没老师。”学生们也高声大气地应着，“张老师的课。”校长听着，出门来奔教导处，问张品夫的下落。教导主任一头雾水，说张品夫既没有请假，也没有找人代课。事情显得有些蹊跷，校长来到张品夫宿舍门前，门扣没有上锁，说明屋里有人。是不是睡过了头了，校长心想着，便乒乒乓乓喊起门来。没有人应门，里面死一般寂静。那一瞬间，校长脑子里一下蹦出来一个恐怖的念头，忙绕到后窗。窗子也从里面闩死哪。他踮着脚尖，拉长身子，一张脸贴在玻璃上，眼珠子都要鼓出来一样地往里瞅着。除床脚和桌子下面看不到，巴掌大一块地方，哪里有哪样张品夫。校长这工夫急了，脸青面黑地来到办公室，一个肩头抖得高高地摇着电话，找到乡里派出所，颤声颤气地说着：

"我们这里……出了案子……"

就这么报了案。

不一会儿，听着突突突一阵响，两个穿黄衣裳的驾着三轮摩托赶了过来。两个人一个窗子一个门看了看，年轻的一个就叫人找来一把斧子，几下在门板上劈出一个洞来，反手从里面拉了插销，开了门。校长在门前叫着保护现场，把大家堵在外面。两个黄衣裳走进去，尖细眼睛找着线索。屋子空空的，床上被头掀着一角。一个人用手试了一下，还有些温热。床脚除了一双沾了泥的胶鞋，什么也没有。最后，两个人的目光集中到了书桌下面一只鼓鼓囊囊的麻袋上。麻袋在书桌的阴影里鬼魅一样地蹲缩着。两个人对望一眼，老辣的一位猫了胆子，走上去呼地把麻袋从书桌下面拖了出来。麻袋在光亮中晃了晃，便倒在地上，哗地倒出来一地的书。两个人长吁了一口气，脸上松活了一些。但另一种神秘的恐惧却紧接着钻了出来，这屋里既然没有人，那么人到哪里去了呢？上天？入地？一间屋子像一个格子，墙是水泥的墙，地是水泥的地，门和窗都是那种老式的插销，只有从里面才能闩死……

呜喔——随着一声苍凉的号叫，这工夫一个老人分着人群趺趺撞撞闯进了现场。张品夫的爹，大家一眼就看了出来。铁匠显然刚刚听到消息，从炉子上赶了过来，一脸的烟尘，披挂在身上的皮围也还没有来得及摘下来。他来到屋子中间，咚地冲着两个警察跪了下去："我的儿闯鬼哪！"哭着，"政府救救他吧。"

两个人愣一阵，年纪稍长的一位才把铁匠扶了起来："哪里来的鬼？白日青光的……"后半句话被他咽了回去。

没有鬼，张品夫又怎的离开这屋子的？

"你要找儿子，你就要和我们配合。"两个人稳住铁匠，询问起情况来。

"昨晚还跟我扯风箱。"铁匠说，"他这一阵常常到炉子上跟我扯风箱。"接下来，也就一味地摇头。

没有头绪，两个侦探愣在窗前，透过玻璃，迷茫地望着校园。

操场上已经拥着很多学生，却也被什么东西罩住一样，懵头懵脑地往这边张望着。

"会不会遇外星人哪？"有一个年轻的声音这工夫在走廊上迟迟疑疑地叫了起来，"前一阵报纸还登了飞碟的事情。"

两个公安听着，心里都动了动，来到走廊上："哪个说有外星人？"问着，"哪个说飞碟？"

一拨人你看看我，我看看你，却没有一个人站出来。

两个人摇着头，便让校长集合全校师生。铁匠跟在后头，忙不迭地跟人作揖，"找到儿子，"说，"我送老师们一个人一把菜刀。"张铁匠的菜刀打得好，这是大家都知道的；县城十字街头的五金铺还设了专柜，门前总有一个人拿着他打的菜刀在地上不断地砍着铁丝招揽生意……

"大家都看见哪，"校长站在高处，望着一个操场的人，凄惶地说着，"我们学校的张品夫老师失踪哪。"整个场子静悄悄的，这使校长有一种莫名的感动。"麻雀飞过都有一个影子，"他的声音高了起来，也坚定起来，"我们乡场就这么一点地方，根据公安的同志侦查，张品夫老师天快亮的时候都还躺在被窝里，我是唯物主义者，我就不相信哪样鬼啊神的，大家积极行动起来，三个一群，五个一伙，找张品夫老师去，找遍我们乡场的每一寸土地，也要把张老师找出来，活要见人，死要见尸。大家有没有信心?”

整个操场愣了一下。“有!”地动山摇一声响应，仿佛事情憋到现在才有了总的爆发。老师学生的漫出校门，便四下里散去。很快，凝固的山野响起了执拗的回声，“张老师——张老师——”此起彼伏，喊魂一样的。

那时候，几个学生在河边大石堡上找着张品夫哪。大石堡是一块奇怪的石头，有人来考察过，认定它是几百年前从天上掉下来的。张品夫光着脚，穿着内衣内裤，在大石堡上弯一张弓，一动不动，看上去像死人一样，没有一个学生敢走近去。直到两个乡警赶到，蹲在地上听一阵，才惊异地发现张品夫其实还在睡梦中，鼻子里响着微微的鼾声。他们一边叫着，一边抓着身子摇着，总算把张品夫弄醒过来。张品夫看起来并没有受什么伤害，只是一双眼睛雾蒙蒙的，那么痴痴地盯着一片天空，好像那上边隐藏着他的秘密。大家都跟着他的目光看一阵天空，天空跟往常一样，并没有让人感到有什么特别……

不知哪一个人提议，两个体育老师架着张品夫的胳膊，就紧紧迫迫地去了卫生院。卫生员是一个小伙子，一看来了病人，抖擞精神，不问青红皂白，就跟张品夫打吊针。一针扎下去，张品夫皱一下眉头，迷迷浊浊的目光从很远的地方收回来，望着卫生员：“这是哪里呀?”这么问着，“我怎么会在这里呢?”

“这正是我们要问你的呢。”跟着来的乡警这工夫趁热打铁地插了进来。

张品夫摇着头：“我什么都不知道。”有些兴奋地说着，“只看见一片白光，整个人轻飘飘飞了起来，做梦一样的……”

乡警听着，就感觉一阵轻松：“这显然不关我们的事情。”说，“神神秘秘的，这算哪样案子啊，又没有死人伤人，又没有偷人抢人，这显然不关我们的事情。”就往后缩着。

“事情的真相没有弄清楚，”校长堵在两个乡警跟前，说，“这不能算破案。”

“案子本来就没有立，还破哪样案?”乡警说，“老实说，这属于科学的事情，我们又不是科学家。”

校长哑哪。

两个人拨着校长，就离开了卫生院。

张品夫输完一瓶水，拔了针头，翻身起来，穿上张铁匠跟他从寝室拿来的衣服，蹬上鞋子，跟什么事也没有发生一样的，大摇大摆回了学校。

三

这种事情啊，传起来还真快。没有两天，就从上头来了几个人。他们大包小包的，带了不少仪器，烧开水的老吴不知从哪里知道的，光磁铁就有好几坨。他们来到学校，跟校长要了一间屋，又从教室里把张品夫从讲台上叫来，很放松地坐下来，问一阵情况，然后就把带来的那些东西连接到张品夫的胳膊腿上，还在心脏那儿捆了一个小包。这么一拨人关在里面，认认真真研究起来。

那天下午，整个校园显得格外静，没有唱歌课，也没有体育课，老师学生的都在教室里，一刻不停地写啊算啊。放学了，老师学生的拥在操坝上，望着像血一样红的太阳慢慢地往下掉，就是不愿意散去。好不容易挨到那几个人从屋里走出来，像来的时候那样，他们还是大包小包地挎着，只是什么也没有说，和大家神秘地笑笑，就走出校门，消失在渐浓渐深的暮色中……

张品夫最后走出来，苍白的脸上挂着一种笑，有些不怀好意的笑。大家围上去，仿佛被大半天的焦灼烤昏了、烤疯了，那么七嘴八舌地问张品夫他们把他怎样哪。张品夫笑笑：“他们怀疑我被一种神秘的力量带离过地球，”接着说：“我什么也不知道，只看见一道白光，整个人轻飘飘飞了起来，做梦一样的……”还是那几句话。

大家听着，都感到一种莫名的兴奋。“这么说，外星人来了我们学校哪。”七嘴八舌的，“星外文明对地球上的学校有兴趣哪”。

只有校长，他站在边上，总拿着一种疑惑的眼光看着张品夫，这工夫插进来：“看来外星人对地球人的教育感兴趣哪，”不阴不阳地说，“要弄一个老师去研究研究，只是半道上发觉不对劲，又把你放回来哪。”

“这倒没有哪样稀奇，有的人死了两三天，居然也有活过来的。”张品夫稳稳地说，“我这一劫，就当死了一回。”

校长听着，愣了一下，多少咂出来一点味，便不再吭气。

事情到了这一步，张品夫显然不是一般人哪。那几天，从上头接接连连来了一些人，说领导也是领导，说专家也是专家，就冲着张品夫，想聊一聊，想看一看，好像他是一道风景，一道神奇的风景。尽管张品夫也还是那几句话，也还是那一个人，可唯其如此，仿佛也才更真实，也才奥妙无穷。而对一些重要的人物，张品夫则会毫无保留地带他们到大石堡，那是现场，说起来更生动。有时候，这些人里面还真有一两个懂行的，拿着一个放大镜在大石堡上照啊照的，居然就认出来那是一块陨石。这一来，不用张品夫费一点口舌，大家一张脸紧绷绷的，就只顾点头，聆听真理一样，神圣而且义无反顾……

那一天，还来了一位科学家，不是一般的科学家，是著名的科学家。他站在张品夫跟前的时候，张品夫脸都青了，一双手古怪地搓着，那么发窘发怵的，简直不像一个人。但毕竟是科学家，那么谦和，又那么深刻，看了，听了，就打了一个比喻：“你知道收音机电视机吧，”这么望着张品夫说着，“收音机电视机有声音有图像，因为有频率有频道，频率也好，频道也罢，说到底都是一种时空，这和我们人的生存必须在一定的时空是一样的道理，你想一想，收音机电视机有时候也会串音串台，人的时空有时候也会串，只不过这种串的因素很复杂，人的感觉太有限，我们不能把握的东西就显得复杂，收音机电视机倒退一百年，也是不可思议的，那会被认为魔鬼附身……”

张品夫听着，感到很新鲜，也很踏实。闹半天，这其实也是一种自然现象。

但事情毕竟可遇而不可求。想一想，偌大一个国家，偏偏让张品夫摊着，这就稀奇得不得了了。

来的人多了，张品夫已经不可能正常上课。校长也无奈，很多人还相当有身份，是县里乡里打招呼要接洽的。到了后来，校长不得不安排人代张品夫的课，让他像大熊猫一样待在寝室里，专门等候那些前来看稀奇的人。他像祥林嫂一样的，“我什么也不知道，只看见一道白光……”重复着那几句话。张品夫不用起早追学生做操，也不用熬更守夜批改学生的作业和准备第二天的课程，休息得很好，而且还要常常给那些来访者一点面子，去乡街上的馆子里敞开肚皮整一顿。不知不觉中，他原来瘦壳壳的坯子，就像筒筒吹一样，很快肥硕起来。这种体态上的变化，前面来的人不知道，后面来的人不觉察，莫名其妙地又成了一种优势。“一副福相。”人家说。说的人多了，张品夫动了心眼。“我可能是张三丰的后人。”他顺势爬竿地说。殊不知人家说：“现在时髦的还是佛。”也倒精不黄的，“你要是哪一个菩萨转世就好哪。”“道佛一家。”张品夫灵机一动，“如来佛还跟玉皇大帝收拾过孙猴子呢。”没有更多的话。但张品夫心里明白，来的人更希望他是“佛”这个体系的。

张品夫耍得好，吃得好，还可以漫无边际地吹牛皮，这让学校多少有一些想法。“你的课程还是大家兼起来的，张老师！”有一天，校长小心翼翼地说，“学校条件又不是太好，这毕竟是你发迹的地方，总应该改善改善。”他现在对张品夫很客气，“找你的人那样多，你是不是利用你的优势，让上面拨一点钱，跟大家修一幢宿舍楼，这样，我也好跟大家交代。”张品夫听着，大大咧咧的，一拍胸膛，说：“包在我身上。”校长听着，人一下矮了大半截。没有几天，也不知道张品夫用了哪样招，县教育局的电话就打到了学校，通知学校写报告上去拨款。那一天，全校教师像过节一样，特地摆了席，请张品夫坐上首，隆隆重重地庆祝了一回。

尝到了甜头，乡里上上下下才觉得张品夫是一个宝。乡的三干会一直开到村民组长，书记乡长的在会上说到资源优势，就强调要开发张品夫，带动全乡经济上新台阶。张品夫的事情，一下成了致富奔小康的关键，哪一个人敢怠慢？首先，在有关方面策划下，张品夫从那间屋子搬了出来，两个民间艺人在里面忙乎两天，塑了几个太空人，完全根据他们的想象，都凶神恶煞的，人不像人，鬼不像鬼。但张品夫往里一坐，还真有一点身临其境的感觉。接下来做大石堡的文章，那块石头也是从天上掉下来的，很关键。人显然不能活生生地躺在上面，这不雅。要重现当时的情景，只有辛苦乡里的两位雕塑家，黄泥巴外面糊一层水泥，塑一个睡着的张品夫……

那时候，像俗话说的，顺风要不了几桡片，一只船就动起来哪。通常做大事情，甲子乙丑丙寅丁卯的，都要请人算一算，图一个吉利。可乡里却乱做乱发财，也许像老百姓说的那样，政府啊学校啊这些东西是压邪的，既不看日子，也不举行仪式，就顺顺当当搞了起来。来的人只管来，去的人只管去，一股银水流。乡街一下闹翻腾，小酒店小食店的像雨后春笋唰唰地直往上长，小摊小贩天兵天将一样布满大大小小的路口。那些玉啊银的玩意，从来跟乡里不挨边的东西，也不知道从哪里冒了出来，一下成了特色产品。连河湾里的草鞋跛子，也提了一坨草鞋一颠一颠蹿上蹿下地叫着名牌。张铁匠的菜刀不用说了，他找了帮手，又新搭起来一个炉子，炉火照天地，红星乱紫烟，日夜忙个不停，还是供不应求。人气旺了，要风得风，要雨得雨。乡里趁热打铁给县里打了一个报告，为了适应迅速发展的形势，乡委乡政府七十年代修的那幢楼寒酸了，要求气气派派地修一幢，很快又得了一笔款子……

有一天，居然来了一个外商。不是外乡外县外省的那种商人，是外国的商人，还带了一个女翻译。他想在这里建厂，开发太空食品。外商说，美国有一个被外星人绑架的人，回来不久就死了，现在世界上只有张品夫一例被绑架后又放回来还安然无恙。所谓太空食品，其实也是常人取用的，不过要借势打一打张品夫这张牌。大家谈得很投契，书记乡长的指着一个河谷一划，表态要哪块土地割哪块土地，一点不含糊。也就是一顿饭的工夫，一个意向性的协议达成了，皆大欢喜。外商和他的女翻译走了，运作去哪。

消息传开去，省里县里的领导三天两头有来视察的。书记乡长的免不了汇报，内容也就一次一次地被提炼。“我乡旅游业的发展经历了一个从自发到自觉的过程。”说着，很展劲地扬一扬头，“成功的主要原因是我们抓住机遇，打张品夫这张牌，全乡广大干部职工更新观念，心往一处想，劲往一处使，开发和利用好张品夫。”到了激动的地方，声音都有些嘶哑，“展望未来，我们豪情万丈，决心不辜负上级领导对我乡的关怀，进一步炒好张品夫，尽快组建以星外文明寻踪这一旅游项目为主要内容的实业集团，争取股票早日上市……”

四

乡里没有察觉张品夫这时候其实很忧郁。

这年景，入党好像不特别吸引人，而且张品夫上“五七”师大那工夫就已经把这个问题解决了。他们给他涨工资，每个月明的暗的加起来有好几百块。还请媒人跟他找媳妇，只是乡下姑娘想法怪，媒人碰了壁还找不到原因。折腾了好一阵，有一个泼辣的姑娘才吞吞吐吐地说张品夫既然被外星人绑架，就可能被做了实验，那么差了哪一个零件也说不定，这里面水深得很，怕不能够过日子。媒人没有多少经验，回过头来找着张品夫，支支吾吾的，就要他脱了裤子，看一看器官。张品夫听着，铁青一张脸，闷声不出气的，呼地就送过去一耳光。媒人一愣："帮人好，逗狗咬。"就骂骂咧咧的，上去和张品夫抓在一起，要决出一个高下来。媒人其实也有一点背景，乡街上的人都知道，乡里那些干部的婚事，有的还翻汤泼水的，差不多都是他找的女人。但这一回，上来拖架的居然都护着张品夫。媒人冤天枉地地挨了些拳脚，鼻青眼肿的，就跑到书记乡长跟前："那些忘恩负义的家伙哟，"鼻涕一把泪一把，"过河拆桥哟。"殊不知，书记乡长的也很毛，瞪着眼睛："你活该。你把他打来摆起，我们拿哪样发展经济?"恶炸炸的，"他是天王老子，他是摇钱树……"媒人听着，总算有一点醒豁，"惹不起，还躲不起么?"捂着一张脸，病怏怏地走哪。

这里，张品夫也不快活："不要媳妇，我看也死不了人。"这么说着，"简直欺人太甚。"大家听着，也不知道他是认真的，还是跟哪个人赌气。但不管怎么说，张品夫看上去是越来越愁闷哪，好像他真的被太空人弄伤了哪一个关节，又不好说出口来。这时候，乡里才隐隐约约地意识到事情有一点玄，只是人已经骑到虎背上，不把虎驯服，就要被虎伤着。

这么提心吊胆的，直到有一天，从哪里戳出来几个记者。他们看了，听了，便在乡街上住了下来，不忙着走。白天，他们跟着那些游客，好像特别有兴趣，照例地要看一回，听一回。晚上，几个人待在屋里，叽叽咕咕的，还开会。事情反映到了乡里，书记乡长的沉不住气。半夜里，他们把张品夫从被窝里叫了起来，正儿八经地找他谈话。

"这些人盯住你哪。"书记乡长的说，"看你经不经得住考验。"

"我什么也不知道，"张品夫迷迷浊浊的，还是那几句话，"只看见一道白光……"

“他们把你当了‘焦点’，”书记乡长的说，“不死也要脱一层皮。”

“人怕出名猪怕壮。”张品夫嗫嚅着，一脸的凄惶，“他们打我的主意哪。”

“真金不怕烈火炼，”书记乡长的说，“你看看战争年代那些先烈……”

张品夫听着，木木地摇一摇头，便没有一句话。

书记乡长的看他那样子，更没有谱。但事情到了这一步，也只有往宽里想。不是么？可知与不可知，像力量不相上下的两个人打架，没有人解交，其实也只有在那里僵持着。何况乡里的事情，都宁愿信其有，不愿信其无。上头不是来人了吗？带了那么多仪器，还是没有哪样结论。秀才造反，又能够起多大的势呢？

第二天，还大清早的，那些记者果然找上门来。像当初那些搞研究的人那样，他们把张品夫叫在一起，一拨人关在一间屋里，那么面对面地坐下来。他们搞哪样名堂，没有人知道。也不过一两个钟头，门开了。记者们出来，也不打一个招呼，便坐上车去，一溜烟地走哪。书记乡长的一直在外面等着。这工夫，看张品夫从屋里出来，蔫奄奄地靠在门框上，他们就眼睛发黑……

“我承认这是一场骗局。”张品夫说着，有气无力的，却清清楚楚，明明白白，“我承认这是一场骗局。”

大家听着，哆嗦了一下，冻僵似的，就愣在那里。

“张品夫……”有人缓和过来，“张铁匠的儿……”又刻薄又凶险的，“你说话要负责任。”

张品夫苦笑了笑，只是摇着头。

“他们是不是威胁你哪？”有人带着几分怜惜，又有几分希望，“搞你的逼供信哪？”很展劲地吼着，“张老师，你说出来，我们跟你撑腰。”

张品夫愣在那里，只是一味地摇着头。

“天哪，”有人在那里哭了起来，“你知不知道你做了一件天大的笨事，”很凄惨地叫着，“你把我们大家的财路断哪。”

“这一回好哪，”也居然有幸灾乐祸的，“还搞开发呢，开发个屁呀。”

…………

这一天，整个乡场，从乡公所到学校，都像被一把刀骟了，流血流泪的，沉浸在一片愁云惨雾中。场口张铁匠有些颟顸，仿佛儿子靠不住了，更要化悲痛为力量，把风箱扯得悉乎悉乎的，抓紧打他的菜刀，那是在县城都叫得响的东西。有人从那里走过，实在看不顺眼，就拿瓷盆舀了一盆水，劈炉子淋下去，红红一团火噗地就灭哪。铁匠黑着眼圈瞪了瞪，也就只好摘了皮围，坐在门槛上，擤着鼻涕流着泪的，跟着大家一起哭，一起在心里哭……

傍晚，张品夫失踪了。大家没有怀疑张品夫被外星人掠了去。好比水的蒸发，张品夫的失踪合情合理。而且，他在桌子上给大家留了一封信，特别说明这是他经过深思熟虑后的一种选择，要大家不要找他，他过一段时间会回来……

五

张品夫一去两个多月。

那学期快结束的时候，一天晚上，有人发现他那间屋子的灯亮着，这才知道他又回来了。事情已经过去，大家都安静了许多，并没有多大嫉恨；尤其乡里和学校，毕竟还修了楼。再说呢，一个人到了背井离乡的地步，也怪可怜的。当然，也有不少人想看稀奇；张品夫好啊歹啊，毕竟非同寻常。谁又能够保证，他这回出去规规矩矩的，不过散了散心，并没有耍哪样新花招。

不约而同的，大家凑到了张品夫屋里。

张品夫看上去并没有太大的变化，只是头发长一点，显着几分怪气。

“一个人犯了错误，”书记乡长的说，“敢承认错误，就是好同志。”

“我去了西藏。”张品夫说着，眼睛亮了一下。

书记乡长的愣了一下，盯着张品夫看了看，有些摸不着头脑。

“其实，从人才学的角度讲，”书记乡长的接上又稳稳地说着，“你也应该是一个人才……”

“我去了西藏。”张品夫又冒了一句。

书记乡长的话被打断了，又愣愣地看了看张品夫。

“西藏是一个好地方。”书记乡长的迷迷糊糊地应了一句，又接上说，“我们也有一定的责任，没有把你用好……但还有机会，我们已经调整了规划，旅游业垮了，还可以发展其他产业嘛，比如工业，只要搞一个项目。现在搞项目，事实上，老老实实是搞不成的……”

“我在西藏受高人点拨，”张品夫目光停在虚空，晃晃悠悠说着，“已经超然物外，不想经历这种轮回……”

这光景，大家才多少咂出一点味来。

“西藏要不要吃饭?”

好一阵，有人回过神来这么应着，多少带一点讥诮。

“要吃饭，”张品夫说，“只是吃法不一样。”

“哪样吃法?”

“你没有看见，这说明你无缘。”张品夫说。

“哪样缘？你神神秘秘的……”

“这就叫‘缘’。”张品夫应着，呼地从床脚拖出一个包来，又呼地一拉，从里面拿出来一些东西，哗地住桌子上一扔，“这就叫‘缘’。”

那是几把匕首，刀柄嵌着五颜六色的石头，很精致，也很漂亮。

“我说藏刀，你们一点概念都没有，这叫无缘。”张品夫说，还在空中做了一个手势，“但我指着这些刀子说这就是藏刀，你们看一看，摸一摸，再试一试它的刀锋，你们就和藏刀有缘了，只是深浅不同而已。”

大家听着，虽觉得张品夫有些神神道道的，却也忍不住伸出手去，拿起那些刀子来把玩。哪一个人不小心，手被划了一下，咧着嘴巴“唏唏唏”的：“这刀……”说，“太快……”

张品夫听着，便拿过刀去，对着灯光看了看：“这刀不算快。”说，“它只是想让你记住它而已。”

大家望着张品夫，多少表现出一些兴味来。

“一事一物都是有灵性的，”张品夫说，“只是受我们所在的角度限制，看不见罢了，比如，这床脚还有哪样东西，我们现在看不见，但我们弯下腰去，换一个角度，也就能够看见了，所以人的世界是一个现实的世界，现实的世界是一个功利的世界，所谓‘功利’，实际上是一个角度，‘我’字当头……”

“还有比这更快的刀?”大家对刀更有兴趣一些。

“有啊，”张品夫说，“它一直在我手中握着。”

大家看张品夫的手，都空空的，哪有哪样刀啊。

“你们没有缘，所以看不见。”张品夫说，“你们只有一个角度，一把刀有刀柄、刀背、刀口、刀刃，越大越好看，越小越不好看，其实‘大’是为‘小’服务的，一把刀关键在刀刃。”

“刀刃总也还是能够看见啊。”有人提出疑问来。

“万事万物都有一个临界状态。”张品夫说，“刀刃就是这样一种状态，眼睛看见看不见，只是一个标准，并不表明存在不存在，从理论上说，刀刃越细小越锋利，那么细小到看不见，自然就锋利无比哪。”

大家愣在那里，脸阴阴的，莫名地有一种凄惶。

“现代科学的发展已经证明，”张品夫说，有一种莫名的亢奋，“看不见的东西才是最厉害的，细菌，病毒，基因，放射线，这些东西才是最厉害的……”

“看来，”校长在一边插了进来，“你出去这一趟长进还不小……”

“我命中注定和西藏有一种缘。”张品夫说，“我的师父说，他已经在那里等了我十年了。”

“哪里？”有人好奇地问着，“布达拉宫吗？”

“雪山脚下一个很小的寺院。”张品夫说，“寺院的大小和修行的深浅没有多大关系……”

“你还想着教书，”有人说，“你有这种缘，就应该一心侍候佛祖，现在‘佛’也很时髦。”

“我不属于我自己。”张品夫说，“我属于佛，佛要我回来，我就回来。”

“你是不是想修一座庙？”

“你们认为‘庙’是什么样子的？”张品夫说，“‘庙’在我心头，比如，我觉得这学校是庙，它就是一座庙。”

大家听着，就有些笑。

“学校是传播文化科学知识的地方，”校长还有几分凛然，“不是封建迷信场所。”

“这是你悟的结果，”张品夫说，“不是我悟的结果。”

“我不跟你狡辩，”校长说，“学校有学校的教育方针。”

“其实一点也不冲突。”张品夫说，“‘佛’不是一种理论，它只是一种方法，一种立体的方法，在我们的日常生活中，在我们心中……”

这么东拉西扯的，张品夫就把那些匕首送了大家。

“你自己不留一把？”书记乡长的拿着一把，这么客气着。

“我刚才说了，”张品夫说，“我有一把最好的。”

“那把看不见的匕首？”书记乡长的半开玩笑半认真地说。

“现在看不见，”张品夫说，却一本正经的，“说不定哪一天能够看见，有了缘了，就能够看见。”

大家听着，心头咀嚼着，就出门，走过乡街，引来几声狗吠，在一片模糊的夜色中渐渐散去。

六

张品夫又开始上课。好的班级都被前面的人占了，只有差的班级，人家愿意甩出来。张品夫很安静，像接受命运一样接受一个差的班级。

“救苦救难，”他说，“这是佛的‘旨意’。”

大家听着，笑一笑，却不置一词。

“这有一个过程，”张品夫说，“我理解你们，因为你们是在过程的开始，我是在过程的结尾……”

大家掉过头去，好像听祥林嫂说她的阿毛被狼叼了，有些腻。

但对那把神秘的匕首，大家的兴味却依然浓浓的。茶余饭后的，几个人凑在一起，就要张品夫把那匕首拿出来开一开眼界。

“缘分还没有到，拿出来也看不见。”张品夫通常就这样拒绝。

不过，一个人两个人的，有时候在路上遇着，他也会伸手到怀里摸一把，然后给你看；也就是一个巴掌，空空的，哪里有哪样匕首？

但有一天，还真有一位老师看见他那把匕首哪。“夹在指缝，像一块冰，”他这样描述着。

事情有了一种印证，大家一下认真起来，三天两头的，缠着张品夫，总想从那巴掌中看见那神秘的匕首。没有多久，又有一个人，烧开水的老吴，居然看见哪。

“那把刀粘在手心，像一根虫，大青虫。”老吴得意地说着，好像抽彩票中了大奖。

学校一下热闹起来，大家都想看一看那匕首，试一试运气。无形中，能不能看见那匕首，仿佛成为一个标准，可以升级和涨工资的标准。有脾气暴的，接连几次看，张品夫那巴掌都无情地空着，上来性子："还不如厨房烧开水的。"就自己骂着自己，恨恨地打自己的脸。

到了这一步，人心都散了，还搞哪样教学。校长不得不开会打招呼。

"我们虽然不能够解释张品夫老师那把小刀的问题，"校长说着，带着一种悲壮，"但我们是学校，不是研究机构，所以从今往后，我要郑重告诉大家，最好离那把小刀远一点……"

大家听着，悄无声息的，好像被那要命的刀子折腾累哪。

而事情终究是摆在那里的，也不可能成为千古之谜。纵然千古之谜，也还有穷追不舍的；何况张品夫还在眼前活蹦乱跳呢？所以明里暗里，大家也还悠着那匕首。

直到学期结束，又过了一个漫长的暑假，老师学生的都散了，那匕首才像一个传说，终于遥远起来，也缥缈起来……

多少年过去，大家几乎忘了那匕首。

直到又一个新学期开始，张品夫走上讲台。这时候，谁也想不到，出了一个意外，完全是意外，又把匕首的事情给牵了出来。那工夫，张品夫正跟学生讲一个故事，讲一段在西藏的亲身经历，他是不可能忘记西藏的，他讲的是他和他师父的一件事情……

这时候，张品夫一脚踏空，一个趔趄，就从台上跌到台下。他站起来，哪样事情也没有发生一样，弹一弹裤子上的灰，又走上讲台，继续着那个已经开头的故事……

故事正走向结尾，忽然，一个学生叫了起来，一个班的学生都叫了起来。张品夫低下头去，这才发现自己站在一片血泊中，裤管成了血管，一股红血顺着腿股流下去，从裤管里流出来，漫出讲台，漫下教室……

张品夫一脸死白，腿一软，一下坐在血红的讲台上……

法医鉴定，有一种锐器戳入身体，失血过多，休克性死亡。

听着这样一个结论，大家脸青面黑的，这才又想起那匕首来。

事情看上去很偶然，但谁说这里又没有一种必然呢。

大家想解剖尸体，最后找一找那匕首。

但张铁匠不同意。

张品夫带着他的匕首，被葬在河边大石堡，那块巨大的陨石旁边。

那神秘的匕首终于又成了一种悬疑。

2002年12月26日于红花岗改定

獭祭[1]

赵剑平

高原山地的河流，水量不大，但有一种汹涌的阵势。老荒和满水划着条五板船，带着只水毛子，贴着河岸，望着水花，慢慢顺流而下。水毛子又叫水獭，去了野性，成了朋友，人就用水毛子来打鱼。遇上滩险浪急的地方，老荒和满水只好起水，抬了船牵了毛子走陆路。小船野水的，打鱼子们悠荡惯了，一双光脚板踩在稳稳实实的地上，反倒有些恍惚，有些轻飘。

第三天的傍晚，太阳在一抹青黛的山脊后面落下去，黑乎乎的大网在天地间拉开来，他们到达了那个叫作大石堡的地方。

“我要在这里下个套子。”

老荒冷冷说着，船头往水边一拨，就稳稳地泊住。叮叮当当的，他往岸上扔下一个熏黑的铜盆，又扔下两瓣马蹄形的钢嘴铁牙。

满水打了个寒战。对着船尾一团褐亮褐亮的东西，他仿佛自言自语似的道：

“不是说这河上早就没有毛子的……你还安套子？”

“这个……不一定……反正不养饭，兴许运气来了，还会碰上一只呢！”

老荒说着，就跳下船头，摇晃着宽阔的背影走了。

---

① 原载《山花》1988 年第 6 期，此次出版时有改动。

河滩窄狭，缀着斑斑点点黑死干枯的苔藓。对面是一座高崖，半浸在水中，随着水光的波动，河面也变幻着奇奇怪怪的山影。有块灰色的巨石，从河心鼓突起来，波涛拍击，在那两旁裂开，发出一种痛苦的喘息。

锈黑的刀光一划，笃地砍在船头。一条鲜活的细鳞瞬间便断作两段。两半鱼肉还在蹦跳，于是刀光晃动，又一声刀响，劈作了四半。终于剁碎到指头大小的肉丁，装进了木瓢里。一阵“砰砰”的响声，刀柄敲磕瓢底儿，随后往船头一掼，满水才跳下船去。但走不远，打鱼子又回身来站定，脸上露出困惑的神情，望着那充满血腥气味的船头。

小船微微地晃动，那只毛子颈上拖根细绳儿，应一种号令似的，从船尾走来。在昏暗的天光下面，它已然是个精灵，一身褐亮褐亮的毛衣滚动着，宽阔的蹼收束起来，立竖短小的耳朵，无声无息地舔食船头木瓢里的鱼丁。

哔哔剥剥一阵爆响，河滩上红亮一簇。老荒从水边捡来渣浪柴，燃起了一堆火。燃旺的燎子上，架着熏黑的铜盆，铜盆里是满满的水，水中煮着条条鲜活游动的白甲和赤尾。那鱼经菜油喂过，肚里的脏物屙洗得干干净净。一盆水渐渐热滚，水中鱼渐渐挣扎，越来越惨烈，直到吐尽丝丝缕缕雾浊，眦目翻白的，不再弹动跳跃。

相去老荒不远，两柄桡片插立在沙碛中，仿佛门道似的兀立着。打鱼子的桡片，没有乱扔乱放的。从这片门道望去，那块灰色的巨石仿佛一座堡垒，使整个河床阴森袭人。一只无名的黑鸟，寂寞地停在石堡上，倏然喳喳两声叫，无可名状地惊惶起来，箭镞一样消失在黑暗的山影里。

这个三月的初夜摇曳一下，又落入一种冷浸的岑寂中了。

满水感到一种透骨的寒凉，两腿闪闪地蹲缩下去，两手交叉抱着两只胳膊，眼睛怔怔地望着船头的毛子，心中竟如雾一样的迷茫。

在乌江河口那边，为了和人争塘子，老荒把桡片都打断了。结果，法院判了老荒三年徒刑。临到上路，这个在风浪里钻来钻去大半辈子的汉子，对女人，对两个还未成人的娃儿，竟然没有一句软心柔肠的话。但是，他对那条船，对那只拴在船上的毛子，却痛惜地望着，落下两行辛酸的泪。那毛子很灵性，仿佛感到临头的灾难似的，扁扁脑袋甩动着，叽叽呜呜呻吟不止，颈项犟直起来，绷紧绳头，不安地腾来跃去……

老荒咋会没有牵挂呢？水流哪里，船走哪里，人到哪里，朝朝暮暮相厮守，平常日子想来平常，一旦离去，却又叫人心慌气落，感到难以割舍了。那只毛子呢，从人手中买来的时候，一条腿被铁套夹伤不说，而且还是一只毛儿。毛子原是娇气的东西，何况受伤的毛儿。那时候，老荒天天夜黑捉鱼往大队王支书家中跑，王家有个儿子在云南参军，都说那里的三七是真货，打鱼子便心心念念要邮买这药。支书讲究信用，药粉很快到手，老荒用这种灵药调制成鱼肉丸子，总归把那宝贝毛儿的伤腿医治好了。教牛教马的艰难，可是教生毛子则要非同寻常的耐性。毛子是坚守黑暗的，你必须弄它到亮处，在光明的抚摸下，它似乎已经习惯。这时候，你要走近它，想法接触它，想法亲密，直到它调动着灵巧的身体，龇着尖利的牙齿，轻易就把你咬几口。你流着血，忍着疼，依然宽怀大度，一如既往，那么，它方才相信你并无害心，方才消除防备，渐渐和你熟稔起来。至于怎样咬鱼，咬什么鱼，如何效劳，那就全靠主人驯化的功夫。生毛子是一块铜，熟毛子则是一块金啊！老荒这辈子娶女人，养娃儿，仿佛都是自然天成的事情，唯独教这毛子，叫他老老实实地泼洒了很多心血。眼下，毛子正是放河开咬的时候，黄金时代啊！老荒哪里料到修千年的道，就被他几桡片打掉了。他抓着干烧的胸膛，脯子上鼓起道道血印，已经走出老远，还犟着颈项回头冲女人叫：

“当家的……我的毛子啊!”

老荒是这样的老荒。到这个节骨眼上，女人无论如何坐不住家了。娘家兄弟是个包工头头，很有一副腰缠万贯的气派，老荒去服刑不几天，舅子便来把姐和两个外侄接走了。可怜那只毛子，只认一个老荒，只认一条船，死也不肯跟人走。舅子去牵了两次，两次都没有能够走近，那毛子如虎似的，喷啸呼呼的恶气，闪电一样蹦起，给舅子手上咬了两个洞。看看无奈，女人心一横，连船带毛子的，开价一千块，就要就地卖了。四处飘游的人，都讲究个恩义情谊，即便潦倒，断然不在乎几个钱上。何况毛子，对孤独寂寞的打鱼子来说，从来就是朋友；一条船上有一只毛子，分配时就必然抵一个人的股份。放河开咬的毛子要卖，的确是个丢脸的事情。

可是除此而外，女人还有别的什么路可走呢！村人们站在河岸上，一阵感慨，一阵唏嘘，最终还是认真讨论起来。那条五板船不过三四成新，值不到多少，那只毛子是只女毛，比起男毛也要逊一筹。可这只毛子的教招，大家都是看真切的，一点不虚妄。如今出卖，实是万不得已的事情。满水下了狠心，长五间的瓦房拆成小二间的木屋，就连船带毛子买下了。

熟毛子易主后，又变成了生毛子。满水从前只是放水老鸹，隔了一层，便很谨慎。他包起盘缠，特地去遵义探访老荒，想摸透那毛子的性情，以免驯养花了乱了。听说船和毛子变故，老荒号丧似的哭翻了监狱，管理人员出来制止，他才打住声气。退后想想，满水能够大老远跑来了解毛子，说明那东西并不冤枉，还是找到了主。于是，老荒把那毛子的事情不论巨细大小，都毫无保留地告诉满水。

顺着老荒的套路，满水和毛子很快熟悉了。根据从前的教招，满水依然把喂毛子的食子分着大中小数等，严格遵照按劳取酬原则，咬大鱼多吃，咬小鱼少吃，不咬鱼呢，爬上船去，船沿一晃，又把毛子荡了下来。天长日久的，那毛子就尤其勤快，尤其精明。

塘子里没鱼，它就赶洞子。洞子太小钻不进去呢，它便掉过身子，伸一根有力的尾巴到洞子里霍霍地搅，直到把鱼赶出来。但如果鱼小，它又不咬。一斤以上的，它衔着尾巴就拖上来了。二十来斤的大鱼，它拖不动，就先咬断翅子和鳍，咬断尾巴，大鱼游起来格外沉重，很快精疲力尽，就乖乖地让毛子抱出水面。

就是这样一只毛子，如今却蜕变了，堕落了。按照一般水毛子放河开咬的年龄，它还远远不是衰老的时候啊。它能够吃，能够钻水，也不像是病萎的样子；况且，自己已经贴上血本，买红参来喂过了。

事情不可思议，可又是那样确凿无误。

看着船头那突然陌生起来的毛子，满水感到了一种凄惶，感到了一种铭心刻骨的痛楚。那一阵，满水放咬水老鸹，如果那只大鸟在水面扑来扑去而不沉底咬鱼，即是凶兆，打鱼子必定起网收船了。现在，这只毛子反常，钻水，却不咬鱼。主人不给食子，它便啃船沿上的木头。稍稍走近它，它便又如生毛子似的惊惶，凶狠地向人发起进攻。也是一种不祥之兆啊！这趟出来，如果不是老荒邀约，愿使当家本领压阵，满水恐怕是很难下水走船了。

月亮在高崖的那面升了起来，天空是靛蓝的一片。巨大的山影张着阴郁的翼子，扑在河谷上。河谷里，一切都透着一种窒息似的沉静。河心里，那方灰色的石头闪着幽微的光辉。

老荒大开大合磨动腮帮，不一阵工夫，连刺带肉嚼烂两碗鱼，便吞胀了肚皮。他捉住半角衣襟，抹抹嘴，看一眼满水，就站起来，离开已经熄灭的火堆，似有所思地从两柄橈片的中间穿过，往水边湿漉漉的沙碛带走去了。

一阵晚风，带着春天的丝丝缕缕气息，从河流的下游吹来。河谷上空抖动一下，就有两片浓云布了上来，隔着窄窄的一线天宇，开始了仿佛是永恒的对峙。月亮的光辉收敛了，只在靛蓝的天道上脉脉跳荡，恍如那里也有条河流，河流中也有波浪和漩涡。

“套子安了……不要去水边……”

沓沓的脚步声沉重地响着，老荒转了回来，仿佛是对冷漠荒凉的河滩说着，口吻里含一种杀气。随后，他那宽阔的身影一蜷，笃地团坐在地上。默默地愣一阵，仿佛不堪忍负这夜的压迫似的，他又沉重地倒了下去。满水站了起来，往船泊那边走去。他来到船头，听见船尾那边传来的呼呼的啸声，便收住脚步，悲愁而又几分安然地吁了口气。他走回来，在老荒另一头躺下去，默契地把脚伸到老荒衣裳下面，也把自己的衣裳伸开盖住老荒半截身子。凭着一种感觉，满水知道老荒并没有睡着，仿佛总在谛听和窥视什么似的，他的一颗心又紧束起来……

乌江河口那电站建成以后，高耸的拦河大坝，就把水毛子的来路截断了。那东西不过丈余，嗅到人汗气味，听不见浪的喧声，就必定折回水中。水毛子是越来越少，可老荒放置的铁套却越来越宽，捕杀却越来越残酷了。开初，老荒劳改回来，是入股在满水的船上的。原先那条五板船已经破散落底，满水换了条新五板船。但毛子还是那只毛子，老主子和新主子便伙同一起使唤。老荒打鱼，在乌江大河都有名声，船划的是扁筷子水，网撒的是簸箕圆，也狠，老鸹追网拦的，鱼急疯逃命，从网上飞过，他也要挥桡片执桨横扫。不过，他现在上满水的船，大家心里都很明白，老荒还是恋着那只毛子。贴上血本教养出来，轮到放河开咬，却由人家受用，那心里总是不甘的。但这终不过是一种情味，要生歹心夺回那东西，又还不至于。

老荒哪里知道，那毛子忘性大，根本不认他了。两个月多的工夫，老荒费尽周旋，却还挨不到边。而且，那毛子察觉什么似的，仿佛有意躲老荒气老荒。满水不在船上，它就不钻水；钻水上船来，满水不在船上，它也就掉头跳下船去。它认人不认船，已经变得相当成熟了。老荒心胸落到条缝隙里，那毛子仿佛把人也变成一只毛子，便细细末末都见真起来。一气之下，老荒心中骂着那忘情忘恩的东西，就离开了满水的船。自立门户，要重新置家当，花钱费事不说，河头的鱼不似从前那样的多，而人的精力也不似从前那样的旺了。最后，老荒制起几副铁套，就在沿河水边捕杀水毛子。河中无鱼，打鱼子大都改行从事别的，水毛子已经不是那么金贵。但毛子毛皮是好东西，绒厚，水又浸不湿，做皮衣和大衣领子再高级不过了。毛子的肝也是一味珍贵的中药，治几种疾病，相当灵验。价钱也可观，有人急需，还可以浮涨，竟比卖生毛子卖全毛子可人心意。

和打鱼一样，老荒捕捉起毛子来也发狠发狂。他有一把鱼叉，切去中间两根篯，便剩下两道边篯，成为“U”字形一支枪。扛着这支破枪，头上盘着根青帕，腰间束着根藤条，掖着个酒瓶，活似那茹毛饮血的生番。村里乡人见到他都惧怕几分，更不敢多嘴招闲，听由他把这条河上的水毛子捕尽杀绝。河边水畔，他每每得手，要是那水毛子没被套死，他就用那支“U”字形的破枪，叉住水毛子的颈项摁在浅水滩上，将那东西活活憋死。他手不颤心不慌，剥下皮，割下肝，吊在枪头上，摇摇摆摆地走路。一具毛子的尸体，就血淋淋地横在河滩上，河水流过，都带着一股腥气一股血气，人喝了要打呕，畜生喝了也要害瘟症。直到一具尸体腐烂，剩下一堆白骨，大水来冲走，浪涛来洗刷，那血腥的气味才会渐渐消失。不到一年工夫，在这条河上来来去去的打鱼子们，就再也看不见水毛子的踪迹了。套不到毛子，老荒颓唐苦闷极了，天天干那剐皮掏肝的勾当，人心早已冰冷铁硬，触动不起一点热情来干别的事情。终于有一天，老荒站在一条破船船头，用一种不知是胜利还是失败的口吻向村人嚷叫着，说这条河上的毛子绝种了。随后，他竟泪眼婆娑的，也不知是激动还是悲哀，就把那支破叉改造的“U”字形的枪奋力掷了出去，那投枪在空中划出半道弧线，就远远地刺进一塘深水里。接着，他疯疯傻傻地跑回家中，喝得烂醉，便抱了捆毛子皮子在地上打滚……

身下的沙碛，顶得脊背酸疼，满水屈过腿，往后挪了挪，索性坐了起来。不知什么时候，天道上两块云阵撤开，又透着一片漠漠的靛蓝。月亮已经跨过河谷，斜斜地落在对面高崖腹壁，浅烟淡雾，如冰凉的梦一般。夜已经很深了。

王乡长说的不错，这条河上的鱼是越来越稀少了。出发三天来，高高矮矮几铺网，不过混了两个人的伙食，养了一张毛子的嘴巴。这种日子，满水是看绝看黑，已经懒心淡肠了。他不过三十出头的人，正是年轻力壮的时候，总还要奔条大路走几程。可是，连船带毛子的，整整一千块的家当，大半头房子的代价啊，不是轻易就能够下决心的事情。

用乌江河口那座电站输送过来的电，乡里办起了个电石厂。主管乡长就是村里的王支书提拔上去的，熟人说话便宜三分，满水找到王乡长，就想进那电石厂当个工人。乡长到底和满水是喝同一股龙洞的水长大，豪豪爽爽地把这个乡亲请下了馆子。

“家乡的人找到，有哪样说头？哪个喊我当这个乡长哟！”拍着胸脯，既干脆又硬朗，“事情包在我身上……来，干酒。”

白吃白喝的，还要安排进厂，仿佛理亏了一大截子，满水开始不自在起来。

“我们那条河上……这两年你看见还有水毛子么？”王乡长有些醉意了，“我那老爹前几天犯心脏病……想找副毛子肝……妈的……到处都找不到。”

满水犹豫了一下，便摇着头：

“前两年，老荒太狠，就套杀绝了。乌江那边进不来，让电站大坝挡了。”

“老荒……妈的尽干缺德事情，他的那老大还想进厂子呢。哼！来，干酒。”

搁了杯子，王乡长至交似的拍拍满水的肩膀：

“你回去，想哪阵儿来就哪阵儿来，反正河头的鱼越来越少了，你还尽搞网要毛子的，没有出息。”

满水的脸倏地绯红了。

回来以后，满水几个夜晚没有睡安稳。那只毛子就关在屋隅。它不时躁动地叽叽呜呜着，令主子更加感到一种烦乱。

已经好久没有下河了。是从什么时候起，这只毛子开始变态反常呢？成了现在这般样子已经没有多大用处。但是人对毛子有恩，毛子对人有义，风雨河上浪中，相依相傍的，已经结下深厚的情分。要毁它取一副药肝，那是无论如何也下不去手的。思来想去，仿佛无路可走似的，他便去找老荒，看看这只毛子到底咋了，还有救没有救，真正无解药了，要进厂子，心一横，反正从此不再做打鱼子，就借刽子手的手取了那药肝。

老荒来了，远远地用棍儿草儿向那东西撩逗半天，沉想默思半天，便问打鱼子：

“它跑过？”

满水凝神一阵，便想起了去年冬天在大石堡发生的事情。

那天，毛子咬了十多斤重的一条鲢鱼，这是许久以来不曾有过的了。可是毛子吃过大颗食子，跳下船头钻下水底，却长久不见起来。望着半浸水中的高崖和兀立河心的灰色的巨石，满水开始着慌了。河边水畔的，潜流日夜冲刷，腐蚀坚硬的山岩，挖出个个水下暗洞，掏出片片河底干滩。这种地势，人难以发现，水毛子则清清楚楚，那里既安全又方便，常常是水毛子栖息藏身之地。满水拿根空的竹竿，找着那些缝隙，燃起红辣椒，便盲目地往里吹烟。用这种方法，若凑巧找到位置，对准方向，毛子呛不过气，便会被烟赶出洞来。可是这回，满水搜遍所有缝隙，一张脸膛鼓吹得发红发紫，那毛子却连个影子也不见。绝望了，他便老实地坐在船头，将一把喂食的木瓢翻扣，拿着网上的锡坠儿木鱼儿似的敲起来，乒乒的声音顽强地响着，呼唤那毛子出来吃食子。毛子颈项有一道麻绳箍儿，能够咬鱼却不能够整条地吞吃鱼，如果饥饿，它便会循着乒乓的声音出来享受现成的食子。可是这回，满水敲烂两把木瓢，呼唤了两天两夜，那东西依然杳无踪迹。一直到第四天上，看看太阳已经偏西，满水怨愤地把两把破瓢砸向半浸水中的高崖，从沙碛里拔起桡片，满腹惆怅和悲苦，划动船返水归家了。这时候，那只失踪的毛子，才奇迹一般地从船尾翻了上来，用胆怯而忧郁的目光望着满水。打鱼子一愣，便惊喜若狂地扑去，险些踩翻船来。他既爱又恨地搂抱着那只精怪，精怪尖利的牙齿在他的手上咬破两个洞，他也木木的，竟似毫无知觉。

听满水说着，老荒眼睛里透着几丝凶险，一阵摇头，一阵点头，却又一声不吭。但不过两天工夫，他抖着老打鱼子的派头，就兴冲冲地跑来邀约满水下河。那番情形，分明包藏着一种祸心，一种蹊跷，却又叫满水猜不着摸不透……

黎明时分，听着一种风风火火的奔突，一种钢铁的撕咬和碰撞，满水和老荒几乎同时跳了起来。懵懵懂懂的，最后的鼾声还在回响着，老荒从沙碛里拔起一柄桡片，就向水边湿漉漉的沙碛带跑去。满水猛地一惊，醒悟过来似的，拔起剩下的一柄桡片，紧追上了老荒。借着黯澹的天光，满水看见一只肥大的毛子在离船头不远的沙碛上剧烈地挣扎，一会蜷曲，一会儿伸弹，并伴着急促的致命的喘息，与其说是哀号，勿如道是抱憾。不用说，那是一只雄壮的男毛，女毛是绝不会有这种身坯和这种力度的。老荒眼快手准，第一桡片挥去，就把那东西拍倒在河滩上，带着铁套翻滚半转儿。随后，他用桡片压住那毛子扁头扁脑，嘴上发出一种揪心的快活的呻吟，狠命一使力，桡片嘎嘎响着，那雄壮的男毛粗大的尾巴甩动两下，噗地打在河滩上，就不再弹动了。老荒收起桡片，杵在水碛上，长长地松了口气，感到一种胜利后的愉快的倦意。

“老荒！你是码准……这大石堡……还有毛子的不是?”

满水的声音带着微微的震颤，仿佛一场噩梦刚刚醒来，还有惊悸和凄惶。

“你这个笨人。”老荒看也不看满水，只望着河心在晨曦中渐渐明亮起来的大石堡，只望着眼前这片被他征服的世界，“你那只女毛是怀胎了，大石堡的这只男毛，我敢说是这条河上的最后一只毛子，就是你那只女毛的老公，不会错的……你哟！满水！你还嫩呢。”

满水紧紧抓住桡片，克制着没有失手打出去。在发白的天光中，他的脸颊涨成了紫红色，心底里感到一种被人捉弄的羞辱，感到一种沦丧的颓唐和苍凉，一种无地自容的愧恨。老荒已经俯身下去，轧轧掰开两半弧形的钢嘴铁牙，取出沉甸甸的男毛的尸体。薄明的朝霞和清爽的河风中，刽子手和无辜者，人和毛子，仿佛融合为一。那东西在老荒手上托着，褐亮褐亮的毛衣，正推着一层一层闪闪的亮线，不像残酷的杀戮，倒像一种悲壮的仪式，透着神圣和庄严。一滴一滴红血，从那东西的嘴角流出，顺着老荒的指缝，落到河滩上，点染着黑烂干枯的苔藓。老荒抄起短刀，准备把这桩血腥的事情像从前那样继续下去。

可是，就在这一霎间，那只女毛从船头腾了起来，它摇滚着沉重的身子，竟若闪电般的迅疾，一下就扑住老荒的手腕。老荒猝不及防，惨烈地叫了一声，便重重地跌倒在河滩上，那只男毛的尸体和那把短刀，也丢落到一旁。面对这只抖足野气的孕毛，老荒捂着血淋淋的手腕，就去抓桡片。可是满水一双大脚踩在桡片上面，正用震怒的目光盯着他。老荒胆怯了，在这个遥远的河谷里，老打鱼子感到了一种从未有过的孤独和凄凉。半浸水中的高崖是一堵回音壁，清冷的河面是一面镜子，他怕听见自己的声音，怕看见自己的影子。那只挣断绳头的女毛，耸着一身褐亮褐亮的毛，鼓着两只血红的眼睛，做前弓后箭之状，和新老两个主子对峙一阵，便轻巧地衔住那只男毛，拖到浅水里。那只男毛仿佛很轻，也很柔软，睡熟了似的。那只女毛稳稳地搂着它，挲开趾蹼，缓缓向深水中划去。水面上泛起丝丝缕缕的血红，随浪荡开散去。两个男人怔怔地看着，被一种古老而又新奇的东西镇住，整个身心在无边的肃穆和无限的永恒中起落、沉浮。

突然一声惨痛的号叫，仿佛要胀破整个河谷似的，满水一柄桡片往起一挥，将老荒重重打倒在河滩上。接着，桡片一扔，他发疯一样地扑过去，和老荒扭成一团，开始在河滩上翻滚起来。衣裳抓破了，撕碎了，剥光了，精赤的身上青一块紫一片，直到两张乌黑的嘴巴螃蟹似的吐着脏污的白沫，精疲力尽，再也打不起来，滚不起来，四只手一松，两个男人才有如两团烂肉一样，无遮无掩地摊晒在河滩上。

时光漫漫，仿佛过去了整整一个世纪。老荒蜷缩躯干，两手抓着胸膛，挖起道道血紫，那里像有一团火炙烤一样，使他感到阵阵烧心的疼痛。喔哦——喔哦——他喊号子般地叫唤着，就抽抽噎噎起来：

“我不过……为一副药肝儿……有哪样办法……喔哦……喔哦……娃儿……我的老大……喔哦……就是一副毛子肝儿……”

太阳升起来了，和昨天一样的明亮。河谷轻轻一震就满满地接住了那鲜丽的早霞。靠着船头水边的沙碛带上，十来条大小不等的鱼一溜摆着，毛子吃鱼的习惯，就是一条一条排开，有如祭祀似的，从容地来享用。几条细鳞鱼还未死去，无力地弹着红浅的尾子，阳光射上去，跳着针尖一样的锋芒……

满水闭上眼睛，感到一种坚韧的痛楚。“我的毛子——”他这样在心底里呼喊，不是一种遗憾，也不是一种沮丧。不知过了多久，当打鱼子再次睁开眼睛来的时候，他看见了这样一幅悲壮奇丽的景象——

半浸水中的高崖燃烧了起来，兀立河心的灰色的巨石燃烧了起来，那只女毛背驮着那只仿佛睡熟了似的男毛，从大石堡的那面爬了上来，像一团黑红的火焰，高高地蹿上天空，面对河滩，面对船，面对人，面对铁套和桡片，面对一溜儿还未来得及享用的祭鱼，它斜斜地站了起来，长长的躯体，仿佛连接住云天，叽叽呜呜地呻唤，仿佛细细绵绵的诉说。不过瞬间工夫，它便沉重地倒了下去，那只男毛从它的背上翻落下来，并排着躺在它的身边。大石堡上，也就燃烧起两团火焰来了。

旗[①]

王　华[②]

a

我们木耳村和三桥镇隔河相望，说话大声点儿就能把镇上人的耳朵给震聋了，但我们要去镇街上买包盐或者给细娃儿买个作业本儿什么的，却得费一番力气。镇街睡猫一样卧在牡丹河边，因有三座桥而得名，但没有一座桥跟我们木耳村近。就因为牡丹河走到我们村门口就宽了，宽得不能建桥了。我们要去赶集，最近的路是沿着河往上游走上五十多分钟，再走过一座小石拱桥。这一趟路，连那些自以为脚杆骨比我们女人生得硬的生男人也是有些厌烦的。他们也就不让细娃儿到镇中心小学上学了。我们村很早就有自己的小学，老师也是我们村自己的。就是后来，有了一个“离镇中心学校

---

① 原载《人民文学》2008 年第 11 期，此次出版时有改动。

② 王华（1968—），女，仡佬族，贵州省道真仡佬族苗族自治县人。国家一级作家，贵州省作家协会副主席。《当代》《人民文学》《中国作家》《山花》等期刊均有其作品发表。著有长篇小说《桥溪庄》《傩赐》《家园》，小说集《天上没有云朵》。多数作品被《小说选刊》《新华文摘》《中华文学选刊》《中篇小说选刊》《中篇小说月报》等选刊和各种年度选本转载；长篇小说《桥溪庄》出版时更名为《雪豆》，荣获第九届全国少数民族文学创作骏马奖、贵州省政府文艺奖一等奖、贵州省乌江文学奖等多种文学奖项；中篇小说《旗》被拍成电影《等开花》；长篇小说《傩赐》被改编成电影《秋秋》。

五公里以内不得办村小”的规定，镇旁边别的村小都被撤了以后，我们村的学校也还在。不过，现在这间学校里只剩下一间空教室和一个教了三代木耳村人的民办教师了。

这间学校是两间土房。

这个教师，叫爱墨。十六岁开始在村里教书，现在六十。

爱墨这个名字是他做村小老师的第一天自己起的，那以前他叫等小棒，做老师那天他突然觉得父母给起的这个名儿太没文化，就改了个爱墨。他叫等小棒的时候，他从别人面前过三遍别人都不一定把他放心眼儿里去；叫爱墨以后，人还在老远，别人就把眼神儿伸他那儿去了。爱墨这个名字使他浑身散发着文化的气味，老的小的，就都叫他爱墨老师了。我们女人这么叫的时候，都爱看着他的鼻梁，因为我们村有个看过相书的桥儿爷，他让我们全木耳村的人都知道，看男人要看他的鼻子，鼻子大的下面那家伙就大。爱墨的鼻子不算大，但这并不能阻止我们看他的时候心怦怦跳。很简单，他身上的文化气味可以让发生在他身上的任何一种想象变得美好起来。转身的时候，我们已经开始胡思乱想了。

一个村的老少都这么叫，爱墨老师的耳朵就很热闹；一个村的女人都爱盯着他的鼻子看，爱墨老师的心就很热闹。白天黑夜的，爱墨老师都能感觉到“热闹”扑面而来。

有一阵，爱墨老师突然觉得耳朵变得寂寞了，那是木耳村的生男人都外出了；又有一阵，爱墨老师发现自己心里的热闹也少了，那是因为生男人们把女人们也带走了。再后来，细娃儿们也到牡丹河的那边去了。一些，被父母带到外地了；一些，爹在外地挣钱，妈就在镇中心小学旁边租一间房子，细娃儿也就成了镇中心小学的学生了。有一天，爱墨老师的教室里只剩下两个学生了……有一天，爱墨老师的教室里只剩下一些笨拙的课桌凳了。

这是一个叫元宵的日子，正月十五，河风贴着牡丹河起舞，住在河边的木耳村人已经能感觉到脸上的一层暖意了。应该是人和影子一样高的时辰吧，没有太阳，爱墨老师是凭他手上的表来判断的。他站在学校门口已经半个多小时了，背对着空洞洞的教室，他的眼神越过牡丹河，紧紧盯着镇街上那一段被滴漏出来的马路。那段马路在街腰的地方，就像时髦姑娘有意露在外面来勾引男人眼睛的小腹，但这阵爱墨老师盯它，却是因为半个多小时前才从他身边离开的两个细娃要从那里经过。他们从他家一转身就被他们的爹牵着下了坡，河边那条路太瘦，又紧贴着坡漫，他想看也看不清明。而镇街腰上的那段滴漏出来的马路，则是无遮无拦的，远是远了点儿，但两娃如果正好走在上面，爱墨老师是能认得出来的。

都走光了，最后这两娃还不让我看看吗？爱墨老师这么想，是因为那两娃并没有在他预想的时间里走在那一段马路上。这一刻，他的眼神里已经没有了男人的力量，那种让女人看了心就痒痒的精气，已经被木耳村最后离开的两个学生娃带走了。

本来，爱墨老师打算过了十五就开学了。两个学生就两个学生吧，只要有学生教着，有课上着，爱墨就还是爱墨老师。爱墨早上起来就开始洗国旗，这是每学期开学前他要做的最重要的一件事情。没听说过洗国旗吧，爱墨老师就洗，每学期结束，他就把国旗收回家，整整齐齐叠了放在香龛上，下学期开学前，他第一件事就是把国旗洗干净。国旗给洗得发白了，他用红墨水染，刚染过的国旗挂到学校上空，太阳底下特红，下一场雨，湿透的国旗就更加鲜艳。

这天他洗完国旗正往绳上晾，两个娃就被两个爹牵着来了。他们约好的，专门来跟爱墨老师辞别。村上的娃小学毕业了，要去镇上上中学的时候都是要来跟爱墨老师辞别的，但这两个娃还没毕业哩，母小七才上到二年级，孙飞才上到四年级。

晾衣绳拦在他们中间，那一面是两个娃和他们的两个爹，这边是爱墨老师。爱墨老师看到两个娃的脸给国旗映得很红，一层水光在他们鲜嫩的皮肤下兴奋地流动，而那两个爹的脸则是红一块紫一块，像刚喝醉了酒，又像正在努大便。

一日为师，终身为父，木耳村人一旦把娃送到爱墨老师的学校里，爱墨老师就是娃的另一个爹了；现在，他们要把娃带走，就是不要娃认爱墨老师这个爹了。爱墨老师教过他们的爹，又教过他们，现在还教着他们的娃。就是说，爱墨老师当过他们爹的爹，当过他们的爹，现在又当着他们娃的爹哩。更何况，学校就剩下这两个娃了，他们要是再把他们带走，爱墨老师就没有学生了。可全木耳村的人都无法预见爱墨老师不做老师以后的日子是个什么模样，因为爱墨老师做了一辈子老师了。

两个爹心里想的都是一样的：他们是在挖爱墨老师心上的肉。

爱墨老师已经明白他们的来意了，说："你们来得这么整齐，不会是平白无故的。"

两个爹伸长了脖子吞口水，爱墨老师铺的台阶，他们不好意思"下脚"。吞了口水喉咙越发地紧，脸更不平了。爱墨老师身后起了咳嗽声，起来就是一长串，牵牵连连的，带着风声，一听就知道是从一条陈旧而破漏的喉咙里发出来的。

"师母的喉病也不见松活噢。"

就像全村人都叫爱墨为爱墨老师一样，全村人也都叫爱墨的内人为师母。

"师母都是累的哩，爱墨老师不为我们的娃操心了，师母的病就该好些了。"两个爹忙把话说到咳嗽那里去，都希望就着这个话题把这个别辞得稍许轻松一些。

爱墨老师不接他们的茬，眼睛盯着两个娃。两个娃的眼睛不敢接他的眼神，去看自己的手，他们的手这时候紧紧绞在一起，绞成了一个肉疙瘩。爱墨老师也看着那个肉疙瘩。肉疙瘩越来越紧，他的眼神却越来越散。他说："俩都要走吗？"两个嫩瓜使劲点头，嘴上却加了严，没出一点儿声。

一个爹说："我们把这两个捣蛋鬼带走，爱墨老师也好享下清闲，他们好磨人的，我们晓得。”

另一个爹说：“是哩，这两个都天文地武的，走了，爱墨老师省心。”

咳嗽声从屋里出来了，跟着出来了爱墨老师的内人，一个男人见了不会生想法女人见了不会生羡慕的女人，一个会走路的风箱。她背着个背篓。

两个爹急忙叫师母。

师母憋着咳嗽，扯着风声勉强招呼：“跟娃报名啦？”

两个爹忙摇头，一张嘴却是别的话题。

“师母的喉病像是加重了哩，这入春了，天气忽冷忽热，要小心着凉。”

“没断了蜂糖吧？一喘了就喝一杯。”

师母说：“老喉病了，着凉不着凉，喝不喝蜂糖都没用的，我这喉咙已经成一根糠萝卜了。”师母说着，抽着风声笑，笑到一半儿又咳嗽起来，脖子拉得很瘦，还很红，声音起不来，像她的喉咙里有两个魔鬼在争夺她的咳嗽声，拉着她的声带拔河一样的。

爱墨老师说：“你进屋去，我去弄就是。”

师母的喉咙被咳嗽声霸占，只好朝两个娃努努嘴，转身时还朝娃俩努了一个充满了皱纹的笑。爱墨老师说：“他们不是来报名的，是要走的。”师母突然就停了咳嗽了，喉咙里也不出风声了。她来了一个很精神的转身，意外从她的眼睛里飘出来，在空气中变成一种浓痰的腥味，嘴张了几下，弄出一个咳嗽声，用劲把咳嗽声憋了。她说：“这村上的娃都走干净了，你们爱墨老师怎么办？”

两个爹红着脸互相看，诚惶诚恐的样子。

“这两个平时也天文地武的，走了爱墨老师也省心。”

“爱墨老师省下心，师母也松活些，把喉病养养吧。”

爱墨老师打断他们说，你们把娃带出去，能让他们上学吧？他们说能哩能哩，哪能不让他们上学噢。

爱墨老师就说："那你们走吧，去外面上学比我这里强，说不准他们就是两个栋梁，在我这里倒是耽误了。"

两个爹就更加诚惶诚恐，吞吞吐吐一阵，终还是没吐出句自己满意的声响儿来，最后各自拉了自己的娃，要他们给爱墨老师磕头。两个娃都很乐意的，抢到爱墨老师跟前跪下，真心实意地把头往地上砸。爱墨老师赶紧把他们拖起来，赶小鸡一样地赶他们。两个娃从地上站起来，膝盖上涂了土，额头上也涂了土。爱墨老师打算替他们拂土，手伸到一半缩了回来，他理了理国旗，回头拉了屋门，叫上师母走了。

他打算跟师母一起到地里割猪草的，但没等到地里，他就改变主意去了学校。洗了国旗就收拾学校，这是昨晚睡觉前就在脑子里做了打算的。虽然母小七和孙飞已经走了，这间学校再也没有学生了，但他还是要去收拾学校，因为他的脑子很固执，他取消不了那个已经在脑子里生了根的程序。学生是走了，但学校还在，哪儿该修修还得修修，哪儿该补补还得补补，学生抛弃了学校，他不能抛弃了学校。这辈子，注定了这间村小就是他的命。

一个人围着两间土墙教室转了两圈儿，眼神就投向河对面了，就想在那里看到母小七和孙飞的身影。

那天，爱墨老师一直硬邦邦地站到吃午饭的时间，但他没有在镇街滴漏出来的那段马路上看到那两个抛弃了木耳村学校的学生。

那天，爱墨老师从学校回去就受了风寒，他对师母说他浑身酸痛，骨头散了架一样，要睡一会儿。师母为他煎了碗姜汤，他喝了也不顶事儿。师母说那就只有吞药片片，给了他几片 VC 银翘片，他吞了，天黑时师母问他好点没有，他还是说没有。师母问他的话时，喉咙里的风声就响在他的耳边，眼睛一直是停在他眼睛上的。这个时候的爱墨老师，眼睛似睁非睁，眼皮已经没有了活力。师母平时看他的眼睛，看到的是一个男人的精气神儿，看一眼就想到硬邦邦的骨头；现在她看到的是一双疲惫的眼皮，有一根眼睫毛竟然白了。一根睫毛，因为它的白，竟然在灯光下发出惊心动魄的光芒。师母的心尖尖颤抖了两下，眼睛就有些发涩了，像有人突然往她眼睛里撒了把沙。

师母说："村里还有个细娃儿哩。"

爱墨老师睁开了眼睛。师母的眼神追踪着他那根白睫毛，说："开花那娃也该上小学了。"

"开花那娃？"爱墨老师说。

师母笑，喉咙里刮起了风声。

爱墨老师又闭上了眼睛，说："那娃是个病娃啊，怪头怪脑的，开花会送他上学？"

师母想替他拔那根白了的睫毛，两个干树枝一样的手指小心翼翼地接近爱墨老师的眼皮，爱墨老师的眼皮跳了几下，把头别到一边。

师母说："你跟开花要去呀，她会答应的。"

爱墨老师的眼睛又睁开了，这回里面像点了一盏灯。

b

等开花家院子中间突愣愣栽着一棵香椿树，有八磅暖瓶那么粗。那是三年前的春天里，等开花钉在那里的一根椿木桩，原来是为了钉棵木桩拴她的细娃儿端端，没想到第二年它却发了芽，滋溜溜往上长了好长一截，两个春天以后，它竟成了一棵像模像样的树了。只是，从今年春天开始，端端开始啃它的树皮吃，不知道这一点会不会影响它来年的生长。

端端六年前从等开花的肚子里落下来，半岁就会走路了。从来没听说过有哪家的娃半岁就会走路的，等开花两口子心里骄傲得不行，醒着的时候眼睛都是弯着的，脸色都是红着的。只是，后来突然发现端端只顾长个儿，却把开口说话这事儿忘脑后了。端端三岁还不会说话，爹妈叫他，他从来都像没听见一样。以为他是聋子，他却能听见几米以外的叫蛐叫唤，并且能在听到叫声的第一时间跑过去把它逮住，放进嘴里大嚼。又以为他是哑巴，可三岁那年的春天里，他突然在一个黄昏的时间里大喊大叫起来。他冲着快要落山的太阳，跳着脚，喊的是："李木子，日你妈!"

李木子是他爹，他这样骂他爹，他爹没有生气，这是端端三年来第一次开口说话，虽然说得惊天动地了一点，但李木子还是把他抱起来转着圈儿乐了好一阵。谁说端端是个哑巴呢？端端这不是说话了？为了鼓励端端继续说下去，李木子也扯起喉咙冲山边那一团红乎乎的太阳喊："李木子，日你妈!"那天，等开花家的夜晚是端端和他爹喊来的，他们骂没了太阳，又接着骂没了天边那一片山的剪影。

那晚，等开花和李木子守着端端说了很多话，两条喉咙都说得冒起了烟，但端端却再不开尊口。他根本就没听他们说话，他一直玩着手里的一个塑料瓶盖儿，那是他妈一高兴从药瓶上揭下来给他的，一个红色的小盖子。等开花叫他叫爹，他不叫；李木子叫他叫妈，他也不叫。后来，耐性一点点跑得没了影儿的等开花生了气，夺了他手里的瓶盖儿，他也没有再看一眼他妈，顺势倒头就睡了。

第二天，端端依然紧紧闭着他尊贵的嘴巴。为了引诱他说话，李木子特意在黄昏的时候把他抱到一个正对着落日的地方，但他再没有喊出那句惊天动地的宣言。

不过，那天他冲着脚边的一只大肚子黑蚂蚁喊了一声"等开花"。

李木子听了以后疯子一样大笑了好一阵，他跟等开花开玩笑说："这个龟儿子，肚子里不晓得装了些哪样臭杂碎，骂了他爹还不解气，还要骂他妈。"他哈哈哈笑过这一回以后，就再也没露出过一个笑影儿来。

端端开始撒泼撞墙，大嚼塑料品以后，李木子就跟村里别的男人一起去外地了。

李木子是木匠，前些年走村串户做木匠活，给等开花打完了嫁妆就留下了。当时，等开花家只有一个得了十年老喉病的老爹，老爹感觉自己不行了，最大的心愿是在闭眼前看到闺女等开花招个上门女婿，但这种事儿他不能替闺女忙，眼看等不及了，就把愿望退守到闭眼前把闺女的嫁妆打好这个分儿上。没想到闺女的嫁妆打完以后，上门女婿也有了，他也就心满意足地闭了眼走了。

李木子做了等开花的上门女婿以后，依然是走村串户做活，只是单身时是在外面的时间多，做了女婿后是在家里的时间多，出个门儿，三天两天的就猴急急地往家跑了。等开花没想到他这一次出门，竟是三年也没回来一次。

头些时候，他还一两个月打回一个电话，寄一回钱；后来，电话少了，寄的钱也少；再后来，电话没了，钱，也不寄了。只在过年的时候，托村里的谁带上一点钱；话，是一句也没有了。人家说，他托带钱的时候，只说把钱交给等开花，没说别的。人家还想说点什么的，但嘴张到一半又闭上了，等开花追问，人家就说："早跟你说叫你也去木子那里呢，你就不去。"等开花紧着问："是木子的意思？"人家说："木子没跟我说。"眼神躲一下，又说："你要去的话，开了年，我走的时候叫你。"等开花说："那端端咋办？"人家说："一起带去呀，只怕你打算去看一眼就回来？"等开花在额头上拧麻花，拧出一脸的痛苦，说："端端现在爱抠墙，见了墙就抠，啃……"人家说："这娃既是个拖累，那两个人拖肯定比你一个人拖松活哎。"等开花拧眉拧出了水，眼睛给淹住了。她不想告诉别人，李木子厌弃端端。人家说："那木子要是十年八年都不回来呢，你也打算这么干等着？"人家话都说到这份儿上了，她也懂了。

一个人泡在泪里过了一个年，她把李木子带回来的钱又转给了带钱回来那人。她跟人家说："你把这钱还给李木子，就说人都不愿回来了，就不用带钱回来了。”

话说得平静，可心里翻江倒海啊，一转身泪就淌出来了。一路抹着眼回到家，看到被拴在椿树上的端端正像狼崽一样龇着牙在啃树皮，心口就泛起一口酸来，一闭眼想撞墙死了算了，可又没撞。自己死了倒解脱了，可端端怎么活呀？想死已经不是一两回了，每一次都因为这个问题绊住了她。有一次，她想到过和端端一起死，但那个念头一闪而过，以后再没敢想过。

椿树开始发芽了，梢上冒出一朵，胖胖的，红色。这棵芽十几天就会蹿出一米高，两个月就会长成一根硬棒子，成为树杆。旁的枝也发芽，但相对纤细些，这种芽一般都被人摘下来做菜，香椿炒鸡蛋被城里那些嘴当山珍。等开花也摘。等开花把正啃着树皮的端端从树身上撕下来，把一根竹竿硬塞进他手里，说：“端端，椿芽比树皮好吃，打椿芽下来我给端端炒鸡蛋。”她明知道端端的耳朵从来就不对自己开放，但她从来不死心承认这一点，每一次失望过后，又总是把希望寄予下一次。端端不握竹竿，嘴还要奔树身上去。她只好把他抱起来，离树远一点。端端的个儿长得快，才六岁就已经齐等开花肩高了，等开花抱他时，咋看都像是她被绑在了端端的身上，端端一挣扎，等开花就很被动地被他拖着，脚下由不得自己了。

爱墨老师把这一幕全看眼里了，并且一直看到等开花被摔到地上，端端的嘴胜利地回到树身上。以前只知道端端喜欢嚼塑料制品，没想到现在端端又爱上了啃树皮，这个意外让他稍稍迟钝了些；待看到一屁股摔地上的等开花胸上乱颤一阵，他又迟钝了一会儿。就像春风吹过的时候，枯枝也会闪过一丝发芽的欲望，等开花结实的胸脯在眼前乱颤，爱墨老师那颗六十岁的心脏也跳动了两下。就这两下让他在一个时间里显出了无措，竟直愣愣地盯着等开花不知道闪眼。泄气的等开花本来想在地上坐一会儿的，但她一闪眼看到了一边的爱墨老师傻乎乎的痴样，赶紧站起来了。额前的散发像柳条一样挂在脸前，她赶紧撸了挂在耳朵上。女人总是很在意自己在男人眼里的形象，哪怕对面站的是一个瞎子，只要他的眼睛对着自己，都免不了要故意露点儿媚，心里寻思着一个很美丽的样子，照着样子去做。等开花面前站的不是一个瞎子，是我们村最有威望的爱墨老师，是一个比别的男人多了一股文化气味的男人，等开花就更应该搔一下首弄一下姿了。但跟着的一些望念在还没来得及萌生时就给掐断了，因为他们中间还有一个正在啃着树皮的端端。

“在招呼娃呢?”爱墨老师问。

等开花点头，脸上露出了难堪。搔完了首弄完了姿，却挨了儿子一头尿水。心里扭结了一阵，眼睛就酸了。

“我……端端今年六岁了吧？我是说，他可以上学了。”爱墨老师这么说着，把眼睛转向了端端。端端在啃树皮，啃下一点就吧吧地嚼着往肚子里吞。到这个时候，这两个人性别上带来的那种特殊感念已经完全消失了，只剩下一个苦涩的现实。

等开花也看着端端，端端啃树皮的时候她感觉是在啃她的心，她都能听到胸腔里“嚓嚓”被撕裂的声音。

爱墨老师走近端端，对他说：“端端，我们上学去。”端端不理他，该干什么还干什么。爱墨老师把他抱起来，一直把他抱着往屋里走，却没能走进屋里去，因为端端的腰上有根绳子，绳子的另一头拴在端端无比留恋的那棵椿树上。端端突然尖叫起来，嘴是他的嘴，喉咙也是他的喉咙，可声音却分明是一列火车的。爱墨老师那两只年老的耳朵一下子就给他震失聪了，脑子里轰轰声一团，他只好把端端放下了。端端再一次胜利地回到椿树边，啃起了他心爱的树皮。

等开花看着爱墨老师身上的土，歉意地说：“看他给你弄了一身土。”

爱墨老师说：“他这样子你就不该还把他拴在这里，得离树远点。”

等开花说：“没办法，白天他还爱撞墙，离墙近了，说不定哪个时候他就拿头撞上去了。啃树皮只是坏牙，撞墙可就……”

爱墨重重地叹息，说：“按说这孤独症该是城里那些娃得的，怎的偏生就落到端端的头上了呢?”

等开花说：“命啦。”

爱墨老师说：“你觉得他可不可以上学呢?”

等开花说：“他这个样子你也看到了……”

爱墨老师呻吟，把气吐得很长，说：“说不准他上了学，就改了这些坏毛病了。”

等开花说：“可他会给你带来很多麻烦的呀。”

爱墨老师说：“麻烦也要教啊，我把这村里的人老老小小的都教过了，不能单不教他呀。你明天就送他到学校来吧。”他没有说，他的学校已经空了，他只有端端这一个学生可教了。

c

爱墨老师这么说过了就走了，他现在只有一个心思，那就是好好把学校收拾一番。虽然昨天上午已经收拾过了，但那时候正好是母小七和孙飞离他而去的时间，与其说他是去打扫学校，还不如说他是在打扫自己落寞的心情。现在不一样了，他又有一个学生了，现在去收拾学校，就等于收拾自己的激动，收拾自己的兴奋，收拾自己那怦怦跳的心。每学期开学前都会有这么一阵，眼睛看什么什么都美，耳朵听什么什么都鲜，一瓢凉水下肚，心还是咚咚跳。每一回，收拾好教室，爱墨老师会一个人站黑板前去演上一回。一个人演戏，台上台下的角色都是自己，爱墨老师却演得十二分的投入和陶醉。这一番陶醉过后，他的浑身就充满了精神，每一条经脉里都是劲儿。往往，他带着这股劲回到家，不管师母当时正在做什么，他都会不容分说地把她拉到床上去狠狠地折腾一番。时间长了，师母知道他把这个当开学典礼了，往后她就密切配合，只要一到开学的前一天，她就尽量把握好时间，做到爱墨老师从学校带着陶醉回来的时候她正好什么也没做。而且，年轻的时候，她还能把握到那个时候自己正好是足够的湿润。

一辈子了，爱墨老师开过多少次学了，他们才出了两次差错。一次，是爱墨老师收拾完学校回来时，师母正在往锅里下米。那一次，两个人办完事以后，白米在锅里成了黑米，整个村子都充满了他家锅里散发出来的焦煳味。另一次，是爱墨老师回来时，师母正在往锅里倒油。那一次，差点儿闹出大事来，两口子在床上干得正欢的时候，突然看到墙上一块火光。那一回，不光一场好事半途而废，而且还差点烧着了房子。如果烧着了房子，那他们是不是也会被烧死，他们一想起来就后怕。

但是，这两次差错并没有影响到爱墨老师特别的开学典礼的如期举行，对于爱墨老师来说，那就像一个瘾君子的每一次吸毒。那时候的爱墨老师，骨头缝里直冒烟儿，眼前只有一幕让他五脏发酥的虚景。最关键的是，这虚景里的女人不是他的内人，村里的女人爱看他的鼻子，他也爱把虚化出来的幻景送给村里的这些女人。由于爱墨老师是老师，自己自有一套做老师的分寸，所以尽管村里的女人老爱盯着他的鼻子看，老看得他身体直想打挺，但他的行动也还是仅仅停留在幻想这个层面上。一辈子以来，他都把这些虚想当调料，倒把他和师母之间那点儿生活拌佐得有滋有味。

年纪大了，身体有些不尽如人意了，但每一次“开学典礼”，他都能靠幻想让自己做得很好。倒是我们的师母一年一年地感觉自己正在干枯，年纪大了的岁月里，心里总因为自己给不出足够的潮湿而堵了一大堆愧疚。

这天，她特意烧了一盆热水抹了身子在家等着，等爱墨老师从学校里带一身陶醉回来，拉她上床。这种等待特别地苦人，尤其是她的等。每一次爱墨老师特别的开学典礼，都被她当成自己盛大的节日，因为爱墨老师也把这一天当是自己的节日。那一天，爱墨老师是一个燃得最旺的火把，她则是一朵开得最艳的花。每年的两个开学前的日子，是她一生不变的渴望，就像一棵树每年都要渴望两场雨，年轻时是这样，枯老了也是这样。但是，年轻的树能在一场雨里欢欢地开花，枯树却只能在一场雨里吃力地呻吟。开花是单纯的快乐，呻吟却是快乐里带着苦味，一种力不从心的苦。

她往自己下面抹了两次口水了，爱墨老师还没回来。她感觉身体真的干得不成样子了，口水抹上去，不一会儿就干了。这两年，她都靠悄悄地往那里抹口水来维持自己那块土地在爱墨老师耕作时的暂时的潮润，这一点，她自己以为，爱墨老师是不知道的。一想到爱墨老师竟然没发现她这点儿小聪明，她就偷偷地乐。虽乐，却依然没放松了心，眼睛还是紧紧地盯着那条像蛇一样飞蹿进坡漫里的小路。那条小路一蹿进坡漫里就看不见了，只剩下一条尾巴支棱在她的家门口。爱墨老师一出现在路尾巴上，就是要到家了，那她就得赶紧躲进里屋，把自己剥光了躺到床上去等。后来的好些年来都是这样的，以往她还假装正忙着事，年纪大了她不装了，这不装一方面是年纪大了没了矫情，另一方面主要是为了做好迎接节日的充分准备。就像年三十的前一天，女人们都要准备好多好吃的。

爱墨老师把两间教室重新清扫了一遍，把课桌凳摆放整齐，又抹了一回黑板。黑板已经很旧了，漆脱了很多，所以老给人擦不干净的感觉，他就用湿帕子抹。水实在是万物之灵，这一抹，苍白的黑板一下子就获得了生机，重新变得锃亮了。爱墨老师就站到黑板前面，面对着教室里一片沉默的课桌凳上起了课。上课前，他稍有些犹豫，因为这一次他的学生是自闭症儿端端，说到底他还从来没教过这一类学生，那这课该怎么上呢？想了一会儿，他还是按以前的上法完成了这一堂热身课。他想，不管他是不是病儿，但都是我的学生，是我的学生我就得认真教。

上完了课，他就锁上教室门回家。

像每一次一样，这一趟路他走得最轻快。早些年，我们木耳村这帮子女人专门研究过爱墨老师的这一趟路，一致觉得他这个时候比任何时候都要硬挺，像是突然间被人注入了过多的气，那腰背要多直有多直，那两只胳膊甩起来也是呼呼生风。于是，我们就想，那个时候要是让他骑马，他肯定能骑得出奇的好。我们想得耳热心跳，却不知道他这个时候也正在想着我们。他靠着眼前顽固地上映着的一幕虚景的勾引，沿着学校吐出来的那条小土路轻快地回到家，再走到床前，翻身骑到早已经等在那里的一个女人的身体上，然后翻云覆雨。

两个人骑了一辈子马从来都没出过声。可能是他们没见识，不知道发出点儿声音能使那件事情做得更火上浇油。也可能因为爱墨是老师，觉得应该有老师的矜持，而爱墨的内人作为师母也应该有师母的矜持。两个人做这种事时都紧紧地咬着嘴，即使把对方拧出血了，即使快憋断气了，也坚决不吭出一声来。

所以，等开花牵着端端进来的时候，一点也没感觉出屋子里正在发生的事儿。

她是来给爱墨老师送礼的。明天就要送端端去上学了，但端端能不能上好这学还是未知，她怕的是给爱墨老师带来太多的麻烦，她想先送点礼，把愧歉表示在前头。

端端现在是拴在她腰上的，绳子很短，正好是她可以和端端手拉手走路的距离。端端有时候会表现得极为安静，安静得你都听不到他的呼吸声。这时候就是这样一种状况。又加上这些年来的窘境让等开花变得沉默寡言，这种寡言让她省去了很多在她看来是没有必要的语言。所以，等开花牵着端端进门就进得悄无声息。

外间没人，她放下手里的篮子，拉了端端朝里屋去找人，因为她听到里面有师母喉咙抽风的声音传来，听起来师母喘得正急，正紧，听得她的喉咙都发抽发堵，像塞了一团棉花。她以为师母这阵正一个人在床上喘哩，她还想到过进去时顺便给师母带一碗热水进去，但看一眼没看到暖瓶，就放弃了。

她没有想到，迎头打来的，是那样的一幕。

等开花历来都是个不算迟钝的人，但这一次她迟钝了。

她没有立刻走开，就是在里面的两个人被她吓到了被窝里去以后，她依然木鸡似的站在那里。她不是傻了，而是身体里的一股潮湿拖住了她。像一块被荒置了很久的地，看见一个农夫正在耕别的地。她真想对“农夫”说：“也把我耕一回吧！”

她不走开，床上的两个人就不敢露出头来。爱墨老师威严的声音穿过棉被来到她的耳朵边，显得瓮声瓮气的：“叫你明天直接带端端到学校报名的。”师母则在被窝里咳嗽，仿佛突然来到跟前的不是等开花，而是一股寒风，风让她受了凉，她那破旧的喉咙就无法憋住顽固的咳嗽了。

端端也突然咳嗽起来，像是一时性起的鹦鹉学舌，咳几声，打住了。等开花被儿子的声音激了个醒，身上的热骤然退去。她拉起端端反身朝门外走，端端说：“师母，咳。”端端的历史上除了冲着夕阳骂过他爹两回，又冲着大蚂蚁叫过他妈妈的名字以外，再没有正经说过一句话。这阵儿的超常表现把等开花着实惊骇了一下，那惊骇不亚于两分钟前她迎头撞上爱墨老师和师母正云山雾罩的时候。那天，等开花在爱墨老师的家里曾两次变成了木头人。

之后自然是无比的欣喜，端端终于开口说话了，而且以往他说过的那两句都太弦外之音，现在这一句却是和现实接通的，这可是一个天大的进步。对于等开花来说，是等于看到自己辛苦培植的铁树出现开花的迹象了。

等开花一下子抱紧了儿子，抓住机会引导：“端端刚才说师母做哪样？咳是吗？”

端端却坚决地沉默了。

他不表示他刚刚说过什么话，也不表示他现在还有没有说话的欲望，他别着脸看着墙角，一声不吭。

但等开花不相信端端再也不说话了，她把一个坚韧的等待埋在心里，把端端下一次开口的希望寄托于端端上学以后。她想，端端一来到爱墨老师家就会开口说话，这说明老天是有自己的安排的。端端一直被关闭在另一个世界里，说不定爱墨老师就是帮他打开这一个世界的大门的人。这么一想，爱墨老师在等开花心里就成了神，神圣不可侵犯了。那么刚才撞上的那一幕，和自己在那个时候膨胀起来的渴望，就成了一个怪异的梦。那梦虽然依然清晰，却已经退到了一个很遥远的地方，一个跟爱墨老师没有关系的地方。

等开花牵着端端出了爱墨老师家的门，径直回了家。明天端端就要上学了，她得替端端好生准备准备。每一个孩子第一天上学前，母亲都得有一番准备的，比如买书包，买新衣服。孩子的第一次入学意味着一个新的人生阶段的开始，是一个历史性的时间，母亲往往会把一个高远的愿望寄托于这个时间。端端不是一般的孩子，等开花寄托于这个时间的愿望并不高远，但它由于太近太清晰就显得更重——等开花只希望上学能使端端变成一个正常孩子。由于寄予的希望太重又太迫近眼前，等开花也就把端端入学前的准备看得更重。

首先，她要上街为端端买书包，还要买一身新衣服。临出门时，等开花在心里算了算，她已经有整整两个年头没上过镇街了。虽然天天一抬头就能看到镇街，虽然眼神飞过牡丹河到达镇街只需一秒钟时间，但她真的有整整两年没去过镇街了。一切都是因为端端，李木子以一个外出挣钱的名义逃离了端端，把面对端端的辛酸日子全部留给了等开花，等开花只好把日子简化了过，连生活中必需的盐或者洗衣粉都是叫村邻帮着代买。现在，还是因为端端，等开花又要一个人带着端端上镇街去了。

去镇街的路很长也很瘦，等开花和儿子端端靠腰上的一根绳子拉连着，一前一后地走。这种走法很古怪，是很容易吸引来一大堆目光的。几年前端端在大街上拿起别人摊儿上的一个塑料盆儿津津有味地嚼的时候，等开花就感受过那种如大山压顶般的目光。那种目光能让一个人不由自主地萎缩，那个萎缩的过程像别人拿刀子一刀一刀割你的肉一样痛苦。

但是，今天等开花不打算在别人的目光下萎缩。

端端要上学了。她一路上都这么想着。

一上石拱桥就是马路了，路宽了，等开花就把端端牵在手上。腰上有绳子还要用手牵着，形式上有些重复了。但等开花需要这种重复，因为端端随时都会挣脱她的手逃跑。端端不是普通的细娃儿，他比同龄的普通细娃儿个子要大，力气更大，最要命的是，他比别的细娃儿都要顽强，如果妈妈的手不打算放开，他就会用牙咬妈妈的手，直到她放开他为止。等开花的两个手背上全是紫红色的牙痕，那都是端端留下的。那些牙痕留在等开花记忆里的不是疼痛，而是悲酸。腰上的那根绳，主要是防备端端挣脱她的手以后彻底地逃脱。因为端端这种时候往往都是为了实现一次痛快的撞墙。

马路上是一个目光比较集中的地方，等开花走得如芒刺在背，但她依然挺着脊背，抵抗着那种不由自主的萎缩。一辆小汽车和他们擦肩而过，顺着那股风，端端的眼神撵着车屁股而去。车在前面一个拐弯处消失，端端就开始挣手，他一边朝着车消失的方向挣身体，一边下很大的力气想挣脱妈妈的手。一两下没能挣脱，他就掉转头像兽一样进攻，就在他刚刚张开嘴的时候，等开花放开了手。端端以为脱了缰，放开蹄子跑起来。于是，等开花被他拖出去十步远，坐地上了。等开花坐地上是为了更好地阻止端端跑，这也是她多次总结出来的经验，就像一棵树和一块石头，同样是长在地里，因为树站着，就容易被扳倒，而搬起一块长在地里的石头却不是那么容易。

追不了车，端端开始像狂兽一样尖叫，头狂乱地甩，口水被他甩成一条条亮亮的线在空中起舞，然后落脚在等开花出门前才给他换的干净衣服上。他们的周围突然间就形成了一道人墙，复杂的目光铺天盖地砸到他们身上。还有一些声音，零零星星地炸出来，像过年那几天细娃儿们玩出的火炮声，东一声，西一响，却声声都能让人吓上一跳。

“搞哪样的？疯子？”

“哪来的疯子？”

“把个疯子带上街，嚏！”

又来了辆车，人墙自觉裂开，给车让道。这一回，车钻进了街子，端端要追车，等开花就由着他追。她跟着端端跑起来，一路上就把堆积在身上的那些目光抖落到地上了。好在镇街上车多，不光有跑着的，还有停着的。看来今天端端是突然对车有兴趣了，站在一辆停着的面包车跟前就不走了。他伸手去摸车，等开花感觉他像在摸自己刚生出的娃，那般地充满爱意。正好旁边就有个卖衣服的店，等开花趁端端专心摸车的时候，叫店主拿一身端端穿着合适的衣服过来。店主认真打量了一番端端，显然是因为他们母子两个腰上的绳子和端端脸上超然世外的表情，使他变得相当的迟钝。等开花催了他一次，他才拿了一套衣服过来。衣服是运动服模样，绿色，胳膊上有两条白色的杠。等开花拿到端端身上比画一下，大概合适，又觉得端端穿上这身衣服可能好看，就要下了。付钱的时候，面包车前来了个嫩男子，黄头发，胡子像猫毛一样软。可从他嘴里出来的声音却很硬：“哪家的娃儿，在车上乱搞哪样？”等开花一边急忙把端端往身边拉，一边解释：“娃儿细，没见过车……”没等她解释完，端端又尖叫着扑向了面包车。

嫩男子眼神就重了，两只眼睛也挤成了三角眼。

他裤子着了火一样着急地喊起来：“搞哪样搞哪样，别弄坏了我的车，弄掉一块漆要你们赔千二八百你们舍得拿吗？”

等开花突然就生了气，说：“娃儿一双细手，能弄掉你一块漆呀？”

嫩男子火气更重，说：“细娃儿就可以乱搞啊？一看就是个憨子，还带街上来丢人现眼！”

等开花不生气了，好像是嫩男子的那一击太重，反倒把她心里的气击出了她的身体，使她浑身通畅了。她平静地看一眼嫩男子，强行地把端端拉开了。端端对眼前发生的一切置若罔闻，一心只想去抚摸面包车。等开花用手没法拉住他，只好像拉纤一样，躬着身子，靠腰上那根绳拉着端端走开。

如果这时候等开花回头，会看到她身后一片笑脸，那笑脸来自一种看饱了稀罕事物的满足，是一种只管自己开心不管他人感受的笑。

等开花没有回头，她一直拖着端端往前走，一直走到一家书包店才停了下来。端端哭得满脸糊涂，她替他擦净了脸，说：“端端，看看你喜欢哪个书包，妈妈给你买。”端端不搭理她，还一个劲儿泡在自己的伤心里。端端从来都不搭理任何一个人。等开花没跟他计较，自作主张买了书包又买了铅笔和作业本，就拖着端端往回走。镇街上不如木耳村那块地方清净，等开花无法预知端端接下来会给她带来别的什么难堪，她想他们得赶快离开这个地方。

一直到重新回到了牡丹河边那条小土路上的时候，端端才安静下来。等开花松下一口气，替他把脸擦干净，牵着他的手回家。

那天晚上，等开花为端端洗了个澡，然后，等开花自己也洗了身子焚了香，在自家的香龛底下磕了头，闭着眼虔诚地求过了菩萨。第二天太阳升起来的时候，她给端端穿上新衣服，背上新书包，送他去了学校。

d

昨晚下过一场春雨，太阳就像洗过的一样鲜洁。端端不住地看太阳，脚下走得磕磕绊绊。等开花怕他摔跤，叫他看着路走。他不听，依然看着太阳。有一小段路生在几块水田边，昨晚那场雨使那段路变得像给水泡过了的肥皂一样滑，等开花怕端端摔跤脏了衣服，硬把他扛到背上背着走。

爱墨老师已经在学校等他们了。看他们来了，他就站到了教室门口的旗杆跟前，国旗是事先就挂好的了，现在被他握在手里，只等操场上的学生站整齐了，就按下他脚边上的一个录音机，国歌响起，国旗就缓缓上升。前些年，这间学校也有个国旗班，升旗的事轮不上爱墨老师。后来学生流走了，国旗班也跟着流走了，爱墨老师依然把升旗的事情交给学生来做。他对学生们这样说："升国旗是一件神圣的事情，每升一回旗，就是一次心灵的洗礼；每接受一次洗礼，就往崇高靠近了一步，只有心灵崇高的人，才配做国之栋梁。"学生们都向往做国之栋梁，所以就很向往参加升国旗，就把每一次升国旗都做得让爱墨老师很满意。去年，这学校只剩下母小七和孙飞以后，爱墨老师依然把升国旗的权利全权交给他们，那时候，他充当学生，站在操场上向国旗行注目礼。

今天的学生不一样，端端没接受过升旗训练，他不能把这么一件伟大的事情交给他。

等开花见了爱墨老师，就把端端拉到他跟前，替端端拉展一下衣服，抹抹脸，说："爱墨老师，端端来报名了。"等开花有些激动，心口挤了几只慌乱的蛙，倒好像是她的第一次上学一样。爱墨老师肃穆着脸点点头，说："先升旗吧。"等开花在这间学校上过学，一听说要升旗，脑子里就跳出了上小学时在这块土操场上升旗的情景。快乐的记忆让她陡然间又多添出几分兴奋来，她拉着端端一起站到操场上，面对着爱墨老师，尽可能肃然地注视着他手里的国旗。她怕端端做不好，因为端端永远都只喜欢看着自己脚前面不远的那块地方。她看了端端一眼，却发现端端的眼睛稳稳地落在爱墨老师手里的那一团鲜红上，她心里翻起一阵高兴，心想端端上学的开端不错。

操场上的阵容很怪异，只有两个学生，一个是新生，一个是已经从这间学校走出去快二十年的学生，但现在这两人却被一条绳子拴在一起。

爱墨老师说："不能把索解了？"

等开花说："解开我怕管不了端端。"

爱墨老师说："那你打算天天这么陪着他上学？"

等开花说："爱墨老师就当让我重新上一次学吧。反正，这教室宽着。"等开花已经感觉出这学校只剩下端端一个学生了，但她不应该这么直戳戳地往爱墨老师胸口上捅。爱墨老师脸有些往下拉了，脸色也变得不好了。等开花意识到自己说话伤了他，急忙解释说："爱墨老师，我是怕我一走，端端就给你带来麻烦。"

爱墨老师说："我是他老师，哪有老师怕学生带来麻烦的？"

等开花说："我跟你说过，端端喜欢拿头撞墙去。"

爱墨老师说："晓得的。"

等开花说："他还喜欢啃树皮。"

爱墨老师说："都晓得的，以后我把他拴我腰上就行了。"

等开花点点头，说："那就升旗吧。"

爱墨老师说："你也参加升旗？"

等开花说："我也参加，我还想做一回你的学生。"

这话爱墨老师听了高兴，脸色好看起来，他冲操场喊："立正！"

等开花条件反射似的动了动脚，但动作并不规范，毕竟丢了那么些年了，生疏了。端端则一直盯着爱墨老师手里的国旗，一点反应都没有。

爱墨老师按响了脚边的录音机，国歌响起，他抛出一团鲜艳，国旗就飘飘扬扬地向天空升去。端端一直看着国旗，看着它从爱墨老师手里舒展开来，又缓缓地升上天空。国歌结束，国旗站到了天空之上，端端还仰着头看着。

爱墨老师又冲操场发口令："稍息！解散！"

端端没有稍息，因为他刚才根本就没有立正。他静静地看着国旗，看着它在春风中美丽地飘扬。

爱墨老师叫等开花带端端进教室，端端却像钉子一样钉在原地不动。他说："旗。"等开花惊讶得露了好一半天的傻相，然后她骄傲地喊起来："爱墨老师，端端晓得那是旗。"爱墨老师没有像她那样表露出惊喜，他甚至有些刻意地板着脸，说："谁不晓得那是旗？"等开花说："端端从来没见过旗。"爱墨老师看看旗，又看看端端，再没吭声。

昨天的"开学典礼"给这母子俩破了景，现在爱墨老师无法在他们面前表现得轻松自如，要知道他是很在意自己在村邻们心里的印象的。昨天那一次疏忽，他自然会想到有可能会破坏了他几十年来在村邻们心中留下的良好印象，最起码是破坏了在等开花心中的良好印象。虽然师母一遍又一遍地说："没哪样臊人的，谁家两口子不做床上那点儿事儿？"但他还是不松心。他说他是老师，是一木耳村人的老师。师母说："老师也是人，是人日各自的妇人就不犯法。"

师母的话说得很在理，但爱墨老师依然在心里臊得慌。为了不至于让等开花看到自己的臊，他只能刻意板起面孔，装一副老师的严厉模样。

他走向操场边儿上的一棵桃树。那棵桃树还没从冬天里醒过来，枝条还光秃秃灰嘟嘟的，但它的身上挂着一把废弃的菜刀。菜刀没了把儿，而且锈得不成样子了，但它被挂上这棵桃树，就成了一口钟，就赋予了它特殊的意义。当、当、当……是上课铃，当当、当当……是下课铃，当当当、当当当……是集合铃。这一点，全木耳村的人都知道。

爱墨老师敲响了上课钟。

等开花推了推端端说："端端，上课了，我们进教室去。"

端端不理，依然执着地看着国旗。

爱墨老师走过来，要等开花解开她腰上的绳子。等开花解下了，他接过去拴在自己腰上，说："你忙活路去，这堂课我们在操场上。"等开花犹疑了一阵，才慢慢地走开。在操场边儿上，她听到爱墨老师在问端端："你看到的是什么？"爱墨老师的普通话一直都夹生，但他一直坚持用普通话上课，他说中心学校是这样要求的，木耳村小也要这样要求。似乎是他生硬的普通话打通了端端听声的那根经脉，端端竟然回答了他。"旗。"他说。爱墨老师说："对，那是旗，是我们的国旗。"端端说："旗。"

等开花听得心里装了半个太阳似的，脚步再也不想挪开了。她悄悄躲到教室后面，静静地听着操场上的动静，她希望再一次看到端端的进步。但是，一直到放学，端端都只会看着天空中的国旗说"旗"。端端的第一堂课，上了两个小时，这两个小时里，爱墨老师提了很多问题，比如"端端你姓什么？""端端你几岁了？"但是端端总是始终如一地回答："旗。"

接端端回家的时候，等开花不敢表露出失望。

爱墨老师却说："我晓得你很失望。"爱墨老师还说他晓得等开花一直就没离开学校。经端端的一堂课下来，爱墨老师大概已经把昨天那臊脸的事忘了，现在他的脸上已经没有了刻意贴上去的严肃，眼神里满含着将心比心的理解。

他说："不怕，慢慢来。铁树养上千年都要开花哩。"

说："端端不傻，好像一扇门给锁上了，打开来就好了。"

等开花点头，把眼睛点成带雨的花瓣了。

爱墨老师就说："你们回吧，下午照常上课。"

e

爱墨老师回到家的时候，我们的师母正在剥鸡蛋。把壳剥了，再把白和黄分别装两个碗里，一个人吃白，一个人吃黄，这是他们家的一贯吃法。一辈子了，都是爱墨老师吃白，师母吃黄。因为他们两个第一次在一起吃煮鸡蛋的时候爱墨老师说他最爱吃白，而我们的准师母又说她最爱吃黄。

师母听到他的脚步声，抽空扭头看他一眼，问："放学了？"

爱墨老师没吭声，进门就直接到香龛上拿烟抽。我们木耳村人家家都有香龛，上面供着"天地君亲师"，下面放着一张八仙桌，过年过节的时候，把供品往桌上放了，点香烧纸磕头。平时，那香龛上是不能随便搁东西的，只能搁些香啊烧纸啊这些。爱墨老师供饭时也供烟，所以平时他也把烟放香龛上搁着。他抽烟不上瘾，也不抽那种烈性的草烟，但他家的香龛上从来没少过一包纸烟，想起了他就抽上一支。抽着烟，师母就把一碗蛋白端他面前放下了，还加了一碟儿干辣子粉。师母说："趁热，香。"爱墨老师吐出一口烟雾，把一块蛋白拿去辣子粉里蘸一下，放进嘴里嚼。师母站一边儿看，把自己那糠萝卜一样的喉咙憋着。今天是开学第一天，而且学生只有一个，还是个病娃，师母也就多了一份察言观色的心思。她问："开花那娃学上得……"爱墨老师说："我怀疑那娃是个聋子。"师母说："不是说去医院检查过，那娃的耳朵没问题？"爱墨老师说："但我还是怀疑他是个聋子。"

师母长久地看了他一会儿。因为憋得太久，喉咙里像塞了好多鸡毛，一声绵长而吃力的咳嗽突然冲出喉咙，把她的脖子拉得很细很长。再一次把咳嗽憋回肚子里，她又从碗柜里拿来半瓶儿白酒，一个玻璃小酒杯。爱墨老师一边嚼着蛋白，一边斜着眼看她倒酒。

他说："但那毕竟是一个学生哩。"

师母手上停了，等爱墨老师端酒喝。爱墨老师把酒"吱"的一声喝了，她就把酒瓶和酒杯拿开，端菜饭上桌。她说："是哩，有那娃，学校就还是学校，你就还是老师。"她把蛋黄捣烂了，再调上蜂蜜一起吃。

爱墨老师问："这鸡蛋是开花拿来的？"

师母点头，喉咙里风声很紧。

爱墨老师说："得回她点儿别的。"师母就把一对干巴眼睁得很大。历来，村里的娃第一次上学时家长都要送礼来的，爱墨老师一直心安理得地收着，从来没说过要回谁的礼。

爱墨老师跟师母解释："开花那娃不是平常的娃，我怕教不好。再说，开花也够不容易的。"

一连两天，端端都只盯着旗看，永远都看不够。爱墨老师觉得这样下去不行，他总不能让端端上一学期学，就只看一学期的国旗吧？换别的学生他早就不耐烦了，就因为端端是个病娃，他才一直耐心到现在。但他不能耐心一学期，不能永远耐心下去，那样是对端端不负责任，是对等开花不负责任。他试着强行把端端拉进教室去，但端端用嘴咬他的手。端端是喜欢啃树皮的，爱墨老师拉他，他就把爱墨老师的手当树皮啃。爱墨老师只得捶一把粉笔灰把两条月牙形的血口子堵了，再想别的办法。他信奉"黄荆棍儿下出好人"的哲学思想，对学生一贯都严厉。端端既成了他的学生，就逃不了他的"黄荆棍儿"。那是一根金竹枝儿条，黄灿灿的，像上过油。爱墨老师家屋前就是一片金竹林，这样的棍子他教十辈子书都用不完。一辈子了，他教训学生时都是用这种金竹儿条。这种棍儿韧性强，一两下抽不断，即使抽断了棍儿也伤不了娃的骨头。而且那东西像长着无形的毒牙，只听它"呜"的一声下去，娃的哭声就蹦起来了，求饶声也起来了。

教训学生前，一般爱墨老师都会把棍子拿到学生面前扬一扬，那金竹儿条一扬就出声，"呜哧呜哧"的，这主要是想先吓一吓人，一般的细娃儿听到那声音腿肚子就直抖，棍子还没落到身上，细娃儿就先求饶了。

但端端却对金竹条儿发出来的声音无动于衷。他还仰着头看着旗，像根本没听见。爱墨老师想，看来这娃的耳朵真是有问题呢？

如果真是端端的耳朵有问题，他就不能因为他不听自己的话而抽他了，耳朵有问题，不听话就不是他的错。到底是老了，爱墨老师竟被面前这个无视于他的“黄荆棍儿”的细娃儿逼得黔驴技穷了。因为他和端端被腰上的一根绳子连在一起，端端生了根，他就走不开。他在端端面前像一只浑身爬满了蚂蚁的兽一样焦躁不宁，端端却因为他老堵他的视线，而不停地换着视角。端端动起来一点儿都看不出有病，而且那眼睛里还有一份别的孩子少有的灵气。就是这一点，让爱墨老师一次又一次地生出侥幸，总是把希望寄予下一分钟。现在，他把金竹儿条举到端端的眼前，问他知不知道这是什么东西。但端端的眼神很灵活地躲开了金竹儿条，还盯着天空的旗。于是，爱墨老师拉过端端的手，抽了两下。端端的手抖了两下，但他并没有挪开他的眼睛。他的眼睛已经在天空那面国旗上生了根。爱墨老师又抽了两下，这两下他加重了力气。端端终于把眼睛收回来看了一眼自己的手，但手上的两条白痕并没留住他的目光，也没有让他动一点儿感情。也就是看了一眼而已，一眼过后，他的眼睛又回到了天空。

爱墨老师得出结论：端端不知道痛。对一个不知道痛的孩子，棍子的作用就苍白了。爱墨老师扔了棍子。

第二天，在等开花解腰上的绳子之前，爱墨老师先从教室里端出来一张课桌和一条板凳。他打算就在操场坝上教端端写字。摆好了桌凳，他觉得端端还站在那儿仰着脖子会很累，就随口说了一声“有凳了，你坐着看吧端端”，端端真的就坐下了。这一下竟让爱墨老师接连不断地跳了几下眉头，到底是端端听进去了他的话，还是端端自己觉得站着看旗累才坐下的，他一时还弄不清楚，但无论哪一个理由，都是一个值得欣喜的信号。他重新摆弄一下课桌，把它移到端端的面前。端端没有反对，他又把作业本和铅笔摆桌上，然后他说：“端端，今天我们要学写字了。”端端还仰着脖子看旗。爱墨老师自己在作业本上写了一个“1”，然后把作业本举到端端的眼前要他看。作业本挡住了端端的视线，端端打算挪挪头，但突然间被作业本上那个数字吸引了。他盯着作业本看了一会儿，而后就夺下了作业本，铺在课桌上。爱墨老师赶紧递上铅笔，说："对了，端端写字，写给爱墨老师看。"端端拿过笔，在作业本上写了一个"1"。这一个比爱墨老师写的那个要放大了二十倍，一直从作业本的上端写到下端。但爱墨老师还是很高兴，毕竟端端开始写字了。其实端端不是在写字，他是在画旗，这一点，半分钟过后爱墨老师就明白了。端端可能是受了爱墨老师写在作业本上的那个"1"字的启发，觉得那是一根旗杆。所以，他照着爱墨老师的样子画了一根旗杆，又画上了一面旗。爱墨老师差点儿生气，但脑子里轰响一声也就算了。端端毕竟不是一般的学生。

那天，端端画完了一本作业本，每一页上都是一面旗。那些旗，线条生硬，一点儿都不像天空那旗那般生动。但那是旗，是端端心中的旗。

等开花来接端端的时候，爱墨老师把作业本给她看。

等开花说："你教他画的？"

爱墨老师说："不是，是他自己画的。"

等开花脸上迅速逃过一痕欣喜，最后落定在脸上的还是悲酸。她说："这娃咋就只认旗呢？"爱墨老师说："只要他开始认笔和作业本了，就有希望，说不定端端将来会成为一个画家呢。"

那天回到家，端端在自家的院子里用棍子画旗。开始画很多小的，后来又想画个大的，大得跟院坝子一样。无奈这样的愿望受到了腰上那根绳的限制，绳的另一头拴在椿树上，他围着椿树转了一周还是到不了院坝的边儿上。于是，端端突然想到了解绳子。自从李木子离开了他们母子，他的腰上就多了一条绳子，这些年来这条绳子让他很不自由，但他从来都没想到过要解开绳子。今天他突然间就想到了。

被解放开以后，端端开始了他的宏伟计划，一根旗杆从家门口开始，一直到院坝的最东边，一面旗，从最东边的旗杆顶上开始，先占领北边的半个院坝，然后又飘过来，占领了南边的半个院子。

等开花从屋里出来，看到端端正举着个屁股画那条长长的旗的线条，见他腰上没了绳，赶紧跑去解了椿树上的绳重新往他腰上拴。这回，她拴了个死疙瘩。端端解不开，就狼崽一样咆哮，但等开花却在一边欣慰，端端学会解绳了，这到底是一个进步。

爱墨老师用红纸做了两面小旗，还在黑板上画了一面大旗。他把两面小旗一面拿在自己手上，一面插在一张课桌上。他手上的旗把端端勾引进教室，让他坐到插有小旗的座位上，然后，他挥着手里的旗，吸引端端的眼睛注意黑板，黑板上那一面大旗上写着几个汉字："人、口、手"。端端通常会把桌上的小旗从桌缝里取下来拿在手里，目光在黑板上那一面大旗和爱墨老师手上的小旗之间流转。爱墨老师就用手中的小旗指着大旗上的汉字，一个一个地教。端端从来不张口，只看着旗。有一天，爱墨老师就擦掉了"人、口、手"，写上了一个"旗"，然后，他用手中的小旗指着"旗"字教端端念，端端真就念了。第一次爱墨老师还不相信，以为端端不过是重复着往天的自言自语，他试着教了几次，端端都跟着念，他突然心头就开起了花。接下来，他赶紧在"旗"的旁边又写上"国旗"，又教，端端又念了，声音很清楚，他念的是"国旗"。心里又开了一朵花。他赶紧又在"国旗"的旁边写上"五星红旗"，又教，端端又念了，真真切切，端端是在跟着他念，念的是"五星红旗"。老了老了，爱墨老师竟然做了一回小孩子，高兴得在讲台上跳了起来，并嘿嘿傻笑了好一阵。

那天他没等等开花来接端端就放了学，他自己送端端回去，就是迫不及待地要告诉等开花，他找到打开端端神智之门的钥匙了。那天等开花含着热泪给他煮了一碗糖水鸡蛋，他吃了一头汗，送给她一面小旗。他说有了这小旗，端端就不会再喜欢撞墙壁和啃塑料了。"你试着把他腰上的绳解了吧。"他说。

等开花没有解端端腰上的绳，她还是不放心。但端端的确自那以后再没有想起过撞墙壁和啃塑料的事儿来。爱墨老师教他念一些带“旗”字的词语，同时还教他写那些字。每天他从学校回到家，就开始趴在饭桌上画旗，读那些有关旗的词语。端端也写，爱墨老师专门在他的作业本上排了字头，但端端写出来的字却完全变了样，左看右看都找不出哪一点像前面的字头。所以，爱墨老师时常就很想念母小七和孙飞，他对师母说：“要是有母小七和孙飞带一带端端就好了。”以往他总是把班上的学生绑在一起，写得好的绑写得差的，算得好的绑算得差的，帮帮衬衬着，总能把差的变得好起来。

f

学校那棵挂钟的桃树，花开了又谢了，留下些处子奶头一样的青涩果儿。镇教育办公室的主任和中心小学的校长一起来学校了。一种例行检查，无非就是了解一下各间学校的开学情况。木耳村小学因为有一条牡丹河横在村前而被上面包容，在镇中心小学周围五公里以内的其他村小都被取消以后还得以存在。早在五年前，这间学校从名义上就已经不存在了，镇教育办公室没它的名儿，中心小学也没它的名儿，它是一个没娘认的孩子。但上面的年年都要来一趟，来了也像在其他学校一样，各方面都要问一下。但也就是问问，问过了并不管以后的事。比如有一年，他们问爱墨老师学校有什么困难没有，爱墨老师说别的困难他自个儿都可以克服，就是学校的房子有些破旧了。他把他们带到裂了口子的墙壁前看，说这房子都应该算危房了，要是有人支持的话他真想重新筑一间新的土房。他们看着那条可怕的裂缝惊怪地说，什么叫算危房啊，这本来就是危房了，这样的房子再住人很危险啊！但他们不说要支持爱墨老师筑新的房子，他们说：“散了吧，这样的房子哪还能教学呢？

出了安全问题谁负责呀?”爱墨老师说:“散了,村里的娃们上哪去上学呀?”他们说这里离镇中心小学近得很嘛。爱墨老师说:“远倒是不远,只是绕着河走,娃天天在河边跑,安全问题也大。”他们便把眉毛鼻子挤成一堆说,那绝不能出安全问题。

以后,爱墨老师再跑到他们那里去说校舍的事儿,人家干脆说,你那里本身就不具备办学的资格,还要修什么新校舍?“离镇中心学校方园五公里以内不准办村小”你不知道?爱墨老师当然知道。被人家问得脸红耳朵烫,只好闭了嘴退下。就这样还是惹恼了人,在他要退出门的时候人家甩过来一句狠的:“千万别出安全问题啊!出了事别想我们替你承担任何一点儿责任!”

爱墨老师从来就没想到过要别人替他承担什么责任,回来以后找人把瓦顶翻了翻,自己和泥把裂缝填了填。

可每一回上面来人,都叫他散了。像咒语,就真给他们说散了。这一回来,学校里只有一个学生了,还是个病娃。爱墨老师远远地就认出来人是谁了,他没理会。那时候,他正在教端端学算术。黑板上画了三面小旗,他正在画一面大旗。这一堂课要教端端学“3+2”的算术,三面小旗的后面应该有两面大旗。画第二面大旗的时候,来人进了他的教室。两人都又胖又白,像一个簸箕里养的两条蚕。两条蚕打算在他画完旗之前像一个学生娃一样悄悄地坐到座位上去,不想身体太肿大,那原本是小学生娃的位置就显得窄了,身体把课桌凳挤得叽叽哇哇地叫,爱墨老师就回了头。但他只看了他们一眼,就又专心画旗了。画完了旗,他也没理会他们。他教端端读数:“三面小旗。”他说。端端跟着说:“三面小旗。”“加两面大旗。”他说。端端跟着说:“加两面大旗。”正准备教端端算结果,端端站起来走讲台上去了。端端腰上的绳子依然存在,另一头依然拴在爱墨老师的腰上。等开花不敢解开,爱墨老师就不敢解开,怕端端突然想起撞墙,撞坏了脑袋。这时候,这条绳子一直吸引着两个上级,也只有这等新鲜的事情才让他们不至于因为爱墨老师的不理睬而光火。

端端走上讲台是为了在两面大旗上画上五个五星，他觉得大旗上应该有五个五星。画完了他又回到座位上，像个最常见的听话的学生一样认真瞧着黑板。不等爱墨老师张嘴，他说："五面旗。"爱墨老师突然看到眼前闪过一团炫光，像谁突然打出的一朵礼花。他在两个上级面前露出了一种毫无城府的惊喜。他说端端你再说一遍，端端没有再说一遍，他又一次走上讲台，在黑板的另一端画旗，他画了一面党旗，是昨天爱墨老师才教他认识的。

镇教办主任干咳了一声。中心小学校长说话了："爱墨老师，就这一个学生？"爱墨老师无声地点一下头，虚笑着看着他的胖脸。胖脸上的肉跳了两下，一个似笑非笑的表情挂上了，说："就这一个你也办？"爱墨老师说："也办。"

镇教办主任又干咳了一声，然后说："别的学生呢？"

爱墨老师说："外地去了。"

主任像哮喘病人一样从喉咙里抽出一个风声，然后笑声就像收音机天线一样一截一截地抽出来，抽到头了，他说："所以你怕这一个再走，就把他天天拴在腰杆上？"校长跟着笑。他们的笑跟他们的形体一样，形式上都雷同。

爱墨老师在他们的嘲笑面前吊下了脸，先前堆砌在脸上的那点儿虚笑刮风一般没了影儿。他说："这是个病娃。"

校长说："早看出来了，是个傻子。"

爱墨老师吊着脸纠正道："不是傻子，你们都看见了，他能画旗，还能算数。"

主任又笑起来，这回笑得像滚土豆疙瘩，滚完了说："我们不是对你这个学生有什么歧视，我们的意思是这样的娃应该到特殊学校去，比如聋哑学校。"爱墨老师去看端端，端端还在画旗，对他们的谈话充耳不闻。但爱墨老师对两个上级说："他不是聋子。"

两个上级互相看一眼，开始起身。这一回，因为不需要悄悄地做，桌凳们就叫得更欢实，主任屁股下的板凳还倒地上了，响起“哐当”的一声。主任没有把板凳扶起来，他只看了它一眼，而且是很鄙视的一眼，还配上一个拍屁股的动作。木耳村小学的板凳儿都粗笨，是很简易的那种，也没上漆，旧了，看上去就灰巴巴的，他是怕灰粘他屁股上了。拍完屁股，主任去了端端身边，他摸着端端的头问他：“叫什么名儿啦？几岁了？”端端画旗，摇摇脑袋晃掉他的手还画旗。主任就看一眼爱墨老师，说：“你没有经过特教培训，教这样的娃不具备专业的知识和经验，只会耽误了娃。”

这一回，他们没说“散了吧”，而是说“坚决停办”。

这两个让女人看了直泄气的馒头男人，嘴上的功夫却很硬。他们临走时说：“限你一个周的时间，坚决停办，否则后果自负！”爱墨老师还想问问理由，但他们再没有了跟他费口舌的欲望。

爱墨老师那天放学回到家就病了，说是头里像装了半罐子铁水，头又重又痛。师母往他两个太阳穴贴了两片止痛膏，又给他吞了一把 VC 银翘片，又给他煮了一碗煳辣子面吃了，盖了三床棉被捂了一通汗，天黑时他爬起来了。师母说：“好点儿了？”他说：“好了点儿。”师母说：“今天我看到有两个人去了学校，又是那主任那校长？”他说：“是。”师母再没问什么，她明白那两人会在学校放什么屁，她说：“那两人，生得像妇人一样，谅他们也放不出好屁来。”爱墨老师说：“这回人家是坚决不让办了。”师母说：“坚决不让办？我硬要办还犯法？没听说过办学校还犯法。”师母激动了，喉咙里霍霍作声。爱墨老师说：“人家说我没参加过特殊教育培训，不具备教端端的资格，他们把端端当傻子。”他说：“要是再有一个或者两个娃就好了，有两个好娃带着，这学校就能办下去了。”可村里明明就只剩下端端一个娃了。

师母没再跟他扯这个话题，她的喉咙难受，搅了一杯蜂糖水开水喝。

爱墨老师爬起来是为了做旗，他已经让端端认识了国旗党旗团旗少先队队旗，同时让他学会了有关这些旗的词语，现在他要做军旗：海军军旗，陆军军旗，空军军旗。

师母说："还做？"

他说："做。端端只认旗。"

师母说："都不让办了。"

他唉了一口气，没吭，继续做。

师母说："不办也死不了人，就不办算了。"

他又唉了一口气，但手上没停。他说："我是想，这学校维持着有用哩，你别看娃都被带出去了，但也不是每个娃都能上学，外面的费高，有些娃是上不起学的。你比如等小辉家，两口子都在外面捡垃圾哩，把两娃带出去能让他们上学？肯定是让他们在一起捡垃圾哩。再比如母天庆，他修房子，妇人在工地上做饭，两口子能挣多少钱？他们能让母小七上得起正经学校？城里的学校哪那么好进？再比如……"师母打断他说："上不起学他们也不会回来的，现在这些土旮旯是留不住人了。"他把鼻子眼睛挤成一堆吞了一口口水，像吞苦胆汁一样难受着说："人些就只晓得眼前哩，娃哪能不正经上学？不正经上学那他们长大了还捡垃圾？"师母说："人家可能也没把你这里当正经学校呢。"他说："我这里是算不上正经学校，但要是他们不能像孙二楞和等传芳那样到镇街上租个房，让娃到镇中心学校去读书的话，我这里还是可以的，我教出来的学生升到镇中学去，个顶个的优秀哩。"师母干巴眼一眨不眨地盯着他，说："你是说，你会去把这些上不到学的娃叫回来？"他说："我想过。"师母的眼睛干干地睁着，像渴了几天的鱼。

g

第二天，爱墨老师从等开花手里把绳子接过来，却没有再拴到自己的腰上。等开花回了以后，他把绳子的另一头也从端端的腰上解了。他记得很久以来端端都没有再发过脾气撞过墙壁了，他今天想冒个险，把端端解放一下。

解开了端端腰上的绳子，爱墨老师把它扔到端端的面前，端端没看绳子，端端在看手里的旗。今天爱墨老师一下子给了他四面小旗，每一面小旗都有各自的样子，他少点儿时间还看不够。爱墨老师对他说："端端，我们不要绳子了。"端端还是一心一意地看旗。爱墨老师牵了他的小手往教室里走，他就跟着。到了教室门口，爱墨老师放了他的手，说："你去座位上坐好，我今天教你认这几面旗。"端端不动，在他的意识里，他和爱墨老师之间还拴着一根绳子，爱墨老师不走，他就走不开。爱墨老师朝讲台上走，他就赶紧跟着。因为他们之间的那根绳子，端端一开始的位置就被定在第一排最中间的那个地方，现在端端依然坐到那个地方，并把他手里的四面小旗插到桌缝里，插成整整齐齐的一排。

爱墨老师在黑板上画旗，端端认真地盯着黑板看。爱墨老师画完一面旗，他就到他的小旗里去找同样的，找到了就把它从桌缝里起起来，拿到黑板上去比。把手里的小旗贴到黑板上的小旗上，比。比完了又拿着小旗回到座位，取了另一面小旗去比。

画完了旗，爱墨老师在每一面旗上写上字：军旗、海军军旗、陆军军旗、空军军旗。

那一天，爱墨老师教端端认识了几种军旗和相应的一些字。没等等开花来接，他就提前放了学。一路上，他就那么牵着手，把端端送回了家。

等开花不在家，爱墨老师就和端端在院子里等。院坝上还隐约现着端端画的那些旗，端端就捡了棍子去重复那些线条。棍子像一把犁，在原来的痕迹上犁，犁出一条更深的痕，那些旗就鲜明起来。爱墨老师也捡了一根儿棍儿，往那些旗上写字。等开花挑着空粪担子回来的时候，端端正在念爱墨老师写在地上的那些字。粪味儿飘进爱墨老师的鼻子，他抬起头来看到了等开花。等开花一脸的汗迹，头发很乱，还一身粪味儿，但由于意外，等开花那阵把形象的事情给忘了。她甚至好一会儿都没想起把粪担子放下，就那么挑着臭烘烘的空粪担子问："绳子呢？端端腰上的绳子呢？"爱墨老师看她一眼，没搭理她，他手里的棍子现在成了教鞭，在教鞭的指引下，端端正读得带劲儿哩。等开花这才撂下了粪担子，因为她看到了被扔在一边像死蛇一样的绳子。她卷着一股臭烘烘的空气，把绳子拿到端端的跟前，又要替他拴上。爱墨老师歇下来，定定地看着她拴。等她拴完，把绳子的另一头紧紧地攥在手里了，他说："你打算这样拴他一辈子？"等开花撸了一下遮在额前的头发，说："没办法呀。"爱墨老师说："今天，在学校，端端的腰上一直都没有绳子。"等开花看着他，脸上没了血色："他要是去撞墙呢？"爱墨老师说："他没有，他一整天都很安静，他认识了几种军旗，还认识了好几个生字。回来的时候，我也是牵着他的手送回来的。"等开花还是不敢相信这些都是真的，她去看端端，端端正用棍子在地上写字，一边写一边念："军、旗。"但他写出来的字，却不是"军旗"，更像一种形象古怪的虫子。

爱墨老师说："镇教办主任和中心小学的校长都来过了，不准我办学了。"

等开花说："为哪样？"

爱墨老师说："他们说我不具备教端端这样的学生的资格。"

等开花哑哑地看着爱墨老师，肚子里胡乱搅着，却搅不出一个合适的声响。

爱墨老师说："他们是对的，端端应该进特校，特校的老师都是经过特殊培训的，有专门的知识和经验。"

等开花哑哑地问："哪样儿的特校？"

爱墨老师说："就是专门教端端这类娃的学校，有专门的老师，有专门的教学模式。"

等开花说："你不是教得好好的？"

爱墨老师说："我怕耽误了这娃。"

等开花像一棵树一样站着，没有风吹过，她就连头发丝也不动一下。

爱墨老师说："放了绳，去洗把脸吧。"

等开花才注意到自己的形象很糟糕，赶忙抻抻衣服又撩撩头发，把绳头交给爱墨老师，赶去开门。一阵水响过后，等开花清清爽爽地出来了，手上还端了一杯冷茶。杯是刚洗过的，杯壁上还挂着水珠。洗过了脸，脸上开阔了，但眉头却依然拧得紧，一张没有血色的黄脸像一张被风卷着的纸一样在院子里晃来晃去。定下来以后，爱墨老师屁股下就多了一张小板凳，端端嘴上也有了水喝。

爱墨老师抖抖手里的绳，说："解了吧，到了特校，你总不能还让老师们把端端拴在腰上吧？"等开花说："特校在哪里？"爱墨老师说："在县里，这种学校少，一般镇上都没有。我们县里也只有一间，叫'快乐船儿童康乐园'。"等开花咬起了嘴唇。她的条件，哪送得起端端到县里去上学。爱墨老师盯着她拧得要出血的眉头说："送吧，钱我可以支持你，我打听了，吃住都在学校，你一送进去就可以丢手不管了，一个学期花两千块就够了。"等开花说："你借得起我也还不起呀，爱墨老师，一学期两千块，我去哪里找那么多钱来还你？"爱墨老师说："先别想还钱的事，先把端端送进学校去，钱哪时候有哪时候还吧，你子强兄弟在外面混得不错，每月都给我们寄钱回来，我和你师母也花不着那么多钱。"等开花说："可端端这个样子，我哪能把他送那么远？"爱墨老师说："隔一阵去看一回就是，你总不能因为舍不得他离开就把他给耽误了，缸里的鱼儿长不大，你老把他捧在胸口也不是个事儿哩。"等开花低了眼看着自己手上端端留下的那些牙印，一颗水珠砸进了一个月牙形的伤痕，接着又是一颗，又是一颗，她的手背湿了，那些紫色的不规则的月牙被淹进了一片咸咸的水洼。端端突然抬头看着她，喊了一声"妈"。

这一声“妈”，叫得等开花如听响雷，她在猝不及防间被击蒙，成了一只含泪的石鱼。

爱墨老师也傻了好一会儿。

端端叫过了就又回头干自己的事儿去了，他正在一面大国旗里画一面小的军旗。

过了好一会儿，等开花才回过神来，她问爱墨老师：“端端叫我了？端端刚才叫我妈了？”爱墨老师说：“叫了。”等开花去看端端，她叫端端，说端端你再叫一声妈呀。端端却对她的话充耳不闻，他现在在他自己的世界里，他那个世界听不见别人的声音。失望一下子就跳上了等开花的脸，等开花蹲下身扳端端的身子，想把他扳过来和她面对面，还想他的眼睛能迎接她的眼睛。她扳过来了，端端和她面对面了，但端端不接她的目光，尽管她的目光那么急切，端端还是别着脸，看着地上还没画完的旗。

等开花如漏气的皮球一样缩了，她看着端端唉气。

爱墨老师说：“会好起来的，他叫了第一声就会叫第二声，还是赶快送特校去吧，这娃聪明着哩，可别耽误了。”他说完就站起来要走了，临走时他跟端端打招呼：“端端，爱墨老师回了，好好做作业啊。”端端弹起来跑到他跟前，拉住了他的手，眼睛看着院子吐出去的那条小路，等爱墨老师带他一起走。爱墨老师说：“我回家，今天不上学了，你留在家里写作业。”端端还拉着他的手不放，眼睛还看着那条瘦瘦的小路。

等开花走过来，拉过端端，说：“要不，爱墨老师你留下来吃夜饭？”爱墨老师说：“吃夜饭还早着哩，你听我的，收拾一下，送孩子去县里，我陪你们去，钱的问题就按我说的办。”说过了，爱墨老师就转身走了，踢着一路的灰尘，出了院子，走上了端端一直盯着的那条小路。端端突然冲着他的背影喊了一声：“爱墨老师。”爱墨老师的脚步倏然而止，他回转了头，看着端端。但端端已经变成了自言自语，他看着爱墨老师脚下的那条瘦路，嘴里念叨着“爱墨老师爱墨老师”。爱墨老师从端端的脸上抬起眼睛，看到了等开花脸上的两条亮亮的水痕。他说：“明天，明天我们就去县里，赶第一班车。”

当晚，爱墨老师做了几十面小旗。第二天，和等开花把端端送进“快乐船儿童康乐园”时，他把这几十面小旗送给了端端。端端有了小旗就把自己给忘了，或者说他的世界里从来都只有自己没有别人。等开花一个劲儿地抹泪他看不见，等开花一个劲儿地跟学校的校长说他爱发脾气，一发起脾气来就喜欢拿头撞墙，还喜欢啃吃塑料，喜欢啃树皮等等，他一点儿也听不见。末了等开花含着泪跟他说：“端端妈妈回了，你在学校要听话啊。”他依然闭着耳朵。

h

端端离开木耳村以后，村里有两个人丢了魂儿。一个是等开花，一个是爱墨老师。等开花是突然觉得家里空了冷了，爱墨老师是突然觉得学校空了冷了。等开花在冷清里熬了两天，就悄悄跑到县里看端端。看端端在那儿好好的，回来后心口里就能充实两天。等心里渐渐地变得空虚了，又跑去看。爱墨老师没去看端端，不过每一次等开花从县里回来，他都会在第一时间赶到她家询问端端的情况。学校一个学生也没有了，爱墨老师没课上了，但爱墨老师还照样升旗。每个周一的清早，他一个人站到旗杆下，按响录音机，把国旗升上去。到周五，他又把旗降下来拿回家。每天，到了该上学的时间，他就到学校走一走，站操场上看看空中的旗，到教室里摆摆桌凳，再到讲台上站一站。这么熬了十来天，他突然对师母说：“我要去一趟外地。”师母说：“去看娃？”他说：“你那娃混得好好的，看哪样看？我是去找等小辉，他那两娃肯定没上学，我去把娃叫回来上学。”

第二天，他就真去了。

三天以后，他回来了。一个人。头发胡子长了一号，身体小了一号。师母无声地接过他的包，倒了一杯水给他端着，又从香龛上替他拿了纸烟。他没喝水，先点了烟抽，抽出一串呛咳声，惹得师母也像鹅一样拉长了脖子。师母小心地问："一个人回来?"爱墨老师哑着声看她一眼，吐烟雾。师母又小心地问："娃们上着学?"爱墨老师突然呸了一口，大着嗓门儿说："上个屁学，跟着两大人捡垃圾啦。"

师母不搭茬了，她赶紧为爱墨老师打来一盆热水放在脚边，接着捅开火，坐上锅，磕两个鸡蛋到碗里搅。搅着鸡蛋，锅里起了青烟，她把一大团腊肉丁放进锅。腊肉丁在锅里爆响，油香满屋子飘。爱墨老师吸吸鼻子，开始洗脸。洗完脸，灶上已经有半锅子油茶在"嗞啦啦"冒热气了。腊肉烧油茶，再调上两鸡蛋，外地是吃不到这样的东西的。爱墨老师觉得肚子里一下子挤满了馋虫，搅得慌，就噘起嘴到灶边吸鼻子。师母嗔嗔地笑，笑声带着风声。她说："馋了吧?几天没吃上这玩意儿了。"锅里开了，师母赶紧往里调鸡蛋。鸡蛋在锅里开成了花朵朵，师母就先给爱墨老师舀了一碗。爱墨老师猴急急地端了就喝，烫着了嘴。

喝着油茶，爱墨老师的身体往大处长了一号，好像他原本是块海绵，吸着油茶，身体就膨胀。来了精神，他就骂起了等小辉。"那龟狗日的，两细娃糊得比狗娃还脏哩，比叫花儿还不如了，他还说读书不如让他们挣钱哩!"

师母一边张罗做饭，一边说："你给他们讲道理没?"

爱墨老师激动地哼了一声，说："哪能没讲?我把嘴皮都磨起泡了。"

师母停了手里的活儿，一心一意看着他，等他的下文。他说："可他两口子还是说上学不如让他们挣钱，挣够了钱想哪样有哪样。说读十年书没用，可挣十年钱就不一样了。"

没带回等小辉的两娃，爱墨老师的学校就还空着，还冷清着。

爱墨老师每天到学校里空空地走，把人一圈儿一圈儿地走瘦了。

师母看着他一圈儿一圈往下瘦，她的心就一圈一圈儿枯下去。有一天，她突然说她想回娘家一趟。爱墨老师没问她去做什么，她也没说。就去了。去了就不回来。她的娘家不远，挨着木耳村，沿着牡丹河，也就是一个钟头的路程。往回她回娘家，顶多就是一整天，清早去，黑时就回了。这一回，去了两天都没回。爱墨老师觉得不对，找过去。娘家只有舅兄两口子在，舅兄眨巴着一双白内障眼说："她昨儿个就回了呀！"他说她去找他们要孙子，爱墨老师说："她要你们孙子做哪样事呢?"他说："她要两孙儿跟她过去你手头上学。"

后来，爱墨老师在牡丹河下游一个回水滩儿上找到了师母。那时候，她已经死了。喉咙里不抽风了，人也胖了很多。爱墨老师盯着师母久久地看，觉得给水泡胖了的师母又有了年轻时的风韵，只可惜的是，她已经不能冲他抛眼波了。年轻时，师母的一个眼波就能把他的魂儿勾了，现在，她那双眼睛虽然睁着，却已经无光。

办师母的后事的时候，爱墨老师才从舅兄的嘴里得知，师母去找她侄媳妇要两侄孙，要她侄媳妇把两娃从镇中心小学叫回来，到爱墨老师的学校来上学。侄媳妇不干。侄媳妇在镇上租了房，自己每周都在镇上给娃们做饭，守着他们上学，周末才把娃们带回家里过两天。侄媳妇说镇中心小学才是正经学校，他们还盼两娃今后有出息哩。言外之意，是说爱墨老师的学校不是正经学校了，是说爱墨老师教娃教不出出息了。师母没要得来娃，揣了一肚子气回家。

后来，爱墨老师想起师母从娘家回转那天，牡丹河上游的天乌黑了好一阵，而后，一条浑黄的水龙曾从牡丹河直蹿而下。当时爱墨老师正站在学校的操场上看着牡丹河，那条浑黄的水龙沿着河面向下蹿行的时候，他还半张着嘴愣了好一会儿。愣完了他还自言自语地说了一句"上游涨水了"。事后他想可能师母正好碰上了那条水龙。从娘家回来的路有一段紧靠着水，每一回涨水，那一段路都遭淹。爱墨老师想可能正好是在那段路上，师母和那个巨大的浪头撞了个正着，而后就被那条来势凶猛的水龙卷走了。

师母为了给他要回两个学生，把老命都搭上了。

办完了师母的丧事，儿子要接他到城里去住。儿子在外省的一个大城市里混生活，混得不错，不光把自己的日子混得油光水滑，每个月还有余钱往家里寄。只是目前还没能力买房，住的房子是和别人合租的。儿子说把他接过去，他就自己去租一套房子，保准不让父亲挨挤。但爱墨老师没有答应儿子。爱墨老师说他还没到老得要拖累儿子的份儿，他还说他要等等小辉那两娃回来上学，他说说不定哪天等小辉两口子就想明白了。他跟等小辉说的是两娃只要回来上学，他愿意负责两娃的吃，要他们不用管娃的口粮也能保证娃往上长。儿子拗不过他，回他的大城市去了。

一连好多天，爱墨老师却再也没去学校。那面被风雨夺去了光彩又被他染过了两回的国旗一直在学校上空飘着，没人到周末把它降下来，到周一再把它升上去了。爱墨老师病了。脑子里像装了半罐子铁水，一晃荡脑袋就要裂开一样地痛。眼花，看什么都模糊，像谁在他眼睛上蒙了一层膜。心空，五脏六腑都给谁掏走了一样，身体轻了，一张纸一样，想走路时就飘起来，不着边际地飘。

等开花来看他。第一回，给他带来两橘，来了后把橘放火上烧热了，剥给他吃。第二回，等开花带来了三大包中药，自作主张地放灶上煎，煎好了，又端到他床前吹。等开花年轻，气足，噘嘴轻轻一吹，药气就扑到爱墨老师的脸上，那湿湿的暖暖的气体抚过眼睛，眼睛就清晰了，就能看清等开花了。

爱墨老师说："开花，放那儿我自个儿喝吧，劳累你了。"

等开花不理他的茬，自作主张一勺一勺地喂他。勺举到他嘴边，他却张不开嘴，难为情。后来抬了抖抖索索的手硬夺了药碗，咕咚咕咚地喝。

第三回，等开花为他拿回了学校的国旗。国旗被叠得方方正正的端在等开花手上，在床前鲜艳夺目。等开花说：“今天周五，我把它降下来了。”爱墨老师接过旗，捂自己胸口上，闭了眼把一张苍白的脸冲着屋顶，问等开花：“去看端端没?”等开花说：“看了，端端在那边没拿脑袋撞过墙，也没啃过塑料，和树皮。”爱墨老师说：“我就说那娃会慢慢出息的，要不是教办主任提醒，差点把娃给误了。”等开花说：“可他在那儿一个字都没学会，他还只会画旗，只会念你教他的那些字。”爱墨老师睁开了眼，像看一个陌生人一样看着等开花。等开花说：“他不晓得哪时候从哪里学来的单脚走路……好好的两只脚生着，他却偏只用一只脚走，跳着走。”爱墨老师说：“玩跛跛脚?”等开花说：“不是玩，老师说他一直那样走，一只脚跳累了就换另一只脚，但他从来不用双脚走。老师教了，他不改。我去了，也打他了，但他还是那样。我走的时候，还看到他一只脚在学校院子里跳……”这么说着，等开花的喉咙里起了哽声，眼泪跟着就爬出来了。

那天，等开花一直在爱墨老师家待到天黑。她替爱墨老师洗完一大堆衣服，又打回一背篓猪草。爱墨老师家原来养着两头猪的，一头大点儿，一头小点儿。办师母的丧事时，杀了大点的那头。往几日，等开花都是在自己家里把猪食煮熟了挑过来喂，这天，她干脆背了爱墨老师家的背篓，到地里割了一背猪草回到爱墨老师家里煮。侍候猪侍候人，像在自己家里一样。

爱墨老师一遍又一遍地催她回，她装聋作哑。天黑下来的时候，她已经把该忙的都忙完了。爱墨老师强铆着劲儿下床来自己倒药水，表示自己可以照顾自己了。但等开花不容分说就把他挟持回床上了。到底年轻，她手上的劲儿足以把病身子的爱墨老师抱起来。爱墨老师脸上露出了难堪，但等开花视而不见。她转身出屋为爱墨老师端了药水回来，在爱墨老师还没喝药前说了一句吓人的话，她说：“爱墨老师，我们一起过吧。”爱墨老师吓了一跳，眼珠子都要掉地上了。等开花就盯着他鼓突出来的眼睛说：“你心好，我愿意跟你。”爱墨老师的眼睛突然熄了，像两个突然烧断了钨丝的灯泡。他动了好一半天嘴，才搅出一点声响。他说：“你撞鬼说胡话啊，我是你叔哩。”等开花却说：“我只认你是爱墨老师。”爱墨老师说：“我是你房份中的亲叔哩。”等开花说：“不就是个房份吗，五百年前的血缘关系到今天还能算个事儿?”等开花把药水端到爱墨老师面前，但爱墨老师推开了。

i

周一的那天清早，爱墨老师去了学校。养了几天，他的身体恢复了很多，头不重了脚不轻了。他去学校是为了升旗。这个念头在半夜里就把他弄醒了，那时候，睡着了的脑子里突然就蹦出了这个念头，他就再也睡不着了。后半夜，他一直在说服自己：都没学生上学了，还升什么旗呢？但到天亮，他还是从床上爬起来，拿了国旗去了学校。人在很多时候，没法说服自己。

等开花过来给爱墨老师送煮鸡蛋，见他不在，直接去了学校。正赶上爱墨老师在升旗，手指头都放录音机键上，就等按下了。等开花没吭声，她走到操场上，像做学生时那样认认真真地立正。爱墨老师脸上掠过一缕温柔，按下了录音机。

旗升完了，爱墨老师没有喊“稍息”，他问等开花：“你怎的也跑这里来了?”等开花把装着煮鸡蛋的塑料袋举到他面前，像个邀功的孩子一样骄傲地看着他，说：“前些天你病着，鸡蛋寒，没敢给你吃。”爱墨老师显然没想到她会在大清早给他送煮鸡蛋来，当等开花把几个温热的鸡蛋揣他怀里的时候，他迟钝得像块石头。等开花倒也没有指望他有什么表示，揣他怀里就径直进教室里端了一条板凳出来，拉爱墨老师一起坐下。爱墨老师坐下时屁股很犹豫，坐下以后，屁股也不踏实。于是，等开花再进了一次教室，又端了一条板凳出来自己坐下。看爱墨老师的屁股终于踏实了，她就拿过他怀里的鸡蛋开始剥。她一边剥，一边说：“我想去把端端接回来。”爱墨老师说：“端端上学上得好好的哩，要接回来也该等放了假。”等开花说：“我想把他接回来你教，在你手头，他还能学些字，我也能天天看到他。”爱墨老师说：“端端上的是特校，那种学校是专门针对端端这类娃办的，他在那里上肯定比在我这里好，你不要糊涂。”等开花把半截银白色的蛋白壳子递到爱墨老师眼前，说：“那个学校是专门为聋哑娃和傻子娃办的，我们家端端不是聋子不是哑子也不是傻子。”爱墨老师看着她递过来的半截蛋白壳子迟迟不接，她在说什么他也没听进去，他满脑子都堵满了蛋白块。他想起了师母，师母那张干得不成样子的脸和一堆蛋白块挤在一起争着往他的脑子里挤。他嘴上支支吾吾的，最后说：“你吃吧，我这阵儿不饿哩。”等开花说：“这不是当饭，你病了几天身子弱了，是给你补补。”又说：“街上卖那些补品都不如这鸡蛋哩。”爱墨老师说：“我要吃自个儿剥，你先吃吧。”等开花把另一只手里拿着的蛋黄咬进嘴里嚼，手里又剩出了半截蛋白壳子。而先前那只举着蛋白的手还顽固地举在爱墨老师的面前。爱墨老师就接过去了。等开花干脆把剩在另一只手里的那半块也塞进了他的手里，但是他并没有着急吃。等开花何以跟师母一样，只给他吃蛋白？难道是巧合？还是缘于一种凡人说不破的玄机？

等开花这里一边嚼着蛋黄，一边已经剥好了第二只，而且已经把蛋白剥离开来，又递到了他面前。看他手里那块还没动，等开花扬了扬手里的，说：“快吃呀，都凉了。”爱墨老师迟迟疑疑地问她：“你，也喜欢，吃黄？”等开花说：“不是。可你喜欢吃白呀。”爱墨老师说：“哪个跟你说我喜欢吃白？”等开花说：“师母说的。师母说其实她最喜欢吃白的，但你也喜欢吃白，她就吃了一辈子的黄。”爱墨老师像发现新大陆一样惊讶起来，问：“她跟你说过她其实最喜欢吃白？”等开花点头，说：“嗯啦，她说她从小就爱吃白，小时候过生，她妈给她煮一个鸡蛋，她都把黄给了妈，自己从来不吃的。”爱墨老师像一只看见了稀罕东西的鸡一样别起了脖子瞪起了眼，好一会儿，他突然“哧”的一声笑起来，说：“天下竟有这种事儿，太巧了。”

爱墨老师突然间显得有些疯癫，白脸红得如枣，那只拿着蛋白的手在空中胡乱地扬，嘴动来动去像牛在反刍。折腾了好半天，他才终于哈哈大笑起来。他笑了很久，笑出了眼泪。然后他告诉等开花，跟我们的师母一样，其实他最爱吃的是蛋黄，而不是蛋白，只因为自己觉得蛋黄是最好吃的东西，才让给我们的师母吃了一辈子。

等开花听了以后，头就吊下去了。盯着脚前的那块地，她想起了李木子。她想在有李木子的那段日子里找到一份类似的恩爱，但思想却固执地跳过那一截，直奔李木子给她留下的这些凄凄苦苦的光阴，她想得肠子打结，泪颗颗就砸地上了。

爱墨老师扭过头就看见了她脚前的那两块湿。那两块湿像等开花另外两只眼，正悲悲戚戚地盯着他看，直看得他心底发酸。他的脸重新变得苍白了，先前眼波里那股疯癫也慢慢没了影儿。

“娃你怎的了？”他问。

等开花不说她怎么了，一股一股的心酸直往头顶上灌，她嘴张不开。

爱墨老师盯着她看了良久，说：“娃，你去找李木子去。端端我替你去看。”

等开花猛地抬头，把两颗泪甩到爱墨老师身上，一颗落在衣袖上，一颗落在手背上。那只手还拿着她刚才给剥的蛋白。爱墨老师发现，原来等开花的眼睛里挤了那么多的泪珠珠，眼眶都快给撑破了。等开花说：“我死也不会去找那没良心的人。”爱墨老师张了两下嘴，却找不到话来还击，他感觉到自己的喉咙很无力。

等开花站起身来，抹干净了脸，无声地走了。走了几步，她回头说：“把钥匙给我吧，我去做饭。”三桥人都是天亮起来就做饭，把早餐当正餐的。我们把那一顿叫“早饭”。一般情况下，清早起来男人下地，女人做饭做猪食。等开花现在是把自己当爱墨老师的女人一样了。爱墨老师说：“别了，我身子好了，我能弄了，你忙你的去吧。”等开花说：“你能弄了?”爱墨老师说：“我能弄了。”为了让等开花相信，他还抬抬胳膊，尽量让等开花看到自己的硬朗。等开花说：“那今天我就去接端端。我接回来你教。”她没等爱墨老师张嘴，又补了一句：“以后，你就专门教端端的学，我就专门侍候你。”爱墨老师忙说：“你别糊涂。”

但后来的事情却不是等开花想象的那样，端端没了。端端是自己撞墙死的。“快乐船儿童康乐园”的老师说，他们刚让端端改掉了一只脚走路的坏习惯，端端又玩起了倒立行走的花招。倒立行走，就是用双手撑地上走，把脚举在天上，像玩杂技那样。这样玩一下两下可以，老师们说他们开有“大肌肉”课，这样还有助于锻炼。但端端不是玩一下子两下子，按老师们的话说，端端是像练《九阴真经》练得走火入魔了的欧阳锋。等开花没看过金庸的小说，不知道欧阳锋是谁。他们又不得不多费了一番口舌，才让等开花明白：端端除了吃饭和上室内课时头朝上以外，别的时候头都朝着地，脚朝着天，用手走路。老师们为了让他改掉这个毛病，动用了教鞭，才抽了两下他的手，他就猛地站起来一头朝墙撞过去了。他们把端端撞过的那块墙壁指给等开花看，等开花在那里看到了一些紫黑色的血迹。他们说，没想到端端有那么大的力气，竟一头就撞破了脑袋……

端端已经好久没想起过撞墙了，怎么突然又想起了呢？等开花绝望得眼前黑了整整五分钟。

等开花接回来的端端只是一小捧骨灰。

等开花抱着这一小捧骨灰一动不动地坐在家里，整整坐了一天一夜。第二天，爱墨老师来了。爱墨老师是来问端端的情况的。大前天，河对面张庆拢了个电喇叭在嘴上扯着嗓门儿喊等开花接电话的时候，他也听到了。那阵河上没有风，张庆的声音直直地就传过来了，很清晰。他听到张庆在说，是“快乐船儿童康乐园”找等开花，他叫那边一个钟头过后再打过来，要等开花赶快过去等电话。我们木耳村自己没装电话，和外面的通话都在镇街头张庆家进行，每一回外面有电话找我们村的人了，张庆就拿个电喇叭站在马路上朝着村里喊。

一个钟头，正好是等开花从家里出发，赶到张庆家的时间。爱墨老师在这个时间里一直望着河对面镇街上滴漏出来的那段马路，看到等开花从那段马路上慌慌地走过去，却再没走回来，他就知道，等开花接完电话就赶着进县城去了。什么事情这么打紧呢？他提了个空酒瓶去了街上，到张庆家打酒，顺便问刚才那个找等开花的电话都说了些什么，张庆说：“不晓得哩，我接电话的时候那边只说要找等开花，没说找她哪样事。”爱墨老师说，那等开花接完电话也没跟你透露一点？张庆摇头，说没注意。

后来的时间爱墨老师都在猜端端那边到底发生了什么事，猜得头痛。他原以为等开花第二天就会回来了，可等开花第二天也没回来。那就第三天，第三天她肯定就回来了。在县城待这么些时间，说不定她是在为给端端办退学。那么，等开花一回来，就会带着端端来他这里的。他这么一厢情愿地等了一整天，等开花并没有带着端端来他家。这天清早，他就自己来等开花家了。

等开花像木头一样坐着，爱墨老师站到她面前她也没反应。看她怀里抱着个盒子，爱墨老师多看了几眼那盒子。爱墨老师觉得那是一个很漂亮的盒子，但他没想到那里面装的是端端。爱墨老师也见过骨灰盒，但他根本就没把等开花怀里这个盒子往那上面去想。不往那上面去想，那就是一只普通的盒子，一只普通的漂亮盒子。爱墨老师咳嗽了一声，想的是用这种方式告诉等开花，他来了。但等开花毫无反应。爱墨老师怀疑自己的咳嗽声小了，就又咳了一声。但这一声还是没用。他只好问她：“去看端端了？”等开花还像石头一样沉默着。爱墨老师就看到等开花头顶上的那根白发了，它也就一寸长，从等开花乌黑的发丛间支棱出来，像一根银针直直地指着他。他觉得背脊上陡然溜过一股寒冷，一个不由自主地寒噤起来，心里也跟着不安起来。他紧紧地盯着等开花怀里的那个盒子，渐渐地感觉到了它的冰冷。他问："端端呢？你不是去看端端了吗？"等开花终于动了，两只手机械地把端端的骨灰盒举起来，举到爱墨老师的面前。爱墨老师肠子凉了半截，他咬着牙，像盯一条随时都会向他发起攻击的毒蛇一样盯着那个冰冷的盒子。等开花抬起了头，一双血红的眼睛，没有泪。她用这双眼睛看了爱墨老师好一会儿，一直到爱墨老师接过了盒子。

她哑哑地说："端端就在这里面。"

爱墨老师现在已经明白了一切。他的喉咙哽了一下，突然间感觉到盒子其实很重，重得他都有些端不动了。"怎的成了这样？"爱墨老师的声音也突然变得哑哑的。

等开花说："端端是想重新变回一个好娃，一个不让我操心的好娃，一个不会被爹厌弃的好娃。"说这话的时候，等开花一直盯着爱墨老师的眼睛，于是爱墨老师渐渐地就看到她眼睛里起了火苗。她突然拉了爱墨老师往里屋走，里屋是一个很私人的地方，等开花的举动让爱墨老师预见到下面的事情可能会变得很离谱，本能地拼了劲往后挣。毕竟是个男人，只几步等开花就拉不动他了。但等开花旋即就回转身抱住了他，同时像一个正发着高烧的病人一样喃喃呓语："想，我想，好想……来呀，我想啊……"她的手还发了疯一般在爱墨老师的身上乱薅，爱墨老师一急，就抽了她一巴掌。因为距离太近，这一巴掌其实没什么力道，但等开花停止了她的疯狂。爱墨老师自己从等开花已经没有了实际意义的怀抱里脱离出来，把端端的骨灰盒放到香龛下面的桌上去。他感觉自己有些羞对这个骨灰盒，放下它以后都不好意思正眼看它。

等开花突然冲着他的后背喊："爱墨。"

爱墨老师掉转头，又撞上了她那双血红的眼睛。她呼呼地喘着粗气，好像她刚从很远的地方跑到爱墨老师的面前。她气喘吁吁地说："我一定要你给我一个娃，一个好娃。"她说："来吧爱墨，我身子好着，你这会儿一颗种子下去，娃明天就在我肚子里发芽了。来吧爱墨……"等开花喊着喊着突然就滚起了泪，大颗大颗地往地上摔，那双血红的眼一挂上泪珠子，像极了带雨的花瓣。如果她继续呼唤，继续让爱墨老师看到她动情的眼波，保不准爱墨老师就会突然间忘记他是等开花房份中的亲叔，就走过去了，就把她抱怀里，把她抱到床上去做娃去了。但她接着就号啕起来。她的悲伤变成一个又一个短促而又坚硬的哭声，把空气打击得支离破碎……

j

日子有了些改变，变得有点儿怪异。爱墨老师每次去学校，等开花都会如期赶到，并认认真真坐到教室里听爱墨老师讲课。爱墨老师并没有约她。爱墨老师是讲课讲成了瘾，没学生了也想来讲讲课过把瘾，等开花是为了什么呢？她这样跟爱墨老师解释："你想讲课，我想再做一回你的学生，正好。"

爱墨老师说："端端没了，你也没拖累了，去找李木子去吧。"

等开花咬牙切齿地说："叫我死可以，不要叫我去找李木子。"

爱墨老师紧紧闭了嘴，不作声了。

等开花说："讲课吧你。"

爱墨老师表情厚重，不张嘴。

等开花别了脸，看着教室的墙角说："我想端端，坐这里心头落实些。"于是，爱墨老师木了一会儿，开始讲课。

后来的很多时间，在木耳村小学总能看到那么一幕，等开花坐在教室里，爱墨老师站在讲台上讲课。是游戏，他们却做得特别认真。

有一天，爱墨老师突然收到了母小七和孙飞写来的信。信上说，他们因为没有户口，上学要交借读费，而借读费又很高，他们的爹妈交不起，就把他们送进了一间聋哑儿学校。他们觉得在那里上学一点都没意思，他们想回来，还回爱墨老师的学校里上学。

爱墨老师要进城去接母小七和孙飞，临走的前一天晚上，等开花去了爱墨老师家。她来要爱墨老师的家门钥匙，爱墨老师不在家的时间，她要替他料理家里的事儿。但爱墨老师说不用了，说家里没什么要料理的，那头还没来得及长大的猪已经给他卖了。爱墨老师卖了猪，就是为了拒绝等开花来为他料理家务。所以他没有把家门钥匙给她。那天晚上，他跟等开花说的话都有些语重心长。他说："娃，听叔的，像别的年轻人一样到外地去吧，不说挣钱，换换空气也好。"他说："娃你还年轻，人又长得好，外面的世界大，保不准一年半年的，你就遇到个好人了。"他说："你的一辈子还长着哩。"一颗孤灯，一对孤男寡女，等开花没有听得进他那些语重心长的话。她一直盯着爱墨老师的鼻子看，一直看得爱墨老师不好意思起来。他装了一副严肃的表情在脸上，问她老盯着他的脸看什么。等开花木木地说："我在看你的鼻子。"没等爱墨老师反应过来，她又说："村里的妇人都爱看你的鼻子，你晓得是为哪样吗？"爱墨老师的表情突然就复杂起来，像一个心思繁杂的人刷的墙，不平，色调也乱七八糟。他咕哝了一句："我都老了。"等开花说："你是老了。"这是激将了，爱墨老师身体里有一股劲一撞一撞的，几撞几撞，他就想让自己年轻给眼前这个妇人看，就想让她尝尝他年轻的滋味了。但那股劲很快就萎缩了，因为等开花已经别开了脸，不再看着他的鼻子了。再看她那神思恍惚的样子，刚才她说过的那些话就都显得虚幻起来，似乎那不过是爱墨老师的幻听，她其实并没有说过。不过，临走时她说得很真切："既然这屋里也没哪样要料理了，你就放心去接你的学生娃吧。"

爱墨老师去城里以后，等开花从自家屋后移了一棵大人高的橙子苗栽到学校操场边儿那棵桃树旁边，那棵桃果子已经长到了鸡蛋大，再过几天就该熟了。她想，过几年，这棵橙子树也该开花结果了，那时候，这间学校春季有桃花，夏季有橙子花，那个香哩。

在天上种玉米[①]

王　华

1

我们的村庄从播州的一个角落搬到北京六环东北角的一个角落以后，王红旗还想让它叫三桥。他的理由很充分：三桥人大大小小老老少少都搬这里来了，而且团团地住在一起，实际上就是三桥挪了一下脚。人挪了脚不改名，村庄挪了脚也该一样。儿子王飘飘笑他，这些年，山里的往镇里挪，镇里的往县上挪，你看到哪一个把地名也带着走的？爹你是醉翁之意不在酒。儿子飘飘在外飘了好些年头了，偶尔那舌头也能搅出一句跟文化沾点儿边的话来，这就跟他这个人一样，让王红旗舌根下总生出一种说不清道不明的奇怪滋味。儿子飘飘初中没念完就飘出了家门，到大世界里也不务正业，常常有一些不好听的话传回家去，王红旗脸上乌黑了好一阵。那一阵，别人跟他出主意，让飘飘把名改了吧，叫那名，怎能不在外面飘？看别人眼里充满诚恳，王红旗有点儿信了。王红旗因自己叫红旗，就给儿子起了个飘飘，起名的时候还真没想得很远。

过年时，儿子回了老家，王红旗不再叫儿子飘飘了，叫他老大。他排行老大。儿子一直都听他叫自己飘飘的，突然听他叫自己

① 原载《人民文学》2009 年第 2 期，此次出版时有改动。

老大，吓了一跳，以为爹对他了解得太多。后来才知道爹是为了让飘飘这个名字淡到后面去。王红旗是村长，村长这么叫，大家也都跟着这么叫。飘飘暗暗乐上一阵，回到北京以后对弟兄们说，我现在不光是你们的老大了，我还是我们村里的老大。我发誓，一定要把我们村搬到首都来，让他们整整齐齐地到皇城过过日子。

王飘飘没有食言，他把村里的青壮年男子都带了出来，接着又把女人娃娃们也带了出来，最后，把老人也搬了来。善各庄是原来外地人来这里租地种菜卖时建起来的，起先只是东一间西一间，零零落落的几座遮风挡雨的棚，后来，来这里租地种菜卖的外地人越来越多，房子就多了起来，再后来这片地方全剩下房子了，种菜人没地种菜了，就挪窝了。那些房子建得很简陋，红砖垒的墙，有的抹了层灰，有的连灰也没抹。顶是水泥板儿，极个别的修了两层。王飘飘就让我们村的人都住到这里，租金便宜，还能让一个村的人团在一起。

这件事情在王红旗脸上抹了很厚的彩，但儿子的那一套活法却又是被人耻笑的，这就让他时时舌根发涩。飘飘也深知他的感受，并不拉村里的男子入他的伙，有能耐的他借钱给他们包工做去，能耐差点儿的，他给他们介绍活。

最后搬来的一批是老人。

王飘飘的意思，这里一切都安顿好了，该把老人们接来享享福，见见世面了。老人们年轻的时候可不如我们现在这般潇洒，能随便在世面上走来走去，他们一辈子的世面就只是自己家里那几块地，整辈子就在那几块地里脸朝黄土背朝天。王飘飘一定要让他们在人生的尾巴上把这个遗憾抹了。

王红旗也在最后一批。但王红旗迟迟不奔儿子去，却不是因为他是老人。他还算不上老人，他自己是这么认为的，王飘飘也是这么认为的。王红旗起先的托词，是说他是村长，只要村里还留着一个人，他就应该留下来陪着。老人们准备集体奔北京善各庄去的时候，王红旗那托词站不住脚了。但王红旗还是不情愿跟儿子走。王飘飘说，这村里的人我都请动了，就请不动自己的老爹，你让我这脸皮怎么绷啊？王红旗说，你也知道脸皮不好绷啊？王飘飘说，爹是啥意思？王红旗说，要我去可以，但你得从此改邪归正。你要是也像张准准他们那样凭自己的劳动挣钱，我就可以跟你一起去。要不然，你就是把地球上的人都请走光了，我也不会跟你走。王飘飘“哧哧”笑，说幸好我没遗传爹这点儿德行。王红旗说，你要是遗传了我这德行倒好了，就不晓得你从哪遗传来一肠子坏粪。王飘飘又“哧哧”笑，说，爹你背后骂我妈，就不怕今后到那边去她老人家收拾你？王红旗很吃惊，说，我哪里骂你妈了？你妈活着的时候我从来没骂过她，她死了这么多年了我还骂她？王飘飘还是嬉皮笑脸，说，你刚才那句话，不是在骂我妈？你的意思，是她遗传给了我一肠子坏粪，还是她当年给你戴绿帽子，让我从别人那里遗传来了一肠子坏粪？

王红旗气得全身气血倒流。竟有这样跟老爹说话的！

看爹气成那样，王飘飘才把那副吊儿郎当的表情抹了，青着脸跪到王红旗面前发下了毒誓：从今以后，再不务正业，老天让我不得好死！

发完誓，他就那么看着他爹，一直到他爹的气顺了，脸色恢复正常了，他才说，爹，我起来？

王红旗叹了口气，说，我就暂时相信你一回，如果到了那里你把自己发的誓忘了……王飘飘赶忙接上去说，我不得好死！过马路让车轧死，自己开车让别人撞死，坐飞机让风给吹下来摔死！

看爹的脸色又不好了，他让舌头刹住了车。

王红旗恨铁不成钢地说，你就不能正经点儿？

王飘飘说，爹我很正经。

王红旗又叹气，鼻子眼睛挤成一堆，很痛苦的样子。

王飘飘说，其实不用爹你这么克我，我早就打算洗手了。

王红旗的脸平展了一些，很寄希望地看着儿子。

王飘飘说，你想啊，我把你和老婆儿子都接去了，我还敢像以前那样坏飘吗？我接你们去是要你们去过好日子的，可不是要你们去担惊受怕的。

王红旗把儿子那张脸往深处看了一阵，没看出他在说谎，就点了下头。他说，到了那儿，我就得看着你每天做正事。

王飘飘是真的决定洗手了。把爹接到北京后，他就像张准准们一样做起了包工头。张准准们底儿薄，做的是小包工头，也就是在一栋大楼上接手几百到一两千平米的大理石外装工程，干上个一二十天，赚个万把块钱。王飘飘飘了这些年，底儿稍厚些，一次能接手一栋楼的一个面，干活那声势也要浩荡得多。单说这行头，王飘飘来去都开自己买的北京现代，而张准准开的却是一百块钱一天租来的旧桑塔纳，别的也有开着车来去的，那也是几辆破长安，一走起来就全身稀里哗啦响的那种。有的是花两千块钱买的二手车，有的是租来的。北京这地方太大，要想每天既能干活，又能在干完活后舒舒服服睡在家里，自己最好有四个轮子代步。要不，善各庄这地方，地铁不通，公交不通，你怎么办？也有手捏得紧，不肯松几个钱出来花在这上面的，工地在哪儿，自己就睡哪儿吃哪儿，工程完了，才回善各庄住几天。

王飘飘觉得自己是跟老爹争脸的，以为老爹定是要好一阵子都阳光满面呢。可王红旗并不像他想象的那么扬扬得意，倒像个思想家一样皱起眉头寻思要不要把善各庄改叫三桥。

王飘飘说，爹，我看你不光想把村名搬来，还想把你村长的名分也搬来。

王飘飘一不注意就露出嬉皮样儿来，这让王红旗很不喜欢。儿子右嘴角下有块刀疤，是飘出来的第二年落下的。问题就出在那块刀疤上，不嬉皮还没什么，一嬉皮就显出坏来。

王飘飘说，爹，我们还是很像的。我们都喜欢做老大，不管到哪儿都喜欢做老大。

王红旗说，你给我正经点好不？

王飘飘还是那一脸坏样子，说，我是正经着的啊。

王红旗说，别跟你爹嬉皮笑脸。

王飘飘还笑，说，我这不是嬉皮笑脸，是微笑。

王红旗说，我不稀罕你的微笑。

王飘飘不笑了，说，对不起爹，早知道你不稀罕我就不受这个累了。

王红旗又要生气，王飘飘赶紧张嘴占领氛围，说，其实爹这个想法很好啊，让这地方叫三桥，听着亲切，想着也会少很多流浪的感觉。但我是想，我们来这里图的就是个见世面呢，图的就是个沾皇城的气息呢，可一旦把这地方叫三桥了，那就没皇城的气息了。你想想啊，别人问你，你家住哪里啊？你说北京善各庄啊，别人看你的时候眼神就不一样了。

王红旗插进去说，眼神怎的个不一样法？

王飘飘说，不一样啊，人家看你的时候就自然而然把头仰着点儿，那眼神儿是润润的，带着景仰的，带着羡慕的，带着向往的。

王红旗说，那我要是说我住北京三桥呢？

王飘飘稍想了想，又笑起来，这一回是笑自己。他说，爹比我精，这地儿不管叫什么，只要在前面套上个北京，就是土的也变成洋的了。打个比方，一个长得矮瓜瓜的人，只要头顶上戴一顶官帽，那这个人你怎么看都很高大。他说，行啊爹，你愿意把这地方叫三桥就把它叫三桥吧。而且你还可以继续当村长，但现在这个村可能不太好管，如果你真想管管人过过瘾，你就管管我们的女人们吧。

2

王红旗其实并不是他儿子想的那样有当村长的瘾。他其实就那么点儿朴实得不能再朴实的想法，就是把善各庄改成三桥。他清早起来就往各家去串门儿，去把自己的想法告诉别人。秋天了，北京的风比我们播州的风要硬些，吹到王红旗身上，他感觉真有点儿“刮”的意思了。

在老家当村长的时候，他爱找张准准的爹说话。他叫红旗，张准准的爹叫冲锋，两个是光着屁股一起玩大的。去年张冲锋从自家二楼上摔下来，把腿摔断了一条，从此就瘸了。

张准准早上起来已经开着一天一百块租来的桑塔纳出门了，婆娘也送娃娃去学校了，张冲锋一个人在家里打点自己的早饭。在我们老家，早上起来第一件事就是做饭，那可不是随便吃点什么可以了事的，我们的早饭是当正餐做的，女人要一直忙上两个来小时，到九点或者十点的时候，早饭就熟了，炒的炖的煎的，男人们香香地吃，吃饱了才打着满足的嗝下地里去。到了这里以后，这种习惯自然就给弄丢了。一早起来，男人要赶着出门，读书的娃娃也要赶着出门，也只能是随便弄一点，潦草地安慰一下肚子了。

儿媳要送娃娃去学校，张冲锋起得晚的时候就得自己对付早餐。他在煮面。王红旗进门去时，他正把一团乱麻似的面条扔进锅里，王红旗一出声，他就多往锅里扔了些。他们两个之间从来都是这样的，如果一个碰上另一个正吃饭，那这一个不管是不是刚刚吃过，都是要坐下来陪另一个吃上一点的，哪怕把肚子撑破也改变不了这一点。

王红旗坐下来，看着张冲锋一瘸一瘸地在屋里晃。这房子窗小，屋里光线有些差，王红旗感觉张冲锋这么晃来晃去，就把屋子搅得有些温暖。

他说，你习惯么？

张冲锋说，不习惯。

他说，我想把这个地方的名儿改了，既然住的都是我们三桥人，就还叫它三桥。

张冲锋正往碗里挑面，挑在空中停住了。

王红旗说，你认为如何？

张冲锋没马上回答如何不如何，他装了两碗面，叫王红旗去端自己那碗。王红旗端起来吃了一口，说，差点儿味儿。张冲锋说，差煳辣子，带来的吃完了。王红旗说，自己烧啊，电磁炉上也能烧，我那儿媳有时候就那样做，她还往锅里炒过，炒煳了搓碎。张冲锋说，是哩，可我这儿媳懒，一天就打麻将哩。

王红旗说，飘飘叫我还当村长，管这些女人。

张冲锋笑起来，说，你怎么管？叫她们不要打麻将，说多管管娃多管管家？

王红旗也笑，说，是不好管的。

张冲锋说，你说想把这地方改叫三桥，是要改到哪个程度？

王红旗说，哪个程度？就是从此以后我们都把这地方当三桥，不把它当善各庄啊。

张冲锋说，是我们把它当三桥就行了，还是要别人也把它当三桥？

王红旗说，我们把它当三桥就行了，别人问我们住哪里，我们就说，我们住北京的三桥。

张冲锋说，那有啥子意思？

王红旗说，有意思的。

张冲锋说，那就依你。

王红旗说，我们得跟村里的人说去，向他们宣布。

张冲锋说，那就依你。

一件在别人看来十分可笑的事情，他们却真的把它当大事去做。他们挨家挨户去宣布，从此这个村庄不再叫善各庄，改叫三桥。一路走下来，他们满脑子都晃荡着别人惊讶的表情。王红旗说，光这么说说不行，得有个正式一点的东西。

于是，走完了最后一家以后，他们决定去打印店。这个村子里没有树，一棵也没有，在这样的地方，风就走得狂些，王红旗的外衣给掀起来，旗帜一样飘扬。张冲锋见了，按着自己的肚子说，把衣服扣上，像我这样。又说，这儿的天气比我们那边的硬。他们的身后站着些人，或者在哪些错落的窗口还伸着几颗头，那些人的眼神跟着他们的背影，却又在他们的背上给撞散了，散得都无法收拾拢来。奇怪呀，这两人是不是脑子闲出问题来了？有人这么自言自语。

这庄子里有两家发廊和一家超市，还有一家打印店，但它们都不是三桥人开的。所以，当王红旗叫人家给他打印那张“村规民约”的时候，人家在“善各庄从此改名叫三桥”这句话上跟他打起了丝绞。是哪里决定要把善各庄改为叫三桥的？王红旗说，是我们决定的。人家说，你们？你们是谁？王红旗说，我们就是我和他，我叫王红旗，他叫张冲锋。张冲锋补充说，王红旗是村长，几十年的老村长了。人家说，是哪儿的村长？张冲锋说，是三桥村的村长。人家说，三桥村的村长哪有权力制定善各庄的村规民约？王红旗说，现在这里全都是我们三桥人，全都是我的村民，你说这儿的村规民约不由我来制定那由谁来制定？人家说，哪能说全都是你们三桥人啊？我们就不是，我们店里五个人都不是。王红旗说，你们不是，这村规民约你们可以不遵守，我们这东西也不会来制约你们。人家说，你要管你的村民可以，但你没权力把这个地名改了呀。王红旗说，这要什么权力呢，这是跟大伙商量着就办成的事儿。人家说，哪是你想的那么简单啊，你跟谁商量了？就跟你那些村民？你问过善各庄的人了吗？你请示过政府吗？

人家是一个小姑娘，顶了一头红发，舌头能绞着哩。王红旗给她绞得有些拿不住阵，张冲锋就赶忙接过了话，问姑娘说，这善各庄是你家的？人家尖叫起来，说我可没说这善各庄是我家的。张冲锋说，我是问你们家是不是祖辈就住在这里？人家说，不是，以前这里是一片地，这里变成村庄的时间还不长。张冲锋说，那就是说这里有一块地是你家的？人家说，这里也没有一块地是我家的。张冲锋如释重负地笑笑，说，那关你什么事？人家又尖叫起来，说，怎么不关我的事啦？我不也在这里做生意吗？张冲锋说，你做你的生意，我们改我们的村名，井水不犯河水好不？这句话虽是商量的口吻，但语气里却带了很多不容商量的意思。

张冲锋的话还真把小姑娘给镇住了。

她咕噜了一句什么，才接着哗啦啦敲起键盘来。

那天下午，善各庄东西南北四个方位都贴上了新的村规民约。那是一张比门板稍小点儿的纸，上面写着：

三桥村村规民约

第一条：从二〇〇六年十月二十日起，善各庄改名为三桥。

第二条：今后，每一个村民都要记住，这里叫三桥，而不再叫善各庄。违者一次罚款五十。

第三条：凡三桥村的妇女不能聚众打麻将，违者一次罚款五十。

…………

看前面两条还都笑，看到第三条，女人们有气了，说你以为这真是在三桥啊？

看女人们气，男人们更忍不住笑，说，你们不用急，这村规民约没用，看吧，上面明明写着“三桥村村规民约”，可这里是北京善各庄啊，他说要叫三桥就是能叫的吗？明明是我的儿子，你硬说那是你的儿子行吗？

3

王飘飘也笑他老爹，说，爹你要是真觉得闲着无聊，你也可以去打麻将的呀。王红旗说，你啥意思？我啥时候说过闲得无聊了？王飘飘说，你要不是闲得无聊，弄这些事儿？王红旗说，这些事儿不对？王飘飘说，对哩对哩，我爹是村长呢，谁敢说他做的事不对，我跟他急。一贫嘴，王飘飘脸上就起坏笑，他说，爹你精啦，这么一弄，你肯定比我还能挣钱。

王红旗真想一巴掌扇过去，但这想法还只是一个想法的时候，门外突然撞来一辆摩托车，车没停稳，人就扑进门来了，口里喊着“老大呢老大”。王飘飘租的是三间房，里面间供自己和婆娘晚上睡觉，外面间稍大些，墙角给老爹安张床，另一大半屋子还可以承担客厅的功能。当时王飘飘就坐在爹的床上，一边抠着脚丫子一边跟爹说着话。撞进来的扁脸小子白着脸说，老大你怎么把机关了，急死我了！王飘飘还抠脚丫子，说，什么事儿把你急成这样？小子说，你别抠脚丫子啦，快藏起来吧，他们来找你来了！王飘飘这才一激灵放弃了脚丫子，说，他们真来了？就想跟小子一起出门逃。但来不及了，那些在夜幕里像孙悟空的金箍棒一样可以随意伸长的摩托车灯光已经伸到了他家门口。王飘飘一转身拉起小子就钻进了自己的卧房，越窗逃走了。

王飘飘前脚刚跨出窗户，后面就跟着进来了几个脸上横着长肉的男人，刚从摩托车上下来，满脸的灰尘。善各庄这地方除了趴着一堆零乱不齐的平房，就是这一世界的尘土了。来人问面前正发着愣的王红旗，王飘飘呢？王红旗没吭气儿，他看了看那几个人的脸，已经有些明白他们的来路了。他知道跟这样的人还是少张嘴的好。来人见他不配合，自己满处找，连床下也没放过。找完了，一辆小轿车也到了门口，车里出来一个脑门儿上带疤的。那疤红红的，在灯光下像趴那儿的一条老蜈蚣。王红旗看着它走了神儿，想象着那一刀的力度和深度，想得一股冰冷爬上自己脑门儿，他咧了一下嘴，好像自己的脑门儿上刚刚挨了一刀。

王红旗咧嘴的样子给红疤脑门儿看见了，他冲王红旗笑了笑，问，你是王飘飘的爹？王红旗说，是。红疤脑门儿说，他去哪儿了？王红旗说，他跑了，知道你们来就跑了。红疤脑门儿哈哈大笑起来，笑得脑门儿上那条老蜈蚣似的红疤直闪光。笑完了他问王红旗，他跑多久了，我们还追得上吗？王红旗说，怕是追不上了，他腿快，从小腿就快，村上跟他同龄的那帮娃儿，没谁跑得过他。红疤脑门儿又是一阵干笑。那实际上不是笑，顶多是几声干咳而已。咳完了他问王红旗说，你儿子真改邪归正了？王红旗没吭气。他白一眼王红旗，说，你该劝劝他，做那小包工头能挣几个钱？还是回去做他的老大的好。王红旗咳了一嗓子。红疤脑门儿以为这表示的是他不耐烦了，就把嘴闭上了。红疤脑门儿闭着嘴的时候看起来更凶些，那凶是从那块疤里透出来的。王红旗感觉自己的腿弯子颤了两下。

红疤脑门儿也学着王红旗的样子干咳了一嗓子，然后假装突然想起似的问道，老人家，你孙子呢？

王红旗的嘴闭得很紧。

红疤脑门儿说，你儿子是清楚的，这地方，有时候孩子会丢，给人偷去换钱了。老人家没听说过吧？

红疤脑门儿上了车，带着他的摩托车队走了。车声射出去很远了，但屋门口那一团被车轮子搅起来的尘土还久久地扭结在门吐出去的那片灯光里，一直到王飘飘走进那片光，把它们撞破。

王飘飘看一眼他爹，说，没吓着你吧爹？

王红旗说，我倒没给吓着，可你好像给吓得不轻。

王飘飘听出味来了，讪讪地笑，说，那是好汉不吃眼前亏呢爹。

王红旗说，你可是发过誓跟那条路断瓜葛的。

王飘飘说，我是发过誓，我没忘。但爹你不清楚，断那条路可不是像切瓜那么干脆。

王红旗说，我是不清楚，可人家说你清楚，这里有时候会丢娃娃。

王飘飘说，他真这么说的？

王红旗说，这种话我编不出来。

王飘飘闭住了嘴。他想抽烟。朝爹面前递一支过去，王红旗看一眼，没接。王红旗对王飘飘这人白眼，同样对王飘飘的烟也白眼。他抽自己的草烟，抽出一团一团的辛辣烟雾来。

王飘飘打婆娘的手机。

在哪儿呢?

涛涛呢?

回来。

婆娘很快就带着儿子回来了，一大一小的两张脸上都还带着怕意，他们显然是知道家里刚刚发生的事情的。进门后，他们还没忘了悄悄看一眼在他们看起来可能藏着恐怖的角落。王飘飘把儿子拉进怀里，故意把一口烟雾吐到他脸上，呵呵乐。儿子给呛得咳嗽，他还乐。婆娘在一旁站了一会儿，去了厨房。

王飘飘冲着她的背说，不要怕，有我在呢，听我说，从明天开始，不要让涛涛去学校了，你带着他跟我一起去工地，我就不相信我摆不平这事儿。婆娘站下，扭半边脸给他看，似乎有话要说的，但最终只发出一个很响的吸溜鼻涕的声音。

王飘飘感觉自己的脸皮显沉重了，想冲儿子笑，那脸皮却很难往上推。他看着屋中央一块地一个劲儿吞吐烟雾，把儿子忘了。儿子涛涛觉出了无趣，自己去开了电视看。电视里正在放云南版的《猫和老鼠》，画面里轰然一声，那只猫成了一块猫形焦炭。儿子咯咯乐起来。看儿子乐，王飘飘也把眼睛放电视屏幕上去，看一只猫被一只小老鼠耍得毫无尊严，他也觉得好笑，就笑了。

正吃晚饭的时候，张准准来了，见他们吃饭，也不找地方坐下，站屋中央问王飘飘刚才是不是真有人来找过他。王飘飘不说刚才是不是真有人来找过他，叫他坐下来吃饭。张准准说他吃过了，在工地吃过了才回来的。说，回来的半路上就听说有一大帮人来找你，是不是真的？王飘飘还是叫他坐下来吃饭。他找个凳子坐下了，却并不答应吃饭，还一个劲儿地盯着问那回事。王红旗说，你先坐下来吃饭吧。王飘飘叫婆娘去给张准准盛饭去，婆娘站起来要去，张准准把她拉住，不让她去，生死说自己刚吃过了，肚子实在装不下了。王飘飘一边儿斜眼看着婆娘，说，吃得下的吃得下的，你只管盛来哩。婆娘就坚决地去了厨房，很快就替张准准盛了一碗饭过来，张准准也就坐到桌子边儿，拿起了筷子。王飘飘问他，喝杯不？张准准说，有酒不？你想喝不？王飘飘看一眼他爹，笑从眼角化开，一直到全脸。他说，不喝，今晚喝了怕出事儿。张准准说，怕出啥事儿呢？我听说刚才那帮人来者不善呢，老大你要是需要出个力气，你别不吭气。王飘飘还是笑眯眯的轻松样子说，哥哪个时候向你们借过力气？你跟哥出来也有些日子了，以往哥过的是啥生活你清楚得很的，以往哥都没借过你们的力气，你觉得今天哥就一定得跟你们借力气了？张准准说，以往是以往，以往你这个老大下面养着一大帮子弟兄，那时候你不找我们借力气我们信。可现在不一样了。王飘飘终于丢掉了他那副做作出来的笑看炎凉世态的模样，跟张准准认真起来。他把一双筷子舞在空中，说哥现在有啥子不一样了？虽然哥现在改邪归正了，但哥的那帮弟兄却是人散心不散的，我还是他们的老大，有什么事，只要我吭一声，他们就全都拢来了，他们的力气随时都为我养着的……

王红旗“咣”的一声把筷子拍桌上了。屋里的人全都看着他。他的碗里还有半碗饭。

王飘飘跟张准准递个眼色，自己却装一副没心没肺的样子往爹碗里夹菜，一边，他冲张准准说，看你把我爹气的，你哥都改邪归正了，你少来这里撒油粑面儿勾我下水。又叫儿子涛涛，去给爷爷重新拿一双筷子过来。涛涛应声要去，王红旗呛着嗓门说，不用了！我吃不下了！

他真走开了，到一边儿抽他的草烟。他是很生气了。

谁家的猫在屋外一个劲儿地叫。

4

第二天一大早，张准准来门口堵王飘飘。王飘飘刚出门就给他拉进他的桑塔纳，王飘飘说，你干啥呀长出息了有胆儿绑架哥了？张准准说，兄弟请你吃早餐。一口气把他拉到出村半里远的一家包子馆儿，张准准点了两笼包子，两碗绿豆稀饭。

王飘飘说，说吧，谁欺负你了？

张准准说，老大想歪了，我是想帮你去出气呢。

王飘飘说，哥的事儿不用你插手，哥希望我们村只出我这一个报应，你们，一定要做我们村的骄傲。

张准准说，哪能呢？

王飘飘吞包子喝稀饭，吃得像张准准根本就没在面前一样。两三下吃完了，他叫老板来收钱。张准准赶紧掏钱，却不如他快。王飘飘说，你还得把我送回去。张准准说，今天我做你的司机。王飘飘很有意味地把张准准往深里看了一回，说，你小子肯定有事需要我帮忙是吧？张准准吞吞吐吐，嘴上依然说没那样的事儿。王飘飘说，说吧，老大站你面前哩。张准准又吞吞吐吐了一回，终于下决心把所有的难为情都吞到肚子里，说，是有个小事儿。

他跟王飘飘说的这个事对他来说其实很大，他已经干了五天的三千平米的大理石外装工程，可生意却被人生生给撬掉了。他接这个工程是跟建筑公司签了协议的，可昨天那个专门管他们的苞谷嘴经理却对他说，剩下的工程他们不用管了，公司按违约赔他们的钱。张准准一定要弄清楚是怎么回事，苞谷嘴经理告诉他说，另外一个包工头以一个更有利于公司的价钱争取了这块活。张准准去见了那个撬他生意的包工头，那人竟然是个熟人，名叫陈倩倩，以前一起喝过酒还一起在同一个夜总会搂过同一个三陪小姐的腰。张准准拿不准这事儿该怎么办，正是因为对手是这么样一个熟人。

王飘飘说，他怎么跟你解释的？

张准准说，他说对不起兄弟，我也要养家糊口。

王飘飘想都没想就说，这人该揍！

张准准说，揍？

王飘飘说，走。

他钻进了桑塔纳。

张准准也钻进了桑塔纳。但他拿不准王飘飘是要往哪里走，怯怯地问他，老大，去哪？

王飘飘说，去你工地，哥替你出气去。

张准准说，那你的事儿呢？

王飘飘说，眼下先处理你这事儿，你的事儿就是哥的事儿。

张准准说，真打啊？

王飘飘说，有哥在你还怕？

张准准说，哥亲自？

王飘飘说，哥已经不亲自动手打人好多年了。

他开始拨手机。张准准紧张地盯着他的嘴，好像那里随时都会蹦出一条大灰狼来。实际上王飘飘的声音听起来很柔软，而且还带着点沙哑，他对手机那边的人说，有人皮痒了，你叫上几个弟兄，马上赶到平房桥来。

张准准深吸一口气，驱车飞驰。

工地上超分贝的噪音与尘土裹成一团，人到这儿耳朵嗓门儿也都派不上用场，王飘飘和张准准下车以后，噪音低下去一小会儿，那是工人们暂时停止了手中的切割机。但当他们看到王飘飘他们身后又到了一辆面包车，而且面包车又吐出来几条汉子的时候，他们又开起了切割机。他们已经闻到了一点儿不对茬儿的气息，他们需要尖锐的噪音来麻木他们的神经，不到万不得已，他们不想被人招惹。

张准准带着王飘飘和他的弟兄们穿过一片噪音和尘雾，找到了他们要找的人。陈倩倩竟然坐在一边看着一本《故事会》！王飘飘杵到他跟前，他感觉到空气突然有些稀薄了，才抬起了头。

你找谁呀？因为外面的噪音，他不得不把声音提得很高。

王飘飘没张嘴。这种地方他张嘴得很费力气，而且他身后有人替他动嘴。是昨天跑他家给他报信的那扁脸小子，个子很单薄，声音却很大。他问，你叫陈倩倩？

陈倩倩点点头，站了起来。他突然感觉到面前的这堵人墙让自己有些呼吸困难，他站起来是想透透气。王飘飘咧了一下嘴，围在他身边的弟兄们就哈哈大笑起来。妈的，一大老爷们起了个女人名字。他们说。

陈倩倩在他们的笑声中挪一下头，看到了王飘飘身后的张准准，他站在从工人们手下飞起的一团大理石尘雾里，像站在一个梦中。于是，他重新把眼睛落到王飘飘脸上，说，我已经跟他道过歉了。

王飘飘不理会他，做一副很没心情的样子转身去看那帮制造噪音和尘土的工人。这一看，噪音就停下了。远处也还有噪音传过来，但已经显得温柔得多。王飘飘这才转过头来问陈倩倩，你是说这事已经结了？

陈倩倩说，公司赔了他违约金的。

王飘飘还是问，你是说这事已经结了？

陈倩倩说，那你还要怎样？

王飘飘说，我要你把工程还我兄弟。

陈倩倩说，你是他谁？

王飘飘说，我是他大哥。

他又挪脸去看张准准。尘土久久悬浮在空中，张准准站在尘雾里，显得很虚幻。张准准就从这种虚幻中一步一步朝他走过来，站到了他的面前。

陈倩倩说，对不起，我也要养家糊口。

王飘飘说，你还还是不还？

他想了想，说，我接这个工程已经是折了劲儿了，赚不了几个钱的。

王飘飘说，还还是不还？

他又想了想，说，不还。

王飘飘咧了一下嘴，把一个笑切断在刚开始的时候。然后，他向后退了一步。他的七八个弟兄被他这一步送到了前面，他转过身体，背对着弟兄们。

也就是一秒钟的工夫，他就听见背后响起了弟兄们的拳头声和陈倩倩的喊叫声。好些时间没听到过这种声音了，现在听来依然让他全身忍不住地兴奋。当他看到工人们涌向这边的时候，他微笑着侧过身给他们让道。他是那么迷恋拳头发出的声音，越多越刺激。二十几个工人全加入了，与他的七八个弟兄搅成一锅，突然间变得壮怀激烈的拳头声让一边儿的王飘飘兴奋得全身发抖。

我敢说陈倩倩右腿折断时的声音一定是很惊人的，因为据张准准说，那一声响起以后，那场斗殴事件就戛然而止了，就像那是一声命令，一声停战的命令。那时候，先前还抱成一团儿悬浮于空中的尘雾不见了，天空显得很干净。那时候，远处的切割机声也显得很遥远。

结果很令张准准称快，陈倩倩断了右腿。

张准准也没跟王飘飘商量，就往陈倩倩那张血脸上扔下了五千块钱，说，拿去接你的腿吧，以后做事可得长点儿德行。

陈倩倩慢慢撸开脸上的钞票，问一边儿的王飘飘，你是谁呀？

王飘飘说，王飘飘。

5

张准准跟他婆娘说这事儿时特别叮嘱过，要她不要把这事儿告诉别人的，尤其不能让王飘飘的爹王红旗知道。但王红旗第三次要罚她的款的时候，她就没把住自己的嘴，把这事儿抖给王红旗了。

王红旗说不准村里的女人打麻将那是来真格的。自贴了村规民约以后，他就每天在村子里转，看哪儿聚了一桌他就把她们撵散。女人们先看他儿子王飘飘的面子，他撵就散了算了，一天不打麻将也死不了人。第二回，人家还看他儿子王飘飘的面子，想两天不打麻将照常死不了人的。第三回，照样看在王飘飘的分儿上，不跟他计较。可往后王红旗还跟她们认真，她们就觉得这有些过分了。娃儿送学校了，家务就那么点儿，不打麻将做什么呢我们？那么多的时间，我们也就是为了打发时间，又不是赌博。她们这么想，以后王红旗再来撵就不走开了，看在王飘飘的分儿上也不走开。王红旗要罚款，一人一次五十。她们赖脸，说我们这桌上的钱全收起来也没五十呢。王红旗不干，全收起来没五十也不行，计账，这回拿不清下回拿。计账就计账，我不信你王红旗还真能变成黄世仁？张准准的婆娘就是这么想的。有的为了继续打麻将，当场就交了罚款，但她不交，第一回，她叫王红旗计账，第二回她还叫王红旗计账，第三回，她还是那句话，给我计账吧大伯。王红旗不干了，他说事不过三。婆娘家容易着急，王红旗不让路了，她就想找个能砸王红旗的脚的，两片嘴唇一张，就把王飘飘替张准准出气的事儿抖出来了。

我们打个麻将你都要罚款，那你家飘飘出去打架你罚款不？我们打一回麻将罚五十，你飘飘把人家腿打断了罚多少？

这还真是块有分量的“石头”，王红旗要不是上了点年纪，真有可能让她给砸得跳起脚来。

这一下砸出去，张准准的婆娘就后了悔，想起了王飘飘是为了帮自家男人，也想起了自家男人在耳边的叮嘱。但后悔已经没用，吐出去的唾沫收不回来。她掏了一百五十块钱放王红旗怀里，撤了。乡下婆娘没见过太多的钱，一百五十块在她们这里算多的了，更何况那是交罚款。张准准的婆娘在把钱放到王红旗怀里时咕哝了一句，说拿去吧，就当是我们还你家飘飘的情哩。如果说刚才那一下砸到了王红旗的脚背上，这一下就是砸到脚指头上了。十指连心，刚刚给“砸”得发愣的王红旗这一下真的感觉到疼痛钻心，差一点儿没晕过去。

他气冲冲地找到了张冲锋。

他把张准准婆娘揣他怀里的一百五十块钱甩到张冲锋面前，说，这是你儿媳还给我家老大的情。张冲锋看着那钱，哑着嘴琢磨出了什么事儿。王红旗说，飘飘又去打架了，还把人家腿打断了。张冲锋就琢磨出一点儿眉目来了，说，是替准准打的？王红旗说，我想是吧。张冲锋说，准准那婆娘太不懂事，飘飘哪时候替村里人打架要过人还情的？王红旗说，就是啊，这不是打我的脸吗？他虽然坚决反对飘飘那一套活法，但飘飘骨子里那种仗义他还是蛮欣赏的。问题就出在这里，张准准婆娘最后咕哝出的那句话不光砸痛了他，而且还激怒了他。他冲着张冲锋发火，说，这不是打我的脸吗?！张冲锋咬着牙说，你在这等着，我去把那狗东西找来，当着你的面儿我抽她的脸，我让她长点儿德行！张冲锋一瘸一瘸要走，王红旗把他拉住了。王红旗说，我是那种人吗？我能让你为了替我出口气去打儿媳落个笑话？连飘飘都知道为人讲个仗义，我就不知道？

张冲锋一只腿儿长一只腿儿短地站下来，说，我依你。

王红旗的情绪在这里得到了缓冲，嘴上的劲儿也就减了许多。

王红旗说，我也就是要你多加教育，让她以后不要再去丢你的脸了，说实话，那也是丢你们张家的脸呢。

张冲锋说，是。

王红旗说，你坐下吧，站着累，坐下来我们摆摆我家那报应儿子，你说他怎么就狗改不了吃屎呢？

张冲锋坐下来，慢条斯理地卷草烟。第一支，是给王红旗卷的，第二支才是自己的。

那天他们聊了好半天儿子，一直聊到张准准的婆娘回来煮晚饭。在张冲锋的追问下，儿媳只得把自己从张准准那里听来的全捅给了他们。她的话里明显表现出对王飘飘的不满，她认为教训教训那人可以，但不应该把人腿给打断了，让她的男人白白赔给人家五千块医药费。儿媳蠢到这一步让张冲锋一阵一阵地脸红，他真想抽她的嘴巴，但又有碍于他是公公，老人公不能打儿媳妇，是中国人都应该知道这一点。

王红旗是打定主意晚上要跟儿子飘飘理论一番的，但接下来的那件事情比前一件事情大多了，大得他的脑子都装不下，直接把别的事情都挤出了他的脑子。

儿子王飘飘的左手少了三个指头。

儿子王飘飘少了三个指头还满不在乎。看屋里的另外三口都盯着他裹了纱布的手看，他还笑着说，看啥呢看？不就是少了三个手指吗？他说，就这三个手指还都是我自己切下来的，我当着那帮家伙的面儿，切给他们看，我切一个，他们眼睛都不眨一下，我又切了一个，他们还是眼睛都不眨一下，我再切下一个，那家伙说，王飘飘你有种，你回去做你的正经人去吧。爹你说我是不是有种？那家伙要是再不吭声，我会继续切下去，后面还有两个哩。如果我切完了他还不吭声，我打算把切下来的那些手指当萝卜条吃给他们看……

王飘飘正说得得意，王红旗一巴掌就扇到了他脸上。

王飘飘红着半边脸，继续得意，他那样子好像他爹刚刚根本就没有扇过他的耳光，他的脸也并没有火辣辣地痛。他说，你们是不知道那家伙现在的野心，居然打起了偷国家文物的主意，他一次一次地找我就是为了拉我入伙，我要是不答应，他们就要拿我儿子或老爹说话，我跟他们说，老爹和儿子我不能让他们碰，伙我也不能入，但我可以把我的左手留给他们……

王飘飘的婆娘率先哭了起来，呜呜咽咽的，儿子涛涛虽然到底也没弄明白爸爸正说的那事儿有多么严重，但看妈哭了，也跟着哭起来。

王飘飘不高兴了，哭啥呢哭？都不许哭！

娘儿俩就都噤了声。

王飘飘过去把儿子拉进怀里，一只手搂着，话却是冲着爹去的。他说，爹，我知道这手指头不是我一个人的私人财产，它们也有你和妈的一份儿，我这样擅自地当萝卜切是对你们的大不敬，但我这样做是为了彻底跟那种活法断绝关系，我切我的手指头一方面是向他们表示我的决心，也是在向我自己表示我的决心，爹你不是想我改邪归正吗？我这样做就是为了彻底的改邪归正啊爹。不就是少了三根手指头吗？可从此以后王飘飘就不是人渣了，这可是一件很划算的事情啊爹……

那晚王红旗没等王飘飘把话说尽兴，就出门找张冲锋去了，俩老哥们到超市去买了一瓶红星二锅头，在村西头的一块废弃的石桌子边坐下，喝起来。造这张石桌的人可能是个爱好下棋的，但后来这人不住这里了，而且房子很破了也没来修修，所以后来也没人来租这房，这一下，这里倒成了老哥儿俩说话的清静之所了。

风有些冷，王红旗一边喝酒一边不断地流鼻涕眼泪，抹了几回都抹不干净。他索性不抹了，反正夜黑着，反正对面坐的是他的贴心哥头儿。

他说，我现在特想回家，回我们的三桥去。这话里透着孩子气，但张冲锋知道他这时候比任何时候都要认真。他们旁边的墙上就是一张他们贴上去的“村规民约”，王红旗说话时就看着那一块模糊的白色，说，我原来想这里虽然是北京，但住的都是我们村的人，也就是一整家人挪了个窝罢了。所以我想把这里还当是家，是我们的三桥村。可现在看来这些都是我们在妄想，再怎么妄想，它也是北京的善各庄，它不是三桥，不是我们的三桥。我真的，真的好想回去。王红旗吸鼻子的声音变得越来越重，最后，他干脆呜呜噎噎哭了起来。张冲锋觉得，这时候坐面前的不是王红旗，而是一个孩子。这个孩子告诉他，他想家，想家里的亲爹亲妈。

6

王飘飘丢了三个手指，跟他们住的这个地方叫善各庄而不叫三桥没有直接的逻辑联系，但王红旗要将这个村庄改名为三桥的念头却因为发生了这件事情而变得迫不及待而且不容置疑了。他不光要村里人从心里把这个地方当成三桥，他还要让地球和地图也承认这里叫三桥。

他和张冲锋一起到村头的牌坊下站了好几天，他提出要把那牌坊上的村名改掉，把“善各庄”三个字改成“三桥村”。改个字不难，但张冲锋觉得这件事情肯定得得到什么人的同意。王红旗也明白这一点，但他当了几十年村长，还从来没弄过改地名这事儿，所以不知道这事儿具体归哪个部门管。王红旗说可能是镇里，也有可能是区里。张冲锋说，也有可能是当地派出所，人要改名不得经过派出所吗？

最后他们决定先去找镇里。

王飘飘深夜才回来，发现他爹还没睡。王红旗说我等你呢。王飘飘说，爹担心儿子做啥，你儿子又不是在外面吃苦，晚上回来得晚，是因为儿子在外面享乐呢。王红旗现在已经习惯儿子这种不正经的样子了，他心平气和地问，老大啊，这善各庄归哪里管？王飘飘说，归中华人民共和国管。王红旗说，正经点儿。王飘飘说，归北京管。王红旗脸色开始变乌，王飘飘才真正正经下来说，归北里屯镇管，怎么了？王红旗说，改这个村名我想肯定得找镇里，得镇里同意。王飘飘“哧”的一声笑起来，而且一“哧”起来就没完没了，像个高压锅一样“哧”了老半天才停下。他说爹啊，你闹着耍耍就行啦，还想动真的呀？王红旗说，我一开始就没想闹着耍。王飘飘喝得有点儿多，说话直喷酒气，王红旗不想跟他多搅和，问他北里屯镇政府怎么走。王飘飘却不告诉他怎么走，只叫他不要去做那种落人笑话的事情。王飘飘还说，爹你要是闲得无聊你天天到村外逛，逛着逛着的说不定你能给我招引一个后妈回来哩，有了后妈，你肯定就不管这个村叫个啥名儿了。咯咯咯！喝多了酒的王飘飘笑起来像极了刚下完蛋的母鸡，声音像，脸也像。

王红旗去找张冲锋，说老大叫我没事出村去逛逛，说不定哪天就给他逛回个后妈来。张冲锋笑，说，那你打算今天就去逛？王红旗说，我想去镇里。张冲锋说，行，我跟你一起去。

两人出了村，先随便在大路上抓一个过路的问，北里屯镇在哪里？答，不知道。王红旗说，得找个像北京人的问。又拦了一个，王红旗感觉他像北京人，但那人一张嘴是四川话，啥子镇？不晓得。张冲锋说，得找个在房子里的人问，房子里的人至少有可能是在这里住了些日子的。真找了个坐在房子里的问，可人家正好又是没住这儿多久的，不知道北里屯镇政府怎么走。

王红旗皱眉，张冲锋说，就当是来给儿子逛后妈吧。

王红旗咧嘴笑，说，那我们就专找母的问？

对面正好碎步跑来一只细腰黑狗，张冲锋说，你去吧，看那腰身那肯定是只母的。王红旗说，那是你表妹呢，还是你去。正说话，狗跑近了，原来是只公狗，两人不禁哈哈爆笑，突来一股风，刮一把沙进他们的嘴，两人忙止了笑，吐嘴里的沙。

他们找到镇政府大楼的时候，正好是中午下班时间。他们在附近一家成都小吃店坐了，一人要了一个盖饭，还要了一瓶小二锅头分着喝。

王红旗说，不能多喝，多喝了舌头不麻利，过会儿到镇里影响说话。

张冲锋说，你说镇里会同意我们改吗？

王红旗说，不管他们同不同意，我们一定要争取。

张冲锋说，如果人家硬是不同意呢？

王红旗认真去想如果人家硬是不同意又该怎么办，结果没想出该怎么办，倒把脑袋想大了。于是他情绪突然就低了下去，喝酒也不跟张冲锋招呼，自己端着闷喝。

张冲锋说，你不要还没办事先自己认输嘛，他们要是不同意，我们自己立个牌坊，就在那个牌坊的边儿上再立一个，上面就写“三桥村”，你说行不。王红旗眼睛有了光，说，真的哩。端杯跟张冲锋碰一下，又说，我们这是捡了个娘，自己心里想把她当亲娘不行，还得要别人也把她当是我们的亲娘我们心里才踏实啊。张冲锋想说，捡来的娘你自己把她当亲娘别人也把她当是你的亲娘就真是你的亲娘了吗？但他没说，他们哥们几十年了，他从来没扫过王红旗的兴。这话被王飘飘给说了出来，那是在二十多天以后。

北里屯镇政府的干部们听说了他们的想法，觉得不能纯粹地把这件事情当笑话看，就给他们一个答复，说等他们讨论一下再说。他俩主动留下了姓名电话，要干部们讨论出了结果就告诉他们，人家也点了头。但他们回来等了半个月还没接到电话，两人就又去了一趟镇政府。人家很客气，还给他们泡了杯好茶，那茶叶在开水里一个一个地站着，站得亭亭玉立，两人看它们的时间比喝茶水的时间还多。人家说，最近镇里的大事多，所以他们的事情就给拖下了。人家深表歉意，并表示这事儿一定会认真对待的。话说到这儿，他们都知道该走了，但人家的房子里特别暖和，外面的风又那么硬，即使这时候有人说拿轿车送他们回家，他们也不想走。因为他们那家，墙太薄，顶不住这刀子样的北风，屋里烧着火炉也还是不抵冷。

想归想，人家并不体谅他们的心思，说，那你们就先回去吧，等讨论出了结果我们通知你们。

那就走吧。一辆自行车，王红旗驾龙头，张冲锋坐行李架上，两个比平日臃肿了一倍还多的大男人把自行车压得“嘎叽嘎叽”直叫唤。风从背后刮来的时候，王红旗可以省很多力，最怕的是风迎面刮来，呼地一下，你就以为鼻子没了耳朵也没了，清鼻涕被风扯出来，往后拉成一根长长的绳，你就感觉有人在后面拉住了那根绳，你驾不动脚下那两个轮子了。

回到家，两人的鼻子都红得赶灯泡，赶紧弄一盆热水烫手烫脚，末了就抱着火炉子打抖。这种情况下，两人就越发地怀念刚刚待过的那间有暖气的房子，并且无比地向往了，说要是这屋子也像那屋子那么暖和，那才叫幸福啊。说皇城的人就是会享受日子，过冬都过得那么高级。说那暖气是从哪儿来的呢，你看见没有，是不是像空调那样得有个机器造热气呢？说没看见有机器哩，还真不知道那暖气是从哪儿来的，怕是拿煤烧出来的？两人越说着别人的暖气，就越觉得自家的这个屋子好冷，火炉子烧得贼旺也烧不暖屋子里的空气。那空气不是空气，干脆就是冰，无形的冰，看不见的冰，无处不在，往你肉里渗，往你骨头里渗。于是两老哥们决定，等他们的儿子回来就提出安暖气。不是叫我们来享福吗？这样挨着冻也叫享福？

王红旗提出要往家里装暖气的时候，王飘飘觉得从他爹嘴里蹦出“暖气”这词儿是有些新鲜了，就问他在哪里看到过暖气了。王红旗说没看到过，但暖过了，那才真叫暖。说，烤火吧，是烤着的半边暖着，可没烤着的半边是冷的啊，我说的这种情况还是在我们那边呢，在这里，你就把身子放火炉里当煤炭烧着了也不见得暖和呢，嗨，那东西，暖得，暖得……王红旗一时找不到形容词，着急。王飘飘打断他问，爹去哪儿见识了暖气了？王红旗说，镇里，北里屯镇政府。王飘飘说，又去叫他们同意你改村名儿了？王红旗说，嗯啦。王飘飘说，他们同意了？王红旗说，还没研究，要等。王飘飘说，他们不会同意的，没说你无理取闹就已经不错了。王飘飘这回很认真，脸上不带一点儿开玩笑的意思。他说，爹你得答应我以后不再去办那事儿了，让人笑话。王红旗说，谁笑话了？王飘飘说，谁笑话了？连我都笑话！你说那人本来不是你亲娘你一定要把她当是你亲娘她就真是你亲娘了？即使你也把她当亲娘别人也把她当是你亲娘，她就真是你亲娘了，她跟你就有血缘关系了？

王红旗被王飘飘噎住了。

王飘飘再没理会他爹，他风一样卷出门，开着他的北京现代进了城，两个小时以后他带回来一辆小货车，货车上装着两台挂式空调和一个安装工。一台装他的卧房，一台装爹的床头上。那晚睡觉的时候，他就让他爹和他的婆娘、儿子都感受到了他们渴望的温暖。

7

陈倩倩想要拜会王飘飘，请张准准帮着拉个线儿。张准准说，怎么了？是咽不下那口气，想找老大的麻烦是不是？这话是在电话里说的，电话又是在工地上打的，张准准的嗓门儿放得很大，话听起来也狠了点。陈倩倩那边回话说，你老兄比我还渣，小人之心度君子之腹啊，我是想在这个地盘儿上混得长久一点，想请你们的老大以后也罩着我一点哩，这你都看不出来？张准准说，你还没猪蠢。哈哈哈，说吧，你是想安排在哪个地方，金百万？那边说，要不我怎么找老兄你帮忙呢，你看哪个地方合适，坚决不要为我省子儿，不能寒碜，一定要配得上你们老大的身价的。张准准说，行啦行啦，就金百万吧。那边说，时间呢？张准准说，时间的问题你得等我问过老大了再告你。

张准准挂了陈倩倩这边，就打到了王飘飘那边。王飘飘说，今晚没时间，叫他改天吧。

张准准把这话转告陈倩倩后，陈倩倩说，那我晚上过家里来看看老兄你吧，这冬天来了，兄弟住的地方没暖气，昨天买空调的时候多买了一个，屋子里装不下了，人家又不让退货，搁那儿也是浪费，这不，我知道你们那房子里也没暖气，不如装到老兄房子里去算了。张准准嘎嘎大笑起来，说，啊呀呀，前两天我老爹还跟我叨咕过买空调哩，我爹和我们老大的爹是铁杆兄弟，看我们老大买空调挂屋里了，就叫我也买，可这阵儿我手头正紧哩，钱都套在工地上了，我老爹就只好天天跑我们老大家去吹暖气，只差晚上睡那边了，哎哟喂，老弟这真是叫啥来着？张准准挤皱了额头皮认真想，那边陈倩倩说，老兄是说我真是雪中送炭吧？张准准说，对了对了，就那词儿，放你这儿太恰当了。陈倩倩嘿嘿笑，说，那我下午就给你送家去，晚饭就在老兄家吃了。张准准说，行行行，你看什么时候我在家等？陈倩倩说，五点吧。

那天张准准的工地上事儿缠了点儿，结果是陈倩倩在村头等他。陈倩倩坐的是空调派送货车，司机就是安装工。张准准把他们带回家，家门锁着。张准准没想到是这样，平时他回来，婆娘没在，爹也在，他尤其不喜欢自己带着人来的时候家里是这般冷清模样。他在兜里掏钥匙，大概是因为太心急，总是掏不着，把身上所有的兜都掏遍了，也没掏着，急得都要冒火了，才发现钥匙挂在裤腰上。我们播州的人都习惯把钥匙挂裤腰上，出来过后，好多人都把这习惯改了，可张准准改得还不够彻底，有时候还会犯那土气。

开了门，张准准请陈倩倩和安装工到火炉边坐，并热情地为他们张罗茶水。可火炉是冰的，堵在炉子里的一洞煤是死的，没一点儿热气。暖瓶里也没有热水。张准准脸上有些挂不住了，对陈倩倩说，不好意思兄弟，我那婆娘是个欠揍的货。陈倩倩说，老兄不用客气，你先告诉我们空调往哪里安，叫这位兄弟先装着，你再忙别的去。张准准四面看看，最后决定装在老爹的床头上。

然后，他抛下陈倩倩找婆娘去了。

婆娘在打麻将。屋子关得很紧，桌子底下放一蜂窝煤炉，除了四个打的，边上还坐着三个看的，她们全都把半个身子往前倾着，架在桌边儿上，把桌下那一团温暖牢牢地囚住。煤烟在屋子里蜷着一团，大口大口地吞食着空气。

张准准打开门的时候，冷空气趁机也闯了进来，惹得屋子里一片抱怨声。张准准没理会，径直上前抓住了婆娘的头发。屋里煤烟太浓，他也没心情张嘴。他就像个歹徒一样抓着婆娘的头发，把她拖出了那间呛人的屋子，又沿着弯来拐去的巷子把她拖回了家。婆娘一直在喊叫，喊“张准准打死人了”，喊“救命啦张准准打死人了”，但张准准就当没听见。别的人呢？大概是因为天气太冷，想看一看也只是把窗户打开一个小口，让眼睛贴那小口上去了一下心意而已。张准准爱打婆娘，这谁都知道。每一次挨打，他婆娘都会这么喊，而每一次都没见给打死，这也谁都知道。看看，也只是想看看这回子张准准是怎么个打法。男人打婆娘，谁也不会去多管闲事。

张准准就这样把老婆拖回了家。他并没有让她吃拳头，是因为他还需要她赶紧把火炉点上，还需要她烧一壶开水来给客人泡茶。

他婆娘跟了他这些年，脾气没给打收敛了，倒是越发给打得见长，明明看见有两外人在家，明明看见别人是在装空调，还明明知道张准准今天是因为碍着这两人的面子而忍着拳头，但她还是要拗，拗着不听张准准的话，拗着不给张准准好脸色看，也不给别人好脸色看。张准准说，赶紧把火弄好，烧开水泡茶。她不，她说她的头皮都给张准准揭下来了，她干不了活。张准准咬着牙说你再拗我就把你身上的皮也揭了，她说你揭呀你是人逼屙的就来揭。张准准把牙咬了又咬，腮帮上的青筋鼓起来像蛇那么粗，她还说你今天要不来揭我身上的皮你就不是人逼屙的。张准准不咬牙了，动拳头。给陈倩倩拉住了。

换别的时候没人能拉住张准准的，但今天不一样，毕竟拉他的人是陈倩倩，毕竟陈倩倩是来送空调的。陈倩倩说，别跟婆姨一般见识，我们赶着把空调装好，出去吃饭去，我请客。

张准准来劲，哪能呢哪能呢，兄弟帮我这么大忙，哪还能让兄弟花钱请吃饭呢？不过现在看来我们是不指望在家里吃饭了，就按你说的办，我们出去吃，但说好了哥头请吃啊。

陈倩倩说，请老兄吃个饭算什么呢？以后陈倩倩就是你的亲兄弟，有什么用得着的地方尽管吱声就是。陈倩倩说这话的时候眼水里泡着十二分的诚恳，于是，往下张准准说话时就拍了拍陈倩倩的肩。兄弟这么说话哥头儿听着心头舒服，出门在外，靠的就是兄弟，这饭你就不要跟我争了，哥子请吃顿饭还来得起。他说。他还说，我再争取一下，最好让老大也赶过来吃饭。听说要请王飘飘，陈倩倩就变得诚惶诚恐，说老大要来，那就更得是我请了。张准准板了脸，很不高兴地说，兄弟再跟我争，我就不理你了，你把你的空调拆走，你今后还叫你的陈倩倩，我还叫我的张准准。陈倩倩不争了，好像他很怕自己以后还叫陈倩倩。

婆娘被晾在一边，她却拧着劲儿不走开，打定主意要杵在那儿让自家那狠心的男人看着心头发烦，就是不能让他开心。张准准不能视而不见，走过去走过来的，那脸就乌上一阵，又乌上一阵，看得她心里直乐呵。脸乌过了几回，张准准冲她说，你给我滚远点去杵着！她不滚，她说你有本事你再抓住我的头发把我拖远点。这婆娘是真缠得让人倒胃口了，连陈倩倩一边看了都生了想揍她的念头。他老远不客气地把话扔过来，行啦嫂子，你少说两句，这马上就完了，你收拾一下，我们马上出去吃饭去。张准准说，她去吃啥饭，她登不了那堂！婆娘看着张准准挑一下右嘴角，拍屁股出门了。这个时候该去村头接孩子了，天塌下来她也不会把这事给忘了。

见到了张准准的儿子，陈倩倩就一定要让张准准带上老婆孩子，还有他老爹。不答应，他就不去吃这顿饭。张准准就答应了。空调已经装好，试过了，那铁柜子一张嘴，就吐热风，他心里暖洋洋的，是花儿都可以被暖开了的那种暖。这样的心境是可以原谅很多事情的。

张准准决定先把陈倩倩和婆娘儿子送到“金百万”，再回来接他爹和王飘飘那一家子。

路上，儿子透过前挡看见了一只大肚子乌鸦，喊起来，妈妈，你看，黑鸟！妈妈心情不好，不理他的茬，他就一直喊，看啦看啦，车都过去了，他还掉转身子朝着车后窗喊“看啦看啦”。张准准从后视镜里看到婆娘还死板着个脸，好心情就凉了下来，说，你奶逼的丧着个脸，是死了爹了还是死了妈了？婆娘也嘴快，说，我死了男人哩。嘴还没闭上呢，车“嘎”的一声就刹住了，张准准不知从哪捞了块瓷砖反手就劈来了。幸好陈倩倩反应快，半路拖住了他的手，那瓷砖才没劈到婆娘的头上。劈到副驾驶座的椅背上了，就在陈倩倩的左肩旁边，布裂开猪嘴长的一条口子，惨白惨白的。婆娘是给这一下吓着了，脸皮成了茄子色儿，眼泪哗啦啦淌，她说张准准我们不过了我们各走各的吧你反正女人多的是。张准准都准备廾车了，听她这么说又不开了，扭了身子要揍她。陈倩倩就生气了，是真生气，他一把抓住张准准伸出去的那只手，说老兄你是男人还是娘儿们啦？你要是娘儿们你今天就在这儿打老婆。得，我走，吃饭的事儿我们以后再说。

张准准当然不承认自己是娘儿们，就把手缩回去了。车又往前走了，他狠狠地看着前挡玻璃，嘴上说你跟老子记着，等着老子来收拾你。又说，你还怕老子舍不得扔你？老子扔你就当扔只破鞋。陈倩倩叫他住嘴，他住了。婆娘却闭不住嘴，她这会儿是真伤心，她看着眼前椅背上的那条口子，想象着那口子要是生在自己头上的情景，她想得心尖尖儿直打战。婆娘还受不了自家男人把自己当成一只破鞋来说，她一边抹着眼泪和鼻涕一边叽里哇啦地数落张准准的坏，弄得陈倩倩也想一拳头堵了她的嘴。他说行啦嫂子你闭嘴吧，两口子的事情，大家都让让就行了。看外人生了烦，婆娘收敛了些，但似乎还是无法完全平息自己的伤心，一个人在后面一声一声地抽噎。

金百万，那是坐落在大路边的一座富丽堂皇的酒楼，进这地方吃饭的，都得把自己不当一般人。

那顿饭王飘飘没来参加，尽管张准准说他爹他婆娘儿子都在，他也没来。没王飘飘在，饭桌上的气氛就很家常，虽然桌上也有酒，但喝酒的人却明显显得情绪不是很高。陈倩倩倒是总想把气氛掀起来，敬两位长辈的酒蛮勤快的，但无奈一桌子都是家常人，酒喝完了也还是一样。

不过，这一顿饭对陈倩倩来说，有意外收获，那就是王红旗向他提出要去他工地干活。这话，是饭后王红旗把他拉到一边儿悄悄说的。王红旗所以要这样，是因为王飘飘不答应他去他的工地，也不答应他去张准准的工地。王飘飘不让他折腾村子改名的事，女人们又恨他管她们打麻将，他是真想找份儿活儿干干。尤其是工地上那份儿钱让他眼馋。陈倩倩说，最低的也能拿一百五十块一天哩。王红旗不知道他儿子一个月前才打断的那条腿是陈倩倩的，只看到陈倩倩看他的眼神跟看自己亲爹的眼神儿一样，所以还在饭桌上就打定了主意了。

陈倩倩高兴得真像白捡了个亲爹一样，说您老人家要是能屈尊到我那儿帮忙去，那是我陈倩倩的造化呀。这样吧，我给你两百块一天，你就在工地上给我看着点儿工人，什么也不用干，你就坐哪儿抽烟，眼睛眯着那帮家伙就行。这看人的事儿王红旗并不生分，他都当了几十年村长了。他说行，我保准给你看好喽。两个人手一握，事情就秘密地定下了。要保密，是王红旗说的，王红旗说千万不能让他儿子王飘飘知道。陈倩倩扮调皮相说，我把嘴贴上封条。王红旗笑起来，呵呵哈哈，拍打两下眼前这年轻人，别样地亲热了。

8

就那晚，王飘飘答应陈倩倩去野百合夜总会。金百万那顿饭，最后还是陈倩倩掏的钱，饭后张准准是真的觉得陈倩倩这人不错了，就跟王飘飘打电话说，人家陈倩倩是真心投靠你呢，眼下他给我装了空调，还请了我们两家子人吃了一顿金百万，指不定人家给你准备的是多少呢。王飘飘说，你交兄弟是交人家肚子里的屎啊？但王飘飘还是来了，不过很晚才到，还不是一个人来，另外还有两个，先介绍说这位是哪儿的什么经理，那位又是哪儿的什么主任，后又说，都是他的兄弟。

陈倩倩在蓝幽幽的灯光下冲着两张陌生面孔不住地点头，又赶忙敬烟，烟是软中华，一包一包地敬。拿上拿上，抽着方便。他说。人家接过来又把烟放茶几上，人家是城里人，懂得什么叫得体。陈倩倩在蓝幽幽的灯光下讪讪地笑，赶紧又一支一支地递上，人家接了，也抽上了，他才松了一口气。

张准准叫来了几位细腰身的小姐，说老大你点吧。王飘飘看着他呵呵笑，笑完了跟他带来的两位兄弟说，我们都是农民，朴实。那两位也跟着呵呵笑，说老兄说什么话呢，朴实好，我们就喜欢朴实的人。敢情原来那种矜持是装出来的，前后两分钟不到，他们就不想装了，就变得比别人还要朴实了。说，来来来，都来坐下，跟我们倒酒。小姐们就欢天喜地了，小鸟一样扑进人堆里，在有限的光线下浑水摸鱼，把一堆男人摸得胸膛一挺一挺的。她们就嘻嘻笑，做出的是一副不小心碰着了人家的样子。她们可是好样儿的，谁也没因为自己坐的是一个农民的双腿而减了情绪，谁也不会因为自己搂的是一个城里人的脖子而情绪更高一点儿，她们像一群没心没肺的鸟儿，落哪棵树上都一样的欢实。

那晚他们玩得很晚，从野百合出来的时候全都喝得醉醺醺的，看人时眼睛一律都直着。

到走的时候，王飘飘都没给陈倩倩个话，陈倩倩就把他拉住了。陈倩倩有点儿站不稳，拉着他的时候，手上的劲儿紧一下松一下的。

陈倩倩说，王飘飘，你是我们农民工的骄傲，我崇拜你！

王飘飘像一只要打瞌睡的猫，慢慢扑闪着眼睛看着他，脸上皮笑肉不笑。

陈倩倩说，王飘飘，我是真心想投靠你，我知道你混得像条汉子，你从家里来的兄弟们都给你罩着，混得就比别人舒坦，我陈倩倩混得很狗屁，所以我想请你也罩罩我。

他说，王飘飘，你把我的腿打断的那一分钟我就打定主意要投靠你了。

他趔趄了一下，王飘飘把他稳住了。路边的灯浑黄，看什么都不清楚，可王飘飘看见了陈倩倩眼睛里的泪光。他把自己的左手举起来，举到陈倩倩的眼前，问他，看清楚了？陈倩倩把发直的眼睛贴到他手上去看，然后说，看清楚了，少了三个手指。王飘飘说，看清楚了就行，我不想跟你多说了，你想知道的你打听去。陈倩倩还拉着他，他说，把手放开吧，太晚了，我们都得回家去了。又说，以后不要这么破费了，记住你的钱是要养家糊口的，要花在刀刃上。陈倩倩还不放开他，他的脚下不稳，放开手他就有可能倒地上去。王飘飘叫张准准过来扶了他，说你把他送回去。

第二天清早，王飘飘刚出门，王红旗就骑着他的自行车出门了。昨晚在金百万分手时，陈倩倩悄悄给了他一张名片，上面写着他的电话。他想，一出门找个公用电话一打，就知道该往哪儿去找陈倩倩了。

他没想到陈倩倩会在村口来接他。

陈倩倩说，这路远着哩，我怕伯找不着。陈倩倩开的是一辆红色的长安车，外面看上去还不错，可里面很破，座椅都是松的，一走起来就直摇晃，让人坐得老不踏实。

王红旗说，你可不要这样，多耽误活儿啦？

陈倩倩说，四个轮儿比两个轮儿快，再说伯是第一天来上班，我本该是到家里去迎接呢。

王红旗嘿嘿笑，说，你这年轻人，嘴比我们家老大还贫。

陈倩倩说，我可不敢跟老大比，他是龙，我充其量是条蛇。

陈倩倩的车里一大股酒味，王红旗说，你车里是不是有酒瓶儿倒了？陈倩倩说，不是酒瓶儿，是我的酒肚子，那味儿是从我嘴里出来的。王红旗呵呵笑。

陈倩倩给王红旗准备了一个电暖炉，位置安排在能一眼看得见工场上的工人，却又能避风的地方。那实际就是一个墙角，两面墙，没墙的两边陈倩倩挂了两块棉被。陈倩倩说，你每天就坐在这里烤着火，眼睛盯着工人们就行了。王红旗说，我还干点儿别的不？就这点儿活儿？陈倩倩说，这工地上也没别的活儿了，切大理石你老肯定不行，我都不行哩，那需要技术是不？又说，就这活儿可不一般啦，一般人看不住啊，你老人家行，你老人家一脸的威，像老虎，坐那儿就能把一林子的猴都给镇住了。王红旗听得哈哈大笑，说看你娃这嘴。陈倩倩就扮一副调皮相给王红旗看，说你老人家可要给我看好摊子。

然后，他把王红旗叫到工场上，对工人们说，从今天开始就由这位老人家做你们的监工，你们可不要偷懒，他可是当了几十年村长的人哦。有人说，工头儿，他是你爹吗？陈倩倩说，不是亲爹，但比亲爹还亲，你小子少跟我耍嘴皮子，小心我克扣你的工资。工场上响起来一片笑声，接着切割机叽呀呀叫起来。尘土漫卷，陈倩倩拉着王红旗回电暖炉边儿去了。

王红旗简直不知道该怎么说他那份儿开心，一天挣两百块竟这么容易！他搂着电暖炉算自己一个月能挣多少钱，一年又能挣多少钱，一个十二分简单的数学题，他却算了又算，就图的是计算过程给他带来的那份开心。

没想到他的美差第三天就遭遇了挫折。

陈倩倩顶头那工头卷着款跑了，工程没法干了。陈倩倩原是从一个比自己大点儿的包工头手里接的活，结果那包工头刚从建筑公司拿到款，就抱着款跑了，跑得没了影儿。没有钱，这活还怎么干？工人们不可能给谁白干，他陈倩倩也不可能给谁白干。可问题是就现在拍屁股不干了也不划算，他们已经干了一半儿了，就干出去的那一半儿的钱也没了影儿。陈倩倩去找公司经理，那经理却说不关他的事，他没扣工人的钱。陈倩倩给人噎了回来，脸和脖子充血半天。工人们已经不干活了，全都围着陈倩倩问他们的工钱怎么办。他们再不能让陈倩倩也跑了，他们辛苦了半个月了。陈倩倩也不知道该怎么办，那人既然要跑，那就没安心让你找着，找他肯定是没戏的。陈倩倩在工人们围成的圈子里蹲下来，把头当球一样抱着，还摇。摇半天头，只想出了一个招，完全是下下招，那就是揍公司经理去。他冲一脸白土的工人们说，走吧，咱们揍那经理去！有什么理由去揍人家经理？人家给钱了，一分也没少，该什么时候付就什么时候付，时间也没耽搁。工人们觉得陈倩倩是在支傻瓜跳崖，不干。陈倩倩说，你们不打他那怎么办？我手里没钱给你们，我的钱全投进去了，这半个月来你们的吃、用，天冷了给你们餐里加荤，床上加被，哪一样不花钱？工人们说，你别搅那些不中用的，我们只找你要工钱。陈倩倩说，你们今天替我去揍那经理了，我就去借钱来发你们的工钱。我要给你们钱，你们也得替我出口气吧？工人们还是不干，打人的事不是谁都能干的，我们打了人，谁去替我们坐牢啊？

陈倩倩两头受气，恨不得一头撞死。

后来他一个人去见了经理。经理还是那副模样，对他的遭遇毫不同情，说不关他的事。陈倩倩其实还是希望他能给予一点儿同情的，哪怕说一句帮着他找一找那个该死的包工头也行，但那人看来天生就缺乏同情心，并没这么做。陈倩倩在他的面前全身打着抖，抖了好半天才聚齐了勇气打出了他的瘦拳头。陈倩倩这拳头还从来没伤过人，一年前，它们握起来还是为了写字，那时候它们还属于一个大学毕业生，和主人一起在沿海的大小城市里闯荡，替主人填过很多的表，写过很多次简历，现在，它们要替主人收拾面前这个缺乏同情心的经理，它们还很嫩，才二十二岁不到，一年来它们虽然也摸过砖头，摸过大理石，但它们还没来得及长满老茧。如果它们有眼睛，主人把它们打出去的时候，它们应该是闭着眼睛的。那是一种豁出去了的姿态。它们的确是豁出去了。它们没有经过正规的拳击训练，全凭那股豁出去的劲儿了。

结果出乎陈倩倩的预料，他闭着眼豁出命去揍的不过是一个面瓜，他甚至都不记得对方有过反击，到他再也打不动的时候，对方已经被他扫净了尊严——鼻青脸肿，口里流血，甚至还裂了裤裆。

他怎么就裂了裤裆呢？事后陈倩倩想了很久也没想明白，他不记得自己踢过对方的裆，他对张准准说这事儿的时候特别表明他是绝不会做那种下流事儿的，他说他虽不会打架但他看不起打架时使黑脚的人，他说那样的人不是真正的汉子。张准准在跟王飘飘说这事儿时，学着陈倩倩的腔调把那几句话说了两遍，王飘飘就把有疤的那边嘴角挑起来笑，他说，这小子用不着人罩了。

更意外的胜利是并没有人拿了手铐来抓陈倩倩进公安局，也没有人来找陈倩倩算账。陈倩倩一口气就长了很多信心，觉得自己变强大了。建筑公司有很多小经理的，他找了另外的经理要了另外一份活儿。原来的工程撂下了，白干的那半个月他认了，撂下的让面瓜经理自己去认倒霉。

发生了这样的事以后，王红旗就不给陈倩倩干了。他说陈倩倩也不容易，他在那儿坐一天就拿两百块，他心里不安。他说的是真心话，那件事情在他心里莫名其妙地添了很多忧郁，他再一次产生了强烈的想回家的渴望。

9

哪能回呢？我费这么大的劲就是为了接你们来享受的，这里是北京哩，以往在老家那边，一听说谁家有个人在北京哩，所有的人看他们时眼神儿都不一样。现在我们把一个村庄都搬北京来了，多了不起的事噢，你却要回去，回去干啥？王飘飘说。

王红旗是觉得自己有点儿过分，但他说服不了那个老念着家的自己。他支支吾吾，说老家这阵儿小麦把地都染绿了吧？

王飘飘说，你想种小麦了？你种了大辈子小麦谷子的，就真不想好好地清闲几阵？

他还说，你是觉得我做儿子做得不好，不想给我面子吗？

他还说，你说要我改邪归正我就改邪归正了，我都听你的话你怎的不听我的话呢，有句话不是讲互相尊重吗爹？

爹给他问得一脸涩，舌根发麻答不上话来，一边的婆娘看了替爹抱不平，说，爹想回家我支持，我跟他一起回去。

王飘飘扯一下嘴角，扯出来一脸的不正经。他说，你们俩早勾搭上了？婆娘一泡口水吐到他脸上，说，我才是想走了不见狗屎心不烦哩！王飘飘把脸伸过去，伸到婆娘的面前去，说，替我把狗屎擦了，快，还不擦我就要给臭死了。婆娘看一眼爹，去替王飘飘拿毛巾。拿来了却并不替他擦，把毛巾扔他脸上。王飘飘自己擦，一边擦一边说话，说，我王飘飘混得真惨啦，我以为我混得不错哩，能把婆娘儿子老爹都接到北京来呀，哪想到倒混成了一泡狗屎了。婆娘说，比狗屎都不如。王飘飘还是一脸不正经，说，才一秒钟不到，就连狗屎都不如了，婆娘你说比狗屎不如的是啥东西呢？他把擦过了脸的毛巾放鼻子跟前闻闻，装出一副臭不可闻的样子，一脸难受地把毛巾扔给婆娘说，快拿开，真是比狗屎都不如。婆娘这阵不喜欢他这种吊儿郎当的态度，把毛巾扔到一边儿去，扭屁股进里间去了。

王飘飘对他爹说，看吧，都是打麻将惹的，这婆娘家凑一堆儿，没事儿都要生事儿，爹你走不了了，你得管管这帮女人，一定得管好她们，要不，我们这帮男人在外面混，指不定哪天就内院起火。

王红旗说，怎么回事？

王飘飘说，你问问你那乖儿媳，是不是打麻将时听别的婆娘乱嚼舌头了。特别是准准那婆娘，那舌头天生就是搅屎棍。

躲进里间的婆娘又回来了，她对王飘飘说，你要没那些臭事，人家舌头再臭也搅不到你。

王飘飘说，话不能这么说，那搅屎棍搁哪儿都臭，你就是一杯香茶，她一搅也肯定臭了。

婆娘说，你的意思是你没那些臭事儿？

王飘飘不理她，他跟爹说话。他说，爹啊，你说一个男人在外面混哪就那么容易？你想想你当村长那些年，是不是很多时候都身不由己啊？江湖规则嘛，人在江湖混，那能不遵守？我再怎的，到最后这百多斤身子骨还不都交给你了？最后一句他是冲着婆娘说的，说完了他就打算出门了。他走到门口又回头对婆娘说，我今晚又得出去鬼混哩，你要不要跟我一起去？婆娘做一脸高傲对他，他笑笑说，你不去？不去就算了。

听王飘飘的车往远处飘去了，王红旗对儿媳说，我看你就不要去打麻将了。儿媳悄没声儿地消失在卧室门口，他又不好意思把头伸得更远些，就只好冲着那门口高了嗓门儿说，农村婆娘家，屁股落哪儿都还是个农村婆娘，不能跟城里婆娘比，各人有各人的活法，我们不能学城里婆娘，整天凑一起搓麻将。

儿媳在里面说话了，打麻将我可以不去，但你也得管管飘飘，他可是经常在外面整别的婆娘，这我可没冤枉他。

王红旗哑巴了。这样的话题他不好跟儿媳讨论。

他去了张冲锋那里。

他对张冲锋说，看来还得禁止婆娘们打麻将。

得想个办法。张冲锋说。

王红旗说，罚款不行，以前我是想把那钱拿来修牌坊，把村牌换了，现在不行了，老大不让我整，说那可笑。

张冲锋说，你想得通？

王红旗说，想是想得通，但我还是希望这个地方叫三桥，它叫三桥我这心里才踏实。

张冲锋说，嗯，是那回事，我们老了，就像树叶念根，总念着要把脚放在家的那块地上心里才踏实。

王红旗脸色暗了下去，说，可，这地方太不像我们家里的模样了，我们那边，这时候小麦苗苗都拱出头来了，那地里看去是一片绿哩。

张冲锋说，是的，这里缺地，庄稼人没了地，就会浑身不自在，这也是你总觉得这地方不是家的原因。

两人约好了第二天去庄子北面租地。说只要有了地，老家伙们就不再闲得心慌，也有理由不让女人们打麻将了。

那是一大片地，很平，很宽阔，一眼望不到边。他们走到地边，也看到地头有小麦苗苗的头，怕冷似的，缩着脖子。他们好高兴，像他们看到的不是小麦苗苗的头，而是他们的亲儿子的头哩。

可别人不租给他们。别人说他们的地他们自己要种，不租。

接下来，北京二〇〇六年的第一场雪降临了，一夜之间，满世界白皑皑的。王红旗一个人在村子边儿上转了几圈儿，觉得地都藏起来了，他找不着了。

下雪那晚，王飘飘没有回家。第二天晚上也没有。恰巧那晚张准准的婆娘也没回家，而且第二天晚上张准准的婆娘也同样没有回家。人们把两人的失踪往一块儿捏捏，弄得张准准和王飘飘的婆娘都很痛苦。第三天中午王飘飘回来了，车上坐了张准准的婆娘。王飘飘的婆娘当时正从超市买了瓶醋往家走，看到了。两个婆娘是有过对视的，但张准准的婆娘后来又假装没看到她，她心里的醋瓶子当时就翻了。她提着醋瓶追车，一直追到张准准家门口。张准准的婆娘下了车，明明看见王飘飘的婆娘了，却再一次装着没看见。事后她自己解释是不好意思跟王飘飘的婆娘搭讪，但王飘飘的婆娘一直都认定她当时是故意做给她看，因为她竟然当着她的面儿伸手去拉王飘飘，还弄了一嘴的媚腔叫王飘飘，说，老大哩，你得下来跟他爹说清楚，要不然我可能进不了屋的。事过很久，王飘飘的婆娘还叮着她问，你当时是不是真想给王飘飘垫床？

关于这个问题，张准准的婆娘从来没认真回答过，她觉得事情后来已经很明白了，解释和不解释都没什么意义。

那事情是这样的，张准准的婆娘前些时候听人说，代销什么化妆品比她男人装修房子赚得还快还多，还听说做这桩生意的总公司设在邯郸，就自作主张悄悄跟人跑去了邯郸。可去了之后，那里只有一大堆和她一样想去赚钱的女人，她们全挤在一间二十多平米的屋子里，睡地铺，吃大白菜。有时候，里面有人会带一两个去见另一两个，那另一两个据说是做化妆品代销赚了大钱的，这一两个去见她们，是去看她们怎么大手大脚地花钱。只有赚了大钱的人才可以大手大脚地花钱呢，她们看到了就会这么想，带她们出去的人也正是要她们这么想。然后，她们全聚在一起听别人讲课，讲他们的理念、理想，讲得热血沸腾，激动时就挥起手来喊口号，讲课的喊，听课的就跟着喊。那激动，一点也不逊色于我们听到日本鬼子宣布投降的时候。然而，她们见不着什么化妆品。化妆品没有，自由也没有，出门时被人带着，进门大门就锁上了。有人告诉她们，赶快叫家里人寄钱来吧，有投资才有钱赚啊，小投资只能赚小钱，大投资才能赚大钱啊，最好是叫你的朋友啊亲戚啊都加入进来，有团队才有实力，谁的团队最大，谁就是最大的老板，想不想做最大的老板啊？

张准准的婆娘感觉如醍醐灌顶，大大地长了见识，就打电话给张准准，叫他给送钱过去。张准准不知怎么的不搭理她，她就跟那边说要回家拿钱，不想别人不让她走，说钱只能叫家里人寄过来，或者你叫他们也加入我们的团队，但她绝对不能回家。这一下，张准准的婆娘又糊涂了。挨着她睡觉那女的告诉她，如果你要出去，得家里人拿钱来，没几千块钱拿来你回不了家的。人家说的是真的，因为她就是家里没那么多钱来领她，她才一直没能回家的。张准准的婆娘说，那你待在这里怎的做生意？人家说，打电话呀，发短信呀，全按照这里面的人编的瞎话去蒙朋友啊亲戚啊，他们加入了，他们也像我们一样去蒙别人啊，就像蜘蛛织网一样。张准准的婆娘害怕了，说这到底是做的什么生意啊？人家说，传销，你听说过吗？她没听说过，露白痴相。人家说，犯法的。她说犯法的那还做？人家说，你不做就叫你男人拿钱来领你出去吧。她就使劲打张准准的电话。她不知道张准准这边听别人说她和王飘飘裹着跑了。早觉得脸皮丢尽，怎么会接她的电话？

那女人说，你男人不是东西，要我男人在，他一定会来接我出去的，他就是去偷去抢也会凑了钱来领我。

张准准婆娘受不了人家那贬，顶人家，说，你男人对你再好可惜不在了是不？人家说，就是啊，可惜不在了。要不是他不在了，我也不会陷到这里来。我儿子要上大学，我是想赚钱来供儿子上大学呢，所以就鬼迷了心窍。

张准准不接电话，她就想到了王飘飘。王飘飘接过张准准婆娘的电话以后打张准准的电话，张准准也不接。王飘飘不能因为张准准不接电话就不管他的婆娘，他就自己带了钱走了一趟邯郸，把张准准婆娘给接回来了。

事情虽然属实，但说这件事情的是王飘飘和张准准的婆娘，别人就不太愿意相信，他们更愿意相信是王飘飘和张准准的婆娘合起伙编来骗人的。对于张准准婆娘来说，最要命的是张准准不相信她那些话。张准准狠狠地揍了她一顿，还说要跟她离婚。他也不理王飘飘了，甚至也不回家住了，也不知道晚上他住在哪里。王飘飘这边呢，婆娘自然也不相信他那一套说法，给脸色看不说，也提出要跟王飘飘离婚。王飘飘觉得很没面子，去找张准准，问他还相不相信他大哥，张准准不理他，显然是不打算相信他了。他心一横就抡了张准准一拳，那一拳打在了张准准的嘴巴上，张准准吐了好几口血。王飘飘看张准准吐血，自己也吐口水，专门往张准准的面前吐。他说，你是口猪！我王飘飘是什么样的人你还不知道？我是那种人吗我？

撂下这话，王飘飘走了。

看着王飘飘远去的车屁股，张准准想，可能自己真的是口猪。

当晚，他拎了一坨啤酒去了王飘飘家，两人借着酒把脸皮又抹了回来。但事情并没有从此就彻底解决，婆娘还跟王飘飘拗着，张准准也还跟婆娘拗着，也不知道哪天才是个头。

10

这件事情搅得整个善各庄好一阵子不得安宁，尤其让王红旗和张冲锋得了胃癌一般，天天闹心口痛。两人在家里待不住了，就往身上裹两件棉衣去外面走。

王红旗说，必须得有地了，庄稼人的婆娘得有地，就像娃得有娘。

张冲锋说，可人家不租给你呢。

王红旗说，这附近有些小块儿的空地，我记得它们还有地的模样，修整一下就出来了。

张冲锋说，那些，不成气候。你不可能只让我们两家的婆娘有地吧，你可是村长。

王红旗往空中看，雪很晃眼，他不得不把眼睛眯起来。他说，这雪把地下这么一盖，你看我们这些屋顶，是不是也有了地的模样？

张冲锋跟着他的视线去看那些屋顶，还真有地的模样，平平整整，一块一块的。他说，像是像，可雪一化它们还是屋顶。

王红旗说，如果那上面盖的不是雪，而是土，那不就是地了？

张冲锋惊讶得脸上皱纹盛开，说，对呀，在家里的时候也有人在屋顶上种谷哩。

王红旗说，这边不能种谷，但我们可以种小麦种玉米呀。

两人的胸口突然就不痛了，眼前那些白花花的屋顶都变成了绿油油的玉米田，他们眯着眼，在自己想象出来的景象里陶醉了好一阵。

第二天，他们找了一块在他们的记忆中还保留了几分地的模样的地方刨雪，把雪刨开了，他们试着往下挖。土很松，一挖就开，泥脚还很深。他们像考古人发现了宝贝一样地兴奋，就回家冲自家那心情还处在零度以下的儿媳喊，别丧着脸了，走，跟老子刨土去。拉出了自家的儿媳还不算，还在巷子里吆喝别的人，婆娘们都出来跟我们去刨土啊，快啊。王红旗还加了一句，我以村长的名义号召大家啊，不出劳力的可不行啊。

大冷的天怎的想起刨土来了，刨土来做什么呢？满村子的嘴都在这么问。王红旗和张冲锋就冲着满村子的耳朵说，刨土来盖房顶，盖房顶上做地，以后就往房顶上种庄稼。

这不是吃撑了没事干吗？满村子人都捂了嘴笑，还说那张冲锋一辈子都像王红旗的走狗一样，王红旗一撅屁股，他就跟着放屁。还说，那王红旗还以为这是在三桥啦，他那村长到了北京也还有效？

遇到阻力了。这块地不叫三桥，王红旗这个三桥村的村长就不生效了。

怎么回事呢？在三桥是这帮人，在善各庄的也是这帮人啊，我在三桥是他们的村长，到了这善各庄就不是他们村长了？王红旗想不通。

在善各庄这个地方，他们可能更习惯听王飘飘的吧？张冲锋说。

王红旗找儿子，说，老大，你得帮爹一回，他们不听我的了。

王飘飘就跟村里的婆娘们说，都跟我爹刨土去，按他说的在你们的屋顶上造一块地，来年种出庄稼来，换的钱全作为你们的私房钱，用来添耳环项链儿啥的。婆娘们就都去摸自己的耳朵，耳朵空着的，积极性很高了，耳朵没空的，想起前一阵儿找男人想再买一副别的款式的，但男人没答应，就想不如自己挣它一副，不为别的，就为挣给男人看看。

全村的婆娘凑一起，那还是好大一支队伍呢。这么大一支队伍凑一起干活，那壮观也是可想而知的了。王红旗当了几十年村长，像这样净光光把全村的婆娘集中在一起指挥还是头一次，看着自己这支娘子军，他从来没有过地陶醉。人多力量大呀，这话是毛主席说的，现在王红旗看到婆娘们两天就把他指定的那块空地刨成了一个巨大的坑，他就把毛主席的话当书背。

北京的雪跟别处的雪不一样，看着是软的，踩上去是硬的，他们把土盖上去，雪一点儿也不显吃劲儿。王红旗说，不管它，这样倒好，我们垫够了土，到时候这雪一化，就当浇一回地呢。

第二场雪在他们干得正酣的时候下来了，很大，一个晚上就把他们刨出的坑给盖了，把他们在屋顶造出的那些地也盖住了。天冷得很，他们休息了一阵儿，想等雪化化再干。这一阵儿过去，雪也没化下去多少，他们就不想等了，继续干。王红旗的意思，得保证每家都能在开年赶种上小麦，他想当然地认为，这大冬天的，拱出头来的小麦苗苗也并不见得能长个儿，等到一开春，他把小麦种下去，他的小麦苗苗也不会落后很多。

但那些天风突然间变得比平时更像刀子，抽哪儿哪儿就起一块青紫，像脸皮和嘴巴这样的地方更是经不起它抽，一下就能起一片血口子，婆娘们拼命往脸上抹油抹霜也顶不了事儿。这样的风从雪地上刮过去，那雪就不是雪了，成了冰，冰滑，像浇了水的玻璃，满地的雪现在都变成了浇过水的玻璃了，车轮子上绑上铁链，勉强还能走，人是没法走的。人轻，站到这样的地面上就更是轻得像鸡毛，脚刚沾地就滑倒了，先觉得自己像一片鸡毛一样飘起来，等屁股后脑或者别的什么地方的钝痛慢慢上来，你又觉得自己像一块石头一样重。

这样的天哪能干活？

人们就继续休息，等天气转好。这之间婆娘们也凑一起打麻将，但王红旗不跟她们计较了，这点儿时间小玩一下，是可以原谅的。

赶不上小麦，总赶得上玉米的。王红旗对张冲锋说。

前面至少有一片玉米林可以盼着，心里就踏实了，好好过了个年，冰也化掉了很多，那东一块西一块的残冰，娃娃们去捡来玩，用喝可乐剩下的吸管儿堵在冰块上吹，就吹出一个洞来，再找妈要截毛线把冰穿了，提着当锣敲。一敲就碎了，光闪闪地碎了一地，娃娃们就张大嘴巴笑。

王红旗又把婆娘们从麻将桌上叫下来，开始刨土造地了。

那天来了一个房东，看自家的房顶垫了厚厚一层土，问他们这是要干什么，他们说造地哩，在你家屋顶上造一块地来种庄稼哩。房东一听脸就灰了，说屋顶怎么能拿来种庄稼，把我的房子弄塌了怎么办？别人还没回答把他的房子弄塌了怎么办哩，他就喊起来，你们赶紧把我的房顶打扫干净了，我不允许你们在上面种庄稼。他们说，都造好了，这土搬上来也不容易，再说了，我们租你的房不是连屋顶一起租的吗，我们有使用权的呀。房东说，那我不租给你了，你找别人去租去。租房的给吓着了，脸比房东的还灰，说我去别的地方租不就不能跟大伙一块儿了吗？我们是一个村的人，全是一个村的，我们全都凑一起多好啊。房东不管他们是不是一个村的，硬说不租了。旁边人看不惯房东了，说你这破房子还翘市是吧？你要是不租了，我们一个村的人就都不租你们的房了，你问问别人同不同意？

没想到房东不是吓大的，不甩这套账，说，你们爱租不租，反正我这房子不让你们往屋顶上种庄稼。

急了，也有人就给激灵醒的。说，租你这房是签了协议的，你不租给我们也可以，得赔违约金。远在天边的播州人也能说出这样的话来，是房东没有想到的。我们村的人来到这里，想的不是暂时在这里住上一年半载，租房时最少的签的也是五年的合同，房东想就为这点儿事赔违约金还是不划算的，嘴上就软了，说，我租房给你们是让你们住人，那屋顶是用来遮风挡雨的，不是要你们拿来种庄稼的。说你们怎么都得把那土给我打扫干净了。

人家不答应，他也没再坚持，叽叽哝哝走了。

这人长的是鸡肠子蚂蚁胆子啦，哪有在房顶上垫点儿土就把房子压塌了的？连蚂蚁窝还能顶一块地呢。

并不是他胆小，主要是他生了鸡肠子，见不得人好哩。

不理他，继续干。

天气变得暖和起来的时候，整个善各庄的屋顶都顶了一头灰黄色的土。成就非凡啦，那些一块一块的灰黄色屋顶凑起来就是好大好大的一片地哩！王红旗突然就想起了一个十分久远的人物——陈永贵。他说，你们知道有个陈永贵吗，毛主席那阵叫全国人民都向他学习，就是因为他在大寨那个地方造了好大一片地。大家就笑他，说，那你是不是也想让全国人民都向你学习呢？王红旗就把脸红了，呵呵嘿嘿地笑，笑完了又说，从来没见过整整齐齐的屋顶都长上庄稼禾是个啥景儿。大家就说，长上了再看不就见着了？

时令只允许种春玉米了，那就种春玉米吧，玉米高，长起来更好看。

来阻止他们往屋顶上垫土的那房东回去以后大概就把那事给忘了，过了很久又才想起来，就带了好几个房东一起来看他们的房子。远远的，他们就看到村子的上空浮着一片绿，阳光下，就像魔术师悬浮在空中的一块块绿色的魔毯啊。等走近了，他们仰视着空中那一片一片生机逼人的玉米林，竟然就有那么一段时间，忘记他们是来这里干什么了。一股北风吹来，他们才清醒地意识到这样的美景跟自己没有关系，要是跟自己没有关系的这美景长在别处也就罢了，可它偏偏又是长在自家的房顶上，这就不能怪他们心生妒忌了。把房顶上的玉米通通拔掉！把土铲掉！这是他们众口一词的要求。怎么能拔掉呢？那玉米长那儿多可人啊，再说我们费了多大的劲儿才弄出了这一片景啊！我们不干，坚决不干。后来他们说，不拔也行，但得交地租。不管这地是不是你自己造的，但这地长在他的房顶上。这是有些欺负人了，但看看空中那绿得醉人的景儿，我们妥协了。

我们按地的面积，每户都补了地租，他们也就走了。

这事儿让王红旗十分郁闷，于是，那种想让这个地方叫三桥的念头又黏糊糊地找上他了。那一阵，他总是郁郁寡欢，就是盯着头顶上空的玉米也不能让他的心情好起来。儿子王飘飘看穿了他的心事，抽了一个晚上把家家能做主的人都叫到一起开了个会，会的内容没有别的，就是问大家想不想把自家现在租住的房子买下。想，怎么不想啊，但那哪是我们能想的啊！大家全都朝王飘飘瞪着眼露惊愕状。王飘飘说，我只问你们想不想。大家就忙说想啊。王飘飘就说，想就好，今后这就是我们的目标，以后挣了钱不要乱花，买下了这房，爱怎么花都行。又说，给你们一年时间，我要你们明年就住在自己的房子里。

会后，他对王红旗说，爹，只要我们把这善各庄买下了，你就可以名正言顺地把村名改成三桥了。王红旗的脸立刻就有了光，问，真的？王飘飘说，真的。

猪，如果跟他关系不好了，你去买肉吧，他就让你想要猪头而只能得猪尾，甚至什么都不得，你明明看见猪头就摆在那儿，他却说已经卖掉了。那时候五天赶一集，每一集食品站只供应一头猪。一头猪只一个猪头，就怪不得雨朵的爸要权了。

为了弄清“革命”是谁，我想我得先弄清“特养”和“其猪”是什么。我想“大养”我是有些懂的。

我说雨朵你只要告诉我“特养”和“其猪”是什么，我就知道“革命”是谁了。

雨朵说，不知道就算了吧，装什么。雨朵说完就要瘪嘴，她瘪完嘴就该离我而去了。我急忙说，“革命”就是毛主席。我说你的爸爸妈妈是在给毛主席养猪。雨朵一听，眼睛就睁得大大的。雨朵睁大的眼睛像黑太阳。雨朵说，谁跟你说的“革命”就是毛主席？我说那你说“革命”不是毛主席又是谁？雨朵说，反正“革命”不是毛主席。我说，“革命”就是毛主席。雨朵想了想，到底没瘪嘴。但她突然又问，你能种萝卜吗？我没种过萝卜，不知道我能不能种萝卜，但我回答，我能种萝卜。雨朵说，像刘叔种的那么多那么大，你也能种？雨朵指着养猪场前面那一块大田。现在那里是一片灰褐色的土，但土里埋着萝卜的种子，那里将会长出一大片萝卜，绿油油的萝卜。

我说，只要有种子，我就能种。

雨朵就给了我一个小纸包，要我打开。我打开了，里面是十几颗或者是二十颗猩红色的种子。雨朵说，这就是萝卜种子。雨朵说你要种出萝卜来了，我就算你是师傅。那时候很流行这样一句打赌的话，我们一打赌，就说你如果能怎么样怎么样，我就算你是师傅。而我们，如果得别人喊一声“师傅”，心里别提有多美了。

但是，种萝卜这件事，却令我非常地为难。

首先是地的问题。我们家没地。那年头，谁家都没地。那年头，什么都是集体的，连爹妈都是生产队的社员，连我们拉的粪便都属于生产队。这是一个让人头大的问题。没有地，萝卜种在哪里呀？

第二天，雨朵就主动来找我了。雨朵问我是不是已经把萝卜种上了。我怕我说没地种她就把种子要回去了，于是就说正准备种呢。雨朵说，真的？你准备种在哪里？我说种在地里呀，难道还能种到天上去呀？雨朵说，你的地在哪里呀？你要随便找块地种了，那萝卜就不是我们的了。我这才明白，原来是雨朵特别想种萝卜，但她找不到地来种。雨朵家也没地，养猪场前面那块地是食品站的，那块地上种的萝卜也是食品站的。雨朵激我种萝卜，完全是为了让我帮她的萝卜找一块不属于集体的地。想明白这一点，我就想生气。但我没生。我心里为雨朵说出“我们的萝卜”而甜蜜得很。要不是种萝卜，我怎么能跟漂亮的也是骄傲的雨朵成为“我们”？这个“我们”说明她现在已经主动让我跟她站一边了，这个“我们”还说明只要我种上萝卜，以后她都会主动跟我站一边。你说还有比雨朵主动找我玩更令我在大家面前显摆风光的事吗？

我说，明天你来看吧，明天我就种。

雨朵说，明天种也行，你要是种出萝卜来，我就算你是师傅。

我说那你现在就叫我一声师傅。

雨朵说，为什么？你现在还没种出萝卜来呢。

我说我一定种得出萝卜来。

雨朵说，你要是种在生产队的地里是不算数的。

我说我不种在生产队的地里，我种在我们的地里。

雨朵说，那你就明天种吧，你只要不是种在生产队的地里，我就算你是师傅。

给我们的萝卜找一小块地真是令我伤透了脑筋。当然，最后还是解决了。我从生产队的地里把土搬回来，用两个烂箩筐装了，放在我家后屋檐下。我为我们的萝卜制造了两块地，那是我们的地。

接下来，我就等待雨朵来看我种萝卜。关于怎么样种萝卜，我已经从妈那里得到了答案。这种等待是十分熬人的，心里老是叮叮咚咚乱跳，脑子里忽而热一阵，忽而又“轰”的一声。但我不打算去找雨朵，我就是要让她主动来找我，你说雨朵主动来找我那是多美的事呢？好在雨朵还牢牢记着这事，刚吃过早饭就来了。那时候我爹妈正好出工了。我急急忙忙把雨朵拉到后屋檐下，要她看我们的地。雨朵一看就万分惊讶了，万分惊讶的雨朵真是美呀。她说对呀，我怎么没想到这一招呢？我说那你叫我师傅吧。雨朵说，可你还没种出萝卜来呀！你要种出像刘叔种的萝卜那么大的萝卜，我才算你是师傅。雨朵的刘叔是养猪场的饲养员，跟我们生产队的饲养员一样会种萝卜。我说，那好吧，你就等着叫我师傅吧。

我用手在我们的地里刨了六个坑，一个箩筐里三个。我把种子分成六份放到六个坑里，然后用土盖上。雨朵说这就行了？我说行了，你就等着看我们的萝卜吧。雨朵说，能长成大萝卜吗？我说，能，一定能。

一个生命的成长过程实在太缓慢了。萝卜全然不懂得我们的等待有多么痛苦，硬是等到五六天过后才拱出土来，一人举着两片猪腰子状的肥厚的叶片，探头探脑的，就像我们刚睡醒时不知道自己在哪里的样子。

雨朵说，哇！长起来了。

我说，真的，长起来了！

雨朵说，我还以为它们不长起来了呢。

我说，我说它们要长起来它们就要长起来。

雨朵本来很高兴的，但我一露出得意，雨朵就不高兴了。雨朵说我们的萝卜为什么没刘叔的萝卜绿呢？刘叔的萝卜果然把一块地都染绿了。但我怎么知道我们的萝卜没有刘叔的萝卜那么绿呢？这个问题把我弄得很傻，雨朵就走了。

我们的萝卜为什么没刘叔的萝卜那么绿呢？我坐在家门口，望着对面那一片绿油油的萝卜，想啊想啊，想得头如天大，还是想不出个所以然来。那片绿油油的萝卜前面，是那一排该死的大得像肥猪一样的红色大字。都是那些字惹的祸，要不是雨朵认得那些字，雨朵怎么会拿种萝卜的事来难我？“为革命大养特养其猪”说的是个什么事呢？会不会是“为毛主席把这些猪养大”？“其猪”是个什么猪？“养”我知道是什么意思，但“特”又是什么意思，或者是什么东西？这些问题在我的脑子里挤呀撞啊，直捣腾得我心里火苗苗直蹿。尽管如此，我还是不得不承认，这些问题在我的脑袋瓜里是得不到答案的。不过我知道雨朵那里也没有答案，她要是有答案，还不早就卖弄出来了？这样就好，雨朵不应该老是比我行的。不过还是来想我的萝卜吧，我知道我要是种不出像刘叔的萝卜那么大的萝卜来，雨朵不光不叫我“师傅”，还会瘪着嘴用她那小鼻子一哼，骂我一声傻瓜，就再也不理我了。

我决定去刘叔的地里看看。

走下我家院坝，走过我家门前的那座石拱桥，我直接就去了刘叔的地里。我站到萝卜们中间去了。我想弄清楚为什么刘叔的萝卜就比我的萝卜绿。可我没想到一个新的问题把我给弄蒙了——刘叔的萝卜怎么突然间就不绿了呢？刚才还是绿的，刚才我在家门口看的时候都那么绿呀！这萝卜，这萝卜怎么看见我来了就突然不绿了呢？怎么就变得跟我的萝卜一个样了呢？我的萝卜像一群怕羞的孩子，挤在窝里绿，不绿旁边的地。刘叔的萝卜原来是把好大一片地都染绿了的呀，怎么这会儿刘叔的萝卜也跟我的萝卜一个样儿，也都挤在窝里绿，而不去管旁边那些地了呢？萝卜真的怕羞吗？我把眼睛投向远些的地方，远一点的地方的萝卜要比我脚前的萝卜绿。我把眼睛由远处一步一步收回来，发现越往近处，地面上的绿就越少，好像我的眼光有很大的力量，一路过来就把绿挤进窝里去了。我断定萝卜是真的怕羞。发现这一点后，我感觉我的头迅速就热了大了，热了大了还在热还在大，它可能想爆炸吧。我想原来萝卜怕羞啊，那么我的萝卜为什么没有刘叔的那么绿呢？不就是因为萝卜怕羞吗？你说你雨朵和我两个人站在它们面前，它们一怕羞就挤进窝里，当然就不能跟刘叔那些不怕羞时的萝卜比了。啊！原来是这样啊！我很想大笑，我就大笑了，开始对着天，后来对着刘叔的一片萝卜。笑过了，我就在刘叔的萝卜地里跑起来。我什么时候像现在这样威风过？我快跑，萝卜们就急急忙忙往两边躲，我都听到它们被吓得叽叽叫的声音了。我突然站下来，它们就傻瓜样地盯着我；我走一步，它们就吓得一缩；我再走一步，它们就再吓得一缩；更傻的是我脚边的那些，我都看见它们在颤抖了，而我呢？我高兴得骨头里都是火苗苗哩，要不是这会儿正有凉丝丝的风走过，要不是凉丝丝的风刚走过刘叔就来了，我想我就要呼地一下燃起来了。刘叔一来风就躲开了，刘叔风一样地朝我奔来，刘叔瞪着一对牛眼，刘叔的样子很吓人，连风都害怕。我想我也该跑了。我追着风跑，我想我要是追上风，刘叔就追不上我了。要追上风，我就顾不上刘叔的萝卜了，我的小脚板把一些萝卜踩着了，这些萝卜全都发出了惨烈的尖叫。我果然追上了风，不过，我发现风们回来了，但绝对不是来接我，它们是哪根神经出了问题，要想去见识一下刘叔哩。我当然不可能跟它们一样傻，我知道我还得继续跑，我知道我不能让刘叔追上了。其实，刘叔追了没多远，就不追了。我狂跑一阵，回头一看，他还站在他的萝卜地里哩。刘叔朝我指指戳戳，嘴巴疯狂地张合，把一些很软弱的声音传过来，给风吹到远处去了。

我仍然很高兴。因为我心里有一个渴望燃烧着。我渴望马上见到雨朵。我要告诉她为什么我们的萝卜没刘叔的萝卜绿。我还想把雨朵带到刘叔的地里去看看，让她看萝卜有多怕羞。但是这会儿雨朵在哪里呢？雨朵这会儿咋就不走在马路上呢？雨朵要是在家里，我是不敢去找她的。她的爸爸妈妈比她还瞧不起人。我是见识过她的爸爸妈妈的。有一回，我们几个把雨朵赏给我们的猪尿包玩瘪了，又找不到是哪儿漏气儿，就跑到雨朵的家里去找雨朵。可我们还没走到她家门口，就给她爸爸像赶猪一样往外赶。她爸爸把下巴骨抬起来对着天，只用一条眼缝看着我们，我们立刻就自卑了。我们把自己的下巴抵到自己的胸上。她妈妈赶出来，尖着嗓门，说看你们脏成什么样儿了，我们雨朵不跟你们玩！雨朵恰恰又在这时候“哧哧”笑起来，那妖精，看着我们这几个傻瓜开心哩！那天，我们也真有骨气的，我一气之下，把那个丑陋的瘪猪尿包扔到雨朵爸爸的脚下，回头就走。见我走了，其他几个也跟着我走。但他们没我走得坚决，他们问我，真不要那气球了？我说那哪还是气球啊，那是一个干尿包皮！于是，他们也跟我一样迈开大步，坚决不要那个干尿包皮了。

刘叔还在骂。刘叔蹲在那些被我踩坏了的萝卜旁边，用手把那些受伤的萝卜理一理，又用手指着我这边一阵费劲地骂。其实，他应该知道，他的骂声到了我这里已经没有力量了，他的骂声给风们抢过去搓啊揉啊，到我这儿已经只剩下喘气的份儿了。刘叔怎么那么傻呢？知道我隔他那么远，哪能听到他的骂呢？傻的人的确是很可笑啊！

我想我还是把自己藏起来吧，免得刘叔老在那儿骂呀骂的，我怎么回家呀，我回家是要从刘叔的地边过的呀。

我躲到一个我看不见刘叔的地方，躺下来，把我刚才的那个渴望拿出来想。我想雨朵你咋就不出来呢？你咋就不来看看刘叔的萝卜呢，你不是很关心我们的萝卜为什么没刘叔的萝卜绿吗？你一来看不是就明白了吗？我又想即使雨朵来看了，也未必知道萝卜是怕羞的。我想雨朵并不比我聪明，我想她要是没她爸爸妈妈她就其实是个要多傻就有多傻的傻瓜。但是，雨朵有爸爸妈妈呀，而且还是不用天天出工的爸爸妈妈呀；虽然我也有爹妈，但我的爹妈天天都要出工啊。我想要是雨朵的爸爸妈妈也天天出工，也像我的爹妈一样连儿子的脸都顾不上给洗的话，雨朵就会比我还傻。可是雨朵傻的时候是啥样儿呢？雨朵似乎从来没在我的面前傻过。我想我一定要让雨朵在我面前傻一次，一次就行。我想我待会儿一定要找到雨朵，让她在我面前傻一次。哈哈！雨朵，你就要在我面前傻一次了！但是雨朵，我保证不会瘪嘴，我也不哼你，但我是要笑的，我肯定要笑的……

刘叔终于不见了。

现在我可以站起来大大方方地走了。我很快就走到了那些个红色大字的面前。这会儿，那些个字变了，变得让我认不出来了。但我想你再变我也知道你是谁呀，你们不就是“为革命大养特养其猪”吗？我喊：为革命大养特养其猪。我又喊：为革命大养特养其猪！它们全都傻乎乎地看着我，我就一路喊着它们从它们面前走过。

我来到马路上了。朝前走我就回家了。我朝右走，右边过去就是食品站的院子，是雨朵的家。我承认我的腿有点怯，但我的脑子硬要它朝雨朵的家走，它也只好朝着雨朵的家走。其实我早看见雨朵家关着门了，但我还是坚持走到了雨朵的家门口。我在那扇漆皮斑驳的房门前站了好大一会儿。那一会儿，我的脑子里没雨朵，那一会儿我的脑子里是一扇门，这扇门撑得我脑壳都要破了。我脑子里的雨朵被这扇门挤出去了。

不知雨朵去了哪里去了。

这几天，风多了起来。我的萝卜在风中长得很快。风把萝卜的叶子拉长了，风还在萝卜的叶子上锯出些锯齿来。现在，萝卜也不怕羞了，大大方方地把叶子舒张着，环抱了我给它们的所有的土地。现在，箩筐里绿得热热闹闹，可雨朵却不知去了哪里。

雨朵不在，萝卜绿了又给谁看？

我突然很讨厌我的那些萝卜。你们要长就长吧，你们愿长成啥样儿就长成啥样儿吧。我想。刘叔不这样想。刘叔的萝卜不是种来给雨朵看的。刘叔有一天把他的萝卜扯一些走了，地里只剩下很少的一些。刘叔并不那么看重萝卜的绿。

雨朵却那么看重萝卜的绿……

我的头给谁敲了一下，雨朵就被这一下敲出我的脑子去了。是爸。爸说你整天整天地盯着那里看的是啥呢？我说爸我在看字，我认识那些字。爸笑。爸说你读来听听。我说“为革命大养特养其猪”。爸眼睛大了一下，正准备说点什么，妈又在屋里喊起来。爸就说吃饭去，我们要出工去了。我说，爸那些字雨朵也认得……妈喊：你们快来吃饭啦！爸就拉我进屋吃饭。我本来很想多说说雨朵的，可爹妈都忙着出工，这会儿正抓紧时间吃饭，我知道我说了爹妈也不会理我，就不说了。爹妈每天都急着出工，主要是怕迟到，迟到了是要扣工分的。每天出工时都有一个记工员拿着个本本在记。对于爹妈来说，工分就是粮食，工分就是过年的肉，工分就是一家人的衣食来源。其实，他们到了地里以后就不忙了，一点都不忙了。他们一天出工就是为了让记工员在他的本本上记上一个工天，其他的便不重要了。他们那么多人在一起，谁都怕自己比别人做得多了。既然别人都不多做，我为啥要多做？我多做来的还不是大家的？他们这样想着，就找一些闲话来消磨时间。只等队长喊一声“收工了”，就懒洋洋地往家走。我们的爹妈们很喜欢把我们这些孩子带在一起，借管孩子而偷一会儿懒，是很寻常的事。最主要的是可以让我们在回家前就弄个肚儿圆。挖红薯时我们就不断地从爹妈那里得到红薯，爹妈挖起来的红薯不多，特别是大的就更不多。但我们得到的都是些比较大个儿的，长相也挺光滑的那种。爹妈给我们削掉皮，嘱咐我们快点吃。我们手里的一旦要结束了，下一个也就递上来了。如果是挖洋芋，爹妈们就事先生起一堆火，给我们烧上一大堆洋芋，闻到香味了，用木棍子掏出来，一边吹一边给我们剥皮。当然，爹妈们做着这些的时候也没忘了自己，一般在我们吃得肚子发胀的时候，他们的肚子也都装得差不多了。在地里，爹妈们的智慧全用在一个吃上，无论是在什么季节，爹妈们都能为我们找到吃的东西。我们这些孩子在生产队的地里不知不觉就长大了，长到了七八岁。一般到这个年龄就该到学校读书了，但不知怎么的，我们很多都竟没有去。但我们已经不满足于爹妈身边的那份吃了，我们开始追求吃以外的东西，比如……种萝卜。

可是，现在，种萝卜好像成了一件非常无聊的事。

时间因为我的无聊而走得很慢很慢。

但雨朵终于还是回来了！

雨朵刚回家就跑来看萝卜，我说，雨朵你跑哪去了？雨朵说，我回外婆家去了，我们的萝卜长多大了？我说萝卜吗萝卜吗，萝卜怕羞哩，我们的萝卜跟刘叔的萝卜一样的绿哩……可雨朵突然尖叫起来，哎呀！还这么小呀?！刘叔的萝卜都好大好大了呀！刘叔的萝卜都长好大好大了吗？我好久没去看刘叔的萝卜了。雨朵拉了我要去看刘叔的萝卜，我心里热烘烘的就去了。刘叔的萝卜果然比我们的大了许多许多，一个个的露出一截白胖胖的肚子，叫人看了觉得那才叫萝卜。雨朵就是这样看的，她说，你说你会种萝卜的，你说你能种出和刘叔的萝卜一样大的萝卜的，哼！怎么样？雨朵一“哼”，我的心就往下沉一下。看着刘叔的一大片萝卜，我难过极了。我想都是因为雨朵突然去了外婆家，你不知道雨朵走了的那些日子我的时间走得多慢啦，我的时间走得那么慢，我的萝卜肯定也就长得慢了。可是雨朵不知道这些，她也不要我说这些，雨朵根本不给我说话的机会。雨朵“哼”完就走了，走的时候眼睛里有泪光在闪烁。

我没想到雨朵会是这样的失望，雨朵伤心的样子让我心里好一阵难过。我兀自看着我们那些可怜的萝卜，心里一点办法都没有。后来，我就坐在家门口看刘叔的萝卜。我想我们的萝卜长到那么大究竟还要多少时间呢。我想要是那些萝卜是我们的多好哇。我想那些萝卜要是能听我的话能走到我们的箩筐里来多好啊……

那天晚上，月光把刘叔的萝卜们照得银光闪闪的。我和我的影子一起走过我家门前的石拱桥，向刘叔的萝卜们走去。那时候空中有风，凉风。那时候，我的身体里燃烧着火苗苗。我不知道我身体里为什么要燃起火苗苗，但我知道凉风吹在我脸上的感觉很舒服。我问我的影子是不是也很舒服，影子没回答我。因为影子给另一个影子吓着了。我看见刘叔的萝卜地里有一个影子在奔跑，那个影子的腿是两个白生生的萝卜。“刘叔的萝卜逃走了!”我想。我的影子说，我们也逃吧，别人都看见我们了。我就跟我的影子一起逃回了家。

原来别人也喜欢刘叔的萝卜呀。我跟我的影子说。影子哼了一声，说，好的东西谁不想把它变成自己的?我的影子说，瞧吧，要不了几天，我保准刘叔的萝卜全逃跑。

睡过去以后我做了个梦，我梦见刘叔的萝卜被一个有着萝卜一样的腿的女人一召唤，就全跟那女人一起逃走了，刘叔的地里只剩下很多坑。那些坑后来全变成了一张张大嘴，大嘴里发出很空洞的笑声……

我醒来以后就悄悄出发了。我要去看刘叔的萝卜。我不能让刘叔的萝卜全跑了，我不能没有刘叔的萝卜。

我一摸出门，我的影子就跟上我了。这时候月亮已经走到了我们的头顶，月光冷冷地垂直从我的头顶浇下来，夜晚很冷。我的影子怕冷地缩在我的脚底下。我说我们快跑吧，等会儿萝卜全逃走了。它说好的，便跟着我跑起来。绸一样的月光被我们撞得荡漾起来，荡漾出许多美丽的流线。

我和我的影子莽莽撞撞地来到刘叔的萝卜地里，把一地的萝卜全吵醒了。

刘叔的萝卜真的逃走了很多。月光下那些空洞的土坑显得黑幽幽的。我想剩余的萝卜肯定也要逃走了。我想我也该喊走我的萝卜了。我对萝卜们说，我要四个萝卜，你们谁愿跟我走呢?萝卜们不答应，它们不认识我，它们肯定不答应。我说你们不说话，我就自个儿选吧。我借着月光挑了四个大的拔了，扛着就走。大萝卜可真重，可大萝卜真可爱呀!

第二天早上，爹妈刚出门，我就开始栽萝卜。我把原来的萝卜全拔了，把从刘叔地里扛回的大萝卜栽到我的箩筐里，然后，我便去找雨朵。

可是雨朵家的门紧紧地关着。我很恼火雨朵家的门在这种时候关得这么死，我在雨朵家的门上狠狠地踢了几脚。后来，我就坐在雨朵家的院子里等雨朵回来。因为急着想让雨朵看见我们的萝卜，我连玩蚂蚁的心思都没有。太阳开始是暖暖的，后来又有点刺人，再后来又变得暖暖的，再后来就不见了。然而，雨朵仍然没有回来。然而这时候我也该回家了。

我想好吧雨朵，是你自个儿不在家，以后可别怪我没请你去看啊！

心情不好，我就一路踢着石子玩，我把一颗石子踢飞起来，再把另一颗石子踢飞起来。有一颗正好飞到拐弯处，刚落下，雨朵就出现了。雨朵回来了！瞧她，被妈妈牵着，两根羊角小辫儿一跳一跳的。我像一颗石子一样朝雨朵飞去。我说雨朵去看萝卜吧我们的萝卜长大了，长得好大好大哩去看萝卜吧。可雨朵不理我。雨朵把下巴扬到天上，好像天上正有麻雀飞过。我说雨朵真的，真的我们的萝卜长大了，长得像刘叔地里的萝卜那么大了去看吧。雨朵仍然看着天。雨朵就那样子从我的肩膀边走过去了。倒是雨朵的妈妈看了我一眼，可那是怎样的一眼啊。那个满头卷毛的白脸女人，也斜着一双白多黑少的眼睛，好像她看的不是我，而是一条癞皮狗。你说我能不愤怒吗？我的愤怒大得能冲破天！我把声音放到最大冲这两个可恶的身影喊到：雨朵！我们的萝卜真的长大了，你不去看以后可别说我不会种萝卜！我撂下这个愤怒的声音就走了。一路上再没回头。

后来雨朵追上来了。那是在我刚走到家门口的时候，雨朵追上来就给我背上来了一拳，算是招呼。雨朵到来之前我的愤怒一直没减，雨朵这一拳上来我的愤怒就全没了，都变成一股气给雨朵砸跑了。雨朵说，我跟妈妈说我要上厕所就偷着跑来了。雨朵的眼睛说，还不是你逼的。但无论怎样我都不会计较，只要雨朵来看萝卜我就什么都不计较。我说走吧你就要看见我们的大萝卜了，好大好大的萝卜哩。我拉了雨朵的手就往我家的后屋檐下去。可是，可是！可是我们的萝卜呢？我们的萝卜去哪儿了？我为了不让别人发现我们的萝卜而围起来的篾席怎么也歪一边了？

这一回，雨朵没有瘪嘴。雨朵抖得如一只雪地上的麻雀，泪珠子比豆子还大。雨朵的喉咙里挤出一种能刺破天空的声音，你这个骗子！傻瓜！我赶忙解释，我不是骗子！我们的萝卜逃走了！它们刚刚还在，现在它们逃走了！可雨朵不听，大约正伤心的人耳朵都是关闭着的，雨朵哇地尖叫一声就哭着跑了……

我们的萝卜逃走了。

雨朵永远也不会理我了。

我伤心得像一条河，泪水总也流不完。

这时候爹妈回来了。他们很关心我为什么伤心，但我怎么能说我是因为萝卜逃走了而伤心呢？我只能说我饿了我要吃饭。妈妈就急忙开了门，给我张罗吃的。妈说儿子你有钥匙的咋不自己进屋来找吃的。妈又说儿子今天有炖萝卜哩，妈把你栽的萝卜给你炖了，香得很！

妈果然给我端出一碗炖萝卜来。

读　书[1]

司马玉琴[2]

田春接过小儿子贵子递过来的纸单，很认真地端详着。这样的纸单，田春是整个山塬上唯一有机会二次端详的人，他当然得细细地端详，虽然，整张单子上，除了田字，再没有他认识的字。

纸单是一张入学通知书。

田春把先前看过的纸单在脑子里过了一遍，感觉与手中的这张单子样式差不多，特别是红章的位置很恰当，很放心地把它交回贵子手中。儿子接过纸单，小心地将它塞回一个大信封里，又从大信封里抽出了两张纸单，犹豫了一下，还是将它递到了父亲面前。田春不接，头微微地扬了一下，嘴唇轻轻地动了一下，于是，贵子开始小声地念纸单上的字。

贵子开始念单子的时候，锅里的水烧着，他妈正在淘米。田春父子俩坐在门口，火是烧在火铺的火膛上的，隔了点距离。贵子妈先是放轻了动作，只是手还浸在水中，没有取出来。那两张单子的

---

① 原载《贵州作家》2010 年第 15 辑，此次出版时有改动。

② 司马玉琴（1966—），原名付强，男，仡佬族，贵州省务川仡佬族苗族自治县人。贵州省作家协会会员，现任务川县文联主席。发表有诗歌、小说、散文等，部分诗歌作品入选《2002 年度中国诗歌选》、《2007 年当代诗歌文库》等多种诗歌选本，出版有作品集《学会平常》《一个人的阵地》《闲言笑置》。组诗《虚构花园》获首届遵义市政府文艺奖优秀奖，诗集《一个人的阵地》获第三届遵义市政府文艺奖二等奖，论文《依存于突围》获首届遵义市社科论文奖优秀奖等多种奖项。

内容很多，贵子念完时，火膛中的柴已烧退了膛。

贵子念完后，田春的脸上没有表情，若有若无地点了一下头。贵子把纸单放回大信封，起身把信封拿到自己的小屋，然后出门去找放上坡的牛。出门的时候，他说："妈，火退膛了。"他妈一惊，双手从淘米的木盆里缩回来，水花四散。

待贵子走远了，田春才慢慢地转过身来，朝向自己的女人，奇怪地笑了笑。他一笑，脸上的皱纹更深了，嘴里掉落了两颗门牙，看上去缺口很大。女人怯生生地说："要不，我去找一下福子。"他站起来，朝火铺走过去，把退膛的柴重新放进火膛，对女人说："煮饭。"

贵子的晚饭吃得很快，村子里的同伴们约他晚上下洪渡河钓鱼。贵子妈一碗饭吃到头，脸上的忧郁很浓厚，像是悲伤，贵子看得很明白，出门下河的时候，少了往日的欢快。田春的脸上看不出什么，饭量也与往日无异，只是太慢，时时把筷子停在碗中，贵子出门后，他的眼神有些空洞，让本已没什么食欲的女人有些害怕。

趁着吃饭，田春把家里的财产细细地算计了一遍。苞谷收完了，打下来晒干，不超过一千斤，谷子还没收完。上个月初，秧苗抽穗的时节，二十天没下雨，收成不好，顶多也就千来斤，除去两人的口粮，能拿去卖的，不多了，值不上八百元。农村人，缺钱难，缺粮就更难了。厩上的猪，不过百来斤，卖了，也就值三百多元。烤烟才烘一炕，还有几炕没烘，如果收烟的有良心，不压级不压价，能卖个四千来块，可年初化肥、地膜、烟煤的贷款肯定是要扣回去的，四千扣去二千四，也就只剩一千六啦。牛是水牛，也还膘肥体壮，值个二千的，可真要卖了牛，地怎么办。再有就是房子了，四列三间的木房子，是上辈人修的，到自己名下，只有间半，夏漏雨冬进风的，要卖，值不了几个钱不说，一时也找不到买主，有钱的，谁还窝在山里，过这靠天天不亲靠己己不能的日子呢。砸锅卖铁，要有锅呀。再说，就是砸锅卖铁，也还差得远了，那可是要捌千陆佰壹拾肆块呀。

暑气还没有消尽，要是往常，田春会在吃过晚饭后，坐到屋外的坝子中，透一透凉，抽一锅旱烟，但今晚，他懒得动，火膛上余温未尽的红火灰，也没有让他走到屋外，他半闭着眼，想着自己的心事。女人静悄悄地收拾好碗筷，切好第二天的猪草，又在大灶上燃火煮好了猪食。他们谁也没说话，只是女人偶尔停下手中的活，担心地朝他看一眼，煤油灯的灯光太过昏暗，看不清他的脸。女人有些不满意那些乡里的人，先说要拉电灯的，可拉到山下的寨子，就停住了，也不知咋回事。转而，她又想，幸好没拉上电，不然，不知又要集多少的资。

贵子一直没回来，田春不担心，那条河是娃儿们的脚窝子，再说，也不是一个人去的。女人端来洗脚水，洗完脚，他自己上了床。女人很快地也上了床，而且，她是摸黑进小屋的，她把灯灭了，挂在门旁的板壁上，她怕贵子回来时找不着灯，碰到什么地方。

躺在床上了，但没法睡着，虽然白天里抹完烟芽又打了二背谷子，周身酸痛，可就是没法入睡。他想，岁月不饶人，看来，真的是老了，要往前二十年，一天里死劲地干，倒在床上就睡，哪来的酸痛！看来，人不能过五十，一过五十，就真的是老了，病喜欢找来了，就是没病，也老觉着浑身不舒服。贵子妈刚来的那几年，日子可真是舒坦呀，饭有吃，衣有穿，女人也有，身体也棒，可带劲啦。

他没睡着，他的女人也没睡着。她一想，就想起田春的好来。二十年了，她甚至找不出田春的半点不是来。她是带着七岁的福子到他跟前的。他视她如结发，视福子如己出，没有半点的亏待，也没有半点亏欠，就是贵子生了之后，他对福子的照顾，也没有半点的减弱。福子读书那些年，虽不像现在那样费钱，但土里刨食，得费多大的劲，打多大的主意，才办得到啊。田春办到了，福子读大学的那几年，他的那个高兴，像是在赶场的大路上捡了银子。想到福子，她就觉得自己越发地对不起田春，他的两颗门牙，就是福子读大学时，他为筹钱，到山里去熬柏香油摔的。她想安慰一下自己的男人。她把手伸到他的脸上，缓慢而仔细地摸着他的皱纹。男人先是没有反应，之后，男人也把手伸过来，摸她的脸。男人的手感觉到了她脸上的湿润。

村里的人都说，福子是读书读坏的。没有上大学的时候，福子跟现在的贵子一样，孝顺而又勤快，那时候的人们都说，没有辜费田春的心思。可自从上了大学，福子就开始变了，每年回来一次，爹难得出口了，事也不做了，没吵没闹，但田春的话和他妈的话，说了也仿佛没听见。大学毕业后，福子留在了他读书的城市，七年了，没有回来过一次，也没有往家寄过一分钱，电话自然也没有，山塬上不通电话的，信也没有一封，或许，是他爹他娘都不识字的缘故吧。前年，田春的女人下了决心去找福子，可只走到县城，又流着泪回来了。她跟田春说："我们一家人好好的，找他干吗。"这几年，山塬上读小学、中学的都有辍学的，也多半是因为贫困，娃儿们一哭闹，家长就拿福子说事，当然，也是自我排解："读，读个屁，又想读个田家的娃儿出来?"可不管旁人怎么说，田春还是维护着福子，一有人问，他就说："我家福子前不久才带信回来，说他的工作忙呢。"

女人停住摸他脸上皱纹的手，底气不足地说："贵子是个乖娃儿，要不……"田春知道她要说什么，语气很重地说："书肯定是要读的!"并下意识抽回了放在她脸上的手。女人朝他身上靠了靠，泉涌的泪水流到了他臂膀上。其实，女人的心里也明白，这山塬上的人，莫外乎二条出路，一是读书，一是打工。这些年，山塬上出去打工的人很多，但一没文化二没手艺的，钱不是那么好挣的。去年，有个出去打工的，听说是帮人刷什么漆，才一年的工夫，血里头得了病，回到家里，两个月就死了。春上，一个在外头打工的女娃，手在机器里铰断了，回到家，定好的亲事也黄了。读书和打工比较起来，能读出去，当然是最好的。

女人流泪的时候，田春把除福子之外的亲戚朋友想了一遍。这一遍比较比自己的财产更让他失望。他想，书肯定是要读的。

慢慢地熬着，天就亮了。洗脸的时候，贵子回来了，贵子的眼睛红红的，昨晚，他的心思没放在钓鱼上，只钓了一条不足半斤的鱼。待他爹洗完脸，接过盆把水倒了，自己也舀水洗脸。一边洗着脸，一边对他爹说："爹，我不想读书了，等把庄稼收了，我就出去打工。"田春莫名地看着自己的儿子，足有一分钟，才笑了笑说："乱说，书肯定是要读的。吃了早饭去睡，不要下河了，河里哪儿还有鱼?"接着，他又对女人说："吃了早饭，你把烘出来的烟背去卖了。"女人问："你不去了?""我不去了，我把牛放上坡，然后去李大爷家，把这条小鱼拿去给他下酒。"他说。

李大爷是牛贩子，是这个山塬上经验最老到的牛贩子。

贵子吃过饭，没有去睡觉，与他妈一道背烟到收购点去了。田春看着娘俩走出门，心里有点不是滋味，儿是好儿，但生错了地方。他提着那条小鱼，牵着牛也出门去了。山路难走，烟叶点卖烟的人也很多，贵子和他妈卖完烟回来时，已是傍晚时分，田春已把饭做好，猪已喂了，单等他们回家。女人进门第一句话就说："今年的烟收得更毒了。""有哪样办法，人家是大爷。"田春说，他没有问究竟卖了多少钱，他知道，女人会一分不少地交给他的。他也不能怪女人没把烟卖好。不是一年二年的事了，好多年了，每逢卖烟时节，烟农们的心气就不顺，可又总是打不起主意，想不起办法。其实，自从种烤烟开始，种烟这件事本身，就成了烟农们的心病。山区里，没什么出产，要靠种地挣活钱，就必须种烟，可真要种了，一年辛苦到头，经那些收烟的一摆弄，又没什么收益了。为等级和价格的事，烟农们找政府闹过。因为种烟时，政府又是发动又是扶持的，有时还带点强制；卖烟时，政府又说了不算，说人家是什么自主管理。也找收烟的人闹过，砸过秤，烧过筐，打过人，邻乡还出过人命，可到头来也没有落个好，那些收烟的干脆不收了，吃不得喝不得的东西，不卖出去又能拿来敬什么呢？寒心归寒心，种烟归种烟，一年一年的，就那么重复着。

壮年的母水牛第二天就被人牵走了，时间不等人，得抓紧。李大爷抓得紧，快七十的人了，靠双脚奔走，一天的时间里，就找到了买主，而且，卖的是二千四百元，上好的价钱了，这说明，李大爷不仅抓得紧，而且也没有吃钱。买牛人把牛牵走后，田春要留李大爷吃饭，李大爷不吃，笑着看了贵子一眼后就出门了。走到院坝里，他说："山里娃，读书要紧。"像是在自言自语。

田春把卖牛和卖烟的钱凑在一起，凑足了三千元，带上房产证和私人的小章子，就出了门。贵子问："爹，要跟你去不？""打野猪呀，要人多？"田春说。

走到乡里，天已经黑了，他径自朝信用社主任家走去。他认识信用社主任。前年，他在山上挖了二斤天麻，赶场天去卖，信用社主任来买，他脑子一灵光，就送了主任。二斤天麻不重要，重要的是认识了主任。主任也记得他，一下子叫出了他的名字，还给他泡了茶。

从主任家出来的时候，月亮已经出来了，月亮很圆。田春往自己身上摸了一下，只掏出三块八角钱来。他不想回家，因为回家要走几十里山路不说，明天还得继续去办事；也不能住旅店，他听人说过，住一晚要十块。拿它做明天的生活费吧。于是，他朝后面的山上走去，那山上是零零星星的苞谷土，有许多大石头。

没了电灯光的遮挡，月光更明亮了，水汪汪的。他找了块又平又宽的石头，双手抱住后脑，躺了下去，又凉爽又舒服。他看着天上的月亮，那月亮真是圆啊，以前没这么细看过，早该这么细看的。

此刻，他对自己十分的满意。卖天麻的时候，脑子的那一灵光真是好啊，眼下这事办得真是好啊。那房子不值三万，一万也不值，可主任答应贷三万呢。刚才，该打二角钱的酒喝，可一高兴，搞忘了，他想。他想唱歌，以前，听过好多山歌的，怎么搞忘了呢。他想了好一阵，终于想起了一段："初二早起去望郎，小郎要吃乌鸡汤；罐罐煨来人看见，帕帕包来又无汤。"于是，他小声地唱了起来。

他想和贵子商量一下如何安全地把钱带走，儿子说，到了县城，可以把钱存在卡上，到校了再取。他不大放心，儿子说一点问题都没有，他就有些佩服外面的人，真的是很科学。

贵子走的时候，田春送到了县城，钱没有存到卡上前，他很担心路上的安全。他对儿子说："钱要省着用。"他还说："假期不用回来，在城里找点事做。"想了想他又说："可以去看看你哥。"贵子不断地点头，显得有些忧郁。

从县城里回来的晚上，田春和女人躺在床上，女人小声念叨："可怎么还哟。"田春笑了笑说："怕啥，差钱没死罪。再说，我们都五十出头的人了，还有什么好怕的。"边说，他边把手伸向自己的女人，女人明白他的想法，很顺从。

铜　剑[①]

司马玉琴

顺汉水而下，沿洪杜而上，月亮便圆缺了好几轮。当然，作为行遍天下的剑客，对时光流逝的感悟是真切而深刻的。仿佛转眼之间，那个豪气冲云的少年，便正是饱历人世两鬓初白的人了。仓候沉稳地对待着时间，他明白，只要不停地朝着目标走，目标便会越来越近，而时间只是一个看客，顶多，也就是身后的目光或者临别的叮嘱，虽以期盼为鞭，但更多的时候，是鞭长莫及。

太阳又一次西斜。河风有些潮湿，迎面拂过，略略地有些寒意。仓候立在船头，思量着又一次的征程，浑身掠过一丝疲惫的感觉。他心里不由一震，一个剑客，一瞬间不在状态便可能是永远。

船穿行在峡谷中，浪花不时地溅在仓候的披风上。以他对天下之水的了解，他也不能不惊叹这洪杜河水，是最为奇险的水。他出生在一个叫云梦泽的大湖边，那水连天接地，但静若处子，便是大风卷来，也不过荡起浅浅的一层波。长大后，他曾在黄河、渭河、汉水、青海湖奔波过，对于水，他已经曾经沧海了。

穿过长长的峡谷，水变得比较平缓了。拉纤的有些兴奋，江边城快到了。长年在水上讨生活的纤者，每一次拉纤都是与死神较劲，每一次的平安都是上天的赐福。隐约地，可以看见楼阁和瓦顶

---

① 原载《遵义文艺》1997 年第 2 期，为《黑剑》《花剑》三部曲之一，此次出版时有改动。

了，在纤夫们的号子声中，仓候的手缓慢而有力地握向剑柄。这是一个习惯的动作，无数次的阵仗中养成的习惯性动作，但每一次，他都能感受到一种力量自剑柄生发出来，传达至全身。

这是一柄铜剑，长时间的把握，剑柄锃亮，亮黄色的剑锋隐隐地有些暗红，或许，是一次又一次的饮血，形成的若有若无的痕迹。长剑在手，是一个剑客起码的状态，也是一个剑客应有的生存态度。这柄剑，伴随着仓候漠北江南，江河山川，经历了无数的金石交错，见证了一个剑客的历史。当这个剑客的历史与一个王国的历史联系在一起的时候，这柄剑也见证了一个王国的历史。当群雄并起、纷争不断的时候，一柄服务于王朝的剑，该是何等的锋利，何等的辛劳。在剑锋的尾部，一个凸现出来的“楚”字，表明了它的出身的高贵。楚是一个王国，楚也是一种身份。当仓候十六岁，楚王把这柄剑赐给他的时候，就已经注定了这柄剑不同寻常的命运。二十年了，这柄剑没有一刻离开过他。甚至，这柄剑也决定了执剑者的命运，使他从一个执剑少年成长为楚国的英雄，使他的名声响彻宇内。

船靠岸了，领了赏金的纤者们自顾散去。沿着河边的石阶缓缓而上，仓候显得有些落寞，但落寞是一个漂泊者必修的功课。仓候的步态沉稳，但他的眼和头脑一刻也没有放松。这是一个陌生的地方，他必须仔细地观察和了解，对一个剑客而言，粗心意味着短命。每到一个陌生的地方，从语言、饮食、习俗到人的体格，每一样都是他观察的对象。从接过楚王剑开始，宇内九十余国数不清的部族，仓候走过的有一半左右，单就对别族别国语言文字的了解而言，不仅楚国，就是宇内也不会有第二人。纷争中，七雄争霸的局面已初步形成，当年的九十余国如今已只剩下三十余国，但仓候也说不清究竟是多少个国家，而且，纷争中一些国家消亡了，一些新的国家又形成。他记得很清楚的是，二十年来的征战中，楚国已经吞并了九个小国，已经是七雄之一了。这不仅是楚国的骄傲，而且也是仓候个人作为楚国臣民，有功的楚国臣民的骄傲。

江边城没有城垣，也看不见有护城的军队，这让仓候有些不敢相信。这里的人们平静而安宁地过着自己的生活，城边的田野里，三三两两的人们收割着庄稼，城内的酒店和食铺里，那些采集朱砂的人们收工后，凑在一起饮酒吃肉，虽然偶尔显得有些繁忙，但看不出紧张。这让他有些不敢相信自己身处的是一个战争中的国家。这种情形，要么是战争的对手弱小，还不足以影响人们的生活，当然，这是不可能的，因为这次与巴国交战的是崛起的秦国，纵横天下的七雄之一；要么，就是这里的人们由于饱历战乱，太多的死伤和离乱使大家变得麻木，这似乎也不太可能，巴国是一个强国，如果不是近几十年的征战和吞并，此前的七雄，没有任何一个国家是可以吞并巴国的。冶炼作坊里已经不铸造农具，兵刃和箭矢成批地铸出来，顺洪杜而下，运送到前方，这可能是战争给江边城唯一的阴影。

仓候住进了离河最近的莫兰客栈。这莫兰客栈十分清静，可能是为那些水上讨生活的人开设的。这客栈在城边，甚至，与江边城有些脱节。这地方便于思考，夜晚，还可以清楚地听见河水的歌唱。客栈里住的，除了巴人，还有中原人，甚至有个漠北人，仓候一眼便能分辨出他们。江边是一个商贸城市，一年四季客商络绎，仓候的到来，没有引起任何人的注意。

莫兰客栈是一幢柱楼式有堂有厅的干栏式木结构房子。仓候知道，黄河流域的王城，楚国的王都，以及他到过的城池，都没有这种房屋。最好的是筑石而建的房屋，稍差的有地坑支架房屋或掘穴而成的居处。他不能不叹服巴人的聪明。干栏式木结构的房屋，楼下的厅堂适合白天活动，楼上的房间较小，适合夜晚休息。这种结构，最大的好处是能够有效地防潮，很适合多雨的南方。仓候的房间在楼上靠河的一面，窗外有一株高大的白果树，那树上的扇状的叶子已经发黄，一片一片的，在风中飘落，偶尔打开窗，会有一片两片的随风飘进来。这种树在楚地是极难见到的，可能是巴国的山水适宜它生长。

对于一个剑客而言，一袭麻衣便足够了。但仓候携带的货物，除了楚王剑之外，还有成捆的丝绢，成块的铜和金粒。这是他从楚王城离开的时候，特地从楚王那儿要来的。对地处西南的巴国，仓候不是很了解，而且，这个叫江边的城池也不是巴国的都城。他只知道，这江边城是一个商贸城，是巴国的后院，统治这个城池的是巴王的幼弟，一个叫丙的年轻的侯。携带这些货物，是因为仓候不是一个纯粹意义上的剑客，他还肩负着国家的使命，当然，也就是楚王的使命。二十年的奔波使仓候明白，有时候，要完成国家的使命，仅靠剑是不行的。

漫步在江边城里，仓候不禁为这个地方的发达和繁华所倾倒。这个依山傍水而建的城池，也许从规模上比不过一些王都，但他仔细地数过，这个城池里，单是供往来人员居处的客栈就有七处，冶炼水银的工场有二十余个，铸造铜器、兵刃、箭矢的工场有五个。当然，建筑规模最大的还是丙侯府，但仓候最感兴趣的还是方圆有千余步的演武场。据说，自从爱剑尚武的丙执掌江边城以来，便专门筑了这个演武场，除了供自己练剑习武之外，还不时地设擂演武，为巴国挑选剑客和武士。这个演武场里挑选的武士送入王都后，有的已经成了上将军。经过不断的演练和操习，并向过往的剑客们虚心学习，丙已成为巴国剑术最高的人。到江边城之后的第三天，仓候还到城后山的采砂场去看了看。这里的朱砂宇内无双，那鲜艳的红本身就代表着富贵和权势。难怪，这座城池让天下人觊觎。

丙是巴国剑术最高的人，这让仓候觉出一些希望。一个剑客，他最强的是他的剑和剑客豪情，但同时这也是每个剑客的致命弱点。以仓候的经验，他认为，只要是痴迷于剑的人，总要有破绽露给对手，要么是他的剑术，要么是他的性格中的弱点，完美的剑客是不存在的。有时候，骨肉亲情或感情的羁绊，同样会是剑客的致命伤。

“莫兰客栈”四个字是刻在木柱上的，而莫兰是长在山水间的一位美丽女子，是莫兰客栈的主人。以莫兰现在的身份，她完全可以不用开客栈，对富裕的巴国而言，将军的夫人应该是食禄者。但已经习惯于干这一营生的她，丢不下自己熟悉的行当，她觉得，看到客人们满意的笑脸，是一种快慰。其实，莫兰自小就是一个食禄者，她是王族的后裔，与现在的江边侯丙是表亲。她家的领地在洪杜河的对岸，她的丈夫木曾是她家的属民。她由贵族变成自由民，是因为她不顾一切地爱上了属民木，好在她的父亲还算开明，把她们二人都赐为自由民，使他们能渡河来到江边开这家客栈谋生。那时候，木和莫兰都还很年轻，只有十七八岁。如今，十年过去了，他们有了儿子旦，并重新成了巴国贵族。

或许是莫兰的美丽吸引着客人，或许是她动人的歌喉吸引着客人，抑或是客栈里的炖洪杜鲤汤和美酒遍地红吸引着客人，莫兰客栈是洪杜河上最著名的客栈。或许是客栈因人而名，或许是人因客栈而名，莫兰是巴国里极负盛名的美人。客栈开设之初，作为自由民的莫兰，不得不自己动手酿酒做菜，聪慧的她很快地做出了让客栈声名远播的炖洪杜鲤汤，酿出了让客人不醉无归的遍地红酒。如今，贵为将军夫人的她，有杂仆佣奴，但关键的环节和重要的客人，仍亲手酿酒亲手做菜。岁月对有些人来说是风霜的刀，对另一些人来说则是无波的水，十年的劳作，一点无损于莫兰美丽的容颜。她的手脂圆玉润，她的腰风摆柔枝，她的脸艳若春阳，她的歌声尤其动听，她朱唇轻启之时，鸟儿也会凝神倾听，洪杜河里的鱼都会跃出水面。

莫兰客栈的遍地红，是用江边城后山上的一种红色野果酿成的。这种野果遍布整个木悠山，它细如豆粒，果实朱红，酿出的酒呈绛红色，淡雅清香而又回味悠长，后劲十足。就着洪杜鲤，饮完遍地红，太阳已经沉到山丫上了。二分的酒意让仓候有些兴奋，这二分的酒意恰到好处，心绪好，判断准，反应快。对一个剑客而言，二分酒意就够了，再多，便是危险的了。一个出色的剑客，自控力是最为重要的，也是最基本的，遍地红再好，也只能喝到有二分酒意。莫兰的儿子旦在练剑，小小的年纪，他的剑路却有章有法，有条有理，稍稍欠缺的是剑式交接转换之间的过程太多，缺乏一种明快和直接，这是所有没有临阵经验的剑者的通病，一旦有机会临阵，生死之间，他们会瞬间悟出用剑的真谛。旦用的是竹剑，一个八九岁的少年，居然舞得虎虎生风，仓候想，再过十年，他会成为一个伟大的剑客的。于是，他拔出自己锃亮的铜剑，舞了一套剑法，并手把手地教给了旦。

莫兰站在屋檐下，凝神地看仓候教旦剑法，心里由衷地生出感激来。对于剑，莫兰由衷地崇拜，因为自己的丈夫木如果不是因为剑术超卓，永远只是一个自由民。在他们夫妻开办莫兰客栈的第二年，江边城的演武场便建了起来，木作为演武场选拔出来的武士，被送往巴国的都城后，历经阵仗，一步一步地从武士升到了将军。木离开的时候，旦刚刚出世，如今，旦已经学会了许多剑式。出于对剑的崇拜，莫兰对剑客格外地关注。虽然佩剑练剑是每个男人必修的功课，但莫兰一眼便能看出，谁的剑是摆设，谁是真正的剑客。眼前的这个人，虽然带着货物，好像是个商人，但他肯定是个真正的剑客。莫兰忍不住拿眼前的这个人与丈夫作比较，如果他们比剑，谁会输呢。她得出的结论让自己吃了一惊，与眼前的这个人比，丈夫的剑法缺乏一种气势，这个人眼望自己剑尖的时候，目光中透出的森森寒意，也是丈夫没有的。这个人满脸沧桑，鬓角开始露白了，怕是出门在外，时光催老的。好久没有看见丈夫木了，不知他现在怎么样，这些年，战事不断，真让人担心。

收回遐思时，儿子旦已向仓候行过了谢礼，并跑到莫兰面前，满心欢喜地说："娘亲，那位英雄教了我剑法。"莫兰说："孩子，我都看见了。”又转过头，朝仓候道：“莫兰谢过英雄的厚赠。”“哪儿的话，我不过顺口顺手。”仓候说。莫兰笑笑，露出白玉般的浅齿说：“不怕唐突英雄，英雄剑法超群，却不事功名，叫我家旦儿有幸，捡了个便宜。”仓候心想，眼前的这个女人眼光独到，实在教人佩服。他不知道，贵族出身的她，见过无数的剑法演练，爱上出身低微的木，也是因为木是一个优秀的剑士。仓候心里佩服着，但嘴上却说：“我哪里有什么超群的剑法，身逢乱事，悬剑于身，壮自己的胆而已。”他边说边往房厅里走，他不想过多交谈，一个剑客，要尽可能多地了解周围的物事，但要尽可能少地让人了解自己。

丙侯府里，兽油灯高悬，宽敞的大厅里，除了丙负手而立之外，就是剑架和架上的剑了。悬剑于身是剑客的身姿，虽然丙是巴国剑术最高的人，但丙不是纯粹的剑客，丙是江边侯，是这个地方的统治者，他的剑不在手中，便在架上。剑架上的剑同样是铜剑，同样的光洁锃亮，与仓候的剑不同的是，它的锃亮中透出亮黄，或许是饮血太少，还没有因饱饮敌人的血而变得暗红。夜静悄悄的，灯光的扑闪都可以闻见，这个时候，没有任何人任何事可以打扰丙。这是丙思考或练剑的时间，这个时候，厅外成群的兵士，侯府的奴仆，甚至丙的家人，都不会弄出一点声响。

丙缓缓地走过去，手握剑柄，剑作龙吟，铿然出鞘。平胸一指，剑风已起，前面的那盏兽油灯突地暗了一下。这是丙的剑法的起手势，一个能将起手势练得有如此声势的人，不会是一个庸者。这个剑式保持了一会儿，丙又重新把剑插回了剑鞘。丙长长地呼了一口气，像是在叹息，又像是冷哼。丙想，或许，我的剑已到了出鞘的时候了。

这么些日子啦，这江边城的外表显得平静而又安详，没有前方战事紧张的风声，没有兵士和物资运送的骚乱。这些都是丙一手操作的，作为智者，他明白，人心稳，城池才稳，江山才稳。但他比谁都更明白，属地上的兵士，除了护卫城池的两千人外，其余的都已经送到王都去了，这是分成小批送出去的，铸兵器和箭矢的铜，已经所剩无几了，兵器和箭矢是包在禾秆中运出去的，朱砂虽然在不断地开采，但来交易的客商越来越少，特别是最近，战事蔓延到王都后，商队几乎没有了，来的是零星的客商，带来的货物十分稀少。最近，他已吩咐心腹出去，不动声色不事张扬地募集兵士，但以自己对属地的了解，能募集的兵士十分有限。他决定，募齐兵士后，在演武场里开演选拔。就这么败了，他有些不甘心，他要亲自带兵出征。他要求带兵出征的信，早上便已派人送出去了。

当然，能否披甲上阵，还要看王兄举是否准允。在丙的心目中，举是一个勇士，手握长枪，对阵战场，巴国无人可比。但要说治理国家，富国强兵，合纵连横，实在是差一些智谋。父王去世后，举即王位，很多大臣心里都不太服，有几个老臣甚至劝说年少的丙取而代之。年少而有主见和奇谋的丙不愿兄弟相残，更不愿国家四分五裂，主动要求领属江边，并竭心尽力维护着王兄举的权威，并把江边治理得井井有条，成为王都坚实的后方。事关巴国的大事，丙不敢越雷池半步，他知道，如果兄弟不和，会不战而败，于国家和王权，唯有殚尽心力，不敢丝毫懈怠。

丙治理江边，并把它变成富庶之地，起初，举是有疑虑的。后来，举见丙恪守臣属和兄弟的本分，才打消了疑虑，并一改掣肘作风，依为靠山。从领江边到现在，十多年了，丙已从一个少年变成了足智多谋的盛年之侯，其间的艰辛自不消说。如今的丙，前额上的皱纹和散居发间的白丝，无言地诉说着岁月的无情。当然，胸怀家国者，不会有轻松的日子。

当初，举派人来取朱砂贿秦，请秦王派兵灭蜀时，丙是激烈反对的。丙专程赴王都，向举陈述了三条理由：其一，蜀虽经常地骚扰我边境，但蜀实无灭巴之力，只不过以争谁为巴人正宗之名，行掠城占地之实而已。其二，蜀人与巴人同属一族，族训说得明白，二百八十年前，巴人的一支，开疆拓土，占领蜀中，建立了蜀国，现在巴人和蜀人，语言相同，习俗相似，外貌相同。巴人和蜀人，巴国和蜀国之争，是同室操戈，兄弟相争，请外族人灭蜀，有违祖训。其三，方今环宇，群雄并起，征伐不断，若干的小国灭于秦，秦已成天下七雄之一，且秦有虎狼之心，秦能灭蜀，亦能灭巴，到时候，不仅与秦分食蜀地之望会落空，还会引狼入室，招致灭族之灾。丙还据理陈述了方今天下，巴蜀俱为富庶之地，蜀以出产粮食而富，巴以出产朱砂而名，这是让天下人觊觎的，不可不防。刚愎的举没有采纳丙的意见，他认为，蜀既是富庶之地，天下人皆觊觎，我何妨取之？秦军长路征伐，到时如不与我分食蜀地，难道不可挥军逐之。世事如棋，一错皆输，今天的局面，已难收拾。

七雄之中，秦楚最为强盛，对以富庶名闻天下的巴蜀之地，早有贪心，只因巴蜀皆为南方丛林部族，江河纵横，不敢轻举妄动。就在探子四出，遍布巴蜀，绘图探信之时，巴国便派使者来请秦出兵，把个秦王高兴得险些昏了过去。秦出兵向东攻蜀，巴出兵向西攻蜀。以秦兵之强盛，本可一举平蜀，但秦兵有心，攻下一半蜀地之后，便以江河阻隔为由，停止攻伐，修城筑池，移民耕作，当秦兵以三年时间攻占蜀境时，蜀地已成秦土。秦兵不仅没有与巴国分享胜利果实，反而派出大兵，东征攻巴。

或许，是天要亡巴，这一切本是可以避免的。丙想，人事还是要尽的。他吩咐，护城的兵士，天亮之前，包围所有的客栈。从王都送来的信说，秦兵的探子假冒商客，已进入江边城，其目的是了解江边城的货物贮备，以便确定进攻节奏，并伺机毁损运送货物的船只，削弱巴国的战斗力。但丙不准备杀死这些探子，他准备礼送这些探子返回秦军中，他想，于战事，杀几个探子是不管用的。他要让这些探子回到秦军中，让秦军了解，巴国有一个安宁、稳定、富庶的后方。

晚秋夜雨凉意浓，仓候一夜没有睡好，初时，细雨夹在风中，细小的雨声轻轻敲击着房顶、树木和草叶，也敲击着他的心。或许，真的是有些老了，一个剑客，本不该如此脆弱和多愁善感的，剑客义无反顾，剑客勇往直前，但今夜，仓候感觉到一些酸楚，甚至，他把这么多年来经历的一切，仔细地咀嚼了一遍，奇怪的是，他没有从辉煌的经历中生出些许的豪气，相反却感受到一些凄凉，一种漂泊和茫然的凄凉。他推开房间的窗，伫立窗前，任寒风迎面。窗前的白果树在夜色中只有粗黑的影子，白天里，他发现它美丽的叶子已经落尽了。他想，我是不是这秋风中的树木，已没了春天时的生机。他知道，这只是短暂的伤怀，当太阳重新升起，自己会重拾活力。后来，雨大了，风如吼，雨如注，就更没法睡了。他重新躺到铺上，凝神练气促使自己进入休息状态，终于进入了似睡非睡的迷糊中。他是被吵醒的。半梦半醒中，他听外面有人高声宣令："丙侯有令，凡秦国来的客人，恭送出境。"睁开眼来，见天已放亮。

整衣起身，一推开窗，仓候便被眼前的情景惊住了。披甲执枪的兵士，把客栈围了个严实，佩剑执令的伍长，一遍遍地高声宣令。平日里，看不见有护城的军队，也没有巡逻的兵士，突然之间，这些兵士像是从地底下钻出来的。这江边城明松实紧，看来，丙侯不是个简单人物。所有的客人都起来了。莫兰出了门厅，正与伍长小声交谈着。住在仓候隔壁的客人，身材高大，长相威猛，他说他是齐人，说的也是齐语。仓候出房间时，他也正出房间，神色间有些慌张。仓候是不慌张的，令语很清楚，是要恭送秦人出境，再说，每临大事要沉稳，这是一个优秀的剑客必备的品质，仓候无疑是优秀的。那人行动迅捷，转眼之间，便已左手提着旦的腰，右手执剑架住旦的头，下到大厅里，奔出厅门，口中喊道："给我让出一条道，不然我就杀了他，我知道，他是木将军的儿子。"突生的变故把所有的人都惊呆了，莫兰见爱子成为人质，且剑架于其颈，脸色顿时发青。还是伍长反应快，拔剑将那人的去路挡住，其余兵士也长枪齐指，将那人紧紧围住。

“我们只是恭送你们出境，并无取你们性命之意。”伍长与那人交涉。“那就快让出一条道来。”那人毫不松懈。“你放下孩子。”伍长说。“放下他，我还有命么?”那人不让步。“丙侯令旨……”“狗屁令旨，我不信。”那人不待伍长说完，作势要往前冲。这个时候，仓候已经下到大厅里，离那人只有三步。那人不防厅里的人，他们都是商客，想也没人会牵扯进来。旦着实是一个了不起的孩子，生死关头，居然不哭不闹，只是那人的手脚重了，弄痛了他时，他才咬牙皱眉。

如果那人的人质是别的什么人，仓候是真的不想牵扯进去，牵扯进去会过早地暴露身份。但那人的人质是旦，情况就不一样了。他能教旦剑法，就已经说明他是很喜欢这个孩子的，而且，见莫兰发青的脸色，他也有些不忍。眼前的处境让仓候有些为难，他可以一剑击落那人的剑，但如果那人顺手一扔，旦就有性命之忧；如果一剑致命，那人临死一击，旦必死无疑。唯一能确保旦性命的，只有在击开那人架在旦颈上的剑的同时，一剑穿心取那人性命。这有些冒险，但仓候还是决定做。仓候出剑，击剑，一剑穿心。那人平生第一次也是最后一次看见如此快的剑，他不敢相信世间有如此快的剑，他的眼睛疑惑地看着仓候，轰然倒地。

所有的人都松了一口气。莫兰冲上前来，她没有去抱旦，而是双手紧紧地捧住仓候的脸，以自己的额抵他的额。仓候不明白，这是她激动的举止还是巴人的谢礼。这一次，从江边城里清出来的秦人除了那个被杀的，还有四个，他们分住在不同的客栈。那人死得有些冤，丙侯令是真的，那四人全部是活着离开的，丙侯派了专门的船专门的人沿洪杜河顺流而下，把那四人送出了巴境。

宴席是摆在议事的大厅里的。已经燃起炉火的大厅格外温暖，铜锅里温着的酒弥散着酒香。丙相迎执手的时候，仓候感觉到丙的手有着粗粝的茧，就凭这双手，也可以知道丙是一个勤奋的人。进了大厅，仓候才发现今天的宴席只有宾主两人。丙没有坐往昔的主座，而是在厅中摆了一张矮桌，两人面对面盘腿席地而坐。宴席是丰盛的，整张桌子上摆满了食物。两人坐定后，侍者方才进来盛酒。酒杯是铸造的铜杯，形状有点特殊，状若宝鼎，饰有山形图案。对这次相见饮宴，仓候是十分小心的。从他出剑救旦的时候起，他就知道这是必然的结果。所有的人都说，丙是一个智者，一个智者显然不会相信一个商人会是超群的剑士。这是一个尚武的时代，勇武者博取功名是正途。仓候准备了一套完整的说辞，真真假假，滴水不漏。

丙竟然没有问仓候的来历、身份、到江边城的目的。端着酒杯，丙把酒杯举至头顶的高度："感谢你救了木将军的儿子！"然后一饮而尽。仓候说："所有的事与孩子无关，他不该以孩子为人质。"也一饮而尽。之后，他们便慢慢饮着，看得出，两人都是节制的人。饮着酒，丙告诉仓候，巴国正与秦国开战，秦人已逼近巴国的王都了，只是天气变寒了，秦人的进攻不再激烈，推进的速度也放缓了。丙还说，与强秦相抗，巴国的胜算不多，特别是秦取蜀地之后，疆域更大，物产更足。他还说，过二月，江边城的演武场将演武选士。他说得坦然而真实。仓候盘算着怎么应付，难道，他把我当成择主而侍的剑客，想邀请我参加演武？不像。那他又为什么要告诉我战局呢？是在试探我么？也不像，他只是告诉我，并没有征求我的看法。最后，仓候还是如实地告诉丙，自己是楚人，来自楚国的王都。也说了部分假话，他说自己是楚王卫队的剑士，这一次携带了货物，来换取朱砂，因为楚王要给自己的宠妃修宫楼，需要朱砂。

仓候想，告诉丙自己是楚人，不失为一种暗示。天下群雄，能与秦抗衡的，不过楚齐二国。齐国远在北方。而楚国离巴国是很近的。楚国攻下汉水之后，楚地已与巴国接壤，离江边城就更近了。楚地离江边城，如果仅从距离上说，比江边城与巴国的王都还要近一半，只是中间横亘着大黔山，山高林密，人马无法穿行，走水路显得遥远罢了。丙没有任何表示，只请仓候多住些时日，看看巴国的风物。当然，他们还谈了练剑的心得，尚武的年代里，说剑是男人们最时尚的话题。

进丙侯府时，太阳还高高地挂在天空，只稍稍向西偏一点；出侯府时，已是半轮细月斜挂天际。莫兰热情地迎在门口，执手相问入府的情形。对仓候心存感念的她，实在是有些担心他的安危。自己都能看出他不是一个简单的商人，何况足智多谋的丙。自仓候离开客栈，她的心就是悬着的。如果仓候是不利于巴国的，丙侯肯定不会放过他，可毕竟，他是旦的救命恩人。仓候能平安回来，莫兰自是放下心中的大石，人不是每个时候都大义滔天的，感情有时比理智更加张扬和坚硬。既然他能够平安回来，至少，他就不是明显的敌人。原本，她的好奇的心是想打探他的来历的，现在好了，用不着了，既然他们已经见过面了，应该是可以对他放心了。开客栈十余年，她知道，一个人，知道的隐秘越少越好，无论是个人的还是世事的，知道得太多，就会成为自己的祸源。

仓候是被梦惊醒的。醒来后，他对自己的梦记得十分清楚。他的这个梦有两部分。前一部分，场景清楚，是在云梦泽旁的家中。梦中，他看见了自己的父亲。这让他有些许的安慰，在现实的生活中，他对父亲是没有记忆的。他出生才三个月的时候，父亲便被征召入伍，从此再没回来。梦中，白雪覆盖着故园，从家门口开始，一串深深的足印伸向水边。父亲高大威猛，身背长剑，伫立在船头，朝泪流满面的娘亲依依不舍地挥手。娘亲是记忆中年轻漂亮的娘亲，她的手朝向父亲伸着，仿佛要抓住他。船无情地朝前驶去，她什么也没能抓住。梦的后半部分，娘亲的手依然伸着，也依然流着泪，只是她已经满头白发了，而且，也不是在故园的家中，而是在楚都的府中。

醒来时，仓候发现梦中自己的泪是真的流了。好多年了，无数的险境，无边的漂泊，都不做梦，这突如其来的梦，预示着什么呢？难道，是娘亲在召唤我？自十四岁开始，他便与娘亲聚少离多，娘亲从来没有怨言，而多的是鼓励。她常常说，好男儿志在四方，只有永远的江湖和功名，没有永远的家。莫非，娘亲有什么变故么？娘亲老了，人老百病出，这次出来的时候，曾请求楚王多方照应，但毕竟是君与臣，身份地位不一样。不是对楚王没信心，这么多年来，楚王信任有加，眷顾有加，自己也算不负楚王重托，每次都尽心竭力，不废臣事，取勾兰国后，楚王甚至下诏封地，虽然他没有接受封地，但君臣之情可见一斑。可再怎么说，国君的照应与儿子的尽孝是两回事。如果娘亲有什么事，可怎么对得起她的生养大恩哟，这千山万水的，有心无力，真的叫人好心烦。

躺在铺上，仓候慢慢地回忆自己的剑客生涯，以此排解自己的思念。第一次出剑杀人，是在十四岁那年的春天，那时候，他不知道自己的剑法高低，也没有临阵经验，只是从小就练剑，知道剑的用途。春天来了，湖里的鱼会游向浅水，这是桃花汛，这时捕鱼最为方便。从船上下来，远远地就听见娘亲在死命地呼喊，他丢下渔叉和鱼，奔回屋里，见一个披甲人已将娘亲的麻衣撕破。见有人回屋，那人放开了娘亲，转身一看，不过是个小孩，眼中露出不屑的神色。待仓候从架上取下长剑，凝神而立，有剑气自剑身发出之时，那人才稍稍有些发慌。那人是久历沙场的武士，很快便镇静下来，从容地拔剑相向。两人交错之间，长剑便已贯穿那人的喉，那人突起的双眼，流露出恐惧。那时候，长剑不是如今的这一柄，那柄长剑是师父赠予的，如今尚在自己的府上。那一剑，彻底改变了自己的命运，因为那个被杀的人是楚王的护卫。楚王春猎，那个护卫离队出来欲索酒食，便发生了后来的一切。那个时候，楚王刚即位，年轻的王有雄才大略。楚王说：“跟我走吧，我会给你纵横天下的机会的。”他不能也不敢拒绝，他杀了王的护卫，王不加罪，已属宽宏。当时，他不明白，楚王看见一个孩子杀了自己久经沙场的护卫时的震惊，以及而后的惊喜。

师父是一个谜，一个永远的谜。仓候的一身功夫全是他教的，但仓候也不知道他叫什么名字。认识他的时候，他就已经须发皆白了，那日，七岁的仓候跟在娘亲的后面，进山去讨野果，就遇见了他。他仔细端详着仓候，然后跟娘亲说："我教这孩子剑术吧，这孩子能成大器的。"娘亲自是求之不得的，当下领仓候跪下拜师。那以后，师父像如约的圆月，每月的十四、十五、十六如期来教仓候。他不说他的姓名，也不说他的居住地，每次问他，他就朝仓候家后那茫茫的群山一指："山里那有雾的地方。"听娘亲讲，那有雾的山叫源道山，普通人根本无法走到那儿，那山在群山之中，普通人不可能穿过那密布的荆棘，躲开那凶猛的野兽。那柄长剑，是十二岁那年，师父见仓候已能使铜剑的时候赠给他的。师父的行踪，就像飘忽的云朵，仓候离开故园后，就再没见过。

楚王是个信实的人。随楚王来到楚都后，楚王利用各种机会锤炼仓候的剑术，他是真的要给仓候纵横天下的机会。仓候第一次名动楚国，是身带五百兵士，攻取塔城。塔城是一个城国，所有塔吉人都集中在塔城居住。塔城是塔吉人集中在一起采矿炼铜而形成的城池。后来，塔吉人就靠炼铜铸剑谋生。那里的塔城与眼下的江边城有许多相似之处，商客往来、货物交换，十分热闹。塔吉人尚武，天下闻名，塔城的首领，不是世袭，也不是禅让，而是每十年一次，以城中剑术最高者为首领。塔城无兵，因为塔城人人皆兵，且人人都勇武异常。别看塔城国小，且为城国，但是它的不设防和人人皆为防的风尚，就让周边无数大国不敢轻举妄动。

以五百兵士取塔城，这事现在想来也恍若做梦。楚王欲取塔城，臣下无人领队，就连那些久经沙场的大将军，也不愿犯险，谁愿意置身处处无险处处险的境地呢？仓候率队，是楚王指定的，只要五百兵，是仓候自己确定的。要攻取这样的城池，不一定要靠人数的多少，而是要靠智谋。塔城的首领是塔城的第一武者，他便以为自己是天下第一武者，而且，塔吉人刚直守信。仓候充分利用了这两点。五百兵士是分散进入塔城的，一进入塔城，他们便四处散布消息，说楚国来了个剑客，是专程来找塔城的首领比剑的，三日后，将在塔城的马场向首领挑战。那首领勇武过人，自然不会坐视不理，三日后，比剑如期进行。

塔城的首领以为，敢于向自己挑战的，必是高大威猛、剑术超群者。他一见比自己足足矮一头的仓候，是满眼的瞧不起。“你我比剑，以何为押?”他略带讥讽地问仓候。“在你的土地你的城池上比剑，便是有什么质押，翻口不认，其奈你何?”仓候说。“你虽自楚而来，也不可辱了我的名头。”首领很是不满地说。“只是我说出来，又怕亏了首领。”仓候步步紧逼。“你且说出来听听。”首领说。“我自楚来，有五百随从，我以五百零一颗人头，押塔城，不知首领以为如何。”仓候说。“我塔城数万之众，而你只有五百人，不知你要怎么个押法。”首领虽豪气云天，但粗中见细。“我不是要塔城人的命，我与首领比剑，如我输了，五百零一颗人头是你的；如你输了，塔城从此成为楚国的属地。”仓候说。这一注质押着实大了，那首领也不由得一阵猜度。但看看眼前的对手，不由得信心百倍，他大喊一声：“好。”身形如电，长剑如虹，已然贯向仓候。仓候侧身一闪，剑如枯枝，平指对手。一瞬间，首领已不再有半点轻视，因为对手恰如其分地闪开了自己的一剑，拔剑在手的动作，没有半点多余，平指过来的剑上，寒气逼人。他的双眼死死盯住仓候的剑，心里掠过一丝悔意，真不该做如此的质押，这一次的胜败，已不是一个人的生死，而是整个部族的命运。就在他闪念之间，仓候的剑已运转开来，如无数的剑汇成的剑盘，罩住了自己出手的每个部位，他只勉力向前刺了一剑，便觉手臂一麻，如遭电击，长剑脱手。

从此，塔城便成了楚的属地。现在，楚国征战的兵器箭矢，绝大部分是塔城铸造的。回到楚都时，楚王迎于城门，赐仓候铜剑一柄，封他为楚国第一剑。楚王赐剑的时候说：“这剑随我多年了，是先王传下来的，剑上杀气重重，除了你，谁还配之。”那年，仓候才十六岁。那以后，仓候就用楚王剑了。须臾不离的楚王剑，伴着仓候，真的就纵横天下了。护楚王弟使齐，剑败齐国上将军，使王弟安全回楚。单人独骑收山阴，连败山阴十二护国勇士，使山阴侯臣服。使且兰时，仓候已名动天下，剑不出鞘，促成楚与且兰联盟。最近的一次是取汉水，飞剑断敌旗，吓溃敌军，更使楚王宠赏有加。

那一切，恍若昨天，又仿佛十分遥远。当然，那一切都已经过去了，而眼前的使命不禁让仓候有些担心。对勇武者，仓候不觉得有什么可怕的，但丙不仅勇武，而且智慧。智慧不是剑可以击败的。仓候决定，把自己带来的铜块送给丙，对巴国的战事而言，这是最好的支持，自己也可以多有一个与丙侯接触的机会。

丙对铜的需要从他迎出侯府可见一斑。仓候领着客栈里的仆人送铜块入侯府，丙侯迎在府门前，与仓候执手进府，这样的礼遇是以往任何一个商人都不曾遇到的。丙甚至还赏了仓候从客栈里请来送货物的仆人。自仓候救了旦后，他在客栈里的地位十分尊荣，除了莫兰，余者皆可任他随意指派。仓候没说是赠送还是兑换，丙也没问，打发了仆人之后，丙便带仓候观看铸造坊。因为缺乏原料，五间铸造坊都显得比较冷清，有的正以薪木引火生黑炭，有的三五个炉膛只有一个火红着。在第三间铸造坊，丙指着炉中慢慢熔化的铜水说：“这是你的铜块，我准备铸造一批箭矢。”“可惜太少。”仓候说。“不少了，够配给五百弓箭手了。”丙的高兴写满脸上。观看完作坊，回到侯府，酒宴已摆好。仓候没有推辞，饮酒叙话，最能了解一个人的内心。

“先生行遍天下，依先生之见，天下诸雄谁为强者？”这一次，是丙主动问及天下大事。

“秦、楚、齐。”仓候说。

“那贵国与秦呢。”

“应在左右间。”仓候说的是自己真实的感觉。

“七雄并起，未灭之国尚多，为何强秦攻我，贵国取汉水，南蛮荒地，何成觊觎之源？”

“依我愚见，该是物产。蜀地产粮，贵国产朱砂。物产是强国之本。”仓候故意回避了楚取汉水。

“依先生之见，征战何日是头。”

“连年征战，天下人皆思安。天下归心时，征战停息日。”

“先生以为何日天下归心？”

“当在百年间。”

“先生以为巴秦之战，巴有胜算么？”

“请侯爷见谅，胜算尚有，但不多。秦有一统天下之心，取蜀后，不需长途征战，于贵国不利。但秦人不谙水战，就是高山雾湿的地形，亦可让秦人吃亏，若善加利用，也非毫无希望。”仓候没敢说还有一途，那便是联楚或属楚。这是第二次交往，交浅不可言深，且自己目前的身份是商人不是使者。

“先生句句肺腑，令人感佩。”丙举杯致谢。仓候看见，丙的眼中流露出不甘失败的雄心，瞬间，又转为无可奈何的落寞。

仓候出丙侯府时，丙已叫人准备好了朱砂。仓候没有推辞，以物易物，这是一个商人的本职。回到客栈，已是掌灯时分。客栈不比侯府，自然是点不起兽油灯的。但贵重和尊荣的，不一定是实用的，客栈里照明用的松片，比兽油灯亮得多，还散发出松油的清香，分外提神。莫兰专程上山采了一种果子，煮好了醒酒汤，她以为，这一次，仓候送去了丙最需要的铜块，丙侯定然会让仓候大醉一场的。虽然没有醉到要喝醒酒汤的程度，但果子汤酸中带甜，味美无比。如此细心的照顾，让漂泊半生的仓候感动不已。

“我想找先生商量个事，又怕先生不应允。”喝完一碗汤后，莫兰说。

“不知你说什么事。”仓候不知道什么事，自然也不敢轻易承诺。

“我想让旦正式拜你为师。”莫兰说。

“我不是在教他么。至于拜师的事，不是我不应允，只是我漂泊在外，居无定所，怕误了旦的年华。”仓候认真地说。说这话的时候，他想起了自己的师父。

“年华是肯定误不了的，只要你肯答应。先生也可以不漂泊，我们有的，先生便有，只要旦能在你的门下修习。”莫兰对仓候寄予厚望。

“我答应你尽心尽力地教旦，只要我在这江边城里。但我不能答应做旦的师父，我承诺了，就要做到；做不到，我就不敢承诺。”仓候说。他本想说，自己有老娘在楚都，但没有说。在他的心里，不答应做旦的师父的真正原因是自己肩负使命。面对坦诚而美丽的脸，面对真实的心和期望的眼，他不想说假话。

“那也好。”莫兰说。听得出来，她有些失望，但她竭力掩饰着。

雪一下，便是冬天了。雪是在午后开始下的，指甲状的雪片夹杂在风里，歪歪斜斜地飘向大地，那雪片落下的身姿，仿佛醉汉的步态。江边城的所有住户，无论贵贱，全都燃起了炉火，寒冷是不分贵贱的，它公平地面对每个人。也因为城里的每个住户都燃起了炉火，城里便不易积雪。那些雪先是在远处的高山上堆积，而后慢慢逼近城池。莫兰客栈的大厅里燃起了熊熊的火，所有的客人集中在大厅里取暖。寒冷时，酒是必不可少的好东西。整个下午，城池里的雪都没能堆积起来，落地后，都化成了水，而后又慢慢地积成了冰碴。酒的热力同样无法抵抗越来越大的雪，坐在厅中，渐渐地，就可以看见白果树的枝条变得粗壮了，该点松片的时候，雪终于占领了城池。雪的世界一片银白，便是不点松片，也耀眼地亮。旦是盼望雪的，他已经念叨了好几次，雪终于下来了，他手持竹剑，来到厅外的空地上，舞剑迎雪。

可以看得出，在仓候的精心指导下，旦的剑法大有长进，舞得快时，竟能挡住大部分的雪片。看旦舞剑，仓候突然想起壮游江湖，曾听过一句话：国家多难时，剑士出头日。有人说，这是秦王说的，也有人说，这是已亡国的漏丁国国王说的。仓候更倾向于是漏丁国王说的，如此有哲思的话语，没有人生的悲凉和苦痛，是体会不出来的。可惜，以巴国目前的态势，怕是等不到旦出头了。一旦秦兵破了巴国国都，这无墙无险的江边，自然也难以拒敌。覆巢之下，断无完卵，哪还有什么出头剑士？纵然有，也是为别国出头了。想到这里，仓候不禁在心里轻轻地叹息。

积雪之后雪落无声，但雪一直下着。木楼房里不能燃火取暖，有的客人就整夜在大厅的炉火旁饮酒和休息。仓候回到自己的房间里休息，对他而言，和衣而卧，就足以抵抗寒冷了，这是南方的冬天，虽然风使劲往窗的缝隙中挤，终不如漠北冬天那么穿心透骨的寒。他曾在漠北度过了一个冬天，这南方的冬天就不那么可怕了。但这寒冷中的休息还是不太踏实，总让人处于欲睡又醒之间。后半夜，已有酒意的客人高声呼喊着，请莫兰唱酒歌，于是大厅里响起一种响亮的敲击声，那声响的节奏和着莫兰的酒歌，在后半夜里，极富穿透力地鼓荡着客人们的心。莫兰的声音婉转动人，她完全以巴语唱着，仓候只能听懂大意：刀枪是为勇士准备的，酒是为客人准备的，行遍天下的人，饮遍天下的酒，快乐无边。莫兰的歌声，让饮者们更加兴奋和豪壮。

天终于亮了。大厅里的火依然旺着，莫兰盘腿而坐，怀里抱着一个四尺长的竹筒，那竹筒的两头用兽皮包着，她已经睡着了，身旁有一尺余长的木棍。夜里，莫兰唱歌时发出声响的，就是这乐器。这件乐器的竹筒和木棍都十分光滑，想是用了不少时日了。仓候后来才知道，这种乐器叫篮，做法是把粗壮的老竹，挖去节隔，在开水里煮几个时辰，然后用兽皮包好两头。敲击篮的木棍，则是用粗如拇指的梨木煮制而成。这种乐器，竹筒的全身都可敲击，敲不同的部位可发出不同的声响。巴人礼乐祭祀都用这种乐器，饮酒时，这种乐器奏出的是欢快的声响，明快的节奏。

莫兰刚醒来，丙侯府的总管就来请她。总管没说什么事，莫兰没多问。其实也不用多问，侯府相请，自然是有重要的事。以莫兰对仓候的信任，她没有叫仆从，而是请仓候同去，总管也没反对。客栈到侯府，有两千余步，一路上，莫兰显得忧心忡忡。总管在前面引路，上路后，总管的嘴除了呼气时偶尔张开，没有半个字的言语。

侯府的大厅里，一个临时摆上的木桌上，平放着一副甲胄，桌前，有一盏兽油灯。这是白天，点燃兽油灯，有祭拜的意思。莫兰迈进厅门，一眼就看见了甲胄。莫兰盯住甲胄，如遭电击，呆在那儿了。仓候站在她身边，丙站在摆放甲胄的桌旁。过了一会儿，莫兰声嘶力竭地喊了声："我的木……"便昏了过去。仓候连忙抱住她。丙示意仓候把莫兰放到丙平时坐的足够一人躺卧的宽椅上，总管端来了热汤。灌了一碗热汤之后，莫兰苏醒过来。醒过来的莫兰，不哭不闹，缓慢而沉稳地走到桌前，吹灭了油灯，双手捧起甲胄，朝厅外走。仓候扶住她，感觉到她平静的外表下，翻涌的心，她的全身在不停地颤抖。整个过程中，丙没有说一句话，神色冷峻。出了侯府，总管又追上来跟仓候说："侯爷请你照顾将军夫人。"仓候点头表示明白。

木将军死于秦兵的偷袭。巴国的王都在嘉陵江的东岸，与江边城一样，也是依山傍水而建，城内有同样的干栏式建筑。与江边城不同的是，王都有三面低矮的城墙，靠江的一面以江为屏障，没建城墙。秦人灭蜀东征，巴国一败再败，已尽失江西之地，双方阵营成了隔江相望的态势。秦人于水战并不谙熟，加之渡江要造船，天气也冷了下来，就在江岸扎营准备攻城。但在准备的同时，秦兵一刻也没有停止对都城的侵扰，他们派出小股的兵士渡江袭扰，甚至潜入都城，伺机骚扰。木将军负责在都城巡逻和管理都城里的人员。那日，木将军率三百兵士出城巡查城周的村寨，一支冷箭射来，正中咽喉，不及救治而死。若在平时，木将军的葬礼会十分的隆重，巴国的军旅中，将军是第二等的尊荣，除了两三个主管重要军务或统领全国兵马的上将军之外，便是主管一方军务的十来个将军了。多事之时，巴王举能派人送回甲胄，已是给予了十分的荣宠和极高的礼遇了。

木的甲胄是昨天午夜送到的。看到木的甲胄被送回来，丙有些惋惜，因为木是一个年轻有才华的将军，而且是自己送他出去的。但丙更多的是感到战事的严峻，作为王族重臣，他要体味的，不仅是个人的感受，更多的时候，要站在国家或部族的立场，思量世事的去来。他的心里是有许多话的，以木将军多年征战的功绩，以莫兰的出身。但他一言未发，就是在莫兰昏倒的时候，他也要控制住自已的情绪。他明白，任何时候，自己都需要冷静，只有冷静，一些决定和谋略才能周全。木将军的甲胄被莫兰取走后，丙又静思了好一阵。思索之后，他决定了演武选士的时间，并派人去通知了铸造兵器箭矢的作坊，半个月之内，将所有的铜全部铸完，不留一点库存，他还派出人去，征集粮食和用于战事的各种物资。下达了全部旨意，丙长长地喘了口气，有一种心虚脱的茫然。

莫兰客栈的大厅里，专门设置的案几上供奉着木的甲胄，案几前，是一排木生前喜欢畅饮的遍地红酒坛。炉火一直燃着，祭奠的除了莫兰客栈的人之外，还有木的族人和朋友，他们以巴人独有的方式祭奠着木。所有的人几乎都泪流满面，但没有人恸哭。莫兰坐在案几旁，默然地流着泪，仓候想安慰她，莫兰说："先生不用安慰我，一个男人，为国捐躯是本分。"甚至，她还朝他笑了笑，只是笑得凄惨。

祭奠仪式共举行了七天。七天里，客栈门前的白果树上，一直悬挂着青麻捆，那麻捆垂悬着，在寒风中轻摇。来祭奠的人喝着酒，唱着祭歌，绕着客栈跳舞，每一群跳舞的人中，领头的总是画着鬼脸，引领着大家的行动。而大厅中，十二个怀抱筌的祭者，整日整夜地敲击和歌唱着，除了进餐时稍事停息，他们好像不知道疲倦。筌的声响低沉，歌的调子也很低沉。莫兰的怀里也抱着筌，那些祭者进餐时，她才敲击唱歌。莫兰唱的歌不仅低沉，而且格外地多了几分凄切："亡灵啊升天，山有山魂，水有水母，月亮啊，太阳啊，引领亡灵升天。"七天里，莫兰吃得很少，人明显地变了形，别人也劝不住。旦除了偎在莫兰旁边陪她流泪外，就是更加勤奋地练剑，他的眼光中流露出来的仇恨，仿佛是点燃的火焰。

演武取士的告示很快就发布了，是以丙侯令的形式发布的。仓候觉得，自己应赶快与丙侯见一次面，无论结局如何，终归要尽人事的，既为王民，当然必须忠王事。只是这一次，仓候觉得特别的没底。通过这些天的了解，他自己对此行越发地没了信心。丙侯剑术高超，但不逞匹夫之勇，才华出众，但忠王敬事，多谋而又善断，智慧而又大度。仓候本以为，尚武爱剑会成为他的弱点，但没有，甚至，仓候根本没有发现他的弱点。仓候想，任何人都有弱点的，丙也肯定有，要发现他的弱点，就要多与他接触。

与丙侯见面的请求迅速地有了回复，丙侯答应见他，地点是演武场。这些天里，丙每天都要到演武场里走一圈。仓候由侯府总管引路，径直到了演武场。丙负手站在演武场的中央，眼光很远很远地望着天际。演武场里，有三三两两的兵士在平整场地，观礼台上，兵士们忙碌着设置座椅，摆设案几，准备薪柴，寒风不时撩起丙的衣角，丙直直地站着，看不出有任何的寒意。

"对一个国家而言，尚武是必须的，对个人而言则未必。"丙知道仓候来了，他没有回头。

"多事之秋，佩剑防身，也无不可，何况个人的命运也摆不脱国家的命运。"仓候站上前去，与丙并肩。

"那是当然。我想说的是，一个人的生死祸福，与剑术高低无关。"丙说。

“也不能说完全无关，临敌对阵，总是勇武者胜。”仓候还是着意地与他争辩。

“其实是完全一样的，人，总是喜欢背负自己背负不起的担子，这也就没了个人功夫才智的高低之分了，高者和低者同样的弱小。”丙仍不疾不徐地表述他自己的观点。

“那倒也是，永远没有满足的人心。不过，不如此，人与飞禽走兽又何异。”仓候赞同中带着异议，他希望更多地了解丙的内心。

“我猜，你是名动楚国的剑客仓候。”丙突然转头朝向仓候，脸上落寞地笑着。

一瞬间，一种比冬天还冷的透骨的寒意穿透了仓候的全身。如果没有看见丙的笑脸，他会毫不迟疑地拔剑。

“是的，我就是仓候。”

“其实，我也同样有弱点。背负自己背负不起的担子，是我致命的弱点。”丙几乎是打断仓候的话说的。说这句话的时候，他的脸上已恢复了淡雅的神色。

“是的，或许我这次来，是背负了我背不起的担子。请侯爷别打断我，听我说个明白。”仓候突然觉得这是一个机会，一个心与心交流沟通的机会。

“我是背负了楚王的使命来的，他希望我能以一己之力使江边城悬旗归楚。我来时，就以为这是一个背负不起的担子，但现在，我以为这是有可能的。其一，以侯爷之智，肯定明白，巴国败亡只是时间问题。其二，如侯爷确定江边的属地归楚，那么楚国的兵士在这个冬天里完全可以穿越大黔山。其三，以侯爷之仁，断不忍见倾巢之下的臣民生灵涂炭。其四，巴国危难之时，楚王只派臣下一人谋取江边，足见楚王仁厚有谋，良鸟择木而栖，良臣择主而事，以丙侯之智事楚，必将使楚国生辉，使侯爷大展宏图。”仓候一气说完，有一种抖落块垒的舒畅。

“或许，你是对的。不过，依先生百年之期天下一统的预见，试问，一统天下者是楚么？臣民劫数，或早或晚而已。”丙还是淡雅地笑着。

“还望侯爷三思。”仓候有些不甘心自己箭矢般的言语，如射苍穹。

“今晨，王兄举派人送来了我们巴人的族徽。看来，举是准备与秦人一拼生死了。我们巴人的族徽是号令巴人的信符，王都已岌岌可危。”丙的语调低沉平缓，两眼滚下两行清泪。

丙看到送来的族徽的那一瞬间，就已经流过一次清泪了。举派人送来族徽，就已经表明王都是守不住了，灭顶之灾势在必然。举的送徽之举，一是确切地回答了丙要求披甲上阵的请示，他把族徽送到丙处，是希望丙能保住信符，以期它日重聚巴人，重兴巴国。同时，应该说，也是给丙带来了信任和重托。

“演武之时，我可以向你挑战么。”仓候说。说这话的时候，仓候已有些绝望。

“可以。”丙回答得很干脆。

“我们可以押一注，如果我胜了，你悬旗归楚，如果我输了，任由你处置。”这是仓候最后一招了。

“我接受你的挑战，我也是剑士。但我不会质押，我不能以一己胜负，误了疆土臣民。”丙的话中，有剑士的雄心，也有背负者的无奈。

演武如期举行。那日天刚亮，侯府便来人请仓候去观礼。这些日子里，莫兰越发地消瘦和沉默，有时，仓候教旦剑法时，莫兰专注地观看着。今天就是生死之期，仓候决定把带来的丝绸全部送给莫兰，只有美丽的莫兰才配得上的丝绸，他希望，漂亮的丝绸能带给莫兰些许的快乐，再说，自入住客栈以来，莫兰多方的照顾，也应该感激才对。莫兰没有推辞，她收下了货物，而且脸上真的露出了淡淡的笑意。

进了演武场，仓候发现，巴人的族徽被竹竿高高地竖立在观礼台前。那是一只铜铸的鹰，双翅横伸，鹰颈稍收，鹰爪半收，飞翔的姿态。其实，哪一个民族不希望飞翔呢？演武场的四周，聚满了人，有的身背长剑，身着甲胄，有的手持长枪，也有的赤手空拳。中间的空地是演武的场所，有两排兵刃架，架上放满了兵刃。仓候坐定后，牛角号声起，篓被敲响。礼乐结束后，演武正式开始。丙坐在观礼台的中间，仓候与丙之间隔有三人，这三人仓候都不认识，想是侯府的贵族。今天，丙侯佩剑。

“演武开始。第一场，由侯爷和楚国来的贵客比剑。楚国来的客人，救过木将军的儿子旦，也厚赠我们铜，是我们的朋友。”侯府总管宣布。

总管的宣布让仓候大吃一惊，他以为，他要公开向丙挑战，丙才会与他比剑，没想到会是安排在第一场。安排在第一场，就说明丙是十分自信的，刀剑无眼，死伤难保，如今的江边城，丙是最不能死伤的。丙知道仓候是名动楚国的剑客，应该了解丙的剑法是天下难寻的，但他作如此安排，除了必胜的信心之外，还应该有相当的把握。仓候想，他知道我是谁，而我却没见过他用剑，心里不禁掠过一丝不安。当然，作为剑客，丙同样是自信的。

丙和仓候都是缓慢地走向中间的那片空地的。两人默默地凝视着对方，体现出大家的沉稳和风范。几乎在同时，两人的剑都已出鞘，极快的瞬间，几乎没人看得清，只听见剑作龙吟的声响。剑成剑光，罩向对方，那两团剑光越来越快地转动，伴随剑光的，是两个越转越快的身形。在场的人，从没见过如此的比剑，也分不清谁占上风。快速的转运中，偶尔的有金属交接的声音。同样的，突兀而快速地，两人的身影分开。

仓候凝神望着自己的剑，那上面有三个细小的缺口。行走江湖以来，他的剑不曾缺过，他的对手没有全身而退的。此刻，丙不仅全身而退，激战中，仓候发现自己竟有些力不从心的感觉。

丙抚摸着自己的剑，朗声笑道：“可以一战么？”参加演武的人们高声呼道："侯爷神威，巴国必胜。"丙的剑上，同样有细小的缺口。剑插回鞘，丙示意仓候回到观礼台上。

回到观礼台上之后，演武继续进行，那些准兵士每十二人一队，与另外的一队集体比试。看得出，这次的演武，已不是演武选士，而是一次集体的操练。每次操演完毕，除了那些实在老弱的，余者皆由总管宣布入选，由侯府的人发放甲胄、兵刃及箭弩，带出演武场外，另行操练。仓候对观礼没有多大兴趣，因为没有真正的比试，演武也就没有了实在的意义。他在想，丙侯不曾游历江湖，居然练得如此之好的剑法，若临阵历练，天下恐怕无出其右者。他们两人的比剑，仓候觉得有些不明不白，没有质押，却又是真打，从某种意义上说，丙还是主动挑战，而非应战。没有生死输赢，却又断然中止。难道，他是要拿我来试剑么，这风险也太大了，这样的比剑，仅有信心和勇气是不够的，必须有冒这样风险的本钱。莫非，他是想告诉我，巴国如此情势，非巴国无人，好告诫我，一个剑客，终非国家兴衰所系，一柄剑，终不能强国御敌？应该是的，丙侯的心机，应该是试剑以扬威，同时，对我的游说和挑战，也是直接而肯定的回答。仓候没有输，但一场比剑之后，他已心灰意冷，昔日的辉煌，不过是没遇见真对手而已，他甚至有些怀疑那些胜利的真正价值。

不知演练了多少轮，突然，仓候发现一个披甲的兵士十分眼熟，这时，丙也发现了那个兵士。仓候费劲地想着，是见过人呢，还是见过甲胄。丙叫那队人停止了演练。丙说："脱去甲胄。"用手指了指那个兵士。那个兵士走到观礼台前，慢慢脱去甲胄，一张清秀的脸和长长的秀发展示出来，她是莫兰，她的眼里露出坚毅和决然。丙朝总管招手示意，总管听完丙的吩咐后，大声宣布："莫兰入选，为巴国军伍长，即刻率侯府家人，驻守莫兰客栈。"台下立时高呼："为木将军报仇，兵发王都。"丙笑了笑，台下有兵士领莫兰去侯府带侯爷的家人。

到暮色降临时，演练方才结束，总管宣布："演练到此结束。侯爷有令，明晨，除入选兵士外，所有的江边城民，一律搬出江边城，有亲朋的，住亲朋家，无亲朋的，居岩穴扎棚舍，凡搬得走的货物器物，一律带走。违令者，斩。"总管发完侯令，从竹竿上取下族徽，递到丙手中。丙双手捧着族徽，走下观礼台。仓候对侯令莫名其妙，只隐隐地觉得，丙有大的行动。

回到客栈的时候，莫兰已领着侯爷的家人，住在客栈里了。客栈里的客人全都不见了踪影，想来，他们都已离开了江边城。此刻，莫兰已经把莫兰客栈改成了军营，能战斗的人员，全都披甲挂剑。侯爷的家人，实际上只有他的一个夫人和两个小孩，那两个小孩与旦的年龄相差不多，他们都没有披甲挂剑，也不知道要发生什么事。甚至，连侯爷的夫人也不知道要发生什么事，只是侯爷的举措，让她意识到事态的严重。见仓候回来，莫兰问："为什么不让我去王都呢?"那语气，仿佛这事是由仓候确定的似的。"既然是侯爷决定的，自有他的理由。"仓候说。其实，他也答不起，他知道侯爷在巴人中的威望，侯爷的安排，没人能拒绝。仓候这么一说，莫兰果然不再言语。

侯爷家人的到来，使莫兰客栈也燃起了兽油灯。刚点上灯，侯爷就来了，侯爷是来找莫兰的。侯爷对莫兰说："妹子，拜托你了，带着她们，离开江边，过平民的生活。"莫兰要想说什么，侯爷制止了："把甲胄脱了，做个平民。你别说什么了，王兄和本侯都无法挽回的事，你也别图谋。"侯爷的夫人和公子迎出客栈，想与侯爷亲近，侯爷转身离去。走出两步，侯爷又转过头来对仓候说："作为剑客，你是好样的。"身披甲胄的侯爷，没容仓候回答，疾步而去。

侯爷令出如山，天刚亮，江边城里的居民倾城而出，虽然城里除了兵士，剩下的多是老弱妇孺和小孩，但秩序井然。这个时候，江边城里突然潮水般地涌出一个声音："巴人听令，不见族徽，永不立国。巴人听令，不见族徽，永不立国。”这个声音是由全体兵士共同发出的。发出令示之后，兵士们整装齐发，朝洪杜河走去，那儿，摆满了大大小小的木船。

丙走在队伍的最后，他腰悬长剑，手擎族徽，离开侯府，离开江边城。他一离开，江边城便燃起了熊熊的大火。那些刚搬出江边城的居民，纷纷回过头来，注视着火光中的家园。那些兵士没有回头，他们朝着既定的方向前进。

顺流而下的船走得很快，丙乘坐的大船也驶进了河心的主流。丙手上擎着的族徽离手而去，以飞翔的姿势滑行了一段，然后一倾身，跌进了河心的激流中。

江边城里，熊熊的烈火还在燃烧着。望着熊熊燃烧的大火，仓候也作出了一个决定。他拔出楚王剑，奋力一扔，剑呈鹰飞的姿势，冲天而起，然后，一头扎进熊熊的烈火中。

云梦泽边的娘亲常常念叨的那幢茅屋，还在么？

不知道。

附录：

一、1983年9月9日，《黔报》的一则消息：近日，考古专家在本省务川的江边发掘出提梁鼎、蒜头壶、铜剑、箭矢、铜釜等大量青铜文物。其中，铜剑的剑身刻有“楚”字，十分清晰，提梁鼎在中原地区尚未发现。考古断代确定，这些发掘的文物为春秋战国时期的器物。这些文物的发掘，对西南地区的文史考据，有着十分重要的意义。

二、CCTV-10，2003年5月14日，《探索·发现》栏目：巴人为南方民族，起源于长江流域。巴人建立的巴国，在该地区强盛一时，入四川成都平原，建立蜀国。公元前316年，巴国请秦出兵助其抗蜀，秦出兵灭蜀，顺势东征，灭了巴国。

暖[1]

肖　勤[2]

小等打了个大哈欠，耳朵下方的小脆骨发出咯嘣咯嘣的响声。下巴好不容易才木木地回闭过来，眼皮却纹丝不动，那里好像被奶奶用廉价502胶水粘过，小等使劲用手去擦拭，眼珠子都被搓烫了，眼皮还是揉不开。小等索性闭着眼翻身下床，摸索着坐到灶膛边，点了个火引子去引火膛里的松木枝。松木枝燃起来，枝条某处隐匿的水汽被火一逼，轻而温暖地"扑哧"了一声，黑暗的木屋跳起了红光。

眼皮终于酸涩地打开，尚未恢复焦距的眼睛四处张望——

昨晚剩的半碗米粥硬硬的，得拿出来再兑水熬熬，奶奶牙不好，舌头又老了，浅淡的味儿尝不出，喜欢吃又酸又盐的腌茄子和熬成糊的土豆汤。

饭菜都热好了，半山腰庆生老师家的大公鸡才打鸣。

小等去叫奶奶。奶奶正蓬着一头薄薄的乱发，靠在陈旧的棉被

---

① 原载《十月》2010年第2期"小说新干线"，此次出版时有改动。

② 肖勤（1976—），女，仡佬族，鲁迅文学院第十二期高研班学员。中国作家协会会员、中国少数民族作家协会会员，贵州省文学院签约作家。至今已发表作品近百万字，代表作有小说《暖》《金宝》《霜晨月》等，作品散见于《小说选刊》《新华文摘》《十月》《中篇小说选刊》《小说月报》《芳草》《山花》等，多部作品被选入各类年度选本。小说《金宝》获2010年《民族文学》年度小说奖，《暖》获遵义市第三届"尹珍杯"遵义文学奖作品奖、第二届《小说选刊》全国中短篇小说年度大奖，已被拍成电影，改名为《小等》。

上嘻嘻傻笑。小等小心翼翼地走过去，轻声叫，奶奶，吃饭了。

微弱抖动的火光下，奶奶的下巴哆嗦得更快了。奶奶不看小等，冲着床对面麻黑麻黑的窗户，神情像个讨好的小孩：我听你的，白天不吃。你看，我白天不吃。

窗户那里什么也没有。一股寒气从小等脚下蹿起来，小等的眼睛没来由就湿了，带着哭腔说，奶奶你不要吓我，我是小等啊，你看看我！

奶奶自顾自走出里屋，薄裤管下严重萎缩的腿像两株细瘦的芦苇秆，同样细瘦的两只手在空气中划拉着，但并不能抓住什么，整个身子弯曲成虾的形状，每走一步都像狂风里的芦苇般抖成一团，仿佛要栽到河里去。

奶奶要这样抖到什么时候才算完？小等突然开始思考这个对于十二岁的女娃来说太严肃太深沉的问题。“完”是指什么？是好，还是死？小等夹了一筷子腌茄子往嘴里送，茄子腌的时间太长，酸味直冲鼻子，她不得不甩甩头发，好把眼泪一并甩出去。奶奶在哆嗦中艰难地捏着碗筷，筷子和碗像乐器似的在她颤抖的手中有节奏地叮当直响。伴着这敲打声，黎明从河对面的雾霭里站起身来。

夏天的大娄山脉，太阳是有年龄的，清晨的太阳是吃着奶的娃儿，饱满嫩白的光芒像娃儿胖乎乎的小肉手，甜滋滋温嘟嘟地贴在人身上脸上。小等拍拍身上撒娇的阳光，背起背篮下了山。

小等今天得把地里的灯笼椒统统卖完，明天还有明天的事呢。

河谷边的辣椒地里，沉甸甸的灯笼椒挂满了枝头，比哪一年长得都好，把河谷滩映得红彤彤一片。小等庆幸自己没有听种子店张伯娘的话，年初育辣椒苗时，张伯娘叫她种牛角椒，说牛角椒一亩地多收好几百斤。小等没敢种，小等才十二岁，还不到拿主意的年纪，尽管当了家，但她还是不敢随意打破这块向阳地和灯笼椒之间严丝合缝的联系。

晶莹饱满的灯笼椒像一颗颗小樱桃，小等的手变成了两只小鸟，灵巧地在辣椒与背篼之间盘旋。背篼里的小樱桃一点点集起来，小等的腰便一点点沉下去。

河雾散尽时，太阳长成了个霸道的婆娘，一下下抽着小等耳光，抽得小等眼前发黑。

村委会门口的大水泥坝挤得像一块被油炸裂的糍粑，每一个岔口都爆出一串串泡来，那是一只只装满辣椒的篼。到处是拉辣椒的摩托、装辣椒的大车、提着秤四处挑拣的贩子……小等咽了咽口水，焦急地加快了脚步，两根细小的青筋像蚯蚓一样趴在她额角轻轻耸动。

村主任周好土让躲不开的太阳晒得眼冒金花，正懒洋洋地拍打着一辆占道的摩托，眼角扫见小等被背篼压弯得只留个头了，赶紧走上去搭手接下篼。

叔，今天价好不？小等伸直腰，乱蓬蓬的头发湿嗒嗒地贴在脸上，像刚从水里冒出来。

不高，才六毛。周好土摇摇头，用那双永远像在打瞌睡似的细缝眼无奈地瞟了瞟几辆装辣椒的货车：贩子拉成一伙故意塌价。

小等失望地靠着背篼直喘气，忧郁从眉梢无声地飘下来。

你妈寄钱了吗？她还是回不来？你奶奶好点没？周好土从裤兜里掏出一张皱巴巴的纸巾递给小等：干净的，擦擦汗。说着朝一个提秤杆的贩子挥了两下手。

小等捋了捋头发，没回答周好土。小等没法回答。妈说了，你爸爸死了，我一个人打工养这一家老的小的，拿什么给你奶奶看病？再说你奶奶的病也不叫病，人老了都这样，其实人一生下来就是要死的，早死比晚死利索，我没钱，有钱也堵不住这大窟窿！

妈妈这话遭人咒，男人听了要提拳头，女人听了要戳额头的。小等把这话捂在肚子里，不敢让谁知道。

椒贩子走过来，下巴挂着几片葵花子壳，问主任啥子事。周好土拍拍小等的筐说先给称了吧，小娃儿老实，全是一勺勺庄稼粪浇出来的，好椒！

辣椒过了秤，三十四斤四两。椒贩子敲完计算器把上面的数字晃给小等看后数了二十块零六毛出来。小等抿着嘴唇很有主意地指着计算器说，还差。椒贩子咧嘴大笑，那几片葵花子壳就开始悬在他下巴下跳舞：小姑娘，这年头谁用零毫子？四舍五入知道不？

小等倔强又委屈地盯着椒贩子，小脸涨得通红，刚擦干的鼻尖沁出一层细密密的汗珠。

在桂花坡下的卫生室，一毛钱可以买三颗去痛片。这四分钱就是奶奶的一颗去痛片，可以让奶奶安安稳稳睡上半个小时。可不能舍了！

椒贩子给盯得发毛：这样看我干啥子我又没亏你！说着拿起秤盘哐哐哐敲背筐，敞着嗓门嚷：要不要？不要拉倒，背走！

周好土推开那辆塞在路中间的摩托，拍着满手泥灰走过来，顺手从身旁的辣椒筐里抓了把灯笼椒甩进小等的筐，眼皮向下耷拉着，一脸厌烦：几千几万都敢赌，到这里来为一毛钱和小姑娘吼，也不嫌丢人。还四舍五入。给，够你入了？

椒贩子也不恼，边嗑葵花子边哧哧哧地笑，吊儿郎当地把半边屁股靠在筐上，拉开挎在腰上的"猪腰子"钱包，扯出一张毛票看也不看就递给了小等。

小等接过钱，挤过筐筐人人，跟在周好土后头进了村委会办公室。

叔。小等从手里抽出五块钱放在裂缝跛腿的办公桌上。周好土皱着眉头说又来了，这罚款不由你来交！要交也是你妈来。

叔你收下吧。小等一脸坚决，我们家现在我说了算！

周好土"唉"了一声，推开桌上乱七八糟的报纸和充当烟灰缸的半截酒盒子，打了张"收到社会抚养费五元"的收条，盖上村委会的公章递给小等，一张脸挂霜带雾地看着小等：小小年纪，你妈怎么舍得让你受这些罪！哪个十一二岁的娃儿不是爸亲着妈暖着！这罚款叔收着心里不是味，大人作孽，让咱们小等来还，可你妈你奶奶……

一缕头发丝垂下来挡住了小等的尴尬。那年因为爸妈偷偷在外超生了小弟，周好土气得跑到家里来拉猪，猪在圈里不肯出来，惊恐万分地拼命嘶叫，眼珠子都挣红了。奶奶冲上去一竹篾片抽到周好土脸上，那是刚划破的竹篾，牵筋带刺的，把周好土干瘦的半边脸全抽成血糊糊。奶奶大口喘着气，小眼睛绿绿地冒着寒光。小等吓得缩在挞斗背后直哭，边哭边想以后一定要挣好多好多钱——再不让奶奶气得眼睛发绿，也不让猪吓得眼珠发红、连尿都不臊了。

周好土收了钱放进抽屉，却从自己裤兜里拿出五块钱来：没吃中饭吧？去，吃碗绿豆粉再回去，顺便给你奶买把面条。

小等绷起小脸直摇头，一把营养不良的头发摇晃起来像泡软的草垛：我家和你有仇，我不能要你的钱。

周好土笑起来，说，可小等和叔没仇啊，小等是个好当家！看看小等还是一脸铁实的不领受，只好说不要就算了……又拿下巴朝里间办公室抬了抬：里面有电话，要不要给你妈打个长途？

小等惊喜地笑起来，淡眉毛一跳一跳扬得老高。

电话上的数字们像奶奶喂的那群小鸡崽，它们急不可耐地盯着小等的手，小等飞快地摁着，数字们在她指下开心地咕咕叫。

妈！电话一接通小等的眼泪就哗啦淌下来，顺着脖子往衣领里钻，好像这一声“妈”字打开了泄洪闸。

你有事没事打电话做什么？长途要花钱的！妈妈没有惊喜地叫小等，反而劈头盖脸凶过来。

小等的欢喜哽在喉咙里，战战兢兢地说，妈，是村里的电话，不花钱。

那几个狗日的！天天逼着交罚款，是不是又逼你打电话要钱？

告诉他们，老娘只有命一条，要钱？没门！妈妈在那边一定叉着腰呢。

不是不是，村里没有催钱……妈你什么时候回来？我想你了你快回来吧！一和妈妈说话，小等觉得自己小成了三岁两岁甚至一岁，她想贴着妈妈肉乎乎的胸脯，吊着她的细脖子咬她下巴，妈妈长着男人一样的下巴，又宽又厚。奶奶说那是吃家败家的长相。可小等喜欢，奶奶不知道这样的下巴咬着才带劲儿呢。小等苦巴巴地微张着嘴——妈妈已经两年没有回来了。空而无望的想念变成绞肠痧，痛得小等又开始伤伤心心地抽泣。

哎呀！一打电话就哭。妈妈的声音里透着一万个不耐烦，老叫我回来做什么？我要挣钱呢，没钱咱们娘四个吃什么？再说妈不能回来，妈一回来就得送你奶奶去医院，你晓得不？医院是个消钱坑，多少钱也不够花的。

可是妈，我怕……奶奶的脚都成干柴棒子了。她白天不肯吃饭，说有人不让她吃，每天天不亮我就得起来给她热饭……她还半夜拿着剪子在屋里乱蹿，说屋里到处都是要她命的鬼，她要剪死他们。妈我怕，我睡不着觉……小等急促地说着，生怕暴躁的妈妈会打断她的倾诉。恐惧在小等心里生发成一条汹涌澎湃的大江大河，再不讲出来江河就要决堤淹没小等了。说着说着，小等实在忍不住，敞开喉咙大哭起来，哭声把空荡荡的办公室震得嗡嗡响。

是吗？……妈妈哑了半晌，迟疑地哄小等，也许……你奶奶是故意装神弄鬼，想让我回来给她治病。

小等不信。奶奶常坐在屋檐下给小等洗头，太阳暖烘烘的，一会儿就晒干了小等的头发，奶奶给小等梳小辫时粗糙的手指总是划痛小等的额头。小等转身打奶奶，奶奶就张着只有三颗牙的嘴乐呵呵地笑。奶奶那么心疼小等，怎么会装鬼吓小等？这些日子，晚上的奶奶绝对不是白天那个奶奶，晚上的奶奶阴森森的，脸上冒着跟竹林子后头那个鬼洞一样的雾缭子。小等还是想妈回来，可是还没等她开口，妈那边却踩了蛇尾巴似的惊呼着老板来了，“哔”的一声挂了电话。把小等的恐惧哽在半路，回也回不来去也去不了。

周好土端着一碗热腾腾的绿豆粉走进来，看着满腮泪痕的小等，强忍下好些气恼话儿。只说吃吧，吃了早点回去，还来得及采一两筐，这些天辣椒大上市了，几个贩子又合着伙塌价，说不清楚明天垮到几毛呢。

夕阳照着木屋，远远望去，屋子像一只橘黄色的老母鸡，温和地蹲在桂花坡山顶的林窝子里。太阳要是永远不落山多好，这样奶奶就不会半夜三更地吓唬她的小等。可要真那样，白天不吃东西的奶奶会饿死的。那太阳是落好还是不落好？这个问题纠缠在小等脑子里，把小等细淡的眉毛也搅皱了。

站着采了一天椒，腿脚硬成了木桩子，小等觉得脚下的路像一块磁铁，每走一步，那些活泼的力气就透过脚底板被土地吸去，吸得小等轻飘飘空荡荡的，走路都要打晃了。放学回家的孩子在田埂和山路间野山羊似的蹿来跑去，书包一起一落地拍打在屁股上，发出稀里哗啦的响声。小等姐。一个孩子疯闹着挤过小等，又倒回身来欢快地叫；又一个孩子在背后拍小等的背筐：小等姐让让我。

小等脸上挂着大人似的疼爱，哎哎地应着，侧身让出路来。孩子们边跑边捂着屁股后面鸟儿似飞跃的书包，小等下意识地也用手往屁股那里捂了捂，背筐的一根篾刺突然钻进手指，小等“嗞”了一声，赶紧把手指收回来放在嘴里抿。

攀上大青石是一段缓坡，半山腰的大桂花树下，两三个人正在那里立木杆子。小等坐在大青石上用手搭了个凉棚避开阳光看。

哟，看看，能干的小当家回来了！正往杆窝子里埋石头的村小老师庆生远远看见小等，夸奖似的朝小等挥手。小等不好意思地笑，大声说庆生老师，立木杆子干啥子？

安电话！支根木杆子架电话线。庆生满脸喜气。

小等顺着他的手看过去，一条线从山脚牵上来，正往木杆子上搭呢。

小等昂头看着线。真神奇啊，就是这个东西，把好远的声音装在里头传到这里来。妈妈的声音也是这样传来的：像一条细细的水流，顺着这根线，从妈妈的工厂转汽车、转火车、转鸡公三轮车、转摩托车，再从山脚下顺着这条奇妙的河道流过来！

不过妈妈的声音从线里淌出来时却不像水。妈妈的声音常常是硬的、糙的，还充满着类似火药的气味。小等知道那是因为妈妈累了，妈妈的声音要走这么远的路，当然累了，人一累就容易发火的。小等干活累的时候，也常常踢筐摔盆撵小鸡。

小等啊，以后有急事要打你妈电话就来我家，不消跑山脚卫生室那么远了！庆生大声说着，还冲小等眯了一下眼，像是和小等分享一个无比愉快的秘密。

小等欢跳起来，太阳光射在她脸上，显出脸上柔细的绒毛，绒毛把小等的疲惫扫走了。小等飞跑到桂花树下，气喘吁吁地停下来，昂头看看线又看看庆生，犹豫好半天还是说出来了：庆生老师，长途贵，要花你钱的！

老师一人吃饱全家不饿，在乎那几个钱？再说，咱们小等是谁呀？是桂花坡最懂事的姑娘嘛，这叫“以资奖励”。庆生站在阳光下面挥挥手。

小等把背筐一甩，抱起一块石头帮忙夯杆子，也不喊庆生老师了，改口叫：庆生叔，你说这线多好啊，可以把妈妈的声音传过来。

庆生瘸着腿扭过身扑向小等，做了个老鹰抓小鸡的动作，呵呵笑着逗小等：是啊是啊，最好把小等塞进线里，拨一个号就给妈妈传过去。

小等缩了缩脖子，黑黝黝的大眼睛紧张又欢喜地盯着庆生的两只大手，吐吐舌头咯咯咯笑起来。

太阳落进树桠里，天空干净得像块蜡染布，只有一朵白色的云在远天静静地悬着，像染布上的花。电话线穿过天空，三四只大红色的豆娘绕着它飞来飞去，颤动着透明的翅膀，不时停在线上，歪着晶莹剔透的大红眼睛，像在看庆生是不是真要把小等塞进电话线里去。小等嗔怪地冲着豆娘拍巴掌，脸上却是甜滋滋的笑。

月亮好像也怕夜晚的奶奶，细微的光线战战兢兢地泻进木屋。小等已经藏好了剪子和菜刀，但还是害怕，踡缩在小床上不敢睡，眼睛死死地盯着对面的床。

半夜时分，奶奶又颤巍巍地起身来，口齿不清地低声骂：我叫你们吵！我叫你们吵！然后冲着空荡荡的屋子摔东西，什么东西拿起顺手就摔什么。小等恐惧地瞪大眼，轻轻把自己移进月光照不到的床旮旯。什么东西在嗒嗒响？惊得小等四处张望，半天才发现是自己的牙齿在打战。黑暗里，奶奶突然异常敏捷地转过身来，盯住小等藏匿着的那团黑，厉声地说：你看着我干啥子？

惊悚间，奶奶的脸已经凑到了小等面前，一双浑浊发白的眼睛死死地对着小等，那脸上刻满了一道道古怪的纹路，像算命瞎子画的古老符咒。

没等奶奶那双枯骨似的手颤抖着抓过来，小等惊叫着一腾身跳下床，光着脚丫打开门就往外逃。

半夜的山里，门外同样是阴森的世界，枞树影子鬼鬼祟祟的，清凉幽暗的月光把所有的地方都照得鬼鬼祟祟，猫头鹰在林子里叫得也鬼鬼祟祟的，大娄山层层叠叠的树变成了聚会狂欢的妖魔。

小等感到自己的头发根已经全竖起来，惊恐地朝山半腰庆生家跑。

庆生院子四周的楠竹林在风里“嗖嗖”响着，像是有什么东西藏匿在竹林里偷看小等，小等扑到门上把门板拍得惊天动地的响，屋檐下的大黑狗刚“呜”了一声，嗅出是小等的味道，扭头又回去了。

急促的敲门声把庆生吓得不轻，刚开门，小等就一头撞进来，把庆生的心都撞得蹦到嗓子眼来。庆生疼得龇牙，直说小等出啥子事了。小等把脸埋在庆生怀里啥也不说，只猛劲儿地哭，全身直打冷摆子。

哭着哭着腿一闪，小等像根面条似的软软地滑到地上。

庆生急坏了，一把抱起小等进了屋。

这是在谁怀里？真舒服！小等皱皱眉毛，想睁眼睛却睁不开，眼皮比石头还沉。

是妈妈的？一定是，小等想原来我是在做梦呢，那可千万不能睁开眼，一睁妈妈就不见了。

爸妈带着妹妹出山去时，小等才四岁，小等拽着妈妈的袖子不放，脚把黄泥地都蹬出了坑。可奶奶说爸爸妈妈出去是要做件大事情——要在村里人镇里人找不到的地方，为她生一个小弟弟。

“小等之所以叫小等，就是因为爸爸说要讨个好彩头，等出个弟弟来呀。所以小等要听话！”

妈妈说话时直掉眼泪，下巴皱出一个个小坑：小等乖，等妈妈生下弟弟就回来啊！

快过年的时候，奶奶带着小等天天到镇政府对面的米市巷子里卖鸡蛋，一身青布袍衣的奶奶像只黑色的老猫，森森地紧盯着镇政府大门，有人来买鸡蛋也不管。终于等到有一天镇政府值班的老汉关上大铁门挂上大红灯笼时，奶奶嘴里冒出了一串嘿嘿嘿的笑声，抱起小等就去打电话：镇里放假了！回来吧小等妈。

第二年开始，小等也学会了卖鸡蛋和打电话。

爸妈总是天黑了才偷偷进村，但无论多晚小等都会在大桂花树下等。妈妈一看到桂花树下的小黑影就会喜不自禁地跑上坡地，用蜜蜂似的声音嗡嗡轻唤小等想死妈妈了，然后冲上来搂小等在怀里猛劲儿乱亲。妈妈嘴里呵出来的热气烫得小等又痒又欢喜，拼命把开心的笑声憋成大滴大滴的汗珠和泪珠。

可爸爸四年前死了，大年夜喝了半瓶酒睡下后再也没醒。然后妈妈过年就不回来了，妈妈说回家过年像过鬼门关，提心吊胆，睡觉也不敢脱棉衣。又抱怨死鬼留下她一个人，不给一点歇气的时候，她都累得快扛不住了。但妈妈每个月会寄一百块钱回来。奶奶手脚好时，每次去镇邮局取钱回来都会给小等买几瓶娃哈哈果奶，听到小等把吸管吮得吧嗒响，奶奶细瘦干瘪的脸就笑成一朵金钱菊，说姑娘家没个吃东西的样儿，那么大声也不怕人笑！手伸出来是要打人的姿势，到半路却变成搂的动作，把小等揽进她怀里。奶奶的胸脯也是干瘪的，没有妈妈的奶香味，温暖却是一样的。

可奶奶已经很久没抱过小等了。

这不是奶奶干瘪的胸脯，也不是妈妈饱满的胸脯。它是河谷滩上一块被太阳烘热的大石头，硬而暖和。

小等哼哼两声，紧紧抱住大石头，想继续睡。

大石头却动起来，像是要滚落到河里去，小等着急得手脚乱抓划，眼一睁，看到自己正螃蟹似的攀着庆生老师不放。

小等醒了？怎么了？吓成那个样子！庆生用手摸小等的额头。

小等神思恍惚地坐起来，愣了半天才回过神来。庆生的笑脸像一个大大的吸盘，把小等的伤心全吸出来了，变成眼泪淌个不停。嗓子眼里堵着的那些恐惧小青蛙似的直往上蹦。小等忍不住把小青蛙吐了出来：老师，我奶奶撞邪了。你别告诉别人，他们会把我奶奶关到庙子里去的。

瞎说！庆生拍拍小等的头，露出好看的牙齿，你奶奶白天晒太阳时还好好的嘛。再说世界上没有鬼妖邪神，小等是读过书的好学生，不要乱想。

可她一到晚上就……小等在脑袋有限的词汇里费力寻找着合适的词句，不想说出对奶奶不敬的话来，一到晚上就……就闹。她对着空黑空黑的窗子说话，她说她保证白天不吃东西，她还拿剪子刺我，说我是鬼，说屋里满屋子都是鬼。

小等说着，小手臂上直冒鸡皮疙瘩。

庆生愕然地盯着小等，这样的情节靠她那单纯的脑袋是编不出来的。

小等突然一把揪着庆生的手，带着哭腔说老师我不敢回去，让我在你家睡吧，我好多好多天没有睡觉了，我困。

庆生焦着眉头说可老师是一个人，你在这里住不方便。

小等急迫地指着厨房说我白天可以帮你做饭抵房租。

庆生苦笑地摇摇头，过早当家的孩子对钱敏感到了这种地步，这真是太不好了。是谁让幼小的孩子们这么早就懂得交换和掂量的呢？庆生的心潮起来，温和地问：小等几岁了？

十二岁。

十二岁是大人了，知道吗？就不可以在老师家睡。庆生拖着小儿麻痹后遗症的瘸腿走到桌子边，给小等倒了杯茶，喝口茶定定神，老师送你上去。

小等蜂子蜇了似的推开茶杯，小野猫般跳起来，茶水淌了一桌也不管，扑上前抱住庆生就不放。

多少年没有人挨得这样近了，这让庆生很意外也很不舒服，说不上是什么心情，庆生用劲儿掰开小等的手，凶巴巴地吼：小等！

小等的手指哪经得起庆生这样扳，她噙着泪把手指放在嘴里抿，扭过头也不说话，转身径直倒在外屋乘凉打盹的竹板椅上，不管不顾地闭上眼睛，做出一副死乞白赖的样子，总之不肯走。小等本来是装睡，可头刚一挨着竹板椅，便打着细小的呼噜声真睡过去了。庆生呆呆地站在屋子里，一阵风拂进来，头顶的电灯泡随着风轻轻荡了荡，灯泡一明一暗地闪着。大娄山深处的电线是坐不住怀的孕女人，经不起风吹雨打，一个不小心就掉。庆生提心吊胆地站了半天，生怕自己动一动都会加重风的力度。终于，风过去，灯泡恢复了正常。庆生吁了口气，拿起柜子上的手电筒悄悄出门上山，一跛一跛地穿过竹林，坐在小等家屋檐下听动静。

小等奶奶正在屋里窸窸窣窣走动着，在黑暗里阴沉恐怖地叫骂，细碎急促的脚步把木地板踩得吱嘎吱嘎响，像有许多鬼怪在里面来来往往。

一个人在屋外，月亮又阴凉阴凉的。听着听着，庆生全身的汗毛都耸了起来。

小等用她绝对依赖的笑容和令人心疼的懂事征服了庆生。晚上她一进门就绽开舒坦无比的笑容，好像累了一整天，终于可以歇口气了。进了门也不往里走，懒懒地坐在门槛上，头往后靠着门框，竹林梢上的月亮正好悬在她头顶，她用尖尖的下巴对着庆生，垮着肩膀疲乏地哼哼：好累好累好累。哼着哼着自个儿眉开眼笑地乐了，咯咯笑起来，叫：叔。庆生心里咯噔了一下，顿了顿说还是叫老师吧，以后老师可以教小等看书。小等的眼睛先是瞪得大大的，接着又笑成一条缝，小脑袋歪过来歪过去参加小合唱似的喊：老师老师老师。月光跟着在她头顶上调皮地晃。庆生洗脚时，小等赶紧提着温瓶和大狗老黑一起蹲到脚盆边，隔一会儿便往里兑热水，直泡得庆生麻木的跛腿透气提神地泛出红光才罢休。

夜晚变得不一样起来。以前庆生是讨厌夜晚的，山上电力不足，电视屏幕经常细缩成一条黑黑白白的缝，着急得人直想把脸凑到那条缝上瞅里面有些啥。别的人家夜里刷碗骂孩子补衣服剪辣椒梗，夜像匹快马，一蹿就去了。庆生的夜却是一只孤独的蜗牛，怎么也挪不出个响声。有了小等，庆生的夜终于有了动静。他教她背诗。小等从小和没牙的奶奶长大，说“头昏眼花”时总念成“头纷眼发”，当她被费解的“子曰”弄得直挠头时，就会甩着小脑袋说老师，我背得头纷眼发了，不背啦！庆生笑着纠正她，纠着纠着自己也绕成了“头纷眼发”。小等乐得不行，仰头哈哈大笑，这笑像一壶热茶，暖到庆生心里去。小等一乐起来就有点疯了，跟门边的老黑疯起来一样缠人，老围着庆生转，还趴到庆生背上，湿润的小手紧贴到庆生脸上，把庆生的嘴挤成喇叭花的形状，命令他：念！红发（花）白发（花）豌豆发（花）！庆生的嘴给挤着，念出来就也成了红发白发豌豆发。小等从他脖子背后探出头来，扭着脸全心全意地笑，说你看你也说不清楚！

小等的快乐是绝对的、唯一的，是只在庆生这里才有的，这让庆生的心里有了舍不掉丢不得的感动，满胸膛父亲兄长一样温实厚长的惦记。时间一长，这惦记变成了一条潺潺流淌的小涧，把庆生搁在心里很长时间的那些干草碎屑冲刷得无影无踪。心头少了疙瘩，庆生偶尔也下山到几个哥哥家坐坐。早几年当村小校长的爸临死前把当代课老师的机会单给了庆生，几个哥哥一生气，早不和庆生往来了。庆生这一走动，总牵些深的浅的新的旧的血肉情深来。先是干巴巴地坐着，说点不咸不淡的事，接着嫂嫂们居然肯拿出酒来，哥哥边喝，边叮嘱庆生该备亲事了。庆生心头热烘烘的，心酸地笑着拍打瘸腿：代课老师这名分说没就没了，这腿又下不得田挑不得水，哪个肯嫁我？

晚饭后，庆生随意砍一节竹子，剖开来撕下一块竹膜贴在笛子上，先抛出一段滑音，接着就轻松地吹着《鹧鸪飞》等小等。每天天不亮，贪睡的庆生自然会醒来，哑声笑着，从窗格子里悄悄看着小等蹑手蹑脚地上山给奶奶做早饭。

白露过后夜开始凉了，庆生拿出一床新棉被铺在竹板椅上。

星期五下午送走了学生，庆生去了趟镇里，请教工站办公室刚分配来的白皮肤大学生查资料。他不想让小等活在没有起因与结果的恐惧里。无边无形的恐惧比起有具体原因的恐惧来要可怕得多。有因果的恐惧是有漏洞的恐惧，你填好这个洞、了了这份恐惧背后的愿，心灵就会平静下来，甚至可以用旁观的眼光去等待恐惧的结束。庆生想找出这份恐惧的因果来——总有一个科学的原因来解释小等奶奶的怪异行为的，庆生得找到它，要不然这个从小与奶奶相依为命的孩子早晚会疯掉。

大学生正眼泪汪汪地盯着电脑屏幕花花绿绿的小格子打连连看游戏，听庆生说着，头也不回就答帕金森吧。

庆生噎着一口气，讨好地说你看你打游戏打得都流眼泪了，再不歇会儿非得打瞎了不可。歇会儿歇会儿！别死盯着了……你缓口气，给我查查呗，给个踏实。

大学生长伸着脖子又打了一局才退出游戏，揉了揉红眼珠子说好吧我就给你个踏实！上网查了半天后，像医学院教授一样很权威地继续下定论——没错，就是帕金森综合症。

庆生一脚高一脚矮地走到沙发边坐下来，说，呸这是个啥子病啊？取个稀奇古怪的名字，没病也把人整出病来了，一看病名字就邪门，不把人整中邪才怪！

庆生回去后指着自己的脑袋，用小等听得懂的语句解释：你奶奶没撞邪，是人老了脑袋不够使，这里错乱了串线了。小等不用怕，没鬼缠你奶奶，回去吧。

小等恍然大悟，一张紧巴巴的小脸舒展开来。庆生看着，很满意地松了口气。

不想小等却突然又变脸，气呼呼地说：老师是骗子！

庆生张大嘴巴，啼笑皆非地说老师怎么成骗子了，老师又没骗谁。

奶奶没撞邪干吗白天没事一到夜里就闹？她这里串线还分白天晚上吗？小等拍着自己的脑袋，把个刚展开的小脸又绷得紧紧的。

这个，庆生没办法跟小等解释。

蝈蝈在秋夜里叫得更响了，想必是给冷的。小等躺在竹板椅上，眼睛在黑暗里瞪得大大的，秋风从门缝里刮进来，吹在小等鼻尖上，冰冰凉。

那块河谷里的大石头、暖和的大石头……小等想它了！抱着大石头睡得多踏实啊。小等的黑眼睛在夜色里幽幽地闪着光，她咬着下唇狡黠无声地笑了，站起来光着脚丫偷偷溜进庆生屋里，像条泥鳅似的钻进庆生怀里。哦！大石头！小等把身子蜷缩成一团，头抵着庆生下巴，手臂窝在庆生胸前，光脚丫抵在庆生小腿上，小等的所有动作都是细致警觉的，丝毫没有惊动庆生。庆生睡觉的样子像一把弯曲的勺子，小等就把自己安放成勺子里的一颗小汤团。

庆生睡得很沉，觉得怀里有什么东西，迷迷糊糊间，庆生腾出手来，把怀里那团又冰又凉的东西搂在怀里，想焐暖它。没多久，那团冰凉便生出热乎乎的气息来，像一轮会发光的小太阳，庆生梦见自己躺在无比宽阔的草地上，太阳光像棉被似的盖在身上，四周野花喷香。庆生快乐地笑着，身子骨猛劲儿地呼吸着新鲜温暖的空气，那股劲儿顺着温热的空气窜到胸腔窜到小肚窜到下腹，最后一个激灵，从身体某处奔涌而出。

庆生面红耳热地惊醒，挪了挪身子准备起来，却没料到一伸胳膊触到一只柔软的手臂。庆生吓得不轻，赶紧缩回手眯起眼睛就着朦胧的光细看——梦里那轮小太阳是……

庆生的瘸腿紧张得直抽筋，痛得庆生半边身子都僵了。庆生顾不上痛，用半边好腿直挺挺腾身跳下床，脑袋里头轰然作响——自己怀里居然睡着个小等！

由不得细想，湿透了的地方经风一吹，冷飕飕的。庆生手忙脚乱地打开柜子拿出条干净裤衩往外屋走。

院子外有什么声响，窸窸窣窣的，是狗或猫或人的脚步？庆生心惊胆战地从窗棂往外左右张望——院子里静悄悄的，明亮的月光均匀地洒在院坝里，把院坝变成了一面清亮的镜子，老黑在空牛棚边缩着头睡觉。远远近近的竹林山峦和通往山下的那条小路也在月光下安静着，什么人也没有。庆生拍拍胸长吐了口气，像做了天大的亏心事，庆幸没被人发现。

偷偷拾掇周正后，庆生以为这事就算完了。可没想到第二天夜里，着了魔的小等又悄悄摸到床上来睡。这次庆生多少有了点戒备，脸贴着墙壁睡。可小等才不管呢，她先是轻轻贴在庆生背上，像跑到别人家火膛边取暖的小乞丐，有点怯，仔细地在被驱逐和被收留中间寻求最温暖最安全的位置。小等这样默默无声却又狡黠可怜的举动让庆生心头酸酸的，他闭着眼故意打鼾。小等便开始了她静悄悄的侵略，她每完成一个靠近的动作，都会停下老半天听庆生的动静，先是脚，然后是腿，然后是身子，最后才是手臂……花了好长时间，小心翼翼的小等才把自己变成一片枫树叶，四肢像叶片的枝杈，一脉脉有先有后地紧贴住庆生后背，安心地打起绵软的鼾来。

庆生这才在黑暗中睁开眼，长吁一口气，觉得自己比小等还累。

墙壁上有庆生念中学时用刀子刻的心形图案。那时候学校的同学给自己喜欢的女生留言时都喜欢在下面画颗心，还射过一支箭。庆生喜欢班上的学习委员，可是她总板着脸，庆生不敢画给她，只好回到家里在墙上刻下了这颗心。庆生伸出手，无声地摸着刀痕，想就算这辈子瘸着腿娶不上称心媳妇，能这样把小等带大也值了。正想着，睡梦中的小等哼了一声，伸腿往上一搭便钩住庆生的腿肚子，整个身子欺上来，像一条攀墙的壁虎，把庆生吸附得牢牢的。软乎乎的脸蛋贴在庆生的颈窝里，温湿的呼吸直暖到庆生心里去。姿势一变，小等那细小不安的鼾声变得舒缓顺畅起来。庆生静静听着，鼻子突然酸了——大娄山坡高土瘦，田土里的活路是做不完的，一个大男人也得费力出大汗去对付，何况小等？小等沉睡的鼾声是累坏了的、孩子气的、率性天真毫不掩饰的，听得人心头柔柔软软地痛。

庆生不忍心叫醒小等，只好一动不动地硬撑。

天鱼肚白时，小壁虎悄无声息地收起自己的吸盘下了床，庆生听见小等得意地轻笑了一声，仿佛开心地夸奖自己做了一桩无比聪明的事情——这样抱着睡了，庆生老师居然不知道！

院子里的老黑舒舒服服地哼唧了两声，那是小等出门上山去时摸了它的头。庆生一个翻身坐起来，边按摩半边麻木的胳膊边肿眉肿眼地打哈欠，才一夜没睡踏实，脑袋里就像有蜜蜂在嗡嗡叫，涨得人太阳穴生疼。真没用，人家小等不知有多久没有睡踏实了，也不见她按太阳穴！想到这里，庆生半个哈欠没打完就僵住了，嘴巴张成半圆，上牙巴很不得劲地悬着——替可怜的小等悬着。

床上显着小等的睡痕，微微下陷。庆生用手摸了摸，温暖从手心窜进心里。

一些念头总是在不经意地掠过脑海，你不知道它什么时候会来，所以丝毫没有准备。庆生就是在这样毫无防备间闪现了一个念头，在温暖从手心流淌到心里时闪过这个念头。

这念头把庆生自己吓得不轻，那只手像摸到火炭似的收回来。

不能再让小等在自己这里睡了，因为小等是个小姑娘。

庆生洗脸的时候想。

下午放学回来庆生差点让一根藤条给绊倒时还在想。庆生不能让自己永远被小等这样攀着睡觉。要不是那条瘸腿拖累，庆生早就是老婆孩子热炕头的人了，要抱也是抱媳妇睡，给紧紧攀着钩着的也是媳妇的手和腿。

得让小等明白，她这样赖在这里是不行的。

比起其他的女娃儿，小等干活的本事强她们一百倍，喂猪放牛割草锄地有模有样。可在有些方面小等却是笨拙而无知的，她的大脑像一张白纸，啥也不懂。由谁来给这张白纸做一些人生的注解呢？庆生是个男人，说不出口——这任务应该由母亲或者伯婶之类的慈眉善目的女人来承担：她们拉过小等的手，坐在太阳光线下，非常神秘也非常愉悦地唤醒懵懂的小等，告诉她关于女孩子的一些秘密。这是需要仪式与气氛的。这任务庆生没法完成，他也找不到谁来帮忙——要是讲给别的女人听，他庆生出门再别想挣个干净。他与小等之间的秘密可经不起人舌长嘴长地传。

晚上，庆生不得已闩了门。他想懂事的小等会乖乖睡她的竹板椅的，却不想大早一出门就被结结实实地猛绊了一跤，膝盖骨硬邦邦地硌在地上，痛得庆生龇牙咧嘴地抱着脚直叫唤，回过头看小等正跪在门槛边，脑袋从门槛上抬起来，右边脸上深深地印着门槛的木纹路，一个木疙瘩旋出的印儿清清楚楚地在她腮帮子上，像个大酒窝。小等刚被吵醒的眼神是浑浊的、迟疑的，像七八十岁的老人，坐着坐着就打瞌睡，却睡不实诚、老醒来，一醒就用这样茫然不知所措的目光无辜地看着笑或哭的人。

小等还是个小女孩儿啊，怎么一夜就困出这样浑浊的目光来？庆生忘了痛，好不忧伤地看着小等：你干啥子要趴在门槛上睡呢？

老师关门了……小等眼睛闪了闪，滚出两滴泪来，我等老师出来开门。

小等对庆生怀抱的依恋程度令庆生陷入惶恐不安的境地。每晚庆生都在闩门和不闩门之间痛苦矛盾地挣扎，小小的门闩天天都在折磨着庆生，弄得他头昏脑涨眼圈发青。

小等不知道庆生的不安。每天夜里，她总是静静地站在门外头，静静地抱着一只不知从哪儿捡来的掉了眼珠的瞎眼小毛熊。若庆生的门闩地闩上了，她就会退回竹板椅上去，坐着打瞌睡到天亮。遇到庆生不忍心半夜起来犹豫不决地拉开门闩时，小等的耳朵会异常灵敏地听到门闩细微的声响，然后小猫似的从竹板椅上蹿下来，紧张兴奋地站在门口等门打开，总是门才露一条缝，小等就贴着门缝钻进来迅速跑到床上，也不看庆生，径直窝到她的小角落呼呼大睡。庆生总是无奈地在床边站半天才轻手轻脚地躺下来，慎之又慎地与小等保持着一定的距离。

但第二天醒来时，小等照样壁虎一样攀着庆生，连庆生也不知道她是什么时候攀过来的。

月光下，看着小等沉睡的模样，庆生心头充满了怜惜又充满恐惧——尽管这半山腰上只有他和小等两家人，但万一有人发现了小等天天挨着自己睡，他就是有一百张嘴，怕也是解释不清楚呢。而且庆生怕自己睡着了，一个不小心又把小等当成小太阳给搂着。

怕啥来啥。这天夜里，正要睡觉的小等听见有叩门声，披头散发地跑出去开门，庆生正在屋里洗脚，没拦住，急得脚盆都掀翻了，赶紧光着脚丫子追出去。

门吱呀一声，周好土已经边嚷嚷着“交电费啦”边走进门来了。

庆生瞪大了眼站在屋子中间。

周好土那双总半眯着的细眼睛骤然瞪得像牛眼一样大，他难以置信地回头看了看趿着布鞋的小等，微豁的上牙紧紧包着下唇，又转回脑袋盯着瞠目结舌的庆生。

地上那盆掀翻的洗脚水沤湿了布拖鞋，盆还在惊慌失措地滴溜溜旋。

周好土感到自己的脑袋也在跟着旋，眼前金星直冒，他知道这是自己的火暴脾气要引发前的征兆。偏偏小等小主妇一样端着茶走过来：叔，喝茶。

周好土认真把小等一阵好看——还是在前些日子卖辣椒时看到过小等，那些天小等面黄肌瘦、眼圈发黑，现在灯下的小等居然显出些喜庆来，一双眼睛黑亮黑亮。周好土咽了口口水，脸上被小等奶奶抽后留下的那道疤像条小蛇在扭动，他启开被豁牙咬出一道白印的下唇，阴沉沉地问：小等啊，你咋在这里？

小等费解地看着周好土奇怪的表情，再转过脸看庆生，眼角陡然好看地弯起来：我晚上都在庆生老师这里睡！

…………

周好土感到自己的胸腔快把衣服撑爆了，他缓缓转过头，眼睛两道凌厉的剑光直指庆生。

庆生慌了神，也跟着咽了咽口水，不断摇着手，哆里哆嗦地解释：主任，你听我说……

你给老子出来！周好土拼了老命才忍住了在屋里动手的冲动。他瞄了小等一眼，小等还在一无所知地笑着，笑得周好土心里没来由地酸。他一脚踢翻庆生抬到跟前的凳子，霍然转身走出屋，站到院子竹林边。

庆生点头哈腰地应着，手忙脚乱地在门边找了双解放鞋套上，穿错了左右脚，跛得更厉害了。

刚到竹林边，周好土就甩了庆生一耳光：你他妈的还老师！信不信老子马上揪你上派出所？

庆生脑袋轰地又炸了一下，想这帽子可扣得太大了！瘸腿一下不得劲，软乎乎地跪了下来：不是的不是的，你听我说！

庆生一急，上课时的好口才全没了，好半天才把一箩筐前因后果全倒了出来。

我没做任何对不起天地的事！我要做了让野狗拱我祖坟！庆生说。

周好土半信半疑地盯着庆生：真的？就这些？

就这些！

没别的？

没别的！庆生这时才多多少少喘匀了气，摸了摸被打得肿老高的脸，吐出一口带血腥痰：白挨你一巴掌了！我要有那鬼心思，还有脸在这桂花坡教书？我不让小等叫我叔，让她叫我老师，我是老师呢！

老师老师！谁他妈能证明老师说的就是真的？周好土还在吭哧吭哧喘气，在自己的地界上，出这样不着边际的事情，真是气人。

实在不信，找个医生来验还不行吗？庆生说完，脸早已憋成了猪肝色。

周好土狠狠地拿眼神抽了庆生一鞭子：你枉读诗书活该挨揍！验？验了你的清白，让小等咋个办？……这样吧，要我信你，你得跪下发誓！

庆生费力地把瘸腿膝盖弯曲下来，赌气地说发誓就发誓。

那好，说吧！周好土不耐烦地催。

庆生愣了愣，抬头说我说什么？

周好土也愣了，说让我想想啊。挠了几下头，心烦意乱地直挥手，说起来起来起来！我信你就是。你一个光棍，连个咒的都没有，发个鬼誓！

庆生更加费力地拖着瘸腿站起来。下跪对庆生来说是一件非常困难的事，可怜的瘸腿被折腾得又开始抽筋了。

你也是！这忙是你一个大男人该帮的吗？能这样帮吗？周好土埋怨着，回头望了望屋子，蹲下身来闷闷地，小等这娃儿，可怜。

庆生搓着腿说，索性……我收她当闺女？也免得人说三道四。

周好土托着脸嘟噜道那也不行啊，小等有妈。

她那妈有跟没有一样！一提到小等妈，庆生就来气。

她没妈你也不行，你一个光棍汉，就是要收养小等，也得大小等四十岁才行。你瞧瞧人家法律多讲究？有些事叫防患于未然，你可得注意了，要不然等哪一天黄泥巴进了裤裆——不是屎也是屎了。周好土十二分严肃地说。

庆生的瘸腿更拼命地抽搐起来，他晓得自己万万再不能由着小等的性子闹了，再闹下去，他庆生这一辈子的名誉说不定就完蛋了。那门闩该左该右得有个路数了，再不能这样不左不右不清不楚的了。

这孩子脑筋没什么问题吧？周好土焦灼地把手指骨节扳得咔咔响。村里一个文疯子五个武疯子，整天东跑西窜闹得鸡飞狗跳，够村里张罗了，可不能再多一个。

没有。腿抽得实在难受，庆生脱下一只解放鞋放在屁股下，坐下来狠命地搓扯扭曲的小腿肚，这孩子打小没人好好抱过疼过，整天跟着奶奶上山下坡锄草插秧的，她其实就想找个人疼她！狗还寻个热乎处钻呢！……你快帮我扯一扯，要命！再抽筋就断了！

周好土赶紧蹲下来抓起庆生的腿使劲往后扯，边扯边利索地说，这样吧，第一，你给她妈挂个电话……我的电话她是不接的……把小等的情况跟她说说，让她赶紧回来，再这样下去，保不准小等那脑袋会不会错乱。第二，我这边联系一下民政办，看能不能搞点钱治治小等奶奶的病，起码控制一下，别让她夜里发疯吓小等。最关键的是第三——以后别让小等再来了！小等不懂事，你也跟着不懂事?!要传出去，别说你丢不起这脸，我这当主任的也丢不起！全村都丢不起！万一让人误猜，可是千人恨万人骂、捅天大窟窿的事！

周好土的安排头头是道，没一句多余也没一句不贴切，庆生只好一个劲儿点头，看看屋子说要不今晚你就别走了，咱俩搞瓶酒来喝，唠个通宵——好歹让小等今天安安生生睡一觉，明天我再给她做思想工作。

酒真不是庆生敢惹的东西，三杯没下肚，庆生舌头就已经大了。周好土说庆生你也该成个家了，索性娶个媳妇进来再收养小等，那样一家人热热闹闹的多好。庆生硬着舌头说不嫌我腿的我不领袖，我领袖的嫌我腿，合心合意、扣子碰扣眼的人，哪找去？周好土端着酒杯愣了半天才反应过来庆生说的“领袖”是“领受”，“扑哧”一声大笑起来，仰头干了酒，嘻嘻笑：庆生睡过女人没有？

庆生脸红了，猛灌一口酒在嘴里。那天摸过小等睡觉留在床上的浅窝痕时，庆生曾经冒出过等小等长大后娶她的念头，这柔软的念头把庆生自己吓呆了。

庆生不敢把那刹那间冒出的念头交代给任何人，他觉得自己的想法是卑鄙的乘人之危的。他捂着嘴巴，胃里翻江倒海地难受起来，庆生看不清自己到底是个怎么样的人了，无论门闩向左向右，他都觉得自己洗刷不清——这念头尽管只闪过一秒钟，却已经让他洗刷不清，够他难堪一辈子了。乘着酒劲，庆生伏在桌子上好不伤心地哭起来，把个脑袋瓜子咚咚地往桌上撞。

太阳照进堂屋，庆生抬起头来，眯缝着眼看太阳。

站不起来——腿在桌子下搁一夜搁麻木了，手臂也酸胀着，脑袋痛得厉害，像被棍子敲过，庆生按了按太阳穴，突然想起要给小等妈挂电话。

嫂子，回来吧，小等情绪不太对头，她奶奶也不对头呢。庆生边按着嗡嗡响的头边忧心忡忡地说。

小等妈没好气地在电话里答：人家说报信报吉祥，哪有像你这样说话的？我们小等好好的你瞎说什么？她奶奶不就是晚上胡闹腾吗？有什么不对头的？老人老了都这样。

庆生痛苦地搓搓让酒精烧得木木的脸，不知道从哪里开头说起，好半天才冒出几句：反正你还是回来一趟吧！小等真的不太对头。估计是太想你了，再说她奶奶不中用后，家里大大小小的事情全是她一个人在扛，这么小个孩子，城里像她这么大的连袜子都不会洗，她却整天坡上田里忙。你忍心？

小等妈的声音绵软了些，叹着气絮絮叨叨地算计：可是这一请假，全年的满勤奖就没有了，六百多呢！还有来来回回的开支，还有这边的孩子。

庆生生气了，提高声调像和自己媳妇吵架似的嚷：那边的才是你孩子，小等不是？

小等妈沉默了半天，才幽幽开口说话，声音像是雨后的蜘蛛网，无奈地零碎成一缕缕：我一个寡妇，顾得了几个？小等她懂事了，能自己照顾自己，再熬几年给她找个好婆家，也算我这当妈的尽了份心。

庆生气糊涂了，张口骂：养不活那你还生生生个屁啊！

小等妈一听，拗劲儿也上来了，说老娘生不生养不养关你屁事！你当个老师满嘴巴脏话，你才是个屁！

庆生觉得自己的肺都快炸了，内心世界里对女人的所有美好印象和憧憬都被这个糙得不能再糙的女人给毁了，他想罢了罢了这样的女人就是回来了，小等在她那里也找不到温暖。城市是个啥子玩意儿啊？把个秀气机灵的小等妈磨成这么一个破渣碎屑的粗婆娘。

糙吧你就糙吧，自己的女儿不知道心疼。再不回来，小等怕是长不到你给她说婆家那天就疯了。挂电话时，庆生心头一紧，像突然被一根红荆刺狠狠扎在心尖上，碰都碰不得，一碰就是绝望窒息的痛。

小等每次挂上电话时一定也这样满心尖扎着刺吧？

草药用完了，奶奶萎缩的手照旧哆嗦着。太阳下，奶奶揪着眉头，扬起紫薇树杆般枯瘦白亮的手臂，迟滞地冲小等笑，嘴里含糊不清地说：新骨头在长……痛长……

小等慈爱地看着奶奶难得的笑容。半年多来，小等已经习惯了用照顾幼小孩子那样的神情、心态和举动去照顾奶奶。以前，小等是奶奶要照顾的宝贝，现在奶奶成了小等要照顾的宝贝。小等想着，柳花絮儿似的笑了。

两只刚睁眼的黄毛小猫崽蹒跚地在院子里嬉闹，细细的喵喵声吸引了奶奶的注意，奶奶歪过头一颤一颤地看着，脸上浮起疼爱的表情，突然奶奶好像想起了什么，把眼神转移到小等脸上来，认真看了半天，无比清醒地说：小等……我们小等……空着眼睛，在……想啥子呢？

小等正在刨苞谷粒，回过头惊喜地望着奶奶，激动得满脸通红：奶奶！你认得小等了？

小……等！奶奶牢牢盯着小等，那双灰蒙蒙的眼睛湿了，细眼珠子里的黑渐渐聚拢来，清晰无比地映出两个小等。奶奶缓缓伸出手来，瘪着干瘦的嘴唇哆哆嗦嗦地哭：小等……累！

奶奶！小等甩下苞谷，一头扎进奶奶怀里号啕大哭起来。

小等不知道自己爽爽快快哭了多久，等她意识到奶奶的手已经从她背上滑下来时，奶奶的头也正像一堆融化的雪似的顺着她的肩往下滑。小等惊惧地抬起头，一把托开奶奶，把她的头安靠在椅背上。

看清楚了！满脸皱纹的奶奶紧紧闭着眼睛，像沉睡的婴儿一样安静——萎缩得像竹枝一样的手安安静静地悬着，同样干细的脚也安安静静地并拢着。

奶奶再也不会颤抖了。那些颤抖是伴着奶奶的生命和呼吸的，在时一起在，走时一起走。

老黑跑过来，在小等脚边蹭来蹭去，一只苞谷被蹭滚了出去，直顺着院坝往坝沿上滚，苞谷在起伏不平的院坝里滚动的节奏与奶奶颤抖的手那么相似。小等急了，满脸泪痕地站起身来，不由自主地伸出手去够那只苞谷，就像想去够奶奶的手。苞谷却顺着坝沿滚到四米深的坝坎下去了。小等发现院坝在往后退，自己的脚步缓缓向前飘移着。

通人性的老黑急得汪汪叫起来。

小等这才缓过神，在院坝沿上愣愣地停下脚，蹲下身来怔怔地望着脚下高高的坝坎和金黄的苞谷，又回过头，看屋檐下被暖和的阳光笼罩着的奶奶……

老黑！小等哽咽着朝老黑伸出手：老黑！

老黑摇着尾巴跑过来，小等跪在地上，把脸埋在老黑脖子里，泪水湿了老黑厚厚的毛皮。

暴雨说来就来了，庆生望望正顺着山脚往山上爬的大雨，担心小等抢不完院坝里晒着的苞谷，一瘸一跳地赶上坡来。

院子里，小等正坐在屋檐下，一手搂着老黑、一手搭在奶奶腿上，傻傻地靠在奶奶怀里发呆。庆生顾不上打招呼，奔上前去挽起袖子就开始忙，等云层黑到山上来时，庆生刚好把最后一筐苞谷收进堂屋。

庆生汗流浃背地喘着粗气，坐在盛满苞谷粒的箩筐上，看看猛砸下来的雨点，冲着小等眨眨眼，开心地笑。

小等不看他，红眼眶盯着眼前密密麻麻的屋檐水。庆生以为昨晚自己和周好土说的话让她听见了。尴尬地说小等我走了啊！又指了指闭着眼睛的小等奶奶：早点扶奶奶回屋，凉。

小等的眼神空空地扫过庆生额头，还是不说话。

天像是被撕破口子的巨大水袋，雨没完没了地下。庆生跳舞似的在屋子里踱步，只要一着急，庆生的腿就瘸得更加厉害。大娄山下雨当过冬，小等这样一声不吭地站在外面屋檐下会冷出病的。但庆生再也不能放小等进来了。庆生隔着门，跟上次一样，用百倍的慈爱问：小等几岁了？

小等在外面抽抽泣泣地答：十二。

庆生老师重复着以前自己说过的话：十二岁就是大人了。

小等停住哭，说我不要成大人。成了大人，老师不要我，妈妈不要我，奶奶也不要我，没人要我！

庆生没细听，只在门里一个劲儿地哄小等：再等几个月，过年你妈妈就回来了。听话啊，小等回去吧！

她不会回来的！她要挣钱，要养弟弟妹妹。小等的声调有点飘，我恨他们给我起的名字，老让我等。

不会的，小等这么乖，谁舍得丢下小等？说到这里庆生觉得自己也委屈得想哭，好像他也是被抛弃的孩子。庆生尽量忍着心头的酸，把声音放得温和又温和。

你们全都不要我。小等突然恨恨地捶打门。

谁说的？愤怒无助的捶门声让庆生有点慌乱，信口编了个谎话，你妈妈还说了明天早上十点钟要给你来电话呢。

屋外静了好半天，最后庆生听到小等像个病孩子一样有气无力地哀求：老师，我有事情要给你讲，你就让我进来吧。

庆生咬咬唇改用很重的语气说小等别这么不听话，回去！

小等再也不吭声了，只在外面不停地用手指甲刮着门板，刮得门板沙沙响。庆生想起老黑狗有时怕冷想进屋时，也会用脚爪子抓门板，发出这样的声响，这时候庆生一般会起身打开门放老黑进来。

但是现在小等这样刮着，自己却反倒硬着心肠把屁股钉死在板凳上，该还是不该？庆生不安地坐着，烟一支接一支地抽着，弄得满屋烟缭子。

也不知抽了多少根烟，庆生抬起头，门外没有了声响。

小等不敢回去——死去的奶奶还在黑森森的屋檐下坐着。其实奶奶那么疼小等，小等不应该怕的，但小等还是怕。

走出庆生家的竹林，无边无际的大山突然像只大手揪住了小等。大风刮过松树林，松涛呼啸起来的声音像鬼魂在说话。小等打小就怕黑松林，其他的孩子跑到里面去捡蘑菇，小等从来不去。现在松林里的鬼魂又在说话了，有一个在阴森森地哼哼、有一个在细丝细嗓地唱歌，还有一个是女的吧？她在捂着嘴咯咯咯笑。

奶奶也在里面吗？小等突然想。

巨大的恐惧铺天盖地地朝小等袭来，无边的黑夜和呼啸的风声、唰唰的雨声像一张周密合缝的巨网，它敞着大口子，蓄谋已久地盯着小等。黑森森湿淋淋的大山里，没有一个活物在山路上行走。这些鬼魂索走了奶奶，现在故意让大雨黑了天昏了地，然后来索小等呢！恐怖的松涛还在一声紧过一声地响，鞭子似的抽打着小等惊怵的神经，小等像只惊慌的兔子撒开腿在黑漆漆的山道上茫然地奔跑起来。

可是小等迷路了。路在哪里呢？通往山下的路？通往山上的路？全不见了。小等左右张望，脚在泥泞里踩出一圈又一圈绝望的水凼，灯呢？为什么没有灯？哪怕有一盏灯也好！可四周全是麻黑，麻黑深处却有一双双阴森森的眼睛悄悄地盯着小等，深得不能再深的黑像是那双眼睛的主人巨大的嘴巴，小等无论怎样跑，都在它的嘴巴里，只消它一咬牙就可以把小等撕得粉碎。小等在原地急促慌乱地转着圈，脑袋里的恐惧像鼓点一样越来越密，一个炸雷打下来，小等惊跳着声嘶力竭地尖叫——

妈妈！

炸雷声盖住了小等恐惧的厉声呼唤。

天边骤然撕开一个晶亮的口子，一道开枝开桠的闪电把黑暗劈开了，小等惊喜地朝着闪电的方向跑去。

一道接一道的闪电给小等引着路。小等把自己变成一只鸟儿，在山路上迅捷地飞翔。突然，又一道乍亮的光在面前闪过，小等吃了一惊，气喘吁吁地停下来。

电线断了，从杆上垂下来，悬在小等面前不到一米远的空中，嗞嗞地冒着火花，美丽诡异的火花像妈妈那年带回的烟花。浑身湿透的小等呆呆地看着，突然幽幽地笑起来。

妈妈明天就要打电话来了，她会告诉小等她什么时候回来的！她会带烟花回来吗？小等恍惚间觉得自己已经看到了妈妈宽厚的下巴。

可是妈妈的声音要从线里流过来，现在线断了，怎么办？

小等着急了，赶紧伸出手。

那闪烁的火花应该就是妈妈装在线里的声音，它还没来得及成形成状地流到半山腰庆生老师家就泄出来了！得堵上它，得接上线，这样小等明天才能从话筒里听到妈妈的声音。话筒是个更神秘的东西，它把妈妈在线里的火燥燥的烟花变成小等能听懂的声音，小等明天就可以听到妈妈叉着腰说话的声音了。

小等想着，缓缓踮起脚尖，轻轻地用手指按住那串闪烁的火花。

金　宝[1]

肖　勤

人口不足两千的太和镇政府所在地出了命案。早晨，不到十点钟，羊肠子似的街道两旁便塞满了车，镇信用社的小院里全是黑压压的人头。

信用社值班的何小芍让人杀了。二十一岁的姑娘，全身都是刀砍的伤，倒在一摊腥黑的血里，把清晨进院子打扫卫生的老李吓得腿都软了，拖着长长的哭腔歪歪扭扭跑出院子，扶墙倚着，边呕吐边当街号嗬，妈呀，妈哟！

郑老四从看热闹的人群里挤出来，面色苍白地往家里赶，有人看见了，冲警察直眯眼。这年头，警匪片看多了，人人都有点侦察员经验，都自认为能帮警察发现点啥。

郑老四一进家就心急火燎地找儿子金宝。

金宝年前刚满十九，长得眉清目秀，画儿一样。莫说在太和，就是在整个县城，也找不出几个比金宝长得精彩的少年郎。金宝从小就是太和的一个宝，他的长大，金宝妈没有费过心，太和镇街道上那些开小店赚小钱、整日闲得无聊的小媳妇老太太没有一个不喜欢金宝的，抱到谁怀里就是一整天疼啊爱啊的，好吃的奶糖尽往金宝包里装。金宝妈看着，甜得有事无事都在舔嘴唇，金宝前头是两个姐姐，为了超生金宝，郑老四在供销社当营业员的工作都给打脱

---

① 原载《民族文学》第2期，此次出版时有改动。

了，郑老四当年盯着金宝妈的肚子时，像盯一个骰子筒，恨不得揪开来看里头到底是个啥点，着急上火熬了九个月，最后从骰子筒里启出一个金宝来，把郑老四欢喜得满太和乱窜，县供销社办公室主任把开除公职的通知送到他家时，他把通知丢到一边，眉开眼笑地拉着人家在屋里喝了一瓶苞谷烧酒。

金宝稍稍大一点，就有人开玩笑，说不知哪家的姑娘命好，到时候轮到给金宝做媳妇。

季节本来有季节的速度，稻谷该哪个时候熟、樱桃该哪个时候红，都是有安排的。偏偏在金宝这儿乱了时节，小小的金宝，硬被人们的嬉闹给早早焐熟了，别的孩子还光着屁股蛋满河滩跑时，金宝就已经晓得要躲过黄昏人多的辰光，等河面静得像镜子了才下河洗澡。镇里人把一切都看在眼里，瞅着机会就逗他。金宝属狗，但这狗崽没长醒，还不到咬人的年纪，只得被人们玩闹着，战战兢兢地躲，边躲边眼神晶亮地寻着咬谁一嘴。

金宝十六岁时，咬上和他一个班的女体育委员，姑娘对金宝挺好的，买辅导书总要给金宝备一份，可惜金宝满书画的写的都是心啊花啊朵啊爱的，压根没用在正经处。结果，高考后人家姑娘考走了，留下金宝，回到太和镇，天天闷在家里，秀秀气气的小伙子，不出一个月便瘦得垮了架。十月末的一天，下雨了，郑老四在街上下棋，杀了一盘，觉得冷，便拐回家里添秋裤，正穿着，听到儿子在里屋打电话，哭着嚷嚷：你真要和我分手，我就去死。

郑老四慌得脚下一绊，秋裤刚卷到膝盖，绑腿似的，整个人便齐头齐脑地摔倒在地。

儿子没有死，傻愣愣不声不响地在床上躺了一个星期后，活过来了。

那天，金宝把头发梳得整整齐齐，穿着一件帅气的黑底T恤、一条浅蓝色牛仔裤和一双白色的旅游鞋，“吱呀”一声打开门，把客厅里正喝闷酒的郑老四看得眼前一亮，五十来岁的人了，盯着儿子，鼻子竟然酸溜溜一呛，呛出两汪眼泪来。

从这之后，金宝外出总要穿得周周正正，头发乱一根都不肯出门，家里那面镜子，总让他擦得锃亮。

正月十五那天，郑老四和镇龙灯队的人一起在镇上耍龙灯，信用社门口正在搞元宵乐活动，所谓元宵乐，不过是挂了一溜红黄绿蓝的竖联，联上写着谜语，让人猜，猜准的人奖点牙膏牙刷毛巾香皂什么的，人却像是去领五百万奖金似的，在信用社前挤得像锅烧开的稠米粥。郑老四突然在人群中看到了他英俊秀气的儿子金宝，金宝一米七八的个子，长得又好，再乱的人潮，也盖不住儿子的俊，郑老四放下龙珠，正要喊儿子，却发现儿子的眼睛始终盯着兑奖台上的漂亮姑娘何小芍。何小芍是秋天分配到太和镇信用社上班的姑娘，圆圆的脸盘子，真正像一朵盛开的芍药花儿。金宝的眼神直勾勾的，嘴角笑得有点痴。

一声报喜的爆竹啪地响起来。“嗬嗬嗬哟……”龙老大悠长洪亮地拉起舞龙调。有人提醒郑老四：四哥，舞珠啦。

郑老四挥起手里的龙珠，迅捷如流星地舞动起来，引得龙头龙身穿云过雾般灵活美妙，信用社前掌声如雷，郑老四透过人海，看见儿子依旧痴痴地站在那里，看着何小芍，一动不动。

心头有根针，带着细长的线穿过郑老四的神经。这些日子以来儿子许多特别的举止，他在家里对着镜子照来照去时无声的笑容和偶尔独坐时妩媚迷茫的眼神，一时间，全浮现在曾被郑老四忽略的记忆褶皱里。

掌声和爆竹声离郑老四越来越远，郑老四突然大声吼起来，挥起龙珠满场飞奔狂舞，龙头追得紧，龙尾巴跟不上，断成了两截。龙尾巴放下杆子，大声笑骂起来，郑老四，我操你家先人！你疯了？

郑老四气喘吁吁地放下龙珠，一屁股坐在路边，想一想，闷头站起来，也不管舞龙的事了，钻进人群，把金宝揪出来，说，你给我滚回家去。

金宝扭头望着何小芍，眼神恍惚地笑。

慢慢地，金宝的痴病深了，镇上人陆续看出了不对劲，金宝每天拿着一本存折去信用社，今天取一百元，明天又存一百元，何小芍的柜台前人再多，他也排着队等何小芍给他办业务，趴在柜台上，眼睛盯着何小芍就不放，把何小芍看得头扭到一边，白净的脖子窘得通红。

镇上人说，这金宝啊，成花痴了，可惜。

金宝妈眼泪汪汪地跑到信用社门口堵金宝，不让金宝去丢人现眼。金宝一把推开他妈妈，像踢开一只老母鸡。

何小芍值班的夜晚，人们渐渐习惯了这样的金宝：他坐在街口，头发梳得顺顺的，像英俊的王子，坐在他的小芍公主窗下，咿咿地唱歌。

昨夜是何小芍值班，金宝照例吃过晚饭就出去了，深夜才回来。郑老四看到血泊中的何小芍，眼前突然出现金宝一刀刀砍向何小芍的画面，吓得面色青白，回身就往家里奔。

金宝还在床上蒙头大睡，郑老四一把掀开儿子头上的被子，儿子赤着上身安静地蜷在被窝里，白皙的皮肤晃得郑老四眼冒金星。

金宝，郑老四推醒金宝，听着自己喉里发出的古怪的嗓音，心怦怦跳，咽了口口水问，金宝，你昨晚上都干了些啥子?

金宝醒来，眯着眼，说，爸，我昨晚上在睡觉。

不是，金宝，你去何小芍那儿了，乖，你想想，你去何小芍那儿都做了些啥了?

金宝和平常一样，一提起何小芍就迷糊，说，爸，我昨天困了，睡觉，哪儿都没去。

郑老四狐疑地看着儿子，突然想起什么，低头找金宝的鞋。

金宝的旅游鞋和平时一样，白白净净地正搁在床脚。

郑老四松了口气。

正在这时，一群人冲进来，派出所长李春打头站着，指着被窝里的金宝，厉声道，起来！

郑老四吓得魂飞魄散，急忙一把抱紧儿子，哆嗦着叫，不是他！不是他！他只唱歌！他只唱歌！

金宝茫然地望着眼前黑麻麻的人群，说，怎么了？

怎么了？

李春和干警小徐把人们赶出金宝的卧室，关上门，逼视着金宝，说，我们还想问你怎么了？说，你为什么要杀何小芍？

提到何小芍，金宝惊慌的眼神平静下来，湖水一样温柔地看着墙上的钟，没头没脑地说，我要娶何小芍。

问你为什么要杀何小芍。

我要娶何小芍。金宝重复道。

李春只得把金宝带到派出所继续问。

金宝糊里糊涂被撵下床，一出门，见街东头一直到派出所门口全是车，车边全是人，警车铃又开始惊心动魄地呜呱呱响，这才终于回过神来，双手抵住车门，生死不上车。一边挣扎一边沙着嗓子哭吼起来，爸！爸！怎么了？我怎么了？他们为啥要抓我？

李春说郑老四，你劝金宝上车吧，只是协助调查，调查完了就回来。

我们金宝没有杀何小芍。守在门口的郑老四牢牢地盯着李春，转头冲着大家说，我刚才看过了，金宝的鞋上没有泥巴——都是一个街道上的邻居，大家都晓得，我家金宝一向只穿旅游鞋，你们看，金宝的鞋没有泥巴。昨晚下雨了，信用社的院坝在翻修，到处是泥巴灰浆，金宝要是进去，脚上一定有泥巴，但是他的鞋干干净净——小芍不是他杀的。金宝你把鞋脱下来，这是证据，不要被他们搞丢了。

金宝这才安静下来，听话地脱下鞋。他一安静，整个场面便跟着静下来，全都看着金宝不说话。金宝换下他妈拿来的布鞋，上车时，冷不丁地回头，两行泪淌下来，朝他爸郑老四问了一句，爸，你说什么？小芍死了？

郑老四叹口气，没回答。

车子启动了，金宝趴在车窗上，歪着头，清秀的脸上挂着泪水，开始咿咿地唱起歌来：在你的心上，自由地飞翔……

镇上人都难过起来，追着车直喊金宝。

半夜时分，李春开着派出所的车把金宝送回来了。灯下，郑老四发现儿子有点不对劲，儿子以前只有提到何小芍或看到何小芍时眼神才发直，但现在儿子从下车一开始眼神就是直的，不拐弯，那眼神穿过郑老四的身体，像一枚子弹，直直地打透过去。

郑老四手脚冰凉地抓住李春，颤抖着声音问，你们把我儿子怎么了？

李春说没怎么啊，老李想起来，他晚上十二点钟关信用社铁门时，已经把唱歌的金宝赶走了，何小芍还从楼上下来给老李道谢，说真是要命，以后你早点赶他走——金宝走时，何小芍还活着。这不，还带他吃了消夜才回来，待遇不差。

郑老四说，可是金宝不对头。

李春斜眼看了郑老四一眼，转身开车门，直率地说你儿子本来就不对头，是你自己不承认。

郑老四听了这话，像被蜂蜇似的跳起来，蹿到车旁堵着，不让李春上车，李所长，你把话说清楚，谁不对头了？我儿子去的时候好好的，现在眼睛都发直了，你不给个说法就别走。是不是你们打他吓他，把他吓傻了？

李春沉下脸说郑老四，你别胡搅蛮缠啊！我们没有打他吓他，你自己问去！金宝昨晚上跑到何小芍那里去晃悠过，镇上人谁不知道？我们把他带回去配合调查，是合法的，公民都有配合公安调查案件的责任和义务。案子那边的事情还多得很，你不要妨碍公务。说完，推开郑老四，开车走了。

何小芍的案子，没出十天就破了。

摩托车铺的老板娘许三妹爱赌钱，又玩得大，手头一紧就问何小芍借钱，信用社工资高，七碗八碟的加起来，每个月总有个五六千，何小芍待人好，一问就给。何小芍被杀害的那天下午，许三妹从县里赌钱回来赢了两万多，乐得到处宣传，像个小喇叭，还请何小芍吃晚饭，在饭馆里，许三妹当场还了欠何小芍的一万三千块钱。张家的吸毒仔张小雨正好和几个烂仔在饭馆里喝酒，看到了，便惦记着，晚上翻铁门进了信用社宿舍楼，杀了何小芍，偷走钱进城买白粉进歌厅，着实逍遥了一阵子。

小小一个太和镇，谁家媳妇偷谁家汉子都是瞒不住的秘密，何况张小雨吸毒？有人见着吸毒仔张小雨在县城里潇洒，联想到何小芍的死，便报了案。张小雨进了局子，先是死撑，后来三天吸不上白粉，瘾一来，鼻涕眼泪全往下淌，杀何小芍的事，也淌了个透清亮。

案子一结，李春心踏实了。局里下半年要提一个副局长，论资排辈正该是李春的份儿，正高兴，自己地盘却出了桩命案，李春暗自着急，媳妇在家里也生气，说你可真倒霉，盼来盼去，快天亮了却撒泡尿在床上，一宿的美梦全泡汤了。李春憋着一股劲猛查，东跑西找，到底把张小雨一伙给清了出来。

结案第二天下午，李春买了只鸡回所里，亲自下厨炒了一锅辣子鸡庆功。六点多，干警四人正忙着抢筷子碗，郑老四牵着金宝进来了，扫了众人一眼，青寒着脸说，李所长，你要给我个交代，我丢了工作砸了饭碗才换得个儿子。现在人傻了，你们不把他医好，我和你们没完。

说完，丢下金宝转身走了。

李春手里拿着筷子，追出去说郑老四，你儿子有病你也有病？你当派出所什么地方了，你给我回来！

郑老四不回，蹿着大步出了院子。

李春倒回厨房，兴致全无，气恼地把筷子往桌子上一扔，说真他妈的撞鬼了。

筷子从桌上弹起来，打着金宝的手，金宝眼睛都不眨一下，直直地看着对面的副所长，一声不吭。

副所长喊，金宝？

金宝不答。

副所长长叹一声，说，真他妈的倒霉。说完，两手狠狠搓了搓脸，把个瘦得皱皮巴干的脸搓得全是褶。正要起身把金宝拉过来坐下，他的手机响了。一个女声在他裤袋里直唱，在你的心上，自由地飞翔。

金宝眼睛一亮，扑到副所长面前，惊喜地叫，小芍。

副所长吓一跳，愣愣地盯着突然出声的金宝。

干警小徐解释说，小芍的手机用的也是这个铃。李春望了小徐一眼，小徐脸红了，转过桌子去盛饭。

一整晚，金宝就只围着副所长转，副所长走到哪里他跟到哪里，上厕所都跟着，搞得副所长尿也没撒好。

李春坐在值班室，阴沉着脸剪了半天指甲，突然霍地站起身来，打电话找镇书记。

领导，郑老四把他傻儿子丢派出所了，怎么办？……我说这事吧，我们派出所是当事方，不好出面处理，你是不是安排人处理一下，让郑老四把他花痴儿子给领回去？

书记李望秋那边不知道有啥事，闹哄哄的，李春先听到关门的声音，然后才听到李望秋回答他说，兄弟，你给我说实话，你们到底动郑金宝没有？你看看，那么帅的小伙儿，全傻了。你给我交个实底，镇里才好处理，真动人家了，该怎么赔怎么赔，没动，镇里才好协调。

李春不耐烦地说真没动他！这金宝脑筋本来就已经闪火了，我还弄他干什么？郑老四其实自己也清楚，金宝是听说何小芍死了才傻的，花痴嘛。

那又怎样？总之你们带走人的时候是个花痴，送回来却是个白痴。你说怎么办？

李春听李望秋的口气，有点黄鹤楼上看船翻的味道，火腾地上来了，说，李书记，你不管就不管吧，怎么还抓着别人套我的绳子帮着勒？

李望秋也不客气了，说，李所长，你拉稀屎我正给你擦屁股呢，什么叫我不管了？郑老四伙着他那帮耍龙灯的哥们，现在正堵在镇政府门口呢，你那边才管一个人，老子这边管一大堆！你还跟我雄个屁！

李春愣了，说郑老四到镇里闹什么？

闹什么？他说是派出所把他儿子弄憨了，要你们赔，不赔他就上访，告到县里市里省里天安门去。

李春闷声说，他告到哪里也没用，我们真没动他儿子。

李望秋叹了口气，说你们没动人家就好，但是……人的确是出了派出所后彻底傻的。这是黄泥巴糊裤裆——不是屎也是屎！要不，你蜷个腿、缩一缩，让一口气给郑老四——出点钱让他去县里治治他儿子，没准能治好。

李春不干，说那不行，派出所又不是民政办，发救济款啊？

要不，你说怎么办？李望秋提醒李春：一笔写不出两个李字，别说我没提醒你，郑老四要真闹到县里，不管谁对谁错，总之这节骨眼上，你提副局的事怕是得黄。

李春呆了半晌，想骂点儿啥，又没敢骂出来。

坐在镇五楼会议室里，郑老四说得一把鼻涕一把泪。他是真伤心，想着好不容易生了个儿子，长得又好看，跟画上电视上的帅哥一样，两口子走在太和镇上，自豪得打嗝都比人家响，好日子才开头，儿子却偏偏得了花痴，又遇上个冤死的何小芍，生生带走了他的魂。儿子这一傻，他和媳妇等于是给活埋进坟里，活不了了。

四五十岁的男人，哭成这样，王镇长没见过，只好尴尬地坐在郑老四对面，翻来覆去地说着同一句话——郑老四，你镇静，好好说，好好说。

我还和你们说个屁！郑老四突然一拳打在桌子上，吼得青筋直冒，派出所不把我儿子医好，老子就一把火烧死他们。

郑老四！你拍什么拍！李望秋回到会议室，冷冷地看着正发狂的郑老四，说，王镇长是斯文人，可不是软柿子，你别冲他凶。金宝有病，整个太和谁不知道？金宝到底因为啥傻的，你心里比我们清楚。你要烧是吧？现在就去，镇政府谁拦你谁是孙子！

郑老四抬头看看李望秋，眼里闪过一瞬间的慌乱，李望秋把他的死穴点着了。

但是慌乱只是一瞬间而已，想着儿子呆呆的模样，郑老四的心又痛成了一团铁疙瘩，他决定豁出去了。于是缓缓站起身来，阴森森地说，你们不管是吧？那走着瞧！

没说不管。李望秋沉声说，万事都有因有果，金宝不老去缠何小芍，派出所也不会找他去了解情况。派出所摊上你家金宝的事，也是糍粑粘了手，甩不脱。刚才镇里和派出所谈了，你带金宝去县精神病院治一段时间，费用由派出所负责。你现在就去派出所，把金宝接走。

听了李望秋的话，郑老四平静下来，和李望秋一起去派出所接金宝。

走出派出所大门的时候，副所长喊住郑老四，说，郑老四，你等等，等小徐给你的手机设个彩铃。

县精神病院的医生护士挺喜欢金宝，一是他长得好看，二是他安静。不像其他武疯子戏疯子，整天闹。

金宝喜欢在院子里晒太阳，手里拿着郑老四的手机，一遍遍听何小芍生前设的彩铃音乐，音乐一响，金宝就会静静地笑，他的笑容把护士医生都迷住了，给金宝输液的小护士轻轻地用酒精棉球抹着金宝干净光洁的腕，叹息着说，多帅啊。郑老四坐在儿子身边，握着儿子的另一只手，喊，金宝。

金宝回头看他，脸上的笑又细又碎，郑老四的心跟着碎了。

金宝妈陪了两天就咬牙回太和去了。她脑子比郑老四亮堂，说，他爸，你陪金宝，我守摊子去，儿子是好是歹以后都要用钱！

郑老四是个只要今天有吃的，绝不想明天有没有米的人，从丢工作那天开始，就没管过事，地里的活、摊子上的生意，里里外外全是女人在忙，他除了看棋喝酒打小牌舞龙灯，从不操心油盐柴米，突然媳妇这样一说，像给郑老四脑子里安了一把算盘，他开始破天荒地思考起关于钱的事来——得给儿子留点啥，要不，等他和媳妇百年归天后，儿子怎么活？

郑老四哄儿子给他手机，然后打电话给李春。李所长，郑老四咽了咽口水，惴惴地说，我……陪儿子的费用，你们怎么考虑的？

李春早憋着一肚子火，一听，在电话里想都没想就骂开了，郑老四你不要给脸不要脸，你儿子医病我们给钱，你陪护你儿子也让我们给钱？你他妈以为老子开银行的？真是开眼！讹人讹到派出所，你欺上脸了你。

郑老四心里先还怀着一份虚，让李春这一骂，也横上了，说，李所长你别凶，我问你，你们要是没把我儿子怎么着，你怎么肯给钱医他。这派出所为民服务，也服务不到这个分儿上吧？

李春蹲在派出所门前的桂花树下，喉咙一梗，几乎背过气去，一甩手把手机扔到派出所门口的白菜地里，转身吼：都哪儿去了？走，查炮！

太和镇砂石厂多，炸材管理混乱，隔三岔五总得查炮。小徐颠颠地跑出来，先钻白菜地里捡起手机，然后才去开车。

一路上，李春的手机不停地响，吵得李春太阳穴的青筋直发抖。小徐闷着头开了半天车，说，头儿，郑老四要讹咱们是吗？

由他讹！李春说，没王法了还。

他要上访怎办？小徐说，他乱告一气，影响你的考察怎办？

随便。李春硬邦邦地答。

郑老四果然开始上访了，金宝喜欢去护士办公室看中央三台的音乐节目，只要有音乐听，他能看上一天不动弹。郑老四腾出时间来，一天去一趟县信访办，拦住谁就和谁说——太和镇十九岁的郑金宝，让派出所刑讯逼供整傻了。

第九天，信访办的人正式答复郑老四：经调查，太和镇派出所没有任何刑讯逼供行为。

郑老四不依，说，他们没有害我金宝，他们怎舍得出钱给我儿治病？要治病，就还得赔我的护理费、精神损失费。

信访办的人心照不宣地相视一笑。一个女的站起身来，说我们已经了解了，该不该赔你心里头最清楚，你还是回去吧。

郑老四垂头丧气地走出信访办，心头郁闷得慌。

一个男人走过来，递了支烟给郑老四，说，大哥，上访啊？我也是。

郑老四眼睛一亮，像流浪汉找到亲人似的，惊喜地问，你是？

大哥，我看你跑了十来天了，没戏吧？男人点上烟，不疾不缓地吐了口烟雾，把郑老四喊到路边：我给你指路。

郑老四正愁找不到法子，一听，迭连天点头说谢谢你。

男人笑，说这个谢字你莫说，现在是经济社会，你上访为的是钱，我帮你，也离不开个钱字，我们先小人后君子，这样，我教你些招数，保证你上访成功，你每次进了账，我分三成。

郑老四愣愣地站着，没听懂。

你不要以为这三成我是白要的，我要给你提供状纸、信息、电话号码……这些都是要花钱的。男人解释说，给你举个例子吧——现在县里都怕省市检查工作时有人上访吧？我就可以提供给你哪天有哪个大领导到县里检查工作，要过哪条路，你只要搞到这个信息，就算访准了。男人极富耐心地解释着，两眼寒光闪亮地盯着郑老四，像两把渔叉子，叉得郑老四心头发毛，他警惕地盯着男人，问，你到底是上访的还是干别的啥事的？

男人笑起来，说兄弟我叫赵德，上访三年，花了几千块才讨回一千七的公道钱。钱是折本了，但是久病成良医，上访经验积累了一大筐，这可都是些宝贝，不拿出来用，可惜了。不瞒你说，兄弟干的就是这行——帮人上访。访成了，我三你七；访不成，分文不收。我给你个号，你想通了，找我。

郑老四瞪大眼，心想真是瞌睡来了遇到枕头，天上掉下来个指路菩萨。

给金宝输液的护士发现金宝对音乐很敏感，建议医生用音乐疗法。县精神病院的医生没那水平，回头找了郑老四商量，说，要不你们去省里，省里医生能行。

郑老四拿不定主意，去省里医病，可不是一千两千块钱就够的事。县城里一时又找不到个商量的人。郑老四苦想了半天，突然想起县政府门口遇到的赵德，便摸出裤袋里那张号码，打过去。

赵德说去啊，怎么不去？能治好孩子，多好的事。

郑老四寻思着，怕万一治不好，白扔冤枉钱，在县里这些日子，吃碗粉都要五块，郑老四总算是意识到钱的金贵了。

扔的又不是你的钱。赵德说，顶多是你先垫着，你家的事我都掌握了，太和镇派出所刑讯逼供郑金宝，钱，最终他们要出！

听到“刑讯逼供”四个字，郑老四脸一红，没好意思说啥话。

你要有难处，我先借钱给你，两万够不够？赵德爽快地说。

郑老四吓一跳，说，他叔，我还没付钱给你，你就借钱给我，那不行。

赵德哈哈笑，说就凭这“叔”字，我帮定了。

中午，郑老四还在和金宝吃午饭，赵德就带着车来县医院了。急匆匆说走吧哥。

郑老四放下碗，问一趟车要多少钱，赵德说一千。郑老四听了直摇头，说，兄弟，我们去车站坐车走吧，哪用得着包车？

赵德说你哥子真是没开窍，我说过，你只管用，十万二十万，用的都是太和派出所的钱。郑老四迟疑了半天，吞吞吐吐地说，兄弟，这官司我们不一定打得赢。他们不承认动过金宝……也许他们，其实也真没动金宝。

哼哼，他们说？赵德阴笑道：凡事要讲证据，他们说他们没动过金宝，就让他们拿依据出来，摄像或录音，什么都行。这叫举证——太和派出所啥也没有，他们不输都不行！我们去了省城，就是吃鱼翅住宾馆，他们最后也得埋单！

郑老四听得心惊胆战，这才明白，上访里头还有这么多学问，看来离了赵德，他还真不行。郑老四不想吃鱼翅住宾馆，他只想给金宝治好病，再给金宝要上五万十万的精神赔偿费，金宝以后的日子就算安顿好了。想到金宝治好病，有钱娶媳妇，有钱养孩子，郑老四心头欢喜得很，一时冲动，说那走吧。

赵德按住他，等等，我给你带了两万块钱来，你打个借条，亲兄弟也得明算账嘛。

郑老四说对对对，你看，人一老就不中用，忘记了。

省城精神病院果然有搞音乐疗法的专家，在郑老四想来，专家就是老医生。结果见了吃一大惊，专家原来是个年轻得不得了的男医生，个头小小的，尖下巴，戴着副黑框眼镜，像个歌星。小专家看到金宝，意外地笑，幽默地说我以为我就算长得帅的了，居然还有长得这么青瓷白瓦的。

郑老四眼圈一红，说，医生，他倒是长成块黑瓦破砖还好些，就不会得这病。

第二天做了一整天的检查，小专家看完检查结果，自信地笑起来，挥挥手，示意郑老四跟他出去。走出病房，他轻轻带上门，说，没问题。

郑老四悬着的一颗心这才搁回去了。

两个多月过去，金宝出院了。脸比入院时白，眼睛却活泛了，郑老四的脸却比去省城时黑，眼睛也迟滞——郑老四给金宝的尽是好吃的，自己天天寡汤白水，脚轻得都要打飘了。

回家的车上，金宝拿着手机，一遍遍听着彩铃“在你的心上，自由地飞翔”……突然，他回头看着郑老四，细声说爸爸，我拖累一家人了。

郑老四没控住，两行泪哗啦啦直淌。脸扭到一边，瘦削的肩膀抽成一团。

过县城时，金宝非要去何小芍的墓地，还买了一大堆纸钱，蹲在墓前慢慢地烧，郑老四守在一旁，全身紧张得直抽筋，生怕儿子一伤心，又痴回去。

天快黑了，金宝才烧完一大袋纸钱，神色正常地站起来。郑老四松口气，试图轻松地对儿子笑，却发现自己半边脸僵僵的，动不了了。

金宝也发现了，透过半蓝的夜幕说，爸爸，你的脸怎么了？

郑老四搓了搓脸，一线口水从嘴角流下来，他口齿不清地答，冷风吹……痉挛了。

父子俩回到太和镇已经是晚上十一点多了，家里却坐了满满一屋子人，连家门口的灯下都坐满了人，小时候抱过金宝的婆婶娘姨们大部分都在郑老四家等着，金宝妈早把金宝治好病的消息传遍了太和镇。

夜蛾子成群结队地扑打在金宝家门口一百瓦的大灯泡上，发出噗噗的响声，大家认真细致地看着金宝，看得金宝脸红红的，一头钻进了自己屋里。

这趟花了多少钱？有人问郑老四。郑老四含糊着舌头说，软软的……五万块。

金宝妈这才细看自己男人，她扳过郑老四的脸，对着灯光问，怎么了？

邪风吹的。郑老四嘴里像是含着一汪水，说，我困了，想睡觉。

金宝妈赶紧打了盆热水，伺候郑老四睡下。

金宝病好了，知道自己犯过花痴，心头纠着个疙瘩，镇上人知道金宝的心病，都躲开了那疙瘩和可怜人金宝说话，这样过了一个星期，金宝低着的头才抬起来，在街道上跟人说话打闹玩扑克，到底显出点精神气来。

郑老四的面瘫老不好，说话像掉了牙，一开口，风嗖嗖窜似的，大伙便笑，笑得郑老四心头鬼火直冒。这天，他来到派出所值班室，也不说话，只把一大摞发票往桌子上一搁，望着李春，抬了抬下巴。

李春见了郑老四，脸色一沉，白了郑老四一眼，出去了。

郑老四哼哼两声，把发票放进口袋，说，也行，反正不止这么些，以后还有——我一起拿来报销。

回到家，郑老四从桶里抓起一条黄鳝，杀了，用棉布蘸了黄鳝血往脸上抹，是偏方，祛风。

突然桌上的电话刺啦啦地响起来，郑老四触电似的，赶紧接。

下午五点半，国道线，你在蔡家岭等着，常务副市长要过那儿。赵德说。

郑老四急忙把刚抹到脸上的血又擦干净，刨了半碗冷饭便转身出门，刚到镇街口，一辆红色的昌河车就停到他面前：郑大哥，赵哥让我送你去蔡家岭。

郑老四摇手说不用不用，我等班车。

昌河车司机三娃急了，说那怎么行？我专门赶过来，赵哥说了你要包车。

郑老四头皮一麻，打电话给赵德，你怎么也不给我说一声？包啥车啊？这么个花钱法，不行。

赵德说郑大哥你真是的，我跟你说过，花再多，也是公家的钱！再说，你万一等不到班车，错过了市领导的车子怎么办？太和到蔡家岭要两个小时呢，现在几点了都？

郑老四一看表，也是，都两点了。只得坐上车子往蔡家岭赶。

到了蔡家岭，郑老四登上路旁的小山坡，想坐一会儿。这时赵德的电话又响起来：快点，他们的行程提前了，你到了没有？赶紧到路边去堵车。是个小车队，三个车连着的，你别堵错了。

郑老四慌慌地跑下山坡，刚到路旁，就见三辆车驶来，郑老四奔到路中间，咚地跪下来，惊得三辆车刹车咬得吱吱响。

一个司机走下车来，骂，疯了？找死呢？

郑老四越过他，跑到中间一辆车边，大声喊冤枉。

车上的人摇下车窗，一个胖脸庞的中年男人平和地问，什么事？

郑老四迅速回忆着赵德一次次教授的课程，开口便直中要害，派出所把我儿子刑讯逼供疯了。

这话果真管用，中年男人皱起眉头，打开车门来，说，你儿子叫什么名字？

郑老四知道这个人肯定就是副市长，想想自己这辈子和副县长都没有说过话，心里激动起来，又想到儿子傻时的样子，眼泪便开始淌——郑老四这时才发现自己的泪窝很浅，根本不需要预习，一激动，泪水随时都可以流出来。郑老四边想着，边继续复习“课程”。

副市长听完，回到车里打了个电话，然后对郑老四说，你坐后面那车，他们送你回县城，那边有人处理你的事。

郑老四上车坐了半个小时，车子在县收费站停下来，司机回头说你走吧，那边有车接你。郑老四狐疑地下了车一看，收费站那边果然停着两辆车，郑老四认得，一辆是镇政府的，一辆是镇派出所的，书记李望秋和派出所所长李春正分别站在各自的车前，面色铁青地盯着郑老四。

郑老四昂着头，走到两车中间，左看右看，指着镇政府的车说，这车好，有空调。然后打开车门，一屁股坐到前排的位置上，却硌得慌，一看，是李书记的包，郑老四想也不想，顺手甩到后排座位上。

李望秋打开车门，一把把郑老四从座位上给揪下来，胸膛胀得鼓鼓的，郑老四，我看你这脸是真不打算要了！

脸可以当钱用？当饭吃？郑老四嘴里嗖嗖过着风，抹一把口水说，脸管个屁用。

李春走过来，紧捏拳头，郑老四往李望秋背后一躲，紧张地说，你要干什么？李望秋吼李春，说别傻！这是位爷、是个宝，咱们得供着。

李春青黑着脸，一拳打在引擎盖上，转身去开门。

郑老四腹肌一松，居然放了个很响的屁，李望秋气得恨恨剐了他一眼。郑老四也不恼，自个儿又钻进车，仍坐前排，指挥司机，走吧，回家赶晚饭了。

已是黄昏，郑老四靠在椅背上，从倒车镜看着后面尾随着的警车，一丝微笑浮上他半瘫的脸，尽管李春看他的眼神像燃着火，但这火不敢烧他，郑老四晓得，现在心里头急得火烧的人不是他，是后面车上那两个。

田野里，谷子黄了，金灿灿全弯着腰。收获的季节到了，郑老四想着，闭上眼睛，车辆行驶着，穿过一片片稻田和林地……

郑老四的上访路，终于正式拉开帷幕。一次次，起点从太和开始，最后又回到太和，不一样的是，中转站变得越来越远。

深秋，郑老四终于拿到了第一笔钱，两万元。郑老四递给赵德，说兄弟，借的五万块，我先还你第一次的两万。

赵德说郑大哥，借的钱你不要急着还，你先把我的三成给我，还有，我们把这些日子我帮你租车啊什么的钱结个账。赵德算了半天账，从桌上拿走一万四千八，说，这些是你该结给我的账，剩下的是你的。

郑老四端着酒杯，有点蒙，自己折腾了这么些日子，怎么到头来留在自己手的只有五千二呢？而且，欠着赵德的五万块还一分没还上。

晚上，郑老四闷闷睡下，随手摸了摸金宝妈的胸，那里软嗒嗒的，郑老四觉得自己也软嗒嗒的，没劲儿地转过身，挤了挤金宝妈，说，我怎么觉得有点亏呢？

金宝妈用下巴掖了掖被子，沉沉地说，唉，算了，金宝都好了，别再折腾了。

郑老四霍地转回身来，说那怎么行？治金宝的五万块钱一定得要回来。不然，拿什么还欠赵德的五万？再说，金宝……万一哪天又折回去……等我们一老，他怎么办？说完，郑老四起身关了灯，钻回被窝，在黑暗里沉默了半晌，才坚决地说，还得干！等还了五万块钱，再给金宝下半辈子凑点钱，就算了。

随着经验的不断积累，郑老四越来越喜欢重大节庆的到来，因为一到这种时节，县里市里省里就把维稳工作和上访工作看得特别重。一次次，在赵德的安排下，郑老四像一个偷袭的战士，不断成功越过侦察的哨兵，直奔市、省，最后，郑老四的目的地开始往首都北京延伸。给郑老四做思想工作的人级别也越来越高。无论郑老四走多远，都是李望秋和李春去接他回来。每次相见，都是仇人相见分外眼红的样子，一行人从北京、省里、市里回县里，总是沉默着，三个人全都黑着脸不说话，像三颗地雷在车上摇晃，紧张得司机见到一根草梗都尽量绕着开，生怕一颠，把车子给引爆。

然而，暴风雨来临前的沉默总会被意外的闪电或惊雷所打破。李春所有的耐性，在一个残阳如血的黄昏溃堤千里。

过枫树塆加油站时，默不作声的郑老四突然吵着要上厕所，枫树塆加油站正在搞扩建，男厕所背后的墙已推倒，后面是黑麻麻的大林子，郑老四瞅准了这个“逃跑”的机会。可惜，李春也瞅准了郑老四的心思，冷笑着跟随郑老四进厕所。郑老四失望地望了李春一眼，沮丧得很。李春不看他，站在郑老四旁边，定定地盯着郑老四那儿，仿佛要看郑老四是不是真的能尿出尿来。郑老四又羞又臊，索性憋足一股劲，把尿往李春脚上撒，李春一惊，赶紧往后一跳躲开了，咬着下唇，把皮鞋伸到水龙头下冲。

郑老四哧地笑起来。

李春转过脸，看看郑老四，突然，他猛地关上水龙头，揪起郑老四的头就往墙上撞。撞完了，李春气喘吁吁地说，郑老四，我们扯平了——老子这回才是真的动手了。你去告吧，反正你这狗嘴咬住就不会松口，老子就让你咬！

说完，松开手，没事人一样出了厕所。

郑老四头昏脑涨地在厕所里蹲了老半天，这才缓缓走出来。李望秋站在车边，见郑老四出来，扔掉烟头，恶心地扫了他一眼，说，我还以为你拉屎拉到死了呢。

郑老四按着头，正要告状，却看见李春满脑门虚汗，正从包里拿出几块饼干往嘴里塞。

李春有糖尿病，吃饭得准点，过了点就不行。这一路回来，赶不上点吃饭是常事，李春包里一直装着药和干粮。

看着李春嚼得满嘴饼干屑的样子，郑老四突然说不出话。

车开出加油站没多远，郑老四开始哀哀地哭，他的头痛得厉害，但他觉得自己的心痛得更厉害，那里有把大锤子在狠命锤他的心，把他的心锤得快要成一摊血浆了。郑老四知道李春早晚得整他，他也一直盼着李春收拾他，只有李春动过手，他对李春、对派出所、对李望秋和司机等天天围着他转的人的愧疚才会消失，那条整夜嚼着他的心和脑浆的虫子才会走，他才能坚决地把给儿子讨“公道”的工作进行到底。

郑老四把头埋在车盖上，冤魂一样细声细嗓地哭。他想，李春你怎么不干脆把我弄死呢？你把我弄死了，让我一了百了多好！

李春坐在后排，闭着眼，像是睡着了。

渐渐地，老上访户郑老四在县里出了名，没人能劝得回郑老四，能劝回郑老四的只有一样东西，那就是县里镇里发放给郑老四的“困难救助金”、“误工费”或“下岗职工生活补助”。

郑老四接过钱，总如释重负地想，好了、好了，离目标又近一步了。

然而，随着战线的拉长，郑老四发现自己的上访成本越来越高，不但达不到理想效果，窟窿反倒越来越大。这让郑老四陷入一种困惑、茫然、焦灼和急迫中，思维和理智仿佛已经陷入一个旋涡，完全失去了控制，让他根本无法脱身。每天清晨一醒来，郑老四脑子深处便自然而然地听到一个声音，那声音像鞭子似的抽打着他去“战斗”。无论是睁眼闭眼，郑老四觉得自己都在上访路上，不停地跑，停不下来。

龙灯队的老哥子们常常来过问郑老四的战果，郑老四总是立即露出笑脸，说，就快了，就快了。

什么就快了？就快了又是什么个结果？郑老四自己也不知道。老哥子们听他这样一说，替他舒了口气，话里有话地说，老四，差不多就行了。

这话明里是关心体贴，暗里却隐隐带着刺，郑老四知道，太和人眼睛雪亮着，那张纸他们没捅破，都替他保全着。

一想到这层，郑老四的屁股就开始坐不住，就想立即背上背包又去上访——他不能让太和人看低他。他坚信，金宝不进派出所就绝对不会傻，可他一个人坚信不算，他得让全太和镇街道的人都坚信，是派出所不对！鸡飞了不怕，蛋打了不怕，怕的是鸡飞蛋打了，还让太和镇人看笑话，说他活该。他郑老四在太和镇好歹也算个人物，这条道不走到通天亮，他绝对不能回头。

郑老四不管不顾地上访，金宝妈开始不乐意了，自己男人忙了整整一年半，人都瘦成竹竿了，居然全是在给赵德赚钱——家里拿到手的钱倒是有八万，可一转手给赵德的就是六万多，而自己家欠赵德的五万块欠条还在赵德手里，一分没还。

金宝妈思来想去，觉得这样下去不行，郑老四生日那天，她破天荒去做了个头发，还让许三妹给画了眉毛抹了口红，回家炒了一桌好菜。郑老四去年的生日是在成都火车站过的，今年得补上。晚饭时，金宝妈坐下来，温柔百倍地劝郑老四，算了吧。

郑老四不回答，耷拉着眼皮，递了张纸巾给金宝妈，吃了人血似的，擦掉！

金宝妈愣住了，接过纸巾，缓缓站起身转进厨房。厨房在街道背面，望出去，是宽阔的平坝田，成片的油菜花正盛开着，空气中四处飘散着粉粉的花香，只有自家那块油菜地，光秃秃地嵌在中间，像一块难看的疤。金宝妈倚着墙，轻声抽泣起来。金宝跟进厨房，眼神凄凉地看着自己的母亲，清瘦的脸上不知不觉也挂了两行泪。金宝妈一把擦去自己的眼泪，笑着说哎哟这该死的蠓子，往眼睛里钻。

省人代会就要召开了，早五天前，就有陌生人住到了郑老四家对面的旅馆里。金宝妈知道，那是来观察郑老四的，金宝妈暗地欣喜——有人守着，管管郑老四也好。这段时间，郑老四的身体越来越虚，才五十出头的人，头发已白了一大半。

郑老四自然也知道那两个人是干啥来的，他坐在门前，冲着对面的窗户嘻嘻笑，随着金宝在里屋里放着的音乐大声哼哼，像是两军交战，在阵前敲锣打镲。

金宝走出来，红着脸说爸爸，你不要唱了。

郑老四悠悠地站起来，说儿子不要我唱，我就不唱了，我听我儿子的。

金宝看看郑老四，又看看对面旅馆，腼腆地微笑。

旅馆是镇上顾阿婆家开的，顾阿婆在县城读高二的孙女平平结石病犯了，请假回家吃中药养着，天天守在柜台边看书。平平抬头看见金宝在笑，也回了个微笑，又埋头看她的书。

中午，李春来了一趟金宝家。

自从上次在厕所里揪了郑老四的头撞墙后，李春的情绪完全陷入了一种静止的状态。每次看郑老四的表情，都是没有表情的表情。

三个月前，李春提升副局长的事已经黄了，黄了就黄了，黄了李春也不写检讨，他没动金宝。

郑老四却一看到李春就心里打怵。每个人心里都有杆秤，郑老四也有，而且这秤绝对半个星子的误差都没有——但郑老四只能在心头默认这结果，绝不能也不会说出来。李春每次来家，郑老四都会客气地泡茶让座。李春不喝，不喝郑老四也泡，回回泡的都是上好的绿茶。

这回李春破天荒坐下来，在郑老四家桌前有事无事地和郑老四两口子聊天，聊的内容挺长的，从太和镇的盗牛人一直说到了马六甲海盗。最后，李春喝完茶，说，下个月我就调走了。你们的官司，新所长陪你们打。

金宝妈愕然地问，李所长调哪儿去？

托你家的福，以后免了所长二字，有空到远洞乡，我请你们喝茶。李春面无表情地答。

远洞离县城一百多公里，是全县最穷最远的乡镇。

金宝妈看看郑老四，面色尴尬，郑老四低着头不说话，只咳个不停。

深夜，赵德来了，说车准备好了，在三岔路口，三娃等着呢。

金宝妈刚在后院洗完衣服进屋来，看了赵德一眼，话里有话地说兄弟，三娃是你舅子弟是吧？

赵德一怔，脸红了，讪讪地说，包谁的车不都是花钱么，包熟人的更方便。

是方便，方便合着伙啃人骨头喝人血。金宝妈冷冷地答，指着门说，赵兄弟，这一年多，你也赚足了，请回吧。欠你的五万块钱，我卖血卖命，明年这个时候，保证还你。

一直没吭声的郑老四突然站起来，眼睛隐隐露出一丝幽黑深亮的光来，他转身进屋，一会儿，便背着随时准备好的旅行包走了出来。说，金宝妈，我再去一次就回来，就这一次！

金宝妈急了，摔碎桌上的玻璃杯，低声吼，不准去！

金宝听见响动，走出来，正好看见郑老四咳嗽着，推开他妈要出门。金宝妈见金宝出来，赶紧猛推了金宝一把，喊金宝，给你爸爸跪下！金宝没回过神来，一个趔趄，半摔着跪倒在地。

你不把包放下，我就叫金宝一直跪着！金宝妈哭起来，我们这个家，还不到要拿你的命换钱的时候！你看你这大半年，哪回回来没有吃药打针？你跪省政府市政府，吹冷风晒太阳，换来点钱，还不够吃药。你别去了！

金宝妈一哭，金宝也跟着起流泪来，金宝长得好看，连哭泣的样子，也是十分的俊美，让人心颤抖，爸爸，是我害了你，你打我吧，你别去了。

郑老四站在半开着的门前，看着金宝，心痛地说，儿子，起来。

不许起来！金宝妈凶煞煞地拍着桌子。

“咿呀”一声，门突然被人推开了，平平穿着一件粉红色的衣裳，像朵刚盛开的花儿，她手里拿着一只熬中药的黑瓦罐，清脆的声音像银色的月光升起在阴暗的屋里，郑伯伯，还你家的药罐。我奶说……

平平的话还没说完就打住了，她盯着跪在地上的金宝，奇怪惊异地退到门边，眼神像受惊的鸟儿，轻轻扑腾，她怯怯地轻问，金宝哥又怎么了？

金宝哥“又”怎么了？一个“又”字，像一把钥匙，轻轻地，“嚓”的一声，把太和镇人一直体贴友爱地为金宝关闭着、禁锢着的那些痴傻癫狂的过往全部捣鼓开来，在灯光下，蛾子似的满屋乱飞。这些蛾子谁也看不见，只有金宝看得见，它们只往金宝脸上扑。

金宝举起手，惧怕地挡住脸，边挡，边从手掌缝里露出眼睛，呆呆地看着平平，又呆呆地看向郑老四，恍惚地问，爸爸，我又怎么了？

郑老四一惊，血冲上头顶，扔下包就去拉金宝，金宝乖，起来！

我又怎么了？

金宝站起来，漂亮的眼睛瞪得大大的，像是迷了路，他清瘦的身材有如风中一棵俊秀的杨柳，轻微地颤抖着。他一边摇晃，一边问，爸爸，我又怎么了？

郑老四眼前一黑，整个人便朝地上滑下去……

2010年5月27日凌晨改于蒙古风情园可汗宫

全国少数民族作家改稿班

我叫玛丽莲[①]

肖　勤

1

“孟梅。”

护士伸出脑袋喊了一声。清澈的声音又脆又亮，盖过了走廊里所有混杂无章的声音。

可是没人应。

又喊了两声“孟梅”。诊室外面排得长龙似的女人们开始在安静中左右张望。一个个眼睛里都打着大大的问号。

这是一片弥漫着香水与各种护肤霜气味的妩媚花海，有过早盛开等着隐匿并消除某些麻烦的花朵，也有繁花似锦却难逃伤痛的花朵。总之，这里的每一朵花都多多少少有一点问题，正等待着解决。而等待的过程难免有点度“时”如年的味道，加之都是请假出来的吧，所以一个个都显得很着急。护士叫了三声没人应后，香水味道便随着一张张东摇西晃的脸缤纷地重叠在一起，把护士冷脆的声音打破的混乱重新缝合起来，生长出更大的嗡嗡声来。

我无所谓地坐着，我不急——我的白天是用来睡觉的，而且我也没有非要解决不可的问题，我只是乳房有点痛，路过医院顺便挂

---

① 原载《时代文学》2010 年第 1 期，此次出版时有改动。

了个号而已。睡意蒙眬的眼皮正要闭上，我脑子里突然掠过一阵旋风：孟梅是我啊！

我赶紧直登登地立起身来，僵硬又慌张地往里走。一张张抹得白森森的脸微昂着，万分不满地冲我翻着蓝莹莹的眼皮。

我穿过这片缤纷的花海，很抱歉又无目标地笑。

不是我反应迟钝。要知道，在这个离老家二百多公里的城市，四五年没人叫我孟梅了。我的名字是和山野里的映山红金线菊野百合水芹菜一起生长的，名字和它们犹如山和水、田和苗一样相依相伴、骨血相连。而在这个妖媚性感又冷若冰霜的城市，生长不出它们，也就没有孟梅这两个字存在。

城市是一座钢筋水泥的森林，林子里有着喧闹的声响和难闻的汽车尾气。他们把这些都称为污染源。我和我的姐妹们也是这片森林里的污染源。

我们统一的名字叫“三陪”，是生长在一个名叫“梦飞翔娱乐城”大树上的一片片漂亮却带着毒素的叶子。每次走进光影弥漫的“梦飞翔”，我就想起家乡山林里的胡蔓藤，胡蔓藤的叶子绿得像能滴出水一样的美，却片片都带着毒，误食了它，头晕目眩。我爸说过，胡蔓藤的毒，非得用细叶黄栀子加茅根煎水才可解。

可我这片胡蔓藤叶的毒性无药可消。

刚到“梦飞翔”时，我才十八岁。十八岁的概念我到现在才明白，那就是清晨崖上盛开的野百合，正午阳光下的映山红，精彩得令时光也不敢停留下来比美。

走进“梦飞翔”，领班把一顶金色假发扔到我头上，把草和水的甜美一盖，我就跌进了香水堆。

她们说我戴着金色假发的模样像玛丽莲梦露，加上我姓孟，便叫我梦露。

我不喜欢，不喜欢的原因是我觉得一个舞女叫梦露，对死去的梦露是多么大的羞辱啊。我贱就贱吧，不想连累人；接着发生了一件事，让我更加坚决地反对她们叫我梦露——那是进娱乐城一个来月的时候，我刚学会了跳舞，大厅领班高尚叫我去陪舞，我陪的那个男人已经醉得找不到东南西北了，一上来便整个人倒在我肩上。我怵得慌，浑身哆嗦着问高尚怎么办怎么办，他都不能跳了！高尚说：你管他能不能跳，醉死醉活跟你没关系，只要他倒下以前付费！再说，这样一摊稀泥，你啥活不干白挣钱，不美得你？说完女人一样嘻嘻笑，扭着屁股边离开边叫：梦露宝贝，加油！吔！

我扶着那头死猪，在高尚背后汪着一眼泪花花轻声骂：噎噎噎，噎死你娘的。

猪居然听到了高尚叫我梦露，一脸狎笑着说：这下……我可……找着妹妹了。咱俩……一个姓！

我侧侧头避开他嘴巴里糖醋大蒜和红酒白酒混合出来的味道，尽量不去看他那两撮生机勃勃长到外面来的鼻毛，赔着笑脸天真地问：是吗??

是！我叫……梦遗！男人说完，得意得什么似的哈哈笑起来，搂我腰的手箍子一样收紧，一个踉跄把我压摔在玻璃一样又滑又亮的地板上。

那一晚收工时已经是凌晨三点了，夏夜的凌晨带着一丝丝鲫鱼肚白的夜色，把空气凉成一湾水，从七里八拐的过道流进来、流进来，一直流进空荡荡的化妆间。化妆间里很安静，四处是姐妹们遗留下来的香水味，刺鼻而浓烈。东一件西一件色彩斑斓的裙子搭在椅背上——没有钟的姐妹们都走了。

我惊魂未定地坐在地上，失神地盯着化妆桌下那一团团红红绿绿的化妆纸巾发呆。这是我走上另一种人生的第一夜。在家乡的时候，我常常帮没空照看孩子的婶婶们带孩子，那一个个奶腥气十足的孩子靠在我肩膀上睡觉时总是流梦口水，把我肩膀的衣服弄得湿浸浸的，可那样的气息很舒服，每次抱过孩子带着那样的奶腥气回家时，我都感到身上会生出一种女人家成熟的柔软来，连走路的体态也丰盈万千。但今天我的肩膀却让一个不干不净的男人靠着，脖子上留下的是那样带着酒味的唾液……今夜，家乡有月亮吗？家乡的月亮多美啊，秋天的夜晚，睡在晒谷场上昂头看月亮，月亮就是一块清凉清凉的冰，挂在瓦蓝瓦蓝的夜空上。可在这里我看不到那样的月亮，也看不到那样的天空。“梦飞翔”是一座坟墓，把我和家乡隔在两个世界，把我和清清的水和奶水一样浓郁的月光隔在两个世界。

幽灵似的高尚不知从哪里飘进来，对我说了好多长长短短的话。我神思恍惚，听不清他在说什么，只知道眼泪哗哗地流。高尚的脸惨白惨白地对着我，像家乡开败了的木芙蓉。这朵木芙蓉见我什么也没听进去，只好叹口气闭了嘴。

等我蓬头垢面满身酒臭地醒来时，天还没亮。我的头枕在高尚的腿上，高尚的头昂靠着门，嘴巴微张着，呼吸轻而短促。高尚的脸再次让我想起木芙蓉、开败的木芙蓉。

我知道，要不了多久，我也会苍白得像朵开败的木芙蓉，因为我们是生长在夜里的叶子，只能与夜色共舞，我们不属于阳光，也享受不到充足的阳光。

想到这里我惨淡地笑了，也不知冲谁，然后把沉沉的头继续趴在他温暖的腿上，一门心思把自己往黑暗里睡。

但是我再不能容忍有人叫我梦露，一叫梦露我就会想起那个鼻毛长到鼻孔外、醉得猪一样的恶心男人，就想吐。我只好鼓起勇气非常正式地要求大家：不要叫我梦露。姐姐们一个个咯咯笑，露在外面的肚脐眼也跟着咯咯抖，像盘丝洞的女妖怪。

她们七嘴八舌地问：那叫你什么？夜来香？还是孟梅？

我被她们围在中间，惶然不知所措，一急眼泪就出来了，嚷嚷着说：笑笑笑！笑个屁呀！

她们见我哭了，一个个又忍着笑来哄我：不笑不笑，那我们叫你啥？

我没考虑过这个问题，只好从“梦露”前面胡乱揪出个名字：要不，叫我玛丽莲？

从此我就是玛丽莲。

玛丽莲在“梦飞翔”里倔强又美丽地迅速成长，好比她在槐花沟子的山山水水间成长的方式一样，带着旁人不太经意的速度，一不小心就长成了与这方水土合丝合缝宛若天成的模样，让人直接怀疑她的骨头深处就带着与“梦飞翔”相同的血脉。

只有我自己知道，从孟梅变成玛丽莲，我经历的是怎样一个剐骨洗血的过程，就算是用刀子一刀一刀地割了我，然后又一块一块地拼起来，也不能及我十分之一的痛啊。那是把清白和美梦撕碎了又胡乱拼在一起畸形生长的痛！

渐渐地，我陪舞的腰不再僵硬了，我学会把自己变成一个气泡，漂浮在“梦飞翔”喧嚣的声浪和烟火中。我脸上的泪水不再因为想念娘和弟、想念山里的草草花花而流得大雨滂沱，我把想念植进一张张钞票里，让它们长成一片片绿油油的希望，托着弟一步步走进他梦寐以求的大学。这个世上有很多种生存的方式和挣钱的方式，这些道理，在高中的课本上我见过、在电视的教育中我听过。但事实上当对钱的需求速度远远超过挣钱的速度时，唯一的办法，就是找一条近路，去获取更多的钱。

而当所有的可能性都一笔笔被现实划掉后，我生生地看到眼前的路从好多好多条变成了一条走不回去的独路——一条属于玛丽莲却永远不再属于孟梅的路。

今天我是二十三岁的玛丽莲，从槐花沟子村孟大庆家添了个丫头到今天，正好二十三年。

诊室里和诊室外是两个截然不同的世界，没有喧闹声也没有乱七八糟的化妆品味道，诊室里的清香很特别，好像是夏季玉米刚长出两尺高时，白天吸足水分后，夜里浸出来的那种清淡的香味。门一关，便是一片白净又安静的世界。

我羡慕地感受着这份气息，我要是能在这样的地方上班多好！

气质优雅的妇科女医生正低着头看着她面前一大堆的病历，露出一段白皙、修长而圆润的脖子，我被那段迷人的脖子吸引了。

我记得高尚说过一个女人有没有富贵命要看她脖子。

当时高尚义务“培训”我跳舞。我第一次被男人搂着腰，紧张得一手心汗水，高尚便不停地开玩笑逗我乐。说女人命好不好不在长相上，全在脖子上。好命的女人脖子像长颈鹿一样修长而优美，上面一道褶子都没有，一道也没有！高尚重复第二遍的时候，把他细长细长的脖子伸得更长，好像那漂亮的脖子生在他肩膀上一样。然后又指着我说：你的脖子不行！接着顿了顿，嬉皮笑脸地说：不过你的胸漂亮！饱饱的。娶回去好奶孩子！

高尚总是这样说话不正经，白净而瘦削的脸也总带着不阴不阳的笑意，但他的眼睛很黑亮，像寒水潭一样深邃，却又温吞吞地冒着热气。看他的脸和看他的眼睛得到的感觉是全然不同的。前一眼看到的是个坏人，后一眼看到的是个好人，这让我很困惑。我不知道在这个鱼龙混杂的地方，我该不该信赖他。

高尚说到“娶回去”时，深黑的眼珠子雾气腾腾。我不敢看他的眼睛，低下头嗔骂他：死没正经的！

高尚垂下眼，脸色平静得如同湖面，一个字一个字地吐出句让我裂心碎肝的话来：到这里来的人本来就没一个正经的，要有正经的，你上哪儿堕落挣钱去？这话像烟缭子一样薄薄淡淡地浮过我的眼睛，熏出我半干半湿的泪来。

正想到这里，女医生说话了。

女医生说话的声音不像玉米叶子那样香甜，她的声音又脆又凉，像是冬天出门走到水田边，捡起一块结了冰的石块摔在结了冰的池塘上发出的声响一样，硬碰硬地冷：

哪里不舒服？

我期期艾艾地指着胸口说：这里。

解开。

什么？我没明白。

女医生面无表情地问：是看乳房吗？

唔？啊。我恍然大悟：对。

我局促不安地解开上身的一颗颗扣子——这是我半个月前在东大街批发市场买的长裙，从上到下全是扣子，那串扣子颜色深紫，看上去和家乡猫眼藤上的猫眼珠没两样，我就是看见那串猫眼珠才买下来的，好看倒是好看，可是一到扣和解的时候才显出麻烦。

女医生神色严肃地摸着我的乳房，从左到右从上到下从里到外，弄得我很不好意思。我红着脸连着问了三遍可以了吗，她还摸。

半天她才放开我，盯着我看了半天，神情严肃地说：情况不太好！你得做个乳腺X线摄影！

我不想做——谁不知道这些医生变着方法捞病人钱，前一段报上说，一个老年人到医院住院输液，医生开了好多检查项目，其中还让人家做那个H什么V测试，就是检查艾滋病的，气得老人告到法院要求名誉赔偿。

女医生的眼睛就是X光，一直看穿到我心里去，她凉飕飕地说：不想去？以为讹你是吧？你的情况不排除乳腺癌的可能！

我很尴尬，赔着笑说：不是的，我没那样想，我只是想……

我“想”了半天也没编出个正经理由来。女医生明显生气了，冷若冰霜地盯着我，这一盯把我骨头里的犟劲盯出来了，我干脆单刀直入地对视着她说：瞪我干啥子？我是不信你——哪里有直接告诉病人得癌的医生？你吓我！

是吗？女医生可能没见过我这种一上阵就兵什么相见的病人。瞟了一眼我的衣服，强自优雅了几秒，到底忍不住，不屑地回敬了我一句：你还不是我想讹的对象，因为你没有足够的经济实力让我颇费心思地来吓你。

我一时语塞，我知道这身衣裳不上档次——才一百多块钱的地摊货！但没想到这个该死的女医生眼睛这么毒，我穿得上不上档次关她屁事！我恼羞成怒，平时说的那些不上趟的话一下子从嘴巴里冒出来：你有钱！你高贵！你穿得再高贵见了男人不还得脱？

骂完后，我自己都吓了一跳——我干啥子这样损人家呢？我这张臭嘴！平时在“梦飞翔”说话不干不净惯了，一不留神便说狠说过了！

女医生白净净的脸陡然变得通红，脖子上的动脉血管在白而薄的皮肤下面轻轻颤动，好像随时会喷薄而出。胖乎乎的矮护士从一旁站过来，微张开手臂，一只手像老母鸡保护小鸡似的把手放在女医生的椅背上，一只手旗子似的朝我挥啊挥的，用一口上海普通话批评我：素质差！实在是素质差！你唔检查就唔检查，说话难听死啦！走啦走啦出去啦！

我掩饰着心头的歉疚和不安，别别嘴，拿出镜子补了补口红，才站起身来。

女医生却跟着站起来，拨开胖护士的手，绕到我面前。看得出她还在努力克制着怒火——她的太阳穴在突突跳。

我有点心虚气短，犟着头问：拦我干啥子？莫非喊我跟你道歉？

你不可理喻！我实在不想和你这样的人多说一句话，但我以医生的职责再奉劝你一句——你必须检查！女医生斩钉截铁地说，完了盯着我的表情，缓和了语气又重复了一遍：去检查!!

空气在瞬息之间停滞了，诊室里清香的气息变成一枚枚尖细的针，从四面八方刺进我每一个毛孔，然后把我凝成一根冰冻的木桩，僵硬地杵在办公桌前。我想起七姐看了很多遍的《天龙八部》，里面有一种功夫，就是把水化成冰注进人的身体，然后流动在各个穴位，让锁哪里就锁哪里，让哪里痛便哪里痛！我如今一个不小心也让女医生锁了穴，锁的不是一处两处，而是所有的穴位。

喉咙突然变得干巴巴的。我隐隐约约感到女医生的理智不仅仅因为她有涵养，更包含了我病情严重的因素在里面！

你……我……

我咽了咽口水——只是下意识的一个动作而已，嗓子里根本没有半点口水可咽。

不要太担心，我之所以告诉你，是因为这种病完全可以通过手术治疗。而且成功率比别的癌症高得多。去吧。女医生说完，把检查单子递了过来。

我眼都直了！傻蛾子似的愣那儿，任由女医生的手拿着单子悬在半空——

要真是癌，这张单子跟死亡通知书有啥区别？要真是癌，哪能是“可以通过手术治疗”这么简单?！我只是顺便来检查一下，怎么就检查出个癌来?！满医院的病人得癌的都没几个，怎么偏偏就我得了癌?！胡扯嘛！

有孩子了吗？女医生见我不接，干脆把单子塞到我手里，然后走到水池边洗手。水流的哗哗声变成我脑子里血液的奔涌声，越来越大、震耳欲聋。

我僵直着身子缓缓扭过头看女医生，心头想你都当这张单子是瘟疫、要急着洗手，那你塞给我干啥？我七不着谱八不着调地委屈着，捏着单子的手指头直打战，嗓音也跟着颤抖，说：我婚都没结呢……哪来的……孩子。

水流声停了，女医生回过头，眼睛和她刚洗的手一样突然变得湿润了，说话的声音也湿潮潮的：那就……

那就惨了！我知道她想说这句来着，不过她没说出来，怕我受不了。

我不知道自己已经走了多久，只知道太阳先是黄得像娘锅里烘着的饼，接下来就红通通地“光荣”到高楼下面去了，再接下来路灯亮了，黄黄的，也像火上烘的饼。行人多了一阵又少了，到最后只有我一个人走在南京大道上。风有点大，今天是四月二十四日，再过几天全国人民就都发疯地甩着钞票庆祝五一了，我庆祝啥呢？庆祝得癌？

狗咬落魄鬼，风欺落难人。明明是四月天，它却硬要呼啦啦地吹成秋风似的架势。冷得我身上直起鸡皮疙瘩。

想来风和乳腺癌是一伙的，逼我哭呢。

我偏不哭，我在这个城市里算个啥？我哭给谁看呢？满大街都在上演青春偶像的动人故事，韩国人都跑到中国浪漫来了，打开电视摁错了台都全是住别墅当白领喝咖啡开宝马的美女帅哥，人都顾着为他们的聚散离合掉眼泪呢，谁顾得上看我哭？就算死一百个我，这个城市也不会流一滴泪。

我失魂落魄地走着，不敢走太快，胸前隆起的部位不再是一个女孩儿最引以自豪的地方，它现在成了颗定时炸弹，我要是走快了、颠着了，说不定它会爆炸！我的心碎成一地瓦砾，身旁花圃里的月季却开得兴高采烈！这让我充满了仇恨——上个月电视上报道说全市花了六十几万元栽这些个红的白的月季！

六十几万能修三条我们村到镇上的路。

可直到现在，乡下家里到镇上的路还全是死黄泥，一下雨又滑又泞。我上中学的时候，每次下雨回家都粘一身厚厚的泥浆，隔镇七公里的地方有个阎王坡，那是一条又斜又窄又长的土坡，那里的土是大盐泥，晴天硬似铁，雨天滑胜冰。阎王坡的一面是九米高的深沟子，只要下过雨，阎王坡便常常翻车，摔下深沟子没几个活口。村里人盼着村里把路修成，每次开村民代表大会就拿这事儿挤对村主任，村主任被挤对急了，气急败坏地说：嚷嚷嚷！嚷闹个屎！成天就说路，以为老子不想修路？老子的脚板不挨泥巴了？你们一个月才去几趟镇上？老子要去几趟？比你们走得多吧？老子都在做梦娶媳妇——想好事嘞！可是人家县里测算过了，得二十几万，二十几万啦！这钱村里镇上谁拿得出来？靠县里？一个县那么多事情要用钱，顾大事都顾不过来，哪里会为我们一个三五十户的村民组拿二十几万来修路？县里要考虑投入与产出的关系，钱要先放在可以产生经济效益的地方。什么叫经济效益？经济效益就好比你娶媳妇，要娶就得娶个能生娃的。娶媳妇就叫经济、叫投入，生娃就叫产出，叫效益！你们说，咱们槐花沟子有啥效益值得县里拿二十几万来打水漂？

我爸孟大庆孟木匠听过了村主任精彩的演讲很不认同，喝着酒批评同窗村主任说：你这话我不爱听。照你说，我们山沟沟里的人就没有享受经济建设成果的资格?！槐花沟子一千年没有价值，县里就一千年不兴管?！不成个道理嘛！

资你娘的格！还会说啥子经济建设成果！啧啧，背着弹墨线在县城里头转了两圈回来，你当你就是城里人了？说个话宝里宝气的。你懂个屎！村主任剐了我爸一眼，酒也不吃了，生气地把杯子往槐花树下的桌子上一搁，那气势把树上的花都吓落了几大朵来：你以为我不想修？你说说，你自己扳着指拇数数——我上镇里多少次了？你都不晓得我跑穿了几双鞋！镇里跑县里跑，跑得脚板冒烟了，你也都不晓得！一百个和尚分一碗稀饭，当家的苦，你晓得个屁！弹你的墨线吧！各做各的事，莫添乱！

爸的确不晓得那些“屎”，面色难堪地呷了口酒，吱吱响地吸溜到喉咙里，板着张脸答不出话。

难啦！哥子。穷家难当，我们也不要怪政府了。村主任喝高了，沮丧地用手敲着脑门子，打了个酒嗝：就拿你说吧，多听话的个妹仔，你不让她复读考大学，不明摆着舍了她顾二崽子吗？这一碗水好端平、两碗水端不平哪！说书的常有一句话，叫“杀一家救一家”。这家庭是这个理，镇是这个理，到县，还是这个理。谁让我们住到这个旮旯地儿来了呢？谁让我这个尿本事没有的人来当这个主任呢？吃干饭拉稀屎的，屁本事没有！

爸局促不安地说：他叔，我也没说你啥。

我也没说我啥！村主任瞪着血红的眼珠子指着我爸，嗓门高高的，冲得头上几根花白稀松的头发一飘一飘的。接着人也一飘一飘地拐出了院子。

村主任走后，爸的眼光从村主任的背影飘到我脸上。我装着低头翻晒槐花串儿，没吱声。

爸长叹了口气，瓮声瓮气地说：妹仔，爸不是不想让你复读……

我打断爸的话，抬起头笑着说：爸，我大了，心野。读也读不进去，拿钱给我读书也是打水漂，划不来，不如让弟读。再说弟以后过好日子了，我们一家就跟着好了。有啥关系？

爸走过来，蹲下身拿起一串刚打下的槐花，摘下一朵含在嘴里咂，说：妹仔，你想过干点啥没得？

出去打工。我说：学点手艺。

爸把槐花串丢在晒竹席上，站起身来：好，等秋收给你过了十八岁生日，爸带你到县里找个事做。爸在县里做木工，多少认得几个人。有个老师，家里想找个人当保姆带娃，你到她家去，边带娃边学点知识。

我不想去给人带娃，我说：爸，我想去学做头发。以后回镇上，开个美发店。

爸又吃了两朵槐花，眼睛望着远远近近的槐花树无声地笑。

但爸没能带我进县城做事。他死了。

想着爸我更伤心了，看到月季心头紧一阵松一阵地恨，我走一步揉一朵甩一朵，不多一会儿身后便留下满路红红白白花的尸体。

一个男人挡在我面前，臂膊上套着个红套套。我懒得抬眼看上面写的啥，十之八九是城管员，还能是啥？

干什么干什么？你看看！你看看你身后糟蹋的这一路花儿！

看个屁！我径自走着，粗暴地答。

咦！还声大呢你！红套套一把扭住我的手臂：走！跟我到街道办事处去。

我停下来，扬起眉毛挑衅地说：干吗呢，深更半夜你一个男的拉我干吗呢？说着大声叫起来：非礼啦——

红套套没想到我会来这一手，赶紧放开手，说：你他妈的有病啊！我非你什么了？

我是有病！我是个得了乳腺癌的三陪！想到这里，我望着恼怒的红套套神经质地咯咯笑。

女医生的话又在耳边响起来：你必须做手术！

三陪需要去做乳房切除手术吗？能去做吗？不能。这两座峰是我的宝贝，是我的金山银山衣食饭碗啊，没了它，我跟死了有什么区别？

也许是我空洞洞的眼神和神经质的笑声把红套套唬着了。他用看疯子一样的神情望望我，骂了句撞鬼便从我对面走了。

我还在咯咯笑，冲他背影学着他的口气说：你看看你身后糟蹋的这一路花儿啊！干什么要拿花出气？小心我告你！

红套套停下脚步，回过头作忍无可忍状，一张脸都给气歪了：你他妈真有病啊你！

我有病！我慢吞吞地又扯了一朵月季，梗上的刺刺破了我的手指。我把花甩到地上，揉搓着手指答：有病，怎么着？

你还扯！红套套被我气疯了，拔腿追回来，那阵势是非要把我拉去坐牢不可。

我迅速甩掉脚上的鞋子，漂亮的粉黄色高跟鞋在空中优美地划出一道弧线，然后清脆地掉在地上跟我说再见。我赤着脚在空旷的街道上奔跑起来，深夜的风在我脸上流水一样滑过，橘黄色的路灯一盏一盏温暖地移过我的身体。刚开始我的脑海里是“逃”字，后来跑着跑着，逃的心思淡了下去，我渐渐想念起家里那盏昏暗的灯来——村里还没农网改造，我家离变压器远，到了晚上家家户户用电高峰时，家里的灯就昏黄昏黄的，坐在灯下面好比坐在一场醒不了的梦里面，这个梦太长太沉重，连飞蛾都不愿意来扑打，爸每次回家，最不习惯的就是那灯，我也不喜欢那瞌睡虫一样的灯。我喜欢上学的一部分原因，便是学校晚自习室的灯光亮得喜庆亮得敞阔。

刚来“梦飞翔”时，我的眼睛让光芒万丈的招牌灯映得透亮，我从没见过这么漂亮、耀眼的灯，从没见过这么多这么密的灯，成千上万颗小灯泡星星一样连在一起，萤火虫似的在我面前一闪一烁。对面供电大楼上也闪着蓝色的灯，一串黄色的字幕在蓝底子的灯下闪，先是“万家灯火”，然后是“南网情深”。我一下子就喜欢上了这个满城灯光的城市。上班后，我趁白天没人，曾经偷偷跑到工作室里去调试过灯光，红的白的蓝的，在我手下听话地亮或熄。那样的感觉好得不得了，若家里的灯和我的生活可以任由我这样操纵和安排多好！

可渐渐地，我不再喜欢“梦飞翔”的灯，“梦飞翔”的灯下有太多比黑暗更让人窒息的东西，细菌一样生长！

这座城市我也不再喜欢了，这里的灯再多再亮，却都不是为我亮的。说到底，这个世界唯一一盏为我亮着的灯，在一个叫槐花沟子的小山村里。那里有娘和弟，还有爸的坟茔。

我跑着，不知不觉泪流满面，后面还有没有人追，我不在乎，我的灵魂在空气中轻灵地奔跑，仿佛槐花沟子就在前方。

我决定把这几年存下的一万块钱全给娘寄过去，以前我寄钱总是掐着，今天寄三百明天寄四百，估计够娘每月的药钱和弟的生活费就打住了。另外的钱我省下来，自个儿偷偷存着。

我承认在这一点上我很自私，可我不得不自私——我还能奢望娘给我备嫁妆吗？我只有自己给自己攒。那些钱让我的存折和我的未来变得渐渐丰满，我攒钱的过程有点像初中的何老师画画一样，那些线条在空白的画布上东一勾西一走，慢慢地，当线条布满画布时，一幅画就出来了。何老师说那叫素描。我也在素描——用钱、用我的青春素描一份梦想中的幸福。这世上，每个女孩子都会有一个梦，我也有，尽管我是三陪女玛丽莲。这些钱存进本子变成一行行不断增加的数字后，我的睡眠跟着一天天踏实。我知道，我的未来要靠它去巩固！

但是自从从医院回来后，这些钱不肯让我睡觉了，它每天都从枕头下的红色存折本上发出深深长长的叹息，不停地对我说：走吧走吧去医院吧，有命才有将来，没有命了就啥都没了！走吧！

我受不了这一句句引诱的折磨。好死不如赖活。何况我才二十三，我连男朋友都没来得及找就要死，我不甘心啊。但我清楚这一万块钱拿来治癌是于事无补，要是把它们扔进医院那口深潭里，水泡都不起一个就沉下去了，有啥子用?!

思前想后，干脆把它寄给娘算了，也好叫弟看到了安下心读书，省得它成天就在枕头下面冲我说话。

我趴在床沿边扭着身子给家里写信。在钱和信上，娘的态度很鲜明，如果汇款单和信是一并到家，娘一准是先拿信，可神思却在那张单子上。弟念信时她不是嘘嘘地撵着脚旁咕咕叫的小鸡，便是用她比树壳还粗硬的手拾掇柴火，时不时哦一声。弟给我写信时伤感地说，娘每次就关心钱，都钻钱眼里去了。也不想想你一个人漂流在外，再好的日子，没亲人也是孤独的！

我告诉弟不要这样子说娘，娘钻啥子钱眼？她连钱的影子都没捞到，那一点点钱，流过她手心就跟露水打湿秧叶一样，水珠都见不着一滴就渗没了。娘是担心你读不起书嘞，你还嫌她！

弟不笨，他说，其实我真正伤感的不是娘不关心你，而是我没本事，一个男人家，偏要让两个女的为我操心，应该是我来保护你们的！

我笑得眼泪都出来了，我给弟回信说，记得村主任的话不？在咱们家也有一个投入和产出的关系。等你长大产出经济效益了，再来保护我们！

每次写信回家我都在编故事，编一个山里姑娘进城打工创事业的故事，这对我而言并不难，因为《知音》杂志上这样的故事多得很，我把主人翁换成自己，脑筋都不用动。这次，我继续在信上编织我的谎言——

“娘、弟：近来可好？我在公司干得很好，老总准备调我到国外去发展。钱收到请及时回电。”我担心弟不在家，文化有限的娘看不懂“发展”的意思，又划掉了这俩字，换成了“当负责人”四个字，这才塞进信封里。七姐在一旁边涂脚指甲油边飞眼看过，边嘻嘻笑：吹牛皮！还负责人呢。

我瞭了她一眼。

瞭么子？七姐操着家乡的成都话，停下话茬儿，换了一瓶亮黄色的指甲油，屏神静气地勾着已经打过底色的指甲，三两下就在指甲上勾出一朵漂亮的金钱菊来。勾完后才长喘一口气，扬着眉毛说：换我，我就是要让我妈知道我在当三陪！我气死她。

七姐这话不假。她和我不一样，我是为钱到“梦飞翔”来的，她不是。七姐高二那年早恋不小心怀了孕，吓傻了眼，去找她那个高三的男朋友，那个平时气吞山河敢上天敢入地的男朋友吓坏了，瞪了半天眼睛冒出一句：莫吓我！哪晓得是不是我的？

脆弱又无助的七姐像个落难的天使，惊愕地看着她人世间唯一可依靠的男友，男友被看得狼狈不堪，干脆转身逃了。

七姐把自己漂荡成一片叶子，从一条条河岔子般的街道漂回家里那口小水塘，关上门把整个塘都哭成了咸味。第二天，七姐挣扎着从塘里漂出来，游到网吧去找避难的海，在网站上查阅了半天关于“无痛人流、一个觉醒来手术就做完了”等诸如此类的广告，可她最终没敢去医院，而是照着网上说的悄悄买了药。庆幸地期待在家里痛上几个小时后，肚子和生活都能回到原来的轨道上来。

那天是星期五，七姐自作聪明地想，这样她就可以休息两天半，上学别人也看不出有什么大问题。加上母亲要出差三四天，她还可以避开母亲的火眼金睛。没想到她吃过药后，一个小时是痛，两个小时还是痛，三个小时还在痛，痛到最后床上湿漉漉的全是血，从床上流到地上。七姐不敢叫人，咬着牙惊恐万分地忍着。直到后来怎么晕倒怎么进医院怎么活过来的也不知道。等她从急救室里出来转入普通病房时，人倒是从生到死走了个轮回，可关于她的花边新闻也跟着传遍了不大的县城。她那当小科长的父亲把伤心和恼怒都藏匿起来，波澜不惊地照看他犯了大错的坏女儿，什么也不问什么也不提。

可出差三天回来后的母亲却受不了，一路蹿进医院，像一串引线点了火的鞭炮，咝咝地冒着火花冲进病房，噼里啪啦地爆裂开来，骂七姐无耻、不要脸。她尖锐又刻薄地指着七姐的脸骂你个小骚货怎么莫死成？你死了才好！

七姐又羞又愧，惨白着脸把身子缩进白色的被子下面，全身惊怵地颤抖。

最后父亲和护士把这串非要炸死女儿不可的鞭炮拉出了病房。可她的话还在七姐耳边绕，到了下午七姐发起高烧来，人都烧糊涂了，眼前转来转去都是她妈妈的脸，耳边响来响去都是她妈妈的话：怎么莫死成？你死了才好！你死了才好！你死了才好！

半夜，七姐昏昏沉沉地从床上爬起来，穿着白森森的病号服拉开抽屉找水果刀。隔壁床正好醒了，一看床前白蒙蒙的人影，吓得惊叫起来。护理她的男人一下子从沙发上跳起来，啪地开了灯。

你，你，你站着干什么？女的惊魂未定地问。

七姐舔了舔干裂的嘴唇，轻若游丝地说：我找水果刀，我想吃苹果。

男人不满地瞪了她一眼，呼啦啦地从身旁的袋子里掏出个苹果来，重重地放在七姐手上：给你！

然后转身给女病人掖被子，语气变得无比温柔：好了，乖，莫得事，睡吧啊，我在呢。

七姐听着那先是火后是水的言语，眼泪哗哗直流。

七姐向我说起那一刻时再次流泪了，说：当时我的泪水好烫哟，我觉得我的眼睛都要被烧死了。那个男人对他婆娘太好了，我怎么莫得那样好的命呢？莫得人管我生死，更莫得人帮我掖被子！我觉得我好惨啰！

等男的关了灯在沙发上睡下后，七姐坐在床上用水果刀割了腕。就着病房外透进的灯光，七姐把流出的血滴成一张张乖巧听话的笑脸。

最后七姐还是没死成。再次醒来时，她看到的第一张脸是母亲。七姐其实是想她妈妈的，看到妈妈坐在床前，她的心喜悦得咚咚跳——母亲到底还是原谅她了！！

七姐泪眼模糊地笑了，她气若游丝地喊：妈！

莫叫我妈！我莫你这样丢脸的女子！她妈冷若冰霜地答。一双眼睛刀子一样刺向她。

七姐的心像块石头一样沉沉地坠向幽深的长江水底，再也不肯浮起来。

出院后，七姐开始进出灯红酒绿的场所，用她的身体生活。她这样不停地远离阳光走进黑夜，直到走进“梦飞翔”。她恨她的妈妈，恨当妈的不肯原谅她女子的错。她要报复，用妈生她养她的身体来报复。

我曾劝七姐回去：你妈肯定找你了。

哼，我失踪都五年了，莫见过一张寻人启事。七姐说时眼睛冷冷地瞟过她衣柜上那一沓沓报纸——那是她家乡的市报，她出来五年，便订了整整五年。每期必看。我知道七姐经常偷偷地看着那摞报纸流泪。七姐很美，有风华绝代的韵味，小康人家出生的她比我们看上去多了一份独特的气质，在我们这些胡蔓藤叶中，七姐是弥漫着妖媚与高雅的复杂体。有许多人想包她，她却置若罔闻，绝心绝肝地当她的三陪。

没有人能把她从“梦飞翔”的噩梦中救出来，除非她家乡的市报。

可是那三千多张报纸中，却没有一篇有她的名字……

我贴好邮票，叹了口气，拍拍七姐横在我面前的腿，一边示意她取开腿让我起身穿鞋，一边说：七姐，我娘和你妈不一样，她要知道我干这个，会伤心死的。

七姐妩媚地抖抖指甲油刚干透的脚趾，像在抖落关于她妈妈的回忆，冷冰冰地说：莫下床了，我帮你寄，反正我也要走了。

看看闹钟，才中午一点，我说：走啥呢，就在这里睡吧，下午吃面，晚上一起上工。

不了，好久没有晒太阳了，再不出去走走人都成僵尸了。七姐面无表情地站起身穿好裙子，对着镜子涂口红。

我打着呵欠说：别涂了，大白天涂这么浓，鬼似的。

你还以为我们是人哪？七姐翻了个白眼，更使劲地抹，把个嘴唇涂得吸血鬼一样。然后拿起信，用力打开门，又用力摔上，苦大仇深地走了。

再次坐到飘着玉米叶子香的医院诊室里，已经是一个月以后的事情了。

我坐在女医生的对面，今天的女医生化了淡妆，腮红打得很匀净，唇也湿红湿红的。

我看着她，她也认出我来，对着我轻轻地点头笑，说：来了？近段时间怎么样？

没什么，我牵强地笑着，除了有时候会痛一小阵子，什么事儿也没有。

你不用骗我。女医生摇摇头，忧心忡忡地望着我说：你已经是三期了，如果再不接受治疗，你活不过一年……女医生把她的声音舒展得像水一样温柔地漫过我每一寸肌肤：再不手术，就来不及了！

我摇头，不说话。

你到底为什么不肯动手术？女医生焦急地问我，声音也高了，激起些浪花来：你不要命了？

我感到心头一暖——她是真心关心我的！

我低下头说：我没工夫做手术，我要挣钱。

病治好了，还可以接着挣呀！有什么比救命更重要？女医生劝我。

我看了她一眼，再不肯开口说话，心头是掀天盖地的悲伤。她哪里知道，等我病好了，就不能挣钱了！！！

我能怎么办？我该怎么办？？

我记不清楚读书时说的那句关于福和祸怎样来的话，好像意思就是说，好事不会成双降，可灾难却从不会单打独斗地来。这话一点不假——三天前娘在村卫生室抓药时借卫生室的电话告诉我说，家里屋背后的杉树林山体滑坡了，灶房让泥石埋了一大半，灶台都挤垮了。这几天雨还在下，说不定哪天再垮下来，整个房子就埋土堆里了。

镇里下了两次危房通知书，让搬。

他们说起容易，搬到哪里去哟？娘在电话里头哭，没等到我跟着哭，娘又提到弟，这砍脑壳的！硬说不读书了，说啥子反正考上了大学家里也供不起。不如打点临工挣几包水泥钱盖房子。娘在电话里头鼻子一呼一呼地直抽泣，说：丫呀你不晓得我好心痛嘞！这一声“不读”，以前扔进去的钱就活不回来了。咋个办哪？

娘一直把供弟读书当作“种钱”：学费是化肥，弟是长在化肥上面的一棵摇钱树，撒下化肥就能长好树，树长好了就会生出很多很多钱。要是没有化肥，树就得死，那些种下去的钱就“活不回来了”。

我焦急死了，赶紧在电话里跟娘说：我刚给家寄去了一万块，等钱到了你拿给弟看，叫他不要为钱担心！还有告诉弟，我加工资了，一个月三四千，供他读大学没问题。不信等到了元旦，我带一万五千块钱回家。把他读大学的学费用花胶纸口袋装一大袋回来！房子的事情，先住到叔家里去，隔年我借点钱，再另外起一栋房。

娘听了高兴得什么似的，也不哭了，兴奋地说：丫头呀，你真要回来吗？娘都三年没见你了，把娘想得！接着强调——我晓得你工作走不开，要是到时候你来回不了，一定记得把钱寄回来哦。

我不计较娘在谈到钱时的热情。从爸死后，娘最敏感的就是钱，可这不怪娘。我温顺地说：娘，我知道了，人回钱回，人不回钱也回！

放下电话，高尚嘲笑我，学着我的声音秀秀气气地说：娘我知道了——装得硬是像个公司经理哦！

我气结，白了他一眼。从我一进“梦飞翔”开始，这个高尚总像苍蝇一样在我身边嗡嗡。我的事没一件瞒得过他。

苍蝇不管我讨不讨厌他，继续嗡嗡：你抢人啊？半年时间你上哪儿找一万五回去？

我故作轻松地说：也许我福星高照，有人愿意包我呢？

干我们这一行，有人包养是幸运的，比每晚守在“梦飞翔”让人挑白菜一样选来选去强。有心机点的、运气好一点的，跟人两三年，存够了私房钱，与男人好说好散后，干干净净买几身清白女子家的衣裳，洗净胭脂埋了往事，回家乡开小店做小生意，再找个老实本分的人嫁掉，和和美美过日子，便算是善终。运气不好的，人老珠黄不知道什么时候就消失了，是白天还是晚上离开的，没人注意也没人管，是回家还是流浪也没人问。就像树上的落叶，没有人会在乎它是什么时候掉的。

有人包你？高尚斜着眼上下打量我：我看难！除非你再学妖一点，要不就装得更纯一点，像你这样两不靠、还带点儿个性的，谁要喔？

我瞪着一双杀人眼盯着高尚，高尚嘻嘻笑着，在我爆发之前迅速消失。

可高尚提出的问题我不得不面对。是啊，六七个月的时间里，我怎样才能赚满一万五千块钱呢？不对，得赚满四万块！娘不是说房快塌了吗？留两万五，修一两间遮风避雨的茅屋也成。娘的风湿和肝硬化太严重，还得再给她找几分买药钱。不行不行！顾不到那么远……四万已经是做梦了，再拼命干，半年也不可能芝麻开门找到个宝藏来，反正等弟有出息了，娘的病，早迟他有能力管的。

回到出租房，我算了算，每月按二十天上班算，每天我得挣上三百块才行。

这要说一天挣三百吧，不难；每天都挣三百，那难。

一阵风把女医生开的入院通知书从桌上吹起，情人一样缠绵地贴到我脸上。

我掀下来，看了看，把它揉成一团，从窗户扔了出去。

去你娘的乳腺癌。

2

晚上七点，到上班的时间了。我脱下在屋里穿的棉质睡衣，穿上低胸的金色薄上衣，套了条黑色的紧身裙，出门前照旧在外面套了一件浅白色的风衣。

走出门，眼前是一条狭窄深长的小巷。

我租住的房子在小巷尽头，是一户人家以前用来堆放杂物的临时建筑。巷子深，一直没人来查来拆，主人家收拾收拾后，便租给了我。说好每月一百二，水电费自付。在市里，这样的价钱已经很便宜了。我喜出望外地搬进来，在东大街选了一幅槐花图案的窗帘挂上，小屋仿佛便成了槐花沟子孟大庆家槐树下的木房子，里面住的是个清纯得像槐花一样的姑娘。尽管是自己骗自己，也比天天对着镜子骂自己下贱好。

小巷位于市区众多高楼深处，听说因为小巷两侧各属一个片区、各有各的主，开发商嫌麻烦，在小巷两旁堆盒子一样把房子堆成山高，却把小巷遗漏下来，留给了许许多多拆迁后买不起新房的人家。所以，小巷里的人家有一半是城区里的租房户、一半是外来人口。前一半人在这个城市里属于小康以外的群体，他们的经济实力使他们并不讲究屋子里的摆设，但生来在城市里生长的他们多多少少带上了点城市人独有的高雅情调——都爱种点花花草草。后一半人受了点影响，每家也象征性地种上一两钵花，多是泛见的指甲花之类，仅图个参与。

由于每家住得都不宽敞，人们一到白天，便喜欢把屋子院落里的花花草草端出来，站队一样齐齐地排在巷子两旁。这一阵子开得热闹的有海棠和石榴，还有吊钟和杜鹃。这都是些一开起来就不晓得休止的花儿，一大堆一大堆深深浅浅的颜色，平民得很，也热烈得很！

我也是一朵花儿，叫罂粟。

我每天从这些红的白的紫的花朵中间穿行过去穿行过来。生机盎然的巷子并不计较我是不是一朵纯洁的花儿，它用很热闹的阵势每天迎接我，我回得晚它睡得晚，我走得早它的花儿们开得更早。

我喜欢这条小巷，这里的人们好像知道我是干什么的。但是他们用宽厚的态度对待我。这是一些和我一样生存在城市边缘的、富裕与悠闲外面的人。他们和我一样，吃的是菜场下午六点以后的便宜菜、穿的是东大街批发市场的衣服。他们当中三教九流的人都有，有在大街上办假证的、有在地铁卖报纸的，有在夜市两百元起家摆个豆腐摊子维持生活的。总之这是条有钱人从不会来的小巷。这里的人大多知道生活的艰辛，他们看我时多把眼睛放到另一边，用一种故意忽略我存在的方式宽容着我。久而久之，在我“上班”的固定时间里，小巷里会人为地变得宁静，大人小孩男人女人都进了屋，空着一条长长的巷道，只让花儿草儿们目送我离开。

我总是怀着感激的、忐忑不安的心情出入这条巷道。这个最不打眼的巷子，是我在这个城市里最珍贵的记忆。我的高跟鞋在石板或水泥的地面上发出轻轻的叩响。也许，一扇扇门里的人们，正数着这声音，计算自己开门的时间。

我很小心地走出小巷，刚转上大街就捡了条大鱼——这条鱼很新鲜，他很年轻，甚至更小——青年都算不上，少年而已。

他的头发染成黄色，一根根像刺猬刺一样冲着，远远望去，整个一未剖壳的板栗；穿着一身广告语是“不走寻常路”的美特斯邦威。他站在巷子外二十来米远的地方，背靠法国梧桐，不停地把眼神往我这边瞄。他以为我没注意，我偷笑——我的眼睛可以用“阅人无数”来形容，还看不出你这点小把戏？

眼前的少年眼睛里闪着不可告人的秘密。这个秘密和我有关，或者是和我的身份有关。

我慢悠悠地走过去，轻声问，小弟弟，等人？

他脸唰地红了，低下头结结巴巴地说：等等等人。

等姐姐我？我逗他，用手指尖轻轻地点了点他的胳膊。

他的脸更红了，好像一个脑出血病人，血涨得立刻就要爆炸一样。

我心软了，问，几岁？

十十十七了。声音小得像蚊子在嗡嗡。

到哪里？我又问。

十七岁的蚊子猛然抬起头，惊惶失措地看着我，眼睛里打着巨大的问号，好像在说，你怎么知道我想做什么？

我笑了，说小蚊子：眼珠子瞪那么大也不怕掉下来，告诉你，你刚才往那儿一站，朝你姐一看，你姐就明白了！可是你得清楚一件事，你有那个吗？我搓搓拇指和食指：可没有免费的晚餐！

小蚊子说：有有有有，我们去我家家家吧。

转了一个弯，原来小蚊子家就是巷子隔壁围墙里那栋三层楼别墅。穿过花园和水池，走上八级台阶，我不经意回头一看，居然看到我那间红砖青砖水泥砖乱七八糟砌起来的屋子！望过去，它正藏头露尾地躲在围墙角跟我玩猫腻！难怪小蚊子知道在外面“守株”待我这只兔。我起先以为自己是个钓鱼的，一出门便丰收了，谁承想小蚊子才是个钓鱼的，而且和姜太公一样，用的是直钩！

嘁！

进了小蚊子的家，我发现自己刚才问人家有没有钱是一个愚蠢得不能再愚蠢的问题——多大的房子呀，都可以开一间舞吧了。家具都是红木的吧？应该是。嘀嘀，还阅人无数呢，面前站着个小富翁都不知道。

一回家小蚊子就变成一只高贵又骄傲的小老虎，也不结巴了。我往红木椅子上一坐，他傲慢地说：这把椅子是清朝的。

我惊得一起身，手挨到旁边一只花瓶。小老虎看了一眼，边从冰箱里拿出一罐王老吉，啪地打开，咕噜咕噜倒进嘴里，边说：小心点，宋朝的，摔烂了，一百个你也不够赔！

我的嘴张成半圆形，像小时候学汉语拼音时，老师说，这样，啊——。

我“啊”了半天才找回下巴，佯装不屑地说：你家是长沙马王堆呀？你别再弄出个女尸来！

我记得初中学历史时有个马王堆，里面有个辛追夫人。听说那是一具很美丽的干尸。活着的时候幸福得一塌糊涂，然后幸福得让享不尽吃不完的瓜子儿给噎死了。

你家不就有点钱嘛！搞他满屋子的古董。毛病！当这房子是坟墓啊？你不就等于坟墓里的一个鬼嘛！我一生气又满嘴巴冒出些上不沾天下不着地的话。

小老虎愣了，端着王老吉咕嘟一声把口里未咽下的半口饮料喝下去，喃喃说道：你说的没错，这间房子就是个坟墓！埋藏我所有快乐的坟墓！说着，额上青筋直冒，眼睛眶子却红了。

我莫名其妙地看着他掉泪，不知道该和面前这个眼里突然闪着泪花花的大男孩说什么好。

你叫什么？我叫高明明，我爸和我妈都出去度五一假了……小老虎甩甩头呼呼鼻子，问我。

你没和他们去？我打断他，问。我有这毛病，心急，老抢人话茬儿。

他们？——别以为他们是一起去的，我只是说他们都去过五一，没说他们是一起的。我爸和一个不是我妈的女的一起走的，我妈和一个不是我爸的男人走的。哼哼，我跟谁“一起”去？男孩冷冷地说着，一点也不尴尬，像在讲别人的故事，与他无关。他坐下来拿出手机调出张照片给我看，说：看，我女朋友，叫妖妖，我是说她网名叫妖妖。漂不漂亮？

我把手指放在嘴唇上，左左右右摩挲了半天，违心地说：漂亮！

虚伪！小老虎说着，把手机甩在地毯上，神色黯然：没意思。

什么没意思？我斜眼看了看那手机，担心摔坏了。口里问着。

什么都没意思！你也没意思，连个真话也不敢说。她漂亮个屁呀！像她这样的，瞎子在大街上都能抓出一大把。

我摸不透这孩子在想什么，只好尴尬地笑笑。

小老虎也笑，笑得凄凄凉凉的，对着电视说话，像是在自言自语：怪吧？她又不漂亮，我偏要爱她！又转过头对我说：昨天晚上，他们走后，我们见了面，“那个”了。可是今天一早她却走了。她说我半生一个，不熟！一点……技巧都不懂。说到“技巧”两个字，他显得很艰难。

毕竟是个孩子。我心痛地看了他一眼，想，妖妖是个啥子妖邪嘞？如今十几岁的学生是比我们小时候野得多，敢谈恋爱敢上床，可是也不至于把自己野成一个四处讨论“技巧”的家伙吧？这和我们有什么区别?!

所以……我想了想，明白了。啼笑皆非地问，所以你找我，当你“老师”?

小老虎高明明点点头，神色狰狞地说：我要你把我教得要多坏有多坏，然后让她离不开我，然后我再和她结婚，然后我再甩掉她，我让她贱！

我想这是个怎样的仔哟，怎么想得出这样毒的主意来！平时我没事在“梦飞翔”的经理室里上网，也看了不少稀奇古怪的新闻，有猫生下狗儿子、儿子杀了老子，还有当妈的人搞婚外情搞到自己女儿的男朋友那儿去的。可那都是网上，离我生活远着呢，谁知道我今天一出门就遇到这种事情。才多大的孩子，一口口吐出来的不像字，倒像是血、是刀子！狠狠的恨恨的。

想归想，但我不能错过这样好的机会，说：行，陪一天一百块。

高明明说没问题，又问：你做的菜好吃吗?

我怔了。对我而言饭菜就是个管饱的东西，讲究啥子好不好吃嘞?！在家里的时候，家里主食冬吃萝卜夏煮卷心菜，刀功粗粗细细大大咧咧，没人论真，反正是吃下肚管个半饱、下地干活腿不打战就得了。今天被人问“做的菜好吃吗”，就凭这份对吃在乎的心态，都够让我心虚了，哪里敢回答。

高明明的失望明显地挂上脸，因为失望而老态龙钟地说：这世道怎么了，女人一个个居然都不会做饭了！

谁说不会了?！我瞪圆了眼珠子，生怕因这个附加条件影响生意的成交，冲口而出：我是想说明一下——我做饭要收费的！做一餐收五十元工钱。

高明明不假思索地说：行，今天2号，从今天到7号，你就在这里。总付你四千。如何?

我吓了一跳，很有职业道德地说小朋友，你爸妈挣点钱不容易！

他们眼里就只有钱，骂我的时间都没有！我不乱花钱，他们还不会注意到我呢。

我说：你不怕我偷了那些古董溜掉?

随你便。高明明露出一副吃不完穿不尽的小财主嘴脸。

我晕！暗骂：狗日的世道。

我，玛丽莲，开始在这个十七岁男孩子的家里当起了临时保姆兼“家庭教师”。我每天买昂贵的水果买昂贵的菜，然后对着菜谱做——没办法，那些海参、大闸蟹之类的东西不是天天吃得着的白菜萝卜，离了菜谱我就抓瞎。何况，我得抓紧这个机会补补身体。第一天早上报账时我虚报了一百，高明明盯着电视睬都不睬我。我觉得很丢脸，他不过是个十七岁的毛孩子、一个特殊一点的小嫖客，我干吗可怜兮兮用人似的报账?

以后我每天都多抽走一百。高明明不管，他早上吃早餐后，便又倒头睡觉，不要我陪；下午起来后便坐在地毯上打游戏，满电脑屏幕上都是血淋淋的场面，那血多得好像要淌到电脑外面来，搞得我老不由自主地拿起块抹布擦；打胜利了他就回过头，叫我：姐！

然后我们便在地毯上拥抱。奇了怪了，只要他一搂着我，我的感觉就回来了，我不再是煮饭洗碗时小心翼翼的保姆玛丽莲，我是三陪女玛丽莲，我自己都分不清真假地替换存在着。

高明明用心地学习着，每次都学得满身大汗，洗过澡就要吃饭。在这个孩子身上，我看到了一种让我莫名心动的东西——那是他总是闭着的眼——不管什么时候，只要他拥抱着我，就会闭上眼睛。那样的表情让我想起珍惜和羞涩等词语来。说到底，高明明还是纯洁的，他没有把我当成一个三陪女，他是把我当女人看。这让我感恩并感动。

每次他洗完澡在等我做饭的过程里，都会静静地坐在饭桌前，这时候他的眼睛盯着某一处角落，一盯就是老半天。眼神却是散散的，像一丝没有方向的风，淡得很微得很，一不留神便散开了化成虚空。我屏神静气，生怕扰了那份虚空。

他那种眼神应该叫“迷茫”吧？他不知道他该往哪里走。

这眼神在我进城打工在许多条路前寻找我的路时，也有过。

有一次我把饭菜端上桌时，他破天荒地收回眼神，冲着我笑了笑。那一刻我觉得胸口有一种莫名其妙的情感在暖暖地升起来，好像眼前的这个小客人是我的弟、男人，或者是儿子。总之我第一次盼望成家，想给一个男人煮饭生孩子。

可是我永远没有这个机会了，我是个将死的妓女。我美丽的丰满的骄傲的乳房里，正一粒粒一粒粒地生长出白色的钙，叫癌。

那天晚上我抱着高明明年轻浑厚的身体，久久不能入眠。高明明半睡半醒地翻了个身，嘟囔着说梦话：姐。

我望着怀里呼呼入睡的高明明，搂紧他，哭了。

原来我骨子里头的孟梅还在。如果是玛丽莲，她不会哭。

五月七号出门时，我身上多了五千块钱，高明明豪爽地说：给你个整数。

我的包里还藏了女主人的一件睡衣一条围巾。高明明他妈妈的衣橱里光睡衣就有二十多件，其中有七八件连标签都还在，真是有人减肥有人饿死！我一生气，揪起其中一件浅蓝色的丝绸睡衣就塞进了包。真是好货，那么一大件长长的睡衣，叠起来才小巴掌大。我想起打广告的鄂尔多斯羊绒衫，这玩意可贵，我去商场看过，一件得上千呢！我一直想有一件，没敢买——一件得挣两三星期呢，血泪钱！我就在衣橱里翻，翻老半天也没找着，只有一条鄂尔多斯羊绒围巾。将就着吧，我也塞进了我的包。

高明明在我出去时，冷不防丢出一句：你包里塞了我妈的东西。

我背脊骨嗖地凉了。这回换我结巴了，我胆战心惊地转过身，老老实实地认错：我还还还给你。

高明明盯着我看了老半天，青春的脸上出现了与他年龄不相符的成熟表情，他摇摇头示意我不必还，轻轻地说：想要就说，好好地挑就是了。谢谢你……这几天煮的饭。

我如释重负，又怕他反悔，赶紧温柔如水地说，谢什么呢？我都舍不得你了。

我看到高明明的眼睛动情地闪了闪。

不能再逗了，我就是再急着挣钱，我也不能主动去勾引一个十几岁的仔，人家才多大，真是作孽！

我赶紧走出了大门。

刚转回巷口，便遇上了那个疯女人。

这个女人曾经是小巷的外来户中最漂亮的女人。她的到来和其他外来户一样——先住下的人并不知道后来的人到底出现在何时，只知道在某一个早晨或黄昏，突然有一个或一家人搭讪着笑脸出现在他们面前，搭讪着搭讪着就成了这里的一分子。女人和她的男人来自贵州一个叫雷山的地方。女人常穿一条蓝布苗裙，遇上某一天据说是苗家这样节那样节的日子，她就会换上一身盛装苗裙，上面有精细的刺绣花纹，红红绿绿紫紫黄黄的，百褶裙像喇叭花一样重重叠叠地围在腰间，头上戴着简单的银饰品，不知道她是不是有族人密传的保养银饰的诀窍，总之她的银饰每次戴上时都银亮银亮，比金银饰品店专业清洗后的更亮更耀眼。女人有一头黑得发亮的长发，每次戴头饰之前，她便耐心地坐在门前，盘她的发。我曾在窗子里看见过她盘发的样子——微歪着头，坐在巷子里每隔十几米一棵的桂花树下，清晨的阳光像水波一样流过她的黑发，溢出一圈阳光的光晕在她周围，这时候的女人，有风华绝代的美艳，仿佛是来自云贵大山深处的精灵，因她独特的民族与服饰更显出超乎想象的清纯和美丽来。

女人是进城做小生意的，她和男人每天有规律地做着三件事——一件是起早去东大街批发些两三元一件的头花啊丝巾啊别针啊塑料篓子水果刀啊什么的卖，一件是躲城管，还有一件就是回家数零钞。

躲城管时，两口子总是惊惶失措得像两只耗子。回到家数钱时则你一句我一句地调侃，都指着对方笑。

漂亮的女人常用那句话笑：你看你一见城管，慌得像只钻草笼的秧鸡。

男的则嘿嘿笑，多用苗语答着什么，谁也听不懂。说话间偶尔在货架中找出一个他认为最好看的发夹，拿给女人。

女人摇头说：是拿来卖的嘞。

男人拿出一个崭新的塑料袋摇摇，狡黠地笑，好像是说：你看——我把包装留着。戴些时间了，装进来再卖呦。又转过头，用半生的普通话问巷子里三三两两乘凉的择菜的人：你说好不好看?

有的笑着怂恿：好看好看好看，你给她换上。

女人便垂着一头瀑布似的长发，幸福地笑。

除了男人显山露水的关怀，女人难得笑一回，女人的漂亮和城市里的漂亮不一样，她是山野里自由生成的漂亮，夏天的夜晚，女人经常闪烁着一双野猫般晶亮的眼睛，在树下悠悠地唱歌，是苗歌，我们听不懂。可是我们听得出里面的情感——有时是思念儿子，有时是愁闷日子，有时是唱给男人解乏。

两口子很节约，把赚下的钱全寄回老家，给脑瘫的儿子付针灸费西药费。女人经常唱的一首苗歌，很久了我们才知道，那是盼孩子能走路会说话的一首歌。用我们的话说，叫作为孩子祈福——

山上藤藤，路上水坑。
你拿手摘得下来，你用脚踩得过去。
姑娘的心，芦笙上的野鸡毛。
等姑娘取下野鸡毛，你就和她成一家。
乖仔哦，哪天你说回家哟，我们就高高兴兴回家来。

男人解释说，在他们家乡，哪个女孩取下了男孩子芦笙上的野鸡毛，就表示她对男孩子“有意思”了。

可是他们的儿子连站都站不起来，谁肯对他“有意思”呢？

女人没等来儿子会说“回家哟”的那一天，儿子就死了。儿子一死，两口子七年多的苦和忙、希望和梦想便全跟着儿子去了。接到儿子死讯那天，刚好城管的过来撵摊子，痛苦与悲愤在那一刻宿命般地爆发成一场不可避免的祸端。老实的苗族汉子发起狂来，不管三七二十一操起手上两元一把的水果刀就往收东西的城管身上划。

那是一个下过雨的傍晚，空气凉丝丝的，游走过皮肤时有种湿淋淋的味道，巷口墙壁上剥落的青苔带着死亡的阴影漂浮在路旁的水沟里。男人的手划过空中，把空气“嗞啦”一声划成了两半，空气的伤口里喷出鲜红夺目的血来，腥甜腥甜地在年轻的城管队员颈间欢畅地飞舞，把一个巷口打扮得五彩缤纷。

女人傻傻地看着男人又看着倒在自己脚前的城管——那还只是

一个大男孩！嘴唇上的汗毛都还茸茸的、不硬。大男孩倒下去后还一脸惊愕地盯着满手的鲜血，好像在问是吗是吗？这是我的血吗？眼睛打完七八个问号后，便愣愣地瞪向女人。女人的喉咙里发出一截半哑半哽的声响后，突地高扬成尖锐的惊叫声，像是一匹绸缎被用力撕破时发出的声音，清亮又锐利。这一撕，便把女人的整个世界全撕碎了。

男人被带走后，女人也跟着消失了，几日后落叶一样飘飘地出现在巷口，展着一脸瘦削却烂漫的笑容，见人就用苗语问：老也？

巷里的人家与她相处久了，简单的苗语也听得懂些，知道她在问——回来了？人们不知道她疯了，便回答她说：啊，回来了。你也回来了？

她咯咯地笑，又轻声轻气地问：老也？

大家看着她散乱的眼神，才发现她疯了。

这会儿疯女人看着我，笑：老也？

我勉强冲她咧嘴挤了个半明半暗的笑容，正要从她面前走过，女人却来拉我的衣袖：买买，买买。

我莫名其妙，不知道她说的是苗话还是普通话。正要走，女人的脸红了，低下头含着肩呢喃：买买，给我买买。

我这才注意到她的衣裳扣子掉了，胸前若隐若现的肌肤出奇的白——这个美丽的疯女人，这些年始终记得清洗脸、手和身体，她是用最虔诚的心在等着自己的男人回来啊。

我怔了半天，沉默地从包里拿出那件昂贵而漂亮的睡衣，轻轻地披在她身上。

疯女人羞怯又开心地笑起来，手臂像小鸟的翅膀一样展开来，嘴里呜呜地叫：新衣服，阿栋，新衣服！

太阳正好从巷口的那一头斜斜地照过来，薄如蝉翼的睡衣袖子蛾翅一样舒展在太阳光里，女人迷蒙的笑容让人感到她已经幻化成了一只美丽的蝴蝶。

蝴蝶喊着她男人的名字，披着那件她一生也没穿过的昂贵睡衣跑去寻找她寻了千回万遍的男人去了……

我有点心疼那丝滑又迷人的睡衣。但女人的背影更让我心疼。

回来了？可她男人早就回不来了。

她是在盼着男人回来呢！她不是活在世上而是活在梦里面哪！

而我，连个梦都没有。

3

回到“梦飞翔”，高尚板着脸问我上哪去了。我拿出早编好的谎话骗他说回乡下陪娘去看了趟病。高尚怀疑地看看我，走了。我正暗自侥幸“买卖”没有被他“抽头”，他却又折回来，说：不假外出，照规矩，一天扣五十元小费。

扣扣扣，就知道扣，你娘和你爹上辈子没积德，生你个不男不女的妖怪。你还不改！就不怕生个孩子没屁眼！

我恶从心头起，边在肚子里骂边装成一副可怜样子：我的损失更大嘞，这里又不缺我一个。损失啥呢？下回扣嘛，好不好？

高尚冷眼看着我说：别装了，心头在偷偷骂我生个孩子没屁眼呢！嘿嘿，你不要老这样骂，这样骂对你不好，说不定你是他的娘喔。

我是你娘！我恼怒地冲高尚叫。

对了，这才是你嘛，干吗装可怜，装了也不像。高尚又嘻嘻笑，欺过身来故意搂了搂我的腰，这才走了。

不知道高尚是不是很讨厌我，反正从我一到“梦飞翔”开始，除了客人点我们以外，凡是安排的钟，他就总是把醉得不省人事的客人给我。我的裙子是姐妹的衣裳中洗得最勤的。弄得七姐好几次都说：还洗个啥子嘛，老远就闻到酒糟子味，甩了算了。

我说：你说得容易，两百多一件呢。

高尚看到我带着一身的呕吐物跑出包房时，脸上总是涎着得意的笑。我恼火他，每次走过他身边，故意在暗而窄的过道里把一脸灯红酒绿的愤恨和一身的脏东西蹭到他躲避不及的制服上——这样我就成功与他分享了醉客的“成果”。高尚脸上那啼笑皆非的表情让我看了很解气。

虽然我常为这事骂高尚不是东西，但实际上我骂他的时候暗藏着快乐——醉过的客人总是来不及干什么就倒下了，而我从他们的口袋里掏出一两百元工钱也是自然而然的事，客人若醉糊涂了便记不得包里有多少钱，就算记得的，我拿上一两百，也是合理收费，客人不恼。而我，只是偶尔被他们弄脏衣服而已，总比弄脏身子强。这样两相比较，我还是很划得来的。

高尚那仔不清楚我的心思，我骂得越起劲，他给我找的客人越醉得厉害。

这不，他又找了个醉酒的来。

客人醉归醉，穿得却很整齐，一身藏青色的利朗商务男装，整个人看上去笔挺笔挺的，像一株挺拔的柳杉。一想到柳杉，我就想起四叔和四叔妈谈恋爱时躲在柳杉树下亲嘴的情景，不禁偷偷失笑。

客人进洗手间时，高尚拿了几瓶饮料进来，看见我还在笑，说：你个不知羞耻的，出卖灵魂了还笑成这样。

我说：难道我哭？我偏笑！我要感谢世上有嫖客，让我有碗饭吃。

高尚盯着我低声说：下班后，我请你吃消夜。

我说：呸！去你娘的。

高尚赶紧解释说：不是你想的“消夜”！是真的请你吃消夜，你不是喜欢吃灌汤包吗？我请你吃灌汤包。

又说：注意点，这个人有点像“捣鬼”！

这是我们的暗号，指的是捣黄的警察。我不以为然——出去问问，谁不知道“梦飞翔”是什么地方，老板是谁！乡下有句话，叫没有金刚钻，不敢揽瓷器活。老板要是没三两下功夫和通天的本事，就没有今天火爆全市的“梦飞翔”！就算有人来捣“梦飞翔”，也是做做样子，我们也总是一早做好准备了的。

正说着，利朗出来了。高尚闭上嘴，鞠了一个躬，拿起盘子知趣地离开了。

利朗好像很疲惫，歪倒在沙发上，简单地命令：水。

我倒了一杯水给他，他一口气喝完了。皱着眉盯着电视荧光屏，又命令：吵。

我赶紧关掉音乐。

奇怪！这个利朗身上有一种很强的力量——让人服从的力量。我按他的命令做着，想起高尚的警告，动作莫名地僵硬起来。

多少钱？他眯着眼打量我。眼神里藏匿着一丝精亮的锐气，这样的锐气我见过，前一阵子公安打掉了一个黑社会团伙，头子叫黑山的，常来“梦飞翔”，他的眼神里就带着这样一股子气。不过黑山那种叫杀气，这个利朗的眼神没他邪，可他够狠、深。

我打了一个激灵——这个人肯定没醉！他是装的！为什么要装呢？我不知道。我思量着，没敢像往常那样媚里媚气地说话，装得傻傻地问：你问水吗？不收钱的，先生已经付了包房费，开销全在包房费里。

是吗？利朗把嘴凑到我脸上，色迷迷地说：你也算在包房费里？

哼哼！骗你姥姥！嘴巴里冒出的酒精味才二两重！装醉！

我心头升起不祥的预感。

我天生就对将要发生的祸事有预感。

八岁那年，在外打工的四叔死了。电报还没到镇上，我就在家发神经，一个劲儿地闹，非要跑到叔家里去，嘴里头莫名其妙地嚷嚷要叔当兵时照的那张照片。那照片是叔当年特意照来寄给现在的叔妈的，可俊了。整个槐花沟子的男人加起来，也没有叔好看。要照片就要吧，我还非说什么要拿到镇上去洗，还要洗成大张的！结果两天后爸拿到镇上，洗成了一张遗照！

爸去世前三天，我头皮直发麻，全身起满了鸡皮疙瘩，难受得很，每天都忍不住地搓脸搓膀子搓腿，出门搓，进屋也搓，毛病似的。娘说你干什么，整天搓搓搓，弄得看的人都起鸡皮疙瘩。

我咕嘟说：不知道，怕是要出事。

接下来，在县里做木工挣了点小钱的爸骑着新买的摩托车回家来。在县城加油站拐弯的地方把自己和搭车的国强伯伯摔死在沟里了。

都是死了人，但开车的和坐车的不一样——一个是当该死的，一个是让当该死的人拖累死的。所以国强一家一直就没有停止对我家的纠缠。成天地闹，闹得一家人连悲伤的时间和精力都没了，只剩下愁不完的债。

娘把家里能卖的都卖了，换成钱给了国强家，才阻止了国强媳妇天一声地一声的号啕和寻死的念头。接下来爸还没埋，镇上卖摩托的就上门来了，拿着一张欠条说爸欠他三千车钱。

娘说不对，他带了四千，够买车，哪会欠钱？

卖摩托的说真欠三千，不假！那车七千。

娘瞪着两颗哭得桃儿似的眼疑惑地说不对呀，村里头大蘑菇家买的是一样牌子的摩托，都才四千多。

卖摩托的绕着弯说嫂嫂你不懂，车子有时候牌子一样，但是样式不同；有时候样式一样，但是牌子不同；有时候样式牌子都一样，但是价格不同，因为分型号——大蘑菇那辆型号不一样！

小学都没毕业的娘让他给绕糊涂了，呆若木鸡地站在那里，不知道怎么办。卖摩托的不管三七二十一，把欠条唰地塞进娘手里，跑到堂屋找到专门给红白喜事家守摊子收礼金的华校长，硬生生一手帕掳走了几千块礼金，剩下还没回过神的娘站在院子中间边哭边骂：你果真是个要出死样的人嘞，又不是镇里的干部，买车要买七千多的！你以为家里水龙头冒出来的是金水银水哟。

后来有人说，卖摩托的那张欠条是假的，爸没欠钱，车就是四千的。

可是摔得散了架的车子让收废铁的收走了，欠条也让气得稀里糊涂的娘给撕了，什么证据也没有了。

记忆中的家从那时候就不再有家的样子了。

在那场车祸以前，巧手出好活的爸是镇里远近出名的好木匠，家里有他，日子也还过得去，尽管爸挣的钱大部分都用在娘的病上去了，可是我们家过年过节桌上该吃肉时还是有肉吃的！偶尔爸还从做工的主人家带回一点果汁之类的饮料，看着我和弟你一口我一口细细地品，他就笑逐颜开地坐我们旁边，把碗里的冷米酒也一口一口地品，品得日子浅浅长长地甜。

可爸一死，一切就都变了。

猪卖了牛卖了粮食卖了，庄稼人没了猪牛没了男劳力，就等于被送上了极贫路。叔妈心痛，送来两次小猪崽，第一次三只、第二次两只，都是才进我家猪圈三天就死了，是给毒死的。村里人都说是记仇的国强媳妇干的，要娘去讨个公道。娘不去，只是涨红了脸反反复复地咳嗽，坐在灶前用火钳抵着疼痛的肝区喃喃地念叨：猪命抵人命，抵不消哇。还去讨什么公道！

娘反反复复地骂我：你这个出死样的人！你个乌鸦嘴，都是你说要出事的——你怎么不出事呢？你白天晚上地搓，你是在搓吊你爸命的那根绳索子嘞！

幸好弟争气，爸死才三个月，弟中考居然考了个全县第八！

弟从镇上教辅站回来那天我又有了预感——我感到我的一生将会在弟从山路上跑回来时发生重大的变化……

在那向阳的坡地上，成片的胡蔓藤闪着绿油油的光，星星点点的细黄花儿开在中间，妖妖的。我小时候爱嚼花花草草，茅草根也嚼、槐花也嚼、金银花也嚼、酸浆草也嚼，走到这片坡地，看到油亮的胡蔓藤，我忍不住就嚼了些嫩胡蔓藤，结果中毒了，舌头硬了、呼吸麻痹了、身子也硬了，爸吓得四处去找黄栀子和茅草根。眼看着我的瞳孔都散散的了，弟冲进羊圈里一刀捅死了羊子，接了满满一大碗羊血，热腾腾地灌到我嘴巴里，这才把我救了过来。

那时候，全村人就认定了槐花沟子孟大庆家要出个秀才！多聪明的孩子，在哪里学的这些东西？一定是认真学习，书本里头得来的！

从那时候起，我认定了这个弟，不管为他做什么，我都愿意，没有弟，我早不知被埋在哪片阴山背去了。

只是我没想到，我会为了这份承诺，把自己变成一株毒别人的胡蔓藤、变成玛丽莲。

这一刻我的预感又上来了——也许高尚的怀疑是对的！面前的利朗太神秘了。我小心地说：先生开玩笑了，我只陪陪先生唱歌跳舞，哪能算包房费。

利朗冷笑说：别装了，你要不说个价，我就当送了。说着佯装要扑过来。我也装，装得惊慌失措地叫，小鸡崽一样扑打翅膀般从茶几的这头躲到那头。

利朗冷笑，看看表，又看看我，起身出去了。

从小到大我那该死的预感从没给我带来过好事，只有这一次帮了我——当我在一种不知名的恐惧中认真地“演戏”时，“梦飞翔”被洗了场！

音乐停了、灯光不转了，“梦飞翔”成了一个空旷又死寂的坟墓，偌大的舞池显得又空又大，我被利朗像扔沙包一样扔进舞池，和我的那些姐妹一起绝望又惊慌地在舞池中间挤成一团，此时的我们像一群被大象围攻的蚂蚁，瑟瑟发抖。

七姐最惨。可能是被抓了个现场，人几乎半裸着。我挤过去赶紧抓起地上不知谁的一条丝巾给她披上。一个警察蹿过来，一把扯过丝巾，然后拿起相机咔咔地拍照。我急了，挡住呆滞凄惶的七姐，吼叫道，照什么照，把丝巾还给她！

我以为我的声音很大，但其实很小，只是在喉间困兽一样沙沙地嘶叫。

不过这已经足以引起警察们的注目了，一个胖警察一巴掌打在我脸上，说：还得意了你！住嘴！

我仗着自己没有“暴露”，吐出一口血痰气势汹汹地说：打你娘的祖宗！

胖子气得眼珠子瞪得牛眼一样，他身后的忙这忙那的警察全部哄地笑开了。

我看着他们的笑容，突然间一阵凄凉袭来，忍不住哭起来。

警察制服下的这些男人很帅气，他们有的胖有的瘦，身材匀称的并不多，但有制服一衬，个个变得英气逼人。走进“梦飞翔”里的男人，有打杂的、有酒童、有保安、有老板、有高尚、有嫖客，可是他们身上没有这些制服的气息。他们身上带着与我们的世界全然不同的气息，这些气息和“梦飞翔”混杂的烟草味酒精味脂粉味不同，它和阳光有关，和正常的日子和坦然的生活有关，和清爽的空气有关。我二十多岁了，还不知道什么是爱情，但我曾经做过一个梦，梦见我爱上了一个穿着制服的男人——我对军服和警察制服分得不是很清，我只知道梦里这个男人不是警察就是军人。梦醒后的那一天，我都在一种莫名的激动和振奋中梦游。全身充满劲，好像眼前已是阳光大道。

眼前是我一生都在希冀和膜拜的人，可他们却用最不屑最鄙视的目光看着我们，好像我们是一堆垃圾。嫖客们在暗影处接受笔录，看不清脸。我和姐妹们却被赶到舞台正中的射灯下，被一张一张地拍照！

我心如刀割，泪流满面。

一个警察走过来揪起我说：走！

我不走！我猛然抬起头嘶叫：我啥也没干，凭什么要跟你们走?!

最后，七姐她们全进了看守所。我没进去——利朗的上衣口袋里装着笔式录音机，里面录下的话足以为我洗脱罪名——我不过是个打杂的酒妹子。

4

闹腾完已经是晚上三点多了。“梦飞翔”平时耀武扬威的灯光逐一熄灭了，只剩下楼道的灯光，有气无力地耷拉着眼皮。

惊魂未定的我走出“梦飞翔”，回过头，看见黑夜里的“梦飞翔”如同一艘落难的大船，一点一点向黑夜的海浪中间沉下去……我披上七姐没能披上的那条丝巾，叶子一样飘荡在街头。

我不知道自己该往哪里走。空气里到处是煤尘一样的黑和闷，我小心翼翼地呼吸着，生怕吸进去了堵塞了肺，可是胸口还是难受，窒息一样。

一辆车突然吱嘎一声停到我面前。我紧张的神经让我本能地以为是警车，拔腿就跑。却听到高尚在背后大声叫，玛丽莲，是我——

我刹不住，机械地又跑出了十来米，脑子才清醒过来。我站在空空的大街上，头上是红红绿绿直眨眼的霓虹灯，高尚身旁也是。把我和他的脸都照得古怪离奇。我咽了咽口水，打着哆嗦，又穿着高跟鞋跑回去，一头钻进高尚的长安车。

你没被抓进去？我气喘吁吁地问。

我觉得不对劲，到外面补购啤酒去了。高尚惨白着脸说。

又看了我一眼，默默地把后视镜推到我这面。

我一看，吓了一跳。

镜子里的女人蓬头垢面。眼影哭花了，睫毛膏也哭花了，两道黑黑的印迹从眼睛一直划拉到脖子，鬼似的。低胸的黑色裙带没掖好，露出里面红色的胸罩带子。消瘦的脸颊像被刀子切过一样，没肉。

我记得我刚到“梦飞翔”时，很多人是这样形容我的——漂亮！特别是那双眼睛，水灵灵的会说话！

可是现在镜子里分明是个沦落风尘的女人，鬼魅一样。

我忍着泪，一把把镜子推回去，狼狈地说：你去死吧！

高尚点燃一根烟，塞进我嘴里，叹息着说：稳稳神吧！发着抖还有心思咒人。

我哆嗦着吸了一口，烟燃到一半时，我不抖了。高尚这才问：你怎么逃出来的？

我怪笑道：我没逃，我干吗要逃？我又没有卖淫嫖娼行为。

高尚龇牙，说：你没有从事卖、淫、嫖、娼行为?!

这仔存心气死我，把四个字咬得老重老重。

我说：卖你娘的娼，侧身往他要害处打。

高尚挡住了，嬉皮笑脸地说：别打，这儿没货，我是阴阳的。

我也笑起来，转手一巴掌打在高尚脸上。高尚没躲开，也没叫痛，只是突然问：你在减肥？

我愣了。

这半个多月来，我是瘦了好多，得癌的人都会瘦。我的裙腰已经明显大了。

我没有回答：趴在车子前座，先是哽咽，接着一声声号啕大哭起来。

5

月亮刚好在树中间。

树刚好在窗子中间。

月光刚好在屋子中间。

这是一个别人都睡得四平八稳而我却心有余悸的夜晚。

一个劫后余生的夜晚。

还好有月光，还好有高尚。可我仍在发抖。我在出租屋的月光中间抱着高尚喃喃地求高尚：高尚，帮帮忙，让我忘记刚才那些事。我怕！

高尚帮了我，他用他的身体帮我忘记了一切。我惊异于他的强悍，并在惊异中彻底地幸福起来。我说：高尚，你是男人。

高尚说：我当然是男人。

我说：呸你不是男人，你记我的仇，你专找酒醉的男人给我。

高尚认真地说：我是男人！我要尽力保护你，弄脏衣服总比弄脏身子强。

我腾地坐起来，瞪大了眼，望着高尚。

原来……

高尚用他寒亮的眼睛看着我，叹口气说：我要是百万富翁多好。

我心头一暖，故意问：为什么？

我就可以把你娶回家。高尚无奈地笑。

我眼睛湿了：我才不嫁给你呢，你阴阳怪气的，总欺负我。

高尚抚摸着我的脸，心痛地说：我不想看到你一个人时迷迷茫茫的样子，你是这样可爱——只要我一刺激你，你就会变成一只好斗的小母鸡，而你变成好斗的小母鸡后，你的眼睛里才没有茫然——你只有恨着我，才忘得了你的痛。

我呆呆地坐在他面前，我从不知道高尚的心，从不知道他在想什么，我一直以为我在“梦飞翔”是孤单的一个人，原来他一直陪着我！

高尚温柔的眼神雾一样缠绵地罩在我不小心裸露的半截身子上。他梦游般地看着我的身体，喃喃地说：好美！

我回过神来，脸绯红地躺下来盖好毯子。

高尚笑笑，疼爱地拍拍我的脸，又拍拍我的腰，和在“梦飞翔”无数次的举动一样。只是这一次，好像是男人在拍着自家的女人。我记得英俊的叔在每次开春出门打工前，就是这样拍拍叔妈的腰，然后挺拔着身子走过一片又一片的油菜田。而被拍过腰的叔妈，总是笑成一汪眼泪，巴巴地站在院子里的谷垛下，风一飘一飘，叔妈的头发就一飘一飘。叔就会回头，手挥着，像是在替叔妈梳头发……

一片片金黄色的油菜花是那么美，谷垛树下的叔妈是那么美！我想着，藏匿在毯子下的脸潮湿了。

高尚不知道——很快地，他刚才看到的“好美”的景色，不久会变成魔鬼，索去我的命。我永远也不能做像叔妈那样的女人，在谷垛树下看着自己的男人从油菜田的这头走向那头，或者是从那头走向这头。我也永远成不了村里的那些溢着奶香味的女人，用乳汁养育自己的孩子，用乳房丰满自己的爱情。

半夜，我痛醒过来，汗水一颗颗往下淌。我拼命忍受着，这是我一生中第一次与客人以外的男人同眠——也许是我一生中唯一的一次。高尚并不是我的爱人，至少不是我想要的爱人，我想要的爱人不能与我一样做胡蔓藤、不能与我一样有着因过多的夜生活而变得苍白阴冷的皮肤。我要一个可以走在阳光下的男人、一个有古铜色油亮肌肤的男人！但是在两个或者是三个小时以前，我们曾像恋人一样拥抱。所以，我要给他一个宁静的夜晚，让他在我身边，熟睡得像我的丈夫或儿子。我珍惜着这少有的温暖，一动不动。

高尚还是醒了。因为我挨着他的半边身子湿透了，洇湿了他的背。

怎么了？做噩梦？

高尚在莹蓝莹白的夜色和月色中间，温开水一样关切地问着，一把抱住我。

我忍着全身哆嗦，咬紧牙关说：我、饿了、我、你说、你说今天晚上，要请我吃、灌汤包。

高尚以为我又开始怕了，赶紧坐起来逗我乐，说：好好好，你看，我只顾自己吃“消夜”，忘了你也要吃了！不过现在灌汤包肯定是没了，我们走到河边大排档去吃酸辣粉好不好？

我说好。

我挣扎着坐起身来——疼痛让我近乎虚脱。高尚怜惜地从背后给我系好带子，动作细致而很认真。系好后，他从背后抱着我，用我从未听到过的慎重语气说：梅梅，我们以后找点其他事做吧。

空气停止了流动。

夜好静啊，也好美！

我突然感到我可以是一个温柔娴静的姑娘、一个幸福快乐的妻子，可以得到丈夫或是男朋友如此慎重而认真地对待。以往那种一开口脏话便来的习惯在这一刻显得无比地粗俗，我现在若是呵气如兰、温顺幸福地躺在他怀里答“好”，那将是多么地完美啊！

可是我没有呵气如兰。

我用自己都陌生的语气冰冷地说：去你娘的，当了一回贼不一定一辈子都是贼。可当了三陪永远是洗不干净的。改了行当，还是个坏女人！

高尚耐心地把他瘦削却耐看的下巴搁在我肩上，他的呼吸温湿地绕过我的耳朵和脖颈，水草一样：我们离开这里，去别的地方。别的地方，没人认识你，也没人认识我。我可以去电脑城打工，这些年我悄悄自学了电脑，我会组装机子，也可以干营销。

我咯咯咯地怪笑：我们？谁跟你是我们了？再说除了这个我别的什么也干不了。去了别的地方，我还得吃这碗饭。有什么用！

高尚把我的身子扳过来。月光下，他那张平时笑得很女性化的脸变得锋利至极。他面色铁青：梅梅，我是说真的。

梅梅？我的嗓子堵得慌，我干裂着声带沙哑地说：谁是梅梅?！我叫玛丽莲。

高尚悲伤万分地盯着我看了半天，我木木地回看着，任由夜的凉气虫子一样爬遍我全身。

不知道过了多久，我们默默对视着，像两头随时准备进入战斗状态的动物。

许久，高尚发出一声深长的叹息，他用他青白色的手指尖虚无地拍拍我的脸，然后霍地起身，迅速穿好衣服离开了。

门在门框上撞出一声巨响。把我的心也哐当一声摔在地上，碎成千万片。

剧烈的疼痛再次袭来，我再也忍不住，从床沿滑蹲到地上，最后变成匍匐的姿势。

这个姿势我太熟悉了，娘的肝痛时，就是这个样子。不一样的是，娘痛时是渴望地痛着，因为她总是想当然地认为痛得越厉害，她离进黄土堆的时间就越近，连累我和弟的时间就越短。所以她匍匐着的时候总是带着笑容在呻吟，那张沾满了灰尘和生火用的杂木叶子或草屑的脸，生动地扭曲着，盛开成一朵让人一看就要流泪的花儿。

可我痛时却是恐惧的。我还没谈过恋爱呢，就要死了！我想找个人来拖累都还没有呢！就算要死，也得死在一个爱我的人的怀里才对呀。

地板砖的寒气和微微的灰尘气息渗进我的身体，然后紧紧地包裹了我，我恍惚间看到有一个人影走过来，拥抱着我。我喃喃地笑着说：你终于来了？

他的样子很好看，有点高明明一样的瘦，有点高尚一样的白，有点叔一样的修长。可是他不说话，他抱着我，不说话。

急死我了。

我大汗淋漓地说：你，和，我，说说，说说话。

他还是一言不发，只是用一双星星一样的眼睛望着我。黑暗中闪啊闪！

我真急了，眼前一黑。

6

女医生说：再不接受手术治疗，你就没有多少日子了。

我凄然一笑，直摇头。

总得说个原因吧？没见过像你这样的，你说说看。女医生放下笔，耐心地对我说。

我的嘴唇干干的，这段时间以来，嘴唇总是很干，抹了唇膏也盖不住一道道开裂的唇纹。

女医生看着我的表情像奶着孩子的女人，怜惜得不得了。这份怜惜让我哽咽起来：我是……三陪。我没钱治，也不能治！我不能没了乳房。

女医生瞪大了眼，半信半疑地打量我的一身职业装。

别看了。我低下头：这是为了看病，特意买的。

女医生突然拉起我青筋隐现的手，激动地说：我不管你是什么人！我只知道你是我的病人！生命是宝贵的，不要放弃！说着，她镜片后的眼睛里也晶莹地闪着光。她的话语和平常我们在电视上看到的一样很“正式化”也很“格式化”，但我还是从里面听到了诚恳的关怀。这份来自唯一知晓我秘密的陌生人的关怀令我悲痛难忍。

我忍不住泪流成河，阳光从窗外面照进来。伏夏了，我的胃却冰凉地痉挛着。我抹掉泪，颤抖着声音求她：给我止痛药吧，除了它我什么药都不要！我痛，受不了。

住院吧。她劝我。

我不要住院，与其在医院里浪费钱和光阴，不如挣点钱，至少要让弟读完大学，要让娘有钱医病。

我说着，头上不合时宜地响起嘹亮的歌声。我困惑地说：谁在医院放音乐？这么大声？

女医生环顾四周后，沉默地盯着我，我从她的目光里看到了哀伤和震惊。

半晌后，她缓缓地问：这段时间，你经常听到或看到什么吗？

我联想到那天晕倒前看见的、这些日子老在我眼前出现的那个男人，禁不住羞涩起来，轻声说：嗯。

可是别人看不见也听不到？

我又答：嗯。

女医生黯然地看着我，幽幽地说：这是幻觉。你的病，深了！

我默默对视着她。

原来我的生命是以这样幸福的方式走向终结的！有一个英俊的男人，伴着我直到最后！

美丽的女医生没有再说话，低下头给我开了处方。

再次走上南京大道。

下午三点，燕莎购物广场前停满了车。才七月，秋天还远着呢，商家就开始打折出售夏季服装了。在燕莎专卖橱窗面前，我看到了那件我向往了许久的白色蕾丝长裙。它还静静地美丽地穿在模特身上，仿佛站在那儿就为了等我去。

高二时，我的演讲作文在全县比赛中得了一等奖，按规定，一等奖要到市里参加演讲比赛。学校要我准备参赛的白色长裙，可是我没有白色长裙。我求爸买，爸不干，说：为了念篇作文冤枉花一百多块钱买条白裙子有啥子意思？穿一天就显脏，再说放学过刺蓬蓬，稍不注意就刷坏了。没意思，没意思。

后来得第二名的付平平用我的演讲稿替我去了。那天，我和其他领奖的同学领完奖后，看着付平平穿着白色蕾丝长裙，天使一样飘上了去往市里的车。付平平接过我的演讲稿时表情很惭愧，好比偷了东西的孩子。我傲慢地看着她，不理会她红红的脸。后来付平平在市里比赛得了第三名，听说团县委书记遗憾地说，要是孟梅去，我们县就拿得到一等奖了。那个乡下小姑娘念稿子时的真诚感情，是付平平学不来的。

那当然，我写的是农村孩子，付平平是城里的一个小公主，她在那里面能找到啥子感情?!

白色蕾丝长裙是我少女时最瑰丽最遗憾的一个梦想。

而这条白色长裙则是我生命中看到的最美丽最精致的一条！它在橱窗里挂了一整个夏天了，也许，冥冥中它是在等我？是的，它是我的，它在等我带它走！

我把微烫的脸贴在冰凉的玻璃橱窗上，幸福地想象自己穿上它，是不是也像一个天使。

一个声音打断了我的幻想。

喂！

我睁开眼，看到了利朗。

你在这里贴着玻璃干什么？利朗好看地笑着，温和地问，眼睛里全是问号：工作丢了？

我迷茫着眼神傻傻地看着利朗——我不敢相信一个警察会对我这样的人这样地笑！简直是天方夜谭！你见过猫对耗子这样善意地笑吗?!

我……我嗫嚅着，答不出话来。

哦，要当新娘子了？想买婚纱？利朗看到了身后的裙子。

我？当新娘子？鬼新娘！我回转身看着裙子，无声地苦笑。

然后，我看到我的心和眼泪一起摔碎在脚下的大理石砖上。

有人看过来，利朗尴尬地朝四周笑笑，准备抽身事外。

你等等，等等。我抬起头看着他，怯懦地问：你可不可以帮我买下这条裙子？我买不起。

我？利朗摇头笑：不是我不愿意，这条裙子要你的新郎官给你买才对。

帮帮忙。我说着，感觉到自己的声音抖动得可怕——我突然想找个人说出我的秘密，说出我三个月来从未对人倾诉的秘密，这个秘密比癌症本身更可怕，它压在我的身上、压在我的心上，压得我无法呼吸、要死掉！我迫不及待要把它说出来，让人帮我承受这份可怕的力量。

帮帮忙。送我好吗？因为，我、我要死了！

利朗惊异地瞪大眼看着我。

我想我面如死灰的样子肯定吓坏他了。

他瞠目结舌半天后，从裤兜里掏出车钥匙说：天太热了，你看，你一脑门子的汗。到我车上坐坐，你慢慢说。

我顺从地坐到他车上。

喝过利朗递过的半瓶冰红茶后，我用溪水一样平缓的语气，把关于玛丽莲的所有故事细细讲述了一遍。

利朗始终一言不发地听着，握着方向盘的手青筋突冒。

我不知道我哪一天死。我没有男朋友，也没有谈过恋爱，我们这种人没有资格谈恋爱。我以前想找一个当警察或者是军人当男朋友。我做梦都在想当个幸福的好姑娘。可我做不了！我幽幽地说。

利朗转过脸，沉沉地看着我，突兀地说：对不起！以后我会记得让她们穿好衣裳。

原来他还记得在“梦飞翔”时我给七姐披纱巾的一幕。

利朗带我走进了燕莎。

我穿着白色蕾丝的长裙，漂亮得像一个公主。

利朗在一旁看着，有人从旁边走过，歆羡地看过来，利朗睨着眼神骄傲地笑，又问我：要去照相吗？看看自己有多美。

我热泪盈眶地看着他为我骄傲的表情，迭连天地点头。

照最后一张的时候，我犹豫着请求他与我合影：我要寄给娘，就说我和外地人结婚了，怕家里的无休无止的拖累，所以再不回来了。这样子，她顶多就是想起我骂几句，总比知道我死了强。

利朗盯着我看了半天，转身对化妆师斩钉截铁地说：给我化个妆！

走出影楼时，我用纸条写下了槐花沟子的地址和女医生的电话号码，递给利朗：这是我的主治医生的电话，下个月她要去上海进修了，到时候，你把照片寄给她，请她从那边给我娘寄过去。我弟很聪明，从这里寄出去，他会起疑心的。

利朗接过去，惊诧地说：你的字写得这样好。

我笑笑没回答。我想说我要是复读一年把代数成绩补上去，我也许就是大学生孟梅！

7

高尚再也没有出现在“梦飞翔”。

他走了。因为他不想再看着我“自甘堕落”。

我怀念他路过我身边用手搂我腰的动作，咯咯地笑得像人妖似的声音，还有他每次容忍我吐在他怀里时的表情。

我的耳边一次一次地响起他在午夜里温柔的呼喊——梅梅。

我绝望了。以前高尚在的时候我没发现他对我的好，等他走了，我才发现他一直在我身边，像哥哥或亲人一样，无声地保护着我。他是我身边唯一的最后的救命稻草哦！他一走，我便没了任何依靠。

我自我放弃地疯狂着，在“梦飞翔”的世界里透支着最后的美丽。

我不要我的死轻若鸿毛，我要让我的死重若钞票！

七姐是个敏感的人，揪着我不放：你到底怎么了？不对劲！

我惨淡地笑：我没怎么了，就是想疯，想发狂，三陪干久了，都这样，有什么不对劲的！

我又劝七姐：我们这样的日子，能抽身早些抽身吧。你父母现在说不定怎么想你呢。回去看一次，不好，再回来就是。

七姐看着我瘦骨嶙峋的样子，抿着血红血黑的浓妆嘴唇没搭腔。

几天后，我终于把七姐送上了去成都的火车，七姐没说不回来，但我知道她不会再回“梦飞翔”了。因为她不停地告诉我她小时候的故事。说那些故事的时候她脸上有无限的渴望。

七姐说起来嘴硬，其实她内心是柔弱的，是想回去的，她只是怕再一次受伤害而已。

我这些日子也不停地在想小时候的事情。人到这种时候都想家吧?！我也想！想爸、想妈、想弟，想得不行！可我不能回去，我一回，娘不病死也得怄死伤心死。

八月上旬的一天，我昏倒在舞池里。

音乐的声音棍子一样砸在我头上，一柱柱灯光红的、绿的、荧光的、闪动的，全像箭一样射穿我的身体，我在倒下前的几秒钟里突然想起课外读物里那条美人鱼——在黎明里化为泡沫的善良的美人鱼。我想我就是一条鱼，一条在人吃鱼的世界里拼命游逃的鱼，可我最终逃不掉，最终要成为这个海洋一样汹涌的人潮中的一束泡沫。没有人知道我来过，也没人知道我什么时候消失。

8

七姐的脸动画片一样出现在我眼前，一会儿远一会儿近。

我在哪里？我气若游丝地问。

玛丽你吓死我了！我们在医院呢。七姐的声音也像动画片里的声音，尖锐又刺耳——她嫌玛丽莲三个字喊着麻烦，叫我时总是只叫玛丽。

想起七姐的性格，我虚弱地笑了。她总这样，什么事都怕麻烦，连叫她吃药她也嫌麻烦，说：生死由命，病该来就来，管它呢！这样子，生和死也莫得啥子区别，早早死掉了，社会少一颗毒瘤。

想到这里我没头没脑地冒出一句：七姐，要记得吃药！

七姐哇啦啦地哭开了，说：你个背时的鬼女子，你个人家都管不过来了你管我干啥子哟！我的妹子嘞！说完毫不修饰地大哭起来，哭得病房走廊里全是嗡嗡的回声。

护士和一个中年妇女噼里啪啦地冲进来，护士神色紧张地问：怎么了？

没、没啥子事。七姐回过头抽抽泣泣地答。

没事不要这样子哭！影响医生和病人。女护士脸上露出被戏弄后的恼怒，白了七姐一眼，走了。

七姐收住声对我吐吐舌头，脸上还挂着泪呢，又哧哧地笑了。中年妇女在她身后拍了拍她的肩膀，很慈祥。

七姐看着我疑惑的眼神，羞涩地说：我妈。

我的胸膛里灌满了幸福——为七姐而生的幸福。我的眼泪陡然奔涌而出，哽不成语地喊：阿姨，七姐想你想得好可怜，阿姨！阿姨！

七姐的妈嘴唇哆嗦着，抹去我的眼泪，那种中年女人的手掌特有的厚度与温度令我终生难忘。她慈祥地说：好女子，乖！好好养病，她听说你病了，心急火燎就来了。你们两个好好摆龙门阵，我在外头等啊。

我看着她出去后，轻声骂七姐：你回来看我做啥子？万一她晓得我的工作，你怎样解释？说过了要瞒住她嘛！

七姐幸福地笑：莫得事，妈说，只要心是干净的，人就是干净的。她说她退休了我们全家就搬回重庆外婆家去，到那里，一切从头来过。嗳，你到底怎么了？好好的晕过去，这都两天了你才醒过来，医生说你身体状况相当虚弱，要全面检查。我觉得你也应该全面检查一下，你最近瘦得不成人样了，乘这个机会好好查一查。

不用查，浪费钱。我们这样的人死了，社会少一颗毒瘤。我躺在病床上，头顶的水泥楼板在眼前忽远忽近。

七姐说：呸呸呸！在医院不要乱说，小心霉到自己。

来不及了，我说：已经霉到了。

七姐生气了，说：你乱说什么哪?!

真不用查了，带我走。我挣扎着起身。

七姐要拦我，我凌厉地盯着她，却不开口说任何话。

七姐愣愣地看着我，微张的嘴如同一个大大的问号。

我的眼眶又浮起泪花来。

她好像猛然间明白了什么，眼泪跟着哗地流下来。玛丽！七姐颤抖着声音：你？

明天让我回去吧。我凄惨地说：没有必要查了。

在“梦飞翔”，因绝症死去的三陪，一年总有一两个。七姐以为我得的是与她们一样的“职业病”。

我不想解释，懒得解释。

我说：七姐，扶我出去走走。

走出医院，夜风拂来，夏日白天的火热荡然无存，清凉的风好比情人的手，好比高尚的唇，好比利朗的笑容。

我依在七姐怀里，坐在街心公园的喷泉边，冲着夜色喊：高尚！高——尚!!!

七姐抚摸着我的头发，说：玛丽，你要找高尚？

嗯，我想他了！想他想得肝肠寸断，想他想得要死了！我哭着大声喊，高尚！你出来！你在哪里？你出来！

七姐说：你喜欢高尚吗你是不是喜欢高尚？

我回过头看着七姐答不出话来。

我不知道我喜不喜欢高尚，我理想中的男朋友不是高尚、不是我们这样一群毒瘤中的一分子！可我想念他，想念那一个夜晚，他叫我梅梅，他当我是梅梅。他是唯一叫我梅梅的人！

七姐亲了亲我被泪水湿透的脸，说：高尚走时说过，若你问起他了，要我告诉你，他在……

七姐的话没说完，让我给捂住了。我捂她嘴巴时太急，把她的口红从嘴唇拖到腮边上，弄得她像一个吸血女鬼。

不要告诉我。我严肃地对七姐说：你说了我就会去找他。但是我不要他看到我最后的模样——辛追夫人再漂亮，变成一具干尸了，同样是不好看！何苦！

七姐抿着嘴，抱着我在喷泉的雾水间泣不成声。

9

天气转凉了，杜冷丁好像随着气温的下降失去它的功效。

我不能上班了，我身体内的力量像沙漏里的沙，在珍贵的时间中流失。

清晨八点，我异常疲惫地从床上站起来，穿过姹紫嫣红的小巷。

早起的人们浇花的打太极的吃油条的遛狗的准备上街支摊子的，全在小巷间热闹着。他们没想到这个时候我会出现在小巷里，全部都局促地看着我，好像做错事情的小孩子。

我望着他们，愧疚地笑。

走到巷口的油条摊子边，我拿出一块五毛钱给摊主。一阵风吹来，桂花树上的桂花瓣碎碎乱乱地飘下来，香气便跟着飘进豆浆锅里。摊主局促地笑着，不肯接我的钱，说：第一次照顾生意，不要给钱了。

我默默地收回手，我不知道他是真心要请我还是不愿意从三陪女手中接过钱。但我明白我是不适合坐在桂花树下的摊子边吃早餐的。尽管我很想在这样微凉微凉的早晨，在桂花树下悠闲地喝豆浆——爸在世的时候，每干完一宗活儿回家，便喜欢坐在槐花树下，喝酒，呷旱烟。偶尔有槐花落到小木桌上，他总用粗糙的手指细心地拾起来放进嘴里边，边吃边笑：好香！

桂花泪珠一样洒落在豆浆锅里，摊主用勺子舀着。

我说：别倒，就把这一勺给我吧。

摊主说：怎么行？让桂花脏了。

桂花脏不了它，桂花让它香嘞！我笑着说，眼前浮过爸的影子。

我用塑料袋装着豆浆油条走回了小屋。

八点半吃下去的豆浆，九点十分全吐了出来。

中午喝了半袋牛奶，一点以前也吐了。

晚上，我没再让自己吃东西。

我想，我不需要再吃什么东西了……

夜凉如水。

我披了件棉睡衣在吊带衣外面，走到窗台，昂头斜望向高明明家。二楼有一注灯光孤独地亮着。那是高明明的房间。那个可爱的小蚊子现在怎么样了呢？他的妖妖在哪里？

我突然升起一股冲动，想去找高明明，告诉他有一个家有钱是多么幸运的一件事，告诉他世界还是美丽的，不要老在血流成河的游戏里打打杀杀，日子还长呢。

我走出门。

从巷子走到他家门口，我足足走了半个多小时，歇息了四次。

我揿响了门铃。

一个华贵而高雅的女人开了门，从年龄上看，我知道她不是高明明的母亲。

你找谁？女人的表情冰冷。这种生在有钱人脸上的表情，我看多了，无所谓。

我也冰着脸：高明明。

哼。女人鼻子里轻轻地哼了声，看了看我趿着的拖鞋和家居的棉睡衣。然后慵懒地转过身，妩媚地穿过花园，用嘲讽的语气冲着二楼亮着灯的房间喊：高明明，有人找你！

高明明走出房子，他已经不认我了。这只骄傲的小老虎昂着头斜着眼看我：你是谁？

我是你姐。我痛惜地看着他清瘦的脸，这孩子瘦多了。

你?！高明明脸红了，很意外也很戒备地盯着我，一把把我揪到院子里的石桌椅边上，又用力推我坐下来。

说！你想干什么？高明明的眼神凌厉地看着我，有着超乎年纪的阴森。

不要误会。我尽量让自己笑得和善，消除高明明的误解：我来给你讲一个故事……

露水从地上浮起来，一寸寸侵袭上来，直到我的小腿肚。我喝完最后一口王老吉，说：我讲完了。

高明明从对面把手伸过来，握着我冰凉枯瘦的手指，声音喑哑：姐，你可以告诉我的！我有钱，我可以帮你。明天我们去医院，后天，我给你乡下寄钱去!!

我缓缓抽回手，惨淡地笑：来不及了，我已经不能进食了。女医生说过，一旦到了无法进食、杜冷丁的时效越来越短时，我就该准备后事了。

高明明深情又伤感地看着我，说：姐，我从没当你是那种人看过。我喜欢你，只有你待我是真的好。

要别人待你好，你也得待人好。我说：我就是想来跟你说——这世界上有好多人，每个人都有每个人的烦恼，像你这样的，已经很幸福了，所以以后要好好走，不要走邪了，一走邪，回头就难了！还有那个妖妖，那种女孩子，不能要！

提到妖妖，高明明低下头不说话，很矛盾很痛苦的样子。

我急了，头上起了细密密的汗珠。

半天，高明明抬起头，看到我在园艺灯下满头大汗的样子，惊骇地问：你痛吗？

痛！我着急地说：离开妖妖！听见没有？

听见了听见了。高明明迭连天地点头，手足无措地站起来走到我身边，弯下腰欲抱欲扶又不敢。

我知道他是介意我的身份。我挣扎着自己站起来，步伐零乱地走。

我，高明明犹豫不决地问：要不，我们去医院？

我摇摇头，走出了高明明的家。

•

回到小屋，我给自己打了一针杜冷丁。

夜深人静，脑子和身体格外地清醒和轻盈。已经两个多小时了，居然没有痛。

我躺在床上，侧着身子，无意识间看着门。多少次，我盼着这门响，盼着门口站着个嬉皮笑脸的高尚，冲着我笑。

门果然响了，从门外走进来一个男人，提着一袋子菜和卤肉。

我嗔怪着说：叫你不要买卤肉，都是些瘟猪肉，连我们槐花沟子那么远的地方都专门有人去收瘟猪，你想想市场上有多少瘟猪肉哦！

他好脾气地笑，说：那就不吃了。接着闪身又出去了。那个转身的动作和高尚那一夜离开时的动作好相像。

我心头一痉，赶紧叫：别出去。

这一叫把自己叫清醒了。

眼前什么人也没有。“那是幻觉，你的病，深了！”女医生的话响在我耳边。

我狂乱地从床下的百丽鞋盒里翻出一堆袜子。袜子里面藏着这四个多月以来我挣下的所有钱，我已经清点过很多次了，哪张钱上有字哪张钱有破损我都记得一清二楚。但我还是再数了一遍。数着数着泪流了一脸，看不清哪张是新的哪张是旧的。

二万一。

半个月前就是这个数。

现在还是这个数。

我抚摸着它们，好像抚摸过高尚的背或他的脸。

它们和高尚一样，让我温暖。

我给利朗发去了短信——

我说了这条每天开着花送我出门等我回来的美丽小巷，说了唤我梅梅的不知所踪的高尚，说了鞋盒和钱的位置。

最后说，把它们寄给我娘吧。

我把鞋盒里的钱取了两千出来藏在窗台下的栀子花盆底下，当作我续交的房租，给房东留了言——“让阿栋媳妇住进来吧，给她一个窝。别让她睡巷口的公交车站台。”

都忙完了，我才开始忙自己的。

细心地穿上利朗送给我的白色蕾丝长裙，穿上七姐在我二十三岁生日送我的百丽鞋子。

灯下，我花了很长的时间，给自己化了一个漂亮的烟熏妆。今年的影坛很流行烟熏妆，这种妆饰下的女人，像一只诡异的猫，像为法老殉葬的尼罗河女人。范冰冰化这样妆的样子美得都不像人间女子了。

我化了这个妆，却像一个为爱流泪的女子，等爱的女子。

我走出小屋，凉意从脚下蹿上来，把我牢牢地拥在它怀里。我回过头掩上房门。

从槐花沟子出来那天起，除了钱，我就一直为了一个遥远的幸福在无望地挣扎。今夜我终于要出嫁了。

我和我想象中的那些丰厚嫁妆嘻嘻哈哈热热闹闹地穿过城市的心脏。夜用深沉接纳了这个穿着白色嫁衣的新娘子。我的小屋像年老的娘一样在我背后流着昏黄的泪水看着我嫁出门。

一整个夜晚的霓虹灯为我祝福着，为我热闹地闪烁着。

我终于嫁人了，终于做了一回新娘子。巷道的出口处远远出现了一个人影，急急匆匆地向我走来，那是利朗还是高尚还是高明明？

高尚啊高尚！

高尚什么时候会再次走进那间小屋？

什么时候他会看到我用口红写在墙上的那行字？

那行我用呵气如兰般的温柔写下的字——

亲爱的，我不是玛丽莲！

QIANBEI GELAOZU DANGDAI ZUOJIA ZUOPIN XUAN

◎中央财政支持地方高校发展专项资金资助◎
◎遵义师范学院仡佬族文化研究基地项目◎

黔北仡佬族当代作家作品选

小说卷（下）

孙建芳　王清敏　蒋雪鸿　主编

民族出版社

“平儿，还早嘿，怎么不多睡会儿?”姆抬起头来发现了我，嘴里招呼着我，手里却没停歇。爸没言语，往火膛里添了一把柴，火苗舔着舌头直往外蹿，差点就点着了爸的眉毛。

“姆，不知怎么了，一想到考试我就睡不着了。”我边说边往脸盆里舀了一瓢水，胡乱地抹了一把脸，接着又补充一句，“不过也好，一考完试，我就解放了。”然后才挤了牙膏站在水池边刷起牙来。

“平儿啊，考试的时候你可千万不能心慌啊，一定要沉着冷静。姆给你煮点面条，哦，再加两个荷包蛋。我们平儿一根棒棒撬两个蛋，一定会考好的。”姆边说边动手为我煮鸡蛋面。

等我吃完荷包蛋面收拾停当，天色已经大亮。沉寂了一个晚上的山村从晨曦中醒来，家家屋顶上都飘起了袅袅的炊烟。空旷的村野响起了牛群“哞、哞、哞”的欢叫声，三三两两的村民有的扛着锄头、有的背着背篓向村外走去，山野间叽叽喳喳的鸟叫声此伏彼起，一切都让人感到恬适、温馨。

我家虽然住在乡村，但并不偏僻。这里离城镇不远，到我们学校也只有十来分钟的路程。平时我都不住校，尽管老师和同学们都劝我这几天最好住在学校，说高考不比平时，有事好有个照应，我还是坚决回家来住，觉得家里住着清静、舒适，我已经习惯了。昨晚可能是感到高考确实和平时有些不一样，心里多少有点紧张，才没休息好。我走出门呼吸了几口这乡间特有的清新空气，看着这熟悉又亲切的乡间晨景，倦意顿时消失殆尽，心情也一下子变得轻松起来。

我一路吹着口哨向学校走去，时不时还会用脚故意去踢地上的石子。看着石子划出一道弧线飞了出去，我不禁为自己的举动感到好笑。自己都已经十七岁了，怎么还像小学时上学一样？我暗地问自己：你这是去参加高考吗？怎么一点都不像大战在即的样子？不过，说实在的，对于高考，我一点没感到害怕过，甚至还有些期待呢！一星期前的最后一次摸底考试，我考了全年级第一名。我对自己还是有信心的，上个一般的重点是没问题的。不光班主任汪老师对我寄予了厚望，校长也对我寄予了厚望。

“汪老师，您就放心吧，我不会辜负您的辛劳的，一定会考上重点大学报答您。”我在心里暗暗说。从小学到高中，我的成绩每学期都是年级第一名，我想这次也不会例外。

远远的，我就看到了校门口的郭拉拉。她站在一棵柳树下，背靠着柳树，单薄的身子看上去真有种风摆杨柳的感觉。郭拉拉是我们学校的校花，也是我的同桌。高中三年我一直和她同桌。让人奇怪的是，我的成绩是班上第一名，而郭拉拉却是班上倒数第一名。高一如此，高二如此，高三还是如此。无论我如何帮她，她的成绩犹如浮在水面上的纸，就是起不来。我都有一种“恨铁不成钢”的感觉了。我甚至想，郭拉拉可能天生就不是读书的料，上帝是公平的，给了她漂亮就不能再给她聪明。郭拉拉的爸是镇长，姆也在镇机关工作，只有郭拉拉这么一个女儿。郭拉拉养尊处优惯了，时时都一副娇滴滴的样子。因她长得灵秀，身段婀娜多姿，被誉为我们二中的校花，成了男生们追捧的偶像。她常常会收到一些莫名的信或纸条，甚至还有男生为了她争风吃醋大打出手。可郭拉拉不为所动，一副凛然不可侵犯的样子，这更是让男生们“寤寐思服”。有时，郭拉拉会把她收到的情书煞有介事地念给我听，念着念着，郭拉拉自己就先笑了起来。有时，她还会念一段顾城抑或席慕容的诗给我听，念着念着，就歪在课桌上睡着了。三年了，我常常想，郭拉拉到底是个什么样的女孩呢？在无数个春意盎然的晚上，我也会想起郭拉拉来。她肌肤白如凝脂，双眸灿若星辰，一汪秋水仿佛随时都在说话。它会让你长久地迷失在那汪秋水里，直至毁灭。

我承认我是喜欢郭拉拉的，像班里的大多数男生那样爱慕着她。在最应该怀春的岁月，我的心里也隐藏着不可告人的秘密。可是我知道，我平凡得如一滴水，就算滴在大海里也不会起一丝波澜，她是不会为我皱一皱眉头的。我只有努力学习，努力让自己每次都成为班上的第一名，才有可能引起郭拉拉对我的关注。这不，郭拉拉的父母托了班主任汪老师的关系，才让郭拉拉高中三年都坐在我旁边。其实，这正合我意——一是满足了我那点少得可怜的虚荣心（郭拉拉坐在我旁边，不知有多少男生羡慕着呢）；二是郭拉拉成为我不断努力学习的动力。每次考试，都是我表演的舞台。可试卷发下来后，我心里又充满了不安。因为我不希望看到她望着试卷发呆失落的样子。我希望我爱慕着的郭拉拉永远都快乐着，像蝴蝶一样在我周围环绕。

进考场的预备铃声让我收住了思绪。我加快步伐向郭拉拉走去。

“郭拉拉，考试时间快到了，你不进考场，站在这里做什么呢？”我走到郭拉拉面前后很关切地问了一句。

“永平，我看了考号，我就坐在你的前面。永平，你能不能帮我个忙？”郭拉拉抚弄着柳叶儿，满脸哀求。

“什么忙，不会是想让我把答案抄给你吧？不过你放心，能抄我一定会抄给你的。毕竟咱们同桌一场嘛。”我很哥们地说。

“真的吗？我就知道你不会小气的。谢谢你，永平。我一直都梦想能考上大学。可是，你知道的，凭我自己，肯定是考不上的。如果我考不上，我这辈子就完了。像我这样的女孩，如果不上学了，早早就会嫁人的。这可不是我想要的啊。”郭拉拉说着说着，大眼睛里就噙满了泪水，仿佛只要一眨眼，就会大颗大颗地掉下来。她这副模样，我想谁见了都会不忍心拒绝的。

“唉……”我叹了一口气说，“拉拉，别这样，让人看到了还以为我在欺负你呢。你放心，我会尽量帮你的。好了，咱们进去吧。”

我实在不忍看到郭拉拉掉眼泪。她一掉眼泪，我心里就没辙。况且，我内心也不希望我爱慕的女孩早早就嫁作他人妇，我还盼望有一天我们能在同一所大学的校园里见面呢。

“永平，你真好。永平万岁!”刚才还梨花带雨的郭拉拉，一眨眼的工夫就欢呼雀跃起来。我真怀疑自己刚才看见的是不是真的郭拉拉。我用力揉了揉眼眶，千真万确啊，就是昔日的郭拉拉呀。

走进考场，我找到自己的座位坐了下来。果然如郭拉拉所说，她就在我前面，中间只隔了一个座位。我没有食言，考试的时候，只要监考老师没有注意到我，我就尽量将自己的答案抄在纸条上给郭拉拉。考最后一科时，我只顾埋头给郭拉拉抄答案，忽略了监考老师。等我发现有一大团黑影站在自己身后时，已经来不及藏纸条了。监考老师把纸条连同试卷一并给我收了。教室里三十双眼睛齐刷刷地盯着我，盯得我如芒刺在背，浑身上下仿佛有上千只虫子在爬。我难受极了，脸上渗出了细密的汗珠。监考老师提起笔，“嚓、嚓”两笔在卷子上画了个鲜红的“×”。那张牙舞爪的鲜红的“×”，仿佛我心里汩汩流的血。

“你可以走了，不用考了。”监考老师对我判了极刑，连辩解的机会都没留给我。

我机械地收拾着自己的文具，钢笔、橡皮、2B铅笔、草稿纸，刚才这些东西在我眼里还是那么地亲切，一眨眼的工夫，就成了我的耻辱，看着是那么地狰狞。我的耳朵嗡嗡地轰鸣，大脑一片空白。我步履艰难地向教室门口走去。

在走出教室的一刹那，我转过头去看了一眼郭拉拉。郭拉拉张了张嘴，似乎想说什么，但终究什么也没说出来，只愣愣地看着我。

二

被监考老师逐出教室回到家后，我窝在自己的卧室里，一连数天闭门不出。躺在床上，脑海里总浮现着那个鲜红的“×”，它大大地张着嘴，汩汩地流着鲜红的血。我想把它从脑海里抹去，可越抹血越往外冒，似一张嘴，随时都会将我卷进它嘴里。

“放开我，放开我。”我急得满脸是汗，双手在空中不停地挥舞。

“平儿，不怕，姆在呢。”姆端着一碗鸡蛋，坐在床沿上，“平儿，你高烧得厉害，一直在做噩梦。别怕，有姆在呢。乖，来吃一口鸡蛋，姆特为你做的。”姆把我扶起来，夹了一小块鸡蛋放进我嘴里。

“哇……”鸡蛋刚一进嘴，我一股脑儿全吐了出来，连黄胆水都吐出来了。

“这造的什么孽哟。”姆边说边用衣袖抹眼泪，“平儿啊，你不要多想，这不全怪你。养好身体要紧，啊，听话。”

姆打来一盆水，给我洗了脸，又将一块湿毛巾敷在我额头上。

“都是那个郭拉拉害的。哥，我找她算账去。”弟弟小山进屋来看到我的样子后，有些怒不可遏，就恨恨地说。

“山，你胡说什么，不怪郭拉拉，是我自己不争气。”我边说边努力撑身子，想坐起来，被姆拦住了。

姆对着弟弟吼道：“小山，你不说话没人把你当哑巴。你哥正病着呢，别来添乱。去，到外面玩去。”

“耶！”小山回头伸出舌头冲我扮了个鬼脸，很听话地向屋外走去。

不料，小山一踏出院门，就看到了在院门外徘徊的郭拉拉。他气势汹汹地对郭拉拉说：“郭拉拉，你来做什么？嫌我哥被你害得还不够？”

“小山，我……”郭拉拉嗫嚅着，长长的睫毛像蜻蜓的羽翼上下颤动，羽翼上似乎还有露珠在闪。

“你哥……你哥他还好吗？我想进去看看他。”郭拉拉抬起头，可怜巴巴地向小山央求道。

“你还是走远点，别让我哥看到你，我们全家人都不想再看到你。”小山边说边将郭拉拉推出了院子，“嘭”的一声将院门关上。我听见了郭拉拉的哭声，也不知她在院门外站了多久走的。

之后我的班主任汪老师来看过我。她来时，我仍在高烧中，迷迷糊糊地感觉有一双手在轻轻地抚摸着我的脸颊。我努力想睁开眼，眼皮却沉重得像用胶水粘上的一样。我不知道汪老师对我说了什么，但我心里清楚，汪老师一定对我失望透顶。

在床上昏睡了半个月，我在一个阳光明媚的下午终于醒了过来。我睁开眼睛的时候，一缕阳光正从房屋的缝隙里渗进来。阳光像个精灵，在它的照耀下，尘土都在空中翩翩起舞。这久违的阳光让大病初愈的我有一种复活的感觉。是的，我又活过来了。吃午饭的时候，我跟爸和姆讲，书不念了，我再没脸回到学校，命运已经跟我开了个天大的玩笑。我说我想学点本领，将来在沙河镇上摆一个摊什么的，养活自己应该是不难的。

“平儿，你怎么说不念就不念了呢，这么多年不是白读了？今年没考上，也并不是你成绩不行啊。凭你的成绩，明年一定会考上的，也许还会考一个名牌大学呢。”爸埋着头深深地抽了一口叶子烟，吐出一口浓痰，然后抬头瓮声瓮气地说。

“爸，读书也不是唯一的出路。读书的目的还不是养活自己？我学点本领在沙河镇摆个摊，还不是一样的？反正，这书我是不念了。再说，学校我也没脸回去了。”

“你这样好的成绩，怎么说不念就不念了呢？二中没脸回去，咱们换间学校读。行吗？”爸竟向我央求起来。

“爸，我是真不想念了。”我态度坚决。

“平儿不想念，自有他的道理。咱就先依着他吧。”姆边收拾碗筷边劝爸。其实姆是担心我经过这么大的打击，再受刺激出什么问题。她想等过段时间我想开了，自己就会想念书的，现在再怎么劝也是多余的。

“你就知道惯着他，这不——被你惯出事来啦吧！”爸说完转身进了里屋。

爸虽这样说，但我知道他已经默认。

我和爸、姆几经商量后，决定去跟干爹黄大贵学电器修理。干爹是改革开放后我们镇上最早开店修理电器的，后来挣了几个钱就收手不干了，回到了他老家金山寨。

我一踏进金山寨这块土地就有些后悔了。自己怎么会莽莽撞撞地就跑到这么个毛都不长的地方来当什么学徒呢？在这种地方，又能学到啥本领？越往前走，我就越后悔自己的决定。金山寨，名不副实，并非因盛产金子而成名。它位于沙河镇的南端，山高路陡，几户人家隐没于半山腰，终年云雾缭绕，一年难得见几回囫囵太阳。大多数时间，太阳就像一小坨鸡蛋黄遥挂在屋檐上，仿佛一伸手、一抬足就能把它摘下来放在锅里。金山寨的人很少下山，终年守着几亩苞谷地，一年到头都在地里忙活。寨子前有一棵高大的皂角树，寨子里的人都把它敬为神树，躯干上挂了不少红布，树下终年烟雾弥漫，香火不绝。原本枝繁叶茂的树被烟熏得枝枯叶败，躯干也千疮百孔。

干爹家就在寨子的中央。他家的房子隐没在晨雾里，只露出了屋檐的一角。我到干爹家安顿下来后，忙时帮干爹家做农活，闲时或出不了工时，干爹就教我修电器。

我原以为学修电器很简单，可真正学起来让我感到很吃力，尤其是那些电器元件，看着就让我眼花缭乱，更不要说弄懂它们各自的原理了。实际操作起来我也笨手笨脚，常常一个小小的管子、一根小小的导线，我摆弄一下午都摆弄不好。有一次我还让烙铁烫伤了，光洁的手背上被烙上了一个鲜红的疤，让我的心情灰暗了很长一段时间。

金山寨的天空经常都是雾蒙蒙的，再加上摆弄电器枯燥无味，大多时候，我都坐在干爹家的屋檐下望着远山发呆。远山影影绰绰，它阻挡了外界的视线，却阻挡不了我对外界的向往。我知道，我不属于这里，这里的宁静淡泊不了我的致远。

正在这时，家里让人带信来，说弟弟小山生病了。

我跟干爹说我想下山去看看弟弟。干爹磕了一下烟锅子，用火柴棍拨拉着锅里的烟丝，吧嗒吧嗒地抽了几口，喷出几口烟雾来，然后慢吞吞地说：

“平儿，你是不是不想学了，真的要走？”

“我……我……不是的，”看着干爹有些沧桑的面容，我不知道怎样回答，假装被烟呛得干咳几声，才接着说，“干爹，小山生病了，爸和姆要我赶回去。”

“你不想学就算了，这事也勉强不来的，只是你回去后要好好跟你爹妈讲。唉……你这孩子。”干爹说话的语气很平淡，看来他是早就看出了我的心思的。

我“嗯”了一声，如获大赦般高兴得差点跳起来。

小山病得不轻。爸和姆把家中能换成钱的都变卖了，带着小山四处求医问药。家里已经一贫如洗，债台高筑。我想，我是家里的长子，理应承担起家庭的重担，不能让爸和姆再日夜操劳，更不能让弟弟小山没有钱治病。回到家待了几天后，我就打算出去找点事做，为爸和姆多少减轻点负担。

我正琢磨着做点什么好的时候，村里的二狗找上门来。他一进屋就说：“平娃，你一半大小子，成天待在家里也不是个事。干脆，你就跟我们哥几个一起干吧。我们已经琢磨好久了，想赶转转场挣点钱养活婆娘儿女。挣到的钱大伙平分，一个都不吃亏。”

“赶转转场卖什么呀？需要多少本钱？”我问。

“几乎不要本钱。就是赶场天在街上甩‘人人宝’、‘丢三张’。你娃脑瓜子灵活，肯定行。你放心，哥不会让你吃亏的。”二狗说得唾沫飞扬，溅得我一脸都是，说得我很是动心。

于是，我决定和二狗们一起干。

晚上，我来到二狗家。二狗家住在村东头，独门独院。我一只脚刚踏进院门，一条大黑狗就汪、汪、汪地狂吠着向我扑来，白森森的牙齿在暗夜里闪着寒光，吓得我一身冷汗，赶紧把伸出的腿缩了回来。“死狗，嚎哪样嚎，滚一边去。”二狗闻声打开房门走了出来。在他的吆喝下，黑狗摇着尾巴，不情愿地走开了。走时，还恶狠狠地瞪了我一眼，瞪得我浑身汗毛都竖了起来。我跟在二狗身后，进到屋里。屋里早坐了一圈人，有两个我认识，是同村的得发和茂全，还有三个我不认识。

二狗说，都是自家兄弟，大家都不必客气。今天晚上，咱们哥几个聚在一起开个碰头会，明天赶场我们就开工。平娃，你第一次参加咱们的会议，我们之前商量的一些东西你可能还不清楚。今天我再说说，希望大家都要遵守。简单地说就是大家有钱一起分，有祸一起担。大家要团结，不得起私心、发生内讧。水桶和我负责摆摊，平娃、小媳妇、长毛充当媒子引人上钩，得发负责财务兼内勤，茂全则负责放哨。我们的组织暂定名为“三张”公司。

直到此时，我才知道另外三个人的名姓。经过举手表决，我们选出了公司的头头脑脑：二狗是经理，小媳妇是副经理。小媳妇管我和长毛两人，水桶、得发、茂全三人归二狗管。

我们镇地处交通要道，国道穿镇而过。这里自古就是盐道、商道交会之地，商贾云集，是经济中心，又是文化重镇，汇聚了天南海北的人，除了正常经商的人，平时就鱼龙混杂，三教九流的各色人等均混迹于此。

早上十点钟刚过，镇上已经开始热闹起来。小商、小贩们的摊摆得满街都是，各类商品琳琅满目，让人眼花缭乱。摊前的喇叭声此起彼伏，像比赛似的吆喝着：走过，路过，机会不要错过；买不买，看好歹；要不要，看质量……还有人在摊子前扯了张红纸，上面张牙舞爪地写着：门面急转，最后一天跳楼价，出血大甩卖。人来人往，抬起头，一颗颗脑袋在眼前晃动；低下头，一双双脚在蠕动。汽车使劲按着喇叭，震得人耳朵背发麻。路人纷纷让道，躲闪不及的，便招来一顿臭骂。被骂的，惊恐万状；骂人的，趾高气扬。

二狗领着我们在人群里横冲直撞，终于从人海里挤了出来，到了背街的一条巷道里。这条巷道连接着外面的主街道，又有多个出口延伸到各个地方。赶集的人从四面八方来，都要经过这条巷道，出口多，即使我们被警察盯住了，也便于逃跑。我有些佩服二狗的眼光独到。水桶把一张旧报纸铺在地上，二狗拿出一副纸牌，打开，哗哗哗地洗了几次，发了三张牌摆在报纸上，静候鱼儿上钩。我和小媳妇、长毛在僻静处站着，偷眼瞧着这边的动静，静观事态。茂全则站在临街的巷口观察。

不一会儿，有几个人好奇地围了上去。二狗朝我们努了努嘴。我和小媳妇假装旁观走了过去。小媳妇，因人长得清秀、皮肤白净、一副娘娘腔而得名。二狗正是看中了小媳妇的这一点，让我和他配合当“媒子”，不容易让人生疑。我和小媳妇蹲在二狗面前，装模作样地问二狗如何玩法。二狗重新发了三张牌在报纸上，用他的三寸不烂之舌唾沫横飞地鼓动着：各位父老乡亲，乡邻朋友，请大家都看着我手里这副牌，等会儿我发三张在报纸上，你们眼睛就盯着我发的是恁样牌，眼睛千万不要打调，打调就完了。如果哪位朋友想玩，看清楚我发的是恁样牌，你就把钱押在这张牌上。我把牌打开，如果猜对了，你押在牌上的钱，我双倍赔还。如猜错了，对不起，朋友，你押的钱就归我了。人群里一阵骚动，开始议论了起来，可没有人掏钱上前来押。小媳妇见状，小眼珠一转，摸出20元押在了中间的那张牌上。

“还有人押没有?”二狗瞪起一双鼠眼在人群里梭了一圈，说，“没有人押，我就开牌啰。小兄弟，你看清没有，开了牌就不许反悔啰。”

“就这张，红桃10。开!”小媳妇肯定地说。

“看到，看到，眼睛不要打调。开！”二狗吆喝一声“起”，牌翻开，小媳妇押的果然是红桃10。二狗立刻从兜里掏出40元钱连同小媳妇押的20元钱一起递给了他。围观的人又一阵骚动，可二狗重新发完牌后还是没人实际行动。看来还得再来点厉害的才行。

“我把这60块钱全押上。”小媳妇说着将钱押在了左边的那张牌上。这次开牌当然又是小媳妇赢了。围观的人见小媳妇的20元钱眨眼工夫就变成了180元，就再也忍不住了。围观的人纷纷掏出钱来押，结果肯定是输多赢少啰。这种耍牌俗称“甩三张”，玩的是手上的技巧，牌本身并没有假，关键就在于玩家用手在地上挪动牌的那一瞬间，你看见放上去的是底下那张牌，实际上他一甩，下去的是上面那张牌，玩牌的人手法非常娴熟，肉眼很难看清。赌钱时，庄家要这样往复三次以上才会让人押钱，一般都是赢不了。当然，为了吊起人们的欲望，最开始和中间的时候，庄家会故意让你赢几局。二狗为此专门去拜师学了一个多月，已经玩得很娴熟，不是同行，根本看不出来其中的蹊跷。

一个上午下来，我们每个人居然就分得了80元钱。第一次赚到这么多钱，心里有些晕晕然。我认真地把每一笔开支都记在记事本上：车费5元，中午吃粉2元，买烟3元，买衣服20元，交给姆40元，给自己留10元备用。

散摊后，大家就四散分开，各走各的。我沿着街走。赶场天的街道污浊不堪，街面上到处都散落着垃圾、纸屑、果皮，散发着令人作呕的恶臭，路人都掩鼻而过。临街的铺面伸到了街心，帆布、遮阳伞把天空划得东一块西一块的，仿佛打上了难看的补丁。路边昏暗的发廊里，昏黄的灯光有些暧昧，抹着红嘴唇的女郎跷起二郎腿，在门口搔首弄姿，那猩红的嘴唇，将一张脸衬得越发惨白。

“这些女人，拍鬼片都不用化妆了。”我在心里哼了一声，继续往前走。

我算正式加入了“三张”公司，我们的业务除了甩“三张”，还兼营弹子球、丢圈、甩“人人宝”。我们除了在本镇摆摊外，还去邻近的几个乡镇摆。每天我所得的收入，除了自己必要的开支外，还基本能维持一家人的温饱。我还没满十八岁，已经担负起家庭的重担，承担起了作为长子理应履行的责任。

如果不是那次失手、二狗被抓，也许我的人生会一直沿着这条轨迹走下去，谁说得清呢？

那天跟往常没有两样，阳光还是一样的明媚。我们像往常一样，吃过早饭，早早来到镇上。我们找了一个岔道口，铺了几张旧报纸在地上，二狗把纸牌一拿出来，就围拢来一大群人。我们还在心里庆幸，今天的生意肯定好。警察是什么时候来的，我们谁也不知道。警察那天着的都是便衣，连专门望风的茂全也没发现。他们一拥而上，把我们一网打尽。在派出所里，我们“三张”公司的成员排成一溜，都耷拉着头，谁也不敢说话。见我们这样，一个穿着制服的警察走过来站在我们跟前，很威严地吼了一句：都把头抬起来！我们不得不把埋着的头抬了起来，但没有一个敢直视他的眼睛。“你们谁先交代一下犯罪经过吧。干了多久，骗了多少钱，都要如实地交代。”他说完，端了一个凳子坐在我们前面。坐在桌边的另一个警察拉开抽屉拿出个本子，准备作笔录。

“我说，我说，我有罪。这都是我一个人干的，与他们无关。他们都是围观的群众。”二狗一个人把所有的罪都揽了过去。我斜眼瞄了一下，其他人都紧张地看着二狗。我心里五味杂陈，既不敢承认自己也参与了，又不想让二狗一个人背黑锅。

“你说，是不是他的同伙？”警察突然转过头来盯着我问，“看你的样子，应该还是个学生。”

“我……我……”我正欲老实回答，二狗用眼神制止了我。我明白了二狗的意思，他是想一个人背了。我回过神来，灵机一动说：“我是上学路过那里，看见有很多人围在那儿，刚走拢去想看个究竟，就被你们抓了。”我说得很沉着。

“是不是真的哦，如果说的是假话，想来后果你是知道的。”警察说着又瞪了我一眼，不过语气已经柔和了许多。他招手叫来另一个警察，让他把我带到另一间屋子里录口供。我随着那个警察到了另外的一间屋子，把刚才说的话又重复了一遍，只不过把过程编得更细一些。录完口供后，警察让我签上自己的名字，然后就把我放了。跨出派出所的大门，我深深吸了一口清新的空气，突然发现，原来自由是这么美好的一件事。二狗以及“三张”公司的其他成员都还在派出所里，他们此刻怎么样了，我无从得知。我只得走到一个既能看见派出所大门动静，又不易被人发现的地方蹲下来守候着，静观事态的发展。

一些人进去了，一些人又出来，还是没见二狗及其他人的身影，我有些急了，又不知如何是好。只得站起来不停地走来走去，两只手不停地搓着。一直等到太阳落下山，天色渐渐暗下来，还是没见二狗他们出来。我心里既着急又害怕，可我不敢走近派出所去看个究竟，怕警察认出我后，认为我根本就不是什么上学路过的学生，而是和二狗他们一伙的。我这样聪明的人，怎么会犯这种低级错误呢？可我又想不出其他办法打探二狗他们的具体情况。天很快就黑下来，我只得垂头丧气的往家走。回到家后，我也没敢把这一情况告诉爸和姆。

我在家里忐忑不安地度过了两个月后，得知二狗被判了三年，其他“三张”公司成员被判一两年不等，只有我，侥幸逃脱了法律的惩罚。二狗他们本不该被判那么重的，据说当时正是严打期间，所有犯罪一律从重、从严、从快处理，谁叫你赶上了呢？送二狗去劳改的那天，我去拘留所看了他。二狗说，平娃，你还小，不像我们，你的人生不能抹上污点。以后的路你自己要走好。如果你有这份心，就多来看看哥哥。

警车带着二狗呼啸而去。我的泪，在那一瞬，流了下来。

三

我又像一只断了线的风筝，无根、无落，找不到方向，不知随风将飘向哪里。胸中壮志满怀，临了，却一个都实现不了。我还是过着草根一样的生活。芸芸众生中，我是一只麻雀，没有机会飞上枝头当凤凰，我卑微地活着。我到城里拉过板车、卖过蜂窝煤，蜂窝煤压弯了我稚嫩的脊梁，但没有压垮我的意志；我做过石棉瓦，纤细的玻纤划进我的手指，扎得我血肉模糊，但我对生活仍没有失去希望；我甚至在街上摆摊贩卖过光碟，经常被政府执法人员追得遍街跑，但我仍向往外面精彩的世界。我就这样过着，在城市里，我有个很好的名称——农民工；在乡村，我又成了城里人。其实，只有我知道，我既不是城里人，又不像农村人。我夹在城市与农村之间，过着草根一样的生活。

我不想待在农村，我不想像我的父辈一样，整天都在那一亩三分地里刨食吃，我妄想着有一天能刨出个金娃娃来。我的梦想在远方。它一直在对我招手，指引着我，向着那个目标前进。

在一片打工潮中，我踏上了去浙江的路。我带了很多农民兄弟出来，为建设那个遥远的城市出力。我们十几个人挤在一个工棚里，早上六点钟出工，傍晚七点收工。不过，这只是一般而言，为了赶工期，有时晚上也得干。

人生就是不断的际遇。

怎么也没有想到，我会在那个陌生的城市里遇见郭拉拉。

那是一个傍晚，我收了工，觉得无聊。其他兄弟都在工棚里打“五十 K”或“斗地主”，我不愿参与，就独自走了出来，想四处看看，看看这个陌生城市的夜景跟我们乡下到底有什么不一样。我一个人走着看着，听不到狗吠声，也没有青蛙的鸣叫声，有的是繁华和喧闹。到处灯红酒绿，霓虹闪烁。我不知道黑夜里显现的是城市的优越还是罪恶？也许，无论是什么，这本身都是一种极大的诱惑，它会让人不由自主地陷入到另一种生活状态里。我一边走一边这样想着。忽然，一片耀眼的光晃得我眼睛都睁不开。我眨了眨眼，睁开后就看到一张似曾熟悉的脸孔。这张脸我分明在哪里见过，可一下子又想不起来。我站在那里，怔怔地发着呆。那人走过来，拉了我一把，说："永平，怎么是你？你怎么到这里来了？"见我还发愣，她又拉了我一把说："我是郭拉拉呀。"哦，是她！郭拉拉，高考时我为她作弊害得我被取消考试资格的郭拉拉。我如梦方醒。"高考后就没看到你了。永平，你一定很恨我吧。我去找过你，但小山不让我见你……"郭拉拉一口气说了很多，她还为当年的事愧疚着呢。

"没事，你看我这不好好的嘛。"说完我还故作轻松地对郭拉拉笑了笑。

郭拉拉领着我来到她上班的地方——当地一家很有名的四星级酒店，她在这里当领班。她把我领到一间屋子里，倒了一杯水给我喝。然后我们各自诉说着别后的故事。我这才知道，在那次高考中，郭拉拉并没有考上大学，而是进了本地的一所中专，学的是酒店管理。毕业后，她不顾父母的反对，一个人来到浙南闯荡，几经努力，才在这个四星级酒店里坐上了领班的位置。那天晚上，我们都说了很多。也许是他乡遇故知的意外惊喜，也许是我心里一直没有忘记郭拉拉，我的话特别多，好像一个从深山老林里走出来的隐者终于找到了一个合适的倾诉对象，把这些年来积存在心中的苦闷辛酸一股脑儿全倒了出来。郭拉拉静静地坐在我对面，全神贯注地倾听我讲我走过的坎坷路。

我仍然在工地上上班，搭钢架，搬运水泥，从这座钢架爬到那座钢架。郭拉拉偶尔也会来看我，她穿着白色的裙子，像一只蝴蝶向我翩翩飞来。工友们看到她来，开着不痛不痒的玩笑，拿我和她取乐。郭拉拉也不生气，有时还会故意在工友面前装着和我很亲热的样子。但我知道，我对郭拉拉的感情只限于同学之情。

我和郭拉拉，中间隔了太多的东西。她是天使，而我呢？他妈的什么都不是，就一地道的农民工，一身的汗臭味和水泥味。我们在一起的时候，我甚至都不敢离郭拉拉太近，怕身上的汗味熏跑了她。

这天，我散步又经过郭拉拉工作的酒店。看见郭拉拉站在酒店门口，几个人正对着她拉拉扯扯。其中有个大腹便便的人，腆着个大肚子，喷着满嘴酒气，一双手不安分地在郭拉拉身上暧昧地摸着。我顿觉一股热血直往脑门上冲，一个箭步冲上前去，对着那个人的大肚子就是一拳。那人抱着肚子，嗷嗷直叫。其他的人一下子围了上来，对我大打出手。郭拉拉愣住了，待她反应过来，我已经被那几个人踢倒在地，嘴角鲜血直流。

“永平，永平，你怎么样了？”郭拉拉跑过来拼命扯开那几个人，俯下身扶起我，“你没事吧，永平。”

“一个臭农民工，也敢对老子动手！打，给我往死里打。”那腆着肚子的胖子一声令下，几个人又围上来对我拳打脚踢。

郭拉拉带着哭腔哀求道：“求求你们，别打了，再打就出人命了。”那几人看打得差不多了，哼着鼻音扬长而去。

“永平，你……你痛吗？”郭拉拉用纸巾擦着我嘴角的血，吓得连说话的声音都颤抖。

“拉拉，别怕，没事，死不了。”我费力地说完，然后示意郭拉拉把我扶起来。

郭拉拉扶着我，一路踉跄着回到工地。工友们都围上来，一听说我被打了，一个个摩拳擦掌要去找那帮人，替我报仇。我把他们一个个劝回了，工棚里只剩下我和郭拉拉。她用药棉蘸着酒精，撩起我的衣服小心地擦拭着我身上的伤。她的泪滴在我的伤口上，我很痛，但心里却很甜蜜。我开玩笑说：“我真希望天天都受伤。”

“都伤成这样了，还笑。”郭拉拉用手点着我的额头，“永平，为什么你总是为我受罪呢?”

“上辈子欠你的吧。”我说。其实我也不知道怎么会一而再、再而三地为这个女人受罪。

人的命运真的说不清楚。他考验着我的耐性，他常常在不经意的时候跟我开一个小小的玩笑，还要我用一生作为代价。我以为，我会在这个城市里干他个三年五载，挣够了钱就回到家乡，盖一幢楼，娶一个老婆，生一个孩子，然后像我的父亲一样提着大烟袋，腆着肚子，踱着方步，度过我的一生。有时我想，我就是一只麻雀，眼前所做的一切，就是为未来筑一个窝。

那天，我照例在钢架上忙活，从这座钢架爬到那座钢架。头上的太阳很毒，晃得我眼睛都睁不开。我把手罩在额前，正看到郭拉拉从远处走来，穿着白色的裙子。我想把手头的活忙完了再从钢架上下去。我从脚手架上提起一桶砂浆，正准备挂在滑轮上，突然，一脚踏空，像一只燕子一样一头栽了下去。我看到郭拉拉拼命向我跑了过来，还听到了工友们的尖叫声，然后就什么也不知道了。

我醒来时，已经躺在了嵊州眼科医院。我感到双眼剧烈地疼痛，好像被纱布包裹着，什么也看不见，四周一片漆黑。我以为天黑了，便问周围的人怎么不开灯。我听见郭拉拉在轻轻地抽泣，医生在跟她说，他们医院的医疗条件有限，建议她把我转到上海复旦大学眼耳鼻喉科医院治疗，那里是眼科权威。

“拉拉，我是不是伤得很严重?”我用手摸着眼睛上的纱布，问郭拉拉。

“没事，永平。上海的条件比这里好，一定能治好的。”郭拉拉握着我的手，安慰我。

下午5点，我转到了上海复旦大学眼耳鼻喉科医院。5点30分，我被推进了手术室；晚上10点20分，我从手术室里被推到病房，眼睛上还是缠着厚厚的纱布。我感到时间仿佛过了一个世纪那么长，心里充满恐惧和忧虑。郭拉拉紧紧地握着我的手，一句话都没有说，只是将脸贴着我的脸，泪淌了我一脸。

说实话，如果不是受伤，我这一辈子可能都到不了上海。这是不是因祸得福呢？我不好说。那些天，郭拉拉一刻也不离地陪着我。我们像至亲的人一样。她给我讲笑话，一口一口地喂我吃饭，甚至扶着我去上厕所，给我按摩脸上的肌肉，推着我在医院里散步。有情窦初开时暗恋过的女孩陪在身边，我觉得我其实是很幸福的。

一周后，我又回到了嵊州。我眼睛上的纱布去掉了，可眼前的世界还是一片黑暗。医生说，静养一段时间后再到医院检查，看恢复的效果。我在狭小、闷热的工棚里养伤，工友们都出工去了。我一个人躺在床上，听着自己的心跳消磨时光。以前，闲着无事可以看书消磨时光；现在，书、电视，一切喜欢的东西我都看不到了。只能用耳朵听，凭想象猜。郭拉拉怕我闷，不知从哪里弄来一只可以下载音乐的手机，下载了很多的音乐，我就靠着那些音乐打发时光。工棚里蚊子很多，白天黑夜都嗡嗡声一片，随便一挥手就能捉到一只。无聊时，我就用手去捉蚊子。我甚至想，稍假时日，我定能练成一个蒙眼捉蚊子的高手，能与小说里的武侠人士相比。

关于工伤的赔偿迟迟没有下来。

窗外仍是六月的晴空，飘扬的柳丝中，蝉一直在叫。这让我回想起快乐的童年。那时候，也是在六月，我和小伙伴们从树上把蝉捉下来，用一根线拴住，把它放出去，又拉回来，在一放一拉中体验放纵的乐趣。现在，我却只能听到它的叫声，看不见它在哪里，是什么样子、什么颜色。我的世界里除了黑还是黑，眼睛好像蒙上了一层雾，让我看不清任何事物的本来面目。我甚至连郭拉拉的脸都看不见。我用手使劲揉了揉眼睛，仍是什么也看不清。我从床上下来在工棚里到处摸索，然后，我摸到了一面镜子。我把它举到脸前，我想看一下我的眼睛到底怎么了。我的眼前一片黑，连镜子也看不见。我一扬手，听见镜子落在不远的地上，发出了清脆的响声。

我蹲在地上，用手扯着头发，从没有像现在这样感到无助。我甚至有些怕见到郭拉拉。拉拉是一个好女孩，我不能耽误了她，她有更美好的前途，我不能让她把大好的青春年华耗费在我这个瞎子身上。

我摸索着把日常用品一件一件塞进包里。我的泪从空洞的眼里一滴一滴掉到地上。我虽然看不见，却能清楚地听见眼泪滴落到地上的声音。我的心，也裂成了一地的碎片。

四

我又回到了家。

外面的世界很精彩，外面的世界也很无奈。漂泊久了，受伤了，我想要找个疗伤的地方。我又回到了生我养我的地方，可我却不再是原来那个生龙活虎的我了。我双目几近失明。我不知道我的未来在哪里。我把自己关在屋里，不见任何人。爸和姆仿佛一夜之间老了很多，特别是姆，整日以泪洗面。他们也不知道怎样安慰我。我受伤的心，空洞、麻木、没有知觉。

我动不动就对家人发脾气，近乎歇斯底里地发泄着我内心的绝望。家里所有的东西都挪了方向，他们怕磕着我、碰着我，可越是这样，越是让我觉得难受。我想象着自己一点也看不见的未来是什么样子。我将有可能一辈子都生活在黑暗中，我的世界只有一种颜色——那就是黑。除了黑还是黑，无边无际的黑会充斥着我，包围着我，吞噬着我。我像掉进了一个黑色的无底的深渊里，我在这个深渊里像无头苍蝇一样乱撞，却始终找不到出口；也没有一缕光，可以让我看见希望。我的心一下子从六月的炎夏跌落到冰天雪地的寒冬中。

我天天泡在街上的老年协会里，和一帮老头打一块钱一炮的大

二、长牌。手里的牌要凑到了眼睛角，眯缝着眼才能看清。我知道自己是在浪费光阴，可我的心已经麻木了，我的眼睛看不清，我把心门也关上了。

老年协会门前的皂角树上挂满了皂角，满树芬芳，时不时有妇女来捡拾地上的皂角，还有孩子在树下玩过家家，充满童趣的笑声撒了一地。这些离我很近，又很远。这时，我想起了郭拉拉。我想起了她陪着我度过的那些日日夜夜。我掏出她送给我的那部音乐手机给她打电话。电话通了，背景很吵。我说我找郭拉拉。哪个郭拉拉。那边回答。就是你们酒店的领班啊。我提高了嗓门说。她不在。对方很果断地挂了电话。我捏着电话，不知如何是好。

哥哥，你要皂角吗？我送你一个。我听见了一个小女孩的声音，然后手里就接到了一个皂角。我一手捏着皂角，一手捏着手机，怔怔地，不知该往哪里走。然后，我就抬起头，在模模糊糊中看到了郭拉拉。她就站在我跟前，手里提着一个大箱子。我手里的皂角落到了地上。“东西掉了。”郭拉拉说。一股清风拂过我面庞，我闻到了郭拉拉特有的体香，我的心一下子加快了节奏。我说：“拉拉，你怎么会在这里？”“我怎么就不能在这里？我已经辞职了。”郭拉拉说着向我伸出了手：“永平，以后有你的地方就有我。”“你走吧！我这个样子根本就配不上你。”我坚决地说。“永平，你不要自己看不起自己。你眼睛虽然看不清了，但你的心，不盲。上帝是公平的，这条路走不通，我们还可以走其他的路。”“你这么年轻，还有大好的前程。我一个瞎子，有什么好的？你跟着我，只会苦了自己。”我一边说，一边向着相反的方向走。“永平，”郭拉拉像一只燕子一样飞了过来，猛扑进我怀里，“我永远都不会离开你的。我会和你一起努力。”我手足无措。我听见刚才给我皂角的那个女孩子在说：“羞，羞，哥哥抱姐姐。”

五

郭拉拉带着我到了她家。

我在她家堂屋里坐了整整一个正午。正午的阳光透过窗子照了进来，暖暖的。我不知她是怎样说服她那现已退休在家的爸爸的。仿佛过了一个世纪那么久，她走了出来，轻松地对我笑了笑。她爸也走了出来，对我说："小伙子，我们拉拉对你是有感情的。你们年轻人的事，我们做父母的，本不应该反对。但我们就拉拉一个女儿，她从小养尊处优惯了。我们不忍心让她受半点苦。你是个聪明的孩子，三百六十行，行行出状元。不要苦了自己，也不要苦了我们拉拉。"我郑重地点了点头。我清楚，郭拉拉一生的幸福就在我的这点头中，我一定要用实际行动来让拉拉幸福。

我报名参加了盲人按摩培训班，同时还买了盲人电脑，自学电大本科。我要以另一种方式去实现我人生的另一个梦想。这个梦想，与幸福有关。不管我做什么，郭拉拉都一直陪在我身边。我意想不到这个外表柔弱的女孩，内心竟是如此的坚韧。她像一束光，照亮了我黑暗的最深处，指引着我追寻光的方向。为了这束光芒，更为了能让拉拉幸福，我不能放弃。我要向着另一个方向努力，永不言弃。

有谁说过，爱情是世界上最神圣的力量。我承认，是郭拉拉把我从黑暗中拯救了出来。每当我想放弃的时候，都是她用柔弱的肩膀给予了我力量，让我相信，我还有梦，我还可以用另一种方式去实现我的理想和人生价值。

曾经多少次跌倒在路上/曾经多少次折断过翅膀/如今我已不再感到彷徨/我想超越这平凡的生活//我想要怒放的生命/就像飞翔在辽阔天空/就像穿行在无边的旷野/拥有挣脱一切的

力量。

曾经多少次失去了方向/曾经多少次扑灭了梦想/如今我已不再感到迷茫/我要我的生命得到解放//我想要怒放的生命/就像矗立在彩虹之巅/就像穿行璀璨的星河/拥有超越平凡的力量。

每当我疲惫不堪快要坚持不下去的时候，拉拉就陪我唱汪峰的这首《怒放的生命》。只要一唱起这首歌，我仿佛又迸发出了无穷的力量。

一年后，在凤凰城最繁华的商业街，我的远宏盲人按摩院正式挂牌营业了。

我戴着墨镜，穿着白大衣，站在按摩床前熟练地给客人按摩。我现在是凤凰城唯一的高级按摩师，拥有国家有关机构颁发的正式执业资格证书。郭拉拉！哦，忘了说了，她现在已成为我的妻子，此刻正坐在收银台前笑眯眯地数着钞票呢。

我的人生正向着另一个轨道充满希望地走着，上帝给我关闭了一扇窗，又给我打开了另一扇窗。尽管世事沧桑，我的人生还是希望无限。芸芸众生中，我是一只麻雀。早起的鸟儿有虫吃，早起的虫子被鸟吃。我要努力做一只早起的麻雀。

无　巢[1]

罗芝芳

二舅失踪了。

失踪了的二舅就像人间蒸发一样，消逝得不带一丝痕迹。五个儿子组织村里的青壮年劳力把附近的山洞、河沟都搜了个底朝天，也没找到二舅的一根毛发。二舅的亲戚朋友，二舅妈的亲戚朋友，五个儿子的娘家亲戚及其血亲、姻亲……把所有二舅能够去的地方，可能去的地方，都搜索了一遍，得到的回答都是一句话：没来过，没见到。

二舅就这样在人们的视线里消失了。

一

父亲说，二舅消失的前一天晚上还来找过他呢。那天晚上，月亮就像一坨圆圆的蛋黄挂在天上，仿佛手一伸就可以摘来放在锅里。二舅左手提着一杆长长的旱烟袋，右手还提了大半瓶苞谷酒。月亮的清辉照着他清瘦的身影，把他的影子拉得老长，更显得孤单而寂寥。他一进院子，就让父亲陪他喝两盅。父亲搬来一张方桌，两把椅子，又让母亲炸了一盘花生米，在月光下，与二舅对饮起来。

---

① 原载《黔北作家》2011 年第 2 期，此次出版时有改动。

他姑父，我心里苦啊。二舅一仰脖子，把一盅酒倒进喉咙，一饮而尽，又从父亲手里接过酒壶，自顾自将面前的酒杯斟满，一仰脖子，杯里滴酒不剩。

他舅，你也不要尽说丧气话，哪家还没个家长里短，说两句气话，你也别往心里去。父亲从二舅手里夺过酒壶，宽慰着舅爷。

二舅的情绪一落千丈，耷头蔫脑，像被霜打过的茄子。月光衬着他苍白的脸庞，那脸显得越发苍白；胡子拉碴的，显然好久没刮过了，上面还结了薄薄的一层霜花，不知是鼻涕还是霜露，硬扎扎的，随着嘴唇的翕动而上下扇动。平日里二舅是多么讲究的一个人啊，现在竟成了这番模样。身上穿着的一件棉大衣黑得看不见原来的颜色了，有几处破损的地方，露出了白花花的棉花，在夜风中上下翻飞。

二舅一宿没合眼，父亲陪着二舅在院坝上坐了一晚上，说了一晚上的话，喝了一晚上的酒。天快亮时，父亲撑不住，眯着眼，打了一会儿盹。就在他打盹的当儿，二舅走了，从此再也没回来。

二舅家住村东头，我家住在村西。虽然两家一东一西，间距却不过百米。二舅家家境宽裕，我家却很是贫穷。八十年代初，二舅成了村里第一户拥有电视机的人家。整个小山村顿时沸腾了。人们纷纷拥到二舅家看热闹。一台十二英寸的黑白电视机成了那个年代人们眼里的宝贝。俗话说：山朝水朝不如人朝。全村人都拥到家里来看这个电视宝贝，二舅心里的高兴劲别提了。堂屋太窄了，容不下这么多人，二舅就把电视机搬到院坝上，把家里所有的凳子都搬了出来，还是不够坐。他索性把院角的一堆砖头都搬来当凳子坐。村里的人在院子里围住了一圈。二舅妈端茶倒水，二舅装烟递火，脸上都笑成一朵菊花了。电视效果不好，画面上尽是些雪花点点，人们却看得聚精会神，连打蚊子的声音都没有，只有蚊子嗡嗡地叫着，四处吸食人血。

村里人都曾羡慕地说，二舅的命好。二舅妈一口气为他生了五个孩子，清一色带把的。那在有着上千年“养儿防老”传统观念的农村人眼里是多大的福气啊。人丁兴旺，多子多福。二舅算是个有福人了。他常叼着他那根旱烟杆，在土埂上来回踱步，经过的人都会跟他打招呼，都会说二爷好福气。二舅越发神气，步子也踱得越发张弛有度，欢畅淋漓。

二舅是母亲的远房堂兄。二舅不嫌我家贫寒，却对我们姐妹心存偏见，每次见到我们，总是“丫头，丫头”地叫。次数多了，我们就很反感，见到他来，都不愿和他打招呼。

二舅对我们有偏见，却和父亲私交甚密。农闲时，他常提瓶苞谷酒到我家和父亲把酒言欢，畅谈古今。二舅是老高中生，父亲是师范生，两人坐在月光下，推杯换盏，你来我往，常常是月亮都隐进了云层，四野了无声息，二舅才踉跄着走回家去。

我考上大学时，父亲去找二舅帮忙。二舅一听借钱是为我读书的事，眉毛拧成一条绳，脑袋摇得像拨浪鼓，声音提得老高：啥子？你说借钱是为了大丫上大学？我看他姑夫，你不是傻了就是疯了。大丫不就一丫头片子么，早晚都是外头人，读那么多书干吗？姑娘家，我看早点嫁人才是正经，你还要供她上大学。以后她读出来，还认你这个爹啊？你是真糊涂了。

二舅说得唾沫飞扬，喷得父亲一脸都是，父亲转身欲走。

二舅见父亲真生气了，才闭上嘴巴。转身进了里屋，在屋里倒腾了半天，拿着一个皱巴巴的布包出来，扯住父亲的衣袖，里三层、外三层地将布包揭开，拿出一沓纸币塞在父亲手里，五元、十元不等。父亲数了数，有500元之多。“我也就这些了，你拿去吧，要是个儿子，我……”二舅的话还未说完，一看父亲的脸色，生生把唇边的话吞了回去。

二舅仍然过着他太爷一样的生活，提着大烟袋，腆着肚子，在村子里悠闲地散步，步子踱得欢畅淋漓。

村里大凡有人家娶媳妇或嫁女儿，二舅妈必定是要被请去铺红的。所谓铺红，其实就是在娶媳妇前到男方家给新媳妇铺好床，把大红的床单罩在床上，在床头上方的墙面正中贴一个大大的“囍”字，在“囍”字下面的床头柜上摆上装满米的印子，米上摆花生、桐子、枣子之类的东西，意含“早生贵子”。新媳妇要由二舅妈搀扶着进堂屋和新郎拜堂，拜完了堂，也要由二舅妈送进洞房，在二舅妈的引导下，和新郎喝交杯酒。

二舅妈是有福气的人，有福气的人才能帮新人铺红。

二

我坐在开往县城的客车上。车上人声鼎沸，车外尘土飞扬。在汽车的颠簸里，我眯着眼睛，试图睡上一会儿，让耳朵能够在梦里清净下来。手机铃声骤然响起，将我从睡梦中惊醒。父亲在那端大声说着什么，我却一句也没听清。我扯着嗓子大声叫着：“爸，你说什么？我听不清。”

父亲又重复了一遍。这次我听清了，父亲说，二舅找到了。

“是不是已经死了。”我的第一反应竟是二舅已经不在人世。

“你回来一趟吧，回来你就什么都知道了。”父亲不待我说话，啪一声，将电话挂断了，手机里传来嘟、嘟、嘟的忙音。我抓着电话，愣怔了半天，都没缓过劲来。回过神后，我叫司机停了车，马上往回赶。

一个放牛的小孩在苏家荒坡上发现了二舅的尸体，吓得撒腿就往家里跑。在父母的追问下，惊魂未定的孩子结结巴巴、断断续续说了半天，才讲出看见了二舅。小孩在前面带路，后面浩浩荡荡地跟了一大群村里人。在一处荆棘笼里，人们见到了二舅。二舅已死去多日，尸体腐烂得面目全非。若不是他那件棉大衣，人们是肯定认不出他来的。四周荆棘丛生，半人高的茅草将二舅密密遮住。若不是孩子放的牛跑到此处，孩子为了找牛，二舅怕是烂也要烂在这里，做个孤魂野鬼，与山上的青草荆棘为伴，连灵魂都回不了家。他的尸体上面飞满了绿莹莹的苍蝇，嗡嗡叫着，吮吸着他身上溢出的尸水，身体上有白色的虫子在蠕动，散发出一阵阵令人作呕的恶臭，众人纷纷掩鼻。

“大家都乡里乡亲的，搭把手帮个忙，咱们把二爷接回家。”

父亲满脸堆笑，挨个敬烟，赔着笑脸。在父亲的带动下，众人开始帮忙，把二舅小心翼翼地移到担架上，忍着恶臭，将二舅抬回了家。

三

二舅的五个儿子相继成人，娶妻生子。二舅真正过起了老太爷的生活。

五个儿子分了家，二舅和二舅妈成了足球，在五个儿子间踢来踢去。

老大说，皇帝爱长子，百姓爱幺儿。爸妈就跟老幺过吧。

老幺媳妇一听就不干。他大伯，你这话说得可不公平，老幺是爹妈生养的，你也是爹妈生养的。凭什么爹妈就该我们来赡养？

争吵中，老二、老三、老四家的也加入了战争。兄弟间大打出手，妯娌间唇枪舌剑，相互攻击，互不相让。

只苦了二舅和二舅妈，二老可怜兮兮地蹲在墙角，望着推推搡搡、连打带骂的哥几个、妯娌几个，眼里噙满苍浊的泪，何以老来竟落到这步田地？

争吵声引来了村长。在村长的调解下，五兄弟达成了协议，兄弟五个轮流赡养老人，一家住一年，从老大家开始。

第一年，二舅和二舅妈住到了老大家。老大住在宽敞明亮的楼房里，却在房檐下搭了个窝棚，几块砖头上搭一块木板，铺了些稻草，权作床铺，把二舅的包袱往窝棚里一扔，嘴一撇，算是把二老安置在这里了。二舅在人前风光了一辈子，何曾受过此等闲气，跳将起来，提起板凳就要去打老大。二舅妈一把把二舅死死抱住，老大借机溜走了。二舅嘴里骂着："报应儿，要遭天谴的。"手里的凳子咣当一声应声落地，险些砸在二舅妈脚上。二舅妈手一松，蹲在地上呜呜地哭起来。一双孙子正在院坝边玩耍，看着爷爷、奶奶的样子，也吓得哇哇大哭起来。

这下院里就热闹了，老的在哭，小的也在哭，哭声惊动了在房里做饭的大儿媳妇。她开门出来，一见这老的小的都在哭，一股无名怒火蹿出来，一把把两个孩子推进屋里，一边指桑骂槐："清早八晨的，嚎鬼啊，要死，死别处去，别在这里弄脏了我的坝子。"

二舅妈哭得越发伤心，用手使劲扯着头发，抱着脑袋不停地往墙上撞。血顺着头发流出来，墙壁上溅出了一朵朵桃花。

二舅抡起板凳将窝棚砸了个稀巴烂，稻草飞扬，扬起的草屑四处飘散，在空中弥漫开来，天空下起了黄色的雨。

父亲收工回来，路过二舅家，被看到的一幕惊呆了，待回过神来，背起二舅妈拼命往乡卫生院跑。

二舅妈伤好后，思维变得混沌不清，口齿笨拙，胡言乱语。

人们都说，二舅妈疯了。

二舅被埋在后山的两棵柏香树下，坟址是父亲选的。父亲说二舅喜欢听鸟叫的声音。现在，他每天都能听到鸟儿说话的声音了。

如果你有一天路过两棵柏香树，看到一个衣衫不整，口齿不清的妇人呆坐在坟前，那她一定就是二舅妈。她每天都会来二舅坟前，絮絮叨叨地说上一会儿话，然后疯笑，然后离开。

如果运气好的话，你还会遇上我父亲。

乡旮旯的那泡尿[1]

夏世信[2]

那天，是农历七月初二，正逢福兴场“二五八”的场期。儿子说想去赶场耍一下，便给他爹说：“我今天想赶个场。”眼下正是农闲时节，家里也没多大事，老汉说，去吧。儿子就高高兴兴去了。

一

儿子叫武福，外号“响夸儿”。

这外号可是有些来历的。当地人爱给人起绰号，并称之为“诨名”。武福的父亲大名杨德海，诨名却叫“响夸”。响夸是乡下人赶野猪用的一种东西。夏秋季节，苞谷快成熟时，为防那成群结队的野猪糟蹋庄稼，人们便把那碗口粗的斑竹锯下约四五尺长的一节，要两头正好在节上，正中间划一条三分之二长的缝。当然，那竹子一定是要干过了一个六月的干竹筒。人们在天黑时钻进那绑在

① 原载《新华网》2010年8月26日，此次出版时有改动。

② 夏世信（1949—），男，仡佬族，贵州省道真仡佬族苗族自治县三桥镇人。贵州省作家协会会员，贵州省戏剧家协会会员。在乡村执教二十年，后曾在道真县检察院、县委办公室、政策研究室工作，现供职于贵州省人民检察院。已发表小说、报告文学、散文等作品一百余万字。其中花灯小戏《选代表》获贵州省第二届戏剧文学小戏一等奖，与人合编了十六集电视连续剧《中国检察官》，2000年中华出版社出版了他的报告文学集《人魔歧路》。

树腰间的棚子里，听到“唰唰唰”的响声时，就知是野猪来了，便拿出那有缝的竹筒来，用一根很硬的木棍敲打那竹筒。在荒无人烟的深山野岭里，那木棍敲打竹筒的“夸夸”声在无边的夜色里尤为响亮，吓得野猪们落荒而逃。那家什就叫“响夸”。因木匠杨德海说话嗓门大，所到之处，叽里呱啦龙门阵也多，且他心直口快，什么话都敢讲，也就有人给了他一个“响夸”的诨名。从此，人们只叫他“响夸”，极少有人喊他杨德海，而叫他的儿子就叫“响夸儿”或“细响夸”了。父子俩也不生气的，有人叫一声“响夸师傅”便答应得喂喂转。这里的人差不多人人有诨名，叫诨名已经蔚然成风理所当然了。

响夸儿今年二十八岁，是眼下乡里最老实听话的一类人。像他这种年纪的青年，一个个早就不愿待在家里一背太阳一背雨地搓泥巴团了，而是把个儿女甩给父母去抱孙，小两口则脚板一溜，外出打工逛大世界去了。儿子也想出去。但不忍心把几亩田土甩给父亲和媳妇受苦，初中毕业后，就一直留在这比鸡肋还无味的乡下，与父亲、媳妇同风共雨。农闲时，他和父亲一道就近给人打点嫁奁，做些桌子板凳，或为人家起个猪圈牛圈，装修新屋的板壁之类，也算这一带有点名气的木匠了，倒也不愁吃穿，不缺钱花。父子俩为人厚道，价钱公道，每每与主人家结算时，按正算下来还要少收主人家一二十元，留个人情，因此，方圆几十里内很是讨人喜欢，武福娶的媳妇自然不是一般的漂亮。

杨德海虽是个木匠，却是有些墨水的人，虽只读到小学毕业，可平常爱看些闲书。在给主人家做活时，他爱和那些有文化的人吹壳子摆龙门阵，晓得许多天下的奇闻怪事，尤其爱说些四言八句，也爱唱点本地山歌。什么“清早起来把门开，一股凉风吹进来，吹得奴家不自在哟，妹等情哥哥不来”。这也算子承父业，他老子生前就是当地唱“打闹歌”的歌王。

话说响夸儿来到乡政府所在地福兴场，也没什么大事，无非是在家里待久了，出来散散心，会会朋友，喝几杯啤酒而已。赶场的人起串串，遇见的熟人也多，几瓶啤酒下肚，不一会儿就想屙尿。乡场上不比城里有公共厕所，是哪里方便就往哪里钻。响夸儿一抬头时，正好看见不远处有间厕所，也还洋气，连外边都贴了瓷砖。心想，那样的厕所屙尿一定很安逸。于是，就想去屙一回安逸的尿，也没想想那是谁家的洋厕所，就恍兮惚兮地走进了那洋气的瓷砖厕所。没想到响夸儿这一泡“安逸尿”却屙出了问题。他刚一出来，就听得一个女人如老鼠尖叫般的声音：“妈的×，哪里来的杂种，竟敢进我家屋里乱屙尿。”说时迟，那时快，一盆脏水劈头淋下，响夸儿就成了个落汤鸡。

杨武福虽叫响夸儿，其实并不“响夸”，声音也不大，平时话也不多。就是这样，他也没冒火，只是自言自语咕噜了一句：“妈哟，乡下人硬是受气，连赶场屙尿都被人欺侮。”说罢，自个儿甩了甩满头的脏水，就像那掉进河里的狗一样，不过是自个儿爬起来哼一声罢了。但响夸儿这一声哼却哼出了麻烦。

二

先前那个老鼠一样尖叫的女人也有个诨名叫“洋刺子”，也就是夏天里长在苞谷或桐子叶上那种黄色的虫子，人一旦碰上它，那毒刺刺得人要命地疼，是个惹不起的东西。这女人不是别人，正是这乡场上大名鼎鼎的杨支书的兄弟媳妇。这活辣子也并不是认不得小木匠响夸儿，虽是住在场上，其实一家人仍是农村户口，还和响夸儿家都是仡坪村的，只不过各是一个村民组，但相隔也不远，也就三根田坎两个弯，各自都望得见对方屋顶上冉冉升起的那一缕炊烟。既是这样，那活辣子为何要这样大吼大叫？只因那一年她老公“烂背篼”想“烧”响夸儿的媳妇的“火”，没“烧”成，被响夸儿去派出所告了个强奸罪。虽然在他大哥杨支书的作用下，这事后来不了了之了，但烂背篼这一家人就和响夸儿家结下了深仇大恨。当然，这两家人的仇早在几十年前就有了那么一点引子。那还是人民公社大集体做活路时。全生产队上百人集中在一起薅苞谷的二道草，按照这一带的风俗，是要“打闹”的，也就是由两个锣鼓打得好、山歌唱得好的“闹手”在阵前打一阵锣鼓唱一阵歌，以鼓励和调动劳动的积极性。谁要是偷懒耍滑，那“闹手”就要把谁编进山歌来个“现场直播”。如果没有人偷懒呢，那就唱古人，唱情歌，唱些本地新闻，反正是要逗得大家高兴有劲。那一天，在阵前“打闹”高歌的歌王正是响夸的父亲，兴头上随便唱了一首道：“打闹打齐大岩坡哟，‘烧火’老者坐一桌。上边两个老‘烧火’，横边四个还在学。”当地人所说的“烧火”，是指不正经的老人公爹和自家的儿媳妇或本房的侄媳妇之间做那风流事儿。乡里的这类风流事本是源远流长，关于这“烧火”的山歌也唱了不知几朝几代。但那时的杨支书，正是现在的杨支书的老汉，就叫“老杨支书”吧，而老杨支书的老汉就是当地出了名的“烧火佬”。据说“老杨支书”也曾对本房的一个侄媳妇“烧”过“火”，有点“正在学”的意思。在这次打闹中唱“烧火佬”的事，不久就传到了“老杨支书”的耳中，老杨支书就认为这是公然侮辱他了，于是，也不怕响夸的爹是真资格的贫农，硬是组织全大队的人把响夸的爹斗了一伙，说他宣扬“封资修”，罪该万死。那事虽也过了几十年，“老杨支书”死了，响夸的爹也早死了，但后来，响夸那张爱说的响夸嘴，常常有意无意地在背后说现在的杨支书的一些不是，也就让现在的杨支书一家对响夸一家耿耿于怀。

这时候，响夸儿正沮丧地朝前走，好在是七月天，阳光正火，身上很快冒起了袅袅雾气，还多少有些舒服感。只是有几滴水从头发上流下来，淌过额头，走下鼻沟，溜进嘴角时，响夸儿尝到了一点怪怪的味道，像是女人洗胯的味儿，又像是给娃儿洗屎片的味儿，总之是很不好受的，当时就有点想呕。响夸儿有点迷信，心想，糟了，女人洗那个的水淋在身上是要遭难的。正在自个儿“吱”的一声皱眉头时，一只大手猛地伸过来，一把抓住了响夸儿面前的背心，然后是重重地一巴掌，同时响起一声骂：“狗日的。哪个欺侮你了？你今天不给我说清楚，老子不放你的手。”

响夸儿抬头看时，不由得又皱了一下眉头，又“吱”了一声。这人不是别人，依辈分而论，是应该叫他一声幺叔的。正是那回想“烧”自己媳妇的“火”的烂背篼。响夸儿为何见了这仇人又是“吱”的一声？其实，要说打，经常抡斧子推刨子的人有的是力气，响夸儿只要抬个大脚趾拇就能把烂背篼踢个仰翻叉。但人家是支书的亲兄弟，谁惹得起？于是只得又咕噜道：“我没说你，没说你，没说你……”

“没说我？没说我，你在说哪个？嗯？”一边说，一边又劈头盖脸地一顿乱拳，其中有一拳打在了响夸儿的鼻子上，痛得响夸儿泪花花滚，红红的东西抹了一脸。出于一种本能，也闭起眼睛乱还起手来，两个人便热火朝天地扭住一团难分难解了。其实，响夸儿是想早点分早点解的，可是被那烂背篼揪住不放，又怎么分得了解得开？

很快，烂背篼和响夸儿打起来了的消息传遍了小小的福兴乡场，许多因喝多了啤酒正在屙尿的人也赶忙撵来看热闹。因是支书家兄弟，围观的人都不敢上前拖架，有的人良心大大的坏，眼见得烂背篼渐渐支不住了，也仍旧看他们打，有的甚至还幸灾乐祸地笑道：“咳咳，烂背篼支不住了，支不住了……”那烂背篼的老婆活辣子见自家的男人打不过了，正要上前帮忙时，烂背篼的嫂嫂，也就是杨支书的老婆闻讯赶来，才拖散了架。

就像是看两只公鸡斗架一样，这架一散，也就没什么看头了，虽是双方抓抓扯扯战了些回合，不过是当时痛了一下，还比不上蚂蚁咬一口，也没什么受伤不受伤。那响夸儿揉了揉腰，找地方把脸上的血洗净了，也再没了赶场的心思，一个人没精打采地出了场口就往回家的路上走去。

三

这时候，“鬼冬哥”不知从什么地方回到了这乡场上。于是，一件本已烟消云散的事情便有了开天辟地的大发展。

“鬼冬哥”是哪个？就是本村现任村支书杨正清，前任“老支书”的儿。只不过他是支书，就不像一般百姓一样可以随便乱喊诨名。人们只有在背了他的面时才可以按大家的规矩喊他一声“鬼冬哥”。

什么规矩？——无论任何人，有了诨名就该喊，有时候，儿子也可以叫老子的诨名的。诨名是群众智慧的结晶，生动、形象，大家公认的，就该喊，被喊的人就必须快快乐乐开开心心地答应。比方“鬼冬哥”这名字，那硬是像得很啦，简直是绝了。“鬼冬哥”正儿八经的学名叫猫头鹰。你看杨支书那眼睛，那鼻子，还有那经常耸着的肩膀，哪点不像鬼冬哥？更像的是他经常在半夜里出没，能常常听到别人家一家人关在屋里说些什么悄悄话，活脱脱一个半夜里出来找食吃的鬼冬哥。其实，鬼冬哥这名字取得早，那还是他刚刚有点人模样，得行走路的时候，还不到两岁吧，有人就说，那娃儿像个鬼冬哥。从那时起，人们就喊他“鬼冬哥”。可是，现在他居然就不许人们喊了，这么亲切、这么形象、这么可爱，几百年才取出的一个好诨名，却不许人喊，是不是太没道理了？

自从鬼冬哥不许人们叫他的诨名，人们就在心里面骂他了，狗东西，老子们是看得起你喜欢你才叫你一声鬼冬哥，你还不识好歹。不喊就不喊，你要装得像个正人君子你就装吧，各走各的路，各穿各的衣，你要凶就让你凶。但是，背地里，大家仍然叫那诨名，只是心里没了那点热乎劲，且多了几分骂意。

鬼冬哥不许人们叫他的诨名，大概是从他当上村支书起，也就是他的老汉老杨支书死后，好像是上个世纪的八三年吧。那是他刚刚当上村支书后不久在一次大会上讲话时，他说，我们现在要建设先进党支部、红旗村，要讲文明，不能乱开玩笑乱喊诨名，从今往后，哪个再敢喊我的诨名，老子就不客气了。想想也是，堂堂村支书，怎么能被人喊鬼冬哥呢？然而，烧香摸屁股——搞惯了手脚，人们一时记不住，难免一见了面仍旧叫他鬼冬哥。那时，他把一对鬼冬哥眼睛一鼓，脑壳往前一伸，很快又缩回，就像鬼冬哥把颈子伸了一下似的，恨恨地骂道："你爹才是鬼冬哥！二回再喊，我日你妈！"那样子像是要吃人。如是几次，大家都不愿自己的妈被人侮辱，便当面毕恭毕敬地尊称他"杨支书"了，也就真正文明起来了。但是人们发现，这杨支书不许人们叫他的诨名，他却照喊别人的诨名不误。

这鬼冬哥不知从哪里回来了，一进屋就听活辣子和烂背篼两口子来告状，说响夸儿不但随便撞进屋来乱屙尿，而且动手打了人，更口出狂言，说"支书家的屋有哪样了不起？老子就是要屙泡尿在你支书的屋里，你敢把我的鸡巴咬了不成？"

"真的？哪个狗日的这样凶？"

那烂背篼一边呻吟一边哭："哥，这响夸儿太不把你放在眼里了，都是他爹老响夸支起来搞的。唉！哎哟……好痛啊……我的母啊……"

鬼冬哥这下是真的发怒了，他立即拿起电话，给乡派出所的胡所长打了个电话，说，自家兄弟被那个叫响夸儿的小木匠打得睡在床上连翻身都不得行，可能遭打断了三四肋骨了。

胡所长一听是杨支书的亲兄弟被人打了，真比自家的爹被人打了还着急，放下电话就带了两个干警火速前往缉拿响夸儿。

先不忙说胡所长等怎样捉拿响夸儿的事，这里还得啰唆几句，说说胡所长为何一听杨支书家的兄弟被人打了就这么猴急急地跑得屁滚尿流？

按理说，鬼冬哥不过是个村支书，还未入吃皇粮的格，而胡所长大小也是个副科级的国家干部，论级别，应该是杨支书怕胡所长才是，怎么现在却倒过来了？你有所不知，这鬼冬哥虽只是个村支书，可这几年名气却大得吓人。

鬼冬哥的板眼确实不是一般，比他爹那个老支书会整多了。他爹当那个支书时不过是在县里得过一回奖状，而鬼冬哥却把他这个仡坪村的先进弄到了省里，甚至北京。北京的大领导来这里视察了一次又一次，夸了个够。省里的领导不仅是大夸特夸，且题字作诗的，搞得不亦乐乎。因此，鬼冬哥虽只是个有着农民身份的村支书，那地位却不是一般，头衔有“县委委员、地委候补委员、省人大代表、全国劳模”等等等等，吓死人哩！因此，谁好，谁坏，谁可提上去，他都是能在县里、地区、省里说上一句，参上一本。故此，一个小小村支书确实就有那呼风唤雨的神通，小小的胡所长自然也得求他老人家在领导面前美言几句了。

按照常规的办案程序，这回抓响夸儿，首先应该叫响夸儿来问一问，先调查调查两人打架的经过，弄明白了，看谁对谁不对，然后看看被打伤者究竟伤到什么程度，是一般小伤，还是够公安立案处理的重伤，然后再一步步或调查或立案或拘留。可胡所长却又一次发挥了他“弯刀”的特点，先砍几刀再说。对了，这胡所长也有个诨名，叫作“弯刀”，不知是因为他那一挂长脸长得像弯刀，还是因为他做事“砍”得快，下得手而得名。因胡所长不是本村人氏，人们也就又喊诨名又喊职务地叫他“弯刀所长”。

弯刀所长带了两个干警，沿着响夸儿回家的小路追去，不到十分钟就追上了响夸儿，也不多说，像评书中描述的那样，说时迟那时快，走拢就给响夸儿一个扫堂腿。那响夸儿还不知是哪股水发了，便被一个反手上了手铐。响夸儿还在张眉张眼地问：“搞哪样？搞哪样？”三个人也不答话，推的推，拉的拉，只顾扯了响夸儿就往派出所走。

到了派出所，响夸儿才知道是为先前和烂背篼抓扯的事，顿时松了口气。心想，这有哪样说不清楚？于是，就把他怎样因多喝了啤酒，想屙尿，看见一个白瓷砖的厕所，于是就去屙了一泡很安逸的尿。出来时被活辣子泼了一盆女人洗胯的水，然后又是怎样被烂背篼揪住不放，鼻子被烂背篼打了一砣，还打出了血，而自己不过是把烂背篼的头发随便揪了一下，其实自己早就想放手，可是，烂背篼却把自己的头发揪猪一样死死揪住不放等等一一讲来。正讲到兴头上时，弯刀所长忽然大吼一声："响夸儿，老实交代！你把杨支书的兄弟打成了重伤，还在说别个把你揪住不放！今天你不说清楚就不要想回去。"

"哪样？我把他打成了重伤？真是猪八戒过河——倒打一耙了。"

"你究竟交不交代？嗯？不要筷子拈起你不吃，脚趾拇夹起你吃欢了。"

这响夸儿也是生就一根直肠子，没有半点的弯拐，一口咬定要实事求是，就是不肯按弯刀所长的意思招供。这就惹恼了弯刀所长。那弯刀是很有些钢火的，再硬的木头也砍得来，还怕竹子做的响夸儿不成？接下来的动作自不必一一叙述了，从中午十一点一直整到天黑，响夸儿被做了若干套规定的动作高难的"广播体操"，痛得直喊娘也不承认打了烂背篼，始终说是烂背篼先打他。

弯刀所长也整累了，该吓的吓了，该做的都做了，只差灌辣椒水坐老虎凳了，就是取不到所要的证据。只得打电话请示杨支书说："这人没有犯罪事实，找不到犯罪证据，定不了罪，按法律规定，留置盘问不能超过法定时限。必须马上放人呢。咋办？"鬼冬哥说："怎么能放人？我没叫你放人时你不能给我把人放了。你等着。"

鬼冬哥于是马上给乡里分管计划生育的副乡长洪玉莲打电话说："喂，洪乡长，情况严重呢。有人要杀我和你的儿子……你不信？哪个？就是响夸的儿子——响夸儿，为哪样？就是搞计划生育得罪了人嘛。你说怎么办？”洪玉莲不是傻子，她知道自己并没得罪响夸儿，响夸儿有一个男孩，已经五岁了，当年还是自己去做的工作，记得当时一去说做手术的事，响夸儿夫妇就没意见，两口子还争着来做手术，哪里谈得上结了仇要杀人呢？一定是杨支书和响夸家有了矛盾。不过，杨支书的德行，洪玉莲是知道的。人家这几年走大红运，连鬼神都怕他，哪个敢得罪杨支书？于是就说，我过来看看吧。

四

故事讲到这儿，有人也许会说，这故事编得太离谱了，一个堂堂支书，怎么会这样胡乱编造诬陷他人呢？何况人家还是那样一个名声大大的人物哩。我说这你就错了，你是在用常规的思维方法想问题，而现在的许多事是要用反常规的思维才能得出正确的结果。比方说，你用常规思维方法，认为你和某某是老乡老朋友，不会骗你的，这就错了，你恰恰就被你老乡老朋友骗得只剩一条短裤只差跳楼自杀。这年头被老朋友老乡老熟人骗惨了的还少吗？又比如说，你按正常的思维，以为当领导的觉悟高，不会做对不起党和人民的事。那么，你又错了。君不见，那些贪污受贿的正是当官的最多，且官做得越大，搞的钱越多。这就叫作当今时代的多元化逆向思维。不信，你试试。包括那些杀人越货的在逃犯，也知道越是危险的地方越是安全的道理。这样一想，你就觉得这杨支书完全是那样的足智多谋，英明果断。再说，这里山高皇帝远，有什么大惊小怪的？还有一个原因是，鬼冬哥作秀作假已经很有些年头很有些经验很有些成就了，一切都已非常自然非常习惯非常顺利，毫不犹豫毫不费力毫不脸红。甚至他若哪天良心发现要改邪归正不说假话办真事，人家还不答应。不信？你就往下看。

这时候，洪玉莲洪副乡长过来了，问："杨委员，你说怎么办？"当面，洪玉莲从来不叫支书，"支书"的级别不如"委员"有气派，这"委员"有县委委员、地委委员的荣耀，所以，人们都只是背地里叫叫"支书"而已，当面尽是尊称他"杨委员"。

鬼冬哥说："你不是经常说，在搞计划生育中弄死的人，国家法律都一概不追究法律责任，县政府对搞计划生育工作中，被管理的对象允许直接打死，还内定有死亡指标吗？现在你我因搞计划生育得罪了人，响夸儿扬言要杀死你和我的儿子，你看咋办？"

"唉……也不是有指标，不过……杨委员的意思……行。那就定他个破坏'计划生育罪'。用它一个计划生育的死亡指标。"

"这就对了。对这些破坏计划生育的坏人，我们不能被动，若让人家先把你我的儿子杀了，那就迟了。好！我们就来个既不犯法又先下手为强的做法。"

"……你说，具体怎么办？"犹豫片刻后，洪玉莲还是下了决心表示支持，表示紧跟杨委员不动摇。洪玉莲今年三十来岁，正是加快速度拼命往上爬的时候。那是洪玉莲刚刚分到乡里不久时，全靠鬼冬哥在领导面前几句美言，便很快被提为副乡长了，当然，她也少不了要让杨委员时不时尝一尝嫩草的滋味。二人的关系也就非同一般，无话不说。乡人也有鬼冬哥吃"红萝卜"的悄悄话。"红萝卜"就是洪玉莲的诨名。

这就是说，鬼冬哥要置响夸儿于死地了。这还了得？也没什么了不得。逆向思维吧。

可是，鬼冬哥为何这样狠心？

这正是鬼冬哥郁积心头多年的一块心病。他早就想收拾收拾响夸。

前面说过，响夸是个话多，敢说，又晓得许多新闻怪事的人物。他爹敢在鬼冬哥家公和鬼冬哥家爹有"烧火"的先进事迹时大唱"烧火佬"的山歌，他现在见了那些不正经的事又有哪样不敢说？你做得，我还说不得？响夸在与人摆龙门阵时，摆得最多的就是鬼冬哥那些假先进的事。兴致来时，也像他爹当年唱“烧火佬”山歌一样，也给鬼冬哥编了一段顺口溜，曰：“白皮鞋，桑塔纳，牛皮吹得比天大。怀中抱个‘红萝卜’，百姓喝风他吃鸭。”

鬼冬哥要收拾响夸，首先是因为响夸居然现在还公开喊他“鬼冬哥”，前些年，鬼冬哥还没搬到乡场上住时，若是外边有人来村里找杨支书，问曰：“杨支书家在哪里？”响夸就说：“哦，你找鬼冬哥哟。往前走，拐两根田坎上几步石梯子，你看哪家房子最大最漂亮，哪就是鬼冬哥家。”这话被人传到鬼冬哥耳里了，鬼冬哥就记住了。

他去外村给人做嫁奁，人家说：“报纸上讲，你们那个杨支书学得好，实践得好，一心一意带领群众致富奔小康，把自己的几十万元钱拿来帮群众买优良猪、改良牛，让好多人家达到人均收入一万元，你们那支书真是好！”他一边打凿子一边说：“鬼冬哥的事你都信真了的话，竹篮子都打得起水来。他哪来的几十万元？倒是国家下来的扶贫款啦，救灾救济款啦，全着他捏死了。都给了他那些舅子老丈、弟兄姊妹或野婆娘。”

人家说：“是不是啊？”

“若有半句假话，我给你做这半个月的活路全送你，分钱不收。你以为鬼冬哥心肠硬是好得很？不过，你要想得国家的救济救灾款，其实也容易得很，你把你家婆娘送去给鬼冬哥睡一回，就得了。但是，还要看人家鬼冬哥看得上眼不。”

“啊哟！是这样的呀？天！”

“这就喊天？还有好多稀奇古怪的事哩。他给村里的那些孤寡老人领救济款，领的是一万或八千，实际只给老人几百。你说缺不缺德？”

“不可能啰，人家本人要说，上边也要来查的呀？”

“查？现在的事，你又不是不晓得。只要是上边来人，都是先把电话打到村里，来了人，先由村里满酒满肉地喂饱了才去查，查个屁。再说，那鬼冬哥这些年完全整精了，专门训练了一批人，安排在村里各个当路的地方，凡有来参观的、采访的、拍电视的，不是鬼冬哥的人你根本靠不拢边。外边看见的和听到的全是他教他那些手下的人背熟了的话。外边的人根本就不知道真实情况。”

“电视上你们村那些满山的牛和满山的羊也能作假?”

“我说你们这些人啦。是不是没出过门? 这种假你们真的不知道?”

“真的不知道。”

“这个太好办了，你想，现在哪样不是兵马未动时，提前几天已电话先行?”

“那倒是。”

“这还不好办? 每回来了电话，或是省里的，或是北京的，或是哪样记者，他就叫他那些人到处去外边租牛租羊。牛是十块钱一天，羊是五块钱一天。等参观完了，相照完了，再送回去还了人家就是。”

“可是，你们村也是十年的先进典型了，一年两年瞒得住，这么多年，怎么能一直瞒下去?”

“哎哟！老哥子，事情就是这样怪。确实是你说的那样，后来，上边也确实发现了些问题，也可能想纠一纠。可是，人怕出名猪怕壮。这面大旗已经扛上了地区，扛上了省里，扛上了北京，也就倒不得了。要是这杆旗帜一倒，好多人要背书丢乌纱帽哟。所以呀，后来就不是查的问题了，而是死个舅子也要保的问题。这就叫要假就假到底，这时候，你想搞真的也不行了。”

“哦！是恁个的哟。”

…………

像这样的龙门阵。响夸是走到哪就摆到哪。其实也不是有意要铲鬼冬哥的臭，他没必要这样来和鬼冬哥斗。反正自家的婆娘没被鬼冬哥整就行，虽说那次烂背篼，也就是鬼冬哥的弟，想“烧”响夸儿家媳妇的“火”，但毕竟没得行，就等于没那场事。更主要的是自己也不找鬼冬哥要什么救济款之类的钱用。他当他的委员也好先进也好，响夸与他各走各的路，反正不影响自己打田插秧抡开山(斧子)。响夸只不过是生就的木头造就的船，生就的德行改不完，有哪样说哪样，口无遮拦，实话实说而已，对那些看不惯的事儿说上几句，仿佛出了口怨气，心里安逸。但是，又有人把响夸怎样揭鬼冬哥老底的那些话有意无意地传给了鬼冬哥，你说鬼冬哥还不恨得那响夸一股屎流？早就想收拾一下响夸那张×嘴，就是一直没找到下手的地方。按流行的政治术语，这叫“杂音”。不利于团结的话不说，你既然要乱说，就得清除杂音；要统一思想，统一步伐，你既然不服从领导，领导当然就不客气了。想想也是，在这块地盘上，不把响夸这样的人整个样子出来给猴们看看，今后的工作还怎么开展？还有一点，也许鬼冬哥还不十分清楚，而只有鬼冬哥的兄弟烂背篼一个人知道，烂背篼巴不得他哥找个法子把响夸儿整倒，他早就想把响夸儿的媳妇弄到手，就是一直苦于没有机会。所以，这回是千方百计地怂恿他哥把响夸儿搞死。

这鬼冬哥要拿响夸儿开刀，是不是就一点也没顾忌呢？没有的。绝对没有。这么些年来，按照鬼冬哥的话说：“老子上至北京，下至县里，哪样官我没见过？哪个的手我没握过？哪样的场合我没上过？总书记那里我也是去得的。怕你个尿!”

林子大了什么鸟都有，在这遥远的天边，就是如来佛也法眼难及，何况我等肉眼凡胎？那么，像鬼冬哥这样的鸟儿多少有几只还奇怪么？

五

这样，当天晚上，响夸儿就被“红萝卜”副乡长以破坏计划生育的名义请到乡里的“人口计划学校”去上课了。

这里，响夸儿的家人从中午一直等到天黑，左等右等，就是不见响夸儿回来，响夸儿的媳妇先是急了，对她公爹响夸说：“爹，那赶场的做哪样现在还不见回来呢?”正在给人做一件犁铧的响夸这才想起去赶场的儿子确实没回来。但他不着急，他了解儿子，虽然儿子有时也喝点啤酒或一小点火酒，但从未醉酒出过事，平时也不惹是生非，比现在那些小姑娘还守规矩，因此也就放心地说：“他那个人，爱帮忙，哪个一喊就去了。可能是去给哪家修个圈门或者帮忙做点哪样去了，他晓得要回来的，都饿了，我们先吃饭。”说完，就喊小孙孙瓜瓜来吃夜饭。小孙子长得胖嘟嘟的，取名“学木”，意思是长大了也学个木匠手艺。乡里的木匠好，走到哪里都不缺饭吃，招人喜欢，也还有些小钱买盐买酒买新衣。小孙子那圆圆的脸蛋，活像清晨菜园里那水灵灵的小南瓜，做爷爷的心里一高兴，就脱口喊出一个词来——“瓜瓜”，从此喊顺了口，一家人也都一声声“瓜瓜，瓜瓜”地不离口了。

瓜瓜已经五岁，正在追一只红红的蜻蜓，手里拿着一枝脱了叶的竹丫，听得爷爷在喊，就飞快地折回身来，滚在爷爷的怀里要骑马马。也就是让爷爷跷了二郎腿，然后坐在那只跷起的脚上一闪一闪的，笑得咯咯地叫。爷爷的脚终于跷累了，向孙子求饶说：“爷爷的马马饿了，不得行了，好瓜瓜，下来吃饭吧。”瓜瓜的母亲也说：“瓜瓜下来，爷爷累了。”瓜瓜于是听话地下来，接过他娘递过来的一个香喷喷的嫩苞谷啃起来。

乡下人把晚饭称作夜饭，是劳累一天后最后的总结。一般都是在夜色涌上来以后才陆续开始的。那时，天宇上已闪现出三两颗晶亮的星星，一眨一眨地镶嵌在深蓝色的天空，显得宁静而幽远。凉爽的夜风轻轻地吹拂着，有近处秧田的蛙声和草丛中低吟的蟋蟀，还有远处那树上正悠扬地鸣着的知了。若是相邻人家，还能闻到对方炒菜的香味。在地坝边，用苦蒿与黄荆叶燃起借以驱蚊的烟子清香宜人，让人如痴如醉。

可是，这一切，响夸儿是闻不到了，他的家人，他那漂亮的媳妇，他那可爱的儿子，以及他那爱说话的父亲，都以为他在给谁家帮忙，此时也正坐在哪家的屋檐下地坝边，在夜风的吹拂下，正喝着白米稀饭，下着油炒的嫩海椒煎刚从河里摸来的小鱼儿，美得很哩！

谁会想到，在这宁静的夜空下，那边正在上演着一场血淋淋的惨剧？

当晚，洪玉莲副乡长和鬼冬哥，以及乡里的一些其他什么李主席、张主任、王什么长等八人，吆吆喝喝地从派出所把响夸儿押到了乡计生服务站二楼，关在一间屋子里，为教训一个居然敢破坏计划生育基本国策的刁民而愤愤不已。他妈的，小厮儿，居然对计划生育工作不满，还敢打因计划生育得罪了杨委员的亲兄弟，要杀洪乡长和杨委员家的儿。这还了得？在这安定、和平的锦绣年代里，竟目无国法，乱打人，要杀人，是不是明天连我们几个你也要杀？……妈的，你还不承认，什么？诬赖？好哇，你敢说我们杨委员诬赖？竟敢诬蔑我们这面全国的先进红旗？看来，不给你点厉害尝尝，你是不知道锅儿是铁铸的。众人乱纷纷地都喊“打！”先是鬼冬哥单自找响夸儿“谈话”，屋子里没外人，这会儿，鬼冬哥一下子就回到了小时候和人打架的那个样子了，似乎他从来就没进过学堂也没开过什么会一样，只见他一边骂：“日你妈，你响夸儿敢在我门前耍野，敢打我兄弟？今晚老子就打死你。你晓得不？在这里，以搞计划生育名义打死人是不犯法的。今天我就搞一回不犯法又能死人的事给你看看。……你喊嘛，你喊破天也没哪个救得了你。不过，看在大家是一个村的分儿上，你也年轻，只要认个错，回去给你那个烂响夸爹讲，不再翻起两块嘴巴皮到处乱讲，好好写个检查，立个保证，老子就饶你年轻人一回……”“……”那响夸儿白了鬼冬哥一眼，揩了一把嘴上的血，把脸慢慢转过一边去，不说认错也不说保证，或许是饿了，根本就没力气说话。他这样子却大大惹怒了鬼冬哥，以为响夸儿是在鄙视他。当然，响夸儿那时的样子确实有点像电影上那些共产党员怒斥敌人的样子。于是，鬼冬哥忍不住了，说："好嘛，你狗日的敬酒不吃吃罚洒，就不要怪我不讲情分了。"说完，鬼冬哥那一双穿着皮鞋的大脚就在响夸儿身上找到了止痒的地方，且非常开心，比当年武松打虎还开心，好像确实有一条什么狗哇猪哇或者猫啦，把他们什么地方咬痛了，正气得不行，非要出出气不可。自家的猪狗自家打死了，烧锅水，剐了皮煮来吃了就是，怕什么？

鬼冬哥打累了，某主席上，某主席打累了，某主任接着打，一共八个人，人人上阵，直打得半夜里很远的人都听得见那一声声毛骨悚然的惨叫。也是响夸平时教子无方，他应该教儿子学会一些防身术，比如好汉不吃眼前亏，钻人胯下是为了留得青山在等等。可是，响夸儿太死板，认定自己没打人，没犯法，没犯法你就不敢把人怎样，既然自己没有错，为什么要写检查写保证？总之，响夸儿犯了一个正常人用正常思维方式思考问题的大错误。他应该用反常规的逆向思维考虑问题，应该知道，有时候，在特殊的地方特殊的环境，即使你有理，即使你没违法犯罪，也可能会丧命的。

尤其是那洪玉莲，为讨好杨委员，表现得特别卖力。响夸儿几次昏死过去，洪玉莲这女人竟提来冷水泼在响夸儿头上，泼醒了再打，边打边说："你还装死？你不是要杀死杨委员和我的儿子吗？我今晚就叫你求生不得，求死无门。妈的×，你怎么不嘴巴硬呢？这会儿还硬不？"说完，还站到响夸儿身上一阵乱踩乱跺，直至响夸儿口吐白沫才罢休。其间，因是穿了一双半高跟鞋，人的背又比不得地上那样平坦，洪玉莲有两次差点把自己的脚崴了，差点摔了跟头。

…………

直到半夜，响夸儿的媳妇汪碧秀还没见自家的男人回来，心里不免就有点犯疑，自家的男人除了外出做活路因路太远而回不来外，是从来不在外面过夜的，再说，还有件要紧的事叫他做哩。他难道就这样一个狗记性给忘了？到底是怎么一回事呢？她一夜的噩梦连连。吓得汗水湿透了衣衫。

第二天一早，儿媳汪碧秀就把自己的担心说给了公爹，响夸一听也急了，这才忙天火地地赶往乡场上找人。

六

响夸连早饭都没吃，就急匆匆往乡场上跑。其实，福兴乡乡政府所在地——乡场就在仡坪村的地盘上。仡坪村共九个村民组，沿着一道山梁一字排开，乡场在东边，响夸家住的地方靠西边。一条并不很糟糕的公路从西边村口弯弯绕绕地伸过来。伸到东边村头的乡场上。那公路也正好从响夸家门前过，所以就常常有响夸给人摆鬼冬哥那些假牛皮的方便。鬼冬哥家先前是和响夸家连着一根田坎住的，自从鬼冬哥出了名成了旗帜，搬到村的最东边，即迁居到乡政府所在的那个村民组去住后，他的村支部大楼就和乡政府大楼紧紧地挨在一起了。实际上，鬼冬哥就是天天在乡政府进出。因为他的名声和地位，他比乡党委书记和乡长还牛。他成了不是书记的书记，不是乡长的乡长，几乎就是天天在乡政府里上班。他常常就像昨晚和红萝卜们一道给响夸儿“上课”那样，为全乡人民辛勤地工作着。

那时，乡场上所有的店铺都还没开门，有的机关单位在学习，更多的则是在各自的小屋里做早饭。街面上，冷冷清清的。幸好响夸平时也认得不少人，问了好几个人才问到头，知道儿子被派出所的捉去了。响夸吃了一惊，忙走进派出所找弯刀所长。弯刀所长是认识响夸的，以往，弯刀所长下乡时，或是饿了，或是渴了，都爱走进响夸家坐一坐。这是因为响夸家不仅待人热情，家中一年三百六十天总是收拾得干干净净，更因为响夸家后边那口井的水喝起来硬是回甜，安逸得很。因此，响夸和弯刀应该算得上老熟人了。谁知今早晨一见面，那弯刀竟先把一副弯刀脸垮下来了，像是从来不认识响夸似的。响夸就有些慌了，心想，儿子不知道犯了好大的事，不然，弯刀所长不会这样一副马脸，肯定是要公事公办，秉公执法了，才先把脸马下来，要是还像往日那样笑起来拍拍你的肩，拉拉你的手，还怎么个严格执法？但他还是壮着胆子上前打了个招呼，问道："所长，听说我家儿子昨天被你们所抓了。不知是为了哪样事？"

"哪样事？你家儿子惹大祸了，把人家杨委员家的兄弟打成了重伤，还要杀人。"说完，也不再理响夸，叼着一支烟拱进自家的寝室，"砰"的一声关了门。

响夸的脑壳似乎"轰"的一声炸了，一向不惹事的儿子怎么会忽然打人呢？响夸又厚着脸皮去拍弯刀所长的门，要问个所以然。那弯刀所长很不耐烦地吼了一声："搞哪样？"

"我能不能见见我儿子？"

"你儿子不在我们派出所。"

"那，那在哪里呢？"

"在哪里？到乡政府的'人口计划学校'里上课去了。"

"……？"响夸更糊涂了，儿子又没违反计划生育政策，怎么会进那个学校？这一点，响夸知道，只有违反了计划生育的才进那个学校。嘿，真是怪了。这时，响夸自己也犯了正常思维的错误。

响夸只好去乡政府里问，书记和乡长都不在家，有人说他们都到县里进什么读书班提高思想水平去了，又有人告诉他，你去找红萝卜乡长吧。红萝卜乡长响夸也是认识的，可人家还没起床，他不好去拍一个女同志的门，就只好坐在乡政府地坝边的一墩石头上等，等了好一阵，那红萝卜乡长还在睡。他哪里知道就是那位洪副乡长昨夜把他的儿子打得天一声娘地一声母地叫唤呢？哪里知道那红萝卜正是打他儿子打累了才睡懒觉呢？他只是从做活的角度去想问题，只在心里骂道："当了国家干部就成了懒猪猪。你家爹和母早就起来在放牛打猪草地搞不赢做不赢了，你跟老子还在挺死猪。真是懒猪一条。"在等待的过程中，他的一对眼睛就转来转去地到处望，终于望见了那块所谓"人口计划学校"的木牌子，心里不由得一喜，儿子是不是就在那里面呢？于是就想去看看。

那是乡政府三楼边上的一间并不很大的屋子。窗子的玻璃早被人打坏了，只有窗子上的那一根根钢条还灰篷篷地立在那里，结满了大大小小残缺不全的蜘蛛网。响夸是看过一些《聊斋》故事的，心里立时就想到，那是哪样"人口学校"？鬼住的地方还差不多。于是就走上楼去，可到了三楼才知道是空欢喜。那过道上有一道门，门上上了一把大铁锁，他根本就过不去。响夸只得回到院坝里，朝着那"人口学校"大声武气地喊："武福——武福——"对儿子，响夸从来都是喊他的学名。从来不喊"响夸儿"，哪有自家喊自家的诨名的？这时，响夸儿是听见了他父亲的呼喊的，也答应了的。只是那声音很小很小，还没有蚊子的声音大。他也试着想爬起来。爬到窗子边让父亲看见自己，好来救他，可他只是心里爬了一阵，身子却只是轻轻蠕动一下而已。

这一喊没喊出儿子的回答，却见红萝卜的门开了，她没好气地吼道："是哪个在乱吼哪样？这是乡政府，又不是放牛山？"

响夸忙走过去赔着小心说："对不起，洪乡长，把你吵醒了。我想问问我儿子的事……"

"你是哪个？"

"洪乡长，不认识了？我叫响夸。"

响夸这样说是有一定的道理的，红萝卜也可能是认得响夸的，去年重阳节还和乡里的史书记去响夸家打过糯米糍粑吃了的。但今天早晨起来雾太大，她也和弯刀所长一样看不清楚了，也认不到响夸了，也马着脸了。响夸一见红萝卜乡长也马下了脸，心里就又紧张了一层，他认定，一定是儿子的事犯大了，她们要公事公办才马脸。但究竟是怎么一回事呢？总得要问个明白呀。别看响夸平时爱呱啦呱啦地说三道四，在这些场合还是非常有涵养的，说话也有分寸，总是按正常的思维来分析问题。见洪乡长好一天没答应，才又很有礼貌地说："他们说了，我儿子昨天被你们乡里叫来谈点事，到现在还没回家，所以我来问问。"

"你来问哪样？你想做哪样？"

"乡长，我不做哪样，我只是想问，我儿子究竟犯了哪样事？"

"犯了哪样事？他对计划生育不满，要杀人，还把杨委员家的兄弟打成了重伤。计划生育，基本国策，懂不懂？他哪天学好了，想通了，认识了错误，写了保证就放他回去。"

"我儿子昨天就来的，没人给他送饭，让我看看吧。"

"三两天饿不死人的，有哪样看的？"

"看看嘛，洪乡长。"响夸再一次要求。

"不行。"

"洪乡长，去年重阳你还去我家吃过糍粑的呀。"

"嗯？去你家吃糍粑？你莫认错人了。哼！开玩笑。我去你家吃过糍粑？你以为我是要饭的？"

响夸一听这话，心里就凉透了。上边下去的人，都他妈的这样，他们下去时，被老百姓当老祖宗大贵人招待，一回到乡里县里省里就眼睛皮往上翻，认不得人了。早知如此，还不如当初把那些糍粑倒了喂猪，猪吃了还能多长两斤肉炒来下酒。不过，也不要自己怄气，就当积德行善打发了叫花子。你认不到就算了。于是响夸改口说："哦，是我记错了，我记错了，对不起，对不起。"这样一来，响夸就想，既然你都抹下脸来不认人，我也不客气了，就又说："洪乡长，公安局抓人都兴给犯人递个家属通知，兴给犯人送点衣服牙膏，你们连这点都不许呀？"

那红萝卜一听这口气，脸色就更不好看了，瞪着一对眼反问道："哟，你好像哪样都懂得很哩。今天就不许你看，你又会搬石头打天么？"

这一下，响夸知道事情搞僵了，原本是想拿道理来问人，以理服人。没料到现在这乡旮旯里，有理不如有权有钱。看来是看不成儿子了。他心想，不看就不看，到时候你总得拿个话来说，我还不相信你会平白无故把我儿办了，于是就自己给自己个台阶下，一边往回走一边说："不许看就算了，家有家规，国有国法，你们依法办就是了。我走了。谢谢洪乡长了。"

…………

回家的路上，响夸有些为难了，这怎么给儿媳妇交代呢？说真话吧，儿媳妇性急，气性又大，一说，肯定哭哭闹闹地不吃饭不喝水，哪个来劝解呢？不说真话吧？天晓得是怎样一个结果？最主要的是，儿子究竟有多大个事，连自己都没弄清楚，枉自跑了一早晨，唉！真是人在家中坐，祸从天上来。

想来想去，响夸还是决定先把儿媳妇瞒到起再说。回到家中，他装着若无其事的样子说："哎呀，跑了一早晨，饿了，饭好没有？"

碧秀说："早就好了，就等你哩。"说着就端上了饭菜，边吃边问，"爹，他做哪样现在都还不回来？"

"没事，他在一个朋友家给人帮忙整猪圈，可能要耽搁个两三天哩。"

"是不是哦？他木匠工具都没有背去。空起两手怎么做活路呢？"

是呀，没有工具怎么做活路呢？早先怎么没想到这个问题呢？响夸一时无言回答，便胡乱扯了个谎："无非就是一把锯子，几支凿子，再加一把斧头，那些家什，哪里借不到？"

"倒也是。那，你见到他，他给你说哪样没有呢？"

"没有说哪样，我随便问一句就赶回来了。"

“这个狗记性，真是……”碧秀话没说完，脸上有了一点不悦的样子。响夸猜想肯定是儿子赶场时给媳妇许了个什么愿，儿媳一定急急地等着，如今儿子没回来，媳妇便急了。唉！这扯谎也不是件容易的事。到底儿子临走时给媳妇许的哪样东西呢？为了不让儿媳产生怀疑，响夸就说：“是不是你叫他买哪样？我吃了饭再去问问他，给你带回来就是。”

碧秀说：“算了，也没哪样大事，不急的。”

这事当然不好说。原来，响夸儿要去赶场时，碧秀让他给自己买些卫生巾，这两天正急用哩。然而，这事，能给公爹说吗？只好说，不急不急，没哪样大事。吃饭……

七

但是，碧秀总觉得公爹有点心事，他没吃几口饭就放了碗，然后一个人去外边看着对面的山坡，久久地不言也不语。

响夸把对面的山坡望了好一阵，也没想出个好主意。他始终惦记着儿子没吃饭的事，他相信儿子不会做出哪样坏事，也不会有哪样了不得的结果，只是饿的问题。……“不行，人是铁，饭是钢，一顿不吃心发慌。无论如何要给儿子弄点东西去。”响夸这样想了一阵，终于拿定主意，就对儿媳碧秀说，我还有事去场上一趟。说完，就独自出了门。

乡下的机关，一般只吃两餐，早上那餐大约九点半，下午的一餐在四五点。也就是在响夸走后不久，红萝卜副乡长们慢慢吃了早饭，剔了牙齿，便准备再去给响夸儿“上课”。这时，鬼冬哥来了，乡政府的一个个主席啦主任啦等等都齐声问候杨委员吃饭没有。杨委员早！杨委员好！然后，昨天参加教育响夸儿的几个人都跟着鬼冬哥进了一间办公室。杨委员就说，昨天大家辛苦了。今天的工作嘛，继续。不过，大家不要急，也不要太那个。我想，只要那年轻人认个错，还是昨天那句话，写个保证书来贴在村里，赔个千把块钱的医药费用就算了。

“要得。听杨委员的。杨委员真是菩萨心肠。”众人齐声表态支持拥护，并向杨委员保证说，“杨委员，你忙你的，这点小事，我们保证办好!”

待杨委员走了，那红萝卜才慢摇慢摇地上了三楼，开了“人口计划学校”的门，只见响夸儿还睡在那屋角的稻草上。明明听得脚步声来了，居然不闻不动，真是不像话，红萝卜乡长有点火，过去踢了响夸儿一脚，说：“死猪，起来。都什么时候了？还在睡。起来，起来，快起来。”

可踢了几脚，那响夸儿就是不哼也不动，红萝卜有些火了，又用力补了一脚，响夸儿还是不叫也不动。红萝卜这才有些奇怪地弯下腰去，仔细一看，只见响夸儿脸色惨白，嘴角正流出一丝淡淡的血水。虽说事先就打算用一个计划生育的死人指标，但她这会儿真正见到人不行了，不免还是有些紧张，忙用手靠近响夸儿的鼻子试了试，还好，竟还有点儿气在悠，于是放下心来，下到楼去，对昨晚上的几个共同“上课者”说：“那人可能不行了，昨晚上是你们哪儿个整狠了点，怎么办?”

几个人一听，人不行了，而且红萝卜开始把责任往别人脑壳上推，这怎么行？反正个个都上了的，哪个要想把自己抹脱是不行的。于是有人说：“喂，红萝卜，话不能那样说，怎么说是我们几个整狠了点呢？我们是协助你做计划生育工作，要说上也是你先上，是你上的次数最多，你不能往我们身上推嘛。这事是以你为主，你说怎么办。”

这样一说，红萝卜就有点慌了。她毕竟是个女人，也只有三十来岁，虽然暗地里说不管你用什么法子，只要把人口指标压下去就行，但过去没这样弄死过人。以前虽也死过人，但都是些因自己想不通而喝农药、跳岩或上吊自杀的，一般死者家属也找不起太多的麻烦，上边更不会过多地追究责任，不过是要严加注意罢了。这回可能要出的人命却不同，咋办呢？正在拿不定主意时，有人说，走，再上去看看。大家说，对，都去看看。于是，一行人叮叮咚咚上了楼，一看，那响夸儿还是睡着不动，那人大李副主任是有些经验的，他像医生一样仔细查看了一番，然后，又大声地喊了几声“响夸儿——响夸儿——”那响夸儿居然轻轻地应了一声。那李副主任又喊道：“起来——起来吃饭——”可那响夸儿还是蚊子似的只轻轻哼了一声，并不动。李副主任就说：“走走走，让他睡。我们下楼去。”

下得楼来，李副主任才说：“危险得很，赶快想办法。晚了就可能脱不了爪爪。”

想什么法？大家竟也一时没了好主意。这时候不知谁说了一句：“还是快给杨委员报告，你我都顶不住的。”有人说：“红萝卜，快，你去！”于是，红萝卜就去给她伟大的杨委员打电话报告了紧急情况。

鬼冬哥虽只是个贫困地区的村支书，那气派却不一般。他穿的皮鞋从来都是白得发亮；他有手机，有自己的小车，有专职驾驶员。手机比县上一般干部的还高档；小车是一辆白色的桑塔纳2000；专职驾驶员是他亲亲的幺兄弟，别的驾驶员他信不过；还有那手表更是纯金加钻石的。单是这一点，那就确实称得上全县、全地区、全省的已经先富起来的新农民典范了。尤其是在这国家级的贫困山区，能有几个人手腕上戴得起纯金加钻石的手表？就是那些省城的白领也没几个戴这样手表的。总之，他的一切穿戴都和他带领乡亲们奔小康，把一个落后山村建成了全国的先进致富村的先进事迹是吻合的，使人们一看到鬼冬哥就能想象出他建设的那个小康村已经富到了什么程度。一切都现代化了，手机一打，小车一动，快得很。所以，鬼冬哥一接到红萝卜的电话，没过五分钟，那亮得耀眼的桑塔纳就赶到了乡政府。一群人忙众星捧月般围了上来。鬼冬哥非常从容地说："大家不要慌，自己该做哪样就做哪样。这事，我来处理，你们别怕，怕他个鸡巴毛！"这几句话说得大家心里舒舒服服，觉得还是杨委员有大将风度，不像红萝卜，一出了事就放缩缩屁。就连鬼冬哥最后说的那句极不文明的粗话，听起来也非常有气魄。

鬼冬哥安抚了众人，只对红萝卜一人说："走，我们去看看。"

鬼冬哥来到响夸儿面前时，响夸儿正抖抖索索地要爬起来，鬼冬哥见了这般模样，只道是红萝卜大惊小怪，但看响夸儿那抖索的样子，又知道确实有些恼火，便教训起响夸儿来："年轻人，这味道如何？以后你还敢在我们门前乱来不？这回我先饶了你，放你回去。检查虽然不写了，但要记住这教训。也给你那个响夸爹说，叫他不要疯狗一样成天东一句西一句地乱咬。记住没有？回去吧，不要在这里赖皮了。"说完，就和红萝卜嘻嘻哈哈说着笑着打情骂俏地下楼了。

恰在这时，响夸手提着一碗什么东西走了过来，见了鬼冬哥，既不叫诨名也不叫支书，只问："我家儿子呢？"

"在楼上的，接回去吧。"

一听可以把儿子接回去，响夸心里高兴得了不得，急忙忙提了手中那碗刚从街上一家小店里买来的饺子，来到三楼，在那个铺了一层稻草的水泥楼板上，见到了睡起的儿子。可一看儿子满身被打得青一块紫一块，连说话的力气都没有了，就揪心地痛，开初他还以为是儿子整整一天一夜没吃东西，饿了，就忙把那饺子递过去，说："福，趁热吃了吧，吃了我们回家。"

儿子只望了望，并没动手来接那碗，但看出，确实是想吃。响夸以为是儿子没了力气，于是就扶了儿子靠墙坐好，自己端了那碗，用筷子夹了一个饺子送到儿子嘴边，儿子用嘴接过了饺子，才嚼了两口，就把头歪到一边，昏了过去，只有两行泪水从眼角涌了出来。响夸一见，才知道问题的严重。叫了几声"武福！武福！"

儿子还是不应。响夸急了，忙跑下楼来，找到鬼冬哥说：“你们无凭白故把我儿子打成那样，现在人不行了，怎么办?”

“刚才还好好的，有哪样不行?”

“那你去看嘛。”

鬼冬哥不慌不忙上到三楼，一看，果然响夸儿已人事不省。鬼冬哥咳了一声，表了个态说：“这样吧，本来是年轻人不对，对计划生育不满，现在也不谈这些了，看在乡里乡亲的面子上，给你两千块钱，马上把人弄去医。”

救人要紧，响夸也不想这时候和鬼冬哥争论，就急忙忙下楼，上街，喊人，找担架来抬人送医院。

可等到响夸把人找来时，鬼冬哥说：“算了，人已经死了，再给你一千块钱，抬回去埋了吧。”

原来，响夸儿先前自个儿爬起来，以及要吃那饺子，都是临死前的回光返照。还是那人大李副主任看得准，怕晚了就脱不了爪爪。就在响夸刚刚下楼去找人，还没出乡政府大门时，鬼冬哥听见响夸儿大叫一声“爹——”，便没了气。

响夸独自抱着儿子哭了一阵，也没有哪个来看一看劝一劝，他只有一个人自解自消。哭过后，响夸想，反正人也死了，哭不活了，活生生一条命就让你们除脱了，三千块钱就埋人了事？哼！难道一条人命就这么贱？

响夸走到楼下，对鬼冬哥说：“我好好的一个儿子，让你们无凭白故地整死了，就这样了事？是怎么死的，总要说个明白。又不是旧社会，看哪家人多，打得赢就算。不把事情说清楚，我是不会抬人的。”说完，响夸就走出了乡政府大楼。

八

这响夸确实是条汉子，不是那种一死了人就悲痛欲绝、六神无主的软蛋。其实响夸也伤心，但他是那种把事情办完了再哭再伤心的人。这时候，他知道首先要做的是报案。他来到乡场上，找了一个小店的公用电话，给公安局报了案，说自己的儿子被人打死了，要求出现场验尸。然后就坐在乡政府里等县公安局的人来验尸。也不回家给儿媳碧秀报信，他认为他现在没精力管儿媳的事，要紧的是要把儿子是为什么原因死的、被哪个整死的这个大事弄清楚。

红萝卜见死了人，毕竟有些慌，便问鬼冬哥："杨委员，这事下一步怎么办?"鬼冬哥沉默了一会儿，道："我说的是用一个'指标'，怕哪样？过去搞计划生育死的人有些哪样类型?""都是些自杀，有喝敌敌畏的，有吊颈的。""那就说是他自己喝了敌敌畏。没事。怕他个屎，谅他响夸也屙不起三尺高的尿。先把昨晚上那些人喊来开个会，拿人把响夸看到，不要让他知道我们在开会。"

于是，昨晚那些给响夸儿"上课的老师"就一个二个梭到一间小屋子里听鬼冬哥作指示。一开始，大家那心口都咯噔咯噔跳得慌，听了鬼冬哥统一的宣传口径后，便觉得他说的完全正常，完全有理，完全用不着怕。于是一个个又全都重新喜上眉头笑上了脸。

大约过了一个多小时，县公安局来了一辆警车，下来几个警察，问死的人在哪里。响夸忙说，在三楼的"人口计划学校"楼板上。红萝卜、李副主任等也围了过来。七嘴八舌地说，在楼上，在楼上，可能是喝了敌敌畏。几个警察也不答话，提着包包就上了楼，先是拍照，勘验现场，然后进行尸检。要进行尸体解剖时，警察问："哪个是死者家属？签字。"响夸就接过笔庄重地写上了"杨德海"三个字。毕竟是自己的亲生儿子，响夸不忍心看儿子被一刀刀划开锯开的血淋淋的样子，就只蹲在一边听验尸的结果。只听主刀人一边检验一边向记录的人报告："死者，杨武福，男……头颅颅骨多处裂损……胸部被殴打成稀烂状伤……肋骨呈异状隆起……肺叶肿大，遍体鳞伤，属外伤致死……"

这实际已很明白了，自己的儿子是被人活活打死的，那么，儿子死在乡政府楼上的“人口计划学校”里，这凶手还不好找吗？响夸想，案报了，尸验了，结果也出来了，公安局接下来应该抓人了。

殊不知几个警察在乡政府几个干部的陪同下去街上一家馆子吃了饭后，却坐上车一溜烟回县城去了。

望着那公安局的车子在白花花的太阳下走了，响夸心想，也许验尸的和抓人的各是一班人，他们是要回去叫另一些人来哩，等着吧。这样一想，就忽然觉得饿得慌了，才想起今天早上虽端了个碗，却基本上没吃饭，现在已经是下午三点了，怪不得肚子叽里咕噜直吼。是该吃点东西了。可是，这个样儿回家去，不把儿媳吓昏才怪。算了，去街上随便买点东西吃了再回家。事情已经到了这一步，瞒是瞒不住了，早迟要给儿媳说的。这样想着，响夸就走进了乡场上的一家馆子，要了一碗米饭、一盘回锅肉，二两酒。响夸要这些菜时，与其说是自已要，还不如说是给儿子点的菜。他想，儿子饿了一天一夜，先让儿子吃吧。于是，响夸便把一双筷子像祭奠亡人一样搁在碗上，倒了一杯酒，只在心里默默地念道：“福儿，你先吃吧。爹会给你申冤的。”念到这儿，两行老泪早已无声地涌了出来。这时候，响夸真想放声大哭一场。但是，这是在人家馆子里，你自家死了儿子，跑到人家开的馆子里哭，像什么话？乡下的风俗是最忌讳别人来自已屋里哭哭啼啼的。直到主人有些奇怪地望着他问：“噫？响夸，你在搞哪样？”响夸才回过神来说：“没哪样，眼睛忽然有点痛。”然后，狠下心来开始吃饭。

响夸吃完饭，就往回家的路上走，脑子里想的尽是怎样给儿媳碧秀说这件事。小两口从来没红过脸，而今忽然听到这噩耗，怎么得了？万一有个三长两短，又如何是好？响夸这样想着，居然就有了主意，走到半路张小二家，让那小二马上去把儿媳后家的娘和嫂嫂接来，只说家里出了点事，请她们快些过来一下，至于具体什么事，暂不讲。儿媳的后家也不远，不过五六里路，也就一个小时的路程。这样，他似乎就可以放心地回家了，但又一想，自己现在最多不过半个小时就可到家，到了家又怎么办呢？万一自己忍不住掉下泪来呢？还是等碧秀后家的人来了再说吧。这样想时，响夸就钻进路边的一小片林子里，找了个阴凉的地方坐了下来。其时正是盛夏，烈日当空，四野里寂无行人，空旷的山谷里只有山风吹过树丛和苞谷林的沙沙声。响夸这时再也忍不住了，多好的一个儿子，就这样死了，死得那样惨，连一个饺子都没有得吃就走了，他惹了哪个了吗？年纪轻轻，今年才二十八呀……我的儿哩……就这样，响夸终于放声吆吆地大哭起来，哭了个天昏地暗。哭得那树上的鸟、吹来的风也莫名其妙：这么好的日子，有什么好哭的？真是。

也不知哭了多久，反正是哭够了，估计那亲家母们也快到家了，响夸才慢慢地走出树林往回家的路上走去。

鬼冬哥送走了县公安局的小车后，回到他的支书办公室正有滋有味地喝茶，他对刚才那法医的尸检不以为然。或者说对那个小法医的不逊只有点小小的不快。先前吃饭时，鬼冬哥说："外伤怎么能死人？有人亲见死者喝了敌敌畏的。"意思是要那法医改变尸检结论。没料到那个年轻人却说："哪个说外伤不能死人？今天那人就是外伤所致。狗日的些真无人道，把人打成那个样子。"也许那小年轻还不知道这正是这个号称全国先进的杨委员们所为；或者说，对于鬼冬哥在当地的民怨早就腹诽在心，早就想骂人了，只是没有机会而已。鬼冬哥当时也想骂人，只是想到自己是著名人物，一个威名远扬的旗帜和先进，堂堂的乡县地三级党委委员，犯不着在小场合上与这些小毛团计较，免得失了自己的身份，便只在心里说，哼！小狗日的！你说那是外伤致死，我就说是他喝敌敌畏死的。老子说的话还从没哪个敢说过不字，不信就试一试。这样想着，鬼冬哥就又喝了一口茶，觉得特别安逸。正这时，弯刀所长进来了，鬼冬哥只把二郎腿的姿势换了一下，把跷右腿换成了跷左腿，问道："来了？什么事？"

弯刀所长讨好地说："杨委员，可能有点麻烦哩。"

"哪样麻烦？"

"那小法医是个犟人，他若坚持是外伤致死就不好办了。"

"那人是哪里来的？"

"是上边下来锻炼的。"

"是省里还是地区的？"

"地区公安处的。"

"他们处长常和我一道开会，熟得很。"

"那……那个事怎么办？"

"哪样事？"

"就是，他们从死者胃里提取的东西……"

"给你们局长打个电话，明说，这是搞计划生育死的人，那东西要换过。你这里马上把东西弄好，亲自送给局长，就说我说的。你们局长是个聪明人。他知道该怎么办？"

"好吧。"

弯刀所长刚要出门，鬼冬哥忽又叫住了他："你回来一下。"

弯刀所长赶忙退了回来，问："还有哪样事？"

"那东西缓一下送去，先把尸体处理了再说。"

"要得。"弯刀所长答应得就像幺儿一样的乖，好像那鬼冬哥就是他的顶头上司公安局长一样。

人啦，真是聪明透顶。只要去想怎么办，那一个又一个的主意就怎么有，特别是有权有势的人办起来尤其方便。要是普通老百姓把人打死了，咋办？早就尿都急出来了，或者赶忙用一条麻袋把尸体装了，趁月黑风高时，偷偷摸摸背到哪里悄悄埋了，然后慌慌张张回到屋子里发一阵抖，知道国法难逃，干脆从此逃亡他乡。如果公安局破了案，还要加个毁尸灭迹、负案在逃等罪。可这事到了杨委员和弯刀所长手里就好办多了，而且名正言顺，大张旗鼓，执行公务，不可阻挡，压倒一切……

没过多久，乡场上就传开了一个新闻，说响夸儿因对计划生育不满，想杀人，事情败露后，在接受教育中畏罪自杀，自家喝了敌敌畏。然后，派出所的两个警察雄赳赳地到响夸家下了通知书，命响夸立即将其儿子的尸体运出乡政府大楼自行处理，否则，以扰乱社会秩序、妨碍执行公务论处。

那时，响夸家正哭得一团糟，那响夸儿的媳妇已经昏死过几次了。好在响夸还撑得起，面对这一纸通知，他感到震惊，当场质问派出所的："你们还讲不讲理？我的儿子从昨天上午被你们叫到派出所，然后一直被关在乡政府大楼里，他去哪里得的敌敌畏喝？县公安局的法医都说是外伤致死，你们凭哪样说是自杀？你们回去对你们所长说，他要怎样做就怎样做。人，我是不来抬的，哪天把打人的凶手抓了，处理了，事情谈好了，再抬人不迟。"

这是乡下人，或者说是普通百姓处理死人事件唯一的办法。人死了，只要把人埋了，责任方就可以不慌不忙，从容谈判，或拖延耍赖等等等等；而如果死人还摆在那里，尤其是这七月炎天，就让人慌得不得了，于是只好尽力答复对方提出的条件。响夸想，我还不相信你敢给我把人弄去甩了。过去，许多纠纷就是因为沉不住气，相信了某些人的花言巧语，早早把人埋了，结果上了歹人的当。应该说，响夸当时的做法是完全正确、完全英明的。可是，响夸又犯了那个用正常的思维去思考正常问题的致命错误。

再说那两个送通知的回去把响夸的意思说给了弯刀所长后，弯刀所长也有些为难了，心里就有点儿想骂人，他妈的，人又不是我们打死的，这死人却让我来处理，人家硬是不来抬，怎么办呢？但是，这又是杨委员让做的，杨委员，哪个惹得起？人家在上边随便奏你一本，你就休想有好日子过。他想再给杨委员打电话讨主意，又怕杨委员在领导面前说他办事能力差，是个癞疙宝①——戳一棒跳一步，于是就主动开动脑筋想法子，不一会儿，这法子还真让他想出来了。既然说他是喝敌敌畏自杀的，而且，从今往后都只能是这一个说法，杨委员要自己送去的“死者胃内容物”里也已放进了那个东西，作假的第一步已经迈出去了，就只能假到底。那么，既然是自杀，死者家属又不处理尸体，按公安的有关规定，就可以由公安部门强行处理。“好！就这样办。”

弯刀所长立即又给响夸填了一份《通知》，并限定：“限你们明天上午 11 时前将死者尸体移走进行安葬，否则公安部门将按法律程序对死者杨武福尸体进行强制处理。特此通知。×县公安局福兴派出所 8 月 18 日下午 5 时整。”然后，狠狠杵了派出所的一个大红公章。一般人，单是见了派出所那红通通的大公章，早就吓出尿来了，哪敢说半个不字？可响夸还是用正常的思维在想问题，又一次错误地估计了形势，以为是弯刀们玩的吓人把戏，还是坚持不抬人，要讨什么公道，结果落得个连儿子的尸骨都没找着。这边，响夸还在理直气壮地等上边来人处理；那边却早已把尸体神不知鬼不觉地按照他们的“法律程序”强行处理得干净利落，漂亮至极，连杨委员也直夸弯刀有魄力。

这下，反倒是响夸这里等不得了。怎么几天过去了，那边还不见怎么处理的信儿呢？莫非他们真敢强行处理？再加上儿媳碧秀哭死哭活要去看自己的男人，响夸就带了披麻戴孝的儿媳妇和孙孙来到乡政府，却见乡政府秩序井然，大楼顶上红旗招展，各处屋内有说有笑，就像这里前两天什么事也没发生过一样的平静。是呀，又不是自家死了人，大家干吗要跟着哭呢？自家死人自家悲，这是很正常的事。倒是忽然来了的这么几个哭声恸地的老老小小，使这小小的乡政府热闹起来了。一下子从许多门里冒出些脑袋来，开始是

① 癞疙宝：方言，即蟾蜍。

看热闹，后来，竟也有不少人抹着眼泪悄悄地走开了。他们虽也同情，却是无能为力，或者不敢公开自己的观点，只有睁只眼闭只眼了事。

乡间女子看起来没什么主见，可一旦想横了也不好办。那碧秀见连自己男人的尸骨都找不着了，更是肝肠欲断，索性在派出所里用头碰墙，要一死了之，被派出所的一个女警察及时拖住。那弯刀所长见此就发怒了，大吼一声：“你再敢在派出所里闹，连你也一道关起来！”

那碧秀一听这话，并不怕，又一头撞向弯刀所长，哭着喊道：“你关！你关！我家一家人你都抓去关，这五岁的娃娃你都抓去关！我们犯了哪样法？我男人犯了哪样法？你们打死了人连尸骨都不还。今天不还我的男人，我就死在你面前！”弯刀没想到那女人竟疯了似的什么也不怕了，如果再闹出人命来就更不好收场。弯刀怕了，急忙退出门去，对响夸说：“你不要以为我真的不敢抓，这是扰乱社会秩序罪，可判五年以上徒刑哩。到时候我看你怎么又当爷爷又当娘？还不快去劝住？”

因为有了前几次的错误推断，实践使响夸终于学会了不正常的逆向思维。他想，按道理许多事情他们是不敢那样做的，但现在一切都变了，他们已没有哪样不敢做。响夸想了想，就走进屋里，拉住碧秀说：“你死给哪个看？你一屋人死完了，他照样活得好好的。你死了，瓜儿也跟到死？走，回去！把自家的娃儿好好抚养大才是真的。”碧秀和她男人一样听话，听了公爹的劝，果然就放了手止了哭，一路抽抽噎噎拉着儿子回家去了。

九

没想到这一回家，就再没什么动静了，乡政府、派出所、县里都没人再提起这事。那天，鬼冬哥还表态给个三千块钱埋人，现在是连一分钱也不谈了。真是人与人不同，花有几样红。有的人死了，哪怕坏事做了一大堆，吃公家，穿公家，死了还要当菩萨；像响夸儿这样的一个人死了，死了就死了，比一只鸡还不如，一只鸡杀来还可做辣子鸡、白膳鸡、熬鸡汤、烤鸡腿等等，响夸儿死了能做什么？红萝卜等人开始还有些怕，现在早已无忧无虑，且有一种完成了某项神圣使命的光荣感，见了杨委员也有笑的资本了；而鬼冬哥也照常风风光光当他的先进，或去县里省里开会，或接受哪家的记者采访，日子悠悠然然。他那个开初说是被响夸儿打成重伤的烂背篼兄弟也照常大模大样在乡场上摇来摇去。这日子就像一泓平静的湖水里投下了一颗小小的石子，一圈小小的波纹后，很快又是水平如镜了。人们只是互相悄悄告诫着，说千万不要惹那鬼冬哥一家人，你看响夸家就是个例子。

响夸不再“响夸”一样大着嗓门到处有说有笑了，也不再摆鬼冬哥那些假先进的龙门阵了，他一下子变得沉默寡言起来。他想不明白，这世界怎么变成这个样子了呢？

难道儿子就这样冤死了？这究竟是怎么引起的？是哪些人打死了自己的儿子？就算这官司打不过他们，可总要把事情弄个明白才是。那么，怎么才能弄明白呢？

这期间，有好几家来请他去做嫁奁，起新房，如果是往日，响夸马上就会答应下来，并一一约定好时间，哪天哪时一定到哪家。那么，这几处活路做完，又是一笔可观的收入。自然，又是要儿子和自己一道出去的。这木匠活不比其他活，有些活上了年纪就很吃力，比如用锯子把木枋照墨线拉成一根一根的木条，人老了就有些吃不消。常言说，“老道士，少木匠”，就是说做木匠活要年轻。可现在儿子没有了，哪个来替一下自己？一想到这些，响夸两行老泪又扑簌簌滚了下来。不是说没了儿子就完全不能做这些活儿，而是没了那份心思。如今，他一看见那些木匠工具，见物如见人，就想起儿子，就什么都懒心淡肠的，哪还有心思一个人孤孤单单出去呢？所以，凡是来请的，他都一一回绝了，就只一门心思想着弄清楚儿子是怎样被打死的。

去哪里问呢？乡政府的人肯定都不愿讲，即使有人愿意讲，也不敢讲，那些人如今见了自己，全都像躲瘟疫一样，也不知是为什么。如果搞不清楚是哪些人打的，要告状也无从告起。这一点，响夸还是懂的，要告状首先要有被告。

就在响夸无计可施时，这天夜里，响夸家来了一个人。他不是别人，正是乡学校的一位快退休的老师，也姓杨，论起辈分来，和响夸是一辈的，响夸该叫他大哥。响夸儿读初二、初三时，他是响夸儿的语文老师兼班主任，一直很喜欢响夸儿。

杨老师一进屋，就喊“杨师傅”。在村里，或者说在这个乡里，只有学校的杨老师喊他“师傅”而不叫他“响夸”。“杨师傅，你知不知道你儿子是被哪些人打死的？”

“就是不知道哩。”

“那你准备怎么办？”

“……打不起主意哩。杨老师，你一定知道，你们学校离乡政府不远。你又有个儿子在乡政府里工作，你一定知道，我儿子死得惨了，杨老师……”说到这里，响夸又差点哭了，但他忍住了，现在不是哭的时候，要哭也得有空了再哭。

“今晚，我就是专为这事来的。”

响夸听到这里，忍不住一膝给杨老师跪了下去，说：“我替儿子谢谢杨老师了。”

杨老师忙双手扶起响夸，说：“杨师傅，不要这样，起来起来。武福是我的学生，他是个哪样人，为师的最清楚。这样好的一个小伙子，忽然被人活活打死了，为师的心里也难过，为他讨个公道也是为师的责任。”说着，杨老师取出一沓写得密密麻麻的材料交给响夸，说：“详细情况我都写在上边了。其实，乡政府里也有很多人是同情你们的，但都不敢来给你讲，也怕你大白天去找他们。因为这事完全是那个杨先进闹起来的。虽说他只是一个小小的村支书，可人家是全省全国的先进，你别管他假不假，就像《红楼梦》里讲的，'假作真时真亦假'，假得从上到下那些人都相信他那些假的而不信你说的真的，弄得真的反而怕起假的来了。可悲可怕呀。我虽不求升官发财，但也怕他收拾我的儿子。所以，你千万要替我保密，也不要给人说是我给你讲的。这些内幕都是我儿子亲眼所见，亲耳所闻，也不是我儿子一个人看见，事情绝对是真的。哼！我就不相信，这些人就这样一直霸道下去。我还是相信那句古语，恶有恶报，善有善报，只是时候未到。"

那杨老师说完后，就起身告辞，说要回学校去。响夸就从身上摸出一张钱来，是一张百元的，无论如何要感谢杨老师。但那杨老师不收，响夸就说："你也是要到六十岁的人了，走这么远的路，担这么大的风险。你不收，我过意不去，就当我在街上请你吃一顿饭还不行么？"

"我晓得你是好意，但你再要说钱的事，我就要冒火了，我是为了钱吗？"

正在两人争执不下时，一直在里屋听着外边说话的碧秀出来了，拦着杨老师，也是双膝跪在杨老师面前，哭着说："杨老师，你不收这钱，是不是嫌钱少了，我这里还有两百。今天你不收，我就不起来！"

杨老师和响夸都没料到碧秀一直在听，这下子搞得杨老师收也不是，不收也不是，原先是一百，现在又来了个两百，如何是好？

碧秀原先也是杨老师的学生，当初她和响夸儿结婚时，两家门上所有的对联都是杨老师写的。这会儿，见这昔日的女学生凄凄惨惨长跪不起，也忍不住声音哽咽起来，扶住碧秀的手说："莫哭，莫哭。你们也不是很有钱，这状不晓得要告好久才能告赢，告状是很花钱的，说不定那省里，甚至北京都要去若干次。你们若想到一定要给武福讨回公道，就把这钱用在以后告状上。钱，就当我收了，留给你们做以后告状的费用好了，也算我为我的学生出点力吧。”说完，就把碧秀硬拉了起来。

…………

“那，杨老师，我送送你。”

“不用，一条大马路，也不远。”

好说歹说，杨老师终于同意响夸陪他走一段，毕竟杨老师年纪要大些，一个人走夜路让人不放心。

响夸终于知道了事情的前前后后，他把儿子怎样被鬼冬哥、红萝卜、弯刀，还有那乡人大的李副主任、乡计生办的邱主任等八个干部轮番毒打，有哪些人听到死者惨叫一天一夜的过程清清楚楚写成了诉状。他也没找别人，就自己一笔一笔地写。这方面，响夸还行，虽然只有小学毕业，但几十年在外走东闯西，见的多，也自学了不少，就是现在的许多初中生也未必有他叙述清楚，文笔通畅。而且，响夸对法律也略知一二，知道在诉状里不能用诨名，要严严肃肃写出某人姓甚名谁，性别，年龄，住址，等等。鬼冬哥只能写作“杨正清，男，51岁”，弯刀所长要写成“胡维正，男，35岁”，“红萝卜”则写作“洪玉莲，女，30岁，副乡长”，还有什么时间、地点、案由、诉讼请求等，写得条理分明，清清楚楚。他自己也庄重地用上了“原告人：杨德海”等字眼。

从此，在县里、地区和省里的一些什么人大、政法委、信访办、公安、检察院等部门的桌子上，常常出现署名原告人“杨德海”的告状信。“杨德海”的正规姓名代替了“响夸”的诨名。

从现在起，我们就严肃地用“杨德海”这个名字吧。杨德海开始紧跟时代步伐，懂得用法律的武器来维护自己的合法权益了。杨德海认为自己这样做没有错。报纸上，各种会议上，不是神圣地宣传要每一个公民拿起法律的武器来维护自己的合法权益吗？

殊不知，杨德海又错了。他哪里知道，现实中，宣传的有些东西只是一种理想和希望。实际上，法律是有了，可执行法律的包公未必到处都有。那些假包公用法律来为谁服务，却是另一回事。社会上歌颂的东西和现实的情况差距太大了。杨德海的状告了两个多月，还没半个音信。一天，他又去县公安局催问，得到的却是一纸《不予立案通知书》，上面那些白纸黑字比他写得更加神圣，雷打不动一样的威严。其文曰："控告人杨德海，你于某年某月某日提出控告杨正清等人打死杨武福一案，我局经审查认为本案没有犯罪事实，根据《中华人民共和国刑事诉讼法》第八十六条之规定，决定不予立案。如不服本决定，可以在接到本通知书之日起七日内向本局申请复议。"你看，那法律文书写得有根有据，完全是依法办案，何错之有？而且，人家还出示了地区公安处的刑事科学技术鉴定书，那盖有大红公章和高级工程师印章的法医鉴定书上，明明白白写着死者杨武福胃内容物经气相色谱法检验，结论为："……检出有机磷农药敌敌畏成分。"这就是说，死者是自己喝了农药死的，所以就"没有犯罪事实"了，不立案是合法的了。又是科学，又是根据什么什么。还有理有节地说，你不服可以申请复议等等，人家哪点不对？

杨德海当即申请复议，那结果就不必再说了。

自己做的决定还有错？

杨德海只好踏上了上地区、上省城的漫漫告状路。

十

日子一天天过去了，苞谷从红嫩嫩的穗须到黄澄澄的籽粒，向日葵把一盘金色笑脸换成了黑黑白白的格子布。稻谷黄了，辣椒红了，一切不受人类支配的自然事物都有了必然的结果，唯独由聪明的人类控制的杨德海为儿子告状的事情没有结果。五十多岁的木匠杨德海三天两头跑地区，跑省城，弹指间一头黑发白了大半。也不能说上边不重视老百姓的呼声。上边要求认真调查处理的批件也都一一转了下来，而且地区公安处还派人来专程调查过，但是调查过后就是没动静。

有一天，杨德海找到地区公安处前往调查的人问："同志，你们调查也调查了，你们给我个答复。你们说说，我的控告是不是诬告？"

调查的同志很是认真地答道："诬告倒是没有。"

"那你们为什么还不立案？"

"要是我们能说了算，我们早就立了案了。"

"难道我儿子就这样白白地死了？"

"老伯，哪个叫你惹了那杨正清呢？你也不想想，人家是什么人，全国先进，十多年的红旗，哪个敢随便动？"

"你们的意思，我这状就告不翻了？"

"老伯，你也不要太那个，我们不过是在随便讲讲。其实，我们也支持你告。你这案子，除非从上边压下来。也不是让你就这样算了，但你要有恒心。"

于是，杨德海果然就天天往省里跑，到省人大、省公安厅、省政法委，还有省检察院。他花钱把状子打印出来，复印的一沓一沓的，不仅送到那些森严的大门内，还把它贴在那些高耸入云的大楼前边的柱子上。在没结果前，他就把儿子惨死的简要案情写在一张报纸一样大小的白纸上，贴在一张硬纸壳上，像"文化大革命"斗"走资派"时挂的牌子一样挂在胸前，还把当初县公安局那法医给儿子现场照的一张血淋淋的照片也贴在了那纸壳上，示众一样站在公安厅或省政法委的大门前。

秋风吹过了，雪花飘起了，各处的大红灯笼高高地挂了起来。年关迫近，人们来来往往，喜气洋洋，没有谁理睬凛冽的寒风中木然孑立的杨德海。因为他只是站在那寒风萧萧的大门口，并没有撞进哪家办公室里去大吵大闹，并不影响人们的正常工作和生活，即使在那里站一万年又何妨？其间也有人同情他，过来对他说：“老人家，你站在这里是不起作用的，你就是站一年又怎么样？一般人有这个心，却没那个能力，有那个能力和权力的你又没找着他。现在的事，除非是上边点着名要谁办的什么事，或者你把他缠得脱不了身了，他才去做。否则，一个个都是多一事不如少一事。哪个来管你？这么冷的天，何苦呢？像你这样来喊冤的告状的，他们见得多了，都看烦了，麻木了。”这话说得杨德海恨不得一头撞死在那些柱子上。但一想到儿子，想到小孙子，他就又回家了。无论如何，年还是要过的。

在腊月了尾的一个风雪交加的夜晚，他回到了老家。

三十夜吃年夜饭时，多了一道给儿子“献饭”的程序，也就是人们说的祭奠。一家三口人吃得没滋没味。可外边依然是遍地的爆竹声声，山村里到处漂浮着酒肉的香味，在别人家的电视机前，人们幸福地看着那一年一度的春节联欢晚会。到了大年初一，鬼冬哥家的门上照常贴着“春满人间福满门”之类的大红对联，县里的领导也照常来慰问。

欢乐可以共享吗？痛苦确实是个人的。

这神秘的宇宙里，是谁主宰着这一切？春天依旧准时而来，花儿也还是次第开放。先是杏花，然后是李花、梨花、桃花……又是一年的树绿花红了。到处有布谷在叫，到处有泉水在淌。一天，响夸对碧秀说：“碧秀，有句话可能不该说，我想了好久，还是要说。你还年轻，如果有了合适的人家，你还是早早有个打算，瓜儿呢，我带也行，你带也行，无论哪个带，我都要好好送他把书读好。”

碧秀低了头，眼里噙着一汪泪花，没过多地考虑，就表了态：“爹，那些事，暂时不要说，瓜儿他爹的案子没结果，我是不会谈那些事的。这案子一辈子没结果，我一辈子不谈改嫁的事。就是有了个公道，我也不会走人。你老人家要是愿意，我就招一个进来。就当你招了个女婿。”

响夸擦了下泪水，也就再没说什么。春雷打过了，春雨下过了，四月溪水遍地流。田是要犁的，庄稼还得种，得先把地里的事忙完了再说别的。

在这春耕忙忙的日子里，累得那屁股一挨到哪里就想坐，一坐就想躺下来睡。此时，响夸除了忙和累，什么告状的事，全都顾不上了。

好像是一场梦，梦里没完没了地东奔西跑，跑到哪里忽然跌了一跤，就醒了，醒来一看，苞谷齐刷刷地满山遍野，一湾一湾的水田全变绿了。有秧鸡在叫，有白亮亮的鹭鸶三三两两地划过烟雨迷蒙的村庄。这期间，杨老师在乡政府工作的那个儿子考上省里的一个什么单位走了，杨老师也光荣退休，还有那红萝卜也从副乡长提为代理乡长，只是在等哪一天正式开会选举，完成一道手续罢了。鬼冬哥的又一个先进事迹上了全国一家很有影响的大报。每个人都是一个接一个的好日子。这世界依然为人们开放着灿烂的鲜花。

就在这世界好像无声无息地变化着时，响夸忽然接到派出所的通知，要他去乡政府一趟。响夸就去了。

是史书记要找响夸谈事。

这回终于见到了乡里的史书记。史书记三个月的什么读书班早就结束了，回来好久了。史书记对人和蔼，说话很客气，对响夸的不幸深表同情，说了许多让人感动得热泪盈眶的暖心话。但谈了一大天，响夸也不知史书记究竟是什么意思，最后只听明白了一句话，意思是人已经死了，死而不能复生，在世的人好好活着要紧。乡里打算给他六万元的安葬抚恤费，让响夸撤回起诉，今后就不要再到处告了。史书记还说，乡里从来没有过这样高的补偿费，乡里已尽了最大的努力。

从开始的一分钱也不给，忽地一下子到优抚六万元，这是怎么回事？响夸一时蒙了，再加上史书记那样关切，那样轻言细语，使响夸感受到这半年多的告状经历中从来没遇到过的温暖。响夸竟有些感动了，不知所措了，只低了头喃喃细语道：“谢谢史书记，我现在头晕得很，我想回去好好休息一会儿。”

“那好吧，你先回去好好歇会儿，想好了，给我个回复。”说完，史书记就喊来乡里的小车驾驶员，说要用乡里的车子送响夸回去。响夸更是一千个一万个不敢当。在响夸死活不坐那车的情况下，史书记才终于同意了响夸自己慢慢走路回去。

这就是人们说的幸福吗？这幸福来得太突然了，这是究竟怎么回事？是该高兴，还是其他什么呢？是不是这就算为儿子讨回了公道？

响夸回到家里，把这六万元补偿费的事给儿媳碧秀说了，问道：“你说呢？你说这是为哪样？”

“爹，这说明他们怕了，是你到上边去告他们起了作用，这个政府不是他们几个人的政府，上边还是有好人，有清官。我不要钱，我要争这口气。”

“我也是这个意思，我就是要饭当叫花子也要把这官司打下去。只是当时不好驳那史书记的面子。”

就这样，响夸坚持不撤回起诉，洗干净沾满泥浆的衣服，又上了省城。他找到那些有清官的单位，告诉他们说，凶手们不但还逍遥法外，有的还官升一级，如果还不立案处理，他就只好上北京。那些人一听说他要上北京，有的赶忙给领导汇报，商量着如何才能有效地阻止他进京上访；有的则悄悄怂恿他进京上访，说这个全国的假先进非得北京的人才扳得倒。当然更多的是劝他暂时还是不要去北京，说到北京上访也不是件容易的事，除非你有通天的本事，再说上一趟北京费用不得了，省里再给督促督促，相信很快会有结果的。响夸也就采纳了这些好心人的最后一条建议，决定先回家等一段时间再说。

于是，这小小的乡场上又经常有了响夸杨德海的身影。响夸杨德海告状的事在这一带已是家喻户晓，人人皆知。响夸已然成了人们关注的焦点人物，他的一举一动都马上会变作人们茶余饭后谈论的话题。或是响夸又回家了，或是他又上省城了，关于他的新闻马上会在乡场上传开去。这一回，他一回来，就有人立即播出一条新闻说，响夸这回又见到了一个大人物，还讨到了省委书记的一张批条等等。

不管人们怎样议论，响夸都不再多说，还是那句话，他不再具有先前那样大声武气的“响夸”风度了。他只剩下更多的沉默，然后是在沉默中耐心地等待。他别无他法。

这天，夕阳在山的时候，他家来了两位不速之客，说是县城里什么法律援助中心的。一个约五十来岁，微胖，一米六几的个子，穿一件花格子的衬衣；另一个大概三十几岁，瘦瘦的，烟瘾特大，不一会儿就丢了一大堆烟头。两人不知怎的对他家的事非常清楚，进屋先是一番自我介绍后，接着就问：“听说你家打官司还没打赢，是怎么回事?”问话的是那个老头。

响夸先前并不认识这两人，但县里有个法律援助中心他倒是知道的。既然是法律援助中心的，人家肯定懂法，又主动问起这事，响夸就把自己告状的前前后后一一说了出来。两人听了后，又看了响夸写的诉状，年轻的那个说；“你这诉状不能这样写，这样写，自然不能打动看诉状的人，要重新写过。”

响夸说：“就是，我文化不高，又不大懂法，还望两位老师多多指点。”

“我们就是听了你家的冤案后，为你这事打抱不平，特地想来帮你一把的。”

“唉！这世界上还是好人多，难得两位老师一番好心。”

“不客气。我们援助中心就是专为老百姓打官司的。”

当晚，两位援助中心的人又问了些细节，做了好多记录。第二天吃了早饭后，两人说要回县里去写诉状，等写完了状子再拿来看一看，然后，两人就回县里去了。临走时，碧秀还送了他俩每人一只连她自家也舍不得杀来吃的红公鸡。响夸把两人送了一程又一程，他们真个把响夸和碧秀感动得不得了。

这一天，响夸父女俩一直沉浸在万分感动中，而当天下午，弯刀所长突然带了两个警察来到响夸家。一进屋，弯刀所长就问："杨德海（从那以后，弯刀也严肃起来了，也不再喊他响夸，而叫起这严肃的名儿来了），昨晚你家来过什么人？"

"什么人？没什么人。"

"哼！别不承认！我给你说，党的政策是坦白从宽，抗拒从严。"

响夸想，你这狗日的说的什么话？老子又没做什么犯法的事，有哪样见不得人，有哪样不敢说？人家是为民伸张正义，是正大光明的。怕哪样？于是，他就把昨夜县法律援助中心来了两个老师的事一五一十地讲了。"事情就是这样，有哪样坦白不坦白的？"

"他们昨夜在你家住哪间屋？"

"就住的那间屋。"

"哼，法律援助中心的？怕不是吧？"

"过去也没见过，他们自己说的。"

"既然没见过，人也不熟，怎么还留在家里过夜？怕是老熟人吧？"

"真的不认识。"

"真的不认识？我看你也不是好东西，也是强盗口中三把刀。我告诉你，这两个人是我们正在通缉的大毒犯。走，看看他们昨晚住在哪里？"

于是，弯刀就和两个警察去昨晚那两人睡的屋子里搜，几下子就搜出一包东西，拿出来一看，居然就是一包海洛因。这回，弯刀所长一下子就变了脸，厉声吼道："杨德海，人赃俱在，连毒品海洛因都抄出来了，你还有什么话说？竟敢和毒犯勾结起来贩毒？带走！"

就这样，响夸因涉嫌贩毒被关进了大牢。

十一

这下，响夸是跳进黄河也洗不清了，且罪行不轻。在响夸家屋里搜出的那包海洛因足足有52克，一般贩毒50克就可以杀头的。虽然响夸一直不承认和那两个所谓的毒贩有来往，但证据摆在那里了：一、你说你们不熟，为什么又让他们在你家过夜？二、在你家屋里搜出海洛因52克，你还狡辩什么？根据法律规定，只要有证据证明你犯罪，你不承认也可以定你犯罪。这回，响夸是死定了。

但响夸并不死心，要求和那两个不认识的毒贩面对面对质。弯刀说："就是你杨德海把人放跑了，我们至今没抓到人，我们去哪里找来给你对质？"

"反正我是冤枉的，你们诬陷好人。"

"这叫以事实说话，你不承认，只能说明你在顽抗。罪加一等。"

响夸终于绝望了。他忽然想到了乡里的史书记，他想给史书记写封信，想撤回起诉。于是他向看守要了纸和笔，要求给史书记写信，看守也就同意了。

他给史书记写信说自己现在被冤枉，希望史书记救救他，并保证撤回起诉，从此不再上告。

信交给看守寄出去后，响夸杨德海就天天等着史书记的回音。然而，看守们却一直没给他送来史书记的回信。

怎么办呢？响夸想，自己是死是活都无所谓，关键是儿子死得冤，更让人放心不下的是儿媳和孙孙。碧秀经得起这样的打击吗？

望着那一方小小的铁窗，外面好像又飘起了牛毛细雨，响夸杨德海不禁为儿媳和孙孙忧心起来，终于又无力地闭上了双眼。

响夸被以贩毒罪抓了以后，小小的乡场上和村里的角角落落引起了不少的议论。人们说，像响夸这样一个人，怎么会贩毒？他哪有心思和精力去贩毒呢？肯定是他告状惹的祸，有人诬陷他。乡下人说话不管什么证据不证据，只凭良心和直觉。这消息传到那退休的杨老师耳里，杨老师也大吃一惊。开始，杨老师还只是发出一两声叹息，后来听到有人说“响夸一死，就没人再到处告状了，那些人就睡落心觉了。所以，不整倒响夸他们是不甘心的”，杨老师便再也坐不住了，他站出来，说要义务为这家人打官司。有人替他担心，说：“杨老师，这些人心黑得很，你怕不怕哟？”

“我一生行得正，坐得端，怕哪样？原先是担心儿子，儿子现在也不受他们管了，我就作为杨德海的辩护人也是符合宪法规定的。就算这些人要黑办我，我一个五六十岁的人也没哪样丢不下的。”

但是，过了一会儿，当着众人的面，杨老师还是长叹一声，说出了一句叫人沮丧的话：“是呀，这些人到处都有人，惹不起的，搞不好，替别个打官司没帮上忙，自己也像响夸一样，死得冤冤枉枉。还是躲远点好。”

众人见杨老师都说这样的话，也就不再说响夸的事，而只摆些黄瓜茄子之类无关紧要的空龙门阵。后来实在无话可说了，就各自散伙回家睡觉了。

不过，在一个大雾蒙蒙的早上，杨老师还是去了响夸的家里。那时，碧秀正在喂猪，见老师来了，如同见到了久别的亲人，凄然说道：“老师，好好的一个家，就这样完了。我爹他冤枉啊！你说我该怎么办？要怎样才能救出我爹呢？”

屋檐下，几只鸡懒懒地在地上寻找着什么，那坐在地上哭着要吃饭的瓜儿满脸的鼻涕和泪，往日充满了欢笑的农家小院，而今变得如此冷清，杨老师摇着头长叹了一声，心想，打官司是件大事，但如何安慰好这孤儿寡母更是件大事。

他自己在街沿找了个板凳坐了下来，思考了一会儿，编出一个谎言说："昨天，我去县看守所见到了你爹，他让我给你说，他的事你别管，有我给他帮忙打官司。你只好好注意好你自己，千万别生病，好好把瓜儿带好，他就放心了，不然就对不住瓜儿他爹。万一有哪样困难就给我说。或者找你娘家帮帮忙。你爹说，要想开些，只要把儿子养大，就能看到他鬼冬哥的下场。平时，晚上早些关门，不是亲人不开门，家里的一切由你处理，实在有困难，该卖哪样你就卖……"这些，其实都是杨老师自己编的，他想，碧秀听见她爹这样嘱咐她，心里会好受一些。然后，又拿出两百元钱给碧秀，说："这里，你先拿着这两百块钱，万一有个什么急事也好办一些，以后有什么困难，随时给我讲。现在，你们这官司的事，我来给你家帮忙打。"

碧秀无论如何不肯收杨老师的钱，杨老师趁碧秀去抱地上的瓜儿时，把那钱压在板凳上，就转身走了。走了几步，又站住，回头对碧秀说："碧秀，我给你家打官司的事，不要再给其他人讲。就是你娘家的人也不要说。"

"记住了。杨老师，你慢走。你若再见到爹，就给爹说，家里的事，请他放心，我会把瓜儿带好的。"

目送着杨老师消失在白茫茫的大雾里，碧秀紧紧地抱住儿子，心里就多了一份庄严的使命感。

鬼冬哥和弯刀所长近日心境不错，红萝卜尤其感谢杨委员在上级领导面前的美言之恩，在和杨委员做那事时幸福极了，能和国家级的先进人物干上这事，就和过去的小女子能与真龙天子上床一样，如若有了个种儿，以后莫不也是个先进儿？一般人哪有资格享这个福？原先时时忧心的就是那个响夸天天去上边告，整得上边今天是这里在追查，明天又是那里来电话督办。现在连响夸也整进去了，也就没人再来惹是生非了，谅碧秀一个小寡妇也翻不起哪样的大浪。

他们做梦也没想到，有一个与杨家非亲非故的退休教师，只是因为憎恨邪恶和同情弱者而出来打搅他们的幸福生活。而且，这个退休教师因文化比响夸高，又有个儿子在省直机关工作，告起状来就比那响夸厉害多了。

太阳还是从那座高高的笔架山上升起来，照着河谷田坝上那白茫茫的晨雾，晨雾里的河水也依旧潺潺流淌。从乡场开到县城的那趟早班车离开乡场时，晨雾正慢慢散去，朝阳的红光把这一片山村染得白里透红。一切都是平平静静的。不知是哪一天早上，杨老师坐上那早班车走了。

杨老师不显山不露水地去了省城。他退休了，没事了，去省城儿子那里玩上十天半月，有什么奇怪的？谁也不会想到他会是专程去为响夸家打官司的。除了碧秀知道以外，乡里的人、村里的人都不知道，在牢房里的响夸更是不知道。

杨老师来到省城他儿子那里，才给儿子讲了自己此行的真正目的，儿子原先对这事就极为愤慨，自然很支持父亲的正义之举，只是有些担心他遭那鬼冬哥的报复。父亲说，目前，没人知道我在介入这事。就是知道了也不怕的，大不了我也来省城住就是。儿子说，也是。于是，父子俩就商量着怎样来打这官司。儿子是搞写作的，早在乡下时就和新闻界的一些朋友熟，他说："现在这官司再在省里告，是没多大效果了。我说呢，最好把案子捅到哪家有影响的刊物去，运用舆论监督的力量去形成一种压力。"父亲很赞成儿子的主意，就让儿子马上写了一篇详细的通讯寄出去。

这事就这样悄无声息地进行着。

会不会有一个好的结果呢？父亲有些忧虑，但儿子似乎蛮有把握。

大约过了十天，北京一家叫《人民之声报》的一个姓王的记者给杨老师的儿子来了电话，详细问了一些案情后，说为了事件真实、万无一失，决定亲自到当地采访一趟，并约定了前去采访的具体日子。

王记者说到就到了。这叫人又喜又忧。喜就不说了，忧的是，这王记者从北京来，去到当地，对当地的口音不熟，有些话听不懂，怎么办？况且鬼冬哥杨正清假先进经营了多年，近乎一个黑社会团伙，到处有耳目，要了解真实情况是非常困难的，得有熟悉当地情况的人带路才行。谁来带这个路呢？

三人商量来商量去，认为律师出面比较方便，决定在省城为响夸请一个熟悉当地情况的律师。当然，这个律师也是要有正义感的。采访的方法只能是突然袭击，一下子下到村里直接找村民调查。等鬼冬哥他们知道情况时，这里的采访已经结束。

也算苍天有眼，王记者在杨老师父子俩的帮助下，很快在一家律师事务所找到了一位理想的律师。那律师姓秦，正好经常在那一带打官司，对那里是再熟悉不过了。当然，这费用也不少，且不说律师费，如若租出租车去，单是这一趟来回的费用就少不了两千块，这钱去哪里取？杨老师说，既然自己来打这个"抱不平"，这钱就自己来出，反正一个月还有千多块钱的退休金，儿女们都大了，自己一个人也用不了多少。那王记者为杨老师的见义勇为精神所感动，说："我的费用你们别管。我回去可以报销的，我们就坐大客车去。只要你们给我带好路就行。"秦律师也说，除了来去的路费，其余的我也免费。

第二天，王记者、秦律师和杨老师便一道出发了。本来，儿子说，父亲最好不一道去，免得遭人报复；但杨老师说，没关系，只要不一块儿下车就行，要找人了解真实情况，还是自己熟悉本村本土的人。

十二

王记者三人先是坐客车到县城住了一宿，第二天早上才到了福兴乡场。乡场上每天一早一晚两趟班车，外地来做各种生意的人都有。这天，谁也没注意客车上下来的这两个年轻人。那王记者不过三十来岁。秦律师更年轻，只二十六七。客车拢乡场上时，不过早上九点。乡场上正荡漾着一地被朝阳染红了的薄雾。杨老师也没和他们多说话，下了车，就直接去找了一辆乡场上的农用“方圆”货车。王记者和秦律师也没说什么，只不远不近地跟着杨老师走。到了那货车前，杨老师就对那开车的师傅说：“小李，这里有两位客人要去那个全国的先进村采访，你送他们去一趟，好多钱?”

“杨老师，你介绍的客人么，还讲哪样价，三块钱，收点油钱。”

“行。”

王记者和秦律师二人就上了车，杨老师则自个儿回乡学校他那间屋子里去了。王记者今天的主要任务是调查核实关于鬼冬哥那些假先进的事实，进村要找哪些人，哪个人大概在哪里住，名单都是杨老师事先给了秦律师的，为了不过早暴露身份，一般问题由秦律师问，特殊情况才由王记者问，秦律师做翻译。王记者没用笔，他带了两支自来水笔一样的微型录音笔，那照相机也是乡下人没见过的一种数码相机。一切都好像是随便问问，随便看看，就像有亲戚客人来吹空龙门阵一样随意，人们根本不知道被录了音，即使照了相也不知道被照了相。他们的问题问得也很巧妙。比方说，王记者要调查那鬼冬哥关于用自己的钱来为村里的孤寡老人办福利院的先进事迹时，他叫秦律师这样问：“老人家，你今年多大年纪了？我们不是记者，是来看了耍的……听说你们在福利院里过得很幸福，你说说老实话，有哪些幸福?”

“你这人还有点怪哩，怎么要求我说老实话?”这老人有些奇怪，过去那些来采访的是从来不问他的，而且就算要他给来参观的人讲讲，也是事先就有人来打了招呼的，必须如何如何讲。怎么今天来了人却没有事先打招呼？而且要他讲老实话？哦！对了，他们说是来逛了耍的，怪不得事先没人来打招呼。好嘛。老子今天就说说老实话。于是就讲出了他原来确实在幸福院里住过，但其实就是给鬼冬哥当私人放牛娃，吃也吃不饱，要是走慢了点，还要被鬼冬哥的人又打又骂，所以后来他就逃回来了。现在，那福利院早就没人了。一遇到上边来人要参观哪样福利院，就由鬼冬哥的那些人来强行把村里的一些孤寡老人赶牛一样弄去做个样子；为了凑数，各家各户轮流把自家的老人献出来做一天的福利院的“幸福老人”，等领导们参观完，电视台的把像录完后，就各自回家。那福利院的牌子平时放在一个屋角里，要用的时候才拿出来擦了灰尘挂一挂。就连福利院的房子也早就垮了，现在一般来拍电视和参观的福利院的房子其实是杨老三家的房子。到了要参观福利院那天，他们全家就去别人家耍，要等参观学习的人走了，他们才能回家。

“那参观和拍电视时，福利院里那些为老人服务的服务员是怎么回事?”

“这个简单得很，鬼冬哥有专门训练的一帮人，到时候不过是喊来演戏一样做个样子。他们早就做精啰。硬是像得很。”

“听说你们那个杨支书给你们办了许多好事实事，你说说，有哪些好事实事?”

这一下，那老人往地上狠狠吐了一口痰，骂了一句脏话，说：“有哪样好事？只怕是做恶事做过了头，他家子子孙孙以后生的娃儿都不长屁眼。”

“你能不能举个例子?”

“例子？多得很，就拿我来说。有一年，鬼冬哥说国家有笔救济款给我，叫我把我的私章拿给他去把款领回来。我相信了他，就把我的私章给了他。他回来后，确实也给了我三百块钱。可后来，我去乡里赶场，才知道国家给我的是一千，不是三百。你以为我这钱来得容易么？是我在朝鲜战场上用命换来的。不信，我把当年的立功奖章拿来给你们看。”说着，老人就要去找他的勋章。秦律师忙劝住了，说完全相信是真的。接着，老人又说：“更让人气的是，过了好几年，信用社的来催我还贷款。说有十大十万。我说我做哪样贷的哪样款？人家拿出贷款条子来让我看，确实是我的私章。我说我反正没贷。我也没有钱来还。我一个孤老头，一间破土墙房子，你们要就拿去吧。我这私章，就给那鬼冬哥一次，不是他那个黑良心冒名顶贷还会有哪个？欺负我一个孤寡老头，贪污我用命换来的国家补助。他还不断子绝孙？唉！不过是嘴巴大了压得住人，现在是没得哪个敢讲。算了，说了也不起作用，不过是吹空龙门阵。我只要不死，就长起眼睛望，天老爷有只眼睛会盯到的，不过是迟早而已。”

“老人家，那你那笔贷款后来怎么了结的呢？”

“了哪样？虽是我的章，我反正没贷，也没钱还。我一个孤老头，万一哪天死了，还不是国家遭殃。”

…………

谁会想到一个全国的红旗村竟是这样的呢？关于这个村村支书杨正清的先进事迹，王记者未来之前，已经从有关资料中看过，那上面说的是这杨正清把自己几十年打工挣来的几十万元积蓄拿出来为村民致富奔小康，为村民作出了巨大的牺牲等等。这样的先进事迹居然在全国那些很有权威的报刊上宣传了整整十年之久，简直不可思议。

接着的采访都非常顺利，也使王记者分外震惊。村民们简直是在血泪控诉，他们说的远比报社当初接到的那篇通讯中所写的要严重得多。中午时，他们在一个老乡家里吃了些便饭，园子里四季豆有的是，煮一碗素南瓜，炒一盘洋芋丝，一碗苞谷面和大米的两造饭，吃起来倒别有一番滋味。

快到下午六点时，先前那辆“方圆”农用车就又接他们来了。

当夜，王记者和秦律师两人就又包那辆农用小货车赶回县城去了。直到第二天早上，鬼冬哥们还不知道有人来村里采访过，他得知这事时，已是第二天中午了。

北京来的记者就是不一样，真有点宰相仆人三品官的味道，王记者直接去了县委、县政法委、县公安局。有些头儿不想见他，但一听是北京《人民之声报》的记者，又不敢不见。一看证件，没假，有的还打电话去报社核实过，也就更不敢马虎。王记者也不问其他的，就三个问题：一、福兴乡一农民死在乡政府里，你们县委、县政法委知不知道具体案情？二、你们的态度是怎样的？为什么快一年了还没处理？三、这个全国红旗村的那些事迹是真的还是假的？

这几个问题其实都很简单，然而，他们却只是热情地说，王记者，先喝口茶，歇一会儿，先住下来。吃了饭，明天再说，好不好？我们现在马上有个紧急会，说着，不管他同意不同意，就让秘书把他领去上好的宾馆住下来。然后，他就找不着人了，但到了开饭时，他们都异常热情地来陪他吃，要他喝，就是迟迟不谈正事。这不能说人家不热情，且热情得几乎让人马上要晕倒了。

可这王记者偏也倔，无论对方怎样劝酒，不喝！就是不喝！

又问："王记者，你看要买点什么土特产？"

"不买，什么也不买。"

"你需要什么？只管讲。"

"就需要一样"

"请讲。"

"明天一上班，你们把我要的三个问题告诉我。"

于是，这一顿饭就吃得从来没这样尴尬过。

正是这样，鬼冬哥才晓得北京来了个什么卵记者。一开始，他并不在乎，心想，你个小记者，你能做个哪样？卵子能翻天？

鬼冬哥后来觉得王记者有点来头，进而有点点怕他们的那种感觉，是在第三天晚上他接到王记者给他打的电话过后。

秦律师作为杨德海的代理人，再加上他和这县里的政法界人士熟，要去公安局看关于死者一案的有关材料，也就把该看的都看到了。什么第一次法医的尸检结论，第二次的地区公安处所谓农药化验鉴定，还有县公安局的不立案通知书，甚至地区公安处调查小组的调查报告，还都搞到了复印件。尤其是这个地区公安处的调查报告，它产生于还没有各种外力干预的情况下，其整个案件事实已经非常清楚而真实。秦律师还去看守所看望了杨德海。只一两天的时间，王记者就把案子的真实情况弄得清清楚楚。可是，王记者要县有关方面回答那三个问题的同志们却全都说不出个所以然，不知是真的不知，还是假的不知。于是，那王记者就有点儿不恭敬了，在又一次和他们对话时，直言道："这么简单的一个案子，将近一年了，你们居然说不清楚，这是你们自己说的，以后这篇报道在全国登出来，可别说我不给你们面子。"

这样，县里就有人把这王记者前往福兴乡调查采访鬼冬哥假先进和打死人的事用电话告诉了鬼冬哥。鬼冬哥说："他又会做个哪样?"

"杨委员，可别那样说，这家报纸在全国是很有影响的，如果照他们调查的事情一登报，全国一闹起来，不仅是你完了，我们也要受牵连的，你看看，咋个办?"

"怕个卵。"鬼冬哥还是那句话。这些年，他从来没遇到过让他怕的事，每每稍有难事时，就说那句口头禅"怕个卵"，所以说顺了口，改不了。其实，这会儿鬼冬哥是有点怕那个"卵"了，他虽讲不出成也萧何败也萧何的道理，但也略略知道一点儿记者既可以把人捧上天，也可以把人整臭的厉害。只是这几年他碰到的尽是来吹他抬他歌他赞他的舔肥记者，还从没遇到过敢对他不尊不敬的卵记者。这时他说不怕，不过是提虚劲罢了。等他那虚劲都完全提不起来时，是在王记者们去了地区以后。

本来，照秦律师的意见，案件事实的真相已经完全清楚了，他们二人应该打道回府了。可是，王记者觉得他胸中的那篇稿子还差点东西。那就是面对这样一个血淋淋的案件，以及这样一个不可思议的这么多年的假先进，它的上级领导部门知不知道？这是对事实报道必须负责的问题。

于是，二人去到了地区行署，且直截了当与地委书记进行了对话。

在地委书记那里，王记者比在县里稍为客气一些。他很客观地介绍了自己采访到的关于杨正清假先进的情况，然后，征求地委书记的意见和看法。

但地委书记还是有些不相信，说："难道我们真的被他骗了十多年？我们那些领导都干什么去了？"

王记者先放了一小段采访录音给地委书记听，是讲杨正清怎样作假的事，然后才说："这么些年来，你们上级的哪一次参观和视察不是先用电话通知了，然后才去看的呢？而我这次是一下子就走到群众中去，没有任何的事前安排。书记你认为是哪一种形式更能得到真实情况？"

"……"地委书记笑了笑，"理论上讲，应该说不讲排场的形式才能得到真实情况。"

"对于这样的假先进，一个地方的恶霸，居然被树为为民造福的典型，书记你说该怎么办？"

地委书记沉默了一会儿，说："王记者，我相信你采访和调查的情况是真实的。但是，既然是全国的一面旗帜，怎样处理还得慎重。就是说，还得按一定的程序办。我也是刚来这里不到一年，对这里的情况还不够了解。但有一条，请你设身处地替我考虑考虑。这里的上届书记正是我现在的顶头上司，或者说，杨正清这面旗帜本身已不仅是我们地区的旗帜，更是省里的一张王牌，若是把这面旗帜毁了，我怎样向省里交代？我这不是在否定上级领导？我的日子和前途会是怎样？我这全是给你说老实话了，是把你当朋友在说心里话。这样行不行，我力争在二十天内把这事处理好，该放人的尽快放，该处理的一定处理。我们的目的是把事情处理好，稿子最好就不要发了。"

面对这样一位很会说话的书记，王记者倒有些为难了。人家几乎是放下架子来求情了，也给你说了心里话，怎么办？但一想到那杨正清的所作所为以及杨德海一家人的悲惨遭遇，王记者还是坚定了决心，和颜悦色地对那地委书记说："好吧，既然书记这样表了态，要亲自处理好这案子，我也回去给我们的主编如实汇报，尽量处理好关于这件案子的稿子。"话说得是很委婉的，但也没保证稿子不再见报了。

就在那天晚上，王记者觉得为了了解方方面面的情况，还是有必要听听那个假先进杨正清自己的说法。于是，他当晚给杨正清的家里打了个电话。

电话通了，传来的却是一个女人的声音，也许是因为对邪恶过于愤怒，那王记者的话就有点带辣味："喂，是杨正清家吗？"

"是杨委员家。你是哪个？"那女人一听对方居然一开口就直呼名字，心想哪有这样不懂礼貌的，也就不客气地郑重声明是杨委员家，并带着质问的口气问"你是哪个？"

单是这一个开场白，那王记者就领略了这面旗帜家人的霸气，当即也更不客气地说："叫那个打死了人的凶手杨正清接电话！你少啰唆。"

那听电话的正是鬼冬哥的老婆，她从来没见过这阵势，就有点虚了，忙把电话交给了她老公。鬼冬哥拿起电话来，先是打着官腔说："喂——哪里？"

"我是北京《人民之声报》的王记者。"

"哦，听说了。哪样事？"

"我明天就要离开地区了，关于你打死无辜农民的犯罪行为和你的那些假先进情况，我想听听你的辩解和说明，你明天来地区一下。"

"我很忙，没时间来。"

"你来不来是你的事，给你申辩的机会是我的责任。"王记者接着把自己所住的宾馆和房间号告诉了他。

这时，那鬼冬哥才从这逼人的口气里听出了来者不善，再加上县里有人给他讲了这文章登报的厉害，方才有些心慌了。

当晚，鬼冬哥第一次失眠了。响夸已关起来了，是哪个狗日的在给响夸出主意帮忙打官司呢？真要在全国登报把事情闹大了，自己会不会坐班房呢？那个卵报的卵记者，连县里和地区都不敢得罪他，肯定还是怕得有道理。咋办呢？

想来想去，鬼冬哥终于决定第二天还是按那个卵记者说的，去见上一面，去把自己这些年如何为村里老百姓谋利造福的先进事迹给他说说，且连夜把这些年来从北京到省、地、县的各种奖状证书用绳子捆了一大捆，准备第二天扛到卵记者面前抖他妈一屋，把那个卵记者吓他妈一跳，然后还要说一句："牛皮不是吹的，火车不是推的，这从上到下的公章也不是我自己盖的。打人？哪个打死人？计划生育，基本国策，有点过激也在所难免，他自己喝了敌敌畏，这是有科学鉴定结论在那里摆起的，科学的东西是最有说服力的……"一想到这些充足的理由和硬邦邦的各种奖状之类，鬼冬哥又宽下心来。于是他弛然而卧，一梦做到大天亮。

可是，第二天，准备了一大堆理由的鬼冬哥在王记者面前几乎没开得起腔。王记者终于见到了这个大名鼎鼎的杨正清，见他果然脚穿一双雪白的皮鞋，腕上戴一块金手表，但走起路来却给人一种文不文武不武的感觉，尤其是那对眼睛，特别让人感到阴森、狡诈和恐惧。

"你就是杨正清？"

"是。"

"我要说的话昨天在电话里已讲了，你有什么申辩的？"

"我带来了这些证书，请你看看，我把我打工挣得的几十万元钱全都拿出来为村民致富作了贡献。我……"

"就是报纸上登的那些事迹吧？"

“就是。”

“那些东西我早就看过，不看了，全是假的。”

“你?!”杨正清差不多要骂人了。

“我还知道你当年打工回来时，没了路费，坐了一段车，还走了两天路，要了两天饭，才到家。你哪来的打工挣了几十万?”

“这是造谣！你不能听到风就是雨。”

“不是我造谣，村里的群众都是这样说的。我再问你，杨武福是不是死在乡政府的‘人口计划学校’里的?”

“死是死在那里，但，是他自己喝了敌敌畏。”

“他从被你们抓进去就失去了人身自由，晚上那三楼的铁门一锁，谁也进不去，就算他喝了敌敌畏，那敌敌畏是哪个拿给他的?”

“计划生育，基本国策……”

“别说了，国家法律哪一条规定计划生育可以打死人不负法律责任？再说，杨武福哪一条违背了计划生育?”

“他要杀我家儿子，就是……”

“还有什么理由没有？没有新的理由就请回吧。我也算开了眼界，一个长年穿着白皮鞋的人，一抬脚就是桑塔纳，怎么在那田间地头帮助农民致富呢?”

鬼冬哥只得灰溜溜地转身回去，王记者瞥了一眼茶几上那一堆红色的东西，忙喊道：“把你那些东西拿走。”鬼冬哥才又回来把那一捆证书宝贝似的抱走了。

十三

秦律师的介入和王记者此行那咄咄逼人的气势，使响夸的案子有了意想不到的转机。响夸虽也懂一些法律，但毕竟对诉讼程序半懂不懂，直到秦律师那天会见他，他才知道自己一直没被检察机关批准逮捕。既然没有被批准逮捕，公安机关在接到不批准逮捕决定后就应该立即放人。可是，自己就这样一直被死死地关押着，从检察机关不批准逮捕之日算起，他已被超期羁押三个多月。用老百姓通常的话讲，就是被冤枉关了三个多月。

检察机关是以证据不足而不批准逮捕的，并多次提出应当纠正，可不知谁说此案属重大疑难案件，需继续补充侦查，所以也就这么一直把响夸杨德海关着不放。

秦律师会见响夸时，响夸的一只手已被打成骨折，人也瘦得不行。他说，就是因为他一直不承认和那人贩毒，才被打成这个样子。

王记者回到北京不久后，在秦律师和检察机关的努力下，响夸杨德海终于得以自由。那天，不知是谁通知了碧秀，让她来县看守所接她公爹。当沉重的大铁门“哐”的一声缓缓打开，碧秀终于看见公爹时，父女俩都忍不住伤心地痛哭了一场，他们万万想不到还能这样在白日的阳光下相见。

望着久违了的阳光，响夸对碧秀说：“这世道还是好人多，秦律师完全是义务为我打官司，王记者从北京那么远跑来采访调查……”

“爹，这都是杨老师和他儿子出的力。”

“我晓得的。这些都是好人。”

就在响夸回到家里的第二天，乡里的史书记带着一位秘书亲自来到了响夸家里，说是特地来看望他。一想起自己在牢中给史书记写过信，却一直没收到史书记的回音，响夸心里就有点不舒服。不过，这次史书记却给他带来了比上一次更大的惊喜。

史书记对他说：“乡里的那几个干部，如洪乡长，还有李副主席等，都将受到党纪处分和降职降级的行政处理。乡里研究决定，给你们家十万元的血偿费，然后，就不要再去到处告了。如果同意这个调解协议，就在这协议上签个字。你也给北京那个姓王的记者打个电话。”

"哪个王记者？我不晓得。"

"你怎么不晓得？难道不是你请他们来的？"

"我一直被关着，他们是怎么来的，我真的不晓得，更不知道他们的电话。"

"……那，就算了吧，这协议上的字，你先签了，行不行？"

面对十万元的巨大诱惑，响夸又想起了上次那六万元的教训，那么，是不是就这样了结了呢？他知道，这一落笔，就一切都了结了。难道为了这十万块钱就让害死儿子的这些恶霸再去打死其他人家的儿子？这时候，响夸忽然觉得有些头晕，就一手摸着脑壳，一手撑了桌子，说："史书记，我这头晕得很，这字，你让武福的媳妇签吧。"

碧秀不知道公爹是什么意思，是签，还是不签？但有一点，她是明白了，今天这个重大的签字权，公爹是交给了她。

"史书记，是不是今天就一定要马上签？"碧秀问。

"最好是现在，签了字就马上可以去办手续领款了。"

"好嘛。"说完，碧秀就接过那协议仔仔细细看了两遍，然后拿起笔来，一笔一画地在协议上写了自己的意见，签上了自己的名字，然后递给了史书记。

史书记接过那协议，一看上面签的字，顿时气得脸色苍白。原来碧秀写的是："同意十万元的血偿费，但我还是要为我夫告下去，直到恶霸些偿命为止。如果你们还像上一次一样来报复，下一次坐牢由我去。"

这下，史书记为难了，原想有了这个调解协议，就可以马上将这份协议传真给北京那个王记者，说这里已经和平解决，给了高额补偿，死者家属也同意不上告不登报。没想到这不起眼的女人居然不买账，这叫人如何向县委和地委书记交差？

灵　醒[1]

吴明泉[2]

“桌子高上一大捶，它妈麻花打炸雷。”根发大声吼叫着，一拳头砸在饭桌上，把八仙桌上的菜盘汤钵震得哗啦乱跳。钵里的菜汤跳在蔫须的脸上，糊得满脸黏稠稠的。

有的人认为根发疯了，有的人认为根发中邪了，也有的人说不知根发是哪根神经短了路。一家老小，挨邻团转众说纷纭。

可是，蔫须一家人都明白，根发是昨天晚上路过鸡公塘回到家才开始这样的。

根发是蔫须的独苗，也是蔫须一家的三代单传。一家人为根发失魂落魄的异常状态忧心如焚，惶惶不知所措。蔫须凝望着他家的这棵独苗，又看了看房屋前那块土地里被霜冻得奄奄一息的茄子，茄子地里杂草丛生，悄无声息。蔫须的瞳孔里一次又一次闪现出“独苗——蔫茄子——蔫茄子——独苗”的情景。难道我那独苗根发真的就像那霜冻后的蔫茄子了吗？蔫须心中好像腾升起一腔炉火，火苗舔得心肝隐隐作痛。

一条弯弯曲曲的小河，在崇山峻岭中穿越，时而缓缓流淌，时

---

① 原载《贵州作家》2011 年第 3 辑，此次出版时有改动。

② 吴明泉（1966—），男，仡佬族，贵州省道真仡佬族苗族自治县人。道真县文联主席，遵义市作家协会理事，贵州省写作协会会员，中国残疾人作家联谊会会员等。大众文艺出版社曾出版其散文诗歌集《绿雨诗情》，全书 15 万字，其中有散文 27 篇、诗歌 44 首。

而水深浪急，时而飞流直泻，时而迂回曲折，奔腾着，咆哮着，流向远方……

那条河，经过漫长的穿越来到了一个叫小河场的地方，小河场旁边的一座坚固的小山峁挡住了它的去向，河水就向右漩了一个九十度的大弯，然后向东流去。河水在那里长年累月地回旋着，冲刷着，在回旋的地方自然形成了如公鸡形状的一个很大的回水沱，听说早先在那里居住的先民们就叫它"鸡公塘"。

蔫须的家就坐落在鸡公塘的塘坎上。

鸡公塘水急回旋，深不可测，塘里的水蓝中透黄，黄里泛黑。它给小河场的人们披上了一层神秘的面纱，增添了几许神秘的色彩，就像一只雄壮威猛的雄鸡镇守在小河场。

鸡公塘东面的半山腰有一个乡叫小河乡，乡政府所在地叫小河场。听上了年纪的人讲，小河乡存在的时间不长，是取消人民公社的那个年代才组建成立的。然而，小河场呢，但凡上了年纪的老人都已记不清楚从何年何月起就有了小河场，只是说小河场历史悠久漫长，赶场天热闹非凡，方圆近百里的乡民们都来赶小河场。

鸡公塘是当地人从河西到河东小河场的必经之处。为了方便行人过河，先人们搬来许多笨重的毛石，沿鸡公塘回旋的水自然形成的外圈砌起了二百五十米长的跳磴，一共有三百六十个石礅。也就是说人们要经过鸡公塘时必须跳过三百六十个石礅方能到达小河场。

每逢炎热的夏天，鸡公塘附近的人们都爱三五成群地到塘里游泳洗澡消暑。鸡公塘时常发生一些稀奇古怪的事：李迂腐去塘边的水井挑水时，一晚上都挑着水在鸡公塘四周转过去转过来地走，鸡叫了才把水挑了回去；也有说赵巧姑娘去塘里洗衣服，只三五件衣服，却洗到第二天天亮才把衣服洗完回家……每年都有三两个鲜活的生命被无情的鸡公塘吞噬。在被鸡公塘吞噬的人中，有年长的，有年少的，有男的，有女的，人们把这些溺水而亡的人称为“水打棒”或者“水鬼”。有的行人从鸡公塘路过时无意间中了“水打棒”的邪门，人们便迷信地说，这是闯到了“水打棒”的魂魄；凡是闯了水鬼的人，他们的火焰都矮，火焰高的人是不会闯鬼的。

傍晚，弯刀般的月亮倒映在鸡公塘里，沸腾了一天的小河中学开始恢复应有的平静，除寄宿的学生外，居住在小河场附近的学生都像往日一样各自走着回家。根发趁着月色慢慢地往回家的路上走着。他刚来到鸡公塘边，正要抬脚跨上跳磴的一霎间，眼前突然一闪，由红变黑，又由黑变白，似影似幻地变化着，变化着。他紧闭双眼再用力睁开，眼前分明是一条通往他家的路，一条明晃晃的路，可是他走啊走啊，无论怎样也走不到家，转过去转过来都是在鸡公塘周围转悠……那条路成了一条难以走到尽头的路。

雄鸡叫了，他才恍恍惚惚地窜回了家，浑身布满了一层潮湿的雾气。

根发三天没到学校上课了，学校的老师来他家家访，想向蔫须了解根发没到校读书的原因。

秋收时节，根发家门前的院坝里铺满晒席，晒席上铺满黄澄澄的稻谷。这些稻谷是刚从田里收割来的，在太阳的照耀下，泛出金灿灿的光芒。院坝的两旁站满无数的稻草垛，那稻草垛就像稻草人一样一排一排地站立着，宛若一排排士兵在守护着晒席上的稻谷，准备接受一场隆重的检阅。根发站在铺满稻谷的晒席中间，面向那一排排的稻草人，不，对根发来说，那是一排排的士兵。只见根发左脚穿着一只布鞋，右脚穿着一只草鞋，手舞足蹈地比画着、指挥着，嘴里不停地喊着：

报告司令官，没得裤儿穿，立正稍息，齐步走；布鞋草鞋，左右左；布鞋草鞋，一二一——布鞋草鞋，左右左；布鞋草鞋，一二一……

在一声声口令中，根发就像一名威武的武装部部长指挥民兵操练队列一样，双脚踏得稻谷吱吱地叫，叫着叫着，稻谷就从晒席上跳到了泥地上。

家访的老师到了，根发侧身站在屋檐下，眼神呆滞，朝老师张望，叽里呱啦乱七八糟的不知说些什么。

蔫须走过去拍着他的肩说，你在说些什么了，老师来了，还不去喊老师，你哪个这样胡说呢？

根发一听“胡说”二字，好像停电的山村突然来了电似的，手舞足蹈神气十足地对着蔫须就是一通：

提起胡说，谁人不知，谁人不晓，阴州的胡说，阳州的胡说，阴阳二州广出胡说，铜钱厚的胡说，白生生的胡说，一丈二尺长的胡说……

根发说得唾沫星子四处乱溅。有些唾沫趴在蔫须脸上，有的像逗号，有的像感叹号，有的像问号……蔫须目瞪口呆，一种难以言表的滋味涌上心头。他瞠目结舌地对老师说，根发——可——可能是——患了流行性——重——重感冒，现在都还在打胡乱说的，过几天病好后再去学校上课吧。

蔫须是小河乡的武装部部长，站着就像一根高大挺拔的石桩，躺着就像一扇宽大的门板，人们戏称他是足球场上的“守门员”。蔫须的名字是他母亲给取的，一个酷暑难耐的大热天，他母亲怀着他快临产的时候常常坐在家门口，一天天看着院子里的苞谷抽穗扬花，看着开得紫红的苞谷穗须一天天蔫下去，眼看着地里的苞谷就要收获的时候，他就从娘肚子里钻了出来。他刚出世时，他娘说，娃儿他爸姓蔫，就叫他蔫须吧。

蔫须初中毕业后，在家干了两年农活就应征入伍当兵去了。他进部队后，篮球场、训练场，到处都有他的身影。他常因身材魁梧引人注目，因勤学苦练常获嘉奖。在对越自卫反击战中，在没有了子弹的情况下，他凭着自己的一身胆气在猫耳洞里赤手空拳与敌军展开英勇搏斗，后援部队赶来后，看到他嘴里还叼着敌人一只血淋淋的耳朵。部队因他英勇顽强与敌拼搏，特为他记了一等功。他从部队转业后，就近安排在小河乡工作。

月亮掉在鸡公塘里了，鸡公塘把四周的群山都收进了水底。塘坎上的蔫须家好像被一片阴霾笼罩着，人吼声、牛哞声、犬吠声、鸡叫声……在地上打着滚儿。在漆黑幽深的屋子里，十五瓦的电灯泡有气无力地晃荡着。根发纵身跳到吃饭的八仙桌上，手里提着一把菜刀，大吼一声：桐籽树上砍三刀，它妈麻花生冻疱。

接着又从裤包里摸出一张乱糟糟的纸来，眼神呆滞地看着纸上歪歪倒倒地写的几行字——

保证书，保证以后不读书。读书苦，读书累，读书不如混社会，永远不愁生活费……哈哈哈。似在朗读课文，又似在做报告。然后，他把保证书撕成碎片，朝空中抛去。

接着，他从桌上一步跳了下来，朝漆黑的屋外奔去，在猪圈后面的茅坑边小便。他一边用食指和中指轻轻地拈着蔫缩缩的小鸡鸡，一边自言自语地说：我爸说了，这是小鸡鸡，长大了想整谁就整谁。

根发整天都神经兮兮的，在黑夜里更是闹得不可开交，真是到了一发而不可收的地步。蔫须托人找当地的巫师占卦，说他是中了邪门，闯着了一个在晚上淹死的“水打棒”，那“水打棒”是一种黑色的幽灵，只要一到天黑，就缠附在根发身上，扰乱根发的灵魂，让他的灵魂无主张。你也知道，邪门这东西也只有在晚上才能出现，一般光天化日下，这黑色的幽灵是不敢露面的。

蔫须想了想，也许是吧，宁可信其有，不可信其无，确实每到晚上根发的症状才表现出来。恍恍惚惚，打胡乱说，见人说鬼话，见鬼说人话。你喊他赶鸭，他偏要赶鸡；你喊他走东，他偏要走西。一会儿说鸡公塘石礅上的许多花花绿绿的人在喊他，喊他下河去洗澡；一会儿说有一个穿着黑色衣裳的姑娘一到天黑就悄悄地藏在他床底下听他放屁，还说自己放的屁节奏感强，像唱流行歌曲一样好听，他说没得屁眼办法，只好把放屁那玩意儿调在振动档上……

更为奇怪的是根发看到对他友善的亲人和朋友就说是魔鬼，是在整他，他的双眼泛出愤怒的绿光；见到狂吠的黑狗和怒吼的黄牯就说是朋友，是在爱他，他的双眼里就露出柔和的光芒。

黑夜犹如一个幽灵，真是黑得有些可怕。一到天黑，根发总是站在家门口，凝视着当门的鸡公塘。看见鸡公塘的四周有许多穿着红红绿绿、花花沓沓的人，硬要喊他一起去玩耍。还说有一个穿着红衣裳的姑娘拉着他展劲地拖他下水，喊他上船，鸡公塘就像赶场一样热闹。

蔫须刚发觉根发出现这种情况的时候，没有十分在意，只是有一天晚上他从乡里下班回来，听见有鸡“喔——喔——喔——”的或狗“汪——汪——汪——”的叫声时，根发就会停止号叫，也停止了胡言乱语，形同正常人一般。他心里想着，鸡叫狗吠都能震慑住根发的号叫，不如去乡场上买些火炮①来燃放，也许效果会更好些，还许能治好根发的怪病。于是，他从乡场上买来数十枚“飞毛腿”冲天炮，每天晚上，当根发站在门口对着鸡公塘乱吼乱叫的时

① 火炮：方言，指用土法制作的鞭炮。

候，他便对着鸡公塘燃放那火炮，随着“飞毛腿”带着电光准确落入鸡公塘预定目标的一声巨响，根发确真也不吼不闹了。这样又安静了一些日子。

几天过去了，又是小河场赶场的日子。当赶场回家的那三三两两的人们从蔫须家门口路过时，蔫须正巧下班，随着赶场的人流往家走。刚到院坝边，他就看见根发一丝不挂地站在屋檐坎上，大吼大闹，乱蹦乱跳，弄得过路行人不好意思地转过脸迅速地走过去。蔫须飞快地一个箭步冲上去，一把抓住他厉声训斥道：根发，你这是在干什么呀，你害羞不害羞呀？

根发像法师似的念着咒语：

> 男也羞，女也羞，
> 男羞女羞有根由。
> 男说牛屁股的桃子红，
> 女说母猪胯的虱子多。
> …………

蔫须心里想，鸡公塘里的红男绿女们好像也不畏惧“飞毛腿”了，照常每天晚上都来喊根发，根发也每天晚上都要在家门口大吼大闹一通，“飞毛腿”已经失去了它的威慑力。

夕阳欲坠，映红了半边鸡公塘。暮归的老牛迎着夕阳踏上返归的路，山里的房屋上冒出袅袅炊烟，蔫须沿鸡公塘朝回家的路上走着，走着，夕阳把他的身影拉得老长老长，倒映在鸡公塘的水面上。他边走边想，鸡叫狗吠再也不能管控根发的号叫吼闹，“飞毛腿”已失去了震慑，用什么办法来应对这个棘手的问题呢？走着走着，他想起了改变他一生命运的一件东西——枪。对，枪，就用枪。在对越自卫反击战中，我用那支半自动步枪打死打伤那么多敌军。那枪，不仅改变了我的命运，不仅让我跳出了“农门”，还换来了今天的工作，当上了武装部部长……山林中的豺狼虎豹野猪都怕枪，难道鸡公塘里那几个虾兵蟹将、红男绿女就不怕吗？

蔫须回到家里，趁沉睡的根发还没醒来，把吃晚饭的事先搁置一边，把放置在厢房粮仓里的几十年前打猎用的那支火药枪翻了出来。枪已锈迹斑斑，他找来砂布和润滑油，仔细地揩拭，擦掉了枪上的锈迹，装上已配好火药的铁砂粒，像在部队时打靶一样，瞄准鸡公塘的心脏，扣动扳机。“砰”的一声，枪里的铁砂粒未发射出去，他的脸上却火辣辣的，眼前一片黑暗，昏倒在地上……

枪声响过后，根发又一次停止了号叫。

几天后，蔫须脸上长出了一块块黑乎乎的疤痕。

鸡公塘就像幽灵一样，伸出那长长的硬硬的尖嘴，在根发的身上反复地啄着……

硬的不行来软的，我不信就不得它的行。蔫须不得不想到西山村那个远近闻名的端公先生来了。

深秋。风在吼，水在叫，鸡公塘在咆哮。蔫须家的电灯泡又亮了个通宵。

夜，死一般寂静。黑夜的秋风从瓦片缝隙里吹入，呼呼作响。蔫须家响起了一阵吹牛角的声音。牛角声声，把远山拉得很近，把村子拉得很近，把鸡公塘震得一片宁静。

夜晚。蔫须家里却热闹非凡，除有三五个是穿着法衣跳傩戏的外，都是挨邻团转的人们，有的是前来帮忙干做饭烧水泡茶等杂活的，有的是来凑热闹的。

堂屋的中间，颤巍巍地立着一具用茅草扎成的像人一样的模型，人们都叫它“茅人”，它是替代他人灵魂和灾难的。香案上摆着一块刀头、一块豆腐、两个盛有极少量的酒的酒碗，有罗裙、牌带、红帕、铰子、铜锣、长钱若干，雄鸡一只。一场宴请茅人为主家替灾替难、替病替死的戏活正在上演着。

端公左脚踏在大门槛上，双手抬起黑得发亮的弯牛角朝鸡公塘——

呜呜呜——呜呜呜——呜呜呜——连吹三遍。

哐扯——扯扯——扯哐——喽扯——扯哐——喽扯——哐……一阵锣鼓铙钹响起。

鸣角三声，擂鼓三通，奉请何神，奉请何以，奉请千千诸佛，万万菩萨，一切神祇，前来主家安坐堂前，藏身变化一时辰。端公唱毕，诸弟子齐声大唱：

一魂藏在天庭内，
二魂藏在九霄云，
还有三魂无藏处，
藏在炉内陪老君，
三魂七魄都藏好，
造茅打替一时辰，
若有邪魔来问我，
我在炉内陪老君。

端公双手捧起大、中、小三副用竹疙瘩制作的卦，一副一副地向上一抛，一副阳卦、一副阴卦、一副卦圣卦，在摇晃的灯光下黑幽幽地发亮。

接下来大家同唱《凤凰记》，唱张孝寻找凤凰熬汤救母的感人故事。唱到五更处，唱得在场的人都包不住眼睛水了。

…………

一更夫妇号啕哭，忽听寒虫螂螂叫，
心中越发加忧愁，想起我儿泪满腮，
生死如何不回来？哪个披麻把孝戴？
谁人与我端灵牌？哪个与我砌坟台？
谁人与我把盆摔？越思越想越伤怀。

二更夫妇多凄惨，井里蛤蟆哇哇喊，
想儿想得肝肠断，口口声声叫孩儿，
死在阴间不回来，指望养儿来防老，
常说积谷防饥贫，谁知海里捞明月，
棒打鸳鸯两下飞，哭得爹娘背过气。

三更夫妇昏迷了，忽听空中鸟儿叫，
莫是我儿回来了，哭哭啼啼去开门，
张孝张礼叫几声，回家托梦与我身，
鸳鸯分飞不见形，娘把娇儿叫连声，
千呼万唤不见应，捶胸顿足到四更。

四更夫妇肝肠化，斑鸠飞上檐上瓦，
哭儿哭得喉咙哑，想起我儿在世上，
早晚与我奉茶汤，时刻不离我身旁，
父母落得受凄凉，哭声我儿不回乡。

五更金鸡开了口，口口声声直叫苦，
双眼流泪地尘埃，眼瞎喉哑口难开，
哭断肝肠痛心怀，南柯梦里不见来，
我儿阴间莫走快，等你父母一路来。
…………

感人至深的唱词，悲切凄婉的腔调，原汁原味的动作，真切地把张孝舍身寻凤救母的凄美故事演绎得淋漓尽致，栩栩如生……它是多么地动人心弦啊！又唱又舞，如诉如泣，如哭如歌，在场的人们泪如滂沱，大声痛哭。

半个小时过去了，《凤凰记》戏目刚结束，端公就开始举杯劝茅人，双脚跪地，面向茅人，左手举杯，右手划拳。就像与真人一样划着，很认真，很虔诚——

一心定呀，二红喜呀，
三桃源，四季财，
五魁首，六（禄）位高，
七巧巧呀，八匹马呀，
…………

喝！喝！喝！

在一阵阵的猜拳行令中，在一阵阵的“喝”声中，端公频频举酒相劝茅人。酒过三巡，茅人“酒足饭饱”……靠边休息。人们常说劝不爱吃饭喝酒的人吃饭喝酒就像“劝茅人一样艰难”，仔细想来，果真如此。

屋外，哗哗的磨刀声已停止，亲友们把磨得亮滑滑的十二把砍柴刀搬进堂屋。端公让他们十二人分成两组，一组六人，左右一字排开，把锋利的刀口朝上，双手用力地稳住刀把子，刀口显现出有威力的寒光。

端公手提一只雄鸡，一边唱，一边赤脚在刀尖上慢慢踩着。根发也赤着脚紧跟在端公后面，吓得在场的人们毛根竖立，直冒大汗。不多一会儿，端公和根发都从刀口上踩过，根发算顺利通过了极为艰难的踩刀这一关。

过完踩刀这一关，端公已是大汗淋漓，气喘吁吁，坐下稍歇片刻。为了赶快演完下一场戏目，他急急地喝下一杯浓茶，更换法衣法帽，又开始出场。

哐扯——扯扯——扯哐——喽扯——扯哐——喽扯——哐……

端公双膝跪在地上，在锣鼓铙钹的配合下，唱了一段又一段，跳了一程又一程。人们不知他唱的什么，也许是不想听他唱的什么。只是在他喊“把烧得通红的铁铧端来”的时候，帮忙的和看热闹的人才隐隐听出他唱的词儿：

吃牛肉，发马疯，
那时不该学端公。
学了端公划不来，
一夜跳烂两双鞋。
…………
桌子高上一令牌，
粑粑豆腐摆出来。
主人家呀主人家，
请你摸出利市来。
…………

人们听后恍然大悟，才知端公一般在关键时刻是要讨主人的利市钱的。这就是端公在讨主人的利市钱了。为了使下一场关键的法事顺利进行，蔫须只好把十二块新崭崭的钱放在案桌上，十二块，钱不多，但在这里是很有象征意义的，象征一年的十二个月，月月都红，人们又把它称为“月月红”。端公一看利市钱已摆放好，唱的声音更大了，一边唱，一边示意把放在炭火里烧好了的铁铧拿上来。

帮忙的人们七手八脚，用铁钳把烧得红彤彤的铁铧搬来，放在堂屋中央。只见端公左手五个手指挽一个莲花宝座的形状放在胸口，右手伸出食指和中指两个指头对着火红的铁铧比画着，嘴里念念有词，只是没人能听清他念的什么。

哐扯——扯扯——扯哐——喽扯——扯哐——喽扯——哐……

端公迅速脱掉布鞋和袜子，把裤脚挽得老高老高，赤着脚左右交替地在烧红的铁铧上踩划着。在踩划的过程中，人们分明可听见“哧哧哧”犹如烙烧饼的声音，又可看出铁铧上冒出烙肉一样的油烟来。然后，端公又喊根发脱掉鞋和袜子，像他一样在烧红的铁铧上左右地踩划着。人们都为他和根发捏了一把汗，可是，他和根发像魔术师似的在烧红的铁铧上踩划着，踩划着，一点灼痛的感觉也没有。

哐扯——扯扯——扯哐——喽扯——扯哐——喽扯——哐……一阵锣鼓铙钹激烈地响起。

端公张口叼住火红的铁铧，在堂屋里四面游走，游走三圈后，他赤手端着红彤彤的铁铧来到根发睡觉的房间，对着那些阴暗的角落，床底、床角、门前、门后，每到一处，嘴里都喷出一股油剂状的液体。那液体从铁铧上划过，一股浓浓的火苗升起，扫向每一个旮旮角角……

哐扯——扯扯——扯哐——喽扯——扯哐——喽扯——哐……锣鼓铙钹又一次地响起。

端公身着破烂的法衣，头戴法冠，跪在坛前，闭目默念：

日吉时良，天地开张，鲁班到此，造船入江……

寒林会上五阴孤魂血子、十类九幽八难七灾六道五趣四生三途二利一切统领高山大庙、低山小庙、冷坛罢兵、游师五道、服药先亡、吊颈先亡、投河落水先亡、树打岩崩先亡、胎前产后先亡、车辗马踏先亡、刀兵横死先亡，火化先亡、自缢自刎先亡、上村下里五姓男女滞魄等众，铁围山间起教大士面然鬼王统领三十六部薛荔多众、阿哩地母、旷野鬼神……

端公一念完词，便把茅草扎成的一艘小船放在一个茶盘里，停靠在一个盛有水的盆子上，船里载满了筷子、散菜、白酒、雄鸡、鸡蛋、水饭、茅船、茅人、宝盖、长钱、散钱、鞭炮等。真是兵马未动粮草先行，好像航空母舰蓄势待发，欲开往太平洋一般，船上的那位站巍巍的茅人就像舰队的海军司令，将率领官兵出征……

锣沉沉，鼓沉沉，唱了一坡又一坡，行了一程又一程。端公双手拿着一把斧头。其实，这斧头只是一把道具。斧头手把约有一米五六长，全是红色；斧头上部三分之二为黑色，斧口为白色，在电灯光的照射下，明晃晃的。端公在前带领所有弟子围着堂屋从东向南——从南向西——从西向北——从北向中地旋转着，跳着，唱着，时而挥舞斧头，时而大声地唱。走一方开一方，一领一合，越唱越洪亮——

领：一开东方甲乙木哦喂，
合：甲乙哟木哦喂。
领：二开南方丙丁火哦喂。
合：丙丁哟火哦喂。
领：三开西方庚辛金哦喂，
合：庚辛哟金哦喂。
领：四开北方壬癸水哦喂。
合：壬癸哟水哦喂。
领：五开中央戊己土哦喂。
合：戊己哟土哦喂。
领：木生火，火生土，土生金，金生水，水生木。

合：大路砍开三丈三，
小路砍开八尺宽，
三丈三来八尺宽，
骑马抬轿也不款。
五方大道全砍开，
吾要腾云上天庭。

唱声停下，路已开好，端公准备上路。四人打锣鼓，两人放鞭炮，送茅船到野外焚化。一路上，不准打手电筒和任何有光亮的东西，只能在漆黑幽深的夜晚行走。端公对着黑幽幽的河谷嘶声地大喊：

茅大郎，茅二郎，茅三姐，宋四娘，来没有来哟——

在幽森森的夜里，端公一路走着，一路喊着，不知喊了多少遍，喊醒了宁静的山村，喊醒了熟睡的人们。那喊声撞在对面的岩壁上弹了回来，落在鸡公塘里，震得塘里的水哗哗作响。

回到蔫须家，已是卯时。人们常说，寅时不开光，卯时亮堂堂。端公及弟子收拾行李，各自往回家的路上走去。蔫须把端公一行送到院坝坎下，不能说也不敢说下次再来那样的话，默默地目送端公一行渐行渐远的背影消失在山涧中。

端公们走了几天，不知不觉中，根发那根短路的神经渐渐地好了。

时间过得很快，转眼就过了三个年头。

时令已是初冬。虽然冬天的太阳——暖都不暖，但还是照得凋零在地上的秋叶发黄发红的。

冬阳里，蔫须来到了西山村，叫上村委会主任一起来到了端公家。端公一家正准备歇闹，锅里烧着热气腾腾的油茶，蔫须和村主任来得正是时候。端公热情地招呼蔫须和村主任坐下，很快就摆上花生、麻饼、麻糖、核桃等糖食果品，端上热气腾腾的油茶。他们边喝着茶，边摆谈当前发展茶叶、农村参合、村委换届、冬季征兵等事儿。

蔫须对端公说，听说你屋老大端正在广州打工是吗?

是的，出去刚好一年，去年县职业中学毕业后就出去的。端公说。

喊他回来参军吧!

端公看了看蔫须，心想此话是从一乡的武装部部长嘴里说出来的，便毫不迟疑地回答，行吧，晚上我就给他打电话，他白天要上班，只有晚上才能打电话。

蔫须说，先把名报了吧。喊他尽量早点回来参加体检和政审。

端公找出了户口簿。蔫须按照户口簿上的情况作了较为翔实的记录。

记录完后，蔫须们又朝下一个应征对象的家走去……

几天过后，端正回来了。人们问他回来干啥。他说，是老爸打电话喊他回来的。

端正回来后，很快就到乡武装部报名应征。端正从小就很听话，身材高大，爱好打篮球，在校一直是体育委员，因表现好，经常得到学校表扬。当兵理应是没问题的。

体检那天，在非常密闭的体检室里，一排排应征参检的男儿，脱光衣裤站在一起，唯有端正最引人注目，高高的个儿，健壮的肌肉，挺直的腰杆。人人都认为，端正确实是一个当兵的好料。

端正顺利通过严格的体检和政审，只剩在家等待喜讯了。

乡里乡亲得知消息后，都提前赶来向他祝贺，纷纷说要他请客。村主任也说，端正当兵的事应该没问题了，也应该请一请乡亲们的客以表示答谢才对。于是，他父母只好卖掉准备用来过年的一头大肥猪，把一千二百元钱交给村主任，请村主任帮其组织需要请的人们。

然而，在最后一次定兵会议上，因小河乡名额有限，必须刷下一人。县里给小河乡的征兵名额是六人，县武装部感到非常头痛。只好征求乡武装部部长蔫须的意见。蔫须沉默片刻，想了想，除自己的儿子根发外，有一个是书记打的招呼，有一个是乡长小姨妹的娃儿，有一个村支书的娃儿，有一个是村主任舅子的娃儿，还有一个是已退休的乡人大主任的外侄儿，他们都有这样或那样的关系，只有端正没有任何关系，也没有任何人打过招呼。但是，在这一批应征人员中，端正从各方面又是最优秀的一个。刷下谁呢？如果刷端正，也得找个较为得体的理由，让县武装部和部队接兵的干部都认可才行呢。

蔫须心里有一条毒蛇在袅绕着，那条毒蛇吐出芯子朝向他心脏一下一下地扎下，毒火攻心。他沉浸在深深的迷蒙中。

唉！难呀。这烫手的山芋。蔫须一下子想到了三年前为根发那病跳了一通宵傩戏的端公了。心想，虽然他为根发唱了一晚上的傩戏，尽管根发那病后来好了，也许是弯豆子滚屁眼——遇圆（缘）了。但是谁叫他老爹是端公呢？最后，他还是把主意打在端正身上，就刷下端正吧。因为，他的父亲是冲傩跳端公的，冲傩跳端公送菩萨是封建迷信活动，这种封建迷信思想或多或少对下辈人有一定的影响。

就这样，蔫须的建议得到了各位首长的采纳。

就这样，根发顺利地成了一名光荣的新兵。端正呢？在乡政府张贴的那张应征入伍新兵光荣榜上却没有他的名字。

端正想了想他爹在电话里喊他回来时说的话，禁不住酸泪盈眸，二话没说，背起回来时的那包行囊，再一次踏上了旅程。

在西山村里，凡新兵应征入伍，村里都要组织热烈而又隆重的欢送仪式。在欢送根发入伍的那天，端公站在高高的山峁上，远望着鸡公塘半山腰的那条小路上一长溜锣鼓喧天、鞭炮声声的欢送队伍，昏花的老眼浮现出一幅幅画面：

——端正，男，仡佬族，身高181cm，体重65kg，正常……

——端正，男，仡佬族，团员，优秀……

——光荣榜上，怎么看不见端正的名字呢？

——在体检和政审结束时，从部队来接兵的官兵还兴奋地拍着端正的肩，操着与我们不一样的话说：小伙子，真棒！好样的！

棒什么呀？棒？好什么呀？好？

哼！

是村主任帮我家端正请的客没有请到唛？

…………

晚上，端公做了一个梦。他在梦里去找蔫须问关于端正没能去当兵的一些情况，刚走到蔫须家屋檐坎，就不知门从哪里进去了。正在踌躇之时，蔫须家的那只小黑用小嘴轻轻地咬着他的裤褪，用双脚使劲地抱着他的左脚，好像是拥抱，又好像是亲昵，用力地抱住他的脚往蔫须住的地方拖着……

端公见到蔫须喂养多年的那只小黑好像变成了另一只小黑似的，以往那凶狠样子突然温和了，不但不咬他，反而要带着他去见蔫须，心里有些不明白，怔怔地回想着，回想着——

眼前，突然一道闪电，一阵震耳欲聋的炸雷从头顶滚过，他那不明不白的心灵好像被炸雷惊醒，仿佛看见鸡公塘的水面上被一道闪电划开了一条路来，一道亮光射向远方……

清明粑[1]

雷　霖[2]

当山野的春天刚刚被蕨菜的小拳头拱开的时候，女儿就急不可耐地将厚衣服塞进衣柜，套着一件单衣，哆着声音缠着我带她去郊游。

女儿到专卖店里专门买了一双旅游鞋、一副太阳镜、一顶太阳帽，又带了一把防紫外线的伞，她妈妈又给她包里塞进了一瓶防晒霜，一瓶药。我说，太阳还没出来呢。她妈妈瞪我一眼，你懂？晴带雨伞，万一有个花粉过敏之类的，防着点儿，再说，出去灰尘大。

杂七杂八鸡毛蒜皮，差不多早晨快完了，我们才胡乱吃了点东西，开车出城。

沿公路走，女儿说，得美景处，且留步。

城里没有春天，只有衣袖的长短。女儿将脑袋贴着车窗，像架着一台摄像机，嘴里不时地哇哇一阵。到了郊外，有小学生站在路

---

① 原载《芙蓉江文艺》2000年第2期，此次出版时有改动。

② 雷霖（1972—），男，仡佬族，贵州省正安县人。遵义教育学院（今遵义师范学院）中文系毕业。现供职于正安新闻中心。贵州省作家协会会员，贵州文学院签约作家。1988年开始文学创作，已在《人民文学》《山花》《广西文学》《贵州作家》《西部散文家》《夜郎文学》等刊物发表小说近百万字，发表散文《寂寞沙滩》《荒芜海龙囤》等近五十万字，出版中篇小说集《云端的月亮》。中篇小说《云端的月亮》获遵义市政府文艺奖，中篇小说《冬苗》和短篇小说《枕头》获遵义市第三届“尹珍杯”遵义文化奖文学作品奖。

边，立正，向我们的车子行注目礼。哇，真好玩儿。女儿也朝他们招了招手，嗨嗨连声。

已经出城老远了，女儿叫停车。

这地方确实好看，一坡梯田，一块一块绿毯子或小方镜似的镶在山坡上。山坡上，还有嫩绿色或青黛色的树，树丛中，这儿点着一朵红花，那儿伸出一枝白花。坡下面是一条小河，水不大，在宽宽的河床上扭来摆去，很是妖娆。对岸是一丛竹林，隐隐约约掩映着几户人家。在人家的旁边，一缕白雾似的小溪水从对面的半山腰摇摇晃晃挂下来。小山顶上戴了一顶白帽，时常变换着模样。一缕雾从山顶上垂下来，又在山腰缠了一圈儿，和那挂小溪水连在了一起。我看得呆了，那是一挂小溪水呢还是一缕雾？要不那缕雾，就是那挂小溪水？或者，那挂小溪水，就是那缕雾？

女儿更是哇哇尖叫起来，像看到了歌星一样。

我说，我们从田坎上寻路下去，到河边玩玩，再沿着河岸走一段，从那边的小路上来，再开车回去。

女儿说了声好，就朝前走，寻下坡的小路。

路边有两个小女孩儿，守着一堆蕨菜，一小捆一小捆的，乖乖地偎在一张纸上，像一窝正在睡觉的孩子。我望了女儿一眼，心上好像突然就软了下来。

女儿将太阳伞扛在肩上，用脚尖指了指那一堆蕨菜：喂，怎么卖？

一角钱一捆。一个脸上有泥巴的毛着头的小女孩儿说。

屁的个，超市里都才卖一块钱五把。女儿的声音尖起来。

另一个女孩儿偷偷笑了一下，就把头低了下去。她穿着一件大人的衣裳，像一件连衣裙。女儿马上意识到自己笨了，就将太阳镜推到脑袋顶上，说，便宜点吧。

一角钱一捆。连衣裙女孩儿说。

喊的是价，还的是钱，哪有喊多少就卖多少的！便宜点不？女儿说。

一角钱一捆。毛头女孩儿拿起一捆来，递到女儿面前，我看到她的手背上有一条血丝。

嘿，你这又不要本钱，山上自己长的，又不贴车费，还高高地喊起，便宜点，我给你销点儿……我还要看嫩不嫩啰。女儿一边掐着蕨菜，一边说。

两个女孩儿不说话了。

女儿说，卖不？

一角钱一捆。

走。女儿收回脚尖儿，打着太阳伞，朝前走去。走了几步，停下来，把脸稍稍偏了偏，又问，卖不？

一角钱一捆。

女儿下巴扬起来：真不会做生意，还不知道尊重人呢，不卖你哼一声嘛。她以为还是像城里那样，你假装走几步，背后就赶紧叫住你，叫你回去，再讲一会儿价，然后一脸亏本的表情，唉唉连声，就卖给你了。没想到这两个女孩儿只会说一角钱一捆。

女儿有些失落，风景也变得不再那么好看了，看到了花呀朵的也不再哇哇叫了，只把脚步在路上移着。

但美丽的风景确实能感染人的心情，不一会儿，她就左手摘了一枝桃花，右手又伸向椿树的嫩芽。椿树刚刚抽芽，一芽芽火苗似的在树枝上燃着，燎得人脸红心跳。一朵蒲公英刚好开在路边，女儿摘起来，嘟嘴一吹，空中就有小白伞在飞，乐得女儿又哇哇大叫，惊得一头正在河边啃草的水牛也抬起头来朝这边望着。女儿舞着一枝花，快步跑下河滩，坐在草坪上，朝水牛喂喂连声。水牛停了嘴，朝她走了两步，就停下来，喷了一下鼻子，卷起舌头舔了舔鼻孔，见女儿只是哇哇的，就又低下头啃草去了。

我说歇会儿吧，就在河滩上仰天睡着，女儿也在草坪上仰天睡着，那头水牛，可能是被青草醉了，也一边咕哝着什么，一边就睡在了河滩上。

有蜜蜂停在了女儿的鼻子上，弄得她又哇哇连声时，我才发觉，该走了。

我们要上一重坡。

一个到河里担水的老者说，到公路用不了多长时间，空手走的话，一二十分钟，就翻坪了，翻了坪，再斜着上去，走不远就到公路上了。

我看到翻坪那儿有一丛树林，树林中还翘出一角屋檐，可能是一个寨子，一条青石板路从树林里弯下来，直到河边。

我问老者，翻坪那儿叫什么?

那是一个寨子，叫桃坞。老者说。

桃坞?这个名字我好像是听到过的，但一时又想不起来。

女儿将伞递给我，把包递给我，后来将太阳镜和太阳帽也递给了我，就沿石板路上去。

还没走几步，女儿就说累了。我说，慢走当歇，翻了坪，就得了。

桃坞?哦，我想起来了，我有一个远房亲戚，具体是什么亲戚，搞忘了，反正有点亲戚关系。他们那地方好像就叫桃坞，但不知道是不是这个桃坞。

那家的男的好像叫才贵，女的叫兰香。他们有两个孩子，一个男孩儿，一个女孩儿。那男孩好像和我家女儿差不多大，还到我家里去过的，好像是哪年给我家送刨汤肉吧。

对的对的，我想起来了，他家年年都要去给我家送东西，有时赶场也要到我家去，送新米呀、嫩苞谷呀、麦粑呀、红苕呀、新鲜洋芋呀，哪样都给我家送。他家杀年猪的时候，是一定要给我家送一大块新鲜肉的，还有猪肝呀、腰子呀、血旺啊、猪尾巴根呀，特别是猪尾巴，我特别喜欢。于是他家每年的年猪，那根猪尾巴都是给我送来的。还有就是腊猪脚呀新鲜萝卜呀什么的，反正要送好多回。我们也送给他们一些过季了的衣服呀，一包烟呀，一瓶酒啊，一包茶叶呀什么的。他们不知请了多少回，要我们去他们家，但是我们没有时间，实在抽不开身，于是从来没有到他家去过。只是知道他们那里叫桃坞。

女儿好像也想起来了，她说记得有一回他们把一个小男孩儿带到我家去了，我问他，他说他家住在桃坞。我又问远不？他说不远。我说难走不，他说他们赶场就是走路来的。对了，那男孩儿还有些害羞。

那里可能有亲戚，去那里歇，走。我说。

女儿哎哟连声。好不容易要翻坪了，远处一块地里，有一个男孩儿，手提一只粪罐，朝我们望了一会儿，就扭过头去喊，爸爸，爸爸。一边喊着一边又朝我们这里望，望一会儿，男孩儿就又扭过头去喊，爸爸爸爸。

翻坪了，女儿长长地哎哟了一声。我们穿过一丛桃树，来到一块空地上，我喘了一口气，说歇会儿。我想找个人问问，这地方叫什么名儿。但我朝四周转了几下脑袋，没有发现一个人。

这是一个寨子，一条石板路从寨子边儿上划过，一端垂下河去，另一端拐向上面的公路。寨子边儿上镶了一圈儿桃树，正开着花儿。可能有七八户人家散落在这里。我们前面是一户人家，两间瓦房，屋檐上长着几株嫩嫩的草。看得出来，这是老房子。房子靠路的那面墙壁上，贴着一个小小的用杉树皮盖的偏房，里面有一个灶，两个灶孔，灶面前堆着一捆苞谷秆。房子前面是一块院坝，院坝是用青石板铺的，一些绿绿的小草正从石板缝儿里怯怯地探出脑袋来。院坝中间栽着一棵桃树，落了一地的桃花，像是给青石板化了妆。几只鸡将脖子一伸一缩的，朝我们好奇地张望了几眼，又朝我们头了头点，就朝屋背后转过来了。

汪汪，有狗叫，但又不见狗的影子。女儿缩了一下脚步，把我抓得紧紧的。

我说，会叫的狗不咬人，我们到桃花树下歇一会儿。

刚说完，房子旁边的小路上响起了急促的脚步声。

一个挑着粪桶挽着裤腿的男人就朝我们大喊：幺叔幺叔。一边喊着，一边撂下粪桶，朝我们跑过来。

哦，是才贵。

才贵冲到我面前，两只手朝前伸着。我也伸出手去，才贵又缩回了手，在自己的衣服上搓了搓，就双手捧住我的右手，一脸的傻笑，说幺叔呢，你们来也不先说一声，哪个想到你们会来哟幺叔。

我说我们是出来玩儿的，走到这里，累了。

进屋幺叔，幺叔进屋。才贵连声叫。

我说就在外面，凉快点。

才贵“哎”一声，就跑进屋去，端两根凳子出来，放在我脚边，又用衣袖擦了擦凳子，才说幺叔坐幺叔坐。

我们坐了下来。

才贵朝自己身上摸了摸，就朝后面地里大喊：他三叔，他三叔。

一个中年男人挑着空桶来了，才贵朝他摊摊手，那个“他三叔”“哦”一声，一脸不好意思。才贵就对他说了句话，手朝衣服兜里掏，“他三叔”按了他一爪，就放下桶，朝上面的小路上跑去。

才贵朝我女儿点了点头，喊了一声“妹乖”，就一脸的傻笑。弄得女儿倒有些不好意思。

这个……还是先进屋幺叔先进屋。才贵连声地喊，身子在原地转了好几圈。

我说不了，外面还安逸点儿。

女儿也说外面可以欣赏风景。

才贵又转了一圈，说，那……好……屋里也实在看不惯。你们一家人啊，就是仁义，不择避哪样。他端着两碗水过来。

我说你客气了。

一个男孩喘着粗气，提着半筐洋芋种子，到了院坝边上。

这是天远，不是他看到你们，我还不晓得你们来了，唉。才贵把天远拖过来，喊幺公，这是发财幺公哦。

天远怯怯地喊一声幺公。就进屋去了，端了两碗水出来。我接过一碗水，摸了一下他的头。

天远把另一碗水递到我女儿面前。

喊大孃，这个是大孃哦。才贵说。

天远脸红着，不喊。

才贵吼了一句，喊大孃。

天完低着头，端着水，就是不喊。我女儿也有点不好意思，接过碗去，干笑了两声。

我说他们差不多大，不要那样喊。

嘿，不行不行，豆芽长齐天高是根菜，大细都是老辈子，老辈子是不能乱喊的，喊大孃。才贵朝天远吼。

大孃……男孩脸一下子红了，我女儿的脸也一下子红了。

肯定饿了，我们先煮碗面打个底。才贵说。

我说那太麻烦你了才贵。

天远就到灶面前去，把苞谷秆用膝盖抵着折断，烧起了火。

女儿朝我旁边移了移，左手扇着，右手拿卫生纸捂着鼻子。

才贵站在灶头边，说你把烟子弄小点，看把大孃烟着了。

天远说是风吹的。

才贵就用一块硬纸壳朝另一边扇着烟子，扭过头来，一脸的不好意思。

有挑桶的妇人过路，见院坝桃树下坐着人，就站下来：来客了才贵哥？

才贵一边朝她挥手一边说，你把桶担远点担远点。

妇人朝前起身。才贵哦了一声，连忙叫住那妇人，把脑袋贴着妇人的耳朵说了几句话。妇人点了下头，哦了一声，把粪桶担在那边去，就放下扁担，穿过几株桃树，到一丛竹林里去了。竹林深处，隐隐翘出一角屋檐。

不一会儿，妇人提着衣兜，笑笑地来了。她对才贵说，只有这些。说着就把一衣兜鸡蛋捡在盆里。

我问，兰香呢？

才贵说，兰香？赶场去了……今天他幺婆在屋的吧？

我说在。

才贵说，那就好那就好，就怕又送空了。

我说哪样空了。

才贵说，没得哪样没得哪样。

面煮好了。

才贵把手在衣服上抹了抹，又将手掌搓了搓，拍了两下手，嘿嘿笑两声，将筷子抽来，每一双都在腋下拖了两下，才双手递给我们。

妇人端着鸡蛋面递过来。

哦，你看你看。才贵连声说，又对妇人耳语了两句。那妇人摇了一下头，愣了一下，又点了一下头，就小跑着又朝竹林深处去了。我端着面正准备吃，妇人气喘吁吁地提着一个瓶子来了。

才贵说，那次在你家，你陪我吃面，我看到你要醋。

我接过瓶子，倒了一点醋，说香。

才贵和妇人站在旁边，嘿嘿笑。肚饿好充饥，饿了都好吃，你们是饿了。

我说你们也吃吧。妇人说晓得晓得。

女儿端着碗望着我，她没见过这么大的碗，她对那大半碗鸡蛋皱起了眉头。

天远站在灶头前，端一碗面，朝我们碗里望望，又朝自己碗里望望，就吃得呼呼响。

几只鸡伸头缩颈地望着我女儿，女儿将鸡蛋挑出来喂鸡。一下子，她脚边就围了一圈鸡。女儿哈哈笑着，又挑起面条来逗鸡。

天远吃完了，碗还端着。他爹小声说，听话，一会儿吃饭。

面吃完了，鸡散去。女儿说，爸，我们走吧。

才贵张开双臂，拦成一个栅栏，嘿，大孃，不行不行，吃了饭走，吃了饭走。

妇人也一边收碗一边说，难得来一回，吃了饭走吧。

我说吃饱了。

才贵生死不放手，说大孃，吃了饭走，怎么也要吃了饭走。

我看到脱不了身，就点了下头。

才贵将梁上的一根猪脚取下来，那猪脚已经生霉了。妇人把猪脚用力刮脱一层皮来。才贵手忙脚乱的，砍得菜板都要断的样子。还不时将脑袋从窗台上伸出来，陪坐在院坝的我说话。

我说你们忙吧。

他说光顾煮饭怕招呼不过来，怕我们要不住。

女儿朝我眨眼睛，我说我们干脆到寨子里逛逛。

寨子里的青石板小路上，东一朵西一朵散落着桃花瓣儿。过一片桃林，青石板路一拐弯，就铺进了一户人家，一只黄狗正趴在门槛下睡觉，听到有人，黄狗抬起头来朝我们打招呼似的叫了两声，就又把头搁在门槛上，闭起了眼睛，重新睡着了。

那门上，扣着门扣，没有上锁。

一个挑着粪桶的女人从一枝桃花后面闪出来，见我们站在院坝，就笑笑的，说进屋坐吧，喝口水。

我说不了，你们忙啊现在？

女人笑了笑，黄狗将脑袋朝旁边偏了偏，让出半个门槛，女人进屋去，端来两根长凳。

她说春上来了，有点儿忙，今年天干，苞谷种不下去，趁前几天下了点儿雨，抢着把洋芋栽了，苞谷种了。我说你都担粪，那吃饭怎么办？她笑笑地说，趁天好，没得时间煮，一天两顿面条，有时送到地里去吃，也是这段时间，别的时候还是得要……你们到才贵家来耍呀？

我说不是，我们是来玩的，过路。

才贵在喊大嬢。估计是饭熟了。

女人说，叫你们在我家吃吧，怕你们看不惯。

我说才贵那里煮好了的，你客气了，要不，你也和我们一起吃吧？

女人笑笑，进屋去，拿出一个白布口袋，说，年前还有一点儿干菌，舍不得拿去卖，你叫才贵炒了，尝尝。

我说不。

她就跟着我们到才贵家，把菌递给才贵，说有她大婶帮忙，我去把那几窝洋芋栽了。就跑了。

满桌子的菜。妇人把筷子抽来，在自己的腋下拖了拖。女儿眼睛鼻子挤成了一堆。

确实不好吃。猪脚没有炖熟，筷子撬不动。唉，菜是好菜，只是没有煮得出来。

我说其实你们这里吃折耳根方便。

才贵说，折耳根啊？折耳根上不了桌子啊……你想吃？

那，我去挖。天远还没等我点头，就提了把锄头去了。

一会儿，一大把折耳根就挖回来了。

女儿说这叫纯天然绿色食品。

才贵说你们去年送我的酒，过年时喝完了。我说我不喝酒啊。

才贵一脸歉意，一个劲地朝我碗里堆菜，又朝我女儿碗里堆菜，女儿望着碗里越来越高的菜，鼻子和眼睛又挤在了一起。

这时“他三叔”才气喘吁吁地跑来了，将两包烟递到才贵手里。

我这才知道，他叫“他三叔”去街上买烟了。才贵硬要塞一包给我，说烟不好，这里没有你们抽的那种好烟。

才贵说，他大嬢，别光吃折耳根，尝尝这蕨菜。

天远说，是我采的。才贵盯他一眼，就笑笑地说，春上采蕨菜的人多，娃放牛时找了两条沟，才弄到这点儿。天云采的多点儿，只是那姑娘心眼多，要提到公路边去卖。

天远包着一口饭，一边嚼一边说，我还采了清明菜的。

专心吃饭，才贵说，清明菜不多，今年没有下雨，清明菜刚出头就老了，两个娃翻到对面的山上去，才采到一大把清明菜。

清明粑还是我蒸的呢，天远端着碗接口说，妈妈送清明粑，还不让我去，哼。

才贵拍了他一板，说吃你的饭，大人说话别插嘴，送清明粑你妈一个人去就行。接着就对我说，过几天，清明菜就老了，蕨菜也老了。你们不喜欢吃腊肉。清明菜可能还可以尝尝鲜。

才贵说，没想到你们要来，要早知道你们要来，兰香就不进城去了，还好，他幺婆在屋的。

天远把碗放在桌上，一脸不高兴。才贵摸了摸他的头，说，他想要个书包，想去赶场，昨天半夜爬起来，帮他妈烧火，清明粑蒸好了，天亮了，但要跟我种洋芋，分不开身，就没得去，一天都不高兴。

我没得吃。天远嘟着嘴说。

才贵笑一声，就那一把清明菜，蒸得起几个粑？你不是得半块尝了的？你妹妹尝都没得尝呢。

天远笑了一下，才贵笑了一下，妇人笑了一下，我女儿也笑了一下，我，好像也笑了一下。

吃完饭，我们正要走，一个女孩儿走到了院坝。

才贵一把拉过去，天云，喊幺公，喊大嬢。

女孩儿一脸惊奇地望着我们。她的脸上还有泥，手上有一道血丝。

哦，这不就是刚才在公路边上卖蕨菜的那个女孩儿吗？那个卖蕨菜的脸上有泥手上有血丝的小女孩儿，就是才贵家的幺女儿。

我望着那道血丝，站了起来。我女儿端着碗，没动。

天远说，我的就拿去送人，她的就各人拿去卖。他一脸不高兴。

你看你，嘴巴要挂夜壶，还和妹妹争？你看妹妹手都被刺抓伤了。妇人摸了摸天远的头，就叫天云快吃饭。

天远说，哪个叫她采清明菜时，硬要钻进刺笼里去呀？

天云恨他一眼，说，我没有你皮子厚！

吃饭吃饭。妇人说。

我伸出手去，摸了摸女孩儿的头。幺公。她咕哝了一声，就接过了妇人递来的碗。

我女儿没有看她，她也没看我女儿，她们都把脸背了过去。

吃完饭，才贵一家人将我们送到公路上，送上车，把那个白布口袋塞进我车里，才站在路口，一直目送我们拐弯。

路两旁的风景，一排排朝后退去。我们离桃坞越来越远，离城里越来越近。

到家后，女儿好像话少了。

厨房里有几捆嫩嫩的蕨菜，一个个捧着小手儿，偎在一起，像一窝睡觉的孩子。

还有一包清明粑，我闻了闻，有一股清香，和在桃坞闻到的春天的味道一模一样。

我女儿拿起一个，看了看，说，就是没有卖样，如果样式做得好一点儿，包装一下，这种纯天然绿色食品，肯定能在城里站住脚，但就是这样，恐怕难有出路。

我说你又没尝。

女儿说，我看了的，我不饿。

她妈妈回来了，说，快要吃中午饭的时候，她正准备起床，就有人一直敲门，敲了半天。你们又不在，我不敢开。猫眼里一看，是才贵家兰香，背着一包东西站在门边。不进屋，说是给我们送清明粑来。

你招呼人家吃饭没有？我说。

你又不在，我一个人，懒得弄。

你，你怎么这样呢？

吃了的！我带她到外面去吃的。

我“哦”了一声，心想不知道兰香这时候回到家没有。

其实在我们走后不久，兰香就从小路回到家了。她一脸的兴奋，一进屋就对才贵说，他幺婆带我下的馆子，我吃了一碗，他幺婆问，还吃一碗？我当时还不大好意思，他幺婆说，别客气，一家人。是啊，既然人家都把你当一家人，那我还客气哪样？又吃了一碗，还真的是饿了。

天远在搜妈妈的背篼，搜出了一个书包。

这是你幺婆给的哟，兰香说，你说我都已经走了，下楼了，他幺婆还从楼上窗子里丢下来一个书包，你看，还是新的，只是背带上毛了点儿。

妈妈你吃的哪样啊？天云问。

你幺婆请我吃的馆子，饺子！今年过年，我们也照着那样做来吃一顿。兰香说，那家人啊，就是仁义，清明粑不管钱，但那家人，仁义，幺儿，你要记住幺婆的书包哦。

天远抱着书包，笑得一脸的牙。

天云把脸扭向一边，没有看书包一眼。

才贵说，你猜今天哪个到我家来了？

幺公和大孃才走，坐的车。天远抢着说。

他幺公来了的呀？兰香眼睛一下子直了，真的？

真的妈妈。又是天远抢着说。

那……怪不得他幺婆说，他们出去玩儿了。原来，是到我家里来了。唉，要是早知道……你们招呼幺公们吃好没有？

才贵嘿嘿两声：你没在家，我煮不成。

我去挖的折耳根。又被天远把话抢过去了。

兰香就“哎”一声，说幺公们大人大量，不会见气的，晓得幺公们这会儿到家了没有哦？

天云说，妈妈你吃饭。

兰香说，这会儿我还一点儿都不饿。

但是这会儿，女儿说饿了，就去搜那包清明粑。她妈妈拍了一下她的手，说我给你煮饺子，这乡下来的东西，怕不干净。

我坐在沙发上一动没动。

第二天，我出门时，门口有一包垃圾。她妈妈说，你把垃圾带下楼去丢了啊，每次都是我丢，你们就那么贵呀，伸一下手都难？

我提着垃圾袋，走到垃圾箱旁边，垃圾箱是满的。我一下子丢过去，垃圾袋破了，滚出来一堆清明粑。

书　房[1]

雷　霖

天还没大亮，刘老就起来了，照例先要到书房里，将自己在《十三经》里泡上一段时间，才出门去上课。这有点像出车前要加油的过程。

刘老退休以后，学校觉得仍然离不开他，他像一方印，能镇住很多东西，就又把他聘了回去。刘老也知道自己是个离不开字的人，站了一辈子的讲台，传了一辈子的道，退休了，仍然有用处。他时常会接到各个地方的青年写来的信，向他请教学术上的问题。老了，依然还能为别人解着惑，这让他心上很受用。于是刘老总是戴着老花眼镜到书房里翻翻找找，得把这个问题给回了，才放得下心来。不过，老人也感到，人家敬重的好像不是他这个人，而是别的，那些人要找的，好像并不是他这个人，而是别的什么东西，但他老一时也弄不明白。

刘老站在镜子前面。老伴就抿着嘴角斜他一眼，说："你一辈子哪天好看过不是?"刘老一听这话，心上一下子硬了起来。年纪越大，脾气也越来越大，越来越不服气了，看什么都不大顺眼，做什么都觉得气短。自己和很多东西之间，好像隔着越来越厚的东西。这东西随着自己年岁的增长而增长着，这弄得他有些心慌。

刘老出门前，回过头去，对老伴说："今天儿子该回来了吧?

---

① 原载《沙滩》2009年第4期，此次出版时有改动。

再给他打个电话，就说老子病了。”

老伴横了他一眼，一边给他把衬衣领从脖子深处扯出来，一边说：“行了行了，你父子俩真是狗见羊。”

儿子在外面读大学，知道老父亲用不成手机，家里的电话在客厅，父亲书房的门时常是关着的，父亲看书容易入神，有点坐禅的味道，对电话也反感着。父亲说过，有事儿无事儿，写封信回来。于是儿子就三天两头地朝家里写信。

收到信，刘老忍不住嘴角上翘。打开信，眼睛却塞了沙子似的痛。

儿子的字写得实在让人难过，乱七八糟一大群，整张纸上，尸横遍野，饿殍满地，缺脚断腿，惨不忍睹，像被打垮的部队，逃难似的。他看不惯字写得草的人。儿子以前写字，是自己亲手亲脚教的。才出去几天啊，就成这样了？刘老戴着老花眼镜在信中搜索，半天，才从那些笔画堆里，打捞出信的大概内容，要叫他们两个老人少看书多出去，多注意身体。

“老子暂时还不会死。”刘老将眼镜一丢，对老伴说，“你看看，你看看……”

“孩子多忙多累啊一天？回来还要给你写信，惦着你就行了，哪像你，无事人儿一样。”老伴儿捧着信，将每个字儿都嚼糖果儿似的嚼了一遍，眼泪就汪了一脸。刘老也就慢慢地熄了下来，是啊，那字儿是躁了点，但儿子是用了心的。

后来，儿子来信，只有一张打印稿，上面全是机器的字。每一个字都是一个样子，一个体格，一个脸貌，一个身板，连以前那“垮杆部队”也不见了。

在信的末尾，绾着一堆笔画，这应该是签的名字吧？如果笔画像一根根稻草的话，那名字就只能算是给草绾了一个疙瘩，或是把草拢了一堆。刘老企图从那一堆乱草中整理出儿子的名字，折腾了半天，还是没能从中挑拣出那个“刘”字的筋络。出去读书，倒是把自己的姓先读丢了。刘老摇了摇头。哪能这样对待自己的名字呢？他相信文字是天地间的精灵。这也算是家信？这是一堆荒草。刘老心上生起一丝挫败感。

刘老马上给儿子回了一封信。他用的是毛笔，小楷，每一个字都像在敬礼，像在站岗，方方正正。每一行字仿佛都是一个道理一条规矩一道坎。整封信看起来，跟仪仗队似的。写完信，刘老端端地盖上自己的印章。

不久，儿子打电话回来，说他那信，看得他们班女生的眼睛都亮了，说都可以做字帖了，还说这字叫恐龙字，都快绝种了。刘老一听，心上一酸："字是打门锤啊。"

儿子说："现在的人这么忙，哪有时间坐下来写字？"

刘老挺生气："那《四库全书》不也是一个字一个字写出来的？古人就都是闲人啊？"

儿子反驳说："现在全用影印。照你们这么一笔一画地写，哪辈子才能著作等身啊？生命哪有那么多时间用来抄抄补补的。"

刘老一时语塞，只有对着话筒吹粗气。

儿子说："爸爸你感冒了？"两个老人只要有个头疼脑热，儿子总是急得跟孙猴儿似的。

刘老大声说："老子好得很，比你那字儿好。"

儿子哦了一声："吓死我了，老爸。身体是革命的本钱，你就别再写字了，现在哪个还用手写字啊？都是电脑。只有小学生和搞书法的，才用手写字。"

刘老说："字就让它绝种了？"

儿子说："字拿到旧货市场卖钱啊可以，或者，拿到博物馆去收藏，让以后的人看，就像甲骨文一样。"

刘老说："甲骨文就只是拿给后人看的？"

"不是吗，现在哪个还写甲骨文不成？"儿子的语气里充满了惊愕。

“你那字儿就是甲骨文啊！”刘老啪地摔了电话，走进书房去。

刘老的书房，十来平方米，是最靠里的一间。除了天花板上没有书，其余四壁和大半个地板上，全是书，古书。一个学生曾走进刘老的书房，进来时咋咋呼呼的，刚坐下，静了。“刘老，这真是个安放灵魂的地方啊。”刘老说“你真会说话”。那个学生却说：“出去了这么些年，今天在老师面前，总得说回真话呀。”看到他如释重负的样子，刘老就笑了笑，现在的人啊，拧着脑袋满世界地闯，到头来，倒是把家给闯丢了，或是把魂儿给弄丢了。刘老就觉得他们有些可怜，根儿都还没有长牢，就急着开花儿，能有个真正的春天吗？

书房的窗户并不大，只有一洞，阳光刚好能够钻进来。书桌上永远镇着那本《十三经》。差不多有砖头厚，抱在手上，有种被压迫的感觉。刘老几乎成天就坐在书桌前，把自己浸进《十三经》里去。他翻动书页时的表情，也是厚重的。厚重感有时是从手上传到心上，再传到灵魂上的。读这本书，真有种登山的味道，也有点像吃中药，能固精养神。

刘老仿佛看到时间像一个大儒，青衫微颤，从容淡定，从远古的远古缓着脚步走来。

天长日久，《十三经》就烂在了他的肚子里。

“刘老是一本站着的《十三经》。”这是学生说的。

他是一支大大的部队，旗帜是《十三经》，根据地是书房，字就是弹药了。

刘老躺在椅子上，闭起了眼睛。儿子从小就听话，见老人就喊，见小孩儿就笑，没有不夸他好的。也谦让着人，姑娘们还说这小子有点儒雅。还儒雅呢？就他那个样儿，也算儒雅？装孙子倒装得挺像的。刘老叹了一口气。

也是，儿子唯一不谦让的就是他老爸。难得见一次面，一见面就争论。最终父子俩都气鼓鼓的，各自钻进各自的书房里去。刘老纳闷儿：儿子小时候多听话呀，叫怎么样就怎么样，见到老爸只有发抖的份儿。现在怎么啦这是？

他把目光从窗子望出去，看到一块方方正正的天。

于是刘老想儿子回来，找他谈谈。

老伴倒是和儿子一条道儿，说儿子一天到晚脚板不沾地，没事儿就别扰他了。

“没事？还没事儿？都快出大事儿了还没事儿？”弄得老伴连连地把手朝他的额头上贴，“是不是真的病了呀你？那，就叫儿子回来一趟吧。不过，说好了，儿子回来，你可别再跟他一般见识了。”

刘老说：“都是你惯坏的。”

老伴不高兴了：“都是你那个样子，哪有满街的花花绿绿？”

儿子一进门，鞋都没顾得换，就朝老爸的卧室里奔。卧室是空的，又奔向老爸的书房，见老爸伏在桌前，正吟着什么。

“爸，你？真的病了？”

刘老正淹在《十三经》里，半天，才浮上来，斜了儿子一眼。儿子连声说：“哎呀，什么时候了，还困在这里，还不上医院去呀。”说着就伸过手来关那本《十三经》。刘老朝他的手啪地拍了一板，说：“一时死不了的，不用担心。”

儿子不语，呆呆地站在旁边。刘老也不说话，把眼睛搁在书上。半天，儿子才轻声说：“爸，不要老是一天到晚待在书房，你看你，身上都有股霉味了。”刘老还是不说话。儿子就又轻声地说：“爸，你也该透透气儿了。要不，到我的书房去？”

“你那个也能叫书房？”刘老喉咙里哼了一响。

儿子的书房在刘老书房的对面。中间隔着一间客厅。刘老当初装修房子时，儿子就说，他也要一间书房。刘老一听，心上那个高兴劲儿就别提了，像是援军赶到一样。刘老想把两间书房装成一个样子，书架和书桌包括椅子他都制了两套，一模一样的。儿子却不听他的，说要自己设计。他把窗子那一堵墙全给打了，只挂了一块半透明的布帘。白天是太阳，晚上是月亮。刘老有些不高兴。儿子说，窗户是眼睛，看外面就是要大着眼睛看，不然，屋子就暗暗的，不舒服。

刘老见儿子的书架上，空空的，堆着袜子衣服之类。什么味道都有，就是没有书的味道。书的味道有重量，装在身子里，能让人像一个不倒翁。没有书的房间还能叫书房？刘老就想把自己书房里那堆山塞海的书弄点到儿子书房里去，装点面子也好。万一儿子哪天一觉醒来，想看看书呢？儿子却把刘老给他的那些书全抱回来还给了他，说那些书已经有了霉味，再说，品相也太旧了。

刘老说："那，你要想看书，到我书房去。"

儿子喷了一下鼻，说："哪个看你那些旧书啊？"

刘老背心猛地一凉。

儿子说："到我书房去吧爸，那里比你这里宽多了，亮多了。"

"什么玩意儿都没有，当然宽多了。"刘老说。

儿子说："过来我给你看看我发的文章，爸。"

刘老一听，心上就暖了一些，跟着儿子来到了他的书房。

儿子的书房里，四壁满是明星的画报，瞪着一些古怪的眼睛，穿着一些古怪的衣服，做着一些古怪的造型。地上堆满了下不了脚的锻炼器械，亮晶晶明晃晃的，刺眼。靠落地窗的书桌上放了一台电脑，一张穿着裙子的男人的画儿，贴在了书桌旁边。刘老一进来，浑身就不自在，眼睛都没地方搁了。

儿子让老爸在临窗的椅子上坐定，又将他的老花眼镜递上，才将那报纸展到刘老眼前，一脸的世界主人的表情。

这是有天他从网上下的一截文字，将脑袋和尾巴一砍，给了一个在报社的朋友，居然发了出来。

刘老将目光从眼镜的上方抬出来，说："平时不看书，剪块豆腐块，就大出息了？"

儿子说："谁说我们不看书了？我们只是不像你们那样看。"

"剪刀加糨糊，也能叫文章？"刘说，"装点东西在肚子里，再动笔也不迟。"

儿子收起了报纸，咕哝着："说不定，哪天我一不小心，弄出个《红楼梦》来呢。"

刘老呆得差点儿下巴脱臼，眼镜一下子从鼻子上垮了下来。

儿子说："你们写一本书，全是书名儿，像中医开的方子，看着就超头痛。"

儿子从来不看他的书，说他的文章，读起来像吃中药。

刘老笑笑："那正是治你头痛的方子。"

儿子摸了一下头，说"人家就是喜欢豆腐块，不喜欢中药。"

刘老一时语塞，这倒也是，一篇小文章，写半年，每一个字，都手术似的。一步一个脚印过来，读者却溜冰似的一眼而过。

"花开在深山，再香也香不到世界的鼻孔去。"

刘老说："黄侃先生说过，五十以前不要著书，怕灾及枣藜。"

儿子说："你就爱翻老皇历。一个十来岁的黄毛小姑娘，写了好几部长篇小说，写一本火一本。知道不，还呼呼啦啦搞签字售书呢。"

"火？那也叫书？"刘老一下子真火了。

儿子说："你们不是说以前哪个写一文章，洛阳纸贵了。现在啊，只要有人买，纸是多了去了。"

刘老说："那是卖纸呢，还是卖书啊？"

儿子说："你不管是卖纸还是卖书，反正人家儿家都高兴。你们出一本书，还要自己拿钱，不但没人买，送都送不出去。"

刘老心上凉了半截。

儿子说："就是那些书，才有那么多人爱看。哪比你们，白天站讲台，晚上坐书房。外面变成什么样子了，一点也不知道。真以为一部《十三经》就能治天下的？"

刘老一听，脑子里轰地一下，一团火就腾起来了：“半部《论语》治天下，你懂个屁你懂？”

儿子眼睛眯了一阵，不知哪儿将老头子弄火了，就赶紧歉着声音说：“你自己用不成电脑，吃亏大了老爸。要是你要哪样资料，给我讲一声，我在网上给你查，比你翻书快千百倍。”

“书在纸上，那才叫书。”刘老看着儿子空空的书架，轻轻地叹了一口气。

儿子说：“这叫电子书。世界各大图书馆，鼠标一点，就进去了，要看哪本，有哪本。”

刘老不信：“《十三经》也有？”

儿子说：“你要看哪个版本的？”

没想到，一眨眼工夫，《十三经》就出来了。

儿子说：“你看人家好些学者，一年到头，游山玩水，著作一部接一部，讲学一堂接一堂，走到哪里，比明星还风光。百科全书似的，什么都懂。你以为他们是把学问全装进脑子里去的？他们是新型学者，一点鼠标，学问一堆一堆的就在眼前，哪用得着你一条一条地去背去查？还像你们那样，趴在书桌上，翻半天，抄半天，还弄错了字？”

刘老说：“只会听他们胡说八道，把祖宗拿来信口雌黄地乱讲。这种书没有墨香，一股电线的味道。”

儿子说：“只要是卖得出去的书，就是好书。你们那种书，只有资料员翻翻，一看就头痛，像麻药做的一样。”

“兴奋剂好，一看就两眼放光，那是好东西啊？”刘老一下子提高了嗓门。

儿子摇了摇头，不和他争论了，将那剪来的文章发到了网上，又飞快地给自己写了几条评论：“你看看我的点击率。”

刘老纳闷，发在网上也叫发表啊？

儿子说：“人家网络作家就是靠这火的，满大街都是他的名字。”

刘老说："你真把这文章当你自己写的了？"

儿子扭过头来，看了刘老一眼。

刘老说："你这叫学术剽窃。"

儿子说："哪有这么难听啊，这叫资源共享。你们写一文章，不也满是人家的书名号吗？"

刘老说："这叫引证。"

儿子说："你那叫引证，我们这就叫剽窃？我还没有用书名号呢。再说了，我们又不学术。"

不学无术的些。刘老呼吸急促了起来。儿子不说话了，关了电脑，一边摇头，一边使劲往书架上塞时尚杂志。

刘老也摇了摇头。他脑子有些晕，就走进自己的书房去，站在书架前，注视着满壁的那些书。好多书已经发黄了，他闻到了一缕淡淡的若有若无的霉味儿。刘老觉得这种味道很醉人，又好像很闷人。儿子不喜欢进他的书房，就是不喜欢这种味道。刘老随手翻开一本书，看到一个小小的虫子，从书中醒了过来，扭着白白胖胖的身子，像到了一个陌生的地方，对什么都稀罕着。成天在书堆里，吃着，养着，却笨笨的，不见有灵动的样子。倒是书房外的那些虫子，机灵活泼，在阳光下当着世界的主人。

刘老的眼睛就有些迷糊。

他感觉到自己肚子里有什么东西在发着腐。老伴曾经笑过他，成天坐在纸堆里，肚皮里堆的全是陈谷子烂芝麻，哪有不腐的？

他想留住什么，他也想抵抗住什么，但又感觉自己无能为力，就像他抗不过身体会一天天老下去一样。他突然觉得对不起这些书，但又想不通，这么厚重的书，怎么轻得好像没有一点重量呢？

刘老觉得很累。

他坐在了椅子上，把目光从那个窗洞儿里探出去。窗外热闹着，书房里渐渐地暗了下来。刘老突然觉得身后的那些书堆到自己身上来，压得自己喘不过气。窗外也有什么东西从窗洞里朝他逼来。

刘老有些慌。

他把目光从窗外收回来，盯着《十三经》。中华文明就是从这本书上立起来的。世界上其他很多民族和文明，没有这样的书撑着，就处于一种漂浮状态，沉不下来。渐渐地，就随着时间漂走了。

不知过了多久，刘老不知是醉了，还是困了，他的脑袋搁在《十三经》上，闭起了眼睛。

他梦见自己正朝一个地方走，越走越暗，越走越仄，身子越来越重。他来到了一个黄土坡前，黄土坡上好像立着一本很大的书，成一个天然的书房。他远远地就能认得出来，那是一本《十三经》，好像有天那么高。他听到书里有人在说着话，他听得懂一些，但有些他听不懂。他悄悄地走近一些，看到是两个老者。他认得出来，那个表情很自然的，是老子；另一个，一脸的肃穆，肯定是孔子了。他们坐在黄土地上，正说着什么。他们在论道？他呆呆地立在那里。一会儿，他成了一个茶童，尖着耳朵，听茶声弥漫成天地的味道。一会儿，那两个人好像又成了李白和杜甫。李白剑鞘上挂着一本书，正朝远处望着；杜甫愁苦着脸，目光盯着黄土地。

突然，那本天大的《十三经》好像有些松动了。李白拨出了剑，四顾茫然；杜甫赶紧伸出了肩膀，一脸的痛苦，感觉很吃力，快顶不住了；他也赶紧伸出手去，却发觉那本书立在天地之间，并不见一丝的动摇。

他看到，李白眼里有泪水成河，正仰天长啸；杜甫将背弯成了虾子，正失声痛哭。刘老也哭。

后来，他被儿子推醒了。儿子很慌张的样子，把那本已被泪水把湿了的《十三经》从刘老脸下移开，说：“爸爸，你是不是真的病了？”

黑老丘[①]

王少龙[②]

一

在西部边陲的这个城镇里，生活着一种人。一种简单得用卑微就概括了一生的人。

他们的地位卑微，就决定了他们的生活卑微、生命卑微、人生卑微。人们世俗的目光总习惯于这样界定这种让生命苦苦求生的夹缝，这夹缝也更精确地诠释着卑微的含义。

这种人的一生，有人认为可以缩写成一天，缩写成仅仅为一日三餐奔波的一天。可这类人没有能力缩写或者简化自己的生活。哪怕每天总是单调而枯燥地重复着，似乎他们还是非常有滋有味地活着。

似乎，他们每天快乐地活着，没有一丝报怨和诅咒，也没有一丝欲望，很简单地活着。简单，这成了一份挂在他们自己嘴角的那一丝苦笑。

黑老丘就是这种人，生活在这个城镇的夹缝中。

---

① 原载《贵州作家》2011 年第 19 辑，此次出版时有改动。

② 王少龙（1977—），男，仡佬族，贵州省正安县人，现任教于正安县晏溪中学，遵义市作家协会会员。有诗歌、小说等作品发表于省内外文学刊物。

城镇不大，居住在这里的人没人不认识黑老丘。

无论是清晨还是晚上，这些坐在街边小摊上吃喝的人，只要看见路过的黑老丘，都会紧握筷子斜着眼，打趣说，黑老丘，来来来，吃东西，我请你！

每到这时，黑老丘总会含糊其辞，说，吃？吃吃吃……我家有……我回去吃。

每次含糊完这句话，黑老丘的嘴皮都会重复吧吧嘴、吞吞口水的动作。他那盯着别人碗儿的目光，一次次被自己的脚步拉变了形。走了老远，眼珠子似乎还浸在别人的汤碗里。

一次次，人们在哄笑和取乐中得到极大的满足。

黑老丘瘦而黑，许是吃的拮据吧，颧骨特别地突出，加重了这张写满了生活艰辛的脸的惨淡。这总让人想起鲁迅先生笔下的孔乙己的肖像。可大家知道，孔乙己已经作古了，随着历史作古了，这黑老丘不过是一个犯穷的市民而已。仅仅因为犯穷，仅此而已。

是呀，人穷志不穷，这是一种精神境界。

黑老丘一直在勉强地守候着这个境界。

所以这些非常市侩地吃着丰盛食物的人，总会虚伪地招呼黑老丘吃东西。因为他们知道黑老丘不会吃，不会轻易地吃他们的东西。于是，一次次的，他们总喜欢借黑老丘那干瘪的眼神，来铺垫铺垫自己享受碗里美食的美味，来衬托衬托自己碗里美食的质量。

黑老丘不姓黑，也不姓丘。他的真名叫什么，没有人知道。据说，黑老丘是外地人，还当过兵，可没人调查过他的身世。外地人？或许是，或许不是，没人会对个这感兴趣。人们只管叫他黑老丘，黑而穷的黑老丘，习惯不问他的真名。就连他自己的女人也都叫他黑老丘。

无论在什么社会，有一种阶级叫无产无妻阶级。产是房产，妻是女人。无产无妻就是穷，这是穷的标志。或许，导致大多数男人无女人的最主要的原因是无房产。其实，黑老丘也并不完全属于没有房产的人，起码他在这个城镇的北大街桥头下有一个遮身之处。用几块破木板支撑着破篷布和几捆烂茅草，这里的人们称这为“棚”。黑老丘住在这个棚里。因此，黑老丘没有房产，可也算是有棚产的人，比起流落街头的流浪汉强多了。

平时，棚里是不会点灯的。黑老丘有盏油灯，如果不是特殊的日子，这盏灯只能静静地卧在床板下。

于是这棚里，时常黑漆漆的。

在这棚里还住着一个朴实的女人。这朴实的女人不知道啥时候残了一条腿。多少个日日夜夜，黑老丘夫妇俩就躺在这个棚里的木板床上做着穷人家最幸福的美梦，不花一分钱地在梦里享受着生活的甜蜜和幸福。那些富贵人家的生活的精致，的确成了黑老丘夫妇俩的一个美梦。桥下泛着点点星光，一天天枯竭的河水，依然为他们这样的梦装点上许些朦胧而凄美的色彩。

黑老丘的女人，叫什么名字？没人听黑老丘直呼过她的名字，于是大家叫她“黑老丘女人”。贫穷过早地在黑老丘女人美丽的容颜上刻下道道沧桑。也许是黑老丘女人还没有来得及精心打扮美丽的容貌，“穷”这个字就草草摘下了她那青春的秀色。

黑老丘年轻时也许是一个帅气的男人，从他那枯瘦的身躯里可以读出这份气息。

可这份气息里，散发出来的更多的是一种地道的憨厚。

所以，除了穷，黑老丘被贴上了另外一个标志，那就是地道的憨厚和老实。

试想，这也是犯穷的一个根源。

黑老丘曾有一个可爱的儿子。在童年快要结束的时候，那可爱的儿子没迎来艳丽的青春，一场大病永远把他留在了童年里。这也永远把他留在了黑老丘夫妇俩的记忆里，给黑老丘窘迫的生活增添了更多的失魂和落魄。

其实，在儿子夭折之前，黑老丘就落魄成了杂工，成了城镇里为各家各户干力气活的廉价的杂工，且非常敬业。

黑老丘也是靠这敬业的精神默默生活。

因此，城镇里的人搬大小东西离不开黑老丘，倒垃圾疏通臭水沟离不开黑老丘，甚至，死了人扛大幡出殡也离不开黑老丘。没有这些事的时候，人们似乎就把黑老丘遗忘了，只有在街上遇见黑老丘，黑老丘才会泛上别人的眼角。

这时这些人会起劲地说，黑老丘！哈哈……一个老实巴交的黑老丘！

许是，人们把笑声从黑老丘那黑而瘦的故事里提取出来，仅仅当着茶余饭后的消遣。

黑老丘他到底姓什么，从哪里来，有着怎样的身世？

或许，这只有他们来到这城镇以前的那段岁月知道。

可这段岁月恰恰被这个城镇悄悄删除了。

二

天还没有大亮，只有桥头橘色路灯映着河里悬浮着的白雾。

这一个寒冬的清晨即将来临。

即将平静地来临。

就像这些年的每一个清晨一样，平静地来临。

黑老丘摸索着起床，掀开那挡着窝棚门的破布，探出头，打着哈欠，往桥头上瞅了瞅。

这是黑老丘在清晨做习惯了的动作。

有时候，黑老丘这一瞅，就会瞅来找他干活儿的吆喝声。这吆喝声成了黑老丘每一个清晨最殷实的希望。在这殷实里，黑老丘会沉闷地应一声——唉！然后赶到桥头追向吆喝的人，开始了一天里他的第一桩活。有时候，黑老丘瞅了又瞅，眯着有着沉重眼袋的双眼，总等不来桥上吆喝声的时候，便回到棚里坐在床沿上等着妻子起床。如果这时你路过桥上，能听到桥下黑漆漆的棚里发出碗具相碰的清脆声，还夹杂着妇女的些许咳嗽声，就可以断定那是黑老丘的妻子起床了，正忙着给黑老丘准备早饭，好让他吃了出门找活儿干。

黑老丘出门所带的揽活工具是一个背篼。

这个背篼因为背着每一个日子的衣食，已经破烂不堪了。

黑老丘背着背篼走过北大街，一张张面铺门就像还没有睡醒的眼眶，没精打采地看着行色匆匆走过大街的人。黑老丘踏过石板街，来到南大街的农贸市场，看着眼前的菜商贩扛着沉沉的菜匆忙搬运，黑老丘祈祷能有一个商贩吆喝他上前帮忙。

有一个商贩扛着一袋菜跟黑老丘搭讪，说，黑老丘！你的门开着啦，你家里有没有人看屋？

黑老丘以为是叫他干活，便向前跨了两步。等他听清楚才停下脚步，说，有……我……媳妇在家呀。

那人喘着气，继续赶路，说，你的门真的开着呢，哈哈，怕别人偷你的东西不？

黑老丘跟上去说，哪会，我媳妇……她不走哪里，再说……没……没啥可偷的。

那人停下来转身看着黑老丘，哈哈笑，说，你看你，门真的大大地开着呢，看丢啥东西没有哇！

黑老丘这才反应过来，低下头，看到自己的裤门敞开着，急忙把裤门捂上。也许这时，黑老丘的脸真的红了，可看不出黑老丘那黑黑的脸上有没有泛起一丝害臊，他的脸依然如故的黑。别的菜商贩跟着哈哈笑。

黑老丘的裤门根本就合不好，因为纽扣没了。黑老丘在这阵笑声中只好把衣服使劲往下拽了拽，离开了菜市，来到东大街。

东大街有一所小学，这时匆忙的孩子们正忙着上学。他们看到黑老丘，便异口同声地起哄：黑老丘，背背篼，背篼烂，去要饭……

黑老丘无可奈何，瞪着这些孩子，只能涨红了眼球，没主张到底应该说什么。

孩子们不敢对视这双涨红的眼球，带着畏惧，一哄而散。实际上，这些小孩子更大的畏惧不是黑老丘本人，而是怕自己父母说——你长得真像黑老丘！

这句话会伤这些小孩子的心的。所以，这些小孩子，最怕的不是黑老丘这人，而是黑老丘这个名字。

在清晨里，从北大街走到南大街，再从南大街漫无目的地走向东大街、走向西大街，这是黑老丘每天时常重复的轨迹。有时候，在这样的重复中，他会碰上一两桩活儿。今天黑老丘走到西大街的桥头时，就有一个胖妇女吆喝他了。

胖妇女老远就嚎——黑老丘！过来。

黑老丘加快了脚步，赶上前去应和，说，我……来了。

胖妇女扭身就走，丢下一句话——背煤！

黑老丘追着这句话，一丝极不情愿匆匆替换了他的表情。但他还是尾随而去，追着这胖女人的高跟鞋发出的有节奏的噔噔声，紧扭不放。

这是一个寡妇，黑老丘常常帮她干些活儿。这胖寡妇活儿多，钱也多，可黑老丘每次干完活儿，总会被她数落一通，被她责怪没有干好。每到这时，黑老丘也只能低着头不说话，让人觉得他是在诺诺称是。

一句话，给这胖寡妇干完活儿，她付工钱却一点不爽快。其实，这样付工钱不爽快的人可多了。可黑老丘一直没学会怎么讨价还价，干完活儿了，别人给多少就是多少，讲不成价。可这些挑剔的人，赚了黑老丘的力气不说谢，还会送一句话给黑老丘，说下次不要你干了，说找别人可比你干得好！

说这话的人，心里都明白，愿意干这些活儿的，这城镇里只有黑老丘了，也只有黑老丘才能把这些活儿干好，不找黑老丘找谁干去？

由此，黑老丘独家把持着这些差事。

黑老丘可没有独家经营的意思，也从不以讨价还价来捍卫独家经营的优势。黑老丘总以有活儿干为乐事，钱多钱少不影响干活儿的劲。

不过，胖寡妇的杂活，黑老丘还真有点不情愿干。这个胖寡妇不爱给工钱，黑老丘一直没找到合适的脏话骂她。

可面对胖寡妇那硕大的一堆煤砂，黑老丘一下子忘记了自己的不情愿，操起家伙就开工。一阵煤尘滚滚，把胖寡妇逼着倒退了好几步。胖寡妇站稳，嘴里直嚎，说，黑老丘，狗日背时的黑老丘，轻点！给老娘轻点！

黑老丘这张脸不在乎煤尘扑打，这扑打仅仅是让黑脸更黑一点而已。他瞄了一眼胖寡妇，似笑非笑地埋下头，没有停下手中的家伙。

这胖寡妇远远地站着，看黑老丘一背一背把煤背到坎上的屋里，黑老丘那乱发根里渗出来的墨汁状的汗淌过脸庞，湿在衣襟。胖寡妇这样看着，没人读懂她心里是到底有啥感想。

也许，她啥想法也不会有，唯一有的可能还是一句话，还是怪黑老丘没有干好活。

在冬天，煤炭会送给人们温暖，可谁也没有在意把煤炭运进家门的黑老丘会给这城镇的居民送去什么。

黑老丘没来得及洗洗那双和那煤炭一样黑的手，从胖寡妇手里接过钱，已经是黄昏上灯时分了。这一次胖寡妇没有数落也没有埋怨黑老丘，在没啥表情下给足了工钱。黑老丘也没有惦记别的数落的习惯，只是微微点了点头，憨厚而沉默，背上背篼走了。

走着走着，黑老丘想起胖寡妇先前还欠自己倒一次垃圾的钱呢。黑老丘停下赶路，掏出钱仔细数了一遍，对！这只是这次背煤的工钱，黑老丘有点懊悔——刚才咋不一并收了呢？

黑老丘转念想，下次吧，下次一定要把这钱收了。

黑老丘回到北街桥下，女人已经煮了饭等他回来。

黑老丘女人起身，艰难地用一条独腿把持身体的平衡，为黑老丘张罗简单的晚饭。

累了一天的黑老丘，也许这时感到的才是一种实在的幸福。或者这也可以叫作“清闲”。

三

可黑老丘这人怕清闲。

一会儿也清闲不来，这是劳动的人的习惯。

今天下雨了，按理，黑老丘真应该清闲一天了，可他还是背上他的背篼，和往常一样出门去揽活。其实人们没有留意，雨天的活儿可比晴天多着呢。黑老丘刚出门，就有人撑着伞迎上桥头来吆喝他。对黑老丘而言，有人吆喝他去干活，这才是他真正的幸福。

曾有人打趣地问黑老丘——黑老丘，你图啥？一天只知道干活，图的是个啥？

黑老丘从没有回答过这个问题。也许他根本就没有认真想过这个问题。到底图啥？没人站在黑老丘的立场想过这事。就像春天的花儿绽放，图啥？就像北大街桥下清清的河水流向城外，图啥？就像人们一个劲地对黑老丘打趣取笑，图啥？就像旭日从清晨匆匆奔向黄昏，图啥？

也许，真没有图啥。只是生存的一种规律，只是生活的一种现象，只是活着的一种习惯。

黑老丘没图啥，因为老实。老实又图个啥？也没图啥，只是人的一种本分。

怕清闲，图啥？没有图啥，这是黑老丘的生活习惯。

黑老丘的生活注定了他是一个勤快的劳动人。是呀，劳动人应该有自己的劳动岗位，农民的岗位是土地，工人的岗位是工厂，公务员的岗位是办公室，可黑老丘什么也没有，哪怕是一分地，他都没有。在这个城镇里，他的岗位就是于这东南西北四条大街揽活儿。四条大街每家都留有一份活儿是他干的。其实，这样算来，黑老丘的岗位真有滋味呀。可情况并非如此，就像辛苦的建筑工人修好了高楼大厦，住进这大厦的居民有哪一位想到了自家地板上曾经洒满了建筑工人的汗滴？这个城镇的人们习惯了忽略，把黑老丘从自家的生活里忽略掉了。即使有没有忽略他的人，也只是堂而皇之地把黑老丘当成取笑的一份乐趣，仅此而已。

今天下雨了。

好呀。

可人们是否还记得昨天的旱情？这旱情从夏天就开始了，干枯了整个秋天。其实，黑老丘和人们一样，是从旱情里熬到了这场雨里的。

老天爷，几个月没有下雨了，图啥呀？今天下雨了，又图啥？

谁都知道，这啥也不图，是老天爷自个高兴！

走在这细柔的冬雨里，走在街上的人，只有黑老丘一人没有撑伞。这样一个地道的老实人，有人会认为是黑老丘他在以这样别致的方式庆贺雨的降临呢。

其实是黑老丘舍不得买一把雨伞。

黑老丘走在湿湿的石板街上，脸埋得很低。还是这双破鞋，破鞋上方还是这身穿了一个秋天的衣服，这破衣服的领子上还是这头乱发，乱发下还是这张黑黑的脸。一个穿得时髦的苗条少妇打着伞走过黑老丘的身旁，她那珠光宝气的神采好像受到了某种侵蚀，她用手不停地扇她紧皱的鼻子，从黑老丘旁边逃了过去。

可没有逃多远，她转过身来，让伞低垂在地上，扭着脑袋抛过来一句话——黑老丘，你背东西不？

黑老丘也许知道自己身上的味道，远远地停下脚步，应了一声——嗯！然后远远地跟着这时髦的少妇。

这时黑老丘的脸埋得更低，因为这少妇滚圆的屁股左右摆动着在前面领路，真让人不好意思盯着不放。所以黑老丘埋着头，把视线系在这妇女的高跟鞋子上。这高跟鞋发出的清脆的声音荡过大街，把雨丝抽得更稠密。一双双藏在伞下的眼睛，被这有节奏的清脆声拉出来。而这些眼睛刚看到这左右晃得厉害的屁股，接着看到低着头跟在其后的黑老丘，都觉得这场面有点滑稽。于是有人在细雨丝里大笑，说，黑老丘你想吃豆腐呀！

黑老丘也许感到委屈，因此把头埋得更加低了，脚步放得更慢了。

少妇让黑老丘在家门外站着。过了好一会儿，她才拖着个编织袋气喘吁吁地到了门口，说，把这个帮我丢了，这多少钱？

黑老丘没有答话。

妇女又说，这！钱，丢下一张零票，转身甩上了大门。

黑老丘捡起零票，用嘴吹了吹，放进口袋，又用手拍了拍口袋，弯腰去整理地上的编织袋。他看到这袋子里不是别的，是一袋子腊肉呢。他有些纳闷。他取出一块，看到肉上爬满了霉霜。他用手在上面抹了抹，一丝微笑在黑黑的脸上泛了一下。微笑消失的时候，也把袋子塞进背篼。

他一口气把编织袋背到了桥下的家里。

只听到黑老丘女人拉长了声音——黑老丘，哪个叫你偷别人的肉呀，你这背时的！

接着，是黑老丘的声音，回答说，我没……没有偷，是别……别人给的。

给？从没有哪个给你东西呢！

我……别人拿钱叫我背去丢的，我……这……才背回来的。

接下来，屋子里异常安静。

这时，黑老丘女人，正从口袋里把一块块的腊肉取出来，反复瞧了瞧，觉得没有霉烂味。她相信自己的男人是不会偷别人东西的。她把黑老丘的背篼清理好，又让黑老丘背着背篼出门了。

雨似乎停了会儿。

四

接连几天，一直下着小雨。下着下着，冬天就深了。

黑老丘白天在街上揽活，晚上没有睡在棚里。他在哪？他在帮别人家守灵。

这家的男人死了。死得真不是时候。用道士先生的话说——真是死得不是时候，一连七天都没有葬期。

于是，这家人只能耐心地等待这个葬期的到来。

要命的遥遥的葬期迟迟不来，这设在单位大楼下的灵堂显得非常冷清。晚上只有黑老丘一个人守着一堆大火，专注地守着空荡荡的灵堂。

对于守灵，黑老丘不知道这样守过多少家了。

有时候，人们对待这个可怜的守灵人黑老丘，还是比较人性化的，天冷的时候，会帮黑老丘生一堆火后再离开；天炎热的时候，会帮黑老丘准备一个风扇，好让黑老丘和躺着的死尸一并凉爽凉爽。黑老丘守灵堂，已经成了这城镇的一个习惯，也成了黑老丘生活的一部分。无论哪家死了人，不管有没有吆喝他去守，黑老丘都会站拢。

但黑老丘只在晚上守灵。

晚上黑老丘一到，孝男孝女们就轻松多了，他们可以睡觉的尽情睡去、玩的尽情玩去，没有一丝顾虑。

当然，有时候有的孝男孝女们不会离开灵堂。他们在灵堂边角上摆上麻将桌，搓得麻将哗哗响。这时，黑老丘就远远地站在一边抄着手看，看这些人自摸，看这些人放炮和牌，看这些人数票子出去收票子进口袋，看这些手气不好的人直往洗手间跑等手气，看这些人骂牌、骂运气、骂娘、骂先人。

有时，手气好的人把脸一转看到了黑老丘，得意地说，黑老丘你来搓两把不?

黑老丘听了后退了两步。

这人又说，来嘛，我拿钱你打打试……来!

黑老丘抖了抖嘴唇，转身不看了，这人也就不洗刷他了。

还有手气不好的，他们骂够了娘，就转过头来骂黑老丘。骂黑老丘真是你妈的黑煤粑。骂黑老丘滚远一点。

奇怪的是，手气好的叫黑老丘，黑老丘无任何表情。手气差的人骂黑老丘，黑老丘会暗自偷笑一阵。或许，黑老丘这时的笑是一种幸灾乐祸。这是对骂黑老丘的人的最大的报复。

这一次守灵，没有谁叫他搓两把，也没有谁骂他，因为只有他一人独守在灵堂。

孝男孝女在走的时候说——黑老丘，电视在这里，影碟机也在，全交给你了，你自己换碟。换得成吧?

黑老丘盯着电视，再看看这影碟机，心里感到满足。

可这影碟机不一会儿就停止工作了。这是碟片扫描完了，黑老丘不会换碟，只会接受满屏幕的雪花和沙沙声。这给灵堂增添了不少的阴森气氛。

可黑老丘不怕。

这不应该与懂不懂科学和无神论沾边。黑老丘就是不怕。或许是因为黑老丘习惯了这种阴森森的场合。

其实，这时的电视对于黑老丘也没有多大的意义，虽然黑老丘家里没有这机器。这时黑老丘感兴趣的是睡上一觉。今天白天黑老丘干了闷天的活儿，帮城南的王胖子家搬运砖头。他这一天搬的砖头可以盖好王胖子家的两个房间。黑老丘白天太劳累。所以这时，只有睡觉才是黑老丘最感兴趣的。

但黑老丘不能睡。这他知道。

可眼皮直往下掉，怎么办？黑老丘到灵堂外的食灶旁边瞎转悠。黑老丘不是找吃的，是在找食盐。黑老丘抓了一把盐，往自己的头上搓。这手法就像人们搓麻将一样。于是，黑老丘的头发根上淀了白白的一层盐。

黑老丘以为这样可以提神。可最终黑老丘还是恍惚地睡着了。

黑老丘睡在板凳上真像死人，雷也打不醒。

直到天亮了孝男孝女来了，一阵责骂，黑老丘才从板凳上弹起来。

人们责备——黑老丘你干啥？不专心守灵，你来干什么？死人不会放过你的！你看你，只知道睡觉，油灯都熄了！你知道这灯熄了会咋样？熄了灵魂就找不到升天的路了，升不了天就永远待在人间！你负责呀？你负责得起么？真是蠢猪一个！

也有孝子责备黑老丘——我爹升不了天你负责！你知道香火断的后果是什么？你妈的不来就算了，来了就是这样守灵的？

黑老丘非常接受被骂。黑老丘承认自己真该挨骂。

黑老丘好像生来就是被别人骂的一样，内心也充满自责。

这一骂，骂得黑老丘的瞌睡烟消云散了。

接下来的夜里，黑老丘知道用盐不管用，就用扯头发来熬了一夜。直到出殡的清晨，黑老丘没敢在守灵的时候打过瞌睡。黑老丘也知道，守灵打瞌睡是自己的失职。黑老丘明白，自己作为守灵人，一定不能渎职呀。

不过黑老丘在想，这次出殡后，就辞职。

辞什么职？辞守灵的职。

辞职是文明的说法，其实也是罢工。可在黑老丘身上不能说罢工，因为罢工需要有筹码，黑老丘没有啥筹码。

当黑老丘扛着出殡的大幡走在街上，还在想这个问题。谁知，黑老丘扛着的大幡触到了空中的电线，一团火花比出殡放的烟花还大，从黑老丘倒下直到他又瑟缩着从地上爬起来，所有孝子和抬丧的人的嘴巴一直张着没有合下。

黑老丘就是黑老丘，被电触了一下，爬起来还能扛着大幡在丧队前开路。

黑老丘知道自己的使命，自己是什么人？自己这时候是领队的，任务可重了，后面这一长串的队伍，哭的哭，吹的吹，全是自己带队前进呢。如果自己不起来，这队就没有人带了。这时自己怎么能倒下呢。

但黑老丘知道，自己的掌心已经起了水泡，这是被电击的。电是什么概念，这对现在的黑老丘来说，可能只知道电这玩意儿有点点整人。

直到出殡结束，黑老丘也没有盘算好自己是不是应该辞职。

不过一点，黑老丘不再守灵的意志非常坚决。

五

黑老丘真向自己辞职了。

没多久，城里又死了一个人。

谁家死人了？就是那次叫黑老丘背腊肉去丢的少妇家。谁死了？时髦少妇的老公死了。

这黑老丘知道。黑老丘也没有忘记这少妇叫自己背腊肉去丢的好事。

可黑老丘没有去守灵。

到了天黑的时候，没有人守灵，人们才想到了黑老丘。这少妇家的总管派的人找到黑老丘的时候，黑老丘正蹲在北街桥下的棚子里端着女人刚烧好的饭。

去叫黑老丘的人是个老牌二混混。

这二混混说了半天，黑老丘不看他，也不哼一声，专心扒自己碗里的饭。

这二混混火了，瞪着眼，说，黑老丘！你跟老子不去可以，从此后你不要在街上混！看老子怎样收拾你！

黑老丘不吃这一套，依然默默地吃着自己的饭。

着慌的是黑老丘女人。黑老丘女人凭单腿立起身子，诺诺若是。黑老丘直到扒完了碗里的饭，还是不响一声，满脸的混沌。可黑老丘最后还是二话没说就跟二混混走了。

这说明，黑老丘向自己辞职没有辞成。

也说明，这些人家里死了人真还需要黑老丘，不然这少妇家就不必去请他了。

其实黑老丘心里最清楚，自己没有辞职成的最大的原因不是二混混的狠话。黑老丘真不去，二混混又能把黑老丘咋样？只是，黑老丘欠着这个少妇一背腊肉的人情呢。虽然少妇是叫黑老丘背去丢了它，可人不能就这样忘本。

黑老丘跟往常一样，到了灵堂，首先来到灵堂遗体前，双手举着三炷香，作了三个揖才坐下，这才开始守灵。

灵堂的人影按时散了。

这一夜黑老丘没有合眼，坐在灵旁边，眼睛盯着香慢慢地化成灰烬。每次在香快灭时，黑老丘就及时更换。尽管黑老丘内心深处是多么地厌倦守灵这活，但黑老丘知道，自己现在的身份还是一个守灵的人。黑老丘心里清楚，想辞职就辞，辞不成职就一定要尽这份职。这是黑老丘的本分，这也是大家放心让黑老丘守灵的原因。

第二天，黑老丘没上街揽活儿，依然守在这灵堂。

白天，黑老丘在这灵堂真显得多余。

白天进出灵堂的人们都是穿戴比较整洁的，黑老丘一身的脏衣服，反而有损灵堂的风雅。所以过去黑老丘守灵，白天就离开灵堂，免得有损灵堂的庄严与肃穆。可今天黑老丘没有离去，还像丧子的老人一样在灵堂里低着头一个劲儿地沮丧呢。

到这少妇家来吊丧的亲戚中，有很多不认识黑老丘，进了灵堂先看见黑老丘这穷酸样，并不知道这是咋回事。有的就上前对黑老丘说——儿子走了……您节哀……

这话让唱着咒语的道士先生差点儿唱走调子。年轻一点儿的道士总忍不住哧哧偷笑。

黑老丘呢，不应一声，好像接受了这句宽慰人的话。

黑老丘以一脸的木讷打发了这几个日日夜夜。

黑老丘没有离开半步，一直到出殡。

在出殡的这天，黑老丘依然扛着大幡，走在丧葬队的最前列。

这时黑老丘他那一脸的木讷显得庄重而严肃。这是表情。其实黑老丘的内心也是木讷的。这木讷的因素太多太多，不过要说明白这些因素很难。

黑老丘身后是灵柩。

灵柩在阵阵飞舞着的黄烟里浮动，在抬丧人的“起！起！起！”的号声中缓缓前移，在男男女女的哭丧声中拥向墓地。这种仪式很凄凉。在这样的凄凉的仪式里，黑老丘想，灵守完了，殡也出了，也算从心里还清了欠这少妇的一背霉腊肉的情了。

黑老丘这几天同样不敢直视一眼这时髦的少妇，但他能直视自己心里的这笔人情账。黑老丘曾经想过，要是哪天这少妇需要干丢垃圾搬运煤炭的事，自己绝不收一分一文。

黑老丘只有以这种方式来还人情。黑老丘这时认为，在自己决定不守灵的时候又守了一次，又扛了一次大幡，这应该能还清自己欠下的这一背腊肉的人情债了。

这样想着，木讷的黑老丘心里倒有几分释然。

算算，这守了几天灵，黑老丘就有几天没有回家了。

黑老丘带着木讷的表情回到棚里，看到女人躺在床上，着实让黑老丘惊了一身汗。

黑老丘满脸的木讷瞬间消去，一下挂上的是黑黑的焦急。黑老丘瑟缩着手摸了摸女人这张白纸一样的脸，还有点温气，这才缓了缓他那直往脑门冲的热血。

黑老丘的女人病了。

女人在黑老丘这瑟缩的手掌下，一阵咳嗽，咳得棚顶痉挛，咳得桥下的河水停止了流动。

黑老丘慌忙去河里舀了水，边升柴火熬姜开水，边对着柴火诅咒——还妈的……鸟人情！差点把女人……还到阴间去了！下次死个舅……老子也不去守灵了！老子再也不去了！狗日的……就算拿钱请老子……也不去！

这次，黑老丘下定决心，不是向自己辞职，是向自己罢工。是向自己罢守灵的工。

六

黑老丘这几天都没敢离开棚子。

对于那些在桥头吆喝黑老丘的声音，黑老丘充耳不闻。

这些来找黑老丘做事的居民，叫不应黑老丘，又见黑老丘的棚门没有动静，就产生了种种猜测。今天，这桥头不一会儿就聚集了好几个来找黑老丘的人。有人说，街上找不着他，这棚里也没有动静……有人说，怕不会是黑老丘这两口子走了。

议论下，有一个人顺着石级走下去，掀开了黑老丘的棚门。

黑老丘坐在床边，黑老丘女人躺在床上，脸色苍白。

这人定格了掀开棚门的手，质问，黑老丘！大家在叫你呢，咋不应？

黑老丘没有理会。

过了好一会，黑老丘女人才摸索着立起身子，说，大家找你有事情，去吧！我不打紧……黑老丘女人对门口的人说，您先去，黑老丘马上就会来。

黑老丘眯着眼背上背篼，顺石级上了北大桥。

当黑老丘跟着这人走过西街，黑老丘傻眼了。这哪是西街？街上全是废弃物，昔日的楼房变成了一片废墟。两旁的房屋仅留下一地的碎瓦和几根东倒西歪的柱子。这些柱子就像森林发生火灾遗留下的木桩一样，一指擎天。

这才几天没有出门，旧城改造的政策不仅蔓延到了这座小城镇，而且开始落实。黑老丘哪里知道。

怪不得去北街桥下吆喝黑老丘的人特别多，是因为这旧城改造，人们都在忙着搬家。黑老丘今天揽的所有活儿，全是帮人家搬家什。黑老丘一个人是搬不动大家伙的，于是，这些搬家的人，还请了别人，请黑老丘来，不过是帮别人打个下手。

这些搬家的人一下子多了。旧城改造就像一阵风，这些人是顺着这风来的。

黑老丘很想和这些搬家的伙计搭讪，但别人身上扛着沉重的活儿，不能大意，弄坏了是要赔的，最好的做法是不说话不分心。所以黑老丘他们就这样搬着，互相没有工夫唠上一句话。

黑老丘干搬家的活儿一干就是三个月。白天搬完西家再搬东家，晚上回家照看女人。

女人这么多年来，时常三病两痛，也时常十天半月就好了。

这次黑老丘的女人也一样。

与以往不同，黑老丘的女人病好之后，踮着一条腿，拄着棍子也去了废墟。黑老丘搬家卖力气，她去废墟是为了拾些破烂卖。似乎，这次蔓延来的城镇改造政策，最大的实惠就是黑老丘女人这样一个残疾人也出门忙个不停。

一天天，废墟在慢慢消失，废墟上拾废品的人在增多。黑老丘搬家也一样，搬一家少一家，一天天多起来的是街头闲着的搬家人。这些闲人比黑老丘年轻多了，且力气很大。黑老丘只能站在一旁，眼巴巴看着越来越少的雇主叫走的是身旁的力大气壮的伙计。

这些力大气壮的伙计从哪里来？黑老丘一直纳闷着呢。

这些人是四川人。

以前只有黑老丘，大伙一下子就记住了这个干苦力的黑老丘。而今，面对这些四川人组成的庞大的劳动队伍，不知应该呼啥好。他们叫不出名，索性叫这些人为川军。这川军并非历史上的那支名声不好的部队，这些川军干活可卖力嘞。

川军这名字在这个城镇叫开了。

旧城彻底的换成了新城，这些川军也是卖了大力的。

新城迎来的是崭新的生活。这些川军迎来的也是崭新的生活，只是川军的生活充满了机遇和挑战。每一天，新街上游荡着的川军只要听到哪里一声吆喝，就蜂拥而上，把吆喝的雇主围得喘不过气来。川军随处可叫，人们也不再走很远的路去北街大桥下吆喝黑老丘了。

这的确成了黑老丘夫妻俩生存的危机。

黑老丘有些妒忌这些川军。这些川军抢了他的饭碗呀。

求生的本能，使黑老丘使劲往川军堆里靠，可这些川军就是不让黑老丘成为他们队伍的一员。

于是，人们来吆喝川军的时候，黑老丘就站在旁边伺机往吆喝的人那里大步跑。可每次就算是黑老丘最先奔到雇主面前，也揽不到活儿。这些雇主会说，我叫的是川军，没叫你黑老丘呢！

黑老丘急了，急忙说，我也是四川过来的，我可是真正的川军！

主顾似乎没有听到这句话。

主顾只吆喝走少许人，留下一群川军，他们放下背篼，怒目瞪着黑老丘，咒骂道，你也配是四川来的？狗日杂皮黑老丘，你敢充我们四川人？老子洗白你！

黑老丘慌了神，说，我……真是……四川来的……川军！我们……是老乡呢，真是的……

还说！你再说你是川军，老子真洗白你！

黑老丘说，我真是川军，我……在四川……当过兵。说着从口袋里摸出一个小本，接着说，这……这是我……当年的兵役证！

个别川军凑上前去想看个究竟。可这时黑老丘的手比说话利索，一下子把小本子收回到口袋里去了。

你当过兵？川军里没谁相信黑老丘说的瞎话。川军里有人出了一个馊点子，指着广场上的尹珍像问黑老丘，说，你知道那三个字念什么不？

黑老丘瞟了一眼，说，尹珍像！

那你知道尹珍是哪个不？

黑老丘这时显现出的是不骄不躁，捂了捂自己的口袋口，说，一代汉儒，谁不知呢！

这时，路过广场一群小学生，其中有一个学生说，看……黑老丘！哦——黑老丘，背背篼！背篼烂！去要饭……

这群川军跟着小学生起哄。

黑老丘的脸涨得通红，背着背篼走了。

川军们围在原地，谈论说，狗日杂皮黑老丘，牛皮客一个！他当过兵，老子还当过司令呢！

七

这个小小的县城，川军泛滥成灾。

又过了些时日，真正从四川来的川军，陆续离开了这个县城。而今，这个县城还是有很多的“川军”，他们是从乡下脱产进城来的本地人，带着他们的妻儿，各家相安无事，组成了一支新的川军队伍。他们操持着黑老丘先前的差事，他们继承了真正的川军的干活儿作风，活跃在这个县城里。

如果黑老丘年轻力壮，也不会输。

如果这群川军没有来这县城，黑老真不会输。

在干活儿上，黑老丘真输了。黑老丘输给了岁月，也算是输给了真正的川军。

其实，黑老丘并没有输什么。当不了川军后，就和女人一起捡拾破烂去了。

拾破烂，这可是一个好行当。

自从那次他在川军面前说他当过兵以后，没有再吹过这样的牛。他回到他务实的本行。女人腿残，黑老丘在废品里挑出来几个滚轴弹子帮女人钉到背篼底上，这样，女人每天出门不会因为背不动背篼而苦恼了。每天和女人一同穿梭于广场和大街小巷，就这样拾破烂，过着自己的日子。

可生活就是这样，就像小说的情节，一波未平，另一波又得涌起。这城里又来了一大批拾破烂的大人小孩。每天黑老丘出门出得够早了，可还是会落在别人之后。破烂数量有限，可拾破烂的人在不断加增呀，这可又成了黑老丘的生存的烦恼。

黑老丘默默守着女人，这天他们都没有出门。

黑老丘看着女人那带有滚轴弹子的背篼，突然想到了另一个生存的方式。

因为女人背不动东西，黑老丘帮她做了这带有滚轴弹子的背篼。川军也有背起来吃力的东西，那怎么办？黑老丘想到了独轮鸡公车，可这独轮的车不好推。黑老丘许是被生活逼疯了，竟然想到了把这独轮鸡公车改成双轮车。如果这样推着，就可以驮那些川军背不动的大家伙了，还能驮更多的东西。他跟女人合计合计，拿出这些时日积攒的钱，果真买了一副大轮子，把鸡公车加工成了板车。

这板车有一种现实意义，代表着黑老丘新生活的开始。

这天，女人跟在拖着板车的黑老丘的身后，走在这个欣欣向荣的城镇的大街上，正遇上米粮店搬家，老板和川军正讨价还价。老板看见黑老丘推着板车来了，老板想，满屋子的米粮如果用黑老丘推的板车驮可能运得更快。

米老板便吆喝，黑老丘，过来，借你的那车用一下。

黑老丘从不会讲价，于是，这第一桩生意就做成了。

黑老丘从屋子里搬出来几袋大米，全放在板车上，然后弓着身，向街的那一头迈步而去。留下川军们目瞪口呆的神色。

黑老丘第一次使用自己的这玩意，深有感触——这板车真好！干起活来可比背篼这行头强多了！

因此，黑老丘生平第一次有了乐趣。当年抢他饭碗的是川军，现在他又从川军手里把饭碗抢回来了，这的确让黑老丘高兴。女人单着腿拄着棍一跳一跳地跟在黑老丘的板车后，路过这条大街，留下的是这些川军的懊恼，这的确是黑老丘的乐趣。

黑老丘又开始每天清晨从棚里探出头来看看空中的启明星，再瞅瞅北大街桥头。每天这时，又会有人在桥头吆喝黑老丘。女人的身体也硬朗了许多，早早地起来，为黑老丘准备早点，好让黑老丘吃饱了拉板车。

黑老丘又回到了昔日的忙碌。

本分，这是黑老丘的本性。有人吆喝他做轻一点儿的活儿，他会把这些活儿分给街头的川军。可个别川军还是瞧不起黑老丘，不管有理无理，总当面背面地骂黑老丘。这些川军好像要这样骂着才舒服。

城镇里的居民，看着黑老丘女人一拐一拐地跟在板车后，照样会洗刷洗刷她。

以前，黑老丘背着背篼走过的是石板街，现在拉着板车走过的可是水泥混凝土铺成的大街。这样的日子有盼头。黑老丘在心里盘算。

其实，现在的黑老丘比起以前背背篼的黑老丘，已经不一样了。现在黑老丘不再背着背篼在街上瞎转悠，每天只要把板车拉到广场边上，自己坐在板车上等一会儿，就会有活儿来找黑老丘了。需要用板车拉东西的居民，自己会到广场这里来叫。有时，黑老丘出板车去了，这些来找黑老丘的也会在广场旁边息会儿，等黑老丘干完活儿回到广场这里。

活儿多了，忙碌了，生活就有滋味和盼头了。

这天黄昏，黑老丘拉着板车回他的北街桥下，路边一群人围着一场热闹。

黑老丘现在也有心思去关注热闹了。起码可以忙里偷闲看看热闹。

黑老丘停下板车，从人群缝里往里一瞧，大家正围着一个发了急病的老人议论纷纷。这老人不是别人，正是当年那个可恶的老牌二混混的老妈。黑老丘啥也没有想，拨开人群，吆喝着把二混混的妈妈弄上板车，直往医院奔去。闻讯赶来的二混子追上了黑老丘的板车，扶着车把，和黑老丘一起直奔医院。

黑老丘今天的做法真好，可运气不好，二混混的妈妈死在了他的板车上。

黑老丘帮二混混把老妈拉了回去。

黑老丘心里产生了不少的懊恼。好些时日没有守过灵了，黑老丘想以守灵来减轻心里的那份懊恼。可是不一会儿，有一大群川军来到了二混混的家门口，热闹地为守灵的事讨价还价。

黑老丘扶起板车，默默地离开了二混混的家门。

现在守灵要钱了。

可是，这似乎已经没有黑老丘守灵的份儿了。

守灵，这词儿对于黑老丘，已经显得有几分陌生了。

黑老丘想，现在自己应该拉好自己这快乐的板车。

八

有了板车，这本来是黑老丘最好的生存之路了。

这条路着实也让黑老丘好过了一段日子。

今天清晨，桥上又有主顾来吆喝黑老丘。当黑老丘准备好，从石级上到桥头，才发现一件糟事——板车不见了。

桥下闻声而来的女人脸色都白了。

这可是吃饭的行头，不见了可是要命的大事。可那雇主一脸的幸灾乐祸，一阵干笑走了人。黑老丘狂奔遍整个县城的大街小巷，也没有找到他的板车。

好些天了，都没有板车的一点音讯。黑老丘夫妻俩天天在桥下的棚里咽咽啼哭。

这天，一个好心的人来向黑老丘送信说，西街那里有一辆板车，不知道是谁的。

黑老丘夫妇俩看到的，已经是被砸成几大块的板车，轮子已经不能再工作了。

这是哪路神仙，这样不长眼这等不怜人呀！居然这样残酷地来收拾两个穷人。

黑老丘夫妇拖着板车的残肢碎体走过大街，发现了一件更伤心的事：全街都是板车。转眼之间，就像当年川军一样，冒出了阵容庞大的板车队。这可是对黑老丘生活的又一次残酷的打击。本来黑老丘打算马上去新买一辆，可这么多板车，买来新的又能怎样呢?

实际上，这几天，没有黑老丘的板车，居民们仍生活得非常幸福。那些需要雇板车的人，也不会因为黑老丘的车被偷了就得等黑老丘买来了新车再雇。这些板车呀，算是及时填补了生活的空缺。

其实这就是生活。

确切地说，这就是生活的节奏。这个小小的县城，生活节奏之快就像匆匆的四季更迭。这次，板车增得这么快，短短几天就增得到处可见，已经说明了生活节奏令人苦恼的一面。

黑老丘意识到了这一点。

所以黑老丘没有再去买板车。尽管女人一再说，生活就得靠板车撑着，必须买一辆。可黑老丘看到了这个城镇里板车这行业的危机了。于是黑老丘没有向女人说太多的理由，反正没有再去买。女人一直很温柔，可这次为这事和黑老丘怄气了。

说实话，黑老丘唯一能舒心的地方只有这个棚了。

可现在这个棚里唯一能给自己温馨的人正在和自己怄气。于是，黑老丘的心情糟糕到了极点。他没有出门，女人也没有催促他出门揽活儿。

黑老丘女人也没有心情出门拾破烂，她这时的心情和黑老丘的一样糟呢。

也许这就是人与人之间的相处，因为小事，没了理解就会在大家心里积一些气。这些气如果不能及时疏通，只会加重怨气。黑老丘和女人就是这样。黑老丘以为第二天女人会不生气，可第二天到来，看女人那脸色，黑老丘只能又把希望寄托在第三天。可第三天女人还是没有和黑老丘说话，黑老丘又只能把和女人合好的希望寄托于下一天。

已经这样持续好多天了。这是一场漫长的冷战，这样穷的一家子，就这样耗着。

在无休止的冷战中，新年来了。

人们都在准备新年的年货。今天黑老丘看着女人想说说年货的事，却欲言又止。

女人也瞟出了黑老丘想说说话的意思，但她偏就不理。黑老丘起床了，她就烧洗脸水，黑老丘饿了，她就煮饭，黑老丘碗里的饭快扒光了，她接过碗就是加饭，总不哼一声。今天黑老丘扒着饭，心里有些急，可只是微微扭动了一下那一张黑黑的脸皮，依然没有发出一点声响。

他要是发出声响他就不是黑老丘了！女人加速了扒饭的动作，在心底这样怨着黑老丘。

女人的心细会体现在关键时候。黑老丘女人这时候就这样默默地做。她想着自己这样和老丘怄下去也不能解决什么，无论多穷，新年来了总得去过，这样耗着总不是办法。想着想着，黑老丘女人收拾好一切，背上背篼拄着棍出门去了。

虽然冷战仍在持续，可在黑老丘的眼里，这个新年没有什么不同于往年。

每一个新年到来之际，黑老丘都会在某一天待在棚里唱一个戏曲的戏文，只唱一遍：人人有年我无年，提起猪头要现钱……

只是，不同的是以往有女人听黑老丘这样唱。今天女人背着背篼上街去了，没有人听了。黑老丘因此唱得更凄凉。

女人今天不在家，黑老丘也改变了以往的习惯，反复地唱着“人人有年我无年，提起猪头要现钱……”

声泪俱下。

许是黑老丘女人在桥头就听到黑老丘的唱腔了，所以进棚时眼里含着泪水。

黑老丘女人立好棍子，用拄棍的手悄悄抹了一把泪，才把背上的背篼放下来。老丘也抹了一把泪，起身搀扶住单脚站立的女人，顿时，两行热泪落在他们胯下的背篼里。

这背篼里装着年货。黑老丘女人上街买来的。

黑老丘扶着女人坐下，然后从背篼里捡出来一小捆苕粉、一沓火纸、一把香烛、一块新鲜的豆腐、一捆小菜，另外就是一块肉，还有一双黑老丘穿的胶鞋。

这就是黑老丘家今年的年货了。

这年货有了，还得拜谢板车呢。是的，还得拜谢那辆破了的板车。如不然，买这些年货的钱不知从哪里掏。

想到板车已经没有了，想到为再买不买板车夫妻俩怄了气，想到这些，黑老丘终于响了句，说，明天……二十八了，明天……我们……就去买一辆，二十九再勤勤地拉一天车，大年三十我们……再……添点年货过年，啊？

女人点头。

黑老丘女人弯腰从床板下取出所有的零票清点，脸上渐渐挂上了笑容，准备买板车。

这时，黑老丘木讷地看着女人清点钱的一举一动。

九

腊月二十八，准备过新年的人们把北大桥弄忙碌了。

黑老丘夫妇俩被这忙碌的脚步声早早地揪起来了。

早早地把黑老丘揪出棚来的，是一个在桥头上吆喝黑老丘去拉板车的声音。这人太孤陋寡闻了，对黑老丘的车被盗这事竟然不知道。由于黑老丘女人在棚里回应拉不成没有板车这话桥头上听不清，黑老丘只能钻到棚外回了句——不拉，没车！

天还没有亮呢。

黑老丘钻进棚里一会儿，又有声音在桥头吆喝——黑老丘！黑老丘！

黑老丘不打算理，可这吆喝越来越急，黑老丘又得钻到棚外，吼，不成！没有车！

有车有车！那人扶在桥栏上弯着身子探着头向黑老丘的棚的方向俯身说，有车，你给多少钱？

这不是一个叫拉车的，是一个卖车的。

黑老丘丈二和尚摸不着头脑，说，我给多少钱？我告诉你，我没有板车，拉不了！

那人听明白黑老丘的话了，说，我这里有车，要卖，你给多少钱？

天没有亮，卖板车的上门来了。黑老丘身后跟着女人，上到了桥头。

这吆喝黑老丘的人是个拉板车的，他要卖自己的板车给黑老丘。

价钱很便宜的，划算。黑老丘女人对黑老丘这样说。

黑老丘默默转身，下桥进棚里去拿钱。

黑老丘女人看着黑老丘回到桥下。忽地，她也扭身跟了下去，对数着钱的黑老丘说，这车不能买，哪晓得是不是偷来的！再说，要买就买新的，不要旧车！

黑老丘听了觉得女人说得有道理，把手中的钱放回到床板下，到棚外打发那卖车的人走了。

不久，又有人到桥头来吆喝，是另一个向黑老丘卖板车的。黑老丘女人做主，不买。

天刚亮明，又有到桥头来吆喝着要卖板车给黑老丘的人。真是烦人，黑老丘女人没有搭理。

黑老丘女人说，这板车真不能买了。

黑老丘没有发表见解。

黑老丘女人又说，有一个卖自己板车的人这不出奇，如果有多个这样急着出售自己的板车的，这就怪了。

黑老丘还是没有答话。

黑老丘女人接着说，谁愿意把自己走俏的活儿转手呢？只有一个原因，是因为这活儿不走俏了，一定是这样！看来新板车我们真不能买了。

黑老丘点了点头，还是没有说话。

不买板车了。

起码暂时不买了。

这还是黑老丘女人作的决定。

黑老丘没有添买年货，在城镇里别人的鞭炮声中，夫妇俩蹲在河边点上烛火烧了纸钱和香，然后回到棚里和女人默默吃着他们的年夜饭。

除夕夜在年夜饭结束的时候到来。烟花真美，映照着这个小城的每个角落。就连黑老丘这北大桥下的破棚旮旯，都沾到了烟花七彩的色光。黑老丘沉默，黑老丘女人也沉默，他们在屋子里点着这盏只有过年过节才能点的油灯。昏暗的灯光映着这个棚里床上的破被絮，映着简陋的餐具，映着空空的四壁，映着棚顶的积满尘灰的破蜘蛛网，映着黑老丘夫妇俩苍老的面容，映着棚子里散发出来的霉味。

这棚里的霉味并没有因为大年初一的到来而减少。

大年初一，黑老丘又照了整整一宿的油灯。大年初二，黑老丘女人又把油灯收藏到了床下的纸箱里。也许，要等到来年的除夕，这油灯才会再次点亮。

大年初二以后就没有油灯了，回到了阴暗的日子。在这阴暗潮湿的棚子里，黑老丘夫妇已经习惯了这种散发着霉味的阴暗的气息。

春节很快结束了。

黑老丘夫妇在这个棚子里如此又打发了一个春节。春节过后，春的气息也近了，黑老丘夫妇也习惯到棚外走走。其实，如果黑老丘的板车还在，黑老丘在新年里早就忙碌了。现在没有板车，只好搀扶着女人到棚外瞧瞧，在大街上逛逛。但这远远不能消磨去一个习惯了劳动的人的时光。

对于一个习惯劳动的人，这样的消磨简直就是一种受罪呀。

黑老丘夫妇走过大街，看到那些遗留下来的川军，误着春天的时光坐在自己的背篼上打盹。那些静静停靠在街边排着整齐队伍的板车，构成了一幅茫然落魄的图画。走过街的尽头，黑老丘是多么留恋这幅画里的板车。他忽然觉得，这些静静靠在那里的板车，就像自己一样成了失业的伙计；它们的两根手把，就像是伸给黑老丘的，就像是这些板车伸着双手在等待黑老丘的慰问。

但黑老丘心里有数，绝不能理睬板车的这个拥抱，绝不能买辆板车来这样让它静静地在街边待着慢慢地陈旧，直到车身腐烂。

但黑老丘不拉板车，还能做什么呢？

十

能做什么呢？

这成了让黑老丘揪心的一个问题。

这个城镇的旧城改造工程已经改变了居民的心态。商家们只能不断变换花样来迎合这种心态。

这不，南大街日杂货店改成了人力车行。店里专卖一种新玩意，前身像单车，后身是两个轮子上加了一个有坐垫的车篷，这叫作人力车。它可比旧上海时代许文强那一伙人坐的人力车强多了。很多有钱的公子少爷都去瞧过了，很想买一辆回家玩玩。但这车有一个最大的缺点，就是必须有人在前面踩，这车才能动。这些公子少爷生来就只能坐车，哪能踩车？这车没有人拉肯定不行，总不能自己坐着拉自己。所以，这家人力车行的门前看热闹的多，没有谁安心买一辆。

其实，卖人力车的老板，他的初衷不是把车卖给这些有钱的公子哥儿，这些车的主人应该不是坐车的人。

可是，这个县城里，街道上从没有出现过这玩意，有人真想买来经营经营这载人的事。可这些人都怕，怕啥？就是怕巴掌大的城镇，谁愿意出钱坐你的人力车消遣！

黑老丘接连瞅了好几天，决定买一辆试试。

黑老丘主意已定。要是没有谁坐，那就让自己那苦命的女人来坐就是。所以决定买一辆试试，没有客人拉那就拉自己的女人。

黑老丘和女人商量好这事，把所有的积蓄都拿了出来，才购了这车。

真是倾其家当了，黑老丘连一封火柴也买不起了。

黑老丘的人力车拉的第一个客就是他的女人。黑老丘拉着自己的女人在城里风光地逛了一圈，心里舒坦极了。因为女人再也不会因只有一条腿走路不方便了。

大伙见到黑老丘拉着这玩意，都说，狗日的黑老丘疯子！饭都吃不起的人还有心思玩这个！真是妈的疯子一个！

于是有人马上就编出一个顺口溜：黑老丘的头发卷卷，买个车子屁股不冒烟烟，没谁来坐就拉着女人转圈圈……

但他们不知道，黑老丘虽然老了，可身板还硬朗。黑老丘还有的是力气拉车。黑老丘的力气就是吃饭的本钱呢。

接连几天，黑老丘始终没有拉到一个客人。这些人愿意跟在黑老丘的车后大骂大叫着制造热闹，没有谁愿意去坐坐试。

这个商贩也是，最大的错就是把第一辆车出售给黑老丘。出售东西给别人，也是让别人给自己免费打广告呢。黑老丘何许人？是这个城镇地道的名人，是这个城镇里人人皆知的穷人。穷就是晦气，谁愿意坐黑老丘的车？坐黑老丘的车这不是去惹晦气吗？所以，这人力车行的老板出售车给黑老丘，也是惹上了晦气！晦气惹上了，车行老板也许只能挨着日子等着车行关闭了。

任大家怎样取笑，黑老丘每天依然踩着车闲逛在大街上。

可日子总不能这样苦命地重复下去。再重复下去，黑老丘夫妇也许真的成了这座城镇的晦气了。

黑老丘沉稳地踩着车，心里确实开始焦急。这样早出晚归，没人坐。若是自己吃饱撑着了也行，可自己并没有吃些啥。这样的境遇，让黑老丘的脸越加黑了。

近来的日子，黑老丘只能踩着空车，用手拽着系在前轮旁边那敲击铃子发出当当的声响的绳子。人们老远就知道，狗日的黑老丘的车子来了。

其实留意观察，还是有人想坐坐这人力车的。只是，这些想坐着试试的人，看重的是踩车的人。这踩车的人就是司机，黑老丘哪能当别人的司机！所以人们盼望着有一天踩这车的人不是黑老丘。如果永远是黑老丘，这些人将永远不愿意尝尝坐人力车的滋味。

这一天，一个小孩哭着嚷着要坐黑老丘的车。拽着这小孩的手强制他离开的是一个女人。这女人正是先前时常叫黑老丘干活的那胖寡妇。这个胖寡妇现在穿着一双鞋跟比以往更高的高跟鞋。强拽着小孩离开时，这高跟鞋紧急地磕着街面发出急促而混乱的噔噔声。这寡妇狠狠地对小孩说，小孩子不能坐这车，坐了这车，今后不能考大学了。

这小孩子哪里信这个，嚷着说，不让我坐我就是不考大学！不坐就不考！

黑老丘掉转头，向母子俩踩着车赶过去，心里想试着说一句套客人近乎的话。这话早就在黑老丘的心里排练多次了——坐坐吧！我免费拉一圈，让我拉着试试车……

可黑老丘那张嘴不动。黑老丘此时才知道自己真的还没有排练好这句话。

胖寡妇侧身看见撵上来的黑老丘，瞪了瞪眼，说，黑老丘！你想诱导老子的孩子学坏是不是？

坐……坐车这……哪是学坏呀……话还没有说完，黑老丘慌忙掉转车逃去。

只听胖寡妇在后面直嚷——黑老丘！把车停到——停到！站到！

黑老丘心里琢磨，又没有说话冒犯你，不坐就不坐，何必这样凶呀。

一个小孩的声音在身后嘻嘻笑，说，黑老丘，踩快点，我给你钱！

黑老丘扭头，看到刚才那小孩坐在自己的车上正咯咯地笑。

黑老丘不知道应该继续踩还是停下。这可是黑老丘拉的第二个客人呢。不能让胖寡妇就这样把自己的第二个客人带走！可叫停下的是孩子的妈呀，黑老丘没踩出几米，还是把车停住了。

胖寡妇很生气，喘着大气撵上来，一把揪住孩子，凶神恶煞地把孩子从车上拽了下来。

这一拽用力过猛，孩子重重地摔在地上，耳朵边上鲜血直冒。胖寡妇傻了眼。

顿时，责备声四起。

黑老丘真慌了神，慌得发呆，傻傻的。

胖寡妇抱着孩子跨上车，直骂，狗日的黑老丘！还愣啥？快送老子去医院啦！

黑老丘真的愣住了。这一骂，黑老丘回了点神，边踩车心里边琢磨——去医院，我应该收她多少钱，以前那次我帮她倒垃圾的钱是不是这次我一并收了。

黑老丘真想回过头来对胖寡妇挑明钱的事，起码也要说个明白，免得到时乱了套又拿不到钱。

但黑老丘始终就是扭不转头来。直到把母子俩送到医院大门口，这母子下了车，黑老丘还在琢磨着这老账新账一起收应该收多少钱的事。可这背时的黑老丘，就是不敢正眼看这母子一眼，更不敢说向这寡妇要多少车费的话了。

胖寡妇抱着孩子跳下车，招呼都不打一个就被医院的大门吞掉了。

黑老丘靠着车子在医院门口等胖寡妇出来，等了半晌也不见胖寡妇的人影。要说黑老丘还真等不起。就算人们坐黑老丘的车的希望渺茫，但是等胖寡妇出来总没有去等别人坐车有盼头。

胖寡妇欠我两次工钱了，下次一定一并收了。

黑老丘这样想着，踩着车走了。

十一

除了拉自己的女人，黑老丘终于拉了第一桩生意，那就是拉胖寡妇母子俩。

只是这第一桩生意没有收到工钱。

拉的要是别人就好了，别的人给钱也许比胖寡妇耿直呢，说不定还会多给点……

第二天黑老丘还是踩着空车在街上转悠着这么想。

停车！

黑老丘慌忙抓住刹车把，看到一个老人伸直两手和身体组成“大”字拦在车前，这老人又吼了一声——停车！

黑老丘觉得这人面熟，开始还以为是胖寡妇呢。可这人比胖寡妇老。这时黑老丘想起来了，这老人是胖寡妇的娘。胖寡妇的娘？黑老丘琢磨着，她娘有啥事叫停车，样子倒像是抢劫。

黑老丘心里有点虚，没有根据的虚。

狗日的黑老丘！你撞了老子的孙儿，老子不会放你的松扣的！你赔老子的孙儿，你赔老子！寡妇的娘边骂着边上前来抓黑老丘。

黑老丘这才意识到，自己昨天真闯祸了。

黑老丘急忙从车上梭下来等她抓。

不过黑老丘心里坚定，昨天自己并没有撞胖寡妇的小孩，是寡妇自己拽倒的。可黑老丘这话就是急了也说不出来。他任老人抓着，还让老人的另一只手不停地捶打。瞬时，人们围住了老人和黑老丘。这时的老人和黑老丘就像是耍猴的，人们围一圈看热闹。虽然人老气衰，可老人不停地捶打，也着实让黑老丘招架不了。黑老丘就往外蹿，老人便在后揪着黑老丘的衣襟，黑老丘挣不脱。

这阵势有些糟糕，有人大呼快报警。

老人就这样揪着黑老丘不停地捶打。

后来警察没有来，胖寡妇来了。

黑老丘更怕胖寡妇来揪着他打，所以他弃车而逃。一口气跑到北街桥下，钻进棚里不敢出来。黑老丘女人握着菜刀切菜，见黑老丘慌张的样儿，没有猜出个子丑寅卯，可猜出了黑老丘一定生事了。女人的菜刀停在手中，眼睛盯着黑老丘——车呢？黑老丘我们的车呢？你说话！

车在……在街上，胖……胖寡妇打我……我跑才回来的。黑老丘词不达意。

哪个叫你去惹寡妇，你这背时的老丘！

我撞寡妇……不是！我撞寡妇的儿子……不是！我没有撞寡妇的儿子，是寡妇拽倒了自己的儿子——昨晚我不是向你都说了，寡妇的娘就打我呀！黑老丘怕得脸色惨白，那种黑老丘才有的黑这时被这种惨白掩住了。

黑老丘女人明白了。

可黑老丘不明白自己怎么就逃了呢？为啥就这样逃回来？没有撞人，拉了人还没有收到工钱，咋要逃回来？这样就不明不白地成了撞人了，这是啥回事呢！

在黑老丘还没有明白这事时，胖寡妇找上门来了。

完了，背时的黑老丘，这下祸事撵上门来了！

可这事并没有黑老丘心里想的那般复杂。黑老丘本来就不应该明白什么。因为黑老丘本来就没有撞人。

胖寡妇掀开棚子的破布帘，黑老丘在屋子里像一只怕光的老鼠，吓得往女人身后躲。胖寡妇忙说，黑老丘，莫怕，车我帮你推回来了，在桥上。我娘打你这事，我向你赔不是。还应该谢谢你呢，要不是你昨天及时帮我把娃送到医院，娃就完了。我们真要谢谢你呢。

原来，昨天胖寡妇的儿子失血过多，到医院时已经休克了。要是晚到几分钟，后果可想而知。

胖寡妇走了，黑老丘的脸才恢复了原来的颜色，只是显得更黑。

许久，黑老丘才想起胖寡妇真的还欠自己两次工钱。黑老丘想，刚才该问她要。

黑老丘本来就没有撞人。黑老丘又踩着车子上街去了。

黑老丘被寡妇的娘捶打的事传遍了大街小巷。人们都在说——狗日的黑老丘，被捶得真惨，全身是血跑回了家，车都被砸坏了，现在躺在家里出不了门了……

可这时看到踩着车的黑老丘，人们才知道自己在睁着眼睛说瞎话。

这瞎话其实很好。人们又从瞎话背后了解到了真相，那就是黑老丘被捶是真，但被捶得不严重。人们还知道了，是黑老丘用车送寡妇母子去的医院。人们说，狗日的黑老丘，免费送人，真是活雷锋了。

闹了半天，事实澄清了。可人们也把黑老丘澄清成活雷锋了。

黑老丘听着人们谈论他免费送寡妇这事，哭笑不得。

可这哭笑不得之后，起码人们对黑老丘的车有了新的认识。这之后，人们都想免费坐一坐。可人们坐在车上，黑老丘在前面弓着身子喘着大气踩，人们哪里忍心这样免费算了，都会付点费用。后来，生活改变着一切，消遣观念也改变了。人们走在街上，真的需要人力车来爱护爱护自己为生活奔波劳累的双脚了。

人们接受了人力三轮车，生活接受了人力三轮车，这个城镇接受了人力三轮车。

黑老丘熬出头了。

拉人力三轮车这行当熬出来了。

黑老丘的出头，带着那人力三轮车行也跟着出头了。

而这时，黑老丘依然默默记着，胖寡妇还欠他两次工钱。

十二

当当响的人力三轮车的铃声，奏响了这个城镇的公共交通变奏曲。

黑老丘在这个变奏曲里，充当的是啥角色？人们习惯了忽略。

可黑老丘并没有在意这是一种怎样的忽略，只要拉着的车上坐着客人，就是一份幸福。黑老丘和所有人力三轮车夫一样，忙碌在城镇的各条街道。黑老丘每次看到自己的三轮车“当当”的铃声弄醒了那些坐在背篼上打盹的川军时，心里顿生一分自豪，美滋滋的；看着那些在街旁排着队等待吆喝的板车，心里忽地泛起一阵辛酸，酸溜溜的。黑老丘对生活的感触里，已经多了太多的沧桑。沧桑也成了人生成熟的标志了。可黑老丘在言辞的表达上，并没有因为沧桑而流利。那张苍老的脸，反而更加的黑。

这种黑已经沉淀了人生的另一种深沉的苦难。

黑老丘真不容易。这是老年人默默送给黑老丘的一句话。

黑老丘的人力车的轮子，就像年轮一样，向着美好的明天靠近。

黑老丘女人现在每天晚上都点油灯，在深夜里等着黑老丘从桥头走下来。黑老丘还是住在这北大街的桥下棚里。这当当响的人力三轮车的铃声，虽然奏响了这个城镇的公共交通变奏曲，可要奏响黑老丘的生活变奏曲，真还需要黑老丘的加倍努力。

虽然黑老丘不再听别人坐在街边的小吃店里洗刷他吃东西的吆喝声。黑老丘时常会亲自坐在这里吆喝着对卖小吃的人说——再煮一份，打……包！

但是，黑老丘还是只能活在人们的口角边，随时都可能被这一口唾沫带走。

黑老丘所踩的车，有些不务正业的年轻人坐了，总是码到吃，不给钱。遇上这事，黑老丘也很无奈。别人不给钱也不能强要来，只能低着头踩车离开，寄希望于下桩生意。这些不给钱的人可比当年的二混混还要凶。当年二混混不会抢人，现在这些人不但会抢人，还会揍人，把人直往死里揍的那种揍法。黑老丘什么东西都可以不去读懂，唯对这些年轻的比二混混还要狠的人，他们不给钱的心理一定要读懂才行。因此，黑老丘现在显得比当川军比拖板车更怕生事。

这或许是一种软弱吧。可谁制造了这种软弱？

黑老丘这种软弱在滋长。城镇发展越快，黑老丘这份软弱可能会滋长得越快。

城镇改造工程先是改造了住房，然后改造街道，再后来就改造河道。一次改造比一次细致周密。黑老丘棚前的这北街的河道也光荣地得到了改造。河道改好了真好，河水清澈了。城镇里的小孩最爱到这河里游泳了。可这些来游泳的小孩，在离开北桥河时，总会把一些石子往黑老丘的破棚上拽。

每到这时，黑老丘女人会带着惊恐的、无奈的、乞怜的目光目睹着这些石子击打在棚顶。这到底是一种怎样的目光，恐怕连黑老丘和女人自己也解释不清。而这些可爱的、天真的拽石子的孩子，总会把这种眼神当成一种作乐的奖赏。

黑老丘真不容易，要读懂坐车不付钱的无赖的心理不说，他那种揪心的眼神还成了孩子们顽皮的乐趣！他还得控制自己不要去寻思改造的事，怕这改造改掉了自己的这棚，没了棚，他们到哪里去遮身呀。

真不易又咋样？日子还得一天天过。

有盼头没有盼头地过。

黑老丘还没有夜夜点油灯的时候，市民们便夜夜照电灯了。黑老丘夜夜点油灯的现在，市民们天天闪彩光灯了。这就好像是孩子们玩的捉迷藏，专门为黑老丘这样的人设计的一种生活的迷藏。黑老丘总是那被蒙双眼的人，总是抓不住前方的目标，快抓着的时候，目标又逃走了。

这天，黑老丘的车上又坐着老顾客胖寡妇。这个寡妇其实已经不是寡妇，她嫁给了社区管事那人的儿子。这个顾客叫其他的拉车的叫三轮，叫黑老丘拉车还是叫黑老丘。说明这胖寡妇还没有忘记黑老丘这名字这代号。可这个胖寡妇彻底忘记了自己真的还欠着黑老丘两次工钱。

黑老丘的脸上并没有浮现出自己还没有失去黑老丘这个名字的欣然，反而为自己开不了口讨回两次工钱而在心里窝火。只能在心里反复铭记——胖寡妇还欠我两次工钱！

在人力三轮车的队伍里，黑老丘勤恳地拉车，就像昔日他是唯一干活儿的人一样。静静地，在三轮车队里，黑老丘这名字可能将被“三轮车”这个称谓替代，最终可能也会被这时光的浪花慢慢淹没，但那又会怎样？黑老丘的勤恳，真的图个啥呀？没有谁去思考这个结局。包括黑老丘仅有的一把年纪，如果被这浪花美丽而凄婉地淹没时，谁来为他守灵？哪怕只是看看瞧瞧，谁来？

无论是什么花，应该是美丽的。

浪花也是。

乐观的人总不像悲观的人那样去刨开美丽的外壳去发掘深埋的丑陋与龌龊。

总不会。

十三

今天清晨，黑老丘跟往常一样上街揽客。路过西大街政府门前，一群人正在政府门前的橱窗前围观。黑老丘想，许是又要枪毙杀人犯了。黑老丘在梭下三轮车的时候，就看到橱窗里大大的“公告”两字。其实，人们并没有发现，黑老丘还真识几个字。黑老丘凑上前去读公告的内容。心里默记着这些内容转身离去的时候，他的脸是有生以来最黑的了。

黑老丘匆匆踩着车回到了北街桥下的棚里，女人正在扫地。

黑老丘女人看着刚出门不久就回来的黑老丘，一脸疑惑。

黑老丘皱着眉头把自己扔在了木板床上。

女人放下扫帚，凑过来问，是不是病了？

黑老丘没有答话。

女人用手去摸额头，没有什么不对，便继续扫她的地。女人扫罢地又洗了黑老丘的脏衣服，黑老丘还躺在床上，女人再次把手放在黑老丘的额头上，慌了神。黑老丘的额头多烫手！女人忽地想到自己刚刚沾了冷水，便把手放进内衣里擦了擦，再放到黑老丘的额头上，得出最终的结论——是真发烧。

黑老丘进棚的时候真没病，可这躺下一会儿，黑老丘真病了。

这一病，就卧床不起。黑老丘女人记得，自己的儿子死那阵儿黑老丘卧过一次床，那次就差点没起来。事隔近四十年了，黑老丘又这样怕人地卧了床。黑老丘女人知道，这次不能像那次了，这次一定得找个医生看看病。黑老丘不能有三长两短，不然这日子没法过了。黑老丘女人这样掂量着，急忙出了门，拄着棍到了大街上。

大街上到处都是药店，黑老丘女人慌忙中拿不下主意，不知道应该请那家药店的医生。这事可由不得黑老丘女人犹豫。可当黑老丘女人下定决心请医生时，这医生并不愿意去上门医病，理由是没有人看店。也许还有一个理由，怕黑老丘女人拿不起钱。这些人都认识黑老丘女人，知道黑老丘的家在北街桥下，也知道这个黑老丘的底细。

黑老丘有啥底细？黑老丘穷！

黑老丘女人求了好几个私人诊所，都没有请到愿意去给黑老丘瞧病的医生。

黑老丘女人不是没有生过病，而是生了病没有瞧过医生，所以不知道这些诊所都一样，求了也白求。要说医德，这还真不能上升到医德的问题。老实说这哪能说是医德的事，说医德简直就是玷污了医德二字。何为私人诊所？谁不知道，私人医生专门整进不了大医院的穷人的诊所简称“私人诊所”。那黑老丘也是穷人，咋就不去整一下？那是因为这些私人诊所都认识黑老丘。可人们说逢到熟人不整有罪，这些诊所的人咋不整黑老丘这个“熟人”？关键是这些私人诊所对能否整得到黑老丘还是心里没底，不敢去。

黑老丘女人没有法了，被迫往人民医院赶。可她忽略了一件事，求了那么多医生她都没有发觉，自己只顾忙着出门，忘了带票子了。

她进了人民医院的门诊室就吵着要看病。医生护士全围过来了，看着黑老丘女人拄着棍子还以为她是治脚呢。有个老医生认出黑老丘女人来了，说，嗨！我还以为是哪个大娘，原来是黑老丘的女的！你看啥病？先挂号去！

黑老丘女人不知道啥叫挂号，更不知道到这大型的人民医院看病的规矩，把“先挂号”听成了“先挂好”，就说，挂不起来，我脚不好使，可挂不好，他在家里，大家快走吧！

那老医生问，走啥？去哪？

黑老丘女人一歪一歪向他靠近，像抓到了救命的稻草，说，黑老丘在家里呀，可病得厉害，求大家快点抢救呀！

老医生冷冷地说，先交钱，我们派车去接。

黑老丘女人摸了口袋才知道票子没带，哀求说，没带钱来，先给人救命，求你们了！

几个医生嘀咕，说，没有钱看啥病！把医院当红十字会了？

黑老丘女人急了，说，有钱有钱的，真的有钱，不信我用这只脚担保！

这群护士医生听了，哄堂大笑，说，担保个屁！自身站不稳了还拿脚来担保，真笑死人！

黑老丘女人就这样被这群护士医生的哄笑活活地推出了人民医院的门诊室。

可不能就这样罢了。黑老丘女人耳边虽然还回荡着那护士医生放荡的笑声，但她相信，一定能请到给黑老丘看病的医生。

要是个别男人，这样受讽了无助了早就瘫在地上了，可黑老丘女人不会瘫在地上。这时她要是瘫到地上了她就不是黑老丘的女人了。因为，只有黑老丘女人才把求医想得这么单纯、简单。

黑老丘女人终于找到了一个在街上摆地摊的医生。这个医生把手中那竹竿支着的写着“祖传秘方，妙手回春”的招牌斜立在黑老丘的床头，就开始给黑老丘瞧病了。

这哪里是医生？这是江湖骗子。

黑老丘女人看见这江湖郎中右手掌竖立在胸前，闭目一会儿，口中不停地唠叨，念念有词，黑老丘女人便打住了郎中的动作神态，问，医生，黑老丘咋了？

这郎中皱了皱眉头，顿了顿，慢慢说，你夫君遇见血光灾星了，被三个死鬼缠着，一个是吊颈死的，一个是水淹死的，还有一个就是火烧死的……

哪有鬼！可别吓我。黑老丘女人说。

郎中忽用手向棚外一指，大吼一声，请看！淹死的鬼就还守在河里！

黑老丘女人打了一个寒战，顺郎中的手向外看去，只见河面荡着一圈圈波浪。黑老丘女人小声说，没有鬼，别吓我。

黑老丘女人也忽然意识到，自己请回家来看病的原来是个江湖骗子。

这江湖骗子正要指着棚顶张口说话，被黑老丘女人止住了。黑老丘女人说，医生，你请吧，我们受不起你这高明的医术了，不耽误你的宝贵时间了，请便。

江湖郎中听了，收了收闪烁在他眼里的那份盎然的诡异，显出很遗憾的模样，握住他那招牌摆着头向棚外走去。到棚门口时，转身对黑老丘女人说，我是观世音菩萨派来的救苦救难……

请便了——医生大师！黑老丘女人打断了这个江湖郎中的话。

黑老丘女人转身看着床上长躺着的黑老丘，女人一下瘫坐在了地上。

时间这样静默着。许久，从时间的边沿发出了一丝声音：娘……妈！娘妈，娘妈……水……水——水！

这嘶哑的声音，把黑老丘女人从地上提了起来。

要不是黑老丘烧糊涂了，也许永远也没有人知道，黑老丘女人原来是黑老丘的小妈。

十四

黑老丘女人用尽了土办法，细心呵护了一天，黑老丘的烧才退了。两天后，黑老丘可以起身坐在床上，但浑身上下止不住地酸痛，连呻吟的力气也没有。

黑老丘的黑脸显得惨白。女人坐在床沿上，看着黑老丘说，还是去人民医院看看吧，这样拖下去真不是办法——我们把车卖了吧，啊？

黑老丘摆着头，伸手在床板下摸索一阵，终于拿到了那油纸裹着的一包东西，递给女人说，还是把这个……拿去看换得了多少，车是不能卖的。

女人接过黑老丘手里的东西，放回了原处，说，还是卖车吧。

黑老丘又拿出这东西，说，车……以后生活的依靠，还是……唉！卖这个。

这话触及了黑老丘女人的另一股神经。是呀，车可是生活的依靠。黑老丘女人默默地拄着棍拿着东西来到街上，可不知道怎样开口叫卖，更不知道有没有人出价收买。她路过一个收买古董的地摊，她想，这一包可算是咱家的古董了，卖了真舍不得。可黑老丘那张惨白的脸总在眼前晃动，黑老丘女人轻声地和古董摊谈着买卖。古董商贩打开包，好多个军功勋章耀着他鬼迷心窍的双眼。他全要了。可他唯独不肯出价要这包里的军官证，说这证已经没有价值。最后，黑老丘女人说这证送给他，他才勉强收留了这个憋在黑老丘床板下这么多年的军官证。

这个军官证流落到这个城镇这么多年，只有当年个别川军晃眼看了一眼它的外壳。迄今，居然没谁有知道其中的内容，这个古董商给这个军官证的故事画上了完整的句号。其实，古董商贩比黑老丘女人清楚，这个军官证很有价值，只不过它得和这些勋章包在一起才能把价值展现得淋漓尽致。

黑老丘和女人真没有意识到，这个包裹里的东西从此由这个商贩的手中流落民间是多么地可惜。这个军官证和勋章的一切故事从此也就流落向茫茫的天地，从此也就成了一个没人知道也没人去解的一个谜。

黑老丘没有去人民医院看病。黑老丘夫妇终于明白，就算自己卖了自己，也不一定瞧得起病。何况卖掉的仅仅是虚无的荣誉。怪只怪这医院不是红十字会，也怪自己年轻的时候怎么就积攒不上一笔钱来预防生老病死！

黑老丘能踩三轮车，是在一个月后了。

其实，当时黑老丘在橱窗里看到的公告不是枪毙杀人犯，是整顿城里的人力三轮车公告。这公告的内容，黑老丘一直没有告诉黑老丘女人。怎样整顿？政策的主要内容，是让机动三轮替代人力三轮，这的确是城镇市民生活质量的一次提升，是第三产业的一次飞速跃进。

是呀，制造美丽浪花的是巨浪。

这个巨浪正兴致勃勃地向着这个小小的城镇席卷而来。对于黑老丘这趋于平静的生活，没有一丝预兆，这个浪就袭卷过来。

城镇改造中的河道改造结束后，也应该着手改造市容、整顿交通了。

交通工具的确能推动社会的发展。“人力车”这个名词在旧社会时就写入了人们的生活，而今这当当作响的人力车组成的画面，可比当年的上海滩还要繁华，还要热闹。这应该是高原之幸，是黑老丘之幸。当年的人力车是两个轮子，现在是三个，要知道这从两个轮儿跑成现在的三个轮儿，着实也是一件不容易的事。

可黑老丘只能沉默，哪怕是面对自己的女人也不敢提及此事。

禁止人力三轮车上街载客的日子就在黑老丘康复的第二天。从这一天起，人力三轮车禁止上街。也难怪没有吃药打针的黑老丘赶在这个日子康复过来了。

这一天下起了毛毛细雨。黑老丘固执地把女人扶到桥头，安顿在自己的车上。黑老丘女人全然不知咋了，就这样温顺地顺着黑老丘的意。

黑老丘女人看着男人专注地踩着车的佝偻的背影，真感到自己的男人老了。

雨丝不停地抽着。

黑老丘踩着车驮着女人，嘴角藏不住那一丝卑微的苦笑。

黑老丘竭尽全力地踩着车驮着女人。

繁华的大街，默默地上演着生活的繁华。天边那一线温暖的阳光透过雨丝，照着这两个老人的背影。

幸福门①

王少龙

一

陶雪托着两腮，坐在装满一束束鲜花的花篓旁问，哥，你猜接下来进门来的是女的还是男的？我停下了手中打理的花束，向门外瞟了一眼，回答说，你肯定输！可陶雪不认输，说，我猜进来的是男的。我问为啥这么肯定。陶雪说，明天是情人节，男性一定比女性主动，所以进屋来的一定是男顾客！我说，那好，如果进屋来的是男性，还是我来扎花，如果是女性，那就是你来。

这时，老板娘气喘吁吁地赶了进来，说，要快，九十九朵玫瑰，马上做。老板娘说罢，见我和陶雪都没有动，微笑着补了一句——马上扎九十九朵玫瑰，一会儿客人来取呢。

我得意地悄悄对陶雪笑了笑，低声说，扎吧，这是你的活儿了！

可陶雪不服，说，哥，老板娘不是顾客，这不算！要等顾客来了才能定输赢，现在没有输赢，扎花的活儿还是你的。

我偷偷笑着说，你输了一次，我帮你记着。我在老板娘的催促下开始扎这九十九朵玫瑰。

---

① 原载《芙蓉江文艺》2009年第2期，此次出版时有改动。

这是一个花店。这花店的名字叫幸福门。

这花店刚开业时并不叫幸福门，叫花无缺，听起来有点别扭，便又改成了花满楼，可这还是陆小凤这电视剧里的名字，听起来还是别扭。我来这里之后，老板娘又改了店名，叫幸福门。老板娘取这个名字，就是想让这店像幸福之门，让客人来到这里，带走的是幸福。

这店里就三个人，老板娘、陶雪和我。老板娘也就是我们的老板，我们都习惯叫女老板为老板娘。老板娘是本地人，一个老牌花厂的老总。陶雪是四川汶川人。汶川地震时她是一个高中生，她来到这个城市近十个月了，汶川地震也就过去近十个月了。现在，陶雪来这个花店上班刚好四个月。我是贵州人，高中还没有毕业就来到这里，已经两年了，打理这个花店的杂活儿有一年了，一般人都叫我贵州。老板娘的厂生产的是塑料花，老板娘的这个花店经营的可是鲜花。其实，陶雪和我一样，也是老板娘花厂里的一个普通工人，老板的这个鲜花店需要员工，于是就挑了我来这里打理这些鲜花。我打理了两月后，老板娘又从花厂里带来一个女孩，这个女孩就是陶雪。

其实，老板娘并不常来花店，都是打电话过来。陶雪的工作就是接老板娘的电话。接了电话后就知道老板娘要求我们马上做哪些，就知道顾客多少时间来取。有时候，这些客人会直接打电话到花店里来。这些电话都是陶雪接的，由她负责吩咐我怎样扎这些花。

我承担着这花店的所有活儿。有时候，我扎好一辆又一辆的花车，还得扎一束一束的康乃馨、百合、玫瑰。这么忙，可我一点也不觉得累，因为我整天陶醉在花香里，感觉特别的幸福。

我还没有扎好这束玫瑰，老板娘就走了。陶雪走过来，止住我手中的活儿，说，老板娘不是顾客，不算我输！

我笑着说，算了，不和你争。

陶雪有点急，说，本来就没有分出胜负！

陶雪见我不理她了，便去到门口看了看，回来接着说，老板娘好像还没有走。

我继续忙手中的活儿。

陶雪又说，不信你去瞧瞧，好像是老板娘的车胎坏了。

车胎坏了？这个我得去看看能不能帮上忙。我丢下手中的活儿出了门，可没有看到老板娘的车，我回到店里正要准备责问陶雪，只听她哈哈大笑，说，这下进来的是男性了！我赢喽！

我才反应过来，原来陶雪在骗我出门再让我进门就应了她的那句进门来的是男性的话。

陶雪笑罢，迎上前来，说，请问你需要啥子帮助？

我说，需要帮助的太多，你帮我扎九十九朵玫瑰吧。

陶雪一本正经地问，什么时间要？电话是多少？请问需要送到府上吗？

我也一本正经地回答，马上要，就现在！

去！想得美！陶雪说，你输了，自己扎。

二

今天是情人节。

在乡下的鸟儿还没有出巢的时候，送鲜花的伙计来了。

这个伙计也是外地人，来沿海这里的一家花圃打工。他是青海人，所以我和陶雪都叫他青海。青海这小伙子很有意思，先前送鲜花到我们店里总是红着脸算不清楚账，后来记账没有问题了，可脸还是红红的，很腼腆。我想，这也许是因为每次都是陶雪招呼他的缘故。

这会儿陶雪正在里屋收拾，所以今天是我招呼青海。

青海边从车上卸花，边往店里瞅，我装着没有看见他的这个动作。青海卸完鲜花，在我签单的时候问，贵州哥，陶雪呢?

我把签好的单递给他，说，陶雪走了!

咋会呢?青海不相信，又说，咋会走呢?去哪?

过情人节去了。我忙着搬花束，丢下这一句话。

我搬了几趟了，看见青海还站在我们店门口，怅然若失的样儿。我知道也许是听到陶雪走了，他才这样。我有点得意，问，还有事吗?

青海语无伦次，说，没……没有事。说完离去。

我看着账单清点，感到不对，账单上明明玫瑰花要比百合要多，可这堆鲜花里百合花要多出一倍。我迈到门口去喊青海，可他已经消失在晨光里。

陶雪闻声赶出来，接过账单看了又看，说，早知道还是我自己来清点，你看出问题了吧!不过也不打紧，明天送花来时我给他说明。这时，街上车水马龙，我们花店也迎来了一天的开张顾客。

只听到陶雪在门口重复着对我说，哥!一束玫瑰!又一束……再要一束!红色的，客人等着的。没一会儿工夫，刚刚送来的玫瑰没有了，呆陶雪还在门口大呼——玫瑰一束，红色的，哥你快点!

我着急了，叫了陶雪进来。我小声对陶雪说，红玫瑰没有了，百合花还很多，看能不能把红玫瑰换成百合花。

陶雪回到门外的吧台，不停地说，清新脱俗的白色百合花纯洁的，绚丽多彩，是吉祥如意、幸福美满的象征，换玫瑰为百合吧——不然改成白玉兰吧，白玉兰是唯美、真挚的象征，寓意着纯洁美好、忠贞不渝的爱情——或者是牡丹花，象征富贵，也寄予真情。对了，栀子花也很漂亮，冰清玉洁，你看，这沐浴着晨露开放的栀子花，虽然不似玫瑰、牡丹那样娇艳和妩媚，却婉约清秀，形态可人，把芳香洒向我们的幸福的生活……康乃馨也非常美丽，寄予亲情思念再把康乃馨衬上满天星，代表温馨慈爱……

好一张利嘴呀!

我在陶雪的这番叫卖中，忙成一团。不一会儿，店里的康乃馨、满天星、郁金香、七里香、水仙、山茶花、百合花、君子兰、月季、芙蓉花、栀子花、白玉兰、丁香花、海棠花等，一售而空。我高兴得忙叫陶雪向老板娘报喜，听着陶雪在电话里甜美地向老板娘描述卖鲜花的盛况，真幸福。要知道，我们的幸福门是不应该缺货的呀。情人节才过去一个上午，还有下午和晚上，这时才是售花的大好时节呢，所以陶雪在电话里要求老板娘立马再订鲜花来。

青海再次送来了鲜花。

当青海看见陶雪站在门口叫卖着，一片红晕泛上双颊，脸又红成了红玫瑰。只听青海对陶雪说，说你走了，去过节去了，呵呵……

我迎上前打断青海的活，说，早上送来的玫瑰花不对，查查你的单子吧。

青海看着陶雪，答我的话，说，知道，这会儿全补来了。青海又说，陶雪——情人节快乐！说罢从他的车上取出一束玫瑰花，硬是要塞进陶雪的手里。我看着火了，说，青海！送你的花吧，账单给我！

陶雪没收青海的玫瑰，她看了我一眼，微笑着继续叫卖她的活儿。

我急忙迎上前去，对陶雪说——情人节快乐！

陶雪的脸瞬时绯红，说，哥谢谢，快扎你的花去吧。

说了这句情人节快乐，我的心里才踏实一些。

我和陶雪一直忙到晚上，快要打烊的时候，一个小女孩跑到门口，对我说，请您扎一束玫瑰花，要红色的。说罢，她数着零票。

当我把扎好的玫瑰递给小女孩时，她却没有伸手接，而是指着陶雪说，送给姐姐的。

我问，为什么送花给姐姐？

小女孩说，不为什么，记着哦，您一定要送给她。

这情人节，我忙了一天，我竟然忘记了应该送一束花给陶雪。于是，这个小女孩的话让我感到内疚。

三

第二天清晨，我傻坐在幸福门二楼客厅的床上，看陶雪从房间里走出来，一头的秀发飘拂在她那洁白的睡衣上，我依然感到深深的内疚。因为在昨天，我正在完成小女孩交代的任务时，陶雪反送给了我一束。这束花本来是小女孩叫我给陶雪的，没有想到我递给陶雪时，陶雪闻了闻花香，递给我，说，哥，情人节快乐！我没有收下，可陶雪把这束玫瑰放到我客厅的枕边。

我深情地注视着这束玫瑰，竟然忘记了这是小女孩强调要我一定要送陶雪的。我昨天夜里递花给陶雪时，也没有说是个小女孩要送花给她。因此，等陶雪从洗手间出来，我还愣坐在客厅的床上。

我双手捧着这束玫瑰，走向陶雪的屋子。

陶雪正在梳头，从镜里看到我进来。她没有扭过头，说，哥，早！

我捧着花站在门口，说，这花本来是你的，昨天一个女孩送的……这花是属于你的，这算还给你。

陶雪没有听明白，望着我，说，哪个小女孩？

我说，我也从没有见过。

陶雪笑着说，管他小女孩小男孩，你是我哥，你收下就等于我收下了，呵呵。

我急了，说，这不一样，是送你的花，我哪能收下？还是你自己收下恰当。这时客厅里的大钟响了六下，这是老板专门为我和陶雪调好的开门钟声。

陶雪说，好了，谁收到都一样，干活儿了。

我去开了门。每天清晨，我都准时地打开这幸福门的店门。

今天接的第一桩活儿是扎娶新娘的花车。也有人说这车叫香车。驾车的人就是新郎。我先把车仔细擦拭了一遍，然后先从车头的主打花入手，在主打花里我用了天香百合、玫瑰和满天星，还有一些衬托鲜花的嫩绿的叶子，非常漂亮。我看到自己的杰作，再幸福地布置车身上的彩带和插花。看新郎的表情，他很满意，这也是一个扎花工最大的追求了。我认真地做了一束新娘捧花，赠送一对可爱的幸福门布娃娃，这时新郎不停地咬着舌头说着谢谢。

花车开走后，我还愣在原地，我在想，到了我娶媳妇的那天，我也要好好扎一辆花车，我禁不住大叫——耶！

陶雪走出门来，揪住我发出的耶字，问，花车付钱了吗？

坏了，我这才想起花车还没有付钱就开走了。这可怎么办？这桩生意不是先向老板预约的，因此更糟，没有预约就没有顾客的联系电话。我对陶雪说，真坏了，还没有付钱呢！

我真想去追，可往哪里追呢？我和陶雪一起懊悔，可那又有什么用呀？我们只好迎接第二桩生意。

第二桩生意是青海来送鲜花。今天青海到得晚了些，也可以说这次是来扎花车的人早了些。平时，都是青海把鲜花送来了，才陆续有顾客来。我把这懊悔转成了一种埋怨，埋怨青海今天怎么就晚了呢。我看着青海，找不到合适的话，只能对他说，这花怎么不新鲜呀？

青海上前来，弯下身子，检查了一遍，说，没有呀？多新鲜的花！刚从花圃里采来的，你看还有露珠呢。

陶雪听了，也上前来，检查了鲜花，说，哥，是新鲜的花，真香呢。

我说，花就是有些不新鲜！

青海看着我，不敢说话。

陶雪低声对我耳语，说，哪里不新鲜？不能刁难青海。

我心里最清楚，可我真的想找个人发泄一下心里的怨气。可老实的青海一句辩解也没有，这让我的发泄显得没趣极了。

直到花店打烊，我的懊悔被门前的橘色灯铺了一街。

这时，昨天那小女孩又来了。

小女孩走进幸福门，说，贵州叔叔，买一枝玫瑰花。

我说，别叫叔叔，叫哥哥。

小女孩机灵地说，贵州哥哥，我买一枝玫瑰花。

我想起了昨天她要的是一束，今天要的是一枝了。我把花递过去，弯下腰，问，这一枝送给谁呀？

小女孩往里一指，递给我买花的钱，一溜烟跑了。

陶雪看了看我，红着脸接过我手里的这枝玫瑰，上楼去了。

四

我带着懊恼的心情关上了幸福门的店门。

我来到二楼的客厅，陶雪若有所思地坐在我的床上。我干咳了一声，陶雪扭过头来，看着我。

我不知道应该怎样去迎合这种眼神，只好说，哎！上午的事最好不要让老板娘知道，不然会从我的工资里扣钱的。

陶雪说，哥，不行，一定要告诉老板娘，就从我的工资里扣吧，反正我也不急用，如果你以后宽裕一些，就还我一半——另一半是我应该承担的，今天的事我没有收单我也有责任，就这样吧。

我说，那好。可哪能扣你的工资？过错是我一个人的，扣我的吧。

陶雪转过头来看注视着我，说，不行，算算时间，你妹妹快上学了，需要生活费的。就这么定了，先扣我的。

我说，不争了，扣我的。

不！陶雪有点儿着急，说，我真不急用，家里没有人等我寄钱的，不像你，还要负担家里的生活费。

这我知道，陶雪家里的人都在地震中遇难了。虽然汶川地震的时候我是在广州，可我从广播里了解了这次灾难。所以，从陶雪来到这个店的第一天，我就认陶雪做妹妹了。陶雪是家里的独生女，地震的时候，正在一所高中的教室。灾后不久就高考，可陶雪还沉浸在失去亲人的悲痛中，这次地震带来的悲痛击败了她。她没有考上如意的大学，本来她可以继续上学的，可她还是离开了自己的家乡，离开了与亲人生离死别的地方。

情人节过后，三月快到了，各所学校陆续开学。

我说，是的……陶雪，快报名了——你回去吧，回去参加高考。

陶雪一脸的哀伤，没有回答我的话，她跑向自己的房间。

我走了进去。

陶雪泪眼汪汪地注视着我，一种心痛从我的心底涌起，直冲味觉，化着一种酸涩的味儿。

陶雪说，哥哥，我借样东西……

我不知道她要借什么。我问，借啥？

——肩膀！

陶雪一下扑到我的怀里，把头枕在我的肩上痛哭。

陶雪哽咽着说，地震那天清晨，我出门的时候，妈妈说雪儿晚自习后早点回家，带上你的同学们来吧，如果有事就打电话到姨妈家找我们，可妈妈她们失言了，此后我再也没有拨通姨妈家的电话……我的生日是在废墟下由班主任和一群同学陪我一起过的，一根横梁压着班主任的腿，班主任没有呻吟，在黑漆漆的废墟下用渐渐远离我们的声音说孩子们，坚持，阳光就在废墟上面……

我控制着泪腺，可眼泪还是一滴滴掉落在陶雪颤抖着哭声的耳际。

陶雪还在哽咽，说，都过去这么久了……我原以为时间真的会冲淡一切，可那场灾难深深烙在我的心上，烙上我一生也愈合不了的伤疤……哥，我不能读书，读书就会想到妈妈那句话，读书就会想起班主任那渐渐微弱直到停止的声音。

我捧起陶雪的头，直视着她的双眸。陶雪的双眸如深邃的湖水。我看见一丝丝哀愁在湖面荡漾，荡碎了波光，荡碎了七色的彩虹，荡碎了花季的芳香。

我止住一种难以名状的伤痛，说，好妹妹，明天还要上班，早点睡吧。美美睡上一觉，迎接明天崭新的太阳。

我轻轻关上陶雪的门，坐在自己的床上，注视着小女孩昨天和今天送给陶雪的花。我愿意把这个送花的小女孩想成天使，或者是天使派来的小精灵。这个小精灵送花给陶雪就是送幸福给陶雪。我在想，要是明天这小精灵不来送花，那我就从我们店里挑一枝最漂亮的花送给陶雪。

我这样想着，幸福地躺下。

五

此后，每天快要打烊的时候，我总会惦着那个送花的小精灵。

每到快打烊的时候，那个小精灵都会如期而来，而且丢下钱转身就离开。好多次，我真想拽住她，可我的手没有她的笑声快，每次她总是荡着银铃般的笑声一溜烟跑了。其实，陶雪也总想拽住这个小女孩，可如果陶雪站到幸福门的门口，直到打烊，这个小女孩也不会出现。

每一天，我除了给顾客精心制作花束，就是精心等待两个人的到来，一个是清晨送花来的青海，一个就是这个总给陶雪送花的小女孩。青海天天都会来，这小女孩有时不会，我就自己精心挑选一枝花给陶雪，告诉陶雪，这是小女孩送的。

慢慢地，陶雪沉醉在这一天一枝花的习惯里。但陶雪总是对我说别让那小女孩送花了，我们店里的鲜花这么多，只要每天能看到这些花儿走出幸福门就是一种幸福。

我打趣说，这店里的鲜花是多，可这些花是属于老板娘的呀，准确地说，这些花是属于顾客的，哪有属于我们的？只有小女孩送的，才是真真的属于你呢？

陶雪听到这句话，很幸福地微笑。

那小精灵天天送花给陶雪，早就不是在我们花店要我挑选一枝了，而是她自己捧着一枝跑来，递给我，转身又溜了。有几次我拽住小精灵，问她为啥要送花给陶雪姐姐，可小精灵只是嘻嘻地笑，说，你想知道这是不可能的，贵州哥哥你知道吗？我送一周的花，我也会得到一束鲜花。

我追问，谁会送给你一束鲜花？

小精灵眨着双眼，说，不能告诉你，秘密！

我想到了用花诱惑她，说，你如果告诉我，我也送你一束鲜花。

小精灵想了想，说，还是不能告诉你，我发过誓的，说了我就是小狗狗了。

我始终没有追问出是谁让这小精灵帮忙干活儿，不过我追问到，这小女孩在念一年级，是一个来自云南的农民工的女儿。

也许是放暑假小女孩回云南了，也许是小女孩随父母搬走了，所以这个暑假开始后，小女孩再也没有出现。也不知道到底怎么了。此后，陶雪总会盯着花坐在客厅里，看着这房子里一排排矿泉水瓶中插的玫瑰花发愣。其实，有好多花朵已经凋谢了，可陶雪还是舍不得扔掉。我会悄悄把凋谢的玫瑰换成我们店里的，陶雪知道后，总会把鲜花还到一楼的花篓里。我笑着说，同样是鲜花，咋不要呢？陶雪说，同样是鲜花，可这些花儿是老板娘和顾客的，明白了吧？

我听了有些没趣，责问，那为什么就心安理得地收下小女孩的鲜花？

陶雪没有回答我，走到一排排接近凋零的花瓶旁，从一些花枝上摘下干枯了的叶子，进了房间。

幸福门，老板娘取名的初衷我是知道的。可在陶雪一天天叫我哥哥的声音，我听着一天天揪心。我道不出花儿为什么这样红，我道不出季节为什么春后是夏、秋后是冬，我道不出青春的滋味，我道不出有一种心情叫烦扰有一种忧郁叫多愁。

看着这些瓶子里的玫瑰一枝枝枯萎，我的心事也随之凋零成一种落寞。

陶雪也少了些许笑声。她只有面对顾客时才会笑，但当她发现我站着看她傻笑时，她会立马收住她那笑靥的美丽。

她只关心客厅里已经枯萎了的玫瑰，似乎并不关心客厅里我这颗悄悄沉默的心灵。陶雪来后这些日子，她除了打理花店里的电话和订单、杂活，她还打理着我的我衣食起居。好妹妹陶雪，我们是不是在为花的事在怄气，真希望别怄了，让一切回到昔日有爽朗笑声的日子吧。我也不应该再去做调换花的事了。

看着陶雪这样珍视着属于她的残花，我想，也许女孩是花仙的化身，不然女孩子怎么会视花如命呀。

六

今天，青海送鲜花迟了近两个小时。

陶雪在店外打理车上的花，我在店里，听到青海在叫我——贵州哥。

我来到店外，搬运这一车鲜花，听到陶雪在向青海说什么。青海走后，陶雪的眼红红的，像是受了海风吹。

第二天送鲜花的车似乎早到了半个小时。我打开幸福门的大门，看到一个小伙子站在送花车旁，我立刻说，对不起伙计，我们店里的鲜花是固定的花圃送来的。

这小伙子一口东北话，说，贵州大哥，我知道，你看这车，这车就是一直送花给你们的车呀。

我看了看，不错，一直以来就是青海踩着这三轮车给幸福门送花来。我问，青海呢？

小伙子回答说，回了家，大哥，他家里有人病了，你们不晓得？

原来是这样。

这时陶雪从店里赶出来，问伙计，青海哥是请假走的还是辞工？他说哪天来没有？

小伙子说，不清楚，许是不来了。小伙子踩着车走后，陶雪呆立在幸福门外的晨光里。晚上，陶雪把这些枯萎了的花瓶全搬进了她的房间里，我打算帮她搬几瓶，可我插不上手。我只好看着她忙完。我跟着她进了她的房间，看着她坐下，看着她忽地伏案抽泣。

这时我好想把肩膀借给陶雪，可陶雪没有开口要，我因此不知所措。

陶雪哭了一会儿，抬起泪眼，问，哥，你相信缘分吗？

我摸不着头脑，摆了摆头。

陶雪说，哥，我早就应该告诉你，青海是我来广州遇上的第一个好人。我高考结束来广州，刚下火车就遭遇了扒手。我漫无目的地游荡在这个陌生的城市，后来我走到了一个花圃前，遇上了青海。是青海在这个陌生的城市招呼我吃了第一顿饭。后来我进了花厂，老板娘把我抽到幸福门这里来，没有想到第一天上班的清晨看到送花来的又是青海……我相信缘分，在这么大的城市里，会与一个人不期而遇两次，这就是缘分。

听了这些话，我含糊其辞，说，可能……是吧。

陶雪接着说，哥，有些事你不会理解妹的，你天天把老板的花束打理成一种艺术，可你看，你就是不理解这些花瓶，这些凋零的花和叶儿……你也许不会理解的。

我低下头。我承认，我不但不理解这些凋了的花，连眼前这个活生生的陶雪，我其实一点也没有给过理解。我以为我做了陶雪的哥，就算是理解这个清纯的女孩了，我以为我当了哥，就可以把很多事做成一种表率，我以为我可以嘲笑我的妹仅仅迷恋花儿所以接受着别人施舍的玫瑰，我以为我的陶雪妹妹既然从地震的废墟里走出来就一定可以重新坦然面对生活。

的确，我不理解这一切。

我走上前去，递了一方纸巾给陶雪，从这个回荡着抽泣声的房间里退了出来。

第二天我起得特早，由我来帮妹妹弄早餐。可我不知道用怎样的手法才能煮好我一直以来吃的开水蛋。当我端着一碗蛋黄把水渗成黄黄的开水蛋走到陶雪跟前时，陶雪笑成了春天的太阳。她捧着肚子，直说，鲜鸡蛋汤好喝好喝。

我这才知道，原来我在幸福门里，除了能把鲜花打理成一束一束的艺术品，别的什么也不会干。其实我更应该知道，鲜花本来就是一种天然的艺术品，我的打理不过是按部就班地把这本来的艺术品整理整理而已。要说老板娘的这幸福门，也并不是因为人们进这幸福门里来能带走幸福，人们的幸福其实是在进这幸福门的时候就有了。这幸福门的活儿也不过是表达幸福的一种方式而已。

也是说，陶雪的笑声并不是因为我的鲜鸡蛋汤，而是因为她心里本来的笑声的缘故，我的鲜鸡蛋汤不过是拨弄了一下她的那份笑的理由而已。

想到这些，我有些释然。

我想，陶雪心里一定还有念书的想法，于是，在9月来临之际，我端着晚饭对陶雪说，妹，去吧，回去吧，回去念书，好好念。

可陶雪并没有因为我这样撩开她的想法而兑现自己的愿望。

此时，我想到我其实还是错了。

的确，生活和活着完全是两码事。

七

在这个繁华的城市，对于我们打工的，其实生活和活着都是一样。

算时间，贵州老家的小妹已经上学了。虽然我没再读书，可想着自己的妹妹还在读书，就感到这是一种幸福。

身边的这个陶雪并没有被我的话劝回校园。我正想给家里的小妹买一些文具，便想到叫陶雪去帮我买，看这样能不能让文具打动陶雪回家念书。但这也无济于事。陶雪买了一套非常精美的文具，可她并没有说她明天就回家念书，我只好把劝她回家念书这想法又搁在这个开学的时节。

一个清晨，当我打开幸福门的店门时，送花的车早已到了门口，我对店里的陶雪说，花车来了，签单！陶雪刚到了店外，马上跑进屋子里大声嚷嚷，说，哥——哥！你看谁来了？

我抬起头，看到的是青海傻笑的脸。

青海回来了，从老家赶回广州来了。这可把陶雪乐坏了。得知青海的母亲已经康复，我也着实乐了。

青海笑了笑，踩着车走了，留下了陶雪的一串串歌声。

我在陶雪的歌声里扎着花束，打理着这些天然的艺术品。

——娘的！

我听到好像有人骂人了。来到店外，我才知道有顾客和陶雪在打招呼呢。这不是在骂娘，是在叫靓女。广州话这靓女，听起来真像我们家乡骂人娘的。

我忙着打理我的活儿，又听到这口音换成了普通话——靓女，请叫这店里的帅哥出来！

我应声出来，看到这个顾客有些面熟。我上前，忙应和说，请问需要什么帮助？

这顾客说，一束百合花。

我在百合花束里扎了两枝紫罗兰，代表百年好合，永恒之美。

顾客把花束递给旁边的妻子，然后看了看我们扎花车的价目表，微笑着问我，说，还认识我吗？

我接过高出这束花若干倍的钱，注视着顾客的双眼，激动地对陶雪直喊——陶雪快来！

我说，陶雪，还记得半年前我们扎的没付钱的花车吧？新郎送钱来了。

陶雪激动得脸都红了。我们打工真不容易，叫老板扣的钱又回来了也真不容易。我取出对方多付的钱追向这夫妇，可他们的车已经走远，正向我们幸福门挥着手。

这一天真是好日子，陶雪这样说着，陪我打烊。

——贵州哥哥！

我停止打烊，和陶雪呆住了。

还是陶雪反应比我快，陶雪跑上前去，抱起小精灵。

小精灵在陶雪的怀里笑个不停，把手中的一枝玫瑰花递给我，说，老规矩，你一定要送给姐姐哦！

我歪着脑袋看着这个久违的小精灵，伸手在她的小脸蛋上揪了揪，感叹道，我的小天使，你终于又出现了！

我终于感悟到，送人鲜花是一种幸福，能接受别人的鲜花也是一种幸福。

一天天，玫瑰花又一枝枝绽放在幸福门的二楼客厅里。每天晚上我一枝枝数着，陶雪在旁边看着，幸福地微笑。我数着这些花，就是数着一种幸福，只因这些才是真正属于陶雪的花。陶雪也是真正地幸福着。

我在幸福快乐里已经习惯不去追问小精灵口中的秘密。

我在陶醉中，把小精灵手里递给我的花，当成是我送给陶雪的礼物。

我有时会想，这小精灵家里一定是开花圃的，不然哪来这么多花让我送陶雪。

我想着，应该怎样谢谢这个小精灵。

我开始思考生活和活着的区别。

生活和活着的区别是什么？我坐在客厅的床上沉思。看着这一排排的玫瑰，我想，生活是需要鲜花的，而活着是不需要这些艺术品的。我想到了奢侈，我用奢侈来阐释活着，因为仅仅活着是不敢奢侈什么的。

可生活还会需要什么？

八

我已经忽略了这座城市的喧嚣与繁华。

可我忽略不了，陶雪来这幸福门这些日子。

在幸福门里，花香就是所有幸福的滋味。似乎，这座城市的灯红酒绿、醉生梦死，在幸福门的花香里显得是那么地无聊那么地单调！

我在幸福门里天天看着花儿笑，我的青春也天天在幸福门里成了一件艺术品，一件点缀着生命的艺术品。花儿也在看着我微笑。我把心情写成一份花香，叠在这幸福门的每一个日子里。

我看着陶雪笑，可陶雪每天总看着送花来的青海笑。

但我满足了，非常满足，起码我是陶雪的哥。

今天，我正在打开幸福门的店门，陶雪站在我背后说，哥，哪天我要是离开了幸福门，你会怎么样？还愿不愿当我的哥？

我停下了打开幸福门的手，停了会儿，把门打开了。我没有说话。其实我并没有想过这事。要是哪天陶雪离开了幸福门，我会怎么样？我没有想过。

我看着陶雪，问，妹你是不是想好要回去读书了？虽然这已经是四月份了，可开学没有多久，回去读书还是可以的。

陶雪说，不是……唉，还是不说这些。

我说，咋不说？你离开幸福门回去读书好呀，我会怎么办，我会继续在这幸福门里打理这些事，我会把幸福门的快乐都写信告诉你。还有，我会把工资平均分成两份，一份给我家里上高中的妹妹，一份是给……

我用手指了指陶雪。

青海这时送花来了。

陶雪向青海招了招手，回过头来看着我。许久，陶雪才说，哥，你能送我一枝百合吗？

当然！我说，送一束也当然可以。

陶雪说，送给我和青海，我和青海，行吗？陶雪眼里含着泪水。

我扭转头，思绪好乱。

我看着幸福门这三个字，这三个字在我的眼泪里渐渐模糊。我默默地为顾客们献出了这一天的鲜花艺术品，当我快要打烊的时候，小精灵还是如期而至。她那银铃般的笑声并没有刮走模糊在幸福门上的泪光。我把她送来的这一枝玫瑰，送往了老板娘的花篓，然后悄然地上了楼。陶雪等在客厅里，说，哥，是不是小精灵又送花来了，花呢？

我强作镇定，说，没有，许是小精灵有事，没有来。

陶雪听了，回到她的房间里。

我躺下，却不能入睡，一丝丝的伤感就像花香一样，都成了这间屋子的味道。我起了床，静静打开了幸福门，然后掩好门，走向霓虹闪烁的大街。

我的确忽略了这个在夜晚非常美丽的城市。

我知道，这个城市正制造着幸福的生活。

我来到一个露天的酒吧，人们说买醉是一件称心的事，所以我要买醉。我要了扎啤，喝了几口，感觉买醉的味道真好，就算伤心也伤得淋漓尽致。这露天酒吧里有人在K歌，一首我从没有听过的歌传来：

…………

暖风吹那春来到
羊群悠然吃草
怎么突然想起
你的微笑
天上飞着百灵鸟
马儿撒野地跑
我要你的拥抱
你知不知道
你的爱就像火苗
把我的心燃烧
烧得我的骄傲
无处可逃
你的爱就像火苗
我用相思煎熬
整个草原飘着
爱的味道

…………

歌名叫《火苗》，一个女声在唱。

暖风没有吹，春也没有来到，没有天上飞的百灵鸟，也没有火苗把我的心燃烧，但我一听就喜欢这首歌。唱这首歌的女孩走了，我醉意蒙眬地来到这K歌台，只要求老板反复地给我播放这首歌。

听着听着，我也可以勉强跟着哼了，一个夜晚也就过去了。

天亮了，我回到幸福门，门还是半掩着。我的头很重很重，这种沉重成了我此时的一种负担。我把头伸进幸福门里，头都快炸了，又索性把头缩回门外，马上感觉好些。我扶着门框，又把头伸进去，又难受，又缩回，又好些。我这样反复试了好一阵，感到这幸福门里就是我头痛的地方，我现在不能进去。我转身离幸福门而去。

这时，我听到身后陶雪在呼唤，哥，这么早去哪里？回来……

我不理会，摆了摆头，感觉听到这呼唤声头会更痛，我加快了脚步，寻找着K歌的露天酒吧，可没有找到酒吧的影子。我知道，这酒吧不过是晚上临时摆在河边的一个露天的摊子，已经散去了，留下的是空荡的摆着生活垃圾的河坝。我找了一个长长的石凳，把自己重重地放在这凳子上。

我像是在往河里沉。

九

阳光穿透了我的睡眼，这我知道。

但我迷迷糊糊，就让冬天的阳光肆无忌惮地穿透了我的身体。

——醒醒！醒……醒醒！

这是昨夜放了一宿歌给我听的老板的声音。我被这声音揉醒的时候，已是她又来这里张罗新一个夜晚的生意的时候了。我从石凳上跳了起来，直奔幸福门。

我踏着幸福门前的花香推开了门。我想看看陶雪累成什么样了。可我没有看到陶雪。

我疾步向二楼飞去，客厅里空空无人，看见陶雪的门关着，我才松了口气。

我太困，浑身都疼痛。

我真想好好睡上一觉。我美美地看了一眼我的枕头，看到了一张纸条。看着这娟娟字迹，我知道，这是陶雪的笔迹。我看到上面写有对我的称呼，便睁大了双眸来读——

哥哥，你去了哪里？我在焦急地等你回来。我真想等你回来再走，可青海不能多等一秒钟了。我和青海赶往他的老家去了。你不知道，青海怎么也联系不上他的家人……灾难又降临了，昔日遭遇在我的家乡的灾难，又发生在了青海的家乡了。哥哥，真想你和我们一起走。如果你不打理幸福门，一定到青海来找我们。对了，房间里桌上的那一沓玫瑰叶子，虽然是枯叶，但对我来说是多么珍贵的宝贝……送给你吧。你的妹妹于2010年4月14日下午。

我跳起来，打开电视，看到的是青海玉树废墟的画面，听到的是记者发出的揪心的报道。

我来到陶雪的房间，桌上的确叠放着一沓已经风干的玫瑰叶子。

我惘然若失。

我抚弄着这些叶子，眼前是陶雪在摘取矿泉水瓶里凋零的玫瑰枝上的叶子的身影。

我不知道应该怎样来珍视这些叶子。或者，是我找不到珍视这些叶子的理由。我抚弄着，把这些叶子放到颤抖的唇边，想吻吻这些残留着玫瑰花香的往事。可我不经意地看见，这些叶片上都刺有字。我细看一片片叶子，上面都刺有“青海”两个字，然后是一个心形，再后面有“陶雪”两个字。这些字在小精灵送来之前就已经用针刺在上面了。

小精灵送花的事我一下全明白了。

原来，小精灵不愿意变成狗狗的秘密，仅是我一个人不知晓的秘密。

我流着泪。

我慢慢走下楼，从花篓里挑选出最鲜艳的玫瑰和一枝天香百合，扎成一份最虔诚的祝福，把它放在陶雪的房间里，朝着青海玉树的方向……

电话铃响了。

我抹了一把泪水。

我想，这应该是老板娘又吩咐明天幸福门有哪些要忙的订单的来电。

亡命钻[1]

冯其沛[2]

一

婶娘有个奇怪的想法。每当听到哪里发生地震了，哪里又起瘟疫了的消息，她就有些高兴。我安逸，我高兴！全遭灾吧，全遭灾吧！她手舞脚蹈的，似乎有些按捺不住。

婶娘的脑子兴许是出了问题。人们都这样猜测。这使婶娘的形象大打折扣，在木弯寨人的心目中，婶娘可是曾经的寨花哟！

婶娘的脑筋是近年才出现这种情形的，以前可没有过。她那“高兴”似乎出于不由自主，问她怎么了，她说没怎么了。每遇事儿，旁边人倒是急得为她捏一把汗。

婶娘也因此而招惹了不少麻烦。譬如，汶川大地震，那会儿她正在思溪场上赶集，突然感觉到满街的摊子都在摇晃，人人像喝醉了酒，脸儿都红了。乡场上总是摆着两排摊子，让赶集的人左右挑拣商品，摊子连着摊子，抓住一头一用力，摇晃就传递到街那头。

---

① 原载《芙蓉江文艺》2010年第4期，此次出版时有改动。

② 冯其沛（1968—），男，仡佬族，贵州省正安县人。现供职于贵州省正安县邮政局。20世纪90年代开始创作，曾在《山花》《黔北作家》等刊物发表作品。《二嫂的半亩地》入选《遵义市仡佬族作家小说选》，中篇小说《神牛》《大磨》分获遵义市文学新秀奖、遵义市第三届“尹珍杯”遵义文学奖优秀奖。

摊贩们以为谁搞恶作剧，骂道，嗨！在搞哪样？也没个人应声，摇晃越来越厉害。那一刻集市一片惊惶失措，停止了买卖，似乎时间停顿了下来。

地震了，四川汶川遭灾了。镇里的高音喇叭没一会儿就喊起来，大家由此才明白原委。就在这时，一个赶集的女人急得哭开来，说他儿子正在那边四川汶川哩！也是遇巧，婶娘听完高音喇叭的播报后高兴得不得了。我安逸，我高兴！把一旁哭泣的女人引回了头，忘了哭了，久久地望着婶娘。随着就气上心头，破口大骂婶娘是疯婆娘，并扑过来要抓扯婶娘。她以为她是“高兴”她。随行的二嫂见状连忙拉婶娘走，可还没来得及走就被人家扯着衣服。婶娘被骂得狗血淋头，木讷了好一阵子才回过神。要不是二嫂说她有病，为她求情，十有八九她是走不掉的了。

哪家的婆娘枉自长了一张好脸子，却没个好脑子！路人纷纷摇头，带着遗憾的口吻说婶娘。

婶娘的模样耐看是事实，高挑的个儿，鹅蛋形的脸，白皙的皮肤，往女人堆一扎，就会有不折不扣鹤立鸡群的效果。其实婶娘不光只是有模样儿，要内涵也有内涵，对人也好，是木弯人公认的美人儿，甚至引以为骄傲。如今她年纪稍大了点，但风韵犹存，常勾起人们的回忆。木弯人总是拿她做标杆，自她以后，残酷的岁月更迭了木弯寨好几轮女人的年轻，却没有在人们的心目中更替掉婶娘的寨花形象。

当然婶娘也不是没有缺点，世上白璧无瑕的东西、十全十美的事儿难以得到，何况一个人？婶娘自然也有她的不足。她的错处还不在于近些时脑子出的问题上，而在于一个人极其重要的方面。作为女人，就像宝刀一样最重要的是锋刃，千万缺不得，一有缺失，整个就废了。婶娘的那件事说来也不算小，严格说来是让整个木弯寨蒙羞的事。木弯人心上记着美好的事儿，但也总是抹不去心头的阴影。

婶娘的事儿与侄儿亡命钻有关。

亡命钻是婶娘男人的侄儿，也就是婶娘的侄儿。亡命钻最初不叫亡命钻，人称金刚钻。他个子不怎么高，与同时期生长的娃儿比，横竖要矮人半个头，但他特机灵，属小巧玲珑小板型的那种小人儿。亡命钻人小鬼大，夜下趁机睡了自家婶娘。这可不是件小事儿，用狗胆包天形容不为过，严格说起来简直就是亡命之举。由此人们冠以他“亡命钻”之名。

等婶娘警觉过来，他已经得手了。侄儿偷袭婶娘，乱伦。要是在很多年前以“家法”论处，那是正该掉脑袋的事情。现在虽然不用“家法”论罪，但也不是不可以掉脑袋的事情。

事情虽然过去了很久，岁月只给木弯寨留下了“亡命钻”三个字，但人们每每提起亡命钻这个名字，心上就会不悦。好在亡命钻一直没回家，不怎么容易让人想起来。

二

说起来婶娘也有些冤，她是被人偷袭的。但是，衣服破了始终是破了，衣服脏了始终有污痕。不管你是冤还是不冤，反正受污成了事实，锋刃给残缺了。

婶娘心里只有叹息，只怪自己粗心大意，一失足落下千古根。她一想起来这事就非常悔恨。

亡命钻呢？兴许也会悔恨。事发后他跪地求饶，向众人磕头认罪，知道自己待不下去了，就一夜之间在木弯消失。他走的时候是半夜三更，只有一个人知道他走了。亡命钻一去就是二十多年，一直没有回过家。起初他还跟家里写过信，后来便杳无音讯。兴许是他怕贵全叔知道了他的通信地址，去找他拼命。一种说法是亡命钻多半被贵全叔结果了性命。他贵全叔包着盘缠寻找过他，到底是什么结果，没有人能够确证。反正贵全叔回到木弯后郁闷不已，后来就一病不起，死了。另有一种传言说亡命钻在外面发了，活得人模人样的。第三个版本说他在外面不怎么样，混日子。不管哪一种说法，最准确的信息是，他老母亲总共才收到过他寄回来的三封信、两次钱。那都是好多年前的事，贵全叔死以前。从那以后再也没有写过信寄过钱。

亡命钻知道自己的叔不放过自己。亡命钻走后，最气急的是他叔，他叔当时就扬言要亲自治亡命钻的死罪。亡命钻的走让贵全叔的仇恨没了着落。他叔一闭目就见到亡命钻行奸的影子，叔的病越发严重起来。

一天夜里，寨上开着一个村民会。婶娘不愿抛头露面，但是召开村民会她还是随男人一起去了。村民会，在前院凉厅开。凡是村民都应该参加的，不过家里确实有事走不开的，一家只要有一人在场就行。婶娘刚进会场，便被蜂拥而至的几个年轻人“围剿”，拿她取乐子、开玩笑，把场子搞得热火朝天。村民会迟迟不开始，给了小青年们难得的机会，弄得婶娘很不好意思。不知是有几分尴尬还是别的什么原因，婶娘现个身就离开了。

婶娘回到自家屋子，觉得空寂，不免有些失落，但又不能再回到会场。其实她心底很想倒回会场去，虽然缠不清那些小叔子、小青年和她玩笑，占她便宜，但她与他们打着嘴巴仗，心情好，即使有时有些难堪或者窘态，总比在家闷着好。为什么这样，她自己也莫名其妙。她拿了把扇子，座在门前的一个石礅上轻轻摇起来。屋外凉爽，听到院子里孩子们的嬉戏声，她也有些高兴。对门二伯母也在门前纳凉，正好伯侄俩拉起家常。

吴大不去开会？伯母问。

有你侄儿在哩！婶娘说。

这话让伯母明白侄儿媳妇懂事，有礼数，有见识。在木弯寨，尤其在那个年代，男人在家庭中是一家之长，那分量是不容分说的，懂得尊重男人的女人自然是非同一般的女人。婶娘掂量出伯母的心思，于是又补了一句，说，我们芭蕉台开会，做姐妹的都不去掺和。这个侄儿媳妇可不一般，二伯母心想。伯媳俩搜肠刮肚拉了些家长里短，婶娘有些倦意，便掩了门去睡觉。二伯母也是在这个时候掩的门。

夏夜的木弯寨几乎都是夜不闭户，房门充其量做个半掩半开，不上门闩的。尤其伏热天，多半敞开着门，让难得的夜风送来透心凉爽。

院子里的会开着开着就吵了起来。遇上改革开放好政策，人们能吃上饱饭。但那个时代也正是“干部争权，工人争钱，农民争田”的年代，人们对土地厚爱有加。这个会就是关于调整土地的会，于是注定了这个会是吵架的会。组长其实是很有威信的，每每开会吵架，最后都是他来平息。但这个会他也试了几次，仍需要时间才能平息下来。组长是从几年前的队长过渡过来的。几年前木弯叫生产队，现在叫村民组。那首“八三年重改社籍，还了古不像古，还了古无古事……”的民谣现在琢磨起来耐人寻味。公社改乡，大队改村，生产队改村民小组。现在开会不叫社员大会，叫村民会。现在开会开场白很开门见山，直接说讨论土地调整或是宣传计划生育，不像社员大会开场白总是要背毛主席语录，阶级斗争一抓就灵……抓革命促生产……

会议吵一阵息一阵，就像这酷热的夜晚的热风，一阵接着一阵，叫人呼吸都很吃力。正当吵闹声没了，小孩子的打闹声也渐渐息下去时，里边屋却突然传来喊捉贼的声音。会议立刻散了，全都扑了过去。是哪个亡命的竟然敢在今晚做贼？人们一边吼着，一边跑着，很快奔向里边屋。

最先听到喊捉贼的是对门的二伯母。她离婶娘最近，听得清楚。捉贼啦！是婶娘喊出来的。喊出这一声的时候，婶娘确实有点紧张，声音都有些嘶哑。这之前她完全是昏昏乎乎的。在那云雨欢快之际，她都没彻底清醒。不知从何时起，婶娘的那个生活喜欢半睡半醒。钩住男人的胳膊随波逐浪，那更能让她陶醉，更能让她满足。她喜欢这个动作。可这次当她清醒后，无意间抓住了男人的褂子背心。自己的男人一向不穿褂子背心睡觉的，她的脑子里轰地一下，身子也电了似的受惊不小。哪个？她问。她立即反应过来那不是自己的男人，同时双手还在对方身上快速地探了一把，是从未有过的那种感觉。这使她完全证实，自己身上的光滑油亮的男人不是自己的男人。未待对方回答，她一用力将身上的男人推翻。那男人掉下床去，自己下部满塞的感觉全没了，空荡荡的。被压的身子也轻了，坐起来的动作与喊捉贼几乎是同时进行的。这个时候那男的都一直没来得及吭声。

是哪个？拿贼啦！

她连续两次喊拿贼啦！这不仅完全使二伯母能够把话接下去，而且院子里开会的人也能听到。伯母接续了她的喊声，院子里里里外外无一没听见。坐在贵全身边的人拐了一膀子贵全。走，捉贼去。贵全正在打瞌睡。找了一圈忙问，贼在哪里贼在哪里？直到跑到自家的屋门前，贵全还没弄明白是自己媳妇的事。

婶娘喊了三声捉贼，喊第三声的时候她立即就后悔了。那男人从床下爬起来时叫了一声婶娘，并连连说我错，我该死。婶娘知道了是谁。婶娘有些愤慨，也有些后悔自己的处理方式。黑暗中她充满了羞愧。两人僵持着不知如何是好。婶娘抓来衣服掩蔽身体，掩住了下部又却掩不住胸部。忙乱中正打算抓什么却抓住一大物，贴紧于胸却感觉到是男人的身子，于是她狠狠推了一把，把大物从自己的怀里推出去。你？你，犯了天罪了！屋外闯进来了捉贼的人。跟那男人一样，大家径直来到内间。一推门就进去了。

没良心的，我是你婶你都敢下手？婶娘怒斥，又哭了起来。褂子男人从婶娘的身子里滚了出去，滚到床下。等大伙进屋的时候他已经跪倒在床前。他似乎也只有跪地求饶，此外别无他法，因为人们已经进屋了，再也无藏身之地。与其逃出去在外屋或门槛上被捉了遭打，还不如在婶娘床下挨打，房间仄逼，挨起打来或许还要轻些。进来的人胡乱拉开了灯，婶娘的身子在灯光下暴露无遗，使人们的目光无法躲避。房间里完全是一副僵局。

褂子男人被架到院坝。院坝是用石板铺成的，有平廊，有台阶。褂子男人被围在中心，红色褂子背心在不很鲜亮的灯光下还是显现出红色，大家厌恶他的光身子，就令他穿上短衩裤。他的身子蜷缩着，头也不敢抬，简直像个小丑。满院坝的人们都愤愤的，轮番上阵，打得褂子男人连叫求饶。最不能容忍的是他的贵全叔，他气炸了五内，飞起脚踢过去。只听他爹呀妈呀地呼叫。贵全叔不解心头之恨，又找来柴棒抡过去，我打死你个亡命钻！打死你个亡命钻！

贵全叔手上来了狠劲，要不是有人在，亡命钻当场就没命了。什么叔侄情他全抛开了。

小侄儿跟叔是要好的叔侄，又是要好的朋友，打小形影不离。虽然贵全叔年长几岁，但他们走得近。贵全叔经常带上侄儿上山放羊，跟牛割草，一起上学。小侄儿就像贵全叔的尾巴，贵全叔走在哪里，他跟在哪里。在学校，小侄儿有一次被人欺负，就找贵全叔告状，贵全叔毫不犹豫地提起凳子砸过去，对方怕得屁滚尿流。有一次上山砍柴，小侄儿不小心落入一个吊坑，也是贵全叔想方设法给救出来的。

就连贵全叔到婶娘家相亲，也没忘记带上亡命钻。

二月青草起，正是相亲时。贵全叔穿一身新，叫上小侄儿，走过几多山弯弯，爬上几塄高高岩，过了小溪过大河，过了田埂过山林，来到芭蕉台吴家寨。还在当门，吴家的狗就冲未来女婿吠，吓得小侄儿直往贵全叔屁股后面躲。吴家人出门招呼狗，迎进叔侄俩。贵全叔憨厚，只管笑。吴家人说什么他都只是笑，轻易不开口。在家时父母有交代。到了吴家要少说话，言多必失。还得注意的是，别傻吃憨吃，那样有失斯文，还叫小侄儿随时提醒。这些教诲贵全叔记在心头，可他到了吴家怕这怕那的又显现出来不自然，拘谨得很。小侄儿虽然人小，可记性好，人也精灵，大人交代的都不会忘记。小侄儿活泼开朗，吴家的提问他对答如流。叔的准岳丈人考女婿，也是亡命钻解的围。贵全叔心想，幸得叫上小侄儿，要不然就会露丑了。人家问你家养的是啥牛？贵全叔只是笑，憨笑，不知怎么答。姑娘在内屋的窗户眼看，手心捏出了汗。在场的可不只姑娘家人，还有亲戚，有邻居，有族亲。满堂屋的人，如果出了丑，还不叫人背后笑话？正当这时，小侄儿答道，我家养只猫也当一头牛。你家养的什么马？还没等贵全叔开口，小侄儿就回话说，我家养只狗就当得一匹马。姑娘的心才落到肚子里了。从那以后，婶娘对小侄儿格外喜爱，吃饭的时候跟他添饭，还在碗里埋下鸡蛋、大板肉，送这叔侄回家的路上，还送了小侄儿一双鞋垫。小侄儿俏皮地道谢，说，我等着你当我家婶娘，上我叔的床！走了老远还拿起鞋垫挥手。姑娘一直望着叔侄俩走到大树那边。

三

婶娘内心感激侄儿，常把侄儿挂在嘴边。

婶娘原本是亡命钻的婶娘。亡命钻人小，看起来就像个精灵，嘴又甜，从他嘴里说出的话分外好听。亡命钻在寨上挺扎眼。尤其叫那一声“婶娘”，进一声出一声地叫，嘴上似乎抹了蜜，叫得满寨子人耳熟，于是乎大家也跟着叫起来。婶娘成了木弯寨的婶娘。不多久，婶娘成了贵全妻的公称，老的少的尊辈的晚辈的，一齐都随亡命钻称呼。

婶娘过门那天，寨上的年轻人喜闹洞房，闹得婶娘招架不住，直想打个洞钻地，幸亏有侄儿替她解围。闹洞房是喜事，木弯寨闹喜有木弯寨的闹法，新婚三天不依“礼”，三天过后才分大小，才论老幼尊长。于是小侄儿虽然是小辈，而且可算是少年，也可加入闹喜的队伍。只是小家伙精灵，识得风向，没有一起乱起哄，更没有一起为难婶娘，而是想方设法帮助婶娘，为婶娘开脱。没过几招，大伙就发现亡命钻不合群，说他是贵全叔的看家狗，就知道帮着贵全叔。帮贵全叔就是帮婶娘，大伙心里明白，小精灵心里更加明白。凭着他小巧玲珑的优势，他一头钻进水泄不通的洞房，穿梭游走。刚入秋，伏热尚未退去，人们的衣装单薄，闹起洞房来肉糊糊的。洞房里既闷热又嘈杂，虽喜犹苦。

说是闹洞房，其实是瞎折腾，但在木弯寨，人人娶亲都要过这一关。不这样似乎不行，会被人说闲话，甚至会引来流言蜚语，说你不清不楚，不端不正，有什么错处。一出新娘娘家的朝门，闹洞房就差不多开始了。婶娘的娘家在芭蕉寨，一出寨子，接亲队咿咿呀呀、嗨嗨呀呀地过山涉水，往木弯寨进发。轿夫们唱着好听的号子，都是带荤的加腥的段子。轿夫们嘴上占新娘子的便宜不算，还把个花轿颠簸得差不多底朝天。新娘子不晕轿也得惊吓出一身冷汗。婶娘还算有准备，娘家的嫂子们早早地传授过她一些法子，勉强对付得了，但终究还是投降告饶，下轿一一跟轿夫散烟、斟酒，尽量诓住轿夫。最难堪的还是入了洞房之后，乐子一个比一个巧，一个比一个为难新娘子。放牛山上的山歌，田坎上的花段子，唱是唱来吆是吆，带荤的，加腥的，暴风骤雨般袭来，千方百计要逗新娘子笑。起哄，推搡，搞得洞房差不多要爆炸。新郎早被限制起来，用一间屋子隔离着，根本帮不上新娘子的忙。当然，男人也不会介意闹洞房，更不会跑来为新娘帮忙。这似乎是闹洞房的规矩。于是乎就由着洞房里的那些愣头青年使性子。婶娘叫苦不得，不知是谁把灯给弄灭了，让她没防备，进而自己挺拔的胸和私处都遭遇了一把。刚进门的新娘，被摸一把，亲一口，实在是受不了，但又说不出口，按照闹洞房的说法，这是为他们新婚夫妻练习破脸。婶娘只有忍着挨着。婶娘最怕熄灯，灭一回灯，她就遭袭一回，黑暗中一阵推搡，男女滚在一起。婶娘就像任人宰割的羊羔，除了蜷缩着身子，拼命保护着胸，把腿夹得很紧，脸蛋被人亲，就被人亲罢，也别无奈何。要做木弯寨的媳妇，就熬得过这一关。就在黑咕隆咚之中，机灵的亡命钻把灯掌起了，不让灯熄灭。只要灯不熄，来犯之“敌”就少有些机会，婶娘就少受些干扰。

亡命钻像泥鳅一样在人群中穿梭，有时见情况紧急就用身子去替婶娘挡驾，总是护着婶娘。

小俏皮的就知道护婶娘，等长大了护自家媳妇去。闹房的人又把他拧小鸡一样拧开了。见小家伙被拧开，婶娘心里干着急。但她非常感激小家伙。朦胧中婶娘看着亡命钻，时不时膀子直一下，下巴微微勾一下，小巧精灵的亡命钻从眼神就知道婶娘在跟他打哑谜，要他帮她掌好灯，也用同样的动作回复婶娘。婶娘的腮两边自然就有笑纹。事实上制造的所有混乱，动手动口都没有让婶娘笑起来，而亡命钻掌着灯竟然让婶娘心情舒畅，抿口笑了。亡命钻像陀螺一样灵便，在婶娘眼里因他乖巧过人，一下让他高大了许多。但在大伙看来，他却成了捣蛋鬼，绊脚石。人们把矛头转向他，竟把他当成了玩具玩。

婶娘到娘家回门，三天后从芭蕉寨回到木弯，特意送亡命钻一双鞋。她把给娘家弟弟做的布鞋捎了一双给他，算是给侄儿亡命钻的礼物。按理说本房侄儿何止亡命钻一个，要送礼得人人有份才公平。可婶娘说侄儿亡命钻那脚最适合穿她弟的鞋子。这话婶娘自己觉得也欠点说服力，只是找不到更合适的理由罢了。结婚送鞋，大都送双方父母和自家兄弟姊妹，很少有送堂侄儿侄女的。送堂侄儿侄女范围广了，要送的人就太多，怕是提前三年做鞋也不够送的。寨上只有王登山家结婚才给堂侄儿侄女送过鞋，王家在这里是孤名独姓，亲人不多，新娘做了一柜子礼鞋没处送，怕后家人不高兴，为了撑面子，除了自家家庭成员，堂侄儿也有份。此外找不出第二家有那样的做法，尤其在坎下院看来更是从来没有过。

亡命钻双手捧着鞋，按在胸口，心里像吃了蜜。谢过婶娘，谢过婶娘！一连谢个不停。他跑回家去跟娘报喜，娘接过来看了好一阵子没有松手，似乎是送给她的，怕别人掠夺了去似的。娘说，你婶娘真是巧手啦，巧手啦！这是亡命钻的娘第一次夸婶娘，往后亡命钻的娘仍夸过婶娘，巧手啦，巧手，可那是后来的事，是在婶娘像照顾自己公婆一样照顾她的时候。

贵全叔没有因结了婚就冷落了亡命钻，加之婶娘又喜欢小侄儿，于是乎侄儿进出贵全的门槛更勤了些。除了晚上睡觉之外，小家伙几乎都在婶娘家进出。

四

贵全叔回家后就一病不起。问他到过哪儿，他说去过广州、福建、浙江——哪儿都去过了，去找亡命钻拼命。问他找着亡命钻没有，他说那遭天雷的亡命钻已经被他结果了性命。人们都不太相信。既然侄儿死在你手上，你就是杀人犯了。杀人犯还能自由自在走在世面上？公安局不抓你进监狱？亡命钻的命可不是一只鸡一只狗，好歹是个人，就是他的爹杀了他也一样是犯法哟！一大堆疑问问得贵全叔无话可说，直气得他眼睛发红。贵全叔性子特别暴躁，这一问更惹火了他。问你妈的个老麻×，老子杀没杀人要你管？亡命钻虽然个子小，确是个人精精，你还能把他怎么样？你就是找着了他，说不定三拐两拐把你给卖掉了，你还没反应过来。人们有足够的理由说明贵全叔是在撒谎。贵全叔一向是老实人，为什么要撒谎呢？大概因为他太恨侄儿了，心不甘，需要哄哄自己吧。

贵全叔的身体一天不如一天，神色憔悴，精神不振，说话指东打西，做事丢三忘四，与人交谈疯疯癫癫。贵全叔真的病了。

贵全叔得的是怄气伤肝病，老是抱着肚子喊疼。婶娘有时跟他煎中药，有时用一些土单方。中药还得找中医生把脉开方，土单方便宜，不花钱。贵全叔躺在床上，婶娘用手跟他揉肚子，搓揉得贵全叔张嘴直打嗝，每每这时贵全又觉得偏方奏效，减轻了许多疼痛。但过不了多一阵，贵全叔又会抱着肚子疼歪了脸，额头上汗珠如豆。婶娘顾不上手还发麻，又走到贵全跟前献殷勤，连忙扯来山草药，放到厅口的大石头上捶，然后跟男人包扎上，一时贵全就像快下蛋的母鸡一样难看。

贵全叔不在乎自己的样子，他从来就不关心自己的体形怎么样。爹妈造就的，是个什么样就是什么样。他在乎把疼痛减轻点。但当疼痛减轻了的时候，他又觉得浑身不自在，那个草药包包像个马蜂包缠着自己的肚子，何时才离身而去呢？贵全叔的脑子背上了沉重的包袱。

还好的是，贵全一点不冲自己的女人发脾气，也许他不怪自己的女人，也许他太爱自己的女人了。但是千万别提亡命钻三个字，一提起侄儿亡命钻，贵全就大发雷霆，就会狂叫：遭天雷的！那遭天雷的！叫得声音都嘶哑了。

从小就是贵全叔带着亡命钻，读书，放羊，砍柴。一个院子长出来，同祖一脉之孙。小侄儿从小每有好吃的必分给叔一份，或者要父母给叔也准备一份，要不然不依他父母的。亡命钻的爹还在世时，有一次跟打猎队一起赶山，分得半只山羊腿拿回家，炖熟后亡命钻硬要叫叔来他家一起吃，父母不去跟他叫人，他就哭，直到跟他把叔叔叫到家里来了，他才依顺了。小侄儿年纪小，做不了的事都是贵全叔帮他。上学读书，贵全叔跟侄儿背书包，上山放羊，贵全叔替侄儿赶掉队羔子。有一次上山砍柴，小侄儿走不动了，贵全叔就把柴火一肩扛着走，甚至于连小侄儿的背篓也捎到贵全叔肩上。更显叔侄深情的是，那一次背着柴过河，山洪突发，叔侄俩被卷进洪流里，小侄儿好一会儿没露出脑袋来，贵全叔冲进洪流，奋不顾身地寻找，在冲出去老远的地方才把小侄儿救上岸来。叔侄俩躺在岸边发了好一阵子呆。那一幕让他俩永远铭刻胸怀。

可是谁又曾想到，岁月让他们渐渐长大，亡命钻已不是当年的小不点儿，叔侄情谊相去甚远。犹如父子的情谊竟然变得如仇人一般，哪怕千里万里之遥，依然寻仇要命。

五

贵全叔硬撑了一阵子，撑到秋天连新谷米都没有尝一口就撑不下去了，撒手人寰。他没跟婶娘留下什么，只跟她留下了一双儿女和一个半生瘫痪在床的公公。一双儿女还不到十岁，正上小学，把他们拉扯大可不是一件容易的事情。公公是个七十有余的老人，整天躺在床上呻吟，动也不能动弹，是一个连自寻短见的能力也越来越不具备的人，吃喝拉撒全靠人照顾。面对这样的家庭境遇，婶娘实在有些为难。但她没有说什么。她能说什么呢？一双儿女还不能理解，说了也白说，对床上的公公不仅不能说，倒是得宽住他的心才行，于是乎纵使有千斤重担，婶娘也只有内心承受。公公心里明白，也没有说什么，只把它化为一声声呻吟。公公的心情实在糟透了，在床上煎熬日子，何年何月是头啊！这样活着只是儿媳的一个累赘，还不如趁早结束余生。可是他连寻短见也办不到。最让人为难的是，大小便的时候不免也是儿媳照顾。第一次可为难了，公公拄着拐杖在儿媳的搀扶下慢慢走近茅厕，到得门前公公就不动了，意思是让儿媳避开，儿媳也心领神会。可没待儿媳转身，公公却摔倒在地上，差一点没落下茅坑喂粪水。儿媳连忙去搀扶，公公的裤子已经褪下半截，露出私处来。儿媳的目光不可避免地碰撞上了什么。她本能地别过头去，只顾将公公抱起。爹，爹呀！摔坏了哪儿？只一声声叫，呼唤声里夹杂着沙哑，泪水如注地流。而公公无奈地干号几声，造孽啊！造孽啊！咋不死了干净些，咋不死了还干净些！公公久久不能收住哭泣。媳妇说，爹，您就当我是，是贵全吧！后面的字音几乎让人听不到，是裹着哭腔吐出来的。

第二次要上茅厕时，公公还是强撑着要自己料理，可哪里能行啊！儿媳心一横，说，爹，你当我是你女儿吧！她直接背着公公进出茅厕，帮他解开裤带、把好裤裆，完全不避讳地撑住爹的身子。每当这时婶娘就想起孝子坟。坟上记着行孝的事迹，还镌刻着行孝的图画。那是木弯寨妇孺皆知的孙媳乳祖的故事。那故事已经很古老了，不知是哪辈子人曾经出过的事。但是它就像旗帜一样在木弯人心中撑着。故事里的祖父患病多日不能进食，正在哺乳期的孙儿媳妇用奶汁喂祖父，一天天滋润着祖父的喉和胃，孝思感动天地神灵，祖父的病居然一天天痊愈了，孙媳妇救了祖父的命。想到孝子坟，儿媳心下一横，就有为公公解裤子、帮助小解的勇气。婶娘连头也不别过去，心里只有一个念头，我这是替贵全！我是爹的女儿！

打那以后，都是儿媳背他出门晒太阳，儿媳喂他吃饭，儿媳搀扶他上茅厕。

婶娘征服了自己。但婶娘要征服的不仅仅是自己，还得应对外力袭击。人言可畏这句话就应验在她身上，人言有时是会伤人的。

她的孝心被心怀歹意的人解读为公媳有染。

当人言袭击着她的尊严的时候，她只好夜下悄悄来到丈夫的坟前哭诉。死贵全，挨刀砍脑壳的贵全，撇下我去阴间享福！别下这一屋的负担，叫人哪里去找生路？她骂一会儿贵全，便又想起了自己的错处。她每每责怪贵全时，都会想起自己的错处。于是又责备起自己。贵全啦，我晓得是我的错，是我不小心，让人得逞，可你为啥这样惩罚我？我错了你就该打我，打死我也应该，你打死一个不干净的女人是不会偿命的，你为啥用死来惩罚我呢？婶娘哭着，又开始骂起丈夫贵全来。没肝没肺的贵全啦！烂良心的贵全啦！

有一段时间，木弯寨常常听到山上有女人呜呜哭泣的声音，若隐若现，不听则有，细听却无。寨上人认为是野鬼孤魂在叫冤，都有些心惊胆寒。但谁又能识得那是哪门子冤魂野鬼发作了呢？

但在白天，在人前，婶娘没有半点凄苦的表露。尤其在公公面前，婶娘一直没露过。不管公公说什么，婶娘都强打着精神，不让公公伤心，都好言安慰他。这倒使公公越发地内疚，感到对不住儿媳妇。

太阳在木弯的山上升起来，婶娘把公公搀扶到院坝，斜躺在竹椅上，让他感觉到了冬天的暖意。一会儿，儿媳还端来了茶杯，公公只有一只手有一点点力，喝着自家的老鹰茶，公公干枯的嘴唇一下子就润滑了，喉咙也清爽了许多。公公就问儿媳妇，平儿牵牛到溪边去放没有，清莲去割猪草没有？这呀那的，公公没有闲着。婶娘说，爹呀，您甭管。爹说，我怎么不管呢，一家人担子在你一人身上，娃儿些又贪玩，我坐着动动嘴，能减轻点你的负担也好，也让我宽心一些。

平儿一会儿就从当门回来了，吆着自家的一头大水牛，未到院坝边上就叫着，我回来了。爷爷说，要把牛关牢，莫让它出栏害人。晚上得跟它准备些草料，让它夜下无聊时嚼嚼口，磨磨牙，也好长上膘。膘好才好过冬。爷爷叨唠了一阵子，平儿似听非听，专心做自己的。平儿关好牛圈门，快活地走到跟前。牛是他们一家人的帮衬，没有使牛耕地的劳力，多半得用牛去换，牛就是家里的一个硬劳力，不能轻易怠慢了它。平儿不到六岁，正要到读书的年龄，爷爷想到这里，就和平儿谈话，教育平儿要听话，帮助妈妈做事。开年后去上学。爷爷在斜阳里露出了放松了的脸皮，平儿又去跟他换来了一杯茶水。见到眼前的景象，婶娘好像觉得这一家人有了新的希望。

屋子里飘出了饭菜的香味，更是飘出了热气。婶娘叫平儿帮忙把爷爷扶进屋。她一边喊一边自己走出门，见平儿早在爷爷身边了。天色近晚，天空已经收走了微弱的阳光，放出了硬硬的冷风。媳妇和孙孙一边一个搀扶着老人，朝着屋门口一步一停地走去，奔向温暖的屋子。

六

上台坪的罗三娘老人家在一个夜里死了，女人们都被叫去帮忙办丧事。婶娘还在茅厕守候着公公，听到了隔壁叔娘呼叫她，就来，就来哩！她忙答应。婶娘侍候公公起床，洗漱拉撒，喝早茶吸早烟吃早餐，一一打点完，然后急匆匆出门。总管嫌婶娘慢了点，婶娘没的话说，也没抵触的言语。婶娘一般不抵触说她长说她短的人，自己确也晚到了一步。婶娘蹲在一个大盒子边与几个妇人一起洗碗择菜。婶娘一边专心做着自己的事，一边应着下一次一定来早点。正在这个时候，不免有人多话，说她“侍——候”公公哩！故意把话说得一字一句的，意味深长。听起来就不是开玩笑，更不是关照她，弦外之音是说她与公公有什么不清不楚。公爹与儿媳的话题历来就是乡间的热门话题，是田坎段子、放牛山歌的主要内容。那是取乐子，开玩笑。但也流传着这类事的真实故事。世界之大无奇不有，也不能说这类事不会有。发生这类事那叫乱伦，就是家门不幸，败坏家风，必受人唾弃。眼下这个多嘴的女人把它表达成双关语，伤害了婶娘。婶娘心头实在按捺不住，不发火也不行。你家才兴的那个，儿媳妇暧昧公爹。婶娘顶那多嘴的女人。总管也回头熊了那多嘴的女人。这时总管才想到婶娘是在家侍候公爹耽误了时间，觉得刚才对婶娘有些过分，于是更加熊那多事的女人，关你什么事？谁要你多嘴了！总管冲那人发过火，似乎平了婶娘的怨气，其实是平自己鲁莽。婶娘放声大哭，就像有苦无处诉，满肚子冤屈无处吐一样。众人也有些为难，尴尬场面一片。丧家的媳妇回来了，人们把注意力集中到丧家的媳妇身上，才平息了婶娘这边的事。

两年前罗家的媳妇外出务工，给家里汇了不少的钱回来，还邮寄过几回包袱，包袱里裹着娃儿的老人的衣物和别的东西，真是让人羡慕。平儿看后，回家就跟娘唠叨，要娘也出去当工人，邮寄一包更大的东西回来。衣服、糖果、玩具，应有尽有。平儿显现出忧伤，没了别的孩子那种优越感。平时别的孩子无娘叫，无娘体贴，没有平儿拥有的优越感，这下平儿不如人。婶娘看在眼里，记在心里。娘跟平儿说，咱虽然没有东西，但有娘，人家孩子虽然有东西捎回来，但经常没有娘，比起你，他们可差多了。婶娘哄着孩子。

婶娘心里别有一种滋味。她何尝不想去当工人呢？家里需要一个在外找钱的人，男人死后这个人就缺席，公公不患病那该多好，由公公看孩子，理家务，自己出去挣钱。婶娘就凭天生的那身段儿脸蛋儿还愁找不到工作？凭自己的勤劳还怕挣不到钱？再说一辈子长在寨子里，没有见过外面的世界，多么可惜。外面的世界自己一点也不知道，只能听人家夸嘴，自己一点发言权也没有。

丈夫贵全死的那年，婶娘打算外出打工。当时家里一贫如洗，生活极端困苦。孩子、老人、日常开支的负担迫使婶娘动起了打工的念头。再则那么多的姐妹、媳妇都出去了，寨里都没有年轻的媳妇了。她和公公商量了几次都没有得到允许，公公死活不答应。公公是怕她一去不回来了。婶娘横下一条心要外出，没有跟公公商量。但她把家里收拾得清楚，公公凭着直觉，断定婶娘要走。

早饭后，寨上的媳妇们就来叫婶娘，婶娘打好的背包搁在内房里，从内房出来时走得很轻，公公都没发现，婶娘抹了一把泪，放开平儿的手，说了句听爷爷的话啊，就离开了。婶娘出朝门时与上堂屋的一位大叔娘相遇都没来得及招呼，只顾抹泪，径直往朝门闯，心里七上八下的。平儿、莲儿哭喊着，在后面追赶，叫一声娘，娘心上像插入把刀子。走至当门的时候，公公发现了，就站在院坝边上高喊婶娘。回来呀，回来。公爹抹着泪，拄着拐杖，一边喊一边追。那个时候公公还没有完全瘫痪。出了朝门是当门的大路，宽敞平坦的大路在婶娘的脚下是那样漫长，而公公不方便的脚，和往日比起来也快得多，好像不觉痛，像石碾一样沉重而有力。你丢下我们祖孙仨咋过呢？公爹哽咽着，身体不支，摔在大田里。婶娘横下的心不得不再回头，可就这一回头，摔在田里的公公把她的脚步给拉回了头。同路的姐妹们也不忍心拉婶娘走，只好劝她安心留下。那个夜晚，她没有睡着觉。

婶娘只好放弃外出的计划。打好的背包搁在内屋，很久不曾动过。后来，就越来越没有勇气走了。直到有一天，公爹完全瘫倒在床上，病越来越重，她才彻底放弃了外出打工的计划。

婶娘最难过的是年关，那时会有人从外面回家过年，尤其先前和她一起的姐妹们，她们都要带回来过年的东西。孩子们总是守着娘要衣服，要糖果。平儿不懂事，说，娘你怎么不去打工呢？娘就发起脾气，找来棍子抽平儿几下，还说，今后不准提打工的事。爷爷在床上听得清楚，责怪儿媳妇打孙孙。一家人哭在一起，惹得邻居也难受。

婶娘悲恸得不行，只好出外去打猪草。上山的路走起来很吃力，她来到桐树弯。桐树弯很清静，连一只鸟也没有，她好想放开嗓门儿大哭一场，但是又哭不出。只得把气发泄在桐树身上，一阵乱刀砍劈，一根猪草分成数段，桐树皮开肉绽，一道道口子像在张嘴呻吟，树汁像泪水一样往外涌。婶娘像是明白过来自己的过失，便有些后悔，索性一屁股坐在地里。每次她这样，过后都有后悔感，但又禁不住要这样做。

婶娘在这弯里也不知哭过多少回。似乎一有难处她就跑来这儿，守住一棵桐树诉哭。在家里怕公公知道，在寨上怕邻居们知道，在孩子面前更不能发泄心中之苦。只有这里清静，不易被人发现。哭天哭地任由她使个够。

桐树也不知挨过她多少刀，但没多久又复原了，而且复原后看不到痕迹。平静下来的时候，婶娘就会坐在那儿叹息，就在那儿忏悔，还跟桐树说说话，交交心。她把桐树当知心人看待。

贵全在世的时候，两口儿经常拌嘴，有时婶娘还会挨上一顿打，一委屈就跑到树下来诉说。别的女人在婆家受了点气就去搬娘家人来为自己出气，婶娘受了气只有跑到桐树下。那多半是因为亡命钻，她就到桐树下咒骂亡命钻，把树当成亡命钻骂，打。有一次，她打着打觉得树也无辜，便扑向大树，抱紧大树，渐渐进入梦乡。

贵全死后，她有时把树当贵全，有时把树当亡命钻。发泄时，她咒骂亡命钻，是他毁了她。如果不是那一回他偷袭了她，贵全不会对她不好，也不会落下怄气的毛病，更不会短命。

怨贵全是怨他没骨气，就那样简单地死去了。他死了不打紧，可丢下了一老二小，拴死了婶娘的腿。婶娘在木弯寨是数一数二的女人，还怕出外找不到活儿？别的女人在外活得人模人样，婶娘说什么也不会比别人差。她们在外面能混下去，婶娘绝不会被困死在外。

七

月亮爬上树梢，婶娘还在地里使劲挥动锄头。她做事太投入，忘了回家。天黑了，她才想到该回家了。她的家里，公公瘫痪在床上，娃儿在上学。但娃儿早该回家了。现在或许正在家门前翘首以盼，几张嘴张着在等哩。早些时候太阳实在太毒，地里的热气厚，太阳一过山，她就开始赶活儿。赶得腰也没直一下。这下她急了，将锄头往肩上一扛，转身往回奔。地里的禾苗叶子刷着裤子哗啦啦响，泥土被脚踩出哧哧哧的声音。她边走边看月亮，似乎有些责怪月亮，出来这么早干哪样？那月牙昏暗，时隐时现，总是和云儿穿梅花儿似的在天上奔跑，似乎并不理她，更别说回答她。

木弯的月亮阴冷冷的，总是不圆。不知是婶娘运气孬，还是木弯寨的山多树多云多，她一年看不到几回圆月。婶娘想，山外的月亮一定比木弯寨的圆，比木弯寨的大。

婶娘向往外面的世界。

可她只能向往。她明白，有公公和娃儿，她的心就不能往外飞，再怎么也不能出去享受外面的世界，至少现在不能。但她将来有一天一定要出去，也看看外面的世界，哪怕年岁再大，哪怕自己老了，也要去。出去看世界似乎成了婶娘最大的理想。这辈子实现了，那才没有枉活。婶娘窖藏在肚里的这个期盼由来已久，但她从未透露过，外人不知道。

她还没走出那块地，平儿就在坳口喊娘。平儿边哭边喊。平儿怎么哭呢？饿了？婶娘想。婶娘也没太在意，边应声边走，坑洼不平的路差点把她绊倒，让她蹿出一个趔趄，脚又踩中了一窝苗，她心疼地躬下身子去扶。月光下她感觉到苗伤得不轻，她懊恼自己，只得给自己脚上一掌，打在右小腿上，又打痛了自己，心头就更加怪平儿，叫魂啦，娘还活着呢！平儿说，不是我，是爷爷！婶娘似乎才听明白，恐怕是发生了不妙的事。公公摔下了床。公公摔下床的时候没人在家，被人发现时已经不能说话了。三家两屋的几个婆子赶忙凑过来，忙碌了一阵子也没能让公公吐出半句话。这才安排平儿去叫他娘。婶娘回到家，只见公公连比画的能力都没了，但看得出有很多话要跟她说，婶娘没有办法知道公公想说什么，平日又忽略这方面的事，一直到三天后，公公彻底断了气。

婶娘有些自责，自己贪恋活儿让公公给摔下床了。她哭公公哭得很伤心，直到昏过去。总管忙说，快叫醒她，安排后事要紧。总管就是村民组长。曾经在生产队当过队长，那时年轻，现在都八十了，走路全靠一根拐杖，声音倒还不差。他也是没办法，当这一级的“干部”少说也有五十年，怕是要维持终身制。中国现有的终身制干部也许还在这个偏远山区保留着。他总是甩不掉这差事，年轻的组长选一个走一个，直到选不出来，他只好重操旧业。婶娘醒后说要为公公超度七天，做通天法事。当下在木弯超度老人过世，做通天法事是最了不起的了，再大的法事就没人做了。总管就不同意。总管说，死都死了超那么大的法事做哪样？家里本来就不宽裕，钱粮超给死人了，活着的人还过不过？再说寨上人手不够，帮忙都很难。当然总管明白婶娘的孝心，众人面前，他把婶娘的孝心表扬了一番，寨上人都赞成总管的说法，婶娘的孝心没挑剔的。超度简略点，死者也不会怪。木弯寨的孝心，不仅是双老在生时要做到吃穿奉养，双老死后还要好好超度。那才是圆满。不过现在木弯的媳妇也有不那么守规矩的，不拿气给公公婆婆受就算好了。平时不管公公婆婆吃穿，不管冷暖，公公婆婆死了，她可忙碌起来了。法事要做得大，排场要拉得阔，似乎那才能显示出孝心。但婶娘不属于这一类，她的孝心可鉴。木弯人无人能说她什么，只是贵全不在世，婶娘怕人们说她孝心不到，所以婶娘要求做大的超度法事。寨上人劝她别硬撑。

安葬了公公，婶娘觉得屋子里空空荡荡的。以往劳作回家总是听公公在屋子里咳，或者喘气。尽管有时听到公公的咳或喘息是一种压抑，但一旦屋子里一下没了公公这些声音，她反倒感到失落。她听习惯了，突然没有了，便不习惯。公公虽然瘫痪在床，什么也不能做，甚至于是个累赘，但公公活着总是一件好事情，至少可当得一把锁。更主要的是，他安排孩子们劳动安排得井井有条，也能使婶娘省不少心。再说大小的事有公公把握，自己只管做事情就行。可这下自己又要出主意，又要做事，公公把担子扔给了她。一时她没了主心骨。公公是家里的精神支柱更显得重要。婶娘心上增加了几分伤心，于是又大哭起来。

公公去世很久了，婶娘仍没有从伤心深处解脱出来。贵全死后还有公公在，公公死了靠谁呢？娃儿又还小。

不过一切还是被时光搓揉过去了。孩子们渐渐大起来，念完小学还念初中，念到了初三似乎就到顶了。先后两年之内，两个娃儿初中毕业，考学校没那运气，只好外出打工去了，婶娘因公公过世的伤心也渐渐减轻了些。家里只剩下她一个人，她想是她外出的时候了。她打算把家里安排一下，也跟寨上的姊妹们一起看看外面的世界去。

八

正当“走出去”的希望之火又一次在婶娘脑海里熊熊燃烧起来的时候，一件事不期而至，暴风骤雨般将这火淋熄。婶娘没想到的是，亡命钻母亲的瘫痪，也成为羁绊她外出的理由。婶娘气得眼睛发绿。真是怪事怪出了格，亡命钻的母亲与她也就是本房妯娌关系，从堂的，这种关系满院子都是，为什么唯独关她的事呢？

那天婶娘正在灶台上吃饭，一个人在家只炒了一个菜，烧了一钵汤，不用摆在桌上吃，那太麻烦，端过去端过来，磨时间。在灶台边吃可以边吃边看灶洞里的火，及时把猪食煮好。可就在这时，只听环房屋里一阵闹哄哄的。没一会儿，下厅住的大伯娘就叫，吴大，你环边屋的婶子倒了呢？婶娘跑过去知个究竟。环屋的嫂子当时在旧屋基大土里薅苞谷，弯腰下去扯乱草，从此腰就没直起来，跟着身子就倒下了。幸好有中间屋的放牛娃在附近放牛，才有人去管她，叫人抬了回屋，不然不知何时才会发现。

环边屋离婶娘家只隔三间平屋，不远，在一个院，咳嗽喷嚏都听得一清二楚。一个老祖人分家时，修一个大院把大家子人统起来，过着热闹。这不就派上了用场？

嫂子刚瘫痪的时候，婶娘只道是一个院子住的，又是妯娌，总不能坐视不管。你不管我不管，鳏寡孤独老人就不活了？木弯不应该发生那样的事。婶娘贤惠能干，一向是一副热心肠，又有侍候病人的经验，起早送晚端茶递水的就侍候起嫂子来。这一侍候不打紧，后来就有人说那是她的“正分”，应该侍候。婶娘对于这个说法非常愤怒。关我什么事，又不是我的娘，寨上那么多人也该有份儿了？婶娘的理由是充分的，侍候瘫痪嫂子只不过是因为她乐于助人，不是非侍候不可的责任。但是木弯寨人们的理由似乎是不是理由的理由。亡命钻落得这个下场，有家不敢回，都是你婶娘引起的。虽然亡命钻做错了事，甚或你还可以说你是受害者，但是事情出自你身上，一个女人长着漂亮的脸蛋，夜下不设防，不能说一点没有责任！再则亡命钻是个独子，如果亡命钻有个婆娘，或者说有个哥哥弟弟，都没你婶娘的事。现在这情形，一个老婆子无依无靠，什么关系也扯不上，你说你婶娘不管，谁来管？

婶娘觉得委屈，还哭过一场。婶娘决意不去管亡命钻的娘，不去沾臊惹祸。但当她听到嫂子的呼唤，听到那凄惨悲凉的喊叫时，婶娘的心又软了。她心一横，又硬着头皮冲进嫂子的屋子。她什么话也没说，将一杯开水蹾在床头转身就走。可刚迈出两步，嫂子就将她叫住了。她婶，给我耗、耗子药。嫂子吃力地说。婶娘又回头，将嫂子上身竖起来，把开水喂到嫂子嘴边。无论嫂子说什么，她不发一言，只是跟她喂这喂那。嫂子觉出了婶娘的异样，嫂子说一千个感激还不够感激，这一世做了妯娌下一世还做妯娌，那时再报答大恩大德。嫂子不停地唠叨着，她也是从心底里感激弟妹。

婶娘喂得嫂子水足饭饱，转身走出房门。出了嫂子的房门，脸上还挂着泪珠。

对于寨上人的说法，婶娘最后觉得也有道理，虽然自己是受害者，但事情总还是因为自己引起的。事出有因。如果没有我婶娘，亡命钻就不会做那错事，亡命钻不出走就会娶媳妇成家，老娘不会没人照顾。但是现在继续去侍候嫂子，不是不打自招了吗？她心里承认亡命钻母亲无人照顾跟自己有关，却又难于在行动上去承担责任。好在旁边人会解套，说她是亡命钻的婶娘，老婆子又是她的嫂子，她又是现在村中最能干的女人，会照顾人体贴人，就算积德好了。又一个理由使婶娘大起胆来，承担了侍候亡命钻母亲的责任。

亡命钻母亲六十有二了，虽然年纪不算特别大，但是就是落下了瘫痪病。她年轻时生育过十三个子女，最后留在世上长大的只有亡命钻一根独苗。亡命钻父亲年轻时总是怪妻子不会生养孩子，每每不是胎死腹中，就是生下后夭折。每每妻子坐月子，男人都不太管，女人自已管自已。自已洗，自已换，冷水冷饭自已忍过去，于是落下毛病。后来男人又早早地离开了人世，这个婆子又要强，病咋不找着她呢？

婶娘照顾过了公公，又照顾起嫂子来。

婶娘想亡命钻的家总还是个家，不能不喂猪，还得跟他家圈上添个小猪。亡命钻的家不能没有烟火，所以喂上一头猪，一个家就有生气，嫂子躺在床上也开心些。婶娘往往是要么两家人的饭一起煮，要么两家人的猪食一锅烧。今天在自已家，明天就转到嫂子家，把两家人都弄活跃起来。婶娘这个时候完全没想过要外出的事情。

一天，婶娘上街去了。不说两个家庭，就是一个家也少不了要买些东西。吃的，用的，买盐买醋，取暖照灯，得婶娘上街去弄。这上一趟街三十里，早晨去，下午才回得来。山路崎岖，一道坡一道坎，一座山一道梁，不出两身大汗，别想走回家。等婶娘回来的时候，嫂子已在床上泣不成声，大便拉在床上了。早上婶娘煮的饭好吃，嫂子就多吃了些，于是，没待婶娘回到家就拉到床单上了。婶娘只好给她收拾。那味儿就是嫂子自已都受不了，婶娘却仔细收拾着，将亡命钻娘的上衣下装脱下，将身子擦拭干净，然后又找衣服为她穿上，把床单洗了又洗，把脏衣裤背到河沟去，捶洗一阵方才了事。亡命钻的娘只一个劲地唠叨自已该死，还唠叨亡命钻跑断腿了还是死在外了，一直不回来，心里根本没有这个娘。亡命钻的娘一直没有停止唠叨，也一直没有停止流泪，心里很是愧疚，对弟妹不住。亡命钻的娘回头又向弟妹说，待那个砍脑壳挨刀子的回来，我一定要他报答你，一定要他跟你赔罪认错，还你的情！如果他不回来了，在外挨了冷枪，我下辈子变猪变牛还你的情。婶娘不准嫂子诅咒亡命钻。嫂子啰唆了老半天，一直都在责怪亡命钻，一直在说着感激婶娘的话。她还说要替他跟她赔罪认错，这分明说的是亡命钻偷袭婶娘的事，至于说要亡命钻还她的情，可能说的是眼下她服侍她的事。

嫂子，别再说了。婶娘说。婶娘低下头，似乎不愿听她啰唆，她专心为嫂子家剁猪草，不住地抽泣着。直到剁垫上没了猪草，剁刀砍得空响。嫂子听出来，婶娘在发泄，在生气，即使婶娘没有说什么。嫂子又说，弟妹呀，你生气啦？我什么地方说错了？我该死，我不该说！但我不说又憋得慌，不说又觉得对不起你。好，你要我不说，我就不说了。嫂子就那样唠叨着。

这样的事婶娘也不知遇到过多少回。直到婶娘的头发都见白发了。婶娘偶尔照在镜前，发现自己不是当年的婶娘了，脸上堆满了萝卜丝皱纹，回头又想自己的儿女都成人了，也该有白发才是。这一年，大儿子外出打工挣钱也有几个年头了，相亲还相了个外地姑娘。赶时髦地来了个“闪电式”，很快就结婚了，一年过后还寄回了小孙子的照片。婶娘收到信和照片，脸上浮出笑纹，笑着笑着鼻子一酸，眼角就发热，不免抽泣起来。她真想痛痛快快哭一场。贵全不在，没能看到儿子的美满婚姻，也没能为儿子大操大办一场，为自己长长脸。嫂子已在床上瘫了三年，自己也有所付出。该死的亡命钻呢，也该回家有个交代；再不照顾一下自己的老娘，再不回来尽孝，恐怕就没机会了。

那一夜就算是我的错，我也作出了牺牲。婶娘想。该尽到的责任，婶娘也尽了。家里只婶娘一人，与嫂子相依度日，看谁也看不见，婶娘真有些想不通。婶娘近几年特出老，是她太想孩子们回来了。想事多，出老才快。这些年，终年难见婶娘的笑容。

九

见到婶娘的笑容是闹果子狸瘟疫的那年，也就是闹什么“非典”那年。瘟疫最早是从广州起的，后来扩散到全国很多地方。广州人有了钱什么都吃，天上飞的，地上爬的，水里游的，毒蛇老鼠都是他们所喜欢的。世上稀奇古怪的东西他们都要吃。想不到乱吃还是不行，终究会犯忌的，吃回来了“非典”，报应来了。外地民工在广州没法待下去，只好选择回乡。婶娘听到这样的消息，眉头舒展，还哼起了山歌。她很久没有这样的表情了，总是整天阴沉着脸不停地做事。婶娘天天上街去看客车，看哪些人已经回来了。但她想看到的、最关心的是有没有自家的孩子，有没有亡命钻的身影。

她始终没有看到自己想看到的人回来，直到那场“非典”事件过去。

又过了些时日，不知从哪里刮起的消息像秋飘雨一样洒进木弯寨，这似乎可以重启她脸上的笑容。二〇〇八年来临。那年的事可多了，首先是广州火车站遭堵车，那儿也出现了罕见的雪凝。大量的民工无法返乡过年，当时她心头想，广州一定有祸事临头，老天都在出怪事儿，这回不管你是儿子，还是亡命钻，都该回来了。可这次，她原以为一定是热热闹闹的年节依然是个冷冷清清的日子，直到大年过完还没儿子的身影，也没见着亡命钻回家。过年祭祀的时候，点上香烛纸钱，婶娘就说，贵全啦，你在阴间过清静日子，你看我多孤独呵，儿子女儿也不回来，你若原谅了我，就保佑我如愿，及时见到他们！你让天老爷降灾吧，让那些地方全遭灾吧，全遭灾吧！为了躲灾他们就会回来的。她跪在香案前嘀咕了半天，很虔诚的样子。

显然，还是没见效果。

雪灾刚过，一晃就到了五月十二日，汶川大地震不期而至。她是在街上得知这个消息的。她回到木弯后才知道地震也波及了木弯寨。那劲头可大了，天摇地动，当门那棵大柏树也招来展去，像鹞鹰翅膀失去平衡，就要落地一般。最后，伸出去的老枝还是摇折了，落地的时候就像一个炸雷从木弯上空扫下来，惊得大人娃儿直叫妈呀。一股灰尘笼罩在木弯上空，久久不能散去。这个时候人们才觉醒，做什么啦？做什么啦？有房屋抖得嚓嚓响的，有水田摆漾波浪的。

人们这才感受了一次地震。在木弯寨，什么是地震，以前只是听说，还没有见识过。三十年前云南地震波及这里，可那是晚上，多数人都没有感觉到，再说好多人那时还没有生出来。据说这次地震是大半个中国都抖动了，广州那边也不例外，这灾大得很。婶娘心想这是她祈祷来的灾害吧，是贵全在显灵哩，暗里帮助她哩！这回儿子该回家了，亡命钻也非回家不可了。

人们都在看电视时落了泪，可婶娘却笑了。尽管她在街上高兴、发笑惹了祸，但她早忘记了。她心想，我不相信你们会不回来？

第二天夜里，村里用喇叭喊所有村民必须到室外躲避震灾，防地震。婶娘说她不怕，她不用防，让地脉龙神多抖擞几下，把那些无忠无孝的、无情无义的都抖死在外，要不就把他们都给抖回老家。她还在屋檐脚下托着下腮使劲想的时候，村委会办公室的清户来了，挨家挨户敲门敲得山响，敲到婶娘跟前，她根本就不理睬，见喊不动她，工作人员就用高音喇叭对着她喊。她这才惊了一下，差不多跳了起来。要做哪样，你们？她与工作人员斗着嘴皮子。工作人员似乎不耐烦，拿出态度来，把亡命钻的娘背走，然后生拉活扯才把婶娘从屋子里拉到山上去。夜深的时候，一阵阵凉意袭来，防震的村民才纷纷回家。婶娘因为没等来地震，不愿回家，甚至还感到失落。

木弯寨的猫儿狗儿都受了惊，全都失魂落魄，不爱吃不爱喝的，夜吠惊人。孩子们也纷纷打电话回来问木弯寨有没有事。婶娘坚信，不用问，儿子女儿都要回来了，亡命钻也要回来了。但是，听人说这次地震是相邻的四川遭灾，离广州可远着呢！随后也去接听过儿子女儿打回来的电话，儿子说广州只抖了一下。婶娘的心里凉了半截。外头还没木弯抖得厉害，这么说儿子女儿是不会回来了。可是亡命钻呢，连个电话也没有打回来。她曾经想过，如果亡命钻打电话回来，她就是背也要把嫂子背到电话亭。她还想好了怎么样跟亡命钻讲是她照顾他老娘的。她想只要他接电话，就一定要他回来看一下他娘，他娘的身体实在太差了，饮食不能自理，拉屎拉尿靠人帮忙，洗衣洗裤更是别人照料。那个照料的人不是别人，正是你对不起的那个人，你的婶娘，我。

婶娘有时还跑到电话亭去问，有没有亡命钻给她老娘的电话。在电话亭旁边接电话的人多，有的会开玩笑，说，没有打给他老娘的，倒是有打给她婶娘的，可惜当时叫你你不在。一阵笑声让婶娘有些羞愧，好一阵婶娘才回过神来，明白了他们是讥笑她。一瞬间，她的意识回到了那个伏热的夜晚，那件迷迷糊糊的事儿又缠得她头痛，肚里一下打开了五味瓶。意识回正后，她又对眼下这几个调侃、讥笑她的人气不过，发起脾气，说，那下次再打来你们就叫我接。我就讲如何替他管他老娘的，就像儿媳妇管婆婆一样管的，要他放心好了。

回到家中，嫂子也在吃饭时问起，我儿子有没有打来电话，说些什么，为什么一直不管我这个瘫痪的老娘。我真是养了一个不孝之子啊。过一会儿嫂子又继续说，也许我那儿子不在世了，他叔叔是不是找到他了，处置他了？按家规倒也是应该的，但总得跟我说啊，要知他不在了，我也没必要等了，我也没啥等的了。我始终不甘心，他就无声无息无影无踪。听着嫂子的唠叨，婶娘一言不发，内心生起自责。她有了亡命钻害在自己手里的意识，尽管是亡命钻来偷袭他，但亡命钻毕竟不是大人，毕竟是童子，是自己破了他的童子身，毕竟他是小孩子不懂事。要真是被贵全处置了，叫她怎么安心呢？但她也不相信贵全把亡命钻处置了。

那次贵全喊明了要去广州寻仇的，甚至于回来后他总是吞吞吐吐，一会儿说广州那么大，没见着亡命钻，一会儿又说找到亡命钻了，他实实在在报了仇，治死了亡命钻。就在他说话的当口，婶娘看出了他的破绽来。婶娘担心的正是这一点。要若没找着他，他肯定回来了。亡命钻总是一个人，就算有天大的罪，也不能治他一死。他还有老母在堂，他还有美好的时光要过，他才是个愣头青，还没有真正享受男女之间的那种好事情。

而这些过错，全是自己带给他的。婶娘在内心自责。

婶娘希望村里外出打工的人全都回来，包括亡命钻。那时她才能洗清自己，也能洗清丈夫贵全杀侄儿的罪名。她侍候亡命钻的老娘，才有一个交代。

她有时想，自己侍候亡命钻的娘有点不明不白。说是邻居该照顾，邻居可多了；说是妯娌，可也不是婶娘一人跟她是妯娌。下厅里住的老三房的二弟媳、三弟媳，左环房的次八房的五弟媳，都是从兄弟，为什么不打起轮子侍候？所以就她的名分来讲，这是她一直以来苦恼的事。木弯一大寨子人，这事偏偏叫婶娘摊上了。这一切还得亡命钻回来才能了结。

可是没待亡命钻回来，他的母亲就撑不住了。婶娘只望亡命钻回来，与他算个明白账，也不枉这些年来的辛苦。

亡命钻母亲去世后，她拿什么做证呢？虽然乡亲们可以做证，但到时谁也保不准不说假话。

十

嫂子走后，婶娘经常去她的坟地看她。更多的时候是她在墓前跟她说说话，摆摆龙门阵。有时她还叫嫂子一声妈。她叫之前，总要做出一个小心翼翼环顾四周的动作，显然是怕被别人听见了。嫂子生前，她没有叫过她妈，即使有那想法，也只在心里，她的耳朵从没听到自己这样叫过。等到人都不在了，才叫出声。这一声妈在她的肚子里憋得太久，再不释放出来就崩破肚皮了。但叫出来了，她又觉得怪怪的。尤其是她叫了却没有答应声，不禁使她悲从心生。就跟她做别的事一样，做了也只在暗里，或者说只能在暗里做，总是压着。这或许就是婶娘的命运吧。

其实，嫂子在世的时候，婶娘曾叫过她一次妈。嫂子在床上叨唠个没完，说得动情时，婶娘的眼泪都流出来了。婶娘劝她不要伤心，儿子不在身边，有我在哩。嫂子说，必定你是弟媳，不是儿媳，你服侍着我，我还得欠你情。我还不了你，就等我儿子回来还情，儿子还不了情有孙子；如果儿子在外抛洒了自己的命，没了儿子也没了孙子，我来生来世也得还你情。婶娘说你别说了，我知道你的心情。婶娘的心里却是一声声地叫着“妈，妈”。就在这时，她冷不防叫出了声。嫂子忙问你叫什么了，婶娘？婶娘这才醒过来，抹了一把泪，忙说，没叫什么哩！嫂子上身颤动了一下，差不多坐了起来，双手伸直了。见婶娘没有承认，嫂子就没再说什么了。嫂子说，八成是我耳朵打鸣来着，算了吧。我哪有那个福，哪有那个福。嫂子失望地在婶娘的搀扶下睡下了。

嫂子去世的时候也够苦的，身边只有一个堂弟媳，虽然她的照料不比儿媳妇差，但始终挂记着儿媳的事。临别时，嫂子对婶娘说，等亡命钻回来，一定让他娶了你，也让你有个归宿。我的儿也算是个人，结婚了。婶娘皱了一下眉头，可嫂子接着说，只论配，不要说辈，我在世时是你的嫂子，死了就升辈了，是你婆婆。

在下葬时，没有人扛灵牌，婶娘早就料到了，因此当棺木从家门发殡时，婶娘就到棺前来跪路，接灵。在木弯人眼中，这也不完全是天经地义的事。

大家为这事还僵持着。一部分人认为让婶娘接灵开路不合适，会坏了木弯人的名声。显然这些人把这事与亡命钻盗情的事联系上了。那件事本来就是丑事，再加上辈分不合，无疑是个严重的问题。但有的人就说，这年头人去楼空，找个侄儿子侄孙子的都找不到，规矩朝哪儿放呢？总得朝人身上放噻！再说，弟媳为兄嫂开路接灵又有什么不行呢？先前，女人犁地都是犯忌的，现在这规矩也立不住了。

自亡命钻事件过后，一部分人以此当戏看，总把亡命钻与婶娘扯在一起。还有一部分人认为是亡命钻玷污了婶娘，就得由亡命钻担责任，也就把他两个捆绑着，由此亡命钻的事就是婶娘的事，婶娘的事就是亡命钻的事。但是总还有一部分人认为，不应该把丑事张扬开，不能老是把亡命钻与婶娘扯上关系。最后还是因她们的妯娌关系，婶娘才被允许开路接灵。

木弯寨这个地方很怪。接连出过一些怪事。就在嫂子下葬的当天，众人正在吃散灵饭，婶娘突然倒在地上昏迷不醒。人们以为她得了什么病，忙叫了村医生来急救，可村医生来后什么也没查出来，脉象也没什么异常。最后，婶娘醒过来了，可就是不睁眼，能说话能交流，只是说话的声音是亡命钻的娘的声音，口气也是亡命钻的娘的口气。当着大伙说，婶娘就是我儿媳，婶娘辛苦了十多年侍候我，一定要让她有个归宿。三天过后，婶娘才睁开双眼，才真正还了婶娘的声音。只是她什么也记不得，什么也不晓得。人们问她说了什么，她说她什么也没说。婶娘过了七天才下地走动，但还是不能振作精神。

婶娘的儿子也不说回家的事，婶娘还是很想念他。其实现在婶娘可以外出看看了，无牵无挂的。儿子在外自己讨媳妇，自己生小孩，倒也跟婶娘省了不少的事，婶娘从心底里想外出看看，认识一下自己的儿媳，抱抱自己的孙子。可怎么去呢？儿子没有写信来让去，也没打个电话来让去，凭自己到哪儿找去？何况，婶娘已是头上微有白发的人了，对木弯寨的生活已经习以为常，要她丢下猪、鸡，丢下这个家去外面快活快活，她说死也不愿意。

十一

婶娘似乎陷入一种两难境地。她的头脑一刻也没有停止过思考，有时简直就是胡思乱想。尤其在晚上，她经常睡不着觉，看着天花板等到天明，仿佛所有的事情都闪现出来，又仿佛不知不觉，进入了梦乡。

那是一个稻田喷香的明亮场景，亡命钻终于回来了。他走在前面，后面跟了一大帮人，开回来的车子都很豪华，像蚂蚁队，把进村的路都给堵塞了。婶娘在田里打稗子，车子喇叭鸣个不停，婶娘仰起头来。她心里琢磨，政府检查工作还使这么大的劲？检查工作不关她什么事，不值得浪费时间。邻近上田的人纠正说，不是乡里的干部来检查，是亡命钻回来了。亡命钻？她将脖子努力伸了一下，这时手里待拔的一棵稗子成了棵大树，让她抓得牢实。亡命钻穿着宽宽的黑色大西装，蓄着城市人的寸板头，身板长得还算魁梧，个子总算高了些，脸上尽是疙瘩肉，走路也变成了鸭摆形。

老头们从村口将他迎进寨子里，说他是衣锦还乡。跟早些年老祖们从这儿考功名考出去，做了官坐轿回来一样，先得到老堂屋跪叩祖宗神牌。恰逢太阳好，老人们在太阳底下高兴。

亡命钻在外发了，可没能见到自己的娘。他在娘的坟墓前长跪不起，无论老人家们怎么劝慰。出门的时候还小，娘养他十六年，刚成人他就出去了，连老娘去世他也没能回来。那当口他出国了。他哭诉到这里，越发伤心，自己挣那么多的钱有何用呢？连见老娘的最后一面都没见上。为哺育他，娘吃够了苦头，他读二年级的时候，父亲就被一场病魔要去了命，母亲拉扯他确实不容易。后来那个晚上的事使他不得不离开娘。叔叔不放过亡命钻，非要找他。娘还亲自找过贵全叔，向他求情，求他原谅，贵全叔说什么也不肯。贵全叔一定要办他。娘就这一棵独苗，落到了贵全之手，娘还有什么靠头？无奈之下，就在这个夜晚，娘教训了他一顿，然后指路让他逃走。走远些，不要让贵全叔找着，等贵全叔消气了，再回来看她。

亡命钻走进他住过的房子，那里早已灰垢积淀，门窗都已被雨水淋腐，一片凄凉景象。他一见就号啕大哭。他住过的房间只留下了一张床，墙壁三面起洞。他又走进老娘住的地方，这是他老娘度过最后日子的地方。他对着床呼唤了三声娘，一胯跪在床前号哭起来。

亡命钻这次没带老婆回来，也没带一个孩子来。他出去时是一个人偷偷溜的，回来时虽然还是他一个人回来，但是风光无限。听说，他的车子早换了一台又一台，妻子也换了一个又一个。现在他已是三个孩子的父亲。人们提到他的老婆，婶娘就听不进去。婶娘似乎对那个话题很敏感。亡命钻也逃避不了面对婶娘的问题，在跪拜了祖宗、父母之后，他拜的是婶娘。拐过两间平屋是贵全叔的家，三十年前他最熟悉的地方，一天要走上无数趟。出事那夜走的也是这条路。他早听说了是婶娘为他照顾老娘，婶娘做了他妻子的活儿。他心里万分感激，进得婶娘的门，就向婶娘跪下。婶娘却把身子转了个半侧，用手臂挥泪，又转过来去扶他，刚一俯下身，她又停止了自己的动作。亡命钻说了三句话，婶娘，我对不住您，要感谢您，要报答您！这话是当着村人说的，有老辈的，也有小辈分的。婶娘也不知如何是好，她一句话也没说，跑进房里哭起来。

亡命钻离开的时候，提出要把婶娘带出去，由他照顾她，婶娘没答应。婶娘不怎么缺钱花，儿子女儿常给她邮钱回来，再说，除了买盐、买油，其他吃的东西都是自己从地里刨出来的，不用花钱；衣服也是儿子姑娘给她邮回来。婶娘觉得还是在家里日子好过，只是她一人在家，太无聊，没人跟她说话。亡命钻提出他每月跟她寄生活钱，她也拒绝了，说怕他的那些老婆找他麻烦，也不好。婶娘需要什么东西呢？婶娘最后提出，跟他哺一个孩子，要他把离婚落下的孩子给她带。她没能跟他生一个孩子，但她可以跟他哺育一个孩子。亡命钻犯难了，本来这个条件完全可以满足婶娘，可他一想，孩子都在城市生活习惯了，带回来怕孩子不习惯。再说，现在的孩子都要到城市读书培养，哪有从城市走到乡下来的？亡命钻不仅要让孩子上大学，还要让孩子出国留学。这是他最大的愿望。

可以把大学办到木弯寨来。婶娘对亡命钻说。依你的能力，不是什么难题。亡命钻又把眼睛睁开了一度，令他很吃惊，那怎么行？不行不行。刚说完不行，亡命钻又在心底里很快地寻思了一遍，暗自点了点头，似乎觉得这是个好主意。婶娘望着一队车子开出了木弯寨，还是土路的木弯公路，扬起了尘土黄烟。婶娘望着望着拔腿追了上去，可老是追不上，她就放开喉咙喊亡命钻，亡命钻不答应，连车也没停一下，婶娘心急了。她醒了过来。醒了后，她大声喊，亡命钻！亡命钻！

她有些不相信这是梦。

她起身走出房门，屋外是黑暗的夜晚，天上偶有些星星一闪一闪，夜黑深处蝉鸣虫啼。木弯寨是那么宁静。

婶娘寻思着，这队车还回不回来，亡命钻会不会搬一座大学到木弯寨，婶娘持不准。

婶娘觉得木弯寨好冷清。

神 牛[1]

冯其沛

陈德轩残疾的时候，水牯刚刚能上枷。那时，木湾寨的土地早已承包到户了。

庄稼人的腿最宝贝，尤其是陈德轩，他那双腿压根儿就不是他自己的！得撑起一大家子的日子！

陈德轩把时间都消磨在牛圈门前，一蹲就是半天，圈门前都起了坑。陈德轩最爱这头牛，经常半夜三更起床，稍有响动就非得打起火把把房前屋后的清个遍。后来水牯也出了事。寨上人对陈家的遭遇感到无奈，埋怨起陈德轩：整天守着鸡巴牛圈门，这不，守出祸水了！

一

那个清晨，陈德轩费劲地爬下床摸索着给牛投草，意外地发现自家的牛在淌泪。他感到了一阵不祥，便悻悻地来到寨当门，许多人正在大柏香树下闲聊，见他一瘸一跛地走来，就有人说，陈歪歪，有事说啊？

寨当门那棵大柏香树，是木湾的镇寨树，几百年了。大树下有一眼清泉，那才真是真龙洞，冬天热气腾腾，洗菜淘米比锅里的水

① 原载《黔北作家》2008 年第 3 期，此次出版时有改动。

还热。树下有石桌石凳，也不知有多少人坐过，磨得油光滑亮。男人们搓绳打草鞋，女人们做手工，树下总是热热闹闹的。热天更是一时都没离人，不分白天黑夜，树下都一样嘈杂。有时还请有文化的人来树下唱段子说善书。

陈德轩结结巴巴地把事情说出来了，这一讲，空气死了一样沉寂。可这时有人居然说，好啊！那一声高调而夸张的“好啊!”把人们的目光都聚向了他。他接着说，陈德轩家要讨好啊！知道不?当年刘备的“的卢”马就有两行泪漕！那是什么马？一跃檀溪的神马！救主！还救出了一代贤君！

嗯。有人折服似的悟到了，从嘴角上拿下烟斗，还没来得及抹去口角流出的口水，便先点头。

但陈德轩不知道的卢，更不知刘备是谁，刘皇叔又是谁？他只听说庄稼黄熟，却没听说牛也黄熟。解释的人无奈地问：你知道“马马灯”吗？你看过《关羽保皇娘》吗？车上的那两个女人就是刘皇叔的大小老婆。陈德轩这才明白了，那两个女人是刘备的大小老婆，一个姓甘，一个姓糜，她们共同侍候一个男人。寨里每逢过年都要跳这种山村土戏“马马灯”。这戏在陈德轩家的堂屋也跳过。可他对的卢马的印象还是很模糊。就是戏里那两位夫人骑的马吗?讲的人再也没耐心了，说算了算了别再问了，快谢吉言吧，反正不管是马是牛，一句话，流泪都是好的。这他懂了，便连声说“谢谢吉言！承蒙吉言”，边谢边施谢礼，头点个不停，像鸡啄米。

众人都说牛流泪好，陈德轩的心情确实好多了，脸上的愁云烟消云散。

这和见到牛流泪的那一刻完全是两种心情。那一刻他心里着实咯噔了一下。他记得当时自己的手还凌空抓了一把，感觉得硬邦邦的。怎么能不硬呢！重重地抓在柱头上了，牛圈的柱子很粗。

陈德轩是在离开牛圈门时才发现牛脸上有泪漕的。

天刚麻麻亮，密蒙的晨雾被下湾那“咕嘎”的开门声一下撕开了，圈里的水牯一跃站了起来。这头毛青鼻黑，体大剽悍的雄性大水牛，摇了一下头，甩了一下尾，身子活了活，又要开始它新的一天的生活。接着它听到一下一下落地很重的拐杖声，它明白是主人来了。它习惯性地把牛头伸出圈门，静待主人的早料。睁大眼睛看着主人一跛一瘸地走过来。陈德轩右手拄拐杖，左腋下夹一抱草，拐杖声伴着吼不出的痰音，有节奏地渐渐靠近牛圈。

跟往常一样，陈德轩开门第一件事就是喂牛草。这个习惯就像木湾的太阳，从东山升起来，从西边梁子落下去。

走到牛栏前，他对牛说，躲，躲。没等牛头拿进去，他就把草从侧边投了进去。水牯从不在主人的手里夺食，总是等主人投草进圈，自己把头缩进去才开口。

牛圈门的门闩是双杠形的，闩上有两根粗厚的木枋，牢实。牛脑壳经常在两枋之间拿进拿出，木枋被脖子擦得光滑油亮。陈德轩家的牛栏盖得简陋，四根木柱起四角，四方四正活像个鸟笼。四壁是条格子的，空隙足可使一只羊进出，一面贴猪圈，一面靠一堵顺山老岩的岩芊。

牛头拿进去后撩起一束草，牛草一截一截往里送，嘴里发出唧唧的混响。看着牛的吃相，陈德轩口水都流了，他把手伸出去抚摸牛的犄角，拍拍牛额，似乎感到安稳和满足。过了一阵子他想去大解，正要转身，目光忽然和牛眼撞上了。他有些不相信自己的眼睛，疑惑自己起早了，眼睫毛全给眼屎凝住了。他揉了几下眼睛，他黑桃壳一样的脸颊感觉到像有泥块滚落，但仍看不清，眼前更像有一片竹林掩蔽，麻麻的，于是又用手指蘸了些口水去浸眼睫毛，努力地揩了揩，眼前才清晰了，而那结果却是不愿看到的。

他的手颤抖着抓住牛鼻线，平时碴巴而睁不开的眼睛与水牯相视着。牛脸上的泪漕仿佛有唰唰流淌的声响，像山洪流下茅草坡。布满血丝的牛眼铜铃一样圆鼓，活泛地转动着。牛眼里的陈德轩在不断地转动。

二

陈德轩的女人是芙蓉江岸上的女子，名叫桂儿。刚嫁过来的桂儿像清晨的一朵鲜花，着实让男人们眼馋。

那天她到渡牛塘边上放牛，一边放牛还一边打猪草。她是一个勤快女人。渡牛塘是芙蓉江上很有名气的一处，江面宽阔，两岸悬崖绝壁，江水在深处轰轰作响，像狮子吼叫。桂儿的家与木湾就隔着一座悬空的铁索桥，所以桂儿喜欢来这里放牛，在这里可以看到娘家的房子，竹林，院坝，狗叫鸡鸣，落湾大田。

她痴痴地直看到落日西沉，才牵着牛往下湾赶。刚走到铁索桥前，面前冒出一个黑影，吓得桂儿惊叫了一声，末了说，“哦！是四哥呀！”

“是啊！在等你啦！”四哥流里流气地说。她很快意识到他要干什么，她拿他没办法，就生着气往前奔。她摆脱不了纠缠，然后三下两下被卸下背篓，夺了手中攥得特紧的牛绳。慌乱中桂儿跑上大桥，往娘家方向奔。但她很快被逮住了，然后被剥下了裤子。桥下是万丈深渊，铁索桥摇摇摆摆的，筛糠一样，颠簸得让人魂儿都飞了。她感觉一阵晕眩，惊慌。她拼死挣扎，一头青丝秀发和漂亮的脸蛋在桥的空洞处要落不落。原来铁索桥上的木板有的已烂掉，起了洞，这洞足可以把一颗人头或是一个人身子塞下去。桥洞成了帮凶。桂儿绝望地感觉到自己年轻的身子就要坠下大桥，沉入江底。她晕了过去。

等四哥提着裤腰匆匆逃到桥头，一头水牛山一样巍然屹立在那儿，牛头勾着，把一对强悍的犄角对准前方，瞪圆牛眼喷射出寒光，吓得他后退了一步。可是水牛的困境立刻被对方识破，四脚八叉，前蹄上桥，后腿却上不来，欲进不能，欲退不得。笨重的牛身怎么上得了晃悠悠的铁索桥！它的眼里喷出了悲愤和遗憾。

桂儿被家人找到的时候，身子还光着，一双眼睛直瞪着黑黢黢的夜空，满是呆滞，像死鱼眼睛，她已是奄奄一息。可怜的桂儿已经身怀六甲。

桂儿从此成了憨溜溜的一坨肉。她经常在自家院子里焚香设案，装佛弄神，捧一尊观音塑像，盘腿打坐，双手合十，或是披衣袒肚，或是拖鞋吊裤，甚或把男人的烟斗叼在嘴上。每当她撞上寨上的熊世芳，就瞪大一双眼，吓得惊叫，而且全身直哆嗦。于是有人劝桂儿的男人去告官，查查真凶。但这事最终没有闹出动静。

三

陈德轩怕凶兆，见到草绳疑是蛇，有应验凶兆的经历。那天中午正吃饭时，一对水鸦雀闯进屋，竟然站到堂屋大梁上，凄惶地叫。吃过饭，陈德轩牵着牛去罗家大田犁田，打算赶在霜降前把板田犁完，泡的时间长，泥才泡得软，来年才能长出壮苗。晌午时分，陈德轩被一个嘶声裂气的呼救惊了，猛然发现自家房子被滚滚浓烟遮了半边天。天哪！他眼前一黑，屁股直往下坠。祖上留下的一幢老木屋，正被熊熊烟火掠虏。陈德轩爹呀妈呀一路叫着，发疯一样往浓烟里冲，身影很快被浓烟吞没。人们急坏了，喊着快救人，他要寻短。两个大汉相互愣了一眼，也一齐向着大火冲，轩幺叔！轩幺叔！烟雾棉花一样直奔喉咙，卡人脖子。俩人又失望地往外奔，突然被门槛下什么东西绊了脚，软绵绵的，原来是陈德轩，他死死地抱住一个木箱子。两人只管架着他把他往外拖，刚要拖出火场，上方掉了一根椽柃下来，恰好砸着陈德轩的腿。

木箱藏在床底下，他的床底下没有几件光生货，无非是锈迹斑斑的废锄破铧，或是糜头烂碴的块块条条，加之堆得乱，又潮湿，发着霉味。杂物掩蔽着箱子不易发现。破“四旧”那阵子，爹很有心计，几次把木箱藏到后边的山洞里，才得以幸免。他钻进浓烟，熟练地摸索到箱子。他在木箱到手时被一股浓烟一股热浪袭击，泪水齐刷刷下，鼻口像被封住，后来就什么也不知道了。

木箱是陈家的传家宝，高祖那辈留下的。箱内有什么，陈德轩清楚，爹解放前下重庆做买卖，又添了些贵货。陈德轩娶妻时取用过。

大家围着喊，陈德轩！陈德轩！他还是没醒。这时水牯从院坝边上闯闯跌跌走来了，它肩上还披着犁套，牛蹄走得特响，它扬起犄角，双目红红的，“哞儿哞儿”一路叫唤，寻觅着什么，然后像汽车失去方向一样直奔火海。幸有急中生智的人抢上去朝地上抓了一把，逮住了牛绳，可是没想到这人被带翻了，牛的力太大，平常牛鼻线就是人的方向盘，牛鼻护疼，今天的牛鼻特硬。有人见水牯始终盯着大火，忙说，快把人抬过来。陈德轩黑乎乎的身体被举了起来，摆到大火的方向，好让水牯视线撞上。水牯看到了横躺着的主人，不再朝大火张望了，疾步走来。人们这才把陈德轩放下，水牯伸出牛舌舔着主人的脸和乱草一样头发。牛舌像毛巾一样把陈德轩的脸刷得白白的，陈德轩突然醒了过来，他抱住牛脸恸哭不已。牛的眼泪，主人的眼泪，汇合在牛脸上，出现一片牛毛浸渍。

那场大火是桂儿引发的。桂儿在灶门前烤火，火膛边堆了柴草，火苗蹿了过去引起了火灾。女人傻乎乎地望着大火，浓烟熏得她直往外退，退到院坝中间见火蛇“霍霍”呼啸，她也“嘿嘿嘿”附和了一下，但又似乎意识到这是烧房子，便惊叫起来。

桂儿为陈家生了两个儿子。那时爹还在世，他为大孙儿取名继生，二孙儿取名长生，没等长生开口说话，爹就走了。坟墓里的爹怎么也预料不到继生后来是傻的，长生是个哑的。继生走起路来直摇头，走一步头摇两下。坎上屋的麻三公就说，像你妈个摆头虫。除了摆头还口吃，把“吃了”说成“息了”。长生成了哑巴，人们就直呼他哑娃。哑娃只会对人吼“啊”，整天满山遍野跑，大凡十里八乡哪户人家做酒筵席，少不了有他去捧场。他跟着吃得盘碟叮叮当当，菜肴稀里呼噜，完后还要端起盘子舔，脸上头上粘满了饭粒和油污。陈德轩起初还费些精力将他找回来，后来就由着他了。

四

牛流泪的消息传遍了整个木湾寨。好心的人硬说陈德轩家的牛是刘备的的卢转世，但仍有人说那是凶兆。

熊世芳就是一个。

先前熊世芳就为陈家生个牛崽而生气：陈德轩算什么东西？纰壳牛还下崽。

熊世芳见不得陈德轩好，一见就发脾气。有年大年初一，清晨全木湾都早早地闹腾了，各家的堂屋香盒上明烛香火，神案上供奉着滚圆滚圆的汤圆，恭迎祖宗仙灵享用。熊世芳也在叩拜祖宗。他长跪不起，泣不成声地控诉起祖宗来：陈德轩算什么呀，好处都往他那儿跑，都是他祖宗保佑，你们呢？都到哪儿去了？

熊世芳数落个不停，这最大的结，要算陈德轩娶了个漂亮媳妇，熊世芳认为那种好事没轮到自己头上是祖宗失责。

他爹急了，新年都要图个吉利，哪能像出丧一样泣哭？这有犯先灵，招惹恶神。他不听，越哭声音越大。这时木湾供祭祖宗的气氛已经达到高潮，一阵阵爆竹声在木湾四周的悬崖上回荡，木湾沸腾起来。气愤之下，熊世芳拿起自己做的土爆竹燃放，还加了雷管，他要来个响声超群，威力无比。他用左手托着爆竹，右手举根燃得明亮的香头去引爆，香头火星飘飞，他的手在颤抖。老是引不着，他手握得更死，眼睛瞄准引线，一闭眼把香头杵上去，一瞬间只听轰隆一声巨响。他倒下了，血流满地，他的半个手掌不翼而飞。

很早的时候，陈家养过一头牛，又瘦又老的母牛，那是从队上分得的。那个时候一喊实行家庭联产承包，集体这个实体被迫退出历史舞台，集体一散，所属牛、犁、锄、耙一分而光。最值钱的可是耕牛，晒粮场上排列着长龙一样的牛，转眼间被一一领走，最后还落下一头瘦弱老残的母牛没人要，人人见了像恨烂泥。熊世芳把陈德轩叫过来，指着瘦牛说，那算你家的了。蹲在一旁的陈德轩眨着碴巴的眼睛，看了一下，然后又看了一下，什么也没有说，慢吞吞解下牛绳，小心翼翼地护着这头瘦弱不堪的纰壳牛走了。走到坝子边上，他还回头瞧瞧熊世芳，熊世芳就朝他鼓了一眼。老实说那也算是牛么？已经不能耕地，走起路来后腿严重打绞子脚。

陈德轩心里明白，熊世芳家分得的那头牯牛是最壮的。自个的那头呢？瘦得全是骨头架子，肋骨都露了，典型的蜂蛹壳壳。陈德轩慢慢悠悠把牛扶到家拴好，扛起锄头到宅后山头上挖了半筐苦参煮给牛吃，又用竹筒给牛灌了些打蚂蟥的药，给老牛打出半瓢虫。三个月后，牛就变了样，毛顺了，骨头也不见了，还抱上了胎。第二年下了头牛犊，是个公的。

陈德轩养牛不怕吃苦，往往早早地出门，割上两大背草，天才亮。下雨刮风，落雪打凝，他也得先上山打回牛草，甚至自己不吃饭，也要先管好牛的草料。

牛崽出生不久，母牛就生了意外，摔下消坑去了。母牛在边上放草，消坑边长满了马儿杆、水竹儿，青翠丰盈得抢眼。初冬的草很枯竭，供牛们放食的青绿也只有险要处才有一二。快近黄昏，赶牛回家的吆喝声此起彼落，在木湾后边的山冈上回荡。这个季节牛们获得自由，早上被赶到山上放，晚上吆回家。母牛先是听到花牯的主人在呼唤，但它老是吃不满足，等到它想收回前蹄时，感觉身子直往下坠，前蹄踩了空，掉了下去。老实说，它感觉到屁股上被外力推了一把，类似两只犄角，但又不是犄角，更不是同类干的。这是它结束生命前最后的感觉，它被永远地带到了另一个世界。在一旁的还有小牛犊。牛崽跟在母牛身边学着采食青草，权当玩儿。母牛掉下去后，牛犊也跟着往下一纵，子母俩落到半崖一处平台上。母牛下去后再也没起来，牛头先着的地，牛颈给折了。牛崽身体轻，跌下去后马上爬了起来，还在周围寻青草。

青草对于牛崽只是一个补充，主食还是娘奶。它没有注意到娘怎么了，直到想起吃奶了，才发现娘出了事。娘那硕大身躯还在抽搐，但已经不能供奶了。奶被两条大腿夹紧了，牛崽拱了几下拱不着，心想娘怎么不让吃呢！于是它绕着圈儿叫，哞儿！哞儿！正是它的叫声引来了主人。

太阳西下时，陈德轩上山赶牛。上湾的放牛娃说他家的牛在消坑凼放草。他来到消坑凼就听到了牛崽的叫声，发现消坑边上的水竹儿被压伏了一槽。他伸长了脖颈往下看，全都明白了。陈德轩用纤绳攀下去，用背篓背了牛崽上崖。为了养活牛崽，陈德轩可是费了些周折，像疼婴儿一样养它。他把妻的奶挤出来端给牛崽吃。桂儿正坐月子，她很敏感男人挤弄她的奶子，有些受惊吓，不让挤，因为在大桥上她就是被一双大手握住两个乳房的。陈德轩有些恼火，追打着妻，又喝着她，她仿佛醒了，畏畏缩缩从草堆里伸出乱蓬蓬的头，用吓坏了的表情对付男人的乞求。男人向她招手，示意她过来，她才小步小步过来，把两个瓜肥瓜肥的奶任男人挤弄。男人说，有个猜子（谜语）你会猜吗？半崖有瓶酒，吃去吃来都还有！让挤吧。其实男人知道她哪还会猜谜语呢。挤了妻的奶，陈德轩又去挤母羊的奶。他家有一头母羊带着三个羔子，他把母羊挤得咩咩直叫。有时还觉不够，他就磨些豆浆来补充。磨豆浆没有石磨子，他就跟环兜岗三叔家借，三婶铁着脸，他就自己背起钻兜到石厂，叮当叮当敲出一盘磨。好不容易小牛犊才越过了奶乳期，陈德轩从来没有落下它。小犊和主人朝夕相处，主人在地里劳作，就把它放到附近牧草，收工了，主人就带着它回家。大路上主人教导它，哪是不能吃的苞谷秧苗，哪是可大吃特吃的青草。

除了给它嫩草，陈德轩还要给它加精料。吃饭要知牛辛苦，他还说，只要人有的吃，牛就有一份。每天夜里，他总是要给牛准备一盆玉米粥，至少也要煮上一盆秸秆糊糊。把玉米秸秆或苞谷蕊烘干，烘出香味，然后打碎，煮成糊糊，用来喂牛是极奢侈的了。

五

庄稼人最要命的是残腿。没腿走不到地里，到不了地里还能种出粮食吗！每到打田插秧、耕地下种时，陈德轩就犯愁。好在山里人还算和睦，东家来一男，西家来一女，帮他渡过难关。寨上来个叫花子，人们人还要接济，何况是陈德轩，木湾寨也不能没了下湾！上湾有几户人家，下湾就陈德轩一家。下湾是天生地长的呀！上湾和下湾就隔一条溪，一道塄子。陈德轩打个喷嚏，上湾也应声。陈家世世代代居住在这儿，竹林树木，院落堡坎，呈现出林中一户，户落水边的景致。

但是陈德轩过得孤独，老婆是老婆，儿子是儿子，连一句话也没处说，他的话只有跟牛说。

他跟牛说话，守着牛想问题。有一次，他望着牛一张一合的大嘴，竟以为是草在一股脑儿往里钻，再一看，牛就开口说话了。从小他就听过牛郎的故事，陈德轩总认为自家牛是牛郎的神牛转世，这个家全托了牛的福。有时他甚至就觉得有了牛就不怕有什么难事。

陈德轩家的牛是一头剽悍水牯，性子野，犁地时一般人不易驾驭，但特服主人。若牛蹄叉出绳套，别的牛都需要人帮助解开，水牯却不用，它身子往后一缩，退回半步，提起出套的那蹄往内一收，就回正了，犁速也快，别的牛一天耕亩半，它能耕三亩。有一次熊世芳牵它去犁自留地，搭上架他就不走，用鞭抽反倒抽出了脾气，它几下就跳出了犁套，回头瞪着，牛头还像耍狮一样甩，犄角在空中画着很大的圆圈，吓得熊世芳赶紧开溜。

六

那场大火，火神爷算是手下留情，跟陈家留了个蒂儿。院坝把大火隔开了，保全了牛栏猪圈。陈德轩没了房子，还有牛栏，陈德轩就在牛栏的楼上搭个铺，垫上稻草和苞谷壳，算是夜来睡觉的地方。

依着猪圈有个要塌不塌的碓棚也派上了用场，大家七手八脚收拾修缮，起个炉灶，安上石板石磩，就算是煮饭的地方。吃住有地方，就算是陈德轩的家。邻居劝他，搬到山丘寺庙子里或者本家宗祠内，他都拒绝了。他不能离开下湾，那是祖辈留下的老屋基。

陈德轩一躺上圈楼就是三个月，身子躺着，脑子却没个空。一会儿五九年饿俘遍野，一会儿火焰冲天老宅消失，一会儿又迷迷瞪瞪睡过去，醒来直瞪着瓦桷椽柃，屋顶低矮让人感到压抑；盼来了鸡叫五更，又盼晌午打叫，天光白日的世界在脑海中扑腾。陈德轩感觉自已像笼内鸟，即使努力，也不能奋飞。鸟声雨声风声水声，还有阳光的声音和竹叶的沙沙叫声……他想，要是他腿不坏，种庄稼的事还能难得到谁？他这样在脑海里使劲想的时候，又吃力地把身子翻了一回。

他从来没那样“洒脱”过，完完全全不沾活儿。陈德轩想，这些年凭着自己一双手一双腿，把粮囤弄鼓胀了，就不愁过日子，哪怕傻儿子病老婆，摆着一排包袱，也不成问题。个子矮小的他，像地上转动的陀螺，从来就不曾停顿过。可是命运把他那份勤劳剥夺了，他再也没法做陀螺了。

陈德轩一个时辰一个时辰地数着，终于熬过来了，他拄根拐杖硬撑着下了床。

残废了的陈德轩走起路像童子拜观音，一步一个叩，特别是赶牛上山，姿态颠簸得跟企鹅一样，拐杖都飞起来了，连身后的牛也非常恼火主人的步履，使它不能施展自己雄健的步伐，水牯很无奈地停下来，两只耳朵阴一下阳一下地扑扇，眯起两眼，吸着粗气，注视着主人，像是很痛苦。

大年一过忙春耕，陈德轩焦虑，有牛没人掌铧。他的脑子像烟雾一样，一股强似一股地翻腾，一家子人的吃饭问题，到了由不得不使他着急的地步。开耕的头天夜里，陈东廷叩开了他家的门，来跟他借牛。陈德轩琢磨着，反正自己不能犁，闲着也是闲着，不如借他，本家侄子，族亲关系，大小事情还得他帮忙。他没想到的是，陈东廷坐在陈德轩破茅屋的碓老壳上，提出借一天牛还一天工，陈德轩眼睛一亮：以牛换犁，要得。

陈东廷这样的人不愿喂牛，天天割草，嫌累。土地下户了，他曾分得半头牛，都拆伙卖成钱，三天两头打牌喝酒，补得的牛款没一阵子就搞光了。每到耕作季节，他就借牛耕地。过去搞集体，陈东廷没少提陈德轩的意见，硬说陈德轩家吃空饭的人多，甚至一有不顺就拿陈德轩出气，什么族亲叔侄的关系也摆一边了。这下要借牛，他只好来叫一声德轩叔了，甚至愿意以力换牛。

用牛换力使陈德轩看到了希望。每到打田插秧、割谷收麦、抢种抢耕的关节，他就用牛换力。因此，陈德轩虽腿残，但仍然和别人一样，按时下种，按时收割。

七

水牯长得山大。牛头生得方方正正，两只犄角外张，耳心螺旋似的长出与众不同的一束白毛，腿高蹄圆，腰囤股肥。牛偏耳一见就来了兴趣，说这是牛王的长相。乡下的牛偏耳掌握着牛市，他说哪头牛是牛王，哪头牛就会身价百倍，哪头牛是败旋凶相，哪头牛就一定卖不出好价钱，甚至会使牛招来杀身之祸。这些土中介东庄流窜，西寨忽悠，故弄玄虚，让人难以捉摸。牛偏耳的话在寨上不胫而走：下湾养的是牛王。于是有人出双倍的价钱买水牯，陈德轩不卖。陈家的门槛都快被踏破了，陈德轩脖子都说粗了。他说，哪个牛日的才来开那个腔。大概是头一回生气，原本口舌就不灵活的他，更加结巴了，嘴角边堆积着白沫。

轰走了牛贩子，陈德轩还在嘀咕：叫我卖牛，咋不卖你爹呢！这是最狠毒最能解气的骂人话了。

陈德轩不卖牛，引起了熊世芳的不满。熊世芳对陈德轩说不补款子了，陈德轩也没吭声。陈德轩没弄明白熊世芳为什么，自牛崽长大能上犁，他心头一直罩着阴云。

熊世芳半路撞见自家侄子熊三娃招呼他，便阴沉着脸冲三娃冒火。三娃纳闷，撵上去问叔咋回事呀。他说我不是你叔，下湾那跛子才是你叔。三娃更加糊涂了。熊世芳接着说，放下自家的活也要去帮忙，他是你爹呀？三娃说，帮陈叔是应该的呀，谁都在帮呀。熊世芳说，前些年是谁给你回销粮养活了你，是下湾那废人吗？熊世芳丢了一句就走了。头天寨上各家出一个劳力帮下湾，只有熊世芳家没去人，他想看到陈家秧苗老死在秧田里哩。想不到那些多事的都去帮陈家，陈家的田绿毯一样，冒嘟嘟的，再也不是白水田了。熊世芳心里越发想不通，没处发气，只好发在三娃身上。三娃不明白自己错在哪里！总不能看着人家饿死吧？田是不能荒的，田荒了会死人的。是人就没过不去的坎。于是三娃冲叔喊，叔，等您脚跛了，我天天帮您。

秧返青了，开蔸了，陈家的稻田像绿毯。接下来又有一件事让熊世芳窝火。

八

陈德轩听说的卢马流泪是好事，心情好了一个早上。吃过中饭，他拄着拐杖，跛了半天才来到生基湾月亮田。他去那儿收稻草，为牛储备越冬的食料。生基湾在娃娃土的那个山沟，娃娃土有棵百岁桐，树干老练，歪着脖子，正好用来垛稻草。难得老天爷赏脸，天晴了差不多一个月，稻草干酥酥的。稻草不干不能打垛，打垛会发霉，牛吃了霉变的草会烂肠的。陈德轩坐在垛上一个一个地扎，眼看一会儿就收头了，这时却传来喊声，陈德轩耳里就像雷声滚过一样，牛打死啰！

那是深秋，稻谷收了，秋耕秋种也近尾声，牛们熬过秋耕几乎就算完成了一年的使命。水牯正是血气方刚，陈德轩把它放到一丘谷桩田，它径直奔向牛群，撵上一头标致的水沙牛。这里把雌性牛称作“沙牛”。这头沙牛正值青春期，和水牯一见钟情，亲昵得什么似的。水牯用舌头舔沙牛的额头，从脖子背脊一路舔过肥圆的屁股，把牛毛梳得油亮。梳到肥圆的屁股时，沙牛尾巴像少女辫子一样慢慢翘起来，水牯昂起头，翻起它的上唇夸张地昭示着，玩味着。沙牛伸展着身子，烧起了欲望之火，水牯迫不及待，接着就发生了最热烈的事。水牯从沙牛的背上下来，黑黑的牛鼻子出着大气，似乎完成了一件伟大而崇高的事。沙牛似乎很满足，眯了眼，像在微笑，耳朵慢悠悠扑扇着苍蝇。两个牛头相依相偎在阳光下，打起了盹儿。

等水牯迷迷瞪瞪睁开眼，发现自己被挤到边上了，相好被霸占了。来者不善，情敌没容它多想，就掀了它两下，甚至还重重地给了它两角。沙牛总是往水牯这边躲，情敌则追着不放。情敌是一头白额的牯牛，被称为“花牯”。花牯确也粗鲁，强行爬沙牛。它不得逞，就把过记在水牯身上，猛烈地朝水牯打来。水牯没提防，被这一角打出去老远，水牯才完全醒了过来。醒过来的它把眼睛瞪得圆圆的，红红的，紧接着做出一个反常的动作，牛头着地，膀子膨胀起来，牛腿叉成双八字，呼吸声粗粝，像是武士在调理运气，厚积推山之力，正待勃发。它不紧不慢，一步一步直逼花牯，花牯似乎早有准备，抬起犄角打过来。两对牛角交上火，这山沟里震荡着碰撞声，炸弹爆炸似的声音震得山湾地皮子都颤抖。水牯从容应对，保持着原有的姿势，花牯被弹开去了，水田哗啦哗啦响成一片，几个孩子站在坳口惊惶失措，高喊，牛打架啰!

花牯与水牯不相上下，双双犄牛角磁在一起，八只牛脚布成一个钢铁般的阵势，进进退退，你来我往。花牯好战，在牛群中还做了一阵子老大，经常不分青红皂白地做侵略者。围观的人越来越多，都束手无策，有的说用木棒打散，有的说用烟熏，有的说用铜锣敲，但哪种方法都让人难以决断，眼看一场两败俱伤的不幸事件就要降临。这种损失是寨上从没有过的。

两头牛从田东打到田西，从上丘打到下丘，一齐打下了几根塄坎。只要有一头牛纵身下坎，另一头牛就会随之而下，每道坎都是一丈多高，旁观的人们心里都一阵阵紧张，非常担心同归于尽的惨剧发生。无数个回合之后，在一丘田的尽头，一堵石坎挡在前方，那是靠山的石壁。水牯把对方逼过去，犄角将对方的脖子抵上石壁，对方动弹不得。一潮人随着浪过去，觉得是敲锣的时候了，于是一阵锣声响起，受锣声的震击，水牯的犄角又使了一下力，把情敌的脖子抵得更紧。牛脖子咔嚓咔嚓响，水牯肚子鼓圆起来，水牯的头像紧螺丝一样紧着对方脖子，用力甩了一下。就在这甩摆犄角的过程中，一只犄角扎进了对方厚实的前胸，水牯感觉到像扎进石洞，迫使它使出冲天之劲，整个花牯前半身做出一个奔天的姿势，之后又被重重地摔了出去。接下来人们看到的是一股冲天血柱，有如喷泉，足有一丈多高。花牯被开了血仓，惨烈地号叫一声，猩红的牛血不断淌出，没一会儿工夫，田里渗满了血。血海看得人障眼，似乎映红了半边天，躺在血泊中的花牯很快就不再动弹了。

人群中有一个人哇地哭了，哭得呼天抢地。他就是这场角斗的失败者的主人熊世芳。

熊世芳的哭喊，带给人们一个信息：肯定得有一场官司。

九

官司摆上了桌。来的人有大队的，有生产队的。其实这时大队、生产队已经改名了，但人们还没有适应新的叫法，还叫旧称呼。他们说是代表组织来的。此外就是陈家的、熊家的族人和亲戚，坐满两桌子。这堂官司有点官民一体的格式，大队、生产队领导代表官方，亲戚族人邻居代表民间。在这儿，一场纠纷的解决缺了任何一方都解决不好，这可是多少年来的地方特色。一开场，熊家要求赔偿，说是畜比人同，欠债还钱，欠命偿命。陈德轩木木地把目光投向陈发德。陈发德是陈氏门中的头面人物。陈氏家族在这寨上不算望族，也没有几个能上桌子的嘴巴子，大事小情也只有陈发德能凑合。作为陈姓的头面人物，他深知月亮田里摆着陈德轩的祸水，这八仙桌上则是整个陈氏家族的面子，也就是他陈发德的事。陈发德把他的烟斗用力扯了几下，嘴角也歪了，然后在门槛上“啷啷”敲了两下，又清了清嗓子说，有哪个法律规定畜跟人同？畜吃草，人却吃粮。分明是死者夺人所爱，先开仗，况且我们水牯完全出于自卫。

主持人王支书拿这堂官司为难。谁不明白，陈家一大家子的日子就在这头牛身上，全赔出去就等于赔上四条人命。更何况，如果在众人心中失去天平良心，往后如何才能服众？但是不赔又怎么能说服熊世芳？他怕是要把木湾的天地抖翻。熊世芳是张乡长的舅子，这谁都晓得。

寨上人没有理由不畏惧他三分，陈德轩更是躲着他。

结果是牛给了熊家一半。两家一家半月，轮流养，轮流犁。

熊世芳从那以后随要随犁，喂养时麻烦时几乎都归陈家，尤其在冬天，落雪打凝，还是陈德轩拄着拐杖打理，熊家压根儿不去管。

熊世芳第一次牵水牯，它就不下圈。他便使木棍子竹条子抽，牛还是不动。陈德轩见状就过来赶，它才情不自愿地站了起来。陈德轩还跟它耳语了几句，拍了它屁股几下，叫傻娃在前头牵着，它才一步一回头地望着主人，离开了下湾。熊世芳把水牯牵出下湾，到了熊家，牛不进牛栏，熊世芳把它拴在柱头上，它就在那站着，熊世芳以为它不愿住情敌的圈舍，就不勉强了。

熊世芳用土巴碗盛了些吃的给傻娃。傻娃乐坏了，接过碗用手抓了往嘴里塞，弄得下腮粘糊着饭粒，一副满足的样子。

第二天清晨，傻儿和水牯都不在了。牛圈歪斜成四十五度，快倒了，拴水牯的绳子还在柱头上，留了个绳头，是被磨断的。熊世芳找到陈德轩家，看见牛躺在了陈家的牛栏里。

熊世芳找陈德轩麻烦，训斥他是不是傻娃牵回来的。陈德轩望了一下周围，说没见着傻娃回来，不是跟你送水牯去了吗？熊世芳说，我就知道你会这样说。刚说到这里，傻娃手执一把狗尾草，摇头晃脑哼哼哈哈来了，看到自家的牛就指着说，嘿嘿！吃了吃了！嘿嘿。熊世芳瞪大了眼睛，吼，是你解的绳子？熊世芳吼的时候还举起高高的拳头，做出要打他的样子。傻娃脸铁青，样子更傻，不再嘿嘿傻笑，也不再唠叨“吃了吃了”，双手抱着头哇地哭开了。

熊世芳“嗨”了一声，就从头顶上把那又气愤又无奈的手拿了下来，转而要陈德轩把牛鼻绳结上，再叫傻娃跟他牵。傻娃不牵，只是哭，最后傻娃还是去了。

十

熊世芳牵着牛往自己家走，一路上心里有气，用棍子抽打牛屁股，一抽一条印。就在他抽得痛快的时候，突然熊世芳猪一样嚎叫一声，摔下了山崖。原来熊世芳被牛踢了一脚，踢中了胸部，一个倒栽跌下了山崖。半崖上一缕牛芒茨救了他，没让沉下崖底。

熊世芳养了几天才养好伤，他心不甘。这天傻娃在熊世芳的指示下把水牯赶到地里。熊世芳给它套上枷，让它犁地。他想用这个机会好好整整它。过了中午，熊世芳还不卸枷，也不喂草，他要饿它，累它，折磨它。水牯的力已耗得差不多了，出着大气，呼哧呼哧，像打铁匠的风箱，气流袭击处尘土飞扬。熊世芳的鞭子抽得更凶，傻娃也不知玩到哪儿去了。水牯见不着傻娃，抬起头四处张望。牛呢，挨一鞭，鼻孔有如烧焊，唬哈哈，任由熊世芳摆弄。熊世芳万万没想到，水牯突然后退一步，跳出绳套，回头怒目圆睁，眼睛也红了，看着熊世芳，双角大幅度地摇摆着，牛鼻喷出粗气。熊世芳抡起手上的鞭，照着水牯的屁股、肩膀、头抽去。水牯喷着气，不住地摇，使抽来的鞭子落空了好多次。熊世芳更恼了，嘴里说，我们看谁能撑得住。

牛拖了铧犁套子，迈着大步走了。铧锋在地上毕毕剥剥响，犁铧过处卷起一潮土。熊世芳高声命令也不管用，走不多远，铧锋绊上路边上隆起的一个石头，一声嘶鸣，铧口破成两半，一半留在地上，一半被它拖了去，直到陈家的牛栏门前。

熊世芳气急败坏，举了家伙追赶。

水牯径直往下湾奔，一头钻进牛圈，开口吃起草来。角落里还有吃剩下的一点半干半湿的草，多数已是草蔸，尽管这些草老绵干枯难咀嚼，但没有难住它那比刀还锋利的牙齿，一上嘴便很顺利地被解决了。屋里的陈德轩听到蹄响，忙出门来，看到熊世芳骂骂咧咧奔过来，我操你妈，我操你妈！

陈德轩见他执的不是棍，也不是棒，而是闪着寒光的有刃口的铁家伙，心一紧，身子都软了。他惊恐地睁大眼睛，亡命地奔向熊世芳，严重皱褶的嘴唇颤抖着：他熊爷！熊、熊爷！

熊世芳操着大步，把柴刀举过头顶，奔向牛栏门前。只听他一声吆喝，牛圈的木柱被砍中了。

牛的后腿已划上一线红柱，血不住地流淌。陈德轩眼睛花了，头也晕了。牛口中仍还在用功，吃草，只是有一只腿没着地，看似若无其事的样子，也不知它是否感觉到疼。

熊世芳气喘吁吁，嘴上仍还使劲地说：砍死你，砍死你。字字都咬得很重。

陈德轩扔了拐杖扑进牛栏，心痛地抱住牛腿，扯下衣角给牛包扎伤口，那双手总是没劲，血染红了布，他索性又扯了一块衣服角包扎上去，用双手紧紧捂住那道吐血的伤口，那道口子足有一手长。他感觉它还在扩张，还在渗血。他不敢松手，这是唯一的止血方法，血不止，手不放。

牛腿发炎了。陈德轩请来兽医，除了用新法消炎，还用土法包扎草药，灌药汤。这只腿格外变形。

天气炎热，极不利于伤口愈合。陈德轩仰着头，朝太阳哭，但又哭不出声：你为什么不收敛些哇？唉，陈家欠着十三个工哩！

陈德轩整天围着牛栏，总觉得那包裹臃肿的牛腿塞着他的心窝，也仿佛自己的腿被包裹着，很不自在，而且特别疼痛。他跟牛耳语了几句，他就流泪了，牛的眼泪也跟着出来了。

这一季耕忙遇熊世芳家烂种，用牛就要比陈德轩晚些，而熊黑棒、熊三娃、陈德奎他们事前就换了力，把陈德轩的地给弄完了。熊黑棒来讨工，陈德轩说，牛腿快好了。黑棒火了，等你合上口怕是过了季节了。陈德轩怕别的人家又来讨欠工，就上门告慰，走到人家门口就点头哈腰：腿伤在合口了！陈德奎说，算了，你也是讲不起！

水牯有些不安，眼角也湿润了，用舌头舔主人的手。陈德轩抱住牛脖子涕泪涟涟。

水牯的腿发炎了，躁动不安。陈德轩每天给它消毒换药，还用嘴巴衔着伤口吸瘀血烂肉，吸一口恶血腐肉，吐出去，再吸第二口。主人吸它的腿，它就觉得痒丝丝的，一动不动，眼角又一次湿润。

十一

木湾又来了两个牛偏耳，把下湾绕了一圈，没有跟陈德轩说什么就走了，之后就从上湾传出水牯长了榨腰旋的说法。榨腰旋又叫煞财旋，犯凶。陈德轩刚听到这个话的时候，干柴一样的身躯僵了半天：莫非家中不利都是水牯带来的？陈德轩一跛一瘸去追牛偏耳。

牛偏耳见陈德轩追来，一把抓过陈德轩的手，神秘地揣进腰间，拿眼睛盯着他的眼睛，特别把嘴巴咬得死，生怕管不住自己的嘴巴一样。牛偏耳把手甩了两下，陈德轩一下就明白了，甩手就是把牛卖掉。陈德轩使劲把手收了回来。牛偏耳的目光闪了一下，脸上露出疑惑的表情，他认为陈德轩太老实或者是太憨，做不来手上交易。偏耳哪里明白陈德轩的心思。陈德轩追偏耳是想讨教个解悔的法子，即便是榨腰旋也应该有个法子解悔，那么高强的偏耳一定有办法的。凡事都可以解悔、演绎，就看人家帮不帮忙。

紧接着就有两个贩牛的来买牛，直截了当地跟他说，不如卖了避祸。陈德轩倔强地说，不卖！熊世芳跑来对陈德轩凶了一阵子，他说把牛卖了，卖得的钱二一添作五，否则往后熊家要是有什么不测，要找他承担责任。

这事情没过几天，陈德轩牵着水牯过山溪，走到溪中央，水牯就卧下来了，陈德轩吆喝着，水牯仍不起来，山溪被水牯的身子一横几乎拦断了，水被堵了起来。陈德轩赶了一阵又用力拉牛绳，牛头只扬出水面，一刹那水已漫过了牛的背脊，山溪出现了一口塘，陈德轩无奈地松了手，不拉了。这时牛突然站了起来，开闸一般一股急流冲下去，下游一个背背篓的给水卷走了。这人正是熊世芳。幸好他翻了几个滚儿被人救起来了，如果再晚半分钟，就会被水冲下崖去，头不撞石头，身子也要插进乱礁窨子。水牯平静地看着下方，水里的熊世芳像鸭子一样扑腾，它眯着眼，不知是快慰还是遗憾。

熊世芳窝火，又把事情扯上桌子谈判。这一次他非要陈家卖牛不可。可唇枪舌剑整整一夜，最后的结局出乎意料，陈家赢了。烟酒茶钱、饭钱，皆由熊家结账，就像法庭诉讼，败诉者承担起诉费。

起初的几个回合都是熊家占上风。陈德轩一上桌子就心虚，心想任由对方宰割算了。然而，事情的转机在于陈家的几个粗人，他们没受请，自个儿来平不平路，一脚踹开大门，要求发个言。粗人自然不会说有文采的话，道理也较粗，直截了当地说：牛打架打死了咋要赔呢？天下没有这本书！王支书原本是个正直人，办事还算公道。虽然先前把牛判给两家也出自他之口，但就为这事他内疚了很久，总觉得自己的做法相当助纣为虐，对不起全村人，对不起陈德轩，那不是他的个性。这下被几个粗人上场一激灵，他下决心了。他说，先前判错了，判错的案子可以纠正是吧！这个案子要翻盘。熊世芳不能分牛，陈德轩得全牛。话音刚落，熊世芳当场气急败坏地骂王支书。没过几天，王支书不是支书了。但是王支书的第二次判词仍有效，只是没来得及料理，乡里张乡长挨了车祸，乡长又换了人。新来的乡长调研到此事，就搁下来了。

十二

时间一晃就过去了十年，陈德轩的病老婆在这十年中作了古，哑娃也在这时不知去向，去占卜，说是向西南方向而去。陈德轩的背更佝偻，人都是往上长，他却往下缩，拐杖磨得更光亮，更矮塌。水牯为陈家又换了十年工，凭它的力，供一跛一傻过日子是不成问题的。

后来，负担更轻了，继生在一个冬天掉进粪坑里，喝足了粪水就没起来。陈家就剩下老陈和老牛。每每他领着它去吃草，饮水，滚水，一前一后地走着，颇为协调。老陈一天把心思放在水牯身上，老牛似乎也是为老陈而活着，他们各司其职地占领着阵地。下湾永远得在木湾寨占有一席之地，得撑起木湾的一角。木湾是不能少了下湾的，陈家的先人们在下湾建立了基业，守住阵地、延续阵地是子孙的责任。

陈德轩的生命在他七十八岁那年画上了休止符。本来他拼命地积钱粮，希图改造房子。他种的树有几百棵，全都长成材了，小的也有水桶粗细，这些木料足够盖一幢四合天井的小院，一幢像模像样的房子。他积攒了一笔钱，多半是用牛换工得来的。这些钱足够用于办土地使用证和审批地盘的款项，余下的还可以上街称肉，买酒买烟支付工匠工资。一个宏大的计划在佝偻着腰的老人心中存储着。他坚信，傻娃一定会回来。只要有房子，下湾就会永远存在。可是生命没等他实现这个愿望，他就走了。这计划被永远尘封起来。他纯属老死的。陈德轩死后，安葬在陈家的祖坟地，石头泥土垒成的坟头朝着西南方。按陈家族人的意见，把水牯交给种火的侄子喂养，可是牛死活不跟他去，一直就守候在下湾，守候在新坟前。

水牯不吃不喝，静静地躺着，躺在坟前，牛头对着坟头。两眼渗着泪水。它已经很瘦了，气息已经很微弱。

处理了房屋栏圈和田地、风水树、果林竹木，亦是证明下湾这屋基、这土地完成了它的使命，它曾经养育过一家人。完后还得在《陈氏家谱》里找出陈德轩的名字，在名下为这一房人沉重地写下两个字“乏房”，相当于派出所将其清户。

水牯始终不离开主人的坟。大伙帮它使力，扶的扶，让它站起来，它试了试，才站个半架就吃力得不得了，大伙也觉得压抑，太累了，就说，算了还是让它躺下吧！好好休息！大伙商量了一下，说先给它输液，输营养保住身体，再熬玉米粥什么的喂它，无论如何要让它活下来，似乎没有觉得它是一头畜。

这天人们看到下湾又起了炊烟！何来炊烟？寨上的人们蒙了。人们猜想可能是叫花子在那儿落脚了，也可能是放牛娃儿在那儿玩火。还有一种猜测更奇妙，说可能是陈家的傻娃回来了。

于是人们来到墓地，看见水牯站起来了，立在陈德轩的坟前。牛头对着坟头，四条腿呈双八字，撑起身体，头俯下，牛嘴着地，双眼安详地紧闭。水牯只剩下皮包骨了，一张纸似的。它已经去了，四条腿直直的，撑起一张牛皮，像撑起一面旗帜。

悬崖腰上的路①

骆礼俊②

一

我不知道它为什么叫醒狮山，它根本不像一头睡醒的狮子，倒像一只沉睡的青蛙，虚伪地做出准备跳向远方的姿势，可几千几百年来它就那样睡着，不愿醒来。青蛙头顶，是直刺云天的通讯信号发射塔，这是现代文明走进醒狮山、走进兵庄的唯一标志。发射塔至高无上地挺立着，睥睨着远处钢筋水泥堆砌的县城，像是要腾空飞去。那个叫兵庄的村子，懒懒地睡在青蛙的背脊上，仿佛正等待着青蛙把它驮向别的什么地方。

我无数次驾着宝马轿车驶向醒狮山，驶在青蛙白颚下仿佛悬在空中的那段公路上。公路像癞蛤蟆的脊背，布满了疙瘩。我紧紧握住方向盘，把驾车技术中最精华的部分使出来，感觉就像走钢丝一样。驶过悬崖，我总会把车停下，折转身去欣赏那些刺激的风景。悬崖下，天气阴晦的时候，大团大团的白雾像妖魔；晴朗的日子，崖下乱石穿空，像一把把宝剑，随时准备着刺杀什么。远处是一条

---

① 原载《贵州作家》2010 年第 17 辑，此次出版时有改动。

② 骆礼俊（1975—），男，贵州省正安县人。毕业于遵义教育学院汉语言文学专业，2008 年 4 月正式开始小说创作，现已在市县级刊物发表小说十余万字。

名叫芙蓉江的河，河面泛着神秘的光泽，光泽中有若隐若现的别墅……

我再次感觉到我爹的伟大，是他，带领乡亲用锤子钢钎凿出了这条公路。可我恨他，他过早地甩掉了人间的苦难，去阴间享福去了，留下一对孤儿寡母艰难度日。青蛙千百年来就这样驮着兵庄村民苦熬岁月，而我，却从青蛙的脊背上跳进了城里，跳离了苦难。

我回醒狮山，不是来怀旧的。那时候，我的诅咒几乎可以撒满醒狮山的每个旮旯犄角了。我是来接我娘去芙蓉江边住别墅的，不知接了多少回，娘就是不去。娘的根盘根错节地长在醒狮山贫瘠的土里了，想拔也拔不出来。

娘住在小木屋里，木屋已经旧得像千百年前的文物，柱子上全是蜂花眼儿。春暖花开的时候，一种叫长角佬的野蜂就会成群地绕柱三匝，选定一个地方嗡嗡地扎，扎得木屑纷飞。我不明白野蜂那并不坚硬的牙齿为什么就能在木柱上钻出无数个看不到底的眼儿，就像我永远也无法理解我爹是怎样在悬崖上把路凿出来的一样。长大后我学了水滴石穿、绳锯木断这些词语，才隐隐地明白了点什么。木屋前有一个老太太在剥豆荚，别的什么声响永远也无法打断她专心剥豆荚的姿势。她似乎是麻木了，又似乎是年轻的，你看她手上的动作快得像是城里小孩敲击电脑键盘。宝马车一歪一跛地开到老太太面前，她还是没有抬起头。我没有急于下车，坐在皮椅上看着我白发苍苍的老娘。老娘的脸上有多少沧桑啊，有谁能够数清她脸上被岁月犁下的条条沟壑！她眼睛里的光凝结成一点，这一点虽然微弱，但足以覆盖那一个个小小的豆荚。她的衣服补丁连着补丁，还是许多年前用土布做成的。娘从来不穿我从城里买来的高级布料做的衣服，那些衣服太缥缈，娘怕踩不着醒狮山坚实的土地。娘坐在小木板凳上，我感觉她就要摔倒了，可她永远也不会倒，除非阎王爷勾了她去。我看了好一会儿，娘仍然没有抬起头，我肥厚的屁股下的真皮车座好像长出刺儿来了。我下车，娘也许看到了我穿着的这双能照出人影儿的高档皮鞋。娘说话了，你回来做哪样儿？跟你说了几百遍了，我不去城里，我要守着你爹的坟，陪他说话。我跪在了娘的面前，娘，求你了，你一个人住在这里，我睡不着觉呀，这悬崖腰上的路稍不留神就会要了我的小命啊。娘说，你嫌这路不好是不是？有本事你修条试试，我不许你说这条路的坏话。

爹的坟就在木屋的后檐沟旁，爹的坟也像一只青蛙。以前坟上长满了野草，被山洪冲出了沟壑，后来被我用水泥糊得光溜溜的。娘说这是我回醒狮山后做得最像人做的一件事儿。爹舒舒服服地躺在密不透风的坟茔里，睡了许多年！爹死的时候脑袋开花，就像被裹紧的花蕾终于挣脱了束缚，尽情绽放了。那时候天黑了，乡亲们打着火把绕了很远的路才到了悬崖下。爹头下脚上插在石缝里，像醒狮山的树。那些树都喜欢长在悬崖上的石缝里，虽然常常会被太阳烤得掉下叶子，却可避免被人砍伐的危险，从而得以长寿。爹长寿了，升天了，永远都不会再死一次了。娘很羡慕爹的生活，五次三番要随了爹去。乡亲们不让，三个精壮的妇女紧紧箍着娘。我在悬崖边声声叫唤，像醒狮山上夜哭的鸟。娘不再有随爹去的想法了，娘抱住我的头，我就成了娘的全部。

那只老猎狗从山上冲下来了，它的嘴里照例衔着一只野兔。老猎狗经常会蹲在醒狮山顶的通讯信号发射塔下向县城遥望，有月亮的晚上还会对着夜空像祖先一样低沉地吼一声，似乎它这一辈子有很多未能实现的梦。但老猎狗更多的时候是陪伴着我娘。猎狗老了，不爱动了。娘说，那狗，神了，每次总会预感到你要来。老猎狗在悬崖上见到有巨大的甲壳虫爬来的时候，就兴奋了，四蹄儿甩动，去山上抓野兔了。这只老猎狗是我离开家前喂养的那只黑色猎狗的儿子，我离开醒狮山后它才出生。它继承了它娘对我的记忆，所以当我第一次回来时，它就绕着我呜呜地向我问候。每次我回县城的时候，老猎狗都会把那只野兔衔到我的宝马车里。老猎狗也许知道我在城里大鱼大肉吃腻了，所以得换换野味。娘说，这狗，通人性哩。

爹就像一只年轻力壮的猎狗。猎狗每走过一个地方，都会撒下几滴尿。而我爹，在醒狮山的每一块石头上，每一片林子里，也印下了他的足迹。

爹有一把枪，枪托上积了厚厚的一层黑色的膜，不知是人的汗渍还是别的什么。爹从来不擦洗，爹说，擦了，枪就打不准了。若干年后，我仍然不明白这是什么逻辑。爹带着我进入原始森林，那时的醒狮山不是现在的癞痢头模样，而是参天古木排成的迷魂阵。原始森林可以迷住一些胯下未长黑毛的年轻人，但却迷不住我爹。爹带着我在原始森林里穿行，搜寻可以射击的目标。一个朗月高照的夜晚，我们终于看到了两只雪白的山羊，它们挨挨擦擦，在谈恋爱哩。为了更好地接近目标，爹示意我轻一点，再轻一点。我跟着爹绕过一块巨石，那两只野山羊就在射程之内了。爹压低声音说，一人打一头，瞄准！我的心跳得厉害，仿佛即将猎杀的就是自己的亲人。就在老爹的手指还未扣动扳机之际，我的枪响了，爹的子弹也跟着射出，而两只野山羊却没有中弹，在月光下箭一般窜得无影无踪。爹恼怒地用手扇开枪筒冒出的青烟，对我说，老子还没数一二三，你为啥就开了枪？我嗫嚅着，手抖，不小心碰到了扳机。爹失望地卧在草地上，两眼直盯着神秘深邃的夜空。

只要进入原始森林，爹就没有空着手回来的道理。爹把猎物拿到县城去卖，顺便也捎带别家的猎物去卖。爹回来时，背着盐呀糖呀等等。爹是从醒狮山悬崖顶上翻下去的。他不像别的胆小的男人，总是从青蛙的屁股那里绕一天的路。爹背着几十斤猎物，像只壁虎游走在悬崖上，爹的每一脚都踩得很稳，像在家里下楼梯一样。有些松动的石块被爹的脚带下了悬崖，哗哗地滚上半天才停止了声响。爹从不慌张，有猴子想和爹玩耍，爹还会做几个鬼脸，吓唬吓唬那只野猴。很多猴子都认识我爹了。爹下悬崖去县城的时候，老老少少的猴子就会坐在悬崖上观望、欣赏、感叹。有时我会送爹送到悬崖边上，看着脚下深不可测的虚空，我感觉双脚发软。爹的身子越来越小，小到看不见了。我不知道还能不能再见到有着高大身躯的爹，心里空空的，好想痛痛快快地哭一场。我娘从来不送我爹，爹走后娘就使劲干活，一天干三天的活，用累来麻醉自己的神经。爹回来后会给我和娘讲许多新鲜的事儿，爹讲累了，我和娘还痴痴地望着他。

爹第一次爬悬崖的时候，很多村民都来观望。爹平日里尾巴翘得高高的，很多年轻男人口服心不服。爹想征服悬崖，并以此征服醒狮山男人的心。爹肌肉鼓起，贴紧崖壁，目光里的自信让一些替爹担心的人镇静，那样子就好像天上垂下了一根看不见的绳，绳的另一头就系在爹的身上。爹一爬成名，他稳稳地下到山脚，不休息，又爬到了山顶。爹的脸红红的，就像刚从母鸡背上扑腾完后下来的公鸡。他做了几个扩胸运动，再一次在日光下炫耀一坨坨的肌肉。爹踩着青蛙的头，乜斜着眼看天，比通讯信号发射塔还要牛。这世上还有什么难得了我爹？爹养的那只猎狗，那时还像爹一样年轻，对着悬崖吼叫，也像爹一样目空一切。

爹在征服悬崖的第二年，差点被兵庄的男人给打死。那时兵庄疯狗横行，它们嘴里吐着白色的泡沫，直直地走，没有路了也不改变方向，见到树咬一口，碰到石头也咬一口。疯狗咬了人，人就变成疯狗，见人也像疯狗一样地咬。爹组织兵庄的年轻男人灭狗，在打死了几只疯狗以后，爹不幸被疯狗咬了。爹让年轻男人绑住自己，他知道，一旦他发起疯来，没有谁阻止得了。几根粗如拇指的牛绳缚住了爹，爹被关在小屋里，加了两道锁。爹的疯病犯了，爹挣扎，像狼一样嗥叫。爹把小屋撞得咔咔直响，吓得我和娘像塌了天裂了地。爹的力气本来就大，能把石磨像扔馒头一样扔进山谷。爹犯疯病后力气更大了，像一头牯牛。爹把小屋撞开了一个豁口，瞪着血红的双眼，喘着粗气，看到我和娘就扑上来，张开白牙就咬。娘尖叫着，他爹，他爹！爹听不见任何声音，一口未咬中，又咬第二口。兵庄里的年轻男人早就提了青杠木棒作好了准备，这也是按照我爹吩咐的做的。爹清醒的时候，说如果他发疯咬人，就用青杠棒打死他。只一棒，爹就轰隆一声倒在了地上，爹的手和脚仍然是被捆住的。爹昏过去后，娘扑在爹身上大哭。有人说，埋了吧。娘不让，娘不相信爹就这样离他而去。爹被人抬着扔到了一丘水田里，水田里有稀泥，即使再犯病，也滚不出水田。爹醒了，没多久又豁豁地叫起来，爹在稀泥里挣扎，满头满脸都是稀泥。那些稀泥飞扬起来，像是天上下的泥雨。水田被爹的高大身躯戳出了一个巨大的坑，那坑想要吞下我爹。爹的一颗头深深地扎进泥里，咕咕地冒起了水泡。人人都以为爹完了，兵庄征服了悬崖的汉子向阎王爷报到去了。后来，人们都说爹的命有两条，捂在稀泥里，爹的命才去了一条，另一条把爹拽出了稀泥。爹不知吃了多少黑色的像粥一样的稀泥，肚皮鼓鼓的，像吃饱了虫子的青蛙。爹用牙一点一点咬断绳子，然后就仰面躺在水田里，一双大手伸向空中，一抓一抓的，仿佛抓住了天上垂下的一根绳，沿着绳子，就会爬到天上去。爹消失在了醒狮山的森林里，不知躲在了哪一个崖缝里。没有谁知道他做了什么，吃了什么，反正爹回来后就不疯了。有人问爹是怎么好的，爹就摇摇头，说不明白。此后，爹成了兵庄的活神，爹的话没人敢反对，那个打爹一青杠棒的年轻人，后来就莫名其妙地郁郁而死了。

兵庄的父老乡亲说，我爹是疯狗的克星。

爹学过愚公移山精神，那时候愚公移山精神深入人心。爹召集村民，说要在悬崖上凿条路，老人也可以从那里下去，去城里看稀奇，看漂亮女人。爹的话就是圣旨，人人拥护我爹。全庄凡是有力气的人，都加入了凿路的行列。锤子钢钎，锄头铁铲，在悬崖边上叮叮当当、嘣嘣嚓嚓地响起来，一锤击下去，在岩石上留下一个鸡蛋大的坑，一钢钎戳下去，在石头上绣下了一朵青白色的花。铺不开人，爹把人分成若干组，第一组累了第二组上，有月亮的晚上就不休息，轮流着干。他们的干劲让月亮害羞，躲进了云层；他们的意志摧残了青蛙的喉咙，让它们声音沙哑。他们战天斗地，用炸药轰出了一个个豁口。他们把悬崖拦腰凿了一个坑，一米多宽，像是给山拴了一条腰带。站在腰带里，头上悬着的岩石可以避雨。一只只老鹰因为家园被毁而声声哀叫。那些顽皮的猴子，在崖顶观看人类创造着奇迹。公路一点一点向前延伸，再斜着向下。那些被炸出的带着锋利棱角的岩石，咣当当滚下悬崖，在崖下堆成了小山。

那天有雾，一位年轻人，像着了魔似的，误把白雾当成开凿出来的路了。他轻快地踏了上去，整个身子就虚飘飘飞了起来。年轻人躺在了崖下的那堆乱石上，睡着了，很香很舒服。年轻人的死并没有阻挡爹和村民们凿路的脚步，他们化悲痛为力量，一炮又一炮，一锤又一锤，每一炮每一锤都让沉睡的醒狮山战栗。醒狮山似乎醒了过来，拴上了它的腰带。有了这条腰带，乡亲们就不再绕着青蛙屁股走一天的路了。

这条路整整凿了三年，搭上了六条人命。死人的家属没有任何怨言，她们觉得男人们没有死，而是沿着这条路升入了天堂。路凿通的那天，全庄男女老幼换上新衣，浩浩荡荡地去了县城，只用了几个时辰。兵庄，仿佛因了悬崖上的这条路而陡然之间和县城融在一起，血脉相通。醒狮山男人鼓起的肌肉让城里的女人想入非非，也让城里的男人醋意浓浓。

十多年后，我爹在坐了一回拖拉机后，脑门再次发热，他想把悬崖腰上的路再凿进去一米，只需一米，拖拉机就会开到醒狮山顶上来，开到兵庄来。那铁家伙，走起路来屁股一扭一扭的，哐哐啷啷的，像城里妖娆的女人。爹想起铁家伙，就想起城里的相好。爹的相好并不比我娘漂亮，但却比我娘更懂男人需要什么。这是我从爹那里偷听来的，爹在别的男人面前炫耀，一不留神便把不该说的也说了出来。爹又和一帮年轻人开始了他宏伟的计划。醒狮山的骨头再次翻飞，肌肉再次和皮肤轰然剥裂。三年寒暑，路宽了，醒狮山瘦了，可爹却被一个哑炮炸下了悬崖。那个炮是爹亲自点燃的。点燃引信后，炮却没有响，有急躁的年轻人要去看是不是引信熄灭了，爹按住年轻人的头颅说，别动，你小子还没尝过媳妇的滋味呢。爹抽完城里的相好送他的纸烟，那炮还是没有响。爹认为那炮肯定不会再响了，就大着胆子去看。隔着钻炮眼儿的地方还有十多米呢，炮就惊天动地地炸响了，爹被一块飞来的石头砸下了悬崖，头下脚上地插在乱石堆里。爹死的时候，乡亲们哭得天昏地暗，乡亲们敬爹，爹是醒狮山的英雄，是兵庄的骄傲。

二

许多小孩都会来摸我那黑得发亮的宝马轿车，他们摸车的头，摸车的屁股，摸我放在车里但未来得及散发给他们的糖果。许多老年人也会来看我，他们啧啧连声，说我完完全全是爹的种，站在哪里都威风得很。我把纸烟散发给老人们，给他们点上。他们香香地吸着，吸了一支还想吸。醒狮山的父老乡亲们就是这样，对于好东西，他们永远都无法满足。就好像公路，没有路的时候只希望有条路就可以了，但有了路之后就又开始梦想更宽的公路了。

年轻人们大多沿着那条悬崖腰上的公路出外谋生了，没有谁再愿意死守着兵庄，靠种几亩薄地苟且度日。特别是当他们知道我离开醒狮山独闯省城，然后办起了公司活得人模人样的“伟大”事迹后，更是跃跃欲试。他们就像一股潮水，从醒狮山的陡峭山路上泻下来，泻到陌生的城市。

远远的有鞭炮炸响，老人和小孩们散开了，都去悬崖边看。我问一位老人，发生哪样儿事了？老人叹了口气，说柴油机的儿子小兵死了。我是知道柴油机的。柴油机是兵庄一个男人的外号，他在城里是修车师傅，修柴油机的技术一流。按辈分，我当叫他大叔，他也爱在我面前抖他大我一辈的资格。柴油机大叔仗着手艺精熟，连老板也不放在眼里。老板要炒柴油机大叔的鱿鱼，我随随便便地给老板打了个电话，一切便都可以商量了。

小兵是前年出外打工的，他没有读过书，所以只能在一家工地上搞建筑。小兵想挣更多的钱，每天工作长达十二小时之多。小兵累得站着都想打瞌睡，但他的心里是暖暖的，女朋友对他多好呀！他掏出手机，想打个电话给女朋友，可手机没电。小兵回到宿舍，拿出充电器给手机充电，可活动插板的线不知怎么脱掉了。小兵动手接线，刮掉了电线的胶皮，恍恍惚惚中就用手握住了，一阵电流涌入他的身体，通向了大地。当有人发现他并切断电源时，小兵已经去了极乐世界。小兵躺在一个玻璃盒子里，被他爹柴油机捧着回了醒狮山，回到了兵庄。

鞭炮声在兵庄上空回响，像一只只无形的鸟在盘旋。小兵娘哭昏后醒来，醒来后又哭昏过去。兵庄的老人小孩眼圈都是红红的。小兵已是兵庄第六个躺在骨灰盒里回来的年轻人了。这不祥的数字“六”和当年凿公路死去的人的数量巧合了，就像一具棺材，前一个数字是棺底，后一个数字是棺盖。

晚上，我陪着娘，坐在院子里，听娘絮絮叨叨地诉说我们兵庄的祖宗，诉说我的爷爷、我爹。我们兵庄的历史，被一根线穿了起来，就像一串摸得着看得见的珍珠，在我眼前晃荡。放眼望去，苍白的月光下，黑色的山的脊梁显得那般瘦硬。最初的原始森林，而今消失了，好多年了吧，兵庄的父老乡亲就淡出了打猎的生活。月光下的山坳里，再也不会有年轻山羊谈恋爱的情景了。

忽然就听到了一声巨响，声音是从悬崖上的那段公路上发出来的。娘失声惊呼，继而哦咯咯地哭起来，小兵娘把公路炸了，小兵娘把你爹炸了。娘昏死了过去，老猎狗呜呜地哭泣，两脚一蹬，脖子伸长，嘴拱泥土。我手忙脚乱地安顿好娘，和兵庄赶过来的父老乡亲同去了悬崖边，果见一段路被炸开了一个豁口。柴油机大叔

“啊啊”连声，哑着嗓子喊，他娘、他娘，你在哪？柴油机大叔用巴掌扇着自己的一副老脸，后悔自己不该从城里弄炸药回来想要炸哪样鸡巴野猪，这下好了，炸了自己的老婆了。

那一声声呼唤，像一把重锤敲击着我的胸膛，敲击着醒狮山坚硬的石头。那一个被炸开的豁口，倏然间变成了一张巨大的嘴巴，仿佛要嚼碎一切该嚼碎的东西。

我牵挂着娘，没有和柴油机大叔他们同去崖下寻找小兵娘的尸首。娘已经醒了。醒来的娘很平静，似乎什么也没发生过。娘轻抚老猎狗钢针似的脊毛，就像小时候她总爱摸我黄黄的头发一样。我哽咽地叫，娘！娘来到爹的坟前，呆愣着，久久地站着。头顶的月光洒在爹的坟上，洒在娘的白发上，我感觉一切都虚无缥缈起来。娘终于说话了。娘对着爹的坟说，小兵的死，关公路哪样事呢？

回县城的路断了，我的宝马车被阻在兵庄了。我打电话给公司经理，让他召集公司所有员工，不计代价，一定要抢修好醒狮山悬崖腰上的路，为我爹，为我娘，为兵庄的父老乡亲，当然也为了我自己。

大车小车载着挖土机搅拌机风钻机，在我的一声号令后轰隆隆向醒狮山开进。悬崖腰上，风钻机“壳壳”地钻进岩石，像钻泥土一样。挖土机用它巨大的爪子撕扯着被炸松的了岩石，哐哐有声。搅拌机飞速旋转，像巧妇揉捏着面团。公司员工们见我亲自督战，争先恐后地卖弄他们无穷的力气。一根根钢架竖了起来，一包包优质水泥灌了进去，那个豁口，哪里禁得住我的折腾？只几天，它就闭上了它的嘴巴。

公路被拓宽，疙瘩被轧平，我还未及离开醒狮山，公安局的警车就呼啸而来，一把明晃晃的手铐铐在了我的手腕上。我知道，我的报应来了，我的事犯了……

所有人都傻了，我娘更是傻得一塌糊涂。我被公安干警押走的时候，娘又像当初去城里寻我一样憔悴了，我知道，娘要去另一个世界陪伴我爹了。

那只老猎狗，叼着有些发臭的野兔，追赶着警车，把几个年轻干警追得一愣一愣的，不明白老猎狗这是发了哪根神经。老猎狗终于没有追上警车，它一下瘫倒在地，就像瘫在警车里的我一样。

三

我不知道我是不是我爹的种，我爹那么热爱醒狮山，可我却讨厌兵庄，讨厌醒狮山的一切，是那种深入骨髓的厌恶。我嫌那些没见过世面的石头，呆头呆脑的！我嫌那些永远也长不大的树，一阵风就把它们感动得点头作揖！我自个儿把自己丢失在了县城的大街上，一对没有子女的中年夫妇收养了我。我第一次看到了电视机，虽然它是黑白的。第一次到中年夫妇家里，我就甜甜地叫他们爸爸和妈妈。爸爸是一个部门的头头，过年过节总有好多人送东西。那些东西甜津津的、辣乎乎的、麻酥酥的，爸爸全给了我，我趴在席梦思上吃，梦中也吃。妈妈是医生，穿着白大褂就像仙女一样漂亮。妈妈喜欢把我放在她的膝头上，然后像欣赏宝贝一样看着我。我很聪明，爸妈将我送到学校里，我专心读书，得奖状，前途像阳光一样明亮。

我娘到县城来寻我，她憔悴得一张皮在骨头之外晃荡，头发像鸡窝里的茅草，走起路来像一只风筝在飘。远远地见了娘，我就会巧妙地避开；有时狭路相逢了，我就会低了头看路或仰起头看天。娘的身影总在县城的角落里蹿，像幽灵一样。我害怕了，发起了高烧，妈给我吃退烧药、打退烧针都不管用，急得他们连夜把我送到了省城。一到省城，我的烧就退了。我伸开双臂，把省城拥抱了，就像拥抱着我未来的新娘。爸和妈见我开心，脸上也像阳光一样灿烂。

娘终于还是发现了我，跟着我去了家里。当听到娘说我就是她的亲生孩子时，爸和妈无比惊讶。我不承认我是娘的亲生儿子，娘伤心地哭了，肩膀一耸一耸的。娘说起了爹，娘说爹凿路不是为了他自己，是为了儿子。儿子生下来就骨弱肉瘦的，肯定不能像他一样翻山越岭，那么也只能下到青蛙屁股绕一天的路才能到县城了。娘说，儿啊，跟娘回去吧，我不能让你爹断子绝孙呀。

我当医生的妈妈把我的血和娘的血抽去作了亲子鉴定。妈妈和爸爸隐瞒了事实真相，把娘赶出了县城。兵庄的乡亲们听到后愤怒了，他们结伴来到县城，把我的新家给砸了个稀巴烂，最终通过警察把我送回了醒狮山，从而把我的幸福生活彻底斩断。乡亲们不恨我，他们只当我不懂事，是城里那一对妖男妖女用什么迷住了我。我城里的爸爸和妈妈来看我了，他们和我有了感情，放心不下。爸妈给我买了好多衣服和糖果，但都被我娘扔下了悬崖。娘口吐泡沫，咆哮着，滚，你们滚，你们还嫌害得我不够苦吗？乡亲们用泥块、用石头招待了爸妈，他们只得灰溜溜地回了县城。娘一天到晚防着我，从不肯离我半步。我就像一只小羊羔，被娘用一根细绳拴在了兵庄的某根柱子上。我被拴得久了，就麻木了，我得过且过，没有像我的同龄人一样学会种庄稼。我的心里被更大的省城填满了，怎么还有醒狮山、还有兵庄的位置呢？当同龄人结婚生了一大堆娃儿时，我还是光溜溜一个人。娘张罗着给我娶了一个媳妇，在入洞房的晚上，我跑了，沿着我爹开凿的那条公路，跑去了省城。

娘给我娶的那个媳妇，从容貌上看其实也算不得丑陋，可自从和我拜了花烛之后，她在兵庄男女老幼心目中就成为最丑的女人了。有人甚至说媳妇是个石女，连撒出的尿也连不成线，一滴一滴的，要不然在洞房之夜我为什么不上？哪个猫儿不吃腥？媳妇在羞辱中度过了郁郁寡欢的半年，终于在醒狮山顶找到了一棵虬枝发达的古树，然后在一个窄窄的枝丫间把自己给吊死了。媳妇死得上不沾天下不沾地，枝丫摇晃的时候，她悬着的双脚也晃来荡去的。媳妇的坟堆找不到了，也不知埋藏在哪一丛杂草里。而我，也已经想不起媳妇的面容了，似乎一切都不曾发生过。

当柴油机大叔给我描绘媳妇可怕的死相时，我接连三天做了三个噩梦。我梦见自己被几个恶鬼捉住了双手双脚，要施我以车裂之刑。我狂乱地挣扎着，最后还是被几个恶鬼像撕书一样把我撕了开来，身子也被撕成几大块了。后来，我回到醒狮山，特地去了媳妇吊死的那棵树下。大树枝叶呈伞状铺开，太阳当顶的时候，树下有一个圆圆的影子。那影子裹着我，想要吞噬我。我想象着媳妇绝望的表情以及她死后那鼓出的双眼、那伸长了的舌头，背心一阵阵发凉。突然就起了一阵阴风，风让树叶哗啦啦作响，就好像有什么东西在树上跳跃。媳妇，是你么？你要是觉得太委屈，那么你就下来咬我一口，或是打我一耳光也好。

逃离洞房去省城的路上，我上当受骗了——现在火车上汽车上用烂了的易拉罐中奖把戏。他们骗去了我百多块钱，旁边的一位大姐写了纸条告诉我，说我用一百元换来的两百元外币是假的。我当即就找那些骗子退钱，他们就捉住我的双手双脚，很干净地把我扔出了车厢。我听到我的脊背与地面接触的一刹那发出沉闷的“啪”的一声。我以为背脊骨断了，但在我的脸长时间地变形之后，我扭了一下腰，居然还能动。我的嘴干得厉害，刚才的呻唤把水汽给带跑了。沿着山路，我四处找水，终于看到了一丘水田。我趴在田坎上就猛灌一气，喝得肚子发胀了才发觉不远处有一摊牛屎正在水田里泡着，一些虫子正在享用它。我把喝下的水全都呕完之后，还呕出了许多黄胆水。这时已没了过往的车，我只得往省城方向飘飘荡荡地前行。天黑的时候，我在一个山峁上遇到了一个好心的老太太。简陋的泥巴房里只有老太太和她的小孙女。老太太说两个儿子和两个姑娘都外出打工去了，我的心不知怎么就隐隐地动了一下。老太太抱来一堆干草，给我把饭烧得带了煳味。我哪里顾得了难不难吃，只一个劲儿把黄黄的苞谷面往自己肚里刨。吃饱了，我就又想起那几个骗子，咬咬牙，我骂，日你骗子的先人。这是我从车上被扔下后骂的第一句话，先前一直没顾得上骂。老太太和她的孙女都吓了一跳，还以为我骂她们呢。我痛哭起来，并跪倒在老太太面前，句不成句段不成段地诉说我的不幸遭遇。老太太陪我流了一箩筐的泪，然后去一只陶罐里把一个用布包了一层又一层的东西拿出来。老太太用她干树皮似的手把那些陈旧得一捏就差点变成粉末的布条拆开，露出了里边的一卷儿钞票。我的眼睛亮了，但我却哭得更凶了。老太太抽出几张崭新的钱给我，让我拿着，说出门在外谁没个病病灾灾的，儿子姑娘在外打工，怕也好不到哪去。我伸出双手，却又很快缩了回来，大娘，你这些钱来得也不容易，我咋好意思要你的钱呢？老太太抓住我的手，说傻孩子，拿着吧。我没有拿着，却一下夺过老太太手中那整卷儿的钱，然后又在老太太的头上狠狠地击了一拳，夺门而去。老太太咣当一声像一根干柴一样滚倒在屋里，奇怪的是我却没有听到她孙女的哭喊声。我想那小女孩是被吓傻了吧。

肚里的苞谷面给我提供了能量，第三天早晨我就来到了省城火车站。

狱友说他啥也不牵挂，就是放不下老娘。可我对老娘却不怎么牵挂，偏偏就想起那位曾被我一拳击倒的老太太。但愿老太太没有死，要不然谁来照看她那可怜的小孙女？天可怜见，一定要保佑老太太和她的小孙女平平安安。

我在省城火车站转悠了几天，被一位中年老板瞄上了。中年老板脑门光光的，是个秃子。他问我是不是想找个事做。我点点头。那你跟我走，每月给你一千。我吃了一惊，每月一千，在那个时候是多大一笔钱呀。秃子请我去路边小店里吃了一顿猪蹄，然后我就坐上了他开来的一辆小车。当我在小车里坐定时，才发现小车里还坐着几个彪形大汉，清一色的西装领带，清一色的墨镜。我突然有些儿紧张起来，身子也不由缩成一团。我怎么配和这些大人物坐在一起？我怎么配！秃子拍了我的肩膀一下，同时笑了一下。秃子似乎在告诉我，都是自家人，没什么好怕的。我果然就又稍稍坐直了身子。小车急速驶着，穿过闹市，出了省城，开上了一条乡村公路。乡村公路也像醒狮山的路一样长满了疙瘩，颠得我直想吐。我突然不想跟秃子去挣大钱了，我喜欢省城的热闹。我对秃子说，老板，我不想跟你了，我要下车。秃子又在我肩上拍了一下，然后咯咯地笑起来。他的笑让我吃了一吓，就仿佛那笑吃了我身上的一块肉。我望望一直不说话的几位戴着墨镜的彪形大汉，他们正死死地盯住我，像一群狼在玩弄一只野兔一样。我最后费力的憋出一句：老板，我下车。我像一摊稀屎一样摊在皮车座里。

小车颠得更凶了，一歪一跛，把我在城里吃的猪蹄全颠了出来。秃子和几位大汉却没有骂我，很显然他们已经习惯了。小车在穿过一个狭长的沟谷之后，往一座大山上爬去，越爬越高，最后爬到了悬崖腰上。我傻傻地望着悬崖下那偶尔滚过的一团白雾，仿佛回到了醒狮山我爹凿出的那条悬崖腰上的路一样。我无比沮丧，一心一意想逃离醒狮山，居然鬼使神差地来到了另一座醒狮山，而且还身不由己。我突然觉得我爹就头下脚上的插在这座山的悬崖下。爹的双脚像两面旗帜，正迎风飘扬，猎猎作响。爹，爹，我心里叫起来，快来救我呀，这些人要吃我的肉哩，要把我杀了做成肉干呢。

小车最后在一个煤矿前停了下来。煤矿四周用石头垒起了高高的围墙，围墙上是乱插着的尖尖的玻璃碴子。我看到一些精瘦的男人正赤条条地从煤洞口里钻出来，身上全是浓重的黑色。几个大汉把我从小车里揪出来，然后把我交给了一个脸上有条刀疤的人。刀疤脸恶狠狠地看了我一眼，接着牵来一条大狼狗在我身上嗅。刀疤脸警告我，要是不听话，狼狗就会来吃我的肉。那狼狗吐着长长的粉红色的舌头，仿佛我是它的一顿美餐。傍晚的时候，我和一群矿工一起吃饭。饭倒是雪白的米粒，可菜却只有一份老南瓜，稀稀疏疏的有那么丁点儿油珠。我不想吃，旁边一位上了点年纪的矿工碰了碰我，吃吧，吃吧，今后有你的苦受。饭还没吃完呢，我们就听到了一声枪响，以及狼狗的吠叫声。刚才碰我的那位老矿工闭上了眼，接着就有几滴泪水挤出来，冲开了脸上的煤汁。

刀疤脸把一套浸透了煤汁的破烂衣服扔给了我，接着又扔给我一双张开了口子的军用鞋，要我穿上工作服下井挖煤。我稍一愣神，一条皮鞭就“啪”的一声在我身上抽出血印来。老矿工看了我一眼，示意我穿上。工作服湿黑而沉重，穿在身上一阵冰凉，抖动处哗啦啦作响，像古代士兵穿的铠甲。每个矿工的屁股上都吊了一只笨重的电瓶，一条电线从电瓶里延伸到头上，头上用草绳缠了个灯头，很像犯人戴着的脚镣手铐。我跟在一群矿工后面，走进了阴暗的煤洞里，脚上张了口的鞋子在湿湿的煤汁上踩出迟钝的“唰唰”声。一束束光打在洞壁上，那些快要掉下的碎石在光柱的照耀下像一只只小兽，随时准备着逃窜。

后来我才知道，我穿着的那套工作服，曾经是一位小矿工穿过的。那位小矿工就是在我来的第一天那个傍晚逃出围墙的，我们听到的那一声枪响就是对着小矿工打响的。小矿工肯定是死了，成了狼狗的美餐了。每当穿上那套工作服，我就感觉小矿工爬到了我背上，或者伸长舌头像狼狗一样来舔我的脖颈，我的皮和肉正一点一点被小矿工慢慢剥裂。

在煤洞像狗一样爬着拖煤的半年时光里，我的意志力得到了极大的强化。

终于有人成功地逃走，并到公安机关报了案。十来辆警车围住了煤矿，秃子和刀疤脸藏到煤洞深处，最后也被捉了出来。公安机关解救了我们并给我们一笔回家的车费。我没有回醒狮山，而是去城里做了一名送水工人。后来我又去广场卖报，去餐馆里洗盘子，替贩毒分子当二传手……

我回家乡的芙蓉江上建别墅，已是十多年后。有位女记者，削尖脑袋居然混进了我的公司，想要置我于死地，结果被我丢进了河里。后来女记者的父母来到芙蓉江边寻找女儿，夜夜啼哭，哭得我一颗硬似钢铁的心差点就软了。我做梦也没想到，我最终会栽倒在一位农村女孩手里。这位农村女孩不算漂亮，看上去也很老实，渐渐地取得了我和妻子的信任。我和妻子曾经暗地里跟踪过她几次，那女孩进城买完菜后又乖乖地回来了。当我去醒狮山看望我老娘时，那农村女孩抓住千载难逢的机会逃走了，把她在公司获得的第一手材料交到了省城日报社。那农村女孩竟然就是被我扔进河里的那位女记者的妹妹。在监狱里，每当想起此事，我就感叹，多少大风大浪我都闯过来了，没想到却在阴沟里翻了船。

四

对着监狱顶上那方小小的亮光，我在推算着日子，进入农历六月我就天天算，终于算到了六月十九这一天。

六月十九这天据说是观音菩萨的生日，别的庄子都去醒狮山顶的观音庙给观音菩萨烧香，可我们兵庄却不，而是去庄西头的一座祖庙里烧香。祖庙在一个小山顶上。从山脚到山顶，一溜儿长了一百零八棵大柏香树，直直地成一条线，就像一条绿色的长龙。柏香树无一例外都是青翠挺拔的，无论寒风苦雨，都精神头十足，雄赳赳气昂昂。这一百零八棵柏香树，是兵庄的风水树，任何人不能去动一根枝和一片叶。有鸟儿在树上做窝生孩子，顽童们也绝不敢去惊扰。祖庙边上还有一口小水井，我们叫它龙洞。龙洞里的水冬暖夏凉，就像我的身体一样。我的好几个相好，夏天热得受不了的时候直往我身上贴，说是要把热量传导给我。冬天呢，她们就像小兽一样钻进我的怀里，像小孩吃奶一样吸取我的热量。我乐于被她们贴、被她们吸，当然，现在她们不知又投入了哪个成功男人的怀抱里去了。

祖庙已经很旧很旧了，就像活到百多岁的老人的皮肤一样，斑斑点点，黄中带黑，老气横秋。男女老幼簇拥在庙门前的一块草坪上，看杀跑羊。担任杀跑羊任务的是那位外号叫柴油机的大叔，那时他还是学徒，正跟师傅学修柴油机，但到了六月十九，他必然要回到醒狮山，回到兵庄。他杀跑羊也不知杀了多少年，反正都杀上瘾了。柴油机大叔捉住羊角，将羊头夹在胯下，让羊头高高扬起，手里的刀捅进了羊的喉管，却不忙取出刀来。他环视全庄男女老幼，自豪地笑一下，才拔出刀，拍一下羊的屁股。羊获得自由后向前跑，一条血线拖在身后，忽然就跌在地上起不来了，低沉地“咩咩”几声，然后就一动不动了。

香气四溢的羊肉被端进了庙里，摆在了供桌上。兵庄村民的祖宗高高在上，泥塑的身子一丈来高，双眼平视前方，似乎不屑去吃供桌上的羊肉。我们兵庄村民的祖宗是明代珍州的一个土司，他曾经创造了无数辉煌，差一点点就当了皇帝，对羊肉当然有些看不上眼。然而没办法，谁叫兵庄穷呢，村民们实在拿不出比羊肉更好的东西来供奉他了。祖宗的塑像也是很旧很旧的，被烟熏得黑黑的，亮亮的，像极了黑脸包公。他手拿一把板斧，圆睁双眼，凶神恶煞般，让后世子孙无比敬畏。每当我走进祖庙，都不敢去正视祖宗的那双眼睛，他的眼睛里有噬人灵魂的光。跪在祖宗塑像前，我突然就有了极强的自卑感。

兵庄人一代代传着祖宗神奇的故事，他的故事长成了我们的灵魂。

祖宗是一个浑身浸透了霸气的男人，矗立在囤堡上，像一尊菩萨。极目远眺，那是中原朝廷的方向，大团大团的乌云滚过，乌云里又挤出大团大团的白云来。一阵秋风吹来，刮跑了他身体里许多的精力，他感觉生命正一点一点离他而去，而他的梦依然还那样遥远。他不能再等了，龙椅龙袍都做好了，囤堡的各大关口也已筑得大炮都轰不开了。就在这天，那个中原朝廷派来的钦差，再一次像皇帝一样趾高气扬地站在他的面前，嘲笑他，辱骂他。他杀了钦差，如果不及时作好应对，中原朝廷的大军就会像风一样刮来，像乌云一样压来。他信心十足，十万雄兵已扼守住各大关口。他还指派了一小股精锐部队向中原朝廷的驻防部队进攻，他相信要不了多久捷报就会传来。

中原朝廷的大军来了，八路出击，数量远远超过了他的全部子民。囤堡的确坚固，声声震撼天地的大炮也不能轰开。最后他还是失败了，中原朝廷出奇制胜，竟然从他的屁股后面摸上了囤堡。他趁着混乱，化装成中原朝廷的兵逃离了囤堡，他顾不了他的妻儿了，顾不了他苦心经营二十载的囤堡了。中原朝廷派出的杀手一次又一次尾随着他，把他逼进了荒无人烟的大山，逼进了原始森林。他和那些杀手周旋，杀了他们，然后到了醒狮山。醒狮山像一只跃跃欲动的青蛙。他沿着青蛙的下颚，游上了青蛙的头顶。他猎杀各种飞禽走兽作为食物，寻找到一处带着甜味的水源，定居了下来。一个人就是一座山。他寂寞难耐，更不想断子绝孙，于是在一个月明星稀的夜晚，翻下山来，偷走了一个大户人家的小姐。他和他偷来的媳妇在醒狮山上播种耕耘，繁衍子孙，后来竟有了一个庄子。他给庄子取名叫兵庄，希望他的后世子孙招兵买马，灭了中原朝廷。

那个带着传奇色彩的囤堡建在一座三面都是悬崖的大山上，只有山后有一条狭长的小路可以通到山顶。我们可以推想，大山在我祖宗心中应该是一种力量的象征。一夫当关，万夫莫开。险要的地理环境让祖宗觉得可以和中原朝廷抗衡。祖宗在大山上造了无数宫殿，但他意犹未了，他觉得从狭长小路上山不够气派，于是征集大量民夫，从山的正面开凿了一条栈道，一步一个台阶，一共九百九十九步。台阶两侧配以龙纹图案的栏杆。从山脚到山顶，大大小小一共九个关口，关上有礌石滚木，有弓箭手隐藏之地。我很喜欢这些关口的名字，什么飞龙关飞凤关飞虎关，什么飞天关飞地关飞人关，无一不让我热血澎湃。

中原朝廷的兵攻上囤堡之后，豪华的宫殿化为一片瓦砾。那些残砖碎瓦千百年来在风雨中长满了毛茸茸的青苔。各大关口上横陈着的巨石也歪歪斜斜，隐隐约约还可以看到当年炮弹留下的痕迹。宫殿遗址上蒿草丛生，不时有一只或两只巨大的山鼠愣着一双小眼睛打量游人。我无数次走在祖宗开凿的九百九十九级台阶上，很自然地就想起我爹以六条人命换来的那条醒狮山悬崖腰上的路。

遁逃至醒狮山的祖宗也许不知道，他的子孙非但没有按他的遗愿招兵买马，甚至都没有一个是当兵的，一直到我的爷爷长成十八岁的壮小伙之前。

爷爷十八岁那年，去醒狮山下看望我奶奶。奶奶那时还待字闺中，小脚尖尖的，走起路来风摆杨柳一般，很是惹爷爷怜爱。爷爷还没看到奶奶呢，就被一队抓壮丁的兵给抓去了。爷爷挖完战壕，有一位排长塞给了他一把枪，从此他就当上真正的兵了。爷爷当兵没打死过一个敌人，因为他老觉得那些衣裳破烂的兵不是敌人，倒像贫苦农民。战斗打响了，爷爷的枪斜着往天上放，排长就踹了他一脚："你×眼睛瞎了！瞄准。"爷爷不敢不瞄准，但也只是打中了一条本来就瘸了的腿。那次战斗，也是爷爷参加的唯一一次战斗。排长给打死了，其他的兵投降的投降，逃跑的逃跑了。爷爷没来得及逃，装死躺在死人堆里。死人的血腥味是那样的浓烈，那血浸润了爷爷干裂的嘴唇，爷爷犹犹豫豫地把人血吸进了肚里。后来，爷爷便把一切都看开了，一个经过了血与火洗礼的男人，还有什么看不开的，还有什么想不明白的！爷爷从死人堆里爬出来，逃进了深山里。远处的炮声依然在隆隆炸响，山脚山腰依然横陈着一具具尸首，无人掩埋。那些尸首却没有野兽来吃，野兽们早被枪炮声吓破了胆，不知躲到哪个洞里瑟瑟发抖了。爷爷潜伏在岩洞里，饿了就刨树根吃，渴了就喝自己的尿，后来连尿也没有了。好在枪炮声消逝了，一切又归于宁静。爷爷凭着对奶奶的彻骨思念，摇摇晃晃地回了醒狮山，一路也不知摔了多少跟斗，衣服破破烂烂，皮肉熟浸浸的，火辣辣的。身体还没复原呢，爷爷就娶了我奶奶，就仿佛迟一天奶奶就会嫁给别人似的。爷爷身上有一些伤疤，古铜色的，像极了一张张地图。奶奶很喜欢摸爷爷的那些伤疤，奶奶去世后，那些伤疤又被我娘喜欢上了。那天爷爷在阳光下擦洗胸膛和脊背，伤疤吸住了金色的阳光，也吸住了我娘的目光。那时我还小，根本不明白伤疤有什么好看的，可我却清楚地看到我娘的呼吸急促了，我爹也瞧见了。后来兵庄就有了传言，说我爷爷和我娘有染，其实并没那么回事。我天天待在娘身边，晚上还揪住娘的乳房睡觉。除非娘能像孙悟空一样分身飞到我爷爷那儿去。我爹却相信了兵庄的谣传，至少是有些儿怀疑，因为他那天很清楚地瞧见娘见了爷爷身上的伤疤时的情形。我爹对爷爷的态度开始恶劣起来，爷爷没作丁点儿解释，卷起铺盖卷儿，到醒狮山顶的观音庙过生活去了。

醒狮山顶是个好去处，风光无限，还可以遥望县城。爷爷垦出一大块一大块的地，种上了苞谷，栽上了药材。爷爷还制作了铁夹，安放在兔子回家的路上。如果捕来的兔子受伤不重，爷爷必然要想尽办法医治，医好了就喂养着。爷爷有一个癖好，那就是搂着兔子睡觉。搂着兔子，爷爷觉得仿佛搂住了奶奶，不觉得有丝毫孤单。爷爷很喜欢我，每次去，爷爷都要教我怎样捉蜻蜓。蜻蜓在空中飞舞、穿梭，像是在开什么会议。晚霞把大地染成浓重的红黄色，山下金黄的稻子铺向天边。我把眼眯成一条缝，把竹竿在空中一阵乱舞，期待着撞上哪一只倒霉的蜻蜓。爷爷见我着急的样子，笑了，向我招手："来，跟老子来。"爷爷领着我，去了观音庙后的篱笆边上。一些蜻蜓飞累了就停在木棍上。爷爷向我做了一个噤声的动作，"嘘——"，我站定，只是胸膛里因激动而"嘭嘭"跳动。爷爷慈爱地看了眼我，伸出手，卷起中指、无名指和小指，只把拇指和食指做成剪刀状。爷爷瞄上一只红色蜻蜓，慢慢地悄无声息地向它移动。红蜻蜓早就发现了爷爷那带着杀气的手指，一只眼转动着，射出鄙夷的光。爷爷继续向红蜻蜓靠拢，他感觉自己不是在捉蜻蜓，而是在给我截获一架飞机。快了，快捉住机尾了，只需拇指和食指轻轻合拢，这架微型飞机就属于我了。红蜻蜓也太低估爷爷的速度了，它本来是想戏弄爷爷的，没想到就在它扇动翅膀起飞的一刻，爷爷倏地捉住了它的尾。红蜻蜓扑扇着透明的翅膀，蜷曲身子来咬爷爷的手指，几枚细爪在爷爷的手指上乱抓。爷爷没有一点疼痛的感觉，哈哈笑着，就好像蜻蜓挠着了他的痒痒。爷爷把蜻蜓交给我，我高兴得就像真的拥有了一架飞机。蜻蜓在我手中气势汹汹，我有些怕。爷爷就鼓励我拿出点儿男子汉的气概来。我看着爷爷，便不怕了，把蜻蜓的一对翅膀捏得紧紧的，捏得翅膀都破了。

娘终于在爷爷死后才向爹讲明了她喜欢伤疤的原因。那是一个男人的经历，这经历独一无二，只属于我爷爷。我爹身体里潜藏着的老祖宗的基因被娘的一句话激发出来了，爹于是开始了属于他自己的经历。爹从醒狮山的悬崖爬下，征服了醒狮山的男人，也彻底征服了我娘。爹在凿完醒狮山悬崖腰上的路之后，一不做二不休，干脆去城里找了一个相好。若干年后，当我在县城达到事业的顶峰时，我遇到了一位老太太，她老得比我娘难看多了，一张脸皮就像一张破抹布，一张凹陷的嘴就像我爹凿出的那条路。老太太对我爹的历史如数家珍，她说，你爹个杂种，能得很咯，啥事都能，就像你。我问老太太她是不是就是我爹在城里的相好，老太太突然害羞起来，老树皮似的脸上居然有了一星点儿红晕。我心里骂老太太："这老母鸡……"我嘿嘿地笑了起来，老太太便也跟着笑了。老太太扶着墙去屋里抽了一炷香和几张纸钱给我，说让我回醒狮山的时候代她向我爹上一炷香，再给他几个零花钱。老太太说她屋里还有很多纸钱，但她不想给我爹太多。多了，男人就花心了。老太太瘪着的嘴唇就又笑了，像一枚炸了口子的快熟烂了的八月瓜。这时候我就再也笑不出来了，有相好如此，活着和死去又有什么分别呢？

我爹从来没有像我爷爷一样给我捉过红蜻蜓，在我的记忆中，甚至也没有正儿八经地抱过我一回。在悬崖上凿路的那段日子，我爹根本就忘记了我这个儿子的存在。他沉浸在梦想里，正一步一个脚印把梦想变为现实。我爹没能坐着拖拉机在醒狮山悬崖腰上的路上享受，就像我一样，历尽艰辛冒着危险获得的巨大财富却没能属于我，甚至也没有属于我的宝贝儿子，全给查封了。

监狱里阴暗、潮湿。百无聊赖的日子，我就使劲儿想兵庄的祖宗，想我的爷爷和我爹。当然，我也会想起我的那些罪恶，这些罪恶就像水波纹一样，一想起来就会一圈一圈地扩大，大到几乎要撑破我的脑袋。

我梦见自己变成了一只乌龟，我不是蹲在监狱里，而是被人喂养在玻璃缸里。这只玻璃缸只有一只火柴盒那么大，我怎么也动弹不了。于是我叫出了声音，黑漆漆的夜里我感觉到别的囚犯正竖起一对对兔子似的耳朵。

儿子来探望我了。隔着厚厚的玻璃和坚固的栏杆，我看到儿子那一张可怜的脸，以及脸上那一滴滴泪珠。我没有说话，只是久久地凝望儿子。儿子告诉我，他妈妈被关进了另一所监狱，他现在没人管了。儿子说他一定会好好读书，考上重点大学。我仍然没说话，只在儿子告别的最后一刹那，我才声嘶力竭地说，儿子，回醒狮山去吧，回兵庄去吧，凭你爷爷的威名，那里的乡亲会收留你的。

此时，醒狮山青蛙一样的身子在我的脑海里飞速盘旋，像一只鹰一样。它瞪圆眼睛，睥睨一切；它双脚绷紧，摆好了奋力一跳的姿势；它趴着，永远地趴着，吸日月之精华，嘬四季之朝露。我爹凿出的那条悬崖腰上的路却像绸带一样飘起来，缠住了青蛙的后腿，只那么轻轻一扯，青蛙就仰面朝天，像死了一样一动不动了。我们兵庄的祖宗，我爷爷，我爹，还有我和儿子，都乱七八糟地横卧于青蛙的肚皮上，茫然地看着天，只看得天黑漆漆的，然后又炸裂开来。

众生①

骆礼俊

客车从遥远的都市而来，走过了多少弯弯绕绕，终于翻上了那个山峁，接着就“噗”的一声喘了一口气，好像是轻松了，可以休息了。这个山峁，你是再熟悉不过了。山峁上，有一棵柏香树，碗口粗，总是待在那儿，像是在守望什么。你曾眼泪汪汪地盯着这棵树，一口气问了几十个为哪样，为哪样。那时，你年纪还不大，对很多东西都弄不明白。你只是想问那棵柏香树，为啥子自己考了四百多分而没有接到县一中的录取通知书，而当年的录取分数线还不到四百分啊。一个农村娃儿，一个死了爸爸的孩子，你不知道该去问哪个，你只有跑到这个能够俯瞰县城的小山峁来问这棵柏香树。柏香树在微风中絮絮叨叨，说不清啊。你跑到这个小山峁用了很长时间，烂衣服被汗水打湿了，又干了，然后又湿了。你上气不接下气，差点就窒息了，但你没有停下来，在别人的惊讶中向前跑，向前奋力地跑。你觉得，只有不停地奔跑，你的那种难以言说的痛苦才会减轻一些。你本来想一直跑到县城，胡乱揪住一个人，问他这是为哪样。但当你跑到小山峁，整个县城在你的视野之内时，你停下了。一阵山风吹来，你的黑发舞动起来。你的明亮的目光锁定了县城，整个县城便都装在你的眸子里了。你突然感觉你就是最近热播的武侠剧里的一名剑客。你伫立山巅，目光深邃得像两把古剑。

① 原载《芙蓉江》2010 年第 4 期，此次出版时有改动。

你挥舞着属于你的古剑，感觉县城四通八达的街巷就是你用力劈出来的。你把从老校长窗台上抓来的半包烟一支接一支地抽，直抽得嗓子眼儿冒烟，两个手指像两根风干的萝卜，一张脸像是蒙了黄纸。你咳嗽起来，最后咳出了一滴猩红的东西。你在山峁上睡了一觉，然后就回去了。回去的时候，你像个赶场归来的孩子，似乎是在口袋里装满了糖果或别的稀奇物什，但实际上你的口袋是空的。你把空烟盒还给了校长，你笑了，笑过后有些害羞。校长说，一盒烟，抽了就抽了，没啥大不了的。

你在客车里使劲儿往外瞅。虽然有阳光，但却有薄薄的似有若无的雾浮着，县城那些明亮的或是灰暗的建筑在薄雾下悠闲地躺着。你忽然发现，县城的轮廓被开发成一张中国地图，完完全全地像一只雄鸡了。你差点就为这个发现尖叫起来。你的眼光是敏锐的，大学里那位秃顶的教授都曾经夸赞过。鸡的腹部，是县城最繁华的地段，高楼大厦争着抬起头来，想要轻吻空中两只红红的氢气球。许多车，许多人，都在忙着。鸡尾，正有几架挖土机在啃着坚硬的泥土，钢架子也已竖了起来，不久，这里将会有一座新的建筑拔地而起。你在县城念高中时，鸡的背部还是一大片毛坡林，荒草里埋着许多横死的人。你曾经在这大片毛坡林里高声读过英语，读够了，你就篡改了李白的《赠汪伦》：李白乘舟不给钱，一拳打下桃花潭。桃花潭水深千尺，不知李白死没死。想起了这首诗，你就嘿嘿地笑了。客车向下滑过一道弯，你的母校——县一中就全在你的眼里了。有学生在踢足球。那些小黑点移动得好快，你感受到了他们的拼搏精神。你是喜欢踢足球的，看世界杯，看欧洲杯，你能讲好多足球明星的腿法。你不太喜欢看中国足球，你嫌他们懒，缺乏风度。你一动不动地盯着球场。你的视力虽然不是最好，但你还是看到了一个更小的点飞进了球门。你想大叫一声好，但你忍住了。

客车停了，出租车把它围了一圈，像一群猪崽争食母奶似的。

你摆脱的哥的纠缠，沿着宽宽的马路，还没走多远呢，就又被一位女人给盯上了。女人脸上的粉搽得太多了，就像手艺拙劣的刷墙师傅刷的毛坯墙。她的眉毛也剃了，画了两条死鱼鳅在上面。女人叫你大哥，问你要不要，声音像棉花糖，一圈一圈缠在你的脖颈上。你皱着眉想彻底摆脱她，于是走向了县城的边缘。你决定沿着“中国地图”的轮廓线，把整个县城走一圈。你说不清自己是啥心态，反正你就是想走一圈。大风起兮云飞扬。现在没有风，天空的薄雾阻挡不了阳光的穿透力，而你依然走出了刘邦回归故里的那种气概。你走，迈开大步，甩开手，走出了一种豪迈，走出了一种痛快。你走到了南边，那里有一块还未建房的空地，黄沙堆积着。你踩在黄沙上，就感觉自己到了新疆的沙漠里，你放慢了速度，最后你干脆脱了鞋袜，赤着脚，把黄沙踩出“唰唰”声。你从北边走到了东边。东边有烈士陵园。一株株柏香树像哨兵似的挺立着，你在一块墓碑前停下了。这块墓碑，你曾轻轻地抚摸过，那一角的光滑，想来就是你的功劳。馒头似的坟里，躺着一位十九岁的烈士。十九岁啊，还没有明白生活是啥子事情，他就去了，倒在了土匪罪恶的枪管下。今天，当你再一次把手指伸向墓碑那光滑的一角时，你的心再次战栗。你抬起头，仰视那些松柏。松柏郁郁苍苍，一动不动，像一位父亲。你在那块写着“革命烈士永垂不朽”的纪念碑前伫立了很久。然而你的心却平静了，就像一池春水，在泛过几个涟漪之后变成了一面镜子。

你终于走完了县城的轮廓线，天也黑了，而你也饿了。你在小吃摊前坐下来，要了几样念中学时想吃但却不敢吃的小菜。你又要了一瓶啤酒。啤酒的颜色你很喜欢，金黄色的，透明，有质感。就着小菜，你喝得慢条斯理，即使天塌下来你也会不慌不忙地品。你一边喝一边欣赏着街上挂着的闪着彩灯的广告牌，你觉得最了不起的动物还是人。啥玩意儿做不成？你可以不买东西，但它就是要把你的眼球吸引过来，吸引到广告牌上。你看到了广告牌上的字：爱是没有界限的。这几个字让你举到嘴边的杯子停下了，你想起了你高中三年的班主任。你升入县一中的名额被人顶替后，在乡中学重读了一年，考了五百多分，全县排名第三。你到县一中的第一天，班主任就全心全意地爱上了你，甚至连你头上的一根稻草，他也小心地为你拈了下来。多好的班主任哦，总是悄悄地塞一些钱在你的书包里。广告牌上的那几个字不知是不是班主任的手笔。班主任写得一手好字，总爱去给一些公司或商店写宣传标语的。可惜好人命不长，几个月前，你得到了班主任去世的噩耗。你没有赶回来参加班主任的葬礼，你没有过多的钱，也相信班主任在九泉之下绝不会责怪你。那几天正是离高考不远的日子，你正给一位老板的捣蛋儿子补习功课。那娃儿故意收拾你，把万能胶涂在椅子上，把你节衣缩食才买来的一条新裤子给脏了一大块。你恨得真想揍他一拳，但你装着没事一样，把课讲得更生动了。老板给你的辛苦费够高了，你不想丢掉这份难得的家教工作。那娃儿是想欣赏你发火的样儿的，但你的克制让他相当失望。你大方地走在街上，屁股上的万能胶就仿佛变成了一种时髦的装饰。许多小青年不是还故意将牛仔裤的膝盖处剪出一个洞来吗？

吃完消夜，你在县城的大街上懒洋洋地走。你看到许多老人坐在花坛边闲聊，他们交头接耳，似乎是在转告天大的秘密，但其实根本没什么秘密。老人们的衣着都很朴素，有几位还穿着绿色的胶鞋，这种鞋一般只有刚从农村进城不久的老人才穿。老人们的儿子或女儿在城里买了房，就把他们也接到城里来享福来了。老人的脚边，是他们的孙子在打闹。这些娃儿也真够顽皮的，都快把老人们的胡子扯下来了。你看到一位学生模样的人在路灯下卖一些旧书报，他似乎不太关心卖出了多少，将一本书摊在膝盖上，看得很入迷。你觉得他的样子很有思想，就假装蹲在旁边翻书，实则什么也没看进去，眼角余光就停留在他身上。他似乎收到了你眼角余光传递的信息，抬起头，向你笑了笑。你也笑了笑，用一块钱买了一本故事书，再不好意思偷偷看他了。你再向前走。你看到一家名叫九重天的歌舞厅被炫目的彩灯包围了。歌舞厅几乎被破竹子敲水缸似的声音震塌了。你只在电视里看到过歌舞厅里疯狂扭动的男女，他们的身上似乎积聚了无穷无尽的能量，如果不甩动，那能量就会撑破身体似的。以前，你是有些儿仇视这家歌舞厅的，你鼻子哼哼，嘀咕了一句："吃饱了撑的!"现在，你听着歌舞厅里吼出的噪音，竟也没有厌恶的感觉了，你差点也进去了，你想进去看看里边到底是啥样儿的。你转到小河边，听到了河水低低的笑声，那笑声吸引了你，你沿着石梯走近了河水，可你却闻到了一股臭味。河两岸的居民啥样儿脏东西都往河里倒，小河的包容能力毕竟有限，于是她就臭了，但她依然在笑。你犹豫了一下，但还是捧起一捧水，想把脚上的泥土洗干净。你还没洗完半只鞋呢，楼上不知从哪一个窗口里扔出一块瓜皮，"啪"的一声打在了你脑门上。你抬起头，看到每一扇窗户都紧闭着。莫非这块瓜皮是天上的仙女扔下来的？你为这个大胆的猜想笑了。

你见到几位脚夫枕着竹篾背篼自由自在地睡在广场边上，刺耳的喇叭声也惊扰不了他们的好梦。也不知是谁家的哈巴狗，竟然爬进了竹篾背篼里，睡得格外香甜，连口水都流出来了。你累了，也学着他们的样子躺在了花坛边的石椅上。你不担心着凉，你的身体很好，肱二头肌像小老鼠似的趴在手臂上，腰上的肌肉也结实得很。你用手枕着头，仰了脸看天上的月亮。月亮好大好圆，似乎是要把她最美的一面展示给你和脚夫们看。你闻着花坛里传来的阵阵幽香，深深地吸了一口。你觉得很惬意，也很满足。你睡在这里，其实是想等天明后偷看一位女生。她比你早一年进入县一中，考了好几年了，都没有考上大学，离三流的大学录取分数线也差着一截。她本来有着活泼的性格，但因为高考落榜而变得沉默寡言，就差跳楼了。你在睡梦中梦到了她。你梦见你跟在她的后边，向一座高耸入云的摩天大楼走去。她沿着石阶，慢慢地上，她的腿上有伤，每走一步都很艰难。你真想上去扶她一把，但你没有。你跟在她后面，上台阶时你也感到了吃力。腿里像灌满了铅，关节处像生了锈。你感到好奇怪，坐下来休息了一会儿，再上，依然很吃力。你见她离你远了，就也顾不了那么多了，就再上。你身上的汗水汩汩流淌，湿透了衣背。你像老黄牛拖田似的喘起来，可你仍然紧跟不放。前面的石阶真多呀，你不知道她到底还要上多少级，你就那样艰难地跟着。你感觉从古代跟到了现在，终于见到她站在了云端里了。她闭了眼，张开了双臂。你怔怔地看着，不明白她到底要做个啥。当你见她飘起来时，才明白她是要跳楼自杀。你猛地冲过去，却只扯住了她的一片衣角。她下去了，下去了，下去了……于是你就醒了。你是被一位夜半扫垃圾的女人给弄醒的。那女人见你睡在花坛边，担心你着凉，就善意地把你叫醒了。你醒后，那女人看了你好一会儿，就又扫地去了。她挥舞着一把大扫帚，“唰唰”有声。你闭了眼聆听，仿佛置身大海边，海水正温柔地抚摸着沙滩。那“唰唰”声在宁静的夜晚显得那样的清晰，就像一些声音一样，你也许一辈子都难以忘记。你觉得那女人挥舞扫帚的情形，有点像一位炉火纯青的书法家在巨大的宣纸上东奔西突，将所有的感情和思想都像春蚕吐丝一样倾注了出来。地上的垃圾太多了，五花八门的。那女人一个人要扫那么宽的区域，可能是要扫到天亮了。以前你只是喜欢县城干净宽阔的街道，从没有想到当人们熟睡在安乐窝里时，还有人在午夜里忙碌。你曾看到很多农村妇女，她们在城里守着子女读书，给子女洗衣做饭，还要尽可能地挣点钱，让子女吃得好一点，穿得好一点。那扫垃圾的女人，你想也肯定是从农村来的。虽然辛苦，但想着被窝里的儿女，女人的心里就一定会亮起一盏灯，一盏照亮未来的灯。

你在花坛边见证了天是怎样一丝丝亮起来的。朝霞极具耐心地把夜幕一点点反复涂抹，最后抹成了一幅惊艳卓绝的水彩画。水彩画里，一些睡醒的动物正奋力拱出来，但它们最后都化成了一团还未燃明的火。当光亮彻底战胜夜幕时，广场上就有了庆祝胜利的音乐。一些老头子老太太和着音乐节奏，做起了武术操，打起了太极拳。你欣赏着他们极具包容性的一招一式，手脚也开始痒痒了。你知道他们是城里起得最早的人，他们是早晨的一道风景。

政府大楼上的钟敲响了，于是你就见到一些勤奋的学生匆匆穿过广场，他们的书包鼓鼓的，里面装着许许多多的未知数。你的眼睛没有放过任何一个穿过广场的学生，你瞅得眼睛都花了，想流泪了。你赶紧擦擦双眼，再瞅，可就是没瞅见你想见的那个她的身影。你想起昨晚上她跳楼自杀的梦境，心就紧缩了一下。你心里默念着，那是梦，那是梦……她终于出现的时候，穿过广场的，再没有一个是学生了。阳光打在广场上，你的眼睛都有些睁不开了。你使劲儿睁大眼睛，终于瞅见她那张憔悴的脸。你的心里没有一丝快感，虽然她就是那个曾顶替你的名额上县一中的人。你在县一中读完高中，一直都不知道是谁顶替了你的名额，后来考上大学，从同学那里才知道顶替你的人是谁。你的那位大学同学有着很深的家庭背景，但他欣赏你，从未轻视过你，所以把隐藏了六年的秘密告诉了你。你没有明显的反应，只是淡淡地说了句：“哦，原来是她。”你的同学说：“她顶替了你，只误了你一年，可老天爷却要她用一生来偿还。”从同学那里，你了解了她的处境，于是，你回来后才特意要看看她。你其实也不明白你到底是啥心态。你的目光追随着她枯萎了的背影，一滴泪就从眼眶里溢了出来，不知是难过还是被阳光灼出来的。你向她的背影追去，一直追到县一中门口。你立住了。高中三年的生活，像电影般在你脑海闪现，一切仿佛就在昨天。你在这里，吃的很差，穿的也很差。你盯着那面迎风招展的红旗，红旗下有一块长方形的水泥台子。每到集会，水泥台子上就有学校领导大声讲话。那天，你和几名山区来的贫困学生站在了台子上，准备接受水泥厂老板的捐赠。老板红光满面，腆着个大肚子，一副活菩萨的样子。校长举着话筒，微笑着，在盛赞老板对教育的重视和无私的奉献精神。校长对老板也是对台下的千余名师生说："站在台上的都是家庭贫困但学习非常努力的学生，老板捐赠的钱将会帮助他们完成学业，祖国就会有更多的栋梁之材不被埋没，所以这次捐赠意义非凡。"校长讲完话，台下就响起了下暴雨似的"哗哗"声。你和几名贫困学生举着一块写有八千元的牌子，在等候新闻记者拍照。你觉得那块牌子很沉，压得你脸都发白了。你的手颤抖起来，望着台下黑黑的一片人头，仿佛正有满天的浓云向你笼罩过来，你甚至感觉那些黑色是来埋葬你的。班主任在台下看到了你，以为你生病了，急忙把你送到了医院。你忽然扑在班主任的怀里，惊天动地地哭了。你的泪水把班主任的衣服湿了一大片。班主任啥也没说，他终于明白你并不是生病了，只把一双大手在你的头上抚摸。几年过去了，每当想起班主任的那次抚摸，你的心就暖起来，像是有阳光照在了心窝窝上。

你决定去五月花公墓看看班主任。你本来是不想去的，因为，你会很难受，你会趴在墓碑上，低低地啜泣。你不想哭，班主任也不喜欢你哭。班主任希望你在任何时候都要坚强。你把拳头握紧，向上再向下做了一个动作，然后就坐上出租车往五月花公墓驶去。

你站在五月花公墓前巨大的牌坊前，站在一对巨大的石狮前，仰望远处高耸入云的天楼山。天楼山在轻纱似的薄雾中趴着，似乎正为震撼人心的跳跃积蓄着力量，但它似乎又在呼呼大睡，从亘古睡至现在，再从现在睡至未来。你想起自己到天楼山山脚念书的情景，那条白花花的路不知印上了你多少脚印，你的汗水也不知浇灌了路边多少的野草。岁月抹去了很多，但无法抹去你童年和少年时代的记忆。你曾爬上矗立于山巅的电视信号发射塔，你觉得那也是对天楼山的一次征服。如今，你仰视着天楼山，心里突然有了一种敬畏之感。你默默地向天楼山行注目礼，你的眼眶里有了泪水。你感谢天楼山用它博大的胸怀拥抱了你的爸爸和妈妈。曾经，你躺在天楼山的怀里哭泣，你吻着天楼山湿润香甜的泥土，然后你又站在天楼山往县城方向遥望。你爸爸一头栽倒在小院里那口废弃的水缸里死后，你就把天楼山当成你的父亲了。天楼山给了你力量，给了你坚韧，切实履行了你爸爸未尽的职责。

你把目光从天楼山顶移至半山腰，那里有一个村庄，生你养你的村庄。你能准确地定位你们家那低矮的土墙房子形成的小黑点。在这个小黑点里，你的爸爸和妈妈曾经合伙欺骗过一位从村庄里出去的在上海工作的大学生。大学生托你的爸爸和妈妈替他寻找一位家庭贫困且学习成绩较好的女孩，他说他想资助这样的女孩读完大学，以此来报答曾经养育了他的父老乡亲。你的爸爸妈妈伪造了手续，把大学生每年寄来的助学金私吞了。你们家的家境本来是不错的。你爸爸是石匠，雕出的十二生肖活灵活现，很多人家都会来找你爸雕东西，给的钱也不少。但自从私吞助学金后，你爸懒了，而且还迷上了喝酒，手艺也一天比一天生疏了，没人再花钱请你爸雕东西了。上海的那位大学生了解情况后，就不再寄钱了。你爸用最后的十几块钱买了二十斤假酒，把双眼也喝瞎了，后来摔进你家院子里的一口水缸里，死了。你妈没扛得住打击，也病倒了，后来就随了你爸一同去了。

你家院里的那口水缸，无数次出现在你的梦里。三岁的时候，你妈去寻一只丢失的公鸡，而你则爬在水缸上看里边整天不知疲倦地摆动脑袋的摆头虫。你听你妈说，摆头虫长大了就长出翅膀来，最后就变成叮人的蚊子。你想仔细看看摆头虫是怎样变成蚊子的，于是你把身子弯成一张弓，脑袋都快挨着臭水了。你在伸出一只手想抓住一只摆头虫的时候，一下滑进了水缸里。水缸有一半埋在泥里，很深，把你淹没了。你爸这时刚到山上采石回来，就像提一只淹在茅厕里的鸡一样一把把你提了起来。你捡回了一条小命，可你没想到十几年后，你爸却在水缸里喝饱了水，也不知吸进肚里几千几万只摆头虫。你感谢村里的叔叔伯伯，没有他们的资助，你就连小学也毕不了业。你很感谢镇中学的老校长，没有他你又怎能念完初中？

你找到了属于班主任的那块墓碑，方方正正的，有棱有角。墓碑依然是新的，上面的字也依然是精神抖擞的，似乎随时会跳下来，然后舞蹈。你凝望着墓碑上那张慈祥的脸，宽宽的额，浓浓的眉，大大的眼，厚厚的唇。那张脸是微笑着的，好像是对着你笑，又像是对着远处的天楼山笑。墓碑前有一棵柏香树，虽然低矮，却很有活力，没有人怀疑它经过十年二十年会长成一棵参天大树。突然，一束阳光从天楼山独有的一块水晶崖壁上反射过来，刚好打在这棵柏香树上。柏香树便不再是单一的翠绿，赤橙黄绿青蓝紫，似乎都有了。你辨不清，更无法指出各种颜色的分界线。你双膝一软，跪倒在柏香树前，双眼一眨不眨地凝望着柏香树，似乎它已变成了一棵神树。你的脑袋里开始有了声响，轰轰轰的，像一股山泉直泻而下。山，墓碑，柏香树，还有你，都旋转起来，一切都像是电视上玩的转盘游戏。你听到了一阵鞭炮声由远及近，一切便都停止了下来，甚至很静，草丛里的蛐蛐儿也停止了歌唱。天楼山水晶崖壁上长距离反射过来的光束不知又移情别恋于何处了，空气中没有留下一丝印迹。

臭弹

严　新[①]

2003年清明节，远在重庆的外婆给我打来一个电话。

电话里，外婆告诉我：最近这几天，清明节的即将到来，又一次勾起了她对去世多年的外公的思念，她就又去清理翻弄外公的那些遗物。她翻出一本六十多年前的日记，里面有一篇日记提到了六十多年前，外公曾在贵州老家把一个箱子交给了一个叫冉毕勇的人，那里面有很重要的东西。由于日记记得很简短，没有提及箱子里究竟是什么。外婆问：你说那里面会是什么呢，你在贵州家乡听说过那个冉毕勇没有？

我听说过那个冉毕勇，记得有次下乡到阳堡，一位老爷爷曾提起过他，不过，我没有跟那位冉爷爷打过交道。我对着电话说：外婆您放心，我会去查这件事的。

于是，我在这个周末就离开了县城，带着六十多年前的日记中提到的这个线索，专程下乡去找那位冉毕勇老人。

冉爷爷的家就在外公老家那个村子，离县城四十多公里。先坐

---

① 严新（1974—），男，仡佬族，贵州省务川仡佬族苗族自治县人。中国金融作家协会会员、中国农业银行作家协会会员、贵州省作家协会会员。著有诗集《野宿之夜》（中国文联出版社出版），曾在《青年作家》《解放军报》《战旗报》《中国城乡金融报》《贵州民族报》《贵州工人报》《贵州农村金融》《遵义文艺》《遵义日报》《遵义晚报》《作家摇篮报》《微篇文学》《文化生活报》《洪渡河》《芙蓉江文艺》《务川报》等各种报刊上发表小说、散文、诗歌、新闻通讯等作品千余篇，五十余万字。

客车来到阳堡镇，然后再转乘摩托车，两个多小时就到了。坐在车上，我的内心一直平静不下来，满脑子想着那个箱子的事，外婆说那日记里提到箱子里有很重要的东西，究竟是金条、银元，还是其他什么宝贝？

终于来到了那个山清水秀、绿树环抱的小山村。我一路打听一路寻找，最后在一座挺漂亮的农家小院里见到了白发苍苍的冉爷爷。听说我是陈璧修的外孙，他大喜过望，急忙邀我进屋。

这晚，我就住在冉爷爷家。

到了深夜十二点钟左右，冉爷爷仍不肯让我去客房睡觉，就在他那间安静的小房间里，我们俩面对面，盘腿坐在床垫上。窗外吹着凉幽幽的风，台灯将清淡的光芒抛洒一地。他不停地聊了有关他和外公年幼时念私塾的许多往事，老人家总是喜欢怀旧的，好在我也想多了解些外公的历史，一直耐着性子听他讲这些陈年往事，算是个好听众。从他的口中，我得知外公是个从小读书就很用功的人，在这个山村里，他是“知识改变命运”最早的典范。

叨絮了大半天后，见他一直还没有回答我关于箱子的问题，我不禁伸了个懒腰，打了一个哈欠。他看了看我这个样子，不紧不慢地掏出打火机，啪嗒啪嗒吸着旱烟袋说：“好吧，我就告诉你那个箱子的事，其实那个箱子的故事就是‘臭弹’的故事。”

见我精神一振，他脸上绽出一丝笑容：“怎么着，来劲了？这个关于‘臭弹’的龙门阵确实是有点儿精彩的呢。”

然后，他又停下来神情专注地凝思了一阵，似在脑海中寻找和清理往事的线索，十来分钟后才缓缓开口叙说故事。

于是，随着眼前这位老人脸上层层皱纹的张弛蠕动，那曾听人提及的有关外公的这一段历史，如同窗外漫天飞扬的丝丝小雨一般，铺天盖地地飘入了我脑海之中……

陈副司令脸色铁青，怒气冲天地一路直奔小院，两名参谋急急忙忙地跟在他身后，一副小心翼翼诚惶诚恐的样子，大气也不敢出一口。

“嘭”！陈副司令一脚踹开大门。

“他妈的巴子，哪个龟儿子这么大……的胆”，里面的人正要发火，一瞧进门的人，全都吃了一惊，赶紧慌里慌张地起立。最先反应过来的马连长急忙堆上笑脸，迎上前来掏出香烟：“副司令您，您也坐下玩一把么？”

“玩你个狗屁！”陈副司令推开他战栗的手，怒不可遏地三两步迈过去，一脚扫翻了麻将桌，“哗啦啦”，麻将牌和银元顿时撒得满地都是：“国也破了，家也亡了，你们倒还有闲工夫打牌？如此带兵治军，你们咋个抗日，啷个打仗？！”

顿了一顿，他又指着马连长等人的鼻子严厉地问道：“你们在这里逍遥，可知道你们的部队有多少人，跑到哪里去了，都在干些哪样名堂？！”

那些连长、排长心中有鬼，一听这话，心知不妙，顿时吓得呆若木鸡，魂飞魄散，一个个傻乎乎地站在那里张着嘴，半天答不上来。陈副司令向身后一挥手：“李参谋！”

李参谋应声上前一步，打开文件夹：“报告副司令，经查，司令部月底对该连清点人数时，共有 128 人到场应点，其中有 60 多人现在正在重庆街上吃喝玩乐，但点名册上有 50 多人却是该连官长在月底前临时抓来充数的，以应付司令部点名、骗取军饷贪污吃虚空……”

“乱弹琴！你们几个全部关三天禁闭，下次再这样，我撤你们的职！”

在马连长等人的脑门冒出粒粒汗珠时，五十多名“临时军人”（或者叫作“临时犯人”）终于被提前释放了。陈副司令带领警备队到场监督了释放过程，当其中一个面目清秀的汉子随着众人走出那间关押他们的小屋子时，陈副司令突然眼睛一亮，忽地一下站起来，指着那位汉子叫了一声："等一下，你站住，转过身来！"

那个汉子吃了一惊，呆住了，不知所措地转过头来，陈副司令看到他的脸，脸上一下子显出惊讶而激动的神色："你，你不是冉毕勇吗？你怎么会在这里？"

那位面目清秀的汉子就是冉毕勇，眼前给我讲这个故事的冉爷爷，他说他当时一下子失声痛哭起来，当他历尽千辛万苦，从贵州北部一个叫阳堡的小山旮旯来到重庆当挑夫求生时，怎么也没有想到会稀里糊涂地被抓来充当"临时军人"，也不知会不会哪天让他们去当炮灰和日本人打仗，更没有想到会在这样一个地方、这样一个场景碰到了多年不见的同窗好友陈璧修，他悲喜交加，一时竟然找不到语言来表达了。

这一夜，他俩在陈璧修副司令的书房里交谈了很久很久，电灯熬夜熬得眼睛都有些红了，满壁满柜的书也陪得有些无精打采。不过他俩既是同乡，又是少年时代私塾里的同窗好友，谈话十分投机，话匣子一打开就关不上，话语似乎滔滔不绝。除了寒暄、叙旧外，他们谈了从书塾分别后各自的经历，还谈了世象、时局等各种问题。

平日不大沾酒的陈璧修，酒后的话特别多，也吐了不少真言，好在冉毕勇既不是中统，也不是军统，不会向当局告密，他只是一个地道的农夫，他的一位同乡、同窗和好友而已。

陈璧修是冉毕勇的同乡，也是仡佬族人，是中国历史上从黄埔军校防化专业毕业的第一批高才生，时任重庆防空警备司令部副司令。从在黔北阳堡乡下读私塾和贵阳读中学开始，及至在黄埔军校受教育时，他博览群书，健身习武，苦研专业，立志要报效国家。从黄埔军校毕业后，眼见日寇的铁蹄粗暴践踏我中华大好河山，屠杀我同胞民众，他义愤填膺，怀着拳拳报国之志，随军去了抗战前线，当了一名见习排长。

那时，正是小日本侵略军的毒气弹令中国军队吃尽苦头的危难之际。在一次战斗中，陈璧修所在的阵地上，国军经过数昼夜鏖战，伤亡累累，眼见将要弹尽粮绝，防线就要失守。日军为了彻底拿下这一关键战役，临时紧急调运来一批毒气弹，并立马向国军阵地一波接一波地施放过来，国军官兵纷纷惊呼“臭弹来了，臭弹来了”，人人如惊弓之鸟，要放弃阵地，逃之夭夭。

惊险之际，见习排长陈璧修对本排兄弟如此这般地交代了一番：每人在脸上蒙一块湿毛巾，然后从阵地的另一侧高喊一声“杀啊——”

全排士兵高举大刀、端起枪刺冲出了掩体。他们勇敢而灵活地避开毒气，冲过阵地与日寇展开了激烈的肉搏。

过分相信和依赖毒气弹作用的鬼子们本来正在等着毒气作用发挥完后去打扫战场，却做梦也没有想到中国军队会有人在这个时候杀出来，一下子傻了眼，被陈璧修的部队杀了个出其不意。

说起那一次战役，陈璧修眼放光亮。鬼子兵像草垛子一样一排排倒下，杀到眼红处，陈璧修手起刀落砍下了那个指挥施放毒气弹的鬼子兵军曹的脑袋……

那一仗，节节败退的国军终于打了一个难得的、漂亮的胜仗，鬼子兵尸横荒野，日军的疯狂进攻被成功阻止了！士兵们将陈璧修抬起来，抛向空中，兴奋地欢呼不停。

那一仗后，陈璧修的声名大震，鬼子兵毒气弹无往不胜的神话终于被打破了。师长十分高兴，亲自为他庆功，并在庆功会上当众宣布命令，让他破格连升几级，取代当了逃兵的营长，并且奖励给他一份特殊的奖品作纪念——这次战斗中缴获的一枚毒气弹与一副防毒面具。后来这份特殊的奖品就伴随着他辗转作战，走遍了华夏大地的千山万水。

此后，他又打了不少漂亮仗，这是他不断得到晋升的原因。他是靠战功和实力提升起来的。但是作为黄埔的高才生，他是军事上的奇才、战场上的帅才，却是官场上的庸才、仕途上的蠢材，每一次升迁过后，他都会有愈往高处愈不胜寒的感觉，他在军界同事间显得是那么的孤僻，那么的不合群。

他完全不适应他的同仁们的生活方式：他不爱出入舞会搂着女士跳舞，从不去逛青楼嫖妓，不会抽大烟，讨厌聚众豪赌，不懂得巴结上司，不会左右逢源……

这些年来，他一直过得很不开心。

听到陈璧修沉重的叙述，冉毕勇握了握陈璧修的手，叹口气说，老同学啊，这年头真是天下乌鸦一般黑呀！

他实在想不出什么话来安慰陈璧修，于是就转移话题，开始跟他谈家乡，谈家乡那条洪渡河的秀美风光，谈家乡仡佬人家的纯朴风俗，谈私塾时的往事……

可是国破家亡的时局，使家乡其实也成为令人十分伤感的话题，虽然家乡暂时还未沦陷于日寇铁蹄之下，但前景难料，这么多年了，家乡仍然是那样的贫穷落后，其实冉毕勇就是因生活难以为继才出来做挑夫的。他对陈璧修说，家乡还很乱，匪患十分严重。说到匪患，陈璧修脸上充满了关切的神色：“我家里没事吧?”

冉毕勇此时才突然想起，在他离乡之前不久，陈璧修的家里被一伙土匪洗劫一空，便把经过说给了陈璧修听。

陈璧修的家在贵州省平川县阳堡乡白果坝村，是一大户人家，他从黄埔军校毕业后因抗战期间军务繁忙，一直未能回故乡探亲。这几年来，平川的各乡不断有匪人占山为王，烽烟四起，扰得人惶惶不安，成天担惊受怕。一天夜里，一伙土匪闯进了陈璧修家的大院，将一家老少捆了起来。

火光中，那土匪头子夏胡子将一把雪亮的钢刀架在陈璧修的父亲陈天炳的脖子上：“陈老太爷，最近我的弟兄们手头有点紧，找你借点零花钱用用!”

陈天炳道：“你的人刚才不是在我家中搜了那么多值钱的东西去么?你尽管拿去吧。”

“哟，我说陈老太爷，你当打发叫花子呀，你家有几百亩良田和山林，每年收的租金、卖木材的收成恐怕要堆成山了吧，可不知你将它们藏到哪个安稳地方了，刚才我并没有找到多少庚子呀！”

“大王，你可冤枉死人了，这些年，我供送儿子上黄埔军校，钱财都花得差不多了。”

“哼，少拿你儿子来威胁我！告诉你，你儿子远水救不了近火，赶快说出你家的钱藏在哪里，别敬酒不吃吃罚酒！”说着便将刀一挥，陈天炳的一大绺头发掉将下来。

这边陈天炳的另一个儿子（陈璧修的哥哥）陈玉修见父亲受辱，心中十分焦急，不禁大声地喝骂道：“狗日的臭土匪、烂土匪、死土匪，你他妈的别欺侮我家老爷子，有本事你就冲我来吧！”

夏胡子一听，火冒三丈，从身边喽啰手中抓过一条皮鞭，照着陈玉修的身上没头没脑地抽了起来：“老子今天就成全你，叫你尝尝老子的厉害！”

啪！啪！啪！

啪！啪！啪——

随着的一声声鞭响，陈玉修身上现出一道道血印来，但他咬着牙，硬是一声不哼。

陈天炳听得心惊肉跳，仿佛那一鞭鞭抽在自己心上似的，他闭上眼睛痛苦地叫道：“别打了，我告诉你们我的钱藏在哪儿算了！”

夏胡子停下鞭子，得意地笑道：“嘿嘿，陈老太爷，我就知道你老人家最识时务了。”

于是，在乒乒乓乓的砍伐声和叮叮当当的挖掘声中，陈家偌大的一座大院里，一根根房柱子出现一个个大洞，雪白的银子哗哗啦啦地流散出来，院后空地现出一个个大坑，露出了一个个大罐子，里面装满沉甸甸的铜板，夏胡子的杆子折腾了大半夜，装了十几车后扬长而去。陈老太爷家被洗劫一空。

陈璧修听到这里怒不可遏，拳头在桌上一擂：“王八蛋，这帮家伙太无法无天了!”

但他随即冷静下来，脸上露出忧虑的神色，沉思片刻，他对冉毕勇说，你不要在重庆这个动荡不安的地方待下去了，先暂时在我这里住下，过一阵子我抽空回家乡探亲，咱们一块儿回去。

过了一些日子，陈璧修听到前线屡传消息说兵败如山倒，想要上前线杀敌，却是难如此愿。窝在陪都重庆整日看那些官员、军阀、豪绅灯红酒绿、花天酒地、声色犬马，他心里不是个滋味，心灰意冷中，又想到家中遭劫，遂向上司告了假返乡省亲。

这日，他起程了。

他收拾好行李，提上一个皮箱，换了便装与冉毕勇相伴，取道涪陵、南川，一路向南而行，直奔位于贵州东北边隅的老家而去，一路上舟车劳顿，两人交谈颇多，感慨自然也颇多，特别是一路上见到百姓劳苦、乡野凋残的景象，不由得深深嗟叹。

走了七八天，他们从老鹰关进入了平川县境。这天他们在烈日下翻越崇山峻岭，涉过河流溪谷，一边不由自主地赞叹大好河山，一边却深深叹息国运难料。他们不停地赶路，向陈璧修阳堡乡白果坝的老家方向行去。

步行了一天。眼见夕阳西下，倦鸟归巢，已是黄昏时分。沉沉暮色悄悄地侵袭了山川大地，山道两边的丛林渐渐变暗，树枝在秋日的晚风中摇曳出铁丝般的声响，丝丝凉意从四面八方包围了他们，他们意识到该投宿了。

赶了一程路，他们来到阳堡的乡场上，见到一片冷冷清清的场景，不禁又生出些许感慨来。阳堡场上，家家关门闭户，黑灯瞎火，他们敲了半天门也无人理应。好不容易在离乡场约百余米处找到了一家小客店，他们便去投宿。

他俩要了一碗家乡小吃豆浆油吃粉（按：油吃是一种油炸的咸味糕点）吃了起来。好久没有尝到家乡的小吃，他俩吃得特别香。

他们一边津津有味地吃，一边向店老板打听乡场上为何如此冷清。

那老板一听就唉声叹气：“别提了，活在这个年头真是倒他妈的八辈子霉了，阳堡场后的马鞍山那边闹土匪，凶得很呢，三天两头来场上打劫、收保护费。”

这些话传到陈璧修耳中来，让他的心越来越沉。

就在这时，突然听得门口一阵大声喧哗，抬眼看时，便见一满脸凶恶的彪形大汉手提一把大刀，大呼小叫地闯了进来。

来人当胸一把抓住客店老板，叫道：“你他妈的赶快交保护费来！”

那店老板被他抓在手中如一只小鸡般，吓得浑身哆嗦，嘴里直哀求：“大王饶命，大王饶命，小人这些天没有哪样生意，哪里有钱来交呀。”

那来人厉喝一声：“放你妈的臭狗屁！没钱老子今天就宰了你。”

说时便操刀欲砍。

眼见那刀高高举起，陈璧修“呼”的一声站起来，在桌子上猛拍一巴掌：“住手！”

来人扭头看见他俩，“哼”了一声，将老板推开，大步直奔陈璧修面前，霍地一刀直插入桌面三寸深。一股夹杂着凶狠之气的酒味臭烘烘地熏了过来，来人用一双贼眼凶巴巴地盯着他：“你给老子吃了老虎胆了，敢管本大爷的事？”

土匪！陈璧修心下明白，但他镇定自如、正气凛然：“你如此谋财害命，可晓得有王法？”

“哈哈哈！”那土匪得意地大笑，“在这个地方跟老子讲王法，老子的刀就是王法。”

嘭！陈璧修在桌子上又拍了一巴掌：“不管你在什么地方，都不能无法无天！”

见陈璧修敢顶撞他，那土匪觉得十分意外，扭头看了看他的穿着："喂，外地佬，你不晓得这是哪个的地盘么？你是从哪方贵土发财来的？"

"哦，我是外地人吗？"陈璧修用一口标准的平川方言故作惊讶地问，"我可是正宗的平川人啊。"

"你是平川人？"土匪有些不信。

"你不信？"陈璧修道，"那你坐下我给你说说，对了，这位老哥可也要吃点东西？"

嘭！土匪不耐烦地一拍桌子："少啰唆！我就晓得你他妈的有钱，赶快给老子拿出来！"

"我有钱？"陈璧修做出一副惊愕状，笑着摊开双手，"我的钱在哪里？"

那贼眼尖亮的土匪用手指着陈璧修身旁那个皮箱："你那里面可不是？我已经看见了，看样子蛮贵重的嘛，里面是袁大头还是票子？赶快交出来，要不然的话，你看老子这口刀！"说完把那柄刀拿在手中轻轻抚摩着。

陈璧修斜了一眼那刀，它亮晃晃地立在烛光下，反射出森森的光芒来，他心下说钢火还不错，不过比起我杀鬼子的那把刀来差远了。他一下子将皮箱提到桌上，做出一副严肃认真的样子："好吧，皮箱倒是有一个，但是你别怪我事先没告诉你，我这皮箱里钱是没有几个的，却有一颗臭弹，这颗臭弹不但比你那把破刀要厉害千百倍，就是比千军万马也要厉害得多，我要是放出来的话，定会叫你鸡犬不留！"

土匪感到有些意外，半信半疑地："真有这回事？你拿出来瞧一瞧。"

陈璧修道："瞧是可以的，不过这臭弹十分厉害，乱摸不得，要是有胆量的话，你自己来看吧。"说罢，他做出一副害怕那箱子走火爆炸的神态，拉着冉毕勇退开了好几步。

土匪见他这如临大敌的样子，又惊又疑，也如临大敌般地先退后了两步，满心戒备着。稍过片刻，他小心翼翼地摸了一下那个箱子，再暗自使力去提箱子。不料这一提感觉异常沉重，他提心吊胆地去摸那箱子的开关，抖着手拉开，开启了一条缝，隐约看见一个面目狰狞、骷髅模样的东西，心中一慌，急忙将手抽开，后退几步，心下惊悸不已。

正当他猜疑惊惧之时，陈璧修在桌子上猛拍一巴掌："好你个匪徒，人间有道你不行，偏要去当土匪，今日我就放这臭弹送你上西天去算了！"

这土匪本来就被看到的景象吓得一颗心上蹿下跳，再被他当头这一声吼，更是胆破心裂，又眼见陈璧修伸手抓过箱子做出一副要放臭弹的样子，感觉臭弹似乎正在从箱子里传出悠悠臭气，他本身就饮酒颇多，这么一想顿时觉得肠胃一阵痉挛，上气不接下气地大口大口呕吐起来。他心想这下完了，"扑通"一声跪地，脑袋撞地如鸡啄米般磕起头来："先生饶命，先生饶命！"

"这个嘛，可得看你当土匪干了多少伤天害理的坏事。"

"先生请放心，我也是家里穷，还不起所欠财主老爷的雪花债，没法生活才上山入伙的……"

"这还差不多，但你今后如不悔改，我可还是不能饶你！"

"先生放心，先生放心，小人从今往后再也不敢做此等勾当了！"

陈璧修将土匪的刀取过来交给冉毕勇，让他看住土匪，然后对那土匪道："你先等一等，我去给你弄些解药来。"

他转入店家厨房里，倒了一大钵温开水，撒了些许盐在碗钵中，拿出来给那土匪："这是用我的秘方兑制的特殊解药，你喝下后可以去臭弹之毒，但以后你若要是再去当土匪做坏事的话，那毒就又会发作，那时就连我也无法救你，你就只有小命不保了！"

土匪连声谢恩，赶紧上前接过碗来，一口气全部饮下肚去，因那盐开水可以解酒，他片刻便觉腹中好受了许多。但由于心理作用，他却深信那是陈璧修的解药灵验，立即又跪下去磕了一番头，发誓从今往后要改邪归正，才告辞而去。

听冉爷爷讲到这里，我不禁急着要插嘴了：“哦哟，搞了半天，那箱子里不是金银财宝呀！那究竟是什么东西呢?”

冉爷爷咧嘴笑了，用旱烟杆指着我的鼻子：“你小子着什么急呀，想知道是什么东西，你就继续往下听呗，精彩的还在后头呢。”

陈璧修省亲期间，正值第二次世界大战的中后期，在中国抗日战场上，抗战前线战事仍烈。国军在南退途中与侵华日军苦战，共产党领导的八路军在北方太行山区撕开了日本鬼子的后防线，美国空军也组成并派出了赫赫有名的飞虎队（中国空军美国志愿援华航空队）来华支援中国空中抗日战场。

在一次空战中，飞虎队十多架 P－40 战斗机从昆明乌家坝机场紧急升空，编成战斗队形，与来袭的日本零式战斗机在空中展开了一场异常激烈的空战。

这次来袭的日军战机数量众多，阵形庞大，企图将飞虎队一举围歼，拿下西南战区的制空权。但是飞虎队凭借着先进的战机、高超的技战术水平和勇敢顽强的战斗作风，成功地摧毁了日军的图谋。在这次激烈的空战中，敌对双方在空中猛烈开火，满天飞机追来赶去，一架架贴着膏药旗标志的日本飞机尾巴冒着滚滚浓烟，纷纷坠落下来，地面上观看的老百姓仰着头直拍手。

剩下的日军飞机一见不妙，吓得只好四下逃窜，其中有三架日机向东北方向仓皇逃去，这时飞虎队中的一位英雄飞行员——杰克发现了它们，他立即驱机追击。他如风似电，转眼间就追上了它们并开火射击，嗒嗒嗒！嗒嗒嗒——

一架日机当即被击中，坠了下去。

另外两架日机更是惊慌，更加狼狈地拼命逃窜。

说时迟，那时快，一会儿工夫，杰克已追到川黔交界处。两架日机发现自己离基地甚远，已无安全返回的希望。正当他们无可奈何之际，杰克又追了上来开火，又一架日机被击中，机尾也冒出了烟。绝望之中，两架日机掉转机头向杰克的战机疯狂冲来，进行最后的疯狂反扑，企图与杰克同归于尽。

杰克一边灵巧地闪避，一边向日机射击，其中一架日机终于被击了下去，但是另一架受伤的日机却乘杰克与前面那架日机作战之机，摇摇晃晃地向他撞过来，杰克迅速拉操纵杆升高躲避，那受伤的日机在他的一只机翼上擦了一下后，也一头掉了下去。

硝烟散去，晴空万里。

空中只剩下杰克驾驶的这架勇敢却又孤独的战机。他自豪，他骄傲，他战胜了！但是他发现自己已无法使战机正常飞行，这架受伤的战机眼看就要坠毁了，危险中他只得按下逃生按钮紧急跳伞。

降落伞带着杰克缓缓下降，杰克往下一低头，看见了一座座高低起伏的山峰，一片片茂密的森林，一条条纵横的河流，还有那宁静森林中掩藏着的一个个村落。忽然之间，他听到了一阵阵短而急促的锣声。

这是一个美丽的秋天，天空碧蓝无云，秋高气爽。但是萧萧秋风中，这美丽的表面却掩盖不住那秋叶凋零的荒凉与破败。

对于贵州省平川县流河乡半坡村仡佬寨的村民们来说，这个深秋是一个令人惶惶不安的、充满了恐怖气氛的秋天。因为在这个秋天，半坡村对面大山上那个叫洞脑壳的巨大无底的山洞里，一伙三百多人的土匪开进了山洞并在那里盘扎下来。土匪们经常到村里来抢女人、牲畜、粮食和其他财物，搅得全村人心惶惶。

村民们先是悄悄地报给乡里，然后乡里报到县政府，县政府派了保安队来这里剿匪。但是那洞穴巨大深长，本就易守难攻，加上土匪们平日所抢的弹药粮草多，尽可管上个两三年不用发愁。保安队久攻不下，倒折了不少人马，只得撤到流河乡休整，同时派人火速向县政府报告。

这边保安队一退，那边洞里的土匪就又出来作乱，烧杀奸淫，无恶不作。村民们实在无奈，便由族长唐扯扯出面牵头，召集村中的青壮年组成护村队。每当土匪来侵扰时，护村队的小伙子们就在村口集中火枪弩矢抵挡土匪，女人、老人和孩童则携带家什与牲畜躲到后山顶上石寨的堡垒里去。平日里，护村队队员则轮流站岗，监视山洞里的一举一动，只要土匪一有动静，便以敲锣作为报警信号通报全村。

这样一来，半坡村才得以过了一段平安日子。

这天下午，村口忽然间锣声大作，正在炕上和衣午睡的唐扯扯急忙跳起来奔向村口：“谁在敲锣？出哪样子事了？土匪来了不是？”

正在敲锣的是巡逻的青年村民唐黑蛋。唐黑蛋一见到唐扯扯就指着天空紧张地喊到：“族长，你看，你快看——”

唐扯扯一仰头，只见天上红光闪闪，三个像大鸟般的黑点在高空中轰然作响，由远及近，由小变大。突然间，一阵炒豆般的机关枪声在空中大作，一群群围着观看的村民们都将带着疑惑与询问的目光投向唐扯扯，全村人中最见多识广的唐扯扯也呆住了：“日怪了，这几只大雀嘴巴里头还会吐火打枪?!”

转瞬间，那几只大鸟般的东西先后飞坠而下，撞击在山谷里发出轰然巨响，燃起几团熊熊大火，滚滚浓烟直冲云霄。空中突然撑开一把大伞，吊着一个像人似的东西冉冉下降。

唐扯扯隐隐感觉有些不对劲，便赶紧喊道：“全村老少注意了！这些怪物来路不对劲，现在降下来的这个家伙既会作法放火，又会驾云腾飞，是妖怪，一定是妖怪！护村队赶快集合！”

其实那空中的不是什么妖怪，而是飞虎队的飞行员杰克。他降落到了一片丛林里，降落伞的绳索与那些七横八竖的树枝乱七八糟地绞缠在一起，他使劲挣扎着掏出匕首割断绳索，终于从树上跳了下来。他刚落地，就听到四周树木发出一阵阵异常的声响，抬眼看去，只见密林里黑压压的，一群群穿着仡佬服装的土著人端着一支支火枪、举着一把把马刀、拿着一根根扁担围了上来。杰克知道这是中国当地的老百姓，赶紧扔下匕首，一边比画着，一边叽里哇啦地说明自己的身份。

但是，这几乎是与世隔绝的仡佬村寨的村民们没有一个人能听得懂他的英语，他们一见他那黄头发、白皮肤、大鼻子的怪模样，就以为他是个妖怪。他这么一手比嘴说，唐扯扯更是心慌了，赶紧喝道："这狗日的妖怪会念咒语，赶快拿下，免得他使妖法!"

"呼"的一声，一张网抛在杰克身上。

黑蛋等几个小青年一拥而上，两家伙就将杰克绑了起来，还往嘴里塞了一大团茅草，好令他不能念"咒语"。

回村后，唐扯扯召集村中各户户主商量，说这妖怪恐怕多半和对面洞脑壳里的土匪有什么勾扯。他这么一说，大伙都觉得有理，于是为防万一，当下商定，等到天黑后派黑蛋等五个年轻人连夜将这妖怪押送到驻扎在流河乡的保安队那里去。

黑蛋他们五人打着火把去了，唐扯扯又安排护村队排班站岗和其他事宜，如此这般一阵，他有些困，就去睡了。

睡了一阵，梦得正香，忽听得窗外喧哗吵闹，唐扯扯一个激灵醒过来，慌忙披了衣服走出门来。院坝里众村民纷纷打了火把和灯笼涌了过来，火光中黑蛋浑身是血，见了唐扯扯就扑到他怀里哭："族长，我们半路上被土匪埋伏了，他们四个都死了，那头妖怪也被土匪劫去了……"

原来，杰克他们的飞机在天上空战的场景，也被在土匪洞前站岗的哨兵彭荞粑看见了，他急忙往洞内去向他们的头儿雷麻子报告。

当彭荞粑穿过一洞又一洞，进到雷少文休息的那间洞厅时，雷麻子正在大发雷霆。

原来一个月前，他的手下在泥高乡南瓜田村打火线（抢劫）时，抢得一个叫孙霞的女人。这女人长得颇有些姿色，他们便将其带回来献给了他，而这女人确实也让他着了迷，动了心。他整日里花了各种心思来讨好这女人，不料这女人油盐不进，一个多月了竟还没有从他。今儿她又在他那张麻子脸上重重地掴了一个大耳光，让他大为冒火："他娘的个×，给老子捆起来，打，狠狠地打！"

彭荞粑躲在那小洞厅门口，等到雷麻子火气稍为小了点，才小心翼翼地叫了声"报告"。雷麻子"哼"了一声，问："哪样鸡公鸟事？"

彭荞粑便将外面的情况一五一十地报告给了他。雷麻子不禁大觉稀奇，急忙带人出洞观察，虽然比唐扯扯他们迟了一步，但也将情况全部收到了眼里。

他料到唐扯扯要将俘虏送到流河乡去，便率了一大队人马事先埋伏在黑蛋他们的必经之路。等到黑蛋他们一进入埋伏圈，众土匪就一齐开火，黑蛋他们被打了个措手不及，几名押送的村民惨死枪下，杰克的腿上也被流弹击中受了伤，并被雷麻子的手下夺去，只有唐黑蛋身手敏捷、反应较快，才侥幸逃了出来，但也受伤不轻。

唐扯扯听黑蛋讲到这里，一张脸顿时变得惨白，举起巴掌在大腿上一拍："拐火了，拐火了，这妖怪同土匪果然是一伙的！这回真的是闯他妈的红苕鬼了！"

由于连日路途奔波，加上晚上那土匪这么一搅和，陈璧修和冉毕勇颇感疲惫，睡了一个大懒觉，直到次日中午才起床。陈璧修一边系扣子一边对冉毕勇说："自打从军后，十多年来我今儿个还是第一次睡懒觉呢。"

起床后，他俩付了店钱便匆匆赶路，那店老板见苦苦挽留不得，只得依依不舍地送他们上路。这时，阳堡场上也有许多人家纷纷赶来为他们送行。他们从阳堡场出发，经观音塘、牧羊沟、猪头山、萝卜窝，直奔白果坝。在几十里路程中，一路上不断有乡亲来拜访、送行。

原来，陈璧修“臭弹降匪”的传奇在一夜之间即传遍了这一带山乡的旮旮角角，凡是他要经过的地方，那一伙伙占山据洞、封王称霸的土匪吓得当夜就偃旗息鼓罢了业散了伙，这一带的乡亲们因此都十分感激陈璧修，不仅将他当作恩人，还视他为神人。

黄昏时分，他们终于到了白果坝。陈璧修与冉毕勇道别后，各自归家。家中的景象令陈璧修有些意外，完全不似曾遭匪劫的样子，房屋已被修葺一新，一问家人才得知：因为慑于他的臭弹，夏胡子凌晨就带着那伙抢劫过他家的土匪赶上门来，将所抢的财物悉数送还，向老太爷求情告饶之后，各自散伙逃命去了。陈璧修听来，不禁哈哈大笑。

陈璧修多年未曾省亲，这次回乡的这些日子里，乡邻们络绎不绝地登门拜访，让他深切地体会到乡邻亲友们的热情、纯朴与善良。有乡邻敬他为神仙，将他那装臭弹的箱子奉为神物，有人甚至提出要修一座庙宇来供奉这臭弹，这让他感到好笑。

日月如梭，二十多天的省亲假很快就结束了。

这天，陈璧修辞别父老乡亲，踏上了离乡的山路。临行前，他来到冉毕勇家的茅屋里，与他辞别。听说他要走，冉毕勇感到难舍难分，执意要送他一程，于是他们就又一次结伴上路了。

在冷风萧萧的深秋里，他俩默默地行走在乡间的山路上，脚下一地的枯叶红黄橙褐五彩斑斓，却在悲怆地发出“哗啦哗啦”的惨叫声。一路上，到处是萧条破败的村庄，一阵苍凉感包围了陈璧修，他重重地叹了口气：“我正值壮年，却感到心已老了！”

冉毕勇解下腰上的葫芦，递给陈璧修：“别想那些不高兴的事了，还是喝口家乡的小锅酒开开心吧。”

陈璧修接过葫芦来大大地饮了一口，苦笑了一声：“只怕是借酒浇愁愁更愁啊！国愁、家愁和乡愁这千愁万苦全都挤到一块儿了。”

不知不觉间，他们已来到猪头山与牧羊沟交界处。

陈璧修从身上取出一个布包裹递给冉毕勇，正要说什么，忽然前面山道上传来一阵铿锵的脚步声，他急忙让冉毕勇将布包裹收起来。

他俩循声望去，见一个身材高瘦、三十来岁的年轻人迎面疾步而来。陈璧修见这人行色匆匆，心中忖到：这人看上去刚柔相济，颇有气质，一副干练的样子，完全不似这乡间的一般人士，却不知他要去哪儿。

来人也看见了他们，迅速打量了一下二人，抱拳直向陈璧修问道：“敢问这位可是陈璧修先生?”

陈璧修心下大奇，答：“敝人正是，不知这位老弟如何称呼，又如何识得陈某。”

来人欣喜地答道：“陈先生鼎鼎大名早已名满平川，敝人十分敬慕，敝人姓严名循金，在县政府做秘书，今日奉县长之命前来传县长亲笔信给先生。”

陈璧修接过信来拆阅，信是县长亲笔所写。大意是仰慕陈璧修臭弹降匪之神勇事迹，欲一睹仙人风采，又言流河乡有一帮土匪猖獗，保安队一再受挫，特邀请陈璧修携“臭弹”法宝前去作神法，助保安队剿匪，功莫大焉云云。

陈璧修读完信，对严循金道：“既是严秘书带县长亲笔信来，陈某自当前往，但陈某小小‘臭弹’，却不知是否能降得了那伙土匪。”

严循金闻言道：“既陈先生如是说，恕敝人直言，敝人在来的路上也在心中暗自怀疑，不相信你那‘臭弹’是什么法宝，也不相信陈先生是什么神仙!”

陈璧修闻言大喜：“严弟高见，陈某回乡这数十日所见之人，数严弟最有见识不过，陈某的确不是什么神仙，先前所说的臭弹，也不过是一颗会散发毒气的炮弹罢了。”

严循金却又道：“不过小弟视陈先生风采，儒武双全，深韬大略，相信定能在兵法上对保安队有所帮助。”

言谈之间已临近阳堡场口，老远就见长长的石梯道两旁站满了人。一个肤色光白、略微发胖、个子稍矮的中年男人迎上来，双手握住陈璧修的手，亲热地表示欢迎。这人就是县长曾老二了。

场上停着两顶轿子，那县长请陈璧修坐其中的一顶，与他前去双河乡剿匪。陈璧修答应去协助降匪，却坚决不肯坐轿子。这么多年来他除了在战场上骑过马、因公乘过汽车外，一律都是自个儿步行，特别反感坐人力抬的轿子，这当儿他也不想例外。那县长一连邀了几次，陈璧修都不同意，县长只得作罢，自个儿上了轿。

于是一大队人马便出发了。一半天工夫，他们来到了流河乡，与原先派来攻打土匪的保安队会合在一起，浩浩荡荡，向半坡村方向而去。

由于他们人多势众，声势浩大，那伙土匪很快就得到了讯息。这两天来，土匪们劫了杰克去，虽把他当作上天派来援助他们的妖神，却谁也听不懂他那叽里哇啦的“神语”，又怕他妖性发作吃人，就在替他包扎好他腿上的枪伤后，仍将他绑着，只是每日里给他好肉好酒供奉着。这天下午，土匪们听说县政府增派了大批保安队来剿，还请了陈先生用臭弹来助威，那土匪头子雷麻子也不敢小觑，立即传令全洞土匪带武器迎战，还携了“妖神”杰克一块儿出得洞来。

洞脑壳的洞口本来很大，但因其位于那座陡峭大山的半腰，只有一条羊肠小径通连，而且洞口又让这些土匪用石块砌了一堵厚厚的石墙，确有一夫当关万夫莫开的架势。这当儿一大群土匪涌到洞口，躬身躲在那道石墙下，一支支火枪从墙缝间的枪眼里伸出来。

雷麻子将杰克推到身前站立，自己伸出头四下观察，却见山下树林里、河滩上、岩石后、草丛中到处是密密麻麻的保安队，还有大量的村民在助威，他心下一惊：妈的，不知有好几千人啊！他回头看了看“妖神”杰克，心下一横，大声吆喝道：“山下的人听着，近日上天送来这位天神助老子造反，是老天爷在帮忙，你们识时务的赶快都他妈的投降老子算了吧！日后老子得了天下，定会有你们的好处。”

山脚下埋伏的保安队有人抬枪欲射击，陈璧修急忙打手势制止。此时他看清洞口站着的并不是什么妖怪，那分明是一个属白色人种的外国人，他转过头来对县长道：“曾县长，这不是什么妖怪，而是一个外国人呀。”

“外国人？明明是个怪模怪样的妖精嘛！”县长怀疑地看着陈璧修，“陈先生莫非是法力不济，找个借口推托吧？”

陈璧修又气又笑，忽然之间计上心来，有了一个主意，他便对那县长说：“县长大人，降这区区妖怪我倒是有法力的，但若要我来降妖却有一个条件。”

“什么条件？”

“我降了这妖怪后，要将他带走，以便驯化。”

“当然可以，当然可以，那真是再好不过了。”

于是，在山上山下数千人目睹下，发生了这样的一幕——

陈璧修面对山洞，口中大声喝念“咒语”，洞口的土匪头子雷麻子见状，急忙躲到“妖怪”杰克的身后。

陈璧修的“咒语”刚停，杰克也念起“咒语”来，二人你来我去，互念“咒语”不停，似在对阵比拼一般，直看得山上山下的人手心都捏了一把汗。

最后，陈璧修打开一个皮箱取出一个形似骷髅、长鼻子面具的东西戴在脸上，口中还念念有词。而那“妖神”杰克见陈璧修这样子、听了陈璧修的“咒语”，若有所思地念了两声“叶死”、“叶死”，然后口中“呕咳”、“呕咳”怪叫，“扑通”一声跪下，连连磕头。

洞中那一群土匪见状大惊：大事不好，那臭弹是这“妖神”的克星，这神人陈先生刚刚现出原形，那臭弹尚未取出来，自己这边的“妖神”就败下阵来了。难倒是天意？我等的末日到了?！一个个心下惶惶，吓得全体缴械投了降……

县长曾老二紧紧握住陈璧修的手连声道谢，说他没费一枪一弹、一兵一卒就降服了这帮凶神恶煞的土匪，实在是为平川的百姓和政府立了一大功；保安队官兵们将陈璧修抬起来欢声如雷；唐扯扯激动万分，带领半坡村仡佬寨的全体村民向陈璧修跪下，敬献酥食、麻饼和小锅酒等土特产品……

那县长想请陈璧修留下来当阳堡乡的乡长，陈璧修自然坚辞不肯。见县长一再苦苦挽留，冉毕勇忍不住告诉了他陈璧修的真实身份。县长闻言大出意外，急忙盛情邀请陈璧修到县城做客，并言县城有烟馆、窑子，窑子里的货色虽比不上陪都重庆，但也还算不错，可好玩了。

陈璧修皱了皱眉头，更是不肯留下了，他称军中有紧急公务要办，执意要走，县长便专门派秘书严循金送他一程。

于是，陈璧修与杰克踏上了北到重庆的路途，冉毕勇与严循金一直将他俩送到平川与外县交界处老鹰关才分手……

这个离奇而精彩的故事让我听得兴趣盎然，特别是听到后来我外公降服“妖怪”杰克的时候，我不禁哈哈大笑：“冉爷爷，他们真笨，连我外公和杰克在用英语对话都不知道啊！”

冉爷爷叹了口气：“唉，那时的平川是那样的闭塞、落后，除了你爷爷严循金和我后来在送你外公时听他讲了真相外，其他的人又哪里知道！”

夜色已深，故事讲到这里，冉爷爷停下来接连打了好几个哈欠，然后带着意味深长的笑容合上了眼皮，自个儿甜甜地睡着了。我也回到了客房去休息。

一道金色的阳光破窗而入，我睁开双眼，映入眼帘的是冉爷爷家那生机盎然的“绿色窗帘”——村子里到处见缝插针地生长着的花草树木。

起得床来，冉爷爷的孙子冉小康已经在沼气灶上为我做好了早餐。乡间的东西就是香，加上我刚熬了夜，立刻狼吞虎咽风卷残云地吃起来，冉爷爷坐在门口的椅子上笑呵呵地望着我：“不用慌，慢慢吃，吃完了我陪你到村子里逛一逛，好不好?”

“当然好呀!”我赶快放下碗筷，“快走吧，冉爷爷。”

“呵，坏小子，你慌个哪样?”他笑着带我出了门，他的孙子冉小康扛了一把锄头跟在我们后面。

冉爷爷一边走一边说：“在流河乡半坡村降了那帮土匪后，我和你爷爷严循金一直将你外公送到了平川北境的老鹰关才分手，因为那个杰克腿上有伤，需要你外公扶着他行走，所以你外公嫌带着那个箱子不太方便，就将它交给了我，委托我帮他保管，他特别嘱咐我不能乱动，一定要把它藏好。”

言谈之间，我们来到村口的一株大树前。

这是一株古银杏树（俗名白果树），树冠高耸，直入云端，树干粗得要七八个人才能合抱。冉爷爷指着这株大树道：“这棵白果树是我们村的风水树，也是我们白果坝村的象征，好几百年了，不管是官还是匪，是战还是乱，都没有人敢动它一片树叶。”

我仰头望了望树冠，一阵森森的庄严感不知不觉地就感染了我：“冉爷爷，你带我到这儿干哪样啊?”

“一会儿你就晓得了。”冉爷爷神秘地笑了笑，朝身后一挥手，“小康，干吧。”

小康应了一声，来到银杏树前，照着冉爷爷手指的地方埋头挖了起来。冉爷爷缓缓言道：“我受了你外公的嘱托，将这个箱子带回了家中。我知道这颗臭弹不是凡物，生怕别人来打它的主意，加上又怕弄出麻烦来。我考虑再三，想来想去，只有埋藏在这风水树下才保险，就择了一个打雷下雨的夜晚，一个人偷偷地将这箱子埋在了这棵树下。这一埋，它就在这树下沉睡了六十余年了！”

言谈之间，冉小康不停地埋头苦干，约半小时工夫，地上现出一个巨大的深坑。冉爷叮嘱道：“你小心点，别把那臭弹弄爆了！”

小康应了一声，继续挖。又挖了一阵，他突然喊道：“挖到了，挖到了，快来看呀！”

我赶紧跳了下去，一个破破烂烂的箱子出现在眼前，我对冉爷爷和小康喊道：“你们先躲开，让我来瞧一瞧！”

我小心翼翼地打开箱子，里面现出一颗锈迹斑斑的炮弹和一个防毒面具，我曾在炮兵某部当过四年兵，对这玩意儿也懂得一些。我仔细察看了一番，确定这枚毒气弹并没有装引信，放心了许多，便对他们说：“不要怕了，它没有安装引信，一下子是不会炸的。不过也不能随便动它，因为这里面的化学毒剂如果流出来的话，危害会十分巨大！一会儿我们回去打个电话给县里武装部，让他们派人来处理。”

“要得，要得，”冉爷爷道，“这样我就放心了。”

我轻手轻脚地查看着箱子，突然，发现在箱子的一角有一包黑黄色的物品，急忙叫道：“冉爷爷，这里还有一件东西是什么呢？”

冉爷爷凑过来一看，又说：“哦，我差点忘了，这是你外公当年在回去的路上交给我的，当时他因为有事忘了交代，后来我又不愿乱动他的东西，就一块儿放这里面了。”

我伸手拿起那包东西，这是一个布包裹，外面的布已经发黄，甚至有些破烂，里面的东西摸上去很硬。我一层层地把布揭开，里面露出一堆黄澄澄的金条来。它们虽然在这地下沉睡了几十年，却仍然未改那金灿灿的本色。

我一呆：“金条！这箱子里还真的有宝呢！”

冉爷爷将布包接过去，说：“里面还有一封信呢。”

他打开那张发黄的纸念了起来。原来这是当年分别时外公写给冉爷爷的信，他说咱中国这样贫穷落后，连小日本儿都敢来欺侮咱们，其原因就是人民的思想太落后、素质太低下，他要冉爷爷用这些金条在家乡办一所学校，改变一下这种面貌。冉爷爷说：“哎哟，当年我没有看这个包裹，却负了你外公的一番心意了！算了，你是他的后人，这些金条你拿去作纪念吧。”

我清楚当前人民银行关于黄金的兑换价格，深知这些黄金的价值不菲，但我对冉爷爷道：“我不能要，把它捐给白果坝村办学校吧。”

“你有这样的一片心，真是个好孩子。”冉爷爷道，“解放后，国家很重视我们少数民族地区的教育事业，咱村也有了学校，而且这些年来还发展得蛮不错的，什么电声教学、远程教育这些现代化的设备都有，你小康哥的媳妇在那学校里当教导主任呢。你看——”

我顺着他手指的方向望去。

村外那个坝子上，一幢现代化的、漂亮的楼房巍然屹立，楼前一个大操场绿树环绕，操场上整齐地排列着一队队学生，胸前系着红领巾，雄壮的《义勇军进行曲》在这山村的上空高亢地响起，远远地传扬，一面鲜艳的五星红旗冉冉升起，迎风猎猎飘扬，学生们的一只只小手举过头顶，在金色的阳光下构成了一幅最美丽的图景。

看着这一切……

听着这一切……

我的泪水夺眶而出。

2003 年 11 月 21 日于贵州务川完成初稿

2005 年 4 月 12 日于贵州遵义改毕

矮 子[1]

陈智武[2]

汪矮子不矮，身高一米五一。这尺寸，是那年汪矮子报名当兵体检时，量身高的医生用皮尺给他量的。

公元一九六二年三月初，我们的国家要征兵。县政府下了个红头文件，安排太平人民公社完成招收十五名新兵的任务。文件中又明确规定，为了做到留有余地，做到好中选好，优中择优，要求太平公社选出20个适龄男性青年报名应征。

太平公社收到红头文件的当天，立即行动，扯横标、挂竖标、红红绿绿搞宣传，开大会、召小会，轰轰烈烈作动员。但是，三天过去了，没一人报名。这形势，急得分管兵役工作的副社长何贵屁眼起火！加之县上有个抓征兵工作的领导知道了太平公社招兵工作进展迟缓，一天三次地打电话给何贵，电话上说，你何贵是你娘的熊，你不把工作突上去，看你娘的你还当得成副社长不？打电话的领导是东北人，说话做事都硬扎，接电话的何贵怕他，忙在电话上应道："我保证，我坚决，我绝不辜负领导对我的关心和培养。""娘的个熊！看你的了。"啪！电话断了。何贵放下话筒，伸手抹脑盖顶上冒出的冷汗水。

---

① 原载《民族文学》2007年第3期，此次出版时有改动。

② 陈智武（1947—）：男，仡佬族，贵州省务川仡佬族苗族自治县人，贵州省作家协会会员。曾在《诗刊》《星星》《山花》《四川文学》《北京文学》等刊物上发表诗歌二百余首。

何贵软软地坐在椅子上，眼睛盯着电话机，嘴巴几努努，硬硬地说，你才是娘的个猫……

按说，拥有一万多人口的太平公社，发动二十个青年人报名，经过严格的政治历史审查和认真的身体健康检查，挑选十五个新兵入伍是不成啥问题的。但是而今眼目下，太平公社里的青年多数都长得细瘦，人瘦体重轻，身体健康关肯定过不去。有些长得肥实的人，又怕去当兵。这些人私下里说，台湾的蒋光头在吼反攻大陆啊，这次招的兵是野战部队招的步兵，当兵就得上阵打仗啊，打仗不好要呢，子弹没长眼睛，管你是张三李四王二麻子，花生米射在身上，就他妈的命归黄泉，早登仙界……

何贵是个能人，脑壳灵活。何贵的两颗眼珠子几转转，手把脑门几拍拍，新办法就想出来了——他立即通知全社四条街的支书、主任到社公所来开特别紧急会。支书、主任们开惯会，又爱开会，接到通知后，急忙赶到社公所的副社长办公室，各自找个矮凳子，围着何贵稳稳坐好。何贵坐在高凳上，开腔就没有好声气："我因为你们工作不力，挨了县领导的批评，批评的是我，臊皮的是你们！太平公社征兵形势严峻，县领导强调，再不把这件政治性很强的工作突上去，要办人的！所以说，这个会议很重要！现在，我代表公社党委明确两点：一、从今天起，不，从现在起，要扎扎实实重新掀起太平公社征兵工作的新高潮。二、会社的报名名额，实行分片包干负责，三天内各街完成五人报名的任务。完不成任务的，要办人，办到哪个算哪个！"和平街的主任站起身来，说："何社长，三天的时间怕完不成任务，延长一天行不?"何贵火了，将脑壳高扬，骂道："你娘的个熊的木脑壳，你三天不完成任务的话，开除你的党籍！"和平街的支书说："报告何社长，他没有入党。"何贵说，没有入党也要开除。散会。"

一个短会产生了大作用，才两天，公社有十九个人报名了，只有和平街少一个人。和平街的支书风风火火跑到社公所，说："报告何社长，经我本人耐心说服动员，本街居民汪矮子准备积极报名应征，经多方面调查核实，汪矮子的上三代是穷光蛋，左亲右戚外公舅爷表叔姨妈也统统是穷光蛋。但是汪矮子人瘦，体重不够，怕过不了关。”何贵眯着眼睛听完汇报，努努下口皮，说：“好的。令你立即通知汪矮子报名，并叫他从明天起到公社干部食堂吃饭。一天三顿，每顿分两斤米的饭、三份菜给他吃。吃十天，喂肥了，迎接体检。”

汪矮子报了名，得进干部食堂吃饭，惹得太平镇上的青年好羡慕，纷纷要求报名应征。何贵说：“名额满了，明年看形势再说。”

公社食堂一天开三顿饭。汪矮子准时参加吃饭。汪矮子将每顿分给他的饭菜，完全做到了颗粒归肚。汪矮子腆着肚子满街走，见到熟人朋友嘻嘻笑，笑后，又嗷——嗷——嗷地打一串饱嗝。

汪矮子吃了三天饱饭。在吃完第四天的早饭后，他蹿进吃三干一汤一炒菜的社长餐房，找着何贵，说：“请示何社长，本人不是干部，进干部食堂吃饭久了，怕街上的说我冒充干部，冒充干部要违法呢。”我请求把七天的米拿回去自己煮饭吃，少跑动，肥得快些。何贵想想，觉得矮子说的有道理，同意了他的请求。何贵指示食堂保管员称四十斤米给汪矮子，汪矮子把米提回家中，一天只煮两顿饭吃，每顿只下一斤米。

十天过去了，负责体检的医生来到了镇上，有十个人，九男一女。

何贵早两天就指示镇完小停了课，腾出五间教室做体检室，他又安排人用白纸将教室的窗子糊了，每间教室的门枋上钉块牌子，白牌子上写红字：五官科、内科、外科、泌尿科……

这天天气好，太阳明晃晃的。何贵带领二十个应征青年，列着队，齐声高呼着“好钢要打钉，好男要当兵”、“保卫祖国，不怕牺牲”的雄雄口号，在太平镇街上走。队伍从上街走到下街，又从下街走到上街，来回走了三趟，才转到小学的操场坝。何贵将队伍交给医生头儿。医生头儿一五一十，十五二十清点完人数，喊：立正！——立正了。齐步走！——齐步走了！——齐步跑了。……目测全部合格。医生头儿拿出体检表，发给应征青年，说："你们可以依序进行身体检查。不忙！"与医生头并站的何贵两手叉腰，双眼鼓圆，装出大官讲话的姿势说："你们进去搞体检，要沉着机智有胆量。要注意自己的体检表，医生检查一项，要在表格子上打记号，打"✓"的合格，打"×"的不合格。听懂没有？"

"听懂了。"

"进去。"

按顺序，汪矮子是最后一个进去做体检的。他顺顺利利做完了十几项检查，医生在他的表格子里打的都是"✓"。他很满意，很骄傲。最后一项是检查全身，看有没有伤迹，长没长癣疤，是不是包头或其他什么的。汪矮子推门走进去，看，是个女医生。女医生年轻，个子不高也不矮，身材不瘦也不胖，脸生得标致。女医生伸手接过汪矮子的体检表，问："你叫汪矮子？""是。"汪矮子答。"脱衣服。"女医生说。汪矮子脱了衣服。"把裤子脱了。"女医生说。"不脱裤子。羞人。"汪矮子忙用双手抓紧裤腰，满脸通红。女医生一步跨近汪矮子，用手猛一扯，把汪矮子的裤子脱了。台子是四张课桌并成的，铺条白布单子。汪矮子赤条条躺在台子上。女医生靠近台子，低头用手按汪矮子的胸膛。女医生的长发刷汪矮子的脸，汪矮子的鼻子嗅女医生口中呼出的气，好香。女医生的手摸汪矮子的腿子，手又白又嫩，汪矮子感觉很滑，很舒服。女医生的手指头有意无意地碰汪矮子下身的那个东西。汪矮子觉得痒，慢慢地，慢慢地，那个东西扬了起来。

"不准扬。"女医生说。

"它要扬。"汪矮子说。

"控制住！"女医生发出警告。

"没办法。"汪矮子用上门牙紧咬下口皮。

“你思想作风坏。”女医生狠狠道。

“吃了十天饱饭。”汪矮子大声说。

女医生转过身，抽出别在白大衣口袋上的圆珠笔，转头瞟一眼汪矮子的那个东西还是扬起的，回头说：“思想作风太败坏。”女医生用笔在汪矮子的体检表上写了六个大字：思想作风败坏，又签上了她的名字：邹红芳。

犯思想作风败坏的人，理所当然是不能当兵的。何贵跳起双脚骂汪矮子：“你这只骚公狗，臊了全公社人民的皮，丢了全公社人民的脸，浪费了全公社人民的宝贵粮食！滚！”

得到新兵入伍通知书的十五个人，胸前戴着大红花，走了。汪矮子有半月不敢出门，在家中闲着。后来，县上给太平公社分配了几个招干、招工的名额，和平街的街支书曾推荐汪矮子去当煤炭工人，何贵说：“犯思想作风败坏的人想拿工资吃饭？不准。”幸得汪矮子的成分好，不属政治运动的对象，没把他下放到云风山去做农业。好在汪矮子有家传手艺会蒸米粑，又有一间房子在街面上，再积存有二十五斤米作为本钱，他就在家里推米浆，蒸米粑，卖粑。拿汪矮子的话说，乌梢蛇没得脚脚，都找得到吃的，我矮子还是个活人呢。汪矮子卖粑赚小钱维持生活，算自食其力的大大的良民。然而，何贵却指示市管会的市管员来查封汪矮子的摊子。便有十几个街坊老汉、老妈围着市管员为汪矮子说情：汪矮子是孝子，他的母亲生病他服侍，死了是他一人背去埋的，是他一人用手挖的坑，是他一人用手垒的坟。不准他卖粑，天地都不容！整他的人，生个娃儿不长屁眼……众人齐说。市管员不敢下手，放了汪矮子的松扣——没封他摊子，仍准他卖粑。

天亮是白天，天黑是夜晚。日子就这样得过且过。

这天天不亮，汪矮子点燃油灯，打开煤火烧水蒸米粑。蒸了三笼，天才微微明。一只雀儿在汪矮子的房檐口站起，叽叽喳喳地叫。汪矮子听雀儿叫，心里想，雀儿叫，喜事到，未必天上仙女要下凡嫁给我矮子？汪矮子二十岁了，他想女人，他想娶个女人组成家，有个娃儿喊爸爸。但是太平镇周围的女人，都听说他思想作风败坏，当兵、当工人都不行，有哪个愿嫁给他？况且，汪矮子不敢出门找女人，他穷，又有哪个女人愿跟找一碗吃一碗的穷汉子过日子呢？没得。天亮了，汪矮子把蒸熟的米粑从蒸笼里一个一个拿出来放在簸箕里，打开大门，将盛满米粑的簸箕摆在木板做的摊子上卖粑。汪矮子蒸的米粑又大又甜。上课读书的学生，到菜市上买菜的女人，去云风山背煤的背夫都爱买他的粑吃。天大亮，汪矮子的粑卖了大半。汪矮子的肚皮饿，但他不拿粑吃，他晓得卖二十个粑才赚一个粑，吃了就吃了老本钱，农二哥饿死不吃谷种，他懂这个道理。

太阳出来了，太阳亮灿灿，太阳光照着汪矮子的米粑，红白红白的，好看。

一个女人走到汪矮子的摊子前，眼睛盯着米粑，有气无力地说“大哥，我要吃粑。”“五分钱一个，拿钱买。”汪矮子说。“我没得钱。我饿，我三天没吃饭。”女人泪水汪汪。“女同志，这个年头哪个人不饿？——小本生意，难做善人。请走别处发财。”汪矮子低头用筷子翻米粑，不快不慢地说。“大哥，我不是骗子，我是知羞耻的女人。人到这一步，我想活。大哥若不嫌我，你娶我做媳妇，我给你理家生人。”女人话带哭音。汪矮子抬起头来，细细看这女人，女人身子瘦弱，一脸菜色，两眼无神。汪矮子看这女人有些面熟，但又想不起来在何时何地见过。“不敢收留你这同志，米粑我送你吃饱，不要钱。”汪矮子边说边用筷子穿上十个米粑，递给女人，女人接过米粑，一口一个，两口一个将粑消灭了。汪矮子看女人吃粑的样子，知道她当真是饿极了，十个米粑不够吃饱，又穿十个米粑给她。女人接过来，三口一个，四口一个吃了。汪矮子说：“吃饱了？”“吃饱了。”“吃饱了，就该走了。”“我走哪去？我不走。”“你当真赖我？”“我说话算话，我当你的妇人。”……

这几年来，从外地逃荒到太平镇嫁人的女人多得是，不足为奇。上街王跛子用十斤粮票就娶了一个十八岁的女人。汪矮子见这女人当真是走投无路了，不收留她，怕是死路一条，男人死了卵子朝天，女人死了可惜。我汪矮子见死不救，猪狗不如，罢，罢，罢，就收留她在家中，以后再说。汪矮子将摊子收了，站在街中，高声道："各位叔伯娘、哥子妹子，我汪矮子今天娶女人了。我汪矮子无能，鸣不起火炮，办不起酒席，口头上打个响声，算我汪矮子告知大家了。"说完，他牵着女人的手，女人温温顺顺地随他走进了家门。

汪矮子反手把大门关了。

汪矮子要女人坐在凳上休息。女人说她想睡。汪矮子说，就是那张床，你睡。女人脱了脚上的破胶鞋倒在床上，她太困了，她睡着了。汪矮子走近床边，扯被子盖住她身子。……在女人睡觉时，汪矮子把煤火打开，安上锅，舀两瓢水倒锅里；他打开柜子，撮三大碗米，淘进水里，他将一个月的一两定量菜油全部滴进水里，放了盐，盖上锅盖，煮油米盐稀饭。稀饭熟了，汪矮子舀一大碗热稀饭，端在床边，喊醒女人，要她吃。女人醒来，坐起半身，双手接过碗，说："大哥，你也吃。"汪矮子说："我晓得吃。饭煮的多。你吃饱。"女人连吃了两碗稀饭，满头大汗，要起床来洗碗。汪矮子说："吃饱又睡。你出汗多，起床冷风吹，怕着凉生病。"女子也听话，倒下去，又睡着了。

女人睡着时，汪矮子心火起，想上床去和她困觉，尝尝女人的味道，反正是送上门的肉，不吃白不吃。他是个健康的男人，只要一想起女人，下身的那个东西就扬起了。他走近床边，看女人睡得香，呼吸平稳，额头上在出子母汗。他便退回身来，坐在椅子上思想：不行，不行！我汪矮子是个人，不是骚公狗见到母狗就爬。况且，又不知道这女人的来龙去脉，生辰八字，姓啥名谁，就去按她，这行为比嫖娼不如，嫖娼要拿钱给妓女，算两相情愿，公平合理。我与这女人没有感情，才相识半天，没有感情的男女，搞那事是无味的。这女人出门逃荒，逃荒的人命苦，苦命人要怜惜苦命人。……算了，忍住。心稳得住，但那东西扬起制不住。制不住，老子有办法制得住！汪矮子猛地站起来，走到水缸边，拿木瓢舀瓢冷水，向着下身淋去，一瓢不行，又舀一瓢淋，冷水灭燥火，那东西慢慢地软了，缩了。汪矮子打三个冷噤，自言道，这才是人的东西。

女人醒来，已是夜半三更天。她睁眼看枕边，枕边没得人；她伸手摸衣裤，衣裤也完整；她支身抬头望，豆大的煤油灯光下，汪矮子躺在凉椅上，睡得安然。女人喊醒汪矮子，说："哥，你上床和我睡。"

"不。你自个睡。"汪矮子说。

"我是你的妇人。"女人说。

"不是，没拜堂。"汪矮子说。

"哥嫌我身子瘦?"女人说。

"长胖发再说。"汪矮子说。

"哥怕我身子不干净。"女人说。

"明天烧水洗澡。"汪矮子说。

女人是诚心诚意要汪矮子和她同床睡，汪矮子不愿，女人哭了，哭丧着脸声凄凄。汪矮子心烦，说："不准哭！再哭！天亮我追你走。"女人止了哭，哽咽着说："我不哭，我睡不着。""我也睡不着。天亮还早，吹壳子混时间。"汪矮子说。汪矮子把凉椅挪近床边。坐起，与坐在床上的女人吹壳子。汪矮子问："你是那的人?""我是四川巴县水井沟的人。"女人答。"你为啥子出门?""逃荒，避难。""年轻轻的女人，说饿饭逃荒相信，说避难我不信。"汪矮子先点头，后摇头，说。女人长叹一口气，叫声："哥，你听我说。我原是卫生学校的学生。读书时与一个男生谈恋爱。今年四月，我实习回校等待分配工作。在校无事做。我打电话给我的那人，要他来陪我耍。他来了。那天天气好，我和他在宿舍耍。他说，你分配工作，不知何时才见面。他要我……我也愿意……我俩都睡着了，被校长抓住了。学校的纪律严，我被开除学籍了。他呢，更惨，定为思想作风败坏，送去农场劳教。我回到老家，父母恨，兄弟嫌，生产队队长看过我的处分通知，大会小会点我名，批判我。哥，你是知道的，我们那里人多田少，分的粮食不够吃。为了活命，为了不挨批判，我偷偷逃了出来。太平镇我来过，道路熟，我一路讨饭吃，走了十天，才走到这里。我命不该绝，遇到你个好心的哥。”……女人放声大哭。汪矮子的眼眶湿了，说：“妹子莫哭丧着脸。你哪时来过太平公社?”“今年春上，来太平镇实习为应征人员检查身体。”“你叫啥名字?”汪矮子急问。“我叫邹红芳。”“咳咳咳。邹——红——芳。你知道有个人，你给他搞全身检查时，你在他的体检表上写的是思想作风败坏。我就是那个人。”邹红芳惊呆了，忙跳下床来，双膝跪在地下，哀求道：“哥，我人年轻，不懂事，我对不起你，我误了你的前途。你打我，骂我，我愿。求哥不要赶我走。”汪矮子一把将邹红芳扶起来，说，“要不得，要不得，不兴跪。我不怪你，世上哪有后悔药卖！况且，那些去当兵、当工人的并不比我好，周二娃当兵学开车，翻车死了；郑得才进厂当煤炭工人，煤洞垮了，压死了。我是活着的，好死不如赖活着。说前途，这个词，我哥子解释给你妹子听，钱（前），就是人民币，图（途）就是图它多。同船过河三分缘。今天，我相识你这妹子，算是你我有缘分。——哥子我认真讲，从今起，不准你再提那个事情了！不听话，哥子打你。”汪矮子要邹红芳和他结拜为干兄妹，在家里，以兄妹相称，出门外，装成夫妻。邹红芳不同意，汪矮子说不同意，天亮你就走，哥子说一不二。邹红芳只好点头同意。邹红芳亲亲地喊，矮子哥。汪矮子脆生生应：嗯。汪矮子热热地喊，红芳妹。邹红芳娇娇地答：在哩。

天亮了。汪矮子说自古来新郎新娘要耍三天，叫度蜜月。小户人家要不起三天，也要一天，今天就不做生意了。他要求红芳，他有事出门后，定要把大门关好，街上的骚野狗多，要警防野狗蹿门伤人……

汪矮子拿把撬刀，出门朝荷花池方向走去。荷花池早已被破坏了，成了一口白天装太阳晚上装月亮的污泥塘。塘里有鱼鳅，他要挖鱼鳅补红芳的身子。汪矮子走到水巷子，碰着迎面走来的何贵。何贵不是副社长了。有人写信给县上的领导，告何贵乱搞男女关系。县里已逐步形成红头文件，将他的副社长职务免了，调到镇市管会当市管员。何贵先冲矮子龇牙一笑，开口道："汪矮子走桃花运了。""牛屎运。"汪矮子说。"昨夜过瘾了。""过瘾了。""安逸不?""安逸。"何贵一脸淫笑，放声高唱风流歌：妹子生得嫩又娇，一个胸膛两个包；那天落在哥的手，只见肿来不见消。……

粮食这物什，是根好药，专治饿病。虽说一天两顿饭一顿是干饭一顿是稀饭，饭是红苕、南瓜、苞谷面掺和的，菜是萝卜干、酸菜汤，也没有油水。但半个月后，红芳变了模样，脸蛋有红润，眼睛有光泽，说话有神力。红芳把家收拾得干干净净。她把家中的旧衣裳、破裤子收来，该洗的洗，该缝的缝，理整得整整齐齐。汪矮子挑水，她淘米；汪矮子烧火，她添煤；汪矮子推磨，她帮手；汪矮子蒸粑，她舀浆；汪矮子卖粑，她收钱……日子过得笑笑呵呵，平平淡淡。

说平淡也有不平淡的事发生。何贵有事无事三天两头进汪矮子家来，他说他到矮子家是他的工作职责。他说他关心矮子，每月该收十块钱的市管费，只收五块钱。他说他当副社长时，搞女人容易，凡叫长的就是官，拆开官字看：上面一点叫顶子，代表权力，宝盖头就是管制的意思；下面两个"口"字是"1"字连起来的，说明当官的人既要管人的上口，又要管人的下口。下口你懂不懂?懂。嘻嘻嘻，哈哈哈……

何贵又来了。他说他有重要的事情与汪矮子商量。何贵进房骑在板凳上，一对眼睛发出绿光，直射在红芳的身上，从头到脚上下扫描，汪矮子走过去，双手把何贵的脑壳扳正，说："何贵，自重些。""看看你的妇人都不行?""不行。""毛。没办结婚证的黑市妇人，人人都可搞。""你敢！你敢动我妇人一根头发，我杀死你家满门!""杀人要犯法。""犯法？你卖鸦片烟才犯法。""谁卖鸦片烟？哪个证明我卖鸦片烟?""证人就是我。你何贵亲手卖给我的，十块钱一钱烟土。""你汪矮子一个说的定不了罪。""何贵，你这狗日的还不吸取教训，你的官怎样下的？今天，老子补你个明白，是我联合人写信向县上告的。""咿咦，汪矮子，你硬凶哩。""我没得斩龙剑，不敢下东海。""你凶，你凶。今天算我开玩笑。从今后，井水不犯河水，行不？——但是我宣布，从下月起，要收你矮子十五块钱的市管费了。""该收的就收，皇粮国税老子该缴——不过，老子也要收你吃粑的钱了。你天天吃老子的粑，毛算，要收五十块钱。""没得钱拿。""不要脸。滚!"

何贵夹起尾巴，灰溜溜地走了。红芳在流泪，她流的是一个女人有男人保护，不受外人欺辱，深感欣慰的喜泪。矮子笑，笑得灿烂。

汪矮子家门前有棵枫香树，枫树叶子在渐渐褪色，有的浓黄，有的淡红，天要冷了。

红芳拿三块钱，上黑市市场买了二尺布票到供销社扯一尺灯芯绒布隆迪、称半斤棉花回家。红芳密密纳鞋底，细细缝鞋面，厚厚垫棉花，为矮子做了双新棉鞋。矮子说，穿新棉鞋脚发烧，出汗。红芳说，只是脚发烧，身上不发烧，贱骨头。矮子说，不是贱骨头，没穿过棉鞋的人，要慢慢适应。

红芳有洗澡的习惯，三五天要烧热水洗澡。红芳每次洗澡时，矮子就躺在凉椅上养神。这天夜里，红芳烧了一大锅热水，用水桶盛半桶热水，提进后厢房，将热水倒进大木盆里，关上门坐在盆里洗澡。水温温，洗着红芳白白的身子，黑黑的头发，丰满的奶子。

洗着，洗着，拨动了一颗成年女人的春心。红芳喊：“矮子哥，洗澡水凉了，请舀半桶热水来。”“自己来舀。”矮子说，“我光着身子，出来怕。”“我关上门的，水提不进去。”矮子从凉椅上起来，找只木桶，从锅里舀半桶热水提到门前，说：“开门，提水来了。”“门没关，推得开。”红芳应道。矮子推开门，红芳一把将矮子拉进房内，裸身露在矮子的眼前，矮子眼睛一亮急忙紧闭住。红芳说：“哥，你摸我。”“不摸。”“哥，我要你。”“我不要!”“哥！……”矮子退出门外，拉拢房门，怒道：“红芳，你我干兄干妹的，成何体统？你再这样做，明天我追你出门，赶出太平街，押回四川去!”红芳在房里偷哭，她哽咽道：“哥啊，我这一生一世用哪样报答你嘛?”“你不需报答我。你来我家，借个房子安个身，帮我理料家务，帮我做生意，算是自己做来自己吃，没沾我的光。”矮子接着又说：“芳妹，说真的，你干哥是男人，也想女人。但是，我绝不污你。你是有男人的女人，今后日子好了，哥子拿钱给你做路费，去找你的男人正式结婚，生个外侄拖回太平街来，我看着，我抱抱，就心满意足了。你走后，我也想办法给你娶个嫂子。——不准哭！哭坏了身子，没得药钱医你。——红芳妹，听哥的话，有我吃的就有你吃的，有一碗饭，哥妹一人一碗……”矮子说话半带哭音，说后，长叹一声，又躺在凉椅上。……穿上衣裤的红芳开门慢慢走了出来，挪条小凳子，放在凉椅边，她坐在小凳上，头偎住矮子的胸膛：“哥，我错了，你打我。”矮子用手轻轻抚着红芳湿漉漉的秀发，说：“哥子不打妹子。人，谁能无过错……”“哥，你不叫矮子，你心比天高。”红芳说。“乖妹，睡。明天起早要做粑生意。”

才见大山

冯福庆①

一九七四年四月底的一天，我和十多位中学同学乘坐那辆又旧又破的美式小道奇货车来到了距县城一百多华里的小雅街上，开始了不能预测尽头的知青生活。

我和一个叫素琴的女知青持区知青办开的介绍信来到小雅公社报到。公社的张书记接待了我们。张书记很热情，一句爽朗的“欢迎你们的到来”，使我的心里顿时涌起一阵温馨。一个和蔼、朴实、爽直的农村领导干部的形象，从此就定格在我的脑子里。

当天晚上，张书记找到我们，说：“公社党委刚研究了，就让你们到条件不错的安寨大队联合生产队落户。”

安寨在哪个方向，离公社多远，它的不错体现在哪些方面，这些，张书记都没有说，就匆匆忙忙地走了。大门外，公社的那位已年近五十的老主任正等着他一道去区里开会。

既然书记都认为是条件不错的地方，我和素琴都没好说什么。

第二天吃过早饭，我们就随同大队派来为我们背行李的一个青年上路了。青年穿着一件蓝色的对襟衣服，清瘦矮小，但挺有精

① 冯福庆（1954—）：男，仡佬族，贵州省正安县人。大专文化。曾在正安县财政、县纪委、县人大等机关工作。20 世纪 80 代开始文学创作，有散文、诗歌、报告文学等在省、市级报刊发表。从事财政工作期间，曾在国家级和省级学术刊物上发表财经论文五十余篇。1996 年赴武汉参加全国现代企业制度改革暨会计论文研讨会，撰写的《论市场经济条件下的国有资产管理体改革》被收入中央党校出版的论文集。

神，特别是那双黑眼珠子，只要一说话，就转个不停，给人的印象是非常有心计。我问他，我们要去的地方在什么方向，有多远？他用手一指：

“你们看，那个被白雾罩着的地方就是，从这里去，只要一个多小时，不到二十里路。”

正如矮个青年所说的，从公社到联合生产队的路程真还不算远，十多里的山路，一个小时多一点就到了。

“李队长，你交给我的任务已经完成了。”还没走到寨口，背着行李的矮个青年在我们身后忽然喊了一声。

在寨子口的左边的一间大瓦房的街沿上，站着一位瘦瘦的、中等个子的中年人。中年人穿着一件补有布疤的灰色对襟衣服，头上裹着农村男子常用的白帕。

见我们来，中年人满脸含笑走下街沿，把我们迎进了堂屋。矮个青年在卸下背篼上的行李后，朝中年人打了个招呼，便走了。

“我们这里条件不好，生活艰苦，干活也很累。最近几年年成不好，社员生活十分困难，一年到头，连大米饭都吃不上几顿，不知你们过得来过不来？”李队长对我们说道。

才当知青的我们，当时，根本没有人家说苦自己就认为是苦的念头。听了李队长的话，我和那位叫素琴的女知青几乎是异口同声：

“过得来！过得来！下来前我们就已经作好了要吃苦的准备。”

李队长听了我们的话，只是笑了笑。坐了不一会儿，他说他去叫在山坡上干活的娃儿的妈回来给我们煮饭，然后就出去了。

趁着这空隙，我和素琴沿着院坝下面的那条不宽的田埂小路，往对面那满是青翠的苞谷苗的山上走去。

春雨后的大山，一切都是那么新鲜透亮，太阳都快翻顶了，可那空气比城里早上的空气都还要清新，吸上一口都觉得是甜滋滋的。从坡顶向四面望去，四周绵延起伏的山峦，一溜的洁净，一溜的翠绿，就连长成半高个的苞谷苗苗，都像才被水浇过的一样，叶片尽是水灵水灵的。远方、近处、山峦、田湾中那被松柏竹林掩映着的寨落家户，就像画家笔下的山水写生，显得是那般的悠然而恬静。我和素琴都被眼前的这般景象迷住了，此时此地，我们完全忘了离家前萦绕心底好几天的那淡淡的彷徨。

走到一个山堡上，仰望湛蓝的天宇中飘着的白云，环视四周那掩映在松柏竹林里的静静的人家，我情不自禁地吟起了古人陶渊明的“采菊东篱下，悠然见南山”的诗句，惹得素琴好一阵惊讶：

“到了晚上，满山一片漆黑，我看你还有没有这么好的兴致?”

这句话不禁让我一阵心凉。生长在县城的我虽然没有见过多少比县城更精彩的世界，但那只有一万多人口的小小的县城，在我的眼里并不冷清和寂寞。特别是一到夜晚，小小的县城里，照样感觉得到五彩的斑斓和生活的多样。影剧院门口长明的宣传橱窗和橱窗里的电影宣传画，传递着的是由远及近、由近及远的从天南地北缓缓而来的信息；十字路口那七楼一底的百货大楼，像一位只能昂扬而不能垂首的巨人一样年年岁岁、岁岁年年都高昂着头，显示着财富的不尽；学校、书店、机关、工厂里的不到晚上十二点不熄的灯火，就像一串串、一簇簇既独立又相连的灯花，使人一看见它们，就觉得心里那盏敞亮的灯刚刚点燃……

可现在，这一切都要不复存在了，再过几小时，连昨晚在区里小街上见到的那几盏散发着昏黄色彩的路灯的灯光，都马上要离我们远去了。大山里没有电，晚上的那情形，叫人觉得是多么的无聊和寂寞。四山一片漆黑，连从这屋到那屋都需举着油灯，否则，就有撞头和跌跤的可能，从黑夜来临直到天亮，人的眼中要么是一片昏黄，要么是一片漆黑，守着一盏孤灯，靠搜索过去的回想打发日子。每到这时，山里人家还能靠着灯光，围着热气腾腾的灶台热闹一阵子，一家子凑到一起吃了夜宵，收拾完碗筷，再一起聊上一阵，然后由主事的男人安排好明天的活路，才能熄灯入睡。而我，在这时能做些什么呀？守着煤油灯看小说、读诗歌，从那些生动的故事和诗人煽起的激情里去寻找完美、排遣寂寞，数着灯火摇曳的次数，在笔记本上记下对生活的感受，让生活的轨迹有规律，并能理性地运行。可这能办得到吗？办到了又能坚持下去吗？因为，大山里的生活，可能将伴随自己的一生而不是一朝一夕，这种日子不是短时期的，而是长期的，甚至是永远的。一年，两年，青春对美好憧憬的本能不但能完好地保持着，而且会常在心之海里荡漾起美丽的涟漪，三年，五年，这种美好就将渐渐远去了，八年，十年，大山就将彻底改变我的一切，粗裂的双手，沧桑的脸庞，抽烟斗的吧嗒声，张口闭口间毫无把拦的粗话脏话……

回到李队长家时，已是下午三点多。进了堂屋，只见一个高大壮实的妇女正在灶台边忙活着，动作很是麻利。不用猜，我们就知道这是李队长的堂客。她往灶膛里塞进去的尽是菜籽秆和草草之类的东西，灶膛里的火旺旺的，锅沿上冒起的热气大大的，有了烟火的堂屋，让我们的心里一下子就觉得实在了许多。冒起了炊烟的家户，意味着生命里的那最具活力的生气正在洋溢。

"回来啦，正要去叫你们吃饭呢。"

正在堂屋一角剥着胡豆的李队长笑了笑。

看得出，那笑带有苦涩。

"不到四点，就要吃饭了？"

"农村吧，活路重，好坏都要吃上三顿，这顿吃了，还要去坡上干活哩，要干到天黑才回来。"

在灶头边忙活着的女人声音挺大，她丰满的脸庞常露笑意，一件得体、补了疤的妇女装，洗得十分干净，一看那装束和动作，我就知道这是一位操持家务的好手。

没多大一会儿，饭菜上桌了，一盘炒南瓜，一钵洋芋汤，三小碟辣椒面，组合成一桌清淡而不糊涂的菜肴。

"哎！真是有好客无好主，青黄不接的这个背时时候，连一碗大米饭都端不出来。”

女主人边说边为我们每人舀上一碗饭，我端过来一看，饭碗里只有少得可怜的几粒米，其余的全是才从土里收回来的鲜胡豆。

“农村就是这样，哪样出来吃哪样，请你们见谅。”

李队长边说边劝我们吃菜。

虽然，我的家也收入不多，饭桌上不见油荤也属平常，但是，像这种以豆食代替米饭的日子，还很少有。因此，不易消化的胡豆在嘴里咀嚼起来，不是总那么顺畅。素琴呢，她的家庭条件不错，我看到她每吞上一口饭，喉咙都要哽一下，在队长两口子的劝吃下装着笑，但我知道，此时的她，心里更是五味杂陈。

“你看怎么办？我看趁还没安顿下来，我们干脆回公社去，叫领导给我们调换个地方。”

趁着李队长两口子还在收拾碗筷，素琴将我拉到街沿前的一个角落，说了她的想法。

“不好吧，人家李队长一家挺热情的，叫我怎么开口。难道我说，李队长，你们这里太穷，我们不在你们这里啦。这话行吗？”

我觉得有些为难。

“谁叫你这样说？你就说，李队长，我们有两样东西丢在公社了，趁着天没黑，我们到公社去一趟，明天赶回来。明天，明天不来就算了呗。背上来的行李，再找人来背下去就行了。”

素琴的脑子比我转得快，想的办法也还巴实，既不得罪李队长两口子，又能达到目的。

“据我了解，这个区除了有两个大队有20千瓦的小电站，有一百多户人家用上了电以外，其余地方与这里一样，一到晚上都是黑灯瞎火的，调到哪里都一样。现在的农村多数地方都是这样，时间长了就习惯了。”

我想从另外一个角度说服素琴。

“你不走，我走。反正我不在这里。”

素琴的口气非常强硬。

没办法，我只好依从她。

天黑以前，我们赶到了公社，向公社的几位领导说了我们想调换个地方的想法。几位领导听了后，脸上掠过一丝不悦，但在我们的再三恳求下，还是同意了。

“她们刚来到这里，叫她们到离街上那么远的生产队落户，是有些不习惯。这样吧，李秘书，你马上到街上那个大队去找王支书，就说我说的，要他们做好接收两个知青落户的准备。”

时至今天，当年公社书记吩咐秘书时的那神情，在我的印象中还是那么清晰。我看得出来，书记脸上确实也出现过不悦，在他看来，一个才下来就挑三拣四的知青，肯定是不能吃苦的，以后，恐怕又是各级组织的一个麻烦和负担了。可是，这不悦在书记脸上稍纵即逝，非一般细心的人是看不出来的。“一路上，那个为你们背行李的年轻人没对你们说什么吗?”

当李秘书拿起手电筒出门以后，书记问我们。

“没说什么，只说他们生产队条件不好，好多人家户年年都缺粮。”

我回答书记。

“他还说，他们生产队人多土地少，说我们到那些人少土地多的地方去更合适。”

素琴接上了我的话。

书记听了我们的话后，没说什么，只是若有所思地朝我们点了点头，就走出去了。我看见他进了公社的办公室，没多大一会儿，又和穿着草绿色军服的武装部部长走了出来，两人的神情都很严肃。

第二天，小街赶场。趁着公社派去给我们背行李的人还没到，我和素琴就到街上去，准备在商店买点盐巴、酱油、碗筷、牙膏、电池一类的生活用品。

没多久，小街的那几个门店就被我们转了个遍。正当我们准备回公社时，忽然，一阵稀稀拉拉的口号声从场东头传了过来。出于好奇，我们赶紧挤过人群，站在一个无遮无掩的石堆上举目眺望，只见一个高大的汉子打着红旗，春风卷拂着的红旗发出“哗哗”的响声，紧跟在红旗后面的是一个挂着黑牌的小个子年轻人，他被两个挎着老式步枪的民兵反剪着双手，低着头一步一踉跄地走来，再后面是近百号人的队伍。队伍虽不整齐，但也还成形。队伍经过我们站的石堆时，被押解着的年轻人忽地一下扬了下头，他这一扬，顿时使我们大惊失色，挂着黑牌正在游街示众的年轻人不是别人，正是昨天为我们背行李的那个矮个青年，黑牌上赫然写着“破坏知识青年上山下乡的不法地主子女罗金明”。更让我感到惊讶的是，在队伍前排走着的是公社的领导，都是我们这一两天刚刚认识的，其中包括张书记和那位戴绿军帽、着绿军装、敦厚壮实的武装部部长。

此时，我才恍然大悟书记紧盯着问那矮个青年对我们说了些什么的原因。

看到这阵势，我和素琴哪还有心思逛街，像做了一回贼似的，慌慌张张地躲着别人的目光往公社跑去。

公社就在离小街两百多米远的田湾处。

城市边缘人

刘伟奇[①]

一

白天属于忙碌的人，夜晚属于孤独的人。

夜晚，28楼的天台是我炫梦的圣地。灯火辉煌美丽的滨海城市，在夜空下熠熠生辉。深邃的夜空，我渺茫地随风而去。

我叫韦以清，32岁，五年前，很意外地考入了丁海市国税局，成了公务员。我来自贵州的一个少数民族县，但我一直认为，贫穷的地方也能收获富裕的梦想。于是，我来到了这座美丽的国际旅游岛，当上了英姿飒爽的税务稽查干部。

城市，兼具包容性和傲慢性。

我高傲地活在家乡亲人们的眼中，却卑微地穿梭在红绿灯间的斑马线上。我曾试着放纵自己的梦想，驰骋在人生的旷野里，但，至今，收获甚微，仕途止步不前，爱情颗粒无收。我多才多艺，能说会道，忧郁又不失俊朗，完全属于智商、情商均衡的人。我收放

---

① 刘伟奇（1974—），男，仡佬族，贵州省正安县人。现供职于务川仡佬族苗族自治县文广局文化市场综合执法大队。近年来发表小说、散文一百余篇，散见于《遵义红辣椒》《贵州群艺》《中国仡佬族》《遵义晚报》《洪渡河》《今日务川》等报刊，主要作品有《城市边缘人》《病》《寻找仡佬魂》《诗意洪渡河》《泥高印象》《再到栗园》《心灵之旅》《辣椒人生》《与雪攀谈》《想些什么》《还能走多远》等。

自如地游弋在感情世界之间，宠辱不惊地穿梭在人情世故之中。我擅长分析别人，把握自己，思想夜晚强悍，心灵白天虚脱。每到思家、眷友、忧愁、愉悦之时，我都会跑到天台上去，暗自仰天而笑。

我住在22楼，楼中楼，单位房。二百多平米的房子就住我一个人，当初分来的另两位帅哥，买了新房，搬出去了。床、桌子、衣柜、电动自行车、空调、电脑，就是我的全部家当。

我跻身这繁华的城市，要把自己武装成一位很体面的城市人！

二

凭猜测，丁雨一定爱我。

她看我的眼神很暧昧。她很安静、很娇小、长得秀气，是税征科办公室的。我对她没有感觉，但，不烦她。我从来就不烦女人，我认为女人的优点是善良，缺点是幼稚。我在她面前保持微笑，保持距离。她是本地人，父亲是房管局的领导。有时，我觉得她很可爱，但，我不希望她经常出现在我的眼前。

抬头，丁雨站在我的办公桌前，手里拿着一个信封。“韦以清，你的稿件。”“嗯，谢谢！”我很礼貌地看了她一眼。“又投稿了？我经常读你发在《丁海报》上的文章，写得真好！”她很温柔。看到我的QQ在闪烁，她很礼貌地离开了。

我有个网友叫“米米”，是北方人，我们聊了近一年了。我在QQ相册里见过她的照片，她体态匀称，脂粉浓艳。当初我并没在意她，但她每次跟我聊天时，都好像有许多话要跟我倾诉，感觉很真诚，也很无助。我们谈生活，谈感受。从一些话语中，我猜测她从事的是不太光彩的职业。但，我很尊重她。我们每次聊的时间都不太长，可交往都一年多了，仍没有谈及自己的真实身份。“保护自己，探索别人”是我上网的准则。

米米突然要求跟我见面。预料之中。我暗自高兴，但表现得很镇定。

咖啡厅里，米米打扮得很时尚，我微笑着坐下，她眼里闪出一份惊喜。在陌生人面前我一般都会闪亮登场。

她的说话声很好听。她说她在酒店上班，她谈到她以前的生活，我静静地看着她，她脸微红。她说看了我的文章，很投意，有时还会潸然泪下。我声音很低沉，说一个人可以看不起别人，但一定要看得起自己，要学会改变自己的生活，要树立自己的人格，要真诚地善待世上的生灵。我知道，她肯定是一名小姐。但我没有挑明，相反我很尊重她。她说她喜欢稳重的男人，喜欢眼里装满忧郁和成熟的男人，就像我这样。我淡淡一笑。

街上，冷冷的。

我们并肩走着，却都不知道该往哪里走。她说她想改变目前的生活，想重新开始。我给予她很多鼓励。我突然觉得她很可怜，孤身一人，从遥远的北方来到南方，不知道她是否融入了这座美丽的城市。我不由得握住了她的手，一股暖流潜入心底。她很兴奋，眼里透露出柔情。

开了房，我们睡在一张床上。她不准我碰她，她说，她将重新开始。我尊重她，整个夜晚我都无法入眠，不是因为躁动，而是我想到了很多，想到她的过去与未来，想到自己的过去与未来。她的身体很丰满，但没有给我诱惑，相反，我流泪了。美丽的城市，丰满的女人，奢侈的欲望。躺在身边的不一定是你想要的。其实，我们都是感情的过客。

天，微亮。

我起床，看到她熟睡的模样，很动人。我悄悄地掩上门，我知道，她根本就是醒着的，也许她也在想些什么吧。

幻想可以停留，时光却匆匆。我还得继续生活！

三

回到家，洗了个澡，穿上西装，打好领带。

今天，我要参加竞职演说。单位里其他科室的几名职员，跟我竞争执法科副科长的职位。昨天，领导叫我到他办公室，我在楼道里足足思考了几分钟，我分析他叫我的目的，思来想去，我顿悟。

领导很客气，很会说话，他问我一些生活琐事，一再追问像我这么优秀的人，怎么还没有女朋友。我很礼貌地一一作答。谈到工作，我先发制人。我说，我很感谢领导们对我的关心，我能生活在这样一个和谐的环境里，很开心。至于那个副科长的职务，我根本就不想刻意地去争取，因为，其他科室里的那些职员比我更优秀。谈到副科职务，领导好像来精神了，他说，叫你来就是为这事情。你很优秀，但组织考虑，还是决定提拔政工科的关青。

关青比我早来一年，工作很认真，属于老黄牛型，就工作方法和效益而言，我觉得他逊色于我。组织需要，个人遵从。我表现得很淡定。

领导要求我们进行常规的竞职演说，但最终当选的人员就是关青。其实，我对这次演讲很重视，虽然它不能改变我的命运，但它能展示我的个性。

楼道里，同事们看着我打扮得很正规，都拿我开玩笑。

眼前的评委领导们，个个板着严肃的面孔，我有点紧张。我调整了一下情绪，娓娓道来，我谈到工作，谈到生活，我想到了我曾经的打拼，想到了我闭塞的家乡，想到了我的父母，想到了昨天的那女孩，我的演讲充满激情，流露真情。我不是来竞争这个位置的，我是来接受我人生中的挑战的，有这样一个让我展示的机会，我怎能让它付之东流？我不希望通过某种拍卖的方式，来换得某种荣誉。但，我希望我的每一次出场，都很精彩！最后，我还向评委们推荐了关青。我说关青比我优秀，希望他能担任这一职务。

今天的演讲，我很满足。

四

季娜跟丁雨是朋友。

季娜性格开朗，总大大咧咧的。她上班开的是奔驰，听说她父亲是丁海市的房老大。我有点畏惧她，总觉得她很强势。我刚来单位时，她从来不看我，我估计她认为我是乡下人，有点瞧不起我吧。

一次，我骑电动自行车从单位门口出来，季娜的奔驰撞上了我。我俩全都傻了！季娜忙下车，我一骨碌站起来，神色慌张，这么帅的男人，躺在地上多难看啊！关键是我怕撞坏了大奔啊！我整理了一下衣服，看了看目瞪口呆的季娜，微笑着说，很高兴撞到你的奔驰，没事！我推着自行车一拐一拐地走了，没有回头。我想，我那修长匀称的身躯和得体的风度，留给她去猜度吧。

事后，领导来看我。我没有想到季娜的父母也来了，他们都关心我的伤势，其实，我只是划破了点皮。我倒觉得他们挺客气的，特别是季娜的母亲，总是问我这问我那的，我很礼貌地附和着她。

季娜没来，她也许是被吓坏了吧。

后来，我和季娜成了朋友。当然，在季娜面前，我努力证明我是一个很时尚的人。穿上体面的衣服，茫茫人海中谁又能猜到我是来自哪里啊？

每次，丁雨挽着季娜从我身边走过时，我心里都莫名地激动。说实话，她们都不是我喜欢的类型，但，我希望自己是她们喜欢的类型。有时，我觉得自己装得很累，转念一想，要融入这繁华的世界，就得体面地装一回。

五

今年，我没有回家过年。

看完春晚，我跑到天台。丁海真是个美丽的城市，烟花飞空，爆竹齐鸣。我家乡的亲人们此时想必在交杯谈笑，洋溢在欢笑中，我的母亲此时当安静地躺在沙发上，思念她远方的儿子吧。

回家，对我来说很矛盾。我希望见到亲人们和蔼的笑脸，但又害怕她们一边夸奖我，一边问一些敏感的话题，诸如，要没要女朋友？有没有买房？工资是多少？现在当上领导没有？因为我在他们眼里是成功的象征。扪心自问，在这个繁华的世界里，我是多么的渺小啊！

我的工资就三千来块，属于阳光工资，一个月下来所剩无几。我过得很窘迫，但在父母亲眼里，我是享福啊。

去年，我在网上帮父母订了机票，让他们飞到丁海。他们很兴奋。父母从来没有看过海，没有见过这么平整开阔的城市（我们那里山多路窄）。来到我的住宿，看到楼中楼，那么宽敞，并且水电都是单位报销，父母都乐得合不上嘴了，好像自己的儿子是最了不起的。

我带父母到温泉洗澡，带他们到水底世界游玩，带他们去吃海鲜，每天带他们到社区休闲场所去溜达，他们很开心。

丁雨和季娜都去拜访了我的父母，季娜还开车带父母去游玩。当然，我父母不知道那是什么车，但都对两个姑娘品头论足。母亲说季娜好，会说话，人长得好看，家庭条件又好；父亲则认为丁雨乖巧、文静、知书达理。他们还把我的生辰八字跟她们一一对应。我很难堪，但我顺着他们。只要他们不主动去找她俩说事儿，就行了。

后来我才知道，我父母还真的分别去找过丁雨和季娜。他们推荐我，说我是如何的孝顺和优秀。父母对我择偶的原则：全面撒网，重点捕鱼。我的天啊！世上只有老爹老妈才能想出这一招。

春节过后，父亲惦记家里的渔具，他说，在海边钓鱼没有在家乡河里钓鱼安逸。母亲也开始惦记家里的外孙了。于是，他们打道回府。在他们离开之前，给我下了个命令，叫我在今年必须找个女朋友。

他们说回去帮我凑钱，在丁海市买套住房。他们根本不知道，丁海市最低的房价每平米都在六千左右，我还能买房吗?

站在天台上，我眺望遥远的夜空，父母也许正在跟亲人们谈我的工作是多么的繁忙，条件是如何的好，公房是多么的宽敞。

我笑了。

六

春节加班，每天补助两百元。

无聊时，我就上网聊天。丁雨在网上问候我，她说我这人很多变，有时热情有时冷漠，有时深沉有时幽默。我说我是被时间折磨成这样的。她跟我聊到家庭，她父母都是从外地调来的，她从小性格内向，不喜欢结交朋友。因为自己中专毕业，靠父亲的关系工作了，学历低，总觉得别人看她的眼神怪怪的。她很自卑，总觉得与这城市有一定的距离。我安慰她。说实话我这人心很软，我很理解她。

她还说，季娜喜欢我，但季娜认为自己是暴发户的女儿，我是个研究生，怕我看不上她。她还说，那次我被她撞了后，她觉得我很有风度，像个男人。

对于这些，说实话，在我的预料之中。

我从来不奢求自己有一个强势的女朋友。我需要一个安静稳定的家庭。我希望我的妻子是一名教师，或是一位医生。她能照顾好孩子，能关心丈夫、孝顺父母。

我不跟丁雨和季娜谈及感情的事。

繁华的城市，多少人跻身入戏，又有多少人唏嘘退场。

七

丁雨说的对，我的确是一个多变的人。

在常人眼里，我就是中规中矩的成熟男士，对于这一看法，我持反对态度。我把自己定位为掩藏较深的“艺人”。其实，我很幽默，在大学里我曾是曲艺队的队长，演的小品相声还获过奖。

人生如戏，全靠演技。我是个外表看上去很理性、内在很感性的人。陌生的环境加上陌生的人，我收敛潜伏；熟悉的环境加上熟稔的友人，我放任不羁。

之所以我现今很安静低调，是因为我还没有在这座大城市找到自己入戏的舞台。

卡拉 OK 厅，啤酒、音乐、烟雾。平时看上去文文静静的同事们狂歌乱舞。每次，我都待在一个安静的角落，欣赏同事们的丑态。我微笑，看上去很放松。其实，每当听到强烈的音乐声，我就有莫名的伤感。每次，同事们邀请我唱歌，我都委婉地拒绝。所以，在他们眼里我就是个音盲。

元旦，全局上下联欢，我正好和丁雨、季娜在同一个包房里。大家都举杯祝福，唱歌跳舞。我很礼貌地敬了领导的酒。也许是大家都唱累了吧，谁都不愿去唱了。这时，我站了起来，我说我唱。惊诧！我点了一首阿茹娜的《我想你了》。女版男唱，我的声音很有磁性。说实话，当时我都唱流泪了。

丁雨在 QQ 里跟我说，我唱得很好，还真不知道我多才多艺。我只是笑。

其实那天喧嚣的环境，我想起了一个人，才如此动情。

忧伤时我独自品尝，快乐时我总想到那些忘不掉的人。

八

鞠丽是我大学的女朋友。

她乖巧得像一只猫。意气风发的我，总有一些坏点子。

寝室里的哥们儿打分，我们班最漂亮的是焉彦，最风骚的是余艳，最乖巧的是鞠丽。

我夸下海口，在一个月内，三个人全是我的菜。我女人缘好，不是靠我健硕的身材和俊朗的外形。我觉得我的口才极佳，还能摸透女人的心。虚荣加上善良，是女人的软肋。余艳很高傲，我就脸厚，经常逗得她冷艳地笑。焉彦很浪漫，我就很绅士，经常跟她漫步操场，当然都是假谈班上的一些事情。哥们儿都羡慕我啊。

鞠丽，太单纯了，我竟爱上她了。

教导处的老师把我从班上叫去商议一些事情，下自习后，鞠丽问我到教导处干什么，我随口编了个谎言，说我被开除了。在她惊诧得未缓过神来时，我匆匆离开了。回到寝室，跟哥几个吹得正欢，就听到楼下有人叫我，一看是鞠丽站在楼下。我兴奋地跑下楼。

夜空，很静。

我跟鞠丽并肩走在草坪上。我很诡异，我说我以前是在川大艺术系上学，后来跟人打架被开除了，现在被学校查出来了，要开除我。我都佩服自己竟能那么入戏。鞠丽很伤感，我也很伤感，但我是装出来的。我说其实我早就喜欢你了，但现在看来只是一个美丽的梦想而已。她还真的相信了。我感觉到了她的羞涩和动情。

月色，很纯。此刻，我注定爱上她了。

我进校园的第一年，就跟鞠丽好上了，朋友们嘲笑我欺骗单纯幼女。我得意地狂笑。鞠丽很符合我的标准，她是独生女，家庭条件尚好，主要是她很单纯。但烦恼的是她过于黏人。她经常挽着我，致使我在大学里没有机会放开手大展我耍朋友的威力。纯属浪费人才！

九

鞠丽的父母不喜欢我。

他们嫌我的家太遥远了，我们伤感地分开了，鞠丽基本跟家里闹翻了。

我分到县城里的一所中学教书，虽然我时时想到鞠丽，但从没有给她打过电话，我是那种伤得快，疗伤更快的人，生活容不得你长时间驻足停留。

一年后，我考上了研究生。在学校，我被几个哥们戏称为“吹牛大王”。的确，我很能侃，但只针对我熟悉的人，或是女人。我爱好广泛，书法、体育，特别擅长演戏。我觉得我很有活力。看到那些比我小的学生，我就想笑。有时我觉得自己特幼稚。渐渐地我变得有些安静了，但内心还是膨胀的。

考上公务员后，我变得更安静了，世界之大，怎能容我随意游戏人生，我得处处谨慎小心。我把自己交给了一个严峻的世界。我的忧郁只能证明我已进入成熟的佳境了。

我不是于连，也不是海子；不是杜拉拉，也不是老庄。我得生活！

十

我是个豪爽的人，大家也许很意外。

我做事从不拖拖拉拉，也不喜欢斤斤计较。我的朋友最喜欢跟我玩牌，一方面是我开钱干脆又快速，另一方面是我能输。打打小麻将，曾是我的一大爱好，我喜欢在这种具有金钱诱惑的场所，窥视某些人的尊容。或善、或阴、或柔、或刚，尽显风采。

但，自从喜欢上写作后，我就不玩牌了。我有个女笔友叫“豆豆然”，大概四十来岁吧。她喜欢在网上谈一些感情的事情。反正我觉得：女人都很脆弱，都很单纯，时时幼稚。我们先是谈文学方面的，后来谈到感情。我总觉得她很天真，显得很真诚。当然，我对朋友是很真诚的。我觉得我这个三十来岁的男人不太成熟，看来在四十来岁的女人中我还得拜师了。我知道，网络的好处就是给人幻想的空间，我们都排挤身边的朋友，执意地认为，网络那头的神秘友人才是真正的知己。我明白，但我时时为自己所骗。

有时，我在想，如果丁雨和季娜是我未谋面的网友，那会是怎样的情形。我喜欢弱势群体，总希望帮助弱势群体，但仅限于精神上。我恨软弱的男人，更恨强势的女人。

“豆豆然”经常跟我谈一些生活琐事，诸如跟朋友拌嘴啊，孩子生病啊。她也许把我当成了她的倾诉对象了，我安慰她开导她。说实话，我很尊重女性。有时，我还幻想我们能走在寒风中，离别时，她礼节性地抱着我，我礼节性地安慰她，不管她长相如何，女人其实是需要关怀的。

这只是幻想。

残玉[1]

余　灵[2]

世间太圆满的事情往往招天妒——在时光流逝了很多年以后，高一明还是时常想起这句话。

1

第一次去看望在庵内侍奉菩萨与住持的母亲时，是高一明大学毕业那年的春节。那是一个寒冷的冬天，风中夹杂着寒冰，从山上袭下，扑面即是刺骨的痛。山上有残雪，洁白与褐黄斑驳，在凛冽的风中叫人敬畏。红黄蓝三种颜色精巧地分布在高大的门楼上，古香古色间庄重肃穆。庵前有个巨大的香炉，供游人朝拜上香，香灰累积出惊人的体积，有一种岁月的厚重感。

年轻时就开始守寡的母亲因信佛来到这里，做了居士。院内香烟缭绕，不是初一或十五，来朝拜的人很少，除了母亲，只有鸟在

① 原载《正安县小说年选》（2010 卷），北京，中国戏剧出版社，2010 年 6 月出版，此次出版时有改动。

② 余灵（1979—），女，仡佬族，贵州省正安县人。大学本科毕业。现供职于正安县社会救助局。2009 年开始文学创作，同年在《芙蓉江文艺》发表小说《一步之遥》《今夜不设防》；2010 年在《贵州作家》发表小说《让我摸你的耳朵》，散文《如你这样的女子》刊于《遵义旅游杂志》；2011 年在《黔北作家》发表小说《早点》《暗河》。《早点》获遵义市第三届“尹珍杯”遵义文学奖优秀奖。

鼓着芽苞的横枝间鸣叫。许久没有见到儿子的母亲，脸上洋溢着慈祥的笑，拍拍高一明的肩膀，望着他瘦削的脸庞，一丝稍纵即逝的心疼从眼神里一闪而过，取而代之的是喜极而泣的眼泪。

跟着母亲走到富丽堂皇的大殿，高一明看见巨大的千手观音面前，一个头戴灰圆帽穿着土黄色僧袍的老太太低首合手，虔诚地祈祷着。母亲静静地去站在她身后，没说一句话，高一明自然也不敢发出声响。直到老太太转过身，看到他们母子，母亲才虔诚地向高一明介绍说："明儿，这是我师父，你快叫师公。"高一明向老太太鞠了一躬并叫了声"师公"。在学校的时候，高一明常听母亲在电话里提到她的师父，这时才知道眼前这个老人便是这庵里的住持。静空双手合十念了句"阿弥陀佛"，慈爱地笑着问高一明来庵的路上是否顺利，并吩咐母亲多抱一床被褥到高一明休息的客房。高一明对这个干练的老太太的第一感觉还不错。

母亲把高一明带到斋堂旁边的一间偏屋里，虽然空气中还弥漫着之前堆放的杂物泛出的尘味，但高一明看得出，他来之前，母亲已经将它打扫得干干净净。归置好带来的行李，母亲让高一明在房间里休息一会儿，说等到吃晚饭的时候再来叫他，便替他关上屋子的门，离开了。高一明躺在床上，干谷草的清香阵阵向他的鼻翼飘来，惹得睡意像一群气势汹汹的蚂蚁，全向着他的脑海爬来。

忽然他听到叩门声，以为是母亲，只穿着睡衣就开了门，却看见一个约莫十六七岁的女孩，端着一碗面站在他面前。女孩脸红得像只透熟的苹果，端着碗的双手不停颤抖，不敢抬头看眼前这个年轻的男人。

"这是？你是？"高一明措手不及地问。

"师姐在做晚上斋饭上用的年糕，师父让我煮碗面送来。"女孩，确切地说应该叫尼姑，将饭放在桌上，然后慌张离去。

"师姐？"高一明琢磨一会儿，坐下，低头吃了口面，然后皱着眉头端起面朝斋房走去。

圆满像只受到惊吓的兔子，坐在斋房的灶前烧水，脸上的红正渐渐消退，高一明的突然出现令她再次紧张。

“师……叔？盐放在什么地方？”

“那。”圆满抬手指了指锅台。

见高一明在面中倒了不少盐，圆满抬头怯怯地问：“很淡吗？”

“呵呵，在外面吃习惯了。”高一明笑着转身回屋，同情又暗暗吃惊。她穿的是中年妇人穿的衣服，戴着个浅灰色的呢布帽子，但这些简陋的篱笆却如何都关不住她的清秀和纯洁。

晚饭之后，母亲坐在高一明身边和他聊了许多，包括那叫圆满的尼姑。“她有十九岁了？看不出来啊。”高一明笑着说。“她六岁就来了，这样说来，你应该叫她师姐嘛。”母亲被儿子给逗笑了，“胡说，谁规定来得早就是长辈的？再说我都这么大岁数了。”

高一明笑着揽着母亲。他刚刚工作，时常会遇到一些挫折，难过时自然会想起家，而他的家就是母亲，现在，他坐在她身边觉得格外踏实。

“白天就到城里转转，玩玩，别老待在院子里，这里从没住过男人。”母亲说。

“怪不得圆满见到我那么紧张。”

“她很怕生，不要打扰人家清静，不然你师公会不高兴的。”虽然相信儿子的品格，母亲还是忍不住这样说。

朔风从山的另一边呼啸而来，扰乱了院子里的宁静，惹得几声犬吠。母亲回去后，窗外风刮得正紧。一天旅途劳累，高一明沉沉入睡。

2

隆冬的寒冷把高一明的起床时间推迟了几个小时，待他走出房间，已经是上午十点多，净冷的阳光照在屋檐的残雪上，残雪熠熠生辉。院子里有很多人，母亲在忙着招呼客人，看见儿子，快步走过来，小声对他说没空给他做早饭，让他出去吃。高一明点点头，并没立刻出去，而是好奇地看着坐在大殿门口为人拆卦的静空和安静地站在她身边一身灰裳的圆满。

有一位雍容的妇人跪在艳丽的千手观音像前，侧头焦急地看着静空，静空笑而不语。妇人突然明白了，从小包里掏出两百块钱恭敬地送到静空眼前，静空仍旧笑而不语，没有接。妇人一愣，又把钱送到圆满面前，圆满熟练地接过钱将其塞到功德箱中。静空悠然开口，只说了两个字：卦头。妇人热泪盈眶。

圆满稍稍分神，偷偷地瞥了一下不远处正在看她的高一明，随后赶紧收神，脸上染上了一抹朝霞。

高一明得意地笑了一下，走出院子。旅游是古城的支柱产业，因此各种小吃繁荣昌盛，可谓是一入古城满街飘香。吃完饭，高一明随便找了家网吧坐了几个小时，下午三点左右走出网吧，百无聊赖地四处转悠。忽然，他停下来，退后几步，透过玻璃门，朝一家小移动营业厅望去。圆满身穿雪白的羽绒服，牛仔裤，头戴一顶前几年比较流行的毛线帽子，坐在玻璃橱柜前，扭头痴痴地看着外面的行人，并未注意到高一明。高一明犹豫了一会儿，还是依依不舍地离开，妈妈的话胜过了她的美丽。不要打扰人家的清静。

转了一圈，高一明不由自主地又转了回来。当他发现自己的潜意识这么不争气的时候却没有责怪自己，而是加快了脚步。圆满仍在营业厅里，她似乎在和营业员争执什么。营业员气势凌人的样子，着实叫人不爽，高一明上前拉开营业厅的玻璃门。

见进来的高一明朝她微笑，圆满停止和长相崎岖的女营业员争吵，攥着手机，低着头快步出门。

“自己出错还怪人?!切!”营业员不依不饶地对着匆匆离去的圆满的背影说。

高一明拿过放在玻璃橱柜上的充话费需填写的号码簿，明白了圆满是来给静空充话费的，不过写错了一个数字。不知是营业员没有责任心，还是静空的法号和真实名字不一致，总之，话费充错了。他拿过笔重新填写了静空的号码，从钱包里掏出一百块钱，放在号码簿上，对营业员说："再充错就是你的问题了。"说完急步朝圆满的方向追去。

在一家美容美发店门口，高一明追上圆满，很不自然地叫了一声满姨。当母亲听说高一明第一次叫圆满师叔的时候，差点没把眼泪笑出来，然后纠正说，妈妈的师姐师妹都应该叫姨。

"有什么事？"圆满停下脚步，看得出她心里忐忑不安。

"你……回去么？"高一明挠着头，满脑子搜索话题。

"嗯。"说着她面色凝重地继续前行。

高一明再次追上，笑着说："一起吃点东西吧。"

圆满摇了摇头，没有停下的意思。就在这时，她手中的手机响了。一百块钱话费入账。她抬头惊诧地看着高一明，高一明微微一笑。

"可是……我没钱还你。"圆满说。

"不用还，我妈来这里得了你不少照顾，这点小事是我应该做的。"高一明话题一转，说，"满姨饿了吧，一起吃点东西？"

圆满犹豫了一下，点了点头。

他们随便找了家饭店点了几个清淡的素菜，落座后开始有些尴尬，高一明尽量找些轻松的话题，但无济于事，她总是只听而不开口。最后高一明聊起自己的大学时光，聊起工作时的趣事，静坐对面的圆满眼中流露出新奇，表情也渐渐自然了，甚至会偶尔询问。高一明这才明白，交流并不一定要相互发表看法，说与听同样能达到效果。同时他惊奇地发现，她虽然已经十九岁，却像一张白纸一样，除了师父灌输给她的东西，其他的一概不清楚，也不知道索取，一味地逆来顺受。

"满姨我觉得你这样活得太被动了，至少该有自己喜欢的、想做的事吧?”高一明说。

圆满认真地想了一会儿，说：“我见你带了不少书来，能不能借我看看?”

“可以啊。你喜欢看什么样的书?”

“我识字不多，太深奥的我看不懂，有简单一些的吗?”圆满脸上泛起兴奋的红晕，之前除了几本读不懂的佛经，她还没看过别的书。

“有啊。”高一明笑着说。

这时，静空打来电话，质问圆满为什么这么久还没回去，圆满赶紧放下筷子神色慌张地离开。

走出饭店，高一明直奔书店，他很不喜欢读书，除了几本装门面的专业书，哪还有其他的书籍?

3

自从上次吃完饭之后，圆满对高一明的怯明显少了许多，不过在庵里两人说话的次数还是不多。直到一天晚上高一明敲响圆满的门，给她送去一大堆书并且教会她使用词典，两人之间的隔膜方才完全解除。为此他没少遭到静空的冷脸和母亲的斥责，但他甘之如饴。

除夕的前一天上午，天气很好，山上吹下的微寒的轻风抚动院里常青的女贞树叶。圆满提着东西在大门口遇见正从外面回来的高一明。

“满姨出去?”

“嗯。”圆满心情不错，点头，四顾一下，小声说，“以后别叫我满姨。”

“那叫什么?”

“圆满啊。”圆满羞赧地说。

“呵呵，好，就咱们俩的时候。”高一明开心地说：“你要去哪?”

“去……浴池。”

“我刚还找它呢，你等我一会，我去收拾下东西，你带我去。”高一明不由分说地跑回去，丝毫没有顾及圆满的害羞。

浴池客人非常多，池水浑浊，乌烟瘴气，高一明在池中泡了一会差点晕倒，不到十分钟便泛着恶心出来。他站在浴池门口的小商店前，点支烟买瓶可乐，等着圆满。

半个小时之后，双颊红润的圆满从女浴走出，高一明买了瓶营养快线递去，她稍稍犹豫，接过。在高一明的注视下，她费力地拧开瓶盖，轻轻抿了一口，那平常人习以为常的饮料在她陌生的味蕾上产生了一种奇妙的感觉，脸上随即露出一个甜蜜的笑容。高一明的心猛然颤动一下，前所未有的幸福如波浪一层层击打着他的心房。他好想永远这样，对她好，永远对她好!

“明天晚上去市里玩吧。”高一明从失神中清醒过来。

“师父不会让我去的。”圆满脸上露出渴望的表情。

“偷偷地，等她睡着了咱们再出去。”高一明狡猾地说。

“可是……”有人走来，圆满赶紧噤口走开。

除夕夜，疯狂的烟花在空中炸出一朵朵精美绝伦的花朵，一朵瞬间盛开然后消亡，另一朵或几十朵没有间隙地接上，可谓万花争鸣，前赴后继，无尽无止。圆满服侍静空就寝，独自站在固守着安静的小院子里，怅然地仰望天空。高一明悄悄出现在她身后：“准备好了没?”

“啊!”圆满吓了一跳，然后唯唯诺诺地说，“我不去了。”

“但是你的表情告诉我，你很想去。”高一明目光如炬，看得她心慌。

两人一直站着，沉默良久，圆满鼓起勇气说：“你等我一下。”

圆满回屋换了身体面的衣服。爱美之心是与生俱来的。

市中心广场上人潮纷乱，万紫千红的天空下五颜六色的人们脸上洋溢着喜悦，享受着除夕带来的欢乐。起初圆满是拘谨地跟在高一明身后，一言不发，有种负罪感。后来受周围气氛的感染，她渐渐融入其中。

在人们情绪高涨的时候，高一明给她买来烟花，她紧张地拿着打火机上前将其点燃，同时被烟花升空的呼啸声吓得尖叫起来。就在和高一明玩得不亦乐乎的时候，她突然静止，流下了泪水。

“怎么了？”高一明吃惊地问。

“不知道。”圆满摇了摇头，泪水还在继续，“很开心啊！”

高一明没说话，随手买了点小吃，两人坐在广场旮旯的石凳上，“你以前的年都是怎么过的？”

圆满擦去泪痕：“以前都没怎么过，就是晚上会多几道菜，和平常一样。”

高一明无法明白她现在是什么样的心情，但可以肯定，此时她内心的情绪一定翻滚得厉害。一只自小就沉默在笼中的小鸟重新飞入天空会不会就是这样的心情呢？或许还要复杂。高一明这样想。

广场钟声响了十二下，人群逐渐散去，高一明带着意犹未尽的圆满打了辆的士，匆匆往回赶。剥落着红色漆皮的大门大开，他们脸上的笑容顿时凝固，静空跪在门楼中央菩萨面前，含糊不清地念着佛经。母亲不安地看了他们一眼，忙将跪僵了腿的静空扶起来。

“师父……”圆满嗫嚅一声。

“去大殿。”静空脸上没有一丝表情。

“师公，这事不能怪满姨，是我……”

没等高一明说完，静空开口说：“过完春节几号走？”

“初……初四。”

“我们是出家人，不要打扰我们的清静和心静。”说完她带着圆满朝大殿走去。

“妈，她们去大殿做什么？”高一明担心地问站在一旁的母亲。

母亲失望地看了儿子一眼，然后不安地朝静空和圆满的背影望去，

4

春节这天，一夜心绪不宁的高一明被早醒的此起彼伏的鞭炮声吵醒。他洗漱完毕便匆匆走出房间。寒冷的院子里，圆满正在院子里提水。

“现在这种井很少见，都用自来水了。”高一明找了个话题接近她。

“嗯，不过自来水的味道没有这水好，师父说这是山泉，吃了对身体好。师父身体这么好，就是因为它。”圆满轻声说。

“你面色怎么这么差？”高一明关心地问：“师公惩罚你了？”

“没有。”

“那你一夜待在大殿里做什么？”

“念经。”

“念了一夜？”

圆满将小桶提上来的水倒进大桶里，低声倔强地说：“我想留头发。”

“你是说……”高一明如一只穿越严寒来到春暖花香的地方的候鸟，惊喜地看着她。

圆满如清水般澄澈的双眼给他一个肯定的答案。

这时，母亲从静空的房间走出，看了高一明一眼，他赶紧走开。不一会儿，静空一身端正地推门出屋。

上午，各地居士纷纷前来给静空拜年，平日幽静的院子陡然喧闹。趁静空无暇顾及，圆满偷偷跑到高一明房间，问他要不要出去。高一明欣然同意。

一路上圆满的话很少，高一明东扯西扯说了一堆，却发现她无

心听，便知趣收口。

“你有什么事吗?”

高一明连问两遍，她才回过神，摇了摇头。

“那陪我买车票去吧。”

“你要走?”

“嗯，初四。”

圆满的单纯在她脸上一清二楚，得知高一明很快就要离开，她刚才的忧愁立刻化为依依不舍，总是以半步之差，跟在高一明身旁。

买完车票，徒步回来的时候，高一明问：“等你蓄了头发，想过去哪吗?”

圆满一脸迷茫。

“到时给我打电话吧，我来接你。”

“为什么?”

高一明深深吸了口气，看着她的眼睛。“我想送你一件东西。”说着他从腕上解下一条红绳带玉的手链，“这块残玉是我小时候捡的，没有交公，一直戴在身上，十几年了，呵呵。”

圆满犹豫着没有接。

“我找人鉴定过了，就是一块普通的玉子。”高一明接着说，“如果你决定还俗，就收下它，有了它，无论你走到哪里，我都会把你找到。”

高一明的眼神不容置疑。细看可以发现圆满玲珑的鼻尖沁出一层细微的汗，她缓缓接过玉：“你……”

“我很喜欢你！因为你，我喜欢上了这座古老的城市，因为你，我觉得活着的每一天都是那么幸福。”

高一明张开双臂，有种拥抱蓝天白云的冲动。的确，冬天如此天高云淡的日子不多。

5

大年初四上午，静空出乎所有人意料地让圆满送高一明去火车站。事隔多年以后，高一明才明白，一直心思精细如织的静空为什么这么做。她的想法很完美，既不失人情又能给圆满最彻底的打击。让她看着他离开，看着他隐入喧嚣的人群中，她自然会明白两个人之间的差距有多大。她等待着幡然醒悟的她亲手斩断自己的情根，斩断对红尘的留恋，乖乖回到自己身边，烧香念佛侍奉菩萨。可是智者千虑，必有一失。

春运期间车站人潮涌动，喧闹声中时有因摩擦而产生的口角和混乱。在这种情形下，分离的忧愁被干扰得体无完肤。一路上，两人一句话都没有说，直到候车室里传来广播员催促检票的声音，高一明才回过神，紧张又痴情地看着她："你若离开，一定要给我打电话，就算我在天涯海角也会赶来。从现在开始，我妈和你就是我生命的全部，一定要好好照顾自己！"

原本一脸忧伤的她，微乱的神情逐渐平静，眼角凝聚出晶莹的光芒，坚定地点头："我会照顾好师……姐的，等离开师父就去找你，你……"

"我永远等你！"高一明眼睛泛红，这句如苍山般的话彻底打消了她的顾虑。

看着他融入人潮，消失在喧嚣之中，她抹了一下湿润的脸颊，一时没了方向。

突然，高一明如一只逆流的鱼，冲出顺行的人流，因为鲁莽惹来不少白眼和辱骂，但他全然不顾。

他带着笑容，气喘吁吁地站在一脸惊讶的她面前。

"你怎么……"

他打断了她的话，轻轻捧着她的脸，缓缓歪下头，吻在她纯洁如雪的脸上。混乱中，各色各样的面孔，各色各样的行李，各色各样的语言，各色各样的衣着，各色各样心情……拥挤着。

6

二月二，这天龙抬头，街道上行人不多，一些龙钟的老人静静地坐在院落前。古城仍然那么朴实，残旧的居民区里，寺与庵隐隐约约。

有鸟飞过，抖落翅翼上的轻寒，消失在慵懒的阳光中。走在斜缓的山道上，高一明抬头望山，山上稀疏的灌木尚未抽青。因此，它还是三年前的它，褐黄与寂寥。叩响门，还是母亲开门，高一明不由吃惊："你怎么剃发了？还穿僧袍？"善良温顺的母亲眼中露出忧愁与苦衷，苍老的她讷讷地说："你……师公让我这么做的。"

"不是说好只当居士不出家的吗？"高一明有些不高兴。"我记得以前还有两只狗，哪去啦？"高一明四顾院子，阳光下有几只懒洋洋的猫睡在墙角，却不见狗们的踪影。

"圆满离开后，你师公嫌吵，都送人了。"母亲说着领儿子进屋。

"孩子来了。"驼背的静空侧躺在床上，笑呵呵地念了句，"阿弥陀佛。"

"阿弥陀佛。"高一明合十颔首跟着念了一句，说，"师公身体还好吧？"

静空苦笑着摇手："大限了，佛祖招我了。"远看觉得她一眼大一眼小，近看才知道其中一只眼被眼屎粘住了，像只老猫躺在床上"咕咕"有声。以前常听母亲在电话里笑话她不讲卫生，后来圆满离开，母亲的电话也少了，最近一次还是半年前，问高一明什么时候放假，过来看看她。

随着职位的提升，高一明的任务也越来越重，直到提升至高层，他方得闲暇。待他匆匆赶来，距他第一次来寺院已有三年。

吃饭的时候，静空看出了高一明的心思，边吃饭边不动声色地说起了圆满："她人长得好看，又聪明，在南普陀寺过得很好。"沉默一会儿，见高一明没吱声，她继续说："她现在赚了大钱了，很多有钱人请她去念经，听说最近正准备给她妈妈买套房子，有出息啦。"

高一明抬头看了母亲一眼，母亲神色紧张地低下头吃饭。"那她……不打算还俗了？"高一明知道这么问很幼稚，但静空戳到了他的痛处，他不得不问。

"呵呵，大城市里的好姑娘这么多，用心找个吧。不要打扰出家人的清静和心境了。"静空目光深邃，再有城府的人在她眼前都不过是块玻璃，让人感觉自己永远都是个孩子。

饭毕，静空放好碗筷双手合起念了句阿弥陀佛，吩咐母亲给高一明铺床，同时交代一些琐事，要求她一并完成。

还是当初那间房子。斋堂旁边，一间放着一张单人床的偏屋。高一明双手垫在颈后，痴痴地望着呈锐角的芦秸密织的屋顶。外面渐渐起风。春天的风不像冬风那样可怕，却刮得幽怨，叫人心疼。母亲提了些苹果推门进屋，将其放在桌子上，坐到床边疼爱地看着儿子。

"不是说想回家的么？怎么剃度了？"高一明问。

"你师公要剃的，说这样好。你这几年一直在升职，看样子是菩萨保佑我们家了。"母亲稍稍停顿，"这次来打算住多久？"

高一明本想说我的成就是你和圆满给的，与菩萨无关，却没有说出口："一个月吧，你还打算回家吗？"

"嗯，这月初十正好是我服侍菩萨五年整，到时再走。"母亲接着小心翼翼地说，"不能让你师公知道，不然就走不掉了。"

"为什么？"高一明不解地问。

"圆满走后，院子里就我和她了，她让我剃度也是想留我在这。”母亲说着联想到自己，“人到老时最怕孤独了，孤苦伶仃地死在屋子里，是很可怕的啊。”

高一明为这几年对母亲的冷落而感到愧疚，同时觉得有些蹊跷，母亲这么善良，为什么忍心离开师公回家？师公脾气是很古怪，但不可能是这个原因。虽然这么想，高一明却没有问为什么，母亲想说自然会说，他所要做的就是到时带她回家。

7

第二天清晨，一阵幽香搔动了高一明的晓梦。他穿好衣服推开窗户，明亮的阳光满院盛开，使人感动。走出房间，看到母亲正站在大殿的一旁低着头，双手合十在祈祷着。他只在她身后站了一会儿，便向外寻找起院子里幽香的出处。

大殿后面，有个狭窄的走道，尽头是块不大的空地。和煦的春光下，两只母鸡仔细地在泥土中翻寻食物，见有生人来，同时停止动作，知道来者并无恶意，便低头继续寻找。还有只摇摇晃晃的鸭子，它并不怕人，大大咧咧地叫了两声，然后费力地爬上一米多长的石槽，惬意地漂在水面上。石槽旁边，有一株玉兰，迎风怒放，还未长出一片新叶，却早已满枝花朵，硕大洁白，如玉似脂，阵阵香气飘荡。记得圆满曾煞有介事地问过他，有一种花开得特别早，又白又香，叫什么名字？他一时未想起，就让她问她师父去，估计她不敢在静空面前问这么无关紧要的事。也不知道她现在知道不知道这种花叫什么名字？

它叫玉兰，和你一样美的花，一样美的名字。

先是一阵怅然，随后高一明的心更加难受，深呼吸一下，抬头，阳光炫目。

饭后，高一明回屋躺在床上抽了支烟，温暖带来的困意像细菌一样在他脑海滋生，他难以抗拒地合上了眼睛。

梦中盛开的玉兰花在风中摇曳，高一明远远地看见有个缥缈的白色身影站在树下，他连呼几声圆满，却没有回应。他拼命跑过去，但树下并没有人，一阵风吹过，大片大片玉兰坠落。

他醒来时已是中午，窗外阳光泛滥，明亮得像天堂。他坐在床上沉默良久，还是决定无论如何都要把圆满的联系电话要来。

庵里稀稀落落地有七八个游人，静空身着暗紫色的袍裳，穿戴整齐，慈眉善目地坐在大殿门口，为祈福者拆卦，母亲则毕恭毕敬地站在一侧。

游人逐一散去，在阳光下伫立一个多小时的高一明，鼓足勇气走到静空面前，“师公，请你一定把圆满的联系号码给我，不然我只有找到南普陀寺去了。”

“她现在过得很好，不要去打扰她了。”静空坐在蒲团上数着小巧冗长永无尽头的念珠。

“就算是这样，我也希望是她亲口告诉我啊!”

“你这次假期到什么时候结束?”

“明天结束又怎么样?没有她的消息我还是会回来的。”高一明痛苦地说。

“你就当她死了，别再找她了!”气愤在静空肺中惹出一片干燥，咳嗽从喉咙里仓皇挤出。

“这事怎么能当?!”

“阿弥陀佛，阿弥陀佛……”静空不停地念叨着这句话，不再回答。

见儿子不肯罢休，站在一旁的母亲含着泪水低斥一声。高一明低下头，失魂落魄地走回房间。

傍晚，隔壁人家有儿童凄厉的哭声，稍远的街道上有煽情哀伤的音乐声，道路上有一些青少年为了彰显青春而发出嚣张的怪叫声。母亲推门进屋，见高一明正在收拾东西，吃惊地说：“你要走么?”

高一明勉强地笑一下，说：“没有，我想洗个澡去。”

“噢。”母亲露出宽慰的表情。

“妈，你一定知道如何联系圆满吧！”高一明突然抬头问。

本来走到门口的母亲停下脚步，沉默片刻，摇了摇头：“不知道，你师公怎么会告诉我呢，怎么会呢？”

澡堂里，几个人三三两两赤裸地坐在柜床上抽烟聊天。烟雾缭绕的浴池里，一个大腹便便的中年人惬意地躺在皮床上，精瘦的搓澡工汗流浃背地为他搓背。由于人少，浅蓝的池水尚清澈。高一明坐在池水中，闭目，他脑中闪烁着圆满那令人心疼的笑脸，三年来他无时无刻不在期盼着重逢的那天，现在他回来了，相聚却遥遥无期。不知是汗是池水还是泪水，高一明感觉到有东西从脸上滑落，他仍然没有动，静静地坐在池中靠着池壁，小心翼翼地守着回忆。

不知何时，高一明在池水中睡着了，直到搓澡工叫醒他说要清洗浴池。走出澡堂，外面已是夜晚，街道上灯火绚丽，古城显露出典雅的一面。高一明抬起头，有雨丝湿润着他寂寥的脸庞。

8

离开的前夕，高一明听见静空房间里传出训斥声，他推门进屋。母亲坐在小板凳上低声啜泣，静空板着脸坐在床上，一直病恹恹的神色因气愤泛出些许生机。

“怎么了？”高一明蹲在母亲面前关切地问。

感觉到在儿子面前哭很难堪，母亲抹去泪水，摇头，微微一笑。

“孩子，你妈在我眼中就是个孩子，做错事训她两句是很自然的事。”静空对高一明的进屋很反感。

“师公你说的不对，我妈已经五十九岁了，不是孩子，没有人永远都是孩子，犯错也不是孩子的专利，把她当孩子一样骂很不公平。”高一明不依不饶地回敬她。

静空没有反驳，而是用沉默来迫使他为自己的言语感觉到幼稚。

风波因静空入睡得以平息。高一明敲响母亲的房门时，母亲正躺在床上即将入睡。

“妈，你为什么要骗我?”高一明生气地说。

“骗你?”

“圆满根本没有离开!”说着他将当初送圆满的那块残玉拿出，只是那条红绳不见了。

“你怎么能偷你师公的东西!”母亲说。

“什么叫偷！它本来就是我的，我送圆满的，为什么会出现在师公床头的柜子上!”

“送回去!”

“为什么啊!”

泪水再次从母亲疲惫的眼中流出，她转扭过脸，仅给儿子留下一个苍老的背部和一地昏黄的灯光。几分钟之后，高一明偷偷将玉子送了回去，然后来到母亲床前，后悔地说：“对不起，妈，我知道你不想违背师公。但你一定知道圆满的下落，回家以后可以告诉我吗?”

面朝墙的母亲轻轻点了一下头。高一明心里顿时宽慰许多，“那好，我回去睡了，明天一早咱就走。”

翌日，天蒙蒙亮，母亲来到高一明房中，本以为他仍在睡，却发现他已经收拾好东西。母子俩提着行李悄悄打开院门，“咕咕”作响的静空仍在沉睡。在下山的路上，母亲忽然说：“呀，忘记拿一样东西，你等我一会儿。”

五分钟之后，母亲一路小跑喘着气奔到儿子身边：“还好她没有发现，要不又死活不让走了。”

“你曾经走过?”

“嗯，一年前逃过三次，前两次都迷路了，我又不识字。”

“那第三次呢？”高一明边走边兴趣盎然地问。

“第三次摸到火车站，没多久就被她带人给拦回去啦！”

“你为什么要逃走？”

“谁能受得了她那脾气？”母亲将脸转到一边，不让儿子看到她的眼神，善良朴实的她不善掩饰。

正是青黄不接的时节，火车站候车室里如冬前留的春地，很是寂寥。母亲坐在高一明身旁，局促不安，生怕静空会再次追来。

“师姐！”“师妹！”几位匆匆追来的居士愤怒地站在候车室门口，冲母亲大喊，本来趋于平静的母亲被吓得一哆嗦。

“你怎么还跟孩子一样！师父说你几句就跑！”静空的大徒弟快步走过来说。

母亲期期艾艾地说了几句含糊不清的话。

“李姨，我妈想回家，她不想在这了。”高一明拦在母亲面前说。

“你这孩子怎么这么不懂事，这有你插话的地儿吗？”另一位胖胖的居士横眉竖眼说。

“我想回家了。”有儿子撑腰，母亲的话有了些底气。

“你走了师父怎么办！”胖居士不依不饶地说。

李居士缓和一下语气，用师姐的口气语重心长地说：“师妹啊，你好好想想，师父她还能活多久？我们之中就你与她缘分重，也只有你能伺候好她。圆满死了一年多了，现在你再走，你让她怎么活哟……”

母亲像只断了线的风筝，粗糙的手拼命摆动着，企图阻止李居士继续说下去。

“咕咚”一声，随着胖居士一声尖叫，高一明摔倒在地，眼前一片漆黑。

几分钟之后，高一明在车站医务室醒来，除了一个笑吟吟的中年医生，屋里空无一人。

“喝水吗？”医生问。

高一明点了点头。当白开水端到他面前时，他发现自己的双手如残废一般，根本用不上力。

医生看出了他的心思，说：“没事，休息一下就好。”

此时门外传来争吵声，母亲歇斯底里地喊着：“你们是不是要把我们母子逼死啊！”

“你怎么能这么说，又不是坐牢！服侍师父，服侍菩萨，这是多好的事啊，师妹，师父活不了多久了，你为什么这么狠心……”

“我是不会回去的！”母亲用从未有过的坚定语气说。

“你今天必须回去，师父说了，就算五花大绑也要把你带回去！”其余几位居士被一直温顺的母亲惹怒了。

“谁敢！”高一明提着行李走出医务室，将东西并到一手中，腾出另一只手拉着母亲的手，头也不回地朝候车室走去，将几位悻悻的居士们撂在身后。

直到火车开动，居士们也没有再次追来纠缠。平静下来的母亲却陷入深深的自责之中，几次想开口说，但始终没有把话说出来。

旅客稀少的车厢里，一直无语的高一明终于说话了：“妈，她是怎么死的？”

母亲心疼地抚摸儿子的手背，“前年冬天，特别冷，晚上圆满去提水，井边结了冰……我听到外面有动静，急忙跑出来……等我们把她捞上来时，已经没气了……没想到……她命苦啊！”呜咽声盖过母亲悲恸的絮絮叨叨。

“我该怎么办？”

“我该怎么办？”

“我该怎么办？”

…………

高一明闭着眼睛，含糊不清地念叨着这句话，任朝阳带着晨露的新鲜的光芒在脸上熠熠生辉。

9

傍晚娘俩归来。尘封三年的家显得是那样矮小陈旧，倒是院子里三年前的小桃树已经亭亭玉立，在暮色下满树桃花浓烈盛开。

母亲在街上买了些食物回来，给高一明烧了碗鸡蛋汤。高一明把汤喝完，打扫一下床铺，倒头便沉沉睡去。迷蒙间，灯亮了，母亲在他床头久久徘徊。后来他随着高速旋转的梦沦陷，意识如被河蚌封存，他双眼合闭。

深夜大风突起，猫怪诞的叫春声音犹如利爪划伤人们的灵魂。已经入梦很久的静空脑中陡然清澈。拉亮灯，揭开被子，她缓缓坐起，圆满就坐在她的身边。圆满乖巧地看着她，然后傍着她的胳膊，轻轻将头靠在她的肩上。静空瞳孔放大，心跳加速，然后没头没脑地狂乱舞动着手，凄厉地喊叫着，驱赶着，然后在混乱中翻出手机。突然，她捂住胸口，呼吸困难，与此同时天旋地转。大徒弟的号码尚未拨出，手机已从痉挛的手中滑落，摔在地上。

次日上午，醒来的高一明从房间走出来，母亲正在做饭："起来了?"

"嗯。"突然，屋里响起手机铃声，高一明转身回房，拿起放在枕边的电话。

过了一会儿，高一明走到母亲身边，不知该如何开口。

"怎么了?"见儿子傻傻地杵着，母亲开口问。

"师公昨夜去世了。"

正挥动着的锅铲静止在香气四溢的菜中，母亲抽泣一下，继续将菜炒完，然后解下围裙朝自己房间走去："你先吃吧，我回屋睡会儿。"

"妈。"见母亲停下脚步，他接着说，"要不要再回去一趟。"

母亲摇了摇头。

母亲醒来时已是中午。她走出房间，见高一明站在院中桃花树下忘情地看着满树桃花。习惯隐忍的她还是将口袋里的那块残玉掏出，叫了一声儿子的小名。

高一明接过玉，泪水再也抑制不住，和煦的阳光下，他抱着母亲，失声痛哭。

有鸟飞过，抖落翅翼上的轻风，落在桃树枝丫间，一朵经不起震动的桃花，跌落几片花瓣。

尾　声

过去化成的梦魇依旧在母亲脑海中纠缠：有争吵声。静空对蓄发的圆满破口大骂。静空挥舞着剃刀要给圆满削发。圆满反抗。混乱。圆满脸上被划出一道伤口。鲜红的血。静空心疼地抱着她抚慰。夜晚。大风。静空再次辱骂。你的命是我给的，你不能离开我，你死也得死在我身边。圆满哭泣。静空拿出剃刀。圆满依旧反抗。混乱。静空衣着凌乱地坐在床上，双目无神。圆满依旧哭泣。静空让圆满提桶打水。寒冷的朔风呜咽。漆黑的院子，有水桶坠落井中的响声。圆满突然转脸，身后是静空色如死灰的脸。一双隐藏在黑暗中惊恐的眼睛，母亲双手死死地捂住自己的嘴。那一刻，母亲心中的佛碎了。

深 秋[1]

张 强[2]

秋深了，被秋染黄了的叶子都以一种最悲怆的美丽飘向大地。

起风了，刘书记紧了紧衣服，他觉着了些许深秋的凉意。

书记近几日心里窝着火：局里要了一个毕业生到办公室，连招呼都没打一个。况且今年根本就没有进人的指标，又正逢机构精简。办公室周主任倒是说过一声，让自己不用管，一切有他。有他什么呢，老周怕不会糊涂吧！

书记决定过问一下这事，学生分配可是热点问题呢！月前儿子从学校打电话回来，让他出面去联系一家接收单位。儿子今年都大学毕业了，书记不胜唏嘘，对于儿子的成长，他关心得太少了。接到儿子电话时，心中总觉得欠儿子点什么，但他最后对儿子说的是：一切服从组织安排吧，儿子便气呼呼地挂了电话。那天晚上，书记一宿没睡：想儿子，想早早地便离去的妻。

后来儿子一直没打电话回来，书记相信儿子会理解他的。说实话，要给儿子谋一个较好的工作对他来说并不太难，可现在机构精简，唉！

刘书记让周主任送来了那个毕业生的档案，他戴上眼镜，手突

---

① 原载《贵州党风廉政》1999 年第 11 期，此次出版时有改动。

② 张强（1975—），男，仡佬族，贵州省务川仡佬族苗族自治县人。1996 年入贵州大学中文系汉语言文学专业学习，毕业后供职于遵义市一国有大型企业至今。其诗歌、小小说、散文、游记散见于各类报刊。

地一抖，眉头皱了起来。履历表的右上角贴着儿子的免冠半身像，小伙子那双大眼睛正看着书记呢！小伙子很优秀，在校期间入了党，是组织部门重点培养的跨世纪干部——看着看着，刘书记皱着的眉头舒展开来，他欣慰地笑了。继而拿起笔郑重地批上：退回，请组织安排到最需要的地方去！

周主任接过履历表时，吃惊地看着书记："老刘，虎子他……"

爹[①]

张 强

爹说当官就得为民着想。许多来意思意思的东西都被拒之门外。

爹的官不大，是我们村的村长。但这方圆几十公里的地面上，爹说了算。

爹突然决定把我的婚礼大办。

我不知所措。姐姐出嫁、哥哥成亲，爹说一切从简。这个决定使我受宠若惊，我觉着爹在改革开放下终究有些开了窍。

婚礼那天很热闹。镇长乡长带着比春阳都要灿烂的笑来得很早，那些早就想对爹意思意思的人更是争先恐后，满院子的人，满院子的笑。爹吩咐当会计的二叔把一笔笔贺礼造册登好。我看着红光满面、高声待客的爹，觉得爹真伟大。除了幸福与无比的满足外，只剩下了笑，傻了似的。

这次婚礼，爹说收的贺礼比他预想的要多得多。爹说这些人啊！

人们私下议论说爹变了。我暗自笑他们，我爹再不变怕就真迂了。瞧瞧这世道。

婚礼过后，爹很忙，每日都与二叔去村口的河边转悠。

后来在爹与二叔转悠的地方来了一伙人。几个月后，一座拱桥

---

① 原载《贵州党风廉政》1998 年第 6 期，此次出版时有改动。

连接了河两岸。桥这边是村子，那边是村里的小学。

桥的一头竖了一石碑，碑上刻满了密密麻麻的字。

送贺礼的人成了捐款的人。

镇长乡长之下、村民们之上的，是我爹。

我想起了那夏因蹚水过河上学被洪水卷走的邻家小弟。

心 火[1]

王前波[2]

旧堡村距县城三十公里，解放前就兴赶场，所以一条不足百米的街道在赶场天是摩肩接踵人头攒动，土产、副食、种子、农药、耗子药等各种交易在人流不规则的涌动中进行着。

旧堡村虽然热热闹闹地赶了几十年的场，但并不富裕，所以那条街两边仍是几十年前的几十架木房子，结构紧凑邻此联彼，那些木门、木窗、木门槛、木板壁已显得斑驳，那些木柱和石礅也已歪歪斜斜，像佝偻的老人在诉说着一段沧桑的历史，而满街的人又使得浓浓的生气在老木屋的沧桑里被放大了许多，显出一种夸张的生气，俨然就是一幅热闹嘈杂的乡场画卷。

王书记是镇里的副书记，邓书记是旧堡村的书记，他们在场口就下了车，因为是赶场的人流高峰，汽车要开到街中间是非常困难的。

王书记看着秋阳下一街黑黑的人头，甩了甩头并发出一声叹息。

这个地方人多且杂，环境卫生差，开展防火防盗社会治安综合治理工作的难度大，近年来“四在农家”新农村建设已在全县到处

---

① 原载《银杉文艺》2011 年第 3 期，此次出版时有改动。

② 王前波（1971—），男，仡佬族，贵州省道真仡佬族苗族自治县人，道真作协主席。创作并发表了散文、诗歌、小说等作品。

开花，而这地方的人却守着这些老房子按兵不动，这是他的大烦恼；另外，“三关”工程、义务教育也遇到问题，开学已一个星期了，张二狗的闺女还没去上课，村校的老师和村里的邓书记去劝说了好几次，但那闺女是个后天的哑巴，德行古怪，无论如何就是不上学。

这不，王书记只有亲自出马，谁叫他是镇里分管文教的副书记呢。

两人在人流中挤到张二狗家时，已和街上赶场的人一样一身臭汗。

邓书记推了一把半掩着的木门，门发出“吱嘎”的一声响。邓书记侧身让王书记先进去。屋里光线不是很好，还弥漫着一股呛人的叶子烟味道，有四五个人吃完油茶，正围着八仙桌吹牛壳子。

二狗爹见是邓书记，忙说：“哟，是邓书记，请坐请坐。”说着把他们带到八仙桌边，几个吹牛壳子的人也识相地起身打招呼出了门去。

“二爷，这是镇里的王书记。”邓书记给二狗爹介绍说。

二爷连忙一人敬了一支烟，回头吩咐老婆：“烧茶。”

王书记把烟点燃后，深吸了一口，说：“我们一是作为组织来看望空巢老人和留守儿童的，看你们有什么困难没得，有困难就提出来，我们会想法解决的。二来的目的你是晓得的，这娃儿到底是怎么回事嘛?”

烟子随着这句话从他口鼻中不规则地喷了出来，同时他看了一眼在灶门前依在二娘怀中的二妞，见她正专心致志地玩弄着手里的一个打火机。

二爷先是一阵感动，随后却是一脸的无奈：“困难倒没什么困难，就是这个背时姑娘，自从她爸妈去广东后就一直不爱说话，德行也越来越怪，我们都没得办法了。”

王书记皱了皱眉头说：“没办法也要想办法嘛，无论如何都要想办法先送到学校去。”

“背时姑娘太横了，不管你如何打骂，她就是不上学，有两回背上都被我打起了血痕。”

二爷说完摇了摇头叹了口气。

“娃儿不能打哟，要想办法和她沟通，要给她讲道理噻。”王书记说。

“讲道理？”二爷心想，这闺女不知前世是个什么。

那是二狗两口子走后不久，二爷教训不听话的二妞，他一边打一边骂：“背时姑娘，还横不，还横不？”二妞声嘶力竭地边哭边喊“我要横哟，爷爷我要横哟”。唉！没见过这么横的人。

再往后，二妞就慢慢地不说话了，成了后天的哑巴，二爷再也不敢打她了。

邓书记是本地人，知道二妞的情况和他父母有关，于是问道：“二狗两口子什么时候回来？”

二爷说：“不晓得，但今年年底哪个都要回来啰，要再不回来，二妞就没法管了。”

“唉，也没有什么更好的办法，二妞这孩子患的是心病，还是等二狗两口子回来带她到西南医院去看哈。我叫我们邓娅来多和她耍哈，她好像就和我们邓娅耍得来，慢慢开导她，但你们也要多费心，尽量送她到学校去，学校的大环境对她是有好处的。”邓书记客观地说。

邓娅是邓书记的女儿，和二妞一般大。

这时，二娘把油茶烧好了，就着端了许多芝麻杆和饼儿上来当下茶。

王书记喝了一口油茶，味道不错，心里盘算，二妞的事可能也只能如此了，孩子生病，有什么办法？但他马上又想起了工作上的另一个大事——新建和改建黔北民居的事，于是换了一张笑脸说：“二狗两口子在外面还是找到钱的噻。”

“找哪样钱哟，打工的你又不是不晓得。”二爷说。

“找了钱是你们自己的，你怕啥？开了年，镇里要启动你们这里的黔北民居的新建和改建项目，政策很优惠，如按要求施工，还有三万多块钱的补助哟，我先给你透个风嘛。”王书记显得很关照他们。

重新修房子是二狗父子近年的心愿，他们看着其他地方新建和改建的黔北民居着实眼馋。他们原本就打算开年动工建房的，没想到现在建房还有这么多的优惠。老人一想到这里，沟壑纵横的老脸上就禁不住写满笑意，仿佛是老天在他建房的时候专门为他准备了一个大便宜。

二爷没有什么文化，但却是很精明的人，一辈子忠于土地，辛勤耕耘，收获却不多。他明白，在当今社会只靠那些土地和庄稼是不能过上富裕日子的，他发现富裕的人家都是靠做生意或外出务工发家的。他和二狗早就达成共识，等二狗两口了外出挣了钱，再把老房子拆了，新建一幢大房子来做生意，过那种半农半商的生活，好好地教育二妞，让她考上大学跳出农门，这辈子也算交差了。

“你们好好斟酌一下，做好准备工作，等二狗回来就动工，如果经济上有问题，我们可以帮忙在信用社贷款，我想这里的新村建设就从你们家开始，如何？”王书记说

其实等二狗两口子回来，建房的钱就已够了，但二爷还是说：“感谢政府，感谢领导，二狗回来我们就动工，如果差钱，我们再找政府，那补助的三万块钱不会是水的吧？”

王书记有点生气：“水，现在的政府啥时水过，其他地方早就兑现了，只有你们这个地方至今还没有人动工。”

二爷忙说：“我不是那个意思，我是说我们还差点钱，怕到时候麻烦。”

其实二爷耍了个心眼，目的是无论如何要把政府的补贴弄到手。在农村，如果没有得到应有的补贴是件很不光彩的事情。

王书记出门的时候一脸严肃地对二爷说："娃儿要打火机很危险哟，不要让她再耍了。"接着用眼神指了一下依在二狗娘怀里的二妞。

二狗爹一拍胸脯说："王书记你放心，全村人都知道她已耍了两年啰，但是从来没有打燃过。"

王书记跨过那道木门槛，沉着声音说："开不得玩笑哟，这里可都是木房子哟。"

二爷的保证是有道理的。一开始大家也很担心这个事情，但想方设法就是不能从她手里拿走那个火机，后来看到二妞乖乖巧巧的又是哑巴，并且的确从来没有打燃过火机，也就慢慢承认这件事不是什么隐患。

其实，这个打火机二妞一共打燃过两次，一次是在她五岁生日的时候，另一次是在她六岁生日的时候。

二妞五岁生日的那一天，是她最快乐的一天，但她的快乐好像也是在那一天结束的。

那天一早，妈妈就给她换了身干净的衣服，在街口坐上了去县城的中巴车。

他们一家三口此行的目的是为过五岁生日的二妞买生日蛋糕和新衣服。

爸爸一直抱着心爱的女儿，因为女儿是他的骄傲是他的一切，女儿长得眉清目秀，粉雕玉琢，特别是那双眼睛，眸子就像是两颗小小的水晶球，能清晰地照出周围的一切。

二妞还记得那个香港面包房是一间黄色的小屋，里面像一个童话世界，色彩缤纷，陈列着大大小小形态各异的糕点，这些糕点散发出一种甜蜜的香味。

二妞欣喜地挣脱爸爸的怀抱，钻进了那个让她眼花缭乱的世界。

一家三口选花了眼，最后，二狗指着一个中号的生日蛋糕说：

“我们二妞是属牛的，就那个，你看上面还有头小牛儿呢。”

妈妈和二妞不甘心地又环视了一遍其他款式，同意了二狗的意见。

蛋糕花了五十元钱，有一把蜡烛，一包彩色的星星，一顶红色的生日帽。五十元，对二狗来说不是笔小数目，付钱的时候，他有点心疼，但想到马上要去广东打工挣钱，也就释然了。

接着他们去了大商场买衣服。商场里有一个巨大的充气娱乐场，二妞和其他的十几个孩子在娱乐场各种复杂的结构里爬上爬下，快乐得像一群喳闹的麻雀。

那天回到家，天色已晚。

一家人围着那张八仙桌坐了下来，大人们含笑看着一身鹅黄色衣服头戴红色生日帽的二妞长脆在板凳上，眉心还贴了一颗红色的星星，模样可爱至极。

二妞双手笨拙地用那个绿色透明的打火机点燃了蛋糕上的五支小蜡烛。

二狗说：“我去把灯关了，让我屋幺儿许个愿。”说着起身去关灯。

二妞于是学着电视上的人儿，在胸前合上双手，紧紧地闭上眼睛，大声说：“我过六岁生日的时候，还要一个更大的蛋糕。”

一家人被这样一个简单而意外的愿望逗得哈哈大笑。

接着二妞分几口气吹熄了蜡烛。

蜡烛熄灭，女儿那让人怜爱的脸蛋儿消失在黑暗中的一刹那，二狗媳妇的眼泪再也忍不住，扑簌簌地从脸上滑落。

第二天凌晨，二妞在睡梦中仍沉浸在那延续的快乐里。

二狗两口子含着眼泪把心爱的女儿亲了又亲，二爷老两口也忍不住老泪纵横。

最后，还是二爷抹了一把眼泪，狠了狠心，提起行礼递给二狗，说：“好了，好了，你们走吧。娃儿，我和你妈会照顾好的。”

二狗接过行李，牵着已哭成泪人的媳妇，看着熟睡的二妞，依依不舍地离去。

如今的农村，年富力强的年轻人都外出务工挣钱了，家里只剩了些老人和孩子，有许多田土都已荒芜，二爷看在眼里，心痛得不行。

二爷这一辈子从未让自己手里的田土荒过。

二爷坐在田埂上狠狠地吸了一口嘴里叼着的叶子烟，由于吸得太猛，呛得他咳了好一阵才缓过神来，二爷喘着粗气看着那丰收在望的烟叶，眼睛却很迷惘，他想不通为什么越来越多的农民不种庄稼，日子却是越来越好，唉！想不通！

想不通就不想了，反正日子是越过越好了。

二狗是独子，一姐一妹嫁到了其他乡镇，所以二狗是二爷的一切，二爷快六十了，想把自己余下的岁月尽可能地变成生产力转化成财富留给二狗。

二爷不听二狗两口子的劝，家里的田土还是种了一大半，只调整了一小部分给烤烟大户。二爷还种了五千株烤烟，种烤烟是一项非常艰辛的劳动，工序复杂且工作量大，育苗、起垄、移栽、管理、采摘、烘烤、分级扎把、交售，每一个环节都来不得半点马虎，任何一个环节出了问题都会功亏一篑。

近年来二爷明显感到力不从心了。

二妞六岁生日的那个下午，奶奶特地做了许多好吃的，并煮了一个鹅蛋。

那些菜和那半透明的剥了壳的鹅蛋在那张八仙桌上已经凉了好久，二妞和二爷夫妇三方坐着，谁也没有动筷子。

二妞玩弄着手里的打火机，二爷不住地抽着叶子烟，二娘则时不时抹一把眼泪。

二妞转动着打火机，眼睛盯着里面的液体平面，她早就发现不管怎样转动打火机，那个平面都不会变，都会和桌子沿和门槛一样是平行的。

渐渐地，二妞那美丽的瞳孔变得深邃和迷离起来。

这时她变了一个姿势，长脆在凳子上，打燃了手中的火机，火焰在她明亮的眸子里摇曳……

一个燃着六支蜡烛的生日蛋糕出现在桌子上，二妞脸上出现了少有的笑容，那笑容很明朗很纯洁如同天使一般。

二妞吸了口气，向着那些蜡烛吹去。

但她吹灭的是打火机的火光，桌子上的生日蛋糕也随着火光的消失还原成一桌子凉凉的菜。

只有那天使般笑容还留在她脸上。

今年，由于外出打工的人特别多，所以种烤烟的人就少了，于是今年的收购行情非常好，加上风调雨顺、烟叶质量好，二爷粗略算了一下，比去年多收入五千块钱是没有问题的。

除了二妞的事以外，二爷觉得一切都很顺心。

他忍不住又在二妞用过的作业本的空白封底上描绘新房的蓝图。

这时电话响了，二爷拿起话筒。

是二狗的电话，先是问了一些家里的情况，接着二狗有点为难地说："爸，再过几天就是二妞的生日了，你能不能给她买一个生日蛋糕。"

这对二爷来是说是一个意外的话题，这一段时间又是择烟又是交烟已忙得一塌糊涂，没想到二妞的生日又到了。

二爷沉默了一会说："这几天是我们交烟的日子，还有好多中部烟没有卖哟，不晓得得空不。"

二狗恳求道："爸，求你就给他买一个吧，又花不了好多时间好多钱，娃儿就喜欢这些嘛，求你了爸。"

二爷想不通现在的人怎么对那个生日蛋糕这么钟情，经不住二狗的央求，说："好嘛，好嘛，我给她买就是了。"

二狗又说："爸，你把话筒递给二妞看她说话不。"

二爷把二妞叫到身边，把话筒塞在她手里，二妞垂着手拿着话筒，却不往耳边放。

这时话筒里传来二狗媳妇那带着哭腔的声音："幺儿，二妞，二妞，幺儿，是妈妈呀，你怎么不说话呀，你就跟妈妈说一句吧，求你了，你就跟妈妈说一句吧，求你了，就说一句……"

二妞仍然垂手拿着话筒，一脸木然。

这时话筒里传来二狗媳妇悲恸的哭声。

其实，二妞的情况，二爷瞒了好久才告诉二狗两口子，二狗两口子当时就着急得不得了嚷着要回来，但后来经反复考虑之后，还是没有回来，因为当时广东人力资源短缺，老板为了留住二狗两口子这种勤劳聪慧的熟练工，和他们签订了两年的用工合同，第二年的薪金在第一年的基础上翻了一番，但合同时间是两年，如果中途违约，则只能领到一半的钱。

另外，二爷也坚决不让他们回来，说二妞的问题不是什么大问题。

邓书记的家邓娅是一个很懂事很会关心人的孩子，在她的关心和带动下，二妞已经开始走进学校上课了，只是还不说话。

邓娅只比二妞大三天，在她七岁生日那天下午，邓书记特地买了个大蛋糕，还邀请同学开了一个生日聚会。邓书记特别吩咐一定要请二妞参加，但二妞不去，邓书记则又叮嘱邓娅在生日聚会结束后给二妞送一块蛋糕过去。

穿一身红色新衣服的邓娅高高兴地把蛋糕送到二妞家，她要让好朋友分享自己的快乐。

但二妞接过那块生日蛋，走到灶头边，把蛋糕丢在了猪草锅里。

邓娅惊呆了，一跺脚哭着跑了出去。二娘看在眼里，流着泪追了出去。

古历九月二十一，时值日月破，大事不宜。

这天是二妞的生日，二爷看了一下历书，出了门，到村头去等中巴车，准备到县城给二妞买生日蛋糕。

再过两天就是霜降了，可这秋天却如盛夏。这时太阳已探出头，光线照射在老木屋那些斑驳的木板上泛出一层金色的光晕，二爷知道这无疑又是秋老虎肆虐的一天。

快要到烟叶站门口时，二爷遇到急匆匆的邓书记。他见到二爷的第一句话就是："快去把中部烟弄来卖了，明天就停止收购中部烟了。才接到的紧急通知，我还要赶快去通知其他的烟农。"他脚步一点没放慢便进了烟叶站。

二爷一下子怔在了那里。

由于家里劳动力不够，二爷的活路慢了人家好多天了，二爷准备在收购中部烟叶的最后一天把家中已择好的中部烟叶交售出去，明天就是最后一天。

没想到这个最后一天竟然提前了。

在二爷的心目中，二妞的生日蛋糕和那八百斤要值七八千块钱的中部烟叶相比，二爷会毫不犹豫地选择后者。

二爷心想，如果把烟交了还有时间的话，就去县城买蛋糕。

然而，那一天烟叶站交烟的人特别的多，待二爷把烟售完，天已大黑。

深夜，月黑风高。

在秋阳下烤灼了一天的这些老木屋里异常闷热，屋梁上还还不时发出"吱嘎"的声响，二爷躺在床上无论如何都睡不着，起身点了一锅叶子烟，猛地吸了几口，看着二妞的房门，一脸的内疚和忧虑。今天一天二妞都没有吃饭，神情异样，只是呆呆地看着手里那个打火机，二爷隐隐感到一种不安，又深深地吸了一口烟，引起一阵剧烈的咳嗽。

这时，二妞美美地做了一个梦。

二妞穿了一身和邓娅一样的红色新衣服，戴着一顶红色的生日帽，眉心贴了一枚蓝色的小星星。一家人还是围着那张八仙桌，爷爷奶奶坐在她对面，爸爸妈妈坐在两边，爸爸妈妈衣着打扮如同寄回来的照片上一样，有点像电视剧里的人儿。

桌上摆了一个特大的生日蛋糕，蛋糕上有一头奶油做的小牛儿。

爸爸笑着说："幺儿，把蜡烛点上吧。"

那个绿色透明的打火机就在二妞手上，二妞欣然点亮了七支蜡烛中的一支。

这时她大大的眸子里闪过一道蓝色的光芒。

二妞感到异样，生日蜡烛上的火焰怎么会是蓝色的呢?

突然，眉心的那颗星星变得滚烫，随即带来一阵剧痛，这一阵剧痛把二妞惊醒。

天啦，这根本就不是梦，一切只是二妞的臆想，二妞点燃的也不是生日蜡烛而是床上的蚊帐，那眉心的那一阵剧痛则是一颗从燃烧的房顶上掉下的火星。

二妞想大声哭叫，无奈却发不出声音，只好飞快地跑下床蜷缩在墙角无声地哭，那蹿上房顶的火焰在二妞满是惊恐的瞳孔里变得越来越大。

这时，只听"咚"的一声闷响，房间的门被人踢开。是穿着汗衫短裤的二爷，二爷口里不住地叫道："完了、完了……"飞快地抱起二妞就往外奔去，同时对着卧室里大吼："着火啰，老妈子快点，把存折带上，其他的不要管了，听到没有？……"

这时街上已乱成一团，到处是哭天喊地的人，在人们"救命啊""救火啊"等绝望的哭喊声中，这些老房子已陷入熊熊烈火，火光把整个黑夜照得通红。

这里没有任何消防设施，唯一的办法只有农村传统的掀瓦拆房淋粪水，然而这些干透了的老房子没有给人们留下任何机会，短短十分钟内，大火已成燎原之势，人们只能抢救一些贴身的贵重物品。

当县里组织的救援队伍赶到旧堡村时，旧堡村已是一片瓦砾，断墙残壁上还袅袅地冒着青烟，整个夜色显得凄惨而诡异。

人们的神情绝望而悲哀。

二爷站在火场中间环视着着这一切，粗壮的手一使劲，把那支用了十多年的纯铜烟杆掰成两截，口中喃喃道："作孽……作孽呀……"

二娘则坐在抢出来的一个樟木箱子上，抱着一脸惊恐的二妞不停地哭。

指挥救火的王书记满脸的污渍，衣衫褴褛，头发眉毛都被烧焦了好些。他走上前把二爷搀到二娘和二妞身边，宽心地说："算了二爷，莫伤心了，好好把你的新房建起来吧。"

然后若有所思地看着二娘怀里的二妞。

现在的民政救济已是相当及时，县领导亲自指挥，当即调度车辆运送帐篷衣被食品，安置灾民，灾民们在当夜就得到了妥善的安置。

或许，旧堡村人于这场灾难早已有了心理准备。这次火灾没有人员伤亡，并且存折现金等金银细软基本都抢了出来，而其他的财产包括禽畜粮食则全部损失在了大火里。据有关部门统计，这次火灾损失共计一千万元。

火灾发生后的第三天，二狗两口子就回来了，带回来了足够修房子的钱，但他们忙的不是修房子，而是急着把二妞带到重庆儿童医院去治疗。

看病的医生说那是典型的自闭症。

不到一个月的时间，二妞终于又开始说话了。在心理医生的诱导下，她哭着说出的第一句话竟是"爸爸妈妈，我要生日蛋糕"。

"好，好，我们一定会买的，一定会。"

二狗夫妻百感交集，拥着二妞，泪水涟涟抽泣不已。

在场的医生和护士也禁不住流下泪来。

对于这场重大火灾，消防部门最终得出的结论是线路老化造成的短路所致，据说有人看见有一段线路起火。

这是一个大家都愿意接受的结果。

只有二爷知道真相。

只有王书记的怀疑最接近真相。

那淡淡的幽香[①]

王前波

“我的隔壁，住了一个女人，我们只隔一堵 24 厘米厚的墙。”我对她说。她叫深兰，可能是把自己想象成深谷里的兰花一样高洁、典雅。我也把她想象成风姿素雅、花容端庄、幽香清远的绝色女子。一个名字罢了，不容多想，想多了便什么意思都有了。在网上我也叫深蓝，没有什么意思，只是一种颜色，这也是我们在茫茫网络海洋里相遇相知的原因。我们都自诩是成熟的网民，所以除了彼此的内心世界，我们于对方一无所知。

我从来不对深兰撒谎，这已成习惯。我没有见过这个女人，只是近段我看见隔壁的阳台上有一些精致的女式内衣内裤，它们总是在风里招摇。所以我对深兰说“我看过她的内裤胸罩，却没有见过她”。

深兰笑了，她一向不需要太多解释，便能理解我的意思。这也是我满意她的原因之一。

我常常去阳台上看，却始终没能见她。我没有因此而失望，那些频繁替换的女人物什，为我在脑海里为她平添几分神秘的性感找到了依据。我想，隔壁的女人，便应是这般模样。

深兰说：“看得出，你对她感兴趣了。”

---

① 原载《银杉文艺》2009 年第 2 期，此次出版时有改动。

这个问题，我无法回答她："你会对你没见过的东西感兴趣吗？"

"想象得那么美好的东西你不感兴趣吗？"一股含了春意的风吹进窗，也吹来她的一丝狡黠。

夜很深的时候，隔壁的女人回家了。我听见门响，还有鞋被撂在地上的声音。我将耳朵贴在墙上倾听动静，在我的脑海里浮现出一幅女人回家的画面。工作了一天，她一定累了，所以一回家便深深地舒了口气，丢掉累脚的高跟鞋，散开盘起的秀发左右甩甩，晃动僵直的脖子，直到舒服为止。走到衣柜，换上舒适的睡衣，光着脚，在地板上走来走去。接下来她开始反复听马修连恩的《布瑟列农》。其实能听到的音乐已被那道墙滤掉不少，但由于我对这首歌太热爱太熟悉，所以我仍能为那美妙的音乐所打动，特别是那段幽怨得让人肝肠寸断的法国大圆号在震动着我的耳膜和心灵。这是我和深兰最喜欢的歌，好东西总是流行得很快，我想。这也让我以为她是一个沉静的女人，或许她正躺在柔软的沙发上，用慵懒的眼神漠视前方。也许，她的长发已经散到了颊上。

隔壁的女人，有时我会想象她的模样。

"那你有没有想过我的模样？"深兰问我。

如果说她像兰花，我怕她说我太缺乏想象力没新意，于是说："想过你可能就像水一样。"我认为说一个女人像水更是漂亮，而且不会被误解。但我总隐约觉得深兰应该是个漂亮女人，把自己比作兰花的女人是很自我欣赏的，至少是不张扬自己的美丽的，即使她真的很美。或者深兰并没有意识到这层含义，只是在潜意识里这样做了。

一个名字罢了。

夜里，一个裸体的女子，钻进我的被子，我闻到一阵淡淡的幽香。她抱住我，吻我，她的肌肤就像水一样滑，她的声音就像梦呓一样呢喃，她的喘息像飞泉一般凌乱。可是任我怎样抚她、搂她，任她的身体如何与我贴紧，她的脸却始终蒙着一层雾霭，无论如何也看不真切。

你是谁呢？

她说，我住在隔壁。

你的名字。

她说，深兰。

那淡淡的幽香还在空气中弥漫，迷乱中我分不清是在梦里还现实。

当我醒来时，床单湿了一块。这让我沮丧不堪，忙将内裤洗了，晾在阳台上。阳台那边，蕾丝的内裤胸罩，还是在风里飘摇。

星期五宿醉后，清晨醒来头痛欲裂，昨夜下的雨一直没有停，这样的周末我愿意把手机关了待在家里，像一只受伤的猎狗舔着自己的伤口，等待伤愈。可是门铃响了，我连想也没想，便倏地将门打开，看见一个约莫二十三四岁、身材高挑的女子，五官端正如韩剧中的美女，穿了一条深咖啡色的低胸连衣裙，可能上楼有点急，丰满的胸不停地起伏，乳沟隐现。我的目光差点陷了进去。

虽然时间很短，但我还是感觉到了自己的失态，很快把差点陷进她乳沟里的目光拔出来，看着她精致的脸说："请问什么事？"

"不好意思，我住对面，我把钥匙忘在家里了。我，我想从你家的阳台上过去。"她好像没有意识到我的失态。

我非常绅士地说："没问题。"开门把她让了进来，带着她走向阳台，接着问："你是说你从这里过去？"

她环视着我凌乱的家说："是的，有问题吗？"

"当然没问题，问题是你……行吗？……我过去吧。"

我再次打量了她玲珑有致的身材，发现她穿了双精致的金色高跟鞋。

她观察着阳台两边的情况说："这点小事就不麻烦你了。"

在我还在争取我过去并建议找一条安全绳的同时，她已穿着那双金色的高跟鞋敏捷地爬上阳台翻过了那道厚24厘米的墙，"咚"的一声跳到地上，然后探出身子调皮地对着惊魂未定的我打了一个OK的手势，说了声"搞定"，笑靥如花。

说实话，没有足够的动力或诱惑，我真是不敢翻过去的，要是真的摔下去的话，算怎么一回事啊？饿滴神，真的想都不敢想。其实那以后我一直觉得这件事上我特没面子。后来我问她，那天为什么不让我从阳台上翻过去，是怕我翻了会上瘾吗？她说去你的，只是初次见面不好意思麻烦你。

我们很快熟识起来。她从另一个城市回来开了一家歌厅，所以早出晚归，这也是她搬来后我相当长一段时间没有见到她的原因。她年轻漂亮性感，为人耿直，生活富足，身边的男人也不少。基于种种原因，我总觉得她身上有一股风尘味。

我对深兰说："隔壁的女人常常来我家。"

深兰说："她看上你了。"

我说："极有可能。"

深兰说："别开玩笑了。"

我说："不开玩笑。如果你对一个男人没兴趣，会每天去他家吗？"

深兰说："不会。"沉默一会儿，她又说："你觉得她漂亮吗？"

我说："还行吧。"

刘芳确实还行，属于那种介于普通女人和美女之间的可望可即还很漂亮的女人，如果能像韩国女人一样去局部整容，完全可以成为一个美人儿。当然，她这种人或许已经垫过鼻子拉过双眼皮也未可知。

刘芳常在我家看书或聊天，而且做这两件事情时，她纤纤的手指里总是优雅地夹着一支烟。在她面前，我很少说话，总不知道该说些什么，或者不知说什么才显得体面而合适。我不清楚该用这张嘴同她说话，还是该用心同她讲话。我总觉得我面对的是一个风尘女子。

刘芳说："张一凡，你过来一下。"

我说："干吗?"

刘芳说："不干吗，你过来!"

我坐了过去。她是个随便的女人，即便是在我家，也是把烟缸拿到离自己最近的地方，趴在沙发上抽烟，两个小腿翘起来并来回地晃动，于是屁股就成了最引人注目的地方。我忽然又想起那些曾晾在她阳台上的内裤，想，今天是哪一条套在她的屁股上呢。

她说："你在看什么?"

我说："看电视。"

她说："我的屁股上好像没装电视。"

我说："是吗?那更要好好研究一下了。"

她笑了，打了我一下。

我忽然尿急，奔向厕所，尿完后，我颤了一下。

突然有一天，她说我的衣服好脏，给我洗了。有一次，她发现我衬衣上的一个纽扣快掉了，便回家拿了针线给我缝好，又把针线都放在了我的抽屉里。再加上她经常收拾我凌乱的家，导致我迟钝的鼻子，在空气里隐隐嗅到危险的信号，如果订婚戒指是落入圈套的象征，那纽扣也是扣留不放的预兆。我觉得别扭，和她在一起时不是怕衣服太脏，就是怕纽扣掉了。

这种危险的信号还在继续出现，她已和我的好朋友韩丰和李林打成了一片。一次，我们一起在我家喝酒，这时她完全是以女主人的身份自居了，以至于韩丰带着九分的醉意和十二分的羡慕说别想你那个网上的深兰了，眼前这个多好。

这时我发现她眼中闪出一道异样的光芒。

我突然提出要和深兰见面时，深兰很吃惊。

她说无法想象，也不想一切幻灭得太快了。

但我已经拿定主意，似乎十头牛也拉不回。

“我们见面吧，好吗?”

“见面？我不想见面。干吗要见？这样不好吗？‘我不见你，是为了让你在我的心里活得久一点’，这是你对我说的话。”

然而我却没法不见到刘芳。这天晚上突然停电。我心情有点不好，没有管停电的事，在黑暗中胡乱想一些事。一会儿，她点着支蜡烛进来掩上门说：“怎么不点蜡烛?”我说：“没有。”“怎么没有？上次你过生日不是有剩的吗?”说着麻利地从餐厅酒柜的抽屉里拿出几支蜡烛。

坐在房间里，一支蜡烛显得不够用了，于是我点燃另外两支。刘芳显得有些兴奋，说，你还挺浪漫。我想，停电了我还真没法不浪漫。她穿的是黑色的睡衣，这黑就似夜一般的黑，它松松地裹在她身上，好像一片夜吞没了她的身体，只剩那白皙的脸、颈项和四肢还浮在这夜色里。这朦胧的烛光又重新赋予她一层虚幻的光环，我仿佛又回到那夜的那场春梦里，只是少了那淡淡的幽香。

不知何时起，我与她抱在了一起。

我们迷乱贪婪地吻着，扭动着身体尽可能地贴紧对方。我一只手不断地抚摸拿捏着她丰满柔软的双峰，当我的手准备乘势往下游走时被她很果断地制止了。这让我十分不解，有些不知所措，我是不是太过分了或者是她太过分了。但她温柔地看着我，轻轻地摆头说这几天不方便，满眼的歉意。

这是一个糟糕的夜晚，所有的事情与爱情无关，我在心里暗暗地庆幸没有铸成大错。

我一定要见深兰，我下了决心。

上班后第一件事就是打开电脑等深兰上线，十点过后才等到她上线，我正要表达我要见面的强硬决心，她却出人意料地打出一段文字。

“明天早上十点在本市时代广场的雕塑下见面，我手里拿着马修连恩的《狼》专辑。”

然后就下线了。

第二天我起得很早，收拾妥当吹着口哨出门时我刻意看了一眼刘芳紧闭的门，并由此生出一种很复杂的情绪，口哨吹着吹着没声了。

这是一个初秋的早晨，秋风中淫雨纷飞，道路有点湿滑，车辆行人都显得很小心。我九点半到了广场雕塑下，把手中的CD遮在眼前，看着远方的车辆和行人，心思却很怅惘，有点秋风秋雨愁煞人的感觉，但这种情绪马上又被强烈的希冀和期待所替代。

那绒毛般的雨在我睫毛上结了一层细细的霜，但这并不影响我仔细观察过往的路人，我希望能尽早判断出即将出现的深兰，期待着“众里寻她千百度，蓦然回首，那人却在灯火阑珊处”的人生境界。

已经一个小时了，我也等成了一尊湿透的雕塑，但我等的人始终没有出现，这让我万分沮丧，想象了千万个她不来的理由，最后也觉累了，苦笑自嘲我居然相信网络。

我呆呆地看着手中的CD，手一松，让它成为自由落体，摔成几瓣。

其实我松手的是我的心，它在重力的作用下如自由落体一样摔向地面……

我如失了元神的行尸走肉一般行走在一个无声黑白悲哀的世界里，虽然外界车水马龙。

我知道我的手机在响在振动，但我不想管他。

手机不停地响不停地振动，最后我麻木地把它拿到耳边按下接听键，传来的是一个非常急切的声音：“你在哪里，刘芳出车祸了快到市医院，听到没有……”

是李林的声音。

我倏地一震，元神又飞快回到了我的臭皮囊，我来不及整理刚回到我身上的七魂八魄，便飞快地打车往医院赶。

走廊里的人们诧异地看着我疯狂地跑向抢救室，我猛地推开门，看到刘芳头上缠了许多的纱布，半卧在病床上，床边站着坐着几个人，但我至今也想不起是哪些，因为我只看到了纱布下那双幽怨的眼里闪动着的喜悦的泪花，那白皙的手里紧紧攥着一盒马修的《狼》专辑……

很快，CD上那满是血渍的狼头的画面变得模糊了，空气中弥漫着淡淡的幽香。

我在心里很深的地方骂了一句——这该死的网络。

集体出轨[1]

雷贤圣[2]

走出黑巷子

“雄哥，走出黑巷子，千万别回头!”皮匠，从号室的铁窗伸出嘴筒子大声喊。雄哥，听懂了皮匠这句赠言的内涵：它，既有皮匠的祝福又有皮匠的期望。因为，皮匠相信，雄哥出狱后一定会回来保释他。雄哥左手拎着洗脸盆，右手抓着铺盖卷，跟在刘管教身后大步走出西山监狱。

豪华版的西山监狱，是由早年的一个“五七”干校改建而成的。在那阶级斗争一抓就灵的年代，这里，曾经辉煌过一阵子，也曾经关押过一些省、部级的大干部。后来，一个曾经在这里改造学习过的大干部官复原职后，故地重游。一句话，就把干校改造成了全省一级豪华版的示范监狱。西山监狱的门牌坊高大挺拔，气势宏伟，飞檐斗角，风铃叮当。门前耸立着一对镇恶避邪的大石狮子。石狮子一手指天，一手指地，头披卷毛，张嘴扬颈，作狮子吼状：青黑坚硬的蒙古石雕刻出一种天上地下唯我独尊的霸气。那霸气，

---

① 原载《贵州作家》2009 年第 13 辑，此次出版时有改动。

② 雷贤圣（1966—），男，仡佬族，贵州省正安县人，自由职业者，自由撰稿人。先后在《芙蓉江文艺》《遵义文艺》《黔北作家》《贵州作家》等刊物发表小说，珍州文学沙龙秘书长，小说《集体出轨》曾获第三届“尹珍杯”遵义文学奖文学作品奖。

从石狮子嘴里漉漉地冒出来，给人一种咄咄逼人的威严。

“哐啷！”一声门响。西山监狱的铁门横逼逼地把雄哥推出了高墙。雄哥丢下铺盖卷，抓起一捧积雪朝天一撒，狂叫着：“自由了！——我自由了！——老子今天自由了！”雄哥狼嗥一样的尖叫声，很快就被犀利的北风撕成碎片，消逝在风雪茫茫的天地之间。雄哥咬着冷冷的牙，顶风斗雪闯进了老城牛五爷的餐馆。

“老板！一碗牛肉粉，一瓶习酒，再来一斤牛肉烧腊，不切！”雄哥闯进门，直奔火炉子坐下，头也不抬，大声喊。

一个歪戴回民帽的小伙计，麻利带快地端来一碗红油牛肉粉，一瓶三星习酒。他摆好碗筷，歪着头有几分得意地说：“今天是个喝酒的天，烧腊早就卖光啰！卤花生米呢倒还有不多几颗。”

雄哥噌地一下子站起来，一把抓住小伙计的衣领，恶牙愤愤地说：“我呸！腊时腊月的，你叫老子吃花生米，你啥子意思？”小伙计赶忙解释：“真的，一点烧腊都没剩！不信，你自己去找找看。”雄哥伸出食指和拇指比成手枪状，抵在小伙计的脑门，说：“‘叭！’——这就是吃花生米。哼！看你这个栽样子，也是个换毛鸭子初下海，一点江湖规矩都不懂！开店作坊，从来就是开起庙门就不会说没有的话儿。你若不想把牛五爷的这块金字牌牌翻过来做先人板板，你，赶快跟老子去厨房，把左边第三只卤缸里腌了三天的牛肉取出来，用高压锅给老子卤。我等。”

小伙计一头雾水，听着雄哥炒豆子一样的训斥，委屈得要哭：我到底碰到了他的那根神经呢？

“老六。老七。快来把芫荽提进去！”白眉白眼的牛五爷站在店门口一跺脚，抖落一身的积雪。小伙计跑过去，接过芫荽，在牛五爷耳朵边上一阵耳语。牛五爷挽起袖子，一声大喊：“哼！哪里来的癞爬狗敢到大南门来撒野？伙计们，操家伙，老子今天来个关门打狗。”

雄哥不理正在背后摩拳擦掌的牛五爷，也不睬手执煤钩火钳的小伙计们蠢蠢欲动的优美造型。他从从容容，喝完最后一滴牛肉汤，放下海碗，一转身，满脸堆笑地说："五叔！身体可好?"

"呵呵呵！我说这冰天雪地的，哪个敢来砸我牛五爷的招牌?原来是你小狗日的，在开你五叔的玩笑。老六。老七。快来见过你雄哥。"

"老六！去，整几个菜。"

"老七！去，把我藏在床脚脚的那瓶五星习酒拿来。"

牛五爷三杯酒下肚，就冲开了他的话龙头："贤侄啊！出来就好，出来就好啊。你老爸走得好可怜！他临死前的那天晚上，在我这里喝了一夜的酒。那一夜，他喝疯了。他喝完了整整一军用水壶的苞谷烧。他喝几口哭几声，哭几声后又笑几声……时不时地掏出你在监狱里写给他的信来读。每读一次，他都伤心欲绝，老泪横飞。贤侄啊！你没有活到我们这把年纪，体会不出老泪横飞的凄凉。"雄哥抹去脸上的泪水，摇着头说："五叔，别说了，我知错了。"牛五爷一把抓过酒瓶，说："知错就改，改了就好。来来来，贤侄，今天我们只管喝酒，不谈对错。前几天，典狱长来拿牛鞭时，跟我说你今天出窑子。我问他把你锻炼好没有，他说，我看在牛鞭子的分儿上，保证把你改造成一块又红又专的红心砖。我说到时候派人去接你，可这几天生意一好，就给搞忘了。贤侄，你别见气，我先自罚三杯。"说完，牛五爷自罚自饮地连喝了三杯。牛五爷一杯酒下肚，先喝红了鼻子；二杯酒下肚，又喝红了眼睛；三杯酒下肚，把眉毛胡子都喝红了。喝红了脸的牛五爷，就像斗牛场上被斗牛士激怒的一头公牛，看谁都不顺眼，看谁都和他有仇一样。他揪了一把雄哥，没揪着，就顺势揪了一把他脸上红得像灯笼椒的红鼻子。他擤了一下鼻子，红着声音说："不！老子要说，老子要替你死去的老爸说。老子知道，你龟儿进了监狱还在埋怨你老爸。你恨他，当初不出面帮你摆平官司。可你知道不知道啊，我的娃?你当初捅的祸娄子，有多大吗？——那可是有两条人命，国家损失上千万元的罪责呀！你还觉得你，栽得冤?”雄哥说：“垮楼。死人。不关我的事，是他们心太黑。”牛五爷说：“浑小子！虽说你只收了朱总一笔中介费，可朱总那块地皮，总共盖五幢楼；盖完不到一年，就跨了二幢；还压死了两个过路的学生娃儿。人家抬着死娃儿，四城门游街，讨说法。最后，在十字口广场，聚集了好几万人。大家异口同声高唱：‘开封有个包青天，铁面无私判忠奸……’那是在向政法机关施压，向地方政府示威。要不是县里四大班子及时出面，好言安抚，差一点就引发了老城的大动乱。上头一追究事故根源，地方政府总得拿出个替罪羊来交差。拿谁？虽说人家马局，吃的钱比你多，罪行比你大，但是，人家吃进去的钱，原封不动地，全都吐了出来。况且，人家的靠山比你硬！至少，人家的官帽能抵两年，工作籍能抵两年，积极退赃能抵两年，悔过自新加上现身说法又能抵两年，最后也判了三年的有期，二年的监外执行！你呢——要钱？没有。要命？一条。法院只判你八年的有期徒刑，你以为，是你龟儿子的辩护口才的功劳吗？不。是你老爸厚着老脸找到我牛五爷。我牛五爷又厚着老脸，去找我小时候同穿叉叉裤的老同学。我三顾茅庐，才请出那个老同学。难得是他出面打了招呼，才只判你八年。你不知道，当时的合议庭里，民愤有多大？按他们的意思，不要你的脑壳也要判你个十年、无期的，才能平息民愤。娃，你晓得民愤是什么吗？民愤在咱们中国，自古以来就是一条最大的法律准绳。民愤，就是民恨，就是民意，就是民心。民心是水，它能载船，也能翻船。你想想，你在监狱里受过丁点的委屈吗？你能在监狱里三年都当先进？你能连续两次得到减刑两年的好事？还不是你老爸口中落食，每年都托我去典狱长那里给你烧高香的结果。光是春节拜年就是二瓶茅台酒，三条中华香烟，五根上好的黑牛鞭子。这得花多少钱？你自己算一算就知道了。再有，我牛五爷这块金字招牌也差点毁在你小子手头。你入狱后的第二年年底，重庆的商家跟我定好了牛鞭销售合同，包销我店里的黑牛鞭子，出的价钱比其他人都得高。那天就在我打好包装刚要装车的时候，你们监狱的典狱长醉醺醺地闯了进来。他硬要买我打好包的牛鞭，说是拿去送人。我说这是人家订好的货，钱都付了的。他说他也是照样付钱买。他说是买，开的价钱连成本都不够，其实等于是白送他。那一次他就要走了我半箱子货。为了完成重庆商家的合同，我只好冒着雪凝天气，重新下乡镇去收购，收了半个多月才收齐交了差。从此，我牛五爷的‘鞭子’没有敢漂漂亮亮地对外卖过。老城那些想吃牛鞭的老鞭牯给老子起了一个绰号叫‘老沙牛’，害得老子去买菜都要绕几步路，绕开茶馆那帮老鞭牯，免得他们拿我开涮。唉，不说这些脏人的事了。你不知道，你老爸在你入狱后他过的是什么日子？你的公司被查封后，信用社拍卖了你家抵押的房屋。你老爸连租房子的钱都没得，人家信用社看在他是老干部的分儿上才可怜他，帮你老爸在停尸房隔壁租了一间房子遮身。贤侄啊！说真的，你老爸在我们这班老鬼面前，也算得上是一个酒中君子。可惜他一生都没有机会漂漂亮亮地喝过一瓶茅台酒，唉！不说了，不——说——了。”牛五爷头一歪，一下子趴在回风炉上鼾声如雷。雄哥坐在火炉边泣不成声。

抢来的幸福

雄哥早早地来到烈士陵园。他老爸的坟就埋在烈士陵园围墙的外面。坟前没有青松，也没有翠柏，只有一堆厚厚的积雪和积雪下的一堆黄黑的泥土。

儿时的雄哥是个出名的孙猴子，扒房揭瓦掏鸟窝，无所不干。打架斗殴，是家常便饭。偷鸡摸狗掰苞谷，也偶有杰作。十二岁就跟社会上的操哥学习。十四岁开始混迹于小偷扒手收浆佬之间。

一天，从外地流窜来了一个小皮匠（江湖黑话：称“钱”为“皮”。会摸包，叫“会杀皮”。会杀皮的人，被称为“皮匠”）。不过那时皮匠的十个手指头全在，他不知道他的爹妈是谁，更不要说他的真名实姓。他到处流浪，四海为家。后来，他每到一个地方拜码头，需要做自我介绍的时候，干脆就用上这个落脚点的地名来取他的艺名（绰号）。他只需在地名的前面加上一个小字就行了。譬如：小重庆，小贵阳，小遵义，小绥阳，小正安，等等。这些名字他都用过。皮匠头戴一个“战斗杀人帽”（将旧军帽的遮阳纸壳抽出来，再把遮阳向上翻卷一圈，像海军陆战队士兵一样歪戴着），在十字路口的大泡桐树下寻找目标。雄哥小心地躲在一根电桩后面盯着皮匠。雄哥的半截烟屁股都没抽完，就看见皮匠和一个背着簸箕的老太婆对撞了一下，就在他伸手将老太婆身子扶正的那一瞬间，掏走了老太婆围腰里的手巾帕。雄哥马上吹了一声口哨，指挥一群“少幺爸”跟踪追击，尾随皮匠到了南门老街，雄哥冲上前一巴掌拍在皮匠的肩膀上：“懂得起不？……”雄哥手下那十来个“少幺爸”已将皮匠团团围住。皮匠嘿嘿地笑：“抽烟没问题，算我请客！”说完，皮匠就将他刚才得手的一包钱“哗啦！”一声朝天一撒，顿时钱如雨下，白花花的一阵耀眼的光芒刺得人眼睛生疼。皮匠趁大家弯腰抢钱的当口，抬腿开溜。雄哥飞起一脚，把皮匠戳倒在地。雄哥一脚踏在皮匠的背上，大叫：“把钱通通吐出来，饶你不死！”

大伙把捡到的钱和搜到的钱，一分一分地凑拢一数：“妈耶！共有八块七角四分钱！”

“我们发财了！呵！呵！呵！……”

那时的八九块钱，相当于一个高中生一学期的学费。为花掉这笔大钱，他们民主地争吵了两个钟头，最后由雄哥统一意见：“去烈士陵园开个烛光晚会。”

那次抢来的幸福，足以让雄哥懊悔一辈子！

烈士陵园是老城唯一值得游逛的场所。那篮球场的大草坪上，零星地布置着几处石桌、石凳，供游人休息娱乐之用。白天，这里几乎没空歇过，可一到晚上就稀有人迹，成了“少幺爸”们捉迷藏、玩打仗的天堂。那天晚上，纪念碑左面的第一张石桌子中央，摆了一瓶正安窖酒，一斤张家牛肉烧腊，三包朝阳桥香烟，是两头点的那种干部烟；还有两包老城名优小吃，一包是徐拱背家的糖炒栗板，一包是龚三婆家的盐豌豆。

两个“少幺女”一人手执一根蜡烛，站在石桌旁伫立。两个年纪最小的“少幺爸”将用二十支朝阳桥对接起来的一根长烟，用二人的四只手抬扶着，点烟的任务当然由小铃子完成。雄哥盘脚打坐坐在石桌子上，理所当然地吸了第一口团结烟，然后再让大伙一一伸长脖子过来吸一口。抽完团结烟，接着同喝团结酒。雄哥从家里偷出来的军用匕首这时也派上了用场。他先撕掉那层红红的鸡皮套，将酒瓶的木塞一旋，然后轻轻一撬，打开软木塞。他先尝第一口。有一股恶甜酒的甜味儿，一点不像父亲喝的烧酒那般火辣。皮匠谄媚道：“雄哥不愧是海量，你当大哥，我当小弟，我来敬你的酒。”说完，他就抬着瓶底灌雄哥的酒。雄哥早就被胜利冲昏了头脑。皮匠抬一下瓶子，他就吞一口酒；雄哥吞一口酒，皮匠就眨一下眼睛。雄哥咕噜咕噜地喝麻了口，皮匠扑闪扑闪地眨着鬼眼……不一会儿工夫，那瓶52度的正安窖酒就被雄哥喝了个底朝天。雄哥把瓶子底都喝穿了，还想喝，可惜，没酒了。他就把酒瓶子当成望远镜，对着满天的星星看，他说他看见南天门了，还有好多好多的天兵天将正在打仗呢……他看着看着就感觉眼前的酒瓶儿在扭扭捏捏地变大、变高、变粗。他学着孙悟空的模样，指着酒瓶，大喊：“大大大大……”接着是天旋地转，星换斗移的一阵醉拳表演。“扑通”一声，他就醉趴在石桌子上。他就像一条从河里跳到了沙滩上的鲤鱼，小嘴一张一合地喘着粗气。接下来的烛光舞会，他只能心有余而力不足地在石桌子上干瞪眼。

一群醉猴，东倒西歪地在草坪上摇摆、追逐，疯狂地呐喊、鬼叫……没有录音机伴奏，皮匠唱着他的二流子歌：

“我的老爸是那太平洋的船长，

我的母亲去远航，

分别的时候给我手表，

给我钞票，

叫我在这里耍姑娘。

…………

二流子，不要批脸。

把我拖进了高粱地，

高粱地高又密，

他掏了他的核武器……”

那场由皮匠一人独唱的扭屁股舞会，一直疯狂到嘶声哑嗓，烛光燃尽。

天明。一滴冰凉的水滴在雄哥手上，雄哥睁开沉重的眼皮。只见小铃子咬着苍白的嘴唇傻墩傻墩地望着雄哥。雄哥问小铃子：“下雨了吗？”小铃子不说话，只把嘴唇咬出了血。雄哥摇着小铃子的双肩，问：“说，谁欺负你呐？”小铃子“哇”的一声哭出声来：“狗日的皮匠，欺侮我。”

雄哥问：“遭上了吗？”

小铃子点了头，又摇了摇头。

雄哥操起父亲那把军用匕首，沿着陡斜的山路向车站方向追去。

雄哥追到车站，一眼就发现皮匠正在售票处杀皮。他左手一把扭住皮匠的衣领，右手同时将军用匕首刺进了皮匠的奶肚。他清晰地听见了匕首刺破肚子的声音和皮匠连“妈”字都未能叫出声来的痉挛。雄哥松开匕首的那一瞬间，皮匠像一支被人啃过半边的冰棍一样，从雄哥面前跌落在地上。他双手痛苦地按着冒血的伤口，身体弓曲成一只红熟的龙虾，血将他手中的那卷五元币染成一支流泪的红蜡烛。皮匠被送到了医院，护士输液时他的右手还一直紧紧地攥着那卷钱。

那次抢来的幸福，就像观音菩萨的紧箍咒一样戴在雄哥这个孙猴子的头上。不论雄哥怎样努力，怎样挣扎，都逃不脱它捉弄人的魔力。扎伤皮匠，雄哥被关了三个月的铁笼子。出狱那天，从不求人的父亲拉着雄哥的手跪在妻子的遗像前哀求雄哥，你就看在你死去的老妈的面上，不要再去和社会上的那些“少幺爸”鬼混了。父亲这一招远比他的巴掌和拳头管用。

牛棚期间，父亲被停职反省，罪名是他敌友不分，界线不明。证据是他在剿匪结束的冬天，曾将革命的军大衣借给小土匪穿。雄哥几次偷偷地探望父亲，父亲都是一言不发，只对着雄哥送去的一壶烧酒说话。

后来，拨乱反正，名誉上恢复了他父亲国营酒厂领导的地位，但他的身子骨早已被酒虫捞空，连走路都不栽根了，他还能领导谁呢？他对落实办的领导说，我这把身子骨已经让酒虫糟蹋了十多年，一时半会儿还恢复不了，不如将工作让给儿子，让他顶替我工作。

下岗分流

雄哥顶替他爸，参加了工作。他就像中国当时的大多数同龄人一样：上夜校、读电大、早结婚、早生子，平平安安地享受了十年规规矩矩的幸福生活。

可惜，好景不长。十年后，摊上了国企改革——下岗分流。

厂部，七男八女十五个干部，只有雄哥年轻点，刚好奔三。他不下岗，谁下岗？

雄哥下岗，回到家里，就把自己关进书房。他躺在书房里翻来覆去想了三天三夜，还是没想出一条路子来。

第四天清晨，雄哥终于想通了：骂归骂，下了岗，还得要雄起！不然，这日子没法过。

雄哥光着脚板，踩着一地的烟屁股，对着窗外打了一串哈欠。床柜上的几个空烟壳，就像几个穿花衣、戴花帽的少幺爸，傻乎乎地趴在桌子上对着他傻笑。他想：千年谷子也要眼时生秧！还是先申请个营业执照，开个复印店，央住场合再说。雄哥在工商、国税、地税跑了几十个来回，办好营业执照和税务登记手续，决定第二天开张。

六月六号上午九点五十八分。雄哥庄严地打开圈闸门，亲手点燃几串十万响的震天雷。在一阵振奋人心的爆炸声中，雄哥充满希望地笑了，笑得很开心也很自信："嘿嘿……嘿嘿……嘿嘿……"开业时的鞭炮炸飞了他两张红彤彤的百元大票。他想：二红喜，大吉大利，不能心疼。

鞭炮的硝烟还未散尽，几个穿制服的人顶着硝烟走了进来。领头的胖子大声问：有手续吗？雄哥大声回答：有。胖子大声问：有文化经营许可证吗？雄哥小声说：没得。胖子翻开手中的文件夹，说："没得，先封门，再罚款，最少五百元。"雄哥绕着胖子好话说了一背篼。胖子只说了一句："看在你才刚开业的分儿上，给你打个折，先缴二百元罚款，下午去局里补办手续。"

文化稽查队的人刚走出店门，几个兵哥哥雄赳赳气昂昂地操着正步走进来。领队的大头兵一走进店门，啪地敬了一个标准的军礼，问："有灭火器吗？"雄哥热情地回答："我这儿不卖灭火器。喔！斜对面的消防队就有卖的。"领队的大头兵说："我们就是消防稽查队的。没有消防器材就开店？先罚款五百元！"雄哥立即赔上笑脸说："这不，今天才刚刚才开业，还没来得及去办理手续。"大头兵翻开本本一查，说："复印店、印刷业，一级防火单位，重点！"雄哥赶忙装烟。大头兵一摆手，说："一级防火单位，严禁吸烟。记住，今后凡在一级防火单位的地上，发现一个烟头，罚款一百元，两个两百，绝不手软。"雄哥小声地说："我记住了，记住了。你看，大家对门对户的，罚款就免了，行不？灭火器，我这就去买，这就去买……”于是雄哥跟着兵哥哥去买回了两个最小型号的灭火器。回来的路上，雄哥嘴里念道：“还是兵哥哥好说话，只花了四百元，说脱了罚款。”

正当他提着两个灭火器找不到地方放的时候，一个白发苍苍的老太婆站在门口大声地问：“老板在吗?”雄哥放下两个灭火器热情地应道：“在。在。在。你老人家，请坐，请坐。”老太婆一挥手，说：“甭客气，我是大南门居委会爱国卫生运动小组的组长。环境卫生嘛重要得很！你就先缴今年的卫生费二百四十块，一次性缴呢就优惠二十元。另外，这是四个季度的老鼠药，每包三块钱，这是十二包，一共是三十六块，也给优惠六块算了。总共是：二百二十元，再加上老鼠药三十块，等于是刚好整数二百五。”说完，她尖起两根指头唰唰唰地拈下二十五张十元卫生费票据，啪地按在电脑桌上，说：“给钱。我忙。”雄哥掏出二百五十元钱塞给老太婆，抓起那大包老鼠药，站在店中哭笑不得。老太婆屁颠屁颠地走了，雄哥冲着老太婆的背影“咚”的一声将老鼠药丢到纸屑篓里，又踩了几脚。

开张第一天，生意没做成一桩，倒贴了几大百钱，只好早早地关了门。他买了包卤豆腐干回到家里，购了半斤木瓜酒，闷闷地酗到半夜。他躺在床上，辗转难眠，眼里满是那些收费人的脸，还有他们手中舞动的收费单子。雄哥睁着眼睛睡到了天明。

第二天清晨。“下——岗——馒——头——!”下岗嫂叫卖馒头的大嗓门吵得雄哥心烦。他很想歌颂她几句不好听的黄腔来泄泄火，可又一想这年头生活艰难，谁都不容易啊！这时候窗外传来牛五爷晨练的脚步和他那川剧吊嗓的唱腔：“有道是：天道——酬勤——！早起的——鸟——儿——有——虫——吃！……壮，壮，壮壮丑，壮、壮、壮壮丑，壮丑、壮丑壮壮丑……”

雄哥一拍脑门说：对。天道酬勤，早起的鸟儿有虫吃！我今天就当回早起的鸟儿。雄哥一翻身起了床，匆匆地来到下岗嫂的小推车前，掏出一块钱，拎了三个下岗馒头，学着牛五爷的唱腔哼了起来：有道是天道——酬勤！——早——起——的——鸟——儿——有——虫——吃！……

雄哥摇头晃脑地哼着黄梅调走到复印店。他刚拉开卷闸门，猛然听到身后传来“噼噼啪啪”的一阵鞭炮声。他扭头一看，妈耶！对面街铺，一夜之间冒出了三家复印店！正对门那个复印店的老板娘，就是那个卖两节甘蔗杆杆也用木炭画镰刀眉的老妖怪。“耶——专门跟老子唱对台戏呐？”雄哥真想冲过去砸掉那块牌牌，再扇她两耳光！可他只能将怒火强咽回肚里，让它化成愤怒的口水，啵地砸在地上，再鄙视地踩上一脚。

开业一个月，一盘点，除了锅巴没有饭，关门大吉，是雄哥唯一明智的选择。

一进一出，雄哥亏空了他那一炷香的本钱。他只好硬着头皮去找过去的朋友小灵通。

小灵通开的伯乐职介中心坐落于十字路口。雄哥远远就看见两扇贴满招工信息的钢化玻璃门。雄哥走到门前，举手敲门，猛然发现门缝中央贴着两把大火钳似的封条，叉叉上还盖着工商局的两枚公章疤疤。雄哥哑然一笑：“嘬！你狗巴丘的小灵通也有不灵通的时候。”雄哥伸出食指，蘸了点口水抹在未干透的公章上，再沿着弧线添画成一个性感十足的红嘴唇，鲜艳欲滴！雄哥笑了笑，又在封字的墨汁上蘸了一点口水添画了一个黑嘴唇，再画一根黑线连接后，才笑呵呵地往回走。

路过街心花园，那棵歪脖子槐树上高挑着一面现场招聘女文秘的广告旗。广告旗就像章鱼手一样在城市的噪声与烟尘中蠕动着。攒动的人群，期盼的眼球，红本、蓝本的文凭在人群中踊跃地挥舞着。雄哥绕着人墙，转了几个圈圈都没能挤过去，他又不甘心地退两步，踮起脚尖一看：原来正是小灵通在那儿摆八卦。小灵通戴着一副宽边墨镜，正在爱理不睬地挑剔着桌上的那一大堆文凭。小灵通浏览着文凭，发现脸嘴长得乖巧的女生，就找出她的身份证和文凭对照，再认真验证身份证上的防伪标记。长得普通一点的放一边，脸嘴差点的便丢一边压着，看都不看一眼。

雄哥忍不住笑：狗日的德行！

“哎呀！城管来了！”雄哥一声大叫。紧围的人墙一哄而起，争着抢回自己的文凭、证件。小灵通以最快的速度钻到办公桌下面，寻找大腿间的缝隙，狼狈不堪地钻出人墙，撒腿就跑。

“站住，别跑。”雄哥边追边喊。

小灵通傻墩墩地站住，喘着粗气，许久，才回过头来：“我操你老婆，你想骇死我呀！”

雄哥挽着小灵通还在发抖的肩膀说：“跟你开个玩笑，你就成了这副脸嘴？”

小灵通吐了一个烟圈，说：“唉！窝囊！窝囊！老子今年流年不遇，点子背，还不都是传销惹的祸。我像讵幺儿一样才传销上一个下线，那龟儿子瞎明盗眼地又把城管局长的老婆大红苕，给传销上了。大红苕找不到下线，干丢了几千块钱。一气之下就找工商局的人来封了店门不说，还要罚老子两万块钱呢？我操！”

晚上，小灵通邀请雄哥去听传销课。

西城开发区一幢尚未完工的商品房楼上，小灵通正口若悬河地讲课：“传销这门子新兴的营销方式，是美国哈佛大学毕里史雅教授精心研究金字塔原理后，推算出来的一种赚钱方法。它正以鼠疫般的传播速度，风靡全世界。”

“在座的各位朋友，老鼠的最大本领是什么？”小灵通高八度地提问。

“会——打——洞！”台下的学员异口同声地大声回答。

“回答正确，加十分！”

小灵通用五指梳了一爪下滑的头发，低八度地讲道：“各位想发财的朋友，你们千万别小看老鼠，它可是我们传销的老祖宗，至今在美国仍有人称我们传销为老鼠会。朋友们，想发财的朋友们，你们千万不要小看了老鼠，它可是十二生肖中的大哥大，它的智商特别高。他不像老黄牛那样为了一把干谷草去累生累死地憨做。它只需用小嘴轻轻地把米口袋一咬，白花花的大米就到嘴里了。因此，我提议大家都向老鼠大哥学习！学习它，有洞必钻的钻研精神；学习它，没洞就打洞的创业精神。至于，怎样去创造机会，怎样去打洞，只要在座的各位朋友投下区区的三千元的入会费，加入我们安你新传销公司，保证你们很快就上升为业务经理，站在金字塔的顶尖，成为全世界顶尖级的富翁。你们说，好不好?”

好!

下课后。雄哥问小灵通：“今天套到毛子没得?”小灵通轻声道:“套到毛子，哪有那么容易?”

雄哥跟着小灵通跑了几天，一无所获，有些泄气。小灵通问雄哥，想不想干番大事?

“想!”雄哥不解地看着神秘兮兮的小灵通。小灵通拉过雄哥的耳朵，指点迷津。

雄哥用他老爸的房产证作抵押，从信用社贷到了一笔款子。充分调查研究后，他决定就在县政府的斜侧面创办一间点子高策划工作室。

开业那天，雄哥来了一个大手笔，当然也花了大价钱。他转弯抹角地请来了县里的老领导剪彩，县电视台来现场直播，再找报社的快枪手写了一篇《下岗——雄起》的新闻特写报道。

小灵通管理一楼，负责专卖办公用品的营业大厅。雄哥经理二楼的娱乐休闲室和办公室的对外业务。娱乐大厅设有两张英式台球桌，四周配有十间包房供客人喝茶聊天。办公室的隔壁配有几台自动夜光麻将机。娱乐大厅给前来购买办公用品的机关工作人员免费提供摸几把、打几杆的服务，或忙里偷闲地搞个“经济半小时”之类的娱乐活动。

雄哥开业后时常物色一些政府圈子里有价值的工作人员来打打小麻将，隔三岔五有意输点小意思。一来二往，大家很快就在其乐融融中混了个脸熟。脸嘴一混熟，啥事都好说！领导层的一些信息自然而然地流进雄哥的耳朵里。雄哥将打探收集来的信息分类存档，然后再将那些需要指标、批文或人事调动的需求信息对号入座。他的经营方针是：免费喝茶、拿钱办事。说俗点，就像猪市场的“偏二”，一手托官方，一手托买方，他占中间吃两头！他颇具创意地发明了一个新词：官托。

西城开发区那二十亩黄金地皮的买卖，就是他的代表作。

三建公司的朱总，盯住那个项目好几个月了，就是搞不到手。他喂了几个月的逗逗食，不见国土局的马局上钩，又专门从省外请来两批优秀的小姐来轮番轰炸，还是不见马局点头。眼看到嘴的肥肉就要飞了，他只好伸长团鱼脖子，来找雄哥。

雄哥哈哈一笑：“你要不是赔了小姐又折钱，你也不会来找我，既然找到我雄哥，只要你肯出血，我保证一个星期将老马拿下？”

朱总伸出三个指头，说：“三星照？”

雄哥冷冷地按下朱总的手指说：“五魁手！少一个刮痧都不行！”

行。

星期一晚上，雄哥约来老领导、朱总等人在二楼打麻将。他们一边打牌一边说着荤段子开玩笑。雄哥一上庄就是几把自摸，摸得老领导眼球发红，说道：“看不出，你柯小雄还是一个麻将高手呢！”雄哥说：“纯属手气，纯属意外。”

这时，小灵通咚咚咚地跑上楼来，对雄哥说：“雄哥，你儿子突发高烧，学校已送儿童医院了？”雄哥将码子全部推给老领导，说：“对不起！老领导，你打个电话叫马局来凑个角子，我去招呼一下，就回来。”老领导掏出手机，说：“小雄啊，你眼睛好使，帮我翻一下马局的电话号码。”

五分钟后，马局就咚咚咚地跑上楼来。雄哥赶忙让座，招呼道："难得马局替我解了围。"马局先望了上家的老领导一眼，谦虚地说："哪里、哪里！老领导一声召唤，我，敢不来吗？哈哈。"

老领导一边码牌，一边介绍道："小马，这是三建公司的朱总，还望今后在工程方面多多关照关照。我老了，上不去了，只好找他们打打养生麻将啰！"

一夜方城大战：该输的，输了；该赢的，赢了。朱总输了一辆桑塔纳，赢来老领导一句话：

——好好干。

从星期一到星期三。马局一次又一次地躲开三建公司的朱总。准备下午去和五建公司签合同。午休时分，一个邮递员模样的甜脸小姐敲开了马局家的铁门，递给他一个邮包，转身就走了。马局打开一看，是盒录像带。马局折回房打开电视：屏幕上跳出他那晚赌钱时的动作特写……片尾有他在包房里的床上功夫表演和一段野猫叫春的录像伴音。

马局啪地关上电视机，营养过剩的马脸上滚出一串肥颗颗的汗珠。那汗珠沿着鼻尖下滑，将他的脸划成两半：一半青，一半白。

周末，朱总夹着地皮合同，扬着手中的现金支票，对雄哥说："好你个点子高，你这一招，真是绝对经典！你不怕？"

雄哥两指一操，夹住支票，轻描淡写地说："孙子卖祖业，他心痛个屌！一根草绳上的蚱蜢，跑得了他也就跑得了我，怕的不是我！"

西城垮楼事件的发生，让上头一查到底，相关责任人一个都不能少。宣判那天，雄哥只记住了他被判有期徒刑八年；然后，就是马局的老婆和雄哥的妻子飘飘在旁听席过道上打嘴巴官司：

马局的老婆骂："呸！呸！呸！都是你老公腐蚀国家干部，拉人下水！……"

"呸！呸！呸！还不是你老公捏着公章把把，逼良为娼！"妻子飘飘的回骂惹得旁听的群众哄堂大笑。雄哥入狱后，他的公司被查封，房屋又被银行抵押了贷款，债主像苍蝇一样追着他妻子飘飘讨债逼债。信仰不同的妻子飘飘一气之下同他离了婚，带着孩子去了广州，至今没有消息。

洗　白

雄哥在父亲坟前抽完烟盒里的最后一支烟，将父亲坟头上的黄土抓了一把放进一个红布袋里，把它当成井乡土。他发下毒誓："爸，我不发达，誓不回家。"

成都到广州这趟直快列车就像一个永远吃不饱的饿龙。不管大站小站，它都要停下来喘口气，猛吃进一些人，再猛喝一阵子的水。它光吃不屙，很快就把每一节车厢都塞得满当当的，连硬座位置上的靠背上也站上了人。雄哥在中途站上车，是从列车厕所的窗子爬进去的。他抬头一看，只见这一平方米左右的厕所里已经插笋子一样地插了十一个人，加上雄哥就是十二个人，凑齐了一打的数。雄哥的头算是爬进了列车，但他的脚还在外面悬空空地划着西洋拳。列车鸣地一声长鸣，又"哐当——哐当"向前驶去。雄哥急得大喊："老乡！帮帮我，快帮帮我！"厕所里的老乡们这才醒悟过来，七手八脚地把雄哥拖门板一样拖进来。丰乳肥臀的乘务员推着她那张牙舞爪的餐车，在拥挤不堪的通道里推来推去地吆喝着："有钱请吃麻辣味，无钱靠边打瞌睡呐！"雄哥挤在通道中间很吃那餐车的亏。他被推餐车的女人追过来赶过去地折腾了一天两夜，列车终于到达广州火车站。雄哥隔着雾蒙蒙的玻璃窗兴奋地大叫："广州！我来了！"

雄哥拎着牛仔包走出验票口，站台顶上的石英钟正好走成一把大直尺，凌晨三点整。天上下着密雨，有钱人一出站就钻进的士车消失在雨幕中。雄哥正在踌躇之间，几道极不礼貌的手电筒光柱直射在他湿淋淋的脸上。几个身穿黑雨衣、手执黑牛鞭子（橡胶警棍）的黑盖帽，叽里哇啦地将雄哥赶进一条长长的队伍里。他几次开溜，都被黑盖帽用闪着高压火花的黑牛鞭子逼回来：他只好跟着这支见不到一点笑容的队伍，蜗牛般地向前蠕动着脚步。谁也不知等待他们的将是什么。

这支庞大的民工队伍在对讲机和锌铁水管的吆喝声中，走进一个空荡荡的地下商场。铁栅门里摆着两米长的一个铝合金玻璃货柜，一块裂了缝的玻璃上还贴着一条蛇形的封口胶。一只淘气的小猴穿着一个红肚兜，人模人样地冲着涌进来的人群暴牙眦目地尖叫着。雄哥冲着猴子一笑："你狗日的弼马温也遭下岗了？跑到这里来弼人瘟不是？"这时，一个高驴模样的黑盖帽关上铁栅门。他用普通话说："为了不影响本地市民们的休息，你们天亮前，一律不准离开，否则按治安管理条例处罚！"话音一落，门口的黑盖帽三人一组，分六队，挨个收取大人十元、小孩五元的服务费。警棍所到之处钱币如雨。十二个船形的黑盖帽，很快就堆成了尖尖的钱山。雄哥掏出十元票放在黑盖帽的钱山上，用力压了一下，那钱票又弹了起来。雄哥眼红地想："这简直比坐垭口还要来钱！"

黑盖帽们收完服务费，扬长而去。雄哥紧绷的神经这才松弛下来。他一蹲下，就感觉尿包胀得要爆。他捏指一算，足有一天一夜没有撒尿，难怪一蹲下就把尿包压得生痛。他赶忙起身，按着肚子，挤进斑马布围成的临时厕所，掏出那玩意就要急射，身后传来一声大骂："交费。丢你老母，想屙白尿？"

雄哥按住小肚子说："水火不留情。"

红袖套一指上面的纸牌说："小便一元，大便二元！"

雄哥忍住胀痛，从鞋底抽出一张一百元票，递给红袖套，说："快找我钱，我憋不住了。"

红袖套接过票子，说："屙瓶子里。等会儿找你零钱。"

雄哥掏出那玩意一阵急雨，屙了个痛快。他走出临时厕所，忍不住地大笑："这鬼地方，真他妈的是高消费！一泡尿一块钱。十泡尿，十块钱。百泡尿，一百块钱。一千泡尿，一千块钱。"雄哥出来就扯住红袖套，一同去烟老板那里换零钱。他买了一包硬壳广州湾香烟，烟老板找了九十四块钱。雄哥先揣好九张十元票后，才从四张一元票当中抽出一张一元票，递给红袖套。红袖套接过一元票拿在手中说："搞错没有，还差一元！"

雄哥争辩道："牌子上面不是明明写得清清楚楚的，小便一元吗？"

红袖套弯着脸："你以为我没看到？你一泡尿用了我两个矿泉水瓶子，还想要赖不成？"

雄哥不给。

红袖套伸手便抓雄哥手中的另一张一元票。雄哥使劲往回拉，一张钱扯断成两张钱，紧接着"哐当"一声碎响，刹不住车的手肘子撞破了身后的玻璃烟柜，一条鲜红色的蚯蚓从雄哥的创口里爬了出来。烟老板冲出柜台，一把揪住雄哥的领口骂："死捞仔！赔钱！"

烟老板抓住雄哥，雄哥扭住红袖套，三人就像一根草绳上的三只青蛙，一路上叽叽咕咕骂骂咧咧地抓扯到治安队。

雄哥被烟老板一把推进碉堡似的治安队。惨白的日光灯管照得屋里雪亮雪亮的，使人抬不起头，睁不开眼。雄哥用手挡住强光，才看清墙壁上悬挂着的一排警棍、电击枪、武装皮带。还有那一环扣一环的手铐像是菜市上悬挂着的铁螃蟹，让人看着都发怵。七八个民工像蛤蟆似的蹲在地上，面前规规矩矩地摆着他们的身份证和劳务证，其中一个正趴在地砖上签字。他签完罚款通知书上的名字，惊恐地等着高驴队长发话。高驴用橡胶警棍一指地，说："你快点去，叫你们老板来交每个人二百元的罚款。否则，我明天就将你们统统送往收容站。一到那儿，你们每个人的罚款就涨价成两千元了。到时候别怪我没有提醒你们。"

高驴用警棍顶了一下黑盖帽，露出他那张驴脸，问：“搞没也鬼？（有什么事？）孩莫孩打高？（是不是打架？）”

烟老板凑上前说：“这个死捞仔，打烂嚒我玻璃，没赔钱!”(这个北方人打烂我玻璃不赔钱!)

红袖套接着说：“嗨啰嗨啰！拉尿也没给钱!”

高驴将黑牛鞭子往办公桌上一拍，指着雄哥说：“你系大佬(你是大哥)?”

雄哥马上摆手道：“我不是解大手，只拉了一泡尿。真的，给了他一元，他还嫌少。这分明是欺负我们外地人！望领导做主!”

高驴扫了他们三人一眼，说：“这么大点事情，也来报案？亏你们想得出！不过今天我心情好，这样吧，你们双方都有责任的，先作自我检讨，再各打五十板。捞仔，你先赔偿烟老板烟柜一个，折价四百元。红袖套，你赔偿雄哥医药费，止血贴两张，折价四角！这不就解决了吗？如果你们不服，我可不管你们牛打死马，马打死牛了。”

雄哥在治安队被烟老板和红袖套搜身洗白了。连身份证和牛仔包都抵押了，还欠烟老板五十元。烟老板走到门口又倒回来，当着高驴的面踢了雄哥一窝脚。骂：“死捞仔，下次醒目的!”这时，高驴脸上有点挂不住了，他帮雄哥骂了一句：“丢你老母，敢在我这里打人!”红袖套拉着烟老板，说：“行呐（走了）！行呐。”

雄哥走出治安队，越想越气。他想：“我呸，他妈的，只晓得欺侮我们外地人。要不是老子因为那次打架进了拘留所，害得我参军政审没过关，说不定，老子早已是公安局长了，还会怕你这龟儿小保安?”

祭奠大黑

一夜的细雨终于止住了哭泣，阴沉沉的天边露出了少量的白。

腊月的晨曦搅和着沿街小贩们极具诱惑力的吆喝声：

“小笼包——两蚊街（两元钱）”。

“油炸桧（油条）——两蚊街。”

雄哥捏着那张撕掉一个大角的一元钱，挨个挨个地问遍了火车站美食广场的几十个摊子，竟买不到一个可以来充饥的馒头。他每到一家餐馆的门口，都被伙计们撵出来，骂：去、去、去，好脚好手的想捞白食？没门。他又走遍了火车站附近林立的餐馆、茶楼，都遭来大同小异的白眼、唾骂。他很后悔昨天在火车上咋不买盒盒饭吃呢？他努力地挤着一张笑脸，找了几家写着招收洗碗工牌子的餐馆，想混顿饭吃，都因为拿不出身份证而被拒绝。特别是那个卖快餐的四川老板，一看他掏出的是劳改释放证，更是磕头作揖地说：“大哥，你快走吧，别影响了我的生意，砸了我的饭碗，我求你。”雄哥不禁仰天长叹：一泡尿淹死我雄哥啊！一元钱就难死我雄哥！我还有何面目活在这世上呢？假如儿子柯豆豆看见我这副劳改相，他会有多伤心，多难过呢？他失神地向铁轨走去。

雄哥伸长他万念俱灰的脖子枕在冰冷的钢轨上，冷得直打牙战。他满脑子的零件都停止了思想，只等那呼啸的巨轮“咔嚓”一声，一了百了！这时候，天空中响起了一长串鸽哨的声音。雄哥听着自由飞翔的鸽哨，无比怀念牢房里的安稳日子。敲钟吃饭，吹哨休息。放风时间，可以懒洋洋地晒晒太阳，听听鸽哨。一天三顿牢饭，按时按量，不管好，但管饱。特别是那一咬就满嘴流油的马镳肉，现在想起就清口水长流。唉——

“呜——”一列火车踏着死神的脚步声一抖一抖的，咆哮着向雄哥扑来，他的心脏随着“哐当、哐当”的节奏被抓起来又砸下去，再抓起来，再砸下去。他闭上了绝望的眼睛，只盼那死神的巨轮快些将他咔嚓。呼啸而来的列车藐视着这不堪一击的雄哥，一闪而过。

恐怖的脚步声一抖一抖的，渐渐远去。天地一片宁静。天空中又响起了一长串鸽哨声。雄哥闭着眼睛，等了许久。仍不见白无常拖着铁链子押他去给父亲请罪，也没有听见那快意恩仇的“咔嚓”声，他隐隐约约听见一串嗷嗷的哭声。是我在哭吗？我没哭。那是谁在哭呢？他睁开眼一看：天空还是一片灰白。宁静的天空中又响起了一长串鸽哨声。他不相信地摸摸脖子，可脖子肉叽叽的还在。他起身一看，原来他恍兮惚兮地睡在一根废置的钢轨上了，他与死神擦肩而过。更可恨的是旁边还有一堆新鲜的狗屎。雄哥踹了一脚钢轨，骂：我呸！穷人一倒霉，阎王爷都嫌弃？你狗日的阎王爷也嫌贫爱富，你让老子死不成，老子偏偏要死给你看看。雄哥跨过这根黑锈斑斑的钢轨，沿着中间那两条被车轮擦得贼亮亮的钢轨，向前寻找一个清静的地方，想一了百了。他一边走一边想，大不了就是一个死么，要死，老子也要找个干净地方。

走过扳道房，他猛然听见对面传来一阵叫骂声：“快拦住它！打死它，打死它！”一只大黑狗嘴里叼着一只热气腾腾的猪蹄在钢轨上仓皇逃命，小贩手里操着一根扁担在后面拼命地追。两只脚的人跑不过四只脚的狗，一眨眼的工夫，他们就拉开了十几米远的距离。两只脚的人跑不动了，就捡起一块石头向狗砸去。人跑不过狗，但狗肯定跑不过会飞的石头。那块石头果然跑到狗的前面去了，虽然没有砸中狗头，但它砸在钢轨上砸出了一朵火花一声巨响，吓着了大黑。大黑一惊，马上掉头就跑。第二块石头又从小贩手中飞出，刚好砸在狗腿上。大黑一声号叫，嘴里的猪蹄滚落在地。大黑护疼，瘸着一条痛腿向前跑出几步，回头发现刚到嘴的猪蹄还在路枕上。它又折回身子去找到猪蹄，叼起来，提着它那一条痛腿，继续向前跑着，不过速度明显比刚才慢了半拍。第三块石头又从小贩手中飞了出来。这块石头比前面两块都要大得多。小贩用双手把石头举过头顶全力砸出去，他要置大黑于死地。果然，那石头击中了大黑的腰杆，大黑啪地一下子瘫在钢轨上。雄哥远远地看见那块大石头击中了大黑的腰杆，脱口喊了一声“完了”。打狼要打腰杆，打蛇要打三寸。狼是狗的祖先。狼有七条命，狗也有七条命。但最关键的一条命是系在它的腰杆上的。大黑的腰杆挨了小贩致命的一击，两条后腿像遭电击一样颤抖着，嘴里发出一种凄厉的咆哮。雄哥隐隐约约听见身后传来一串嗷嗷的呜吟。一只小黑狗“呜嗷！呜嗷！呜嗷”地哭叫着向钢轨上的大黑跑去。大黑用两只前脚支撑着身子望着小黑，呜呜地发出警报。小黑看见妈妈嘴里的食物撒欢地摇着小尾巴屁颠屁颠地向它妈妈跑去。一列乌黑乌黑的煤车飞奔过来，震得钢轨呜呜颤响。大黑咆哮着挣扎着想快速离开轨道，可该死的后腿一点也搭不上力。它竭尽全力抬起了头，对着天狼星的方向，一声长嗥，将头伸出了钢轨。

乌黑乌黑的煤车挟着狂风，飞奔过来。顿时，天昏地黑，地动山摇。雄哥的眼前一片漆黑，仿佛一下子掉进了隆冬的冰窟窿，全身冰凉，耳朵炸裂般轰轰直响。

小黑围着一团黑乎乎的东西狂叫：“呜嗷——！呜嗷——！母嗷——！呜嗷！呜嗷！”那声调很像他儿子柯豆豆饿奶的哭声，三长二短，大黑狗在贼亮亮的钢轨上被齐整整地铡成两段，狗头已滚落在路基的边沟里，暴突的犬牙还死死地咬着那个猪蹄不松口。乳白的奶水，鲜红的血水，冒着丝丝热气，从压扁的奶头部位慢慢地浸渍出来。奶水和血水流成两条河床的模样，红的像黄河，白的像长江。雄哥呆呆地注视了许久，才下意识地摸了一下自己的脖子。那脖子，肉叽叽的还在，还连接着他的脑袋。他又扭了几下脖子，呆呆地摇着头，说：这样子简直是太恐怖了！我绝不能这样恐怖地死去！绝不！一种劫后余生的庆幸感使他全身发抖，他顿时意识到死亡的可怕。

雄哥抱起轨道上急得团团转的小黑，滑下路基，来到狗头面前。雄哥用力从大黑嘴里掰出那个香喷喷的卤香猪蹄，递给小黑，说：“吃吧！这是你妈妈用生命换来的午餐。”说完他用手指去抹合大黑的眼睛。这是一双怎样的眼睛呢？他找不出恰当的言语来形容它。他觉得这世上没有任何一个人的眼睛敢和这双母爱的眼睛媲美！这双清澈明亮而充满母爱的眼睛犹如一面镜子，照映出他灵魂里的自私与懦弱！雄哥不敢再看一眼那双清澈明亮的眼睛。他站起身来，顺手扯了几把野草在边沟里围成一个松软的狗窝。雄哥爬上轨道将大黑的尸体从水泥路枕上揭起来，搬到狗窝里。他又小心地把那只狗头接在大黑的脖子上。一接上狗头，那大黑仿佛又活过来了，小黑围着大黑呜呜欢叫着。大黑张大着嘴，小黑也张大着嘴。大黑匍匐在地上一动不动地看着小黑，小黑也匍匐在地上一动不动地看着大黑。小黑对大黑汪汪汪地笑，大黑也对着小黑汪汪汪地笑。小黑对大黑汪汪汪地哭，大黑也对着小黑汪汪汪地哭。小黑不哭了，大黑还在哭。大黑哭着哭着流出了眼泪。小黑没得眼泪流出来。小黑十分不解地望着雄哥，问：你在哭什么？雄哥说：你不懂，我伤心。小黑摇了摇尾巴，说：我不懂。小黑又围着大黑耍了一阵，见大黑也不理睬它，就生气地跑开，又去啃它的猪蹄去了。

雄哥收回眼泪，给大黑盖上一层野草，把大黑掩埋了。这时，小黑好像明白了什么，先围着那堆红土“呜嗷！呜嗷！呜嗷！——呜嗷！——呜嗷——”地哀叫着，接着两只前爪拼命地刨着那堆红土。小黑刨起的红泥土扬起老高老高，砸在雄哥的脸上，雄哥木木的没有一丝的疼感。雄哥木木地看着小黑一声更比一声凄切的哀叫，心里空荡荡的。雄哥的眼睛又热热的，想哭。他俯身抱起小黑，捡起猪蹄，撕了一块肉在嘴里嚼烂后，吐出来放在小黑的嘴里。雄哥和小黑你一口我一口的，不一会儿，就将那只猪蹄啃得像磨牙棒一样干净。小黑胀圆了肚皮，胀出了狗尿。雄哥和小黑共同分享了大黑用生命换来的猪蹄，雄哥哭了。雄哥哭着将余剩的猪蹄骨头，放在大黑的坟头上，用一块大石头压着，祭奠大黑。

雄哥抱着小黑，穿过护路的铁丝网。来到铁路工区的大街上，对着怀中的小黑说：“去吧！这里住的都是有钱人家，说不定能遇上一个好主人。”

小黑下地跑了几步，又回头望着雄哥“汪、汪、汪”叫了三声，算是跟雄哥道个别，一溜烟向工区花园跑去。

天无绝人之路

广州火车站的广场就是一个四季如夏的海滩。车站就像一条搁浅在海滩上的一条灰色海鲸，疲惫地吞吐着潮水般涌动的人流。被车站吞进去的人儿把那份回家过年的喜悦写在不同形状的脸上，被吐出来的人儿把一脸的兴奋与迷茫挂在脸上。最可笑的是那些等在出站口铁门外踮着脚尖望眼欲穿的人。铁门一打开，潮水般的人流冲出来，一下子就把接站的人们冲得七零八落，溃不成军。唯有宾馆、旅社的迎宾小姐们高明地举着迎宾牌子，笑容灿烂地拉着客人。雄哥望着那些在人流中蹿来蹿去呼朋唤友的农民工，他们那副焦急的傻模样硬是让他觉得好笑：“嘿嘿嘿，等你乖儿些瞎猫抓老鼠样地找到天黑，你们就晓得那些治安队的厉害！”雄哥现在什么都没有，只剩下肚皮里饿得咕咕叫的声音和他那底气不足的傻笑。雄哥倚着出站口的铁栏杆，望着他们嘿嘿嘿地傻笑着。

感谢这一顿伟大的傻笑！他一阵傻笑却笑出了一个伟大的发现：“对！就这样，反正是死马把做活马医？”雄哥激动地展开手中的那张缺角的一元票，吐了泡口水抹在一张小花纸上粘在钱的背面，跑到辉记士多店买了一支大头记号笔，讨了一些烟盒纸皮，在其中一块纸皮上写下几个字：“出租迎接牌，每次5角钱”。

嘿嘿！真是天无绝人之路。光148次特快列车的接站旅客就将他的简易牌子买光了。他净赚四元钱。他马上兴奋得手舞足蹈地又跑去将五元钱全部买成笔和纸皮，等待下一趟列车。如法炮制地租到天黑时，他已经轻松地赚回了三十几块钱！雄哥兜里有了钱，一口气消灭了五笼小笼包子，外加五碗免费的青龙摆尾汤。雄哥拍着胀得圆滚滚的肚皮，说：“管他妈的，这回，就是死了，老子也是个饱死鬼。”他走出火车站，找到一个桥洞睡了下来。入夜，他做了一个关于吃猪蹄比赛的梦。梦里他正和小黑在一家金碧辉煌的餐厅里共进晚餐。餐桌上堆满了肥叽叽的卤香猪蹄。他和小黑各拿着一只肥得流油的猪蹄狼吞虎咽地啃着，他们好像在比赛。小黑吃着吃着，一张毛茸茸的脸变成了儿子柯小豆缺牙仔的脸。要不是清晨的寒风吹来的一张纸皮将他拍醒，他不知要吃掉多少猪蹄！

雄哥就用他这简单而伟大的发现，在火车站混了一个多月，居然攒下了一千五百元钱。他就在临近火车站的城乡结合部租了一间廉价的老屋安顿下来。他从废品站里花五十元钱买回一辆破三轮车，三整两整地打整出来，还像模像样的，蛮省力。反正闲着也是闲着！没事他就帮火车站那家辉记士多店的忙。帮他捆捆纸板，搬搬啤酒箱子。脸嘴一熟，辉记老板有时忙不过来，就叫他去批发市场运运货。时间一长，他又摸清了一些日用品的批零差价。他白天仍去火车站出租迎宾牌，晚上火车站那里的保安讨人嫌，他就不去租牌子，而是批发一些甘蔗、香蕉之类的时令水果，推车到那些加班出效益的三资工厂门口去摆卖。生意不在大小，而是在于好坏。有些看着不起眼的小生意就能赚大钱。譬如：卖甘蔗，批发市场一根两米长的毛甘蔗只卖一块钱。雄哥只需把甘蔗皮剥干净，砍成六截，卖一块钱一节，他就能净赚五块钱。这就是小小生意赚大钱的一个经典。生意好时，他一天赚上五十、一百块的不在话下。

半年后，他把附近几家工厂上下班的时间差摸得门清。他又去批发市场批发一些毛巾、香皂、啤酒、汽水之类的生活品，直接用三轮车拉到厂门口去卖。他省去了租门面房的费用，价钱就比士多店灵活多了。价钱灵活，生意厚道，人又和气，雄哥的生意很快就秧上了路子。特别是工人刚发工资的那几天，他的生意像春节期间的火车票一样火爆。人们常说，饥饿是世界上最好的调味料。雄哥却说，生意火爆，是世界上最厉害的鞭子。他一个晚上就要赶好几个厂门口的生意。每晚披星戴月地收工回到老屋，关上门数钱是他最欣慰的时刻。一大堆树叶子一样的元角票子，常常让他数来数去也数不清楚。他一五一十地数着数着就睡着了。一觉醒来，满床满铺都是花花绿绿的元票、角票，就像叫花子睡在榆钱树下做的金钱梦，令人回味无穷。他每次遭这种幸福的烦恼时，便苦笑着想：现在是吃不愁、穿不愁，就缺瞌睡没睡足。唉！要是能再回到号室，睡上三天的两面黄瞌睡，那该多美呀！

去银行上折子是他最快乐的时刻！推开那厚重重的玻璃门，他最欣赏那点钞机上瀑布般翻滚着的“三人头”、“四人头”；那“唰唰”的点钞声就像西门吹雪耍刀时劈出的声音，清脆悦耳。他最想听的是营业员灵巧的手指在计算机键盘上敲打出来的乐曲：“叽叽嘎嘎……叽叽嘎嘎！”他将清点好的一扎一扎的元角票子推进钱槽后，点一支烟耐着性子等待那一串串会跳舞的阿拉伯数字在他的存折上增长。他这样直勾勾地幻想着的眼神有一种摄人魂魄的魅力，常常迫使那个富于联想的女营业员胆战心惊地快速帮他上完存折。直到他走到门口才传来女营业员的叹息：“这人的眼睛真有点酷！还有点像港匪张子强。”

雄哥小时候就是一个孩子王。他最大的梦想就是去当兵。当兵，就有机会拼将军。当上将军，就能拥有一把手枪。手枪一挥，当兵的都得乖乖地跟着往前冲。他想当兵的梦想就被那一次抢来的幸福毁了。他想当一个将军的梦想也就成了天上的海市蜃楼，梦中的海市蜃楼。将军做不成，但他最崇拜的还是那些有指挥天才的将军。有一段时间，他迷上了听交响乐，特别是贝多芬的《命运交响曲》。他已经收集了十几个版本的光碟，但他最喜欢的是小泽征尔任指挥的那张碟子，最崇拜指挥家小泽征尔指挥千军万马的天才。在广州的这一年多时间里，他除了吃饭，就是睡觉。他现在是一个人吃饱了全家不饿的单身汉。他最大的一笔开销就是买了一个三百多块钱的随身听，白天有空白天听，夜晚有空夜晚听。一听见贝多芬《命运交响曲》的旋律，他就想起了贝多芬的那一句名言：我要紧紧抓住命运的喉咙。要抓住命运的喉咙就得当将军，自己当老板。他现在当不了将军了，他就给自己定下一个目标，那就是自己当老板。他现在有了积攒下来的三万元，他认为做老板的时机到了。他要像天才的指挥家小泽征尔那样指挥这三万元，杀出一片属于他的天地！他绝不能容忍这存折上的三万元钱像三万只臭虫那样躺在存折上睡大觉。他开始实施第二步作战计划。

保释皮匠

他首先用三千块钱收购了批发市场里那些废置的三轮车，简单修理后，就有六七成新。写上1—30号的编号，重新喷上与环保垃圾车相同的绿颜色，整装待用。再用八千块钱在垃圾填埋场附近租了一块相当廉价的地皮，成立了一个“再生资源”环保废品回收站。雄哥开起了废品站，就缺少一个实心的人来帮衬、打理。他首先就想到还在黑巷子里的皮匠。

提起皮匠，雄哥就脑壳痛。皮匠从十一岁开始进出少管所，到如今已是二十七八开始奔三的老青年了。号室里的那群“老号”就数他最不可救药！栽进西山监狱后，无包可拎，无钱可偷，他手痒难耐就装病。一到医务室，他就顺手牵羊地偷一些药瓶瓶回来，推销给刚进监狱的新毛军。新毛军一进监狱都要经过洗肠、换胃、背监规的三部曲。只要一有新毛军进号室来，就是皮匠在监狱里最幸福的日子。他用两片去痛片或两颗胃舒平，就能换到一块难得的马镳肉。马镳肉因其形状很像马嘴里的衔口而得名，是有大指拇厚、两指宽的一块红烧肉。监狱里的红烧肉呢，就是用肉市上最烂贱、最便宜的刀口肉做的。不管是炒也好，煮也好，做出来都是绵筋筋的不好吃，只有红烧了，那口感才能稍好一点。皮匠从新毛军碗里换来的马镳肉，自然少不了和牢头雄哥二一添作五，你一口我一口地有福同享。号室里的“老号”们没判刑时想早点判，判了刑期就努力表现奔减刑。即使在家里是个衣来伸手、饭来张口的阔少爷，在监狱这一亩三分地里都会被操练成劳动模范。人人想当先进，个人争做模范。图个啥？奔减刑！

狗日的皮匠硬是特殊材料做成的。他软硬不吃，来个死猪不怕滚水烫，大有一股要把这牢底坐穿的“猪坚强”气概。这让身为室长的雄哥拿他无法。雄哥的出狱似乎让皮匠有些心动，然而，那天夜里皮匠从下床翻到上床找雄哥谈心的结果，又让雄哥生出一丝怒其不争的厌恶！皮匠躲在被窝里帮雄哥搓玉柱解决临时性困难。搓玉柱是牢头在号室里能享受的最高待遇。皮匠口是心非地说：“雄哥，你出去后千万要把这鬼地方给忘了，不要再回来。假如，你还记得小弟帮你解决过临时性困难，那你就在逢年过节的时候，给我寄点肥肉炒鲊海椒来。最好是肥肉多点，熬化点。其他好吃的东西你就别费钱了。那个管仓的刘管教，是个广东佬，下作得很，生鱼片子他都敢吃。”雄哥翻过身子哼了一声：“就为这事？我晓得！”

皮匠见雄哥没有拒绝，接着讨好地说道：“雄哥，在这黑巷子里只有你把我当小弟看待，这个情我记着。你恨我不争气，不想当先进，不奔减刑，可你哪里晓得我的苦衷呢？我也恨这黑巷子里没有自由。吃饭有人监视，拉屎有人看钟点，说话有人打小报告，睡觉有人欺生。可我奔减刑出去后又能怎样呢？还不是没等我这劳改犯的头发长整齐，就又被抓进来剃成劳改头，少不了还要多挨一顿打。还不如赖在这里有吃有穿，虽说苦点，到底要少挨一些打扒老二的老拳！雄哥，我真的遭打怕了。”雄哥舒服地出了一身汗，对着既可怜又可嫌的皮匠说：“你真愿意在这里当一辈子的劳改犯？不想过几天老婆孩子热炕头的舒服日子？”皮匠从被窝里伸出指拇说：“我这两根指拇都是给女人害的！我好不容易真心恋爱上阿珍，准备结婚的时候，我第一次讲了实话，说，我是一个八级钳工，你还喜欢我不？她不相信。她告诉了她母亲，她母亲相信。她母亲知道我是皮匠后，跳出来索要二万块钱做彩礼，理由是她想把嫁妆办好点，好堵一堵那些三姑六舅的嘴！我一直都是在公交车上取活期存款用，压根就准备不起这笔彩礼钱。看着两头为难的阿珍，我只好冒着被严打的危险，去赶长途班车。这天，我一上班车就看准一个要死不活的乡下人衣兜里有货，少说也有‘二三吊四’（一吊等于一千元）。我有意将嘴里的烟头吸明，然后准确地丢在他的脚背上。不一会儿，他“妈哟”一声，弯腰下去看他的新球鞋。我趁他弯腰的那一瞬，掏了他的包，转身便叫司机停车，溜了。回到老城，阿珍红着眼睛说，她爹病得扎实，在医院住院。我牵着阿珍跑进病房的那一瞬间，也就注定了老天给我报应！四目相对，她老爹一跃而起，全然不顾手上的输液针，向我扑来：‘还我的钱来！’事后无论我对阿珍怎样解释，她都不能原谅我。我操起菜刀斩了这两根坏事的指头，遗憾得很，仍然没能留住她！她走了，去了广州。唉！这一切都是命哪，狗日的广州！”

雄哥潜回老城，没有去见牛五爷。他直接就去了西山监狱保释皮匠。一见面，皮匠伸出一支比雄哥还要白胖的手，用两根没有指甲壳的半截手指头弹着烟灰说：“雄哥，你走后，小弟我也熬成了一个牢头！假如出去你还让我去公交车上干老买卖，我可不干啰！”雄哥说道：“先让你当个经理，等我发了财，有我喝香的，就有你吃辣的，咱哥们谁跟谁呢？”

皮匠还在梦中，就被一阵“噼里啪啦”的响声惊醒。他起床后，看见雄哥正在霍霍地磨刀。雄哥从菜市场买来一条七八斤重的大鲩，放在大锑盆里。那野性十足的鲩鱼将盆里的水搅得噼里啪啦地上下翻滚。只见雄哥手起刀落，鱼尾处溅起一股血雨。那条鲩鱼将大锑盆的盆沿撞得咚咚直响。一瞬间就把一大盆清水染成一片血海。惊恐万状的鱼在血海中沉浮、挣扎，直至流尽最后一滴血，才将它那惨白的鱼肚展示在皮匠眼前。雄哥伸出蟹螯一样的两指，准确地抠住鱼鳃把鲩鱼拎出血盆放在砧板上。他像澡堂里的搓背工一样熟练地取过一张新毛巾，将鲩鱼身上的水珠一颗一颗地揩干净。

一条干干净净白白生生的鲩鱼美人一样地展示在皮匠眼前。雄哥呼呼地几刀就刮完了鱼鳞，洗净，又取来一条新毛巾擦干鱼身上的水分，铺在砧板上。雄哥操起薄如蝉翼的商刀，对准鱼背脊噗地一刀刺入，唰地一刀将鱼脊肉剔了下来；剥去龙衣，剔出了两条两指宽两指厚，透明得不带一丝血色的活肉，放在一条新毛巾上，吸干活肉上的水分。一阵刀响，雄哥将透明的活肉条子切成薄如蝉翼的生鱼片。他摆好生抽、姜丝、花生油等佐料，向皮匠介绍道："来，先尝一口！这就是广东名菜——生鱼片，很特别!"

雄哥这一系列的动作充分体现了三个字：狠，快，准。

皮匠先拈了一片放在嘴里，一种肉叽叽的感觉惹得他只想反胃，但他又不想让雄哥小看了自己的胆识，便强咽下去。很快嘴里就有了一种生姜和生抽伴和着的鱼肉香味反上来，令人回味缠绵。他干了三杯闷酒，壮着胆子，说："雄哥，你有话就明说，别拐弯抹角地摆什么鸿门宴!"

雄哥听出了皮匠说话的味道，正色地说："好兄弟，别误会，当哥的只想带你一起混出个人五人六的样子来，让那些瞧不起咱们这些'老号'的人瞧一瞧，谁是他妈的软蛋!"

皮匠一口干了瓶中的残酒，气粗地说："大哥，你放心，你既然瞧得起当兄弟的，我这一百二十斤肉就卖给你了。你指哪儿，我打哪儿!"

皮匠穿上大西装，打上红领带，还真像一个经理的模样。让他管理手下那三十辆三轮车，还真找对了人。每天，早晨六点，他像周扒皮一样准时敲开三个小组长的门，扯着嗓门道："要想吃得饱，大伙起得早，开工了!"谁要是想犯点小心机，他那双贼眼会盯得人发怵！你屁股还没开始翘，他先说出你是拉屎还是拉尿。有道是："七十二行，破烂为王!"这样一个不起眼的碴碴生意，在雄哥手里三整两整、七搞八搞地整出了大名堂。

那天，3 号队长的老婆从老家托他表哥捎来一只腊猪脚。3 号就将就他表哥的厨具，烩了一锑锅腊猪脚炖干笋子，请雄哥他们去吃。表哥的出租房是一间很小很窄的渔家小堂屋。1 号、2 号、3 号、皮匠和雄哥五六个大男人围一桌打起牌来，活动空间就几乎归零。他表哥索性将快要炖好的猪脚和炉子抬到门口去继续炖。一阵板子炮打下来，大家有输有赢。3 号输的最多，他说，我今天是又遭雷打又遭火烧，我不跟你们玩了，我去看猪脚杆炖熟了没有。

3 号走到门口，就大吼起来：锑锅呢？——炉子呢？……

3 号的老表撵出屋，跳着双脚骂：狗日的××××的贼娃子！走，跟我追。才追出村口，他们就追上了那几个拾荒佬，皮匠跟他们干了一架。人给打跑了，三轮车给扣下来了，雄哥和癞皮强的梁子也结上了。后来双方火拼了两次，癞皮强都没有讨到便宜。癞皮强的人虽多，但没得雄哥的人心齐。不到半年的时间，皮匠带领他的三轮车队横扫海珠路、黄埔区、中山大道、越秀公园、火车站、客车站，赶跑了偷鸡摸狗的癞皮强，收编了四川帮，整个火车站的地盘被他牢牢控制住。再加上他手下的人，从不敢做小偷小摸的勾当，在当地人中赢得了信任，谁都愿意将破烂卖给他们。三十辆三轮车，分开不起眼，但合起来就不简单了。一辆车，一个月也能跑个两三千元的纯利润。他一年能赚多少票子，只有他自己知道。皮匠管外务，雄哥管内务，他俩的配合达到了左右手分工合作的最佳状态。每天雄哥面对着满载而归的三轮车队，他都亲自过秤，严格把关。不大秤、不刁难、不销赃、不拖欠！很快他就在破烂行中混出一个“破烂王——柯百万”的称号来。

男人有钱就学坏！这句当今十分流行的名言对雄哥来说，没有说服力。自从雄哥从西山监狱的黑巷子毕业出来，就像是一个无法停止旋转的陀螺，被命运那根魔鞭不停地抽打，不停地旋转，不停地傻累穷忙碌！为谁？——为他在父亲坟前发下的宏愿？为弃他而去、下嫁给小灵通的妻子？为儿子？为他亲手缔造的垃圾王国？为谁？……

夜深人静，雄哥常常孤魂野鬼那样一圈一圈地走在废品场里苦苦地思索着。此时，唯有皮匠会用一双幽灵一样的眼睛远远地望着他。下雨了，皮匠会撑来一把雨伞，为他撑住一片天空；天凉了，皮匠会给他披上一件外套。他俩的关系让人横看竖看都找不到确切的答案来表述。既像主仆，又像兄弟；既像同事，又像“同志”，总之两个老光棍在一起的时候，不用语言，只做自己该做的事情。

千里寻夫

这时候，在食堂煮饭的阿情常常恨得心子痒痒的，把食堂的用具摔得山响！阿情的男人在广州混得一塌糊涂！先是帮本地的地头蛇充当收费的马仔，后来又去鸡婆窝窝里鬼混充当马夫。反正他来广州三年多，阿情在家里没见过他的一分钱！这让在老家既当牛马，又守活寡的阿情度日如年！公婆死后，家中刀刮水洗一般的穷。腊月底，阿情卖掉她两尺长的黑辫子，换了一张直达广州的火车票，跑到广州来，千里寻夫。最让她想不到的是她千辛万苦才找到的丈夫，此时正躺在殡仪馆的冰柜里，无人认领。据一个女老乡说，他吃白粉，安逸死的，怨谁？

正当阿情哭得天昏地暗、走投无路时，女人的哭泣唤起女老乡的同情。女老乡找到一个组长帮忙。组长把阿情的遭遇讲给雄哥听后，雄哥看着她可怜，借三千块钱给阿情，让她先安顿丈夫。阿情从殡仪馆领回她丈夫的骨灰，抛撒在珠江入海口。她擦干了眼泪，却擦不清债务。她没钱还债，只好再次央求雄哥收留她，让她在食堂帮忙煮饭。

珠江三角洲廉价的肥肉最哺女人！一年多的时间，就将瘦壳叮当的阿情养成一个白白胖胖、山灵灵、水灵灵的成熟女人。她刚来“再生源”时，她那苞谷粑似的平塌的胸脯，经过珠江水的发酵后，迅速膨胀出两个比钢盔帽还饱满的乳房！她挺着两个自豪的钢盔帽在雄哥面前臊来臊去的，让雄哥也低着头不敢和她正面说话，生怕她那两个钢盔帽会压断自己那几根两面三刀式的排骨。这更让阿倩在经理皮匠以下的员工面前多了几分骄傲的本钱。她完全不怕雄哥，她只怕皮匠那双猫头鹰一样的贼眼。那双贼眼能将她的心肝肚肺、花花肠子透视得清清楚楚、明明白白。

“女人”，在雄哥的生活辞典里一直是一场说不清、道不明、剪不断、理还乱的麻烦。他从记事起就没有投进过妈妈的怀里温存过片刻。伴随他童年的是父亲的军用酒壶和蒲扇大的巴掌。初恋时期的小铃子更像一堆用麻烦拼出来的“美少女”，他差一点就为她掉了脑袋。妻子，是和他生活在一起日子最长的女人，他想象中的贤妻良母本该有圣母玛利亚的慈祥与圣洁，然而……

结婚前，妻子飘飘笑起来很美，很圣洁，很温柔。热恋中的飘飘三天就帮雄哥织了一件瓦尔特式操领的棒针毛衣，感动得雄哥捧着毛衣笑了一夜。雄哥从小到大从未享用过一件属于他的毛衣。小时候的他，冬天清一色是穿父亲用麻绳帮他改小的军用棉衣。父亲的脸色不好看的时候，对直扔件给他，管他当棉衣还是当大衣穿。

妻子的温柔像昙花一样短暂。儿子柯小豆出世后，妻子所有的温柔都变成她对儿子的百般呵护。雄哥成了一个没有出息、不会挣钱的茶壶。她想骂哪儿就骂哪儿，倘若跟她较劲，她便挟儿子以令诸侯地用离婚来要挟。雄哥被精简下岗后，也曾在老城那个算不上商海的牛滚凼里旱鸭子般地扑腾。有苦有乐，有进有出，也还换来一段日子的家庭和平。雄哥“点子高”公司成立后，业务繁忙，没有时间陪她休闲，她就成天去找那些科、局不带正字的官太太搓麻将；三缺一时，也出口成章地“搓搓”男人们的是非长短、大小粗细……

有一次儿子发高烧四十度挂零，老爷子翻箱倒柜地找来儿时背雄哥的绑腿背带，拖着他那扯风箱似的老慢支病身体，三步一哮五步一喘地硬是把柯小豆挪到了医院。祖孙二人，一个住内科，一个住儿科。雄哥从公司赶到医院时，儿科管床的医生把雄哥数落个记得——假如再拖一个钟头，孩子就呆了！

雄哥灰溜溜地回家拿水瓶。这时，妻子飘飘像斗赢两场的小公鸡，哼着“杠上开花各不同，看谁麻将是英雄……”闯进屋来，打开电视机翻找着遥控板。雄哥拎着水瓶走出厨房，一看她那副模样，气呆了：她一双青红紫绿的手上各贴一张伤痛膏，左脸额上乒乓球大的一个青包，抹了层正红花油，在吊灯的辉映下闪着金光，俨然像是一个惹祸的“少幺妈”。她见雄哥脸上不光生，便噘着小嘴说道：“老公！看到遥控板没有？我想看《午夜惊魂》的大结局！老公别生气，我今天赢了钱，张太赖赌，我跟她干了一架嘛。”

雄哥捡起茶几上的遥控板啪地一下给她砸去……妻子飘飘姓哪样都没有搞清楚就挨了一下，右额上又凸起一个大青包，只不过没有她左边那个亮，恰似一对转弯灯。

转弯灯事件后，妻子飘飘要死要活要离婚地哭闹了几天，在小灵通的劝和下终于没有离！妻子飘飘的青包消了，气也消了。她一个人闹着也没意思，回心转意地在家里相夫教子过了一段时间的安分日子。闲着不到半年，她又爱上了一种气功，半夜三更地跑出去找师父开天目，遥控宇宙信息。雄哥说她几句，她反唇相讥：“你有赚钱的自由，我有信仰的自由！”

雄哥因西城开发区的垮楼事件，栽了！半年后，妻子飘飘不堪债务纷扰，拿去了离婚手续，雄哥眉头都没皱一下就咬破食指签了字。

女人，这个精彩世界的另一半，成了他读不懂的谜，心头永远的痛！

昨夜，雄哥又为女人失眠。前妻温柔的笑脸与恶毒的面孔交替着在他脑海里幻灯片似的放映：一会儿她温柔得像一只依人的孕猫，一会儿又暴躁得像一只母老虎。最清晰的是她在探监室里恶毒的讥咒：“你不该结婚，你不配做一个丈夫，你是劳改犯，你不配做我儿子的父亲。你是冷血动物，你是冷血动物！”天亮时分，他又迷迷糊糊做了一个春梦：妻子飘飘又给他织了好多好多的毛衣，赤、橙、黄、绿、青、蓝、紫，他穿穿这件，试试那件，高兴得他抱住妻子温柔的脸不停地亲吻，不停地旋转，不停地做着那事。天亮明时，他被内裤的那片冰凉惊醒！掀开铺盖起身翻找着内裤。这时，阿情双手端着一碗热气腾腾的鱼片粥进来。一抬眼看见雄哥正光着两扇屁股在翻找内裤，四目一对撞，阿情脸上顿时撞出了两朵桃花云。雄哥赶紧扯来枕巾遮住羞处，愠怒道：“你啷个又不敲门就闯进来了？”阿情噗地笑出声来：“你个人搞忘了关门！”她放下碗筷，顺便将雄哥换下的衬衣和湿黏黏的内裤裹起来带出门去。很快厨房那面传来阿情没事偷着乐的笑声，那笑声野性十足，就像那天她将一只青蛙塞进小叔子山娃裤裆里那样开心。

雄哥穿好工作服，呼噜呼噜”地吃完鱼片粥，冲着空碗说：“这女人，也是一堆麻烦！”

集体出轨

雄哥走出寝室，只见三十辆三轮车仍整整齐齐地排成三队，摆在院子里。他想：昨天才发工资和奖金，该不会罢工吧？

他推开1号宿舍的大门：没人！

他推开2号宿舍的大门：没人！

他推开3号宿舍的大门：还是没人！

这时，皮匠跑过来说：“雄哥，坏事了！治安队打来电话，说只找你。”

雄哥放下电话，马上通知财会室准备十万块现金。

五分钟后。雄哥换上西装，叫皮匠提着钱跟他上车走一趟。

一走进治安队的办公室，红木沙发上正咬着牙签的治保主任就用他广味十足的普通话招呼道：“丢你老母——！我说柯老板哪，平常你的工仔都像安分守己的靓仔，昨晚查夜又个个都是生龙活虎的咸湿鬼（好色鬼），顶解（怎么解释）？”

雄哥一脸诚恳地解释道：“都怪我这段时间业务忙，工作马虎。只管住他们的上面，没能管住他们的下面，给您添乱了。这事，还望主任高抬贵手，把人放了。今晚，我请您在美丽华大酒店喝茶？”

治保主任挺着他那看不到自己脚背的超级官肚，一摇一晃地走到雄哥面前，面露难色地说：“昨晚，根据我掌握的几个鸡婆线人同时报告，说有三四十个外地人，想找小姐们玩玩。刚开始，我还以为是香港逃犯张子强的余党在我的地盘上兴风作浪呢，可后来一查夜，抓住他们一审问，他们说全是你们再生源公司的员工，所以嘛……我只好暂时扣押了他们，等调查清楚再严肃处理！”

治保主任带雄哥推开拘押室门上的观察窗口，说：“你看一看，是不是你的工仔？”

雄哥刮了一眼屋里蹲成三排的员工，一个个都像被煮熟的红螃蟹，蹲在地上动都不敢动。雄哥关上窗口，对治保主任说：“都是！这件事就全靠主任您帮忙了。念他们确实是初犯，款就少罚一点吧？”

雄哥叫皮匠拿出装有三万块钱的红信封，私下塞给治保主任说：“上头来调查这件集体嫖娼案时，主任您就高抬贵手，将‘30’后面的‘0’字去掉一个就得了。”

主任说：“这？恐怕不好向上面交差吧？”

雄哥说：“这一亩三分地，还不是您说了算数？就说是下面的保安弄错了人数，只抓了三个，向上面交差就是了。至于罚款单呢，您就只按三个人的数开了，改天我再请您喝茶！”

治保主任收到钱后，打着官腔，说：“公事公办嘛，我的办事，你的放心！我们的中心任务就是为了把地方经济搞活嘛！”

雄哥黑着脸一个人开车先走了。皮匠在后面领回这帮三轮车夫后，雄哥站在10号三轮车上开了个现场大会。他严声厉色地训道：

“你们都是我再生源公司的老兵了，场面上的套话，我就不再重复，要不是我同治保主任的关系不错，少说要罚你们每人五千块钱的罚款，搞不好还吃一顿棒棒肉！特别是你们三个小队长，要给我好生检讨，充分认识到问题的严重性。这笔罚款，公司先暂时帮你们垫着。希望你们今后多拉快跑，努力工作，早日把损失夺回来。现在，我宣布：

“第一，本公司拿出五万块钱，给你们修建临时夫妻小宿舍，也就是你们梦寐以求的‘炮房’，以免你们再去外面乱搞‘十四点’。

“第二，本公司再拿出五万块钱新建一个员工幼儿园，解决你们的后顾之忧，为我们大家的再生源公司培养接班人。

“第三，你们的工资从现在开始，由财务室统一存卡，每月按时给你们存在卡上。要寄钱回老家的自己先定个数，由财会室统一电汇。你们每月的零花钱到皮经理那里预支。

“第四，散会后，大伙自带碗筷到食堂喝碗‘压惊壮阳汤’。”

散会后，10号端着两只碗挤到食堂窗口，说：“阿情嫂子，加两碗汤吵！”

阿情瓮生瓮气地骂道：“都怪雄哥，惯伺了你们这群骚鸡公！”

10号接过碗说：“你不骚？我只晓得有个人，每天对着老板的窗口唱：——一想我的郎呀！两眼泪汪汪啊……”

阿情气恼地骂：“快滚！”

10号嬉皮笑脸地说：“喂，你是叫我滚进去呢，还是滚进来？”

阿情跳起脚骂：“滚你妈一边去！再乱嚼舌头，我一瓢热汤给你泼来！”

10号吐了一下舌头，说：“我好怕怕哟，我的嫂子，还是现实点吧，嫁给我做二奶，保你夜夜新娘！”

阿情骂：“你个嘎公儿！”

山娃红着脸，低着头，怯生生地递上饭盒。阿情将汤瓢一扬，骂道："你也不看看，你那小鸡鸡还没麻雀大，也跟他们去嫖！嫖你妈的个腔壳！要是染上梅毒，回去我告诉你爹，他不把你那三根肋巴骨打断成八根才怪呢？"

山娃解释道："我们一进卡厅，就有几个小姐围过来。我连人的脸貌都没有看清楚，就遭治安队的保安们抓进了治安队。嫂子，我真的没有跟他们去嫖小姐，我只是想去听听歌。"

阿情说："鬼才相信！"

山娃急红了脖子，说："嫂子，你千万不要告诉我爹。我没有，真的没有！我说的是真的。你不信，我的包皮都还没割开！要不要我脱开裤子给你看?!"

阿情看着山娃着急的样子，"扑哧"笑出声来，说："鬼才稀罕看你那玩意儿！"

一场亚洲金融危机，就像百合台风一样，说来就来。东南亚的经济一下子跌到了谷底。珠江三角洲泡沫般膨胀起来的外资企业，遭受了前所未有的打击。特别是韩国人开办的服装、皮具厂，个个都像是霜打的茄子，蔫奄奄的毫无生气。外商们的女人们都被动员起来变卖金银首饰，抵抗金融危机，外商纷纷撤回资金，先应付本国国内的金融风暴。谁也不知这场危机何时结束，家底薄的、胆子小的老板相继弃厂而去。

正是这样一件经济浪潮中的特大坏事，造就了再生源公司的进一步崛起！

雄哥果断地将那些逃跑老板遗弃的大量机器设备，廉价地买进来，又组织推销人员推销到未受大冲击的内陆各省。一台八成新的进口高速电车，进口价在八千至一万元左右，他只需花上两三百元就从那些倒闭工厂的工人手里买过来，销往内地，最少也能卖上两三千元，单是浙江、江苏两省，他就销售了近万台电车。再生源的生意就像滚雪球一样向前翻滚。

这时的雄哥有一种运气来了，挡都挡不住的狗火运！在倒闭工厂、企业老板们急得跳楼的时候，他的生意却是半年翻两番，一年打了两个滚，经济复苏时，他已经大变样了。想当初，他为一元钱差一点卧轨自杀，到如今，他已是一个衣兜里不用再揣钱的大老板了。这使他常在睡梦中自豪地笑醒，笑醒之余心中又冒出一种缺少革命接班人的悲哀。创业之难，守业之不易，使他每天都胆战心惊地做事，生怕有一丝头发错位，让别人抢夺了他的胜利果实。怀疑、失落、恐惧，影子般地压迫着他，追逐着他，撕咬着他，使他更加孤独。白天，他不敢独自一人打开窗帘，他怕看见对面女工宿舍里高高飘扬、个性张狂的胸衣、内裤；夜晚，他不敢走近夫妻宿舍楼，怕听见里面放肆的荡笑与喘息。特别是阿情那含情脉脉、无怨无悔、无微不至地关怀着他的那双贼眼，总是闪烁着抢劫强奸犯们那种既要他的钱又要他这个人的目光！还有一到晚上总是像幽灵一样躲在暗处保护着他的皮匠，睁着一双绿眼盯得他发慌！

蝴蝶之恋

这几天的阿情，简直就是一只发情的母老虎。她那眼睛就像吃了春药一样燃烧着渴望的火苗。送早餐，她会含着食指站在身后看雄哥啧啧吃完；送夜宵，她更是把一对车头灯大的“骄傲”挺起来，照射在雄哥脸上，跃跃欲试地想招惹是非！

雄哥尽量避开和她那春情荡漾的眼睛对视，生怕她眼中的火苗蹿出来点燃了自己这根老干柴！更让雄哥惊诧的是阿情这个初中生居然自学完财会专科的函授课程，并拿到一张大专毕业文凭，雄哥又为他的这一秘密发现感到惴惴不安！阿情这个女人真不简单！她是一个精明的女人，她以为学会了财务专业，我就会把财务大权拱手相让？她以为每天打扮得花枝招展，我就会投怀送抱？她不动声色地充电，其居心就像司马昭一样？雄哥胡思乱想了几夜后，越想越怕。这女人，就像一个没有警报装置的高压锅，没准哪天一口气不畅，就闹出个爆炸新闻来。不行！我得尽快给她摊牌！断了她的如意算盘。

情人节那天下午。莲花山公园春光明媚，百花争妍。一排排鲜红壮丽的木棉花，灿烂地绽开在还没来得及长出绿叶的枝头。那一树树身着女儿红的木棉树就像即将嫁人的新娘子，千娇百媚，仪态万千地吸引着游客的眼球。喜鹊一样叫喳喳的打工妹也穿着个性张扬的情侣装，打着情侣伞，追逐、嬉戏在那一棵棵花枝招展的木棉树下。两个小蜜蜂一样咽咽呜呜的花童，正软磨硬泡地游走在情侣与游客之间，兜售着价钱不菲的玫瑰花。阿情身着猎装含情脉脉地傍着西装革履风度翩翩的雄哥，一步三摇地浏览着满园春色。很快他们就成了小蜜蜂们追逐的目标。一个身穿蝴蝶裙、头扎花蝴蝶的小女孩，牵着手提花篮的小男孩，飞跑到雄哥面前停下。小女孩激动地从一脸忧郁的小男孩手中抢过花篮，捧在雄哥眼前，甜声哀求："老板！买束花吧！这是正宗的荷兰玫瑰，十元钱一枝！"

雄哥淡淡地一笑，目光却越过花篮锁定在小女孩后面的小男孩脸上。那小男孩实在像他儿子柯小豆！特别是他那双小蝌蚪一样乌黑发亮的瞳仁，总是不安地在眼眶里一闪一闪地游动着，露出一种忧郁的目光。

"买一枝吧！老板！送给这位阿姨，她肯定会比伊丽莎白女王，更年轻！更漂亮！"小女孩踮着脚尖进一步兜售着。

阿情"扑哧"一声，笑得花枝招展。她喘过气来，抚摸着小女孩的头发，说："你知道伊丽莎白女王有多老么？她去年就满了九十五岁，你说她还年轻？"

小女孩仰着头说："老板教我们这样说的。"

小女孩不再理会阿情，扯着雄哥的衣角央求道："行行好吧，大老板！今天小青蛙再卖不完这些花的话，我也要陪着他挨老板的毒打的！"说完，小女孩拉过小青蛙的手臂，伸开给雄哥看：小青蛙嫩藕一样的小手臂上布满了烟头烙下的伤疤。

雄哥顿时明白了那个叫小青蛙的小男孩眼睛里忧郁的原因。雄哥掏出三百元钱，全数买下了小男孩篮子里的玫瑰花。

小女孩牵过小男孩，深深地向雄哥鞠了一个九十度的躬，连声道谢后，蝴蝶一般地飞下山去。

阿情望着那频频回头张望的小男孩，羡慕地说："多可爱的一对小蝴蝶！"她捡起石栏杆上的玫瑰花。一数，不由得眼睛一亮，大声嚷道："刚好二十九枝玫瑰！跟我同龄！"

那一朵朵热情奔放的玫瑰花把阿情的那张俏脸蛋映成一个笑容灿烂的玫瑰仙子。她那被幸福醉红的耳垂悬挂着一副比翼双飞的白金蝴蝶耳环，一闪一闪地折射出耀眼的金光。

雄哥若有所思地问："你喜欢蝴蝶？"

"蝴蝶是梁山伯与祝英台的化身！我当然喜欢！"阿情醉眼迷离地拉着雄哥的手往她脸上贴。

雄哥用手指尖掂量着蝴蝶耳环，问："你知道哪一只是梁山伯，哪一只是祝英台？"

阿情依偎在雄哥突突直跳的心口，低声呢喃："左边是梁山伯，右边是祝英台。"

雄哥捧起阿情炽热的脸庞，久久地欣赏着。一种久违的欲望在他的血管里燃烧起来，他忍不住将颤抖的嘴唇印向阿情渴望的嘴唇。就在四片嘴唇即将吻合的那一瞬间，一道闪电撕破天空，接着天空中炸响一串惊雷——轰隆隆！震得莲花山公园山动地摇，草木狂飞。台风踏破海浪，狂奔而来。把海面上铅黑的乌云撵得东奔西突，溃不成军。云层里的闪电也挥舞着一条条金鞭在天地间乱抽。那台风已爬上山顶，将公园里的木棉树踩在脚底蹂躏着。一眨眼的工夫，一树树木棉花的花瓣，消逝得无影无踪。

雄哥像一只触犯了天规的白眼狼仰着头，直勾勾地望着天空，惊恐万状地呜咽："这难道是天意？这难道是天意？"紧接着他推开阿情，像只无处躲藏的白眼狼在嗥叫："我没有罪！我没有罪！"

天空中奔跑的乌云渐渐放慢了脚步。公园里的树木有的伸直了腰杆，有的伤心地舐着被吹折的伤口，还有的呜呜地细数着地上的落叶。雄哥茫然地望着四散的乌云，寻思着这说来就来、说走就走的台风，为何来得这般蹊跷？太阳正被一团不肯撤退的乌云遮住了脸膛，那团乌云很像前妻飘飘那张怨毒的长脸。雄哥耳鼓里又想起了前妻怨毒的咒语："你不该结婚！……你是冷血动物！……你是一条白眼狼！"

阿情茫然四顾地寻找她的玫瑰花。她伤心地哭喊："我的玫瑰花呢？我的玫瑰花呢？谁拿走了我的玫瑰花？"

雄哥直勾勾地望着阿情，说："别找了！这是天意！我俩注定是有缘无分的人！"

阿情的脸色一下子由红变白，再由白转为青色，瞳仁里的火苗一下子被泪水淹灭。她"哇"的一声痛哭起来："为什么？为什么？为什么？我不稀罕你的天意，我不稀罕你的缘分！我只想今生今世永远跟你在一起！我要替我那不争气的死鬼，报答你的大恩大德！呜呜！"

雄哥咬着冰冷的牙，说："忘掉我吧！我已经是一个不能爱你的废人了！只怪那该死的监狱！"

阿情疯狂地摇着雄哥，说："我不信，我不信！你只喜欢皮匠，你在欺骗我！"

雄哥冷冷地说："我没有骗你，我看过几个大医院的男性专科，没治了！你还年轻，我不忍再伤害了你。真的！这是天意。"

阿情读出了雄哥眼中的固执，冷冷地盯着他的眼睛，问："我们俩真的没有缘分？"

"这是天意！"

阿情咬着牙，说："我恨你！"。

第二天，阿情穿着一身雪白的男式西装，剪了一个男式头，提着她来时的那口皮箱离去了。

阿情走了，带走了食堂开心的浪笑。

10号的老婆来了，她是个心细的女人。她一来夫妻宿舍，就把10号撵去找雄哥商量筹办幼儿园的事。说是商量，其实她早已把建园的计划、资金全都预算好了，只等雄哥同意。

雄哥看了计划，沉着脸对10号说："你小子可要努力啊！你只要保证不再去找发廊妹乱搞'十四点'，我升你为副经理。"

10号的老婆真不简单，一个星期的时间就把幼儿园布置得像模像样的。场地就是将员工食堂后面的两间大房间打通后，砌成三个小房间。两间小房间供孩子们睡午觉，大厅供孩子们上课和做游戏。10号的老婆想用阿情的单人宿舍来做寝室，雄哥没有答应，说："这房间留着有用。"

有什么用呢？他也不知道。

新幼儿园开学后，食堂又传来了欢声笑语。孩子的笑声给雄哥空荡荡的心间播进了一缕希望之光。雄哥吃过早餐，耳边传来了一首儿歌：

两只老虎，
两只老虎，
跑得快，
跑得快！
一个没有耳朵，
一个没有尾巴，
真奇怪！
真奇怪！……

雄哥，一路摇头晃脑地哼着儿歌去办公室上班。刚走到停车棚，就听见办公室里传来"哐啷"的玻璃破碎声。皮匠号叫着："老子就是雄哥！你们想怎样？"

"老子们找的就是你雄哥，识相的，乖乖跟老子们走。否则，老子的枪子可不认人！走！"

“绑票!”雄哥差点叫出声来。

两个头戴丝光袜面罩的歹徒，用两支手枪顶住皮匠的腰杆，把皮匠押上一辆红色的夏利的士车。皮匠刮了一眼躲在面包车后面的雄哥，钻进了夏利的士车。

雄哥飞奔到二楼打通110报警。他紧紧地盯住电话，等待对方来谈条件。他焦急不安的眼球随着电话上的液晶钟，一秒——两秒——三秒——地跳动着，他仿佛在为世界末日倒计时。

皮匠一上车就被罩上一个大编织袋。一支硬邦邦的枪管紧紧抵着他的头部，硬邦邦地痛！他在心里骂道：“这下可真的把这一百二十斤卖给了雄哥！不，他肯定会不惜代价赎回我的，否则……”

夏利的士车转了几个弯弯，就奔进了一条乡村级别的毛马路。坑坑凼凼地折腾得皮匠翻肠倒肚的只想吐。皮匠心想：“老子死也不能让这两个小杂毛笑话，老号人家，不能拉稀摆蛋!”半小时左右，他像一袋茄子一样被扛上了二楼，“咚”的一声被扔在了地板上。一个叫“大咪”的歹徒割开了编织袋。

小咪用枪指着皮匠，说：“甜心，人给你弄来了!”

阿情正披着件猩红色的睡袍，盯着白墙出神。两条丰腴的青蛙腿上零乱地烙满了牙齿印。小咪从风衣里掏出一支紫色的唇膏，在嘴唇上抹了一圈，走到阿情的脸上印下一个唇印，肉麻地叫道：“甜心，人弄来呐，你该兑现诺言了吧?”

阿情猛地惊坐起来，用衣袖擦去唇印。小咪趁机点上一支摩尔烟，吸了一口，递给阿情叼着。阿情猛吸一口，摆着头说：“想害死老娘!”阿情吐掉摩尔烟，刮了一眼地板上的皮匠，冲着大咪、小咪，破口狂骂：“你们这两根锤草棒！绑这个残废来有卵用?!老娘再三嘱咐，叫你们绑那个只穿黑西装不打领带的雄哥，那才是个肥虫!”

大咪一脚踢在皮匠的腰杆上，骂道：“老子宰了你！害得老子白扛了你一肩！我让你装死？老子让你装死!”痛得皮匠在地板上滚转转。

阿情见大咪把皮匠修理得差不多快断气了，才摆摆手说："算老娘倒了八辈子血霉！耶！不过这个残废起码也值二三百万。大咪，机灵点，打电话告诉雄哥，叫他准备三百万赎金来取他的男秘书。快去！"

阿情起身踱到皮匠面前，撕开皮匠嘴上的封口胶，抓住他的头发，怨毒地说："我的经理哥哥呀！你怎么也喜欢上了雄哥那花杆都翘不起来的软蛋呢？你难道就不想看看，老娘长的是黑毛还是白毛吗？没见识过那玩意，听说上了阎王殿，都要干挨三百欠批棍呢？哈——哈——哈……"

阿情只轻轻一推，皮匠的鼻子就撞开了一朵大红花！像一树怒放在早春的木棉花，红得惨烈！

皮匠仰起了头，吞下嘴里的血，狂骂："雄哥是好样的哥们！你这个疯子婆娘！不得好死！"

阿情哈哈笑道："我是个疯子，还不是你们这帮阳痿的软蛋逼出来的！"

雄哥接到大咪的电话，通知了公安局。公安局派来两个便衣，要他按照局里的安排，提着三百万现金去换人。雄哥一手握着手机，一手提着沉重的钱袋子，让大咪呼来唤去地接连换了三个交换地点。折腾了两个钟头后，绑匪用电话命令雄哥把钱扔进码头最后的一只垃圾桶里，往回走，不许回头。他又回到了公司，等待皮匠平安回来的消息。

天亮时，公安局打来电话说："皮匠已被绑匪一枪打死。两个绑匪已被公安击毙。"雄哥将电话一摔，哭："天啦！我那可怜的好兄弟！"

雄哥大悲无泪，亲自护送皮匠的遗体来到火化室。他要送皮匠走完人生的最后一站。入炉前，皮匠口鼻出血，像有心事未了。雄哥帮皮匠擦嘴唇上的血迹时，忽然发现他口中含着一只白金蝴蝶。

雄哥的耳边响起了那天在莲花山阿情对他说的话："左边的叫梁山伯，右边的叫祝英台。"

雄哥将那只带血的白金蝴蝶紧紧地攥在手心里，攥出了血。

办完皮匠的丧事，雄哥病倒了。他住进医院一检查，才发现他周身都是毛病；让他感到莫名其妙的是他居然提前十几年，患上了老年性的前列腺炎。特别让他感到绝望的是他还有严重的阳痿，而且是一种无药可医的精神性阳痿。总之，这十几种毛病加起来就等于判了他的死刑。

他正准备在临死前，亲自动手替皮匠报仇。这时，他接到一个神秘的电话。那人是用毛巾遮住话筒说的话，声音非常模糊，听不出到底是男是女。他在电话里说，他是现场目击者。他说："皮匠是遭公安误伤，被公安打死的。信不信由你！""啪"的一声，电话就断了。雄哥跑到电信局一查电话号码，电话是从泰国打来的。

雄哥在曼谷机场降落后，住进了曼谷大酒店。他刚洗完澡，躺在床上，床头柜上的手机就响了。他打开手机盖子，屏幕上显示出一条短消息：皮匠不是我杀的，信不信由你！我已帮你预约了泰国最好的男性康复专科医院的教授。去不去由你！——知名不具。雄哥点燃一支雪茄烟，一缕五味俱全的烟魂从他嘴里爬出来，越过头顶，升向天花板，环绕成一个大问号，在他头顶久久盘旋。

图书在版编目(CIP)数据

黔北仡佬族当代作家作品选 小说卷/孙建芳,王清敏,蒋雪鸿主编.—北京:民族出版社,2012.12
(仡佬族文化研究丛书/周帆主编)
ISBN 978-7-105-12561-6

Ⅰ.①黔… Ⅱ.①孙… ②王… ③蒋… Ⅲ.①短篇小说—小说集—中国—当代 Ⅳ.①I217.1

中国版本图书馆 CIP 数据核字(2012)第 307107 号

策划编辑:姚启星
责任编辑:王 欣
封面设计:金 晔
出版发行:民族出版社出版发行
地 址:北京市和平里北街 14 号
邮 编:100013
网 址:http://www.e56.com.cn
印 刷:北京市迪鑫印刷厂
经 销:各地新华书店经销
版 次:2012 年 12 月第 1 版 2012 年 12 月北京第 1 次印刷
开 本:880 毫米×1230 毫米 1/32 字数:764 千字
印 张:27.25
定 价:78.00 元
ISBN 978-7-105-12561-6/I·2392(汉 2676)

该书如有印装质量问题,请与本社发行部联系退换
汉文编辑一室电话:010-64271909 发行部电话:010-64224782